KB249127

삼대록계 국문장편소설

조씨삼대록

5

역주자 허순우(許珣宇)는 이화여자대학교 국어국문학과를 졸업하고 동 대학원에서 박사 학위를 받았다. 현재 이화여자대학교 등에서 강의를 하고 있으며 국문장편소설에 관한 연구 논문으로는 「현몽쌍룡기 연작 연구」, 「현몽쌍룡기 연작의 소현성록 연작 수용 양상과 서술시각」 등이 있다.

역주자 장시광(張時光)은 아주대 강의교수를 거쳐 현재는 경상대 국어국문학과 교수로 재직 중이다. 대하소설의 여성 인물과 갈등 구조, 모티프에 관심을 지니고 있으며, 대하소설의 대중화를 시급한 과제로 인식하고 그에 대한 작업을 진행하고 있다. 저서로 『한국고전소설과 여성인물』, 『대하소설의 여성반동인물』 등이 있고, 역서로 『조선시대 동성혼 이야기-방한림전』이 있으며, 논문으로 「대하소설의 여성과 법」 등이 있다.

이화한국문화연구총서 11

조씨삼대록 5

초판 인쇄 2010년 2월 20일 **초판 발행** 2010년 2월 25일

역주자 허순우 · 장시광 **펴낸이** 박성모 **펴낸곳** 소명출판 **출판등록** 제13-522호

주소 서울시 서초구 서초동 1621-18 란빌딩 1층

전화 02-585-7840 **팩스** 02-585-7848 **전자우편** somyong@korea.com **홈페이지** www.somyong.co.kr

값 38,000원

ISBN 978-89-5626-461-5 93810
ISBN 978-89-5626-445-5 (세트)

이 저서는 2005년 정부의 재원으로 한국연구재단의 지원을 받아 수행된 연구임(KRF-2005-078-AS0041)

삼대록계 국문장편소설

조씨삼대록 5

허순우 · 장시광 역주

| 일 러 두 기 |

가. 현대어역 및 주해

1. 현대어 번역은 한글 맞춤법 체계에 의거해 어법에 맞는 자연스러운 현대 한국어 문장이 되도록 하였다.
2. 띄어쓰기와 관련해 한 인물에 대한 관직명이 연달아 나올 때는 붙여 쓰기로 한다.
3. 띄어쓰기와 관련해 '공'이나 '부인'과 같은 호칭이 성과 연달아 나올 경우, 원래는 띄어 써야 하나 독서의 편의를 위해 예외적으로 붙여 썼다.
4. 현대어로 번역한 표현이 작품 원문의 단어와 형태가 많이 달라졌을 경우, 각주에서 원문의 단어를 밝혀 주었다.
5 현대어역 본문에서 어려운 한자어는 한자를 병기해 주었다.
6. 판독(判讀)이 어려운 어휘나 문장은 가능하면 이본을 참조하여 보완하고 주석을 달아 그 사실을 명기(明記)하였다.
7. 이본을 참조해도 판독이 불가할 경우 그 사실을 각주를 통해 밝혔다.
8. 면이 바뀔 경우 바뀐 부분의 첫 글자 위에 방점(˙)을 찍고 원문의 면수를 표시하였다.
9. 주해는 다음과 같은 경우에 하였다.
   1) 관직명, 인명과 같은 고유명사.
   2) 전고(典故)가 있는 한자어 및 지금은 사용하지 않는 한자어.
   3) 어학적 주석이 필요한 근대 국어 어휘나 표기 체계.
   4) 등장인물 및 그들 간의 관계, 앞 줄거리를 환기시킬 필요가 있을 경우.
10. 주석의 표제어는 현대어역 본문을 대상으로 하였다.
11. 문장 부호의 사용은 다음과 같다.
   1) 큰 따옴표(" ") : 직접 인용, 대화, 장명(章名).
   2) 작은 따옴표(' ') : 간접 인용, 인물의 생각이나 내적 독백.
   3) 『 』: 책명(冊名).
   4) 「 」: 편명(篇名)
   5) 〈 〉: 작품명
   6) ( ) : 한자어를 드러낼 경우.
   7) [ ] : 표제어에서 제시하는 단어와 한자어가 음이 같은 경우는 '( )'로 표시하고, 만약 음이 일치하지 않는 경우에는 '[ ]'를 사용함.
   8) { } : 원문에 표시된 어휘를 밝히기 위해 원문 내용을 그대로 옮긴 경우.

나. 원문

1. 현대 맞춤법 체계에 의거해 띄어쓰기를 해 주었다.
2. 한자는 병기하지 않았다.
3. 면이 바뀌는 곳은 면 표시를 해 주었다.
4. 판독이 불가한 경우나 지워진 경우에는 □ 표시를 해 주었다.
5. 원문 순서에 오류가 있는 경우에는 괄호 앞에는 오류를 수정한 면수를 써 주고 괄호 안에는 원래의 면수를 써 주었다.

조씨삼대록 해제

이 책의 현대어역 대상은 현재 유일본으로 전하고 있는 서강대 소장본 40권 40책 『조씨삼대록』이다. 『조씨삼대록』은 『현몽쌍룡기』의 후편으로, 연작형 삼대록계 국문장편소설에 해당하는 작품이다. 대부분의 국문소설이 그러하듯 작자는 미상이다. 또한 필사기가 없어서 필사자에 대한 정보나 필사 시기도 알 수 없다. 다만 이 책의 현대어역 대본인 서강대 소장본 곳곳에서 발견되는 '낙장(落張)' 표기를 근거로 할 때 좀 더 풍부한 내용을 담고 있었던 『조씨삼대록』의 존재 가능성에 대해 생각해볼 수 있다.

현재까지 알려진 것 가운데 『조씨삼대록』에 대해 언급한 가장 이른 시기의 기록은 홍희복의 『제일기언』 서문(필사 시기 1848년 추정)이고, 그 이후의 기록으로는 『언문칙목녹』(필사 시기 1872년 추정)과 『한국서지』(1894년), 『고대소설』(1969년) 등이 있다. 이러한 기록들은 『조씨삼대록』의 창작 하한선을 19세기 중엽 이전으로 추정하는 데 근거가 된다. 홍희복은 『제일

기언』 서문에서 자신이 번역한 『경화연』의 우수성을 알리기 위해 비판적 관점으로 세간에 유행하는 소설의 제명을 나열 하고 있다. 이때 "세간의 전파ᄒᆞᄂᆞᆫ 바 언문 쇼셜"로 『유씨삼대록』, 『옥원재합』, 『완월회맹연』, 『숙향전』, 『풍운전』 등과 함께 이 작품이 거론되었으니 『조씨삼대록』의 인기를 짐작할 만하다. 이 외에 『현씨양웅쌍린기』 연작의 셋째 작품에 해당하는 『명주옥연기합록』에 『소현성록』, 『구래공정충직절기』 등과 함께 작품명은 물론 작중 인물이 차용되었는데, 이 역시 『조씨삼대록』의 인지도를 가늠할 수 있는 근거가 된다.

서강대 소장본 『조씨삼대록』의 경우, 겉표지에 한자로 '曺氏三代錄'이 적혀 있고 본문이 시작되는 처음 부분에는 '조시삼대록'이 한글로 적혀 있다. 각 권당 분량은 평균 119면 정도이고, 매 면은 10행, 행당 평균 17자로 되어 있는데, 그 중 15권(총98면), 16권(총102면), 19권(총104면), 38권(총109면), 39권(총105면), 40권(총87면) 등이 상대적으로 분량이 적다. 전반적으로 필체는 단정한 궁체이며 오탈자에 대한 교정이 적어 깔끔하게 필사된 편이지만 15, 16, 17권의 경우 흘려 쓴 필체로 되어 있다. 그러므로 적어도 2명 이상의 필사자가 서강대 소장본 『조씨삼대록』의 필사에 참여했음을 알 수 있다. 그리고 책을 엮는 과정에서 실수를 하여 1권의 79면에서 98면, 12권의 109면에서 112면 등 몇 부분의 순서가 뒤바뀌었다. 각 권의 서두는 앞 권의 끝 부분 내용을 반복 서술하는 경우와 반복 없이 앞 내용에 이어서 서술하는 경우로 나뉜다. 또 각 권의 가장 마지막에 "하회 셕남ᄒᆞ라", "ᄎᆞ청 하회ᄒᆞ라", "하회 분셕ᄒᆞ라" 등의 '독자 유인어구'가 있는 경우와 그렇지 않은 경우로 나뉜다. 그러나 서강대 소장본 『조씨삼대록』의 독자 유인어구나 앞 내용의 반복 등은 일정한 경향성을 띠지 않는 것으로 보아 필사자 혹은 작가가 그때그때 자유롭게 첨가하여 독자의 독서를 도운 기록 정도로 봐야 할 것이다.

『조씨삼대록』은 『현몽쌍룡기』의 후편이므로, 가문 배경이나 인물구도 등을 전편인 『현몽쌍룡기』로부터 이어 받아 이야기를 전개한다. 『현몽쌍룡기』의 중심인물이 평남후 조숙의 쌍둥이 아들 조무와 조성 부부였다면, 후편 『조씨삼대록』에서는 삼대록이라는 이름에 걸맞게 자녀, 손자 세대로 이야기를 확대하여 그들을 작품의 중심인물로 삼고 있다. 단편적인 언급까지 모두 합하면 조씨 가문의 인물만 해도 조무의 10자 3녀와 조성의 7자 2녀 그리고 그들의 자녀까지 수십여 명이 등장한다. 그러나 실제 서사에서는 조무의 아들 기현 부부, 운현 부부, 딸 월염 부부, 그리고 손자 명윤 부부와 조성의 아들 유현 부부, 딸 자염 부부, 그리고 손자 명천 부부 등에 관한 내용이 비중 있게 그려진다.

이들 중심인물이 겪는 갈등은 주로 남편이 아내의 정절을 의심하여 박대하는 과정을 그린 부부갈등, 시부모가 며느리를 박대하는 고부갈등, 그리고 형제의 장자권이나 행복을 시기하여 모해를 가하는 형제갈등 등의 양상을 띤다. 이때 『조씨삼대록』 역시 전편 『현몽쌍룡기』와 유사하게 호방한 성격의 인물, 단엄한 성격의 인물 등 인물의 성격에 차이를 둠으로써 다양한 갈등 해소 양상을 그린다. 그러나 전편 『현몽쌍룡기』에서처럼 하나의 사건에 두 형제가 함께 연루되어 해결 과정에서 극명한 성격적 대비를 보이는 구도를 적극 활용하거나 하지는 않는다.

또 『현몽쌍룡기』에서는 조무와 조성 부부의 갈등 해결이나 악을 행하는 금선공주 일당과의 대결을 위해 가문 구성원 전체가 합심하여 고민하고 문제를 해결하는 양상을 보이는데 반해, 후편 『조씨삼대록』에서는 어려움을 겪는 부부가 중심이 되어 문제를 해결해나는 양상에 초점을 두고 있을 뿐 가문 차원의 위기의식이나 가문 구성원의 공동 대응 등을 그리지 않는다.

그러므로 『조씨삼대록』의 서사는 가문의 권위 확립이나 가부장권의 강화를 통해 가족 구성원을 하나의 통합된 질서 안으로 규합하는 삼대록계 국문장편소설의 기본적 틀은 유지하면서도 부부 각각의 갈등과 그 갈등에 대처하는 인물들의 개성적인 면모를 보여주는 데 목적이 있다고 볼 수 있다. 개별 부부의 관계 혹은 인간의 욕망이나 인성 탐구 등에 대한 작가의 관심은 인물을 선인과 악인으로 양분하지 않고 다양한 유형으로 구분한 것, 선인에 속하면서도 자신의 애정 욕망에 충실한 인물을 그리거나 윤리규범에 위배되는 행위를 하지만 타인으로부터 욕망에 대한 동정이나 공감을 이끌어내는 인물을 등장시키는 것 등을 통해서도 확인할 수 있다. 또 일상생활에서 벌어질 수 있는 부부간의 기질 대립 양상 등을 실감나게 서술하거나 인물들의 내면 심리를 노출하여 한 인물 안에 담겨진 성격의 다양성을 드러내는 서술 등은 『조씨삼대록』의 오락적 성격을 부각시키는 동시에 현실감 있는 대중적 독서물로서의 면모를 보여주는 것이기도 하다.

『조씨삼대록』의 큰 줄기는 선이 승리하고 가부장적 질서에 순응하는 인물이 긍정적인 평가를 받는다는 유가적 교훈을 전달한다. 그러나 남편의 관심과 애정을 요구하며 상사병에 걸리는 중년 여인 형씨의 이야기, 조무 · 조성 형제가 벗과 농담을 주고받는 이야기, 젊은 요녀(妖女) 무릉선에게 홀려 체통을 잃는 조노공의 이야기, 요도(妖道) 진선대랑과 결탁한 금선공주를 깨우치기 위해 집안사람들이 한바탕 연극을 벌이는 이야기

등 곁가지에 위치한 이야기들은 윤리 교과서 밖에 존재하고 있는 현실적인 삶과 사람들의 모습을 간간이 보여주는 여유가 있다.

『조씨삼대록』이 이처럼 딱딱한 이야기를 가볍게 풀어나가는 여유를 보일 수 있었던 이유로 작가의 역량과 함께 축적된 독서 경험을 생각해볼 수 있는데, 실제 『조씨삼대록』은 전대 소설인 『소문록』, 『사씨남정기』, 『소현성록』 등과 모티프 면에서 유사성을 보인다. 특히 이 중에서도 『조씨삼대록』에는 『소현성록』의 독서 경험이 많이 반영되어 있는데, 복거지인 '운산'에 대한 묘사는 『소현성록』의 '자운산' 묘사와 거의 일치하며, 허구적 인물인 선인황후 소황후는 『소현성록』에서 창작한 인물로서 『조씨삼대록』에도 그대로 등장한다. 직접적이고 단편적인 차용 외에도 『소현성록』의 갈등구조를 변화시켜 『조씨삼대록』 창작에 반영한 부분들은 현대적 의미의 비판적 다시 쓰기와 비교될 만하다.

『조씨삼대록』의 이러한 특징은 '삼대록계 국문장편소설' 내부에서 이루어진 형식적, 주제적 분화의 양상을 보여주는 것으로서 '삼대록계 국문장편소설', 넓게는 국문장편소설 연구의 다양한 지평에 대해 고민할 수 있게 한다는 점에서 의미가 있다. 또한 서로 복잡하게 관계망을 형성하며 영향을 주고 영향을 받았던, 당시 국문장편소설 창작의 관습을 뒷받침할 만한 구체적 증거들을 담고 있기 때문에 17~19세기 국문장편소설 독서와 국문장편소설 창작에 대한 이해의 폭을 넓혀주는 자료적 가치도 있다.

서강대 소장본 40권 40책 『조씨삼대록』의 역주를 달고 현대어로 옮기는 작업에는 7명의 연구진이 참여했는데, 각각 분량을 나누어 번역하고 이것을 교차 윤문한 후 통합하는 과정을 거쳤다. 『조씨삼대록』을 현대어로 옮기는 작업에는 김문희(1권~14권), 조용호(15권), 정선희(16권~23권 58

면), 전진아(23권 59면~30권), 허순우(31권~38권 54면), 장시광(38권 55면~40권)이 참여하였다. 한 올 한 올의 씨실과 날실을 엮어 그럴듯한 옷을 만드는 작업처럼 『조씨삼대록』의 현대어역은 더디지만 재미와 보람이 있는 작업이었다. 물론 더 손질하고 싶은 아쉬움이 있기도 하다. 이제 새로운 모습으로 단장하여 세상으로 나가는 『조씨삼대록』이 독자들에게 유익한 읽을거리가 되었으면 한다.

2010년 1월

허순우

차례

현대어역

원문

조 씨 삼 대 록

32권

1 화설. 이때 명천은 공주가 악한 일을 저질렀다고 의심하지는 않았지만
마음이 편치 않고 또 할아버님의 명이 있기도 해서 혜선궁으로 가는 좁은
길을 막았다. 공주의 죄명이 사람의 도리상 대면하는 것이 옳지 않다고
하여 혜선궁에 가는 자취도 끊으니, 궁녀와 상궁 무리들이 모두 슬픔을
참지 못하고 곳곳에 모여 눈물을 뿌렸다. 그 중에서도 공주의 유모 유상
궁과 보모 한상궁은 더욱 슬퍼하고 애달파하며 식음을 전폐했다. 그러나
공주는 궁인들을 엄히 단속하여 이상한 빛을 내지 말라고 한 후 고요히
2 지내면서 만 권의 시와 책에 뜻을 두고 역대 성현의 행실을 살펴 날로 식
견을 넓혔다. 비록 자신의 재주를 나타내지는 않았지만 아는 것이 천지에
끝이 없는 것과 흡사했기에 자연히 마음이 탁 트이면서 세상 물욕을 살라
버리게 되었다. 게다가 아직 부부간의 의리를 알지 못하여 명천이 오지
않을수록 마음이 편하고 한가로워서 근심 걱정이 없었다. 다만 티 없는
몸에 죄가 있는 것이 애석하긴 했지만 이것 또한 뜬구름과 같은 것이라고
생각했다. 일의 전모를 파악한 시부모가 공주 자신이 억울한 일을 당하고
있다는 것을 안다는 빛을 내보였으므로 괜히 속 좁게 서러워하는 것은 무
익하다고 생각하면서 마음을 편하게 하고 스스로 자신의 몸을 보호하려
3 했다. 그러나 옥 같은 피부가 자연스레 수척해지고 좋은 기운이 감했으
니, 그 이유는 지극한 효성으로 모시던 황제와 황후의 곁을 떠난 지 오래
되어 마음이 편치 않았기 때문이었다. 또한 부모님께 가지도 못하고 오직
궁인 무리들과 벗 하면서 깊은 옥에 갇힌 것[1]같이 지내니 당연히 불편했
으나 누가 그 마음을 위로해줄 수 있겠는가? 그러나 시어머니 정씨가 몸
소 와서 보고 보살펴주기를 만금의 보배같이 하며 슬픈 마음을 달래고 참

1) 깊은 ~ 것 : {금옥심장[禁獄深藏]}. '금옥(禁獄)'은 옥에 가두어 두던 형벌로 중죄에 부과하는 형.

으면서 편히 있으라고 당부했고, 또 남씨[2]가 날마다 와서 그 마음을 위로하는 지극한 정이 예사롭지 않았다. 그러므로 공주가 스승이기도 하지만[3] 또한 숙모와 조카간의 정도 있으므로 공경하기를[4] 등한이 하지 않았다.

이때 화요와 범생이 교묘한 꾀로 공주와 한씨를 모해하기로 도모하고 4
조노공에게 미인을 보내 큰일을 저지르기 시작했는데, 평능후 유현의 지
략으로 인해 무릉선은 자취도 없이 사라져버렸고 노공이 다시 찾지 않는
다는 것을 화요가 어찌 알았겠는가? 나중에 무릉선이 달아났다는 소문을
듣고 놀라 어찌할 바를 몰랐지만 물어볼 곳이 없어서 단지 염려만 할 뿐
이었다. 그러다가 다시 한씨의 시녀 옥선과 결탁하여 음흉한 편지를 만들
어 던져두고, 명윤이 한씨 집안에 간 때를 틈타 의심스러운 의복과 두건
을 옥선에게 주며 이상한 거동을 일부러 들키게 하니, 꼼꼼하지 못하고
유혹에 잘 빠지는 장부가 어찌 속지 않을 수 있겠는가?

하루는 명윤이 술에 매우 취했는데, 아버지가 무서워서 집으로 돌아가 5
지 못하고 한씨 집으로 갔다. 마침 한공이 나가고 밖이 고요했으므로 바
로 한씨의 처소인 선향정으로 들어갔는데, 이때 한씨는 조학사 명윤이 온
것을 전혀 모른 채 어머니가 편찮으셔서 모시고 있었다. 이때를 틈타 옥
선이 부인의 얼굴로 변장을 하고 이상한 편지를 직접 쓰는 척하다가 명윤
을 보고 당황하여 벼루를 덮고 재빨리 안으로 들어가는 척했다. 명윤이
그녀의 행동거지가 몹시 급한 것을 보고 안 좋게 여기며, 한씨가 정숙해

---

2) 남씨 : 운현의 첫째 부인.

3) 스승이기도 하지만 : 남씨가 장씨의 계교로 집안에서 쫓겨나 황궁에서 몰래 지냈을 때 공주를 가르쳤으므로 스승이라고 함.

4) 공경하기를 : {바라기를}. '바라다'는 '우러러 바라 보다[望]'의 의미가 있으므로 이와 같이 옮김.

서 만사에 가지런한 줄 알았는데 오늘 이러한 행동은 경박한 여자 같다고
6 생각했다. 또한 감추는 편지가 무엇인가 싶어 짐짓 나아가 비단 치마를
잡고 힘으로 그 편지를 빼앗으려 했다. 여자라서 힘이 약한 것도 있지만,
일부러 못이기는 척 편지를 빼앗기고 나는 듯이 들어가니 명윤이 그 편지
를 보게 되었다. 그 편지 내용은 다음과 같았다.

제가 비록 조씨 집안사람이지만, 진심으로 그대의 아름다운 모습과 버드나무처
럼 부드러운 풍모, 사랑스러운 거동과 온화한 성품은 조명윤의 호탕하다 못해 방탕
하며 모질고 엉큼한 행동에 비할 바가 아니라고 생각합니다. 제가 마음을 기울여 오
래 길한 기약의 날을 도모하고 있으며 아이 또한 그대의 자식입니다. 아이가 자라면
자연스럽게 부자지간의 천륜을 온전하게 할 것입니다. 제가 진심으로 조씨 집안에
7 는 정이 없고 그대를 위한 정성만이 물이 동으로 흐르는 것과 같이 자연스럽습니다.
지난번 무고한 일은 먼저 조씨 집안의 늙은이를 시험해 본 것인데, 조무가 신기하게
도 내가 계교를 다 펴기도 전에 혜선공주와 나를 의심하여 내쳤으니, 이것은 진실로
바라던 바입니다. 혜선공주는 나와 마찬가지입니다. 아주 높은 부귀를 가졌는데, 평
범한 사내 조명천의 박대를 참고만 있겠습니까? 이미 범씨 집안과의 언약이 단단히
되어 있을 뿐 아니라 요즘 조용히 있으면서 아마 좋은 날을 택해 이미 변함없는 인
연을 맺었을지도 모릅니다. 나야말로 오히려 그대를 만나지 못해서 마음만 이같이
8 태우고 있으니 진심으로 공주가 매우 부럽습니다. 나는 그대를 만나지 못해 불쌍한
상황입니다. 이제 공주가 조씨 집안을 반역 죄인으로 몰아 죽여 없애고 나와 함께
소원을 이루려 하니, 원컨대 그대는 일 년만 기다리십시오.

이렇게 쓰고, 그 아래 지난 번에 옷 한 벌을 보냈는데 자기 마음의 정을

알아보았느냐고 쓴 이후로 마저 다 쓰지를 못한 상태였다. 그리고 그 옆에 얇은 비단옷[5] 하나를 싸놓고 미처 다 만들지 못한 형상으로 꾸며 놓았다. 명윤이 옷 싼 것을 풀어보니 길이와 품이 자신의 옷이 아니었다. 이것을 보니 분하여 가슴속에서 천 마리의 원숭이가 뛰노는 것 같아 몸을 평안히 하고 있기 어려웠다. 그래서 생각하기를 다음과 같이 했다.

'이곳은 우리 집도 아니고 한씨 친정인데 누가 이렇게 한씨를 모함하겠 9
는가? 확실하게 내 눈으로 직접 봤으니 어찌 달리 의심할 수 있겠는가?
만일 이 사람을 이대로 머물게 두면 반드시 집안을 멸망하게 하는 지경
에 이를 것이니 차라리 한 칼에 베어 뒤탈이 없게 해야겠다.'

뜻을 정하고는 하인들을 시켜 한씨를 불러오라고 하니, 옥선이 자기 본
래 모습으로 돌아와서 태연하게 정당으로 들어가 학사가 왔다고 고하고
섬돌 아래에서 한씨를 불러오라는 학사 명윤의 말을 전했다. 한씨가 어머
니의 병이 중해서 즉시 일어나지 못하자 부인이 타일러 내보냈다. 이때
명윤이 차고 있던 칼을 빼 손에 쥐고 기다리고 있는데 좌우에 있던 시녀 10
들은 놀라고 두려워서 어떻게 할 바를 모르고 있었다. 한씨는 본래 눈을
들어 살피는 버릇이 없었으므로 무심하게 한쪽 가장자리에 단정하게 앉
았다. 그러자 학사 명윤이 성이 나서 큰소리로 꾸짖으며 말했다.

"음탕한 부인은 천지간에 큰 죄를 짓고 무슨 면목으로 나를 대면하느냐? 얼른 아들이라는 놈을 불러와라. 음탕한 어미와 그 아들의 목숨을 한 칼에 마치게 해 이 분을 씻어야겠다."

소리를 높여 빨리 아이를 데려오라고 하는데 호령소리는 마치 바람 부는 듯하고 거동 또한 무서웠다. 그러나 한씨는 얼굴색도 변하지 않은 채

5) 얇은 비단옷 : {능의(綾衣)}. '능(綾)'은 얼음 같은 무늬가 있는 얇은 비단을 의미함.

탄식하며 말했다.

"제 운명이 사나운 것은 감수하겠지만 음부(淫婦)라는 두 글자는 진심
11 으로 억울합니다. 또 죽이려 하신다면 어찌 사양하겠습니까만 어린아
이는 제가 낳기도 했지만 댁의 혈육이기도 합니다. 부자지간에 무슨 이유로 상잔(相殘)하는 것을 태연하게 행하려고 하십니까?"

명윤이 화를 참지 못하여 왈칵 달려들어 찌르려고 하는 찰나, 유모가 죽기를 각오하고 두 사람 사이를 막은 채 울며 말했다.

"우리 아가씨가 무슨 죄가 있다고 이런 일을 하십니까? 늙은이가 대신 죽고 싶습니다."

이렇게 하는 와중에 한씨가 태연하게 발을 움직여 침실 안으로 피하니, 명윤이 더 화가 나서 유모를 죽이려고 미친 듯이 날뛰다가 주인을 구하려 하는 유모의 행동은 이상한 것이 아니라고 생각하여 용서해주었다. 그러
12 나 한씨를 못 죽인 원통함을 참지 못해 계속 화를 내며 앉아있었다. 이 일
을 한공이 알고 매우 놀라서 친히 선향정에 와 보니, 조학사 명윤이 화가 잔뜩 난 기색으로 넓은 소매로 얼굴을 덮고 대나무 베개 위에 쓰러져 있었다. 한공이 소리를 질렀다.

"네가 언제 와서 이곳에 드러누웠느냐?"

명윤이 들은 척도 않고 태연하게 누워있자 한공이 다시 말했다.

"내가 비록 장인이라고는 하지만 젊은이와 늙은이는 서로 격이 다른 것인데, 어찌 태연하게 누어서는 묻는 것에 대답을 하지 않느냐?"

비로소 명윤이 기지개를 켜며 일어나 관을 머리에 얹고 눈썹을 찡그리며 말했다.

"제가 본래 가정교육을 엄하게 받아서 어른과 아이 사이에는 공경함이

있고, 젊은이 늙은이는 위아래가 있다는 것을 분명히 압니다. 그러니 13
어찌 유독 장인어른께만 태만하게 굴겠습니까? 그러나 사람 사는 집에서 희한한 참변을 보고나니 마음이 차고 뼈가 놀라서 기운이 막힐 것 같기에 누워 있다가 잠들어 어른 맞이하는 예를 잃었습니다."

한공이 정색을 하며 말했다.

"네가 참변이라고 하는 것은 무슨 일을 가리키는 것이냐?"

명윤이 눈썹 위에 노한 기운을 격렬하게 드러내면서 숨이 막힐 듯한 기분으로 마지못해 대답했다.

"따님에게 물어보시면 아실 것입니다. 저는 듣고 본 것이 고루하여 따님 같은 아주 간악한 사람은 듣지도 보지도 못했습니다. 그러니 결단코 가만 두어 풍속과 교화를 더럽히고 두 집안의 명예에 욕이 되게 하지 못하겠습니다."

한공이 듣기를 마치고 크게 화를 내며 말했다. 14

"네 말을 듣자하니 사람의 탈을 쓴 짐승이구나. 내 딸아이의 정숙하고 착한 행실은 세상이 다 아는 바인데 어찌 음탕하고 악한 것에 빗댈 수 있느냐? 죄를 분명하게 말하고 떠벌릴 것이지 화가 난다고 해서 말을 가리지 않는 것은 사람이 할 행동이 아니니다. 네가 아까 공연히 내 딸아이를 칼로 베려 한다고 했는데, 네가 오기를 부리는 것이 아니라면 무슨 이유로 아내를 죽일 흉한 마음을 먹었느냐? 네가 다른 아내를 얻어 화락한다 해도 내가 막지 않겠다. 그러나 정실부인을 베려 하는 것은 차마 선비로서 할 덕 있는 행동이 아니니다. 네가 세상에 빼어난 큰 군자이면서도 이같이 어질지 못한 행동을 하니 진실로 세상일은 알 수 없는 것이구나."

15 명윤이 한공이 하는 말을 한 번 듣고 태연히 웃으며 옷깃을 여미고 바
르게 앉은 후 말했다.

"장인께서는 한갓 사사로운 정만 생각하실 뿐 일의 폐단은 알지 못하십니다. 제가 따님과 결혼을 한 후 정이 깊어 부부간의 의와 윤리가 분명히 있었고 정이 가볍지 않았습니다. 그런데 여자가 먼저 지아비를 배반하고 백주 대낮에 앉아서 음탕한 내용이 가득한 편지를 제가 보는 데서 쓰다가 발각되자 안으로 들어갔습니다. 그러더니 태연하게 낯을 들고 다시 나와서 앉으니, 어찌 머리만 베겠습니까? 진심으로 손발을 잘라 천하에 돌려 사람이 지켜야 할 도리를 어긴 큰 죄를 알게 하고 다
른 여자들을 경계하는 것이 마땅합니다. 제가 나이도 어리고 경박하지
16 만 진심으로 없는 말은 안 하며, 남에게 억울한 죄를 씌우지는 않습니
다. 공께서 그 편지를 보시고 제 행동이 과도한지 아닌지 판단하십시
오."

글을 한공에게 말아서 드리고 손으로 또 옷을 가리키며 말했다.

"선비 집안의 맑은 행실에 비춰 봐도 그렇고 외명부의 자리에 있는 사람으로서 한 여자가 두 남편의 의복을 만들다니. 그녀의 행사가 어떠한 것 같습니까?"

말을 마치고 화를 더욱 크게 내니 학 울음소리 같은 맑은 소리는 고상하면서도 매섭고 얼굴빛은 겨울 하늘 매서운 날에 찬 서리 뿌리는 듯했다. 한공이 읽기를 마친 후 길게 탄식하며 말했다.

"내가 비록 현명하지 못하나 내 자식에 대해서는 거의 안다. 딸아이의
음탕하고 악한 행실이 분명하다면 물어본 후 죽이겠지만, 저의 정숙함
17 과 어진 행동은 임강(任姜)[6]과 마등(馬鄧)[7]보다 뛰어나고 가을 서리 같

은 절의는 열녀라고 말해도 족하다. 그런데 더러운 죄명을 얻게 되었으니, 그 아비 된 자로서 어찌 애달프지 않겠느냐?"

명윤이 태연하게 웃고 일어나며 말했다.

"이미 제 눈에 띄었으니 장인께서 따님에 대해 자랑하시지는 않으시겠
지요? 제가 비록 용렬하고 어리석다 하더라도 이런 일을 당하고서 가
만 두지는 않을 것입니다. 다른 사람이 전한 말이 아닙니다. 제가 눈이
어둡지 않으니, 한씨를 직접 봤고 그 편지 내용을 분명히 보았으며 놀
라서 달아나는 한씨의 모습을 보고 잡으려고도 했습니다. 제가 감히
거짓말로 따님이 죄를 입게 하겠습니까? 저기 있는 좌우의 종들을 다
불러서 물어보십시오. 한씨가 편지를 쓰다가 제게 빼앗긴 거동을 보았 18
으니, 저들이 비록 주인을 위한다고 해도 거짓말은 못할 것입니다."

한공 또한 얼떨떨하고 취한 것 같아서 말을 못하다가 시녀 두 명에게 물었다. 유모는 소저를 모시고 정당에 있었으며 다른 시녀는 방안을 지키고 있었는데, 옥선이 한씨인 척 행동하며 편지를 썼기 때문에 모두 소저인 줄 알았다. 모두 한 목소리로 말하기를, 실제 소저가 글을 쓰다가 빼앗겼다고 했으나 유모만 홀로 정색을 하며 말했다.

"오늘 아침부터 제가 소저를 모시고 정당에서 부인의 병간호를 했기
때문에 이 당 안에는 나온 적이 없었습니다. 학사께서 청하신 후에 모 19
시고 나왔는데 학사께서 이렇게 화를 내시므로 소저께서 겨우 피하여
안으로 들어가셨습니다. 그러니 어찌 그런 일이 있을 수 있겠습니까?"

---

6) 임강(任姜) : 태임(太任)과 강후(姜后). 주(周)나라 문왕(文王)의 모친 태임과 주나라 선왕(宣王)의 비(妃)인 강후는 모두 현명하고 덕이 있었음.

7) 마등(馬鄧) : 마(馬)황후와 등(鄧)황후. 한(漢)나라 명제(明帝)의 마황후와 화제(和帝)의 등황후는 둘 다 현명해서 이름이 높았음.

학사 명윤이 크게 질책하며 말했다.

"천하고 흉한 시녀가 거짓말을 꾸며 주인의 죄를 덮으려고 하지만 내가 이미 얼굴을 봐서 알고 있으니 네 말로 판단할 것이 아니다. 장인께서는 감추려고 하시지만 이런 심하게 음탕하고 심하게 간악한 사람을 가만 두지는 못할 것입니다."

화난 기운이 등등해서는 소매를 떨치고 자신의 집으로 돌아가니, 한공
이 몹시 놀라서 말을 하지 못하고 내당으로 들어갔다. 부인이 이 말을 듣
20 고 분노의 기운이 솟아나 가슴을 치며 분하고 한스러워 하기를 마치지 않
으니 소저가 어머니가 조급해하는 것이 민망해서 화평한 목소리로 위로
하고 탄식했다.

"제 남편이 비록 털털한 것처럼 보이긴 하지만 매우 무게가 있고 기량
이 큰 바다와 같이 시원한 면이 있습니다. 저와 묶인 정이 가볍지 않으
니 어찌 이유도 없이, 없는 사실을 꾸며 만들었겠습니까? 그간에 이유
가 있었을 것입니다. 그러니 매미가 허물을 벗듯 언젠가 제 원통함도
자세히 알릴 수 있을 것이므로 놀랍지도 않습니다. 하늘이 알고 귀신
이 알며 제가 알고 낭군이 아니 무엇이 부끄러우며 또 무엇에 놀라겠습
21 니까? 다만 하늘의 뜻에 따라 분수를 지키며 원통함을 씻으면 천만 다
행이고 그렇게 하지 못하면 구천에 있는 장강(莊姜)[8]과 반비(班妃)[9]의
뒤를 이어 마음을 밝힐 것이니 부모님께서는 근심하지 마십시오."

---

8) 장강(莊姜) : 춘추시대 제(齊)나라에서 태어나 위(衛)나라 장공(莊公)의 부인이 되었는데, 매우 아름답고 어질었으나 자식이 없었음. 장공이 이에 다시 진(陳)나라의 여자를 맞이하여 환공(桓公)을 낳았는데 진나라 여자가 일찍 죽자 장강이 자기 아들로 삼았음. 그 뒤 첩의 몸에서 주우(州吁)가 태어났는데, 장공의 총애를 받아서 행동이 방자하고 싸우는 일을 좋아하여 장공은 이후 희첩들을 총애하면서 어진 장강을 박대하게 됨.

9) 반비(班妃) : 한나라 성제의 후궁이었던 반첩여(班婕妤)를 이름. 매우 아름다워 성제의 총애를 받았으나 나중에 조비연에게 총애가 옮겨가자 참소당하여 장신궁으로 물러났음.

한공이 슬프게 탄식하며 말했다.

"너는 진실로 치마를 입은 군자이고 비녀를 꽂은 절개가 굳은 대장부이다. 원통한 것은 너의 서릿발 같은 명분과 절의가 누명을 받았다는 것이다. 명윤이 한바탕 큰 난리를 일으키려 하니 장차 어찌 할 것이냐?"

한씨가 탄식하며 말했다.

"남편이 끼니를 잊을 정도로 열중한다 해도 인명은 하늘에 달린 것입
니다. 또한 시부모님이 계시니 남편이 비록 저를 알아주지 않아도 시
부모님은 뛰어난 지혜와 덕으로 저를 알아줄 것입니다. 그러니 법부까
지 가는 요란함은 없을 것입니다. 제가 당할 괴로움도 더 있고 남편이 22
화내는 것도 아직 끝나려면 멀었습니다. 그러니 아버님과 어머님은 지
나치게 염려하지 마십시오. 성인이 말씀하시기를 작은 일을 참지 않으
면 큰일을 꾀하기 어렵다[10]고 했습니다. 제가 지금 당장 원통한 것을
참지 못해 애태우다가 죽는다면 이는 간사한 사람의 계획에 맞춰주는
것일 뿐 조금도 유익한 것이 없을 것입니다. 바라건대 어머님께서는
너무 염려하지 마시고 나중을 생각하십시오."

하고는 태연히 염려를 하지 않으니 공이 탄식하며 말했다.

"우리끼리 근심만 하고 있을 것이 아니다. 조태사는 관대하며 어지니
온갖 일에 지혜가 뛰어나 분명 짐작하는 것이 있을 것이다. 명윤이 화
가 난들 어찌 제 마음대로 할 수 있겠느냐? 명윤이 이곳에 와 난리를 23
부려도 너와 네 아들은 보여주지 않을 것이다. 저 푸른 하늘이 네가 누

10) 작은 ~ 어렵다 : {쇼불잉즉[小不忍則] 난ᄃᆡ뫼[亂大謀ㅣ]}. 『논어(論語)』 「위령공(衛靈公)」 편에 나오는 말임.

명을 쓴 채 목숨을 마치게 하지는 않을 것이다."

이렇게 말씀하니 한씨가 애달픈 마음을 참지 못해 눈물을 마구 흘렸다. 그러나 끝내 자신의 방에서 일을 하는 종이 훼방을 놓은 것인 줄은 알지 못했으니, 이는 한씨에게 일어나는 재앙의 고비가 예사롭지 않았기 때문이었다.

다음 날 조학사 명윤이 화가 잔뜩 난 채 집으로 돌아와 태부인을 뵙고 물러난 후 아버지와 할아버지께 그날 본 해괴한 일을 일일이 말씀드리고 흉한 편지를 드렸다. 진왕이 다 본 후 태사 기현을 돌아보며 말했다.

"네 생각은 어떠하냐?"

24 태사가 자세를 고치고 대답했다.

"어리석은 명윤이 매사에 말과 행동이 막되었으니 어찌 혼자서 아내를 잘 거느리며 자신의 집을 잘 다스리겠습니까? 한씨는 지체 높은 명문가의 요조숙녀인데 복 없는 운명 때문에 명윤의 짝이 되어 이런 누명을 쓰게 된 것이니 불쌍하고도 아깝습니다. 제가 자식을 잘 가르치지 못해 아들놈이 식견이 어둡고 사람 보는 눈이 밝지 못하여 자기 아내의 현명함과 어리석음을 분별하지 못하니, 지식이 있는 사람으로서 가엾고 불쌍할 따름입니다. 한공을 대할 낯이 없습니다."

평능후 유현이 웃으며 말했다.

"세상일이란 예측하기 어려운 것이니, 이런 일을 겪어보지 못한 아이들
25 의 행동으로는 이상한 것도 아닙니다. 그 편지 내용에 공주와 한 마음을 먹었다고 되어 있는 것을 보니 한씨만 집안에서 쫓아내려 한 것이 아닙니다. 이상한 것은 한씨와 공주를 해치려는 자가 누구인지 알기 어려운 것입니다. 이 일은 그들의 시녀무리와 결탁하여 된 것이겠지만,

한씨의 모습을 하고 명윤에게 보였던 자는 어떤 사람일까요?"

명윤이 말했다.

"제 눈이 어둡지 않은데 한씨인지 아닌지 몰라보겠습니까? 한 방에 있던 종들도 다 한씨로 보았습니다. 제가 눈앞에서 그런 참혹한 일을 직접 본 것이 아니라면 어찌 사람을 의심하겠으며, 군자라고 하겠습니까?"

초공이 명천을 보며 말했다.

"명윤이 가진 편지의 내용을 보면 공주 역시 마찬가지이다. 네 생각은 26
어떠하냐?"

명천이 자세를 고치고 말했다.

"형이 이미 한씨 형수의 얼굴을 분명히 보았고, 그 손에서 편지를 빼앗
았다고 하니 거짓이라고 하지는 못할 것입니다. 제 어리석은 생각에는
형이 형수를 잡았을 때 놓치지 말고 오래 두고 봤더라면 참인지 거짓인
지 알았을 텐데, 놓아버린 것이 잘못입니다. 만일 세상에 사람의 얼굴
을 바꾸는 약이 있다면 한씨 형수가 누명을 쓰게 될 테고, 모습을 변화
시키는 약이 없다 해도 형수는 억울함을 참지 못할 것입니다. 저희들
은 나이가 어리고 세상일을 다 경험해보지 못했으니, 어찌 이 일을 가
려잡을 수 있겠습니까? 다만 어른들과 아버님께서 결정하실 일입니다. 27
공주나 형수나 아직 그들을 해할 원수가 없으니 누가 한 일이라고 하겠
습니까? 다만 이는 우리 가문의 남부끄러운 큰 변이니 요란하게 발설
하지 말고 아직은 조용히 두면 머지않아 범인이 발각되지 않을까 생각
합니다."

초공이 다 듣고 기쁜 기운을 미간에 가득히 띠고 머리를 끄덕이며 말했

다.

"아이의 생각이 바로 이 할아비 뜻과 같구나. 일이 급하다보면 반드시 서둘다가 급하게 처리하는 부분이 있으니 너희는 이 일을 내색하지 말고 끝까지 어떻게 되는지 지켜봐라."

노공이 탄식하며 말했다.

"사람 중에 얼굴이 남보다 뛰어나면서 그 마음속 또한 현명하고 정숙
28 한 자가 드물다더니, 한씨와 공주가 이렇게 한 것은 생각 밖이다. 어찌
우리 집안의 며느리로 용납할 수 있겠느냐?"

진왕과 초공 두 사람이 대답했다.

"일이 몹시 이상스럽긴 하지만 한씨는 이미 출부(黜婦)가 되었고, 공주는 궁에 있으면서 왕래를 하지 못하게 했으니 출부가 된 것이나 마찬가지 입니다. 당장에 황제의 딸에게 이런 죄를 말로 형용하여 물은들 어찌하겠습니까? 다만 마음속으로 며느리로 여기지 않을 뿐입니다. 사정이 급해지면 분명 쉽게 발각될 것입니다. 일의 흔적이 드러나면 황제께 말씀드리기도 순조로울 것이니 아직은 참고 있으려 합니다."

노공이 말했다.

29 "너희가 매사에 생각을 하여 일을 순리대로 할 것이니, 늙은 아비는 근
심할 바가 아니다."

두 공이 절하며 감사했다.

이때 공주가 이 소식을 듣고 탄식하며 말했다.

"옛날부터 절개 있는 선비와 충성스런 신하가 곤궁에 처하고 숙녀와 가인이 명이 짧다고 하긴 했지만, 한씨같이 매우 어질고 절개 있는 사람이 이런 일에 빠지게 된 것은 의외다. 조씨 가문이 맑고 인정이 있음

에도 불구하고 집안에 변이 연달아 일어나니, 나 또한 이 가운데 참여한 죄인이다. 어찌 높은 곳의 채색한 누각에 처하여 아무 일 없는 사람처럼 행동하겠는가?"

하고 방을 버려두고 소당 아래로 내려와 화기가 있는 음식을 끊고 짚자리를 가져다가 깔며, 색이 없는 병풍과 장막을 두르고 조촐한 반찬으로 밤낮 겨우 굶주림만 면하며 날이 다하도록 창과 문을 닫은 채 사람을 보지 30
않았다. 한・유 두 상궁이 눈물을 흘리며 말했다.

"공주님께서 억울하시다는 사실은 맑은 하늘에 있는 흰 태양과 같이 분명한 것입니다. 그런데 무슨 까닭으로 소당으로 내려오셔서 존위(尊位)[11]를 굽히십니까? 저희들이 황제께 말씀드려 분을 풀게 하겠습니다."

공주가 듣기를 마치고는 가을 서릿발 같은 기세로 얼굴빛을 고치며 말했다.

"유모와 보모가 하는 말이 무슨 소린가? 내가 비록 황제의 딸로 금지옥엽이지만 살고 죽는 것과 괴롭고 기쁜 것이 조씨 낭군에게 달렸다. 남편은 작은 하늘이니, 하늘을 원망하지 못할 것이다. 그러니 나쁜 운명을 한탄할 것 없다. 시부모님의 자애로우심과 어른들의 염려해주심이
오히려 하늘과 같으시고 이런 흉한 일이 있어도 말로 이르지 않으시며 31
조용히 두시는 덕은 하늘과 같다. 그런데 내가 어찌 직분을 지키면서 벌을 기다리지 않고 망령되게 스스로 높은 체하며 시부모님과 남편의 일을 황제께 일러바쳐 분함을 씻자 하겠느냐? 그대가 나로 하여금 강상의 죄를 짓게 하여 용납 받지 못할 죄인이 되게 하려 하는구나. 남편

11) 존위(尊位) : 높고 귀한 자리 또는 그 자리에 앉은 사람. 예전에 천자(天子)의 지위를 이르던 말임.

이 나를 의심하지 않는다고 해도 높은 누각에 있으면서 걱정 없이 지내
기만 할 뜻이 없었기에 거처를 옮긴 것이니, 내 스스로 내 뜻에 따른 것
이다. 남편이 나를 핍박하고 보채지 않았는데 그대들이 원망하는 것은
32 잘못이며, 나에게 이 말을 한 것도 종과 주인간의 도리가 아니다. 10년
동안 은혜로 키워준 정만 아니라면 죄를 다스릴 것이다."

말을 마쳤는데 그 기세가 가을 서리 같고 여름날 태양 같으니 한·유 두 상궁이 놀라 두려워하며 물러났다.

남씨가 와서 공주의 거처와 먹고 입는 상황이 이러한 것을 의외라 여기며, 집안에 어떤 요사한 사람이 있어 이런 흉악한 일을 지어내 희롱하는지 공주의 앞날 내다봄을 예측해볼 뿐이라고 생각하며 말했다.

"저 같은 사람은 어리석어서 남으로부터 해를 입고 여러 번 죽을 액을
당하며 한궁으로 잡혀가 욕을 당하고 연궁에 갇히는 것을 면치 못했습
니다.[12] 그렇지만 공주께서는 황실 가문에서 태어나셨고 만 리를 내다
보는 현명함이 있으셔서 앞날을 미리 헤아려보실 줄 아시니 스스로 몸
33 을 보호하실 계책을 생각하셔야지 어찌 소당에서 괴로움을 감내하며
옳고 그름을 판단하지 않으십니까?"

공주가 절하며 말했다.

"숙모의 염려와 은혜는 제가 뼈에 사무치게 느끼며 명심하고 있습니다. 제 행실이 천지신명을 저버렸으며 효성이 천박해 어른들을 무고했다는 누명 때문에도 죄가 막중하게 되었는데, 게다가 또 매우 음탕하고 악하다는 누명을 얻게 되었습니다. 그러니 어찌 진심으로 분하고 원망

12) 저 ~ 못했습니다 : 남씨에게 음심이 있던 연왕과 한왕 때문에 남씨가 한궁에도 가고 연궁에도 갇혔던 내용이 『조씨삼대록』 16권에 있음.

스럽지 않겠습니까? 다만 이 일을 거울삼아 생각할 때 주공이 충성과
어짊으로 왕실을 붙들다가 누명을 면치 못했으니 만일 금등서(金藤書)
가 없었다면 어찌 성왕으로부터 용납을 받았겠는가[13] 싶습니다. 제가
애매한 것을 스스로 벗어보려 한들 벗지 못할 것입니다. 제 액운이 다 34
하게 되면 금등서(金藤書)가 저절로 나와서 자연스럽게 덕을 욕되게 했
던 것을 눈같이 씻어줄 것입니다. 그러니 어찌 지레 꾀를 내어 누명을
벗으려 하겠습니까?"

남씨가 눈물을 흘리며 말했다.

"왕녀이자 황제와 황후의 존귀함이 있음에도 불구하고 이런 힘들고 어려운 일을 당하다니 어찌 한스럽지 않습니까?"

공주가 태연스레 대답했다.

"만승천자(萬乘天子)[14]도 천한 곳에 내려와 떠돌아다니며 곤궁하게 지
냈고, 대 성인도 수레를 타고 천 리를 다니며 여러 곳에서 반생동안 수
고했습니다. 제가 비록 황가의 딸이지만 한 명의 여자이기도 합니다.
이 젊은 여자의 운명 길을 곤궁하게 하시니 무엇을 한탄하겠습니까?
평생이 남편에게 매어 있으니 어찌 이런 일을 당한 것을 제가 스스로 35
면하겠습니까?"

남씨가 또 탄식하며 말했다.

"그렇지만 이미 시부모께서 죄를 꾸짖지 않으셨고, 조카 명천 또한 공

---

13) 주공이 ~ 받았겠는가 : 『서경(書經)』「주서(周書)」의 〈금등(金藤)〉이라는 글을 보면, 쇠 끈에 묶인 상자에서 나온 주공의 글을 가리켜 '금등'이라고 함. 관채의 모략으로 주공이 성왕의 의심을 사서 피신해 있었는데 천재지변이 일어나 성왕과 대부들이 금등서를 열어보니, 무왕이 병들어 누워 있을 때 주공이 자신을 대신 죽게 해달라고 비는 글이 나왔으며 성왕은 이 글을 보고 눈물을 흘리며 자신이 주공의 충성심을 다 알지 못했다는 뼈저린 뉘우침을 했다고 함.

14) 만승천자(萬乘天子) : 황제를 달리 이르는 말.

주를 죄인이라고 말하는 것을 듣지 못했습니다. 그런데 무슨 까닭으로 소당에서 벌 받기를 기다리며 옷과 음식을 줄여 황제와 황후가 낳아 길러주신 천금 같은 몸으로 괴로움을 감내하고 있습니까?"

공주가 천연스럽게 대답했다.

"이런 누명으로 몸을 덮어 황제와 황후께서 낳고 길러주신 바에 욕을 끼쳤으니 소당에 머문다 하여 더 괴로움이 있겠습니까? 비록 황제께서 얼굴을 보시며 죄를 따져 묻는 말씀은 없으셨지만 제가 염치가 있으니 이렇게 하는 것이 당연합니다. 게다가 남편이 의심을 하면서도 어른들
36 의 명령을 따르고 있는 것이니 제가 마음이 어찌 편하겠습니까?"

남씨가 탄식했다.

"어짊과 덕으로 예절을 따르고 행하는 것이 이와 같으니 어찌 천지신명이 그것을 갚아주지 않겠으며 곁에 계셔주지 않겠습니까? 복이 돌아올 것이니 한 때의 재앙과 액운이 뜬구름같이 쓸려버릴 것입니다."

하고 옥 같은 손을 잡으며 불쌍하게 여기는 마음을 제어하지 못했다. 그런데 이때 남씨가 문득 보니 공주의 팔에 앵혈이 그대로 있었다. 남씨가 매우 놀라서 얼굴빛을 고치고 탄식하며 말했다.

"제가 죽을 곳에서 살아나서 오늘을 당하게 된 것은 황후의 산과 바다와 같은 은혜 덕택입니다. 천지 같은 큰 은혜를 마음과 뼈에 새기며 적은 충성이나마 오직 공주께 다 바쳐 황후의 큰 덕택을 갚으려 했는데,
37 공주께서 조씨 가문으로 시집을 오시니 다행으로 여기며 일가친척으로 지내며 평생을 모실 마음이 극진했습니다. 또한 조카아이가 기특하게도 군자다운 큰 도를 지녔으며 성자로서의 덕이 가득하였으므로 뛰어난 재주와 덕을 지닌 공주께서 아름다운 짝이 되신 것을 기쁘게 여기

며 길이 봉황같이 쌍을 지어 노닐며 자손이 시원스레 잘 되기를 바랐습
니다. 그런데 이제 액운을 당하는 것도 의외의 일이거니와 공주님의
팔에 앵혈이 그대로이니 이는 분명 불행한 일입니다. 액운을 벗은들
명천의 정이 박하다면 공주께서 어찌 즐거움을 얻으실 수 있겠습니까?
이것은 작은 근심이 아닙니다. 공주께서 아직 세상 물욕과 부부간의
정을 알지 못하시지만 여자가 박명하다는 것이 이와 다를 바가 없다고 38
생각합니다."

공주가 옥 같은 얼굴이 붉어지고 연꽃 같은 뺨이 붉어져서 비록 말이 없었지만, 그 고운 거동이 남보다 뛰어나 선녀와 같이 아름다운 자질은 맑은 옥 같고 밝은 구슬의 티끌을 씻어낸 듯하며, 봄 정원에 있는 꽃의 정령이 향기를 다투어 뿜어내는 것 같았다. 아름다운 눈썹[15]에는 상서로운 기운이 어려 있으며 온갖 자태와 아리따운 광채가 방안에서 반짝였다. 남씨가 침착한 성격이었음에도 불구하고 명천의 매몰참을 안타까워하며 다시 말을 못하고 날이 새도록 기뻐하지 않다가 돌아와서 정씨[16]에게 이 일을 전달하며 탄식했다.

"공주 같은 미녀가 남편으로부터 소원한 대접을 받으니 진실로 세상일
은 모르겠습니다. 만일 이 말이 궐 안으로 들어가 황제와 황후께서 알 39
게 되면 어찌 놀라지 않으시며, 조카아이를 이상하게 여기지 않으시겠
습니까? 작은아버님과 시아주버니께서 가르침으로 자손을 교훈하지
않은 것 아닌가 생각하실 것이니 충분히 생각하여 조카를 타이르십시
오."

---

15) 아름다운 눈썹 : {팔자춘산[八字春山]}. 미인의 고운 눈썹을 비유적으로 이르는 말임.
16) 정씨 : 유현의 첫째 부인. 명천의 어머니를 가리킴.

정씨가 탄식하며 말했다.

“남자가 의외로 후하거나 박한 일은 많습니다만, 공주처럼 복과 덕이
있는 사람 가운데는 이런 이가 없을 것입니다. 그러나 명천이 아직 다
른 처나 첩이 없고 설사 마음을 둔 곳이 있을지라도 식견이 있고 대의
를 아는 아이이니 이유도 없이 황제의 딸과 부부지간의 의를 폐하겠습
40 니까? 요사이 할머님의 명이 있어서 혜선궁에 출입하는 것은 끊었지만
우리는 의심하지 않았는데 부인의 말을 들으니 무슨 일로 정이 막혔는
지 명천에게 물어봐야겠습니다. 그나저나 집안에 요사한 사람이 없을
것 같긴 하지만, 한씨와 공주를 재앙에 빠지게 하니 실로 놀랍지 않습
니까? 공주가 고초를 겪는 것에 골똘하여 다른 생각이 없는 것을 다행
스럽게 여겼습니다. 물론 명윤이 얻은 편지는 한씨와 공주를 해하려
하는 것이었습니다만, 만일 편지의 내용이 진실이라면 천고에 두지 못
할 큰 악행이 될 것입니다. 어른들께서 처분 없이 침묵하시고 나중을
살펴보자고 하시니 우리들은 존엄한 뜻을 따를 뿐 애매하다하여 일을
41 그만 두자고 우리 입으로 건의하지 못하니 어떤 사람이 저지른 일인지
알겠습니까? 그대는 공주와 각별히 친한 사이라서 서로 숨기는 것이
없으니 내 뜻을 전하고 건강[17]이 상하는 염려스러운 일이 없게 하십시
오.”

남씨가 웃으며 말했다.

“공주의 현명함이 만 리를 내다보고 미리 헤아리니 어찌 저의 위로와 권면을 기다리겠습니까? 다만 뜬구름 같은 것이 윗사람의 총명을 막아

17) 건강 : {옥보방신(玉步芳身)}. 귀한 분의 걸음걸이와 몸이란 뜻으로, 남의 건강을 비유적으로 이르는 말.

서 가리는 것은 없앨 수 있겠지만 부부간의 즐거움은 진실로 마음대로
못할 것입니다. 만일 공주가 그런 사실을 알게 된다면, 말하건대 사람
으로서 어질고 바른 행실과 견줄 사람 없는 미색과 태도를 지녔음에도
불구하고 남편으로부터 박정한 대우를 받는 것을 애달파 할 것입니다.
명천이 효성이 뛰어나 평생 시아주버니의 명을 거역하지 않았으니, 아 42
주버님께 말해 타일러 가르치게 하십시오."

정부인이 아들의 일을 염려하여 그 후에 평능후 유현에게 이 일을 전하
고 공주를 안타깝게 여겼으나 평능후는 웃으며 말했다.

"부인 여자들은 아무리 지혜로워도 자잘하게 의심하는 마음이 있군요.
명천이는 남자 중에서도 성인이고 까마귀나 까치 무리 가운데 있는 봉
황입니다. 뜻이 넓고 크고 기량이 온화하고 넓으니 천성이 이와 같아
서 임금을 섬기고 정사를 다스리며 나라를 다스려 온 천하를 평안하게
하는 법도로 자기의 몸을 닦고 집안을 다스리는 것도 족하게 할 것입니
다. 그러니 무슨 이유로 공주 같은 숙녀와 맺은 윤리를 끊겠습니까? 앵
혈이 있는 것을 아는 척하는 것은 너무 자질구레한 태도입니다. 뜻과
기운이 서로 맞으면 공경하고 화합하겠지만 부부간에도 도리는 서로 43
침범하지 않아야 한다는 원칙이 그 가운데 있는 것입니다. 앞으로 화
목하게[18] 지내면서 자손이 번창 하게 될 것이니, 어찌 한 때 앵혈이 있
다하여 의심을 하겠습니까? 내가 아비가 되어가지고 자질구레한 일을
아는 체 하는 것은 이상합니다. 이 아이가 일찍이 내가 큰 소리 내는 것
을 보지 않았음에도 나를 보면 두려워하고 내 앞에서 말을 다 못하니

18) 화목하게 : {종고지락(鐘鼓之樂)}. 종과 북을 치며 즐긴다는 뜻으로, 부부 사이의 화목한 정을 이르는 말임.

부인이 시험 삼아 물어보십시오."

여러 날 후 정씨가 명천을 불러 공주에게 후하게 대하는 것과 박하게 구는 것을 물으며 만 가지로 이해할 수 있도록 타일렀다.

"공주가 액운으로 인해 간사한 사람으로부터 누명을 쓴 혐의가 있지만 현명하고 정숙한 것은 사람마다 다 아는 것이다."

44 명천이 말씀을 드리려 하는 차에 아버지가 들어와 어머니 곁에 함께 앉았다. 엄한 부친 앞에 있게 되자 명천이 긴 말을 못하고 공손히 손을 모으고 대답했다.

"어머님께서 염려하시는 것을 제가 삼가고 두려워합니다. 공주는 저와 어려서 혼인을 한 사이이며, 임금님과 부모님이 맡기신 정실입니다. 제가 어리석지만 공주를 박하게 대접하지 않은 것은 어머님께서도 아시는 바입니다. 근래 발걸음을 끊은 것은 사실이든 아니든 불평한 마음이 있기 때문으로 나중에 결말을 보신 후 부부간에 정이 두터운지 박한지를 물어주십시오. 오늘 어머님께서 지나치게 염려하시는 것은 의아합니다."

정씨가 말했다.

"요사이의 일에 대해 묻지 않는 것은 그렇다지만, 네가 혼례를 한 지 일
45 년이 지났는데 어찌 앵혈이 그냥 있느냐? 네 어미가 오늘에서야 알았
으니 모른 체 할 수 있겠느냐?"

명천이 미소를 짓는데, 두 눈과 얼굴이 온화해지고 옥 같은 이에 붉은 입술, 꽃이 피어오르는 것처럼 시원스런 얼굴과 볼만한 행동은 진실로 공주의 아름다운 짝이 될 만했다. 고개를 숙이고 다시 말을 하지 않으니 정씨가 정색을 하고 말했다.

"내가 지금 하는 말은 모자간의 지극한 정담인데 네가 어찌 웃기만 하고 대답하지 않느냐?"

명천이 사죄하며 말했다.

"어머님께서 염려하시는데 어찌 웃겠습니까? 다만 제가 생각지도 않은 염려를 하시니 안타깝습니다. 붉은 점은 오늘이나 내일이나 없애기 쉬운 일이니 부부간의 정이 두터운지 박한지를 이것으로 판단할 것은 아닙니다. 제가 경박하긴 해도 부부간의 정과 같은 이런 일에 있어서 이 46
미 지나간 사건으로 부모님의 마음을 어지럽게 하지는 않을 것입니다. 하지만 할아버님의 명령을 어찌 거역할 수 있겠습니까? 공주의 억울함이 밝혀지지 않으면 모르겠지만 이 일이 허탄한 것이었다고 밝혀지면 제가 부부간의 의리[19]를 가볍게 여기지 않겠으니 이 일로 염려 하지 마십시오."

평능후 유현이 표정을 감추고 모자의 대화를 듣다가 웃음 지으며 말했다.

"네 말이 옳다. 네 어머니는 지나치게 염려하지만 공주는 별로 거리끼지 않을 것이다. 그러니 할아버님 명령을 따라라."

명천이 머리를 숙였다. 충만한 효성이 천지신명을 감동시키니 하물며 부모의 마음이야 어떠하겠는가? 이후로 평능후 유현과 정씨가 공주를 자주 찾아가 어루만지고 위로하였는데, 공주의 효성 있음과 유순함이 생에 47
게 뒤떨어지지 않았다.

이때 조학사 명윤이 한씨를 다스려 분을 씻기 위해 어른들께 말했으나 태사 기현이 오히려 자신을 꾸짖고 진왕과 초공 두 사람이 없었던 일로

---

19) 부부간의 의리 : {결박지의}. '결발지의(結髮之義)'의 오기로 보아 이와 같이 옮김.

하려 하니 분을 풀 곳이 없었다. 생각해보니 죽일 죄인을 지나치게 인정 있게 대해서 해롭게 하는 듯했으므로, 한씨 집안으로 가서 직접 죽여야겠다는 마음이 들었다. 그러나 간사하고 흉악한 음탕한 부녀자가 밖에 나오지 않으니 어찌할 도리가 없어서 살려두고 있었다. 어떻게 하면 이 분을 풀까 생각을 하다가 명천에게 말했다.

"지난 번 범생의 주머니에서 편지가 빠질 때 난옥을 주웠는데, 이제 또
48 한씨의 음흉함을 눈으로 보고 흉악한 편지를 눈으로 보았다. 자고로 빼어나게 아름다운 여자가 절묘한 일을 저지르는 경우가 있으며, 그 사나움이 무측천(武則天)[20]이나 여후(呂后)[21]보다 더 심하니 집을 망하게 할 뜻이 있는 것이다. 내 두 눈으로 분명히 보고도 가만두는 것은 장부로서 할 일이 아니다. 공주는 그럴 리가 없으니, 음탕하고 악한 한씨가 혹시 공주를 홀려 같은 무리로 삼은 것이 아닌가 싶다. 너는 어떻게 하려 하느냐?"

명천이 웃으며 말했다.

"부부라고 해서 모든 일[22]에 그 마음을 알 수 있겠습니까? 다만 한씨 형수의 행동을 모르는 바가 아닙니다. 형수는 우리 집 맏며느리로서 만금같이 귀중하게 여김을 받으며 형의 대접이 태산같이 높으니 여자
49 의 복으로서 흠이 없고 만사가 뜻대로 되는데 무슨 이유로 간통하는 사내를 찾아 간악한 일을 주고받아 자신의 앞길을 스스로 망하게 하겠

---

20) 무측천(武則天) : 당 고종의 황후(皇后). 정궁(正宮)을 모해하여 황후가 되고 고종이 죽은 후에는 스스로 제위에 올라 국호를 주(周)로 개칭함.

21) 여후(呂后) : 한고조의 황후. 고조를 보좌하여 진(秦)나라 말기 한(漢)나라 초기의 국난을 수습하였으나, 고조가 죽은 뒤 실권을 장악하여 유씨 일족을 압박, 그의 사후에 여씨(呂氏)의 난을 초래했음.

22) 모든 일 : {일일지간}. '일일'은 모든 일을 뜻하는 옛말.

습니까? 삼척동자라도 생각해보면 절대로 할 리가 없을 일입니다. 또
한 공주는 황제의 딸로 존귀하며 여자 중 군자인데 어찌 같은 무리가
되겠습니까? 의심이 드는 것은 아니지만 사실이든 아니든 마음이 편하
지는 않습니다. 조카가 조씨 집안의 혈육이 아니고 간통하는 사내로부
터 난 것이라고 쳐도 그 모습이 완전 큰아버님과 같으니, 형이 형수를
의심한다하여 혈육까지 저버리는 것은 지나치게 심한 것입니다. 우리
가 비록 항렬로는 육촌사이 이지만 한 형제 같은 기운이 있고 심정이
서로 같으니 어찌 그 뜻을 속이겠습니까? 어른들의 염려대로 머지않아 50
무슨 일이 발각될 것이니 우리는 도리에 따라 명을 따르고 참을 뿐, 조
급하게 구는 것은 장부가 할 일이 아닙니다. 형은 이 아우의 용렬함과
어리석음을 비웃지 마시고 노여움을 가라앉히십시오."

명윤이 탄식하며 말했다.

"어질구나! 너와 나의 식견이 판이하게 다르니 형이 되어 어찌 부끄럽지 않겠느냐? 내가 분한 마음을 품긴 했지만 장래를 지켜보겠다."

이후로 한씨 모자를 죽일 마음은 거두었지만 때때로 한공을 보면 어서 한씨를 죽여 자신의 분을 풀어달라고 보챘다. 그래서 한공이 문지기에게 당부하여 조학사 명윤이 오면 안으로 들이지 말라고 했다.

하루는 명윤이 문지기가 막는 것에 매우 화가나 칼을 빼 종에게 주며 51
문지기의 머리를 베라고 하니 모든 종들이 놀라 얼굴빛이 변하여 일제히
달아났다. 명윤이 외당에 앉아서 한공을 만나려 했지만 공은 나타나지 않
고 종을 시켜 변하(汴河)23)에 가서 다음 날 오신다고 전했다. 이에 명윤이
제 맘대로 걸어 들어가 선월정에 이르렀다. 이때 한씨는 변을 당한 이후

23) 변하(汴河) : 중국 수나라의 양제가 만든 운하. 황하(黃河) 강과 회수(淮水) 강을 연결했음.

로 선월정을 떠나지 않고[24] 문을 잠근 채 태양을 보지 않으며 한숨 쉬고
한탄하기를 멈추지 않았다. 부모가 매우 불쌍하게 여겨 자고 먹기를 권했
지만 듣지 않았으며 악하다는 평판을 얻게 된 것이 서러워 베개에 머리를
던지고 누워있었다. 그런데 천만 뜻밖에 문 여는 소리가 났다. 문을 안에
52 서 잠갔으므로 명윤이 힘을 다해 문을 떼고 들어가니 모든 시녀들과 유모
가 얼굴이 흙빛이 되었다. 명윤이 성난 눈으로 한씨를 자세히 살펴보자
한씨가 조용히 일어나 맞이했다. 구름 같은 탐스러운 머리털이 산산이 흩
어져 옥같이 아름다운 얼굴을 가린 것이 마치 얼굴이 티끌에 싸여 있는
것 같으니, 밝은 해가 고운 구름 속에 들어가 있는 것처럼 기이했다. 미워
하는 마음으로 보는데도 볼수록 마음속으로는 아름답다는 생각이 들었
다. 꾸미지 않아서 더욱 아름다운 얼굴의 빛이 방안에 찬란했고, 가느다
란 허리는 초라한 옷을 무색하게 만들 정도였다. 슬퍼 보이는 듯한 태도
의 절묘함과 어여쁜 모양은 금부처라도 돌아서게 하고 대장부를 애타게
할만 했다. 명윤이 돌과 같은 사람도 아니고 쇠와 같은 사람도 아니니, 어
53 찌 한씨를 해칠 마음이 생겨나겠는가? 분노의 기운이 하늘을 찌를 듯했
었는데 막상 보게 되니 눈이 어리어리해지고 마음이 녹아버렸다. 그러니
어찌 죽이려 하겠는가? 오히려 마음이 근심스럽고 즐겁지 않아 넓은 눈썹
을 찡그리고 오랫동안 자세히 들여다 볼 뿐이었다. 이에 한씨가 걸음을
옮겨 작은 방으로 피하려고 하자 명윤이 갑자기 비단 치마를 부여잡으며
말했다.

"비록 정을 둔 사람이 따로 있겠지만 이 조생도 대면은 할 사람이니 잠깐 앉아서 말을 들으시오."

24) 떠나지 않고 : {쩌ᄂᆞ며}. 문맥을 고려하여 이와 같이 옮김.

한씨가 매우 화가 났지만 하늘 땅 같고 큰 바다 같은 이해심이 있었으
므로 얼굴빛을 태연하게 하고 멀찍이 비단 병풍에 기대어 앉았다. 이에
명윤이 탄식하며 말했다.
"내가 그대를 얼마나 좋아했는데 음흉하고 의롭지 못한 뜻으로 여자로
서는 차마 하지 못할 흉한 일을 저지르고, 또 내가 죽이지 않고 무사히 54
두었음에도 불구하고 감사한 줄 모르고 오히려 문지기에게 당부하여
내 발길을 막고 끝끝내 간부와 화락하려 하는가? 천하에 그대 같은 여
자가 있겠는가? 내가 비록 변변하지 못하지만 칼을 날려 내 마음의 분
을 풀고 싶소. 그러나 선비로서 정실부인의 자리에 있던 사람이기 때
문에 생각하여 참았는데, 오늘 또 나를 피하려고 하는가? 그대의 재주
가 아무리 빼어나다고 해도 이 조명윤을 버리고 간부와 무사히 즐겁게
지내지는 못하겠다는 생각이 들어 이제 또 흉한 모의로 나를 죽일 마음
이 든 것인가? 그래서 이제는 나를 배반하려 하는 것인가? 그대의 생각
을 자세히 말하라."
한씨가 듣고는 얼굴빛을 고치고 탄식하며 말했다. 55
"저의 수많은 죄악은 말할 것도 없습니다. 가만히 생각해보니 그대의
행실이 해와 달 같아 예가 아닌 말은 삼가는 것이 옳겠습니다. 저의 다
른 죄는 천 가지를 말씀하셔도 괜찮지만 음란하고 흉한 편지는 그대가
친히 보셨다고 하는데 승복할 수가 없습니다. 저를 죽이지 않는 것은
너그러운 일이지만, 누군가를 애매하게 만드는 일이 된다면, 이렇게 모
욕을 주는 행동도 군자의 처신에는 해가 되지 않겠습니까? 그대를 피
한 것은 그대가 나를 보면 죽이려고 한다 했으므로 내가 비록 쓸데없는
사람이지만 부모님의 낳고 길러주신 몸으로 칼 아래서 죽는 것은 부질

없는 일이라는 생각이 들었기 때문입니다. 또한 그대로 하여금 경박한
56 행동을 하는 것을 면하게 하기 위해서였습니다. 구차하게 살려고 하는
것은 원통한 누명을 씻고 죽어서 좋은 귀신이 되려 하는 것이니, 그대
는 화를 참고 나 죽이는 것을 천천히 하여 일의 끝을 보십시오. 만일 죄
가 분명해지면 웃음을 띤 채 칼을 받을 것이고, 억울함이 밝혀지면 깊
은 규방에서 늙을 때까지 지내면서 시부모님의 산과 같은 은혜와 바다
와 같은 덕을 오랫동안 축원하려고 합니다. 이외에는 달리 할 말이 없
습니다."

명윤이 한씨의 말이 끝나자 탄식하며 생각했다.

'이상하다. 하늘이 나를 태어나게 하시고 저런 미인을 만들어 같은 마
음을 지니게 하시니 그것을 기쁘게 여겼는데 행실이 바르지 못하여 나
를 저버릴 줄 알았겠는가? 저 사람의 밝은 눈빛은 현명하고 인자하며
57 정숙하고 덕이 있으며 아무리 살펴봐도 어진 기운이 외모로부터 나오
는데 어찌 그런 흉한 일을 할 마음이 있었을까? 그러나 내가 친히 눈으
로 보았으니 애매하다고도 못할 것이니, 이것이 매우 이상한 일이다.
온갖 도깨비들이 나를 희롱했다는 것도 말이 안 되고, 남을 의심하고
헤아리지 못한 것인가 하여 다시 생각해봐도 난처하니 인지상정에 기
대어 정할 밖에 도리가 없다. 어찌하면 갈피를 잡아 확정할 수 있을까?
분명한 것은 내가 현명하지 못하다는 것이구나.'

이렇게 두루 생각을 하다 보니 많았던 분이 태반은 풀어져 오히려 안쓰
러운 마음이 생기게 되었다. 그래서 길게 탄식하며 말했다.

"애매하다고 하는데, 그럼 귀신이 장난하는 것이군. 내가 비록 경박하
58 지만 부인을 몰라보지는 않습니다. 내가 또한 생각을 깊게 하여 칼을

감추고 분을 참는 것이니 그대는 나를 원망하지 마시오."

가엾고 불쌍하며 마음이 기쁘지 않아 힘없이 서로 보고 있을 뿐 일어날 마음이 생기지 않아 마주보며 앉아 있었다.

한공 부인이 이 상황을 탐지하고 술상을 보내니 명윤이 술을 마시고 금 젓가락을 들었다. 금 젓가락 빛이 흰 치아와 붉은 입술에 비쳤는데 깨끗한 옥 같은 얼굴에 붉은 빛이 점점이 있는 것이 마치 붉고 흰 연꽃이 섞여서 핀 듯하고, 아름다운 음성과 봉황 같은 눈에는 신령스러운 기운이 있고 산뜻했다. 호탕하고 시원스러운 골격과 재주와 지혜가 뛰어나 보이는 기운을 지녔으니 세상에 없는 군자였다. 한공 부부가 엿보고 감탄하면서 또한 딸아이의 몸에 누명이 있는 것을 애달파 했지만, 도대체 이런 악행을 만든 사람이 누구인지 알 길이 없었다.

조학사 명윤이 석양 무렵에 돌아오는데 자기 부인 한씨의 명쾌함을 보 59
니 기운이 가라앉았으며 그녀의 어진 행동과 맑은 행실은 음탕하고 악한
간사한 사람이 될 수 없음을 깨닫게 되었다. 그래서 한씨로 위장하여 글
을 쓰던 사람이 반드시 요괴일 것이라고 생각하며 반쯤 뉘우치고 경망스
럽게 말해버린 것을 탄식하며 이후로는 아내 욕하는 것을 그쳤다. 그리고
한 줄기 의심이 들어서 여씨와 화목하게 지내지 않고 외당에서 뭇 형제들
과 화목하게 지냈다.[25] 그러면서 늘 한씨를 잊지는 않았지만 서로 찾지
는 않았다.

이때 황제와 황후가 부마를 얻으시고는 사랑하는 정이 여타 왕들에게
보다 더 있으셨으며, 그 부부가 화락하는 것은 염려할 바도 아니라고 생 60

25) 화목하게 지냈다 : {훈디[壎篪]의 락(樂)}. '훈지상화(壎篪相和)'와 같은 뜻임. 형이 훈이라는 악기를 불면 아우는 지라는 악기를 불어 화답한다는 뜻으로, 형제간의 화목함을 비유적으로 이르는 말.

각하시어 분명 난새와 봉황새가 깃들었으니 물총새들 같은 즐거움이 있을 것으로 여기셨다. 그러니 어찌 13세 청춘에게 장신궁에서 지내는 한[26]이 있을 줄 알았겠는가? 다른 공주들은 음력 초하룻날과 보름날이면 황제와 황후를 자주 뵈었지만 혜선공주는 시집을 간 후로 직접 찾아뵙지 않고 대신 글을 올려 말했다.

"여자는 부모형제와 거리를 두고 지내야 합니다. 제가 비록 황녀이지만 대궐 밖 선비의 아내가 되었으니 궁궐에 자주 왕래할 수 있겠습니까? 저는 도리를 지켜 언행을 조심하려합니다. 그러니 이유가 없이는 대궐에 출입하지 않을 것임을 말씀드립니다."

하고는 여러 달 만에 한 번씩 들어와 알현하되 하루도 머무르지 않고 돌
61 아가니 황후가 매우 서운함에도 불구하고 여자로서의 도리상 옳은 것을 틀렸다고 하지 못하셨다. 황후가 대의를 아시는 까닭에 사사로운 정으로써 못 가게 말리지 않고 그 뜻을 따르셨기 때문에 이러한 변을 만나 궐 안 출입을 하지 않음에도 불구하고 단지 예전에 말했던 이유인 줄로만 알고 무심하게 지내셨다. 공주 또한 염려하실까 싶어 집안에서 일어난 변을 입 밖에 내지 않았으며, 부마가 왕래를 자주 하여 부모님 안부를 알기 때문에 궁궐에 들어가지 않는 것으로 하고 왕래하는 궁녀를 엄하게 금하여 곡절을 말씀드리지 않았다. 공주의 어진 덕이 이러하여 조씨 집안의 소식이 대궐 내에 거의 들리지 않았으므로 소황후 또한 오래 지난 후에야 알게 되었다.

62 화설. 소연수가 약을 사용하여 아버지의 마음을 홀리고 날마다 간사하

26) 장신궁에서 ~ 한 : {장신궁한[長信宮恨]}. 한나라 성제의 후궁이었던 반첩여(班婕妤)가 매우 아름다워 성제의 총애를 받았으나 나중에 조비연에게 총애가 옮겨가자 참소당하여 장신궁으로 물러났던 일을 의미함.

고 악독한 행동을 하며 형을 마저 죽이려고 했으나 묘책을 얻지 못하니 즐겁지가 않았다. 그러다가 해가 언뜻 삼 년이 지나게 되었다. 강릉후 소균[27]의 오장 육부에 악독함이 엉겨서 소상서 경수의 큰 효성을 잊고 연수 부자를 지나치게 사랑하면서 오랜 세월을 보내게 되었다. 조자염과 소경수가 유배 간 지 3년이 되었으므로 평진후 소천[28]과 그의 아내 주부인은 슬픔을 참지 못하고 돌아오게 할 방법을 생각하려 했다. 그러나 초공이 부녀간의 정이 있음에도 불구하고 이 일을 입 밖에 내지 않고 생각하는 바를 내 보이지 않으니 평진후와 주부인은 누가 그들을 구해줄까 걱정
이 되어 매우 번민하며 즐거워하지 않았다. 구부인[29]은 세 명의 사위와 63
며느리를 거느렸으며 만사에 풍족하니 경수 부부를 생각할 틈이 있겠는가?

세 사위 가운데 정학사[30]가 기상이 맑으며 태도가 진중하여 늘 소상서와 자신 사이의 지기간의 두터운 정과 동기간의 의리를 알았으니, 친친(親親)[31]한 정이 능히 옛 사람과 비교할 만했다. 정학사는 상서 경수가 앙심을 품은 사람 때문에 귀양을 가게 되고 연수가 부친을 꼬드겨 일을 어지럽히는 것을 분하게 여겼다. 또한 연수의 타인을 재앙에 빠지게 하려는 사나운 마음을 알아채고 모든 동정을 무심하게 보지 않았다. 그런데 연수에게는 지기(知己)라고 하면서 문객(門客)으로 대접하는 손님이 있었으니, 그 이름은 양원진이었다. 그는 말이 빠르고 지혜가 뛰어나며 꾀가 많았는
데, 연수는 그에게 홀려서 자신이 평생 지니고 있던 마음속 생각을 숨길 64

27) 강릉후 소균 : 소경수 · 연수의 아버지.
28) 평진후 소천 : 소경수의 친 아버지. 아들 소경수를 소균에게 양자로 주었음.
29) 구부인 : 강능후 소균의 부인. 소연수의 어머니.
30) 정학사 : 구부인의 세 딸 가운데 연황의 남편인 정숙교를 가리킴.
31) 친친(親親) : 마땅히 친하여야 할 사람과 친함.

수가 없었다. 형을 없앨 좋은 계책을 그 문객과 더불어 자세하게 계획하며 말했다.

"그대는 나를 위해 계교를 알려주게. 그리고 오직 그대와 나만 알고 다른 사람에게 누설하면 안 되네."

양생이 다가앉으며 말했다.

"당신의 뜻을 보니 형제간이지만 진심으로 원수가 된 것 같습니다. 당
태종도 군사를 통괄하여 거느리게 되었음에도 불구하고 형 건성(建城)
과 아우 원길(元吉)과 화목하지 못하여 그들을 베었습니다.[32] 그러니
당신이 무슨 힘으로 무사할 수 있겠습니까? 이제 어찌할 수 없게 되신
것입니다. 저를 비록 지기지우(知己之友)로 알아주시는 것은 아니지만
다 알고 있습니다. 이제 만 번 자객을 보내도 상서 소경수는 죽지 않을
65 것이고 점점 격분해서 일이 발각될 것입니다. 그러면 상서는 빛나게
되어 사면을 받고 돌아오게 될 것이며 당신은 큰 죄를 입게 될 것입니
다. 저의 얕은 견해로는 교정랑(正郞)[33] 등 두 사람에게 뇌물을 주어,
소경수가 조주(潮州)[34] 지역에서 모은 선비들과 결탁하여 도리에 어긋
난 생각을 하게 되었고, 조주 지역민들이 모두 귀순해서 머지않아 변란
이 일어날 것이라고 꾸미도록 하는 것이 좋겠습니다. 그래서 당신과
당신의 아버지가 경황이 없고 두렵기도 하며 떨려서 자객을 조주로 보
내 가서 경수를 죽이면 부자간의 도리상 안됐긴 하지만 일족이 멸망하

---

32) 당 ~ 습니다 : 당 태종은 617년 태원유수(太原留守)였던 아버지에게 권하여 병사를 일으키고 이듬 해 아버지가 당을 건국하자 진왕(晋王)에 봉해졌음. 그 후에도 젊어서 군정의 요직에 앉아 각지에서 일어난 무리들을 토벌하며 창업 초기 당 왕조의 안정에 기여함. 626년 그의 선망에 의혹의 눈길을 던지는 형 건성(建城)과 아우 원길(元吉)을 현무문(玄武門)에서 살해하고 황제로 즉위한 사건을 가리킴. '현무문(玄武門)의 변(變)'이라고 함.

33) 정랑(正郞) : {정양}. 관직명인 '정랑(正郞)'의 의미로 보았음.

34) 조주(潮州) : 중국 광동성에 있는 지명으로, 소경수의 유배지임.

는 화를 덜 수 있지 않을까 생각했다고 하십시오. 그런데 경수가 재주
가 있어서 자객을 베고 이제 병사를 일으키려 한다고 하십시오. 그렇
게 하면 그 사이 어르신과 당신은 자연스럽게 사실을 아뢸 기회가 있게
될 것입니다. 그러다가 언관(言官)이 상소를 올리면 당신은 거적을 쓰 66
고 궐문 앞에서 처벌을 기다리며 형의 사나운 죄상을 털어놓고 부친의
목숨을 살려달라고 빌면 황제께서 법률에 따라 연좌제[35]를 적용하지
않을 것입니다. 언관이 상소를 통해 부자 형제간이 원수 같았음을 아
뢰면 당신 아버지와 당신의 누명은 벗어지고 경수에게 모든 악이 돌아
가게 될 것이니 계교 중 이보다 더 좋은 것이 없습니다."

연수가 칭찬하며 말했다.

"이 계교가 묘하니 이대로 하겠다."

두 사람이 웃으며 의기양양하여 스스로 만족스러워 했다. 어진 군자의
머리를 즉시 베고 자기 마음대로 하려는 욕심이 하늘을 찌를 듯 생기자
괜한 분노가 뼈에 사무쳐 벽 위에 걸린 칼을 빼 들고 철끈을 구해서 찼다.
그러고는 이런 끈으로 잡아 매고 이런 칼로 베리라 다짐했다. 67

정학사가 이 사악한 기미를 보고 매우 화가 나 들어가서 그 철끈과 칼을 들고 순식간에 양원진을 잡아 맨 후 즉시 만형을 모의하여 죽이려 하는 것이냐며 꾸짖으니 연수가 한편으로 놀라고 겁이 나서 그 말은 다 농담이었다고 하며 애걸했다. 그러자 정학사가 웃으며 말했다.

"나라에서 양원진을 잡아들이라고 한 지 오래 되었는데 오늘 공교롭게도 여기에서 만났구나. 매우 간악한 소문이 있으니 선비가 아니라 공경(公卿)[36]인들 못 잡아매겠는가? 연수 자네도 이놈이 징계 받는 것을

35) 연좌제 : {뎨긔[梯已]}.

계기로 악을 버리고 선을 행하는 데 힘써라."

68 하고는 자신의 하인에게 분부하여 양생을 단단히 동여 매 도찰아문(都察衙門)[37]에 가두라고 한 후 장모도 보지 않고 바로 나갔다. 연수[38]가 이 상황을 보고 몹시 놀라 넋을 잃은 채 생각 했다.

'우리가 모의한 것을 들었을까? 설마 누님의 낯을 봐서라도 그러지는 않겠지? 끝내는 양생을 놓아줄까?'

또 생각했다.

'양생이 본래 모르는 외부인인데, 조정이나 정씨 가문에 혹시 저지른 죄가 있었는가?'

이렇게 생각하니 가슴속에 원숭이가 뛰어노는 듯하여 어찌할 바를 몰랐다.

이때 정학사가 양원진을 가두고 조씨 집안에 이르러 조유현을 부른 후
좌우의 종들을 내보냈다. 그러고는 소연수의 버릇없는 죄악과 매우 음악
69 한 일을 들은 대로 고하고 탄식하며 말했다.

"자고로 순제(順帝)[39]나 건성(建成)과 원길(元吉)같은 경우가 있긴 했지만, 연수 이 사람처럼 나쁜 마음은 세상에 하나뿐일 것입니다. 남매간의 의리가 있지만, 또 내 벼슬이 경조윤(京兆尹)[40]이니, 사람의 선과 악을 아는 것이 옳은 벼슬입니다. 형제간의 우애로 보나 공론(公論)으로

36) 공경(公卿) : 삼공(三公)과 구경(九卿)을 아울러 이르는 말.
37) 도찰아문(都察衙門) : 내시부에 속한 임시 관청.
38) 연수 : {영슈}. '연수'의 오기로 보아 이와 같이 옮김.
39) 순제(順帝) : 중국 원나라의 마지막 황제. 국사(國事)보다는 티베트 불교에 탐닉하고 후궁들에 묻혀 사는 등 나약한 지배자였음. 순제가 정치에 관심을 갖지 않았기 때문에 각지에서 반란이 일어났음. 태자인 그의 아들은 권력이 점점 불교 승려와 환관들에게 집중되는 것을 우려하여 순제를 퇴위시키려는 계획을 꾸몄으나 실패했음. 소연수가 자신의 부친에게 해를 끼치려 하는 상황을 의미하는 것으로 보임.
40) 경조윤(京兆尹) : 수도를 다스리던 행정 장관을 의미함.

보나 경수를 살리고 연수를 죽여야 공사에 유익하고 또 사리에 맞는 것
입니다. 그래서 양씨 집안 짐승 같은 놈을 잡아다가 황제 전에 아뢰려
합니다. 형님의 처분과 결단을 들으면 나중에 후회할 일이 없을 것 같
아 말씀을 듣고 결정을 내리려고 합니다."

평능후 유현이 듣기를 마치고 오히려 웃으며 말했다.

"연수의 앞뒤 저지른 죄목으로 본다면 진실로 죽이는 것이 마땅하나
분명한 국법으로 다스려야지 사사롭게 처치하지는 못할 것입니다. 그 70
러니 그대는 공정한 방법으로 간사한 사람을 드러내고 현명한 사람을
구하십시오. 내가 어찌 그렇게 하는 것을 막겠습니까? 다만 공적인 일
로 형을 살리고 아우를 죽이는 것이 유익하다고 하지만, 아직 소경수의
생각에 대해서는 잘 알지 못합니다. 경수의 사람됨이 효성스럽고 우애
가 있으니 이제 그 양 아무개[41]의 간사함을 황제께 알리고 그 아우 연
수를 죽음에 걸리게 하면, 경수에게 삼공의 집과 제후[42]의 부귀를 주
고 천자가 직접 삼고초려 하던 은총을 내려도 경수는 세상과 하직하고
다시는 사람을 대하지 않을 인품입니다. 그러니 이는 연수를 죽이고
경수를 버리게 되는 것입니다. 그러나 이제 연수의 죄를 밝히지 않으 71
면 경수가 유배지에서 돌아올 날이 쉽게 오지 않을 것입니다. 형이 황
제께 이 사연을 아뢰려거든 이리이리 아뢰어서 황제의 화를 누그러뜨
리고 연수를 죽을죄에서 건져서 한 목숨을 용서하게 하십시오. 소경수
의 모자와 형제가 모두 온전하게 하는 것이 사람으로서 권장할 만한 덕
입니다. 그래서 혹 소연수가 개과천선하면 좋고 경사로운 일입니다."

---

41) 양 아무개 : 양원진을 가리킴.

42) 제후 : {천승(千乘)}. 천 대의 병거라는 뜻으로 제후를 이르는 말이므로 문맥을 고려하여 이와 같이 옮김.

정학사가 옳게 여겨 사죄를 하며 말했다.

"제가 굳이 연수를 죽이고 경수를 구하려 했던 것은, 이 사건이 자객을 불러 조주에 가 악행을 도모하려 했기에 제가 양원진을 잡아 가두고 이
72 일이 발각되도록 하고 싶었기 때문입니다. 이 일을 드러내면 반드시 연수를 없앨[43] 것입니다. 그런데도 차마 하지 못하는 바는 장인어른 형제[44]가 우리 아버님과 더불어 마음을 알아주는 친구사이이기도 하고 또 장인어른과 장모님이 진심으로 경수를 아끼기 때문입니다. 형님의 지혜로움이 진실로 저의 무식함을 통찰하셨습니다. 제가 이 일을 함에 있어 인정에 가깝기보다는 공정하게 하려 했습니다. 만일 경수를 아끼지 않는다면 연수를 죽여 분한 것을 풀 것입니다. 게다가 그 일 중에서도 몹시 분해 이를 갈게 되는 부분은 형수를 빼내 거짓말을 하면서 정대홍[45]에게 맡긴 것이니, 어찌 사람이라고 할 수 있겠습니까? 내가 이제 정대홍에게 이 말을 모두 해준 뒤 황제께 고하겠습니다."

73 조유현과 정학사 두 사람이 의논을 한 후 정학사가 정승상의 집에 도착하니 정씨 집안 모든 젊은이들이 정학사를 보고 반가워하며 손을 이끌며 웃고 말했다.

"우리는 친척간이기도 하고 또 서로 마음이 통하는 두터운 정이 있었는데 이상스러운 변이 이렇게 생길 줄 어찌 알았겠습니까?"

하고는 서로 곡절을 말하니 정학사가 말했다.

"이씨는 본래 소경수의 셋째 부인이네."

---

43) 없앨 : {셔로질}. '셔룻다', '셔룻다'는 거두어 치우다, 정리하다의 의미이므로 문맥을 고려하여 이와 같이 옮김.

44) 장인어른 형제 : 평진후 소천과 강능후 소균 형제를 가리킴.

45) 정대홍 : 승상 정운기의 둘째 아들임. 양인광의 부인 곽씨가 이씨로 성을 바꿔 소경수에게 시집을 가고 다시 연수에게 부탁하여 정대홍과 혼인했음.

정한림 대홍이 듣고는 놀람을 참지 못하여 얼굴빛이 흙빛이 되어서는 오래도록 말을 못하다가 눈물을 흘리며 말했다.

“내가 식견이 얕고 지식이 어두워서 사람을 잘 모르고 사귀었으니, 무
슨 면목으로 천유[46]를 대하겠는가? 내가 지식이 심오하지 못하여 이씨
의 매우 간사하고 악한 면을 알지 못하고 아내로 잘못 취하여 이런 큰 74
변이 있게 되어 일이 풍속 교화에 어긋나게 되었으며 나에 관한 말이
언관의 소장에 오르게 되었으니 어찌 놀랍지 않겠는가? 이씨의 죄는
국법에 분명 속하는 것이니 이를 어찌 처단할 계획인가?”

정학사가 탄식하며 말했다.

“그대가 사람 사귀는 것을 잘못하여 연수에게 속은 것이 매우 분하지만 이 일은 사정을 알지 못하여 생긴 일이니 속인 사람의 잘못이 큰 것이지 속은 사람이 무슨 죄가 그리 대단하겠는가? 그대는 가서 이씨의 곁에 있는 사람들을 잡아 엄하게 친 후 물어보라. 그러면 분명 그 일의 근본을 밝히는 것은 손바닥 뒤집기처럼 쉬운 일일 것일세.”

한림 정대홍이 이 말을 들으니 술에 취하여 꾸던 꿈에서 처음으로 깬
듯했다. 그래서 정학사와 하직을 하고 바삐 안으로 들어왔는데,[47] 끔찍 75
한 짓을 하여 사람을 죽이려 한 것이 분하고 또 화가 마음에 가득하여 부
모를 뵙지 않고 바로 서당으로 돌아왔다. 그리고는 형벌 도구들을 차려놓
고 사내종에게 명하여 가서 이씨의 심복 시녀들을 다 잡아오라고 했다.
이씨가 뜻밖에 한림이 종을 보내어 시녀들을 다 잡아가는 것을 보고 매우
이상하게 여기긴 했지만 자신의 많은[48] 죄악이 드러나게 된 것임은 천만

---

46) 천유 : 소경수의 자(字).

47) 바삐 ~ 들어왔는데 : {밧비 하직ᄒᆞ고 본부의 도라와}. 정학사가 한림 정대홍의 집을 찾아간 것이므로 문맥을 고려하여 이와 같이 옮김.

꿈에도 생각지 못했다. 혹 종의 무리 가운데 한림께 죄를 지은 자가 있는
가 하고 의심할 뿐이었다. 시녀들이 잡혀 외당에 나가보니 섬돌 아래 형
76 벌 기구를 벌여놓고 한림이 넓은 눈썹 언저리에 화난 기운을 엄하게 띠고
좌우 종들을 꾸짖으며 시녀를 형틀에 올리라고 했다. 모든 시녀들이 어떤
상황인지 알지 못한 채 혼비백산하여 울며 말했다.

"저희들은 일찍이 어르신께 죄를 지은 것이 없으니 아뢸 말씀이 없습니다."

한림이 성이 나서 큰 소리를 지르며 말했다.

"네가 죄를 지은 것이 아니다. 네 상전이 큰 흉악함으로써 소씨 집안을 배반하고 나를 속이고 나에게 시집 온 것을 내가 아니 너는 숨김없이 말하여 괴로운 형벌을 받지 않도록 바로 말해라. 만일 그렇지 않으면 매를 맞아 죽을 것이다."

말을 마치고 분노를 거세게 드러내니 모든 시녀들이 이런 때를 당하여
이미 일의 기미가 이렇게 되었는데 어찌 괴로운 형벌을 받겠는가? 이씨의
77 간사함과 악함을 미워한 지 오래였다. 그러므로 이때를 당하여 이씨가
본래는 이씨도 아니고 곽씨로서 애초에 양상서의 두 번째 부인이었는데
조씨 부인을 해하려 하고 어린아이를 독살했다가 이 일이 발각되자 곽후
께서 분노하시어 양씨 집안에서 영원히 쫓아내게 했다는 이야기를 했다.
또 곽공이 죽이려 했으나 부인이 애걸하니 죽이는 대신 가둬두고 스스로
목숨을 끊게 했는데 곽씨가 담을 넘어 도망쳤다고 말했다. 또한 이시랑
부인은 곽공의 사촌 여동생 되는데, 소상서의 풍채를 흠모하여 곽공을 속
이고 거짓으로 곽씨를 규수인 척 꾸며 이리이리 청하여 경수의 셋째 부인

---

48) 많은 : {전전[展轉]}. 자꾸 되풀이함, 반복의 의미이므로 문맥을 고려하여 이와 같이 옮김.

이 되게 했다는 것도 말했다. 그러나 소경수가 박대했으므로 원한이 쌓여
서 조자염을 해치려 하고 소경수에게 분을 갚기 위해 독을 음식에 넣고 78
자객을 보내며 요사한 사람과 함께 모의하고 소경수와 조자염을 귀양 가
게 했고, 자객을 두 곳으로 또 보내 조씨는 상강에서 물에 빠져 죽게 했
고, 단약을 주어 소후로 하여금 마음이 변하게 한 것이 다 곽씨의 수단임
을 말했다. 또한 한림 정대홍의 옥과 같은 모습을 보고는 연수를 꼬드기
고 구부인을 부추겨, 정한림을 속이고 정씨 집안으로 들어온 일의 처음부
터 끝을 낱낱이 바로 털어놓았다.

그 죄상이 매우 원통할 지경이니 듣는 사람으로 하여금 즉시 머리를 베고 몸을 만 갈래로 찢고 싶은 마음이 생기게 했다. 한림 정대홍이 다 듣고 책상을 치고 큰 소리로 말했다.

"천하에 어찌 이런 심하게 음탕하고 흉악한 여자가 있겠는가? 내 이 여자의 머리를 베어야겠다."

하고 승상께 의견을 물었으며, 모든 정씨 형제들은 놀란 나머지 오히려 79
박장대소할 뿐이었다. 이에 승상 정운기가 탄식하며 말했다.

"천하에 이런 이상한 일이 있다니. 삼강오륜을 무너뜨린 큰 변이다. 지아비를 죽을 곳으로 몰아넣고 도망쳐 타인의 풍채를 사모한 여자는 세상에 곽씨뿐이다. 어찌 사사롭게 죽이겠는가? 황제께 아뢰는 것이 옳다."

하고는 정운기가 궐에서 황제 뵙기를 청하였다. 또한 태학사 정태숙[49]이 소장을 올렸는데 그 내용은 다음과 같았다.

---

49) 정태숙 : 학사 정숙규를 가리킴. 정숙규는 소연황의 남편임.

신이 듣기로 인군이 계시므로 신하가 있고 아버지가 있으므로 자식이 있으며 지
아비가 있기 때문에 계집이 있다고 했습니다. 막중한 삼강오상에 따라 형은 우애 있
80 게 대하고 아우는 형을 공경해야 합니다. 성상의 넓고 큰 은혜를 입어 사해 팔방이
모두 어짊과 의와 예학을 익히게 되었습니다. 그런데 지금 한림학사 소연수는 불효
를 하고 아우로서 도리를 지키지 않으며 간악하고 요사하여 자신의 어미를 부추겨
편협한 부인에게 위협적인 말을 함으로써 두려워하게 했습니다. 또한 인륜의 도리
를 어지럽혀 형을 해치려 하고 형수를 모함했습니다. 이에 신이 폐하께 아뢰는 것이
매우 곤란한 일이지만 국가의 풍화를 돌아볼 때 간언을 할 수밖에 없는 것이 부끄러
울 따름입니다.

강능후 소균이 딸 세 명만 두고 아들이 없으므로 평진후 소천의 막내아들 경수를
양자로 들였는데, 그 후에 연수를 낳게 되었습니다. 형제간에 재산을 다투고 시기하
81 다가 이러한 간악한 일을 하게 되었으니 신이 이제 어진 신하로서 양원진의 잘못을
멀리 던져두고 신경 쓰지 않는 것에 대해서 진심으로 탄식하게 됩니다. 제가 위로는
폐하를 위해 근심하고 아래로는 소경수 형제가 화목하지 못한 것을 분하게 여기고
있었는데, 이번에 변고를 일으킨 자를 찾았습니다. 소경수가 세 명의 아내를 두었는
데 나중에 들어와 재실이 된 조씨는 지혜와 덕이 뛰어나며 아름답고 상냥하여 재주
있는 아름다운 덕행이 세상에 없는 아름다운 사람입니다. 그러나 셋째 부인 이씨는
무고한 변을 만들고 시어미, 시동생과 한 마음으로 시아버지 소균[50]이 없을 때 날
마다 조씨를 모함하여 이리이리하며 좁고 허름한 집에 가둔 채 보채니 이것이 차마
82 사람으로서는 못할 일입니다. 그러나 조씨가 능히 참고 더욱 효를 행하고 예절을 지
켜 행했습니다. 그럼에도 연수는 뇌물을 주어 조정에 말을 올리는 길을 트고, 없는
일을 꾸며 관청에 고소하는 일이 궁궐에까지 현란했습니다. 형수를 사지로 몰아넣

50) 소균 : 강능후. 소경수의 양아버지.

었으나 하늘의 은혜로 귀양을 가게 되었는데, 그것이 모자라서 자객을 보내려고 비
밀스러운 곳에서 모의를 했습니다. 평능후 조유현이 그것을 듣고 적발하여 누이의
억울함을 씻고자 했으나, 소경수는 특별한 사람이므로 그 아우를 사지로 보내면 조
씨 집안과 원수가 될까 싶은 생각을 하게 되었습니다. 그래서 유현이 여러 해 사귄
벗의 의리를 생각하여 자객만 잡아 가두고 입 밖에 내지 않았습니다. 그럼에도 연수
는 오히려 그칠 줄을 모르고 다시 자객을 소경수와 조자염이 있는 곳으로 보냈습니
다. 그 결과 조씨는 상강에 빠져 죽고 경수는 이리이리 하여 자객을 잡게 되었습니 83
다. 그리하여 채관인 경원에게 부탁하기를, 본관(本管)[51]을 시켜 죽여 달라 했습니
다. 그러나 경원이 소연수가 자신의 형 소경수를 죽이려 하는 것을 원통하게 여겨
거짓으로 경수에게는 자객을 죽였다고 말하고 서울로 잡아 와 조유현과 의논하고
전하께 글로 아뢰어 조씨와 경수의 억울함을 풀려 했습니다. 그러나 유현이 발각하
게 하지 말라 하고 자객을 한 곳에 가둔 채 경수가 오기를 기다린 후 처치하려 했습
니다.

사람의 마음이 이러하거늘 이씨는 여전히 그들을 죽이지 못하여 연수에게 계교
를 가르쳐 이리이리 하라하고, 또 경수를 배반하는 마음으로 한림학사 정대홍의 풍 84
채를 흠모했습니다. 그래서 연수를 부추겨 정씨 집안으로 자신이 시집을 갈 수 있도
록 했고 자신의 어미도 속였으니, 천하에 이런 악한 일이 또 어디 있겠습니까? 게다
가 연수는 소균 형제가 자기 모자를 꾸짖고 경수 부부를 염려하니, 또 이상한 약을
제 아비에게 먹여 사람으로서의 도리를 흐리게 하고 그의 사랑이 자신에게 완전히
오게 했습니다. 그리고 집안의 크고 작은 일을 제 마음대로 하면서도 오히려 만족하
지 못하고 문객 양원진을 시켜 형을 죽일 묘책을 여차여차 의논하게 되었습니다. 이
때 제가 낱낱이 듣게 된 것입니다. 사람의 자식이 되어가지고 아비에게 혼미하게 되

51) 본관(本管) : 고을의 수령.

85 는 약을 먹이고 어미를 불의에 빠지게 했으며 사람을 충동질하여 형을 해치게 하고
형수를 죽였으니, 사람의 얼굴은 했지만 짐승의 마음과 마찬가지로 금수 가운데서
도 최고 악한 행동을 한 것입니다. 이미 삼강이 무너졌고 오륜이 망했습니다. 폐하
의 교화와 은혜로운 성은이 손상되었으니 폐하는 무심하지 않은 이 변고를 분명 정
대하게 처결해 주십시오. 이씨와 정대홍과 그때 그 자객과 연수와 교정랑(正郞)[52]
등을 다 대질하시고 낱낱이 흉한 계교를 물으시면 신의 상소에 있는 아주 작은 허와
실도 아실 것입니다. 신이 법을 무릅쓰면서 아룁니다.

86 황제가 다 보신 후 하늘을 찌를 듯한 노여움이 크게 일어나 매우 원통
해 하신 후 교지를 내리려 했다. 이때 학사 정숙규가 황제 뵙기를 청하고
한림 정대홍이 처벌을 기다리며 소장을 올리니 모두가 연수에게 속아 이
씨를 취한 사단에 관한 것이었다. 이씨가 본래 곽씨이고 양인광에게 쫓겨
난 아내이며, 그 저지른 패악과 경수가 박대하는 것을 거리껴 다시 정씨
집안으로 시집 온 까닭을 아뢴 것이었다. 정학사가 황제 만나 뵙기를 청
하여 일의 근본을 아뢰자 황제가 얼굴에 더욱 노기를 띠고 처결하시기를,
소연수를 가두고 그 일에 참여했던 모든 사람과 또 함께 모의했던 죄인을
다음 날 아침에 불러 모두 죄를 드러내어 말하게 했다. 이에 온 집안사람
87 들이 놀라서 조정으로 갔다. 이때 연수의 부인 교씨가 남편의 잘못을 두
고 보다가 끝내 결단하여 처치하려 했으므로, 이때를 당해 탄식하며 말했
다.

'남편이 패악하고 간악한 마음으로 흉한 모의를 하고 갈수록 죽지 못해
서 안달 난 듯, 형을 마저 죽이려다가 재앙을 받았으니 내가 내조를 잘

52) 정랑(正郞) : 정오품의 벼슬.

하지 못한 것이다. 전후에 간언을 했으나 효험이 없어서 벌써부터 죽으려 했으나 시부모님과 어린 젖먹이를 버리지 못해서 살아있었는데, 오늘 이런 놀라운 일을 당하니 결단을 내리지 못했던 것이 부끄럽구나. 비록 죽음이 늦었으나 이제라도 한 목숨을 끊어 차마 듣지 못할 소식을
듣지 않기를 바란다. 이로써 세상에 대한 부끄러움을 씻어야겠다.' 88

말을 마치고 품속에서 두어 자 정도 되는 서릿발 같은 칼을 내어 아름다운 손에 드니 구씨[53]가 놀라서 칼을 급히 빼앗으려 했다. 그러나 미처 빼앗지 못하여 가슴이 상했는데 흐르는 피가 솟구쳐 흘러 상황이 위급하게 되었다. 강능후 소균이 보고 연수의 짐승 같은 행동도 잊고 이 상황을 참혹하게 여겨 눈물을 흘리며 말했다.

"진실로 열녀로구나. 연수의 죄악이 예사롭지 않으므로 교씨가 죽으려 했으니 어찌 놀라지 않겠는가?"

하고는 교씨를 붙들어 흐르는 피를 막았다. 얼굴빛은 찬 재 같았지만 맥은 끊어지지 않았고, 기운이 막혔으나 온기가 있었다. 급히 회생하는 약
으로 구하니 교씨가 죽지 못한 것을 개탄하며 눈물을 비 오듯 흘렸다. 구 89
씨가 붙들고 위로하고 보호했으며 구씨와 시누이 등이 밤낮으로 곁에서 자리를 지키니 교씨가 다시 손을 놀리지 못하고 밤낮으로 울부짖으며 죽기를 원했다. 꽃 같은 용모가 초췌해지고 옥 같은 모습이 쇠약해져서 차마 보지 못할 지경이었다.

이때 이씨를 잡아가려 하자 정공이 탄식하며 말했다.

"내 집이 불행하여 속아서 곽씨를 얻어 이런 괴상한 짓을 보게 되었으니 어찌 애달프지 않겠는가?"

---

53) 구씨 : 소경수의 첫째 부인.

그러고는 연수의 죄 없음을 아뢰었으나 정태숙의 상소가 분명 정대하
여 다시 아뢸 것이 없으므로 물러났다. 모든 정씨 일가가 분노했으며, 한
90 림 정대홍이 종들을 호령하여 곽씨를 끌어내 위사(衛士)[54]에게 맡기니 곽
씨가 통곡하고 발악했지만 누가 구해주겠는가? 발이 보이지 않을 정도로
바삐 형조로 가니 가히 슬프구나. 곽씨는 공후의 딸로서 양인광 같은 군
자의 두 번째 부인이 되었음에도 불구하고 천 가지 방책과 백 가지 계교
로 간악한 흉계를 내어 다른 부인을 폐하고 총애를 얻으려 하다가 금 누
각과 화려한 당 안의 비단옷과 좋은 음식을 버리고 이 지경을 당하게 되
었구나. 몸이 사슬로 동여 매인 채 흉악한 천인에게 흩뿌려지며 감옥에서
천만 가지 고초를 당하니 어찌 놀랍고 애석하지 않겠는가? 구경하는 사람
들이 도로에서 혀를 찼다.

91 다음 날 황제가 금천문에서 조회를 여시고 문무백관과 종친들을 다 참여하게 하셨다. 정학사, 곽후, 정대홍[55] 등 중신들을 다 모으고 말씀하셨다.

"이처럼 간악하고 흉악한 패악을 저지른 여자는 짐이 처음 듣는다. 여러 신하들은 각각 자신의 품은 생각을 말하라."

곽후가 궁궐 계단에 엎드려 아뢰었다.

"제가 사리에 밝지 못하여 자식을 법도로 가르치지 못했습니다. 그래서 그만 이 패륜을 저지른 여자를 양인광의 두 번째 부인으로 폐하께서 사혼하시도록 한 것입니다. 과연 제 딸이 멋대로 간악한 죄를 지은 것은 대신들의 상소와 시녀 등이 실토한 것과 같습니다. 두 집안의 골육

54) 위사(衛士) : 대궐, 능, 관아, 군영 따위를 지키던 장교.
55) 정대홍 : {정태홍}. 정대홍으로 통일함.

을 해치려 했고 김씨 집안 핏줄을 얻어 자신이 낳은 것처럼 하면서 부자지간의 천륜을 어지럽혔으니 죽어 마땅한 죄입니다. 양인광이 모의
를 한 종을 죽이고 신의 딸을 죽여 버리려 했는데, 가둬두고 스스로 자 92
진하도록 하자고 아내가 애걸하며 청하여 일이 미뤄지게 되었습니다. 그랬는데 죄 지은 딸아이가 몸을 피해 도망가서는 결국 더할 나위 없이 간사한 계교를 내어 이 지경에 이르게 될 줄은 신이 천만 꿈밖입니다. 먼저 저를 죽여 없애시고 이어서 법을 집행하시기 바랍니다."

평능후 유현이 또한 엎드려 말했다.

"신이 어찌 누이를 구하고 경수를 급히 구하고 싶지 않았겠습니까? 다만 연수의 악함을 없앤 후에 경수의 액을 소멸시키려 했던 것입니다.
또한 남이 몰래 말하는 것을 엿듣고 그것만 믿고 사람으로 하여금 죽 93
을 죄를 당하게 하는 것은 옳지 않다고 생각했습니다. 자객이 잡힌 것을 보고 연수가 사람의 마음을 지녔으면 악행을 그치려니 했는데, 세월이 이리 오래 지나도록 멈추지 못하고 이 지경에 미쳤습니다. 사람을 잘못된 곳에 빠지게 한 것이 마치 제 몸에 허물이 생긴 것과 같아 분함을 참지 못하겠습니다. 아무튼 연수가 스스로 깨닫기를 기다린 것이었습니다."

황제가 탄식하며 말했다.

"경이 사사로운 생각이 없다는 것은 짐이 아는 바이다. 설강 같은 사람도 어진 사람을 만들었는데,[56] 연수는 형을 시기하고 형수를 죽이고 남을 해하려 했으니 그것이 비슷한 죄를 지은 사람보다 열 배는 더하도

---

56) 설강 ~ 만들었는데 : 설강이 조유현의 부인인 정씨를 흠모하여 유현과 정씨를 모해했었는데, 유현이 설강의 모해를 알고도 너그럽게 용서하고 살 길을 도모해 준 사건을 가리킴.

다. 선생의 생각은 어떠한가?"
조승상 기현이 절한 후 말했다.
94 "연수의 일이 매우 놀랍습니다. 그러나 마음이 약하고 지식이 없는 자
를 부추기는 사람이 어질지 못하여 도리에 벗어난 일을 하게 만들었다
고 봅니다. 그러므로 저는 단지 연수만 책망할 수는 없다고 생각합니
다. 첫째, 사람됨이 유약한 것이 허물이고 둘째, 곽씨의 사나움이 연수
를 부추겨 이런 지경에 빠지게 한 것이니 폐하께서 어진 덕으로 정상을
참작해주시기 바랍니다."
황제가 은은히 웃은 후 금위관(禁衛官)[57]과 법부(法部)[58]에게 명하여 모
든 죄인들을 눈으로 볼 수 있는 가까운 자리로 끌어오라고 하니 법관과
금위관이 예법에 맞게 준비를 한 후 모든 죄인을 불러 죄를 물었다. 그 형
95 법과 법률이 엄숙하고 위엄 있는 거동이 삼엄하여 죄가 없는 사람의 정신
도 흩어져 날아가는 듯한데, 하물며 죄를 지은 자는 말할 것이 있겠는가?
곧 곽씨의 종을 불러올려 극형으로 문초하니 마치 같은 입에서 나온 말
처럼 처음의 진술과 같았고, 세 명의 자객을 불러 물은 즉 과연 연수로부
터 돈을 받고 죄를 저질렀음을 아뢰었다. 두 자객은 평능후 유현에게 잡
혀 매여 있었고 조주로 갔던 자객은 소상서 경수에게 잡혔으나 소상서가
죽이지 않았으므로 서울로 와서 갇혀있던 전후사를 실토했다. 또한 시랑
경원이 자객과 연수에 관한 말을 했다.
"소경수가 얼굴이 부끄러워 급히 자객을 죽여 뒷날 연수의 일을 미봉
하려 했습니다. 그러나 제가 원통하여 훗날 폐하께 말씀드리려 했더니

---

57) 금위관(禁衛官) : 임금을 호위하던 관리.
58) 법부(法部) : 형벌에 관한 일을 맡아보던 관아 혹은 그곳의 관리.

조유현이 말려서 하지 못했습니다." 96

황제가 또한 교정랑(正郞)을 불러올려 예전에 연수가 무고를 했던 일을
물었다. 교정랑이 황공하여 연수가 자신을 달래고 빌던 말과 그것을 자신
이 곧이듣고 원통해하며 상소를 했을 뿐, 거짓말을 꾸며 거짓으로 국가를
속이려 한 것은 아니었다고 말하니 이를 듣고 원통해 하지 않는 사람이
없었다. 황제가 또한 연수를 불러올려 엄한 형벌로 국문을 하라고 하시니
이때 소씨 집안의 아버지와 아들 삼촌 조카들이 처벌을 기다리고 수많은
옥졸이 연수를 이끌어 대궐 문에 이르렀다. 이윽고 수십 명의 나졸들이
소리를 지르고 연수를 끌어 전 아래 이르렀다. 전 위에 황제께서 아홉 마
리 용이 있는 금 의자에 앉아 계셨는데, 얼굴 빛이 엄숙했다. 먼저 형과 97
형수를 시기한 못된 마음과 곽씨를 도둑질하여 모의하고 정씨 집안을 속
인 전후의 죄를 물으시니 좌우에서 매우 치라 하는 소리에 천지가 진동하
는 듯했다. 연수가 제후 가문의 귀한 공자로서 예쁨만 받고 자라서 일찍
이 매 맞는 괴로움도 경험해보지 못했던 차에 이와 같은 형벌을 당하니
혼(魂)이 날아가고 넋이 흩어지는 듯했다. 그럼에도 다만 머리를 흔들며
억울하다고 말하며 정태숙이 자신을 일부러 잡으려 한다고 하니 수십 대
에 이르러 살이 떨어지고 뼈가 부서졌다. 이에 슬피 울며 말했다.

"형벌을 늦춰 주십시오. 제가 전후의 악한 일에 대해 바로 고하겠습니 98
다."

하고는 드디어 종이와 붓을 가져다가 실토하는 말을 써서 올렸다. 첫째, 경수가 적장자가 된 것을 시기하고 둘째, 재주와 덕이 자신보다 여러 층 뛰어난 것을 꺼리고 셋째, 부인을 얻었는데 조씨 같은 숙녀와 짝이 되었으니 그 일이 다 이유가 있다는 생각이 들어 한스러웠다. 그래서 경수의

앞길에 마가 끼게 하고 조씨와 화목하지 못하도록 집안에 소소한 일들을
만들어 모함하여 집안 변고가 일어나게 했는데, 아버지가 돌아온 후로는
할 수가 없었다. 그러므로 형이 나라 일을 보러 나간 때에 형과 형수를 귀
양 가게 한 후 자객을 데리고 은선항 고요한 곳으로 가서 의논을 하려 했
99 는데 마침 조유현을 만나 자객이 잡혀가게 되었다. 그러나 조유현을 몰
라보고 다시 자객을 모아 조씨를 죽였는데 조씨 죽인 자객이 돌아와 말하
기를 조주로 간 자객은 끝내 그 소식을 모르겠다고 하던 것이며 이씨를
정생에게 맡겨 보내고 이씨가 거짓으로 삭발하고 중으로 꾸민 채 제 어미
를 속인 것도 말했다. 또 소경수가 멀리 있으니 그 아버지가 늘 잊지 못하
였으므로 단약을 얻어 먹여 아비의 마음을 바꿔 자신만을 홀로 사랑하게
하고 아주 형을 죽여 후환이 없게 하려고 늘 양원진과 함께 의논해왔는데
양원진이 여차여차 하라고 하여 경수에게 반역의 죄를 씌워 죽이자고 했
100 다는 말을 낱낱이 아뢰었다.

황제가 한번 살펴보시고 용상을 박차고 일어나 크게 꾸짖었다.

"천 번 죽여도 아깝지 않고 만 번 죽여도 벌이 가볍구나. 내가 본래 불
효하고 아우로서의 도리를 지키지 않는 자를 보면 원통해한다. 하물며
형을 시기하는 바르지 못한 자는 말해 무엇 하리오?"

하고 다시 엄한 형벌을 하라고 하시는데, 얼굴에 진노한 빛이 있고 엄한
노기가 그치지 않으니 매 오십 대를 강하게 때리자 흐르는 피가 가득하고
뼈가 부서지면서 혀를 빼고 반쯤은 죽고 반쯤은 산 것같이 되었다. 그럼
에도 황제가 진노하여 곤장 아래서 죽게 하려 했다. 이때 대신들 가운데
서 자주색 도포에 금으로 장식을 하고 옥 지팡이를 든 재상 한명이 대전
101 뜰에 나아와 아뢰었다. 키가 8척이나 되고 굳세니 대인군자와 같은 풍모

가 있었다. 위엄 있는 거동은 정숙하고 묵묵하며 예절에 맞는 몸가짐 또한 훌륭하였다. 드리운 손은 무릎을 지날 정도였고 용과 같은 움직임과 호랑이 같은 걸음걸이는 세상에 없는 어진 사람과 호걸의 법도였다. 화평한 기상은 빼어난 재상감으로서 음양을 조화롭게 하고 사시를 따르는[59] 듯하니, 조정안에서는 정승감이 될 만하고 나가면 대장부감이 될 만했다. 봄볕이 만물을 조화롭게 하는 것과 같은 자이니 이는 다른 사람이 아니라 좌승상 황태부 조경이었다. 조경이 나와 말하였다.

"어진 임금께서 어진 정치로 백성을 다스리시면서 교훈하시기를, 선의
를 이루게 해야지 죽이는 것은 숭상할 것은 아니라고 하셨습니다. 오
늘 소연수의 죄는 죽어 마땅하나 본심이 악하여 형을 죽이려 한 것이
아닙니다. 어리석은 뜻이 있어서 남의 꾀는 말을 들은 것입니다. 이제
형벌이 저와 같은 약골에게 더 내려지면 숨이 찰 것이니, 한 목숨이 경 102
각에 달리게 되는 것입니다. 사람을 눈앞에서 즉사하게 하는 것은 불
행한 일입니다. 또한 소균의 평생 바른 마음과 나라를 위한 큰 절개와
덕으로 자식 한 명의 목숨을 구하지 못하게 하신다면 상께는 호생지덕
(好生之德)[60]이 없는 것이고, 사람들 마음에도 측은한 생각이 들 것입니
다. 엎드려 바라건대 상께서는 세 번 생각하시어 용서해 주십시오."

아뢰기를 마치니 온화한 기운이 만물을 다 풀어지게 하여 일월의 충효와 인덕을 펼쳐둔 것 같았다. 황제께서 얼굴빛을 고치시고 칭찬하며 말했다.

"태부의 말을 들으면 내 마음이 자연 화평해져서 분한 것이 사라지고

---

59) 음양을 ~ 따르는 : {니음양슌ᄉᆞ시[理陰陽順四時]}.

60) 호생지덕(好生之德) : 사형에 처할 죄인을 특사하여 살려 주는 제왕의 덕.

103 마음이 숙연해진다. 그러나 소연수의 죄가 천지에 가득하니 만일 죽이
지 않으면 후대 사람을 징계할 도리가 없을 것이고, 국법이 풀어질까
염려되니 상부는 다시 헤아려 생각하라."
하시고 연수를 하옥하게 하신 후 곽씨를 올려 죄를 물으라 하셨다. 이에
위관(委官)[61]이 엄한 교지를 받들어 곽씨를 불러올렸고, 승상 조경은 절
한 후 물러났다. 위로는 황제로부터 아래로는 온 조정에 가득한 대신들까
지 모두 들으면서 곽씨에게 이를 갈고 그 음탕하고 악한 행동에 놀라워했
다. 곽씨를 끌어내는 광경을 보기 위해 수많은 눈들이 일시에 모였다. 곽
씨가 나졸에게 끌려 궁전의 뜰에 꿇려졌는데, 머리털은 좌우로 흩어졌고
104 큰 칼을 목에 메었으므로 운신을 못했으나 오직 그 얼굴만은 현란하게도
고와서 어여쁜 빛이 사람으로 하여금 정신이 없도록 했다. 이른바 맑은
옥 같고, 웃는 꽃 같은 미색이니 범상한 무리들이 어찌 그 음흉한 큰 악행
을 알 수 있겠는가? 그러나 미간에 살기가 등등하고 두 눈으로부터 독기
가 쏘여 나왔으니, 단지 식견이 있는 자만이 그 얼굴을 알아볼 따름이었
다.

위관이 죄명을 읽은 후 실상을 아뢰라 하니 곽씨가 생각하기에도 이미
부친의 입으로 죄의 실상을 다 말해버렸고 양 · 소 · 정 세 가문에 저지른
죄가 산같이 쌓였으며 모든 종들이 실토한 말이 분명하니 어찌 벗어날 도
리가 있겠는가? 9리(里)나 되는 긴 혀나 아홉 개의 입이 있어도 변명을 할
105 길이 없었다. 하물며 사람들이 가득한 가운데 조금이나마 염치가 있는
여자 같으면 무슨 말을 하겠는가? 그러나 흉한 심정과 독한 마음이 작은
달기(妲己)[62]와 같았으므로 소리를 꾀꼬리같이 내어 말했다.

61) 위관(委官) : 죄인을 신문할 때에 의정대신 가운데서 임시로 뽑아 임명한 재판장을 의미함.

“제가 불행하여 여자가 되었으므로 이런 죄에 빠졌습니다. 그러니 단
지 하늘과 땅이 원망스럽고 원통할 따름입니다. 계집의 사람 섬기는
도리라는 것은 남자가 임금을 섬기는 것과 같습니다. 옛말에 이르기를
어진 조정은 나무를 가리고 어진 신하는 임금을 가려 섬긴다[63]고 했습
니다. 저는 어려서부터 마음이 넓어서 남의 집 고용살이 하는 아낙이
나 숙녀와 같은 자질만으로 몸을 굽히기를 원치 않았습니다. 그래서
양인광의 영웅다운 풍채를 사모하여 폐하께 사혼을 얻어 양씨 집안으 106
로 시집갔습니다. 그러나 적국인 조씨[64]가 재상가 딸이라는 기세와 얼
굴빛의 뛰어남을 빌미로 저를 용납하지 않았습니다. 또한 자기가 복이
없어서 어린 자녀를 죽게 했으면서 좌우에 있는 사람들에게 뇌물을 주
어 제가 죽였다고 하였으니 저는 누명을 쓴 억울함을 이기지 못했습니
다. 게다가 제 아비도 자식의 사정을 살피지 않고 과격하게 화를 내어
죽고 사는 것을 잠깐 만에 결정하려 했습니다.
양인광이 저의 유모에게 혹독한 형벌을 주어 거짓으로 자백을 받아 죽
였으니 제가 한 몸을 겨우 보전하여 도망한 후 이씨 집안에 가서 친척
아주머니와 함께 남은 생을 보내려고 했습니다. 그런데 소경수가 저를
보고 혹하여 갈구했으므로 제가 계집으로서의 절개를 지키기 못하고 107
다시 소씨 집안으로 시집갔습니다. 그러나 괴물 같은 소경수가 나중에
조씨[65]의 참소를 듣고 저를 원수같이 여기게 되었습니다. 제 생각에

62) 달기(妲己) : 중국 은나라 주왕의 비. 왕의 총애를 믿어 음탕하고 포악하게 행동하였는데, 뒤에 주나라 무왕에게 살해되었음. 망국의 악녀로 불림.

63) 똑똑한 ~ 섬긴다 : {현조는 남글 갈히고 현신은 퉉쥬한다}. 『삼국지(三國志)』에서 동탁의 참모 이숙이 기회가 있을 때 서둘러 올바른 주군을 택하라고 여포를 회유하며 말했던 “좋은 새는 나무를 가려 둥지를 틀고 현명한 신하는 주군을 가려 섬긴다[良禽擇木而棲 賢臣擇主而事].”는 내용과 유사한 것으로 보아 이같이 옮김.

64) 조씨 : 조무의 딸 조월염을 가리킴.

절개를 잃는 것은 한번이나 두 번이나 다르지 않은 것 아닌가 하여 또 다시 정씨 집안으로 시집가게 되었습니다. 그러나 첩이 규방 안에서 정대홍 같은 이를 어찌 알았겠습니까? 다만 소연수가 저를 속이고 정가에게 맡긴 것이니 이는 소연수의 죄이지 저 혼자 지은 죄가 아닙니다."

아뢰기를 다 마치자 가득 모인 사람들이 서로 돌아보며 그녀가 매우 간악하고 음악한 사람인 것을 보고 더욱 흉악하게 여겼다.

108 황제가 매우 놀라서 따져 물으라 하시니 호랑이 같은 나졸과 사나운 사령들이 그 소리에 응하여 곽씨를 끌어 형틀에 올리고 매를 들어 정강이를 때리며 죄를 캐묻고 바른대로 고하라는 호령이 하늘을 울렸다. 그러나 곽씨는 갈수록 억울하다고만 했다. 한바탕 매를 다 때리자 비로소 못 견디며 바른대로 고하는데, 구부인을 꾀어 양씨 집안에 변고를 일으키고 어린아이를 독살하던 전후 악한 일을 일일이 실토했다.

이에 평진왕 조무가 아뢰었다.

"이 여자의 죄상이 분명하고 저의 실토하는 말이 그러하니 죽어 마땅한 죄입니다. 수고롭게 형벌을 주어 따져 물을 것이 아니라 형벌을 정하시는 것이 마땅합니다."

또한 사천후 양인광이 성을 벌컥 내며 분하여 말했다.

109 "이 여자의 죄상이 천지에 가득하니 머리를 베고 손발을 자르는 형벌을 내려주십시오."

황제가 얼굴빛을 온화하게 하시고 말씀하였다.

"좌우의 신하 등은 나의 뜻을 아는가? 곽씨의 죄상이 만분 원통하지만

---

65) 조씨 : 조성의 딸 조자염을 가리킴.

사람을 가려 섬긴 것을 볼 때 지인지감이 밝기도 하다. 첫 남편 양인광은 호걸 군자요 두 번째 남편 소경수는 신선 같은 풍모에 고결한 풍채를 가진 사람으로 만인 중에 으뜸이요 세 번째 남편 정대홍은 이백·두보와 반악(潘岳)[66]의 풍모가 있다. 이 세 사람을 곽씨가 남편으로 택한 까닭은 자신의 몸이 영화롭게 되고자 한 것이다. 그런데 측은한 점은 예부터 인연이 있었던 사람에 대한 정과 또 어려서 혼인을 한 부부간의 도리를 사모하는 양인광의 마음이니, 지금 양인광이 하는 말은 진심이 아니지 싶은 생각이 든다."

대궐 위아래 가득하던 사람들이 황제의 말씀에 따라 모두 웃었지만, 110
양인광과 정대홍만은 황공하여 엎드린 채 사모(紗帽)를 숙이고 있었다. 황제가 말씀을 그치자 평측후 조운현이 붉은 도포자락을 걷으며 옥 지팡이를 들고 반열(班列)에 나와 아뢰었다.

"성스러운 말씀처럼 곽씨의 세 남편은 모두 일대 호걸이오니 악한 여자의 죽을죄를 사하실 만 합니다. 양인광이 나서서 곽씨를 죽이자고 한 말은 진심이 아닙니다. 임금님의 뜻을 미리 헤아리지 못하여 살고 죽는 것을 재촉하는 행동입니다. 특별한 은혜로 감안하고 곽씨를 용서해주시어 양인광의 애타는 마음을 불쌍히 여겨주신다면 그것이야말로
죽어야 할 자를 살리는 제왕의 덕이라 할 수 있을 것입니다. 그러니 도 111
로 찾아 임자에게 주시는 것이 공적인 일에 있어 다행스러운 결정이 아닌가 합니다."

황제가 얼굴에 웃음을 띠고 양인광을 보니, 양인광이 두 눈을 흘겨 평촉후 운현을 보고 있었다. 황제가 웃음을 머금고 물으셨다.

---

66) 반악(潘岳) : 중국 서진의 문인. 미남의 대명사임.

"조운현이 한 말이 분명 정대한데, 그대는 임금과 신하 사이에 사실을 속이지 말라. 만일 옛정을 측은하게 여긴다면 내가 특별히 은혜를 베풀어 사형을 면하게 하고 그대에게 줄 것이다. 그러니 부인이 다섯 번 개가하였으나 버리지 않았던 진평(陳平)의 일[67]을 본받으라."

사천후 양인광이 화가 나 정색을 하며 말했다.

"군신간은 하늘과 땅과 같고 부모 자식과 같은데 어찌 희롱할 수 있겠
112 습니까? 평촉후 조운현이 성은을 믿어 전하 앞에서 겸손한 몸가짐을
하지 않고 방자하게 희롱하기를 많이 하니 이 어찌 어진 신하의 도리라 하겠습니까? 황제께서 엄한 명령으로 운현의 무례함과 거만함에 대해 벌을 주지 않으시면, 오히려 죄인을 장막 안에 두시고 이와 같은 명령을 내리시어 신하를 희롱하시는 것이 되는 것입니다. 그러면 군신간의 체면이 상하게 되고 위아래 질서가 어지러워질 것입니다. 제가 당돌하오나 황제께서 체면 잃으신 것을 말씀드림과 동시에 운현의 무례함을 바로 다스리시기를 아룁니다."

말하는 것이 격렬하고 절실하며 얼굴빛이 가을 달 같은 것을 보고 운현이 죄를 청하며 말했다.

"양인광이 폐하의 실례를 드러내어 어진 신하로서의 도리를 지키지 않
113 았사오니 아뢰건대 저와 인광을 함께 묶어 죄를 다스려주십시오."

황제가 희미하게 웃으며 말씀하셨다.

"이 일은 임금과 신하가 모두 한바탕 농락한 것이니 웃고 그칠 일이다.

---

67) 부인이 ~ 일 : 진평은 유방을 섬겨 한나라 통일에 공을 세운 인물로, 장가들 때가 되었으나 가난해서 혼인을 하지 못했음. 호유향에 장부(張負)라는 부자가 살았는데, 장부의 손녀는 다섯 번이나 시집을 갔지만 남편들이 일찍 죽어 그 뒤로는 아무도 그녀에게 장가들려는 사람들이 없었음. 그러나 진평이 전혀 두려워하지 않고 그녀를 아내로 맞이했던 일을 의미함.

어찌 농담을 진짜로 알아서 두 대신을 힐난하는 것이 옳겠는가?"
태사 조기현이 엎드려 아뢰었다.
"운현이 벗 희롱하는 것을 어디 할 데가 없어서 폐하 앞에서 낭자하게 하며, 양인광이 감히 폐하 앞에서 다툴 수 있겠습니까? 운현과 인광이 모두 불경한 죄를 면치 못할 것이니 일 년치 녹봉을 거두십시오. 곽씨의 죄상은 온 나라 사람들이 생각해봐도 죽일 죄라 할 것이니 가히 머뭇거리실 필요가 없습니다. 아직 판결을 내리지 않으시어 옥사가 명쾌 114
하게 마무리 되지도 않았으니 죽어 마땅한 자를 죽이시고 어진 자를 살려주십시오."
황제가 칭찬하며 말했다.
"그대의 말이야말로 군자의 바른 말이다. 그러나 운현과 인광이 모두 젊은이로서 유희로 한 것이지 나를 희롱하여 무례하게 군 것은 아니다. 능히 그들의 잘못은 용서하고 곽씨는 그 죄와 행실을 볼 때 베는 것이 옳으니 목을 베고 자객 세 사람도 함께 목을 벨 것이다. 교정랑(正郞)은 벼슬이 언관임에도 불구하고 공정함과 의로움을 폐하고 개인적인 혐의로 인하여 뇌물을 받아 재물을 탐했다. 또한 애매한 사람을 모함하여 죽일 것을 다짐하고 잊지 않기 위해 글로 쓴[68] 뒤 온 조정에 반포하 115
고 황제 앞에 올리며 풍속 가운데 오상을 일컬으며 인군을 속이고 대신들에게 논의를 드러내어 천하에 황제의 덕을 손상시켰다. 그러니 나라를 반역한 무리나 다름이 없으며 나를 속였으니 조주로 귀양을 보내겠다. 조씨의 시녀와 구씨의 시비들은 모두 주인을 해하려 모함하고 요괴로운 일을 지으며 어진 주인을 해하고 사나운 주인과 함께 모의하여

68) 다짐하고 ~ 쓴 : {필지어셔[筆之於書]}. 다짐을 하거나 잊지 않기 위해 글로 써 둠을 의미함.

악한 일을 행했다. 그 중에서도 시비 교란[69]은 나라에서 처분하기를,
처형하는 대신 죄를 주어 변방으로 귀양을 보내라고 했었다. 그러나
보잘 것 없는 천한 종 주제에 황제를 속이고 가만히 있는 무리를 속이
116 고 또 꼬드겨 자기 대신 다른 사람을 귀양 보냈다. 스스로 덕을 닦고
조심하는 것이 옳을 지경인데 오히려 잘못된 일에 힘을 써 음란하고 악
한 권모술수 부리는 것을 도와주고 부(富)를 축적하는 것에 욕심을 내
다니[70] 마땅히 목을 벨 것이다.

곽공이 비록 그 자식이 상소를 당하였으나 자고로 요순(堯舜) 임금의 자
손이 불초했고, 또 문무왕의 족친인 관채(管蔡)[71]와 같은 자들도 있었
으니 가히 죄를 연루할 바가 아니다. 비록 요란한 패악이 있다 하더라
도 그 여식이 저지른 일을 부모로서 알지 못한 것이다. 그것으로 연좌
를 당한다면 어찌 억울하지 않겠는가? 이미 악녀의 죄를 적발하고 허
117 물을 알게 된 후에는 황제에게 아뢰었으니 공의를 볼 때 능히 조금도
의심을 둘 부분이 없으니 공은 스스로 안심하고 처벌을 기다리지 말라.

정대홍은 남에게 속아서 사람을 알지 못했으며 스스로 벗의 부인을 도적질할 마음을 내어 예가 아닌 일로 매우 경솔히 하거나 빼앗아 미색을 취하거나 한 것이 아니다. 처녀로 알고 있다가 오히려 애달프게 된 것이 불쌍한 일이니 능히 여기에 어찌 죄를 더하겠는가?

또한 볼 것도 없이 소경수는 어진 효행과 우애로 하여금 고행을 겪었으며 무수한 집안의 변고를 지냈으니 수많은 고초를 겪었을 것이다. 양

---

69) 교란 : {난교}. 구부인과 일을 벌인 시비의 이름은 '교란'이므로 이와 같이 고침.

70) 교란은 ~ 내다니 : 구부인과 곽씨, 이씨 그리고 교란 등이 짜고 조자염을 모해하는 와중에, 해도(海島)로 귀양 가게 된 교란을 재물을 써서 빼돌리고 대신 걸인을 귀양 보내는 사건과 교란이 금은을 받고 악행을 저지르는 일 등의 내용이 『조씨삼대록』 27권에 있음.

71) 관채(管蔡) : 주무왕(周武王)의 아우인 관숙선과 채숙도를 의미함. 주공을 모함했음.

어머니를 봉양하다가 오히려 애매하게 죄를 당하여 멀리 귀양 가 여러 118
해를 귀양살이 하는 사람이 되어 바다 가운데 있는 섬에서 고행한 것은 진실로 원통하고 불쌍한 일이다. 오늘 바로 풀어주고 특별히 전전 태학사 이부상서 태자소부를 겸하여 절월(節鉞)[72]을 갖춰 부르라.

소연수는 죄상이 무겁기가 태산 같으므로 살아날 방도가 없으며 일을 주장한 것이 다 저의 죄니 심지어 작은 죄도 목을 베는데 어찌 저의 죄를 면할 수 있겠는가? 당연히 죽을죄를 면치 못할 것이로되 저의 형이 돌아오게 되면 죽일 것이니 아직은 깊은 옥에 가두고 처치를 기다리리라.

죽은 이현의 아내 곽부인[73]은 또한 죄가 가볍지 않으나 나이가 들어 119
늙었으므로 죄를 덜고 감해주겠다. 그러나 이런 흉한 사람을 왕궁이 있는 도시[74] 안에 두지 못할 것이니, 능히 천 리 밖으로 내쳐 일생을 마치게 하라. 또 양원진은 몸이 선비 무리에 들어가면서도 남을 큰 악에 몰아넣을 계교를 꾸몄다. 그리고 자신의 생각을 타인의 생각인 것처럼 했으니 죽을죄이다. 남을 가르쳐 흉한 모의를 세우고 색에 대한 탐욕과 물에 대한 탐욕으로 사람을 잘못되게 만들긴 했지만, 죽을죄는 감하여 죄를 다스리되 북해에 안치하라."

처결을 다 하신 후 좌우를 돌아보시며 자신의 판결이 어떠하냐고 물으셨다.

---

72) 절월(節鉞) : 관찰사 · 유수 · 병사 · 수사 · 대장 · 통제사 들이 지방에 부임할 때에 임금이 내어주던 물건. 절은 수기(手旗)와 같이 만들고 부월은 도끼와 같이 만든 것임.

73) 곽부인 : 곽후의 딸 곽씨가 양인광의 집에서 도망 나와 이현의 양녀가 되어 다시 소경수에게 시집을 갈 수 있게 되었는데, 그 때 곽씨가 이현의 양녀가 되도록 도와준 사람인 이현의 처를 가리킴.

74) 왕궁이 ~ 도시 : {연곡지하(輦轂之下)}. 왕도(王都)를 의미함.

조 씨 삼 대 록

33권

1 차설. 황제가 처결을 다 하신 후 좌우를 돌아보며 여러 신하들에게 옥
사(獄事)에 대한 자신의 판결이 어떠한지를 물으시니 모든 대신들이 절하
며 엎드려 말하였다.

"가히 위대한 성인의 하늘과 땅 같은 덕과 해와 달 같은 밝은 빛은 저희들이 헤아릴 수 있는 바가 아닙니다. 큰 옥사를 즉석에서 결단하심에도 불구하고 이렇게 슬기롭게 하시어 억울한[75] 원이 없게 하시니 저희 신하들이 어찌 다른 의견이 있겠습니까?"

황제가 이에 초공을 가까이 부르시고는 탄식하며 말씀하셨다.

"부자나 형제간에 도리를 지키려는 것은 사람이면 누구나 가지는 마음
2 이다. 간사한 사람이 제멋대로 하여 더할 나위 없는 계교로 어진 사람
을 모함했으니, 현명한 군자와 장부라도 액운은 능히 면치 못하는 것이
다. 이제 경의 딸이 일개 아녀자의 몸으로서 억울한 누명을 쓰고 변방
으로 귀양 갔다가 끝내 억울함을 씻지 못하고 상강 물에 빠져 죽게 되
었으니 어찌 안타깝지 않겠는가? 또한 선생의 자식 사랑하는 마음에
어찌 참을 수 있는 슬픔이겠는가? 반드시 천하에 공문을 보내[76] 조씨
를 쫓던 자객을 찾아, 잡아 목을 베게 하리라."

초공이 황공하고 은혜에 감격하여 엎드려 절하며 말했다.

"은혜롭게도 보잘 것 없는 일개 여자아이를 위하여 이렇게 측은이 여
3 겨주시니, 넘치는 큰 은혜는 저희 부자가 비록 나라를 위해 목숨을 버
려도[77] 능히 갚지 못할 것이 아닌가 생각합니다. 애초에 신의 여식이

---

75) 억울한 : {복분(覆盆)의}. 죄를 뒤집어쓰고 밝히지 못하고 있음을 의미함.

76) 공문을 보내 : {힝이(行移)ᄒᆞ여}. '행이(行移)'는 행문이첩(行文移牒)의 준말로 관청에서 문서를 발송하여 조회(照會)함을 뜻함.

77) 나라를 ~ 버려도 : {간뇌도지(肝腦塗地)ᄒᆞ오나}. 참혹한 죽음을 당하여 간장과 뇌수가 땅에 널려 있다는 뜻으로, 나라를 위하여 목숨을 돌보지 않고 애를 씀을 이르는 말임.

자객이 자신을 따라다닌다는 것을 먼저 짐작하고, 자신의 몸을 몰래 피
하였습니다. 그런데 그날 밤에 도적이 다른 사람을 제 여식으로 알고
잡아가는 것을 보고 신의 아들 웅현이 적을 알아차리고 뒤 따라갔습니
다. 그때 자객이 가짜인 신의 딸을 상강에 던지고 갔고, 신의 딸은 남자
옷으로 갈아입고 귀양지로 갔습니다. 그리고 몸을 숨긴 채 제 오라비
에게 거짓으로 관을 만들어 염장을 하라 하고 교묘한 꾀를 내어 일을
꾸며 세상을 속였습니다. 이 일이 바른 방법은 아니지만 이런 계교를
내지 않았다가는 옥이 부서지는 원통함을 당하거나 도적으로부터 당 4
하는 욕을 면치 못할 것이었으므로 형세에 따라 부득이 그렇게 했습니
다. 구차하게 몸을 피하여 살아왔으나 그 때 바로 임금님께 아뢰면 일
이 새어나가 국가에는 죄를 짓게 되고 옥사의 근본은 발각하지 못하게
되어 간사한 사람이 승리를 거두게 되는 상황이었습니다. 그래서 몰래
숨겨두었는데, 폐하를 속인 죄가 있으므로 삼가 두려웠습니다. 이제
이런 때를 당하니 더욱더 부끄러움을 참지 못하겠습니다. 오늘 옥사를
처결하고 간사한 사람의 전후 흉한 일을 처결하셨기에 그 연유를 아뢥
니다."
황제가 이 말을 다 듣고는 얼굴에 기쁜 빛을 띠며 칭찬하고 감탄했다. 5
"우리나라에 이렇게 기발한 꾀와 지혜가 있는 여자가 있을 줄 어찌 알
았겠는가? 경의 자녀 중에 이렇게 특별한 사람이 있어서 능히 모진 환
란을 면하고 빠른 계교로써 액을 능히 벗어나 몸을 보전하여 꽃다운 절
의를 지키고, 또한 나중에 일이 있을 것을 미리 알고 인군이 나라를 다
스림에 있어서 간신에게 속아 현명하지 못하게 되는 탄식이 없도록 할
줄 어찌 알았겠는가? 나로 하여금 죄 없는 신하의 여식을 죄를 씌워 죽

이고 뉘우치게 하는 한탄이 없게 하니 또한 충효를 겸비한 숙녀라 할 수 있고, 부모의 길러주신 은혜를 저버리지 않았으니 효성이 있는 여자이다. 그러니 어찌 아름답지 않은가?"

6 하시고 자못 칭찬하며 기리셨다.

곽공[78]이 대궐 앞에 엎드려 죄를 청하고 있다가 송사를 처결하는 것을 보고 또 이 일에 대해서도 듣게 되었다. 매우 원통하여[79] 분을 참지 못하고 대궐 섬돌에 머리를 조아린 채 말했다.

"저도 사정을 폐하께 아룁니다. 제가 본래 사리에 밝지 못하고 현명하지 못하여 자식을 예법으로 잘 가르치지 못했습니다. 부득이 제 딸을
양인광의 두 번째 부인으로 삼은 것은 본래는 폐하의 좋은 뜻에 따른
것이었습니다. 그러나 신의 여식이 버릇이 없고 간악하여 두 집안의
골육을 해치고 김씨 집안의 자식을 여차여차한 계교로써 얻어다가 자
신의 소생이라 하고 부자지간의 천륜을 어지럽혔으니, 그 죄는 죽어도
7 갚지 못할 것입니다. 인광이 신의 딸과 같은 마음을 먹은 종을 죽였고,
또 제가 죄지은 딸아이를 죽이려 했습니다. 그러나 미친한 제 아내가 애걸하면서 목숨을 구걸했으므로 스스로 자결하도록 깊은 곳에 가두었습니다. 그런데 도망을 쳤으니 여러 해 동안 어디로 갔는지 알 수 없었습니다. 그러니 그 와중에 집안의 명성을 흉하게 더럽히고 훼절을 할 줄이야 어찌 알았겠습니다. 이렇게까지 악이 심하여 두 번이나 지아비를 배반하고 세 번째 시집을 갈 줄 어찌 생각했겠습니까? 이제 세상에 없는 큰 변을 저질렀으니 마음이 서늘하고 몸이 떨림과 동시에 저

78) 곽후 : 곽씨의 아버지.

79) 매우 원통하여 : {욕ᄉᆞ무디[欲死無地]}. 죽으려고 해도 죽을 만한 곳이 없다는 뜻으로 매우 분하고 원통함을 이르는 말임.

또한 사리에 밝지 못했던 죄를 면치 못할 것인데, 이렇게 큰 덕을 드리우시니 황공하여 두렵습니다. 먼저 제 죄를 다스려주시고 다음으로 죄
지은 딸아이를 법대로 다스리시어 세상의 여자들로 하여금 뒷날 참되 8
고 올바르게 하도록 하십시오."

곽공이 아뢰기를 마치자 병부상서 사천후 양인광이 앞으로 나와 말하였다.

"지나간 일과 그 까닭을 다 말하고 모두 다 자신의 집안사람, 딸, 혹은 아내 때문에 일어난 것이라고 사실을 고쳐 아뢰니, 임금과 신하 간의 뜻이 잘 통함이 이렇듯 한 경우는 실로 고금에 처음입니다."

황제가 감탄하여 초공에게 말했다.

"착한 사람에게는 복을 주고 악한 사람에게는 재앙을 주는 원리가 없다고 못하리로다. 하늘이 그윽이 아득하고 멀다고 하지만 그 살피심은 밝고 또렷하시구나. 그대의 딸이 억울함을 당해 젊은 나이에 일찍 죽은 줄 알고 참혹해하며 애석해했는데, 이제 그 사람이 살아있다는 것을
들으니 어찌 기특하고 신기하지 않겠는가? 이미 누명을 씻고 흰 옥같 9
이 흠이 없다는 것을 알게 되었으니 어찌 숙녀로 하여금 괴로움을 한없이 받게 하겠는가?"

하시고는 그날로 형부(刑部)에 교지를 내리셔서 경수와 자염으로 하여금 서울로 돌아오게 하시고 깨진 거울이 다시 붙고 용검(龍劍)이 다시 합쳐지는 것처럼 하게 하셨다. 또한 정문(旌門)[80]을 세워 행실을 세상에 드러내게 하라 하시니 초공이 머리를 조아려 은혜에 감사했고 사명(司命)[81]은

80) 정문(旌門) : 충신, 효자, 열녀 등을 표창하기 위해 그 집 앞에 세우던 붉은 문.
81) 사명(司命) : 칠사(七史)의 하나. 인간의 수명을 맡은 궁중의 작은 신을 이름.

임금의 뜻을 받들어 즉시 조주로 향해 갔다.

화설. 앞서 소상서 경수가 억울한 죄를 얻어 변방의 귀양객이 되어 황제가 계신 곳에 하직인사를 한 후 남쪽의 황량하고 병들기 쉬운 험한 곳을 향하여 가 무사히 도달해 조주에 이르렀다. 잠깐 사이에 시간이 훌쩍 흘러 벌써 4년이라는 세월을 보냈다는 것을 알게 되었다. 아침 구름, 저
10 녁 비를 보거나 꽃 피는 아침, 달 밝은 저녁이 되면 몰래 눈물을 흘렸다. 효자이기 때문에 부모를 생각하는 마음이 간절했고, 형제가 비단 옷 소매를 연이으면서 색동저고리를 입고 슬하에서 춤을 추던 일이 모두 생각났다. 서글픈 와중에도 한결같은 충성된 마음이 있어 황제와 고향에 대한 생각이 나니, 황제를 섬기는 마음과 부모님께 효도하려는 마음 때문에 눈물이 자꾸 흘렀다. 이에 스스로 탄식하며 말했다.

"내 반평생 처신함에 있어 충절과 예의를 근본으로 삼았는데, 어찌 액운이 이렇게 사나워서 이런 지경에 이를 줄 알았겠는가? 내 아우 연수는 타고난 성품이 다른 사람보다 나으며 총명하고 용모도 뛰어났었다. 끝내 뜻을 고치지 못하여 나를 해치려 했던 것은 말할 것도 없지만, 뜻
11 밖의 불행에 빠지게 되었으니 그 해가 적지 않을 것이다. 이제라도 연수가 마음을 다잡아 잘못된 것을 고치고 옳은 행동을 주로 하게 되었을까? 일이 어찌 되었을까? 게다가 조씨가 귀양 간 장사 지역의 소식은 묘연하고 조씨 또한 살았는지 죽었는지 어떻게 되었는지 그 유무를 알지 못하니 어찌 슬프지 않은가?"

이런 슬픈 마음과 떨리는 생각으로 인해 먹고 자는 것을 능히 못하고 마음만 매우 불안해 했다. 부모님 생각이 나자 대장부임에도 불구하고 눈물을 참지 못해 줄줄이 눈물을 흘려 그 눈물이 옷깃에 떨어졌지만 미처

깨닫지 못할 정도로 슬픔을 참지 못했다. 그렇게 지내던 중 마음을 굳게
먹고 뜻을 씩씩하게 하여 이웃 동네 어린아이들을 모아 학문을 권장하는 12
일로 소일을 삼고 위로했다. 오가는 관리 편에 집으로부터 오는 편지를
얻어 보고 사부인 조승상의 글은 얻어 보았으나 양부모의[82] 편지를 얻어
보지 못하니 매우 의아한 생각이 들었다.

'어머님은 비록 집안일로 바쁘시고 또 내 일을 불만스럽게 여기셔서 잊
으실 수 있지만 아버님은 내가 이곳에 와 홀로 던져진 것처럼 있는 것
을 측은하게 여기셔서 생각하시는 정이 심상치 않으실 것이다. 이런
생각이 들어서 내가 올라가는 관리 편에 연달아 편지를 드렸는데 한 번
도 답장을 얻어 보지 못했으니, 혹 아버님께서 무슨 일로 멀리 떠나 집
에 안 계신가? 만일 그렇지 않다면 어찌 어머님과 아버님의 편지가 한 13
번도 안 내려오겠는가? 비록 사람은 못 보내도 이따금 관을 왕래하는
편에 편지를 붙일 듯도 한데 소식이 없구나. 연수의 글이 가끔 오긴 하
지만, 내게 이런 말을 하지 않았으니 무슨 까닭일까?'

그 일에 대한 까닭을 몰라 멀리서 사모하는 마음속 생각만 가득하고 근
심이 연달아 일어났다. 효자로서 어버이 생각하는 마음에 숙식을 편하게
하지 못하고 밤낮으로 불안해하는 중 문득 기쁜 소식이 문밖에 떠들썩하
며 황제의 명으로 오는 사신의 위엄 있는 거동에 초가집이 들썩거렸으며,
마을의 지현(知縣)[83]이 함께 와서 축하했다. 벼슬이 높아져서 이부총재
겸 태학사 태자소부를 겸하였으니 한 나라의 권세 있는 벼슬이요 위엄이 14
원근에 진동하는 작위였다. 태산과 같은 두터운 신망이 온 고을에 퍼져있

---

82) 양부모의 : {양모(養母)}. 문맥상 부모 모두의 편지를 받지 못한 것이므로 이와 같이 옮김.
83) 지현(知縣) : 현(縣)의 으뜸 벼슬아치.

는 가운데, 황금 절월(節鉞)[84]을 갖춰 사관이 황제의 조서를 받들고 왔으
니 누군들 친절하지 않겠으며 뜻을 얻기 위해 아첨하려 아니하며 서로 붙
들어 알려 하지 않겠는가? 원근에 있는 군현의 수령들이 저마다 이르러
속히 천자의 은사 얻은 것을 축하하고, 황제의 은혜가 크고도 융성하여
작위가 높아져 자신들은 얻지 못할 명성을 얻고 조정으로 돌아가는 것을
축하하는 소리가 하늘에 올랐다. 하늘의 은혜가 대단하다며 그 복을 칭찬
15 하니 소상서가 한편으로 놀라고 또 한편으론 이쪽저쪽 부산하게 상대하
며 응하여 감사드렸다. 사관에게 먼저 황제의 안부를 묻고 일가친척의 편
지는 바빠서 미처 보지 못하고 오직 평진후 소천[85]의 글만을 잠깐 보았
는데 연수와 관련된 사건의 실마리가 드러났다는 것을 알게 되었다. 지극
한 우애를 지닌 상서 소경수로서는 이 소식을 듣게 되니 몹시 놀라 넋을
잃게 되었다. 버들잎 같은 눈썹 위에 근심이 맺혔고 해와 달 같은 얼굴에
는 시름을 띠었으니, 울적하면서도 호탕한 풍채가 사람을 놀라게 했다.
그래서 사군자와 같은 모습과 어진 성자 같은 기운이 더욱 빼어나보였다.
이런 상황이 되자 부모에 대한 효심과 황제에 대한 충성의 회포가 간절
16 해져서 혼쾌히 주르륵 눈물이 흐르는 것도 깨닫지 못했다. 뒤숭숭한 마
음을 겨우 진정시킨 후 황제의 은혜에 감사드리고 천자의 사신을 후하게
대접한 후 임무가 바쁘므로 감히 오래 머물지 못하였다. 드디어 행장을
차려 길을 떠나는데 가까운 마을의 친한 벗과 멀고 가까운 곳의 선비와
가까운 마을의 태수와 지현 등 벼슬에서 물러난 벼슬아치들이 아무 탈 없
이 잘 지내라고 재삼 당부하며 이별의 인사를 계속했다. 황제의 명에 따

84) 절월(節鉞) : 절(節)은 수기(手旗)와 같이 만들고 부월은 도끼와 같이 만든 것으로, 명령을 어긴 자에 대한 생살권(生殺權)을 상징함.

85) 평진후 소천 : 소경수의 친 아버지.

라 서울로 향하는데 돌아오는 길의 영광이 비할 데 없고 지나는 작은 군
현의 길마다 공경하여 맞이하니, 그 행렬의 화려함이 측량할 수 없었다.
사람마다 알아보면서 예전에 귀양 갈 때와 올 때 천지 차이가 나니 아마 17
도 하늘이 밝히 살피시어 어진 군자를 각별히 도우신 것 같다며 칭송했
다. 한 달음에 무사히 도달하여 서울에 이르니, 소씨, 조씨 두 집안에서
이 소식을 듣고 반가워하는 소리가 물같이 흘렀다.

드디어 궐 아래 이르러 황제의 은혜에 감사하며 절을 올리니, 황제께서
조회하기를 재촉하셨다. 그러나 상서 경수는 입궐을 하지 않고 궐 문 밖
에 머물 곳을 정한 뒤 한 장의 상소를 올렸는데 그 내용은 다음과 같다.

죄 있는 신하 소경수는 성은에 황공하여 머리를 조아리고 절을 올리며 오직 우리
황제 폐하께 진정 마음에 품은 생각을 아룁니다. 제가 격이 낮고 비천한 성질을 지
녔음에도 불구하고 외람되게 젊은 나이에 큰 은혜를 입어 작위가 높아지고 출세하 18
게 되어[86] 재상이 되었습니다. 또한 넉넉한 녹봉이 천 석에 이르렀으니 성은이 막
대합니다. 한낱 공효를 얻어 국가의 은덕을 만의 하나도 갚지 못한 채 금자관(金紫
冠)을 쓰고 홍금포(紅錦袍)를 입었으며, 허리춤엔 황금 도장을 차고 옥홀(笏)을 쥐고
사방을 종횡하는 복을 아름답게 이었으니[87] 이것이 다 폐하와 부모님이 주신 덕입
니다. 태산이 가볍고 큰 바다가 얕게 느껴질 정도이니 성은을 조금이나마 갚을까 싶
은 생각이 들어 밤낮으로 겸손한 마음을 먹어 복이 달아나는 것을 면하려 했습니다.
그러나 이른 바 사람이 용렬하고 어리석으며 사람됨이 보잘 것 없다보니, 집안에 괴 19

86) 출세하게 되어 : {농문[龍門]의 올나}. '용문(龍門)'은 등용문(登龍門)을 의미하는 것으로서, 어려운 관문을 통과하여 크게 출세하게 됨을 의미함. 잉어가 중국 황하강 상류의 급류를 이룬 곳인 용문을 오르면 용이 된다는 전설에서 유래했음.

87) 아름답게 이었으니 : {졔미[濟美]ᄒᆞ오니}. 아름다운 일을 이룬다는 뜻으로, 조상의 유업을 이어 이를 성취함을 비유적으로 이르는 말임. 문맥을 고려하여 이와 같이 옮김.

이한 변고가 일어나 몸이 죄의 더러움에 빠지게 되었습니다. 그러니 어찌 사람을 탓
하고 누구를 원망하겠습니까? 오히려 성은이 망극하시어 저의 죽을 죄를 감해주시
어 가벼운 형벌을 내리시고 조주로 귀양을 보내셨으니, 신이 이것을 벌 받은 것이라
고 할 수나 있겠습니까? 길이 폐하의 은혜를 마음 깊은 곳에 새기고 귀양지에 엎드
려 성스러운 덕에 감사를 드리며 황제께서 만 년의 수 누리시기를 축원했었습니다.
그런데 천만 뜻밖에 생각지도 않게 은사(恩赦)[88]를 내려주시고 또 은명(恩命)[89]을
보잘 것 없는 제게 더해주시어 높은 벼슬과 녹봉으로 부르시는 교지를 내려 황제의
20 사신으로 하여금 수고하게 하시니 황공하여 몸이 떨립니다. 시골에 묻혀있던 저를
불러주시니 제가 그 명을 듣고 황공하고 두려워 어찌 할 바를 몰랐습니다. 그러나
폐하의 명령에 지체할 수 없어서 부끄러움을 무릅쓰고 밤낮으로 달려[90] 대궐 밖에
이르렀습니다.
이제 벌 받을 것을 생각하면서도 어리석은 소견으로 우러러 아룁니다. 이렇게 폐
하께 아뢰는 것은 다른 일이 아니라, 제 아우 연수가 온 세상에 죄 지은 것이 조정에
까지 알려져서 형률을 벗어나지 못하여 실낱같은 남은 목숨이 경각간에 급하게 되
었기 때문입니다. 이는 다른 죄명이 아니라 저희 집 안에서 일어난 해괴한 변이니
21 나라에서 관여할 죄가 아닙니다. 그런데 스스로 저희 집안의 일을 세세히 알고 국가
에 알린 자가 과도하게 하여 남은 목숨을 죽게 했고, 한 목숨이 경각에 당하게 했습
니다. 폐하께서 천지의 해와 달과 같은 용서의 덕을 내려주셔서 죽을 목숨을 감해주
셨습니다. 이제 제가 구구하게 사사로운 정을 절박하게 아뢰는 것일 뿐 아니라, 진
심으로 폐하의 다스리심을 위해서도 피눈물을 흘리며 제 마음을 다하여 위로 상소

88) 은사(恩赦) : 나라에 경사가 있을 때에 죄과가 가벼운 죄인을 풀어 주던 일.
89) 은명(恩命) : 임금이 내리는 명령 가운데 관리를 임명하거나 죄를 용서하는 따위의 은혜로운 명령.
90) 달려 : {빅도[倍道]ᄒᆞ와}. '배도겸행(倍道兼行)'의 준말로, 이틀에 갈 길을 하루에 걸음을 의미하므로 문맥을 고려하여 이와 같이 옮김.

를 올리는 바입니다. 바라옵건대 폐하께서는 두 번 살펴주십시오.

저희 생가에도 몇몇 형제가 있지만, 제 사정을 살펴 주십시오. 한 집에 머무르며 22
서로 떨어질 수 없는 불가분의 운명 관계에 있는 형제는 연수 한 사람입니다. 저는
연수를 사랑하고 연수는 저를 믿어 반점도 다른 뜻이 있지 않았습니다. 그러니 어찌
형제간에 자그마한 원망인들 생길 틈이 있겠습니까? 다만 매우 못되고 간악한 여자
가 집안에 들어와 저희 형제 사이에 이상한 말을 지어내어 어리석은 아이를 협박한
것입니다. 연수가 마음이 약하고 굳지 못한 심지 때문에 경거망동하여 소소한 허물
이 생겼습니다만 실상은 저를 해한 일이 없습니다. 곽씨가 사나움이 있어서 자객 한
무리와 무고하는 일들을 다 주고받아놓고 오히려 그 죄를 연수에게 미뤘습니다. 진 23
실로 연수가 사나워서 저를 해하려 한 것이 분명하다 하더라도 그것은 제가 형이 되
어가지고 형제간의 정을 두텁게 하지 못하고 행실을 밝게 하지 못했기 때문에 하늘
로부터 죄를 얻은 것입니다.

진실로 저의 죄가 중함에도 불구하고, 한쪽으로만 치우쳐 아우만 책망 받게 되고
무거운 형벌을 받아 장차 죽을 지경에 이르는 것을 면치 못하게 둔 채, 저만 천연스럽
게[91] 관작(官爵)과 봉록(俸祿)을 받게 되었습니다. 그러니 밤낮으로 편안하지 못한
것은 말할 것이 없습니다. 국가 정치와 궁중의 법률이 어찌 이러할 수 있겠습니까?
슬픕니다. 예의와 염치는 나라를 다스리는 데 지켜야 할 네 가지 원칙[92]입니다. 이 24
네 가지 원칙이 없으면 국가는 망하는 법이오니 설사 무례하여 관작과 봉록을 탐내고
염치는 생각지도 않으며 아우를 죽이고 홀로 성은을 받아 조정에 서려 한다면 천지신
명이 반드시 그 마음을 옳다고 여기면서 가만두지는 않을 것입니다. 또한 하늘의 법
에 따라 재앙을 내릴 것이니 어찌 그 복이 안정되겠으며 천수를 누리겠습니까?

---

91) 천연스럽게 : {언연(偃然)이}. 거드름을 피우며 거만함을 의미하므로 이와 같이 옮김.
92) 나라를 ~ 원칙 : {ᄉᆞ유[四維]}. 나라를 다스리는 데 지켜야 할 네 가지 원칙, 곧 예(禮), 의(義), 염(廉), 치(恥)를 이름.

이제 저의 소견과 사정을 헤아려 볼 때, 아우를 구하지 못한다면 함께 칼 아래에
서 죽기를 감내하여 끝내 동기간을 저버린 죄인이 되지 않으려 합니다. 혹 성은을
25 내려주셔서 연수의 남은 목숨을 살려주신다면 연수를 이끌고 시골로 돌아가 우리
주상전하의 천만세(千萬世)를 빌며 화봉인(華封人)[93]을 본받을 것입니다. 제가 정
사의 형편에 대해 생각해볼 때 형과 아우는 한 몸인데, 형은 재상의 관작과 인수(印
綬)[94]를 받으며 임금님의 특별한 사랑을 받고 아우는 차가운 옥에서 칼을 쓰고 매
를 맞으며 남은 생 동안 죽기만을 기다린다면, 생각하건대 국가의 정사가 한 쪽으로
치우쳐 바르지 못한 것이 아니겠습니까? 엎드려 바라건대 폐하께서는 저로 하여금
사람의 아들이 되어서 불의하고 불효하는 죄를 면할 수 있게 해주십시오. 만약 그렇
26 게 되지 않는다면 불효한 허물이 만민에게 드러나는 것이니 이와 유사한 사람들의
죄를 사하시어 공사를 바르게 하여주십시오.

황제가 보기를 마친 후 미소를 머금으시고 반가운 마음을 참지 못하여 내시에게 상서 경수를 데리고 들어오라고 재촉하셨다. 소경수가 부득이 들어와 두 번 절하고 정숙하게 사례한 후 머리를 조아리며 죄를 청하였다. 황제가 보니 4년 사이에 풍모와 광채가 더욱 새로워졌고 체격이 더욱 좋아졌으며 용 같은 눈썹과 봉황 같은 눈, 해와 달 같은 얼굴 생김새가 마치 초산의 흰 옥이 티끌을 씻은 듯했다. 또한 신선다운 풍채와 도인의 골격과 같은 고아한 풍채가 전보다 배나 더 하며 빼어난 골격과 말끔한 생김새는 두목지(杜牧之)[95]를 비웃고 이태백(李太白)[96]을 나무라는 것과 같

93) 화봉인(華封人) : 요임금을 위하여 부귀를 누리며 오래 살기를 축수했던 인물. 요임금을 보고 "수(壽)·부(富)·다남자(多男子)하라."고 빌었음. 『장자(莊子)』 〈천지(天地)〉.

94) 인수(印綬) : 병권을 가진 무관이 발병부(發兵符) 주머니를 매어 차던, 길고 넓적한 녹비 끈.

95) 두목지(杜牧之) : 중국 만당전기(晩唐前期)의 시인.

96) 이태백(李太白) : 중국 당나라 시인. 호는 청련거사(青蓮居士).

다고 느꼈다. 황제가 좌우 시종에게 붙들라고 명하여 몸을 펴게 하신 후 27
위로하여 말했다.

"내가 현명하지 못하여 잘못된 언관의 무고하는 상소를 사실로 듣고 그대로 하여금 귀양을 가게 한 것이 4년에 이르렀으니 그대가 괴로움을 겪은 것은 나의 현명하지 못한 허물 때문이다. 이제 서로 보게 되니 반가운 마음 측량할 수 없는 가운데 후회가 막급이다. 그대의 소장을 보고 그대의 품은 바 회포를 알고 있으니 임금과 신하는 아버지와 아들과 같은 관계인데 어찌 그 사정을 돌아보지 않겠는가? 내가 선처할 도리를 찾을 것이니 무슨 일로 불안해 할 것인가? 그대는 안심하고 직무를 두루 살펴 나의 마음을 저버리지 말라."

소경수가 황제의 은혜를 매우 고맙게 여겨 눈물을 흘리고 공손히 사례
하며 말했다. 28

"제가 무슨 잘난 사람이기에 감히 성은 입기를 이 정도까지 할 수 있게 되었는지요? 연수의 죄상이 온 나라에 나타나 모든 사람이 죽여 마땅하다 하되 폐하께서 홀로 연수의 죄상을 살피시고 그 사정을 측은이 여기셔서 한 목숨을 사해주신다면 고목나무에서 꽃이 피고 죽은 사람의 뼈에 피부와 살이 생기는 것과 같을 것입니다. 제가 뼈가 가루가 되고 몸이 부서질 정도로 노력해도 성은을 만분의 일도 갚지 못할 것입니다. 제가 본래 재주와 덕행이 거칠어 중한 임무를 감당하지 못할 사람인데 더욱이 이부총재를 어찌 감당하겠습니까? 게다가 몸에 허물이 많은 사람으로서 이런 벼슬을 받아 청환(淸宦)97)과 현직(顯職)98)을 스스로 맡

97) 청환(淸宦) : 학식과 문벌이 높은 사람에게 시키던 홍문관 따위의 벼슬. 지위와 봉록은 높지 않으나 뒷날에 높이 될 자리임.

98) 현직(顯職) : 높고 중요한 직위.

29 아 국가의 청작(淸爵)을 더럽힐 수 있겠습니까? 저의 벼슬을 바꿔주시
어 제가 스스로 잘못을 고치고 조촐함을 지켜 몸을 닦고 도를 행하는
방법을 닦은 후에 벼슬을 맡아 관청에 드나들었으면 합니다."

황제가 탄식하며 말했다.

"임금과 신하는 아버지와 아들과 같다. 그대가 어찌 나의 마음을 모르
는가? 연수의 죄악은 진실로 목을 베는 것이 옳다. 그러나 내가 특별한
은혜로 한 목숨을 너그러이 용서하는 것은 그대의 마음을 생각했기 때
문이다. 연수의 한 목숨은 그대의 손에 달려있다. 그대가 나의 마음을
알지 못하고 벼슬을 사양하며 임금을 버리려 한다면 나 또한 연수를 죽
30 여 상쾌하게 분을 풀고 차라리 법을 세우겠다."

소경수가 두 번 절하고 사죄하며 말했다.

"연수의 죄가 당연하다면 저의 말과 저의 목숨을 위해 어찌 국법을 느슨하게 적용하겠으며 정해진 법률을 굽히겠습니까? 형제는 한 부모에게서 태어난 육친입니다. 죽기를 함께하여 마음에 불평한 부분이 없게 하려 한 것이지 청을 들어주시기를 부탁하여 죽을 죄를 용서받고 나라의 법에 해를 끼치며 국법을 굽히려 하거나 정해진 법률을 가볍게 여겨 언관의 길을 막아 뒷사람을 징계하려 했던 것은 조금도 아닙니다."

황제가 가만히 웃으시고 더욱 위로하시며 말했다.

31 "그대는 안심하여 염려하지 말고 나의 마음을 저버리지 말라."

소경수가 다시 다투어 고집스럽게 아뢰는 것이 황공하여 감히 할 수 없기에 머리를 조아려 사죄하고 물러나 집으로 돌아왔다.

소경수의 두 형이 함께 왔고 평진후와 강능후가 함께 왔으며 집안사람들이 다 함께 한 집에 모였으니 서로 반가운 마음을 참지 못하였다. 이때

는 부자간에 서로 이별한 지 4년이 지난 때였다. 경수가 들어와 두 대인과 모친에게 예를 다하여 인사드린 후 고개를 돌려 제수씨와 여러 누이들을 보며 인사를 각각 하고나서 부모님께 지난 시간 평안하셨는지를 물었다. 양어머니 구씨의 자취가 묘연했으므로 놀라 어찌할 바를 몰랐지만 혹
본부(本府)에 계시지 않을까 생각하며 오직 오랫동안 마음으로 애통히 여 32
기던 정을 아뢰었다. 말이 연수의 일에 이르자 눈물을 비 오듯 흘리며 말했다.

"제가 못나고 어리석어 집안에 이런 변이 일어났으며 사람의 형이 되어서 우애를 두텁게 못하고 한낱 동기간과 화목하지 못하여 어린 아우를 잘못 인도하여 옳지 못한 허물을 스스로 맡게 하여 한 몸이 죄인으로 떨어졌습니다. 그리하여 형벌을 받는 괴로움을 면치 못하고 온 세상 사람들로부터 죽어 마땅하다 하는 꾸지람을 들으니 이 어찌 연수 혼자만의 허물이겠습니까? 제가 생각하건대 형제는 청운의 꿈을 이뤄 입
신하고 행세하는 것을 함께 한 몸같이 해야 합니다. 이제 저의 성정에 33
따라 볼 때, 형이 벼슬을 빼앗기고 귀양을 갔는데 아우의 세력과 지위가 높아져 드날리거나 아우가 재앙의 그물에 걸렸는데 그 형이 벼슬을 하고 은총을 입는 것은 인정이나 천륜이 이미 모두 손상을 입은 것입니다. 제가 염치 있는 사람으로서 어찌 조정의 반열에 서며 금자(金紫)를 차고[99] 재상의 도장을 지니겠으며 사서(司書)[100]의 행정 일을 살펴 능불능(能不能)을 조사하고 백관들 앞에 나서며[101] 어깨를 나란히 하여

---

99) 금자(金紫)를 차고 : 금인(金印)과 자수(紫綬)를 찬다는 뜻으로 존귀한 사람을 비유적으로 이르는 말임.

100) 사서(司書) : 세자시강원에 속한 벼슬. 태자소부의 벼슬을 겸하였으므로 이렇게 표현한 듯함.

101) 앞에 나서며 : {머리지어}. '선두(先頭)로'의 의미이므로 문맥을 고려하여 이와 같이 옮김.

황제를 섬기겠습니까? 부득이 다투어 아뢰고 물러나려 했지만 성대한
34 가르침이 이에 이르렀습니다. 진퇴를 정하지 못했으며, 황공한 마음과
전전긍긍하는 뜻을 정하지 못하니 어찌할 바를 모르겠습니다."

말을 마쳤는데 달 같은 이마에 슬픈 근심의 빛이 어려 있고 수려한 미간에는 근심이 가득하며 새벽 별 같은 두 눈에 물결이 어리어 있었다. 그러나 시원스러운 풍모가 전보다 배나 더 하여 기운이 씩씩하고 엄중한 아름다운 젊은이요 비교할 곳 없는 군자다운 풍모는 전보다 배나 더하였다. 먼 곳에서 모진 풍상과 수많은 고초를 겪고 천만 가지 시름으로 세월을 해가 넘게 지냈음에도 불구하고 빼어난 얼굴에서 조금도 감한 것이 없으니 부모의 한없이 반가운 마음을 어디에 비하겠는가? 각각 붙들고 얼굴마다 기쁜 웃음을 띠었다.

35 강능후가 얼른 손을 잡고 팔을 어루만지며 눈물을 비같이 흘리며 위로
했다.

"이런 일이 어찌 너의 죄겠느냐? 이 아비가 연약하여 악한 자식과 악한
처를 가르치지 못하고 집안에 변을 일으켰으니 연수의 죄악은 천 번 죽
어도 아깝지 않다. 부자간의 정이 비록 중하다고 하지만 엄격함 또한
무디어지지 않을 것이니 만일 황제께서 사하시어 한 목숨을 살려주셔
도 내 스스로 죽여 그 죄를 바르게 하고 세상에 대한 부끄러움을 씻을
것이다. 그러니 어찌 형벌의 괴로움을 당한다 하여 아깝다 여기겠느
냐? 우리 가문이 대대로 도학(道學)을 익히고 예법이 세상을 뒤덮는 집
36 안이거늘 연수에게 이르러 이같이 함부로 행동하여 집안에 변을 만들
어 내고 집안의 명성을 떨어뜨려 역사에 비웃음거리를 만들게 되었다.
그러니 제가 비록 살아난다 해도 무슨 면목으로 하늘의 태양을 볼 도리

가 있겠느냐? 세상에 나설 낯이 없을 것이니 차라리 죽어 이 상황을 지나는 것이 옳을까 한다. 너는 쓸데없는 염려를 하지 말고 마음을 편안히 해라. 주공(周公)[102]이 역대의 성인이시지만 관채(管蔡)[103]를 베셨으니 한갓 사사로운 정만 내세워 대의를 버리겠느냐? 너는 다시 말하지 마라."

상서 경수가 그렇지 않다고 아뢰고 누이를 돌아보며 모친께서 계신 곳
을 무르니 애황이 눈물을 머금은 채 구부인을 소당에 폐하여 내버려두게 37
했음을 말했다. 경수가 놀람을 참지 못하고 엎어질 듯 소당으로 갔다.

이때 구부인은 강능후의 화를 입어 소당으로 내려지게 되었으므로 마
음속에 천 마리의 원숭이들이 뛰노는 듯 정신이 없고 연수의 한 목숨이
층층이 알을 쌓아놓은 것처럼 위급한 지경에 있음을 생각하니 살이 떨려
한 몸을 편안히 머물러 두지 못했다. 그때 경수가 절하고 안부 묻는 것을
듣게 되었는데, 경수는 어엿한 재상의 자세를 갖췄으며 신선 같고 고결한
풍채는 윤택한 것이 마치 닦아놓은 거울과 맑은 옥 같았다. 이를 보고 연
수가 매를 맞은 후 남은 인생이 처참한 죄인이 되어 연약한 지경에 이르
게 된 그 일을 생각하니 가슴이 답답하고 한스러움이 앞섰다. 게다가 황 38
제의 편애가 상서 경수의 몸에 더해져서, 천금같이 귀중한 연수를 끊고
또 연수의 죄악이 드러나게 되었으니, 이때를 당하여 한이 더욱 깊어졌
다. 게다가 자신도 소당의 죄인이 되어 머리를 내밀지 못하므로 근심하면
서 먹고 자는 것을 그만 두니 하루아침에 모습이 해골같이 되고 기운이

102) 주공(周公) : 중국 주나라의 정치가. 문왕의 아들로 성은 희(姬). 이름은 단(旦). 형인 무왕을 도와 은나라를 멸하였고, 주나라의 기초를 세움. 예악제도를 정비했으며, 『주례(周禮)』를 지음.

103) 관채(管蔡) : 무왕의 사촌 형인 관숙(管叔)과 채숙(蔡叔)을 가리킴. 무왕이 죽은 후 무경(武庚)과 관채(管蔡)가 반란을 일으키니, 주공(周公)이 성왕의 명을 받아 무경을 토벌하였고, 형제간이지만 반역을 꾀한 관숙과 채숙을 처형했음.

미약해졌다. 길게 근심어린 소리로 흐느끼고 때때로 혼절하며 눈물을 흘
리고 정신을 차리지 못했다. 경수가 매우 놀라 황급히 붙들어서 손발을
주무르고 좌우의 시녀들을 재촉하여 약을 가져오게 해서는 따뜻하고 찬
39 것을 맞춰 친히 들어 연달아 떠 넣자 반향(半向)이 지나서야 비로소 정신
을 차렸다. 경수의 거동과 경황없는 형상은 천성이므로 저절로 생겨난 것
이었다. 때문에 소당에 머무르며 자신의 거처로 가지도 않고 한 집에서
모시면서 날이 저물도록 움직이지 않다가 미음을 자주 찾아 받들어 지성
으로 구완하며 권하니, 효성이 얼굴빛에 나타났다. 부인이 꾸짖으려 했지
만 사람의 인정상 차마 못할 것이었다. 그렇다고 흔쾌히 말을 하자 하니
두터운 정도 생기지 않아 한스러움만 많았다. 입을 닫은 채 권하는 죽 물
40 을 마시지 않으니 경수 또한 저녁 식사를 물리치고 하인들이 촛불을 내와
도 움직일 의사가 없었다. 종일토록 꿇어앉아 있자 부인이 탄식하며 말했
다.

"내가 너랑은 명분상으로 모자간이지만 상공께서 나를 하찮은 것으로 여기며, 너도 나를 원망한 지 오래일 것이다. 그러니 이제 서로 간에 무슨 정이 있어서 이곳에서 밤낮으로 지키며 괴로움을 감내하느냐? 일찍이 물러가라."

상서 경수가 이 말을 들으니 억울하고 섭섭한 말이었지만 고개를 숙이고 눈물을 흘리며 말했다.

"어머님의 지시가 이러하신 것은 제가 불초한 죄가 있기 때문입니다. 원컨대 어머님께서는 저의 잘못된 죄를 꾸짖어주시고 이런 명령을 고치셔서 천륜이 온전하게 이루어지게 해주십시오."

부인이 묵묵히 말이 없었다.

이때 강능후 소균이 집에 돌아와 경수를 찾으니 소당으로 갔다고 했다. 시동을 시켜 재촉하여 나오라고 하니 구부인이 매우 화를 내며 상서 경수의 등을 밀어 내치며 말했다. 41

"네가 지키고 있어도 내 몸이 나아지지 않고, 또 네 아버지께서 내가 너를 죽일까봐 겁내시니 빨리 가라. 내가 스스로 칼로 찔러 죽어 너희 부자의 마음이 시원해지도록 하겠다."

하고 화를 기세등등하게 내니 경수가 어머니의 말씀을 듣고 더욱 망극하여 옷을 끄르고 소당 뜰아래 거적을 끌어다 깔고 앉아 벌을 기다리고 있었다. 아버지께서 부르는 명령이 있었지만 나가지 않고 대답했다.

"제가 벌을 받아 당당하게 죽는 것이 옳지 어찌 다시 하늘의 태양을 보며 아버님 앞에 나아가겠습니까? 어머님께서 엄한 화를 당하셔서 소당에서 곤궁함을 겪고 계시니 저도 어머님께서 소당을 떠나시는 날까지 슬하에서 죄를 빌려 합니다." 42

이렇게 말하니 소균이 탄식하며 말했다.

"간악한 어미가 내 천금 같은 아들을 어찌 이렇게 괴롭게 하는가?"

하고 분노하여 다시 꾸짖었다.

"이제 죄를 지은 어미를 위하여 아비의 명령을 거역하니 자식 된 도리가 아니다. 빨리 나오고 더디게 굴지 마라."

이에 경수가 대답했다.

"엄명을 거역하는 것은 불효로서 만 번 죽어도 아깝지 않을 죄입니다.
그러나 어머님께서 심한 재액(災厄)을 당하는 근본은 저의 죄 때문입니 43
다. 어머님께서 아버님의 노를 당하여 후원 한적한 곳에 던져진 채 아버님을 뫼시지 못하게 되었으니, 다만 죄를 사해 주시기를 청합니다."

이에 강능후 소균이 길게 탄식하고 어찌할 도리가 없어서 다시 부르지 않았다. 상서 경수가 이날 밤 뜰아래서 밤을 지냈는데 조금도 싫어하거나 괴롭게 여기는 것이 없고 자주 시비를 불러 묻는 등 지극한 효성의 조심스러움 또한 조금도 미진함이 없었다. 매우 불편해하며 근심하는 행동은 사람의 마음을 감동하게 했다.

이때 봄추위가 밤이면 오히려 심해지니, 구부인이 밤기운이 사람에게
44 침노하는 것을 보았고 또 날이 추운 것을 알았지만 오히려 감동하지 않았
으며 남편에게 분한 것까지 아울러 경수에게 더욱 한을 품었다. 남녀종의
무리들이 민망해서 부인에게 간절히 권했으며 연황[104]이 나와 말했다.

"경수가 이렇게 하다니 진심으로 놀랍습니다. 먼 길 오기 위해 고생하여 말을 달렸는데 뜰아래 엎드려 밤을 새니 그 몸이 어찌 무사하겠습니까? 아버지께 화나는 마음을 가져 경수에게 그렇게 하시는 것이 오히려 이상합니다. 어머님께 불효한 것이 없으니 이렇게 하여 모자간의 정이 상하게 하지 마십시오."

구부인이 꾸짖으며 말했다.

"사위 정랑[105]이 나와 무슨 원수진 일이 있다고 우리 모자를 재앙에 빠
45 지게 하는 것이 이 지경에 미쳤는지 모르겠구나. 내가 어찌 감히 지극
한 효성이 있는 사람을 아들이라 부르고 또 뜰아래에서 처벌을 기다리
게 하겠느냐? 짐짓 이렇게 하는 것은 상공께서 나를 집안에서 내쫓는
행동을 보려고 하는 것이다."

---

104) 연황 : {ᄋᆡ황}. 구부인의 세 딸은 연황, 애황, 여황인데 서술자가 이들의 이름을 혼동하여 다양한 형태로 표기하였으므로 연황, 애황, 여황으로 번역문에서 통일하기로 함. 세 딸 가운데 비교적 선한 인물에 속하는 사람이 첫째 딸 연황이므로 원문에는 애황으로 되어 있지만 문맥을 고려하여 이와 같이 옮김.

105) 사위 정랑 : 연수의 일에 대해 상소를 올린 태학사 정숙규를 가리킴.

이에 애황과 여황은 말이 없었고, 연황이 탄식하며 말했다.

"어머님과 연수가 이상하게 굴면서 변을 일으켰지 어찌 아버님의 처치
가 지나친 것입니까? 정랑이 상소를 올린 것이 쓸데없는 일에 간섭을
한 것이라고도 할 수 있지만, 실은 공의(公義)를 잡으려 하는 것이니 원
수로 치부하실 일이 아닙니다. 제가 이미 정씨와 남이 되었으니 다시
저에게 말씀하셔도 무익합니다. 원컨대 저는 이런 일을 당하고 싶지
않으니 어머님께서는 어찌할 도리 없이 된 연수를 위하여 부질없는 고 46
집을 부리지 마세요. 경수의 지극한 효를 살피셔서 목강(穆姜)[106]과 같
은 성덕을 보여주세요."

구부인이 또한 길게 탄식했다.

연황이 직접 더운 물을 가져다가 상서 경수에게 권했지만 경수가 먹지 않고 말했다.

"어머님께서 저 알기를 자식으로 여기지 않으신다고 하니 저는 천지간에 죄인입니다. 그러니 어찌 잠을 자고 먹기를 바라겠습니까? 어머님께서 감동하셔서 슬하에 용납해주시는 것을 얻지 못한다면 스스로 죽어 나의 뜻을 표하고 마음을 아시게 할 것입니다."

말을 마치고는 감격하여 눈물 흘리기를 비 오듯 하니 연황이 길게 탄식하며 말했다.

"저 밝은 하늘이 살피실 것이다. 우리 집 아이가 큰 효로써 끝내 어머 47
님의 뜻을 돌이켜 감동하시게 못하며 연수로 하여금 감화하여 어질게
되도록 못하겠는가? 이제 동생이 너무 애를 태워 병이 나면 이 또한 효

106) 목강(穆姜) : 한나라 때의 여인으로 전처소생인 세 아들이 패악하게 굴었으나 지성으로 대하여 감화하게 했음.

성에 해로운 일이 아니겠는가?"

하고는 정생의 일과 자신이 시댁에서 쫓겨난 말[107]을 전하니 경수가 길게 탄식하며 말했다.

"정형이 어찌 일가로서의 정과 벗의 도리에도 불구하고 이런 이상한
일을 할 줄 생각이나 했겠습니까? 지금 연수의 형세가 실로 위급하여
약한 몸이 중한 형벌을 받았으니 비록 황제의 은혜를 입어 감옥 문을
48 나와도 능히 살기를 바라지 못할 것입니다. 비록 황제께서 사하고자
하시지만 조정의 대신들이 결단코 극렬하게 간하여 죽이기를 재촉한
다 합니다. 또한 사대부와 서인들조차 모두 죽어 마땅하다고 하니 어
찌 살아서 나오기를 바라겠습니까? 그러므로 제 몸과 마음이 더욱 산
란하여 함께 목숨을 버려 아우를 구하려 했습니다. 그런데 어머님께서
화가 나셔서 이 지경에 이르렀으니 누구를 원망하며 누구에게 한을 품
겠습니까? 제 스스로 효성이 천박하고 우애가 두텁지 못해서 천지신명
을 저버리는 행동을 했으므로 이런 일을 만나게 된 것입니다. 오직 지
성으로 원하고 바라는 바는 어머님의 뜻을 돌이키고 아버님의 화를 풀
49 어 부모님께서 서로 화해하시는 것을 보아 즐거움을 얻고 연수의 목숨
을 구하여 형제가 함께 부모님을 모시고 봉양하는 것입니다. 이 밖에
더한 즐거움이 없을 텐데 내가 이러한 일을 얻지 못할 뿐 아니라 집안
일이 이 지경에 이르렀으니 이 마음을 장차 어찌해야 할 지 모르겠습니
다."

연황이 위로하긴 했지만 자신도 마음이 불편하여 능히 잠을 이루지 못

---

107) 정생의 ~ 말 : 황제에게 상소를 올린 인물은 연황의 남편인 태삭사 정숙규임. 연황이 시댁에서 쫓겨났다는 내용은 앞부분에 서술되지 않았지만 시댁 어른들의 눈 밖에 난 사실이 있었음.

하였다.

다음 날 아침에 강능후 소균이 상서 경수가 뜰아래서 밤을 보낸 것을
듣고 매우 놀라 급히 시동을 시켜 경수를 불렀다. 경수가 어제와 같이 못
가겠다고 고하자, 강능후는 성질이 급한 사람이므로 갑자기 매우 화를 내
며 종들을 시켜 잡아오라고 했다. 경수가 드디어 잡혀와 계단 아래서 죄 50
를 청하는데 갓끈을 벗고 보잘 것 없는 의복을 입고 있는 것이 마치 죄수
의 몸 같았다. 그 몸의 특별함, 용모의 아름다움 그리고 근심하는 형상이
보는 사람으로 하여금 더욱 기특하게 여길 만하니 그 부모 되는 사람에게
는 말할 것이 무엇이겠는가? 강능후가 노하여 경수를 잡아왔지만 그의 얼
굴을 보고 근심하고 있는 몰골을 보게 되니 말을 듣지 않고도 아름다움
때문에 흐뭇하게 여기게 되었다. 그러나 여러 번 명을 거역한 것에 노하
여 정색한 채 침묵하며 오래 말을 하지 않았다. 경수가 몸을 구부린 채 명
령을 기다리는데, 강능후가 아들이 오래 뜰아래 꿇어있는 것을 차마 보지
못하여 탄식하며 말했다.

"네가 비록 사정이 절박하다 하지만 내가 여러 번 불렀는데 어찌 조금 51
도 요동치 않았느냐? 이것이 어찌 사람의 자식 된 자의 도리이겠느냐?"

경수가 두 번 절하고 죄를 청하며 말했다.

"엄한 명령을 내리시면 죽을 곳에 가라 하셔도 그 명령을 거스르지 못할 것이니 어찌 잠시인들 지체할 수 있겠습니까? 저의 사정이 황공하여 몸을 움츠릴 만하니 바야흐로 용납할 땅이 없을 것입니다. 어머님과 함께 뜰 안에 머무르며 저의 죄를 씻고 싶었기 때문에 여러 번 엄한 명령을 거역했으니 그 죄 만 번 죽어도 가볍지 않습니다. 그러나 자식이 부모에게 효도는 못해도 사람의 자식 된 마음으로 볼 때 어머님께서

좋은 집의 높은 곳에 계시고 동기간에 화목하여야 세상에 자식 된 자의
52 도리를 다한 것이라 할 수 있을 것입니다. 그런데 어머님께서 궁벽한
곳에 갇혀 계시고 아우는 추운 옥에서 고초를 겪고 있는 죽을 죄인이
되었습니다. 그러니 소자가 어찌 낯을 들어 세상에 서겠습니까?"

이 말과 함께 눈물을 낯에 가득 흘리는 것을 참지 못했다. 이에 강능후가 정색을 하며 말했다.

"네가 어미는 생각하면서 아비에 대해서는 몰라주니 능히 오랑캐 같은
행실이라 할 수 있겠다. 네 어미가 이미 죄를 지었으며 악행을 쌓았으
니 집안에 머무르지 못할 것이지만 오히려 너의 마음을 생각하고 세 딸
의 얼굴을 봐서 소당에 두면서 개과천선하기를 기다렸다. 이것도 내
뜻에 맞지 않는 일인데 너는 어찌 어지럽게 구느냐? 연수의 죄는 마땅
53 히 목을 베는 것이 옳으니 부자 형제간의 정 때문에 다시 깊이 생각할
바가 아니다. 너는 부질없는 마음을 쓰지 말고 평상시처럼 행동하여
내 화를 돋우지 마라."

경수가 절하여 사죄하며 말했다.

"아버님께서 생각하시는 것이 다 널리 살피셔서 그리하신 것이겠지만 오히려 어머님의 억울함과 답답함은 알지 못하시는 것 같습니다. 그러니 제가 어찌 아버님의 화를 두려워하여 품은 바를 다하지 않을 수 있겠습니까? 연수가 비록 나쁜 일을 했을지라도 어머님의 죄는 아닙니다. 이미 아버님의 엄한 가르침으로도 효과가 없었는데 어머님의 약한 호령으로 어찌 연수를 바른 길로 돌아가게 할 수 있겠습니까? 곽씨의 흉악하고 모질며 음탕하고 악한 것이 어머님의 마음을 막고 가린 것이지 어머님께서 앞장서서 악한 일을 행하신 경우가 없습니다. 또 못된

시비와 곽씨의 거짓 실토만을 믿으시고 젊을 적 정실부인을 뜻밖에 당 54
에서 내치시니 성인의 가르침에 어긋난 것 아닙니까? 저희들의 사정을
돌아보지 않으시고[108] 갑자기 어머님의 지위를 낮추시어 가볍게 천대
하시니 이것은 예(禮)가 아닙니다. 제가 아버님의 조처로 인해 마음이
몹시 절박해져서 두려움을 잊고 말씀을 매우 번거롭게 하기에 이르렀
으니 감히 용서를 구합니다."

강능후 소균이 상서 경수가 힘써 직언하고 강경하게 간청하는 것을 볼 때, 그 어미를 위한 정성이 쇠와 돌과 같고 효성스런 뜻이 가득하여 끝내 구부인을 오래 곤(困)하게 하지 못하도록 할 것이라는 생각을 하게 되었다.

오래도록 말이 없다가 평진후 소천이 오니 강능후 소균이 맞이하여 말
을 했다. 경수가 뜰아래 꿇어앉아있는 것을 보고 평진후가 물었다. 55

"이 아이가 집으로 돌아온 지 며칠이 안 되었는데 무슨 이유 때문에 이 지경에 이르렀는가?"

강능후가 탄식하면서 경수가 한 말과 또 밤에 뒤 뜰아래서 밤을 새고 불러도 오지 않았으므로 잡아왔는데 저런 행동을 하면서 뜰에 꿇어앉아 있다는 말을 처음부터 끝까지 다 고하니 평진후가 잠시 웃고 말했다.

"이는 네 아들이 구태여 잘못하는 것이 아니고 일의 형편이 그러한 것이다. 그러니 쓸데없이 화를 오래 내지 말고 제수씨를 정침(正寢)[109]으로 불러 집안 일을 온전하게 하도록 해라."

강능후가 미처 답을 하기도 전에 네 필의 말이 끄는 수레가 길을 덮으

---

108) 돌아보지 않으시고 : {도라 보시고}. 문맥을 고려하여 이와 같이 옮김.

109) 정침(正寢) : 제사를 지내는 몸채의 방 혹은 거처하는 곳이 아니라 주로 일을 보는 곳으로 쓰는 몸채의 방. 이 문맥에서는 정실부인이 거처하는 방의 의미로 쓰인 듯함.

56 며 도달하여 문 밖이 매우 요란스러웠다. 초국공 조승상이 평능후 형제,[110] 조태사 형제[111]와 함께 한꺼번에 온 것이었다.

이날 소상서 경수가 상경했다는 소식을 듣고 계속 기다렸는데 소식이 없자 연수의 일 때문에 밖에 나오지 않는 것인가 싶어 함께 온 것이었다. 강능후 형제가 맞이하여 예로써 인사를 채 마치기도 전에 눈을 들어 소경수가 관을 벗고 죄를 청하고 있는 것을 보고는 물었다.

"어제서야 천유[112]가 온 것을 알게 되었습니다. 혹시 나를 찾아올까 싶어 손가락을 꼽으며 날이 저물도록 기다렸으나 소식이 없기에 와보았습니다. 그런데 이런 광경을 보게 되니 무슨 이유로 저러고 있는지 모르겠지만 형이 죄를 따져 묻는 것이 너무 급한 것 같습니다."

57 평진후 형제가 크게 웃으며 말했다.

"우리가 시킨 일이 아닙니다. 괴로운 아들이 이런 행동을 하여 아비를 보채니 매우 난처해하고 있습니다."

초공이 미소를 지었으며 그 자리에 있던 조씨 형제들이 함께 미소를 머금고 서로 눈빛을 교환하며 반가워하는 마음 때문에 눈썹 언저리를 움직였다. 강능후가 처벌을 기다리는 행동을 그치라고 명령하니 경수가 두 번 절하여 사죄하며 비로소 물러나 안으로 들어가려 했다. 그러자 형부상서 조운현이 달려들어 손을 잡고 정색하며 말했다.

"이 나쁜 녀석아. 네가 비록 우리 보는 것이 싫다 해도 아버님께서 여기 친히 와 계시는데 네가 어찌 피하는 거냐?"

58 모든 조씨 형제들이 한꺼번에 달려들어서 붙들어 올리니 경수가 마지

110) 평능후 형제 : 조유현을 비롯한 조성의 아들들.
111) 조태사 형제 : 조기현을 비롯한 조무의 아들들.
112) 천유 : 상서 소경수의 자.

못해 당에 올라 초공을 향하여 두 번 절하여 뵌 후 꿇어앉았다. 봉황 같은 눈에 눈물이 어린 채 사죄하며 말했다.

"제가 비록 무례하지만 황제께서 귀하게 여겨주시고 부모님께서 낳아 주셨으며 사부님께서 가르쳐주셨으니 그 은혜가 모두 같고 똑같이 귀중하다고 여기면서도 제가 다섯 살 이후로 가르침을 들으면서 큰 은혜를 각별히 명심하고 있습니다. 게다가 슬하의 사위로 허락해주셨으니 어찌 우러르는 정성이 옅겠습니까? 여러 해 뵙지 못하고 떨어져 지내다보니 마음이 안 좋았으므로 삼가 절하고 뵈려 했지만 집에 돌아오게 되자 사람의 일이 바뀌어 집안 일이 다 제 마음을 어지럽게 했습니다.
그래서 깊은 당 안에서 머리를 박은 채 밝은 태양을 대할 낯이 없기 때 59
문에 아버님께서 찾으셔도 나서지 못하여 죄를 얻었습니다. 그러므로 차마 낯을 들어 뵈올 마음이 생기지 않아서 물러가려 했습니다. 모든 형들은 화목하게 지내다보니 사람의 마음을 알지 못하고 책망만 과도하게 하시는군요."

초공이 반기는 빛을 얼굴에 가득 띠었으며 그 뜻을 알아채고는 일마다 애중하게 여기면서 손을 잡고 탄식했다.

"말하지 않아도 네 마음을 헤아려 안다. 힘써 큰 효를 본받아 대순(大舜)113)의 풍습을 이어 부끄러움을 씻고 어지러움을 바르게 하는 것은 군자로서 마땅한 효우(孝友)이다. 한갓 마음을 쓰며 속 좁게 생각할 일이 아니다."

소상서 경수가 절하여 사죄한 후 모시고 앉아 할머님과 노공의 안부를 60
여쭈며 여러 해 떨어져 지내던 회포를 펴는데, 조용하고 침착한 말씀은

113) 대순(大舜) : 중국의 전설적 임금. 계모에 대한 효성이 지극했음.

흡족하기로 말하면 대 군자의 풍모요, 부드럽고 온화한 기운은 봄볕을 따스하게 쪼여 백가지 생물들이 생기를 뿜는 것과 같았다. 수려한 풍채와 빼어난 체격이 새삼 특별하니 초공이 사랑했으며 모든 조씨 형제들의 사랑함도 골육간인 형제보다 못하지 않았다. 이때 초공이 말했다.

"네 아우의 일은 참이든 거짓이든 죄명이 중대하여 벗기 어려울 것이다. 또 조정의 공론을 보니 황제께서는 용서해주려 하시지만 대신들이 잠자코 있지 않을 것이다. 그러니 네게는 작은 근심이 아닐 것이다."

소경수 입장에서, 사부는 얼음같이 맑고 옥같이 깨끗하게 학업을 닦
았고 또 모든 조씨 형제들은 세상을 뒤덮을 만큼 남보다 뛰어난 효성과
61 우애가 있기 때문에 자신의 아우를 더럽게 여길 것이라고 생각하니, 비
록 신중하고 공평하게 생각한다 한들 부끄러움이 없겠는가? 말씀이 연
수에 관한 것에 이르자 옥 같은 귀밑이 발갛게 되었고 두 별 같은 눈동자
와 봉황 같은 눈이 나직해지면서 애처롭게 눈썹을 찡그린 채 탄식하며
말했다.

"근본이 다 제가 어질지 못하게 때문입니다. 무슨 면목으로 세상에 서
며 더욱이 조정에 나아가겠습니까? 그러나 일에 대해 들어보니 비록
죽일 만도 하지만 저도 알고 남도 아는 것처럼 진심으로 연수의 본심이
아니었고 또 계획대로 이루어진 일은 없으니 구태여 죽일 죄까지야 되
겠습니까? 그러나 아뢰기를 지나치게 하여 조정의 모든 사람들이 우리
62 형제를 구태여 죽이고야 말려 하니 형제가 함께 한 칼날에 베임을 당
하면 그 뿐이지 누구를 원망하겠습니까? 다만 신하의 임금 섬기는 도
리라는 것은 마땅히 임금을 힘써 돕고 죄에 합당한 벌을 간하는 것이
옳은 것입니다. 그런데 지금 조정 정사를 보면 나라 다스릴 생각은 하

지 않고 남의 허물을 들으면 좋아 날뛰며 죽이기만을 꾀하니 어찌 어진
사람의 마음이라 할 수 있겠습니까? 군자의 도리는 남의 허물을 보면
놀라고 근심하며 자기 몸이 당한 일처럼 하는 것이라 했습니다. 내 아
우가 비록 남의 꼬임에 빠져 집안의 크고 작은 허물을 일으켰지만 조정
에 죄를 지은 일이 없는데 어찌하여 황제께 온 힘을 다하여 일러바치 63
고 죽여야만 옳겠습니까?"

말을 돌려서 하며 죄를 적게 하려고 애쓰니 모든 조씨 형제들이 웃음을 머금고 말했다.

"온 나라 사람들이 죽어 마땅하다 하지만 우리들은 아직 입을 열지 않
았다. 게다가 공론에 부쳐 본다면, 형과 형수를 죽이려 하고 벗을 속이
며 부모에게 숨기고 남으로 하여금 농간하여 음악한 일을 하도록 한 죄
는 아니 베고 어찌 하겠느냐? 국법이 삼엄한데 너는 한낱 사사로운 정
을 아뢰어 조정의 모든 사람을 꾸짖고 군주께서 덕을 베푸시는 것을 돕
지 않는다고 말하고 있구나. 그러나 법도를 어지럽히고 도리에 어긋난
짓을 한 역적에게는 국가의 법률을 바르게 적용하는 것이 옳다. 공자
께서는 정태우 소정묘(少正卯)114)를 베셨고, 주공(周公)은 관채(管蔡)를 64
베셨으니 이것도 어진 일이 아닌 것이냐? 우리 두 집안의 정분이 보통
이 아니다. 또 그대 아버님과 우리 아버님은 오랫동안 집안끼리 알고

114) 정태우 소정묘(少正卯) : 소정묘(少正卯)는 중국 춘추시대 말기 노(魯)나라의 대부(大夫)임. 묘(卯)가 이름이며, 소정(少正)은 관직명. 공자에게 죽임을 당했는데, 이 주살사건은『사기(史記)』「공자세가편(孔子世家篇)」『공자가어(孔子家語)』「시주편(始誅篇)」『순자(荀子)』「유좌편(宥坐篇)」등에 기록되어 있음. 노나라 정공(定公) 14년(서기전 496)에 공자는 나이 56세로 대사구(大司寇 : 司法官長)가 된 지 7일째 되는 날, 정치를 문란하게 한 소정묘를 죽여 그 시체를 3일간 궁정에 내걸었음. 공자의 제자인 자공(子貢)은 소정묘를 인망이 높은 사람으로 생각하였으므로 공자의 행위를 힐난했는데, 공자는 도둑 이회의 대악(大惡) 다섯 가지를 들어 소정묘는 5대악(五大惡)을 겸하고, 더구나 도당(徒黨)을 짜서 대중을 현혹시켜 체제에 반항하는 조직을 만든 소인(小人)의 걸웅(桀雄)이므로 주살함이 마땅하다고 대답하였음.

지낸 사이이며 그대들과도 숙질간의 의를 겸하여 소홀하게 대하지 않았다. 그러나 공의공론을 한다면 연수를 살려달라고 말하지 못할 것이다. 그러니 덧붙여 말해봤자 통하지 않을 것이다."

경수가 문득 차갑게 웃으며 말했다.

"여러 형들의 말이 우습군요. 내 아우가 심약하고 주관이 약해 불의에
빠지긴 했지만 일찍이 국가의 질서를 어지럽히는 큰일에 가담하지는
않았습니다. 그러니 관숙(管叔)과 채숙(蔡叔)에 빗대는 것이 가능하겠습
니까? 공자께서 소정묘(少正卯)를 베셨지만 그 일에 대해서는 말할 것이
65 못됩니다. 또 형을 죽였다고 하는데, 내가 살아있고 아우에게 다른 형
이 없습니다. 세상 사람들이 남에 대한 허탄한 말로 사람을 협박하고
기만하여 죽을죄에 몰아넣는 것을 즐기니 이 어찌 심하지 않은 것입니
다. 형수를 도적질하여 벗에게 주었다고 하는데, 이는 본래 곽씨가 간
사하고 음탕한 소행이 있어서 그런 것입니다. 만약 그렇지 않다면 곽
씨가 양씨 집안으로부터 도망하여 내게로 올 때도 누군가가 도적질해
서 내게로 보낸 것이라는 말입니까? 음탕한 여자의 생각이 미치지 않
는 곳이 없으니 어찌 죄를 아우에게 미루겠습니까? 군자의 도라는 것
은 직접 본 일과 듣지 못한 일을 분간하는 것입니다. 풍문만 듣고 이렇
게 시끄럽게 구는 것은 옳지 않습니다. 그대들이 단지 누이의 일에 대
66 한 원망이 있어서 내 아우 죽이기를 재촉하니 내 아우가 죽은 뒤에 그
대들에게 무슨 유익이 있겠습니까?"

평진후, 강능후와 초공이 웃음을 머금은 채 조씨 형제들과 경수가 말로 다투는 것을 듣고 있었다. 평능후 조유현이 웃으며 경수의 손을 잡고 말했다.

"천유는 분을 삭이고 내 말을 들어라. 우리들이 누이를 위하여 사사로운 정과 분노만을 생각하고 두 어르신의 체면을 생각하지 않고 너를 생각하지 않았다면 내 누이가 귀양 간 지 4년이 지나도록 기다리지 않고 벌써 신원을 했을 것이며, 네 아우는 오래 전에 이미 죽었을 것이다. 형을 죽이고 형수를 남에게 맡긴 도리에 어긋난 행동은 말할 것도 없고 은선항[115]의 그윽한 곳에 가 자객을 사귀고, 그에게 봉한 은과 금을 주고 형과 형수를 따라가서 죽이면 훗날 관직을 구해 얻어 준다고 했다. 67
내가 그것을 친히 듣고 본 후에도 일을 드러내지 않고 다만 자객을 잡아 가두고 네 아우의 허물은 입 밖에 내지 않았다. 4년을 참고 있으면서 누이를 구하지 않았는데 나 같은 사람을 칭찬하지는 않고 도리어 너희들이 꾸짖는 말을 할 줄 알았겠는가?"

경수가 이 말에 이르러서 낯을 붉히며 말을 못 한 채 그 마음에 감사를 하면서 속으로 깊이 탄복하고 황급히 자리에서 일어나 절을 하며 말했다.

"전부터 깊이 지기지우(知己之友)로서 우러러왔지만, 오늘부터는 저의 68
은인입니다. 원컨대 저는 몸이 다하도록 큰 은혜를 뼈에 새겨 명심하고 마음 깊은 곳에 새기겠습니다. 사람 중 마음이 허약한 자는 불의에 빠지기 쉬우니 이것이 다 제 아우의 본성이 너무 연약하고 남의 말을 잘 받아들여서 잘못된 곳으로 나아갔기 때문입니다. 제가 어질지 못하여 아우를 올바르고 좋은 길로 인도하지 못한 잘못을 뉘우칩니다. 지금 이후로 아우를 가르쳐 개과천선하게 하는 도리를 다 할 것입니다. 그러니 문계[116] 형께서는 끝까지 사람을 구해주는 어진 마음을 드러내

115) 은선항 : {운션항}. '은선항'으로 통일함.
116) 문계 : 조유현의 자.

아우를 구해주고 어질지 못함을 용서하시어 남은 목숨을 살려 주십시
오. 그리하여 나로 하여금 형제간의 정을 아우르고 인륜의 도리에 한
69 이 없게 해 주신다면 이는 진실로 잊기 어려운 큰 은혜일 것입니다."
평능후 유현이 붙들고 위로하며 말했다.
"옛 사람이 이르기를 사람이 허물을 고치면 처음부터 어진 사람보다
더 귀하다고 했으니, 남의 허물을 고치고 선을 행하는 것은 내가 바라
는 바이다. 어찌 천유 그대의 감사를 받겠는가? 다만 두 어르신의 어진
덕과 마음이 그대의 아우로 인해 추락하게 된 것이 아깝고 한탄스럽지.
그대의 아우로 하여금 마음을 고치고 덕을 닦게 하여 그대 형제가 하늘
이 주신 복을 평안하게 누리고 온전하게 지내는 것을 우리 또한 보기
바란다네."
평진후와 강능후가 손가락을 튕기며 칭찬하고 초공에게 감사의 말을
했다.
70 "사람의 어질고 넓으며 멀고 깊은 것이 문계 같은 이는 우리들이 본 바
처음입니다. 단지 내 아들이나 조카를 구해준다 하여 이 말을 하는 것
이 아닙니다. 예전 설강의 일[117]이 있을 때부터 문계의 천지와 같이 공
평한 마음과 바다와 같이 넓은 도량을 알았습니다. 설강이 제 부모가
낳긴 나았지만 두 번 고쳐 피고 다시 산 것은 오로지 문계의 큰 은혜 덕
분이었습니다. 이 같은 정의로움과 어진 마음은 예부터 듣지 못한 바
입니다. 이제 오히려 문계가 어진 것에 대해 안타까운 바는, 못난 연수
의 죄를 즉시 적발하여 억울한 며느리를 4년이나 귀양지에서 괴롭게

117) 설강의 일 : 유현의 첫째 부인 정씨를 탐낸 설강이 유현과 정씨를 모해하였으나 유현이 설강을 용서하고 은혜를 베푼 일을 의미함.

하지 않았다면 일의 형편이 나앗을 것이라는 점입니다.”

초공이 미소를 지으며 말했다.

“이 아이의 어리석은 헤아림이 어찌 형님의 넓은 소견을 따를 수 있겠 71
습니까? 그러나 이 일은 진심으로 천유를 아껴 차마 못한 것입니다. 지
금 정태숙[118]의 상소와 조정의 의논이 결론적으로 연수를 죽이는 것이
옳다고 하지만 황제께서 천유를 생각하시니 구태여 죽이지는 않으실
것이지만 귀양 가는 것은 면치 못할 것입니다. 그러니 법률이 어떠해
야 좋겠습니까? 두 형께서는 길이 헤아려 연수가 이후로는 마음을 고
쳐먹고 행실을 닦아 사람의 무리에 들게 하십시오. 어찌 단지 내 자식
을 해치려 했기 때문에 이렇게 말하는 것이겠습니까? 진실로 선비로서
용납되지 못 할 죄를 지은 것입니다. 설강은 오히려 벗을 해쳤지만 연
수는 형을 해치려 했으니 어찌 심하지 않습니까?” 72

두 소공이 탄식할 뿐 말을 못하니 모든 조씨 형제들이 다시 상서 소경수를 희롱하지 않았는데, 이는 소공께서 무안해 하는 것을 생각했기 때문이다.

날이 다하도록 대화를 나누며 떠나는 것을 안타까워했다. 석양 무렵에 초공이 돌아가려 하니 경수가 문 밖에 나와 작별인사를 드리며 봉황 같은 눈에 눈물을 머금은 채 말했다.

“저의 일이 바야흐로 바쁘고 어지러워 반드시 장인어른을 다시 뵐 수 있을지 모르겠습니다. 또한 할머님께 문안드리는 것도 쉽게 못할 것이니 마음이 울울합니다.”

초공이 고개를 끄덕이며 말했다.

---

118) 정태숙 : {뎡대슉}. 정태숙으로 통일함. 연황의 남편인 정학사를 가리킴.

"아직은 네 마음이 그럴 것이다. 보고 싶으면 내가 올 것이니 마음을
73 넓게 가지고 효도와 우애를 완전하게 하여 천륜의 즐거움을 다하게 하
여라. 나 또한 너를 위하여 네 아우를 위태함으로부터 건져낼 수 있도
록 진심으로 노력하여 너의 지극한 우애를 저버리지 않을 것이다."

경수가 감격하여 절하는데, 눈물이 옷 앞에 연달아 떨어지니 초공이 탄식하며 말했다.

"너같이 굳센 마음을 가진 사람도 난리를 만나 겪으면서 이렇게 눈물
을 흘리는구나. 네 아우의 일은 슬프지만 끝내 죽지는 않을 것인데 어
찌 어린아이처럼 철없이 울면서 대장부의 기운을 손상시키느냐? 만사
염려하지 마라. 구하여 살려낼 방법이 많을 것이다. 네가 벼슬길에 나
74 가 있을 것이니 가까이 황제를 모시면서 구해달라는 말씀을 네가 직접
드리지는 못해도 네 얼굴을 보시면 황제께서 자못 현명하시니 네 뜻을
보지 않으실 리 없다. 또 연수가 뉘우치고 마음을 고쳐 덕을 닦는다는
소문이 대궐 뜰에 들리면 그 한 목숨 사하시는 것은 손바닥 뒤집기와
같은 것이다."

경수가 근심스러워 탄식하며 배웅 인사를 드릴 뿐이었다. 그가 손님을 보내고 급히 뒤뜰로 들어오니 종들이 황급히 마중을 나와 말했다.

"부인께서 단검을 빼서 찌르려 하기에 저희들이 말리니 가슴 깊이 슬피 울기를 반나절이나 하시다가 기운이 막혀 호흡[119]이 급하십니다."

75 경수가 이 말을 들으니 혼백이 날아갈 듯하여 바삐 들어가 보았다. 구
부인이 이부자리에 몸을 던진 채 정신이 가물가물하고 딸꾹질을 하는 것

119) 호흡 : {아관(牙關)}. 입속 양쪽 구석의 윗잇몸과 아랫잇몸이 맞닿는 부분을 가리키므로 문맥을 고려하여 이와 같이 옮김.

이 목숨이 얼마 남지 않은 듯했다. 경수가 혼비백산하여 급히 붙들어 간
호하며 몸소 약들을 가져다가 연달아 쓰니 날이 어두워진 후에야 드디어
정신을 차렸다. 그러나 눈물이 가득한 채 슬퍼하여 기운이 오르면 숨이
막히고 기운이 내려가면 울며 피를 토하기를 무수히 하니, 그 병에 딱 맞
는 처방을 말하자면 연수가 무사하고 아버지께서 화평해지는 것으로, 그
런 후에나 그 병이 나을 것 같았다. 그러나 사건의 되어 가는 형편이 경수
자신의 힘과 정성으로는 해결되지 못할 것 같았다. 일의 형세로 인해 애
가 타며 가슴이 불타는 것 같으니 이에 죽기를 각오하고 어머니 앞에 나 76
아가 애걸하며 말했다.

"제 효성이 매우 옅어서 이렇게 큰 염려를 끼치게 되었습니다. 어머님
께서 덕과 슬기로움으로 만 번 죽어도 아깝지 않은 저의 죄를 사해주시
고 슬하에 용납하여 마음을 풀어주시기 바랍니다. 집안의 운수가 불행
하고 연수와 제게 액운이 많이 쌓여 곽씨의 일과 같이 음악(淫樂)하고
해괴한 변이 집안을 어지럽혔습니다. 집안에 앞뒤로 일어난 변이 모두
곽씨의 죄인데 아우에게 헤아리기 어려운 죄가 돌아가 옥중에서 고초
를 당하고 나라로부터 중형을 받았으며 의논이 분분하여 죽이자는 논
란이 많으니 저의 지극한 원통함은 등문고(登聞鼓)[120]를 울려 아우를 77
구하고 싶은 지경입니다. 그러니 어찌 조금이나마 형제간에 남은 원한
이 있겠습니까? 원컨대 어머님께서는 염려를 놓으시고 병을 조리하십
시오. 제가 끼니를 거르고라도 열중하여 아우를 구하겠습니다. 만일
아우의 한 목숨이 위태해진다면 제가 함께 칼 아래 죽어 맹세코 아우가
구천(九泉)의 외로운 혼백이 되지 않게 하겠다고 마음을 굳게 먹었으니

120) 등문고(登聞鼓) : 중국에서 제왕이 신하들의 충간(忠諫)이나 원통함을 듣기 위해 매달아 놓았던 북.

어찌 연수를 저버리겠습니까?"

안색이 화평하고 말은 흐르는 듯하며 기운이 나직하고 온유하여 사람
에게 애걸하는 행동은 돌이나 나무라도 움직이게 할 듯했다. 사람의 마음
78 을 감동시키니 부인이 놀라고 이상하게 여기며 생각했다.

'내가 진실로 경수를 박절하게 저버렸던가? 경수는 나에게 불효한 적이 없다. 이제 나에게 하는 말이 이 지경에 이르렀는데 나 혼자 심하게 미워하는 것은 사람의 마음이 아니다.'

하고는 문득 슬피 눈물을 흘리며 말했다.

"일은 이미 이렇게 되었다. 지나간 일은 말해도 무익하다. 다만 참지
못하겠는 것은 네 아버지께서 이유도 없이 나를 소당에 가둬두시고 원
수처럼 대한 것과, 연수의 살고 죽는 것이 아침저녁으로 급한데도 약한
몸이 무거운 형벌을 받고 추운 감옥에서 무거운 칼을 쓰고 몸에 병이
드는 것을 막을 길이 없는 위태한 상황에 있다는 것이다. 이를 생각할
79 때 내 마음이 돌이 아니고 철이 아닌 이상 어찌 하겠느냐? 연수가 끝내
칼 아래 놀란 혼이 될 것이라고 하니 내가 어찌 구차하게 살아서 연수
의 죽음을 보겠느냐? 교씨[121] 또한 목숨이 경각이라서 젖먹이 아이도
버리고 이부자리에 누워 목을 매 반드시 죽겠다며 재촉하니 일마다 내
가슴과 장이 타는 것 같구나. 내 굳이 죽으려는 것은 아니지만 상공에
대한 한은 가슴에 맺혔다. 그래서 자연스럽게 너에게 불평을 한 것이
지 너에게 한이 있기 때문이 아니다. 너를 내친 것은 내 마음에 화가 가
득해서 자녀를 보고 싶은 마음이 없기 때문이니 너는 이상하게 여기지
마라."

---

121) 교씨 : 소연수의 부인.

상서 경수가 어머니께서 온화한 목소리로 말씀하시는 것을 들은 것은
처음이지만 그럼에도 불구하고 다행스러움을 참지 못하여 두 번 절하고 80
감사하며 말했다.

"제가 어리석지만 어머님의 뜻을 모르겠습니까? 아우의 일을 생각하면 제 간장도 녹는 듯하고 간담이 차고 가슴이 막힙니다. 어찌 어머님께서 염려하시는 것이 이상하겠습니까? 그러나 일이 이미 이런 지경에 이르렀으니 근심을 지나치게 하는 것이 유익하지 않고 한층 불효만 더 할 뿐입니다. 저의 효성이 천박하긴 하지만 죽기를 각오하고 아우를 구할 것입니다. 지금은 죄를 상쾌하게 벗지 못하지만 훗날 죄를 벗고
함께 훤당에서 부모님을 모시고 형제들이 나란히 모여 평생 남은 한이
없도록 할 것입니다. 그러니 바라건대 어머님께서는 저의 어리석은 죄 81
를 사해주시고 부족한 정성이나마 받아들여주십시오."

하고 밤새 자지 않고 옷과 띠도 벗지 않고 약을 받들며 음식을 맛보고 권하기를 지성으로 하니, 지극한 효성이 귀신을 감동하게 하고 돌과 나무라도 움직일 듯했다. 또한 조심하고 공손하며 유순하고 화평하게 하여 물이 가득 든 그릇을 받드는 것처럼 조심하며 한 때도 마음을 놓지 않았다. 이렇게 밤을 새고 낮이 되도록, 낮밤을 다하여 어떤 행동도 게으르게 하지
않고 조금도 마음에 변화 없이 공맹(孔孟)과 증자(曾子)[122]와 같은 효를 다
했다. 그러자 구부인의 편벽되고 막힌 소견이 트이고 맺힌 한이 풀리면 82
서 원한이 있던 심장이 봄눈 녹듯 되어 생각하게 되었다.

'내가 저에게 박절하게 군 것이 매우 심하니 이렇게 하지 않을 법도 한

122) 증자(曾子) : 중국 노나라의 유학자로, 공자와 효도에 관해 문답한 것을 기록한 『효경(孝經)』을 저술했음.

데. 또 내가 저에게 인정으로 친하게 대하지 않은 것이 많은데도 오히
려 이렇게 기특하게 굴다니. 이렇게 하기란 진실로 어려운 일이다. 내
가 어찌 그 마음을 받지 않아 하늘로부터 죄를 얻어야겠는가? 게다가
연수가 자기 부부에게 흉악하게 굴면서 일마다 죽이려 했으니 마땅히
원수로 삼아 이때에 이를 갈며 분해하는 것이 마땅한데 이렇게 위험으
로부터 구하고 살려주려는 마음이 진정으로 나오니 대순(大舜)[123]과 증
83 자(曾子)의 효성스러운 마음도 이보다 더하진 못할 것이다. 내 몸이 남
편으로부터 버림을 받았고 연수는 버린 자식이다. 세 딸이 있으나 의
지할 자식이 아니니 바랄 것은 경수에게 있다. 경수가 이같이 하는 때
를 만나서까지 소리 지르며 꾸짖고 원을 더해봤자 유익한 것이 없을 것
이다. 내 몸이 소당에서 근신하고 있는 처지이고 연수는 감옥에 갇힌
죄수로 온 나라 사람이 모두 말하기를 죽여 마땅하다고 하니 억울함을
누구에게 말하겠는가? 서러운 분을 참고 지금은 경수의 효성을 받아들
여 세상 사람들이 내가 인정에 어그러져서 이런 변을 만났다는 말 하는
것은 듣지 않아야겠다.'

이렇게 생각하고는 경수를 평소처럼 대접했지만 남편 강릉후 소균에
84 대한 분은 참지 못해 근심이 중하니 병이 날마다 위중해져서 죽을지 살지
알 수 없었다. 경수와 세 딸들의 근심하고 경황없어 한 것은 다 기록하기
어렵다. 강능후가 깊이 원통했으므로 알면서도 모르는 척하고 오히려 용
서해주지 않으니 병이 쉽게 낫지 않았다.

이때 사명(司命)[124]이 장사에 도착하여 본 현(縣)에 전해짐으로써 그 지

123) 대순(大舜) : 중국 태고(太古)의 천자 순(舜) 임금을 가리킴.
124) 사명(司命) : 인간의 수명을 맡은 궁중의 신. 사람의 생명을 좌우하는 권한을 가지는 것.

방 태수는 조학사가 원래는 조부인이라는 것을 알게 되었다. 급히 황제의 명을 전하고 길 떠날 준비를 차렸다. 이때 조자염은 귀양지에서 고요히 지내면서 시와 글 읽는 것으로 소일하며 조급하게 염려하지 않았다. 다만 머리를 돌이켜 나라를 염려했으며, 부모, 형제, 시부모와 남편의 소식을 85
들을 방도가 없어서 태항산(太行山)[125]의 구름을 바라보며 마음을 쓰고 어미에게 효도하는 까마귀를 보면서 어린 자식을 염려할 뿐이었다. 그러나 남자의 옷을 입고 서책을 벗하니 사람들은 다 자염을 남자로 알았다.

동네 사람 중에 원래는 높은 벼슬에 있었으나 귀양을 오게 되어 부부가 함께 내려온 사람이 있었는데, 그 재상은 죽고 다만 과부와 딸 하나가 남아 있었다. 이 재상의 이름은 위청양이고 벼슬은 상서 복야로, 권력 있는 간신이 모함하여 장사 지역으로 유배 오게 된 것이었다. 부인 호씨와 딸 하나가 있을 뿐 집안 재산이 적고 그 자취가 처량하여 능히 떠날 형편이 못 되었다. 부인과 딸아이를 데리고 귀양지로 온 지 몇 년이 안 되어 위공 86
이 30의 젊은 나이에 조정에서 재주도 펴보지 못하고 죽게 되었는데, 슬하에 상제(喪制)를 할 만한 사람도 없고 단지 외로운 딸아이와 부인뿐이었다. 몸이 타향에서 일찍 죽게 되었는데, 돌아볼 시부모나 친척도 없고 종들 또한 자신들의 사정을 말하고 다 도망가니 오직 소저의 유모 한 명과 그녀가 낳은 계섬이라고 하는 종 한 명만 있었다. 가난하고 형편없는 초가 사립문은 비바람을 막지 못하는데, 몸이 죽었다하여 누가 있어서 시신을 염장하겠는가? 원래 위공이 강직하여 사람들로부터 미움을 많이 당하고 또 청렴한 것이 지나쳐서 일찍이 벼슬을 할 때도 집안 형편이 씻은 듯 했다. 게다가 그 이후로도 먼 곳에서 귀양살이를 하면서도 남들이 돌보 87

125) 태항산(太行山) : 산서성의 높고 험한 산.

아주는 재물을 물리치니 무엇에 삶을 의지할 수 있었겠는가? 다만 부인이 뜰에서 채소를 캐 식사를 준비하고 딸아이가 수를 놓아 시장에다 팔아[126] 곡식을 얻어 겨우 삶을 유지했다. 그러다가 아버지의 죽음이라는 슬픔을 만나니 속수무책이었다. 이에 위소저가 슬픔을 억누르고 큰 계교를 내었는데, 스스로 자신의 사정과 나이를 쓰고 여종 계섬의 이름을 함께 써 문서를 만든 후 유모 백씨에게 맡기고는 말했다.

"두루 돌아다니면서 재물이 있는 사람이 있으면 내 몸이 그 사람의 종
이 되겠다는 말을 전하고 나와 계섬을 사도록 주선해 주어라. 그 돈을
88 받아 아버님을 염장하여 남은 한이 없도록 할 것이다. 그리고 유모는
어머님을 모시면서 지내고, 나와 계섬이는 몸값을 하기 위해 종이 되어
부모님을 위해 일함으로써 남은 한이 없도록 해야겠다."

유모가 눈물을 흘리며 말했다.

"이렇게만 지내서는 좋은 방법이 없으니 어찌 할 방법이 없습니다."

하고 문서를 가지고 두루 돌아다녔다. 그러나 사려고 하는 사람이 없었
다. 누가 선뜻 재상가의 규수가 종이 되겠다는 말을 곧이듣고 천금을 낭
비하겠는가? 날이 저물도록 다녔지만 어떤 곳에서도 돈 한 푼 얻지 못하
다가 조공자[127]가 머무는 곳에 이르렀다. 네다섯 칸 초가집이 정결하고
89 문 앞에는 호랑이 같은 관리가 지키고 있었지만 그래도 나아가 사정을 고
하고 만날 수 있게 해달라고 하니 관리가 그 문서를 보고 웃으며 말하였
다.

"이 집 역시 귀양 오셔서 머무는 곳이네. 비록 이 읍에서 돌봐주기 때

126) 팔아 : {화미[和賣]ᄒᆞ여}. 파는 사람과 사는 사람이 군말 없이 팔고 삶을 의미함.
127) 조공자 : 실제로는 소경수의 부인인 조자염을 가리킴.

문에 쌀밥 먹는 것은 어렵지 않지만 무슨 돈이 있어서 그대의 소원을 이뤄주겠는가? 그러나 그대는 여인이고 조학사는 남자분이니 아무쪼록 사정이나 말씀해보시게. 우리는 태수의 명령에 따라 번갈아 문을 지킬 뿐 조공자의 얼굴도 보지 못하였소. 그러나 행동이 신령스럽고 인덕이 성인과 같다고 하니 만일 상자 속에 저축한 재물이 있다면 그것을 사용하여 그대의 사정을 구해 줄 듯도 하네."

유모 백씨가 들어가 인사를 드리고 문서를 올리며 앞뒤 사정을 말씀 90
드리니 자염이 눈으로 문서를 보며 귀로 그 말을 들었는데, 구제해주고 싶은 어진 마음이 샘솟듯 했다. 게다가 마을이 서로 연달아 있어서 위소저의 곡하는 소리가 간절하고 절절한 것을 들었으므로 그 효행이 뛰어나다는 것을 알고 있었다. 이제 그녀가 부모를 위하여 몸을 팔겠다고 하는 행동을 보게 되니 그 마음이 뛰어나 귀신도 감동할 만했다. 자염이 처량하게 여겨 그 문서를 자세히 보니 나이 12세라고 했는데, 나이가 어림에도 불구하고 이런 기특한 뜻이 있다는 것에 감탄하여 흔쾌히 은 한 덩이
를 주고 또 상자 속에 넣어 두었던 은을 주었으며 서너 필 촉나라 비단을 91
주며 말했다.

"나에게는 필요 없는 것이니 필요한 곳에 보태어 쓰라. 이 한 덩이 은은 오백 냥이니 거의 소저에게 일어난 망극한 일을 치를 수 있을 것이다. 문서는 그냥 내게 두고 가라. 내가 원래부터 아내가 없으니 여종은 사봐야 소용없고 또 사대부가 규수를 어찌 종으로 삼겠는가? 그러나 소저의 마음에 감동하여 나의 상자에서 은을 꺼내 일단 자비로운 마음으로 주는 것이니 돌아가서 그렇게 말하라."

유모가 천만 뜻밖에 이렇게 과분한 비단과 은을 얻으니 크게 놀라 머리

를 조아리며 감사드리고 눈을 들어 조생을 보았다. 조생의 부드러운 얼굴
92 은 밝은 달 같고 풍채는 마치 아침 태양이 옥난간에 반짝이는 것 같고 맑
은 샘물이 바람 앞에 임한 듯하며, 수려하고 시원스러운 연꽃 같은 두 뺨
은 처음 보는 신선과 같은 모습이었다. 유모 백씨가 본래 타향살이를 하
고 있지만 재상가에서 지내면서 겪어본 사람이 적지 않고 또 자기 소저의
고운 모습이 비할 데 없는 높은 산 같다는 것을 알았는데, 오늘 이 사람을
보니 이는 처음 보는 아름다움이었다. 행여 신선이 희롱하는 것은 아닌가
의심이 되고 공자가 준 것이 마치 꿈에서 재물을 얻은 듯하여 진짜인지
가짜인지 알지를 못했다. 유모가 좌우를 살펴보니 만 권의 책이 가득하고
93 모든 종들이 다 서동(書童)의 차림새로 모시고 있으니 분명 대장부의 모양
새였다. 그러니 누가 그가 여자인 것을 알겠는가? 단지 주인을 염하고 장
사 지낼 은을 얻었으므로 기쁨이 매우 커서 백 번 감사하고 바삐 돌아와
발을 구르며 말했다.

"문서를 가지고 종일 다녔지만 아무도 사려는 사람이 없었는데 사람
중에도 거룩한 성인이 있을 줄 어찌 알았겠습니까? 대강의 사정을 들
으시고는 500금과 비단을 주시며 이러이러한 말씀을 하면서 남의 사정
을 천지신명같이 살펴주시니, 이는 돌아가신 어르신의 하늘에 계신 영
혼이 도와주신 것입니다."

하고 조공자가 머무는 곳과 그가 하던 일을 낱낱이 전했다. 부인이 매
94 우 즐거워하며 은을 받고 기뻐했지만 위소저는 오히려 기뻐하지 않으며
말했다.

"내가 이제 하늘을 우러러 부르짖을 만한 아픔을 만나 돌아가신 아버
님을 염하고 장례지낼 기구가 없으므로 몸을 팔 계교를 내어 부모님을

장사지내려 했다. 그런데 저가 부녀자도 아니고 시녀나 종도 쓸 데 없다고 하면서 많은 비단을 주니 그 속마음이 어떤 것인지 알 수 없구나. 나를 종이라고 한다면 감내하겠지만 다른 이유로 욕을 보이는 것이면 장차 어찌 하겠느냐?"

부인이 슬피 울며 말했다.

"벌써 돌아가신지 오래 되었고 일이 급하니 쓸데없는 염려를 하지 말고 급히 예를 갖춰 염을 한 후에 다시 처리를 하자."

하고 비단을 꺼내 관을 싸고 한필의 비단과 제사 기구를 얻어 의례에
맞게 물건을 정돈하여 염을 하고 관에 넣었다. 부인과 소저의 일천 마디 95
통곡은 멀고 가까운 이웃 마을 사람들을 감동하게 했다. 초상을 치른 지
나흘이 지난 후에 부인이 유모 백씨를 조공자에게 보내 천지 같은 은혜에
감사를 드리고 계섬을 먼저 보내 종으로 삼고 삼년상을 지낸 후 상복을
벗게 되면 자신이 종이 되러 가겠다고 언약을 했다. 그러자 조공자가 슬
퍼하면서 좌우의 종들을 내보낸 후 한 봉의 편지를 써서 부인과 소저에게
드리라고 하며 말했다.

"내가 써준 편지를 보면 내 속마음을 알 것이니, 내가 어찌 재상가 규수를 종으로 삼겠는가?"

백씨가 더욱 감격하여 돌아와서 한 통의 편지를 드리니 부인과 소저가 놀라서 말했다.

"조공자는 외간 남자다. 어찌 홀어머니께 글을 보냈는가?" 96

마지못해 떼어 보니 그 편지에 다음과 같은 내용이 있었다.

비루한 저 조씨는 두 번 절하고 글을 받들어 부인 책상에 올립니다. 슬프다 하늘

이 댁을 도와주지 않아서 돌아가신 상공의 청렴하고 고결한 인생을 귀양지에서 마
치게 하시니 비루한 제가 담장을 이웃하고 있다가 애통해 하시는 곡성을 듣고 저의
마음 또한 슬펐습니다. 사람이 돌이나 나무가 아니라면 어찌 슬프지 않으며 감동하
지 않을 수 있겠습니까? 게다가 소저가 사람으로서 느낄 아픔을 헤아리니 저의 마음
97 도 슬퍼졌습니다. 저 또한 몸에 남자의 옷을 입었지만 여자의 몸입니다. 평범하지
않은 변을 만나 국가의 죄인이 되어 장사 지역으로 유배 오게 되었으므로 마음에 슬
픔을 품었습니다. 부모님과 시부모님을 떠나 여자로서 금과 옥 같은 마음이 능히 편
할 때가 없었으니 어찌 이번 세상의 죄 때문에만 이렇게 되었겠습니까? 제가 스스로
자책하면서 선한 일에 힘쓰고 은공을 두텁게 하여 내세를 닦으려고 했는데, 위소저
의 아름다운 효성은 진실로 지나가던 선비도 눈물을 흘릴 바입니다. 제가 비록 귀양
을 와서 남은 재물이 없지만, 부모와 시부모님께서 보내주시는[128] 것이 저 혼자 살
기에 어려운 정도는 아닙니다. 그러니 재물을 아끼기 위해 남의 급한 일을 구해주지
98 않겠습니까? 사소하나마 비단을 보내 돌아가신 상공을 염습하도록 한 것은 소저를
종으로 삼으려 한 것이 아닙니다. 서로 얼굴을 한번 보고 규방에서 서로 마음이 통
하여 알고 지내는 사이가 되어 평생 떠나지 않았으면 하기 때문입니다. 그러니 부인
은 의심하지 마십시오. 울타리를 베고 한번 나가 소저의 정숙하고 아름다운 자질을
보는 것이 저의 지극한 바람입니다. 저도 품은 생각이 많아서 매미가 허물을 벗듯
본 모습을 나타내지 못합니다.

부인과 소저가 다 본 후 놀라고 오히려 의심하는 것은 저가 호방한 남
99 자이기 때문에 소저의 미모를 사모하여 거짓말 함이 있는가 하는 것이었

128) 보내주시는 : {ᄌᆞ뢰[藉賴]ᄒᆞᄂᆞᆫ}. 무엇을 빙자하여 의지함을 의미하므로 문맥을 고려하여 이와 같이 옮김.

다. 그래서 다시 편지를 보았는데, 글자체가 기이하고 문체 또한 여자가 지은 바였다. 원래 위소저는 사람을 알아보는 식견이 뛰어났는데, 위소저가 한숨을 쉬고 탄식하며 말했다.

"하늘이 기특한 사람을 만드셔서 우리 집을 도와주시는 것입니다. 이는 분명 여자가 지은 것이니 어머님께서는 의심하지 마시고 답신을 보내시고 초청하세요. 제가 친히 만나보고 큰 은혜에 감사를 드리고 싶습니다."

부인이 놀라면서도 감탄하여 즉시 답신을 써 은혜로운 덕에 감사를 드리고 한번 얼굴을 보고 감사드리고 싶다는 뜻을 비쳤다. 자염이 방문할 날을 약속했는데, 이는 위소저를 한 번 직접 보고 정하고자 하는 일이 있
었기 때문이었다. 작은 가마를 타고 몰래 •울타리를 트고 위씨의 집에 이 100
르러 부인과 소저에게 문상을 하는 예를 마쳤다. 호부인 모녀가 자염을 바라보니 흰 옷에 당건(唐巾)을 쓰고 세초(細草)대를 두르고 비단 부채를 쥐었는데, 시원스런 얼굴은 동쪽 하늘의 큰 태양이 상서로운 기운을 띠고 부상으로부터 솟아오르는 듯했으며, 연꽃 같은 뺨과 붉은 앵두 같은 입술의 향기로운 기질은 눈이 시리고 마음이 타게 할 정도였다. 부인이 숨을 길게 쉬고 자염을 바라보니 자염 또한 갑자기 얼굴빛을 바꿨다. 자염이 눈을 들어 위소저를 보니, 맵시 있는 아름다운 자질은 바다 속의 빛나는 구슬 같고 곤륜산의 난옥 같았다. 꽃 같은 얼굴, 구름 같은 머리털이 아름
다워서 봉숭아꽃이 미처 피지 못하고 새벽 •달이 뚜렷이 뜨지 못할 지경이 101
었다. 어여쁘고 묘한 자질이 깨끗하고도 시원스러워 복을 완비한 것 같았다. 자염이 한 번 보고 기쁜 빛을 얼굴에 띠며 자신의 소원을 이루게 되었다는 생각으로 인해 기뻐했다. 이른바 꽃동산의 봄볕에 직접 쪼인 듯 기

뿐 위소저와 호부인이 그 은덕에 감사하며 죽어서라도 덕을 갚겠다고 말한 뒤 이곳으로 유배 오게 된 이유를 묻고 남장 하게 된 이유를 물었다. 자염이 앞뒤 사정의 처음과 끝을 잠시 말하고 남장을 함으로써 강포함으로부터 미리 자신을 방어하려 했다는 것을 말한 후 비로소 자신의 품은 회포를 말했다.

102 "남편은 이부총재 소경수인데 억울하게도 조주 지역으로 유배를 갔지만 반드시 속히 돌아오실 것입니다. 제가 남편을 위하는 마음이 있기 때문이기도 하지만 소저의 아름다움을 보니 평생 어깨를 나란히 하여 떠나고 싶은 마음이 없습니다. 아황과 여영의 고사[129]를 근거로 삼아 규방 안에서 막역한 사이로 지내면서, 같은 자리를 밟으며 동렬(同列)의 정을 펼 수 있다면 이것은 천고의 아름다운 일일 것입니다. 남편은 행실을 닦는 군자이며 풍류가 있는 영웅호걸입니다. 그러므로 소저의 정숙하고 아름다운 자질을 저버리지 않을 것입니다. 아직 상복을 입고 있는 때[130]에 이런 말을 하는 것이 급하긴 하지만 제가 자못 이곳에 오는 것이 어려우므로 얼굴을 마주하고 서로 약속을 하고 싶기 때문입니다."

부인이 성품이 약하여 결단을 할 능력이 없으므로 소저를 돌아보았
103 다. 소저 생각에 어머님이 의탁할 곳이 없고 자신도 혼인을 하는 것이
큰 일일 뿐 아니라, 자염의 어진 덕과 기특한 행실을 보니 평생 떠나지
않고 싶은 소원이 있었다. 그래서 쓸쓸한 얼굴빛으로 목소리를 나직이

---

129) 아황과 ~ 고사 : 아황(娥皇)과 여영(女英)은 중국의 성군 요(堯)의 두 딸로 함께 순(舜)임금에게 시집을 갔고, 순이 죽은 뒤 함께 상강(湘江)에 빠져 죽었음.

130) 상복을 ~ 때 : {최마(縗麻) 중(中)}. 최마(縗麻)는 부모, 증조부모, 고조부모의 상중에 아들이 입는 상복인 베옷을 가리킴.

하고 말했다.

"은인의 덕이 하늘과 땅 같으시니 제가 반드시 공경하고 대접하면서 백 년을 주인과 종의 분수를 지키고 싶습니다. 그러니 어찌 감히 명령을 거역하겠습니까?"

호부인이 또한 감사하고 허락하니 자염이 언약을 두 번 세 번 다짐한 후 돌아갈 때를 당하여 또 말했다.

"댁의 안팎이 삼엄하지 못하여 뜻밖의 변이 일어날까 걱정됩니다. 그
러니 소저를 남장하여 집에 두시고 삼년상을 다 지내시는 날 제가 있 104
는 곳으로 보내시면 제가 있는 곳에 두고 규방 안의 벗을 삼아 숙녀의
평생이 즐거워지도록 하겠습니다."

호부인이 흔쾌히 응낙했다.

자염은 돌아와서 스스로 기쁨을 참지 못했지만 유모는 탄식을 하며 말했다.

"부인의 역량을 제가 헤아리지 못하겠습니다만 위상서를 염습하여 입관하도록 도와주시고 친히 같은 부인이 되기를 청하셨는데, 위소저의 달 같은 풍모와 꽃 같은 얼굴이 부인보다 아주 못하지 않으니 실로 보통사람의 소견에는 맞지 않는 일이 아닌가 합니다."

자염이 온화한 낯빛으로 웃으며 말했다.

"내가 어려서부터 어미의 품을 떠나지 않았으므로 모녀간의 정이 있긴
하지만, 그럼에도 불구하고 오히려 내 뜻을 모르는구나. 여자의 투기
는 일곱 가지 허물이라 하여 경계하던 바이다. 내가 어찌 세속의 투기 105
하는 마음을 가지겠는가? 남편은 세상을 뒤덮을 만한 기개가 있는 군
자이며 빼어난 호걸이다. 나같이 용렬한 사람하고만 오로지 즐길 사람

이 아니다. 게다가 구씨는 재주가 뛰어난 사람이 아니고 이씨는 성질이 흉악하고 고집이 세며 망령된 관상을 지니고 있으므로 남편이 이미 부부간의 윤리와 기강을 끊었다. 남편이 이렇게 했으니 내가 어찌 혼자 무거운 임무를 감당하겠는가? 차분하지 못한 여자는 나와 같은 항렬이 될 수 없다. 내가 위소저를 보니 얼굴과 고결한 풍채가 빼어나게 아름답고 재주와 덕이 일세에 뛰어나 지나간 시절에도 요즘에도 드문 숙녀이다. 남편을 위하는 정성 덕분에 숙녀를 구하게 된 것이다. 그러
106 니 길한 때를 기다려 위소저와 함께 시부모를 받들고 남편의 집안일을 도와 백 년 동안 자매처럼 지내며, 아황과 여영의 고사를 본받을 수 있다면 이는 남이 얻기 어려운 영화이다. 위소저는 천고에 없는 아름다운 사람이니 해로울 것이 있겠는가? 어미는 내가 하는 대로 두고 의심하지 마라."

유모가 감탄하며 말했다.

"우리 소저는 이 시대의 태사(太姒)[131]로구나. 만 리 앞길을 미리 예측하시다니 주비와 같은 성스러운 덕이 있으신 것입니다."

자염이 말없이 웃기만 했다.

이후로 자염과 위소저가 더불어 왕래를 자주 하며 삼년상을 지내도록 기다렸다. 빠른 세월이 마치 흰 망아지가 틈 사이로 지나가는 것같이 흘러서 위소저가 삼년상을 마치고 평상복을 입게 되는 때가 되었는데, 새삼
107 비통함이 천지에 사무쳤다. 자염이 위소저를 불러 남장을 하게 한 후 함께 한집에서 지내면서 사랑하기를 한 부모에게서 태어난 형제자매 보다 못하지 않게 했다. 호부인은 남은 종들과 계섬을 데리고 또 서너 명의 종

131) 태사(太姒) : 주(周)나라 무왕(武王)의 비(妃). 현모양처의 대명사임.

들을 사서 데리고 집을 지키면서 소저가 보고 싶으면 샛길로 찾아와서 보고 갔다.

조자염이 장사에 온 지 4년이 되었는데, 어버이를 생각하는 마음과 조
주에 있는 남편을 염려하는 마음으로 인해 때마다 금과 옥 같은 심장을
태울 뿐이었다. 그러나 하늘이 길한 사람을 도우셔서 자염의 어진 덕에
천지신명이 감동하게 되었으니, 이때 죄를 사해준다는 황제의 명령이 전
해졌고 황제의 사신이 교지를 받들고 와서는 이부총재의 첫째 부인 직첩
을 주었다. 자염이 비로소 남자의 옷을 벗고 여자의 옷을 갖춰 입고 대궐 108
을 바라보며 은혜에 감사한 후 두 집안에서 보낸 편지를 보며 반가운 마
음을 참지 못했다. 또한 소상서가 돌아오게 된 것이 매우 기뻐 위소저와
함께 치하하기를 계속 했으며 유모 등의 환호성이 물같이 흘렀다.

숙녀의 원한은 하늘이 돕고 경수의 복은 하늘이 주시는 것이다. 조정에서 태자가 맏아들을 낳았으므로 온 나라의 죄인들을 용서해주시니 전복야 위청양이 비록 사면 명단에 들었으나 이미 몸이 구천으로 갔으므로 남은 아내와 자식만이 황제의 은혜를 입어 호부인도 자염의 길을 따라 서울로 가게 되었다.

이때 위공의 관을 가져다가 선산에 장사를 지내고, 위소저와 부인은 서
울에 있는 옛 집에 모여 자염의 덕을 입으며 평생을 자염에게 의탁하게 109
되었다. 그러니 어찌 멀리 떠날 수 있겠는가? 함께 길 떠날 준비를 하는
데, 자염의 행차 길에 비록 지방관이 호위하게 하는 등 황제의 은혜가 융
성했지만 조씨 형제들이 어찌 누이가 수 천 리 길을 가는데 예관(禮官)만
자염을 보호하며 따라가게 두겠는가? 도어사 춘방학사 칠현[132]이 천리마

132) 칠현 : {필현}. 초국공 조성의 아들 가운데 필현은 없고 칠현이 있으므로 이와 같이 옮김.

를 채찍질 하여 장사 지역에 도착하니 남매가 반가워하며 그간의 안부를
말하고 길을 떠났는데, 그 영광의 빛남이 장사로 올 때와는 판이했다. 옥
가마와 수레는 햇빛에 반짝이고 시녀 두 명이 곁에 섰으며, 용과 호랑이
같은 마차를 탄 지방관이 뒤에서 대기했고 붉은 칠을 한 바퀴가 달린 비
110 단 수레가 차례차례 늘어섰다. 한 번에 무사히 길을 행하여 경사에 이르
니 소씨와 조씨 두 집안 사람들이 길에 가득 차게 나와 맞았다. 자염이 오
라비 등을 보자 반가우면서도 슬픈 마음을 참지 못했는데 조씨 형제들이
본 댁으로 가기를 청하자 자염이 탄식하며 말했다.

"사정이 급하긴 하지만 부녀자의 도리라는 것이 그렇지 않습니다. 시부모님을 뵙고 그 다음에 가겠습니다."

모든 조씨 형제들이 놀리며 말했다.

"남편을 얼른 보려고 하는 것이다."

자염이 미소만 짓고 답을 하지 않았다.

자염의 가마가 강능후 소균의 집안에 도착했다. 주부인[133]과 평진후
소천 등도 함께 보게 되었는데, 구부인[134]이 잠시 회개하는 마음이 있긴
했지만 여전히 강능후에게 원한이 있고 연수 부부에 대한 염려로 인해 마
음이 슬퍼 수많은 생각을 하게 되었다. 또한 병세가 중해져서 먹고 마시
111 는 것을 끊고 피를 시도 때도 없이 토하니 상서 경수와 세 딸이 옷과 띠를
벗지 않고 극진하게 간호하는 중이었다. 그 효성이 평소의 세 딸의 행동
에 비길 바가 아니었다. 부인이 정신이 날 때는 예전 일을 생각하고 뉘우
쳤지만 연수 부부가 살아날 길이 없다는 생각이 드는 때면 눈물로 옷깃을

133) 주부인 : 평진후 소천의 부인.
134) 구부인 : 강능후 소균의 부인. 소경수의 양어머니.

적시고 화를 내니 상서 경수가 경황이 없었다. 그래서 두 대인에게 새벽과 저녁으로 문안드리는 예를 폐했으며 즉시 상소를 올려 부모님이 병이 있음을 말하고 휴직했다. 병시중을 든 지 한 달이 거의 지났지만 조금도 차도를 보지 못했다. 이에 더욱 근심이 되어 생각했다.

'효도를 극진히 하여 양부모님을 받들어 모시고 화목한 기운이 가득하기를 바랐는데 어머님의 병환이 이 지경에 이르렀으니 비록 세상 이치로 추리해보면 위태할 지경은 아니지만 어머님의 기운이 이같이 위태 112
하신데, 아우는 감옥 안의 죄인이 되어 이런 줄도 모르고 나마저 어머님의 차도를 살피지 못한다면 남은 한이 적겠는가?'

하고 슬퍼하며 눈물을 흘렸다. 그러나 구부인이 볼 때면 온 얼굴에 온화한 기운을 띠고 봄바람 같은 얼굴빛으로 미음을 권하며 위로를 했는데, 그 말씀은 돌과 나무라도 감동하게 할만 했다. 구부인이 감동하여 이따금 경수를 염려하여 먹고 자기를 권하니 경수는 이런 말 듣게 된 것을 큰 경사로 여기고 정성을 이때부터 더 들이고 게으름을 부리지 않았으므로 애황과 여황의 악한 마음도 점점 풀어졌다. 그러므로 경수는 자염이 장사에
서 오고 가는 것에 대해서는 염려하지 않고 밤낮으로 소당에 있는 상황이 113
었다.

강릉후 형제가 주부인, 윤부인[135]과 함께 자염을 만났는데, 자염이 당 아래에서 절하니 강능후 형제가 반가움과 기쁨을 참지 못해서 자염을 이끌어 당 위에 앉으라고 명했다. 그런 후 평진후와 강능후가 탄식하며 말했다.

"집안의 운세가 불행하여 며느리가 얼음과 옥 같은 행실을 했음에도

135) 윤부인 : 평진후 소천의 첫째 부인.

불구하고 더러운 누명을 쓰고 장사로 유배를 가게 되었습니다. 우리
형제가 집을 비운 사이 어리석은 자식이 안으로는 집을 해롭게 하고 밖
으로는 간신에게 촉탁하여 며느리가 4년이나 고초를 겪었습니다. 그러
는 와중에 자객을 만나는 변을 당해 며느리가 물에 빠져 죽었다는 소식
을 듣게 되었으니 간이 떨어지는 듯[136]했습니다. 하늘이 운이 좋은 사
114 람을 돕고 천지의 신령이 감동하여 어리석은 자식의 악한 행동이 발각
된 것입니다. 연수와 곽씨는 아주 간악한 사람입니다. 하늘이 처분하
셔서 경수와 어진 며느리의 누명을 벗겨주시고 빛이 나게 되어 돌아오
게 하셨으니 온 집안의 경사입니다. 게다가 며느리가 신기한 지혜로
몸을 보호했는데, 효성과 열행이 세상에 드물다 하시고 천자께서 금박
으로 손수 글을 쓰셔서 성녀문(聖女門)을 높혀 주셨고 만백성에게 어진
이름이 자자하게 알려졌으니 당대의 열사(烈士)이며 뛰어난 아녀자입
니다. 오늘 보니 곱고 아름다운 자질이 더욱 완벽한데, 이는 며느리의
정숙한 덕이 남보다 뛰어나기 때문입니다. 그러니 며느리가 무슨 죄가
있다고 벌을 청하겠습니까?"

자염이 엎드려 절하며 사례의 말을 했다.

115 "제가 열 살 안팎의 어린 나이에 슬하에서 외람되게 은혜를 입어 산과
바다 같은 덕이 한 몸에 스몄으므로 우러러 오랜 세월동안 미미하나마
정성을 드릴까 했습니다. 그런데 효도와 우애가 부족하여 망측한 죄를
당하게 되었고, 시부모님과 부모님을 떠나 만 리 밖 장사지역에서 외롭
게 타향살이를 했으니 그 마음이 슬프고 원통했습니다. 그런데 다시

136) 간이 ~ 듯 : {심담(心膽)이 최절[摧折]ᄒᆞ믈 면(免)ᄒᆞ리오}. 심담(心膽)은 심지와 담력을 아울러 이르는 말이고, 최절(摧折)은 좌절함을 의미하므로, 문맥을 고려하여 이와 같이 옮김.

도적의 해를 만나게 되니 경황이 없는 중에 겨우 빠져 나와 어색한 생
각이나마 내어 남의 이목을 가렸습니다. 그러나 만 리 밖의 일이 어른
들께 전해지지 못했으므로 시부모님을 놀라시게 했으니 이 또한 불효
입니다. 이제 슬하에서 가엾게 여겨주시는 하교를 듣게 되니 염려가
되는 것은 시동생께서 감옥에서 고생하고 계시고 시어머님의 염려와
온 집안의 근심이 깊은 것입니다. 그래서 저는 집에 돌아왔지만 기쁜 116
줄을 모르겠습니다."

말을 마친 후 시누이, 동서들[137]과 인사를 마쳤다. 여러 사람들이 자염을 보건대 4년 사이에 풍모가 새로워진 것이 마치 상고시대 여와씨(女媧氏)[138]가 인간 세상에 내려온 것 같았다. 두 명의 시아버지[139]와 주부인의 마음으로부터 자염을 사랑하는 생각이 비할 데 없이 솟아났다. 이에 주부인이 옥 같은 손을 잡으며 말했다.

"살아서 만나지 못하면 저승까지 한이 미칠 것이었는데, 하늘이 도우셔서 서로 만났다. 그러나 연수의 일과 구씨의 병세로 인해 온 집안이 심각하게 근심하고 있으며 아들 아이가 근심하여 경황이 없는 것이 흠이다."

자염이 놀라서 대답했다.

"제가 갓 돌아와 어머님의 병환에 대해 이제 듣게 되었으니, 심히 경황
이 없어 물러가기를 원합니다." 117

말을 하고 구부인의 처소로 향하니, 여종이 구부인이 소당에 계시다고

137) 동서들 : {금장[錦帳]}. 금장소고(錦帳小姑)라고 하여 아름다운 휘장 속의 젊은 시누이와 동서를 가리키는 말이 있으므로 이와 같이 옮김.

138) 여와씨(女媧氏) : 천지 창조 중 인간 창조의 신으로 알려져 있음. 『열자(列子)』「탕문(湯問)」의 〈여와씨〉에 단편적 신화가 수록되어 있음.

139) 두 ~ 시아버지 : 소경수의 친아버지인 평진후 소천과 양아버지인 강능후 소균을 가리킴.

전하고 길을 인도했다. 뒤뜰에 이르러 자염이 왔다고 고하고 명령을 기다리고 있었다. 이때 구부인이 잠깐 기운이 나서 정신을 차렸으므로 경수가 매우 기뻐하며 쌀죽을 권하던 차였는데 종이 자염이 왔다고 고했다. 경수가 반가운 마음을 참지 못하면서도 두 눈을 낮게 뜨고 있었다. 구부인의 세 딸들도 모두 구부인을 모시고 있었다. 자염이 왔다는 것을 다시 고하고 대답을 청하니 부인이 탄식하며 말했다.

“내가 무슨 면목으로 조씨를 대하겠는가? 그러나 이곳에 왔으니 보는
118 것이 옳겠구나.”

이에 시동이 자염을 청해 부인을 뵙게 했다.

인사를 마친 후 옥 같은 아름다운 목소리로 여러 환후(患候)를 물으며 사죄를 청하는데 공손한 행동에는 효성이 가득했다. 연수의 일을 위로하는 말을 간절하게 했으며 연수의 아내인 교씨 모자를 위로하고 염려하는 것이 극진하니 어찌 조금이라도 불평한 마음을 두겠는가? 온화한 얼굴빛이 손에 잡힐 듯하니 구부인이 한편으론 놀랍고 한편으론 반가우면서도 부끄러워서 마치 미친 듯, 취한 듯한 상태가 되어 말을 하려 하다가 기운이 막혀버렸다. 이에 상서 경수가 붙들어 간호하였고 자염 또한 경악하면
119 서 친히 약을 담당하면서 함께 병시중을 들었다. 자염이 감옥 안에 있을
때 신기한 꽃잎과 달콤한 물을 마시자 병이 낫고 피부가 윤택해졌었다. 땀을 흘려 병을 낫게 한 후 꽃잎을 몸에서 떠나지 않게 하니 밤낮으로 그 향기가 몸에 젖어 남들이 신기하게 여겼는데, 오늘 부인의 기운이 막히자 진맥을 하여 그 기운을 보니 열이 많이 나서 병세가 이러하다는 것을 알게 되었다. 그래서 꽃잎 가루를[140] 인삼차와 섞어서 쓰니 막혔던 부인의

140) 가루를 : {갈늘}. '갈ㄴ'이 가루라는 의미로 쓰이므로 '갈ㄴ+을'의 의미로 보아 이와 같이 옮김.

기운이 상쾌해지면서 혼미한 정신이 씩씩해졌다.

다음 회를 살펴보라.

조 씨 삼 대 록

34권

1 이때 구부인의 아득했던 기운이 상쾌해지고 혼미했던 정신이 씩씩해
지니 경수가 매우 기뻐하였고 구부인이 비로소 자염의 손을 잡으며 탄식
했다.
"내가 이제 너를 보지만 무슨 낯이 있겠느냐? 곽씨의 천만 흉악함이 미
치지 않은 곳이 없어서 아들이 유배를 가는 일이 생겼고 또 나를 속이
고 연수를 도와 네가 물에 빠지는 액을 만나게 했다. 그로 인해 오늘날
연수는 몸에 죽을 화를 입게 되었으며 그 와중에 나의 현명하지 못하고
무식한 허물은 큰 바다와 같이 생겼다. 이제 아들의 큰 효성 덕분에 옛
2 일을 후회하지만 무슨 소용이 있겠느냐? 다만 나의 허물에 대해 스스
로 탄식하다가 그로 인해 병이 나게 되었다. 너의 꽃 같고 옥 같은 자질
이 그대로인 것을 보게 되니 어찌 내 일이 부끄럽지 않겠느냐?"
자염이 두 번 절하고 말했다.
"제가 일을 당한 것은 액운이 떠나지 않았기 때문입니다. 옛 일은 이미
지나간 것으로 저희의 효성이 옅었기 때문이고 사람을 대하거나 사물
을 접함에 있어서 관대하지 못했기 때문에 변고가 연달아 일어난 것입
니다. 그러니 어찌 어머님께 허물이 있겠습니까? 이제 다시금 슬하에
서 모시면서 이러한 가르침을 듣게 되다니 황공한 마음을 참지 못하겠
습니다. 집안의 운수가 불행하여 또한 시동생께서 옥중에서 괴로움을
당하고 계시니 분명 무사하긴 하겠지만 온 집안의 염려와 어머님의 근
3 심하는 마음이야 어찌 편하시겠습니까?"
하는 말이 간절하고 얼굴빛이 온화하여 봄 신의 온화한 기운을 아울러 가
지고 있는 듯하니 평소 미워하던 구부인의 눈에도 이제는 자염이 사랑스
럽게 느껴졌고 그 행동에 탄복을 하게 되었다. 그러나 연수의 생사가 염

려되었으므로 마음속으로는 울고 싶은 듯하니, 눈물이 연달아 흘러 말을
못했다. 이후로 경수와 자염이 밤낮으로 모시고 간호하면서 미음의 맛을
보고 몸을 받드니 공경스러우면서도 조심스러운 효성이 사람의 마음을
감동하게 했다. 매일 밤을 새면서 한시도 게으름을 부리지 않았으며 4년
간 떨어져 지낸 부부가 한 방에서 간호를 하면서도 한 번도 지나간 일을
제기하며 특별한 정회를 말하지 않았다. 기운을 나직하게 하고 예절에 맞
는 몸가짐을 은은하게 하는 것이 마치 공경하는 주인과 객이 대하는 것 4
같고 병간호하기를 마치 여린 옥을 받드는 것같이 했다. 날이 가고 밤이
다 되도록 나태한 마음이 없는 것이 신기했다.

부인의 병이 본디 근심하는 것 때문에 생긴 것인데, 효자와 어진 며느
리가 좌우에 있으니 위로가 되어 마음을 펴게 되었고 그 후로 그들의 하
는 일이 모두 감격스럽고 기특하여 잠깐씩 고개를 돌려 웃는 경우가 생겼
다. 그러나 연수가 어찌 될지 결말을 알지 못했고 교씨가 비단 이불에 누
운 채 스스로 죽겠다고 했으므로 부인이 이 때문에 쉽게 낫지 못했다. 또
한 남편에게 화가 난 마음을 풀지 못하여 병이 되었다. 상서 경수가 아버
지께 울며 간하여 모친의 병이 중하다는 것을 아뢰면서 눈물로 옷을 적셨 5
다. 강능후 소균이 경수가 지극한 효성으로 소리 내어 울며 순수한 마음
이 가득한 것을 보고는 능히 어찌할 도리가 없어서 부인을 용서하고 원래
거처하던 곳으로 돌아오게 했다. 자염과 경수가 불편해 한다는 것도 염두
에 두었을 뿐 아니라 평진후 소천의 권유 때문에도 부인을 평소와 같이
대접했다. 구부인이 매우 깊은 원한을 가지고 있었지만 강능후가 엄숙하
면서도 후하게 대하는 와중에 씩씩하고 또한 예절에도 합당하게 대하니
비로소 옛 일을 깨달아 문을 닫고 잘못을 뉘우치며 착한 행실을 하여 현

숙한 부인이 되었다. 경수와 자염의 지극한 효성은 진효부(陳孝婦)[141]와 같았으며 부인이 깨닫고 난 후로는 자식과 어미 사이의 도를 다했다. 경
6 수가 매우 기뻐하면서 모친의 병시중을 한 지 몇 달이 되었다. 부인이 나았다고 말하며 물러가서 쉬라고 했으며 황제께서도 손수 쓴 조서를 내리시면서 명령으로 부르기를 계속 하시니 경수가 비로소 조회에 참여하고 맡은 바 임무에 나아갔다. 그러나 연수의 일로 인해 마음에 근심이 있다는 것을 스스로 입 밖에 내지 못했다.

하루는 조회 때에 초공이 아뢰었다.

"소연수의 죄는 죽어 마땅하지만 소천, 소균의 공로와 충성이 가득하므로 자손의 한 목숨 용서해주시는 것은 당연합니다. 또한 그 형 경수의 사정도 딱할 뿐 아니라 자신과 관계된 일로 인해 아우가 죽게 된 후에
7 는 홀로 벼슬살이를 할 뜻이 없을 것입니다. 소경수는 조정의 그릇이며 세상을 다스릴 어진 선비이니 능히 버리지 못할 것입니다. 이미 다른 죄인들의 일은 끝맺었으니 연수도 마저 처치해주시기를 바랍니다."

조정에 가득한 대신 중 반열에 있는 태반이 그 죄는 목을 베는 것이 옳다고 다투자 평능후 조유현이 엎드려 말했다.

"연수의 죄악은 죽일 만하지만 한 가지 일을 이루심에 있어서 성상(聖上)께서 어진 정치로 백성을 다스리셔야지, 살생을 주로 해서는 안 될 것입니다. 게다가 연수를 베시면 경수가 분명 세상에 나오지 않을 것입니다. 황제께서는 죽을 죄인을 살려주시는 덕을 베푸시어 연수의 남은 목숨을 용서해주십시오."

---

141) 진효부(陳孝婦) : 후한(後漢) 때 사람으로 수자리 간 남편을 대신하여 홀몸으로 부모를 잘 모신 결과 조정에서 황금 40근과 종신 면역(免役)의 은전을 내려 그 효행을 포상했음.

또한 소경수가 엎드려 있으니 황제가 그윽한 미소를 머금고 감탄하며 8
말씀하셨다.

"연수의 죄는 베는 것이 마땅하지만 두 소공의 군은 충성스런 마음과 경수의 우애를 생각하여 차마 법대로 행하지 못하겠구나. 처형하지 않고 서촉 지역으로 귀양을 보내도록 할 것이니 이는 벌을 받는 것도 아니로다."

이에 초공과 평능후가 절하여 감사드리고 성스러운 덕을 치하했으며 소천, 소균 두 공과 경수가 성은에 감사하여 눈물을 흘리며 죽어서라도 성은을 갚겠다고 다짐했다. 또한 초공 부자에게도 구해준 것에 대해 감사를 했다.

황제의 명령이 내려져 연수가 옥문을 나서게 되자 소상서 경수와 소한
수[142] 등이 옥 밖에 와서 연수를 보았다. 중한 형벌을 받으며 여린 몸이 9
반 년 동안 옥안에서 괴롭게 지냈기 때문에 온화한 풍모가 전혀 없고 아
름다운 얼굴도 해골[143]같이 되었다. 게다가 곤장을 맞아 상한 것이 채 낫
지 않았으므로 그 모습이 참담했다. 경수가 아우를 붙들고 정신없이 슬피
울며 말했다.

"네가 이렇게 된 게 다 내 죄다. 내 마음이 돌이나 나무가 아니니 어찌 슬픔을 참겠느냐? 임금님의 은혜가 망극하시어 우리 사정을 살펴주셔서 네가 이제 살아났으며 이 형이 고향으로 돌아왔으니 설마 어찌 하겠느냐? 너는 마음을 고치고 덕을 닦아 집안의 명성을 더럽히지 말고 길이 보중하여 서촉 땅의 빈한한 집에서 병이 들어 부모에게 염려를 끼치

142) 소한수 : 소경수의 친 형.
143) 해골 : {촉노}. '촉누(髑髏)'의 의미로 보아 이와 같이 옮김.

10 는 일이 없도록 해라. 천하에 부모와 형제밖에는 사랑할 것이 없으니
너와 나는 한 몸에서 난 사람으로서 어깨를 나란히 하면서 임금님을 돕
고 부모를 받들어야 마땅하다. 그런데 어찌 우리 형제는 형이 망하면
아우가 득세하고 아우가 망하면 형이 황제의 은혜를 입게 되는 것인지.
내가 이제 부끄럽지만 얼굴을 들고 조정에 나서는 것은 황제께서 우리
의 사정을 알아주신 큰 은혜에 감격하여 당당하게 재상의 반열에 서려
는 것이다. 그러나 이 어찌 부끄럽지 않겠느냐? 내가 요사하고 악한 음
녀(淫女)를 진작 없애지 않아서 일이 이 지경에 이르렀지만 뉘우친다고
해서 무슨 소용이 있겠느냐?"

연수는 분명 목을 베일 줄 알다가 이에 이르러 형이 살려주니 반가우면
서도 슬펐다. 사람이 돌이나 나무가 아니니, 반 년 동안 옥중에서 괴로움
11 과 아픈 형벌을 받으면서 절절이 뉘우친 것이었다. 경수의 어진 말이 슬
픈 감정을 돋우니 눈물을 흘리며 말했다.

"못난 아우가 죄를 얻은 것이 무겁기가 산 같습니다. 비록 가족 간의 정과 천륜에 따른 사랑이 있다고 하지만 진심으로 얼굴이 부끄러워 용서해 주시기를 바라지 못했습니다. 이제 황제의 은혜로 목숨을 보전하게 되었고 또 형님의 가르침을 들으니 제가 흙과 나무[144]가 아니니 감동하지 않겠습니까? 잘못을 회개하고 스스로를 책망하면서 서촉의 누추한 곳으로 가지만, 원컨대 어찌 살기를 바라겠습니까? 나라님의 은혜와 형님의 우애를 뼈에 새기고 몸을 닦아 죽도록[145] 경계하겠습니다."

144) 흙과 나무 : {토목(土木)}. 보통 '석목(石木)'으로 쓰여 나무나 돌처럼 아무런 감정도 없는 사람을 비유적으로 이름.

145) 죽도록 : {물신}. '몰신(歿身)'으로 보아 이와 같이 옮김.

경수가 얼굴빛을 고치고 탄식하며 말했다.

"너의 이 말 한마디가 어리석은 형의 한을 풀어주니 오늘 죽어도 남은 12
한이 없구나. 잘못을 고치는 것이 귀하다는 것은 성인의 가르침에도 있는 바이다. 이제 황제로부터 벌을 받고 전날의 잘못을 버렸으니 원래부터 허물이 없었던 사람보다 오히려 총명이 더해졌구나. 지성이면 하늘도 감동한다고 하니 네가 마음을 고치고 덕을 고친 아름다움을 저 밝은 하늘이 살펴주실 것이다. 훗날 당당하게 죄에서 풀려나 훤당에 계시는 부모님을 봉양하게 될 것이다. 그것이 우리 형제가 평생 바라는 것이다."

소씨 집안 친척들이 경수의 말을 듣고 축하하면서도 슬프게 여기지 않는 사람이 없었다. 또한 모두 연수를 꾸짖으니 연수가 감히 머리를 들지
못했다. 즉시 문 밖으로 나가보니 모여 있는 사람들이 다 조씨, 소씨 두 13
집안의 친척이었다. 모든 조씨 형제들이 다 나와 보면서 위로하는데, 평능후 유현이 슬퍼하며 위로의 말을 했다.

"그대가 성은을 입어 옥문을 나섰으니 비록 서촉 지방에 안치되지만 마음을 바르게 하고 덕을 닦으면 돌아올 때가 있을 것이다. 어머님의 염려와 근심을 생각하여 조급하게 상심하지 말고 마음을 고쳐먹고 수행한다는 소문이 천 리에 사무치게 해라. 그대들이 사람으로 인한 재난에 의해 이런 옳지 못한 일에 빠지게 된 것이 진심으로 안타까워서 이 말을 하는 것이다."

연수가 부끄럽고 황송하여 머리를 숙이고 슬피 눈물을 흘렸다. 이에 소경수가 탄식하며 말했다.

"우리 형제를 사랑하여 죽을 곳에서 건져낸 것은 유현 형님의 큰 은혜 14

입니다. 아우는 생각이 낡은 선비이기 때문에 부끄러워하지 않았습니다. 그러나 나를 꾸짖는 이는 스승이고 나를 칭찬하는 이는 원수라고 하신 것은 성인의 지극한 말씀입니다."

또 연수를 향해 말했다.

"조형이 우리 형제의 허물을 눈으로 봤으면서도 다른 사람에게 발설하지 않고 너와 나에게 직접 말해주니 이는 분명 큰 군자의 뜻이다. 어찌 새삼 부끄러워하느냐?"

연수가 자세를 고치고 절하며 말했다.

"제가 형님의 어짊을 배우지 못하여 외도를 하고 실성을 했으니, 온몸
의 털을 빼도 속죄하지 못할 것입니다. 게다가 은선항에 가서 했던 일
은 만 번 죽어도 아깝지 않은 죄입니다. 형님께서 큰 덕으로 허물을 감
15 춰주시고 풀잎 위의 이슬 같은 잔명을 힘써 구원하고 살려주시니 이
은덕이 산 같고 바다 같습니다. 이 누추한 목숨 만 리 밖으로 가지만 잊
지 않을 것입니다."

평능후 유현이 탄식하면서 손을 잡고 말했다.

"자유[146] 자네, 이 무슨 행동인가? 내가 경수를 아끼고 그대가 어릴 때부터 총명하고 인자했던 것을 사랑하여 허물을 발설하지 못한 것일 뿐이다. 오늘 유배를 가게 된 것은 모두 황제의 은혜요 성덕인데 사사롭게 내가 사례를 받겠는가? 그대 형의 우애를 저버리지 말고 길이 몸을 보중하여 속히 돌아오기를 기약하라."

조씨 형제들이 다 일시에 좋은 말로 너그럽게 위로했는데, 이것이 어찌
16 죽을죄를 지은 간악한 사람인 소인 연수를 보고 말을 한 것이겠는가? 모

146) 자유 : {자윤}. 자유로 통일함.

두 소경수의 어짊에 감동하고 그의 사람됨을 사랑하여 상관없는 연수를 이렇듯 위로해주고 이별한 것이다. 소경수의 효행과 절의가 기특하다는 것을 이 일을 통해서도 알 수 있었다.

연수의 상황이 만 리 밖 서촉을 향한 길을 능히 갈 수 없는 지경이었으므로 성 밖에 머물 곳을 정하고 이곳에서 소경수가 연수의 병을 조리해주며 사람과 말을 점검하여 길 떠날 준비를 차렸다. 이때 소경수를 보러 오는 손님들이 끊이지 않고 모이니 머무는 곳에 수레와 말이 구름 모이듯 했다. 연수가 유배지로 교씨와 아이를 데리고 가려고 하자 경수가 탄식하며 말했다.

“네 앞날에 대한 기약이 없다. 게다가 검각(劍閣)[147]의 잔도(棧道)[148]를
아녀자가 지나기도 어렵고 또 어린아이를 데려간다는 것이 정말 어렵 17
다. 그러니 지금은 믿을 수 있고 영리한 종만 데리고 가서 견디고 있어
라. 이 형이 비록 부족하지만 어머님을 모시면서 조카도 돌보고 또 너
를 위해 방도를 내어 이곳에 모이는 일이 늦어지지 않도록 할 것이다.”

이에 연수가 다시 청하지 못했다.

경수가 먹고 자지도 않으면서 연수를 간호하고 모든 것을 준비하고 갖추기 위해 3일을 머무른 후 드디어 길을 떠나는데, 구부인이 교씨를 데리고 나와서 보며 눈물을 강물처럼 흘리고 어루만지며 탄식했다.

“우리 모자가 잘못한 것이다. 너의 망령된 행동이 스스로를 망하게 했 18
으며 악마 같은 여자의 말만 듣고 인륜에 있어 큰 변을 일으켰다. 그러
니 어찌 무사하기를 바라겠느냐? 네 형의 효성에 내 마음이 감격했으

147) 검각(劍閣) : 중국 장안에서 촉으로 가는 길에 있는 대검산(大劍山)과 소검산(小劍山) 사이에 있는 길로 군사적 요충지이자 매우 험한 길임.

148) 잔도(棧道) : 험한 벼랑 같은 곳에 낸 길.

며 부끄럽다. 네 생각은 잊고 네 형의 큰 효성에 의지하여 무사히 있을 것이니 너는 마음을 닦고 허물을 고쳐 다시 모자가 살아있는 얼굴로 반길 수 있도록 해라."

연수가 눈물을 흘리며 탄식하고 말했다.

"어리석은 자식의 죄가 천지에 쌓였으니 오늘날 유배 가게 된 것을 어찌 한탄하겠습니까? 형이 효도하고 우애가 있다는 것은 풀과 나무도 다 기리는 바입니다. 그러니 제 마음이 설사 돌이나 나무라고 해도 어찌 감동하는 마음이 적겠습니까?"

모자가 차마 손을 놓지 못했다.

19 교씨가 이때 슬픔에 싸여 중한 병이 들었는데 자염이 들어와서는 밤낮으로 위로하고 지극히 보호해 주었으며 연수가 살아났다는 것으로 인해 잠시 마음에 여유가 생겨 병이 나았으므로 남편이 만 리 밖으로 가는 먼 이별의 때를 당하여 시어머니를 모시고 이에 이르렀다. 연수가 눈을 들어 잠깐 보았는데 반갑고도 슬퍼서 슬픔의 눈물을 옥 같은 얼굴에 가득 흘리며 말했다.

"그대의 어진 말을 듣지 않다가 이 지경에 이르렀으니 내 몸이 일만 장(丈) 구렁에 떨어진다고 한들 감히 누구를 원망하겠습니까? 다만 그대가 아름다운 기질과 깨끗한 덕을 지녔음에도 불구하고 보잘 것 없는 사내를 만나 운명이 박하게 된 것이 슬픕니다. 그러나 우리 형님의 우애

20 지극함은 대순(大舜) 증자(曾子)와 같아 결코 한정을 두지 않고 그대와 어린아이를 돌보고 키워줄 것입니다. 만일 불행하여 내가 살아 돌아오지 못해도 그대는 아이를 잘 기르면서 삼종지도(三從之道)[149]를 저버리

149) 삼종지도(三從之道) : 여자가 따라야 할 세 가지 도리. 어려서는 아버지를, 결혼해서는 남편을,

지 마십시오."

교씨가 얼굴빛을 단정하게 하고 탄식하며 말했다.

"지나간 일은 이미 끝난 것이니 다시 말해봤자 무익합니다. 일이 이 지
경에 이른 것은 또한 아주버님의 하늘이 낸 효성과 우애에 힘을 입도록
한 것일 터입니다. 그러니 그대는 천금같이 귀한 몸을 신중하게 관리
하시고 옛 일을 일일이 헤아리시며 잘못을 회개하고 덕을 닦으십시오.
그러면 저는 비록 천 리 밖에 있지만 위로는 시부모님으로부터 성은을
받고 아주버님과 형님의 우애에 힘입어 어린아이를 보호하여 그대로 21
하여금 아들과 아버지 사이의 친애의 도리를 다하도록 하겠습니다. 그
러니 이제 구구하게 초수(楚囚)의 울음[150]을 운 들 무슨 유익함이 있겠
습니까?"

연수가 두 손을 마주 잡아 예를 올리고 칭찬하며 말했다.

"집안이 가난해지면 현명한 아내를 생각하고 나라가 어지러워지면 어
진 재상을 생각한다[151]고 했습니다. 내 한 몸이 이 지경에 이르러서야
드디어 그대의 말을 깨닫게 되었습니다만 내가 비록 어질진 못해도 쇠
도 아니고 돌도 아니니 형님의 우애에 어찌 감격하지 않겠습니까? 내
가 했던 일들이 무상하다는 것을 뉘우치지 않으면 하늘이 알고 땅이 알
것이며 내가 알고 그대가 알 것이니 뉘우치지 않는다면 맹세코 나는 재
앙을 만나 머리를 어깨 위에 두지 못할 것입니다. 그러니 그대는 염려
말고 길이 보전하여 다시 모일 때를 기다리십시오." 22

남편이 죽은 후에는 자식을 따르는 법.

150) 초수(楚囚)의 울음 : 역경에 빠져 어찌 할 수 없는 사람의 눈물을 비유적으로 이르는 말.

151) 집안이 ~ 생각한다 : {가빈[家貧]의 ᄉᆞ현쳐[思賢妻]오 국난(國難)의 ᄉᆞ량상[思良相]이라}. 굴원의 시 〈추구(推句)〉와 『통감(通鑑)』 등에 관련 기록이 있음.

연수가 후회하는 것을 보게 되자 교씨는 비록 남편 소연수가 만 리 밖으로 나아가지만 매우 다행스럽다고 여겨 낯빛을 고치고 칭찬하며 말했다.

"어진 일을 하면 그것보다 즐거운 것이 없다고 했는데, 그대가 회심하도록 일을 이루었으니 어찌 상심만 하고 몸을 돌보지 않겠습니까? 그대의 심한 잘못은 감당하기 어렵지만 시부모님의 덕을 바탕으로 어린 아이를 보전하고 그대 돌아오시기를 기다리면서 가르치심을 저버리지 않겠습니다."

연수가 길게 탄식하고 자탄했다.

자염은 유모를 시켜 먼 길 가는 데 필요한 노잣돈을 전하면서 몸을 잘
23 보호하라고 말하고 가문의 운수가 불행해서 그렇다는 것과 인정상 서운하다는 마음을 전했다. 이에 연수가 감동하여 눈물을 흘리며 말했다.

"내가 앞뒤로 형수를 해치려 했던 것이 무궁하니 털을 다 뽑아도 시원치 않을 것이기에 스스로는 형수님을 다시 뵐 면목이 없었다. 그런데 원한을 버리시고 이렇게 안부를 물어 주시니 은혜에 대한 감격스러운 마음을 참지 못하겠다. 능히 형수님의 큰 바다와 같은 덕에 감격하여 눈물이 종횡으로 흐르니 유모는 나를 위해 나의 부끄러운 마음을 자세히 형수님께 아뢰어라."

구부인이 또한 자염의 말을 듣고 은혜로움을 느끼는 것이 남다르니, 연수가 끝없이 뉘우치는 것에 비할 바가 아니었다. 부부와 모자 간에 이별
24 의 말을 끝내고 슬픔을 참지 못했지만 소경수가 들어와 어머님을 위로하며 교씨와 먼저 집으로 돌아가게 하고 연수의 수레를 출발시켰다. 소씨 친척들도 끝끝내 성 밖까지 따라 가서 이별을 하는데, 연수와 경수가 붙

들고 슬피 울며 정신을 가다듬지 못했다. 다만 손을 잡고 얼굴을 마주 대
하고 흘리는 눈물이 얼굴을 뒤덮을 뿐이었다. 평진후와 강능후가 처음에
는 보지 않으려 했지만 그럼에도 불구하고 부자 간, 삼촌 조카 간의 정이
천륜으로 솟아나서 두 형제가 함께 이별 장소에 나와서 보니 경수와 연수
의 상황이 이와 같았다. 평진후와 강능후 두 공이 이곳까지 오시니 상서
경수가 놀라면서도 한편으로 다행하게 여겼는데, 강능후가 연수를 보지
않으려 했을 때는 매우 슬펐는데 이렇게 온 것을 보게 되니 다행스러웠기 25
때문이다. 그래서 반갑게 행동하며 밝은 얼굴로 두 어른을 맞이했다. 평
진후와 강능후가 직접 보지 않았을 때는 연수를 꾸짖었지만 얼굴을 보게
되고 또 오늘 먼 곳으로 떠나는 때를 당하여 눈물을 비 오듯 흘리는 것을
보게 되자 길게 탄식을 하며 말했다.

"네 아비와 삼촌이 어질지 못하여 자식과 조카가 이 지경에 이르렀구
나. 네가 차마 어찌 이런 죄인이 될 줄 생각이나 했겠느냐? 그러나 일
이 이미 이렇게 되었으니 긴 이별을 앞두고 이미 지나간 일을 다시 생
각할 것은 아니지만, 너는 그곳에 가서 괴롭거나 부모가 생각날 때마나
마음속으로 고요히 지난 잘못을 고치고 행실을 조심하여 부끄러움을
씻어라."

연수가 황송하고도 슬퍼서 머리를 조아리며 눈물을 비오듯 흘리며 말 26
했다.

"어리석은 제가 못되게 군 죄는 천 번 죽어도 아깝지 않습니다. 이제
살아나서 촉 땅으로 가게 되었으니 그것을 어찌 한스러워 하겠습니까?
다만 마음이 굳세지 못하고 남이 잘못 이끄는 말을 듣게 되어 죄명이
형과 형수를 죽이려 했다는 것에 이르게 되었으니 온 세상에 부끄럽게

된 것을 생각하면 살고 싶은 뜻이 없습니다. 그러나 죽으면 어머님께
불효가 될 것이고 또 형님의 우애에 감격하여 부디 살아서 형님께 천륜
의 한을 끼치지 않으려는 생각밖에는 없습니다. 황제께서 교지를 내려
저를 사해주셨으니 제가 마음을 굳게 하고 근신하며 행실을 닦아 지난
27 잘못을 자책하고 옳지 못한 일을 멀리하여 아버님과 삼촌의 가르침을
간과 폐에 새기겠습니다."

강능후는 길게 탄식했으며 평진후는 기쁜 빛을 얼굴에 띠고 말했다.

"너는 이 말을 바꾸지 말거라. 누구든 허물없는 사람은 없으니 잘못을 고치는 것이 귀하다고 한 것은 성현의 가르침에서도 허락하신 바이다. 그러니 어진 행실이 우리의 귀에 들리면 어찌 우리만 홀로 용서하지 않겠느냐?"

하고 촉땅에 가서 살아갈 도리를 가르치고 측은하게 여겼다.

이후에 정학사가 드디어 나와 연수를 보면서 먼 길 가는 것에 대해 위로를 했는데, 연수가 고개를 숙이고 얼굴을 붉히니 소상서 경수가 탄식하며 말했다.

"내 아우가 비록 허물이 있다하지만 형께서 어찌 사람을 구덩이에 넣
28 기를 이렇게 심하게 할 줄 알았겠습니까? 이제 혼자서 외로이 서촉 만
리 밖으로 유배를 가게 되었으니 형께서 일가간의 정과 친구간의 의리
를 생각할 때 마음이 편하십니까?"

정학사가 미소를 지으며 말했다.

"내 아우라 하여 늘 무사하기를 바라겠는가? 내 상소가 악한 일을 누설한 듯하지만 사실은 선(善)을 권장한 것이다. 만일 그렇게 하지 않았으면 연수가 오늘날 저렇게 어질게 되었겠는가? 또 형제가 이렇게 화락

할 수 있었겠는가? 도대체 나의 덕을 모르니 소경수를 슬기롭다고 하는 것이 오히려 헛말이군."

경수가 탄식만 하며 답이 없었고, 두 공은 미소만 지었다.

해가 지려는 듯 늦어지니 연수가 길에 올랐는데 두 어른께 이별의 절을
하고 형과 이별을 했다. 경수는 구부인이 보고 있다는 것을 알았으므로 29
스스로 감정을 억제하려 했지만 끝없는 정과 헤어지기 서운한 마음속 회
포를 억제하지 못하여 연수의 손을 잡고 팔을 어루만지며 봉황 같은 눈에
서 눈물을 흘려 온 얼굴을 적혔다. 그러고는 한 통의 글을 주며 말했다.

"내 생각이 날 때 열어 봐라."

연수가 울며 절한 후 명을 받들어 떠났다. 평진후, 강능후 두 공이 경수를 재촉하여 데리고 가려 하자 마지못하여 연수와 손을 놓았으며 연수가 멀리 갈 때까지 바라보면서 마음을 진정시키지 못했다. 모시고 따르는 종들이 그 우애에 감탄했으며 감동하지 않은 사람이 없었다.

소경수가 집으로 돌아와서 어머님을 위로하고 교씨를 특별히 위로했 30
으며 매사에 편의를 봐주고 조카 사랑하기를 은근하고 깊게 하여 친 자식
과 다름이 없게 했다. 그러므로 온 집안이 감동했으며 교씨가 매우 탄복
하여 우러르기를 시부모 못지않게 했다. 자염 또한 집으로 온 날부터 아
름다운 덕을 나타내 새삼 온 집안으로 하여금 감탄하게 하니 구부인이 병
이 나았으며 모든 일이 약간이나마 정돈되었다.

이후 비로소 시부모와 경수에게 허락을 받고 친정으로 돌아오니 조씨
집안 위아래 모든 사람들이 물 끓듯이 반가워했으며 모든 형제들의 즐거
워하는 마음 비할 데가 없었다. 그러니 그 부모의 마음은 말해 무엇 하겠
는가? 일가족이 모여서 보는 때에 태부인이 얼른 손을 잡고 등을 두드리 31

면서, 한없는 마음과 끝없이 기쁜 뜻을 헤아릴 수 없어서 슬픈 마음에 눈물로 옷 앞을 적시며 말했다.

"내가 너를 보낼 때에 오늘 이렇게 만나게 될 줄은 생각을 못했다. 하늘이 도우셔서 네가 이제 누명을 벗고 옛 집으로 돌아왔으며 영광스런 부귀가 한 몸에 가득하니 오늘 살아서 너를 보게 되었으므로 장수하는 것이 다행스럽지 않겠느냐?"

양정렬은 매우 반가운 마음이 가득하여 말도 못하고 얼굴에 기쁜 빛만
띠고 있었다. 이처럼 두루 반가운 얼굴을 대하니 자염도 기쁜 마음을 진
32 정시키기 어려웠다. 4년 만에 부모님의 낯을 뵈었으니 지극한 마음으로
어찌 견디겠는가? 눈썹 위에 봄바람 같은 온화하고 자애로운 빛을 띠며
웃음을 머금고 말했다.

"제가 한번 슬하를 떠나 영주 산천을 지나가면서 소상강 물에 슬픈 한
을 속절없이 부치며 아침 구름, 저녁 비를 볼 때마다 부모님에 대한 그
리움이 생겨났습니다. 형제가 비단 소매를 이끌고 부모님 슬하에서 유
희하던 꿈이 이미 지나간 한 때에 불과했습니다. 마음을 널리 먹는다
하지만 하루 열두 때 언제인들 마디마디 창자가 녹지 않았겠습니까?
할머님과 부모님의 염려 덕분에 임금님의 은덕을 받게 되어 고향으로
돌아와 시부모님과 친척들께 인사를 드리게 되었으니 죽어도 한이 없
33 습니다. 게다가 할머님께서 몸이 편안하신 것을 뵙게 되었고 또 가르
침을 듣게 되니 이만한 큰 경사가 없습니다."

자염의 말에 뒤 이어 많은 형제들이 다투어 축하를 했고, 조씨 형제들은 경수 형제의 일을 말하면서 연수의 일에 대해서 원통해했다. 이에 자염이 슬프게 말을 했다.

"우리 오라버니들은 호화롭게 지내시다보니 남의 사정을 잘 모르시는군요. 그 일은 듣고 싶지도 않고 또 지난 일이니 말하는 것이 무익합니다. 성인이 말씀하시기를 남의 허물을 듣고 옳다 그르다 하지 않는 것을 마치 부모의 이름을 함부로 말하지 않는 것과 같이 하는 것이 군자의 덕[152]이라고 하셨습니다. 그런데 오라버니들께서는 어찌 이리 심하게 말씀을 하십니까?"

초공이 웃으며 말했다.

"딸아이의 말이 옳다. 너희 여럿이 자염이 한 명의 지식에 못 미치니 34
어찌 애달프지 않겠느냐?"

모든 조씨 형제들이 희미하게 웃으면서 연수를 꾸짖는 것은 그만 두었다. 대신 곽씨의 음흉함에 대해 말하면서 양인광 집안에 일으킨 변고와 정씨 집안으로 곽씨가 또 시집가는 등 도에 어긋나는 행동을 한 일을 대강 말하며 즐거워하자 월염이 웃으며 말했다.

"모든 행실이 정숙한 사람도 있고, 미색을 보고 짝을 탐했으나 운 좋게 자질이 좋은 짝을 만나는 사람도 있다고 합니다."

초공이 웃으며 말했다.

"네가 오히려 미워하고 시기하는 마음이 있어서 경수를 헐뜯는 듯하구나. 사람의 마음이라는 것이 원래 그러니 자연스레 그런 마음이 드는 것을 면하기는 어려울 것이다. 그러나 소생이 자염이를 보고 사모하는 마음을 참지 못했던 것처럼, 문왕께서도 성인이시지만 하주(河洲)의 숙

152) 성인이 ~ 덕 : 『공자가어(孔子家語)』의 〈곡례자하문(曲禮子夏問)〉을 보면, 군자는 남의 일에 대해서 공연히 시비를 하고 시정하지 않는 법이라고 하면서 안영의 시묘살이에 대해 주변인이 문제를 제기했지만 안영 자신은 남의 잘못을 논박하지 않고 순순한 말로 허물을 피하기만 했다는 것을 예로 들어 군자의 덕에 대해 설명한 공자의 말이 있음.

35 녀를 자나 깨나 늘 생각하셨다.[153] 이는 젊은 남자에게 있어서 이상하지 않은 일이다. 그러나 양생[154]처럼 이렇게 분수에 넘치는 짓을 한 경우는 없었다."

진왕이 웃으며 말했다.

"내 사위가 몹시 급한 지경에 이르렀으니 나 또한 한마디 해야겠다. 소경수가 비록 군자다운 덕이 남다르긴 하지만 재상의 임무를 잘 수행하는 재주 밖에는 없다. 그러니 어찌 인광이의 주판을 튕기듯 꾀를 내어[155] 먼 곳에서 일어나는 싸움에서도 승리하며[156] 싸움에 나가면 꼭 이기고 공을 반드시 취하며 사방을 맑게 하고 적을 벌하고 땅을 다스려 문무를 겸전하는 천하를 다스리는 재주를 따를 수 있겠는가? 내 생각으로는 인광이가 소경수의 아래에 설 사람이 아닌데 치우친 말을 하니 어찌 절박하게 여기지 않을 수 있겠는가?"

조부인[157]이 쾌활하게 웃으며 말했다.

36 "각각 자기 사위를 더 낫게 여기고 있고 또 두 조카딸들은 각각 제 남편이 더 뛰어나다고 여기는데, 사람의 마음이라는 것은 서로 비슷한 것이다. 그러니 군자다운 관대한 덕행에 대해 말하자면 소경수가 으뜸이 아닐까 생각한다."

---

153) 문왕께서도 ~ 생각하셨다 : 하주(河洲)의 숙녀는 문왕의 비인 태사(太姒)를 가리킨다. 『시경(詩經)』의 「관저(關雎)」에 하주는 깊고 빽빽한 땅이어서 사람들이 쉽게 접근할 수 없는 곳으로 묘사되어 있음. 깊고도 깊은 곳에 살고 있는 여인이라는 의미의 '요조숙녀(窈窕淑女)'라는 말이 생겨났음.

154) 양생 : 조월염의 남편 양인광을 가리킴.

155) 주판을 ~ 내어 : {운쥬유악[運籌帷幄]}음. 운주(運籌)는 주판을 놓듯 이리저리 궁리하고 계획함을 의미하며, 유악(帷幄)은 슬기와 꾀를 내어 일을 처리함을 의미함.

156) 먼 ~ 승리하며 : {결승쳔리[決勝千里]}. 교묘한 꾀를 써서 먼 곳에서 일어나는 싸움의 승리를 결정함.

157) 조부인 : 조노공과 위부인의 딸.

태부인이 웃으며 말했다.

"두 손자사위들이 다 대인이고 걸출한 선비이니 누가 높고 낮다는 차등이 없다. 그러니 너희들은 다투지 말거라."

양정렬 부인과 월염이 웃으며 말했다.

"다투는 것이 아닙니다. 다만 사람을 책망하는 것이 한쪽으로 치우쳐서 제 남편이 행한 일에 대해 너무 헐뜯기에 저도 공정하게 의논을 해 보려고 한 일이지 남편의 흉을 덮어주면서 제부(弟夫)를 헐뜯으려 했던 것은 아닙니다. 단지 제가 애달파서 그런 것입니다."

자염이 미소를 지으며 말했다.

"편한 대로 말하세요. 저는 굳이 화를 내거나 하지 않겠습니다. 남편을 37
비록 존중하고 있지만 큰 허물은 알고 있으니, 임금이 비록 높으시지만
만약 덕을 잃으신다면 신하가 알게 되는 것과 같습니다. 그런데 언니
는 양상서께서 행하는 모든 행동에 있어서 허물을 모르니 가소롭습니
다."

두 사람이 한바탕 낭랑하게 웃었으며 모든 조씨 형제들도 크게 웃었다.

양인광의 아내와 소경수의 아내인 두 소저의 문답을 듣고 모든 조씨 형제들이 웃음을 참지 못하여 구슬이 구르듯이 낭랑하게 웃고 있는데 문득 소상서 경수와 양상서 인광이 들어왔다.

원래 소경수가 서울로 돌아온 지 오래되었지만 연수의 일 때문에 밤낮
으로 근심하고 마음을 쓰면서 조금도 움직이지 않았으므로 장인 장모를 38
뵙지 못했었다. 이날에서야 처가에서 서로 보게 되었는데 월염이 곁방으
로 피하려 하자 진왕이 잡아 앉히면서 서로 보게 했으므로 월염이 마지못
하여 함께 앉아 소경수를 보았다. 양인광과 소경수 두 사람이 비단 도포

에 옥띠를 한 우람하고 빛나는 풍채로 들어와서 할머님과 좌중들에게 인사를 드렸다. 인사를 마치자 태부인이 소경수가 서울로 돌아오게 된 것에 대해 축하를 했고 연수가 멀리 귀양 가게 된 것에 대해 위로를 했다. 또 구부인의 병이 나은 것에 대해 다행이라고 말하니 소경수가 감사를 드리며 대답했다.

"여러 벗들의 성의와 또 황제의 은혜가 망극하여 살아 돌아오긴 했지
만 어리석은 동생이 검각(劍閣)으로 유배를 가게 되었으므로 사적인 마
39 음으로는 슬픕니다. 지나간 변란은 다른 나라가 알게 해서는 안 되는
일[158]이며 제가 조정에 출입하는 것도 부끄러운 상황입니다. 서울로
돌아온 지 오래 되었지만 어머님의 병환으로 인해 곁을 떠나지 못해서
삼가 얼굴을 뵙는 예를 지금까지 이루지 못했으니 근심스러운 마음을
참지 못하겠습니다."

하고 일어나서 모인 사람들에게 인사를 마쳤다. 그러면서 곁눈질로 양상서의 부인을 보았는데, 광채가 나는 자태가 시원스러운 것이 자신의 부인과 더불어 한 쌍의 구슬 같다고 느꼈다. 그래서 속으로 조씨 집안의 남자들과 여인들은 모두 남보다 뛰어난 사람들만 모여 있다는 것에 대해 감탄을 했다.

진왕과 초공 두 사람이 기분 좋은 말로 끝없이 반가워했다. 조씨 형제
40 들이 웃음을 띠고 양인광과 소경수 두 사람에게 둘의 장인이 사위를 각각
칭찬하셨으며 두 누이가 각각 자신의 남편 칭찬하던 말을 전하자 소상서
경수는 미소를 머금었으며 양상서 인광은 크게 웃고 말했다.

"너희들이 나를 알지 못하여 늘 나무랐지만 장인어른께서는 나를 알아

158) 다른 ~ 일 : {불가ᄉᆞ문의탁국}. '불가사문어타국(不可使聞於他國)'으로 보아 이와 같이 옮김.

보시는 것이고 부인 또한 알아보는 것이다. 소천유[159] 같은 하찮고 옹색한 남자를 이 훤칠한 대장부인 양인광과 비교하다니 어찌 분하지 않겠는가? 천유 같은 사람은 내 뒤끝을 잡을 날도 아직 멀었다네. 천유의 보잘 것 없는 수행이 군자의 타고난 덕과 밝고도 큰 지혜나 도량과 같을 수 있겠는가?"

조씨 형제들이 크게 웃으며 말했다.

"염치없고 잔 부끄러움이 없는 것은 소천유가 양자범에게 미치지 못하 41
겠지만 그 외에는 양형이 천유를 따라갈 날이 아직 멀었다네."

소상서 경수가 아름다운 얼굴과 온화한 풍모로 은은하게 온화한 기운을 띠며 웃고 말했다.

"자범[160]이 스스로 목이 쉬도록 남보다 뛰어나다고 하니 가소롭지 않습니까? 뛰어나든 그렇지 않든 스스로 송구스러워하며 겸손하게 행동하는 것이 사람이 해야 할 행동인데 자범은 스스로 남이 칭찬할 틈 없이 제 스스로 자기가 한 일이 제일이라고 자긍심을 내보이니 매우 어리석은 사람입니다."

초공이 웃으며 말했다.

"네 말이 옳다. 자범이가 바르게 예의와 염치를 알고 일을 함에 있어 조용하고 침착하다면 혹 남보다 낫다고 할 수 있을 것이다."

조씨 형제들이 웃으며 말했다.

"자범이 남보다 뛰어난 점이 많습니다. 염치 없는 것이 제일이오, 낯 42
두꺼운 것이 제일이며, 여색에 뜻을 두는 것 또한 제일이니, 이 서너 가

159) 소천유 : 소경수의 자(字).
160) 자범 : 양인광의 자(字).

지 조건이 다른 사람보다 배는 더할 것입니다. 그러니 천유보다 잘났다고 하는 것이 이상하지 않습니다."

자리에 있던 모든 사람들이 다 크게 웃었으며 두 명의 상서와 두 어르신이 무수히 농담을 했다. 모여 있던 사람들도 우스갯소리를 하면서 거드니 봄바람같이 좋은 기운이 가득했지만 소경수는 홀로 그윽한 화기를 띠면서도 그간의 일로 인해 마음이 울적하고 부끄러워서 근심스러운 빛을 얼굴에 가득 띠었다. 이에 초공이 걱정하며 말했다.

"모든 일은 하늘이 정한 운명이니 지나치게 자세히 생각하지 말거라.
네 아우가 훗날 깨닫는 것이 있게 되면 그때 황제로부터 사함을 받아
돌아올 것이고 그리하여 너희 형제의 천륜이 온전해질 것이다. 마음이
43 라는 것을 너무 쓰면 마음 속으로부터 북받쳐서 나는 화가 무성해져서
사람이 잘못 되니 가히 삼가야 하는 바니라."

경수가 절하며 가르침을 받아들였다.

두 명의 사위가 장인을 모시고 말씀을 나누게 되었는데, 만 리 밖 멀리 이별 한 이후 처음으로 못 보던 정을 펼치는 때였으므로 아름다운 물가에 술과 안주를 가득 놓았다. 각 도의 소산물 중 갖춰지지 않은 것이 없었으며 진왕과 초공의 사랑해주시는 것이 그 자녀들을 사랑하는 것과 동일했다. 오래 시간이 지나 두 사람이 하직 인사를 드리고 돌아가자 초공이 탄식하며 말했다.

"소경수는 어진 군자로서 효성을 타고났으며 자기 아우의 사나움에 대해 개의치 않고 연수를 위해 근심하기를 마치 칼로 베인 듯하니 현명한 군자라고 하는 것이 마땅하다. 너희들은 다 본받아라."

조씨 형제들이 웃으며 대답했다.

"소씨 집안은 형제와 모자간에 원수가 되어 조정과 만민에게 알려졌는 44
데 본받을 것이 무엇이 있겠습니까?"

초공이 급히 얼굴빛을 바꾸고 말했다.

"너희들은 하나만 알 뿐 둘을 알지 못하는구나. 경수의 효성과 우애는 대순(大舜)[161] 이후 으뜸이라고 할 수 있다. 순 임금도 어질지 못하여 부모로부터 뜻을 얻지 못하게 되자 가을 하늘을 향해 부르짖은 적[162]이 있었는데, 어찌 소경수네 집에 있는 불화 정도에 대하여 잘잘못을 말할 수 있겠느냐?"

조씨 형제들이 웃고 물러났다.

이날 밤 양정렬 부인이 딸아이를 데리고 자면서 재앙이 매우 특이했다는 것과 액운이 끼어 운명이 기구한 것에 대해 말을 하게 되었는데, 예전 일을 말하면서 슬퍼하다가 눈물을 참지 못하고 흘렸다. 그러자 자염이 어머니를 위로하는 것이 봄날 따뜻한 햇볕 같았는데, 진실로 여자의 마음이
긴 하지만 관대하고도 시원하며 총명하기가 또한 새로우니 자염과 같은 45
이런 사람이 없을 것 같았다. 그러므로 부인이 더욱 흐뭇해했다.

자염이 4, 5일을 머무르면서 할머니와 부모님을 모시고 형제들과 서로 정을 폈으며 조씨[163]와 정씨[164] 등이 소당에 조촐한 술자리를 마련하여 시누이가 돌아온 것을 축하했다. 이때 모든 부인들과 소저들이 다 열을 지어 앉아 있는데, 꽃 같은 얼굴과 달빛 같은 광채는 마치 햇살처럼 빛났

---

161) 대순(大舜) : 순 임금을 가리킴. 순 임금은 중국의 전설적인 인물로 계모에 대한 효성이 지극했음.

162) 순 임금 ~ 적 : 순 임금의 아버지는 사납고 어머니는 음특하며 아우는 거만하고 어질지 않았으므로 순 임금이 몸소 산에 가서 밭을 갈며 하늘을 향해 혼자 울자 새들이 날아와서 풀을 뽑아주고 코끼리가 몰려와서 밭을 갈아 주었다는 일화가 있음.

163) 조씨 : 유현의 둘째 부인.

164) 정씨 : 유현의 첫째 부인.

고 모든 소저들의 단장은 마치 꽃 수풀을 이룬 것 같았다. 혜선공주의 아름다움과 한씨의 빼어남이 유독 특별하여 만고에 비할 데가 없었는데, 이에 조씨가 감탄하며 말했다.

"우리 집에 시집을 오는 사람들마다 빼어난 것은 다 부모님과 할머님
46 의 복이십니다. 그 중에서도 한씨는 종부다운 무게감이 있고, 공주는
황가 혈통다운 면모가 있어, 소·정 두 형님의 뒤를 잇는 것과 같습니다. 그러니 하늘이 우리 가문을 창대케 하시는 것이며 천지신명이 보조해주신다는 것을 알만합니다. 그런데 저들이 무고로 인하여 깊은 규방 안에서 피폐하게 지내고 있으니 어찌 안타깝지 않겠습니까?"

정씨[165]가 슬퍼하며 탄식했다.

"여자의 팔자라는 것이 하는 일마다 가련한 경우 많습니다. 제가 젊어서 온갖 흉한 변고를 다 겪고 이제야 밝은 태양을 보게 되었는데, 자녀와 모든 며느리들이 다 빼어나다보니 그것 때문에 오히려 매우 두렵습니다. 그래서 기쁜 것도 느끼지 못하겠습니다."

소경수 부인 자염이 탄식하며 말했다.

"언니께서 당한 젊어서의 환란[166]이 매우 슬프긴 하지만 제가 당한 변
란에는 비기지 못할 것입니다. 이제 황제의 은혜를 입어 누명을 씻고
47 외람되게 황제가 손수 쓴 표장과 기리는 글을 받았지만 마음이 평안하
지 않음이 매우 심합니다. 남편은 아우 때문에 깊은 근심이 많이 있으니 제 마음도 남편과 같습니다. 그러니 어찌 자기 형제에게 시름이 없고 만사 즐거운 것에 비길 수 있겠습니까?"

---

165) 정씨 : 유현의 첫째 부인.

166) 환란 : 설강의 모해로 인해 출부 되고, 조주에서 자객을 피하기 위해 물에 빠지는 등의 고난을 겪었음.

화파[167]가 웃으며 말했다.

"허다한 일에 대해서 말하지 마시지요. 하늘이 군자를 만드시고 소저 같은 성녀가 태어나게 하신 것은 그 뜻이 적지 않을 것입니다. 소연수가 어진 사람을 모해하고 헤아리기 어려운 행동을 했으므로 하늘과 땅의 신령께 죄를 심하게 얻어 몸이 재앙에 빠지게 된 것인데 어찌 애석해 하십니까? 소상서께서 지극한 효성과 우애가 있기 때문에 근심을 하고 있지만 소저께서는 무슨 일로 걱정 근심을 하십니까?"

자염이 봉황 같은 눈썹을 찡그리며 탄식했다.

"어찌 시동생의 허물을 생각하겠으며 또한 남편의 가득한 근심을 모르 48
는 척하겠습니까?"

모두들 감탄하니 조자염이 탄식하며 말했다.

"우리 맏 오라버니께서도 설강 같은 간사한 사람도 용서해주면서 원수로 여기지 않았는데, 군자의 도리상 제가 어찌 차마 동기라는 이름만 믿고 시동생을 미워하고 원망할 수 있겠습니까? 그 또한 개과천선했으니 어찌 감동을 하고 측은하게 여기는 바가 없겠습니까?"

화파가 감탄하며 말했다.

"우리 초공의 사람 알아보는 감각과 양부인의 인자하고 후덕한 면모가 자녀에게 온전히 전해진 것이로구나. 훤히 깨달아 통달함에 있어 이 같은 부인네가 다시 있겠습니까?"

조씨[168]가 감탄하며 말했다.

"이일로 인해 명성이 높아지게 되었으며 시부모님과 할머님의 칭찬을

167) 화파 : 조노공의 첩.
168) 조씨 : 유현의 둘째 부인.

49 한 몸에 두루 받게 되었군요. 이제 다시 생각해보니 오히려 소연수와 곽씨가 일으킨 변고가 소씨 아주버님과 조부인의 덕을 드러냈으며 효행을 빛나게 했으니 무엇을 한스러워 하겠습니까?"

자염이 슬퍼하며 말했다.

"어찌하여 부모님과 형제들께서 말씀을 지나치게 하셔서 저로 하여금 마음이 편치 않게 하십니까?"

조월염과 조자염 두 사람이 탄식하며 말했다.

"곽씨가 우리 두 사람을 하찮게 여기긴 했지만, 이는 하늘이 그녀를 보내셔서 특별히 환란을 만드신 것이니 어찌 저를 책망하겠습니까? 그러나 말머리에 꺼내는 것이 망측하니 하늘을 능히 원망하지는 못하겠고 다만 인간의 도리에 대해서 탄식할 뿐입니다. 양 · 소 두 집안과 정씨 문중이 환란을 당하게 되었으니 어찌 몸과 마음이 놀랍지 않겠습니까?"

50 자염 또한 운명을 말하며 자신의 형편에 대해 탄식할 뿐이었다.

소씨 집안에서 자염에게 돌아오라고 연락을 해 왔다. 자염이 부모와
친척들을 만나 섭섭하게 하직하는 것이 덧없긴 했지만 시부모의 명령을
거역하지 못하여 시댁으로 돌아갔다. 이때 구부인이 자신의 악행을 뉘우
치게 되었으므로 맏아들 부부를 기특하게 여기고 사랑하는 것이 또 병이
될 정도였다. 또한 세 딸들이 마음을 고쳐먹게 되자 좌우에서 하는 어진
말이 들리게 되었으며 간사한 헐뜯는 말을 듣지 않게 되었다. 원래 구부
인은 천성이 부드럽고 착했기 때문에 사람이 부드럽고 낭랑했다. 선천적
으로 타고난 바가 연약했으므로 지나간 일을 뉘우치면서 자염을 세 딸보
51 다 더 사랑했고 연수보다도 10배는 더 귀중하게 여기니, 상서 경수와 조

자염의 평생 맺힌 한이 없어졌다. 두 집안의 부모님을 지극한 효성으로 모시고 어진 덕을 더욱 아름답게 닦았으며 교씨 · 구씨와 화목하게 지내며 밤낮으로 위로하기를 친 혈육보다도 더했다. 또한 조카를 자기가 낳은 아이처럼 보호하니 어진 마음과 덕에 대해 인근에 사는 일가가 칭찬을 했다. 소경수 또한 감격스러움을 참지 못하여 잠자리에서 자염을 마주한 채 경수가 슬픈 빛을 띠며 말했다.

"우리 부부가 당한 참변을 생각하면 몸과 마음이 여전히 놀랍고 떨립니다. 황제의 은혜를 입어 우리 부부가 옛 집으로 살아 돌아와 친전에서 시중을 들게 되었고 어머님께서도 우리를 가상하게 여기시게 되었
으니 드디어 한이 없게 되었습니다. 그러나 아우를 만 리 밖 서촉 땅으 52
로 보내 이별하게 되었으며 다시 모일 기약이 묘연하니 어찌 마음이 안정되겠습니까? 부인이 수많은 액운을 겪고 나와 함께 모이게 되었으니 더 할 말이 없습니다. 다만 내가 지극히 바라는 것은, 우리 형제의 지극한 정을 생각하여 내 아우의 허물을 널리 용서하시고 제수씨와 어린아이를 사랑해주고 어진 덕으로 거느리면서 친아들과 다름없이 해주었으면 하는 것입니다."

자염 또한 탄식하고 칭찬에 대해 겸손하게 사양했다.

상서 경수가 아들이 죽었는지 살았는지 그 거처를 몰라 슬퍼하자 자염이 시녀를 옥분항으로 보내, 춘계로 하여금 공자를 데려오라고 했다.

춘계가 이미 예전부터 공자를 제 집으로 데려가 기르고 있었는데, 공 53
자가 점점 자라면서 배우지 않아도 스스로 깨달아 아는 것이 많았으며, 영웅다운 풍모와 옥 같은 골격 그리고 꽃다운 용모와 별 같은 눈동자는 마치 속세를 벗어나서 해와 달이 떨어진 듯, 빛나는 달이 밝은 듯 했으므

로 날마다 신기하게 여겼다. 춘계의 형부가 글자에 능했으므로 책을 얻어
다가 공자에게 글을 가르쳤는데, 한 글자를 들으면 열 글자를 깨닫게 되
었으며 열 자를 듣고는 백 자를 깨치게 되었다. 문장이라는 것은 자고로
타고나는 것으로서 사람이 자기 뜻대로 하지 못하는 것인데, 공자는 세상
에 없는 지혜롭고 총명한 재주와 큰 군자다운 풍모가 어렸을 때부터 있어
서 세속의 사람과 달랐다. 푸른 하늘의 흰 태양은 노예나 천한 사람들도
54 또한 그 명성을 아는 법이므로 공자의 신령스럽고도 특출한 면에 대해 감
탄하지 않는 사람이 없었다.

공자가 늘 춘계만 보면 부모를 찾고 집이 어디냐고 물으며 돌아가기를
원했지만 춘계가 온갖 방법으로 막으며 세월을 보내고 있었다. 이때 춘계
도 조자염이 무사히 돌아왔다는 소식과 상서 경수가 영화롭게 서울로 돌
아왔다는 것을 듣고는 기뻐하면서 마음이 급해져서 공자를 찾는 때가 어
서 오기를 기다렸다. 드디어 이때를 당하여 소경수에게는 영광이 무성하
고 소연수는 죄가 탄로 나서 사형만 면하고 유배가게 되었다는 소식을 들
으니 통쾌하고 기뻤다. 매우 기뻐하며 공자와 함께 소씨 집안에 이르러
55 조자염을 만났다. 이때 경수가 부인 자염의 침소에 있다가 춘계가 갑자
기 한 아이를 업고 와 마루 위에 놓으며 머리를 조아리고 눈물을 흘리며
절하고 눈물을 참지 못하는 것을 보고 매우 놀라서 얼른 눈을 들어 바라
보았다. 그 아이의 용 같은 눈썹과 봉황 같은 눈이 빼어났는데, 눈동자의
맑음은 가을 물에 비친 새벽별 같았고 천간의 옥엽 같았다. 우뚝한 이
마[169]에는 일각(日角)[170]이 뚜렷했으며 흰 얼굴빛은 백옥을 모아놓은 듯

169) 우뚝한 이마 : {놉흔 텬뎡[天庭]}. 관상에서 두 눈썹의 사이 또는 이마의 복판을 이르는 말임.
170) 일각(日角) : {상월}. 이마의 모습을 가리키므로 이와 같이 옮김. 일각(日角)은 관상에서 이마 한가운데 뼈가 불거져 있는 것으로, 귀인의 상(相) 또는 천정(天庭)의 왼쪽 이마를 이르기도 함.

했다. 또한 시원스러운 기운은 만 리 공중에 구름 한 점 없는 듯하니 어린 아이 같은 연약한 기운이 없고 태도와 모습이 듬직하고 큰 것이 마치 군자호걸과 같은 어른스러운 풍모가 완연하게 있었다. 그러니 그렇게 어린 아이인 줄 누가 알 수 있겠는가?

춘계가 아이에게 알려주며 말하기를 앉아계시는 분들은 공자의 부모 56
이니 절하고 만나 뵈라고 했다. 공자가 황급히 나아가 절하고 물러나 꿇
어앉으니 경수의 마음이 마치 취한 듯 미친 듯하고 마치 넋이 나간 사람
같았다. 조자염의 돌과 옥 같은 굳은 마음도 아들을 보자 반가운 마음에
정신이 없어졌으며 슬프면서도 반가운 마음이 구름이 피어나듯 하여 새
벽 별 같은 두 눈에 눈물이 고였다. 앞으로 나아가 손을 잡고 슬퍼하며 말
했다.

"사람이 참고 견디면 살 수 있구나. 오늘 모자가 서로 만나 천륜을 완전하게 할 줄 꿈에나 생각했겠느냐? 어찌 슬프지 않겠느냐?"

경수 또한 아이를 가까이 오라 하여 손을 쥐고 감동하여 눈물을 흘리며 말했다.

"오늘 이 아이를 보니 내 골육이군요. 어찌 능히 이 아이의 목숨을 보 57
전하여 오늘 상봉할 수 있도록 했습니까?"

자염이 얼굴빛을 고치고 옷깃을 여민 후 말했다.

"제 행동이 부인 아녀자답게 단정하지 못하고 번잡스러운 일이 이러이러하니 진심으로 부끄럽습니다. 상공께서는 이상하게 여기지 마시기 바랍니다."

하고 아이를 춘계에게 부탁하여 제 형의 집에 맡겨 옥분항에 감춰두었던 일을 말하니 경수가 듣고 기쁨과 즐거움을 참지 못하여 감탄하며 아이를

무릎 위에 앉히고 말했다.

58 "부인은 분명 여자 가운데 영웅이군요. 지혜와 총명함이 이와 같으니 어찌 항복하지 않을 수 있겠습니까? 내가 무슨 복으로 부인 같은 현명하고 어진 숙녀를 만나 평생 화락을 누리는지 모르겠습니다. 진심으로 부인을 사모하고 아이를 생각하는 한 때문에 애간장이 끊어질 듯했는데, 오늘 부부와 부자간이 서로 만나 천륜이 완전하게 이루어진 것은 다 부인의 공입니다. 어찌 이보다 더한 경사가 있겠습니까?"

자염이 탄식하며 말했다.

"이는 다 옳지 못한 일입니다. 위로 시부모님의 명령이 없었고 남편께서 지휘한 일도 아니니 어찌 정도를 따른 것이라고 할 수 있겠습니까?"

경수가 가만히 웃고 말했다.

"원래 부인이 정도만 따랐다면 오늘날이 있었겠습니까? 지난 날 신기
59 한 계교와 빼어난 지혜로 몸을 보호하고 자식을 구하여 오늘날 부부와 부자가 모일 수 있도록 했으니 이는 부인의 덕입니다. 또한 부모의 영광을 생각하니 더욱 다행스럽습니다."

하고 아이를 데리고 존당으로 들어가 강능후와 구부인께 뵈니 강능후가 매우 놀라 급히 물었다.

"저 아이는 누구냐?"

경수가 앞 사정을 대강 아뢰니 구부인은 자신이 했던 지나간 일을 더욱 후회하며 부끄러워했고 강능후 소균은 손뼉을 치며 감탄하고 말했다.

"어진 며느리의 기특하고 신기한 온갖 행동은 너와 나 같은 사내들도 미리 헤아리지 못할 정도로 일마다 신기하구나. 어찌 우리 집안의 복과 경사가 아니겠느냐?"

하고 손자를 가까이 오라 하여 보니 봉황의 눈을 가졌으며, 인위적이지 60
않은 아름다운 자태는 완연히 외할아버지 초공의 모습과 닮아 있었다. 소공이 그러한 모습에 감탄을 하고는 매우 기뻐하며 말했다.

"소씨 집안에 오히려 복과 경사가 생겼구나."

하고 아이의 나이와 배운 것에 관해 물어보았는데, 대답하는 것이 강물이 흐르는 것 같아 마치 세상일에 익숙한 군자와 같은 경향이 있었다. 이에 강능후가 매우 기뻐하며 말했다.

"한 달 된 망아지가 태산을 뛰어넘고 한 치[171] 정도 크기의 구슬이 만리를 비춘다고 하더니, 이 아이의 특별함은 그 아비나 할아비보다 낫구나. 얼굴이 그 외할아버지 초공을 닮았는데, 그의 도학과 성현다운 풍모도 닮은 것 같으니 소씨 집안에는 다행스러운 일이 아니냐?"

하고 기쁨을 참지 못해서 아이의 손을 어루만지며 이름을 물었다. 그러 61
자 아이가 대답을 했다.

"할아버님을 오늘에서야 뵈었는데 어찌 이름이 있겠습니까?"

이에 공이 더욱 기특하게 여기고 이름을 창문이라 하고 자(字)를 중계라고 하면서 애중하게 여기기를 수많은 금보다도 더했다.

강능후 부부와 며느리 손자[172] 등 모두가 기뻐하니 상서 경수에게 여한이 없었다. 다만 한 가지 밤낮으로 슬퍼하고 탄식하는 바는 연수가 만리 밖에서 고초를 당하고 있으며 돌아올 기약이 없다는 것이었다. 그러므로 태항산 쪽 구름을 바라보면서 눈물 마를 때가 없었고 근심스러워 하며 아름다운 눈썹을 펴는 날이 없었다. 자염은 늘 교씨를 불쌍히 여겼으며

---

171) 치 : 길이의 단위, 한 치는 한 자의 10분의 일 약 3.33cm임.

172) 며느리 손자 : {조손모지}. 문맥을 고려하여 이와 같이 옮김.

62 조카를 어루만지며 지극한 은혜 베풀기를 창문에게 하는 것보다 더 했다. 온 집안이 그들의 효성과 우애에 탄복 했으며 평진후 소천은 창문이를 보면서 더욱 기쁘게 여겼고, 자염의 신출귀몰함에 대해 감탄을 했다. 며느리에게 평안한 시절이 돌아오게 되자 주부인[173]의 기뻐함은 비할 데 없었지만 윤부인[174]은 상쾌하게 나아지지 않았으므로, 자염과 경수는 두 집안의 부모께 더욱 효도를 하며 기특한 행동을 했다. 그러므로 구부인의 악한 마음으로도 규방 아녀자의 맑음이 물 같으며 봄바람이 꽃가지에 잠긴 듯하다고 느끼게 되었다.

이때 구씨[175]는 한 몸에 탈이 없을 뿐 아니라, 자기 적국인 자염의 무
63 성한 복과 이름이 만 백성에게 자자해졌고 황제께서 금 글씨로 '성녀숙렬문'이라고 하여 높이 달아주셨으며 한없이 크고 넓은 황제의 은혜가 온 성을 둘러 봤을 때 그 안에서 제일이라고 알려지니, 형세가 뒤처져서 감히 맞설 형편이 못 되었다. 또한 구부인이 공정함을 굳게 유지하면서 조카라고 해서 정을 조금이라도 치우치게 주는 일이 없었으며 한 명의 어린 자식도 없으므로 그 적막한 한이 마치 장신궁(長身宮)의 반첩여(班婕好)와 같았다. 소경수가 돌아온 후 높은 지위에 올라 영화롭게 되면서 일이 많아졌고 또 연수의 일과 구부인의 병환 때문에 자신과는 모이는 일 조차 없었다. 그 때문에 이래저래 분해져서는 자연스럽게 자염에게 원한을 품게 되었으며 병이 고황을 침노하여 밤낮으로 베개를 베고 누운 채 집안일
64 을 돌보지 않고 먹고 마시지도 않으며 침실에만 들어앉아 있었다. 그러므로 경수를 찾아오는 손님을 접대하는 것과 매사 음식을 관리하고 살피

173) 주부인 : 소경수의 친 어머니. 평진후 소천의 둘째 부인.
174) 윤부인 : 평진후의 첫째 부인.
175) 구씨 : 소경수의 첫째 부인.

는 책임[176]에 대해서 전혀 아는 것이 없었다. 자염 스스로 편치 않아서
몸을 낮추고 구씨를 지극정성으로 감동하게 했으며 그녀의 병에 대해 걱
정하는 것 또한 천성에서 비롯된 것이지 지어내서 하는 것이 아니었다.
모든 일에 있어서 매우 자상하게 굴고 너그럽게 행동하니 자연스럽게 감
복하게 되었다. 구씨 또한 매우 간악한 인물은 아니므로 자염의 덕스러움
이 날로 더욱 특별해지자 인정상 감동하면서 싫어하는 음식도 자염이 정
답게 권하면 먹었다. 또한 따뜻한 말로 위로를 받으면 마음이 편해지고
일마다 감동이 되었으므로 자신의 지난 잘못을 뉘우치니 자염은 그녀가 65
허물 고친 것을 더욱 기뻐하면서 우애 있게 지내는 것에 힘썼다.

이때 구부인이 집안일을 자염에게 전담하도록 주며 말했다.

"구씨는 큰 그릇이 못 된다. 내가 집안을 다스렸지만 본래부터 덕이 없어서 인정상 참되고 애틋한 정을 쏟을 수는 없었다. 그러니 네가 집안일을 맡아서 어진 덕을 펴라."

자염이 비록 마음이 편치 않았지만 시어머니의 뜻이 굳었으므로 감히 거역을 하지는 못하고 자기 혼자 감당하는 대신 구씨에게 의지하면서 대신 집안을 다스렸다. 구씨 또한 시어머니의 명령을 어기지 못하므로 모든 일을 함께 의논하며 했다. 자염이 경수에게 구씨를 후하게 대접하라고 간절히 권유했으므로 경수가 마지못하여 구씨를 후대했다.

자염이 음식 차리는 일의 번거로움을 스스로 맡아 위로 시부모님을 효 66
로써 모셨으며 제사를 받들었고 군자의 명령을 순순히 따랐으며 동기간
에 화목하게 지냈다. 또한 인근의 친척들과 두터운 정을 쌓았고 종들을

176) 음식을 ~ 책임 : {중궤[中饋]의 찰임(察任)}. 중궤(中饋)는 안살림 가운데 음식에 관한 일을 책임 맡은 여자를 의미하고 찰임은 살펴보는 임무를 의미하므로 음식차림을 총괄하는 의미로 보아 이와 같이 옮김.

은혜로우면서도 위엄 있게 다스리는 등 하는 일마다 신기하고도 총명하게 하면서 한 가지 일도 지나치거나 잘못 하는 것이 없었다. 남의 공에는 상을 주고 죄는 벌했으며 감추어진 일이나 죄상을 집어내는 일을 이치에 맞게 하니 기리는 소리가 인근에 진동했으며, 소경수 또한 그 덕에 감탄하고 칭찬하며 산과 바다 같은 정을 날마다 더해갔다. 그러면서도 구씨와 어려서 부부인연 맺은 것을 생각하여 그녀의 병을 염려하고 구씨의 목숨이 오래가지 않을 것임을 애석하게 여기면서 예전과는 판이하게 다르게
67 대접을 했다.

이때 자염이 유배지 장사에서 만난 위소저의 효행과 정숙한 덕이 보통 사람보다 나은 것을 보고 평생 함께 하기로 한 일의 처음부터 끝까지를 구부인께 자세히 말씀드리면서 어른들게 여쭤주기를 청했다. 이때 구부인 또한 어질고 부드러운 부인이 되어서 거룩한 마음과 맑은 덕이 옛 사람보다 뛰어나게 되어서는 다음과 같이 말했다.

"위씨의 현명함과 아름다움은 그대가 사람 알아보는 감이 뛰어나니 알 바이다. 그러니 어찌 우리가 며느리의 청을 막겠냐마는 경수가 기뻐하지 않을 것 같구나."

자염이 예를 갖추며 말했다.

"위씨를 취하자고 말한 이유는 제가 한낱 같은 항렬의 사람을 맞이하기 위해서만이 아니라 그 아름다운 기질과 출중한 재주와 덕이 세상의
68 보배이기 때문입니다. 그러니 상서가 구태여 숙녀를 사양하시겠습니까?"

구부인이 흔쾌히 허락하고 온전히 이루도록 하니 자염이 절하며 감사드렸다. 구부인과 주부인이 말을 남편에게 전하면서 자염의 어진 덕을 칭

찬하니 강능후와 평진후가 칭찬했다.

"조씨는 이 시대의 태사(太姒)로구나. 이와 같은 덕성으로 우리 집 규방을 화평하게 하고 빛나게 하니 어찌 아름답지 않은가? 이러한 여자의 성스런 덕을 우리가 막으면 이는 그의 어진 마음을 저버리는 것이다."

하고 상서 경수를 불러 이 말을 전하면서 정황상 마지못하여 혼인을 물리칠 수 없음을 말하니 경수가 미간을 찡그리며 기뻐하지 않고 말했다.

"제가 집안에 수많은 변고를 일으킨 것은 여자와 관련된 일 때문이었 69
습니다. 이제 겨우 진정했는데 어느 사이에 또 사람을 취하여 집안일
을 산란하게 하겠습니까? 또한 남들이 알면 어찌 정직한 일이라고 하
겠습니까? 상황이 아무리 그러하다고 해도 이 일은 바른 일이 아닙니
다. 부인이 어찌 남편의 뜻도 모르고 마음대로 혼인을 청해 구할 수 있
습니까? 조씨가 지나치게 행동한 것 때문에 마음이 아픕니다. 그러니
비록 지엄한 명령이지만 받들지 못하겠습니다."

강능후가 정색을 하고 말했다.

"어찌 며느리의 덕을 모르고 오히려 책망하느냐? 여자 가운데 투기하
지 않는 사람이 백사람 중 하나 있기가 드문데 며느리가 유독 태사(太
姒)와 같은 덕을 지녀서 어진 여자를 보고 그 여자를 적국(敵國)으로 삼
고자 하는 것이니, 이는 실로 숙녀이며 진심으로 기특한 일이다. 조씨 70
가 환란을 겪고 이제야 하늘의 태양을 보게 되었으니 하는 일마다 그의
뜻을 따르고 마음을 편하게 해 주는 것이 옳다. 그러니 어찌 작은 일로
책망을 하겠느냐? 위씨와 혼사를 정한 것에 대해 내 모르지 않으니, 그
것은 부득이 한 일이었다. 듣자하니 돈 500은을 주어 보태 쓰게 했고,
또 자신의 적국(敵國)으로 삼겠다고 하니 만일 집을 어지럽게 할 여자라

면 결코 추천하지 않았을 것이다. 그러니 어찌 고집을 부리느냐? 너도 아름다운 숙녀를 여러 명 얻어 자녀를 많이 낳게 된다면 아름답지 않겠느냐?"

경수가 부친의 뜻이 이와 같음을 보고 알았다고 대답하며 명을 받들고 물러났다.

71 그러고는 부인 자염의 침소에 이르러 오랫동안 말없이 있다가 정색을 하며 말했다.

"내가 본래부터 화려한 것을 좋아하지 않으므로 딱 한 명의 아내만 얻어 집을 지키려 했습니다. 그런데 인연이 이상하게 되어 흉악하고 음란하며 못된 여자를 얻어 집안에 큰 변란을 일으켰습니다. 모자와 형제가 집안의 변란이라는 나쁜 일을 만나 먼 곳으로 귀양 가는 몸이 되었고 사림으로부터 죄를 얻게 되어 한 시대의 뛰어난 사람으로는 용납되지 못할 것 같았습니다. 다행히 황제의 은혜가 크셔서 옛 땅으로 돌아왔지만 아우는 촉 땅으로 유배를 가서 돌아올 기약이 없습니다. 그러니 내 마음이 어찌 편하겠습니까? 부인이 내 마음을 안다면 어찌 번거롭게 사람을 구하고 무례하게 부모님께 말씀을 드릴 수 있단 말입니
72 까? 또한 부인에게 적인을 두는 것이 무슨 유익함이 있다고 쓸 데 없는 일에 이렇게 심하게 간섭을 했습니까?"

경수가 기뻐하지 않는 것을 보고 자염이 말했다.

"제가 비록 못났지만 당신의 뜻을 헤아려 미리 예측한 것입니다. 어찌 쓸모없는 사람을 얻어 당신 집안의 법도를 어지럽게 하겠습니까? 다만 깊이 생각해볼 때 문왕도 성인이셨지만 숙녀를 구하였다고 했는데, 위씨의 깊고 묘함은 옛 숙녀 보다 뛰어나고 복의 기운이 가득한 여자입니

다. 만약 평범했다면 제가 스스로 화를 자초하겠습니까? 위씨는 효행
과 절행이 빼어난 것이 마치 반소(班昭)[177]와 백희(伯姬)[178]의 무리와
유사합니다. 모든 일에 있어 만고에 흡족하며 재주 또한 천고에 독보
적이니 제가 진심으로 아끼고 사랑스러운 마음을 참지 못하여 죄를 무 73
릅쓰고 당돌하다는 것은 미처 생각도 못한 채 스스로 백 년을 함께 지
내고 싶어서 허락을 한 것입니다. 서울로 돌아온 후 즉시 말하고 싶었
지만 집안이 분주해서 시간을 끌다가 시부모님께 말씀 드린 것입니다.
그런데 어찌 당신은 이런 뜻을 보임으로써 저를 안타깝고 부끄럽게 하
며 몸 둘 바를 모르게 하십니까? 만일 위씨를 취했다가 집안에 해로운
일이 생긴다면 제가 반드시 벌을 받겠습니다. 게다가 위씨의 아름다움
이 세상에 뛰어난데 이같이 곱고 아름다운 사람을 보고 어찌 여자가 시
기하는 마음때문에 군자께 아내로 삼으시도록 하지 않겠습니까?[179] 74
저는 옛 사람의 덕을 따르고 싶어서 그렇게 한 것입니다. 이제 그대가
육경(六卿)[180]의 지위에 계시고 집안 살림이 매우 번창하였으므로 손님
접대하는 모든 절차도 그렇고 또 제사지내고 집안 다스리며 두 집안의
부모님을 모시는 것만으로도 번거로움이 심합니다. 환란을 겪은 제가
어둡고 혼미한 지식으로 감당해 내기 어려우며 또 구씨는 오래된 병이
있는 까닭으로 이부자리에 누워 있으니 위씨가 들어오게 된다면 모든

177) 반소(班昭) : 중국 후한(後漢)의 시인으로 자는 혜희(惠姬). 남편이 죽은 후 궁정에 초청되어 황후와 귀인의 스승이 되었으며 조대가(曹大家)로 불렸음. 어질고 현철한 여인으로 알려졌음.

178) 백희(伯姬) : 춘추시대 노(魯)나라 선공의 딸. 송나라 공공(共公)에게 시집간 지 10년 만에 과부가 되어 수절했음. 송나라 궁궐에 불이 났는데, "부인은 밤에 외출할 때는 부모가 업으면 마루에도 내려서지 않는다."라고 하며 불에 타 죽었음.

179) 아내로 ~ 않겠습니까 : {쇽현[續絃]치 아니ᄒᆞ리오}. '속현(續絃)'은 거문고와 비파의 끊어진 줄을 다시 잇는다는 뜻으로, 아내를 여읜 뒤에 다시 새 아내를 맞는 일을 비유적으로 이르는 말이지만, 문맥상 또 다른 아내를 둔 다는 의미로 쓰였음.

180) 육경(六卿) : 육관(六官)의 우두머리, 대총재, 대사도, 대종백, 대사마, 대사구, 대사공을 이름.

일을 의논하여 그대의 즐거움을 돕고 싶습니다. 저같이 아둔한 사람이
부엌살림을 받아 밤낮으로 경황없어 하는 근심도 덜고 명령을 받들려
고 하는 것이니 유익함이 많습니다. 그런데 그대가 한갓 고집을 부리
75 시니 제가 그대로 인하여 잠을 못 이루겠습니다."

말을 마쳤는데, 그 말이 모두 인정스럽고 편안하니 마치 봄 산에 온갖 꽃이 다투어 피고 추운 겨울날이 무르녹는 듯한 것이 주남(周南)[181]과 아황·여영 같은 성덕이 있어보였다. 경수가 다 듣고는 어이가 없어서 미소 지으며 말했다.

"누가 부인 보고 꼼꼼하지 못하고 서툴다고 했습니까? 소진(蘇秦)[182]과
같은 말솜씨를 가졌으니 내게 미칠 바가 아닙니다. 위씨의 현숙함이
부인의 뒤를 따를 만하다면 내가 어찌 기쁘지 않겠습니까? 내가 어려
서부터 조씨 집안에서 자라 장인께서 친 자손처럼 사랑해주셨습니다.
그러므로 안팎으로 아무렇게나 출입하다가 우연히 그대의 빼어남을
보고 예가 아니라는 것을 모르진 않았지만 그래서는 안 된다는 마음을
76 가지지 못했습니다. 그러다가 길을 이뤄 요행스럽게 부인을 만나 지우
로서의 즐거움을 이뤘지만 조물주께서 시기가 많으셔서 곽씨 같은 음
흉하고 간악한 사람을 만나게 했습니다. 우리 두 사람에게 닥친 재앙
의 고비가 가볍지 않았으므로 온갖 어려움을 겪고 죽을 액을 겪기도 했
으니 어찌 슬프지 않겠습니까? 선이든 악이든 다시는 화려한 것에 뜻
이 없으니 부인이 숙녀를 천거한 일에 대해 칭찬은 할 수 없습니다.[183]

181) 주남(周南) : {쥬람(周南)}. 주남국풍(周南國風)은 시경의 한 체(體)인데, 그 가운데 주아(周雅)는 여성의 부덕에 관한 내용을 다루고 있음.

182) 소진(蘇秦) : 중국 전국시대의 책사(策士)로 종횡가(縱橫家)의 한 사람. 장의(張儀)와 함께 제(齊)의 귀곡자(鬼谷子)에게 웅변술을 배웠음.

183) 칭찬은 ~ 없습니다 : {공(功)이 업도다}. 정성이라는 의미로 쓰였지만 의역하면 자신은 자염의

그러나 부모님의 말씀이 간절하니 끝내 거역은 못할 것입니다. 하지만 만일 그대의 말과 다르다면 그대가 책임져야 합니다."

자염이 절하고 감사하며 말했다.

"숙녀를 만나 금덩이 같은 아들, 옥 같은 딸을 두루 낳고 그 아이들이
효도를 하게 되면 제게 감사하게 될 것입니다." 77

상서 경수가 탄식하며 말했다.

"대장부에게 있어서 좋은 일이라고 하지만 진심으로 내 마음은 즐겁지 않습니다. 다만 엄한 명령이 있었으므로 마지못하여 그렇게 하는 것이니 이 뜻을 위씨 집안에 알리고 결혼할 때를 정하시오."

이에 혼인 날짜를 정했는데, 길일(吉日)이 수십 일 후로 정해졌다. 소씨
집안에서 납폐(納幣)[184]를 보낸 후 길일이 되자 잔치 자리를 만들고 안팎
친척들이 가득 모여 신랑을 보내 신부를 맞이했다. 소공 형제와 구씨·주
씨 등 모든 부인도 다 며느리를 거느리고 자리에 앉았다. 조자염이 예복
을 바르게 입고 쪽을 찐 채 시어머니를 모시고 있었는데, 여러 사람들의
교태스럽고 빼어난 미모가 찬란한 태양 빛처럼 빛나 오색의 꽃 수풀을 이 78
뤘지만 자염의 가을 달 같은 광채와 밝은 빛이 온 자리를 비췄고, 그 맑고
씩씩한 기운이 모든 사람 중에 솟아났다. 이에 좌우에 있던 사람들이 새
삼 아름다움에 감탄하며 말했다.

"조부인 같은 세상에 없는 고운 숙녀를 두고 다시 또 부인을 구하다니. 진심으로 사람의 욕심은 알 수 없습니다."

정성을 받아들일 마음이 없다는 의미이므로 이와 같이 옮김.

184) 납폐(納幣) : 혼인 할 때 사주단자의 교환이 끝난 후 정혼이 이루어진 증거로 신랑 집에서 신부 집으로 예물을 보내는 일. 또는 그 예물. 보통 밤에 푸른 비단과 붉은 비단을 혼서와 함께 함에 넣어 신부 집으로 보냄.

구부인이 낭랑하게 웃으며 말했다.

"우리는 다른 생각이 없었는데, 뜻밖에 며느리가 혼사를 이러이러하게
주선한 것입니다. 그 어진 덕을 차마 저버리지 못해서 영원히 거룩한
일로 삼고자 하는 것이니 새로 시집오는 사람을 우연히 얻은 것이 아닙
니다. 그녀의 효행과 예절 그리고 성스러운 덕과 뛰어난 재능이 자신
79 의 뒤를 좇을 법하다고 여겨 남편을 위해, 또 우리를 위해 생각한 것입
니다. 우리 조씨 며느리 같은 사람은 세상에 없으니 그것은 새로 온 며
느리도 따르지 못할 바입니다."

하고 귀양 갔던 장사 지방에서 여차여차하여 위소저에게 500냥의 은을 주고 급한 일을 도와준 후 삼년상을 끝내자 혼인을 허락받고 함께 상경하여 남편에게 간절히 권한 일들에 대해 이야기 했다. 자리에 있던 모든 사람들이 일제히 갈채를 보내고 탄복하니 주부인이 옛날 일을 생각하고는 윤회(輪回)를 하게 되는 인간사에 대해 개탄을 했다.

경수가 자리에 앉으니 평진후 소천이 말했다.

"네가 나이는 어리지만 육경(六卿)의 지위에 있고 부인을 여럿 두었으니 집안 다스리는 것을 법도에 맞게 하라."

80 경수가 명령을 받드니 강능후 소균이 웃으며 말했다.

"며느리는 남편에게 길복을 갖춰 입힘으로써 부인의 도를 다하라."

자염이 절하여 명령을 받들었다. 이에 구부인이 웃으며 말했다.

"나는 옷 준비한다는 것을 잊어버렸고, 구씨[185] 또한 질병이 심해서 준비를 못했으니 관복을 입지 못할 것이다. 그러니 이전 혼례 때 입던 옷을 입고 갈 밖에 어찌할 도리가 없구나."

185) 구씨 : 소경수의 첫째 부인.

자염이 대답했다.

"구씨가 그것에 대해 걱정하기에 제가 다 만들었습니다."

하고 한 벌 의복을 내어오라고 했다. 이에 구부인이 매우 기뻐하며 말했다.

"이 모든 것이 며느리의 아녀자다운 덕을 드러내는구나."

때가 되어 소경수가 길복을 입을 때가 되자 자염이 걸음을 옮겨 아름다운 손으로 의복을 받들며 시중들었는데, 한없는 솜씨와 큰 바다와 같은
마음으로 만든 길복이니 어찌 조금이나마 불편한 곳이 있겠는가? 좌우에 81
서 이리저리 둘러보니 자염의 가늘게 뜬 맑은 눈길은 엄숙하고도 씩씩했으며 고운 눈썹은 온화한 기운이 만물에 무르녹은 것 같으니 마치 끝을 보지 못하므로 바다의 깊이도 알 수 없는 것과 마찬가지 였으며, 세상에 대적할 자가 없는 숙녀이며 어진 여자 같아 보였다. 시부모는 입을 벌린 채 기쁜 빛을 얼굴에 띠었으며 좌우에 모인 손님들이 감탄하고 존경하니 자염이 좌우에서 칭찬하는 자자한 소리 때문에 두 눈썹을 찡그리며 괴롭게 여기는 행동이 더욱 뛰어나 보였다. 평진후가 기뻐하며 눈썹 언저리를 움직이니 좌우에서 또 다시 축하하는 소리가 물같이 흘렀다.

소경수가 길복을 갖춰 입고 부모와 할아버님께 하직인사를 드린 뒤 위 82
씨 집안으로 향했는데, 좌우에서 웃으며 말했다.

"어린 신랑이 예법을 미리 익히지 않았다가 처가에서 실례할까 싶구나."

이에 경수가 미소만 지으며 말없이 혼인할 집으로 가 기러기를 전한 후 신부에게 가마에 오르기를 재촉하여 돌아왔다.

이날 호부인이 신랑의 빼어남을 식장에서 흘깃 보고는 기쁘고도 다행

스러워 했다. 그러면서도 옛 일이 생각나서 슬픔을 참지 못하고 눈물로 옷깃을 적셨다. 위소저 또한 돌아가신 아버지가 생각나고 또 어머니의 곁을 떠나게 되었으므로 슬픔이 교차하여 아름다운 얼굴 위로 구슬 같은 눈물을 계속 흘렸다. 이에 모든 축하객들 또한 슬퍼했다.

83 소씨 집안에 이르러 혼인 예식을 마친 후 폐백을 하며 시부모를 뵈니 수많은 눈들이 한꺼번에 구경했다. 아름다운 풍채와 옥 같은 골격은 마치 신선이 될 듯했으며 옥을 묶어 놓은 것 같은 이마는 반달이 구름 사이에 비낀 듯했고 고운 눈썹은 산을 맑게 그린 듯했다. 한 쌍 눈동자의 빛은 샛별이 가을 물에 반짝이는 듯했고 꽃 같은 뺨은 신선의 복숭아꽃 한 가지가 이슬에 젖은 듯했으며 봄날 아침 무렵의 햇빛을 한 척(尺)쯤 되는 가는 허리에 두른 듯했다. 봉황을 수놓은 두 어깨와 온갖 아름다움을 갖춘 자태가 부드럽고도 빼어나 옥황상제가 사는 곳의 선녀도 이에는 미치지 못할 바였다. 자연의 찬란한 빛에는 조금 미치지 못했지만 세상에 드문 사람이요 뛰어난 숙녀였다. 좌우에서 떠들썩하게 칭찬했으며 모든 손님들
84 이 축하하니 구부인이 쾌활하게 웃으며 말했다.

"조씨 며느리의 뛰어난 식견을 믿었으므로 아름다울 것이라고 짐작은 했지만 이렇게 빼어날 줄은 꿈에도 몰랐습니다. 내 아이의 처에 관한 운수가 유복한가 봅니다."

경수가 웃음을 머금었으며 좌중이 크게 칭찬하며 날이 다 가도록 치하하니 강능후가 웃으며 말했다.

"오늘 신부를 보고나니 신부를 추천한 공을 가볍게 할 수 없겠구나."

평진후 형제와 시누이들이 좌우에서 쾌활하게 웃으며 즐거워하자 주부인[186]이 기쁨을 참지 못하여 웃음을 머금고 말했다.

"조씨가 없었다면 신부를 얻지 못했을 것이지만, 오늘 새 며늘아기와 자식의 아름다움의 근본을 생각해보면 모두 경수의 공이라 할 수 있습
니다. 제가 일의 근본을 먼저 생각해 봤는데, 오늘 이 경사는 경수의 85
공이기도 하지 어찌 전적으로 조씨 며느리의 공이라고만 할 수 있겠습니까?"

강능후가 웃으며 말했다.

"형수님의 말씀이 맞는 말입니다. 저희들이 모두 조씨 며느리의 공이라고 했는데, 그것은 잘못한 것이니 한 잔 술로 사죄드립니다."

하고 옥 술잔에 향온주를 부어 경수에게 주며 말했다.

"부자간에 서로 이별했다가 겨우 모였고, 또 이같이 좋은 아내를 쌍쌍이 얻어 우리 늙은이를 위로하니 진실로 효자구나. 각별히 기쁘게 잔을 마셔라."

경수가 부모의 얼굴에 기쁜 빛이 어린 것을 보고는 흔쾌히 받아 기울인 후 대답했다.

"부모님의 기쁨과 저의 화려함은 이렇지만 서촉에 있는 아우를 생각하 86
면 우애가 지극하지 못한 것이라는 생각이 들어 새삼 슬픔이 일어나 즐거움을 느끼지 못하겠습니다."

강능후 소공이 탄식하며 말했다.

"스스로 지은 죄이니 누구를 원망하겠느냐? 살아있는 것만도 다행이니 어찌 서촉 땅으로 귀양 간 것을 한스러워 할 수 있겠느냐? 오늘은 우리 형제도 즐거운 날이며 부부가 쾌락하는 날이니 너는 홀로 근심하지 마라."

186) 주부인 : 소경수의 생모.

경수가 절하고 물러나니 두 아버지와 어머니가 흐뭇해했다.

종일 기뻐하다가 모든 손님들이 다 흩어진 후 위씨가 시가에 머물게 되
87 었는데, 이날 자염도 위씨를 만나 반갑고 기뻐 손을 잡고 속내를 말하며
새삼 공경하고 사랑해주니 위씨 또한 반가운 마음이 동했다. 유모와 종들 또한 각각 끝없이 반가워했다.

이때 경수가 촛불을 들고 들어왔는데, 신부의 달빛같이 찬란한 광채가 자염보다도 더 빛나니 세상에 적수가 없는 숙녀였다. 경수가 기뻐하며 웃는 온화한 빛으로 자염에게 말했다.

"그대가 지금 규방의 지기인 친구를 만나 기뻐하고 있는데, 이렇게 빼어나게 고운 아내를 얻어 경박한 나에게 추천해주고 부인은 능히 〈백두음(白頭吟)〉[187]을 읊는 한을 면할 수 있겠습니까?"

자염이 미소 지으며 말했다.

"비록 박대하신다고 하지만 어찌 탁문군을 본받아 〈백두음〉을 지을 수
88 있겠습니까? 그에 대해서는 염려하지 마시고 침전(寢殿)에 은혜와 덕을
드리워 후하게 대하고 박하게 대하는 것을 고르게 하십시오. 구부인과 어려서 조강지처의 인연을 맺었다는 것을 먼저 생각하십시오. 그러나 만약 저 같은 사람을 박대하신다면 그것은 제가 스스로 지은 죄이니 그대를 원망하지 않겠습니다."

상서 경수가 어이가 없어서 웃으며 위씨를 향해 말했다.

"조씨가 이전에 그대의 높은 효행과 세상에 빼어난 기질을 말했으므로 알고 있었습니다. 조씨가 나를 위하여 그대의 자질을 잊지 않고 박덕

187) 〈백두음(白頭吟)〉: 사마상여의 부인인 탁문군이 사마상여가 첩을 얻으려 하자 이 시를 지어 결별을 뜻을 밝힘으로써 첩을 얻으려는 것을 단념하게 한 글.

한 이 소경수의 셋째 부인이 되게 만들었으니 분명 조씨에게 원망이 많을 것입니다."

위씨가 눈썹을 낮추고 얼굴빛을 단정하게 한 채 부끄러워하는 얼굴빛만 띠고 답이 없으니 경수가 웃고 조자염과 이야기를 나눴다. 밤이 깊어 89
지자 자염은 자기 침소로 돌아갔고 경수가 위씨와 함께 원앙금침으로 나아가 이성간에 친합(親合)을 하니 진중한 은혜와 정은 산과 바다 같았다.

그러나 구씨가 병들어 있음을 염려하게 되자 진중한 정이 이전과는 판이하게 달라졌다. 자염 또한 매사에 구씨를 극진하게 대접했으므로 구씨가 뼈에 사무치게 감동했다. 자신은 예전에 자염을 대접할 때 조금의 은정도 보이지 않았는데 이제 저의 은정이 두텁고 사랑하기를 마치 동기간처럼 하는 것을 보고 구씨가 편협한 마음을 지녔음에도 불구하고 뉘우쳤다. 위씨가 그 후로 머무르면서 시부모를 효로써 모시고 남편의 뜻을 받
들며 자염의 뒤를 따랐다. 90

화설. 조씨 집안은 자염 소저의 재액(災厄)이 다 했으며 집안이 화락하니 부모가 매우 다행스럽게 여겼다. 그러나 공주와 한씨의 일이 아직 해결되지 않았는데, 한씨는 친정으로 쫓겨나 돌아올 기약이 없고[188] 공주는 궁 안에서 문을 닫은 채 뜰에도 나오지 못하고 스스로 죄인이라고 하니 진심으로 안타까웠다. 그러나 간악한 사람이 저지른 일들이 서로 뒤얽혀 있어서 아직까지도 그 억울함에 대해 끝을 찾지 못하고 있는 상황이므로 초공과 진왕이 한스러워했고 승상 기현과 평능후 유현이 각각 자기 며느리를 대하면 마음이 답답할 뿐 즐겁지 않았다.

시간이 물같이 흘러 봄가을이 번갈아 바뀌니, 조부마 명천이 공주의 억

188) 기약이 없고 : {지속(遲速)}. 더딤과 빠름을 의미하므로 문맥을 고려하여 이와 같이 옮김.

91 울함은 알았지만 마음이 편치 않았고 또 모든 일을 바로잡기 전에는 꺼려
지는 면이 있어서 어찌하지 못하고 있었다. 범백문[189]이 궁궐에서 나고
자란 공주를 미워할 일이 만무하니, 공주의 행동거지 아름다운 것을 모르
지 않지만 무슨 일이 있어서 그러한지 의심스러운 생각이 무수히 일어나
부마의 현명한 견해로도 깨닫지 못하고 의심할 수밖에 없었다. 그러니 진
실로 이는 액운이 평범하지 않기 때문이었다.

이때 소화요가 공주를 해하려 했지만, 공주는 궁중에 편히 있게 되었고
사람마다 공주의 억울함을 알고 있었다. 이에 소화요가 분을 참지 못하여
공주의 시비인 소연에게 약을 주어 이리이리 하라 했고, 또 한씨의 시비
92 인 옥선에게도 약을 보내 다시 한씨를 잡아 조학사 명윤이 방문하는 때를
타 이리하라 하니 두 사람이 돈을 받고 명령을 따르는 것이므로 물불을
가리지 않고 공교로운 때를 틈타 계교를 행했다.

하루는 부마 명천이 혜선궁에 할 일이 있어 갔는데 갑자기 공주가 약간의 단장을 하고 나왔다. 곱고 아름다운 모습이 새삼 새로웠는데 분명 의심할 것 없는 공주였다. 공주가 부마의 앞으로 달려들어 길게 탄식하며 말했다.

"나는 황실 황제의 천금 같은 딸인데 너 같은 평범한 사내 명천의 아내
가 되어 한 번도 화락하지 못하고 깊은 규중에 들어앉아 〈백두음(白頭
吟)〉을 읊게 되다니. 진심으로 원통하다. 무슨 죄가 있기에 협문을 막
93 고 쫓아내겠다고 맹세하며 얼굴도 보지 않는 것인지 한이 마음에 가득
하다. 만일 황후께서 그대의 죄를 알게 되신다면 큰 죄를 면하겠는가?
아직은 짐작만 할 뿐 잠잠하게 있으니 갈수록 더하는구나. 내가 분한

189) 범백문 : 소화요의 남편. 혜선공주를 사모하여 명천 부부를 모해함.

것을 오랫동안 참지는 못할 것이다."

하니 얼굴은 분명 공주이지만 저의 행동이 헤아릴 수 없이 이상했다. 게
다가 외궁으로 나와 패악한 말과 행동을 이같이 할 사람이 아니라는 생각
이 들었으므로 문득 의심을 하며 봉황 같은 눈을 바르게 뜨고 오랫동안
바라볼 뿐 부마는 말을 하지 않았다. 공주가 버릇없이 악한 말로 부마를
욕하며 음란한 행동을 알 수 없이 했다. 부마 명천은 밝은 견해가 있었으
므로 의심이 생겼다. 그러므로 조금도 화를 내지 않고 얼굴빛을 흔쾌히
좋게 한 채 옥 같은 손을 잡으며 말했다. 94

"그대는 옥주입니다. 그러니 내가 어찌 박대하겠습니까? 집안에 이상한 일이 많아서 내전에 가지 못했더니 이제 나를 찾아 외궁까지 나오다니. 정이 두텁고 많습니다. 내가 비록 돌이나 나무라도 어찌 감동하지 않을 수 있겠습니까? 이곳은 어수선하니 내궁으로 갑시다."

공주가 매우 깜짝 놀라며 일이 발각될까봐 혼이 날아가는 듯하여 황급히 말했다.

"비록 생각해주시는 정은 감사하지만 지금 내전에는 못 볼 손님들이
많으니 그대가 들어가는 것이 편치 않습니다. 그래서 그대를 보러 외
전으로 나온 것입니다. 저를 찾으시려거든 다른 날이 있을 것이니 오 95
늘은 들어오지 마십시오."

명천에게 이미 의심이 생겼으니 어찌 그만 놓겠는가? 더욱 단단히 붙들고 말했다.

"내가 들어가면 넓은 궁전에서 손님이 피하면 되지 어찌 박대한다고 원망해놓고 들어가겠다는 길을 막습니까?"

공주가 몹시 급해서 무수한 방법으로 막았지만 명천이 끝내 놓지 않고

이끌며 내궁으로 들어가니 가짜 공주는 어찌할 도리 없이 이끌려 들어왔다.

이때 공주는 비록 시부모가 자신의 억울함을 알아주시지만 백옥 같은
몸에 누명을 썼으니 속상한 마음을 참기 어려웠다. 그러나 액운이 있다는
96 것을 짐작하고 조금도 마음을 허비하지 않으면서 궁궐에 소식이 전해지
지 않도록 하고 스스로 자신의 운명만 한탄하니 모든 궁녀의 무리들이 매
우 원통한 마음을 품었다. 그러나 공주의 엄숙함을 두려워하여 감히 기색
을 못 내비쳤다.

이때 부마 명천이 가짜 공주를 이끌고 내전으로 들어오니 모든 궁녀가 능히 말을 못했고 공주도 갑자기 놀라서 얼굴빛이 변했다. 그러자 명천이 웃으며 말했다.

"공주가 분신법을 쓰시다니 나는 매우 놀랍습니다."

공주가 말했다.

"제가 재주와 덕이 없어서 아랫사람을 통솔하지 못하므로 악한 변이 저의 몸에 미쳤습니다. 그러니 무슨 면목으로 남들을 보겠습니까?"

명천이 미소를 지은 후 큰 소리를 내질러 궁중 심부름꾼으로 하여금 가
97 짜 공주를 계단 아래 꿇린 후 크게 꾸짖으며 말했다.

"네가 감히 군자의 보는 눈을 업신여기고 요괴스러운 계교로 나를 속이느냐? 네가 바로 말하면 너그러이 용서 하겠지만 만일 그렇게 하지 않는다면 네 한목숨 용서하지 않을 것이다."

그러나 요녀(妖女)가 오히려 얼굴을 똑바로 들고 발악을 하니, 명천이 매우 화가 나서 엄한 형벌로 다스렸다. 소연[190]이 비록 간악하기는 하지

190) 소연 : {소형}. 소연으로 통일함.

만 나이가 어리고 처음 형벌을 받는 것이었으므로 중형을 당하자 견디지
못하여 사실대로 털어놨다. 궁궐 소속으로, 소화요로부터 많은 보물을 받
고 공주와 한씨를 해하려 했고, 한씨의 시녀 옥선에게 약을 주어 공주와
한씨로 변신한 후 변란을 일으키고 한씨와 공주를 죽이려 한 것이 모두 98
천금(千金)에 혹해서 저지른 일임을 일일이 말했다. 명천이 원통함을 참지
못해 탄식하며 말했다.

"우리 부모님께서 성스러운 덕과 가르침을 보이셨는데도 이런 변이 집
안에서 일어났으니 원통하지 않겠는가?"

하고 다시 매서운 형벌을 하고 목을 베려 하다가 한씨와 옥선의 일을 모
두 알고 싶어 단약을 찾아서 소연에게 먹이니 금방 본색이 드러났다. 이
에 부마 명천이 한스러움을 참지 못하고 있었는데 외헌에서 학사 명윤이
부르며 나오라고 했다. 학사 명윤이 비록 여씨와 즐겁게 지내긴 했지만
내심 한씨를 잊지는 못했었는데, 눈앞에서 간음하는 패악한 일을 보고 한
씨 집안에 발걸음을 끊은 상태였다. 99

하루는 자연스레 마음에 이끌려 한씨 집안에 이르렀는데, 한공은 나가
고 없었으므로 내당으로 가서 장모를 뵈었다. 이때 부인에게 마침 가벼운
병이 있어서 한씨가 곁에서 약을 드리고 있었는데 보니 풍모가 새삼 빼어
나며 빛났다. 용의 수염 같고, 뱀의 발톱 같은 기이한 풍모는 화장을 하지
않아도 시원스러웠으며 그 풍모가 집안에 빛났다. 명윤을 보고 몸을 일으
켜 한쪽 가에 가서 앉으니 엄숙한 것이 마치 가을 달이 옥 누각에 밝게 뜬
것 같았다. 명윤이 몹시 놀라 말을 하지 못하다가 장모께 병문안하기를
마치고 가만히 앉아 있었다. 그러다가 한씨의 침소인 선향정으로 갔는데
이때 옥선이 명윤이 오는 것을 보고 때를 타 얼른 한씨의 침소로 갔다. 다 100

른 동료들은 모두 없고 방이 비었으므로 옥선이 때를 틈타 약을 삼키고 계교를 부렸다. 명윤이 침소에 도착해서는 누가 이곳에 있나 하고 의심을 하며 몰래 문틈으로 왔는데, 옥선이 약 종지를 들고 입 속으로 뭐라 중얼거리며 약을 먹자 곧 한씨로 변했다. 그리고는 한씨의 옷을 입고 거울을 든 채 태연스레 문을 열고 나왔다. 학사 명윤이 이 광경을 보고 비로소 한씨가 억울하게 되었다는 것을 알고 원통함을 참지 못했다. 직접 옥선을
101 결박하고 좌우의 시녀들을 불러 말했다.

"네 부인의 시녀인 옥선이 약을 먹고 이리이리 하여 변신을 했는데 너희는 아느냐?"

모든 종들이 이 광경을 보고 얼굴빛이 변해서 말했다.

"옥선이 늘 요상하고 악해서 가까이 하지 않을 뿐 아니라 종종 꾸짖었는데, 저가 이렇게 할 줄 어찌 알았겠습니까?"

학사 명윤이 분통해서 좌우로 형벌 기구를 갖춰 옥선에게 따져 물으니, 명윤의 불타는 태양 같은 위엄과 서리 같은 호령이 엄숙하여 비록 옥선이 매우 간악하다고 하지만 능히 견디지 못하고 즉시 고했다. 소화요와 범백문이 한씨와 공주를 해치기 위해 간통하는 남자의 편지를 만들고 한씨의
102 얼굴로 변해서 명윤을 두렵게 만든 것과 오늘도 화요가 시켜서 약을 먹고 한씨로 변장해서 명윤으로 하여금 화가 나게 만들어서 한씨를 죽이도록 하라고 한 것을 말했다. 또 소연은 공주의 얼굴로 변장해서 부마를 속이기로 했는데, 만일 성공하면 자신들을 사태후의 첩으로 삼아주고 재물을 많이 주어 평생 부귀하게 해주겠다고 하여 그 꼬이는 말을 듣고 큰 죄를 범했으니 남은 목숨을 용서해달라고 했다.

명윤이 다 듣고 매우 화가 났는데, 그 중에서도 범백문이 공주와 한씨

를 해치려 하는 것은 천만 뜻밖이므로 옥선을 다시 고문하며 화요가 무슨 이유로 공주와 한씨를 죽이려 하는 것인지 물었다. 이에 옥선이 말했다.

“제가 근본적인 것은 모르지만 부마께서 소소저와 나이가 서로 비슷하 103
고 집도 가까웠으므로 그와 짝이 되고 싶어 했는데, 조씨 집안에서 허락하지 않았으며 그 후에 부마가 되시니 이 때문에 소소저가 분노하여 공주와 부마의 백년 금슬을 훼방 놓기 위해 범생과 모의하여 부마께 공주의 허물을 전하도록 했습니다. 또 한소저의 빼어남이 공주와 마찬가지였으므로 둘을 다 없애려고 한 것입니다.”

명윤이 다 듣고 화요의 마음을 요괴롭게 여겼으며 자신이 현명하지 못한 것을 깨닫고 한씨를 불렀다. 이에 한씨가 나와 앉았는데, 옥선이 자신의 얼굴로 변신한 것을 추하게 여겼으나 얼굴색의 변화 없이 아무 일도 근심도 없는 것처럼 하고 있으니, 학사 명윤이 탄식하며 말했다.

“세상일은 예측하기 어렵습니다. 부인에게 원수가 여럿 없으니 부인을 104
해할 사람이 없다고 생각했을 뿐, 간악한 종이 훼방 놓는 것은 진실로 알지 못하고 부인을 의심했습니다. 그러던 차에 요녀(妖女)의 거동을 눈으로 보게 되었으니 후회막급입니다. 부인 볼 면목이 어찌 있겠습니까? 알 수 없습니다. 간악한 옥선이 어찌 간사한 모의를 꾀했는지.”

한씨가 듣고 슬퍼하며 말했다.

“이것이 다 제가 현명하지 못하기 때문입니다. 종들을 다스리는 법도가 없다보니 옥선이 요악한 것입니다. 주(周)나라 백성이 어진 것과 은(殷)나라 백성이 포악한 것[191]은 다 그 임금에게 달린 것이라는데 제

191) 주(周)나라 ~ 것 : 주나라는 정치 · 경제 · 도덕이 안정기에 있었으며 예법이 중시되었다고 함. 은나라의 경우 『시경(詩經)』에 “방어는 꼬리가 붉다.”라는 말이 있는데, 해설자의 말에 의하면 방어는 피곤하면 꼬리가 붉어지는데, 은나라 백성이 포악한 정치에 피곤하게 되었음을 비유하

시녀가 사나우니 제가 놀랍고 어이가 없으며 부끄럽습니다."

105 명윤이 애타고 분하여 옥선을 매우 쳐 옥에 가둔 후 집으로 돌아와 먼
저 아우와 의논하기 위해 찾아갔더니 명천은 혜선궁으로 갔다고 했다. 즉
시 궁으로 갔는데 안에서 매 소리가 들리므로 놀라서 앉아 들었다. 그런
후 즉시 부마 명천을 불러 물으니 부마가 소연이 실토한 말을 전했다. 명
윤 또한 옥선의 말을 전한 후 탄식하며 말했다.

"이 변(變)이 소씨 집안 때문에 일어났다. 이것이 다 명천이 네 풍모 때문에 일어난 것이다."

명천 또한 탄식하며 말했다.

"세상 일이 이처럼 요상하고 악하니 부녀자의 공교로운 일을 우리가 회개하도록 만들어야 합니다."

하고 한동안 말을 나누다가 함께 돌아가서 초공과 진왕을 뵙고 모두 모여
106 의논한 후 즉시 소연을 끌어내 목을 베어 저자에 달고 공주를 불러 다시
금 탄복하고 공경하며 위로했다. 그 후 한씨를 부르니 이때 한공이 이 일
에 대해 알고는 매우 화가 나서 옥선을 죽였다. 그리고 새삼 명윤이 너그
럽게 행동한 것임을 깨닫게 되었으며 더러운 누명을 벗고 돌아가게 된 것
에 대한 기쁨을 참지 못하여 이후로는 흠 없이 화락하기를 바랐다.

한씨가 시가로 돌아와서 어른들께 사죄를 드리게 되었다. 시부모와 어
른들은 빛나는 용모의 수려하고 상쾌한 것이 마치 푸른 물결 위의 향기로
운 연꽃 같고, 푸른 하늘의 흰 달 같다고 새삼 느끼며 반가움을 참지 않았
고 예전의 일을 뉘우치고 계속 위로했다. 손자가 점점 자라 준수한 옥 같
107 은 골격이 사람의 마음을 감동하게 하니 진실로 기린(麒麟) 같은 보배였

는 말이라고 함.

다. 노공이 어루만지며 매우 사랑하기를 비할 데 없이 했다. 공주와 한씨가 몸에 있던 누명을 벗고 옛날처럼 화목하게 지내니 비로소 부부간에 3, 4년 동안 막혔던 금슬이 열리면서 화목하게 지내게[192] 되었다. 항상 공경하고 살피며 예절에 맞는 몸가짐을 은은하게 하였다. 그러나 화씨[193]가 수절하게 된 것으로 인해 명천 자신의 신상에 좋지 않은 일이 쌓일까 하여 심중에 한이 맺히기도 했다.

하루는 명천이 조회가 끝나 돌아오는 길에 화공[194]을 만나게 되었는데, 공이 보니 젊은이의 영웅다운 모습이 흰 태양아래 빛나는 것이 마치 사람 가운데 신선이오, 동물 가운데 기린 같았다. 길 위에서 만나니 풍채가 더욱 나아보였는데, 붉은 비단 도포를 입고, 허리에 백옥 띠를 찼으며
자금관을 쓴 얼굴이 두툼하게 잘 생긴 것이 세상에 독보적이었다. 화공 108
이 매우 반가워서 간청하여 집으로 데리고 오니, 명천이 마지못하여 화씨 집안으로 갔다. 공이 좌정하고 애틋한 마음으로 명천의 손을 잡고 탄식하며 말했다.

"내가 사위 얻는 욕심이 너무 지나쳐서 너를 사위로 삼으면 광채가 날까 싶었다. 그런데 오히려 딸아이의 평생이 끝났으니 대장부의 마음이지만 어찌 참을 수 있겠느냐? 15세 청춘에 몸 버리고 과부가 되었으니 부모의 마음이라는 것이 인지상정인데 능히 마음이 편하겠느냐?"

명천이 다 듣고 얼굴빛을 고치고 일어나 절한 후 말했다.

"제가 보잘 것 없는[195] 재주와 용모임에도 불구하고 사랑하시는 지극 109

192) 부부간에 ~ 지내게 : {종고락지}. 종고지락(鐘鼓之樂)으로 보아 이와 같이 옮김. 종고지락(鐘鼓之樂)은 종과 북을 치며 즐긴다는 뜻으로, 부부 사이의 화목한 정을 이름.

193) 화씨 : 혜선공주와 혼인하기 전 명천과 화씨가 약혼을 했는데, 황제의 딸과 혼인하게 됨으로써 화씨는 수절함.

194) 화공 : 명천과 약혼했다가 수절하게 된 화씨의 아버지.

한 대우를 받았으니 제 스스로 마음속 뼈 깊이 새겨 평생 잊지 않을 뜻이 있었습니다. 그러니 어찌 자주 와서 뵙고 인사드리지 않겠습니까마는 부모님을 모시고 있고 또 관청에 일이 많아서 작은 정도 펴지 못하고 있으니 제 스스로도 근심스러움을 참지 못하겠습니다. 이미 따님은 제 집 사람입니다. 그러니 아직 입 밖에 내지는 못하겠지만 끝내 깊은 규중에서 생을 마치게 하겠습니까?"

화공이 말했다.

"네 말을 들으니 내 마음이 적이 위로가 되는구나. 그러나 어찌 믿을 수 있겠느냐? 모름지기 너는 믿음을 저버리지 말고 아녀자로 하여금 한이 없도록[196] 해라."

명천이 그렇게 하겠다고 말했다.

110 약간의 시간이 지난 후 술상을 차려 너그럽게 대하니 명천이 공을 모시고 여러 잔을 기울여 마신 후 날이 늦어 하직하고 돌아왔다. 어른들께 문안인사를 드린 후 이날 밤 궁으로 돌아와서 공주와 마주했다. 깊은 근심이 눈썹 언저리에 가득하여 온화한 기운이 사라져 있었으므로 공주가 기색을 살핀 후 옷깃을 여미고 말했다.

"안 좋은 일이 있다는 것을 제가 알겠으니, 그대의 기색이 왜 그런지 깊은 근심이 무엇인지 듣고 싶습니다."

부마 명천이 말없이 오래 있다가 공주의 총명함을 보고 손을 마주잡아 공경의 뜻을 나타낸 후 말했다.

"다른 일이 아니라 그대가 시집을 올 때 내가 이미 화씨 집안과 약혼을

---

195) 보잘 ~ 없는 : {박누[樸陋]훈}. 수수하고 허름함을 의미하므로 문맥을 고려하여 이와 같이 옮김.
196) 한이 없도록 : {하상지원[夏霜之怨]}. 오뉴월에도 서리가 내리게 한다는 한을 의미함

했었는데 황제의 명으로 도로 물렸습니다. 그런데 화씨가 빈 언약 때
문에 수절한다고 하니 비록 작은 일이지만 우리 집안이 선하지 못한 일
을 해서 악을 쌓는 것이 될까 걱정되었습니다. 그런데 오늘 길에서 화
공을 만났습니다. 매우 슬퍼하며 흐느끼니 인정상 나중에 거두어 주겠 111
다고 허락했지만 그렇게 하기 어렵기 때문에 걱정입니다."

공주가 그 말을 듣고 얼굴색이 바뀌어 말했다.

"제가 깊은 궁궐에서 나고 자라 세상일을 모르고, 게다가 이런 일에 대해서는 더욱 알지 못했습니다. 이제 화씨의 일에 대해서는 제 잘못이라고 시부모님께 말씀 드리고 얼른 아내로 취하는 것이 마땅합니다. 어찌 이유도 없이 아녀자로 하여금 규방에서 생을 마치게 할 수 있겠습니까?"

명천이 칭찬하며 말했다.

"그대의 성스러운 덕이 이와 같긴 하지만 이 일은 황제의 명령이시니 마음대로 결정할 수 없습니다. 또한 화씨가 어찌 공주와 같은 항렬이 되는 것을 편안하게 여기겠습니까?"

공주가 잠시 침묵한 후 말했다.

"황제와 황후께서 저를 지나치게 사랑하셔서 이렇게 덕을 잃으신 것입 112
니다. 그러니 제가 황제께 아뢰어 한 여자의 평생을 저버리지 않도록
하겠습니다."

명천이 말리며 말했다.

"그대가 황제께 청하면 내가 재촉한 것인가 하실 것입니다."

이 일이 있은 후 초하룻날 열리는 큰 조회에 공주가 입궐하여 참석하자 황제와 황후가 매우 반가워 하셨다. 그 사이 용모가 더욱 상쾌해졌고 부

부가 큰 바다와 같이 화락하며 앵혈의 흔적이 없어진 것을 보고 황후가 손을 잡고 애중해 하며 자주 입궐하지 않은 것에 대해 꾸짖었다. 이에 공주가 슬퍼하며 대답했다.

"제가 용안(龍顏)을 사모하는 마음이 없어서가 아니라 궁궐 밖 사람의
113 아내가 되었으므로 궁궐 출입을 자주 하지 않은 것이고 또 부마의 집
안 일이 한가롭지 않으므로 조회하지 못한 것입니다. 그러나 제가 남자였다면 제후나 귀족이 되어 천 리 먼 곳으로 이별을 해야 했겠지만 여자이기 때문에 가까운 곳에서 만나 뵐 수 있는 것입니다."

하고는 갑자기 봉관(鳳冠)을 벗고 당 아래 내려서서 죄를 청하니 황제와 황후가 놀라서 이유를 물었다. 이에 공주가 엎드려 아뢰었다.

"저 같은 무용지물로 인해 폐하와 황후께서 덕을 잃으셨고 그 때문에 한명의 여자가 서리를 내릴 만한 한을 품게 되었으니 이는 다 제 죄입니다. 전혀 알지 못했었는데 며칠 전에 갓 듣고는 모골이 송연해졌습니다. 한 여자의 평생을 저버리게 된 것은 화씨에 관한 일이니 바라건대 황후와 황제께서 무고하게 사람으로 하여금 한을 품도록[197] 하신
114 죄를 제가 씻고자 합니다."

황제와 황후가 다 들은 후 기특하게 여기며 웃고 말하였다.

"화녀가 수절한다는 것은 들었다. 그러나 너는 나의 어린 딸이니 어찌 적국(敵國)을 두게 하여 사내의 풍류를 돋워주겠느냐?"

공주가 웃고 두 번 절한 후 말했다.

"조부마는 바르고 어진 군자이니 호색하는 경박한 무리가 아닙니다. 또한 여자가 투기하는 것은 칠거지악(七去之惡)이니 어찌 성스러운 가

197) 한을 품도록 : {함언ᄒᆞᆫ}. '함원(含怨)ᄒᆞᆫ'으로 보아 이와 같이 옮김.

르침을 저버려 한 여자를 수절하게 함으로써 덕을 상하게 하겠습니까? 황제께서 저를 편히 사랑해주신다면 그럴수록 화씨를 취하게 해주시는 것이 제가 바라는 바입니다. 저는 동기와 화목하게 지내고 내조를 잘 함으로써 집안을 빛내는 것이 한 세상 즐거운 일이라고 생각합니다."

황후가 칭찬하며 말했다.

"너는 이 시대의 태사(太姒)로구나. 부마에게 문왕과 같은 덕이 있다면 115
주나라 왕실이 창성했던 것과 같은 영광을 볼 것이다. 네 소원이 이와 같으니 화씨를 두 번째 부인으로 허락하여 네 덕을 나타내라."

황제가 감탄하여 말했다.

"모녀지간이라면 남들은 허락할 수 없을 텐데, 황후께서는 남과 다른 성스런 덕을 가졌습니다."

하고 교지를 내려 화씨에게 주었던 납채(納采)를 거두고 공주를 시집하게 한 것은 국법상 당연한 일이지만 화씨가 수절하는 것이 아름답고 또 공주가 진심으로 화씨의 평생을 안타깝게 여긴다며 간절히 권했으므로 권도에 따라 허락한다고 했다. 화씨에게 조명천의 둘째 부인 자리를 허락해주니 공주를 우대하고 황제의 은혜를 잊지 말라고도 하셨다. 이에 화씨, 조
씨 두 집안에서 매우 기뻐했지만 화공이 이 일이 편치 않고 황공하여 상 116
소를 통해 황공함을 아뢰었다. 황제가 위로하고 혼례 이루기를 재촉하였으므로 성은에 절하여 감사드렸다.

이후에 날을 택하여 조씨 집안에서 알려왔는데 십여 일쯤의 여유가 있었다. 두 집안에서 공주의 덕을 칭찬하며 큰 잔치를 열고 신랑과 신부가 육례(六禮)로써 혼인을 한 후 시댁으로 오게 되었다.[198] 가마에 태우고 돌

아와서 폐백의 예를 행하는데, 수많은 눈들이 한꺼번에 바라보았다. 화씨
의 온갖 태도와 뛰어남이 비할 데가 없는 것이 마치 흰 달이 창공에 밝은
것 같았다. 육 척쯤 되는 키와 한 척쯤 되는 가는 허리의 아리따운 광채는
117 세상에 없이 고왔다. 성스러운 덕과 효성스러움이 외모를 통해 드러나니
시부모와 어른들이며 손님들이 뜻밖이라서 기뻐했다. 진중한 노공도, 또
정직한 군자인 진왕과 초공, 그리고 평능백 운현과 같은 사람도 신부를
보고 기쁜 빛을 가득 띠니 초공이 평능후 유현을 보며 말했다.

"명천이 원래 복이 많은 관상을 지녔다 하지만 이처럼 유복하니 더욱 기쁘고 다행이구나. 이것이 다 황제의 은혜이자 공주의 너른 덕택이다."

평능후가 대답했다.

"오늘 화씨가 빼어난 것은 단지 명천의 복이 아니라 할아버님과 부모
의 덕택이며 황제의 은혜를 입은 것입니다. 또한 공주의 덕이 태임(太
任)과 태사(太姒)의 뒤를 이으니 명천이의 집안 법도가 창성할 것이라는
118 사실은 이것을 보아도 알 수 있습니다. 어린아이가 이룰 일은 이밖에
더할 것이 없습니다."

하니 진왕과 조씨 등[199]이 다투어 축하했고 자리 가득한 손님들이 소리 높여 치하했으므로 일일이 다 대답하지 못할 정도였다. 평능후 유현이 이에 공주를 가리키며 말했다.

"이 사람이 바로 혜선공주인데 신부와 신랑이 모이게 된 것이 또한 공주의 덕이다. 네 아름다운 행실에 대해서도 알고 있지만 사람이 처음

198) 시댁으로 오게 : {우귀(于歸)}. 전통 혼례에서 대례(大禮)를 마치고 3일 후 신부가 처음으로 시집에 들어가는 것을 말함.

199) 조씨 등 : 조무와 조성의 누나들.

과 나중이 한결같기 어려우니 오늘 이 시아비가 말 많다고 이상하게 여기지 말고 공주와 화목하고 우애 돈독하게 지내서 이남(二南)의 풍모[200]를 다시 볼 수 있도록 하여라."

화씨가 비로소 공주에게 공경하며 두 번 절하니 공주가 또한 공경하며
답하는 절을 했다. 피차간에 평생 알고 지내던 것과 같은 느낌이 들면서 119
지극한 뜻이 마음 깊은 곳으로부터 솟아났다. 그러니 두 사람의 어질고 정숙한 덕을 능히 알 바이다. 종일토록 즐기고 난 후 모든 손님들이 각각 자신의 집으로 흩어졌다.

이날 밤 부마 명천이 새 신부를 마주하고 보니 밝은 촛불 아래 광채가 더욱 휘황한 것이 마치 낙포(洛浦)에 선녀가 내려온 것 같으며 직녀가 오작교를 건너는 듯하여 온갖 태도가 빛났다. 이에 명천이 존경스러움을 참지 못하여 바르게 앉아 감탄하며 말했다.

"내가 부인과 더불어 어려서 혼사를 약속하고 서로 성명을 알고 지냈으며 오상(五常)[201]에 따른 중한 의리가 굳었습니다. 그러나 뜻밖에도 공주가 시집을 왔으므로 끝내 그대가 조씨 집안의 사람이 되지 못할까 싫어 애석해했습니다. 그럼에도 불구하고 다른 사람과 혼인을 하지 않
으니 납폐(納幣)[202]를 돌려보낼까 생각했습니다. 그대의 이같이 밝은 120
지혜가 나를 위해 금석(金石)같이 굳으니 사람을 저버린 악행이 커서 신으로부터 죄를 면치 못할까 깊이 걱정되어 눕고 앉아도 편할 적이 없었습니다. 이제 황제의 은혜로 옛 약속을 온전히 이루었으니 부인의 명

200) 이남(二南)의 풍모 : 이남(二南)은 시경(詩經)의 주남(周南)과 소남(召南)을 의미하는데, 모두 성인과 현인의 교화에 대한 노래들로 구성되어 있음.

201) 오상(五常) : 인 · 의 · 예 · 지 · 신의 다섯 가지 덕. 오륜(五倫)

202) 납폐(納幣) : 혼인할 때, 사주단자의 교환이 끝난 후 정혼이 이루어진 증거로 신랑 집에서 신부 집으로 예물을 보냄. 혹은 그 예물을 의미함.

철함을 저버리지 않아도 되므로 다행스럽게 여깁니다."

화씨가 손을 모으고 옷깃을 여민 채 대답을 하지 않으니 명천이 웃으며 촛불을 끄고 함께 침상으로 나아갔는데, 사랑하는 마음이 산과 바다 같았다. 평생에 바라던 바를 이뤘지만 행동이 조용하고 기세가 단정하여 나이
121 가 어림에도 불구하고 경솔함이 없으니 화씨가 놀라고 감탄했다. 이후로 화씨가 머물면서 효로써 시부모님을 받들고 형제자매들과 화목하게 지내며 군자의 말을 받들어 따르는 등 한 가지 일에도 잘못하는 것이 없었다.

이때 혜선공주가 화씨를 만나게 되니 매우 화목하게 지냈는데, 그 정은 마치 봄바람이 꽃가지를 흔드는 것 같았고 봄 신[203]이 만물을 소생케 하는 덕이 있는 것 같았다. 화씨 또한 우러러 공경하며 화목하고 우애 있게 지냄으로써 규중에 화목한 기운이 풍성했다. 명천 또한 대접을 공정하게 하여 첫째 부인이자 황녀인 혜선공주의 존귀함과 남보다 뛰어난 밝은 덕을 공경했으며 화씨의 온유함을 흠모해 서로 공경하고 화목하게 지내니 온 집안사람들이 그녀들을 칭찬했으며 명천 또한 아름답게 여겼다.

203) 봄 신 : {동황(東皇)}. 오방신장(五方神將)의 하나로, 봄을 맡고 있는 동쪽의 신을 가리킴.

조 씨 삼 대 록

35권

1 화설. 조학사 명윤은 한씨, 여씨 두 명의 부인과 화목하고 기쁘게 지냈지만, 그럼에도 불구하고 또 세상에 뛰어난 아름다운 아내를 구하고 있었다. 그러나 아버지가 엄숙하여 뜻을 드러내지 못하고 있었다.

더운 때와 서늘한 때가 흐르듯 지나가 일 년이 지나자 화씨와 공주[204]가 아이를 낳았는데, 초공이 처음으로 증손자를 보고는 가득한 사랑에 세상일을 잊게 되었으며 아기들은 온 집안의 보배가 되었다. 부마 명천 또한 기뻐하는 빛이 흘러넘치니 어른들이 더욱 기뻐하셨으며 단정하고 엄한 초공도 명천의 행사에 대해 흠잡을 곳 없다 여기며 기뻐하고 사랑하였
2 다. 조씨 가문의 덕 쌓고 복 받는 것이 면면이 끊이지 않으니 자손의 앞길 또한 대를 이어 좋았다.

명윤과 명천이 청렴했으며 여러 사람들로부터 신망 받는 것이 날로 더해져서 아침에 후보로 추천을 받으면[205] 저녁에 바로 높아져서 작위가 숭고해졌다. 명윤은 예부상서와 태학사를 겸했으며 명천은 이부상서와 태학사를 겸했고 명윤 등 모든 생들이 다 차차 작위가 좋아져[206] 붉은 도포에 오사모(烏紗帽)[207]가 아침이면 문전에 줄을 서게 되었고 금옥관자(金玉貫子)[208]가 빛났다. 좋은 수레[209]가 가득했고, 직위를 나타내는 도장과 보석들이 상자 안에 가득하니 집안이 번성하여 빛남이 당대 제일이었다.

---

204) 화씨와 공주 : 조명천의 아내들임.
205) 후보로 ~ 높아져 : {의망(擬望)ᄒᆞ고}. 삼망(三望)의 후보자로 추천하는 일을 의미함. 삼망(三望)은 벼슬아치를 발탁할 때 공정한 인사 행정을 위해 세 사람의 후보자를 임금에게 추천하던 일을 가리킴.
206) 좋아져 : {청현(淸顯)ᄒᆞ여}. '청현(淸顯)'은 청환(淸宦)과 현직(顯職)을 아울러 이르는 말이므로 문맥을 고려하여 이와 같이 옮김.
207) 오사모(烏紗帽) : 벼슬아치들이 관복을 입을 때 쓰던 모자. 검은 비단으로 만들었음.
208) 금옥관자(金玉貫子) : 망건에 금관자와 옥관자를 붙인 벼슬아치를 통틀어 이르는 말.
209) 좋은 수레 : {화개쥬륜}. 높은 사람이 타는 아름다운 수레라는 의미의 '화거주륜(華車朱輪)'으로 보아 이와 같이 옮김.

태부인이 연세가 매우 많았지만 정력이 쇠하지는 않았는데, 대신 망령이 날로 심해져 노공이 매우 근심하였다. 모든 일에 있어서 어버이를 위 3
주로 하여, 채색한 옷을 입고 어머니를 기쁘게 했으며[210] 침상에서 부채질을 해 드리는 효도를 갖추니 진왕과 초공 두 사람이 또한 아버지의 뜻을 따라 어버이 기쁘게 하는 것을 중심으로 삼았다. 노공의 회과년[211]이 다다르자 진왕과 초공 두 사람이 기쁨을 참지 못하여 드디어 큰 잔치를 열고 온 조정의 대신들과 인연이 있어서 친분을 맺은 사람들, 그리고 황족과 황제의 인척들을 다 모았다. 이날 손님이 넘치도록 가득 찬 것은 세상에 드물 정도였다. 황제에게 있어서도 노공은 세 명의 황제를 섬긴 옛 신하이자 공신의 아버지였으며, 초공을 사부로 대접하는 상황이었으므로 어버이를 위해 성대하게 잔치 한다는 말을 들으시고는 보기 드문 경사스
러운 일로 여겨 으뜸가는 악사들과 잔치 기구를 모두 주셨다. 왕후와 상 4
공의 자리에 있는 진왕과 초공 두 자녀들을 비롯하여, 후백(侯伯)과 공경(公卿)의 자리에 있는 손자들이 정성을 기울여 잔치 자리를 열었는데, 잔치 기구의 웅장하고 화려함과 물건의 화려함이 세상에 드문 것이었다. 내외 자손들이 다 예복을 갖춰 입고 모시며 손님 접대를 했는데, 안팎의 손님들이 숲같이 많아서 그 수를 헤아릴 수 없었고 넓은 방이 좁을 지경이었다. 그래서 임시로 부교를 설치하여 진왕의 집과 초공의 집을 터서 넓힌 뒤에야 손님들을 겨우 수용할 수 있었다.

외전(外殿)에는 아름다운 관에 붉은 도포를 입고 오사모와 붉은 띠를 찬 사람이 수를 셀 수 없을 만큼 많았으며 내당(內堂)에는 봉황을 수놓은 관

210) 채색한 ~ 했으며 : 중국 춘추시대 초나라의 학자 노래자(老來子)의 고사를 인용한 것. 그는 70세에 어린아이 옷을 입고 어린애 장난을 하여 늙은 부모를 위한하였다고 함.

211) 회과년 : 벼슬길에 오른 지 60년 정도 되었다는 의미로 보이나, 미상임.

에 꽃신을 신은 봉작(封爵)을 받은 부인들과 젊은 미녀들이 마치 꽃 수풀
5 처럼 방안에 가득했다. 집안에 가득한 잔치 자리가 세상에 없이 희한하
니 노공이 두 아들과 사위들을 모두 거느리고 윗자리에 앉았다. 모든 손
자들이 당에 가득 찼으며 풍악이 하늘에 닿았고 노래와 악기 소리가 간드
러져 구름에 닿았다. 자리 가득한 손님들의 얼굴에는 기쁜 빛이 가득했으
며 즐거운 기운이 가득하여 날이 늦어서야 헤어졌다.

때가 다하자 노공이 자녀와 손자들을 거느리고 내당으로 갔는데, 정숙
렬과 양정렬 두 부인이 아녀자들을 거느리고 위부인과 태부인을 모시고
앉아 자리를 마련했다. 노공이 연세가 거의 90이었지만 늠름한 정신과 씩
씩한 기운은 젊은이들 보다 나았으며, 위부인의 잘 차려입은 덕스러운 모
6 습과 시원스러운 풍채는 젊은이들을 압도할 만했다. 그러므로 태부인의
기쁨은 비할 데가 없었다. 노공과 위부인이 태부인께 축하 잔을 드리니,
태부인이 슬픔과 기쁨이 교차하여 눈물을 흘리며 말했다.

"늙은 어미가 붕천지통(崩天之痛)[212]을 품고 지금까지 살면서 능히 자식이 결혼한 지도 60년이 지나고 과거에 급제한 지도 60년이 지난 이때를 보고 온 집에 가득한 자손들을 보게 되었으니 이제 죽어도 돌아가신 네 아버지를 뵐 낯이 있다. 어찌 아름답지 않으냐? 이일로 인해 네 어미는 세상살이가 지루하다고 한탄하던 마음이 사라지는구나."

공과 부인이 절하여 인사드린 후 공이 남산수(南山壽)[213]를 불렀는데, 웅장한 노랫소리에는 노쇠한 기운이 없었다. 좌우 사람들이 칭찬했으며 자손들이 얼굴마다 기쁜 빛을 띠었다. 진왕과 초공 두 사람이 칭찬하고

212) 붕천지통(崩天之痛) : 하늘이 무너지는 슬픔, 아버지가 돌아가신 슬픔을 이르는 말이지만, 이 문맥에서는 남편을 여읜 것을 의미함.

213) 남산수(南山壽) : 남산과 같이 오래도록 살기를 비는 노래 곡조.

기뻐하는 것은 그 중에서도 더했다. 진왕과 초공 두 사람이 각각 부인과 7
함께 차례차례 술잔을 올렸고 조씨 등과 석상서 등도 모두 잔을 올렸다. 그 후에 기현 등 모든 손자들이 차례로 잔을 연달아 드렸으며 좌우 내외의 모든 증손자들이 잔 올리기를 마쳤다. 그 후에 노공이 또한 위부인과 함께 자손들에게 축하 잔을 받게 되었다. 진왕 조무가 용포를 입고 옥띠를 차고 면류관을 썼는데, 통천관(通天冠)[214] 아래 있는 관옥과 같은 용모와 모든 풍채는 두툼하고 잘 생겼으며 신기한 기질은 용이 변신한 것 같았고 조화로운 체격은 두루미가 높은 구름 위를 나는 듯했다. 마치 가을 하늘의 기상과 가을 물의 정신 같았으며 태양을 가릴 만한 풍모와 똑바로 바라볼 수 없을 만한 위엄이 있으니 세상에 없는 준수한 사람이며 세상
제일의 군자다웠다. 축하 잔을 드리고 물러나 축수가를 불렀는데, 맑은 8
노랫소리가 높은 하늘에 어리었다. 학이 우는 듯한 맑은 음성은 촌부(村婦)도 감동시킬 만했고, 깊은 계곡의 짐승들을 춤추게 할 만 했다. 시원스러운 광채와 엄숙한 지위가 새삼 새로우므로 노공 부부가 다시금 기뻐하여 귀중하게 여기며 말했다.

"이 아이는 복이 있는 사람이며 효자로다. 열 명의 아들[215]이 모두 빼어난 군자이며 증손자들이 그 아래 가득하니 우리가 죽고 나도 전혀 근심이 없구나."

진왕이 절하고 물러나 앉자 승상 초공이 자줏빛 도포에 옥띠를 차고 면류금관을 단정히 쓰고 유리잔을 받들어 올린 후 아버님의 수(壽)가 남해

214) 통천관(通天冠) : 황제가 정무(政務)를 보거나 조칙을 내릴 때 쓰던 관. 검은 비단으로 만들었는데 앞뒤에 각각 열두 솔기가 있고 옥잠과 옥영을 갖추었음.

215) 열 ~ 아들 : 진왕의 아들은 모두 10명인데, 기현, 영현, 운현, 몽현, 화현, 계현, 수현, 아현, 희현, 봉현임.

9 (南海)처럼 깊고, 북두(北斗)처럼 높기를 축원했다. 맑고 신선한 음성은 단
산(丹山)의 봉황이 우는 것 같았고 화평한 기운은 요순(堯舜) 임금의 시절
이 돌아온 듯 천지에 조화로운 기운을 띠었다. 해와 달의 밝은 빛을 아우
른 듯한 흰 옥과 같은 얼굴은 봄빛이 무르녹는 듯했으며 문채와 바탕이
잘 갖춰진 도덕은 가슴 속에 감추어져 있는 듯했다. 빼어난 학문적 능력
이 눈썹 언저리에 어리었으며 시원스러운 풍채와 멋스러운 신장은 마치
태을진인(太乙眞人)[216]이 구름 속을 배회하는 듯, 기린이 뜰에 내린 듯했
다. 엄숙한 예절로 몸을 움직이는데 성현다운 풍모가 은은했으므로 공의
부부가 온 마음에 기쁨이 가득하였다. 노공이 얼른 잔을 받고 손을 어루
만지며 말했다.
10 "이 아이는 사람 가운데 신선이오 동물로 치면 기린이라. 세상에 난 이
후로 오늘에 이르기까지 맑고 산뜻하여 한 점 허물이 없으니 진실로 늙
은 아비가 자녀 교육을 잘 한듯하여 상쾌하니 지하에 가서 눈을 감을
수 있을 것이다. 너의 현명함과 성스러움에 하늘이 감동하여서 일곱
아들[217]이 다 세상에 없는 영웅이며 증손자가 대를 이으니 어찌 기특
하지 않겠느냐?"
초공이 두 번 절하여 감사드리고 물러나려 했지만 노공이 손을 잡고 어
르기를 마치 강보에 싸인 어린아이에게 하듯 하였다.
석태상[218] 등이 차례로 잔을 올렸는데, 모두 관옥(冠玉) 같은 아름다운
얼굴과 신선 같은 풍모가 있었다. 노공 부부가 아름답게 여기는 마음을
11 참지 못했다. 장손인 승상 태사 기현이 붉은 비단으로 만든 옷에 옥띠를

216) 태을진인(太乙眞人) : 태을성(太乙星)을 주관하는 천신의 하나.
217) 일곱 아들 : 유현, 광현, 문현, 달현, 칠현, 창현, 웅현.
218) 석태상 : 조 노공의 사위.

두르고 술잔을 올렸는데, 가을 달 같은 풍모는 백옥에 관을 씌운 듯했으며 조용한 몸짓은 가을 하늘의 계수나무처럼 씩씩해 보였다. 어진 마음씨는 현명한 사람의 도량이 들어있는 듯했고, 삼가 엄숙한 몸가짐은 군자다운 풍모가 완연했다. 그러니 두목지(杜木之)[219]를 나무랄 만했으며 반하(潘何)[220]를 추하게 여길 만했다. 노공이 매우 기뻐하며 말했다.

"내 증손자다. 어진 덕이 아비보다 나으니 종사(宗嗣)를 네게 맡긴다 해도 근심이 없구나."

승상 기현이 황공하여 절하며 감히 받아들여 감당할 수 없다고 했다.

병부상서 평능후 유현이 공작이나 후작이 지니는 관인(官印)을 차고 붉
은 도포에 오사모를 쓴 채 옥잔을 받들어 드렸는데, 옥 같은 얼굴은 중추
(中秋)의 흰 달이 먹구름을 벗기는 것 같고 새벽 별 같은 두 눈은 긴 가을 12
강에 햇발이 비친 듯하여 찬란한 광채가 사방을 비췄다. 붉은 입술과 고
운 뺨,[221] 탐스러운 머리털과 반듯한 눈동자가 있는 머리 언저리에 재상
의 관잠(冠簪)[222]을 달았는데, 엄숙하고 정중한 태도와 도도한 풍채가 있
어 잘 생겨 보였다. 태산(泰山)의 상쾌한 달 같은 풍모와 푸른 하늘의 흰
태양 같은 기상은 세상에 없는 준수한 사람이요 세상을 뒤덮을 만한 군자
같았다. 노공이 그 목소리의 맑음과 모습이 잘 생긴 것을 새삼 애지중지
하시며 손을 잡고 등을 어루만지며 말했다.

"아비의 어짊과 큰아버지의 위엄 있는 풍모를 겸했으니, 네 아버지 대(代)보다도 한층 더 뛰어난 면모를 지녔구나. 네 아비의 공손하고 검소

219) 두목지(杜木之) : 당(唐)나라의 시인. 워낙 미남자여서 그가 장안의 시장을 지나가면 뭇 여성들이 흠모하여 그에게 귤을 던졌다고 함.

220) 반하(潘何) : 반악(潘岳)과 하안(何晏)을 가리킴. 용모가 뛰어난 미남자들을 가리킴.

221) 고운 뺨 : {년엽}. '연협(蓮頰)'으로 보아 이와 같이 옮김.

222) 관잠(冠簪) : 관과 비녀.

한 어진 덕과 어미의 맑은 덕과 어진 행실을 본받아 네 유독 이처럼 빼
13 어나니 우리 집안의 천리마(千里馬)[223]로구나."

평능후 유현이 감히 받들어 감당할 수 없어 절하고 물러나니, 태학사 영현이 자줏빛 도포에 옥띠를 차고 수를 비는 잔을 올렸다. 옥 같은 얼굴과 넉넉한 풍채는 아버지와 형제의 모습이오, 덕스러운 몸가짐은 가정교육을 잘 받은 것이 드러났다. 노공 부부가 보는 사람들마다 매우 사랑해주셨다. 평능백 운현이 비단 도포에 옥띠를 두르고 축하 잔을 들고 나왔는데, 가을 달 같은 면모는 사방으로 빛났으며 늠름한 풍채는 계수나무가 봄바람에 휘는 듯 했다. 엄숙한 태도와 탁월한 골격은 아버지와 형의 뒤를 이을 듯했다. 오래 사시기를 비는 가곡을 읊었는데 목소리가 웅대하고
14 건장하여 사람의 기운을 상쾌하게 했다. 길게 읊는 아름다운 목소리가 높은 공중에 어렸는데, 세상에 더 없이 빼어난 진왕이 아니라면 이런 아들을 두기 어려울 정도였다. 노공 부부가 아름답게 여기는 마음을 참지 못했다. 능백 운현이 물러나자 예부상서 태자소사(太子少師)[224] 광현이 붉은 도포에 오사모를 쓰고 앵무새가 그려진 술잔을 받들어 드렸다. 팔 척쯤 되는 키에 가득한 풍채는 버드나무가 우스울 정도였으며 백옥 같은 얼굴은 수많은 꽃의 정기가 웃는 것 같았다. 봉황과 같이 빛나는 눈은 영특한 기운이 마치 새벽 별 같았다. 옥같이 고운 눈썹에는 모두 선현의 도덕을 감춘 듯하니 천고에 없는 도학자요 진정한 선비다웠다. 노공이 어루만지며 감탄을 했다.

"아비가 낳고 어미가 기르는 것이 헛되지 않았구나. 진실로 네 아비의

223) 천리마(千里馬) : 뛰어나게 잘난 자손을 칭찬하여 이르는 말임.
224) 태자소사(太子少師) : 태자부(太子府)에 둔 종이품 벼슬. 태자부(太子府)는 태자의 궁사(宮事)·시종(侍從)·진강(進講)의 일을 맡아보던 관아임.

도덕과 어미의 깊은 인자함과 지혜로운 행실을 가졌구나." 15

예부상서 광현이 절하여 감사드리고 감히 감당할 수 없다고 말씀 드리고 물러났다.

이어 추밀사 문현이 자줏빛 도포에 오사모를 쓰고 옥잔을 올렸는데, 오사모 아래 옥 같은 용모가 마치 백년화가 남풍(南風)에 흔들리는 듯한 것이, 아버지나 형보다 못하지 않았으므로 노공 부부가 매우 사랑스러워 했다. 태자소사 봉현이 또 술잔을 드렸는데, 티끌을 씻은 백옥 같고 가을 달이 먹구름을 벗어난 듯했다. 또한 용과 호랑이 같은 위엄 있는 풍모와 용과 기린 같은 준수함을 아울러 가졌는데, 보고 있자니 마음이 너그러우며 상쾌하여 노공이 잔을 받고 웃으며 말했다.

"어렸을 때 몇몇 허물이 있었지만 지금에 이르러 모든 행동이 정숙하니 어찌 아름답지 않겠느냐?"

평장 봉현[225]이 물러나니 태자소부 아현이 재상의 복색으로 축하 잔을 바쳤는데, 꽃가지나 버드나무 가지 같은 풍모가 세상에 빼어난 군자다웠으므로 어른들이 기뻐하셨다. 복야 몽현이 잔을 드리는데, 아름다운 얼굴은 마치 추석의 보름달 같고 풍채는 금당(金堂)의 버드나무와 같았다. 노공이 보는 사람마다 사랑스러워 감탄하며 말했다. 16

"모든 손자들이 어느 하나도 평범하고 속된 사람이 없으니 이는 우리 집안의 복이요 경사다."

태학사 달현이 잔을 드렸는데, 풍모와 신채가 건장하니 잘 생겼다. 화현과 계현이 함께 잔을 드렸는데, 두 사람은 벼슬이 재상의 반열에 있었

225) 평장 봉현 : {평장}. 앞부분에서 봉현은 '태자소사'라고 했지만, 문맥상 봉현이 술잔을 올리는 차례였으므로 '평장'을 봉현으로 보았음.

으며 풍채는 반하(潘何)[226]와 두연(杜衍)[227]을 나무랄 만하니 공이 더욱
기뻐했다. 칠현이 비단 도포에 옥띠를 차고 잔을 올렸는데, 시원스러운
17 풍채와 높은 도덕을 지닌 용모는 마치 하늘에 있는 연못물에 닦은 옥 같
고 봄 정원에 꽃의 정령들을 모은 듯했다. 어진 행실과 맑은 도덕이 안연
(顔淵)[228]과 자거(子車)[229]의 무리 같았으므로 노공이 손을 잡고 매우 사
랑스러워 했다.

차례차례 모든 며느리들과 딸들이 잔을 올리고 외손자들도 다 잔을 올
리니 노공이 술에 취해 흥이 높아졌다. 그래서 진왕과 초공 두 사람에게
춤을 추어 태부인께 보이라고 시켰다. 이때 두 공이 어버이를 기쁘게 해
드리려는 마음이 무궁하니 어찌 노래자(老來子)의 색동옷 입는 것을 사양
하겠는가? 흔쾌히 명을 받들어 형제가 함께 마주서서 춤을 추었다. 진왕
은 신기한 춤에 본래 능했지만 초공은 일찍이 춤추는 것에 대해 생소하게
18 여길 줄 알았는데, 기특한 재주가 만사에 자연스레 있으므로 춤 솜씨도
남달랐다. 날듯이 넓은 소매를 널리 펴니 두루미가 높은 구름 위로 날고
용이 푸른 바다에서 솟아오르는 것 같았다. 나가고 물러서는 행동을 할
때마다 옷소매가 날리니 자리에 가득한 모든 사람들이 뚫어지게 바라보
며 즐겼고, 자손들도 좌우로 둘러서서 미소를 짓고 있었다. 그러니 태부
인과 노공 부부가 기뻐하는 것은 어찌 기록하겠는가? 기쁨을 참지 못하여
입이 벌어지니 사람들 중 부모를 영화롭게 하는 효도는 진왕과 초공 두

226) 반하(潘何) : {반화}. '반하(潘何)'의 오기인 듯. 반하는 반악(潘岳)과 하안(何晏)을 가리킴. 반악(潘握)은 중국 서진(西晉)의 문인으로 미남의 대명사로 불리는 인물이며, 하안(何晏)은 중국 삼국시대 위(魏)나라의 학자로 벼슬이 시중상서에 이르렀으며, 청담을 즐겨 그것이 유행하는 계기를 만들고 경학을 노장풍(老莊風)으로 해석한 인물임.

227) 두연(杜衍) : {두여}. '두연(杜衍)'의 오기인 듯. 중국 송나라 사람으로 잘 생긴 것으로 유명했음.

228) 안연(顔淵) : 공자의 애제자 안회(顔回)의 성(姓)과 자(字)를 함께 부르는 말임.

229) 자거(子車) : 공자의 제자인 맹자(孟子)의 자(字).

사람보다 나은 이가 없을 것 같았다. 드디어 춤추기를 끝내고 두 공이 자
리에 들어가 앉으니, 이어서 승상 기현과 평능후 유현의 형제들이 즉시
나와 마주보고 춤을 추었다. 평능후의 빼어난 춤 솜씨와 평능백 운현과
평장 봉현의 남보다 뛰어난 춤 솜씨는 그 아비와 작은 아버지 보다 못하 19
지 않았다. 명윤 등을 일으켜서 모두 춤을 추게 하며 부모님을 기쁘시게
하도록 했다.

드디어 노공을 모시고 외전으로 나가게 되었는데, 내외가 매우 기쁘고
즐거워 그 마음을 비할 데가 없었다. 풍악이 가득하고 술과 안주가 여기
저기 있었는데 산해진미 가운데 없는 것이 없었다. 내당에서 노공이 자손
들을 이끌고 밖으로 나오니 모든 아녀자들이 장 안으로부터 나와서 두 줄
로 나눠 서서는 복과 경사가 있어 화목하며 복록이 갖춰진[230] 것을 태부
인께 축하드렸고 모든 소저들이 빼어난 것을 감탄하며 축하하기를 그치
지 않았다. 날이 늦도록 안팎으로 즐기면서 황제가 내리신 악사들[231]을
안으로 들여서 태부인께서도 보실 수 있도록 했는데, 악사들이 하늘의 음 20
악[232]을 연주했고 생황과 같은 악기 소리와 오음육률(五音六律)[233]이 공
중에 어렸다. 가던 길을 멈추고 엿보는 행인이 산이 일어나는 것처럼 많
았고, 개미들이 쑤시듯 분주히 모여 사람들 소리가 하늘까지 닿을 듯 왁
자지껄했으므로 돌아가라고 흩을 수가 없었다. 해가 서산으로 졌으므로

---

230) 갖춰진 : {졔미[濟美]ᄒᆞ믈}. 아름다운 일을 이룬다는 뜻으로, 조상의 유업을 이어 이를 성취함을 비유적으로 이는 말이므로 문맥을 고려하여 이와 같이 옮김.

231) 악사들 : {풍뉴(風流)}. 대풍류, 줄풍류 따위의 관악 합주나 관현악을 이르는 말임.

232) 하늘의 음악 : {균텬광악[鈞天廣樂]}. 균천(鈞天)은 구천(九天) 중 하나로, 하늘의 중앙을 가리킴. 춘추시대 진목공이 병이 들어 혼수상태에 빠졌다가 깨어나 말하기를 "내가 옥황상제가 있는 곳에 갔는데 심히 즐거웠으며 신선들과 균천광악을 들었다."라고 했다고 함.

233) 오음육률(五音六律) : 중국 음악의 다섯 가지 소리와 여섯 가지 율(律). 궁 · 상 · 각 · 치 · 우의 오음과 황종 · 태주 · 고선 · 유빈 · 이칙 · 무역의 육률을 이름.

파연곡(罷宴曲)을 연주하니 모든 손님들이 각자 집으로 돌아갔다. 악공과 기녀들에게 상을 준 후 돌려보내고 다음 날 다시 후연(後宴)을 시작하여 여러 날 연달아 즐기니 그 복록이 당대에 드물었다.

이때 온 사방이 평안하고 천하에 아무 일도 없으므로 오랫동안 전쟁에 대한 근심이 없었는데, 강서(江西)와 사천(四川)에서 난을 일으킬 기미가
21 있으므로 조정에서 문무(文武)의 재주와 명망이 있는 합당한 사람을 택했다. 그 결과 조명윤이 대원수가 되고 조명균[234]이 부원수가 되어 강서 지역을 향해 출정하게 되었는데, 아버지와 작은 아버지의 풍모를 이어 받았고 문무의 재주가 세상 제일의 영웅인 자들이었다. 이별의 때를 당해 어른들과 부모님께 하직 인사를 드리니 온 집안이 헤어짐을 아쉬워하며 연회를 베풀었고 먼 길에 말 타고 가는 것을 염려하여 진왕과 초공 두 사람이 병사들을 부리고 행군하는 법과 승패(勝敗)와 득실(得失)을 삼가 가르쳐 주었다. 승상 기현과 능백 운현이 또한 중요한 임무를 태만하게 수행하지 말고 몸조심하라며 주의를 주니 두 사람이 명을 받들며 절월(節鉞)을 거느리고 서쪽으로 향했다.

22 빛나는 위엄과 덕망이 변하여, 젊은이의 뛰어난 용맹과 문무를 겸전한 재주와 덕망이 멀리 번국[235]까지 들리니 각 도의 군과 현에서는 황급히 뒷바라지 할 준비를 했으며 부녀자나 늙은 백성들까지 음식을 갖춰[236] 왕의 사신을 맞이했다. 행군하여 강서 지역을 평정하고 사천 지역에 이르렀는데, 촉나라 군대 태수가 천자의 병사들이 강성하고 원수에게 신출귀

234) 조명균 : 조운현의 아들.

235) 번국 : 오랑캐의 나라, 제후의 나라를 가리킴.

236) 음식을 갖춰 : {단ᄉ호쟝[簞食壺漿]}. 대나무로 만든 밥그릇에 담은 밥과 병에 넣은 마실 것이라는 뜻으로 넉넉하지 못한 사람의 거친 음식을 이르거나, 백성이 군대를 환영하기 위해 갖춘 음식을 의미함.

몰한 지혜가 있음을 보고는 능히 공손하지 못한 마음을 먹지 못하여 싸우려 들지 않았다. 대신 성문을 열어 대군을 맞이하니 원수가 듣기 좋은 말로 위로하여 임금의 덕행을 빛나게 했다. 또한 제왕의 위엄을 베풀어 덕과 위엄이 있게 엄하게 명령하고 정숙하게 호령을 하니 삼군(三軍)[237]의
장수와 부하 장관들이 조금도 숨기지 못하고 장수의 명령을 따라 조심했 23
다. 백성들이 편히 쉬면서 시장을 옮기지 않아도 될 정도로 안정되었으므로 그들의 덕행에 감동하지 않는 사람이 없었다. 원수가 국왕이 베풀어 주는 잔치를 받은 후 임시로 머무는 곳으로 돌아와 부원수와 함께 한담을 나누면서, 다행스럽게도 힘을 낭비하지 않고 강서와 사천 지역 평정한 것을 치하했다.

이미 집을 떠난 지 오래였으므로 태항산(太行山)의 구름을 바라보자 어버이 생각하는 마음을 참을 수가 없었다. 그래서 속히 회군하자는 의논을 했다. 이때 부원수 명균이 말했다.

"비록 돌아가는 일도 급하지만 사내가 이런 경치가 뛰어난 곳을 대하게 되었으면 산천을 한 번 보지 않는 것은 재미가 없는 일입니다. 말을
채쳐 빨리 달려 오면서 보니 중원(中原)보다 나을 것이 없어 보였지만, 24
산천의 곱고 아름다움은 사천(四川) 지방보다 나은 곳이 없습니다. 우리가 잠시 빼어난 풍경을 보고 즐겁게 놀고 와서 여러 종형제들에게 전해 주는 것이 어떻겠습니까?"

원수 명윤이 말했다.

"네 말이 내 뜻과 같구나."

하고 따르는 종들을 떨치고 다만 네다섯 명의 동자에게 술병을 들게 하고

---

237) 삼군(三軍) : 상군 · 중군 · 하군 전체를 이르는 말.

두루 산길을 유람했다. 금천강에 도착한 후 배를 띄워 뱃놀이를 하며 산빛을 돌아보고 있었는데, 갑자기 검은 기운이 일어나며 음습한 바람이 슬슬 불더니 눈에 화살이 박혀 온 몸에 피를 흘린 한 명의 고운 여자가 울며
25 배에 오르려고 했다. 명윤이 요괴라고 여겨 이후에 또 생령(生靈)[238]의 화가 있을까 걱정하면서 그 미인을 베어 강물에 넣었다. 그랬더니 갑자기 머리가 따로 나와 날뛰며 다시 살아났다. 이에 명윤이 말했다.

"우리가 이 요물을 없애지 못하면 생령(生靈)들이 입을 재앙을 측량할 수 없을 것이다."

하고는 드디어 불사르니 한 줄기 푸른 무엇인가가 뭉쳐져서 공중으로 올라갔다. 명윤이 화살을 당겨 그것을 쏘니 갑자기 검은 새가 화살에 꿰여 떨어졌다.

슬프도다! 사람이 원수를 만들면 반드시 곳곳에서 보복이 이루어질 것이니 하늘의 이치는 다 이유가 있는 것이다. 그러니 능히 두렵지 않으랴?
26 오늘 마침 요괴를 죽이게 되자 촉나라 사람들이 말하기를 옛날에 도원수 조운현[239]이 육안걸의 왕후를 베어 물에 넣자, 그 후에 요괴가 이 물에서 행인을 무수히 죽였는데 이제 다시 요괴를 죽였으니 이제야 완전히 생령의 해를 덜게 되었다고 했다. 이에 명윤이 웃으며 말했다.

"숙부께서는 무슨 일로 육안걸의 아내를 죽이셨을까?"

명균이 웃으며 답했다.

"죄가 있으니까 죽이셨겠지 죄가 없으면 죽이는 벌을 주셨겠습니까?"

---

238) 생령(生靈) : 살아 있는 넋.

239) 조운현 : {문청}. 문청은 조광현의 별호임. 26권에 양인광과 조운현이 촉 땅에서 육안걸의 왕후 장씨를 죽이는 장면이 나오므로 문맥상 도원수는 조운현이 되어야 함. 그러므로 오류를 고쳐 이와 같이 옮김.

이에 두루 살피니 평촉후 조운현의 화상(畵像)과 사천후 양인광의 화상
(畵像)을 걸어두고 추모하기 위해 촉나라 사람들이 생사당(生祠堂)[240]을
지은 것을 보게 되었다. 두 사람이 그 아름다움에 감탄하여 묘 안으로 들
어가 두 번 절하고 다시 묘소를 손질하여 고친 후 두루 놀면서 귀양 온 사 27
람 가운데 친하게 지내는 사람들을 찾아다니며 안부를 물었다.

소연수가 있는 곳에 이르러서는 은근하게 후대하면서 매사에 마음 기울여 돌보아 주기를 정성스럽게 했다. 또한 일가친척과 친구들이 잘 지내고 있다는 소식을 자세히 전해주고 모든 일에 마음을 써주며 귀양살이 하는 중 힘들고 괴로운 일을 도와주니 연수가 그들의 인자하고 덕스러운 것에 감동하여 감탄하기를 그치지 않았다. 이날 밤 여관에 묵으면서 두 사람이 각각 따로 잠을 잤는데 문득 한바탕 신몽(神夢)을 꾸게 되었다. 두 사람이 깜짝 놀라 깬 후 꿈의 내용을 풀어 점괘를 얻었는데, 매우 길한 것이 각각 미인을 얻을 징조였다.

이후에 다시 산으로 올라가 두루 보고 내려와 귀양살이를 하고 있는 28
친한 친구들을 모두 찾아 다녔다. 이때 청성산 아래 전임 태우 화우가 있
었는데, 이는 태자소사 화공의 아우였다. 화공과 조태사 기현이 막역한
친구 사이였기 때문에 두 사람이 출정을 하게 되면 한 번 찾아가봐 달라
고 청했으므로 시동과 함께 찾게 되었다.

차설. 태우 화공이 촉 지방으로 귀양 온 이후로 봄과 가을이 여러 번 바뀌었지만 풀려나지 못했으므로 사내대장부의 심사가 자못 편하지 못해 다만 고향에 있는 친척들을 생각할 뿐이었다. 사방으로 의지할 데가 없으

240) 생사당(生祠堂) : 감사나 수령의 선정을 찬양하는 표시로 그가 살아있을 때부터 백성들이 제사 지내는 사당.

므로 다만 인근 동네에 있는 한 명의 선비와 사귀면서 관중(管仲)과 포숙
아(鮑叔牙) 같은 두터운 정[241]을 쌓았다. 이 처사(處士)는 설공이었는데 이
29 름은 원이었다. 원래 서울 사람이었지만 할아버지 대부터 이곳에 살기
시작하여 여러 대 동안 촌에서 사는 사람이 되었다. 그러나 여전히 서울
에 집을 가지고 있었다. 설공은 아들은 없고 다만 부인 오씨가 명임이라
는 딸 한 명을 낳고 세상을 떠났으므로 외로운 어린 딸을 친히 길렀다. 이
후에 두 번째 부인 단씨와 빈희(嬪姬)[242] 가씨를 두었지만 다 아들을 낳지
못했으므로[243] 매우 슬펐다. 다만 위로로 삼는 것은 딸아이가 꽃과 옥 같
은 기질을 지니고 있으므로 대강 보아도 숙녀와 같으니, 천하의 큰 군자
를 얻어 어린 딸의 재주와 용모를 저버리지 않게 할 것이라는 점이었다.

화공이 또한 부인 원씨와 함께 딸아이 단주[244]와 양녀인 원소저를 길
30 렀는데 사랑하는 것이 양녀와 친딸의 구분이 없었다. 원소저는 원씨의
남동생인 원학사의 딸이었는데 부모가 모두 돌아가고 외롭게 의지할 곳
이 없었으므로 원씨가 거두어 단주와 젖을 나눠 먹이면서 길렀다. 이후로
화공 부부가 양녀라고 부르며 직접 낳은 자식과 같은 정을 주었다. 원씨,
화씨 두 소저의 아름다움은 꽃과 옥 같았고 친애하는 것은 형제간 같았
다. 서로의 소원은 평생 떨어지지 않고 어깨를 나란히 하여 같은 사람을
섬기는 것이었다. 화공 부부가 딸아이의 뜻을 알고 천하에 아름다운 사람
을 구하여 요임금의 두 딸이 순 임금에게 시집간 것[245]을 모방하여 본받

---

241) 관중과 ~ 정 : 중국 춘추시대 제나라의 재상인 관중(管仲)과 포숙아(鮑叔牙)의 우정이 아주 돈독하여 관포지교(管鮑之交)라는 말이 생겨났음.

242) 빈희(嬪姬) : 아내의 미칭(美稱).

243) 아들을 ~ 못했으므로 : {ᄉᆞ쇽[嗣續]의 ᄌᆞ미[滋味]를 보지 못ᄒᆞ고}. '사속(嗣續)'은 대를 이음. 또는 대를 이을 아들을 의미하므로 문맥을 고려하여 이와 같이 옮김.

244) 단주 : {단추}. 단주로 통일함.

245) 요임금의 ~ 것 : {요녀(堯女)의 이인(二人)을 허(許)ᄒᆞ여 슌(舜)의 이비(二妃) 마ᄌᆞ시믈'}. 요임

게 하고자 했다. 그런데 사천 지방에 인재가 많다고 함에도 불구하고 끝
내 자신의 눈에 차는 사람을 만나지 못했다. 또한 자신이 경사로 돌아갈 31
때가 멀었으므로 딸아이들의 혼인을 이루지 못할까 싶어 밤낮으로 근심
을 했다. 그래서 처사 설공과 늘 함께 회포를 나누면서 사윗감에 대해 근
심을 했는데, 어느 날 두 사람이 한 방에서 술에 취해 같은 꿈을 꾸게 되
었다. 그 내용은 다음과 같다.

북쪽으로부터 큰 황룡과 옥룡이 여의주를 물고 초가집 사립문 앞에 와
서 각각 딸아이들에게 절한 후 황룡은 화단주와 원옥계를 데리고 나갔고,
옥룡은 설명임을 물고 가니 처사와 황공이 매우 놀라 얼른 빼앗으려 하다
가 깨어났다. 깨고 보니 이는 한바탕 꿈이요, 설공의 몸이 별안간에 화공 32
의 당에 누워있는 것이었다. 설공이 갑자기 마음이 동하여 점괘 하나를
얻은 후 화공에게 꿈속의 일에 대해 이르고 축하의 말을 했다.

"우리 두 사람이 사위를 얻는 것 때문에 자나 깨나 근심했는데, 오늘 두 집안이 사위를 얻을 징조인 것 같습니다. 게다가 분명 크게 귀한 사람들을 얻을 것 같습니다."

이에 화공이 또한 웃으며 말했다.

"저 역시 이러한 꿈을 꾸었습니다만, 이제 크게 귀한 사람들이 어디서 와서 우리 집으로 이르겠습니까?"

하고는 서로 염려하다가 화공이 딸아이의 초상화를 꺼내 자랑을 하며 말했다.

"우리 서로의 정이 형제 사이와 같고 또 자식들도 서로 내외하지 않고

금의 두 딸인 아황(娥皇)과 여영(女英)이 순 임금에게 함께 시집간 것을 의미하므로 이와 같이 옮김.

33 익히 보아왔습니다. 오늘 꿈속의 일이 신기하고 그대의 관상 보는 법이 신통하고 묘하니 내 두 딸의 관상이 어떠한지 말해주시지요?"

설공이 원래 관상 보는 능력이 신통했으므로 초상화를 봤는데, 화씨, 원씨 두 소저는 온갖 자태와 광채가 빼어날 뿐 아니라 복록이 완전한 관상이었다. 설공이 웃으며 말했다.

"지금 따님의 초상화를 보니 분명 신분이 높은 사람의 부인이 되겠으며 그 귀함을 능히 말하지 못할 정도입니다. 내 딸아이의 초상화도 가져와서 따님들과 함께 두고 봐야겠습니다."

하고 이에 집 사람을 시켜 자기 집의 서당에 가서 족자를 가져와 화씨, 원씨 두 소저의 초상화와 함께 걸어두고 장래를 예측해보려 했다.

34 그런데 날이 저물지 않아서 두 명의 군자가 문 밖에 도착했으니 바로 조명윤과 명균이었다. 먼저 명첩(名帖)을 보고 화공이 반겨 청하여 만나보았다. 젊은이의 준수한 풍채는 밝은 태양 아래 빛나고 시원스러운 눈빛은 남의 이목을 놀라게 했다. 옥 같은 얼굴과 연꽃 같은 뺨, 호랑이 같은 콧날과 붉은 입술 그리고 사해에 군림할 듯한 인상[246]과 용과 봉황 같은 자질은 세상에 둘도 없는 모습이었다. 명윤의 호탕하고 시원스러운 골격과 명균의 깨끗하고 훤칠한 기상이 우열을 가리기 어려웠는데, 마치 한 쌍의 옥으로 깎은 나무와 기린 같이 빼어났다. 직접 대면하여 예로써 인사드리기를 마치고, 아버지의 안부와 화소사[247]의 말을 전하며 각별 은근한 정
35 을 표했다. 막힌 데 없이 트인 말씨와 은근한 태도에는 고관대작(高官大爵)의 거만한 빛이 없었으며 인자한 풍모와 장부다운 처신은 바라보니 세상

246) 사해에 ~ 인상 : {천일지표[天日之表]}. 사해(四海)에 군림할 인상, 곧 임금의 인상을 이르는 말임.
247) 화소사 : 태자소사 화공을 가리킴. 화우의 형임.

에 드문 사람이었다. 화공이 감탄스러워 얼굴빛을 엄숙하게 한 후 칭찬하
며 누추한 집에 찾아와 준 것[248]에 감사를 했다. 그런 후 곁에 있는 처사
설공을 가리키며 서로 통성명을 하게 했는데, 두 사람이 설공의 청아하고
깨끗한 높은 절개에 감탄을 했다. 두 공이 조씨 형제를 만나 기쁘고 즐거
웠지만 한 가지 염려되는 것은 저들은 대신의 지위에 있으며 풍채가 독보
적이니 이미 혼인을 하여 방 안에 여러 명의 부인이 있을 것 같다는 점이
었다. 연약한 딸아이를 적국(敵國)의 무리 사이에 들여보내고 천 리 먼 곳
으로 보내 이별하며 슬퍼할 것을 생각하니 망설여져서 말을 하지 못했다. 36
화공과 설공이 조씨 형제를 만나 서울의 소식을 묻고 형님의 글도 받아보
게 되니 반가움과 기쁨을 참지 못하여 너그럽게 대해주었으므로, 두 형제
가 이곳에 머무르면서 밤을 보내게 되었다. 화공, 설공과 두 형제가 함께
밤이 깊도록 말을 나누다가 각각 일어나며 말했다.

"그대들이 멀리 오느라 피곤할 것이니 편히 쉬고 일찍 취침하게. 다만
누추한 처소를 더럽게 여기지는 말게."

두 형제가 감사 인사를 드렸다. 두 공이 들어간 후, 날이 저물도록 무리
를 했더니 몸이 피곤하여 명윤과 명균이 각각 이부자리에 기대어 있었다.
그러다가 문득 벽 위에 걸린 세 개의 족자를 두 사람이 우연히 눈을 들어 37
보게 되었다. 직접 일어나 그 족자를 펴보았는데 이는 바로 미인도(美人
圖)였다. 그림 속에 있는 미인의 얼굴이 기묘했는데, 흡사 살아있는 사람
처럼[249] 말을 할 것 같았다. 옥 같은 얼굴과 별 같은 눈, 버드나무 같은

248) 누추한 ~ 것 : {초모(草茅)의 ᄎᆞᄌᆞ며 폐ᄉᆞ(廢舍)의 왕굴(枉屈)ᄒᆞ믈}. 초모(草茅)는 초가집이라는 뜻이고, 폐사(廢舍)는 자신의 집을 낮춰 이르는 말이며 왕굴(枉屈)은 왕림(枉臨)의 의미이므로 문맥을 고려하여 이와 같이 옮김.

249) 살아있는 사람처럼 : {정신[精神]을 머무러}. 문맥을 고려하여 이와 같이 옮김.

눈썹과 꽃 같은 뺨, 붉은 입술과 흰 치아는 세상에 빼어난 부드러움[250]이 있는 듯했으며 세상에 없이 아름다웠다. 두 사람이 매우 놀라 자세히 보니 초상화가 새 것이고 비단이 낡지 않았으므로 요사이에 그린 것이지 옛것이 아니라는 것을 알게 되었다. 이에 두 형제가 서동을 불러 그림의 출처를 물으니 서동이 대답했다.

"딴 초상화가 아니라, 두 미인도의 인물은 우리 댁 소저이시니 태우 상
38 공의 양딸과 친따님이시고, 다른 한 개의 초상화는 설상공의 따님이십
니다. 두 어르신께서 각각 따님의 초상화를 함께 두고 말씀하시기
를[251] 분명 귀한 사람의 배필이 될 것이라고 하셨습니다."

두 사람이 이 말을 듣고는 꽃과 달같이 빼어나고 곱고 아름다운 것을 흠모하게 되었다. 명윤이 명균을 바라보고 웃으며 말했다.

"우리가 이상한 꿈을 꾸었는데, 지금 미인도를 보고 있자니 가능성이 열에 아홉 정도는 있구나."

명균이 웃으며 말했다.

"저는 부인이 한 명뿐입니다. 설씨의 초상화를 보니 진심으로 마음이 기울어져서 취하고 싶은 마음이 있습니다. 그러나 형님께서는 만고에 드문 용모와 덕을 지니신 한씨와 여씨 두 명의 형수님이 계시는데, 그분들이 주아(周雅)에 비교하여 빠지는 것이 무엇이 있습니까?"[252]

39 화공이 탄식하며 말했다.

"일찍이 박복하다보니 여러 자녀가 다 죽고 말년에 딸 하나뿐 어찌 좌

---

250) 부드러움 : {ᄋᆡ원}. '애연(藹然)'으로 보아 이와 같이 옮김. 화기롭고 온화하다는 의미임.

251) 말씀하시기를 : {논폄(論貶)ᄒᆞ시ᄃᆡ}. 논하여 관직 따위를 깎아 내림을 의미하지만 문맥을 고려하여 이와 같이 옮김.

252) 앞뒤 문맥을 볼 때, 명윤과 명균이 화씨, 원씨, 설씨 세 미녀의 미인도를 보고 그들에 관한 이야기를 태우 화공에게 꺼내게 되는 상황 묘사가 빠진 듯함.

우에 있을 자식이 있겠는가?"

대원수 명윤이 슬퍼하며 말했다.

"어르신의 사정이 평범하지 않으시군요. 사위를 구하고 계십니까?"

화공이 대답했다.

"그대가 이렇게 은근히 찾아와 자상하게 물어주니 두터운 정이 많구
나. 내 어찌 마음속 품은 생각을 다 말하지 않겠는가? 이 땅에 인재가
많다고 하지만 죄인의 집에 왕래하는 사람이 없다네. 딸아이의 나이
벌써 혼인을 할 정도가 되었고, 그 아이의 재주와 용모가 평범한 것 보
다는 약간 낫다네. 또한 난처한 일로 인해 나에게는 양녀도 있는데, 내
딸아이에게는 사촌 형제라네. 어려서부터 한 방에서 지내다보니 그 정 40
이 관중(管仲)과 포숙아(鮑叔牙)같이 좋아 잠시도 떨어져 있지 않으려 하
고 아황(蛾皇)과 여영(女英)의 옛 일을 본받아 백 년 동안 함께 늙겠다고
하네. 이렇다보니 나이 어린 서생은 한꺼번에 두 명의 아내를 거느릴
방법이 없고 이름난 재상은 이 서촉 땅의 죄인 가문과 결혼하기 위해
올 사람이 없다네. 그러다보니 정혼을 한다는 것이 매우 어려워 도대
체가 혼인의 인연[253]을 정할 수 없으니 늙은이가 밤낮으로 번뇌하고
있다네. 그대는 견문이 자못 넓으니 이 누추한 사람의 사정을 살펴 혼
인할 수 있는 곳을 추천하게나. 설공에게도 또 딸이 있는데 세상에 독
보적인 숙녀라네. 그대들은 남의 사정을 살펴보아 우리들 사위로 마땅 41
한 사람을 추천해주게."

명윤이 명균을 바라보며 웃고 대답했다.

253) 혼인의 인연 : {결승(結繩)의 호연(好緣)}. '결승(結繩)'은 끈이나 새끼 따위로 매듭을 지음을 의미하는데, 월하노인이 청사(靑絲)와 홍사(紅絲)로 인연을 맺어준다는 통념에서 비롯된 것으로 보임. 문맥을 고려하여 이와 같이 옮김.

"어르신의 사정이 자못 이 같으시니 제가 어찌 대강 듣겠습니까? 다만 이름난 재상 가운데는 나이 젊은 사람이 드물고 또 아내를 취하지 않은 사람도 백 명 가운데 한 명쯤입니다. 어르신의 생각에 나이가 적당하고[254] 인물의 됨됨이가 부족하지만 저희 정도 되며 아내가 있어 두 번째 세 번째 부인이 되는 것을 꺼리지 않으신다면 저희들이 힘써 혼사를 주선하여 명령을 받들겠습니다."

42 화공이 말없이 한참 있다가 그 뜻을 확실히 깨닫고 호탕하게 웃으며 말
했다.

"모든 조건이 그대 같은 사람은 감히 청하지는 못해도 바라는 바라네. 비록 여러 아내와 첩이 있다 해도 재상의 반열에 올라 있으며, 이제 대장군으로서 위엄과 덕이 온 나라 안에 가득하며 그 업적이 번국을 진동하게 했는데 어찌 처와 첩이 많다고 해서 염려 하겠는가? 만일 그대가 구해준다면 천 리 먼 곳이라도 사양하지 않겠네. 내 형님이 서울에 계시니 내가 있는 것과 마찬가지라네. 이 혼사가 이루어지기만 한다면 어찌 다행스럽지 않겠는가?"

명윤이 몸을 굽혀 감사드리며 말했다.

"저는 나이 어린 사람입니다. 학식이 보잘 것 없고 재주와 덕이 천박한
43 데 어찌 지나친 칭찬을 어르신으로부터 받을 수 있겠습니까? 제 아버
님께서 수 천 리 밖에 계시니 말씀을 드리지 않고 아내를 취하는 것은
예가 아닙니다. 그러나 어르신의 근심을 들었으니, 인간 세상에 태어
난 대장부로서 적극적인 행동을 하도록 하겠습니다. 돌아가서 부모님
께 고하고 아내로 취하려다보면 그 사이사이 예측하기 어려운 일이 있

254) 나이가 적당하고 : {나히 만흐미 졈고}. 문맥을 고려하여 이와 같이 옮김.

을 것이니 이곳에서 취하려 합니다. 또한 집안일을 말해서 그렇긴 하
지만 제 조강지처가 어질고 정숙하기도 하고, 머리가 흰 할아버지 할머
니께서 연로하시기 때문에 제가 여러 처와 첩을 두기 바라시니 아내로
취하여 혼례를 이루고 함께 길을 떠나 영백(嶺伯) 어르신[255]과 의논하
도록 하도록 하겠습니다. 또 어르신께서도 머지않아 서울로 돌아오시
게 되겠지 어찌 계속 촉 땅에 계시겠습니까? 원소저에 관해서는, 따님
의 소원처럼 함께 하기를 원하신다면 제가 비록 부족하지만 사내가 되 44
어 아름다운 아내를 사양하겠습니까? 당당히 명령대로 하겠습니다."

화공이 원래부터 사람을 알아보는 눈이 남보다 뛰어났는데, 오늘 조명윤의 빼어난 풍채와 기상을 보니 분수에 넘친다는 생각이 들었으므로 두말없이 딸 두 명을 흔쾌히 명윤의 아내로 허락해 주었다. 설공은 명균을 매우 마음에 들어 하여, 이미 딸의 좋은 짝이 될 것임을 깨닫고 꿈속의 일을 생각하며 두 번째 부인이 되는 것도 꺼리지 않으며 간절히 구혼했다. 이에 명균이 매우 기뻐하며 흔쾌히 허락했다.

두 사람이 각각 머리에 꽂은 옥비녀를 빼 예물로 드렸다. 오래 머물러
있지 못할 상황이므로 그 자리에서 좋은 날을 택하니 두 사람의 혼인날이 45
겨우 며칠밖에 안 남았다. 이에 바삐 혼례 준비를 해서 조원수 명윤은 화씨, 원씨 두 명의 소저를 취했고, 부원수 명균은 설씨를 취했다. 원수의 풍채와 기상은 말할 것도 없고 세 신부의 세상에 없이 아름답고 고운 모습 또한 매우 공교하여 비할 데가 없었는데, 장강(莊姜)[256]의 고움과 서시(西施)[257]의 자태도 이에는 비기지 못할 것이었다. 두 형제가 아내를 맞이

---

255) 영백(嶺伯) 어르신 : 화태우의 형인 태자소사 화공을 가리키는 듯함.
256) 장강(莊姜) : 춘추시대 위(魏)나라의 왕비로 이름난 미인임.
257) 서시(西施) : 중국 월(越)나라의 미인으로 월왕 구천(九踐)이 오(吳)나라에 패한 뒤 미인계를 쓰

하여 새로운 정이 매우 가득했으며 진중하고 정이 두터워 사랑하는 마음 이 태산과 큰 바다 같았다.

두 사람이 삼일 밤을 보내고 길 떠날 준비를 한 후 돌아가겠다고 말하
니 설씨 집안과 화씨 집안에서 비록 좋은 사위를 얻긴 했지만 하나 있는
46 딸을 만 리 밖 먼 곳으로 보내는 것이 슬퍼 눈물을 비 오듯 흘렸다. 그러
나 설공과 화공도 모두 서울로 돌아갈 기약이 있으므로 그것을 위안 삼아
딸아이들의 길 떠날 준비를 차렸다. 그런 후 화씨, 원씨, 설씨 세 사람을
모두 태자소부 화공의 집으로 보내면서 편지를 적어 화소사에게 일의 처
음부터 끝을 고하고, 조태사 기현과 상의해주기를 부탁했으며 사위에게
죄를 주지 말 것을 당부했다. 또한 설공을 돌아보며 자기가 경사로 돌아
가게 되면 그 때 반드시 함께 딸아이를 따라가자면서, 조상의 옛 집을 수
리하여 설공으로 하여금 지내게 할 것이지 변경 문 밖에서 숨어 사는 선
비가 되어 하나 있는 딸과 서로 떨어져 지내도록 하지 않겠다고 했다.

화씨와 원씨가 부모와 이별하게 되니 매우 슬퍼했다. 게다가 설씨는
47 화씨, 원씨 두 소저만도 못한 것이 경사에는 사방에 의지할 곳이 없고 낯
설어 화소사의 집으로 가야 했으니 그곳으로 갈 일이 더욱 슬퍼 구슬 같
은 눈물을 흘려 두 뺨을 적셨다. 오부인과 서모인 가씨 또한 눈물을 참지
못하여 천만 가지로 당부하며 건강하게 지내라고 말하고 위로했다. 정말
떠날 때가 되자 설공과 화공이 사위들에게 딸아이들의 사정을 가엾게 여
겨서 평생 평안하게 지낼 수 있도록 해달라고 간절하게 부탁했다. 두 사
람이 얼굴빛을 단정히 하고 인사드리며 말했다.

기 위해 서시(西施)를 오왕 부차(夫差)에게 보내니 부차는 서시에게 혹하여 고소대(姑蘇臺)를 짓고 정사를 돌보지 않다가 구천의 공격을 받아 멸망했음.

"만약 따님들에게 작은 허물이 있다고 해도 부모님과 천 리나 떨어져
지내는데, 그 마음을 생각한다면 어찌 모든 일을 두둔해주지 않을 수
있겠습니까? 게다가 저희의 가풍(家風)은 온순하고 인정이 두터운 쪽이 48
니 젊은 여자를 가르칠 때도 까다롭게 하는 일이 없습니다. 또한 조강
지처도 자못 유순하여 투기를 하지 않도록 학문과 덕행을 닦고 있으니
조금도 근심이 없습니다."

설공이 탄식하며 말했다.

"내가 어찌 하나 있는 딸과 차마 오래 이별할 수 있겠는가? 화공이 돌아가는 날 나 또한 뒤를 따라 가겠네."

두 형제가 오랫동안 위로한 후 작별인사를 드렸다. 아녀자가 군대 행
렬과 함께 가는 것이 불편하다고 여겨 설공의 배다른 아우인 규로 하여금
보호하면서 하루 먼저 길을 떠나게 했다. 명윤과 명균은 그 뒤를 따라 군
대를 출발시켰는데, 위엄 있고 엄숙한 거동이 세상에 없는 장관이었다.
칼과 창의 번쩍이는 칼날은 눈서리 같았고 군기(軍旗)가 백 리까지 연이어
있으니 화공과 설공 두 사람이 그들이 멀리 갈 때까지 바라보았다. 두 조 49
씨 형제의 풍채와 기상이 신선과 같으니 광채가 군사들 무리 속에서 빛났
고 태양빛에 반사되어 다투어 번쩍였는데, 소년 장군이자 당대의 영웅호
걸로서 기린각(麒麟閣)[258]에 모습이 그려질 만하고 역사[259]에 이름을 올
릴 만한 그릇이라 여겨졌다. 이에 화공이 탄식하며 말했다.

"비록 만 리 먼 곳으로 이별하게 되었으니 안타깝긴 하지만 우리가 사

258) 기린각(麒麟閣) : 중국 한나라의 무제가 장안의 궁중에 세운 전각. 선제 때 곽광 외 공신 11명의 초상을 그려 각상(閣上)에 걸었음.

259) 역사 : {죽백[竹帛]}. 서적 특히 역사를 기록한 책을 이르는 말. 종이가 발명되기 전에 대쪽이나 헝겊에 글을 써서 기록한 데서 생긴 말임.

위를 잘 고른 점에 있어서는 다른 사람과 비교할 것이 없습니다."

설공이 웃으며 말했다.

"만일 그렇지 않았다면 어찌 천금같이 귀한 딸을 선뜻 한 번만 보고 맡겼겠습니까? 이제 우리도 곧 상경할 수 있을 것입니다."

하며 서로 탄식하면서 산에서 내려왔다.

50 명윤과 명균이 설공, 화공과 이별하고 성도(省都)[260]로 돌아와 촉지방
의 제후와 이별을 한 후 군사를 이끌고 돌아가려 했다. 이때 촉후가 십 리
까지 전송을 했으며 지나는 군과 현의 자사들이 황급히 맞이하니, 그 위
엄이 천 리 밖까지 미쳤다.

그해 겨울 10월 그믐 즈음에 군사를 이끌고 돌아오니, 출정한 지 거의
일 년이 된 때였다. 이때 평능후 유현과 평촉후 운현 또한 나란히 두 명의
대장이 되어 출정한 지 8·9개월 만에 제국의 70여 개 성으로부터 항복을
받고 크게 승리하여 개선가를 부르며 돌아왔다. 황제가 직접 교외로 마중
나오셔서 평능후 유현은 평제왕으로, 평촉후 운현은 동제공으로 봉하시
고 식읍(食邑)[261]과 노비 그리고 전결(田結)[262]을 주셨다. 영광과 은총이
51 밝게 빛나니 평제왕 유현과 평제공 운현이 크게 놀라 머리를 조아리며 외
람되게 여기고 고사했다. 그러나 끝내 허락하지 않으셨으므로 평제왕 유
현이 물러나서 상소를 열 번이나 올렸다. 그러나 황제께서 듣지 않으시고
말했다.

"공이 있을 때 상을 주고 죄가 있을 때 벌을 주는 것은 황제의 권한[263]

---

260) 성도(省都) : 성(省)의 정치 · 문화 따위의 중심 도시.

261) 식읍(食邑) : 고대 중국에서 공신에게 내리던 채읍(采邑). 봉작과 함께 대대로 상속됨.

262) 전결(田結) : 농토의 면적 단위인 결(結)을 기준으로 매기던 토지세.

263) 권한 : {절목(節目)}. 법률이나 규정 따위의 낱낱의 조항이나 부분 · 갈래를 의미하므로 문맥을 고려하여 이와 같이 옮김.

이다. 이전에도 남쪽 지역을 평정한 일[264]이 있었지만 그대가 강력히 사양했으므로 직위와 상을 높여주지 못했었다. 이제 또 세상에 다시없는 큰 공을 세웠는데, 어찌 그다지도 왕의 작위를 지나치게 사양을 하는가?"

하고 드디어 조씨 집안 옆에 왕궁을 지어 주시고 잔치를 베풀어 축하 잔을 주시며 아름다운 자손 둔 것을 축하하겠다 하였다. 이에 다시 유현이
진정표(陳情表)[265]를 올려 사양했지만 뜻대로 되지 않았다. 그러므로 마 52
지못하여 은혜에 감사드리고 대궐에서 물러났다. 그러나 눈썹 언저리에 근심이 맺혀 있었다.

이때 사천과 강서 지역으로 갔던 명윤과 명균이 바로 대궐 아래 이르러 황제께 인사를 드리니 황제가 매우 반가워하시며 가까이 불러 격려하시고 출전하여 쌓은 공로가 적힌 치부책을 올리라 하여 각각 공에 따라 상을 주셨다. 그런 후 특별히 두 원수에게 술을 내려주시고 칭찬의 말씀을 하셨다.

"그대 두 사람이 어린 나이에도 불구하고 국가의 중요한 임무를 맡아 흉악한 역적을 진압했으니 그 공이 온 조정과 세상에 나타나고 위엄이 온 세상에 진동하는구나. 그러니 내가 어찌 그 공덕을 드러내 칭찬하지 않을 수 있겠는가?"

하시고 명윤을 병부상서 강서후로 명균을 동평장사 강서백으로 봉하시 53
니 두 형제가 무수히 머리를 조아리며 사양의 말씀을 드렸다.

---

264) 남쪽 ~ 일 : 남녁 오랑캐가 반역을 꾀했을 때, 유현, 양인광, 운현 등이 출정한 일이 11권에 나옴.

265) 진정표(陳情表) : 중국 진(晉)나라 때 이밀(李密)이 지은 글. 무제(武帝)가 자신을 진의 세마(洗馬)로 임명하자, 자신이 아니면 나이 아흔인 조모(祖母) 유씨를 봉양할 사람이 없기 때문에 벼슬에 나갈 수 없다는 사연을 적어 올린 글.

"저희들이 뜻밖에 주상전하의 큰 복에 힘입어 적은 도적을 진정시켰지만 그것은 신하된 자 직분입니다. 무슨 공로가 있다고 감히 떳떳하게 후백(侯伯)의 작위를 받아 복이 달아나게 하겠으며 또한 분수에 맞게 삼가지 않겠습니까? 바라건대 성상께서는 저희에게 원래의 직위를 다시 주시고 강서후백(江西侯伯)의 인수(印綬)를 거둬주십시오."

황제가 대답하였다.

"재주와 덕망에 따라 계급을 정한 것인데 어찌 젊고 늙음을 말할 수 있
겠는가? 그대들이 나이가 어리다는 사실을 내가 고려해서 더 큰 작위
54 를 아직은 주지 않겠다. 훗날 내가 정승(政丞)으로 삼을 사람은 그대 두
사람밖에 없다고 생각하는데 어찌 황제의 은혜를 이리 심하게 경시하
는가?"

하시고 교지를 내려 노공과 순태부인 그리고 진왕과 초공 두 사람으로부터 시작해서 월명 조기현과 문청 광현에게까지 각각 자손을 양육하고 가르친 공을 칭찬하셨다. 또한 3일 동안 부모를 위한 큰 잔치를 벌여, 자식 잘 나은 것을 표창해주시니 진실로 영광과 복록이 세상에 없을 정도로 뛰어났다. 그러므로 두 사람이 머리를 조아려 성은에 감사드렸다.

이때 명윤과 명균은 화씨 일행을 화소사 집으로 보내고 매사에 주도면
밀하게 행동했다. 두 형제가 조정에서 집으로 돌아와 부모님을 뵙게 되었
55 는데, 형제들이 반가워 하는 정도는 10년쯤 이별 한 것보다 더했다. 어른
들과 부모님도 또한 기뻐해주셨고 진왕도 얼른 두 손을 잡고 어루만지며
말했다.

"너희들이 나이가 어림에도 불구하고 적을 소탕하여 공을 세우고 집안의 명성을 빛냈으니 국가적인 차원으로 보면 신하로서 지켜야 할 도리

를 다 한 것이고 집안으로 보면 착한 자손이 된 것이다. 네 아비도 공을 세우고 방금 돌아왔는데 명균이 네가 또 돌아와 부자간에 함께 나라에 공을 세우게 되었으니 더욱 신기하구나."

두 사람이 절하여 감사드렸다. 그런 후 어른들을 모시고 두 곳의 경치와 전쟁을 통해 그곳을 다스려 안정시킨 과정을 말씀 드렸고 또 금천강에서 요괴를 만나 죽였던 기이한 일을 말씀 드렸다. 그러자 평제공 조운현이 말하였다.

"간악한 흉녀(凶女)의 영혼이 요술을 부려 살아있는 넋을 해치려 한 것 56
입니다."

이때 외당에 손님이 가득 차 하루 종일 끊이지 않으니 진왕과 초공 두 사람이 자손을 거느리고 모든 손님들을 접대했는데, 기쁨에 찬 말들이 마치 봄별이 만물을 생장하게 하는 듯했다. 이에 사람들이 모두 저들 같은 자손을 두었으면 하고 바랐다.

이날 밤 두 원수가 할아버지와 아버지를 모시고 잤으며 다음 날 새벽부터 모든 사촌 형, 아우들과 기쁘게 담소를 나누면서 밤을 샐 정도로 화목하게[266] 보냈다. 그리고 셋째 날 밤 쯤 각각 부인을 찾아 갔다.

이때 한씨는 벌써 많은 자녀들을 두었고 여씨 또한 한 명의 아들을 두고 있었다. 강서후 명윤이 한씨에게 그간의 안부를 물은 후 기쁘게 웃으며 말했다.

"대장부가 규방 안의 사사로운 정을 군중(軍中)에서 말할 것은 못되지 57
만 처음으로 부모님 곁을 떠나니 그리운 마음으로 인해 몸과 마음이 괴로

266) 화목하게 : {훈지(壎篪)의 락(樂)}. 훈과 지는 악기 이름으로 형이 훈이라는 악기를 불면 아우는 지라는 악기를 불어 화답한다는 뜻으로 형제간의 화목함을 비유적으로 이르는 말임.

웠습니다. 그 와중에 부인의 아름다움과 아이들의 예쁜 얼굴도 눈에 삼삼하니 장중의 북소리만 들어도 사나이 입에서 탄식이 자주 나왔습니다. 아녀자의 고운 마음이야 말하지 않아도 알 것이니, 분명 아름다운 얼굴이 수척해졌으리라 생각했는데 오늘 만나보니 조금도 근심한 빛이 없으십니다. 그러니 날 위해 염려하지 않으신 것 아닌가 생각됩니다."

한씨가 옷깃을 여미고 대답했다.

"제가 비록 모자라고 어리석지만, 사람인지라 당신이 만 리 먼 곳으로
전쟁을 나갔으니 전쟁에서 이길지 질지 알 수 없어 걱정이 되었습니다.
58 그러나 제가 비록 모자라고 어리석지만 사람의 일을 미루어 헤아릴 수
있으니, 아버님과 작은 아버님의 위세와 국가의 큰 복이 하늘에 닿아
있으므로 전쟁에서 이기고 돌아오셔서 국가를 영화롭게 할 것이라는
것을 거의 알 수 있었기 때문에 근심을 덜 수 있었습니다. 또 어른들과
시부모님의 덕도 입었으며 시누이와 동서들도 위로해주셨으므로 매사
에 긴장을 풀고 잔 근심을 하지 않았습니다."

강서후 명윤이 웃으며 말했다.

"그 부분에 대해서 부인이 방심하신 것은 잘 했지만, 내가 풍류가 있는 몸이다 보니 그냥 지나치는 미인이 없었습니다. 경치가 빼어난 서촉 땅에는 미인들도 가득하니 그 중에 정을 준 사람이 적지 않았습니다. 그러니 이번 길에 부인의 적인(敵人)이 몇 명이나 새로 왔는지 알 수 없을 텐데 부인은 근심스럽지 않습니까?"

59 한씨가 다 듣고 분명 이 말에는 이유가 있다는 것을 짐작하고 얼굴빛
을 단정하게 한 후 말했다.

"저는 규방의 못난 사람입니다. 적인(敵人)을 기쁘게 여기는 여자는 없

겠지만 투기하는 것은 칠거지악 가운데 하나이니 사족으로서 밝은 행실을 해야지 귀한 가르침에 어긋나게 행동하는 것은 잘못된 일입니다. 그대가 이제 만 리 밖 서촉에서 부모님의 허락을 받지 않으셨으니 부녀자를 취하실 리 없지만 혹 귀하든 천하든 누군가가 있다면 이 또한 하늘이 정해준 인연입니다. 그러니 비록 천 명, 백 명의 아내를 모으신다고 해도 집안을 다스림에 있어 공명하고 관대하게 하신다면 제가 또한 기뻐할 것입니다."

명윤이 아내의 총명함에 대해 감탄하며 말했다.

"집안의 어진 아내는 나라의 어진 재상과 마찬가지라고 했습니다. 부 60
인의 거룩한 덕이 이와 같으니 어찌 나라의 어진 신하를 부러워하겠습
니까? 내가 이번 길에 분수에 넘치는 일을 저질렀으니, 이리이리 하여
화씨, 원씨 두 사람과 결혼하여 데리고 오긴 했는데 아버님께 벌을 받
을까봐 화소사의 집에 두었습니다. 그런데 그 이후로는 어찌 처치해야
할지 어렵기에 부인의 높은 의견을 구합니다."

한씨가 다 듣고는 어이없어서 오랫동안 침묵하다가 말했다.

"그대 말씀을 들으니 저는 매우 놀랍습니다. 가정교육이 엄해서 조금
도 예가 아닌 것은 용납하지 않으시는데 그대는 조심하지 않으시고 부
모님께 말씀도 안 드리고 아내를 얻는 바람직하지 못한 일을 스스로 61
행하셨군요. 일을 처리할 방도는 나중에 생각한다 하더라도 어쨌든 이
일은 바른 것이 아니니 한바탕 엄한 꾸중을 면치 못할 것입니다. 그러
니 제가 어찌 놀랍지 않겠습니까? 허나 화씨, 원씨 두 사람이 부모를
떠나 천 리까지 산 넘고 물 건너 당신을 따라 왔는데, 시댁으로 바로 오
지 못하니 그 사정이 매우 안타깝습니다."

명윤이 탄식하며 말했다.

"나도 죄가 크다는 것을 모르지 않습니다. 하지만 아내로 취한 후에 뉘우쳐 봤자 소용없는 일입니다. 지금 마지못하여 데려오긴 했는데 사실대로 말씀 드릴 방법이 없으므로 망설이고 있습니다."

한씨가 얼굴색을 가다듬고 대답했다.

62 "지금 또 일을 꾸미려고 하시면 일의 형편상 더욱 마땅하지 못한 것입니다. 바른 대로 말씀드려 혹 아버님께서 너그러이 용서해주시기를 바라는 것이 옳다고 생각합니다."

명윤이 탄복하여 말했다.

"부인의 뜻이 맞지만 사실대로 말씀 드리는 것이 두려워 망설이고 있었습니다. 명균과 잘 생각해서 처리하겠습니다."

하고 한씨와 함께 이날 밤 화평하게 즐겼다. 새롭게 솟아나는 은은한 정은 산과 바다 같아서 비록 백 명의 미인이 온다고 해도 젊어서 맺은 혼인의 정을 옮길 뜻이 없었다. 다음 날 밤에는 여씨를 찾아가 위로했다.

명균 또한 두씨를 만나 그간의 안부를 물으며 사랑하는 마음을 정답고 친절하게 드러냈다. 그런 후 설씨와 결혼한 사정을 말하고 어떻게 처치해
63 야 할지 난처하게 여기는 빛을 보였다. 두씨는 명쾌하고 씩씩한 사람으로서 고상하지 않은 면모가 없으니 선비나 마찬가지였다. 다 듣고 놀라며 어이없어 했지만 생의 뜻에 따라 사리에 맞게 일을 처리할 방법을 생각할 뿐 조금도 시기하는 의사가 없으니 진실로 세상에서 가장 빼어난 숙녀였다.

명윤과 명균 두 사람이 돌아왔기 때문에 잔치할 날이 또 임박했는데, 명윤 등이 몰래 화소사를 초청해서 거짓말로 설씨는 화소사 친척의 딸이

라고 하고, 명균의 두 번째 부인되기를 청했다. 또 화씨와 원씨 두 사람은
화소사 자신의 조카딸인데 그 아비가 서촉에 있고 돌아올 기약이 없으므
로 자기 집에 두고 혼인처를 구한다고 하면서 두 조카딸은 모두 아황(蛾 64
皇)과 여영(女英)의 고사를 본받고자 하니 강서후 명윤의 셋째, 넷째 부인
으로 삼아달라고 청혼했다. 이때 강서후 명윤이 몰래 태부인을 부추겼으
므로 태부인이 기현과 운현을 불러 두 사람을 며느리[267]로 맞이하라고
권했다. 이에 태사 기현이 매무새를 고친 후 말했다.

"어찌 할머님의 명령을 어기겠습니까? 하지만 이 혼인에는 이유가 있는 것 같습니다. 천하에 좋은 선비가 부지기수인데 화공이 조카딸의 배필을 구하려고만 한다면 어디 간들 사윗감을 얻지 못하여 두 사람을 명윤의 첩으로 삼아달라고 간청하겠습니까? 분명 이유가 있기 때문에 조용히 일을 처리하려는 것입니다."

태부인이 말했다.

"명윤이의 풍채가 뛰어난 것을 좋아하는 것이지 무슨 다른 이유가 있 65
겠느냐? 너는 의심하지 말고 이 늙은 할미 생전에 아름다운 여인들을
맞이하게 하거라."

기현과 운현이 매우 난처했지만 노공이 흔쾌히 허락했고 또 태부인이 권하시니 어찌 명령을 거스르겠는가? 명을 받들고 물러났으나 두 공이 자못 의심스러워서 명윤과 명균을 따라갔던 심복 서동을 불러 촉땅에서 두 사람이 했던 일들을 낱낱이 물었다. 그러면서 하나라도 꾸며서 말하는 것이 있으면 즉시 죽일 것이라고 했다. 평제공 운현이 원래부터 매우 엄했

267) 며느리 : {취실[娶室]}. 아내를 맞거나 소실을 얻음을 뜻하는데, 태사 기현과 공들의 입장에서는 며느리를 맞이하는 것이므로 이와 같이 옮김.

으므로 서동 무리가 감히 속이지 못하여 화씨, 원씨, 설씨 세 부인을 취한
66 후 이번 길에 데리고 와 화소사의 집안에 두었다는 것을 말씀 드렸다. 기
현과 운현이 이 말을 듣고 어이없어 했다. 태사 기현이 길게 탄식했다.

"어리석은 자식을 할머님께서 지나치게 사랑해주시니 점점 버릇없이 굴어 이런 일을 했구나. 앞으로 하지 못할 일이 없을 것이니 내가 무슨 면목으로 남들을 대하겠는가?"

평제공 운현이 불같이 화가 나서 어른들과 부모님께 말씀도 드리지 않고 명균을 불러 계단 아래 꿇린 후 죄를 물었다.

"네가 군명을 받들어 비록 보잘 것 없는 재주이지만 부원수의 인끈을
찼으니 책임이 중대했었다. 밤낮으로 나라 일에 진심을 다하고 사치하
는 것과 아름다운 여인을 경계하면서 위로는 황제의 은혜를 갚고 아래
로는 어버이의 바람을 생각하는 것이 마땅한 것이었다. 네가 비록 여
67 색에 욕심이 많다고 해도 집에 아버지가 있고 위로는 할머니 할아버지
가 계신데 모든 일을 스스로 정하여 아내를 취하다니. 이것은 보통 일
이 아니다. 부모가 없다면 모르겠지만 있는 사람은 반드시 고하고 허
락 받은 후에 취하는 것이 사람 된 자의 도리인데 너는 전혀 내가 살아
있다고 여기지 않고 만 리 밖에 가 여자를 사사로이 취하여 데려왔으니
그 막된 죄는 이미 크다. 그런데 오히려 속일 꾀를 내어 화공을 불러 거
짓말로 다시 혼인을 청하고 우리를 업신여겨 할머님을 부추겨 네 뜻대
68 로 하다니 이런 못난 자식은 결단을 내서 내 눈앞에 두고 보지 않고 싶
다. 내가 이전까지 너의 허물을 널리 사해주면서 다른 아이들과 달리
대한 이유는, 여러 해 동안 너를 잃어버려 부자간의 천륜이 망연했던
일이 안타까웠기 때문이다. 그래서 너를 사랑해준 것이니, 네가 사람

다운 양심이 있고 나를 아비로 안다면 이렇게 멋대로 굴지는 않았을 것이다. 네가 한 일을 들으니 원통하여 바로 죽이고 싶지만 참고 가벼운 매로써 원통함을 조금이나마 풀 것이다. 그러니 허물을 고치고 복종한다면 용서하고 부자간에 서로 볼 것이요, 그렇지 않다면 나는 너를 옛날에 아예 잃어버리고 없는 자식으로 알아 천륜을 끊고 보지 않을 것이다."

말을 끝낸 후 종을 시켜 매를 들게 한 후 몽둥이를 벌여놓고 곤장을 치 69
는데, 호령이 눈바람 같았고 눈빛[268]이 서릿발 같았다. 명균이 본래 예쁨
만 받고 자랐고 평제공도 명균을 잃어버려 헤어졌던 일을 생각하여 다른
자녀들보다 그를 더욱 사랑했으므로 명균이 일찍이 방자하고 해이해질
수도 있었다. 그러나 항상 조심스럽게 행동했으며 총명하고 재주가 뛰어
나 부친의 뜻을 효도로써 유순하게 받드니 높은 소리로 꾸짖음을 들은 적
이 없었다. 그러다가 이같이 큰 형벌을 받게 되니 아프고도 놀라웠다. 좌
우에 벼슬아치들이 가득하고 특히 자신의 부하들이 가득하니 매우 부끄
러워 말을 하려 해도 뭐라고 변명을 할 수가 없었다. 그래서 다만 나무 인
형처럼 엎드려 매를 맞을 뿐 한 소리도 내지 않았다. 엉덩이 살이 문드러 70
지고 피가 뚝뚝 떨어지며 생의 옥 같은 얼굴이 찬 재같이 되니 부자간의 정도 있고 또 어른들과 부모님께 말씀도 드리지 않았으므로 지나치게 때려 오래도록 고초를 겪게 하면 꾸짖음이 가볍지 않을 것이 염려되었다. 그래서 때리는 것을 그치게 한 후 명하여 문 밖에 내치라 했다. 노비들이 부축하여 서당에 누이니 명균이 홀로 밖에 나와 누워서 자탄할 뿐 말이 없었다. 다른 형제들은 모두 내서헌에 있었으므로 이 일에 대해 모르다가

268) 눈빛 : {미우(眉宇)}. 이마의 눈썹 근처를 말하지만 문맥을 고려하여 이와 같이 옮김.

나중에 알고 크게 놀라 한꺼번에 모두 그 이유를 물었고 또 명균이 심하게 맞은 것에 놀라 서로 얼굴빛이 변하여 바라보았다. 이에 명균이 탄식하며 말했다.

71 "내가 어리석고 막되어서 그런 것이니 누구를 원망하겠습니까? 이제 와서야 뉘우치는 일입니다만 혼자서는 이런 바람직하지 못한 일을 생각하지 못했는데 형께서 권유하여 이 지경에 이른 것입니다. 형님은 큰아버님께서 인자하신 것을 믿고 그런 일을 했지만 나는 하지 않아야 할 일을 했으니, 뉘우쳐도 어찌 할 도리가 없습니다."

명윤 또한 일이 발각된 것을 알고 넋이 나간 듯 말을 못하다가 오히려 웃으며 말했다.

"사내대장부는 죽을 일을 해도 후회를 안해야 하는데 아버지께서 가볍게 꾸짖으시는 매를 맞고 이탓저탓을 하며 연약하게 구느냐? 너는 이미 매를 맞고 끝났지만 이 형은 네 죄보다 두 배가 많다. 이를 앞으로 어찌 해야겠느냐?"

72 이에 좌중이 한꺼번에 웃고 명윤의 염치 없음과 좋은 기력에 대해 희롱했지만 부마 명천은 탄식을 했다.

"우리는 재상가 자제로서 배운 바 재주와 학식이 가득하고 가정교육을 엄하게 받았으니 마땅히 밤낮으로 명심하여 행실을 닦고 효와 충을 근본으로 삼아야 할 것입니다. 게다가 정실부인이 아직 부모님과 어른들을 받들어 섬기는 일에 있어 규모 없이 행동하지 않았는데 어찌 촉 땅에 가서 도리에 어긋나는 일을 저지를 수 있습니까? 또 그 일이 발각되었음에도 불구하고 조금도 두려워하지 않고 말을 함부로 하며 아버지를 두려워하지 않으니 이것을 어찌 사람의 자식 된 도리로 볼 수 있겠습니까?"

강서후 명윤이 탄식하며 말했다.

"내가 진실로 아우를 본받지 못하여 이런 말을 듣게 되다니, 책망을 달
게 받아 마땅하구나. 하지만 아버님의 뜻을 예측하지 못하여 못난 형 73
이 모르고 저지른 죄인데 어찌하여 부모님 말씀을 대수롭지 않게 여겨
서 저지른 것이라고 하며 꾸짖느냐? 이 일이 잘못되었다는 것을 모르
지 않지만, 마지못하여 데려온 것이니 이것 또한 하늘이 맺어주신 인연
이기 때문이다. 화 · 원 · 설 세 사람이 결국에는 우리 집 사람이 되겠
지만 아버님의 뜻을 헤아리기 어려우니 자고 먹는 것도 불안한 상황이
다."

모든 생들이 웃으면서도 부마 명천의 맑고 깨끗한 면모에 대해서 새삼 감탄했다.

평제공 운현이 명균을 때려 내치고 들어와 어른들께 말씀드리고 죄를 청하며 말했다.

"명균이를 아끼신다는 사실에 대해서는 저도 분명히 알고 있습니다만,
이 일에 대하여 듣고 능히 분을 참지 못하여 미처 말씀도 드리지 않고 74
매로 다스렸습니다. 그러니 할머님 할아버님과 부모님의 뜻을 받들지
못한 죄를 청합니다."

하고 명균 등이 저지른 버릇없는 행동을 낱낱이 고하니 진왕과 초공 두 사람이 매우 놀라워 하다가 오히려 웃으며 말했다.

"비록 어리석은 아이가 상황에 대한 판단력이 없어서 잠시 잘못한 것은 있지만 몸이 상하는 것을 생각하지 않고 그처럼 심하게 때렸느냐?"

태부인이 마음이 불편하여 혀를 찰 뿐 말을 하지 않으셨다. 태사 기현

은 눈썹 언저리에 엄숙한 빛을 띠고 있을 뿐 명윤에게 아무 말도 하지 않았다. 이에 초공이 말했다.

"저들의 죄는 마음대로 다스릴 수 있지만 화씨, 원씨, 설씨 세 사람은
75 속히 데려와야 옳다."

태사 기현 형제가 절하여 명을 받들었다. 기현이 화소사에게 이 말을 전하면서 명윤과 명균과 한 마음으로 일을 꾸민 것에 대해서 책망한 후 세 사람을 신부를 맞이하는 예를 차려 보내라고 했다. 이에 화소사가 웃으며 말했다.

"명윤 등이 저에게 와서 절박하게 빌었기 때문에 마지못하여 한 것입니다. 젊은 남자들에게 있어 예사로운 일이니 지나치게 꾸짖지 마십시오. 두려워서 벌을 면하고자 꾸민 것인데 형님께서 어찌 아셨습니까?"

태사 기현이 말했다.

"고삐가 길면 밟히는 법, 저의 계교인들 마냥 속일 수 있겠습니까? 나는 오히려 큰 소리도 내지 않은 편입니다. 내 아우는 자식을 가르침에 있어 엄정하니 명균이가 심한 매를 맞은 것은 물론이고, 원래대로라면
76 이 일을 그냥 넘어가지도 않았을 테지만, 화씨, 원씨, 설씨 세 사람의 사정이 안타깝기 때문에 데려가려 하는 것입니다."

화소사가 웃으며 말했다.

"문의[269] 그 사람은 참 모질다고 할 수 있습니다. 옥 같은 아들을 그렇게 때려눕히고 마음이 편안할까요? 이런 일은 풍류가 있는 선비에게는 예삿일인데. 이렇게 지나치게 하는 것이 오히려 몰인정한 것입니다."

기현이 말했다.

---

269) 문의 : 평제공 조운현의 자.

"자식이 사랑스럽다고 해서 어찌 모든 일을 다 제 마음대로 하도록 하겠습니까? 근데 묻는 말이지만 내 며느리 될 사람은 어떠한가요?"

화공이 웃으며 말했다.

"이 세 사람을 내 보니"

[낙장][270)]

대답이 이와 같았다.

같은 날 세 명의 신부를 맞이하게 되었는데, 중당에 잠시 잔치자리를
마련하여 대례로 맞이하였다. 아주 가깝게 지내는 부인과 젊은 딸들이 77
다투어 모였는데, 이날 한씨, 여씨 두씨 세 사람이 약간의 단장을 하고 각
각 시부모를 모시고 자리에 나타났다. 그들의 꽃 같은 얼굴과 달빛 같은
광채가 찬란하고도 빼어나 모인 사람들 중에 섞여 있어도 마치 모란꽃이
복숭아나무 숲 사이에 있는 듯하며 모래밭에 구슬을 던져놓은 듯했다. 또
한 밝은 달이 푸른 하늘에 한가로이 떠있는 듯, 붉은 태양이 해가 뜨는 곳
으로부터 솟아오르는 듯 빼어나게 단정한 광채가 햇빛 아래 빛나니 그들
보다 나은 사람이 없을 듯했다. 그러나 혜선공주가 있으니, 향기롭고 고
우며 상쾌하고 푸른 달처럼 윤이 나게 매끄러운 광채와 신비하고 빼어나
게 고운 자질이 세상의 미인들과는 분명 다르게 뛰어났다. 비유하자면 뜬
구름을 헤치고 나오는 태양[271)]의 빛나는 광채와 같아 똑바로 볼 수 없는 78
것과 같으니, 온 자리에 있던 사람들이 탄복하면서 공주가 인간 세상의
사람이 아니지 않을까 의심했다.

---

270) [낙장] : 필사 대본이 낙장인 경우 원문에 본문과 동일한 크기로 '낙장'이라고 썼는데, 현대역에서는 [ ]에 넣고 줄을 바꿔 본문과 분리하고 다시 줄을 바꿔 다음 내용을 이어가도록 하겠음.

271) 태양 : {일륜(日輪)}. 불교에서 태양을 이르는 말로, 중생의 업력으로 일어나는 바람으로 항상 공중에 떠서 수미산의 허리를 돌면서 차례로 수미산의 사대주를 비춘다고 함.

한나절쯤 지나자 세 신부가 도착하여 장막 안에서 잠시 쉰 후 한꺼번에
예를 치르게 되었다. 세 사람이 걸음을 옮겨 어른들과 시부모께 절하니
자리에 있던 모든 사람들의 이목이 한꺼번에 집중되었는데, 연꽃 세 송이
가 빗방울에 젖은 듯, 모란꽃 세 송이가 금으로 만든 화분에 심겨있는 듯
했다. 아리따운 자태는 마치 벽도화(碧桃花)가 봄바람에 흔들리는 듯했으
며, 별 같은 눈동자의 아름다운 빛깔은 가을철의 맑은 물을 비웃는 듯했
다. 가늘고 아름다운 눈썹에는 어진 기운이 서려 있었으며, 옥으로 만든
듯한 이마는 두 눈썹 사이가 반달 모양이었다.[272] 또한 꽃을 새긴 듯한
79 두 뺨과 모란같이 붉은 입술은 천 가지 자태를 머금은 곤륜산(崑崙山)의
좋은 옥 같았다. 어여쁜 거동과 빼어난 자질 등 모든 것을 갖췄으니, 화·
원 두 사람은 비록 한씨[273]보다 한 두 층 정도 아래였지만 설씨는 두
씨[274]보다 나았다. 맑고 아름답고 빛나며 고운 것이 모두 눈부실 정도로
찬란하니 시부모와 어른들이 기쁘고 다행스러운 감정을 참지 못하여 축
하 인사를 사양하지 않았다. 이에 평제왕 유현이 웃으며 말했다.

"오늘 세 조카며느리들의 맑고 고상하며 어질고 지혜로운 모습을 보건대, 명윤 등에게 큰 상을 줄 만합니다. 그러니 어찌 명균이가 50대나 맞은 것이 원통하지 않겠습니까?"

태부인이 그 일에 대해 새삼 안타까워하며 말했다.

80 "모질구나 운현아! 차마 어찌 그렇게 할 수 있느냐?"

모든 공들이 미소만 머금은 채 대답이 없었다. 이에 조씨 등이 말했다.

---

272) 두 ~ 모양이었다 : {반월이 텬뎡[天庭]의 빗겨시니}. '천정(天庭)'은 관상에서 두 눈썹 사이 또는 이마의 복판을 이르는 말이므로 이와 같이 옮김.

273) 한씨 : 명윤의 첫째 부인.

274) 두씨 : 명균의 첫째 부인.

"할머님께서 지나간 부질없는 일을 들추셔서 신부의 불안한 마음을 돋우시는 것입니까?"

태부인이 또한 웃으며 말했다.

"신부가 왜 불편하겠느냐? 늙은 할미 생전이 이런 효도를 보게 되다니, 이후로 명윤이 등을 꾸짖는 사람이 있으면 내 눈앞에 보이지 못하도록 하겠다."

모든 사람들이 감동스런 마음을 참지 못했으며 태사 기현과 평제공 운
현도 신부를 보고 매우 기뻐 두 사람 모두 불편하게 여겼던 마음이 태반
은 풀렸다. 종일토록 즐겁게 지내다보니 잠을 자려는 새들이 숲으로 날아
들고 달은 동쪽 산마루에 떴다. 그러므로 신부를 각각 정해진 숙소로 보
냈다. 그러면서 시집을 오는 여자들 마다 빼어난 것에 대해 기쁜 마음을 81
참지 못했다.

차설. 글을 하는 재주 있는 선비로서 재주가 덕보다 넘치는 바람에 한때 몸이 잘못에 빠졌던 설강이 마음을 고쳐먹고 더 어질어지고 자상하며 꼼꼼하게 변했다. 매사에 지극히 조심을 하면서 문계 유현의 지휘에 따라 처결을 하니, 네다섯 달 만에 기주 지역 백성들의 사정을 살펴 어루만지고 위로해주어 도적이 변하여 양민이 되게 하였다. 또한 토지를 진정시키는 등 백성을 잘 다스려 안정시킨다는 소식이 경사에까지 들렸다. 그러므로 유현이 모든 대신들과 의논을 한 후 황제께 말씀을 드렸다.

"기주 안렴사(按廉使)[275]인 설강이 애초에 어질지 못한 죄를 지은 일이
있지만 여러 해 동안 운남으로 귀양 가서 그 죄를 갚았고, 또한 남벌(南
伐)을 한 공이 큽니다. 이제 자신의 죄를 뉘우치고 백성들을 어루만지 82

275) 안렴사(按廉使) : 각 도의 으뜸 벼슬.

고 다스리는 공과 덕이 드러나고 있으니, 이와 같은 인재를 버리는 것
은 아깝습니다. 불러서 등용하시면 유익하지 않을까 생각합니다.

이때 평진후 소천이 정승의 지위를 내어 놓고 물러났으므로 조태사 기
현이 삼정승(三政丞)의 큰 자리에 오르게 되었다. 또한 평제왕 유현이 이
부(吏部)[276]를 주관하고 있었는데 명천이 그 대를 이으니, 삼촌 조카 사이
에 사람을 뽑아 쓰고 다스리는 것이 진귀하고 뛰어났다. 설강을 벼슬아치
로 등용하시도록 힘써 천거하니 황제께서 허락하시어 공부상서(工部尙書)
의 벼슬을 내리시고 역마를 타고 조정으로 돌아오도록 하셨다. 설강 모자
가 문계로부터 입은 큰 은혜는 하늘이 낮고 바다가 얕을 정도였다. 은혜
83 와 영광이 새로워지자 쓸쓸했던 뜰 안이 물 흐르듯 하고 문하생과 아전들
이 다투어 기다리게 되었으며 버렸던 친척들이 다시 찾으니, 설강이 다시
기운을 펴며 부귀를 누리게 되었는데 이것은 다 문계가 지극히 어질기 때
문이었다. 그러므로 설강이 문계 유현을 우러르는 것은, 비유하자면 젖먹
이 아이가 그 어미를 바라는 것 같았으며, 일생 의지하고 존경하는 것이
마치 태산과 북두칠성을 우러러 보는 것 같았다. 사람이 마음을 바꿔 먹
고 남을 감동하게 한 모든 것이 군자의 덕에서 비롯된 것이었다. 그러므
로 온 세상의 사람들이 설강의 일로 인하여 조문계 유현을 진정한 군자라
고 여겼다.

이때 조씨 집안에서는 여러 젊은이들이 각각 다 자라서 선친을 본받아
84 과거에 급제하는 경사가 봄가을로 이어졌으며, 태부인은 북당에서 부귀
가운데 안락하게 지내시면서 장수하시고 성대한 복을 누리시면서 무궁한
효도를 받으셨다. 노공이 수염이 허옇게 세었지만 어린아이 같은 재롱을

276) 이부(吏部) : 문선(文選)과 훈봉(勳封)에 관한 일을 맡아보던 관아.

부리면서 어머니를 만나 뵐 때마다 온화한 기운을 띠고 기쁘시게 하도록 하는 효성이 천지에 사무치니 자손들도 모두 깊이 본받았다. 사람들마다 감동하여 칭찬하기를, 효행을 배우려 한다면 반드시 조씨 집안으로 가야 한다고 했다. 모든 조씨 형제들이 부모님 기쁘시게 하는 것을 위주로 하니, 황제께서는 융성한 은혜로 기현, 유현, 운현 등의 공과 명윤 등의 공로를 어른들과 부모님에게 잔치자리를 열어 갚아주려 하셨다. 그러나 그동안 연이어 나라와 조씨 집안에 일이 있어서 잔치를 못하고 있었다.

때마침 한가해져서 연회를 벌이고 술잔을 올리게 되었는데, 황제께서
궁중의 악사를 보내주시고 예부(禮部) 관리를 시켜 잔치를 베풀게 하시니 85
각 부에서 재물을 쏟아 부어 황제의 명령을 받들었다. 호부(戶部)에서는 잔치 기구를 차려주었는데 은혜와 영광 그리고 황제의 총애를 따져보면 당시 조씨 집안과 겨룰 집안이 없었다. 진왕과 초공 두 사람이 벼슬을 내려놓았지만 자손의 영화와 부귀가 이와 같으니 지나칠까 두려워하여 겸손히 사양하고 물러나기를 더욱 진심으로 했다. 그러나 평제왕 유현 등이 잔치를 열자 황친과 국척(國戚), 문무 제후 들이 다 모여 귀빈들이 가득하니 집이 좁았으며 동네 어귀에는 수많은 사람과 말, 수레 등이 모여들어 터질 듯했다. 진왕의 집과, 평제왕의 집, 그리고 상부(相府)[277]를 이어 통
할 수 있도록 담장을 열고 모든 손님들을 세 부류로 나누어 모셨다. 상부 86
에는 노공과 진왕과 초공 두 사람의 벗들을 모셨고, 진왕부에는 월명 기현과 평제왕 유현 등의 친구를 모았으며, 평제왕부에는 강서후 명윤, 부마 명천 등의 젊은 친구들이 가득했다. 이들이 잔치 자리에서 축하를 드리니 비록 축하 인사가 더디게 전달되긴 했지만 세 집을 통하여 전해졌

277) 상부(相府) : 초국공 조성이 태부인 등을 모시고 사는 집을 가리킴.

다. 세 부(府)의 넓은 마루 위에 금과 옥으로 된 관과 면류관 들이 휘황찬
란하고 붉은 도포와 오사모들이 줄지어 있었으며 금을 뿌린 옥띠가 마루
위에 가득하니, 성대한 차림새가 세상에 없는 장관이었다.

안에서 벌어지는 여성들의 잔치 또한 성대하기는 마찬가지였다. 정숙
렬과 양정렬 등 여섯 명의 부인이 소씨, 정씨 등의 며느리를 거느렸으며,
한씨, 공주, 오왕의 비,[278] 소승상의 부인[279] 등도 모두 며느리들을 데리
87 고 참여하니 손님은 말할 것도 없고 자손들만 말해도 그 수를 알 수 없을
정도였다. 비취 구슬로 꾸미고 연지 따위로 붉게 화장을 한 사람들의 모
습이 마치 봄 동산에 온갖 꽃이 다투어 핀 듯하였는데, 조씨 집안 소저들
의 달처럼 환한 얼굴과 꽃처럼 아름다운 풍모는 좌중에서도 독보적이었
다. 그러므로 어른들과 시부모들이 새삼 기뻐하였으니, 그 기쁜 빛이 눈
썹 언저리에 나타났다. 풍악이 시작되고 술과 안주가 나왔는데, 금 쟁반
에 팔도의 산해진미가 사람들 앞마다 가득했다. 교방(敎坊)을 통해 황제께
서 내린 술과 각 부에서 드린 술과 안주가 찬란하게 갖춰져 마치 술로 연
못을 이루고 고기로 숲을 이룬 듯[280]했다. 그래서 단지 잔치에 온 손님뿐
아니라 지나가는 행인과 구경하는 사람들도 모두 배불리 먹고 그 복과 덕
을 칭송했다.
88 예부시랑 오익문이 황제의 명을 받들어 태부인과 위부인께 잔을 올리
러 들어오니 안에 있던 손님들이 장막 안으로 피하고 위부인이 태부인을

---

278) 오왕의 비 : 동오왕 양인광의 부인 조월염을 가리킴. 양인광이 동오왕에 봉해졌다는 내용이 앞서 언급되지는 않았음. 양인광이 동오왕으로 등장하는 작품으로는『양문충의록』이 있음.

279) 소승상의 부인 : 소경수의 부인 조자염을 가리킴.

280) 술로 ~ 듯 : {쥬지육님[酒池肉林]}. 술로 연못을 이루고 고기로 숲을 이룬다는 뜻으로, 호사스러운 술잔치를 이르는 말. 중국 은(殷)나라 주왕(紂王)이 못을 파 술을 채우고 숲의 나뭇가지에 고기를 걸어 잔치를 즐겼던 일에서 유래했음.

모시고 예관을 맞이하여 삼배주를 받았다. 그런 후 북쪽을 향하여 은혜에 감사드리고 시랑 오익문에게 매우 황송하다는 말을 했다. 태부인은 연세가 90이 넘었으나 맑고 높은 풍채가 있었고, 위부인도 꾸밈없이 맑은 덕이 있었으며 시원스러운 밝은 광채가 햇살 아래 반짝이니 오시랑이 감탄스러운 마음을 참지 못했다. 이후로부터 두 부인의 이름이 온 성에 널리 알려졌다.

예관이 물러난 후 노공이 머리가 세고 여윈 얼굴에 흰 수염이 난 채로
태부인께 잔을 올리니 태부인이 어루만지며 웃고 말씀하셨다. 89

"너의 머리털이 풀려서 눈 위를 덮던 때가 엊그제 같은데, 이렇게 눈썹이 하얗게 되다니. 이 늙은 어미의 명이 지루하게 길다는 사실을 알만하구나. 늙은 어미의 타고난 복이 분수에 넘친 적이 많고 좌우에 모든 손자들이 있어 그들을 다 돌아보았으니, 이제 죽어도 여한이 없다."

노공이 절하며 말했다.

"제가 비록 늙었지만 여전히 어머님의 젖을 만지던 마음이 있습니다. 얼굴은 늙었지만 마음은 아직 늙지 않았다고 생각합니다."

태부인이 또한 웃었다. 노공이 물러나자 진왕이 면류관과 곤룡포를 갖춰 입고 가을 하늘의 밝은 달 같은 열 명의 아들을 거느린 채 태부인과 노
공께 잔을 드렸다. 맏아들 승상 태사 기현은 부인 소씨 · 여씨 · 범씨와 9 90
자 3녀를 거느렸고, 둘째 참지정사 영현[281]은 부인 철씨와 3자 1녀를 거느렸다. 셋째 평제공 병부상서 운현은 부인 남씨 · 방씨 · 설씨 · 민씨와 8자 2녀를 거느렸으며 넷째 이부상서 위국공 몽현은 부인 단씨 · 장씨 · 한씨와 10자 5녀를 거느렸다. 다섯째 경복백 태자소사 수현은 부인 부씨와

281) 영현 : {연현}. 영현으로 통일함.

3자 2녀를 거느렸고, 여섯째 예부상서 천현[282]은 부인 호씨와 4자 1녀를 거느렸다. 일곱째 태자소부 아현은 부인 형씨 · 설씨와 6자 2녀를 거느렸
91 고 여덟째 추밀사 봉현은 부인 교씨 · 석씨와 2자 2녀를 거느렸다. 아홉째 화현은 부인 뉴씨, 영씨와 7자 2녀를 거느렸고, 막내 평강백[283] 계현은 부인 양씨와의 사이에 세 딸은 있으나 아들이 없었으므로 봉현의 계비 석씨가 낳은 아이로 후사를 이었다.

진왕 부자와 손자들이 잔 올리는 것을 마치자 초공이 몸을 굽혀 인끈을 드리우고 관을 쓴 채 일곱 명의 자녀들을 거느리고 잔을 올렸다. 첫째 이부상서 평제왕 참지정사 홍문관 태학사 유현이 부인 정씨

[낙장]

공경했는데, 성현을 본받은 모습이 은은했다. 사람마다 경탄했으며 자리에 가득한 사람들이 다 황송하여 엎드리며 스승으로 여겼다.

92 날이 저물었으므로[284] 이날은 잔치를 파했고, 6일 동안이나 큰 잔치를 지내니 당대 사람들이 진왕과 초공 두 사람의 효성과 덕에 감탄하여 칭찬했다. 자녀를 둔 사람들마다 다투어 혼인을 청하러 와서 문 앞에 가득했다.

태사 기현이 명윤의 죄에 대해서 한 말도 하지 않고 모르는 척했으므로 강서후 명윤이 매우 딱하게 근심했다. 집안에서 연달아 시끌벅적하게 잔치를 벌인 후 십여 일이 지나 잠시 조용해지자 하루는 기현이 사랑채에 앉아서

282) 천현 : '희현'으로 불리기도 함.
283) 평산백 : {평강빅}. 평산백으로 통일함.
284) 날이 저물었으므로 : {일모도원(日暮途遠)}. 날은 저물고 갈 길은 멀다는 뜻으로, 늙고 쇠약한데 앞으로 해야 할 일은 많음을 이르는 말. 이 부분에서는 다만 날이 저물어서 잔치를 파하게 되었다는 의미만으로 쓰인 듯하여 이와 같이 옮김.

[낙장]

하루 종일 모시다가 저녁 식사 후에 돌아왔는데, 강서후가 여전히 엎드
려 있었다. 그러나 태사 기현이 본 척도 하지 않고 밤을 보냈는데 갑자기
눈비가 퍼붓고 차가운 바람이 매섭게 불었다. 이때는 음력 정월 그믐쯤 93
으로 날이 여전히 차가운 가운데 급한 비가 내려 땅에 가득 고이고 그 위
에 눈이 내렸으며 차가운 바람이 무섭게 불어 얼음과 성애를 만들었다.
그런데도 반듯하게 물 가운데 엎드려 온 전신에 얼음이 쌓여 있음에도 불
구하고 단지 용서해주시기만을 청하며 춥고 괴로운 것도 다 잊었다. 밤이
새도록 큰 바람에 눈발이 날리고 얼음이 휘날리며 바람이 점점 일어나니,
따뜻한 방 안에 있어도 추위를 면하기 어려울 지경이었다. 여러 형제들이
물러갔다가 이것을 보고 깜짝 놀라 오히려 아버지께서 더 노하신다면서
돌이키기를 권했지만 강서후 명윤이 듣고도 못 들은 체했다. 다른 형제들
은 차마 견디지 못하여 돌아간 후 장차 사경(四更)285)이 되었다. 나무나
돌이라도 참지 못할 텐데 하물며 관대하고 어진 덕을 지닌 태사 기현이 94
니, 부자간의 정이 있으므로 혹 명윤이 상할까 염려하며 매우 슬퍼하느라
능히 잠을 자지 못하고 일어나 앉아 문을 열고 내다보았다. 그랬더니 아
직도 명윤이 눈 가운데 꿇어앉아 있었다. 이에 소리를 질렀다.

"네 죄가 기가 막혀서 내가 진심으로 상대하고 싶지 않았기 때문에 내쳤다. 그런데 무슨 까닭으로 뜰아래 엎드려서 나를 보채며 나가지 않느냐?"

명윤이 황급히 일어나 두 번 절한 후 말했다.

"저의 죄가 산같이 무거운데 엄하게 때려서 벌을 주시고 개과천선하라

285) 사경(四更) : 새벽 1시에서 3시 사이.

고 타이르시지 않고 이처럼 나가라고만 하시니 차라리 저는 제가 저지
95 른 막돼먹은 죄를 속죄하기 위하여 뜰아래에서 얼어 죽기를 바랍니
다."

태사 기현이 그러한 거동을 보고 어찌 할 도리가 없어 다시 꾸짖었다.

"너의 막돼먹고 못난 것을 그 정도로 사죄 한다고 해서 용서해줄 수 있겠느냐? 하지만 부자간의 정이 있기 때문에 이 추위에 이곳에서 지내는 것을 안타깝게 여겨 용서해주겠다. 다만 아비의 성품이 어질고 약하다는 것을 업신여기며 더욱 방자해질 것 같아 걱정이구나."

말을 마치고 좌우에 있는 사람들을 시켜 마른 옷 한 벌을 가져와 입히
고 당 위로 올라오라고 명하니 명윤이 용서해준다는 말씀을 듣고 매우 기
쁘고 민망하여 백 번 머리를 조아려 인사드린 후 난간 기슭에 올라와서
옷매무새를 고쳤다. 그런 후에 드디어 방 안으로 들어와서 곁에서 뫼셨
다. 황공하여 조심조심 걷고 숨쉬기를 밤처럼 조심하니 기현이 내심 기뻤
96 지만 얼굴에 나타내지 않고 종을 시켜 금향로에 불을 피워 한 동이 술을
데운 후 추위에 언 몸을 녹이게 했다. 명윤이 감동스럽고 지나간 일이 후
회스러워 엎드려 술을 마신 후 스스로 슬퍼하며 생각했다.

'부모가 자식 사랑하는 정과 염려해주시는 것이 이와 같고 진정으로 어질게 해 주시는데, 내가 못나서 부모님을 속이고 거역한 것이 많으니 내가 이후로는 확실히 마음을 고치고 덕을 닦아 아버님의 지극하신 교훈을 명심할 것이다.'

이와 같이 상쾌한 총명함으로 인해 한 번에 깨닫고 끝없이 뉘우치니 기현 또한 총명함이 있으므로 아들의 기색을 살펴보고는 매우 기뻐서 다시 꾸짖지 않았다.

이날 부자가 함께 자는데 따뜻한 곳에서 명윤을 자게 하고 기현도 이 97
불을 덮고 누웠다. 태사 기현이 잠드는 듯하자 강서후 명윤이 곁에서 모시고 있다가 자신의 잠자리로 가서 옷을 입은 채로 누었는데 조심하는 마음을 잠든 때에도 늦추지 않았다. 기현이 잠에서 깨어 일어나 앉아 아들의 몸을 만져보았다. 눈과 얼음에 언 몸이 아직도 녹지 않아 얼음같이 차가우니, 기현이 자신의 이부자리를 가져와 덮어주고 털로 만든 방한구를 더 따뜻하게 데워 덮게 하여 눕히는 등, 사랑하는 것이 태산과 같았다.

다음 날 아침에 명윤이 깨어서 보니 아버지는 벌써 일어나 앉아 계시고 자신이 아버지의 이불 속에 누워있었다. 이에 황급히 옷과 허리띠를 들고
이불을 걷어 쌓은 후 난간 밖으로 가서 세수를 했다. 그러고 나서 의관을 98
단정히 하고 아버지와 함께 어른들께 새벽 문안을 드리러 갔다. 어른들께서는 이 일에 대해 알지 못하였지만 나머지 젊은이들은 지난 밤의 일을 알고 있었는데, 아침 문안 때 보니 그 부자간의 분위기가 예전과 같았으므로 의아하게 여겼다. 이후로 강서후 명윤은 농담도 안 하고 침묵을 하는 등 딴사람이 되었고, 말을 할 때도 살펴서 하고 행동을 할 때도 반드시 삼가는 등 효행과 충절이 세상에 빛났다. 온 집안이 태사 기현이 소리도 내지 않고 명윤이와 같은 아들을 이같이 가르친 것에 대해 칭찬을 했다.
누이로부터 명윤이 눈 비오는 가운데 밤새도록 꿇어앉아 부친의 마음을 감동시킨 이야기를 듣고 진왕과 초공 두 사람이 서로 웃었다. 이어서 초
공이 치하하며 말했다. 99

"아들과 손자가 이렇게 기특하다니. 우리 가문의 경사이자 형님의 복이십니다. 어찌 아름답지 않습니까?"

진왕이 웃으며 말했다.

"명윤은 세상을 구할 영웅이다. 내가 모든 손자들을 사랑하는데, 기현이 아이들을 심하게 조르고 보채더니 이제는 괴물 같은 아비의 흉내를 내어 명윤을 남자다운 기상이 없는 옹졸한 아이로 만들었으니 한스럽구나."

초공이 미소를 머금고 말했다.

"어찌 옹졸하다고 할 수 있겠습니까? 명윤의 깨닫는 총명함과 시원스러운 행동거지는 유현의 아래가 아니니 형님께서 유현을 부러워하시던 마음을 알고 그런 것 아닌가 싶습니다."

100 기현은 고개를 숙이고 미소를 머금은 채 말이 없었으며 어른들께서 매우 기뻐하셨다.

평제왕 유현이 이때가 되어서야 비로소 권하여 말했다.

"명윤은 사람 됨됨이를 볼 때, 여러 아내를 얻는다고 해서 집안을 어지럽게 할 아이가 아닙니다. 열 명의 창기가 명윤이 때문에 수절하고 있으니 그 절의에 대해 상을 주지 않는 것은 군자의 덕이 아닙니다. 그러니 허락을 해 주고 집안을 어떻게 공정하게 다스리는지 보는 것이 좋겠습니다."

기현이 기뻐하지 않으며 말했다.

"명윤이 사람의 도리에 맞는 행동을 하고 있는데 창기와 같은 것들을 허락하여 외입을 하도록 부추길 수 있겠느냐?"

유현이 웃으며 말했다.

"명윤이 외입을 한다면 제가 형님께 반드시 벌을 받도록 하겠습니다."

기현이 또한 웃으며 말했다.

101 "네가 명윤이로부터 부탁을 받은 것이 있느냐? 왜 이리 중요한 일처럼

구느냐?"

하고 열 명의 창기를 들이도록 허락해주었다. 강서후 명윤이 비록 아버지로부터 명령을 받았지만 그럼에도 불구하고 창기들을 찾아가지 않자 진왕이 명윤에게 소실 두는 것을 허락해 주었다. 한씨도 다른 부인들을 편안하게 거느렸는데, 마치 규방 안의 아름다운 덕이 갈담(葛覃) 삼장[286]을 본받은 듯 했다. 명윤의 자녀들 또한 더욱 번성하여 여러 무리 중 으뜸이 되었다. 명윤은 행실을 닦아 날이 갈수록 숙연하고 정대해 지니 사람마다 감탄했고, 세 분의 어른들께서 여러 형제들 중 귀히 여겨 주시는 것이 비할 데 없었다. 영화와 부귀가 가득하니, 상냥하고 아름다운 네 명의 부인과 열 명의 미희들을 둔 것이 마치 문왕의 덕과 같았다. 그러므로 온 집안 사람들이 칭찬을 하며 말했다.

"일청 선생 진왕의 손자이자 월명 기현의 아들이 아니었다면 그 맏아 102
들과 증손자들이 이와 같이 번성할 수 있었겠는가? 첫째는 진왕과 정숙렬의 덕이며, 둘째는 조태사와 소씨가 어질기 때문이다."

마치 물이 흐르듯 즐거움이 낮에서 밤으로 이어졌으며 슬하에서 자녀들이 어린아이의 색동옷을 입고 춤을 추니, 훤당에 비단 소매가 나부끼고 기쁜 소리가 물 흐르듯 하며 노랫소리가 끝이 없었다. 진왕과 초공 두 사람이 정대함에도 불구하고 이와 같이 화려하게 잔치를 한 것은, 오로지 어버이를 기쁘게 하는 것에 목적이 있었기 때문이다. 명윤 이하 모든 조씨 형제들이 다 아내를 얻어 자녀를 두었으며 입신(立身)하여 지위가 높아진 자들이 태반이었다. 태부인은 수많은 자손들을 볼 때마다 맘에 들어 하고 기뻐했다.

---

286) 갈담(葛覃) 삼장 : 『시경(詩經)』의 「주남(周南)」에 있는 작품 명. 집안의 번성과 화목을 노래함.

103 화씨·원씨·설씨 세 사람이 부모와 떨어져 만 리 밖 시댁으로 왔지만
남편으로부터 후하게 대접을 받았고, 시부모와 어른들이 매우 사랑해주
시니 한 몸이 편했다. 여러 해가 지난 후에 태우 화공이 황제로부터 은혜
를 입어 고향으로 돌아오게 되니, 부녀간에 반기는 것과 장인 사위 간에
서로 뜻이 잘 맞는 것은 비할 데가 없었다. 처사 설공 또한 딸아이를 따라
오긴 했는데 옛 집을 수리하는 것이 어려웠다. 그래서 유현이 은선항에
있는 집을 빌려주면서 훗날 벼슬을 내놓고 물러나 쉴 때까지 편안히 지내
도록 해 주니, 원씨·화씨·설씨 세 사람의 모든 일이 마음먹은 대로 되
어 두 집안이 서로 왕래하며 부귀를 누리게 되었다. 설·화 두 공이 지인
지감이 있어서 갑작스럽게 만난 명윤과 명균 두 사람을 보고 천금 같은
딸아이로 하여금 부부의 인연을 맺도록 허락하고 만 리 밖까지 태연스럽
104 게 보냈으니, 짐짓 대장부이며 군자라고 할 수 있을 것이었다.

태부인과 노공 부부가 해가 더할수록 노쇠해지니 진왕과 초공 두 사람이 매우 걱정하면서 가는 날을 아까워했다. 부모의 살아계실 날이 점점 줄어들어가는 것을 슬퍼하여 지극한 효성으로 모셨다. 또한 잠시 곁을 떠나는 것도 매우 어렵게 여기고 아주 작은 일에 있어서도 부모님의 뜻을 어기는 것이 없으니, 마치 증삼(曾參)[287]을 본받은 듯했다. 자고 일어나면 자손들을 모이게 해서 어른들을 기쁘시게 했으며, 어린아이를 가까이 불러 즐거운 말씀을 주고받으며 색동옷을 입고 춤추어 환희하시도록 했다. 그러므로 세월이 가고 오는 것을 깨닫지 못하니, 태부인과 노공 부부가 북당에서 베개를 높이 하고 편히 누워서[288] 일생의 안락함을 흠 없이 누

287) 증삼(曾參) : 중국 노나라의 유학자. 공자의 덕행과 사상을 조술(祖述)하여 공자의 손자인 자사에게 전함. 저서에 『효경(孝經)』이 있음.
288) 베개를 ~ 누워서 : {고와(高臥)ᄒᆞ여}. 베개를 높이 하고 편히 눕는다는 뜻으로, 벼슬을 하지 않

렸다. 그러나 자고로 운이라는 것은 돌고 도는 뻔한 이치가 있는 것[289]이 105
었다.

조씨 집안이 번성하여 즐거움을 누린 지 이미 오래 되었고, 또 장생불사하는 것은 진나라 황제인 한 무제의 위엄으로도 선약을 얻지 못해서 누리지 못한 것이니, 비록 노공이 지극한 효성이 있고 진왕과 초공 두 사람이 정성스럽다 하지만 태부인의 나이가 이미 구십이 넘었으므로 늘 인간 세상의 기쁨을 누릴 수만은 없었다. 홀연히 태부인이 병을 얻어 이부자리에 누워만 계시니 노공의 경황없음과 여러 자손들의 근심하고 애태우는 것을 어찌 다 말로 할 수 있겠는가? 진왕과 초공이 부모가 노쇠하시는 것에 대해 매우 염려하여 걸음걸이가 빨라지고 초조한 마음이 생겨 밤낮으
로 병세를 묻고 곁에서 모시며 간호하고 약을 오랜 시간 달여서 만들었 106
다. 넘치는 효성은 천지신명을 감동시켜야 마땅하겠지만 이미 천명이 다했으니 진로를 바꾸지 못할 것이라는 사실을 뛰어난 감이 있는 두 공이 어찌 모르겠는가? 날로 병이 심각해져서 10일 이내에 병환으로 몸이 나빠져 정신을 거두지 못하고 사람도 알아보지 못하게 되었다. 노공이 망극함을 이기지 못하여 갑자기 칼을 들어 손가락을 자르려는 위급한 태도를 보이니, 진왕이 손을 붙들고 초공이 칼을 빼앗은 후 눈물을 흘려 울며 말했다.

"몸과 머리털과 피부는 부모로부터 받은 것이니, 손가락을 자르는 것은 어리석은 일이라는 것을 생각해주십시오. 또한 저희들의 마음을 헤아려주십시오."

고 은거하여 세속에서 벗어나 생활함을 이르는 말임.

289) 운이라는 ~ 것 : {비태상승지리[否泰相勝之理] 쇼연[昭然]홀지라}. '비태(否泰)'는 막힌 운수와 터진 운수 즉, 불행과 행복을 아울러 이르는 말임.

노공이 눈물을 흘리며 말했다.

107 "너희들이 피치 못할 사정을 들먹여 말리지만 내가 차마 살아서 이런
망극한 광경을 볼 수 있겠느냐?"

하고 칼을 놓지 않으니 초공이 아버지의 손을 붙들고 애걸했다.

"할머님의 병환이 비록 중하시지만 분명 회춘하실 수 있는, 병에 맞는 약[290]이 있을 것입니다. 그러니 어찌 손가락을 자르는 것이 당약(當藥)이라고 할 수 있겠습니까? 예부터 명인께서도 구태여 몸을 손상시키면서 어버이의 병을 구하라고 하신 예가 없습니다."

노공의 흰 수염에 눈물이 천 줄기로 맺히니 좌우에 있던 자손들이 차마 보지 못했으며 모두들 얼굴에서 눈물을 거두지 못했다.

이날 황혼 무렵에 태부인이 노공을 부르고 화씨, 영씨, 설씨[291] 세 노
파와 진왕과 초공 두 사람 그리고 모든 자손들을 불렀다. 또한 정숙렬과
108 양정렬 등 모든 며느리들을 일일이 찾으며 얼굴을 모두 보고 길게 탄식하
며 말했다.

"사람이 세상에 태어나면 욕심이 한이 없다. 그러나 내가 과부로 여생을 살면서 백 년을 편안하게 누렸으며 자손의 영화와 복을 분에 넘치게 보았다. 그러니 이제 죽는다 하여 무슨 한이 있겠느냐? 너 또한 나이 팔십이 넘었으니 내가 먼저 죽는다고 해봤자 헤어져 있는 시간이 얼마나 길겠느냐? 내가 저승으로 가서 네 아버지를 뵙고 자손들의 지극한 효성에 대해 전할 것이니 너는 지나치게 몸을 손상시켜 병을 만들지 말고 자손들을 생각해서 만사에 감정을 억제하고 너그럽게 하면서 남은

---

290) 병에 ~ 약 : {당약(當藥)}. 어떤 병에 딱 들어맞는 약.

291) 화씨 · 영씨 · 설씨 : {화 원 셜}. 문맥상 조노공의 첩 화 · 영 · 설 삼인을 가리키는 것임. 조명윤과 명균의 아내인 화 · 원 · 설과 혼동한 듯함.

해를 편히 보내도록 해라."

다음으로 위부인을 나오라고 해서 손을 잡고 탄식했다.

"너의 아름다운 덕으로 인해 복이 이에 이르렀으니 늙은 어미는 편히
눈을 감고 죽을 수 있겠구나. 자손들을 거느리면서 길이 남은 생을 보 109
내라."

조씨 등의 여인들이 모두 부인을 붙들고 실성하여 눈물을 흘리니 부인이 돌아보고 각각에게 유언을 한 후 진왕과 초공 두 사람을 불러 좌우에 앉히고 손을 내밀라 하여 잡으며 말했다.

"너희 형제를 한 날에 얻었는데 기질이 전혀 달라 한명은 기린과 봉황
같고 한 명은 용과 호랑이 같았다. 크게 되기를 바라긴 했지만 이렇게
귀하게 될 줄이야 알았겠느냐? 효성스럽고 어진 자손들이 대대로 잘
뻗어나갔으니 이 할미는 죽어서도 기쁜 넋이 되어 길이 웃음을 지으며
하늘로 돌아갈 것이다. 너희들도 나를 생각하는 마음이 있다면 네 아
비를 보호하여 삼년상 기간 동안 건강을 유지하게 하라." 110

두 공이 엎드려 눈물을 마구 흘렸지만 부모께서 자리에 계시고 또 태부인께서 보실까 염려되어 넓은 소매로 두 줄기 눈물을 닦고 목소리를 좋게 하여 두 번 절한 후 말했다.

"저희들이 비록 부족하지만 삼가 오늘 남기신 말씀을 받들어 행하겠습니다. 그러니 만사 염려하지 마시고 병세가 나아지도록 보호하십시오."

태부인이 탄식하며 말했다.

"진시황도 한 무제도 능히 백 년을 살지 못했는데, 내가 백 년을 탈 없이 살았으니 어찌 여한이 있겠느냐?"

이때 노공의 흰 수염을 타고 눈물이 비 오듯 흘러 앉은 자리에 고이니, 모든 손자와 며느리들도 가슴에 사무치는 슬픔을 참지 못했다. 태부인이
111 쌀죽 한 그릇을 가져오라고 해서 노공에게 권하니 노공이 가슴이 미어졌지만 어머님의 권유를 또 들을 기회가 없을 것이라는 생각이 들어 마지못하여 마셨다. 손자들이 자리를 떠나지 않고 모두 경황없어 할 사이 태부인이 의젓하게 누운 채로 더는 말을 하지 않고 돌아가시니 향년(享年) 98세였다.

이런 상황이 되자 노공이 죽을 듯이 통곡을 했다. 진왕과 초공 두 사람도 망극했을 뿐 아니라 부친의 거동을 보니 더욱 슬프고 두려워 마음을 진정하지 못하고 노공을 붙들며 보호하였다. 정숙렬 · 양정렬 두 부인은 위부인을 붙들고 보호하면서 모든 일을 격식에 맞게 하였다. 시신을 받들어 초혼(招魂)[292]과 발상(發喪)[293] 절차를 거치는데, 상을 치르는 범절이
112 예에 어긋나는 것이 없었다. 온 집안사람들이 통곡을 하니 곡소리로 인해 천지가 진동했으며 모든 자손들이 극진하게 슬퍼했다. 팔십 먹은 상제(喪制)의 슬퍼하는 거동에 대해서는 보는 사람마다 칭송하지 않을 수 없었다.

황제께서 들으시고 공후(公侯)의 할머님이자 세 조정을 섬긴 신하의 어머니이므로 특별히 중사(中使)[294]를 보내 노공에게 조문하시고 죽을 권하시니 수레와 말이 동구 까지 가득 찼다. 노공의 슬퍼하는 모습과 진왕과 초공 두 사람의 슬퍼하여 쇠약해진 모습, 애통하게 곡을 하는 법도 있는

---

292) 초혼(招魂) : 사람이 죽었을 때, 그 혼을 소리쳐 부르는 일. 죽은 사람이 생시에 입던 저고리를 왼손에 들고 오른손은 허리에 대고 지붕에 올라서거나 마당에 서서 북쪽을 향하여 세 번 부름.

293) 발상(發喪) : 상례에서 죽은 사람의 혼을 부르고 나서 상제가 머리를 풀고 슬피 울어 초상난 것을 알림. 또는 그런 절차.

294) 중사(中使) : 왕의 명령을 전하던 내시(內侍).

행동은 보는 사람들로 하여금 감동하게 했다. 기현과 평제왕 유현 등도 아버지와 숙부와 마찬가지로 함께 슬퍼하니 조문객들이 조씨 형제들의
효성에 감동하지 않는 사람이 없었다. 염습(殮襲)[295]을 해서 관에 넣고 빈 113
소를 차린 후 성복(成服)[296]하는 것을 마쳤는데, 노공과 자손들이 매우 슬퍼하면서 태원전 정침(正寢)[297]에서 잠을 자며 아침저녁으로 제사를 받들었다.

이때 정숙렬이 시어머니를 모시고 있었는데 노쇠한 나이였다. 그러므로 소씨[298]가 제사를 받들어 모시고 집안을 다스리는 것을 맡아하면서 집안의 대소사를 위씨와 정씨[299] 두 부인께 여쭈어 정성스럽게 행했다. 명윤의 아내 한씨 또한 시부모를 모시고 보호하는 도리를 다 했다. 위아래 천여 명이 사는 집안이 고요하고 나직한 것이 마치 봄바람이 꽃가지 위에 멈춘 듯했다. 규중이 깨끗한 물과 같이 맑아 사람들이 탄복하는 것이 마치 물이 동으로 흐르는 것과 같았다. 오직 태부인의 한 몸만이 이제
더 이상 북당에 거할 수 없었기 때문에 위 아래 모든 사람들에게 슬픈 빛 114
이 맺혀있었고 집안에서 따뜻한 기운이 사라졌다.

노공과 위부인이 노쇠한 나이에 지극한 슬픔이 뼈에 사무치자 기력이 나빠져서는 옷의 무게도 지탱하지 못했으며 쌀죽도 소화시키지 못했다. 두 공이 여러 누이들과 부인들을 믿고 어머니를 맡겨 때때로 문안하면서 기운을 살피고 약과 음식을 알맞은 것으로 다스려 드리게 했다. 그리고 노공은 두 사람이 밤낮으로 차례대로 모시면서 지나치게 슬퍼하시지 말

---

295) 염습(殮襲) : 죽은 사람의 몸을 씻긴 뒤에 옷을 입히고 염포로 묶는 일.
296) 성복(成服) : 초상이 나서 처음으로 상복을 입음. 보통 초상난 지 나흘 되는 날부터 입음.
297) 정침(正寢) : 제사를 지내는 몸채의 방.
298) 소씨 : 진왕 조무의 아들 기현의 부인.
299) 위씨와 정씨 : 조노공의 부인 위씨와, 진왕의 부인 정숙렬을 가리킴.

라고 말씀드리면서 식사를 다 하시는 것을 본 후에야 비로소 자신들도 곁
에서 음식을 먹었다. 아침저녁 식사 상에 채소 반찬 몇 그릇 외에는 없었
지만 그것마저도 아버지께서 불편하게 여기시면 오히려 먹지 않았다. 노
115 공이 나이가 들어가고 하늘이 무너지는 슬픔을 당하면서 두 아들에 대한
사랑이 더욱 깊어져서 행여 그들의 몸이 상할까 싶어 매사에 중도를 지키
면서 두 자녀들의 정성스러움을 위로했다. 그들이 음식을 권하면서 간절
하게 염려했을 뿐 아니라 아버지의 뜻을 받들어 손자들로 하여금 아버지
앞에서 유희하게 하여 회포를 위로하며 세월을 보내니 순식간에 여러 달
이 지나갔다.

장례도구를 준비해서 선산에 장사를 지내는데, 자손들의 장함과 장례
기구의 성대함은 진실로 제후국을 다스리는 제후의 조모(祖母)의 장례라
고 할 만했다. 드디어 관을 옮기는데, 이때 불빛은 낮과 같이 밝고 촛불은
별같이 반짝였으며 흰 두건과 띠를 띤 사람들의 수를 이루 헤아릴 수 없
116 었다. 머리가 허연 상주가 그 뒤를 따르니 슬픈 빛이 있었지만 왕과 공후
백작의 벼슬자리에 있는 자손들이 연이어 상여의 뒤를 따르니 넘치도록
화려한 것이 세상에 비길 데가 없었다. 보는 사람들이 당대 제일이라고
칭찬했다.

장례를 마친 후 서울로 돌아와 반곡(反哭)[300]을 하니, 집안에 화기가 줄어들었다. 노공이 어머님께서 머무시던 곳을 둘러보며 눈물을 비 오듯 흘리고 따라 죽지 못한 것을 슬퍼하니 진왕과 초공 두 사람이 위안의 말씀을 드렸으며 수많은 자손들이 윗자리에 모시고 최선을 다해 효도를 했다. 그 결과 노공이 격한 감정을 억누르게 되었지만 아침 문안 때만 되면 여

300) 반곡(反哭) : 장지로부터 집에 돌아와 신주(神主)와 혼백상자를 영좌(靈座)에 모시고 곡함.

러 자녀 손자들의 문안 인사를 받으면서 눈물을 흘리고 말했다. 117

"너희들은 이처럼 유복한데 나 혼자 우러러 바랄 곳이 없다."

자손들이 안타깝게 여겼으며 진왕과 초공 두 사람이 위로의 말씀을 드렸다.

"아버님의 안타까운 마음은 한이 없으시겠지만, 할머님께서 백세를 누리셨으니 자손들에게는 남은 한이 없습니다. 이같이 오랫동안 슬퍼하시면 할머님의 유언을 어기는 것이지 싶으니 아버님께서는 세 번 생각하시어 할머님께서 부탁하신 말씀을 잊지 않으시는 것이 마땅하다고 생각합니다."

노공이 슬퍼서 눈물을 흘리며 말했다.

"내가 어찌 모르겠느냐? 그러나 참으려 해도 능히 할 수가 없다. 하지만 너희를 생각하여 헐떡거리는 숨을 쉬며 죽지 못하니, 어찌 다시 염
려 할 것이 있겠느냐?" 118

진왕과 초공이 또한 감격해서 목메어 울며 효행을 닦으며 정성을 다하고 곁을 떠나는 일은 아주 짧은 때라도 난처하게 여겼다. 아, 누구에겐들 자손이 없겠는가마는 조씨 집안 사람들의 기특한 효성은 세간에 드문 일이로구나!

조 씨 삼 대 록

36권

1 화설. 소황후가 황후의 지위를 누린 지 십여 년이 되어 세상을 떠나니
황제가 매우 비통해했으며 온 조정 대신들의 거애(擧哀)[301]하는 소리로
천지가 진동했고, 군현의 백성들이 황후의 성스런 덕을 추모하여 슬퍼하
지 않는 사람이 없었다. 이때 혜선공주가 하늘을 향해 곡하고 땅을 향해
부르짖으며 밤낮으로 목 놓아 우는 등 피눈물로 날을 보내고 있었다. 시
부모와 부마 명천이 정성으로 보호했으며 시아버지인 평제왕 유현이 친
히 음식을 권하면서 지나치게 슬퍼하지 말라고 타일렀다. 그러므로 공주
도 대의를 생각하여 죽을 뜻까지는 없었지만 고통과 서러움이 하늘에 사
2 무쳐 오장이 무너지는 것 같으니, 모습이 수척해지고 피부 결도 예전과
달라졌으므로 집안사람들이 염려했다. 그러나 조씨 집안의 예법이 삼엄
했으므로 국가에 초상이 난 후로는 내각에 발자취를 끊게 하니 부부가 주
인과 손님 사이 같았다. 그러므로 부마 명천도 공주의 얼굴을 볼 수는 없
었고, 다만 밖에서 병세를 묻고 위로하는 말을 전했으며 간병하려는 마음
이 지극하니 공주가 그 도에 맞는 행동에 대해 감사를 드렸다. 그러나 효
성스러움은 천성인지라 능히 울음을 참지 못했다.

나라에서 황후를 책봉하시고 천하에 있는 죄인들을 크게 사면하시니,
이때 소경수는 진국공 황태부의 작위를 겸하고 있었으며 고결한 덕행에
대한 칭찬과 명망이 세상에 가득했다. 황제의 총애가 융성하고 집안에 있
3 는 조씨와 위씨 두 부인이 아황(娥皇)과 여영(女英)의 풍모가 있어서 집안
이 화목했으며 집안의 법도가 정숙했다. 슬하에 자식이 많았는데, 조씨가
연달아 4자 2녀를 낳았고 위씨가 1자 2녀를 낳았으며 구씨가 1자를 낳으

301) 거애(擧哀) : 상례에서 죽은 사람의 혼을 부르고 나서 상제가 머리를 풀고 슬피 울어 초상난 것을 알림. 또는 그런 절차. 발상(發喪)과 유사어임.

니 7자 3녀가 모두 옥으로 깎은 계수나무 같고 지초와 난초 같았다. 집안의 영화와 복 그리고 화려함은 비길 사람이 없었으며 두 부모님이 건강하셔서 흠잡을 일이 없었다. 다만 구씨가 출산 후에 몸에 병이 들어 서른이라는 젊은 나이에 세상을 버리니 한 점 골육이 태어난 지 겨우 네다섯 달이 되었을 뿐이었다. 진공 소경수가 매우 슬퍼하며 장례를 극진히 했으
며, 조씨와 위씨 두 부인도 동기의 상을 당한 것 같이 매우 슬퍼했다. 자 4
녀들 또한 친어머니와 다름없이 애통해했다.

경수에게는 맺힌 한이 있었는데, 그 아우 연수가 촉 땅으로 간 후 10년이나 고생을 했지만 돌아오지 못하고 있으며, 교씨[302]의 사정이 슬프고 또 조카의 나이가 13세가 되어 몸가짐이 비상하고 골격이 시원스러워 기린이나 봉황 같은 기질이 그 아비보다 세 배나 뛰어났지만 자라면서 자신의 아버지가 멀리 가 있다는 것도 그렇고 또 그에게 부끄러운 죄명이 있다는 것도 싫어서 저녁부터 새벽까지 근심하고 탄식한다는 것이었다. 이에 소경수가 위로하며 말했다.

"네 아비가 촉 땅으로 귀양 갔지만 너의 어질고 효성스러운 덕이 반드시 아버지를 옛 집으로 돌아오게 할 것이니 모름지기 너무 지나치게 염
려하여 몸을 상하게 하지 말고 행실을 닦으며 때를 기다려 등문고를 5
쳐 황제로 하여금 뜻을 돌이키시게 하거라."

희문[303]이 눈물을 흘리며 말했다.

"큰아버님께서 가르쳐주시는 말씀은 알겠지만 아버지는 죄 없이 귀양을 간 것과는 다르니 등문고를 친다면 괜히 일의 사정만 남들이 알게

302) 교씨 : 소연수의 부인. 소경수의 제수.
303) 희문 : 소연수의 아들.

될 것입니다."

이에 경수가 감탄하여 말했다.

"어린 조카가 헤아리는 것이 나에게 미칠 것이 아니구나."

그 후, 천하에 있는 죄인들을 크게 사면해주신다고 하니 평제왕 유현이 아뢰었다.

"소연수가 10년 전에 서촉 땅으로 유배를 갔습니다. 그는 큰 죄를 지은
역적과는 다르며 소경수도 이 일로 인하여 장차 목숨을 버려서라도 아
우를 구하려 하고 있습니다. 이제 10년이나 고생을 했으니 그의 죄는
6 벌써 사해졌을 것입니다. 그러니 이번 사면 때에 함께 용서를 입게 해
주시기를 바랍니다."

황제가 깨닫고 청을 허락하셨다. 이는 연수의 죄를 가볍게 여기셨기 때문이 아니고 소경수의 우애 있음을 아름답게 여기시어 맺힌 한이 없이 형제가 화목하게 지낼 수 있게 하신 것이었다. 효문[304]이 문계 조유현에게 덕이 뼈에 사무칠 정도로 감사했으며 기뻐서 하늘로 올라갈 듯했다.

황제가 죄인을 용서하는 명을 한번 내리시니 온 사방에 그 은혜 도달하
는 것이 마치 별이 흐르는 것 같았다. 연수가 촉 지방에서 귀양살이 하면
서 얼핏 10년 정도 봄과 가을이 번갈아 지난 듯 생각되니 고향을 떠난 고
초와 부모님에 대한 그리움 때문에 슬퍼서 옛 일을 생각하며 뉘우치고 슬
7 퍼하며 애간장을 태웠다. 이따금 아버지와 형의 편지를 보면 속 시원히
눈물을 흘리며 자신의 죄를 스스로 한탄할 뿐이었다. 교씨와 아들이 성장
했을 것을 생각하면 마음이 급하여 몸이 날아서 서울에 갈 듯했고 꿈속에
서는 늘 어버이 곁에 가 있었다. 아침에 낀 구름과 저녁달을 볼 때마다 마

304) 효문 : 소경수를 가리킴.

음을 허비하여 끓어오르는 눈물305)이 옷을 적셨고 얼굴 위에 눈물이 가득했다. 이에 스스로 한탄하며 말했다.

"이 한 몸 귀족 가문의 귀한 아들로서 일찍이 벼슬길에 올랐고 스무 살
정도부터 훌륭한 인망이 있다는 소리를 들으며 남부끄럽지 않았는데
마음을 잘못 먹고 처신을 멋대로 하여 나라로부터 죄를 얻고 몸이 하늘
과 땅 끝에 내처져 부모님과 형제를 만날 기약이 없구나. 형님의 어지 8
심 덕분에 목숨은 보전했지만 이 몸이 어느 때 고향에 돌아가 위로는
부모님의 얼굴을 뵈어 반기고 아래로는 어린 아들을 볼 기약이 있겠는
가?"

이렇듯 마음을 진정하지 못하고 노심초사 하며 생각했다.

'만약 내가 이대로 죽으면 형님이 나를 생각하여 흘리는 눈물이 반드시 황하강 물에 더해질 것이고, 교씨가 예견한 말도 헛되게 되어 여름에 서리가 내릴 정도로 원한이 생기게 될 것이다.'

이렇듯 마음을 태우다가 마침 마음에 병이 들 듯했는데, 나라에 초상이
났다는 슬픔을 전해들은 지 일고여덟 달 만에 죄를 용서해 준다는 글이
도착하니 연수가 황급히 향을 올려놓는 상을 펴고 죄를 사해주신다는 명
을 들은 후 북쪽을 향해 은혜에 감사드렸다. 일가친척의 편지를 보니 반 9
갑고 기쁜 마음을 참지 못했다. 그 와중에 아들의 편지를 보게 되었는데,
글 솜씨가 빼어나며 생각이 깊고 침작하니 자신은 천 번을 해도 미치지
못할 것이요 만 번을 해도 당할 수 없을 정도였다. 스스로 다행스러운 마
음을 참지 못했다. 마치 넋이 나간 듯 취한 듯하여 눈물이 흘러내리는 것
을 막지 못했다.

---

305) 끓어오르는 눈물 : {장부의 누쉬}. 장부를 '오장육부(五臟六腑)'의 준말로 보아 이와 같이 옮김.

촉 고을의 태수와 자사가 축하를 했으며 행리와 노자를 도와주었는데,
이것이 어찌 연수를 도와준 것이겠는가? 다 그 아버지와 형의 권세를 두
려워했기 때문이다. 이미 충실한 마부와 말이 있고 종들이 건장하며 노자
가 풍족하니 집으로 돌아갈 마음이 화살과 같았다. 길을 떠나자 비바람을
10 상관하지 않고 행하여 여러 달 만에 황제가 계신 곳으로 돌아왔다. 부모
와 형제가 반가워 해 주시는 데, 두 소공이 한 곳에 모였으며 온 집안이
기뻐하며 연수를 보고 축하했다. 이때 경수의 온 얼굴에 가득한 봄빛과
같은 온화함은 보는 사람으로 하여금 늘 보고 싶게 할만 했다. 진국공 소
경수가 연수의 손을 잡고 팔을 어루만지며 말했다.

"성은이 망극하여 우리 형제를 다시 모이게 하시고 훤당에 계시는 두
부모님을 받들게 해 주셨구나. 이 어리석은 형은 만약 오늘 저녁에 죽
는다고 해도 한이 없다. 네가 10년 동안 타향에 떨어져 있었지만 타고
난 기품이 상한 곳이 없고 훤당에 계시는 두 부모님이 강건하시니 이는
우리 집안의 경사다. 조카가 저렇게 빼어나게 아름답게 장성한 것이
11 또한 기이하니 우리 집안의 천리마라고 할 수 있다. 매우 다행스럽고
즐거워 어느 말을 먼저 해야 할지 모르겠구나."

연수가 감동하여 눈물을 얼굴에 가득 흘리며 탄식했다.

"어리석은 죄악이 천지에 가득하여 옛 집으로 살아 돌아오는 것은 바라지도 않았는데, 망극한 성은과 지극한 형님의 우애 덕분에 이 몸이 서울로 돌아와 부모님 안전에 절을 드리고 형제와 골육이 한 데 모이게 되었습니다. 그러니 오늘 죽어도 한이 없습니다. 제가 잘못을 반성하고 스스로 책망한 지 10년인데, 오늘은 더욱 후회되고 슬픕니다. 이후로부터는 마음을 한가지로 하여 길이 부모님을 봉양하며 형제간의 즐

거움을 다하는 것이 바라는 바입니다."

진공 경수가 슬퍼하며 말했다. 12

"옛일은 이미 끝난 것이다. 왜 자꾸 꺼내어 즐거운 홍을 감소시키고 자손들로 하여금 듣게 하려 하느냐? 내 마음은 너를 만나 만사에 상쾌하니 만약 국가에 슬픈 일만 없었다면 잔치를 열어 이 영화로운 일을 드러냈을 것이다. 그러니 어찌 지나간 일을 말할 필요가 있겠느냐?"

평진후와 강능후 또한 함께 손을 잡으며 연수가 어질어진 것에 대해 기뻐했고, 부자간과 조카 삼촌간의 정으로써 10년 동안 떨어져 있다가 만나게 되었으므로 흐뭇하여 반가워했다.

이때 연수가 좌우를 돌아보며 누이들과 조카 등을 보았는데 그간 새로 태어난 옥동자들이 앞에 가득하였고 조씨 자염의 네 아들과 두 딸은 조카들 중에서도 빼어나 마치 옥으로 만든 나무와 나뭇가지306) 같았다. 내심 13

그들이 효성스러운 것에 탄복하긴 했지만, 형수인 조자염을 대할 낯이 없었다. 그러던 중 갑자기 비단 장막이 움직이면서 안으로부터 조 · 위 두 부인이 나와 예를 차려 맞이하고 자리로 나아갔다. 연수가 황망하여 답례한 후 눈을 들어 보니, 조씨는 나이가 거의 삼십이 되었지만 찬란한 광채는 아침 해가 옥난간에 비치는 듯, 밝은 달이 공중에 뜬 듯했다. 머리 위의 쌍봉화관에는 보배와 구슬이 영롱하게 빛났으며 두 눈썹 언저리의 화장과 별 같은 눈으로부터 나오는 눈길은 맑은 빛깔과 어진 기운이 발하는 것 같았다. 맵시 있는 고운 태도는 맑고 시원스러운 것이 마치 백 가지 꽃의 정령들이 다투어 웃는 듯 했으며, 신선의 정원에 있는 훈훈한 기운을 14

306) 옥으로 ~ 나뭇가지 : {옥슈경지[玉樹瓊枝]}. 옥수(玉樹)는 뛰어난 재주가 있는 남자를 가리키고, 경지(瓊池)는 뛰어난 여자를 가리키는 말임.

마신 듯, 물맛이 좋은 샘물을 시험하는 듯, 상쾌한 신선 같은 풍모는 세속
을 더럽게 여기는 것 같았다. 몸에는 국공부인의 예복을 차려 입었으며
위엄 있는 거동이 예전과는 비교가 안 되었다. 자신이 반평생 수고하면서
자객을 모으고 수많은 돈을 흩어버렸지만, 조씨는 어질다는 아름다운 명
성을 더욱 얻게 되고 빛나는 복록이 가득해졌고 자신은 거꾸로 만대에 없
는 죄명을 얻어 평생 앞길을 막게 되었다는 생각이 들었다. 비록 옛 고향
으로 살아 돌아왔지만 부모님과 친척들이 모두 도리에서 벗어난 행동을
한 사람이라고 여기고 있으며, 또한 이 시대에 쓰일 길이 없으니 이를 생
15 각하자 후회되고 애달픈 마음이 좌우로 분출되었다. 악한 마음이 생기진
않았지만 얼굴빛이 찬 재같이 되어서 침묵한 채 좌우를 돌아볼 뿐이었다.

조씨가 얼굴빛을 온화하게 하고 먼저 나라에 상(喪)이 발생하여 망극하다는 사실과 아울러 뜻 밖에 돌아오게 된 것을 축하하면서 천 리나 되는 관산(關山)[307]의 험한 길로부터 무사히 돌아오게 된 것이 다행이라고 했다. 온화한 말은 사람의 마음을 감동시킬 만했으며 따뜻한 기운은 봄바람이 꽃 숲에 부는 듯하니 연수가 비록 불평한 마음이 있었음에도 불구하고 시원스레 탄복하여 황급히 일어나 두 번 절한 후 죄를 청하며 말했다.

"저의 수많은 죄는 머리털을 빼 헤아려도 끝이 없을 것입니다. 그런데
16 형수님께서 큰 바다와 같은 헤아림과 성덕으로써 죄를 사하여주시고
이제 두 번 은혜를 베푸셔서 모든 조씨 가문 사람들이 힘을 다해 간언
을 하시어 예전에도 이 한 목숨을 구해주셨고 또 사명을 입게 해 주셨
으니 이는 제왕의 큰 덕 덕분입니다. 귀양지에 갔을 때에도 노자를 보
내주시고 이제 이와 같이 위로하는 말씀을 해주시니 저는 형수님의 큰

307) 관산(關山) : 고향에서 멀리 떨어진 변방 지역을 의미함.

은혜를 마음과 뼈에 새겨 결초보은 하겠습니다. 원하는 바는 다만 옛 허물을 버리고 형님과 형수님의 성스러운 덕에 의지하여 남은 인생을 마치고자 하는 것입니다."

하고 모든 조카아이들의 빼어남을 칭찬하고 구씨가 사망하게 된 것에 대해 슬퍼했는데, 그 말씀이 마음속 깊은 곳으로부터 나온 것이었으므로 연수가 착한 마음을 먹고 악행을 버렸음을 알 수 있었다.

조씨가 온화한 목소리로 고마움을 표현하며 칭찬은 당치 않다고 했다. 17
구부인[308]이 또한 반가워 손을 잡고 눈물을 흘리며 말했다.

"내가 일찍이 너를 어질게 가르치지 못해서 네가 수많은 고초를 겪은 것이니 이제 와서 뉘우친다고 무슨 소용이겠느냐? 며느리와 네 형의 어진 덕과 지극한 효성 덕분에 어지러운 집안을 진정시키고 화목하지 않던 형제가 화목해져서 모두 모였으니 나는 이제 죽어도 한이 없다. 너는 지난 일을 뉘우치며 지난 허물을 버리도록 해라."

연수가 공경히 받들었다.

이후로 집안에 화기가 더욱 융성하게 되니 진국공 소경수가 평생 바라던 소원이 이루어진 것이었다. 자녀를 혼인 시켰으며 부모님을 효로써 모
시고 형제가 더욱 우애 있게 지냈는데, 이에 대한 수많은 이야기들이 효문 18
공의 본전에 있으므로, 조씨 집안의 일만도 많아 번거롭기 때문에 이곳에 모두 기록하지는 못했다. 소성렬[309]에 대한 기록과 소효문의 충신다움과 효도하고 우애 있게 지낸 행적은 조씨 집안의 이야기에 있지만, 조자염과 소경수 사이에서 태어난 4자 2녀의 빼어남과 진공 소경수의 수많은 어진

---

308) 구부인 : 소연수의 친어머니.
309) 소성렬 : 문맥상 태사 조기현의 아내이자 평진후의 딸인 소월아를 가리키는 듯함.

행적에 대해 자세한 이야기가 없으므로 『조씨삼대록』을 보는 사람마다
안타깝게 여겼다. 그래서 드디어 『소효문 선행록』을 완성했으며, 소창문
등이 옥뇨와 금전을 납빙(納聘)하여 혼인을 이룬 일에 대해서는 『옥뇨 금
전빙』이라고 하여 세상에 전하니, 『소효문 충효록』과 동시에 지은 것이
다.

19 이때 조씨 집안에서는 시간이 말 달리듯 지나가 태부인의 삼년상을 마
치게 되었다. 노공이 지극히 애통해 하는 것은 초상 때나 다르지 않았으
며 진왕과 초공 두 사람과 모든 자손들의 슬퍼함도 새삼 새로웠다. 아무
튼 선을 쌓은 집안의 앞길은 무궁한 것이었다.

태부인의 상을 마치게 되자 자손들이 장성했으므로 몇 년 동안 연달아
과거에 급제하는 경사가 생겼다. 비록 옛 일 때문에 종종 슬퍼지긴 했지
만 진왕과 초공 두 사람이 훤당에서 부모님을 모시고 슬하에서 색동옷을
입고 춤을 추니, 즐거운 경사가 연달아 일어났고 융성한 황제의 은혜는
날이 갈수록 더했다. 황제가 다시 기현에게 좌승상의 벼슬을 주시고 유현
에게는 우승상을 하게 하시니 이는 평제왕 유현의 신이한 재주와 덕을 늘
20 기특하게 여기셨으므로 얼른 직위의 단계를 뛰어 넘어서 올려주신 것이
었다. 두 사람이 조정에서 큰 권세를 잡게 되었으므로 밤낮으로 근심하고
두려워하면서 한 번 식사할 때마다 세 번 토하고 한 번 머리 감을 때마다
세 번 머리를 거머쥐며 어진 선비들을 대접[310]했다. 그러므로 온 조정 대
신들이 그 덕망을 우러러 사모했으며 온 세상이 안락했는데, 이들에게는
이윤(伊尹)[311]과 주공(周公),[312] 하상과 소하(蕭何)[313]의 충절이 있었다.

---

310) 한 ~ 대접 : 민심을 수람하고 정무를 보살피기에 잠시도 편안함이 없음을 이르는 말로 토포악발(吐哺握髮)이라고 함. 중국의 주공이 식사 때나 목욕할 때 내객이 있으면 먹던 것을 뱉고 감고 있던 머리를 거머쥐고 영접했다는 데서 유래했음.

이에 온 세상 사람들이 칭찬했다.

"짐짓 하늘을 받칠 기둥이로구나."

공주가 연달아 6자 2녀를 낳고 화씨가 4자를 낳으니 부마 명천에게 10
자 2녀[314]가 생긴 것인데, 모두 다 빼어났다. 명윤의 처 한씨 또한 7자 3
녀를 낳았으며 그 나머지 부인들도 각각 자녀를 두었으므로 강서후 명윤
또한 20자 6녀를 얻게 되었다. 『조씨후대록』이 이어서 생겨나게 된 것은 21
이 두 사람의 자녀에 대한 이야기가 흔적 없이 사라지는 것을 아깝게 여
겼기 때문이다.

이때 강서후 명윤의 작위는 병부상서 용두각 태학사 대사도(大司徒)[315]를 겸한 것이었는데, 고결한 덕행에 대한 명망이 온 나라에 가득했다. 명윤이 젊었을 때에는 용모가 훤칠할 뿐 아니라 호탕하고 시원시원하여 풍류랑의 기질이 있었지만 나이가 들고 작위가 높아지자 아버지와 할아버지 대의 풍모를 본받았으며 가문의 맑은 덕을 본받아 마음을 닦고 삼가 행동을 조심했다. 또한 충성하고 믿음직스럽게 행동하며 효도하고 우애 있게 지내면서 몸을 닦고 집안을 다스리는 등 온갖 행동이 맑은 하늘의 흰 태양과 같았다. 자녀들을 교훈하며 통솔하고 지도하는 데 있어서 법도가 숙연하니, 문벌(門閥)의 창대함이 진왕의 뒤를 이을 만했다. 영화로움

---

311) 이윤(伊尹) : 중국 은나라 초의 이름난 재상. 탕왕을 보좌하여 걸왕을 멸망시키고 선정을 베풀었음.

312) 주공(周公) : 주왕조를 세운 문왕의 아들이며 무왕의 동생으로 무왕이 죽자 무왕의 나이 어린 아들 성왕을 도와 주 왕조의 기초를 확립했음.

313) 소하(蕭何) : 중국 전한의 정치가. 유방을 도와 한(漢)나라의 기틀을 세웠으며 율구장(律九章)이라는 법률을 만들었음.

314) 2녀 : {일녜}. 바로 앞 부분에 공주가 6자 2녀를 낳았다고 되어 있으므로 문맥을 고려하여 이와 같이 고침.

315) 대사도(大司徒) : 중국 주(周)나라 때, 토지를 관장하고 백성의 교화를 맡아보던 벼슬 이름에서 유래.

의 정도는 삼대(三代) 가운데 명윤이 으뜸이었다.

22 이때 장후[316] 양인광은 조씨 월염과 더불어 지낸 지 10년이었는데, 부부간에 화목하여[317] 슬하에 5자 4녀를 두었다. 맏아들 백경이 갑과(甲科)에 장원으로 급제하여 벼슬이 청환(淸宦)과 현직(顯職)을 아울러 겸하게 되었는데, 섬서 지방의 안찰사(按察使)[318]로 나갔다가 공교롭게 맹훈[319]을 잡게 되었다. 안찰사 양백경이 어찌 맹훈의 얼굴을 알겠는가? 이는 아버지 양왕[320]이 맹훈 잡지 못하는 것을 한스러워 하면서, 얼굴 모습을 그려 각 도의 군현 자사에게 하직하는 때면 그 그림을 맡기고 잡아 보내기를 청했기 때문에 아는 것이었다. 간악한 인간이 백주 대낮에 흉악한 일을 저질러 아녀자를 핍박해놓고 깊은 산속 궁벽한 골짜기 속으로 비밀스럽
23 게 자취를 감췄으므로 잡지 못했었는데, 하늘이 진노하시어 그 자식의 손에 잡힌 것이었다. 양안찰사 백경은 어머니께서 누명을 쓰신 일과 형이 죽은 일에 대해 어려서부터 들어 분노가 뼈에 온전히 사무쳐 있던 상황이었다. 맹훈을 잡아 머리를 베고 심장을 꺼내 거리에 버렸다. 슬프다! 맹훈이 곽씨와 더불어 한 마음으로 모의할 때는 세상에 없던 자식이었는데 어찌 그 자식이 태어나서 원수 갚으리라는 것을 예측했겠는가? 하늘의 도는 밝으시어 이와 같이 보복해 주시는 것이었다.

양태사[321]가 돌아가시자 양정렬이 슬픔으로 온 몸이 상하여 뼈 속까지

---

316) 장후 : 사천후가 된 이후로 다시 벼슬에 대한 언급이 없었으나 문맥상 장후는 양인광을 가리킴.

317) 부부간에 화목하여 : {금슬우지(琴瑟友之) 종고락지(鐘鼓樂之)ᄒᆞ여}. 금슬우지(琴瑟友之)는 거문고와 비파를 타며 친구처럼 지낸다는 뜻이고, 종고락지(鐘鼓樂之)는 종과 북을 치며 즐긴다는 뜻으로 모두 부부 사이의 화목한 정을 이르는 말임.

318) 안찰사(按察使) : 중국 송나라 · 명나라 때에, 지방 군현을 다스리며 풍속과 교육을 감독하고 범법을 단속하던 벼슬.

319) 맹훈 : 양인광과 조월염을 모해한 악인.

320) 양왕 : 양인광이 왕이 되는 과정에 『조씨삼대록』에는 나오지 않음. 대신 양인광 가문의 이야기를 다룬 『양문충의록』에서 양인광은 동오왕이 됨.

사무칠 듯, 애통해하며 장례 지내는 것을 예의에 지나치니 평제왕 유현 형제가 밤낮으로 모시고 보호했으며 노공과 위부인이 친히 와서 보호하셨다. 이때 초공이 위로하며 말했다.

“부인의 사정이 비록 간절하지만 돌아보건대 내가 아직 살아있고 어머 24
님께서 위에 계시니 매사 마땅히 감정을 가라앉히고 대의를 돌아보아
염려해야 할 것입니다. 부인이 넓은 마음을 지녔음에도 불구하고 이렇
게 하다니 진실로 뜻밖입니다. 예전 그 때[322]는 장인어른의 신세가 안
타까웠지만 최근에는 왕의 자리에 있는 손자가 있고 유명한 재상이 된
증손자들이 있어 부모를 영화롭게 모셨습니다. 광호[323] 부자가 세상
에 뛰어나니 당 대의 영웅이며 충효를 겸비한 군자입니다. 그러므로
족히 양세의 악행을 씻고 가문을 빛냈으니 인생의 즐거움을 다 누리신
것입니다. 게다가 아직도 장모님께서 집안에 계시니 부인이 지나치게
슬퍼하는 것이 어찌 오히려 불효라 하지 않을 수 있겠습니까?”

양정렬 부인이 맑은 눈물을 흘리며 고마운 뜻을 나타냈다. 아름다운 25
얼굴이 애달픈 표정이 되어서 차마 말을 계속 하지 못하니 초공이 깨닫고
얼굴빛을 고친 후 자신도 자신의 두 어버이를 뵈었는데, 연세가 지극히
높으시다는 것을 깨닫게 되었다. 이때부터 만사를 세상에 던져두고 밤낮
으로 어버이를 기쁘시게 하기 위해 노력했다. 진왕도 궁을 버리고 부모님
이 계신 집으로 와서 부모님을 모시면서 날을 보내니 정숙렬부인 역시 그
뒤를 따랐으며 소씨[324]가 진왕의 궁에 머물면서 궁중의 대소사를 살폈

321) 양태사 : 양인광의 할아버지이자, 초공 조성의 장인 양임을 가리킴.
322) 예전 ~ 때 : 양임의 아들 양세가 악행을 저질러 집안을 어지럽히다가 사망한 일을 가리킴.
323) 광호 : 양인광을 가리킴. 『양문충의록』에는 양광효로 되어 있음,
324) 소씨 : 기현의 첫째 부인.

다.

양정렬 부인이 아버지의 무덤 곁에서 초막살이를 했으므로 그때부터
정씨[325]가 초공 집안의 일을 주관하였는데, 매사에 할머니께 고하고 결
정을 내렸다. 유현과 기현은 진왕과 초공 두 사람을 대신하여 임무를 살
26 피고 자손 교육을 엄정하게 하여 마치 친자식같이 가르치니 집안이 숙연
해졌으며 부모를 위하고 어른을 공경하는 법도가 날로 나아져서 온 집안
에 화목한 기운이 가득해 마치 봄바람이 무르녹는 것 같았다. 한없이 넓
고 큰 영광이 끊이지 않으니 노공이 위부인과 함께 높은 당에 누워서 영
화를 누리며 자손들에 대해 기뻐하면서 마음속 근심을 잊었다. 진왕과 초
공 두 사람이 매일 유희를 주고받았는데, 예전에 엄숙하던 기운은 사그라
지고 부드럽고 화평해져서 모든 자손들을 모아 가무와 풍류로 부모님 슬
하에서 웃음을 돕고 즐기시기를 도모했다. 이 일로 인하여 모든 젊은이들
27 은 날마다 호탕하고 왁자지껄하게 지냈다. 『후세록』에 조씨 형제들 가운
데 풍류가 있고 용모가 훤칠한 자가 예악을 많이 숭상하여 조상의 단정하
고 엄숙한 수행에 미치지 못했다는 기록이 있는 것은 이로 말미암은 것이
다. 사람 사는 집에서 아버지와 형이 엄숙하지 않으면 자식들이 외입하게
되는 것이 다 이러한 까닭에서 비롯되는 것이었다.

유현이 어머님께서 늘 덕을 베풀고 마음을 숭고하게 하여 거처하는 곳과 의복을 가난한 선비의 아내같이 하고, 머무시는 당도 매우 좁아서 많은 자손들이 모여 앉으면 능히 무릎도 움직이지 못할 정도라고 생각했다. 그러나 초공이 고치지 않았으며 양정렬 부인 또한 좁다고 하지 않고 지냈다. 연세가 점점 많아지면서 거처하는 곳이 좁으니 춥고 더울 때면 지내

325) 정씨 : 유현의 첫째 부인.

기가 괴로웠다. 이에 유현이 여섯 형제들에게 말했다.

"우리들이 벼슬이 높아져서 왕 아니면 제후나 백작이다. 아주 귀한 벼 28
슬을 하는 등, 부귀가 매우 높은데 일찍이 한 번도 우리가 가진 영화로
움을 열어 부모님을 위한 잔치자리를 마련하는 등의 즐거움 베풀지 못
했었다. 지금 어머님께서 거처하시는 침전은 두어 명 어린아이를 데리
고 있는 젊은 여자가 거처할 정도에 불과하니 어찌 어머님께서 많은 자
손을 거느리기에 마땅한 곳이겠느냐? 아버님께서 비록 금지하시지만
우리의 도리는 그런 것이 아니다."

하고 아버지에게 여쭌 후 세 명 어머니의 침전을 새로 짓기로 했다. 동과
서로 수십 간(間)[326]씩 세워 좌우로 정당(正堂)을 두었고, 가운데 큰 전(殿)
을 지어 홍운전, 녹운전, 영운전이라고 액자에 글씨를 썼다. 가운데 홍운 29
전에 양정렬 부인이 거처하게 하고 동서로 두 누각에 왕씨와 윤씨 두 모친
을 모셨다. 아로새긴 난간과 그림 그린 기둥이 빛났으며 채색한 높은 누각
이 공중에 힘차게 솟아[327] 있었다. 크고 성대하지는 않지만 안이 넓고 시
원스러웠으며 이부자리와 탁자, 병풍과 장막 등이 태운전[328]과 동일했다.
양정렬이 매우 불편하여 지나친 것들을 거둬 빼앗고 경계하며 말했다.

"오대(五代)[329]의 요임금[330]은 천하를 소유하는 부유함이 있으셨으나 흙 계단 세층만을 쌓고 초가집 추녀 끝도 가지런히 자르지 않으셨다.[331] 네 어미가 예전에 요상한 액운을 만나서 고생을 하고 이제야 몸

---

326) 간(間) : 넓이의 단위. 건물의 칸살의 넓이를 잴 때 씀. 한 간은 보통 여섯 자 제곱의 넓이임.

327) 힘차게 솟아 : {림니[淋漓]}. 사람의 몸이나 글씨, 그림 따위에 힘이 넘치는 모양을 의미하므로 문맥을 고려하여 이와 같이 옮김.

328) 태운전 : 조노공의 부인 위부인의 처소.

329) 오대(五代) : 『예기(禮記)』에 나오는 중국 상고의 다섯 왕조, 당 · 우 · 하 · 은 · 주.

330) 요임금 : {당요(唐堯)}. 중국에서 가장 위대한 성군.

331) 흙 ~ 않으셨다 : {토계삼등(土階三等)의 모즈[茅茨]를 부젼[不剪]하시니}. 중국 역사책인 『십팔

이 평안하게 되었다. 외람되게도 복록이 이 한 몸에 지나치게 있어서
30 상국부인, 상국의 어머니, 왕공의 할머니 등으로 불리는 것을 듣게 되
면 두려워 몸을 움츠렸다. 내가 무슨 덕으로 이런 복록을 누리는지 그
것도 두려운데 이제 또 어찌 거처하는 곳의 화려함을 시어머님과 동일
하게 하여 마음을 편안하지 않게 하겠느냐?"

초공이 와서 부인의 말을 듣고 새 집을 둘러본 후 근심스러워 탄식하며 말했다.

"탕(湯)332) 임금이 자책하시기를 '궁실이 높은가? 아녀자의 청탁이 많은
가333)?'라고 하셨다. 자고로 성인께서도 부귀를 두려워하신 것이다.
너희가 비록 어버이를 위하는 마음이 있다는 것은 알지만 지금 할머님
의 계시는 곳의 화려함이나 그 곳에서 일을 하는 시녀의 수가 이보다
더 하지 않다. 모든 면에 있어 태연히 할머니의 거처와 동일하게 하다
31 니 매우 잘못 했구나."

유현이 엎드려 아뢰었다.

"어머님께서 할머님을 모시고 있는 상황이기 때문에 매사에 스스로 존대하시기를 하지 않으시는 것은 압니다. 그러나 연세가 60에 가까우시니 저희들의 체면으로는 또한 이상한 일이 아닙니다. 저희 이하 자손

사략(十八史略)』중 상고시대(上古時代) 요(堯)임금의 기록에 나오는 말임.

332) 탕(湯) : 성탕왕(成湯王). 중국 은(殷)나라의 초대 임금으로, 하나라의 걸왕(桀王)을 내치고 박(亳)에 도읍을 정하여 천자에 오르고 국호를 상(商)이라 정함. 제도와 전례(典禮)를 잘 정비하였음.

333) 궁실이 ~ 많은가 : {궁실이 슝여아 녀알이 셩여아}. 이것은 탕왕이 한 말로 '궁실숭여(宮室崇歟) 여알성여(女謁盛歟)'를 쓴 것임. 탕 임금 때에 대한(大旱)이 7년이나 계속되자, 탕 임금이 자신을 희생으로 삼아 상림(桑林)의 들에서 기우제를 지낼 적에 여섯 가지 일로 자책하기를, "정사가 간결하지 못한가, 백성이 생업을 잃었는가, 궁실이 높은가, 부녀자의 청탁이 많은가, 뇌물이 행해지는가, 아첨하는 자가 많은가? [政不節歟 民失職歟 宮室崇歟 女謁盛歟 苞苴行歟 讒夫昌歟]"라고 하니, 그 말을 채 마치기도 전에 사방 수천 리 지역에 큰 비가 내렸다고 함.

들의 입장에서는, 할머님께서 지존하시다 하여 어머님은 늘 존대하신 체면과 지위를 차리지 못해서야 되겠나 싶습니다. 제가 외람되지만 왕의 지위에 있고 한 나라의 정승인데, 여전히 세 명의 어머님께서 작은 집에서 몸을 굽히고 계시게 해야겠습니까? 아버님의 지극한 효성으로 미루어 저희 마음도 헤아려 주시고 저희들의 어버이 위하는 일을 막지
말아주시기 바랍니다. 할머님 전에서는 존중을 받지 못한다 하지만 침 32
소에 돌아오신 이후에도 체면과 위의를 손상시키면서 늘 젊은 부녀자 같은 거동을 면치 못하시니 어찌 저희의 마음이 편하겠습니까? 큰어머님의 봉선전[334]은 이보다 더 화려합니다."

이에 이르러는 일의 이치상 유현의 말이 맞으므로, 초공이 더 할 말이 없었다. 이에 미소를 머금고 말했다.

"네 말이 도리에 맞다. 나 또한 지나치게 사치스럽거나 화려한 것은 금하지만 어찌 너희들의 부모 위하는 마음을 막겠느냐? 원래 사치하는 것은 조물주께서 꺼리는 바이며 네 어머니 또한 욕심이 없고 마음이 깨끗하니 자식이 어버이의 뜻을 받드는 것도 효이다. 그러나 나도 어버
이를 받듦에 있어서 무궁한 마음을 제어하기 어려우니 너의 부모 위하 33
는 마음을 구태여 막지 않을 것이다."

모든 자녀들이 절하여 감사드리니 초공이 부인을 돌아보며 탄식했다.

"우리의 부귀와 존귀함이 이와 같으니 밤낮으로 두렵습니다. 부인은 검소함을 숭상하고 덕행을 닦아 덕을 기르는 데 힘쓰고 복이 온전히 유지되도록 하십시오. 고인께서 황금을 쌓아 자손에게 주지 말고 적선하여 복을 키우라고 하셨는데, 우리 가문이 지나치게 번성하여 나같이 덕

334) 봉선전 : 평진왕 조무의 부인 정숙렬의 처소.

이 옅은 사람도 지위가 국공(國公)에 이르렀고, 자손이 왕공이 되었으니
어찌 안심하겠습니까? 명천[335]이는 그나마 마음을 살펴 공손하게 굴
34 며 그 부부가 다 덕이 있으니 자손 대에 대해서는 근심이 없습니다. 그
러나 명천이 이외의 다른 아들들은 그 장점이 다 제각각이기 때문에 염
려가 됩니다."

양정렬 부인이 고마움을 표하며 말했다.

"제가 부귀하게 되고 존중을 받게 된 것이 다 당신 덕분입니다. 이제 자손들의 영화와 복이 바라던 바 이상이므로 밤낮 두렵습니다만 당신의 성스러운 덕과 명천이의 어짊 덕분에 분명 복을 누리며 오래 장수할 수 있을 것입니다. 그러니 다른 염려는 없지 싶습니다."

초공이 듣고 적이 웃을 뿐 답을 하지 않았다.

세월이 흐르는 물과 같아 봄이 가고 가을이 오며 가을이 가고 겨울이 오는데 그것도 느끼지 못할 정도로 즐거움을 누리며 지내니, 아주 오랜 옛날부터 다 통틀어 봐도 그 즐거움을 비교할 만한 자가 없을 정도였다.

35 이러구러 진왕과 초공의 회갑이 다가왔으므로 태사 기현과 평제왕 유
현 등이 서로 의논하여 절차와 법도를 정하여 큰 잔치를 열어 부모님과
어른들을 기쁘시게 하려고 했다. 이때 황제께서 들으시고 각 부에 명령을
내리시어 밀봉해 놓았던 술[336]과 궁중의 악사, 그리고 산해진미를 풍부
하게 조씨 집안으로 보내어 성대한 연회를 더욱 성대하게 만들어주셨다.
황제의 은총이 융성하여 황제의 명을 전달하는 관리들이 수없이 모였으
며, 축하하는 글이 길에 끝없이 이어졌고, 하사해주시는 것이 그 수를 헤

335) 명천 : {명현}. 문맥상 부마 명천을 가리키는 듯함.

336) 밀봉해 ~ 술 : {황봉어쥬(皇封御酒)}. 황궁에 밀봉 되어 있던 술을 임금이 신하에게 내리는 상황을 이르는 듯함.

아리지 못할 정도였다. 조정의 벼슬아치들도 가마를 타고 끊임없이 모여,
수레바퀴 소리가 골짜기에서 끊어지지 않고 덜거덕 덜거덕 들리고 종과
뒤따르는 수많은 무리들이 조씨 집안 근처에 가득하니, 웅장함과 화려함, 36
거룩함이 이전보다도 더한 듯했다.

다음 날 아침에 문지기가 보고하기를 황태자께서 친히 왕림하셨다고
하니 진왕과 초공 두 사람과 평제왕 유현 형제들이 급히 예복을 갖춰 입
고 비단 도포자락을 끌며 나가 맞이했다. 문 밖에 있던 공후와 재상들이
태자를 윗자리로 모셨으며 좌중이 성은에 대해 감사하며 말했다.

"저희들이 아버지와 숙부의 회갑을 그냥 보낼 수 없어서 돗자리를 펴
친한 벗들을 모으고 술잔이나 나누려고 했었습니다. 그런데 뜻밖에 황
제께서 매우 큰 은혜를 베푸시어 궁궐의 악사들을 내려 보내주시고 또
태자께서 왕림해주시니 황은이 망극하여 경황이 없고 뭐라고 말씀을 37
드려야 좋을지 모르겠습니다."

태자가 용모를 단정히 하고 말했다.

"오늘 이곳에서 벌어지는 잔치에 황제께서 친히 왕림하려 하셨지만 때
마침 몸이 좋지 않으셔서 나를 대신 보내신 것입니다. 그러니 어찌 선
생께서 불편해 하실 이유가 있겠습니까?"

노공과 진왕, 그리고 초공이 황제의 은혜에 감격하여 머리를 조아려 감
사드리고 차례대로 자리를 나누어 앉았는데, 넘치도록 가득 찬 조씨 집안
사람들의 모습은 빼어난 장관이자 세상에 없는 훌륭한 일이었다. 인연이
있거나 사돈을 맺었던 정참정[337]과 양학사[338] 등이 다 세상을 떠났으므

---

337) 정참정 : 문맥상 평진왕 조무의 장인을 가리키는 듯함.
338) 양학사 : 문맥상 초국공 조성의 장인을 가리키는 듯함.

로 노공이 예전 벗들이 생각나 슬퍼 눈물을 흘리며 말했다.

"예전 오래된 친한 벗들이 나보다 나이가 적었는데 벌써 지하의 사람
38 이 되었고 오직 이 늙고 사리에 어두운 사람만이 혼자 살았으니, 천도
의 고르지 못함이 어찌 이와 같은가?"

동오왕 양광효[339]와 태학사 정문양[340]이 얼굴빛을 고치고 넓은 소맷자락을 들어 슬퍼하며 흐르는 눈물을 닦으니 온 좌중이 다 느끼어 깨닫고 위로했다.

황제께서 내려 보내신 악사들과 기생들이 풍악을 울려 가곡(歌曲)[341]을
일제히 연주하니 붉은 치마와 여러 빛깔이 있는 옷들이 좌우에서 숲을 이
룬 듯했다. 청아한 가곡소리가 지나가던 구름을 멈추게 했고 맑고 낭랑한
풍류소리는 가장 높은 하늘에 사무칠 듯했다. 젊은 선비들이 큰 흥을 참
지 못하여 각각 술에 취한 눈빛을 흘리며 추파를 보냈다. 풍류를 갖추고
39 술이 네다섯 잔쯤 돌자 예관이 먼저 황제의 명으로 노공과 진왕과 초공에
게 축하 잔을 올리고 물러났다. 노공 부자가 함께 궁궐 쪽을 바라보며 감
사를 드린 후 비로소 다시 자리를 정하고 앉아 자손들의 술잔을 받았다.

좌승상 태자태사 겸 구석(九錫)[342] 홍문관 태학사 월명선생 조기현이 자줏빛 도포에 금장식을 하고 옥띠를 차고 명윤 등 모든 아들들을 거느리고 여러 잔을 받들어 노공과 태부인께 드린 후 축수가(祝壽歌)를 불렀는데 내외 자손이 수십 명이오 입신한 자 또한 여럿이었다. 우승상 천하 병마

339) 동오왕 양광효 : {동오왕 양광후}. 동오왕 양인광의 이름이 '광호'·'광효' 등으로 불리므로, '양광후'를 양인광을 가리키는 '양광효'로 보아 이와 같이 옮김.

340) 정문양 : 문맥상 정숙렬의 남동생인 듯함.

341) 가곡(歌曲) : 우리나라 전통 성악곡의 하나. 시조의 시를 5장 형식으로 피리·젓대·가야금·거문고·해금 따위의 관현악 반주에 맞추어 부름. 평조와 계면조 두 음계에 남창과 여창의 구분이 있음.

342) 구석(九錫) : 중국에서 천자가 특히 공로가 큰 제후와 대신에게 하사하던 아홉 가지 물품.

대사마 겸 홍문관 태학사 평제왕 문계선생 조유현이 명천 등 모든 아들을
거느리고 몸에는 군왕의 면류관과 곤룡포를 갖춰 입고 여러 잔을 바쳤는 40
데 내외 자손이 삼십 명이고 입신한 자 또한 많았다. 참정 영현 이하 차례
로 모든 사람들의 아름다운 용모와 빼어난 풍채가 중년의 나이를 넘겼어
도 감소함이 없었고 모든 젊은이들의 늠름한 신체와 맑은 기상은 바람 앞
의 옥 나무 가지요 밝은 달에 있는 계수나무 같아 볼수록 새로웠다. 이 모
습이 마치 옥황상제가 사는 곳의 신선들이 하늘 궁전에 모인 것과 같아
보는 사람들이 우러러 공경하고 손가락을 튕기며 부러워했다. 석태상과
유상서[343] 등이 웃으며 노공에게 말했다.

"조사원[344]의 60여 년 행적은 진실로 공자와 맹자가 다시 살아난다 해
도 하자를 삼을 곳이 없지만 조치원[345]의 행동은 저희 등이 생각할수 41
록 우습습니다. 나이가 10세도 되기 전에 팔 위의 붉은 점을 없애기 위
해 창녀를 끼고 완월정에서 있다가 매를 맞기도 했고 운남에 출전하였
다가 부모님께 고하지도 않고 혼인하여 부인을 데려오는 등 제멋대로
행동했을 때는 오늘날과 같이 공명정대한 사람이 될 수 있을까 생각했
었습니다. 오늘에 이르러 위엄 있고 당당하며 엄숙하고 고상정대한 말
로 자손을 가르치는 것만 보면 어찌 옛 일을 알아챌 수 있겠습니까? 그
러나 우리는 다 알고 있는 일입니다. 풍악이 일제히 연주되고 있고 춤
추는 사람의 옷소매가 펄펄 날리는데도 장인어른께서 웃지 않으시니
저희 사위들이 지나간 그 일을 말씀드려 장인어른께서 웃으시도록 하
고 싶습니다."

---

343) 석태상과 유상서 : 조노공의 사위들.
344) 조사원 : 초국공 조성을 가리킴.
345) 조치원 : 평진왕 조무를 가리킴.

42 자리에 가득한 손님들이 일제히 손뼉을 치고 웃었으며 진왕도 희미하
게 미소를 지었다. 여러 젊은이들은 아버지 혹은 할아버지와 관련된 일이
기 때문에 웃는 입을 가리고 각각 기운을 낮춘 채 단정하게 앉아 있었다.
이때 노공이 크게 웃으며 말했다.

"늘 듣던 곡조이고 춤 또한 새롭지 않으므로 구태여 웃을 만한 일이 없었는데, 사위들이 하는 옛 일에 대한 말을 들으니 웃을 만하구나. 장남이 창녀와 유희를 즐긴 것은 비홍을 없애려고 한 것이니 그리 대단한 허물은 아니었다. 이제 생각하니 매를 때린 것은 너무 심하지 않았나 싶다."

초공이 웃으며 대답했다.

43 "석형께서 우리 형을 놀리시는데 석형은 젊어서부터 외입하여 마음대
로 미녀를 모은다거나 한 일이 없지만 유씨과 소씨 두 형께서는 호방하
고 방탕한 것으로 치면 남을 비웃을 자격이 없으십니다. 제가 대강 아
는 형님들의 젊었을 적 일만 해도 웃을 일이 무수한데 어찌 남을 심하
게 책망하시어 어린 자손들로 하여금 내 형님의 모르던 허물을 알게 하
십니까?"

하고 유공과 소공이 풍류와 창기에 흠뻑 빠져서 각각 그 아버지와 형께
매 맞던 일과 소공이 재취를 할 때 했던 우스운 일에 대해 한바탕 말을 해
버렸다. 초공이 말을 하는데, 지어내는 것은 없지만 거침이 없으며 말솜
44 씨가 있으니 자리에 가득한 손님들이 일제히 소리를 지르고 박수를 치며
웃고 세 명의 공을 놀렸다. 이에 노공이 크게 웃으며 말했다.

"오래 살다보니 희한한 일도 다 보는구나. 사위들의 농담을 오늘에서야 듣게 되다니. 어찌 기쁘지 않겠느냐?"

모든 사람들이 크게 웃었으며, 이 일로 인하여 초공의 단정하고 온화함을 모든 사람들이 알게 되었다.

평진후 형제[346]가 말을 이어 진왕과 초공 두 사람을 희롱하니 두 공이 평진후가 팔십 대를 맞고 누워있었던 형상을 말했다. 이때 자리에 대열을 지어 앉아 있었던 대신들이 비록 태자와 제왕이 윗자리에 계심에도 불구하고 웃음을 참지 못하니 여러 공들이 신기하고 재미있는 이야기를 하여 일제히 더 거들었다. 모든 좌중이 흐르는 물과 같이 소리를 질렀으며 기
빠하는 웃음소리가 단란하게 퍼졌다. 손님들이 술에 취해 눈빛이 몽롱했 45
지만 그런 눈으로 보기에도 조씨 집안 남자들의 풍채와 용모가 수려한 것이 마치 옥으로 된 산도 무너뜨릴 만하다는 생각이 들 정도였다. 그러므로 모든 사람들이 떠들썩하게 칭찬을 하며 말했다.

"분명 신선과 같은 풍류를 지녔으니 속세의 사람들이 아니로구나."

술에 취하고 흥이 높아지자 유현과 기현 형제가 쌍으로 돌면서 마주보고 춤을 추어 어른들을 기쁘시게 돋웠다. 기현의 침착한 기상과 유현의 시원스럽고도 늠름하고 엄한 기상을 보니, 빼어나고 신기한 것이 대적할 만한 자가 없어 보였다. 이에 평진후가 칭찬을 하며 말했다.

"내 사위는 원래부터 도학군자다웠으며, 문계는 예와 지금을 통틀어 비교할 자가 없으니 평진왕과 같구나."

하고 조기현의 침착하고 정대한 것은 초공과 동일하지만 용모가 훤칠하 46
고 호방한 것은 더 낫다고 하니 좌중에 있던 사람들이 그 말이 뛰어난 말이라고 했다.

노공이 좌우로 고개를 돌려 바라보고 기뻐하다가 진왕과 초공 두 사람

---

346) 평진후 형제 : 평진후 소천과 강능후 소균을 가리킴.

을 돌아보며 웃고 말했다.

"너희 각 형제는 자손들을 거느리고 둘러앉아라."

조씨 자손들이 일시에 절하여 명령을 받드니 진왕과 초공 두 사람이 각각 자손들을 거느리고 좌우에서 모셨다. 좌승상 태자태사 월명선생이 맏아들 명윤, 둘째 명선, 셋째 명첨, 넷째 명□[347]과 다섯째 명린, 여섯째 명환, 일곱째 명선,[348] 여덟째 명숙, 아홉째 명필을 거느리고 가서 모셨
47 다. 참정 영현은 맏아들 명추 등 세 아들을 거느리고 가서 모셨으며, 평제공 문의 선생 운현은 명균 등 여덟 아들을 거느린 채 곁에서 모시고 서있었다. 위국공 문현은 열두 명의 아들을 거느리고 곁에 섰으며 용두각 태학사 아현이 명휘 등 여섯 아들을 거느리고 가서 모셨다. 청취후 봉현은 명안 등 다섯 아들을 거느렸고 평산백 계현은 아들이 없어서 양자로 들인 명현을 거느리고 가서 모셨다.

평제왕이 열다섯 명의 아들을 거느리고 나왔는데, 맏아들 명천[349] 이하 명순·명의·명훈·명옥·명수·명연·명문·명미·명제·명균·
48 명춘·명헌 등이 한꺼번에 나와 모셨다. 영능후 광현[350]이 명풍 등 네 아들을 거느리고 와서 모셨으며, 대사도 달주목 칠현이 명화 등 세 아들을 거느리고 와서 모셨다. 차례대로 곁에 모시고 서니 진왕의 손자는 60여 명이오, 초공의 손자는 30여 명이었다. 외손자와 며느리를 제외하고도 후손이 90여 명이나 되었다. 그 굉장하고 화려하며 성대함이 비길 곳이 없

347) 명□ : 필사할 때 빠진 부분인 듯함.

348) 명선 : 둘째 명선과 동일하게 필사되어 있음. 오기인 듯함, 이 인물에 대한 언급이 다른 부분에 없으므로 정확한 이름을 알 수 없음.

349) 명천 : {명현}. 명천의 오기임.

350) 광현 : {당현}. 문맥상 광현을 가리키므로 이와 같이 옮김.

으니 좌우에 있던 손님들이 바라보고 탄복하며 일제히 소리 내어 축하하기를 그치지 않았다.

이때 노공이 많은 자손들을 다 일일이 어루만지며 가르쳤다.

"이 할아비가 지루하게도 오래 살아 너희들의 아름다운 모습을 보니
죽어도 한이 없구나. 너희들은 각각 행동을 조심하면서 부지런히 살고 49
충과 의를 중심으로 하며 효도하고 우애 있게 지내서, 내가 죽은 후에
라도 황제께 충성하는 덕을 추락시키지 말거라. 모든 사람들이 일시에
명을 받들었는데, 금과 옥으로 된 면류관을 쓰고 곤룡포에 옥띠를 띤
모습들이 의연하여 마치 옥황상제가 사는 곳에 신선들이 모여 있는 듯
했다. 그러므로 노공이 아름답게 여기는 마음을 참지 못했다.

진왕과 초공 두 사람이 아들과 조카, 손자들을 거느리고 내당으로 들어가 어머님께 잔을 드리자 위태부인이 잔을 잡고 눈물을 흘리며 말했다.

"예전에는 이 방 안에서 이 잔을 먼저 어머님께 바쳤었는데 이제 사람의 일이 달라져서 내가 혼자 이 잔을 받게 되었으니 어찌 슬프지 않겠는가?"

진왕과 초공이 위로하며 아뢰었다. 50

"어머니의 마음이 비록 그러하시겠지만 돌아가신 할머님께서는 100세를 평안하게 누리셨으니 자손들이 남은 한이 없습니다. 오늘은 소자 등이 즐기는 날이니 슬픈 마음을 가라앉히세요."

정숙렬과 양정렬 등 모든 며느리들과 소씨, 정씨 등의 손자며느리들이 차례로 잔을 올렸는데, 광채 나는 풍모가 온 좌중에 빛나니 좌우에 있던 사람들이 공경하고 부러워했다. 증손자 며느리인 한씨와 혜선공주가 잔을 올리는 때가 되자 위부인이 손을 더 꽉 잡고 어루만지며 말했다.

"우리 가문에 복이 있어서 이와 같이 뛰어나고 사리에 밝은 며느리들
이 대를 이어 가문을 빛내니 어찌 아름답지 않겠느냐? 명아 등은 당대
의 영웅 군자이니 한씨와 공주에게는 세상에 없는 좋은 짝이다. 어찌
51 반드시 주종(主從)이 영창 하는 것과 같이 되지 않겠느냐?"

기현이 웃으며 말했다.

"한씨와 공주는 남자로 쳐도 보기 드문 위인이니 앉아서도 능히 천 리 밖의 일을 미리 헤아리곤 합니다."

양인광의 부인 조월염이 코웃음을 치며 말했다.

"한씨와 공주가 비록 기특하긴 하지만 앉아서 능히 천 리 밖의 일을 헤아린다고 하는 것은 오히려 가소롭습니다. 우왕(禹王), 탕왕(湯王), 문왕(文王), 무왕(武王)과 같은 성인도 천 리 밖의 일은 헤아리지 못하셨습니다. 여자가 비록 뛰어나다 한들 앉아서 어찌 천 리 밖의 일을 알겠습니까?"

평제왕 유현이 웃으며 말했다.

"누이같은 여자는 몰라도 한씨와 공주는 소매 같은 삼일[351]은 능히 알 수 있습니다."

좌우에 있던 사람들이 모두 옳다고 했다.

52 종일 화목하고 즐겁게 지낸 후 태자께서 먼저 궁궐로 돌아가시고 모든 손님들이 각각 흩어졌다. 다음날 아침 평제왕 유현이 글을 올려 황제께 은혜에 감사를 드렸다.

초공의 수많은 문하생들이 또한 큰 잔치를 베풀고 술잔을 올리니 양인광, 소경수 등 60여 명이 모였다. 각각 비단 도포에 옥띠를 차고 술잔을

---

351) 소매 ~ 삼일 : {소미 갓튼 삼일}. 미상.

올리며 마음을 표하니 또한 보기 드문 잔치 자리였다.

이때 유현의 맏아들 명천[352]이 작위가 이부상서 겸 태자사부를 하여
종삼품 이상의 품계에 올라 있었는데, 황태부(皇太傅) 효문[353]이 병이 자
주 나자 명천의 학식과 온갖 행실이 뛰어나다는 점을 사랑하시어 황태부
를 시키셨다. 황제의 두터운 신망이 온 세상에 떠들썩하게 날렸으며 빼어
난 덕과 기질이 한 시대를 풍미했다. 53

인종(仁宗)황제가 돌아가시고 명종(明宗)[354]이 즉위하게 되니, 만백성이 애통해 했으며 군신들이 발상(發喪)의 의식을 했다. 조씨 집안의 경우 황제의 총애하심이 보통이 아니었으므로 진왕과 초공 두 사람으로부터 모든 젊은 사람들에 이르기까지 모두 베로 지은 옷에 흰 띠를 찼으며 일찍이 아녀자들이 있는 내각에는 발걸음을 하지 않았다. 젊은이들 가운데는 아내가 그리운 자들도 있었지만 집안의 법도가 엄숙해서 자연스럽게 왕래하지 못했다.

태자소부 아현은 나이가 중년일 뿐 아니라, 행실이 두터워 일찍부터도
내각에 거의 발길을 두지 않았으므로 부인 형씨가 늘 그리운 마음을 참지
못했으며 젊은 시절이 지나서도 아현을 따라다니며 체통을 잃었다. 이때 54
나라에 초상이 나서 어머님을 뵐 때도 각각 부인들을 대면하지 않았는데,
형씨는 시간이 오래 지나도 아현의 모습이 눈에 선하여 스스로 참지 못하
고 존당에 태자소부가 와 있다는 사실을 알면 엎어질 듯이 와서 만나보고
말도 붙여보려고 했다. 그러나 소부 아현은 원래도 말이 없고 행동이 엄

352) 명천 : {명현}. 유현의 장자는 명천이므로 이와 같이 옮김.

353) 효문 : 소경수를 가리킴.

354) 명종(明宗) : 실제 북송(北宋) 역사는 인종(仁宗) 황제 다음으로 영종(英宗)이 제위를 이었으나 원문에는 '명종'으로 되어 있음.

숙한데 이런 상황에서야 더욱이 부녀자와 만나고 말을 나눌 리가 있겠는가? 형씨가 엎어질 듯 다다르면 못 본 척 행동하고 물러가니 형씨가 눈물 흘리는 것을 참지 못해 하다가 마침내 병이 났다. 명휘 등 여섯 아들이 너
55 나할 것 없이 효성이 극진했는데, 약을 극진하게 씀에도 불구하고 어머니 병환의 원인을 알지 못해서 효험이 없었으니 어찌 마음이 답답해서 생긴 병이 잘 나을 수 있겠는가? 침상에 머물러 있으니 모든 아들들이 근심이 되어 아버지께 말씀을 드렸다. 공이 오랫동안 침묵하다가 말했다.

"뜻하지 않게 생긴 병이다. 너희들도 각자 의약을 잘 다스릴 줄 알 텐데 어찌 나를 번거롭게 하느냐? 국상(國喪)이 끝나지 않았으니 신하된 도리상 내당에 왕래하지 못한다는 것을 모르느냐?"

여섯 아들이 어찌 할 도리가 없어 다만 약을 지성으로 드렸지만 그럼에도 불구하고 낫지 않았다. 이때 형씨가 울며 말했다.

"너희 아버지께서 나를 미워하시다니 사람으로서 할 도리가 아니다.
56 서로 못 본 지 네다섯 달이 되었으니 한 번만 조용히 만나서 말을 하면 마음이 나을 듯하다. 그런데 끝내 한 번을 만나주지 않다가 이제 내가 죽을 지경에 이르렀는데도 놀라지 않다니 어찌 노엽지 않으냐?"

모든 아들들이 위로하며 말했다.

"아버님께서 어찌 단지 어머님께만 박하게 하시는 것이겠습니까? 국상(國喪)이 난 이후로 할아버님과 여러 숙부들께서도 모두 내당에는 발길을 끊으셨으니 예의와 도를 엄정하게 지키시는 것입니다. 어머님은 이런 염려를 하지 마시고 병 조리를 하십시오. 아버님께서 분명 어머님께 박정하셔서 그렇게 하시는 것이 아닙니다."

형씨가 금방울 같은 눈에서 눈물을 줄줄 흘리며 울었는데, 이때 진왕과

초공 두 사람이 위부인을 뵈러 들어오는 길에 형씨의 당 앞을 지나게 되 57
었다. 형씨는 우레같이 크게 울고 있었으며 명휘 등이 경황없어 하고 있
었다. 두 공이 이상하게 여겨 걸음을 멈추고 들으니, 이때 형씨가 또 울며
부르짖었다.

"무심하구나, 조소부야. 박정하구나, 조소부야. 나는 그대를 위한 정성
이 금석같이 굳어서 이렇게 병이 났는데 한 번도 들어와 보지 않느냐?
장례를 주도하는 상제(喪制)도 아내가 병이 들어서 한 번 보자고 하면
와서 보는 것이 이상하지 않은데, 나라에 초상이 난 것이 비록 망극하
긴 하지만 부부간에 얼굴을 못 볼 이유가 있는가? 너희 아들들은 천 명
이 있어도 보고 싶지 않다. 네 아버지의 옥처럼 광채 나고 봄볕처럼 온 58
화한 기상을 보지 못하면 내가 오래 살지 못할 것이니라."

진왕과 초공 두 사람이 서로 바라보며 웃음을 머금고 존당으로 들어가 위부인을 뵈었다. 그런 후 좌우에 있던 종들을 시켜 소부 아현을 앞으로 부른 후 가르쳐 말했다.

"형씨의 병이 매우 위중하다고 하는데 너는 그 병의 증세를 아느냐?"

소부 아현이 깊숙이 절하며 말했다.

"요사이 나라에 일이 많고 태자 모시는 일을 하루도 폐하지 못했으니
어찌 부인을 문병할 여가가 있었겠습니까? 게다가 요즘 명휘 등이 진
심을 다하여 병간호를 하고 있으니 염려할 것이 없습니다. 대단치 않
은 병이라고 생각됩니다만 병의 증세는 알지 못합니다." 59

진왕이 놀라 말했다.

"이게 무슨 말이냐? 부부간의 윤리와 기강은 가볍게 여길 것이 아니니 데면데면하게 구는 것은 예의가 아니다. 모름지기 가 보고 마음을 위

로하여 속히 병이 낫도록 하라."

아현이 모자를 숙이고 옅은 웃음을 웃으며 한동안 말을 하지 않으니 초공이 웃으며 말했다.

"너는 아버님의 말씀을 듣고 어찌 웃으며 말을 하지 않느냐?"

소부 아현이 대답했다.

"형씨의 행동이 하나도 취할 것이 없지만 그럼에도 불구하고 사람다운 염치는 있는가 생각했는데, 오늘 아버님의 말씀을 들으니 분명 요상한 병을 얻은 것이 아닌가 생각됩니다. 그러므로 해괴한 마음을 참지 못하여 오히려 웃음이 났습니다."

60 초공이 또 말했다.

"너같이 도량이 넓고 큰 마음을 기준으로 삼아 아녀자의 작은 허물을 뉘우쳐 고치게 해서는 안 된다. 예의에 따르자면 비록 내당에 왕래하는 것이 옳지 않지만 병이 심하니 임시방편에 따라 행하는 것이 법도상 무슨 해가 있겠느냐?"

소부 아현이 절하여 감사드리며 말했다.

"두 어른의 가르치심이 이와 같으시고 또 두 번이나 말씀 하시니 어찌 거역하겠습니까? 삼가 가르침을 받들도록 하겠습니다."

아현이 효성이 있고 유순하면서도 너그러운 것을 보고 진왕이 기쁘게 여겨 미소만 지을 뿐 말이 없었다. 초공 또한 웃으며 두 번 세 번 권하여 가서 병을 살펴보라고 했다. 이에 명령을 받드는 것이 비록 마음에 괴로웠지만 아버지와 작은 아버지의 명을 거역할 수 없어서 드디어 나아와 형씨를 문병했다.

61 이때 모든 아들들이 약을 드려도 오히려 형씨는 울면서 어지럽게 부르

짖는 등 해괴한 거동만 하고 있었다. 소부 아현이 천천히 들어와서 한쪽 가장자리에 단정하게 앉은 후 아들들에게 물었다.

"네 어머니의 병이 여러 해 된 심한 병도 아닌데 어찌 지나치게 요란스럽게 굴어서 할머님께 근심과 걱정을 끼치느냐?"

아들들이 미처 대답하기 전에 형씨가 아현을 보고 반가운 마음이 절로 솟아나 사지가 경쾌해져서는 황급히 일어나 아현의 무릎 앞에 엎드려 손을 잡고 울며 말했다.

"나의 그대를 위한 마음은 진심으로 옛 사람의 망부석 된 마음을 본받을 정도입니다. 근래에 얼굴을 뵙지 못하니 마음속 정을 능히 참지 못
하여 병이 생겼습니다. 여러 아들들의 귀찮은 문병과 비위를 상하게 62
하는 쓴 약이 제게 맞는 약이 아니었습니다. 오늘 그대를 보니 마음에 품은 바를 어찌 숨기겠습니까?"

말을 마치고 눈물을 흘리며 반가워하는 얼굴빛과 즐거워하는 그 거동은 혼자 보기 아까운 것이었다. 남들이 이상하게 여긴다는 생각은 하지도 않고, 손을 잡으며 무릎을 가까이 대었다. 소부 아현은 부인을 만날 때면 이런 광경이 스스로도 부끄러워서 얼굴빛을 엄하게 하고 대했는데, 오늘 이런 광경을 보게 되자 가소롭고도 놀라운 마음을 참지 못했다. 그러나 본래 사람됨이 그러하다는 사실을 알기 때문에 새삼 놀랄 바가 아니었으
므로 얼굴 빛을 바르게 하고 타일렀다. 63

"나나 부인이나 나이가 이미 사십이 넘었고 자식이 자라서 손자들도 많습니다. 그러니 얼굴을 늘 마주하고 지낼 바가 아닙니다. 이보다 더 후하게 지낼 것도 없고 서로 뜻을 화합하여 서로 공경하고 화목하게 지내면 그것이 부부의 도리입니다. 요즘 위로는 아버님으로부터 아래로

는 조카들에 이르기까지 모두 내당과는 거리를 두고 지냈지만 그로 인해서 남편을 자주 생각하다가 상사병이 났다는 말은 듣지 못했습니다. 그런데 부인만 유독 나를 생각하여 병이 났으니 그 정은 감격스럽습니다. 그러나 이는 부인으로서 지녀야 할 맑은 덕은 아닙니다. 내가 만일
64 성정이 남다르지 않았다면 분명 한바탕 분란이 일어났을 것입니다. 부인의 성정이 원래부터 단정하지 못하다는 사실을 오늘 처음 아는 것도 아니니 또한 허물이라 여기지 않겠습니다. 그러니 부인께서는 다시 이상한 행동을 하지 말고 마음을 단정하게 하여 병을 조리하기 바랍니다."

아현의 기운이 화평하지만 단정하고 엄숙했다. 형씨는 반가운 마음과 다행스러운 생각이 마음에 가득하여 퍽이나 위로를 받았다. 그러므로 흐르는 눈물을 거두고 감사하며 말했다.

"그대가 제 마음을 아직도 다 모르시니 부끄럽습니다. 아주 별다른 생각이 있었던 것이 아니라 서로 얼굴을 보고 말소리라도 들으면 적이 마
65 음이 나아질까 한 것입니다."

아현이 이 말을 듣고 그녀에게 맺힌 정이 이 정도로 많으니 병이 났구나 싶은 생각이 들어서 괴롭고 민망해 하면서 잠시 웃고 위로를 했다.

"부인께서 설마 연세가 많으신데 심하게 이상한 마음을 먹었겠습니까?"

자리에 있던 모든 아들들이 웃으니 소부 아현은 미소만 지을 뿐 답이 없었다.

차츰차츰[355] 세월이 빠르게 지나서 국장(國葬)기간도 흘러갔다. 초공

355) 차츰차츰 : {임염[荏苒]훈}. 차츰차츰 세월이 지나거나 일이 되어 감을 의미함. 뒤에 '셰월이 섈

이 더욱 슬펐지만 90의 늙은 부모님을 생각해서 차마 표를 내지 못하고
너그러운 마음을 가졌다. 그러나 혼자 조용하게 있게 되면 피눈물이 풀
베개와 무명 이불을 적셨다. 낮은 상 위에 채소 반찬 몇 그릇을 넘기지 않 66
게 하여 먹었으며, 기쁘게 담소를 나누는 적이 없으니 아들들이 민망해했
다. 그래서 때로 얼굴빛을 고치고 부드러운 목소리로 말씀을 드렸다.

"하늘이 무너지는 듯한 슬픔을 느끼는 것은 백성들 모두 마찬가지입니
다. 지금 아버님께는 위로 할아버지 할머님이 반석처럼 계시니 위로해
드려야 할 부분이 많으실 것입니다. 그런데 어찌 아버님같이 생각이
넓으신 분이 그것을 알지 못하십니까? 게다가 아버지께서는 할아버지
가 만금같이 소중하게 여기시는 분인데 가르침을 잊으시고 아침저녁
으로 음식을 적게 드시니 능히 견디실 양이 못 됩니다. 또 할아버님 앞
을 떠나기만 하시면 눈물을 흘리지 않는 때가 없으시니 저희들이 아버
님을 모시고 살필 때마다 속이 타는 것을 참지 못하겠습니다. 만일 그
치시지 않는다면 죽을죄를 무릅쓰고 할아버님께 말씀드려 건강을 보 67
호하시도록 할 것입니다."

초공이 듣고 놀라서 갑자기 정색을 하고 말했다.

"너희들이 무슨 말을 하는 것이냐? 군신유의(君臣有義)는 도리 가운데 최고의 것이다. 보통의 임금과 신하간이라도 이런 때를 당하여 인심이 있는 사람이라면 간과 폐가 무너지고 끊어질 듯 고통스러울 것이다. 나는 황제의 은혜를 입은 것이 어느 정도이냐? 이 아비는 본래 일개 선비로서 공맹(孔孟)을 본받는 자이니, 임금과 신하 간에 서로 알아주었던 마음은 물고기가 물을 만난 것에 비유할 수 있을 것이다. 그런 와중에

나'가 있으므로 문맥을 고려하여 이와 같이 옮김.

국상(國喪)을 당했으니 내가 어찌 살 생각이 있겠느냐? 그럼에도 불구
68 하고 참고 몸을 보존하는 이유는 북당(北堂)에 부모님이 계시기 때문이
다. 앞으로는 마음을 너그럽게 갖도록 할 테니 너희들은 염려하지 말
거라."

이에 아들들이 매우 기뻐했다.

이때 국가를 위한 충성심은 진왕 또한 초공과 마찬가지였으므로 밤낮
으로 애통해 하여 병이 나 이부자리에 위태롭게 쓰러져 있었다. 초공이
형님의 병세가 가볍지 않다는 사실을 알고 놀랐으며 또한 북당에 계시는
부모님께서 간절히 염려하시기 때문에 더욱 애가 탔다. 초공은 낮에는 북
당에서 어머니를 모셨고, 침소로 돌아와서는 여러 아들들 이하 자손들을
거느리고 노공을 모시면서 즐거움을 돕도록 했다. 평제왕 유현의 사람됨
69 또한 충직하고 효성이 있어서 아버지의 뜻을 받들어 노공을 모시고 부드
러운 음성으로 기쁘게 말씀을 드렸다. 그러므로 즐거운 일이 없다가도 유
현이 오면 일만 가지 근심이 사라지고 즐거운 마음이 가득 생겼으며 근심
스러운 기색을 떨치고 즐겁게 웃을 수 있게 되었고 저절로 입이 열렸다.
초공이 아버지께 들어와서는 형의 병이 대단하지 않다고 말씀드리고 물
러나서는 눈썹 언저리를 펴지 않으면서 약으로 치료하고 한 때도 떠나지
않고 병자의 소리를 듣고 병의 증세를 살피니, 비록 한자[356]나 정성[357]
의 부인이라도 이보다 더하지는 못할 지경이었다. 기현 등이 또한 밤낮으
70 로 옷과 띠를 벗지 않고 약시중을 들고 간호하는 것을 정성스럽게 했으
며, 초공도 진왕의 곁을 떠나지 않으면서 그 병을 대신 앓고 싶어 했다.

356) 한자 : 미상.
357) 정성 : 미상.

진왕이 차도가 있을 때면 눈을 떠 초공을 보며 탄식했다.

"형제간의 우애는 하늘이 정해주신 것이지만 누가 우리 형제같이 좋겠는가? 이 형의 적자, 서자 등 55명의 아들들이 내 병을 간호하고 때에 맞춰 약을 주며 병상 곁에서 지키니 적막하거나 하지 않다. 그런데 너는 어찌 잠도 안자고 고생스럽게 자리를 지켜 몸이 상하게 하느냐? 부디 편히 가서 쉬어 병이 나지 않도록 하고 어머님께 염려를 끼치지 말거라."

초공이 손을 잡고 이마를 짚어보며 말했다. 71

"마음에 큰 염려와 근심이 있으면 비록 눕는다 해도 자지 못합니다. 그러니 염려 마시고 병을 조리하셔서 속히 일어나실 수 있도록 하십시오. 형님과 제가 한 몸인데 어찌 자리를 떠날 수 있겠습니까?"

진왕이 탄식했다.

"부모님을 모실 사람이 너와 나뿐이다. 그런데 너마저 병이 난다면 우리의 불효가 어디까지 이르겠느냐?"

손을 서로 잡고 머리를 맞댄 채 산과 바다 같은 간절한 정과 무궁한 마음을 나누니, 아들들이 이런 모습을 보고 하늘이 낸 지극한 우애에 대해 서로 감동했다.

이때 갑자기 미리 소식을 전하지도 않고 문을 여는 사람이 있어서 초공이 놀라 돌아 보니, 평진후 소상국[358]이었다. 진왕을 문병하기 위해 왔는 72
데, 벽제(辟除)하는 종들과 따르는 무리들을 멀리 두고 가마를 타지 않고 바로 들어왔다. 병시중 드는 아들들은 난간 머리에 벌여 서 있었으므로 문 앞에 온 손님을 알아채지 못했다. 평진후가 초공 형제가 머리를 마주

358) 평진후 소상국 : 평진후 소천을 가리킴.

하고 얼굴을 대하면서 간절하게 말을 하는 행동을 보고 기특하면서도 가소로운 마음이 들어 참지 못하고 웃으며 말했다.

"내 요사이 병이 나서 문 밖에 나오지 못했네. 그런데 치원이 병 들었다는 소식을 들었기 때문에 이곳에 왔네. 병세가 어떠한가? 그런데 무슨 비밀스러운 말이 있기에 자손들도 다 내보내고 얼굴을 가까이 댄 채
73 끊임없이 웃고 말을 나누는가? 젊지 않은 나이에 월나라 여인 같은 미녀를 서로 만나자며 말을 맞추는 것인가?"

진왕은 잠깐 웃었으나 초공은 몸을 굽혀 공경을 표한 후 정색을 하며 말했다.

"소형은 70이나 되는 연세에 삼공의 벼슬을 하시면서도 말씀을 생각나는 대로 하시는데, 그렇게 하는 것이 체면을 손상시킨다는 것을 왜 알지 못하십니까? 제가 형님을 제대로 모시지 못해 형님이 병드셨기에 형제가 손을 잡고 친애하는 마음을 참지 못하였습니다. 그래서 아이들로부터 놀림을 당하는 것도 부끄러운데 이런 상황에서 미녀를 거론하며 희롱을 하시는 것은 매우 당치 않은 것이니, 이것이 어찌 늙은 재상이 할 행동입니까?"

얼굴빛은 온화했으나 말씀이 단정하고 엄숙했다. 평진후 소공[359]이
74 무심결에 놀린 것이었는데 초공으로부터 바른 말을 듣게 되었으므로 이에 얼굴빛을 엄숙하게 고치고 사죄했다.

"거듭 내가 말실수를 한 것이니 사원이 자네는 다시 말하지 마시게."

하고 다가와 앉아 진왕의 병세를 물은 후 초공이 조금 전에 조용조용히 무슨 말을 했는지 물었다. 이에 진왕이 웃으며 말했다.

---

359) 소공 : {오공}. 소공의 오기임.

"우리 형제간에 나눈 사담에 대해서 어찌 이리 묻는가? 내가 조금만 말을 해주지. 황제께서 새로 즉위하셨으니 조정의 대신 중 어진 자, 사나운 자에 대해서 알지 못하실 것이네. 그런데 우리 형제는 그대 같은 재상이 있다는 것을 한심하게 여기기 때문에 내쫓으시라고 아뢰자는 말을 나눴다네."

평진후 소천이 웃으며 말했다.

"만약 그렇게 한다면 나도 자네들 한 무리를 내치고 가야겠군."

초공이 웃으며 말했다.

"만일 우리 형님 같은 어진 재상이 아니라면 소형 같은 악당을 씻어내 75
지 못할 것입니다. 지금이야 황제께서 지혜롭고 총명하셔서 다행이지만, 소형 같은 태사가 있으니 분명 국가를 잘 다스려 백성을 편안하게 하지 못할 것입니다. 우리는 이것을 근심하고 있습니다."

평진후 소천이 시원하게 웃으며 말했다.

"자네 형제들이 그렇게 안 해도 내 이제 벼슬길에 뜻이 없어서 이번에 물러나려 했다네. 자네들이 합력하여 살 만한 곳을 얻어주면 어떻겠는가?"

초공이 말했다.

"아까 한 말은 잠깐 농담을 한 것이고, 우리 형제야말로 외딴 곳을 얻어 시골에서 양민 생활을 하고 싶습니다. 저는 평생 몸이 한가로울 겨를
이 없어서 두루 산수를 유람하러 다니지 못했습니다. 그러나 마을의 76
남문 밖에 은선항이라는 곳을 얻어 제 스스로 은거할 곳을 정한 지는 오래 되었습니다. 제 아들이 산천 지리와 방위에 대해 조금 알기 때문에 나중에 저는 문계[360]를 따라가려고 합니다."

평진후가 감탄하며 말했다.

"하늘이 문계를 세상에 보내실 때 만사에 능통하도록 만들어주셨으니, 우리들이 또한 문계와 이웃하여 지내면서 몸을 보전할 방법을 구해야겠다."

초공이 웃으며 말했다.

"제 아이가 진작부터 집을 짓고 종들을 두려고 했습니다만, 지금은 서촉에 살던 처사 설공의 옛 집이 낡았으므로 그에게 은선항을 빌려 준 상태입니다."

77 이미 명윤의 아내 설씨가 조씨 집안으로 시집 온 지 3년이 되었을 때
화공이 황제로부터 용서를 받아 돌아와서 벼슬이 태학사에 이르렀고, 설
공도 따라와 조유현의 산속 정자를 빌려 그곳에 살고 있었으므로 설씨,
화씨, 원씨 세 부인이 자주 왕래하고 있었다.

진왕의 병이 십여 일 후에 잠시 나아졌으므로 부모님이 염려하실까 걱정이 되어 몸을 씻은 후 문안인사를 드렸다. 병이 속히 나은 것을 부모님이 기쁘게 여기셨으며 자녀와 조카들, 그리고 초공이 기뻐하는 것은 다 기록하지 못할 정도였다.

세월이 물과 같이 흘러 국상이 난 지 3년이 되니, 조정과 민간의 신하와 백성들이 슬픈 마음을 참지 못했다.

명윤이 동방을 정벌하고 북쪽을 제압하여 여러 번 큰 공을 세웠으므로
78 벼슬이 점점 높아져 지위와 명망이 조정과 민간에 가득했다. 황제의 총애
또한 한 시대를 풍미할 정도여서 대사마 정국공의 벼슬을 더해 주시니 빛
나는 은혜와 영광이 모든 사람들보다 더했다. 명천 또한 아버지와 형으로

360) 문계 : 초국공 조성의 아들 조유현을 가리킴.

부터 배운 도학뿐 아니라 제갈량(諸葛亮)[361]이나 주유(周瑜)[362]와 같은 신이한 재주와 덕을 아울러 갖췄다. 금(金)나라[363]와 교유를 하고 온 나라를 안정시켜 공과 덕이 안팎으로 가득하니, 빼어난 위세와 무력이 천하에 진동했다. 그러므로 이매(魑魅)[364]나 호랑이, 표범이라도 무릎을 꿇을 만했고, 신선도 멀리서 구경을 할 정도였다. 이런 수많은 이야기들은 『후세록』에 있다.

황제의 입장에서는 명천의 성품이 보통의 태자사부와는 달라서 국법을 통해 당당하게 작위를 더해주어서는 받지 않을 것이라는 생각이 들었다. 그러나 공로가 이와 같으니 어찌 특별한 은혜가 없을 수 있겠는가? 79
이부총재 겸 홍문관 태학사라는 본래의 직책에 다시 한국공의 벼슬을 더해주었다. 그러자 부마 명천이 갑자기 오사모와 인끈을 꺼내 상소문과 함께 싸서 올린 후 홀연 몸을 산 속에 숨겼으므로 그 자취를 알 수 없었다. 황제가 걱정이 되어서 두루 찾았는데, 만일 조명천을 찾는 사람은 천금(千金)의 상을 주고 만호후(萬戶侯)[365]를 삼겠다고 하였다. 그러나 이때 이미 부마 명천은 젊었을 때 못 가봤던 명승지를 선택하여 유람하면서 세상

---

361) 제갈량(諸葛亮) : 중국 삼국 시대 촉한의 정치가. 자(字)는 공명(孔明) 시호는 충무(忠武). 뛰어난 군사 전략가로, 유비를 도와 오(吳)나라와 연합하여 조조(曹操)의 위(魏)나라 군사를 대파하고 파촉(巴蜀)을 얻어 촉한을 세웠음.

362) 주유(周瑜) : 중국 삼국시대 오나라의 명신. 자는 공근(公瑾). 문무(文武)에 능했으며, 유비의 청으로 제갈공명과 함께 조조의 위나라 군사를 적벽(赤壁)에서 크게 무찔렀음.

363) 금(金)나라 : 아구타가 세운 중국 왕조의 하나. 거란의 지배에서 벗어난 여진족이 1115년에 금나라를 건국했음. 1125년에는 송(宋)나라와 동맹을 맺고 요를 협공하여 만주로부터 요를 멸망시켰음. 작품에서는 '인종(仁宗)'황제 다음인 '명종(明宗)'대(실제 역사에서는 英宗)를 그리고 있는데, 시기상 금나라가 아직 건국되지 않은 때이므로 실제 역사와 일치하지 않음. 역사상으로 인종(仁宗)에서 영종(英宗)의 통치 기간은 1022~1067년임.

364) 이매(魑魅) : 얼굴은 사람 모양이고 몸은 짐승 모양으로 되어 있다는 네 발 가진 도깨비. 사람을 잘 홀리며 산이나 내에 있다고 함.

365) 만호후(萬戶侯) : 일만 호의 백성이 사는 영지(領地)를 가진 제후라는 뜻으로, 세력이 큰 제후를 이르는 말.

에서 벼슬 할 때 분주했던 일을 우습게 여기고 있었다. 그러니 황제의 명
80 령이 동서로 분주하다 한들 어찌 찾을 수 있겠는가?

조씨 집안의 아녀자들은 모두 놀라서 동요했지만 초공과 평제왕 유현은 단정하게 요동하지 않고 말했다.

"명천이는 평생 살면서 과도하게 구는 일이 없었으니 어찌 멀리 갔겠는가? 황제의 은혜가 지나치시므로 잠시 피함으로써 자신의 깊은 뜻을 보인 것이니라."

하고 고요히 있으면서 명천이 돌아오기를 기다리니, 이후로 집안이 고요해졌고 진정하게 되었다. 그러나 정씨[366]는 여전히 염려하는 마음을 놓지 못했으며 위태부인 또한 매우 염려하여 먹고 자는 것이 안정되지 못했다. 그러므로 초공이 사람들을 시켜 편지를 써 보내어 말했다.

81 "지성을 보였으니 황제께서도 깨달으셨을 것이다. 산간에서 즐기고 놀
면서 어찌 어른들께서 매우 염려하시는 것을 오래 생각하지 않을 수 있겠으며 위로는 황제의 융성한 은혜를 저버릴 수 있겠느냐? 한국공 벼슬은 사양한다고 하더라도 어서 돌아와서 너의 본직을 수행하는 것이 신하된 자의 직분이니라."

시종이 명을 받들어 초공이 알려준 곳으로 찾아 가니, 명천이 서문 옥석교에 있는 진처사 집에 머물러 거처하면서 처사와 함께 종일 깊은 산과 광야를 돌며 구경을 하고 있었다. 구경을 마치고 돌아 온 부마 명천이 할아버지의 편지를 보고 탄식하며 말했다.

"어머님께서 이렇게 염려하시지만 않으신다면 한 해가 다 지나도 돌아
82 갈 마음이 없었다. 그러나 어찌 거역을 할 수 있겠는가?"

366) 정씨 : 조명천의 어머니 정씨를 가리킴.

하고 다음 날 아침 종과 함께 돌아오니 온 집안이 진동하면서 반가워했다.
그러나 평제왕 유현은 엄한 얼굴빛을 한 채 근심에 잠겨 있을 뿐 한 마디
도 입 밖에 내지 않으니 명천이 매우 황공하여 날이 다 가도록 자신이 큰
죄를 지은 듯한 마음이 들어 말을 유쾌하게 하지 못한 채 모시고 있었다.
초공은 반가워하면서 황제의 은혜에 대해 말씀하셨다. 또한 조회에 참석
하고 자기 직분 지킬 것을 명령하셨으므로 명천이 두 번 절하여 명령을 받
들었다. 할머니 양정렬 부인과 위태부인도 기뻐했는데, 아버지 유현만은
명천을 보는 두 눈이 편치 않고 눈썹 언저리에 차가운 기운이 맺혀 있었
다. 명천 스스로의 생각에 자신이 집을 떠날 때 몹시 급하고 바빠서 하직
인사를 드리지 못하고 간 죄 때문인 줄을 알았기 때문에, 물러나 아버지를
모시면서 스스로 계단 아래 내려 앉아 관을 벗고 죄를 청하여 말했다. 83

“이 못난 자식, 외람된 벼슬을 내려주신다는 말씀을 듣고 이는 제가 원
하던 바가 아니라서 몸을 숨겨 피하려고 했습니다. 그러다보니 아버님
을 기만한 죄가 커졌습니다. 이에 죄를 청합니다.”

평제왕 유현이 못 들은 척, 못 본 척하며 한마디도 답을 하지 않으니 중
계(中階)[367]에 꿇어 앉아 명령을 기다렸다. 기운을 나직하게 하고 얼굴빛
을 온화하게 했으며 온순하게 거동하고 조심조심 걷는 모양은 엄한 아버
지의 천둥 벼락 같은 위엄도 녹게 할만 했다. 평제왕 유현이 일찍이 명천
을 봐왔지만 한 가지 일도 빠짐없이 고했는데, 이번에는 집을 나가면서도
고하지 않고 간 것에 약간 화가 나서 노한 기운을 감추지 못한 것이었다.

명천이 황공하고 몸이 떨려 종일토록 움직이지 않고 처벌을 기다렸는 84
데, 막 해가 서쪽으로 지려할 때 갑자기 벽제(辟除)소리로 길을 열면서 평

367) 중계(中階) : 집을 지을 때에 기초가 되도록 한 층을 높게 쌓아 올린 단.

번후 화공[368]이 들어왔다. 평제왕 유현이 맞이하여 인사를 마쳤다. 이때 화공이 부마 명천을 보니 명천이 고개를 들지 않고 엎드려 있었다. 화공이 놀라서 말했다.

"달문[369]이가 비록 형의 아들이지만 황제의 사랑하는 사위이자 조정의 중신입니다. 그런데 무슨 이유로 땅에 꿇어앉게 하여 이 늙은이의 마음을 놀라게 하는 것입니까?"

평제왕 유현이 웃으며 말했다.

"뜰아래 꿇어앉아서 처벌을 기다리라고 한 것은 내 명령이 아닙니다. 그렇지만 죄가 있다면 어찌 자식의 귀천을 따지겠습니까?"

화공이 또한 웃으며 말했다.

85 "그렇지만 자식이 일척 동자와 같은 어린 나이만 지나도 매를 때리기 어려운데 이렇게 존귀한 자식을 저와 같이 꿇려 앉히고 홀대하다니 참으로 인정이 없으십니다."

하고 청하여 마루에 오르기를 권했지만 명천이 아버지의 명령을 기다리면서 움직이지 않았다. 이렇게 평제왕 유현과 평번후 화공이 모여 있는 자리이다 보니, 유현이 명하여 명천[370]에게 당으로 오르라 한 후 비로소 웃으며 말했다.

"비록 벼슬을 피하려는 마음이 있다고 하나 아버지가 살아 있는데 가는 곳을 말하지 않고 떠나다니 이는 사람의 아들로서 할 도리가 아니다. 화공이 매우 다급해하기 때문에 네 장인의 뜻에 따라 용서하는 것이다."

---

368) 평번후 화공 : 명천의 부인 화씨의 아버지.

369) 달문 : 부마 조명천의 자(字).

370) 명천 : {니부}. 명천의 벼슬이 이부총재이기 때문인데, 이 부분에서는 인물에 대한 명칭이 부마 · 니부 · 태부 등으로 혼용되고 있음.

화공이 크게 웃으니 명천이 사죄한 후 자리 끝에 앉아서 어른들을 모셨
다. 기운이 온화했고 시원스러운 얼굴모습은 빼어났으며 골격은 마치 남 86
전(藍田)[371]의 백옥이 티끌을 씻은 듯했다. 이에 화공이 손을 잡고 감탄하
며 말했다.

"천하에 이와 같은 어진 도덕군자가 있을까? 이런 자식을 비록 아비라 고 한들 전 아래 꿇리고 조르다니 포악함에 있어서 형 같은 사람이 없습니다."

유현이 웃으며 말했다.

"이 아이는 어려서부터 벌을 받은 일이 드뭅니다만 나머지 아들들은 피가 뚝뚝 떨어질 때가 많았으니, 계단 아래 한 번 꿇어앉는 것은 예삿일입니다. 단지 자식이 사랑스럽다 하여 가르치지 않으면 짐승이나 마찬가지입니다."

화공이 흔연이 웃으며 명천의 손을 잡고 말했다.

"내 성격에는 만일 명천이 너 같은 아들이 있으면 볼 때마다 기특하게 87
여길 것이다. 그런데 네 아비는 오히려 부족하게 여기니 사람의 욕심
이란 헤아리기 어렵구나. 여보게 운희.[372] 그대 젊었을 적 일을 생각
해본다면 명천이 무슨 일이 부족한 것이 있는가?"

유현이 미소를 지으며 말했다.

"거 이상한 옛날 말씀은 하지 마십시오. 그전까지 부모님 곁을 떠난 일이 없다가 부모님께 죄를 지어 세 달 동안 쫓겨나니 망극한 마음은 백대를 맞은 것 보다 더 했습니다. 고요한 곳에 누워서 절절이 생각해보

371) 남전(藍田) : 중국 섬서성에 있는 이름난 옥(玉)의 산지.
372) 운희 : 조유현의 자(字).

니 생각나는 일마다 뉘우칠 것뿐이고 말씀마다 마땅하여 감동했습니
다. 그래서 내가 멋대로 행동한 것에 대하여 심하게 반성을 했었습니
88 다. 그 일을 생각하면 자식을 제멋대로 하도록 풀어두지 못할 것인데
어찌 제가 지나치다고 여기시는 것입니까? 게다가 제가 명천이를 꾸짖
는 것은 오늘이 처음이니 내가 엄하지 않아서 그런 것인지 명천이가 어
질어서 그런 것인지는 알 수 없습니다. 다만 여러 자식을 늘 사랑하기
만 하고 행실을 가르치지 않을 수 있겠습니까? 자식은 엄한 아버지를
원망하지 않습니다. 우리 아버님께서 일찍이 매를 때리시거나 꾸짖는
일을 하지 않으셨지만 기개와 도량이 두려울 정도로 강하셔서 곁에서
모시다가 물러나면 땀이 등을 적셨고 조심하는 마음도 나태해지지 않
았습니다. 손아래 사람의 행실을 닦게 하는 데 있어 그만큼 유익한 것
이 없었습니다."

화공이 또 웃으며 찬양했다.

89 "문계[373] 형의 남보다 뛰어난 면은 세상에 드러나서 황제로부터 어린
아이에 이르기까지 말하며 탄복하던 바입니다. 그러나 달문이의 숙연
한 행실과 도덕에는 못 미칠 것이니 생각해보건대 초공 대인의 높은 덕
이 아니었다면 달문이 같은 손자가 없었을 것입니다. 그러니 진실로
착한 사람에게 복을 준다는 명응(冥應)[374]의 법도는 밝기도 하군요. 제
가 외람되게 못난 딸아이 덕분에 달문이 같은 군자를 사위로 얻었으며
딸아이의 평생이 즐거우니 다행스러우면서도 한편으론 두려워서 볼
때마다 기특한 마음을 참지 못하겠습니다."

---

373) 문계 : 조유현의 별호(別號).
374) 명응(冥應) : 눈에 보이지 않지만 신령과 부처가 감응을 하여 이익을 주는 일.

평제왕 유현이 사양하며 말했다.

"어리석은 아이가 행여 천한 자질과 경박함을 면했다고 해도 형님의 90
지나치게 칭찬하는 말이야 어찌 당하겠습니까? 며늘아기의 난초 같고
옥으로 깎은 나뭇가지 같은 기질과 정숙하고 밝은 아름다운 행실에 만
백성이 감동[375]합니다. 제가 그와 같은 숙녀를 며느리로 삼게 되어 두
려웠습니다. 게다가 공주와 같은 항렬이 되어서도 우애 있게 지내니
부덕이 있어 진실로 아름답고 사랑스럽습니다."

이렇게 이야기를 주고받으니, 기쁜 기운이 방 안에 무르녹았다.

화공이 돌아가자 평제왕 유현이 비로소 가는 곳을 알리지 않고 여러 달
동안 산림에서 노닌 것에 대해 명천을 한바탕 엄하게 꾸짖은 후 다음 날
바로 임무를 수행하고 황제께 사죄하라고 했다. 이에 명천이 머리를 조아
려 사죄하고 두 번 절하여 명령을 받았다. 이에 기현이 웃으며 말했다. 91

"네 아비는 제왕의 지위에 있고 아들은 한국공이 될 뻔했는데 아들이 사양하여 물러나니 큰 자리를 버린 것에 대해 매우 원통하게 생각하는 것이니라."

유현이 웃으며 말했다.

"우리는 서로의 뜻을 잘 아는 형제 사이인데 오늘 이렇게 말씀하시다니 진심으로 의외입니다. 제가 어찌 자식의 지위가 높기를 바라겠습니까? 그러나 또한 성은이 너무 지나치시다 하여 벼슬을 사양하고 황제의 명령을 거슬러 나라를 위한 일까지 번거롭게 해서야 되겠습니까? 그동안 밀린 명천이의 공무가 산 같으니 어찌 자기 한 몸을 위해 나랏

---

375) 감동 : {품동(風動)}. 바람이 무엇을 움직인다는 뜻으로, 백성들이 스스로 좇아서 감화됨을 비유적으로 이르는 말임.

일을 오래 폐할 수 있겠습니까?"

기현이 고개를 끄덕이며 말했다.

92 "내 마음과 똑같구나. 이미 물러나지 못했다면 힘을 다해 죽는 것은 생각하지 않고 최선을 다하는 것이 신하된 자의 도리이다. 명천이 너는 비록 한국공의 인끈은 돌려 드리지만 네 아비의 명령에 따라 예전부터 맡은 일에는 진심을 다하여 황제를 돕거라."

명천이 두 번 절하고 다음 날 아침 궁궐 문 앞에서 처벌을 기다리며 상소를 올렸는데, 그 내용은 다음과 같다.

신은 원래 일개 선비였으나 외람되게 황제께서 알아주셔서 청직(淸職)과 현직(顯職), 화직(華職)376) 등의 벼슬을 맡게 되었습니다. 격에 맞지 않는 사람됨과 비루한 자질을 생각하지 않으시고 산에 있는 닭과 같은 비루한 자질임에도 불구하고 황제의 사위로 삼아주셨으므로 저는 제게 있는 극히 작은 복이 훼손되고 한미한 가문이

93 나마 망할까 염려되어 혜선공주의 부마가 되는 인끈을 일찍이 사양했었습니다. 선황제께서 밝히 헤아려주셔서 보잘 것 없는 사내의 원에 따라 부마의 작위를 환수해 주셨으므로 제가 황제의 은혜가 뼈에 사무쳐 오직 적게나마 충성을 다해 국가의 은혜를 만분의 일이라도 갚으려 했었습니다. 이제 선황제께서 돌아가시고 폐하께서 황제의 자리를 이으시어 조정 종사의 업을 받들게 되셨으니, 마땅히 선황제의 뜻에 따르셔야 할 것입니다. 제가 무슨 공이 있다고 거만하게 국공(國公)의 직위를 받아 스스로 복이 덜어지게 하겠습니까? 명령을 듣고 너무 당황하고 놀라 어찌할 줄을 모

94 르겠기에 산간의 승려 무리가 되려고 급작스럽게 도망갔었습니다. 그러나 조용히 생각해보니 이 몸은 부모님으로부터 받은 것이므로 몸이 서역에서 온 요괴로운 패

376) 화직(華職) : 높고 화려한 관직.

악한 도에 빠지는 것은 제가 차마 하지 못할 바였습니다. 황제의 명을 거스르고 숨
었으니 그 죄는 더욱 깊고도 무겁습니다. 게다가 황제께서 융성한 은혜를 내리시어
사신으로 하여금 저를 찾게 하시느라 나라의 일을 번거롭게 만들고, 또 본직의 맡은
바 임무가 가장 중하온데 여러 달 동안 자리를 비웠음에도 불구하고 교대하겠다는
명을 내지 않으시니, 나라를 저버리고 황제의 은혜를 모른 죄 만 번 죽어도 가볍습
니다. 먼 곳에서 듣고는 황공한 마음을 참지 못하여 죽을죄를 무릅쓰고 상소를 바칩 95
니다. 하지만 눈물이 소장을 적시며 제 죄를 생각할 때 그 무겁기가 산 같습니다. 구
구한 사정으로 황제를 번거롭고 바쁘게 한 죄 면치 못할 것 같아 궐문에서 거적을
깔고 엎드려 황제의 처분을 기다립니다.

황제께서 상소를 보시고 매우 기뻐하시며 얼른 만나보기를 청하시니 부마 명천이 마지못하여 황제께 문안을 드린 후 머리를 조아리며 죄를 청했다. 황제께서 어린 내시[377]를 시켜 몸을 일으키게 하신 후 음성을 온화하게 하여 권면하셨다.

"내가 그대와는 군신간의 의리와 사제간의 의리가 있다. 그럼에도 불
구하고 그 마음을 알면서 벼슬을 내려 괴롭히니 진실로 잘못하였다.
그러나 어찌 선생이 나를 버리고 여러 달 숨어 내 마음을 허비하게 하 96
였는가? 만일 선생이 오늘도 나오지 않았다면 내가 한 마리 말을 타고
종 아이 하나만 데리고 유비(劉備)[378]처럼 삼고초려(三顧草廬)[379]를 하
려 했었다. 그런데 오늘 마음을 돌이켜 나오니 반갑고도 다행스럽다.

---

377) 어린 내시 : {쇼황문(小黃門)}. 황문(黃門)은 내시(內侍)를 가리킴.
378) 유비(劉備) : {뉴션쥬(劉先主)}. 중국 삼국시대 촉한(蜀漢)의 제1대 황제.
379) 삼고초려(三顧草廬) : 인재를 맞아들이기 위해 참을성 있게 노력함. 중국 삼국시대에, 촉한의 유비가 난양(南陽)에 은거하고 있던 제갈량의 초옥으로 세 번이나 찾아갔다는 데서 유래함.

내가 다시는 벼슬로 귀찮게 하는 일이 없을 테니 안심하고 전일의 소임이나 두루 살펴 높은 뜻을 지키도록 하라."

조명천이 머리가 땅에 닿도록 절하여 감사드리고 말했다.

"제가 방자하여 명을 거슬렀는데도 죄를 사해주시고 이와 같이 너그럽고 넉넉하게 가르침을 내려 주시니 제가 돌이나 나무가 아닌데 어찌 은혜를 고맙게 여기지 않겠습니까? 재주가 모자라고 덕이 없습니다만 뜻
97 을 받들어 옛 벼슬을 다스리도록 하겠습니다."

황제가 매우 기뻐서 두 번 세 번 위로하시고 옥 술잔에 향온주(香醞酒)380)를 부어 권하셨다. 명천이 엎드려 서너 잔을 마시니 주량이 다 되어 사양하고 물러나려 하자 황제께서 내시를 시켜 부축하여 보내셨다. 이후로 마음대로 상이나 직위를 더해주지 못하시고 다만 각별히 예로써 공경해주셨다.

승상 기현과 평제왕 유현의 17명 자손이 모두 작위가 숭고하고 위세와 권력이 융성한 것을 기쁘게 여기지 않았는데, 명윤 · 명천 · 명균 등은 세상에 없는 현명한 군자이자 큰 영웅으로서 태산과 같은 두터운 신망은 그 아비 등과 같았다. 진왕과 초공 두 사람이 넘치도록 가득한 위세를 두려
98 워하여 자손들을 경계하며 검소하게 하고 학문과 덕행을 닦으며 공손하고 근면하게 하도록 했다. 모든 자손들이 관복 외에는 베옷에 짚신을 신어 가난한 선비처럼 했으며, 상 위에는 음식이 서너 그릇을 넘지 않도록 했다. 그러므로 거처하는 것이나 음식 먹는 것이 당시의 여타 재상들과는 달랐다.

---

380) 향온주(香醞酒) : {향온(香醞)}. 멥쌀과 찹쌀을 쪄서 식힌 것에 보리와 녹두를 섞어 만든 누룩을 넣어 담근 술.

달이 밝은 어느 날 밤 때는 음력 9월 가을이었는데 부드럽고 맑은 바람이 국화 향기를 일으키니 진왕과 초공 두 사람이 백화헌에서 17명의 자녀와 조카들을 거느리고 연못가를 산보하다가 천체의 현상을 우러러 살펴보며 손을 들어 자녀들에게 가리키며 말했다.

"너희들이 능히 하늘의 운수와 길흉을 아느냐?"

기현과 유현이 말씀에 대답하여 소견을 말씀드렸는데 빼어난 총명으
로 장래를 미리 헤아리는 것이 아버지나 숙부와 마찬가지였다. 진왕과 99
초공 두 사람이 매우 기뻐 그 다음 아들에게 물으니 평제공 운현과 대사마 광현과 상서 문현이 또한 신통한 답을 했다. 모든 아들들의 뜻이 서로 차이가 있어 혹 입맛에 맞지 않는 경우도 있었지만 지혜롭고 사리에 밝은 식견이 있으므로 초공이 기쁜 빛을 얼굴에 띠며 말했다.

"내 자질이 경박하고 허랑해서 군자의 덕과는 거리가 먼 자가 많지 않을까 염려했는데, 오늘 뜻이나 소견이 평범한 자가 없으니 우리 형제가 자식을 못 나았다는 책망은 면할 것이로다. 우리 가문이 무슨 덕을 쌓았기에 이와 같은지. 모든 자손들이 청환과 현직 등 지위와 명망이 높
으며 위엄과 덕망이 융성하니 약간은 두렵구나." 100

모든 자녀들이 일시에 황송하여 절을 했다. 평제왕 유현이 자리에서 일어나 말했다.

"오늘 아버님께서 말씀을 하셨으니 이어서 어두운 견해이지만 말씀을 드리겠습니다. 공을 이루었는데도 물러나지 않으면 뒤에 뉘우치게 되며 공덕이 큰 자는 염려를 하지 않을 수 없습니다. 자고로 공신 가운데 무사한 자가 적은데, 우리 집안은 선조이신 제남왕 때부터 공업이 송(宋)왕조의 으뜸이 되어 심지어 소자와 여러 아우들에게까지 이르렀으

니, 적은 공도 없이 태평하게 왕업을 도운 훈공(勳功)[381]을 누린 지 10
년이 넘었습니다. 반드시 후세에 말이 있을 것이니 몸을 보호할 계책
을 말씀드리는 것입니다. 아버님과 큰아버님을 모시고 성문 밖의 한적
101 하고 외진 곳을 정하여 가서 할아버님의 만 년을 곁에서 지키면서, 태
평성대한 시절의 한가한 백성이 되어서 장량(張良)[382]처럼 생식을 하며
사는 것[383]이 마땅하니, 이것이 어찌 제갈량(諸葛亮)이 피를 토하고 전
쟁터에서 죽은 것[384] 보다 낫지 않겠습니까? 요즘은 세상이 한가하지
만 머지않아 소인배가 집권하여 나랏일이 어지러워질 것입니다. 소자
등이 나랏일을 붙들고 신하로서의 절개를 다하고자 합니다만, 저 막연
하고 아득한 하늘의 운수를 어찌할 수 있겠습니까? 만일 나라에도 아
무 유익이 될 수 없고 몸을 보호할 계책도 없다면 식견이 있는 사람들
의 웃음거리가 될 것입니다. 뜻을 결정하여 왕과 공경의 인끈을 바치
고 전원[385]으로 돌아가는 것이 마땅하다고 생각합니다. 아버님과 큰
102 아버님의 뜻은 어떠하십니까?"

초공이 거짓으로 놀라는 척하며 말했다.

"이 무슨 말이냐? 네가 벼슬에서 물러나서 근신하며 전원으로 물러나는 것은 옳지만, 시절이 태평하고 국가의 운수 또한 멀었는데 난세를

---

381) 훈공(勳功) : 나라나 군주를 위하여 드러나게 세운 공로.

382) 장량(張良) : 중국 전한(前漢) 초기의 정치가. 자는 자방(子房). 할아버지와 아버지는 한(韓)나라 소후(昭侯) · 선혜왕(宣惠王) 등의 5대에 걸쳐 승상을 지냈음. BC 209년 진에 반대하는 무리를 모아 유방(劉邦)과 합세했고, 이후 주요전략가가 되었음. 한신(韓信) 등의 책략을 중용하여, 항우(項羽)로 하여금 안팎으로 적의 공격을 받게 하라고 제안했음. 후에 유후(留侯)로 봉해졌음.

383) 장량(張良)처럼 ~ 것 : {뉴후[留侯]의 벽곡}. 유후(留侯)는 소하 · 한신과 함께 한나라 창업의 삼걸(三傑)인 장량을 가리키며, 벽곡은 곡식은 안 먹고 솔잎, 대추, 밤 따위만 날로 조금씩 먹는 식생활을 가리킴. 장량은 만년에 황로(黃老)를 좋아하여 신선벽곡의 기술을 배웠다고 함.

384) 제갈량(諸葛亮) ~ 것 : 유비를 도와 촉한을 세운 제갈량은 유비가 죽은 후 무향후(武鄕侯)로서 남방의 만족(蠻族)을 정벌하고, 위나라 사마의와 대전 중에 병사하였음.

385) 전원 : {림하[林下]}. 벼슬을 그만두고 은퇴한 곳을 비유적으로 이르는 말임.

미리 염려하다니 망령되지 않으냐?"

유현이 얼굴빛을 고치고 대답했다.

"소자도 머지않아[386] 나라에 근심이 있을 것이라고 말씀 드리는 것은 아닙니다. 위로는 성군이 계시지만 아래에서 소인이 권세를 쥐게 되면 자연스럽게 어진 군자는 그와 나란히 서지 못할 것입니다. 이런 때에 물러가 전원에서 노니는 것이 총명하고 사리에 맞게 몸을 보호하는 계책[387] 아니겠습니까? 아버님의 앞을 내다보는 견해로도 훗날의 일을
미리 아실 것인데 어찌 지금 소자가 벼슬을 사양하고 물러나려 하는 103
것이 옳은 줄 모르십니까? 게다가 가득 차면 찢어지게 되고 둥글게 되면 이지러지는 것은 일반적인 일입니다. 우리 가문의 번성함이 극하여 그칠 줄을 모르는 것이 허물이니, 이때 저는 상소문을 올려 사정을 고한 뒤 몸을 빌어 그윽하고 조용한 곳으로 나아가 큰아버님과 아버님 그리고 어른들을 모시면서 남은 세월을 즐기고자 합니다."

초공이 다 듣고 기쁜 빛을 얼굴에 띠며 진왕에게 고하여 말했다.

"형님의 생각에는 이 아이의 말이 어떠합니까?"

진왕이 웃으며 말했다.

"이미 너도 이 아이의 뜻을 옳다고 여기는 듯하다만 내 마음도 또한 그
러하니라. 원래 선황제(先皇帝)의 삼년상을 마치지 않고 경사를 떠나지 104
못하지만, 조카아이가 알고 있는 것이 옳으니 마음을 함께하여 의논을 살펴보아 함께 물러나는 것이 옳다. 명윤이 등을 머물게 하여 나라의 은혜를 갚게 하고 자녀와 다른 조카들을 데리고 물러나야겠다."

---

386) 머지않아 : {불수세[不數世]}. 수세(數世)가 여러 세대나 세기를 의미하므로 이와 같이 옮김.

387) 총명하고 ~ 계책 : {명천보신지책}. '명철보신(明哲保身)'으로 보아 이와 같이 옮김. 명철보신(明哲保身)은 총명하고 사리에 밝아 일을 잘 처리하여 자기 몸을 보존함의 의미임.

이렇게 뜻을 정하고 난간머리에 벌여 앉아 선황제이신 두 분의 은혜를 일컬으니 두 공이 눈물을 연달아 흘리며 말했다.

"우리가 나이 열다섯이 못 되어서 황제의 은혜를 입고 조정에 출입했
으며, 우리를 알아주시는 황제의 은혜는 뼈를 가루로 만들고 몸을 부숴
도 다 갚지 못할 지경이었다. 그런데 이제 사람의 일이라는 것이 변하
여 사직하기를 청하여 빌어 전원으로 돌아가려 하고 있다. 그러나 능
105 히 선황제를 추모하는 마음이야 없겠느냐?"

모든 조씨 형제들이 슬퍼했다.

다음날 아침 초공의 문하생들이 나와 모이니 초공이 탄식하며 말했다.

"내 요사이 질병이 있어서 몸을 침범하니 늙으신 부모님을 모시고 교외의 한적한 곳을 얻어 나가려고 한다. 그러므로 너희들을 보지 못하지 않을까 생각된다."

초공의 으뜸 제자인 양인광과 소효문 경수가 일어나 대답했다.

"저희 제자들 또한 전원으로 돌아가기를 생각한 지 오래이오니, 스승님께서 길을 떠나시는 날 함께 따라가고 싶습니다."

제자 가운데 입신하여 직위가 숭고한 자들이 태반이었지만 초공을 따
르고자 하니 초공이 마음을 먹고 자녀들과 함께 의논하여 완전히 결정했
106 다. 진왕과 초공 두 사람이 한가한 몸이었으므로 먼저 노공을 모시고 벽
운산 은선항[388]으로 가려 하니, 조정의 벼슬아치들이 미처 알지 못했고
다만 평진후 소천과 정천홍 등만 알아서 일시에 따라갔다.

원래 문계 유현의 슬기로운 꾀가 일마다 남보다 뛰어나 이미 장래의 일을 헤아려 은선항에 집을 짓고 곳곳에 파수를 보는 막사를 지어 혹 종들

---

388) 은선항 : {옥션항}. 은선항으로 통일함.

을 시켜 지키게 하거나 더러는 마을 사람들을 시켜 지키게 했었다. 그리고 그 가운데 넓은 큰 집을 지어 부모님과 어른들의 처소 될 만한 곳을 알아보아 그윽하고 품위가 있으면서도 깨끗한 집을 지어 상아로 된 침대와 호박으로 된 베개 그리고 병풍과 장막 등의 기구를 갖춰 두었다. 사치스러운 것은 피했지만 넓고도 정밀하며 묘했으므로 효자의 어버이를 공경 107
하고 받드는 것이 극진하다는 것을 알 수 있었다. 밖으로 그윽하게 정자 20여 간(間)을 지어 동과 서로 담이나 장지를 만든 후 동쪽 누각에는 자기 이하 17명의 형제들이 머물게 하고 서쪽 누각에는 여러 자녀와 조카들의 거처를 정해두었다. 진왕과 초공 두 사람이 노공을 가운데 있는 추선전에 모셨으며, 동으로 화취루에 있는 여러 방을 통틀어 정씨, 연씨, 최씨 세 명의 비와 진왕이 머물고 서쪽으로 벽취루의 여러 칸 방을 통틀어 양씨, 윤씨, 왕씨 세 명의 부인과 초공이 머물렀다. 진왕이 궁궐을 짓는 것을 기뻐하지 않았는데, 드디어 궁을 버리고 형제가 한 집에서 서로 의논하여 어버이를 받들게 되니 평생 바라던 바여서 만족스러워 했다. 이에 한 봉 108
의 상소를 작성하여 형제가 나란히 이름을 적은 후 진왕의 옥새와 인끈, 그리고 초공의 인끈을 바치고 전원의 천민이 되어 늙으신 아버지의 남은 생애 동안 곁에서 효도하기를 청했다. 황제께서 그들이 성문 밖으로 갔다는 것을 듣고 놀랐는데, 상소를 받고는 더욱 놀라서 손수 조서를 써 보내어 말씀하셨다.

평진왕 일청 선생과 초국공 이현[389] 선생은 3대에 걸친 공신이며 게다가 선황제의 상부로서 은혜와 영광이 온 나라에서 제일이다. 이제 나를 버리고 한꺼번에 물러

389) 이현 : {이천}. 조무와 조성을 각각 일청과 이현선생이라 칭하므로 이현으로 통일함.

낫으며 왕의 작위도 사양하니 이는 나의 덕이 선황제보다 못하여 이 지경에 이른 것
109 이라. 비록 벼슬은 버리지만 왕공(王公)의 작위야 한꺼번에 앗겠는가? 자손이 선황
의 관작을 이어 받게 하라. 또한 선생은 옛 궁궐로 돌아와 안심하고 왕공으로서의
지위를 누리라.

진왕과 초공 두 사람이 여러 번 상소를 올렸지만 끝내 허락하시지 않으시고, 두 공의 머무는 곳은 마음대로 하게 하셨지만 왕공의 지위는 거두지 않으셨으므로 두 공이 편치 않았지만 어찌할 도리가 없었다.

이때 노공 부부와 진왕 그리고 세 명의 부인이 벽운산으로 떠나게 되니 금선공주에게 기현이 물었다.

"아버님께서 이곳을 나가시니 어머님께서도 따르시겠습니까? 어찌하시겠습니까?"

공주가 얼굴빛이 변하여 말했다.

"황실의 금지옥엽으로서 산중의 거친 곳은 구경도 하지 않았다. 남편이
110 나갈 때 나에게 거취에 대해서 말도 하지 않았으며 너희들도 매사에 나
를 어미로 여기지 않아서 미리 아뢰어 모든 일을 준비하도록 하지 않았
으니 어찌 나가겠느냐? 너희들이 있으니 나는 서울을 떠나지 않겠다."

기현이 말했다.

"명령이 불가합니다. 어머님께서 비록 산중에서 지내는 것을 기쁘게 여기지 않으시지만 아버님께서 나가신 후에는 원치 않으셔도 가셔야 합니다. 저희들도 아직은 벼슬을 가지고 있지만 머지않아 함께 갈 것인데 어찌 어머님께서 빈 집을 지키시려 합니까?"

공주가 매우 꾸짖으며 말했다.

"정씨가 원비의 자리에서 편히 지내면서 너희 모자가 어리석은 진왕을
재촉하여 나로 하여금 일생을 괴롭게 지내게 하더니 끝내 서울을 떠나 111
산중으로 가고 또 나를 재촉하여 내려가게 하는 것은 무슨 이유이냐?
흉계를 도모하여 나를 죽이려 하는 것이다. 내가 살아있다 하여 너희
모자에게 무슨 해로운 것이 있느냐?"

기현이 눈썹 언저리를 온화하게 하고 사죄하여 말했다.

"어머님께서 사정이 괴로우셔서 이렇게 말씀하시는 것을 압니다. 이는
다 저의 죄입니다. 제가 효성이 박하여 능히 뜻을 두루 헤아리지 못하
다보니 어머님께서 마음속에 외로움이 있으셨군요. 부모님께서 한 당
에서 화평하며 기쁘게 지내시는 것을 보지 못하니 저희들에게는 평생
의 한입니다. 그런데 오늘 어머님의 가르치심이 이 지경에 이르니 더
욱 황공하여 아뢸 말씀을 생각하지 못하겠습니다. 다만 이 죄는 만 번 112
죽어도 가볍지 않을 뿐입니다."

공주가 끝내 고집을 부리며 집을 지키겠다고 하고 나갈 뜻을 보이지 않
았다. 이렇게 한 까닭은 철생의 부인[390]이 떠난 것 때문에 놀라서이기도
했지만 요사한 사람 한 명을 만나 사귀게 되었기 때문이기도 했다. 그의
이름은 진선대랑이라고 했는데, 배운 것이 많아 능히 사람의 수명과 복을
늘이고 줄어들게 하며 부귀와 빈천을 마음대로 할 수 있다고 하면서 장안
을 두루 다니며 허황된 부녀자들을 사귀었다. 무식하고 천한 사람들이 돈
을 아끼지 않으며 각각 소원을 빌었는데, 요괴와 접귀하여 약간의 영험함
이 있으니 사람들이 지나치게 혹하여서 그 이름이 갑자기 세상에 나타났
다. 공주도 자주 그를 불러서 부부의 사이가 박한 것이 젊어서부터 지금 113

390) 철생의 부인 : 조무와 금선공주의 딸 조후염을 가리킴.

까지 한결 같고 한 명의 아들이 없어서 슬퍼하고 있다는 뜻을 말하면서 비록 아들 낳는 것은 바라지 못하더라도 왕과 함께 한 시라도 화락하여 부부간의 즐거움을 함께 하고 장수할 수 있게 해달라고 청했다. 또한 원비(元妃)로서 수많은 복록을 누리고 집안일을 자기 마음대로 처리할 수 있게 해달라고 빌었다. 이에 진대랑이 말했다.

"이 일은 아주 쉬운 것이지만 진왕 궁을 둘러보니 내외가 엄격할 뿐 아니라 진왕의 기운이 세차고 정대하여 요악한 귀신이 재주를 드러내지 못할 상황입니다. 왕이 궁중을 떠나시는 날이 있어야 계교를 행하지
114 왕이 계실 때는 강태공(姜太公)[391]의 도술이 있어도 어찌 할 도리가 없습니다."

공주가 많은 나이를 먹도록 음욕을 참지 못했다. 그러므로 황급히 도모하여 왕과 화락하려 했는데 왕을 집 밖으로 보낼 길이 없어 어찌할 도리가 없어 하는 중이었다. 요행스럽게도 진왕과 초공 두 사람이 함께 집을 나가니 때를 얻은 것이었다. 기현을 꾸짖어 물러가게 한 후 진대랑을 청하여 계교를 행했다.

이때 철부인 후염이 개과천선하여 어질고 부드러워졌으며 정직하고 유순하여 비록 얼굴 모습은 흉했지만 가히 숙녀에 가까워졌다. 어머니를 뵈러 왔는데 어머니가 시기심이 많고 엉큼하며 모질어 날이 다하도록 좌
115 우에 있는 계집종에게도 어질지 못하고 고함을 지르며 꾸짖고 도리에 어그러지고 흉한 성을 내는 것이 예전과 같으니 후염이 매우 애달파서 울며 간청했다.

---

391) 강태공(姜太公) : 중국 주나라 초기의 정치가 태공망(太公望)을 가리킴. 무왕을 도와 은나라를 멸하고 천하를 평정하였음. 저서로 병법서(兵法書)인 『육도(六韜)』가 있음.

"여자의 미련한 악행은 끝내 해로움이 있습니다. 어머님께서 이렇게
미련하게 악행을 하지 않으신다면 무슨 일로 신세가 이러하시겠습니
까? 요행히도 원비이신 정씨 어머님께서 인품이 정숙하시어 어머님을
편하게 대접해주시고 또 모든 오라비들의 효성스러움도 남보다 뛰어
나니 어머님께서 존중받고 평안하게 지내시는 것은 정씨 어머니와 다
를 것이 없습니다. 어머님께서 뜻을 맑고 깨끗하게 하시고 마음을 어
질게 하시어 옛 일을 반성하셔야 할 텐데 늘 억지소리를 끊지 않으시며
죄가 없음에도 불구하고 좌우에 있는 계집종들을 책망 하는 일을 그치
는 날이 없으십니다. 모처럼 와 있는 저도 견디지 못할 지경인데 늘 듣 116
는 종들이 견딜 수 있겠습니까?"
공주가 매우 화가 나서 높은 소리로 꾸짖으며 말했다.
"나의 성품은 손위 시부모와 남편에게도 굴복하며 섬길 수 없는 것인
데, 하물며 수하에 있는 천한 종들에게 굽히겠느냐? 정씨는 천첩과 마
찬가지이고 내가 정실부인인데 일시에 정실의 지위에 오르게 되었으
므로 나는 지극히 원통하다. 내가 죽는 날에도 넋이 있다면 잊지 못할
것이다. 겉으로만 반가워하고 정대하게 굴며 어진 체하는 것을 너는
진정이라고 여기느냐? 내 마음에 있는 품은 생각을 어여삐 여지기 않
는다면 너의 악한 마음 씀씀이로 나에게 지성으로 효도할 뜻이 있겠느
냐? 너 또한 조씨 집안의 몹쓸 씨이다. 어미의 사정을 모르고 어미를 117
나쁜 사람으로만 아니 내가 또 누구를 믿겠느냐? 이제 진대랑이라고
하는 신통력 있는 사람을 만났는데 만사에 신기한 재주가 있어 족히 네
어미 평생의 박명함을 말년에 고쳐주어 부부간의 즐거움을 알게 해 줄
것이다. 또한 정씨 모자를 완전히 제어하여 나의 원통함을 씻고자 한

다. 때마침 네 아버지가 어른들을 모시고 벽운산으로 갔으니 이는 곧
때를 탄 것이다. 기현 등이 나를 끌어다가 벽운산의 깊은 곳에 가두려
고 하지만 첫째는 너와 멀리 떨어지는 것이 싫어서이고 둘째는 진대랑
과 더불어 계교를 행하여 내가 만년에 다복하며 천수를 누리도록 빌기
위해 안 갔다. 너는 나와 모녀간이기 때문에 이 말을 알려주는 것이니
118 입밖에 내지 마라."

후염이 매우 놀라 눈물을 흘리며 말했다.

"어머님께서 이렇게 하셔도 다복하게 오래 사는 것은 얻지 못하실 것입니다. 한바탕 큰 변을 일으켜 저마저 죽게 하려 하시는 것입니까? 우리 집안이 어떤 집이며 저와 어머니 또한 어떤 사람입니까? 이런 요사스러운 일은 간악한 첩이 자신의 적국을 없앨 때 하는 일입니다. 결단코 왕공의 부인이자 공주인 사람은 체면상 이런 일을 할 바가 못 됩니다. 만일 이 일을 행하려 하신다면 저는 어머님 앞에서 죽어 참변을 보지 않겠습니다."

119 공주가 뜻밖에도 딸아이가 매우 심하게 거절하며 죽기 살기로 온 힘을 다해 직언하는 것을 보고는 매우 불쾌하여 딸아이에게 말하지 말 것을 그랬다며 후회했지만 이미 거두지 못할 일이었다. 그러므로 도리어 웃으며 말했다.

"너의 거동을 보려고 해본 말이지 내 어찌 이런 요괴로운 일을 하여 너를 해롭게 하겠느냐? 그러나 나는 진심으로 벽운산에는 가기를 원하지 않는다."

다음 회를 살피라.

조 씨 삼 대 록

37권

1 화설. 이때 후염이 어머니의 생각도 한심스럽고 스스로도 부끄러워서 몰래 승상 기현을 찾아가 이 일에 대하여 말했다.

"어머니께서 하시는 일마다 권모술수를 부리는 일 아니면 예에 어긋난 것입니다. 제가 이제 시댁으로 돌아가면 분명 진대랑을 데려와 궁중에다 요망하고 간사한 일을 하여 아버지와 오라버니 등의 맑은 덕을 상하게 할 것입니다. 그러니 안팎으로 문 지키는 군사들을 엄히 다스리셔서 낯선 사람을 궁문 안으로 들이지 못하게 하십시오."

기현이 탄식하며 말했다.

2 "내가 효성이 얕다 보니 어머님께서 기쁘게 지내시는 것을 능히 보지 못하는구나. 어머님께서 마음이 상하시고 화가 나셔서 이런 이상한 일을 행하시는 것이다. 이제 우리가 다 운산으로 가려 하는데, 어머님께서 고집을 부리시니 누이는 조용히 말씀을 드려서 수레를 문 밖으로 나오시게 하라."

후염이 눈물을 흘리며 말했다.

"어머니께서 안 가시려고 하는 것은 진대랑과 계교를 행하려 하시는 것이니, 어찌어찌 하여 진대랑을 없애면 우리 가문에 일어날 변고는 미리 방지할 수 있을 것입니다."

기현이 조용히 생각해 보았는데, 이는 작은 근심거리가 아니었다. 흉
한 의사가 저질러지면 그 불행을 측량할 수 없고 발각되면 아버지께서 결
3 단을 내리는 처치를 하실 것이니, 이리저리 생각하고 헤아려도 양쪽 다
원만하고 편할 만한 도리가 없었다.

후염을 시켜 금선공주의 심복 시녀인 초선을 설득하여 공주가 사귀고 있다는 진대랑이 사는 곳을 물었다. 초선은 본래 공주가 상으로 준 금과

은을 받았기 때문에 진대랑을 부르러 다녔지만, 진심으로는 공주를 위하는 정성이 적었다. 철부인 후염이 어렸을 적에는 험악했지만 지금에 이르러는 어진 덕이 있어 궁궐에 있는 사람들이 모두 감동하게 된 상황이었다. 후염이 진심으로 묻자 초선이 품 안에서 공주의 친필로 된 글을 내어주니 후염이 받아서 보았는데, 그 내용은 다음과 같았다.

사부의 신기한 재주에 힘입어 내가 그토록 바라던 원을 이루려 하네. 정씨, 연씨, 4
최씨 세 명의 부인을 일시에 죽게 하면 상황 상 마지못하여 진왕의 원비 자리가 내
게 돌아올 것이요, 그 후에 왕의 뜻을 바꾸는 신법을 속히 행하면 거칠 것이 없이 왕
과 화락할 수 있을 것이네. 기현 등을 차례로 제거하여 후환을 더는 것이 나의 소원
이네. 그런데 요행스럽게도 진왕과 초공 두 사람이 어른들을 모시고 성문 밖으로 나
갔고 정 · 연 등이 다 나갔으니 이는 하늘이 나를 위하여 대법(大法)을 이루게 하려
하는 것이네. 그러니 사부는 더디게 굴지 말고 내일 밤에 오라. 오늘은 내 딸아이가
있는데 고집을 부리면서 사부의 신기에 탄복하지 않고 힘써 말리네. 오늘 딸아이가 5
자기 시댁으로 갈 것이니 내일 일을 행하려 하네. 기약을 어기지 말라.

후염이 한 번 보고는 모골이 송연해졌으며 식은땀이 옷을 적셨다. 이에 초선에게 당부하여 말했다.

"이 일을 일으키게 되면 어머님께는 오히려 해가 적고 너의 목숨이 위태로워질 것이니, 내가 한 계교를 내어 너희도 무사하고 궁중도 평안케 할 것이다. 그러니 일절 누설을 하지 말고 내 말대로 하거라. 이 글을 가지고 가서 진대랑을 주면 분명 내일 밤에 올 것이니 너는 네가 진대랑을 데리고 오는 문을 낱낱이 알려주어라."

6 초선이 흔쾌히 명을 받들고 후원 문으로 왕래한다는 사실을 말하니 후
염이 일일이 맞춰 보았다.

그러고서 기현을 만나 눈물을 흘리며 말했다.

"어머님께서 덕을 잃으신 상황이 이 지경에 이르렀으니, 제가 무슨 면목으로 남들을 대하겠습니까?"

기현이 탄식하며 말했다.

"부모가 허물이 있으면 자식이 말씀을 드리는 것은 성인께서도 가르치
신 바인데, 어머님께서 듣지 않으시고 단지 천륜을 상하게 하시려 하는
구나. 그러느니 마지못하여 어머님을 속여 무사하게 하는 것만 못하
다. 내가 진대랑을 잡아서 없앤 것을 아시게 되면 큰 변이 일어나 궁 안
이 소란스러워질 것이니 너와 나만 알고 있자. 내가 처리할 것이니 너
7 는 오늘 시댁으로 돌아가거라. 내가 자연스럽게 어머님께서 하시려는
일이 실패하도록 만들어서 다시는 이와 같은 일을 하지 않으시도록 할
것이다."

후염이 또한 옳다고 생각했다.

이 날 후염이 하직인사를 하고 철씨 집안으로 돌아가겠다고 하니 공주가 큰일을 계획대로 하기 위해 머무르라 하지 않고 돌려보냈다.

기현이 후원의 문을 지키는 군사에게 명령하여 초선이의 왕래를 알리
라 한 후 심복 종 세 명을 정하여 머리에 누런 두건을 쓰게 하고 붉은 옷
을 입힌 후 얼굴에 이상한 그림을 그리고 손에는 쇠사슬을 들게 하여 후
문에 숨었다가 이리이리 하라고 명령했다. 세 사람이 명령에 따라 후원
8 문가에 서서 기다리다가 초선이 후원 문을 나서니, 급히 기현에게 알렸
다. 기현이 이러이러한 사람이 오면 잡아서 자신의 궁으로 데리고 오라고

명령하니 노비들이 명을 받들었다. 이들은 모두 매우 영리한 종들이니 행동에 엉성한 부분이 있겠는가?

초선이 저녁 9시쯤이 되자 진대랑을 데리고 후원 문을 막 들어서는데, 황건역사(黃巾力士)[392]가 큰 소리를 지르며 쇠사슬로 초선과 진대랑을 결박하며 말했다.

"명부(冥府)에는 시왕(十王)[393]이 있고, 하늘에는 옥황상제가 계시며 황
제의 별과 무수한 별들이 벌여 있는데 이 요괴와 같은 계집이 사람을
많이 해치고 인심을 어지럽히는구나. 하늘과 땅의 신령들[394]이 진노
하시어 우리 세 사람을 시켜 요사스러운 여자를 잡고 그 일에 협력하 9
는 궁인을 낱낱이 매어 오라고 하셨다. 그러므로 쇠사슬을 들고 이 문
에서 기다린 지 오래 되었다."

하고 두 여자를 얽어매어 발이 땅에 닿지 않을 정도로 휘몰아 공주의 침소로 가서는 크게 소리 질렀다.

"염라대왕의 명령을 받은 황건역사가 진대랑과 초선이라는 요사스러
운 인간을 잡아가니 공주는 앞으로는 괴상한 일을 그만 두고 어짊을 행
하고 덕을 닦아 천 년을 편히 누리십시오. 진왕의 명망이 아니었다면
공주께서도 큰 욕을 당하실 것이었습니다만, 저희들이 감히 변란을 일
으키지 못하여 초선과 진대랑만 잡아갑니다. 하늘과 귀신이 보는 것이 10
밝고 선명하여 선과 악을 밝히 드러내니 어찌 두렵지 않겠습니까?"

공주가 마침 진대랑을 기다리기 위해 난간머리에서 오락가락하면

---

392) 황건역사(黃巾力士) : 신장(神將)의 하나. 힘이 세다고 함.

393) 시왕(十王) : 저승에서 죽은 사람을 재판하는 열 명의 대왕. 진광대왕, 초강대왕, 송제대왕, 오관대왕, 염라대왕, 변성대왕, 태산대왕, 평등대왕, 도시대왕, 오도 전륜대왕임. 죽은 날부터 49일까지는 7일마다, 그 뒤에는 백일 · 소상 · 대상 때 차례로 이들에 의해 심판을 받는다고 함.

394) 하늘과 ~ 신령들 : {텬디신기[天地神祇]}. 천신과 지기를 아울러 이르는 말임.

서[395] 좌우에 가득한 궁녀들을 시켜 촟불을 밝히게 하고 있었다. 그런데 뜻밖에 생각지도 못했던 황건역사가 기이하고 괴상한 형상으로 얼굴에 오색 빛을 띤 채 팔 척이 넘는 키를 하고는, 쇠사슬로 두 여자를 매어 앞세우고 처마 밑에 와서 사납게 소리를 지르니 어찌 사람인지 귀신인지 알아 볼 수 있겠는가? 진짜 염라대왕의 사자라고 생각하여 순간 소리를 지르고 엎어졌다. 공주가 매우 악한 사람이었음에도 불구하고 무서움과 놀
11 람을 참지 못하여 두 눈동자만 굴리며 넋이 나간 듯 움직이지 못했다. 황
건역사가 두 여자를 끌고 황급히 떠나며 소리를 질렀다.

"어진 재상과 성현 군자가 여기로 오고 계시기 때문에 급히 돌아가야 해서 동참한 궁인들을 다 잡아가지 못합니다만, 이후에도 조심하십시오."

하고 홀쩍 떠나갔다. 이는 세 명의 노비들이 승상 기현이 새벽 문안을 드리기 위해 올 때라는 것을 알아차리고 짐짓 이렇게 겁을 주고 돌아간 것이었다. 그들이 가고 나자 공주가 하늘을 우러러 탄식하며 말했다.

"오강(烏江)에 가서 죽은 사람들[396]이 힘이 약하거나 싸움을 잘 못해서 그런 것이 아니다. 내가 깊은 궁궐에서 권한과 작위도 빼앗긴 채 고초를 겪는 것도 재주가 없거나 지식이 모자라기 때문이 아니다. 하늘이
12 나를 패하게 하시고 정씨에게 복을 더해 주시니 모두 하늘의 뜻이로구
나."

말이 끝나기도 전에 승상 기현 형제가 어깨를 나란히 하고 들어와 문안

---

395) 오락가락하면서 : {훗거ᄅᆞ며}. '훗걷다'는 '산책하다'의 옛말이므로 문맥을 고려하여 이와 같이 옮김.

396) 오강(烏江)에 ~ 사람들 : 해하(垓下) 전투에서 패한 항우(項羽)는 오강을 건너가 후일을 도모하라는 충고를 듣지 않고 체면을 지키기 위해 오강에서 자신의 부하들과 최후를 맞이했음.

인사를 드린 후 함께 난간에서 공주를 모시고 서니, 아름다운 풍채와 온화한 기운이 온 좌중에 쏘였다. 이때 기현이 물었다.

"날씨가 고르지 못하여 젊은 사람도 상하기 쉬운데 어찌 어머님께서 지금 밤공기를 쐬고 계십니까?"

금선공주가 길게 탄식하며 말했다.

"복 없는 인생이 깊은 궁궐에서 밤비를 벗 삼아 눈물을 흘리니, 이대로
잠이 오겠느냐? 저 푸른 하늘을 향해 묻고 싶지만 저 하늘은 말이 없으
니 회포를 둘 곳이 없어서 자리를 찾지 못하고 있었다. 너희 형제 번성 13
한 모습을 보니 어떤 사람은 복과 덕이 하늘처럼 쌓여서 너희와 같은
자식을 좌우에 두고 있는데 나 같은 사람은 한 명의 병든 아들도 없다
싶은 생각이 들어 새삼 슬픈 마음이 더하는구나."

기현이 온화하게 목소리를 고쳐 위로의 말을 했다.

"저희들이 부족하긴 하지만 분명 모자간의 인륜이 뚜렷이 있습니다.
그런데 어찌 직접 낳지 않으셨다는 것만 생각하십니까? 어머님께서 깊
은 궁궐에서 외롭게 지내시는데 저희들이 기쁘게 해 드리지 못했으니
밤낮으로 저희의 죄를 헤아리고 어리석음을 탄식한다 해도 미치지 못
할 것입니다. 여러 형제들이 만일 맡은 바 일이 바쁘지 않거나 여러 곳 14
에 왕래할 일이 없으면 어머님을 모셔야 마땅합니다. 그러나 낮에는
일이 많으므로 곁에서 모시지 못하고 깊은 궁궐에서 외로이 계시게 했
으니 이는 다 제 죄입니다."

온화한 말과 간절한 정성이 마음 속으로부터 우러나온 것이었다. 그러니 공주가 비록 매우 악한 사람이지만 꾸짖을 말이 입 밖으로 나오지 않았다. 또 아까 황건역사가 한 말을 생각할 때 승상 등이 참되고 착한 군자

이자 현명한 재상이니 자신이 벌의 독침과 같은 것을 사용한다고 해도 끝
내 죽이지 못할 것이고 하늘로부터 재앙만 받을 것이라는 생각이 들었다.
악한 마음이 태반이 누그러져서 길게 탄식하며 말했다.
15 "내 운명이 기박해서 이런 것이니 누구를 원망하겠느냐? 얼른 죽기를
바라지만 이 괴로운 목숨이 다할 날이 아직 멀었구나. 게다가 나는 천
첩도 아니고 부인도 아니며 단지 공주라는 이름만 있을 뿐이구나. 남
에게 굴복하여 맡은 바 임무도 없이 쓸데없는 물건같이 되어서 죽든지
살든지 찾아주는 사람도 없는 인생이 되었으니 이 원통함과 애석함을
누구에게 말하겠느냐? 너희가 어미라고 부르기는 하지만 며느리들이
나 손자 등은 나를 길가의 거지 보듯 하니 내 스스로 나이가 많은 것도
매우 슬프고 또 못 죽는 것도 한이로구나."
말이 끝나자마자 눈물로 옷을 적시니 승상 기현 등이 두 번 세 번 위로
16 하며 방 안으로 들어가기를 청하고 또 온갖 방법으로 애걸하면서 벽운산
으로 가기를 청했다. 금선공주의 입장에서도 이미 악한 일을 행할 방법이
없어졌으므로 혼자 이곳에 있지 못하겠다는 생각이 들어서 허락하며 말
했다.
"아름답지 못한 이 몸, 어디를 가든 진왕께서 미워하시기는 마찬가지이
다. 내 신세가 점점 더 괴로워지니 너희 신명함으로 해로움이 있다고
하면 내가 어찌 듣지 않겠느냐? 어디로 가든지 오직 너만 믿을 테니 다
른 아이들도 나를 업신여기지 않도록 해 주고 무사히 이 한 목숨 마치
도록 해 다오."
기현이 매우 기뻐서 절하여 명령을 받들며 말했다.
17 "어머님께서 저의 사정을 이렇게 헤아려 주시는데 어찌 제가 진심으로

어머님의 뜻을 받들지 않겠습니까? 나머지 아이들이 어리석긴 하지만 그래도 사람의 마음을 가졌는데 설마 어머님을 소홀히 여기겠습니까? 제가 비록 변변하지 못하지만 만약 그런 일이 생기면 어찌 타일러 경계하지 않겠습니까?"

공주가 말없이 길게 탄식하며 온갖 회포를 다 드러냈다. 기현이 매우 슬픈 마음이 들어서 매사에 지성으로 섬기니 자신의 어머니보다 못한 부분이 없었다.

기현이 초선은 용서해 주고 철씨 집안으로 보내어 편히 있게 했으며 진
대랑은 몰래 동여 매어 강물에 던졌다. 진대랑이 이전에 장안의 백성들
사이에서 변란을 일으켜 사람을 죽인 일들이 무수히 많았는데, 조기현의
신기한 지혜가 단지 자신의 집 변란만 막은 것이 아니라 세상에 있는 해 18
악을 이와 같이 덜어준 것이다. 그럼에도 불구하고 한마디도 헛되게 밖으
로 내보내지 않고 비밀을 지켜 공주의 실덕도 드러내지 않고 요사스러운
사람을 죽여 없앴으니, 진실로 어진 군자가 지혜로운 꾀로 남을 속이지
않을지언정 그 꾀의 신기함이 이와 같았다.

차설. 평제왕 문계 유현이 부모와 어른들을 벽운산으로 모시고 간 후
로부터 더욱 벼슬하고 싶은 마음이 줄어들고, 물러나 산림에서 누워 지내
고 싶은 마음만 불 일듯 했다. 승상 이하 여러 형제들과 상의하여 큰 잔치
를 열고 조정의 여러 벗들을 청하여 즐기며 잔에 술을 따라 매우 많이 마
시고 있는데 여러 관리들이 물었다. 19

"존대인께서 교외에 머물러 계셔서 저희가 이제 이곳에 와도 노래를 듣지 못하게 되어 흥겨움이 감소한 것을 애석하게 여기고 있었습니다. 그런데 오늘 잔치를 여시다니 무슨 이유이십니까? 분명 명분 없이 잔

치를 여시지는 않으셨을 것입니다. 그러니 그 의미를 알고 잔에 담긴 술을 마셨으면 합니다."

승상 기현과 평제왕 유현이 흔연히 답을 했다.

"우리들이 원래부터 집안이 번성하는 것을 밤낮으로 두려워했으며 외
람된 작위를 맡게 되어 적은 복이나마 없어질까 전전긍긍(戰戰兢兢)[397)]
했습니다. 그런데 어찌 이유 없이 잔치하고 화려하게 노래 부르는 참
20 람함을 행하며 분수를 삼가지 않겠습니까? 어른들께서 전원으로 나가
신 후로 우리도 세상살이에 대한 온갖 생각이 없어졌습니다. 그러나
국가의 중대한 임무로 인해 몸이 매어 있어 스스로 마음대로 할 수 없
으므로 이곳에 머물러 있었지요. 그러니 무슨 즐거움이 있어서 화려하
게 음악을 연주하거나 하겠습니까? 오늘 한 잔 술로 즐기려는 까닭은
그대들과 더불어 임금님을 섬기면서 그간 골육과 같은 정을 쌓았지만,
이제 우리가 떠나려는 마음이 있기 때문입니다. 갑작스레 헤어지자니
서운한 마음 금할 길이 없어서 한 자리에서 서로 잔을 나누며 오늘 이
별의 정을 펴는 것이며, 내일은 상소를 올려 은퇴를 청하려 합니다. 그
러니 여러분들께서 힘써 도와 우리의 소원이 이루어지도록 해 주시기
21 를 부탁드립니다. 원컨대 여러 벗들께서는 어진 임금을 도와 이윤(伊
尹)[398)]이나 직설(稷契)[399)]과 같은 충성을 역사에 남기고 우리를 본받지
마십시오."

모든 관리들이 놀라서 말했다.

---

397) 전전긍긍(戰戰兢兢) : {긍긍업업(兢兢業業)}. 항상 조심하며 삼감을 의미함.

398) 이윤(伊尹) : 중국 은(殷)나라의 대신. 이름은 '이'이고 '윤'은 관직명. 주공(周公), 제(齊)의 관중(管仲) 등과 함께 명신(名臣)으로 불렸음.

399) 직설(稷契) : 후직(后稷)과 설(契). 요순(堯舜) 임금 때의 현신으로 각각 농업과 교육을 맡아 보았다고 함.

"아직 선생께서는 기운이 왕성하시니 늙으신 것도 아니고 또 조정의 대신이십니다. 황제께서는 한 고조의 소하(蕭何)[400]와 유비[401]의 제갈공명(諸葛孔明)같이 여기고 계시는데 무슨 이유로 벼슬을 버리고 전원으로 돌아가려는 생각을 하시는 것입니까?"

승상 기현이 탄식하며 말했다.

"세상 만물이 성하면 쇠하게 되는 것은 당연한 것입니다. 하늘이 우리
임금을 위해 송나라에 인재를 많이 주셨으니, 그 무성함은 수레로 실어
내고 말로 잴 정도로 많습니다.[402] 우리들이 둔한 재주와 덕을 가지고
이미 녹봉을 도적질한 것이 심한데, 때마침 연로하신 부모님께서 전원 22
으로 돌아가시게 되었으니 한시도 곁을 떠나기가 어렵습니다. 또한 우
리 아이들이 황제의 은덕을 입어 타고난 복보다 넘치게 받고 있으니 무
용지물인 우리들은 전원으로 돌아가 강에서 고기를 낚고 밭에서 호미
질이나 하면서 아버님의 남은 생애 동안 곁에서 위로하고 싶습니다.
옛말에도 이르기를 인군을 섬길 날은 많지만 부모님을 섬길 날은 적다
고 했습니다. 그러니 이제 우리가 벼슬에서 물러나려 하는 마음을 아
시고 여러 벗들께서도 함께 주선해 주셔서 바라던 바를 이루도록 해 주
신다면 이는 진심으로 지난날의 지극한 정을 잊지 않으신 것이라 할 수
있을 것입니다. 먼저 여러 벗들께 허락을 받고 그 다음에 황제께 상소
를 받들어 올리려 합니다."

평제왕 유현과 평제공 운현이 연달아 말했다. 23

---

400) 소하(蕭何) : 중국 전한시대의 정치가. 전한 건국의 일등공신.

401) 유비 : {소열(昭烈)}. 중국 삼국시대 촉한의 초대 황제로, 자는 현덕(玄德), 묘호는 열조(烈祖)라 함. 시호가 소열(昭烈)황제임.

402) 수레로 ~ 많습니다 : {거지두량[車載斗量]}. 수레에 싣고 말로 잰다는 뜻으로 매우 많음을 비유한 말. 『삼국지』「오서(吳書)」에 보임.

"무릇 사람이 그칠 줄도 모르고 만족할 줄도 모른다면 분명 안 좋은 일을 만나고 말 것입니다. 우리 형제는 적은 공로와 변변치 못한 재주에도 불구하고 지극한 벼슬을 한 몸에 받았으며 황제의 뜻 또한 융성하시어서 위세와 권력이 천하에 떨쳤으니 세상 사람들이 우리들이 자기 분수를 알지 못한다고 어찌 비웃지 않겠습니까? 원컨대 여러분께서는 우리가 상소를 황제께 올리는 날 힘을 합쳐 힘써 말해 주십시오."

공부상서 설강이 눈물을 흘리며 말했다.

"제가 저지른 일은 이미 벌어진 것입니다. 아무리 감추려 해도 감춰지
겠습니까? 그런데 문계[403]께서 살려주신 덕분에 몸이 사망(死網)에서
24 건져졌고 또 세상이 버린 저의 앞날을 거둬서 사림(士林)의 무리에 있
게 해 주셨으니 이는 아무리 노력을 해도 다 갚지 못할 것입니다. 다만
마음속으로 맹세하기를 한 평생 함께 하면서 형님과 거취를 함께 해야
겠다고 했었습니다. 이제 문계께서 벼슬에서 물러나시는데 제가 홀로
조정에 남아 벼슬아치의 수효를 채우겠습니까? 여러 조씨 형제들께서
나를 버리지 않으신다면 함께 행동하게 해 주시기를 청합니다."

평제공 운현이 봉황 같은 눈으로 보며 웃고 말했다.

"설형은 본래부터 지혜가 뛰어나고 꾀가 많은 사람이네. 그렇지만 하늘이 주유(周瑜)[404]를 만들고 연달아 제갈공명(諸葛孔明)을 만드신 것[405]처럼, 예전에는 우리 문계 형이 있었기 때문에 설강 자기의 신상

---

403) 문계 : 평제왕 조유현을 가리킴.

404) 주유(周瑜) : 자는 공근(公瑾). 손책의 수하에 들어가 건위중랑장(建威中郎將)이라는 직책을 맡고, 손책을 도와 강동(江東)에 손오(孫吳) 정권을 세웠음. 208년(建安 13)에 조조(曹操)가 군사를 이끌고 남하하자, 그는 노숙(魯肅)과 함께 전쟁을 벌일 것을 강력하게 주장하는 한편, 친히 군사를 이끌고 적벽에서 조조의 군대를 대파하기도 했음. 그러나 제갈공명의 술책에 밀려 적벽에서 최후를 맞이했음.

405) 하늘이 ~ 것 : 오(吳)나라의 수장 주유(周瑜)와 초(楚)나라의 재사 제갈공명(諸葛孔明)은 서로

에 해로움이 있었네. 그런데 이제 우리 형이 물러나시니 자네[406]가 기
운을 펼 때이네. 옛 사람이 말하기를 차라리 닭의 입이 될지언정 소의 25
꼬리는 되지 마라고 했는데 무슨 이유로 우리의 뒤를 따르려 하는가?
문계 형은 용납하셨지만 우리들은 진심으로 감격하지 않으니 구태여
거취를 함께 할 정분이 없네. 그러니 어찌하겠는가?"

온 좌중에 있던 손님들이 한꺼번에 크게 웃었으며 설강은 얼굴만 붉힌 채 말을 못했다. 유현이 눈짓을 하고 여러 공들을 보며 꾸짖었다.

"내가 비록 의백과 서로 좋지 않은 일이 있었지만 지금에 이르러서는
의백이 이와 같이 어질어졌다. 잘못을 고치는 것이 귀하다는 사실은
성인의 가르침에도 있는 것이다. 그런데 네가 어찌 이렇게 대놓고[407]
말을 하며 남의 무안함에 대해서는 생각을 하지 않는 것이냐?" 26

이부상서 명천과 학사 명순[408]이 얼굴빛을 바르게 하고 말했다.

"오늘 삼촌과 아버님의 말씀을 들으니 저희들이 감히 설씨 아저씨를 원수라고 말하지는 못하겠지만 어머님께서 온갖 고생을 하시고 아버님께서 3년 동안이나 귀양살이하신 것을 생각하게 됩니다. 하늘이 도우셔서 다행이지만 만일 끝내 무사하시지 못했다면 저희들의 원수가 되지 않았겠습니까? 공자님께서 말씀하시기를 도(道)가 같지 않으면 사귀지 말라고 하셨는데,[409] 설씨 아저씨께서 하신 일이 저희들에게는

지략 대결을 펼쳤는데, 주유가 제갈공명의 술책에 항상 밀리게 되어 적벽대전(赤壁大戰)에서 패하게 됨. 적벽대전에서 패한 주유가 최후의 순간에 "하늘은 주유를 만드시고 왜 또 공명을 만드셨는가?"라고 했다고 함.

406) 자네 : {의빅}. 설의백은 설강을 가리키므로 문맥을 고려하여 이와 같이 옮김.

407) 대놓고 : {담박[淡白]훈}. 솔직하다는 의미가 있으므로 문맥을 고려하여 이와 같이 옮김.

408) 명순 : 평제왕 유현의 둘째 아들.

409) 공자님께서 ~ 하셨는데 : {공지 ᄀᆞᆯᄋᆞ샤더 되 갓지 아니커든 ᄉᆞ괴지 말나 ᄒᆞ시니}. 『논어(論語)』「위령공(衛靈公)」의 구절로 원문은 '공자가 말하기를, 도가 같지 않으면 서로 꾀하지 말라[子曰 道不同 不相爲謀].'이다.

한이 됩니다. 진작 입 밖으로 말을 내지 못한 것은 진실로 아버님의 밝
27 은 가르침을 어길 수 없었기 때문이었습니다. 그런데 오늘 삼촌께서
옛일을 말씀하시니 저희들도 원통한 유감이 맺혀 있으므로 당돌하지
만 말씀을 드립니다."

말이 서릿발 같고 얼굴빛이 겨울 하늘 같으니 이에 유현이 봉황과 같은
눈을 치켜뜨고 꾸짖었다.

"설형은 나와 더불어 나이가 같은 오랜 친구인데 네가 감히 이런 방자
한 말을 하면서 내 앞에서 말조심을 하지 않느냐? 옛말에 이르기를 은
혜는 맺고 잊지 말며 원수는 풀고 잊으라고 했다. 내가 한때 액운이 끼
어 조정에 죄를 얻어 만 리 밖으로 귀양을 갔으나 남을 원망할 것이 아
니다. 내가 이미 그 일을 잊고 설강을 오래 사귀어 그 정이 완전해졌으
28 니 사람의 자식이라면 어버이의 뜻에 따라야 할 것이다. 그런데 어찌
여럿이 모인 자리에서 좋지 않은 말로 면박을 주느냐? 너희는 내 눈에
띄지 말거라."

하고 종을 시켜 두 아이들의 등을 밀어 내쳤다. 이때 설강의 얼굴은 더욱
붉으락푸르락 해 졌으며 온 좌중에 있는 사람들은 큰소리로 웃었다. 두
아이들은 뜰에 꿇어 앉아 있었다.

의람후 연휴는 연상국의 손자였는데, 그가 웃음을 머금고 말했다.

"오늘 조정의 재상 반열에 있는 두 명을 뜰 아래 꿇게 하니, 앉아 있는
손님이 불편하네. 좋은 잔치 자리가 오히려 불편하니 원컨대 문계는
손님들의 얼굴을 봐서 두 아이들을 용서해 주게. 정말 자객이 잡히지
29 않았다면 설의백은 죽청[410] 등에게 원수가 되지 않았겠는가? 온 나라

410) 죽청 : 조명천을 가리킴.

가 다 아는 것이니 두 사람이 한 행동이 잘못된 것은 아닌 듯하네. 그러니 무슨 이유로 뜰 아래 죄인처럼 있게 하겠는가?"

문청 광현이 온화하게 웃으며 설득했다.

"두 아이의 말이 사람의 마음이라면 누구나 그렇게 할 만하니 이상하지 않습니다. 그러니 설형인들 허물로 삼을 것이 있겠습니까? 문의[411] 형님이 먼저 이상한 말씀을 하셔서 술자리의 화기를 감소시켰습니다. 어찌 두 아이를 내칠 이유가 있습니까? 형님께서는 지나친 말씀을 하지 마시고 두 아이를 용서해 주시고 설의백에게 사죄하게 하십시오. 한꺼번에 풀어버리는 것이 옳지 어찌 서로 간에 편안하지 않게 할 필요가 있겠습니까?"

평제왕 유현이 감탄하며 말했다.

"현명한 동생이 이 형의 마음을 아는구나. 내가 진실로 설의백과 벗으 30
로 지내는 정으로 조금도 미워하는 마음을 머금은 적이 없는데 내 자식
이 내 뜻도 모르고 좋지 않은 말을 해서 설형을 불편하게 하니 어찌 놀
랍지 않겠느냐? 그러나 네 말이 옳으니 너희 두 사람은 올라와서 설형
께 사죄드리고 다시는 방자한 말을 하지 말 것이며, 마음속에 조금도
불평하는 마음을 두지 말거라."

설강이 또한 용서해 주라고 청하니 두 형제가 아버지의 명령을 거역할 수 없어서 머리를 조아리며 잘못을 빈 후 올라와서 설강에게 두 번 절하며 사죄했다. 이에 설강이 길게 읍(揖)[412]하고 얼굴을 붉히며 손을 잡고 말을 했다.

---

411) 문의 : 평제공 조운현을 가리킴.

412) 읍(揖) : 인사하는 예(禮)의 하나. 두 손을 맞잡아 얼굴 앞으로 들어 올리고 허리를 앞으로 공손히 구부렸다가 몸을 펴면서 손을 내리는 방식임.

31 "내가 어찌 조카들의 정대한 바른 말에 화를 내겠는가? 마땅히 감수해
야 할 것이다. 조카들이 부모를 위하는 정이 당연한 것인데 어찌 내가
부끄러워하지 않고 오히려 유감스러워 하겠는가? 그러나 문계 형께서
어진 덕으로 내 허물을 사해 주셨고 죽을 곳에서 살려 주시며 옛 집으
로 돌아오게 해 주셨으니 조카들은 아버지의 좋은 뜻을 본받아 옛 일을
더 이상 제기하지 말아주기 바란다."

두 형제가 인사를 드린 후 자기 자리에 가서 앉으니 유현의 자녀들이
모두 눈가에 상쾌하지 않은 기색을 띠고 있었다. 그래서 자리에 앉은 사
람들이 서로 바라보며 웃었다.

유현이 다시 술을 가져와 실컷 마시다가 거문고를 무릎 위에 놓고 가사
32 한 곡조를 읊었는데, 소리는 맑고도 강건하여 노래와 곡조가 한 데 어우
러지니 즐거운 기운이 마치 남훈(南勳)[413]의 즐거움을 다시 잇는 것과 같
았다. 좌중에 있던 사람들이 큰소리로 감탄을 하긴 했지만 그 깊은 뜻을
알지 못했는데, 양광효와 소경수만은 곡조를 알아듣고 한 곡으로 화답했
다. 노랫소리가 맑고 낭랑하여 하늘 높이 사무쳤으며 뜻이 깊고도 멀어
범상한 사람은 알아듣지 못했다. 그러나 월명 기현과 문의 운현, 그리고
문청 광현은 알아듣고 한꺼번에 화답을 하며 가곡을 즐겼다.

온 좌중이 모두 즐거워하기는 했으나 조씨 형제들이 벼슬을 그만 둘 뜻
을 나타냈으므로 그 때문에 느끼는 바가 있으며 조씨 형제를 아끼는 마음
이 있어 모두 아까워했다. 모든 조씨 형제들이 황제의 총애가 대단하고
33 위엄과 덕망이 빛났지만 일찍이 권세를 잡고서 교만한 적이 없어 공손하
며 겸손히 사양하고 물러나기를 잘하고 청렴하며 학문과 덕행을 닦았다.

413) 남훈(南勳) : 순(舜) 임금이 지었다는 거문고의 곡조. 순 임금은 성효(誠孝)를 지닌 인물로 평가됨.

한 번 머리를 감을 때마다 세 번이나 감던 머리를 쥐고 뛰쳐나갔던 일[414]을 본받았으므로 그들의 충성스러움이 사람의 마음을 감격하게 했다. 그러므로 형제와 조카들이 고관대작이 되어도 큰 화를 불러일으키지 않았으니 이는 다 마음을 삼가고 겸손히 물러나는 사람 됨됨이 덕분이었다.

즐거움은 극에 달하고 술자리가 매우 즐거웠지만 해가 서산으로 지려 했으므로 잔치를 파하게 되었다. 이때 승상 기현과 평제왕 유현 형제들이 모두 함께 붓을 들어 시 한 수를 짓고 여러 벗들을 향해 말했다.

"오늘과 같은 잔치는 다시 하기 어려울 것입니다. 한 번 임금님 곁[415]
을 떠나면 산중에 있는 두루미와 벗하게 될 것이지만 우리 황제의 만세
를 축원하며 화봉인(華封人)[416]을 본받고자 합니다. 여러 벗들은 우리
의 뜻이 이루어지도록 황제께 힘써 주선해 주셔서 퇴임할 수 있도록 34
해주십시오."

모든 관리들이 매우 취하여 술김이었지만 서운한 마음이 들어 그 시를 받아 보았는데 완곡함에도 불구하고, 문은 있으되 찾는 이 없다[417]고 읊었던 도연명(陶淵明)[418]의 태도보다도 더 단호했으며, 기산(箕山)의 영수(潁水)에 귀 씻던[419] 허유의 높은 절개가 굳세게 드러났다. 이에 감탄하며

---

414) 한 번 ~ 일 : 민심을 살피고 정무를 보살피기에 잠시도 편안함이 없음을 이르는 말임. 중국의 주공(周公)이 식사 때나 목욕할 때 내객이 있으면 먹던 것을 뱉고, 감고 있던 머리를 거머쥐고 영접했다는 데서 유래했음. 『사기(史記)』「노주공세가(魯周公世家)」에 보임.

415) 임금님 곁 : {년곡[輦轂]}. 임금의 수레를 의미하므로 문맥을 고려하여 이와 같이 옮김.

416) 화봉인(華封人) : 화(華) 땅의 봉토를 관리하던 사람. 이 사람이 수(壽) · 부(富) · 다남자(多男子) 세 가지로 요임금을 축송했음.

417) 문은 ~ 없다 : {문수설이상관[門雖設而常關]}. '문은 비록 있으나 항상 닫혀 있다.'의 뜻. 도연명(陶淵明)의 〈귀거래사(歸去來辭)〉의 한 구절임.

418) 도연명(陶淵明) : 중국 동진(東晋)의 시인. 이름은 잠(潛), 호는 오류선생(五柳先生). 405년에 팽택현(彭澤縣)의 현령이 되었으나, 80여 일 뒤에 〈귀거래사(歸去來辭)〉를 남기고 관직에서 물러나 귀향했음.

419) 기산(箕山)의 ~ 씻던 : 요(堯) 임금이 허유(許由)에게 나라를 물려주려 하자 허유가 화를 내며 자기의 귀를 영수에 씻었던 일.

말했다.

"이미 마음먹으신 것이 이와 같이 견고하고 굳으시니 우리들이 서운해 하고 연연해 한다 하여 뜻을 고치실 바가 아닌 것 같습니다. 그러니 어찌 뜻을 받들어 황제께 한 말씀 거들어 아뢰지 않겠습니까? 그러나 궁금합니다. 승상께서 물러나신 후 모든 자녀와 조카들을 거느리고 가실 것입니까?"

35 승상 기현과 평제왕 유현이 슬픈 빛으로 탄식하며 말했다.

"우리 형제가 황제로부터 두터운 사랑을 입은 것이 하늘과 같습니다.
이제 아버지와 숙부께서 산림으로 물러나셨으므로 우리도 머물러 있
지 못하여 몸이 죽은 후에나 그쳐야 할 충성을 다하지 못하고 물러가니
이는 국가의 은혜를 저버리는 것입니다. 그러니 어찌 자녀와 조카들을
다 거느리고 가겠습니까? 그들은 머물게 하여 보잘 것 없는 저희를 대
신하게 하고 저희는 물러가서 뜻대로 부모님을 남은 생애 동안 모시려
고 합니다. 그러니 벗들께서는 젊은 임금님을 도와서 충과 열을 다하
고 우리를 본받지 마십시오. 우리가 가는 곳이 불과 40여 리 밖이니 멀
지 않습니다. 그러나 백운과 청운의 길은 다른 것이니 모이기를 지금
36 과 같이 하지 못할 것입니다. 어리석은 자식과 조카들이 여전히 조정
에 벌여 있으니 여러분들께서는 그들에게 허물이 있거든 밝히 바로잡
아 주셔서 이 시대에 용납될 수 있게 해 주십시오. 그러면 그것은 다 여
러분의 은덕일 것입니다. 하고 싶은 말을 다하려면 날이 모자랄 것 같
습니다. 부디 길이 잘 지내십시오."

모든 관리들이 다 얼굴빛을 엄숙하게 고치고 슬퍼하며 인사를 하면서 헤어지기 아쉬워했다.

잔치를 마치고 다음 날 조회가 끝난 후 승상 기현, 우승상 평제왕 유현,
평제공 운현, 예부상서 태학사 문현, 참지정사 영현, 이부상서 기주후 광
현, 추밀사 양주목 창현, 위국공 태상경 몽현, 북후 겸 소부 수현, 호부상 37
서 희현, 평국공 태학사 웅현, 사도 달현, 대사구 아현, 추밀사 청주후 봉
현, 태학사 화현, 평산백 계현, 그리고 오주후 칠현 등 17인이 이름을 나
란히 적어 상소를 올렸다. 그 내용은 다음과 같다.

저희들은 본래 보잘 것 없는 선비이자 신하로 쓸데없는 평범한 남자입니다. 외람
되게 황제의 은혜를 입어 부족한 글 솜씨로나마 연달아 과거급제자 명단에 이름을
올리고 청환(淸宦)과 현직(顯職)의 벼슬을 스스로 맡았습니다. 특별히[420] 예우해 주
시는 큰 총애를 받아 아침에 벼슬을 높여주셨는데 저녁에 또 옮겨 주셔서 저희 형제 38
의 관작(官爵)과 봉록(俸祿)이 매우 지나치게 높아졌습니다. 그 지위가 삼공(三公)
과 왕후 그리고 육경(六卿)과 후백(侯伯) 등에 벌여 있으니 남들이 미워하게 될 뿐
아니라 지위가 매우 높아지면 분명 복이 감퇴될 것이라는 두려운 근심이 깊었습니
다. 이른 아침부터 밤늦게까지 전전긍긍하면서 한 번 밥을 먹을 때 세 번을 뱉고 한
번 머리를 감을 때마다 세 번 머리를 거둬 잡으며 마음과 힘을 다하여 목숨이 다할
때까지 나라의 은혜를 갚으려 했습니다. 그런데 덕이 부족하고 재주가 없는 사람으
로서 이미 정승의 지위에 있은 지 오래되었는데도 음양을 조화롭게 하고 사시를 고
르게 하여[421] 비가 때에 맞게 내리고 바람이 고르게 되도록 하며 나라가 태평하고
백성이 편안해지도록 하는 등 임금님을 돕는 일을 하지 못했습니다. 한 치도 나라의 39
은혜를 갚는 공은 없이 저희의 자손과 형제들 중 조정에서 머릿수만 채우고 있는 자

420) 특별히 : {불ᄎᆞ[不次]}. 순서를 따르지 않는 인사 행정의 특례를 의미하는데, 위의 내용과 겹치므로 문맥을 고려하여 이와 같이 옮김.
421) 음양을 ~ 하여 : {니음양순ᄉᆞ시[理陰陽順四時]}.

가 여럿입니다.

옛 글에 지위는 그 덕을 보고 벼슬은 그 재주를 본다고 했는데, 저희 부자형제(父子兄弟) 그리고 조카들이 무슨 재주와 덕과 공이 있기에 뻔뻔하게 삼공(三公)의 직분을 대대로 가지겠습니까? 또한 왕공(王公)의 지위를 연달아 가져 나라의 녹(祿)을 허비하겠습니까? 저희들의 아버지와 숙부께서 임금님으로부터 은혜를 입어 허락을
받고 몸이 전원으로 돌아갈 수 있게 되었으니, 저희 여러 자손들이 서울에 있으면서
40 변변치 못한 재주이지만 각각 그 아비와 형의 뒤를 이을 것입니다. 아들을 조정에
바치고 저희는 벼슬에서 물러나 부친과 함께 전원(田園)으로 돌아가 늙으신 부모를
받들어 충과 효를 온전히 하고자 합니다.

주상께서 처음 보위에 오르신 후 선황제(先皇帝)의 다스림을 근본으로 삼으시고 요순(堯舜)임금의 덕을 이으셔서 효로써 천하를 다스리시니, 만백성이 맡은 바 일을 즐기면서 격양가(擊壤歌)[422]를 부르고 큰 길거리에서 악기를 치는 일이 있었습니다. 저희 또한 폐하의 백성을 사랑하시는 큰 덕과, 뜻을 이루어주시는 은혜를 입어
늙으신 아비를 떠나지 아니하고 자식으로서의 효를 온전히 하고자 합니다. 그러니
41 엎드려 바라건대 폐하께서는 저희 등의 무용(無用)한 목숨을 허락하시어 지극히 바
라던 한을 이루도록 해 주십시오. 그리 해주신다면 천지간의 덕과 큰 바다와 같은
은혜는 뼈를 가루로 만들고 몸을 부술 정도로 정성을 다 해도 갚지 못할 것입니다.

소장이 올라왔는데, 임금이 조씨 형제들의 글을 보고 마음이 기쁘지 않았다. 그래서 17명의 공들을 면전에 자리를 주어 앉히고 길게 탄식하며 말씀했다.

---

422) 격양가(擊壤歌) : 풍년이 들어 농부가 태평한 세월을 즐기는 노래. 중국 요(堯)임금 때에, 태평한 생활을 즐거워하여 불렀다고 함.

"내가 덕이 없어서 중신을 대접함에 예를 잃은 것이 있는가? 초공과 진
왕이 벼슬을 내놓고 물러나 멀리 교외로 나갔고 또 이제 선생 형제가
일시에 나를 버리려고 하는구나. 나는 선생 대접하기를 진실로 박하게 42
한 적이 없었소. 마치 은(殷)나라 고종(高宗)에게 있어서 부열(傅說)[423]
과 문왕(文王)에게 있어서 여상(呂尙),[424] 유비(劉備)에게 있어서 제갈공
명(諸葛孔明)처럼 여기며 능히 한 때도 좌우에 없으면 안 된다고 생각했
는데, 어찌 일시에 나를 버리고 가겠다고 태연히 말을 하는가? 이는 믿
었던 바가 아니로다."

조씨 형제들이 머리를 조아리며 용서를 빌고 말했다.

"그런 말씀을 하지 않으셔도 저희들이 어찌 폐하의 뜻을 알지 못하며
또 물러가는 것을 즐겁게 여기겠습니까? 다만 아버지와 숙부께서 벼슬
에서 물러나셨으므로 저희들이 모두 이곳에 머물면 부모님 곁을 지킬
사람이 없습니다. 그러므로 부족하긴 하지만 아들과 조카들을 타일러
각각 저희의 몸이 이곳에 있는 것처럼 알아 성은을 갚도록 이르고 저 43
희들은 연로한 어버이를 따르려 한 것입니다. 폐하께서 저희의 의견을
받아들여 주시기를 바랐는데, 이처럼 허락을 해 주지 않으시니 이는 사
람의 자식 된 도리를 막으시는 것입니다. 그렇게 하시면 성덕의 빛이
줄어들게 되니 이는 저희가 바라던 바가 아닙니다."

임금이 슬픈 얼굴빛을 하고, 다시 말을 하지 않은 채 조회를 마치니 모든 조씨 형제들이 물러난 후 다시 상소를 올리고 대궐 문을 지키며 애걸

---

423) 부열(傅說) : 은(殷)나라 고종(高宗) 때의 재상. 토목공사의 일꾼이었는데 재상으로 등용되어 중흥(中興)의 대업(大業)을 이룸.

424) 여상(呂尙) : 주(周) 왕조의 제후국인 제(齊)나라의 시조 강태공(姜太公)을 이름. 위수(渭水)에서 낚시를 하던 중, 훗날 주(周)나라 문왕(文王)이 되는 희창의 방문을 받아 등용되었음.

하는데, 그 소장이 한가득[425]이었다. 여러 신하들이 또한 아뢰었다.

"사람 자식의 지극한 바람을 막지는 못할 것입니다. 한(漢) 고조(高
祖)[426]가 장량(張良)[427]을 돌려보낸 것은 그에 대한 대접이 박했기 때
44 문이 아니라 장량의 뜻을 세우게 하기 위한 것이었습니다. 이제 모든
조씨 형제들이 상소를 올리는 것 또한 지극한 정성으로 인해 그렇게 된
것이니 그 뜻을 굽히게 할 방법이 없습니다. 대신 그들의 자녀와 조카
들이 성은을 받고 있으니 명윤과 명천 등이 자신들의 아버지와 숙부의
뒤를 이을 것입니다. 이는 소하(蕭何)는 없지만 조참(曹參)이 있는 것[428]
과 같고 서서(徐庶)는 갔지만 오히려 제갈공명(諸葛孔明)이 있는 것[429]과
같습니다. 그들의 자질이 그 아비나 숙부보다 나으니 폐하께서는 그들
의 뜻을 생각하시어 전원으로 돌려보내시고 그들의 자녀와 조카를 발
탁하셔서 각각 대신하도록 하시는 것이 마땅합니다."

임금이 마지못하여 조씨 형제들이 벼슬에서 물러날 수 있도록 해 주고,
그 중에서도 왕공이나 후백 등의 지위는 옛날대로 두며 편히 있도록 했
45 다. 그리고 크게 잔치를 베풀며 각각 잔을 들어 먹이고 친히 글을 지어주
며 이별을 슬퍼해 탄식하며 말씀했다.

"두 선생과 경들이 전원으로 돌아가는 것은 나에게는 두 손을 다 잃은 것과 같다. 그러니 다시는 국가의 대사를 의논할 사람이 없구나. 바라

425) 한가득 : {권축(卷軸)}. 권축은 글씨나 그림 따위를 표장하여 말아놓은 축을 의미하지만, 문맥을 고려하여 이와 같이 옮김.
426) 한(漢) 고조(高祖) : 한(漢)나라 시조 유방(劉邦).
427) 장량(張良) : 중국 전한(前漢) 초기의 정치가로 유방이 건국하는 데 큰 도움을 준 신하.
428) 소하(蕭何)는 ~ 것 : 한나라의 뛰어난 재상 소하와 그에 못지않은 인재 조참은 서로 원수지간이었지만, 소하가 조참의 재능을 인정하여 죽기 전 조참을 황제에게 천거해 조참이 재상이 된 일을 의미함.
429) 서서(徐庶)는 ~ 것 : 유비의 모사가였던 서서(徐庶)가 조조에게로 떠나고 난 후 제갈량이 유비를 도운 일을 말함.

나니 일 년에 서너 번은 나의 얼굴을 보러 와 군신 간의 지극한 정을 잊지 말라."

이에 각각 친히 지은 이별시와 구로도(九老圖),[430] 노란 두건과 도의(道衣)를 주어 돌려보냈다. 그러나 재물이나 땅, 집 등은 주지 않았는데, 이는
조씨 형제들의 고결하고 깨끗한 마음을 알기 때문에 재물로 상을 주어 그
들의 마음을 더럽게 하지 않으려 한 까닭이었다. 기현 등이 성은에 망극 46
하여 각각 눈물을 흘리고 머리를 조아려 감사드리며 말했다.

"오늘 폐하의 말씀이 이와 같으시고 손수 글을 지어 저희에게 주시고 잊을 수 없는 은혜를 베푸시며 저희 아비의 여생을 위로하게 해 주시니 산처럼 높고 바다처럼 넓은 은혜를 다 갚지 못할 것입니다. 비록 전원으로 물러가지만 성은을 어찌 한 때라도 잊을 수 있겠습니까? 저희들이 물러가는 곳이 폐하께서 계시는 곳으로부터 불과 40리 정도이니 만일 몸에 병이 나지만 않는다면 일 년에 서너 번 조정에 나와 폐하의 얼굴을 뵙는 것이 또한 저희가 바라는 것입니다."

임금이 재삼 위로하고 애달파하며 면면이 은혜로 대우하고 그 중에서 47
도 동궁을 모시던 조공 등과는 더욱더 헤어지기 서운해 했다. 그래서 광
록시(光祿寺)[431]에 명하여 조씨 형제들을 위해 잔치를 열고 대접해 주었
다. 또한 금선공주도 전원으로 물러난다고[432] 하자 탄식하며 말했다.

---

430) 구로도(九老圖) : {구오쟝}. 구로장(九老帳)의 오기로 보임. 구로장은 구로도(九老圖)로 볼 수 있음. 구로도는 당나라 백거이 등 아홉 노인을 그린 그림. 백거이(白居易)가 호고(胡杲)、길교(吉皎)、유진(劉眞)、정거(鄭據)、노정(盧貞)、장혼(張渾) 등과 나이가 들어 벼슬에서 물러나 낙양에 거처하며 일찍이 연장자를 높이는 모임(尙置會)을 만들고 아울러 각각 시를 지어 그 일을 기록했는데 그 때가 당나라 회창(會昌, 841~846) 5년 2월 24일의 일이었음. 그 해 여름에 이원상(李元爽)과 승려 여만(如滿)이 또한 늙음을 고하고 낙양에 돌아왔는데 이들을 합쳐 구로상치회(九老尙置會)가 됨. 모두 성명과 이름을 쓰고 그 모습들을 그림으로 그려 구로도라 제목을 붙였음.

431) 광록시(光祿寺) : 당나라 이후 제사나 조회 따위를 맡아보던 관아.

"짐에게는 더할 나위 없이 가까운 사이인데 황성을 떠나 그렇게 멀리 가게 되다니 서운하구나."

하고 궁궐에 다녀가라 했다.

승상이 은혜에 감사를 표한 후 물러나 집으로 돌아왔다. 그리고 중당에 자리를 열어 친척들과 이별하는데, 촛불을 연이어 켠 가운데 여러 자손들이 좌우에 가득했다. 승상과 평제왕이 모든 자손들을 모은 후 그 중에 벼슬하는 자들을 시켜 각각 본부와 진궁으로 나누어 아내와 집안 식구
48 들을 거느리며 머물게 했다. 이때 모든 조공들이 제 각각 맏아들을 불러 경계하여 말했다.

"임금과 신하 사이의 의리는 신하된 자가 지켜야 할 제일 첫 번째 것이요, 충성과 신의, 효도와 우애는 모든 행동의 근원이다. 이제 우리는 어른들과 부모님을 모시고 초야(草野)로 가서 벼슬을 내놓고 물러나 쉴 것이니, 너희들이 머물면서 임금님의 성은을 갚았으면 한다. 위로는 국은을 명심하고 또한 아비의 부탁을 저버리지 말거라."

죽청[433] 명천 등이 모든 아우들과 함께 아버지와 숙부의 가르침을 절하며 받아들였다.

승상 기현 등이 아들들을 서울에 머무르게 한 뒤, 금선공주를 모시고 운산으로 나갈 즈음에 내당으로 들어와 모든 며느리들을 불러 말했다.

49 "우리는 이제 집을 떠나지만 아들들이 임금의 은혜를 받고 있으니 며느리들은 각각 남편을 따르는 것이 도리이다. 한때의 이별이 놀라울 수도 있겠지만 거리가 겨우 40리이다. 그러니 만일 서로 생각이 있으

---

432) 전원으로 물러난다고 : {림하[林下]의 나간다}. '임하(林下)'는 벼슬을 그만 두고 은퇴한 곳을 비유적으로 이르는 말.

433) 죽청 : {죽천}. 다른 부분에는 '죽청'으로 되어 있으므로 죽청으로 통일함.

면 왕래하면서 볼 수 있을 것이다. 부디 안심하고 여러 아들들의 집안 법도를 빛내고 규중의 화목한 분위기가 감소되지 않도록 하라."

또한 혜선공주를 각별히 위로하며 말했다.

"선황제와 황후를 여의시고, 또 우리가 집을 떠나니 공주의 마음속 회포는 듣지 않아도 알 수 있을 것입니다. 살아서 떠나니 모일 날이 곧 있을 것입니다. 그러니 어찌 속 좁게 여러 가지 생각을 하겠습니까?"

혜선공주가 꽃다운 얼굴에 근심하는 빛을 띠고 아름다운 눈썹에 참담
한 빛을 띤 채 두 번 절하여 사례했다. 모든 며느리들도 다 헤어짐을 아쉬
워하는 정이 눈썹에 맺혀 있었다. 여러 대의 사묘(四廟)[434]를 여전히 서울 50
의 옛 집에서 모셔야 했기 때문에 한씨를 머무르게 하고 모든 일을 지휘
하게 하니 4명의 부인들이 눈물을 머금고 연연한 정을 금치 못했다. 여러
젊은 자녀들[435]이 먼저 소 · 정 등의 부인들과 공주를 모시고 문 밖으로
나가고 이후에 조공들이 말고삐를 연이으며 길을 떠났다. 이들을 배웅하
기 위해 온 손님들 때문에 골짜기가 메워졌으며 길이 좁아졌고 말이 끝없
이 이어지니 세상에 드문 장관(壯觀)이었다. 조공들이 벗들의 두터운 은혜
에 감사를 표하고 태자와 여러 왕들이 문 밖에서 잔치를 베풀어 작별인사
를 하니 이런 은혜와 영광은 세상에 하나뿐이었다.

운산에 도착한 후에 부모와 어른들을 뵙고 각각 처소를 차려 그 안에 51
들었는데, 사람들이 많아서 집안이 터질 듯했다. 진왕이 금선공주를 딴
집에 두려 했지만 승상 기현이 지성으로 애걸하고 또 여러 자녀들이 힘써
말했으므로 운취루에 머물게 했다. 화취루에는 정숙렬이 머물렀으며 안

---

434) 사묘(四廟) : 고조부모, 증조부모, 조부모, 부모 등 4대 조상의 신위를 모신 사당.

435) 젊은 자녀들 : 명천 · 명윤 등을 의미함.

취루에는 연비가 들었고, 벽운루에는 최비가, 운취루에는 공주가 머물게 되었다. 공주의 입장에서는 같은 집안에 자신을 용납해 주었기 때문에 그로 인해 약간의 분이 풀리게 되었다. 또한 승상 기현 등이 공경하면서 조심스럽게 효도를 하고 뜻을 따르니 비록 흙이나 나무 혹은 승냥이나 호랑이의 마음을 지닌 사람이라도 감동시킬 만했으므로 때때로 어진 행동을 하려고 노력했다. 그러나 종종 악한 성미가 나타나면 제어하지 못했는데,
52 초국공은 공주의 신세가 불쌍할 뿐 아니라 선황제의 뜻도 있으므로 그것을 말하며 평진왕에게 간절히 권했고 승상 기현도 평진왕을 모실 때면 눈물을 흘리며 애걸하니 평진왕이 탄식하며 말했다.

"인생은 풀잎에 맺힌 이슬과 같다. 그러니 내가 어찌 싫은 것을 억지로 참으면서 괴로운 것을 행하겠느냐? 마음을 놓거라."

이후로는 여러 사람들 가운데 모여 있어도 기색을 예사롭게 했으며, 한두 달에 서너 번씩 숙소를 함께 쓰면서 부부간의 도리를 온전히 했다. 그러자 공주 또한 온갖 생각이 다 풀어져서 그 이후로는 마음속에서 북받쳐 나는 화와 악한 성미가 모두 줄어들었으며 승상의 정성에 감격하여 승상을 효자라고 일컬었다. 또한 평진왕의 마음을 잃을까 염려하면서 조심하
53 기를 지극하게 하니 자연스럽게 유순한 부인과 비슷해졌다. 그러나 본성상 시기심이 많고 엉큼한 면은 버리지 못하여 아랫사람들은 소소한 괴로움을 겪었다.

양인광과 소경수도 이들의 뒤를 따라 사직을 하고 운산에 복거(卜居)하면서, 자녀와 조카들을 옛 집에 머물게 하여 직무를 맡아 하도록 했다.

산중에 거처하면서부터 모든 조씨 형제들이 노공을 모셨으며 진왕과 초공 두 사람과 더불어 꽃피는 아침과 달 밝은 밤이면 즐거운 흥을 느끼

니 만사가 뜻대로였다. 벼슬하지 않은 남은 자손들을 거느리고 바람 부는
달빛 아래서 시를 읊으며 유희를 도왔고, 혹 낚싯대를 드리워 강물을 희
롱했다. 때로는 호미를 들고 마당의 풀을 매기도 했는데, 하는 일마다 신 54
통하여 남보다 뛰어났다. 대지팡이와 짚신 차림으로 자녀와 조카들을 데
리고 운산의 높은 봉우리를 유람하면서 티끌 같은 세상에서 분주하게 지
내던 일을 오히려 우습게 여겼다. 양인광·소경수·영운거[436] 일가가 모
두 가까운 이웃[437]이 되어 서로 따르며 친하게 지냈고, 철수문[438]·윤선
희[439]·조선경[440] 등이 동서(東西)로 집을 연달아 지으니 장원(莊園)[441]
이 십 리는 되었고 사립문이 골짜기를 둘렀다. 앞에는 수천 그루의 수양
버들이 봄바람에 흔들리고 뒤로는 오죽(烏竹)[442]이 푸른 하늘 높이 고고
하게 사시사철 푸른빛을 띠며 절개를 자랑하니 마치 진나라 때 도연명이 55
그린 그림 같고 진나라 사명강[443]의 동산 같았다. 꽃이 핀 골짜기에는 온
갖 꽃들이 사시사철 봄처럼 피고 산 위의 폭포가 구슬처럼 굴러서 꽃 핀
골짜기에 이슬처럼 떨어졌다.

벽운산의 둘레는 40여 리이고 산의 형상이 뛰어나게 아름다우며 용이 서려 있고 봉이 엎드린 듯하니, 백호와 청룡이 완연하게 전후에 갖춰져

---

436) 영운거 : 미상.
437) 가까운 이웃 : {비린(比隣)}.
438) 철수문 : 조후염의 남편. 평진왕 조무의 사위.
439) 윤선희 : 조옥염의 남편. 평진왕 조무의 사위.
440) 조선경 : 조정염의 남편. 초국공 조성의 사위.
441) 장원(莊園) : 중국에서 한(漢)나라 이후 근대까지 존속한 궁정·귀족·관료의 사유지. 한나라 때부터 진(晉) 남북조 때까지의 장원은 주로 별장지의 성격이 강했는데, 당나라 이후로는 경제적 성격을 띠게 되어 농민에게 경작하게 하고 관리인을 두어 세금을 거두어들였음.
442) 오죽(烏竹) : 볏과의 여러해살이 목본 식물. 대의 일종으로 높이는 2~20미터, 지름은 5~6센티미터임. 줄기는 첫해에는 녹색으로 솜대와 비슷하지만 다음 해부터 자흑색으로 변하고 잎은 피침 모양임.
443) 사명강 : 미상.

있었다. 산 아래 있는 들이 넓고 평탄하여 마치 옥을 다듬은 듯, 유리처럼
밀어놓은 듯한 곳이 또한 30여 리가 되었다. 골짜기 가운데 선학동이 으
뜸 골짜기였는데, 왼쪽으로는 장현항이오 오른쪽으로는 독현촌이 있었
56 다. 독현촌에는 소경수가 자리를 잡았으며 장선항에는 양인광이 자리를
잡았다. 그 가운데 각각 작은 지명이 있었는데, 운수동 · 선학동 · 장현동
은 처사 설강, 정승상,[444] 정학사,[445] 윤선희 등이 각각 자신들의 복거지
로 삼았다. 또 조선경은 유현을 따라 은선항에 나란히 집을 지었다. 일만
평 광야에 명인과 어진 재상이 벌여 있었지만, 그 중에서 조씨 형제들이
가장 번성했기 때문에 글을 고쳐서 조선동이라고 마을 사람들이 불렀다.

이때 화씨, 영씨, 설씨 세 노파 또한 병이 없고 수많은 적자 적손들 사
랑하기를 갈수록 지극 정성으로 하고 있었다. 산중에 온 이후로부터 소생
57 자손들이 비록 외손자이긴 하지만 지극히 효도하며 와서 문안을 드렸으
며, 계빙[446] 또한 위생을 따라 벽운산으로 왔으므로 아침저녁으로 왕래
하며 즐거움을 다했다. 그러다가 홀연 화파가 병들어 이부자리에 누워 위
급하니 진왕과 초공 두 사람이 옷도 벗지 않고 띠도 끄르지 않은 채 밤낮
으로 병간호하기를 효자가 친부모의 병에 약을 드리는 것과 같이 했다.
화파가 감격하여 눈물을 머금고 말했다.

"천한 몸이 어찌 먼저 죽어서 부인의 성스러운 덕을 저버리며 두 분 적자로 하여금 이와 같은 수고를 하게 할 줄 생각이나 했겠습니까?"

조씨 등이 순태부인이 세상을 떠난 후로는 노년의 부모와 서로 이별하

---

444) 정승상 : 유현의 첫째 부인 정씨의 친척인 정운기를 가리킴. 정대홍의 아버지이기도 함.
445) 정학사 : 소경수의 누이 연황의 남편을 가리킴.
446) 계빙 : {치빙}. 위생의 아내는 계빙이므로 이와 같이 고침. 『현몽쌍룡기』에 따르면 계빙은 설씨 소생으로 학생 위규의 아내가 되었음.

는 것이 슬퍼 비록 운산이 멀지만 자주 와서 부모님을 모셨는데, 화파가 58
병든 것을 보고 각각 눈물을 머금고 안부를 물었다. 이에 화파가 일일이
유언을 한 뒤 위부인 보기를 청했다. 위부인이 친히 와서 병세를 물으니
화파가 부축을 받아 일어나 앉은 후 감사를 하며 말했다.

"천한 사람이 부인의 바다와 같이 넓은 은혜를 입어 곁에서 모신 지 수
십 년 동안 부인이 한 번도 화를 내시거나 꾸짖는 것을 듣지 못했습니
다. 늘 봄볕과 같은 온화한 기운으로 은혜를 베풀어 주시니 은혜에 대
한 고마움을 골수에 새기고 백 년을 모시고자 바랐습니다. 그런데 운
명이 기박하여 먼저 돌아가게 되었으니 한이 맺힙니다. 게다가 진왕과
초국공의 지극하신 정성을 저버리고 중도에서 영원히 이별을 하게 되 59
었으니 어찌 슬픔을 참을 수 있겠습니까?"

위부인이 애달파서 탄식하며 말했다.

"죽고 사는 것은 운명에 달린 것이요, 흥하고 쇠하는 것은 하늘에 달렸
네. 자네가 이제 저승길을 재촉하니 나 또한 나의 늙음을 깨닫게 되는
구나. 자네와 더불어 서로 머문 지 수십 년이라서 자네 마음이 나의 마
음속에 훤히 비치니 어찌 또 서로 할 말이 있겠는가? 선후는 다르지만
저승에서 모두 모여 다시 인간 세상의 즐거움을 이을 것이네. 자네 또
한 비록 딸아이이지만 자식이 있고 자네가 낳은 자식은 아니지만 적손
이 집안에 가득하니, 제 각각 자네의 어짊을 잊지 않고 인정에 따라 슬 60
퍼하며 장사 지내고 삼년상 치르는 일에 예를 다할 것이네. 사람의 인
생이 이 정도에 이르면 영화롭다고 할 수 있을 것이네. 게다가 상공께
서 아직 굳세게 살아계실 때 자네가 먼저 저 세상으로 돌아가게 되었으
니 여자의 복 가운데 이만큼 큰 것이 없네. 남은 한이 없을 것이니 어찌

할 수 있겠는가?"

화파가 깊이 감사드렸다. 위부인이 나가고 노공이 들어와 문병을 했
다. 그 후에는 영씨와 설씨 두 노파가 붙들고 눈물을 뿌리고 울면서 유비
(劉備), 관우(關羽), 장비(張飛)가 같은 날 죽지 않은 것을 안 좋게 여기는 마
음을 보였다. 슬프구나! 적국 관계에 있으면서도 이렇게 할 수 있는 것은
진실로 마음이 현숙하고 너그럽고 어질지 않았다면 능히 할 수 없는 것이
61 로다. 진 · 초 두 공과 승상 형제가 모두 모여 슬프고 참혹한 마음을 참지
못했는데, 이날 초어스름에 목숨이 다했다. 노공과 위부인이 죽음을 슬퍼
하고 애석하게 여기기를 마지않았으며 진왕과 초공 두 사람의 슬퍼함은
자못 과도할 정도였다. 초상을 치르고 염습(殮襲)[447]을 하는 모든 과정에
있어 정숙하게 초상을 마쳤다.

영씨와 설씨 두 노파가 곡기를 끊고 밤낮으로 울다가 기력이 위태해지
니 채빙[448] 등 세 딸[449]이 모두 위로했다. 그러나 천명이 이미 다한 상황
에서 근심하며 체력을 허비했기 때문에 기운이 곧 끊어지려 하다가[450]
사오 일 내에 사망하게 되었다. 진왕과 초공 두 사람에게도 슬픔이 뼈에
사무쳤으며 집안에 가득했던 온화한 기운과 즐거움이 화 · 영 · 설의 죽음
62 으로 인해 판이하게 줄어들었다. 노공과 위부인 또한 슬퍼하고 근심하며
즐거워하지 않았으므로 모든 조씨 형제들이 목소리를 온화하게 하고 부
드러운 말로 부모의 마음을 기쁘게 하려고 노력했지만 노공이 삼파가 죽
은 후로부터 길게 탄식하며 능히 그들을 잊지 못했다. 진왕과 초공 두 사

447) 염습(殮襲) : 죽은 사람의 몸을 씻긴 뒤에 옷을 입히고 염포로 묶는 일.
448) 채빙 : 화씨 소생. 태학사 왕수신의 후실.
449) 세 딸 : 화씨 소생은 채빙, 영씨 소생은 옥빙, 설씨 소생은 계빙임.
450) 끊어지려 하다가 : {엄엄(奄奄)ᄒᆞ여}. 숨이 곧 끊어지려 하거나 매우 약한 상태를 의미함.

람과 조씨 등도 매우 슬퍼했으며, 세 노파에 관한 말만 들어도 두 공이 눈물 흘리는 것을 참지 못했다. 차츰차츰 세월이 지나가서[451] 장사를 지내는 날이 다가오고 관을 떠나 보내게 되었다. 두 공이 함께 제문을 지어 제사를 지냈는데, 수많은 조씨 자손들이 상복을 갖추고 좌우에 가득하니 그 굉장함이 세상에 드물었다.

승상 기현이 술잔을 올리고 제문을 읽었는데, 그 내용은 다음과 같았다.

유세차 정묘년 삼월 일 적자(嫡子) 평진왕 조무와 초국공 조성은 술[452]과 여러 63
가지 음식[453]을 차려놓고 돌아가신 서모(庶母) 화씨, 영씨, 설씨 세 사람의 혼령을
위하여 곡하고 제를 올립니다. 오호라! 한 번 태어나고 한 번 죽는 것은 천지자연의
이치상 늘 있는 일입니다. 이제 서모의 나이 모두 80이요 복록(福祿)이 부족하지 않
으시니 무엇을 안 좋게 여겼겠는가마는 오히려 자녀들은 남은 한이 많습니다. 아 슬
픕니다! 저희 형제 같은 날에 태어나니 서모께서 무릎으로 받으시고 한때도 바닥에
내려놓지 않으시고 천성에서 비롯된 가득한 정과 어진 사랑으로 대해 주셨습니다.
어머님께서 세 서모에게 수고롭게 아들의 몸을 맡기시니 사랑하여 손안에서 희롱 64
하는 것이 마치 여린 옥이나 물이 가득 찬 그릇을 받는 것과 같았으며, 사랑으로 길
러주시는 정이 어머님의 정과 같았습니다. 저희들이 점점 자라 세상일을 알게 될 즈
음에는 저희가 대추와 밤을 서로 달라고 했으며, 서모의 젖을 어루만지는 등 친어머
니로 여기는 것과 다름이 없었습니다. 비록 존중한 체면의 도리상 약간의 차이는 있
지만 지나치게 사랑해 주셨기 때문에 모자지간의 정을 이룰 수 있었습니다. 그러므

451) 차츰차츰 ~ 지나가서 : {일월(日月)이 님염[荏苒]ᄒᆞ여}.
452) 술 : {청작[淸酌]}. 제사 지낼 때 축문에서 '술'을 이르는 말임.
453) 여러 ~ 음식 : {셔슈[庶羞]}.

로 무례하다는 것도 잊고 서로 지극한 정성을 강하게 표현했습니다. 그러니 슬픕니
다. 저희 형제가 할머님을 모시고 태원전에서 어린아이의 옷을 입고 춤을 출 때 서
65 모께서 함께 웃어 주시고 또 사랑해 주시던 정은 마음 깊은 곳에 새길 것입니다. 선
후는 다르지만 훗날 저승에서 다시 세 서모를 모실 것입니다. 혼령께서도 아실 것이
니 밝히 저희들[454]의 마음을 살펴주십시오. 이별하는 글을 영궤(靈几) 앞에서 읊으
니 가슴이 막힙니다. 길이 감응하십시오.

다 읽은 후 진왕과 초공의 슬피 울며 흐르는 눈물이 흰 옷을 적셨다. 수
많은 자녀들과 조카, 손자들도 감동하여 눈물이 흐르는 것을 금하지 못했
66 으며 채빙의 슬픔과 모든 부인들의 가슴 아파하는 것은 날이 다하도록 지
극했다. 모두들 지극한 정을 제어하지 못하여 각각 제문을 지어 제를 올
렸는데, 자손들의 성대함은 비길 데가 없었다.

상여가 집을 떠나는 날 비단으로 만든 초롱은 백 리까지 이어져 불빛이
하늘에 닿았고 수십 명의 조씨 가문 형제들과 그들의 사위 등이 뒤를 따
랐다. 이름난 선비와 제후 등이 뒤를 이으며 길을 덮으니 사람마다 탄복
하며 유복함을 칭찬했다.

장례를 마친 후 신주(神主)를 집으로 모시고 와서[455] 삼희당에 위패(位
牌)를 봉안했다. 그런 후 제사를 극진히 하면서 삼년상을 치르니 두 공이
슬퍼하는 것이 날마다 더하고 모든 조씨 형제들이 슬픔을 이기지 못했다.
67 승상 기현과 평제왕 유현이 비록 퇴직을 하고 전원으로 물러났지만 일
찍이 나라의 은혜를 잊지 못하여 17명의 조씨 형제들이 한 달에 두 번씩

454) 저희들 : {즁ᄌᆞ[衆子]}.
455) 신주(神主)를 ~ 와서 : {반우(返虞)ᄒᆞ여}. 장례 지낸 뒤에 신주(神主)를 집으로 모셔오는 일을 의미함.

수도에 가서 황제에게 조회를 했다. 또 나라에 큰 일이 있으면 충성을 다해 도우니 황제 또한 그들이 멀리 떠나갔지만 예우를 조금도 다름없이 했다. 조명윤에게 병부 총권을 맡기고 명천은 승상을 삼는 등 두 조씨 형제의 은총이 세상에 뛰어나니 평진왕과 초국공 등 두 공이 비록 산림에 처했지만 오히려 두려운 마음을 참지 못했다.

명윤 등이 며칠에 한 번씩 찾아와서 부모님을 뵈면서도 오히려 아침저
녁으로 혼정신성(昏定晨省)을 극진히 하면서 모시지 못하는 것을 슬퍼했 68
다. 노공이 병이 자주 나서 이부자리에서 일어나지 못하니 진왕과 초공이
어찌할 줄 몰라 하면서 밤낮으로 모시고 병간호를 하면서 잠시도 곁을 떠
나지 않았다. 기현 등 형제들이 자신의 부모도 연로한데 이런 일이 생겼
으므로 어찌할 줄 몰라 했다. 진왕과 초공이 자고 먹는 것도 폐하는 등 잠
도 자지 못하고 밥도 달게 먹지 못하니 모습이 예전과 완전히 달라졌다.
노공이 자주 위로했고 위부인이 타일러 말했다.

"부모가 병들면 자손이 애달파하고 경황없는 것은 자연스러운 것이다.
그러나 너희는 남보다 지나치게 자고 먹는 것을 폐하고 있다. 병수발 69
을 들다가 몸이 이 지경으로 수척해지다니 이는 부모를 생각하는 태도
가 아니며, 자손에 대해서도 염려하지 않는 것이다. 이 어미가 지루하
게도 오래 살아 이런 지경을 당하다니, 어찌 병든 몸을 안정시킬 수 있
겠느냐? 부모가 병으로 위태할수록 능히 부모의 낳고 길러준 몸을 더
욱 보중해야 할 것이다. 너희가 매사에 예의를 차려 처신하고 성인의
가르침을 근본으로 삼는다고 하지만, 근래 너희의 거동은 오히려 효자
로서 할 도리가 아니구나."

하고는 말의 뒤를 이어 눈물을 흘렸다. 두 공이 부모의 이와 같은 모습을

보고 가슴이 막히고 눈물이 솟아나려 했지만 참고서 온화하고 부드러운
음성으로 위로하며 말했다.

70 "부모님께 질병이 있으시면 자녀가 어찌할 줄 몰라 하는 것은 자연스
러운 정입니다. 어찌 남들과 다를 수 있겠습니까? 저희들이 어리석지
만 스스로 몸조심을 하여 부모님께서 염려하시는 지경에 이르지 않도
록 할 것이니 어머니께서는 염려하지 마시고 오직 병 조리를 하시어 속
히 회복하시기를 바랍니다."

위부인이 탄식하며 말했다.

"사람의 목숨에 관하여 어찌 한정 없이 무한히 살기를 바라겠느냐? 너
희는 이치에 통달한 군자이니 운명이 하늘에 달려 있고 사람이 오래 살
며 죽지 않는 도리는 없다는 것을 생각하여 지나치게 염려를 하지 말거
71 라. 다만 한이 되는 것은 지루하게 오래 살면서 아프지 않고 죽지 못하
여 나의 천금 같은 두 아들에게 이렇게 마음을 쓰게 하여 너희의 몸이
손상되게 하는 것이다. 사람의 힘으로 어찌할 수 없는 것이 죽고 사는
것이다. 내 나이 90이 되었고 자손이 많다. 만사 뜻대로 되었으니 한
번 죽는 것은 떳떳이 돌아가는 것과 같은 일, 어찌 구구하게 슬퍼하겠
느냐? 너희는 모름지기 어미의 마음을 생각해서 매사에 중도를 따르고
자손들의 얼굴을 살펴라."

진왕과 초공, 그리고 수많은 자손들이 이 말을 듣고 자리에서 눈물을
연달아 흘렸는데, 위부인이 볼까 염려되어 머리를 숙이고 얼굴빛을 바르
게 한 채 두 번 절하여 감사드리고 병든 사람의 마음을 요동시키지 않았
72 다. 그러나 부인 스스로 일어나지 못할 것임을 알고 두 자녀를 심히 염려
하여 손을 잡고 몸 보전하기를 당부했다. 두 공은 지극한 효성이 있는 군

자였다. 모친이 이와 같이 하는 것을 보고 더욱 슬프고도 감동이 되어 온화한 얼굴빛으로 어머니 앞에서 어린 손자들을 시켜 재롱 부려 어머님을 기쁘게 하고 위로했다. 그러나 노인의 기력이 한 달 이상 위중한 지경에 있으므로 석후의 부인[456]과 유씨와 소씨[457] 등이 모두 모이니 세 명의 사위가 날마다 와서 병문안을 했다. 명윤 등도 조정 일을 파한 후에는 함께 와서 다녀가는 것을 하루도 거르지 않았으며, 어의(御醫)가 약을 준비
하는 등 자손들의 지극 정성이 미치지 않은 곳이 없었다. 그러나 천명이 73
다하니 어찌 능히 살 방도를 얻을 수 있겠는가?

그해 음력 팔월에 위부인의 병세가 더욱 심각해졌다. 그러자 두 명의 아들과 세 명의 사위 그리고 손자와 며느리들을 다 불러 말했다.

"우리 나이가 이미 90에 이르렀고 인간 세상의 부귀와 영화로움이 미진한 것이 없었다. 그러니 이제 죽는다 한들 무엇이 나쁘겠느냐? 북당에 계시던 시어머님을 여읜 후로부터 내 마음도 세상에 있지 않았다. 그러나 너희들로부터 효도를 받고 여러 손자들이 세상에 이름을 날리는 것을 보게 되니, 만사가 분에 넘쳐 슬픈 마음이 많이 위로되어 10년이나 거의 더 살았다. 그러니 이제 죽어도 조금도 아쉬움이 없구나. 며
느리들도 숙녀요 아들들도 눈부실 정도로 잘 되었으며 손자 또한 어질 74
고 손자며느리들도 기특하여 가문을 창성하게 하고 후손들도 많다. 그러니 즐거움이 극에 달하면 슬픔이 오는 것이니 오늘 죽는 것이 어찌 이상한 것이겠느냐? 사물이 성하면 쇠퇴하는 것은 진실로 있는 변화이다. 사람 사는 집의 즐거움이 어찌 늘 완전하기만 할 수 있겠느냐? 진

456) 석후의 부인 : 위부인의 장녀 조숙혜를 가리킴. 개국공신 석수신의 손자 석문과 결혼했음.
457) 유씨와 소씨 : 위부인의 둘째, 셋째 딸인 조주혜와 조필혜를 가리킴.

시황제(秦始皇帝)나 한(漢)나라 무제(武帝)의 위엄에도 불구하고 장생불
사(長生不死)하지 못했는데, 어찌 늘 살기만을 구하겠느냐? 오직 잊을
수 없는 것은 너희 형제이다. 너희들이 노년에 부모를 여의고 고집스
럽게 몸 상할 정도로 염려하여 성인의 가르침을 생각하지 않고 너희 몸
에 병이 들게 할까 하는 것이다. 효성이 지극한 것은 너희 모두 마찬가
75 지이지만 조무는 비교적 기질과 성품이 씩씩하나 조성은 금옥(金玉) 같
은 품성을 지녔다. 그러므로 부모의 죽음을 슬퍼하여 예법을 지나치게
지키다가 삼년상도 마치지 못할까 걱정이 되는구나. 그러니 어찌 죽는
혼령이 편히 눈을 감을 수 있겠느냐? 오늘 혼미하나마 정신을 차리고
말을 하니, 집안일은 효자와 며느리들이 대를 잇고 종사에 있어서는 기
린 같은 증손자들이 각각 많으니 무엇을 더 부탁하겠느냐? 다만 너희
몸에 관해 부탁하니 지나친 행동을 하지 말거라."

다음으로 세 딸을 앞으로 오라고 하여 손을 잡고 탄식하며 말했다.

"너희도 늙고 쇠했으니 얼마 안 지나면 다시 만나겠구나. 모름지기 두
76 아우를 보호하고 각각 남편과 자손들을 생각하여 감정을 억제하라."

조씨 등이 눈물을 비 오듯 흘리며 오열하고 슬피 울었으며, 두 공도 눈물을 흘리며 대답했다.

"저희들이 어머님의 가르침을 받들 테니 어머님께서는 염려하지 마십시오."

위부인이 눈을 들어 두 공을 보니 둘 다 모습이 수척해진 것은 마찬가지이지만, 초국공이 더 쇠약해져서 한 점 혈색도 없었다. 위부인이 초국공의 손을 잡고 진왕을 바라보며 말했다.

"성이가 너를 공경하는 것이 옛 사람의 풍모대로였다. 형제가 서로 의

지하여 몸을 보전함으로써 저승에 가는 나에게 한을 끼치지 말거라."

진왕과 초공이 두 번 절하고 말했다.

"저희들이 비록 어리석지만 어찌 오늘 남기신 가르침을 저버리겠습니
까?" 77

위부인이 여러 며느리들을 바라보며 말했다.

"여자로서 시부모를 효로써 받들고 지아비를 공경하여 대접하는 일은
왕왕 있지만 내 며느리 같은 사람들이 있겠는가? 정 · 양 두 며느리는
젊어서 액운과 온갖 풍파를 겪었음에도 불구하고 얼음과 서리 같은 높
은 절개가 비단 위의 꽃 같고 또 효도와 절개가 완전하여 맑은 덕이 온
성에 가득했다. 또 황제께서 손수 써주신 글이 빛나니 지금은 여사(女
士)요, 후세에는 철부(哲婦)라 할 것이다. 우리 가문을 왕성하게 한 것은
다 정씨, 양씨 두 며느리의 성덕 덕분이다. 두 사람의 맏아들이 빼어나
서 기현이와 유현이 아름답고 또 명윤이와 명천이의 기상도 아버지가
뛰어난지 자식이 뛰어난지 말하기 어려울 지경이다. 이제 나는 죽어도 78
죽는 것이 아니니 한 점 남은 한이 없다. 그러니 너희들도 지나치게 슬
퍼하지 말고 각각 남편의 몸을 염려하라."

이때 정숙렬과 양정렬 등 6명의 며느리들이 마음이 끊어지는 슬픔을 참지 못하고 있었다. 그 중에서도 정, 양 두 부인은 어려서부터 시어머니 위부인의 은혜를 받고, 사랑해 주고 자애롭게 대해 주는 은혜를 입으며 시어머니가 장수하기를 바라다가 오늘 이런 유언을 들으니 눈물이 마구 흘러 말을 계속하지 못하고 단지 회춘하기만을 이를 따름이었다. 부인이 여러 자손들과 손자들 그리고 손자며느리들에게 일일이 유언을 한 뒤 기현과 유현에게 말했다.

79 "내가 오늘 죽기는 하지만 너희들이 번성한 것을 보게 되어 저승에 가
서도 즐거운 넋이 될 것이다. 그러니 무슨 한이 있겠느냐? 너희 두 손
자는 군자의 덕과 영웅의 기상을 두루 갖췄으니 가문을 높이고 조상을
빛내는 것은 다 너희가 어질기 때문이다. 모름지기 각각 너희 아비를
보호하여 삼년상을 무사히 마칠 수 있도록 해라."

손자들이 절하여 명령을 받드니 위부인이 말했다.

"사람의 목숨이 80 정도인데, 내가 이미 80이 넘게 살았으니 무슨 슬픔이 있겠느냐?"

이렇게 말을 하는데, 안색이 위급하니 진왕과 초공이 경황이 없고 마음
이 급하여 급히 병풍 뒤로 갔다. 이에 평제왕 유현 등 형제가 황급히 따라
80 가 보니 두 공이 칼을 들어 손가락을 잘라 피를 받고 있었다. 유현 등 아
들들이 진왕과 초공을 붙들고 눈물을 흘리며 말했다.

"비록 망극한 마음이 있다 하시지만 어찌 차마 성인의 말씀을 생각하지 않으시고 또 할머님께서 방금 말씀하신 유언을 받들지 않으시는 것입니까?"

이렇게 말하며 한편으로 다친 곳을 매는데, 모든 아들들의 우는 눈물이 비 오듯 했다. 이에 초공이 길게 흐느끼며 말했다.

"너희는 일시적으로 우리의 손 다친 것을 이렇게 슬퍼하면서, 어찌 우리 형제의 마음을 이에 미루어 짐작하지 못하느냐?"

얼른 인삼차에 섞어 부인께 드리니 효자의 지극 정성에 하늘이 감동하
81 여 부인이 잠시나마 살게 되어 다시 눈을 뜨고 정신을 수습했다. 두 공의
환희를 어찌 다 기록하겠는가? 온 집안사람들이 말하기를 죽은 사람이 다
시 살아났다고 하면서 저마다 서로 축하했다. 부인의 기운도 며칠 만에

전과 달리 나아졌으며 노공의 병 또한 그 즈음에 퍽 나아지니 모든 조씨 형제들이 다행스럽게 여기고 두 공이 기뻐하는 것은 말로 형상할 수가 없었다.

아침부터 밤늦게까지 부모님을 곁에서 모시면서 죽과 약을 때 맞춰 드
리고 곁에서 시중드는 것을 마치 어린아이가 하듯이 가볍게 했다. 그러나
승상 기현과 평제왕 유현은 매우 안타깝게 여기고 염려하는 것을 한시도
멈추지 못하여 자기 방으로 물러나지 않고 밤낮으로 문안을 드리니 지극
한 효성의 빼어남은 모든 조씨 형제들 가운데 비할 사람이 없었다. 82

초국공 조성이 여름 석 달 동안 부모님의 병세를 염려하느라 기운을 허
비하고 식사를 고르게 하지 못했으니 비록 정력이 있고 강한 사람이라고
해도 70 먹은 노인이 어찌 무사할 수 있겠는가? 진왕 조무는 여전히 젊은
시절의 왕성한 기운이 노년이 되어서도 쇠퇴하지 않았으므로 초공과 함
께 염려를 했음에도 불구하고 오히려 몸이 상하지는 않았다. 초공은 매우
빼어나게 맑고 양기가 강해서, 몸에는 일월과 같은 광채가 있고 마음은
가을철 물같이 맑았지만, 네다섯 달 동안 걱정을 하고 먹고 마시는 때를
어겼을 뿐 아니라 또 병간호하는 일이 평범하지 않아 병세가 날로 깊어갔
다. 처음에는 부모가 염려할까 걱정되어 굳센 기질로 견뎠지만 며칠이 83
더 지나자 부모에게 말을 했다.

"제가 상한증(傷寒症)458)이 있어서 대단하지는 않지만 조리를 하려 하니 지나치게 염려하지 마십시오."

노공 부부가 놀라서 말했다.

---

458) 상한증(傷寒症) : 밖으로부터 오는 한(寒), 열(熱), 습(濕), 조(燥) 따위의 사기(邪氣)로 인하여 생기는 병을 통틀어 이르는 말.

"여름 석 달 동안 마음을 쓰느라 몸조리를 잘하지 못한 것이다. 이제 병이 났으니 병세가 가볍지 않을 것이다. 모름지기 조심조심 병 조리를 하여 늙은 부모로 하여금 염려하여 요동하지 않도록 하라."

초공이 절하고 나와 매죽헌에 누웠는데, 정신이 가물가물하여 기운을 수습하지 못했다. 7명의 아들들이 좌우에서 모시면서 어찌할 바를 모르고 마음만 급해 했는데, 모든 조카들과 사위들 그리고 문하생들이 모두
84 놀라 함께 병문안을 왔다. 진왕 또한 놀라서 나와 손을 잡고 머리를 짚어 물었다.

"너의 기운은 일반적인 속된 무리와는 다르다. 공명정대한 기운이 어리어 밖은 맑으나 안은 쇠나 돌같이 견고한 부분이 있다. 그런데 어찌 우연히 얻은 병에 정신을 차리지 못하여 이렇게 가물가물해 하느냐?"

초공이 형님이 염려하는 것이 또한 걱정되어 마지못하여 대답했다.

"제 나이도 70에 가깝습니다. 그러니 병이 들어 정신이 혼미한 것이 이상한 일이겠습니까? 형님께서는 지나치게 염려하지 마십시오. 사오일 약과 침으로 치료하면 낫지 않겠습니까?"

85 말을 마칠 즈음 유현이 약 그릇을 받들고 기주후 광현이 뒤따라 들어와 자리 아래 꿇어앉아 기운이 어떠한지 물었다. 초공이 눈을 떠서 여러 아들들이 염려하고 경황 없어 하는 거동을 살피고 이에 일어나 앉아 약을 마시고 말했다.

"내 병이 비록 가볍진 않지만 또한 죽을병도 아니다. 그런데 너희가 어찌 근심하고 두려워하여 내 마음을 불안하게 하느냐? 부디 할머님께는 내 병이 나아가고 있다고 말씀드리고 그런 근심하는 빛을 보이지 않도록 해라."

모든 아들들이 얼굴빛을 고치고 온화하게 말했다.

“저희들이 일찍이 부모님의 병환에 대해 근심해 본 적이 없었으니 이
번이 처음입니다. 사사로운 정 때문에 근심을 능히 참지 못하고 부모
님 앞에서 기색을 편하게 하지 못했으니 못난 죄가 깊습니다.” 86

초공이 탄식하며 말했다.

“내 나이가 거의 70이 되었으며 부귀가 이 몸에 가득하고 너희 7명과 그 자손이 30여 명에 이르니 무엇이 한이 되겠느냐? 훤당에 부모님이 모두 계시고 너희에 대한 정 또한 다함이 없구나. 내가 생각해 볼 때 올해 나에게 닥칠 재앙의 고비가 평범하지 않으니 잘못하면 부모님과 형님을 속이고 너희와 이별할 수도 있지 않을까 한다. 그러니 쓴 약은 비위를 거스를 뿐 목숨을 이어주지는 못할 것이다.”

모든 아들들이 놀랍고도 겁나는 마음을 참지 못했지만 평제왕 유현이 안색을 온화하게 하고 아뢰었다.

“아버님께서 하늘과 땅의 정기를 받으셨고 해와 달의 밝은 빛을 타고
나셨는데, 어찌 한때의 병환으로 이렇게 염려를 하십니까?” 87

평진왕이 웃으며 말했다.

“너는 어찌 이런 약한 말을 해서 여러 아들의 마음을 놀라게 하느냐? 우리 형제 정력을 생각해 볼 때 비록 큰 재앙에 빠져도 80세는 넘길 것이다. 지금 이 병은 근심할 것이 못 되니 마음을 놓고 병을 조리하라.”

초공 또한 웃었지만 매우 염려되어 부모에게 불효를 끼치게 될까 봐 걱정했다. 이날 밤 모든 아들들이 곁에서 간호했다. 평제왕 유현이 부축을 해 주자 이에 목소리를 나직이 하고 말했다.

“나의 천명이 다한 것은 아니다. 그러나 사람은 급하게 뜻밖의 불행을

88 당하면 죽게 된다. 사람의 목숨이 하늘에 달려 있다고 하지만 죽는 것에 있어서는 또한 급히 죽는 자는 제 명대로 다 살지 못하고 죽기도 한다. 요사이 나에게 큰 액운이 끼어서 병이 난 것이니 신기(神氣)가 상한 것이다. 약과 침이 효과가 없을 것이니 어찌하겠느냐?"

유현이 대답했다.

"아버님같이 신령스러운 분께 어찌 요망하고 간사한 마귀가 침범할 수 있겠습니까? 그러나 불시에 당한 액운은 신령이나 귀신께 빌면[459] 재앙을 면할 수 있을 듯합니다. 주공(周公)도 무왕(武王)의 병을 신령에게 빌었으며[460] 제갈공명(諸葛孔明)도 북두(北斗)에게 빌었으니[461] 만일 아버님의 병환도 위태한 지경이라면 저희들이 옛일을 본받아 아버님의 목숨을 빌고 재앙을 소멸하고 싶습니다."

초공이 웃으며 말했다.

89 "너는 정성이 지극하니 마음이 절박하겠구나. 그러나 하늘의 밝음과 이치는 선명하여 요망함과 간사함을 진정할 수 있는 바른 기운을 가진 자는 자연히 재앙도 소멸시킬 수 있다. 그러나 내 병의 경우 액운이 깊으니 급히 소멸시키기는 어려울 것이다. 너에게 말하건대 할머님의 병환이 위중하셨을 때 한밤중 삼경이 되었을 즈음에 부모님의 목숨을 10년 연장해 줄 것을 청했는데, 그 후에 이상한 꿈을 꾸고 나서 나에게 이

---

459) 신령이나 ~ 빌면 : {양ᄌᆡ[禳災]ᄒᆞ여}. 신령이나 귀신에서 빌어서 재앙을 물리치는 것을 의미함.

460) 주공(周公)도 ~ 빌었으며 : 주나라 무왕(武王)이 병들자 그의 아우 주공(周公)이 조상에게 제사를 드리면서 자신이 무왕을 대신해서 죽고 싶다는 뜻이 담긴 기도를 하고 그 기도문을 금등 속에 넣음.

461) 제갈공명(諸葛孔明)도 ~ 빌었으니 : 『삼국지연의(三國志演義)』에 묘사된 제갈공명의 최후 장면임. 제갈공명이 자신이 죽을 때를 알고 북두를 향해 기도를 한 뒤 7일 간 등불이 꺼지지 않으면 수명이 12년 간 연장된다는 의식을 행했음. 그러나 6일째 되는 날 위나라 군이 침공한 사실을 알리려고 달려온 연이 등을 밟아 등불이 꺼졌음.

런 병이 생겼다. 나는 이제 죽어도 상관없지만 다만 어른들께 불효를 하게 되는 것이니 어찌해야 하겠느냐?"

유현이 듣고는 낙담이 되고 혼이 날아가는 것 같았지만 온화하고 편안한 목소리로 대답했다.

"하늘의 도리가 밝으시니 아버님의 효성에 감동하여 할머님의 병환을 90
한때나마 회복되게 해 주신 것입니다. 이제 아버님께서도 한 달 이상
염려를 하여서 병환이 중해지신 것일 뿐인데, 어찌 이상한 염려를 하셔
서 몸에 해로움을 끼치십니까?"

문창 등 여러 아들들이 또한 놀라고 예부 등 5명 또한 놀랐다. 평제왕 유현이 기주후 광현의 옷을 끌어 형제가 밖에 나가서 서로 의논을 하며 말했다.

"오늘 아버님의 말씀을 듣고 병세를 보니 우리 마음이 칼로 베이는 것처럼 아프구나. 어찌 앉아서 초조해 하는 것이 유익하겠느냐?"

이날 밤 두 사람이 초국공이 잠시 잠든 틈을 타 5명 아우들에게 당부하
여 잘 간호하라고 한 후 벽운산의 가장 높은 봉우리에 올라갔다. 봉우리 91
는 높이가 100척이었으며 호랑이와 표범의 울음소리와 여러 원숭이의 소
리가 어지럽게 들렸지만 두 사람은 조금도 두려워하는 빛이 없었다. 지극
한 효성으로 오직 아버지의 병이 조금이나마 차도가 있어 낫기를 바라는
뜻이 마음속에 가득할 뿐이었다.

이에 등불과 촛불을 정성스레 켠 후 혈서를 써 천지신명과 북두칠성에
게 아버지가 오래오래 살기를 빌며, 자기 두 사람의 10년 목숨을 거둬서
부모에게 더해 주기를 빌었다. 사방에 일곱 개씩 등불을 켜고 28수에 맞
춰 붉은 등을 밝혔다. 유현은 머리를 풀고 칼을 짚은 채 입 속으로 그윽하 92

게 축원을 했는데, 그 신기한 재주는 신령을 감동하게 했다. 광현은 고요히 엎드려 하늘이 감동하기를 빌었다. 사방에 인적이 고요하고 날씨도 흐리지 않았으므로 두 사람이 다행스럽게 여기면서 사경[462]에서부터 날이 밝을 때까지 빌기를 다했다. 붉은 등이 꺼지고 날이 밝아서야[463] 비로소 산에서 내려왔는데, 험한 산길이므로 네다섯 명 동자에게 등불을 들게 하고 왕래했다. 그러나 두 사람의 걸음은 나는 듯했다. 내려온 후 안으로 바로 들어가지 못하여 잠시 문 밖에서 아우들에게 아버님의 병세를 물으니
93 다만 주무시고 계신다고 했다.

두 공이 물러나 서재에서 밤을 새우면서 베개에 기대고 있다가 한바탕 기이한 꿈을 꾸게 되었다. 한 명의 신선이 몸에 구름과 안개로 꾸며진 옷을 입고 손에는 흰 옥으로 만든 홀을 들고 있었는데 의관이 수행을 많이 쌓아 높은 자리에 이른 사람처럼 보였으며 모습이 평범하지 않으니 세상에서 볼 수 없는 사람이었다. 그 사람이 나와서 두 손을 마주 잡아 허리를 굽혀 인사한 후 말했다.

"북두칠성이 오늘 부모를 위하여 하늘에 축원을 했네. 본래 조군[464]의 기품이 맑아 세속의 1년 목숨을 더하기 위해서 조군의 3~4년 목숨을 감소시켰네. 본래 옥황상제께서 조군을 사랑하시어 얼른 좌우에 두셨
94 으면 하셨는데, 하늘에 선관이 몇인지 알 수 없이 많지만 조군의 신기한 덕에 미칠 자가 없기 때문이었네. 그러므로 액운을 빌미로 하여 하늘로 데려오려 하셨는데 북두칠성이 한 마음으로 빌었으므로 옥황상

462) 사경 : 새벽 1시에서 3시 사이.
463) 붉은 등이 ~ 밝아서야 : {쥬등이 볽으니}. 문맥상 주등이 다 타고 날이 밝은 것으로 보아야 하므로 이와 같이 옮김.
464) 조군 : 초국공 조성을 가리킴.

제께서 감동하셨네. 게다가 동쪽 정원에서 한 여성(女聖)이 몸소 희생
하겠다며 빌었네. 이제 한낱 조군의 병이 나을 뿐 아니라 천수를 다 누
리고 오래지 않아 초막살이를 하며 애통해 하는 때를 만나도 건강하여
인간 세상에서는 질병이 없을 것이다. 지금 다른 꽃은 없으니, 벽운산
송백목 아래 이전까지는 없던 기이한 꽃이 있을 것이네. 국화는 아니
지만 향기가 나고 빛이 흰 꽃을 두어 송이 따다가 탕약에 넣어 쓰면 병 95
이 나을 것이네. 나는 태허진군이요 사람의 생사를 기록하는 자로서,
그대들과는 정이 각별한 친구네. 옛 정이 그대로이므로 오늘 밤 운산
의 높은 봉우리에서 혈서를 쓰고 축원을 하며 애통하게 읊는 지극한 효
성에 감동하여 옥황상제께 말씀을 드렸네. 또 여성(女聖)의 큰 효를 알
수 있도록 이에 와서 말해 주네. 동원(東園)에서 빈 사람은 왕족의 금지
옥엽이니 그 성스런 덕이 요순(堯舜) 임금과 같네. 집안을 흥하게 하고
종족을 빛낼 사람은 그 사람이네. 천기는 비밀이라 이만 가니, 훗날 저
승[465)]에서 만날 수 있을 것이네."

유현과 광현이 매우 놀라 다시 물으려 했는데, 선관이 다시 말했다. 96

"이곳은 그대 등이 오래 있을 곳이 못 되네. 몇 해가 지나거든 자손들을 거느리고 식구들을 이끌고 깊이 피하게."

말을 마치고 갑자기 사라지니 간 곳을 알 수 없었다. 유현이 놀라 잠에서 깨어 광현을 흔들어 깨우며 말했다.

"우리가 잠에 빠져 날이 샐 때까지 깨어나지 못했으니, 병간호를 이 지경으로 태만하게 했구나."

기주후 광현이 일어나 앉으며 붓을 잡아 두어 줄 글을 써 형에게 보이

---

465) 저승 : {텬대[泉臺]}.

며 기쁜 빛을 얼굴에 가득 띠었다. 그러자 유현 또한 머리를 끄덕이며 말했다.

"내 꿈 또한 그러하다. 그런데 동쪽 정원의 여성(女聖)은 누구를 말하는 것일까?"

광현이 말했다.

97 "공주가 요사이 이곳에 왔고 공주는 아는 것이 귀신 같으며 효성이 남보다 뛰어나니, 반드시 아버님의 병환에 대해 남몰래 빈 것이 아닌가 싶습니다. 우리 가문의 복이 뛰어나 이와 같은 성인이 형님의 며느리 중에 있으니 어찌 기특하지 않습니까?"

하고 서로 기쁘다고 말하며 얼른 동원의 산 위로 가 보았다. 그랬더니 아무도 없고 공주의 어린 궁녀 옥섬이 거적 한 장을 들어 멀리 던지고 내려가려 하고 있었다. 이에 유현이 물었다.

"오늘 밤 이곳에 누가 왔었으며 공주는 어디 계시느냐?"

옥섬이 공주의 당부를 들었고 비밀스럽게 하려는 뜻을 알고 있었기 때
98 문에 얼른 대답했다.

"이곳에 누가 왔었는지 저는 알지 못합니다. 공주께서는 침소를 떠나지 않고 계셨습니다."

광현이 웃으며 말했다.

"그러면 너는 어찌 일찍이 이곳에 왔느냐?"

유현이 가만히 물었다.

"내가 공주가 지난밤에 한 일을 아니, 너는 속이지 말거라."

옥섬이 이미 알고 있는 것인가 하여 감히 속이지 못하고 말해 버렸다.

"공주께서 초국공 어르신의 병환이 위중하시다는 것을 망극하게 여기

시어 몰래 한밤중에 하늘에 제사를 지내고 비셨습니다. 그러나 혹 아는 사람이 있을까 걱정하시면서 저희들에게 엄히 말을 하지 말라고 금하셨으므로 감히 발설하지 못했습니다. 그런데 이미 밝히 알고 물으시
니 말씀 드립니다." 99

유현 형제가 이 말을 듣고 공주의 효성에 감탄했다. 그런 후 꽃을 따 가지고 돌아와 약에 타 아버지에게 올리니 초국공의 병세가 날로 안개가 사라지는 것처럼, 구름이 걷히는 것처럼 점점 차도가 있었다. 그러니 아들, 조카, 손자들이 다행스럽고 기쁘게 여기는 것을 어찌 다 기록하겠는가?

초국공이 정신이 혼미한 가운데 신선이 나타나 말을 했다.

"그대의 목숨이 원래는 올해 옥황상제께 조회를 할 때였다. 그런데 그대의 아들과 여성(女聖)이 기원하는 효성이 천지를 감동하게 하므로 특별히 목숨을 더하여 타고난 수명을 편히 지내게 하노라"

이렇게 말을 하고 가니 공이 이에 놀라 깨었는데, 정신이 혼미한 가운
데에서도 꿈속의 일이 역력했으며, 이 날로부터 자신의 병이 낫고 정신이 100
상쾌했다. 마음속으로 유현 등과 혜선공주가 지극정성으로 하늘에 빌어 하늘을 감동시킨 것인 줄 알았다.

이후로 공의 병세가 날로 차도가 있어 점점 얼굴[466]이 옛날과 같아지니 노공 부부와 형제자매 그리고 모든 자손들이 다행스럽고 기쁘게 여겼다. 온 집안의 종들도 즐거워하고 모든 사위들과 문하생, 벗들이 다 축하하기 위해 오는 수레와 말이 길에 그치지 않고 이어졌다.

이때 승상 기현의 자녀들이 한 달 이상 초국공의 환우로 인해 벽운산에 와서 머물렀는데, 초공의 병세가 어느 정도 나아졌으므로 국가의 중요한

466) 얼굴 : {신관}. 얼굴의 높임말임.

101 임무를 오래 그만둘 수 없었다. 그러므로 기현과 유현이 자녀와 조카들
을 타일러 돌아가게 하니 사정상 매우 안타까웠지만 나랏일을 폐하지 못
하여 어른들과 부모님에게 하직인사를 하고 돌아왔다. 그러나 하루도 거
르지 않고 때마다 나아가 인사를 드렸다.

이때 경씨[467]가 높은 누각에 올라가 날이 다할 때까지 눈이 뚫어져라
큰 길 지나가는 사람들을 살폈다. 그 중에는 풍채가 어리석고 미련해 보
이는 자도 있었고, 혹 얼굴이 아름답고 풍채가 좋고 당당하나 기품과 복
이 없어서 30세도 누리지 못할 관상을 지닌 자도 있었다. 또 살이 둔하게
찌고 변변치 못한 자도 있었으며 피골이 상접한 듯 마른 사람도 있으니,
102 탐스러운 얼굴은 매우 흔치 않았다. 그러니 자신의 만 리 앞길을 어떤 사
람에게 의탁해야 할지 망연했다.

그때 홀연 벽제소리가 천천히 나면서 뒤따르는 종들이 길을 열고 네 필
의 말이 끄는 수레가 나는 듯이 달려가는데, 붉은 양산이 높이 펴져 있고
네 바퀴의 수레가 앞으로 나왔다. 앞뒤의 따르는 종들이 많지는 않았지만
분명 한 나라의 정승이었다. 수레 위에 한 명의 재상이 자금관을 쓰고 면
류(冕旒)[468]를 늘어뜨린 채 붉은 도포에 옥띠를 두르고 단정히 앉아 있었
는데, 풍채가 시원스러운 것이 밝은 달이 푸른 하늘에 솟아있는 듯하고
흰 태양이 만방을 밝히는 것 같았다. 흰 연꽃 같은 귀밑머리와 새벽별 같
103 은 두 눈, 누에와 봉황 같은 눈썹, 붉은 입술과 연꽃 같은 뺨이 완연히 옥
청(玉淸)[469]의 신선이 속세에 내려온 것 같았다. 경환이 이 모습을 보고
혼이 날아가는 듯하고 마음이 산란해져서 황급히 시비를 불러 말했다.

---

467) 경씨 : 경성환.
468) 면류(冕旒) : 면류관의 앞뒤에 늘어뜨린 구슬꿰미.
469) 옥청(玉淸) : 도교에서 신선이 산다는 삼청(三淸)의 하나.

"가히 빼어나며 아름답구나. 양한림[470]이나 두목지(杜牧之)[471]도 저 사람만 못하고, 고력사(高力士)[472]의 신발을 벗기던 이백(李伯)[473]도 저렇지는 못할 것이니 대낮에 신선이 하강을 한 것이냐? 나의 일생 바라던 눈을 상쾌하게 하는구나. 너희는 나를 위하여 얼른 나가서 행인이나 추종에게 물어 어떤 사람이고 어디로 가는지 알아 오거라."

종들이 명을 받들어 발이 땅에 닿지 않을 정도로 빨리 큰 길로 달려가 104
서 보니, 벌써 멀리 지나가고 있었다. 매우 초조해 하고 있었는데, 뒤에 한 명의 종이 걸음걸이가 남보다 못한 데다가 뒤처지고 갈증이 나서 길가에 있는 우물의 물을 마시고 있었다. 이에 종이 달려가서 물었다.

"아까 지나가시던 재상이 어떤 분의 행차인고? 우리 부인과 소저께서 알 사정이 있어서 묻네."

그 종이 바삐 가며 말했다.

"귀와 눈이 있으면 당대 조정의 조승상을 모를까? 하급 관리라 한들 어찌 그 성함을 길 위에서 말하겠느냐? 혜선공주의 남편이지만 부마의 직위를 사양하신 조부마이시자 현직 우승상이시니라."

종이 즉시 들어와 그대로 고하자, 경환이 탄식하고 말했다. 105

"그 사람이 바로 혜선공주의 남편 조명천이로구나. 그 종이 한 말이 헛된 소리가 아니다. 그냥 평범한 사람이라도 작위가 삼공(三公)[474]쯤 되

---

470) 양한림 : 『구운몽』의 양소유를 지칭한 것이 아닌가 하나 구체적인 것은 미상이다.
471) 두목지(杜牧之) : 만당(晩唐) 때의 시인. 풍채가 좋은 대표적 인물.
472) 고력사(高力士) : 당 왕조의 환관. 당 현종 때는 모든 조서가 그의 손을 거칠 만큼 권세가 컸음.
473) 고력사(高力士)의 ~ 이백(李伯) : 이백은 시를 지을 때 당시 최고 권력을 쥐고 있었던 환관 고력사의 신발을 벗게 했다고 함. 오만하고 호탕한 행동으로 이백은 결국 고력사의 미움을 사게 되고 추방당했음.
474) 삼공(三公) : 중국에서 최고의 관직에 있으면서 천자를 보좌하던 세 벼슬. 송나라 때는 태위(太尉)·사도(司徒)·사공(司空)이 있었음.

면 분명 여러 명의 부인을 두었을 것인데, 하물며 공주의 남편이 되어
만사가 자신의 뜻대로 되는 사람이니 어찌 나처럼 쇠약한 가문의 이름
없는 여자를 바라나 보겠느냐?"

생각이 이에 미치자 낙망하면서 마음속 회포를 참지 못하여 이리저리
생각하다가 갑자기 한 가지 꾀를 떠올렸다. 종 가운데 미모가 빼어난 운
106 향이를 보내서 조씨 집안 근처에 가서 소식을 일일이 살펴 들은 후 조승
상을 가장 곁에서 모시는 서동 계창이와 사귀게 했다. 운향의 모습이 매
우 고왔으므로 계창이 매우 흠모하여 정을 맺게 되었고, 두 사람의 정이
매우 깊어져서 만나지 않는 날이 없었다. 경씨가 큰일을 도모하기 위해
운향을 계창에게 주고 아름다운 술과 음식 그리고 특이한 여러 과실로 계
창을 먹여 대접하기를 마치 사위와 같이 했다. 또 금은을 주어 계창의 의
복을 아름다운 것으로 사 주는 등 마치 귀한 공후의 가문에서 사위를 대
접하는 것처럼 해 주었다. 천 명의 사람 중 누구라도 금과 은을 좋아하지
107 않는 사람이 없고, 또 아름다운 여인은 귀천 없이 사랑하는 것이 이치인
데, 운향의 빼어난 미모와 아울러 입고 먹는 호화로운 것을 얻으니 계창
이 기쁘고 감격스러워 운향의 말이라면 다 듣고 따랐다.

운향이 이미 계창과 정을 굳게 맺은 뒤에 말을 했다.

"우리 소저가 본래 규수의 몸이긴 하지만 문필에 있어서는 천하의 큰
선비도 업신여길 정도이십니다. 듣자 하니 부마 조승상의 문장과 필법
이 세상에 당할 자가 없다고 하던데, 그의 아름다운 문집이나 친필을
얻어서 구경을 했으면 하십니다. 그대가 우리 소저로부터 큰 은혜를
108 입은 것이 예사 계집종의 남편과는 다르니 능히 이 일을 도와줄 수 있
겠습니까?"

계창이 웃으며 말했다.

"그것은 아주 쉬운 부탁이다. 내가 이미 소저의 보살핌을 입어 그대 같은 미인을 얻었고 또 먹고 입는 것을 호화롭게 하게 되었다. 우리 주인은 비록 삼공(三公)의 벼슬자리에 있지만 본래부터 검소하셔서 위아래 할 것 없이 비단 옷을 입지 않고 밥상 위에도 여러 그릇의 맛좋은 반찬을 놓지 않으신다. 그러므로 우리 무리는 모두 주림과 배고픔을 간신히 면할 뿐 세도가의 남자 종이 누릴 수 있는 호화스러운 사치를 감히 보이지 못했고 또 사사로운 금이나 은이 없었다. 그런데 그대 덕분에 옷과 음식을 호사스럽게 누렸으니 어찌 부탁을 들어주지 않겠는가?"

하고 즉시 명천의 문집 두어 권을 얻어 운향에게 주었다. 109

원래 부모가 운산으로 간 후로부터 여러 소공자들이 운산에서 공부를 하게 되었고, 또 조부마 명천도 나랏일로 많이 바빴으며 벽운산에 자주 왕래하느라 백화헌의 문은 종일 닫혀 있었고 단지 서동들이 지키고 있었다. 계창이 글을 조금 알았기 때문에 흔쾌히 얻어서 내어 주니 경씨가 글씨와 글을 보고 매우 놀라 손으로 무릎을 치며 칭찬했다.

"당나라 이태백(李太白)이 살아나도 미치지 못할 것이로구나. 만일 이 사람을 속여서라도 시집을 가지 못하면 나는 아름다운 재주 있는 여자가 아니다."

하고 밤낮으로 초조해 하며 글씨를 따라 썼다. 경씨는 하늘이 주신 바 기
이한 재주와 문필이 있었고, 총명하고 민첩한 꾀가 많았다. 그러므로 한 110
달쯤 공부를 하자 완연히 조승상 명천의 글자체를 모방할 수 있게 되었다. 이에 청산유수[475]처럼 맹세를 하는 글을 지은 후 그 아래 쓰기를, '승

475) 청산유수 : {청샨녹슈[靑山綠水]}. 푸른 산에 맑은 물이라는 뜻으로, 막힘없이 썩 잘하는 말을

상 조명천은 경소저께 부친다.'고 했다. 또 대응하여 서로 주고받는 절구를 지어 다른 가문으로 시집을 가지 말라는 말과 공주와 부모님으로부터 허락을 얻어 속히 데리러 오겠다고 언약하는 등의 내용을 수없이 만들어 여러 장으로 썼다.

그러는 중에 계창에게 조승상의 부채고리에 다는 장식이나 옥비녀 같
은 것이거나 문방구 가운데 두어 가지를 얻어 달라고 했다. 원래 조승상
111 이 검소해서 몸에 보물 같은 것을 지니지 않았지만, 금비녀와 옥으로 된
부채 장식이 하나 있었는데 이것은 예사로운 것이 아니었다. 진종(眞宗) 황제가 초국공의 맑고 고결함을 칭찬하면서 금비녀를 늘 머리에 꽂고 있다가 빼어 준 것이다. 부채고리 장식에 대해서는 다음과 같은 일이 전한다. 인종(仁宗) 황제가 유현이 공로가 있음에도 불구하고 작위나 상을 사양했기 때문에 그것을 보고 말했다.

"경의 좋은 성품과 청렴결백한 것이 이 옥과 같다. 이것은 짐이 늘 가지고 다니는 것이니 경에게 주노라."

이것들은 예사로운 금과 옥이 아니라 물속에서 단련된 보배로 밤이 되면 광채가 십 리까지 쏘였다. 이에 초국공이 평제왕 유현에게 말했다.

112 "이는 임금님께서 은혜로 내려주신 것이니 깊이 간직하라."

그 이후로 명천이 관례를 할 때 비녀로 꽂아 주었으며, 명천이 벼슬한 뒤에 부채고리 장식을 비단 부채에 달아주면서 친구들과도 바꾸지 말라고 했다. 그러므로 승상 명천이 이 두 가지를 가지고 다니지 않고 늘 깊이 넣어 두었다. 그런 옥 장식과 금비녀를 서재가 빈 틈을 타 계창이 훔쳐내서 운향에게 주니, 경씨가 보고 매우 기뻐하며 자신의 옥 반지 한 쌍과 황

이르므로 이와 같이 옮김.

금보패 한 줄과 더불어 한 통의 편지를 단단히 봉하여 운향에게 주었다.
그러자 운향이 그것을 계창에게 주며 말했다.

"낭군께서 보배를 얻어 주었으므로 우리 아가씨께서 이것을 주시는 것
이니 몰래 조승상의 주머니 안에 넣어 두면 훗날 소저와 승상께서 그 113
대에게 상을 주실 것입니다."

이에 계창이 염려가 되긴 했지만 운향의 말을 안 들을 수 없어서 승상
이 숙직하는 날 몰래 비단주머니 안에 넣어 무게가 예전과 같도록 했다.
그러니 승상이 어찌 꿈에나 알 수 있었겠는가? 초공의 병이 갓 나은 때라
서 연일 병문안을 하러 다니니 경씨 등이 계교 행하는 것을 어찌 알 수 있
겠는가? 조부마가 운산에 가는 때에 맞춰 곧 운향을 시켜 글을 주면서 평
제왕 유현께 드리고 이리이리 하라고 했는데, 이 일은 자신의 어머니와도
의논하지 않았으니 누가 알겠는가?

이때 유현이, 아버지의 병이 낫고 어른들이 건강하며 시절은 또한 늦 114
가을 스무날[476] 정도가 되어 단풍은 비단처럼 장막이 되어 드리워졌고
꽃이 가득한 계곡에 국화꽃이 다투어 피어 은은한 향을 토했으며 앞뒤에
둘러 선 소나무 잣나무는 푸른빛이 창창하니, 온 산에 가득한 가을 경치
를 가히 볼 만하다고 생각하게 되었다. 이에 정원에 자리를 펴고 잔치를
열어, 양광효, 소경수, 설처사, 정운기 등과 서로 술잔을 날리며 모두 경
사를 축하하는 글을 지어 와 노공 부부와 초공의 병이 완전히 회복된 것
을 축하하고 날이 다하도록 즐겼다.

다음 날 조씨 형제들이 나와 다녀갔는데, 다만 조부마 명천은 경사에
긴급한 사고가 일어나서 연달아 이틀을 못 왔다. 그러므로 다음 날 일찍 115

476) 스무날 : {념간(念間)}.

조회를 마친 후 즉시 오니 초공이 오지 못한 이유를 물었고, 사실대로 대답한 후 모시고 있다가 물러나 아버지 앞으로 갔다. 때마침 숙부들이 모두 설처사를 보러 가고 유현만이 조용히 어린아이들만 거느리고 있었다. 이날 유현은 기운이 좋지 않아서 쉬고자 하여 책상에 기대어 있었다. 승상이 아버지의 얼굴빛이 편치 않은 것을 보고 놀라 꿇어앉아 나직한 목소리로 안부를 물었는데, 화평한 얼굴빛은 봄볕처럼 새롭고 효성스럽고 유순한 예절이 몹시 훌륭하여 성인다운 성품이 새삼 기특해 보였다. 여러
116 날 보지 못해서인지 이날 시원스러운 아름다운 얼굴은 마치 가을 달이 먹구름 사이로 보이는 듯했고, 맑고 호탕한 풍채는 마치 반하(潘何)[477]의 고움을 비웃는 듯했다. 유현이 온 얼굴에 기쁜 빛을 머금고 물었다.

"다른 아이들은 연일 왔는데 너는 이틀 동안 오지 않았구나. 집에 무슨 일이 있었느냐?"

승상이 손을 모으고 대답했다.

"조정에 긴급한 일이 있었고, 또 황제께서 연일 조회를 파한 후 머물러 국사를 의논하자 하시므로 감히 물러나지 못했습니다."

유현이 차분하게 조정의 일과 벗들의 소문을 묻는 등 부자간에 조용히 말을 나누고 있었다.

117 이때 한 여인이 손에 한 봉의 편지를 들고 와서 평제왕 유현에게 드려달라고 하니 왕이 이상하게 생각하면서 어디서 왔는지 물었다. 그리고 편지를 받아 보았는데, 그 내용은 다음과 같았다.

저는 경씨 가문의 어린 딸입니다. 일찍이 외가 쪽으로 대왕과 친족의 관계가 있

477) 반하(潘何) : 반악(潘岳)과 하안(何晏) 두 사람으로 중국 고대의 미남자임.

었지만 몸이 규방에 매어 있어서 큰 이름은 우레같이 들었지만 세세한 정을 펼 길이
없었습니다. 자제분 조죽청은 한 나라의 정승이자 현 황제의 사위이시니, 위엄이 조
정에 드러나고 그 덕망은 세상을 억누를 만합니다. 그런데 어찌 행실이 비천하여 남
의 규방에 들어와 깊은 규방 속 아녀자를 속여 인륜을 어지럽히고 예의를 손상할 수 118
있단 말입니까? 저희 가문은 대왕께서 밝히 알고 계실 것입니다. 죄가 매우 커서 일
찍이 강보에 싸여 있을 때 아버지를 여의고 홀어머니와 함께 그림자마저 외롭게 살
았습니다. 가문이 쇠락하여 문 밖에서 개도 짖지 않았고 친척 중에도 안부를 묻는
사람이 없었기 때문에 오로지 홀어머니와 둘만 세상에 있는 것을 슬퍼했으니, 어찌
호화로운 것에 뜻이 있겠으며 인륜에 있어 즐거운 일을 알겠습니까? 비록 자랐지만
홀어머니와 사는 뜰이 적막했습니다.
　저의 소원은 변변하지 못한 보통 사내에게 몸을 허락하여 욕을 당하느니 차라리 119
혼자 일생을 규방 안에서 마치는 것이었습니다. 그런데 자제분께서 운산에 왕래하
시다가 갑자기 저희 집에 들어와 처음에는 친척간이라는 정을 말하면서 어머니를
재촉하여 저를 만나보기를 구하고 저의 뽀얗고 발그레한 어여쁜 얼굴을 본 후로는
어머니를 보챘습니다. 인척 사이의 도리를 말하며 뜻을 막았지만 못 견디겠다고 말
하더니, 하루는 술에 취하여 제 방으로 와 손을 잡고 희롱하며 갑자기 부부라고 말
하면서 다른 집안으로 시집을 가지 못할 것이라고 말했습니다. 제가 두려워서 평생
을 허락하자 이후로 왕래를 자주 하면서 거리낌 없이 마음대로 다녔습니다. 제가 죽 120
기를 각오하여 아직 이성 간의 친압하는 일은 하지 않았지만 조씨 가문을 바라는 뜻
이 산과 바다 같으므로 오늘 죽기를 각오하고 대왕께 제 마음속 회포를 고합니다.
공주와 동렬이 될 수는 없겠지만 첩의 항렬에서라도 조군을 위해 정절을 지키고자
하는 뜻을 아룁니다. 조군께서 이미 두 가지 금과 옥을 예물로 주셨고 또 제가 저의
옥 반지와 금패로 답례를 했으니 약속을 주고받은 것이 분명합니다. 그러므로 죽어

121 도 두 마음 끊기 어려우니 대왕께서는 살펴 주십시오.

왕이 다 보고 매우 놀라 봉황 같은 눈을 둥글게 뜨고 미간에 엄한 빛을 띠며 편지를 승상 명천에게 던진 후 말했다.

"참으로 오랑캐의 행동을 하고, 사람의 얼굴에 짐승의 마음을 품었구나."

이 일이 어찌 될는지는 다음 회를 살펴보라.

조 씨 삼 대 록

38권

1 이때 유현이 운향을 가까이 불러서 말했다.

"네 소저의 글을 보니 한심함을 참기 어렵구나. 혼인은 풍속 교화와 크게 관련된 일이자, 인륜의 처음이다. 그러니 어찌 이런 일이 세상에 있을 수 있단 말이냐? 알 수 없구나. 그래 예물로 받은 금옥(金玉)은 무엇이며 또 네가 답례로 가져온 빙물은 무엇이냐? 내 자식이 비록 어질지는 않지만 이처럼 예에 어긋나는 행동은 하지 않을 것이다. 네 주인의 글이 사실이 아닌 것 같구나."

운향이 목소리를 가다듬고 말했다.

2 "어찌 이런 큰일에 거짓을 말하겠으며, 승상이 얼마나 위중하신 몸인데 소소한 여자가 거짓말을 하여 꾸미겠습니까? 승상께서 예물로 보내주신 옥으로 된 부채고리 장식과 금비녀가 소저께 있고, 승상께서 굳게 약속하시고 서로 시를 주고받은 글들이 가득하니 어찌 감히 속일 리가 있겠습니까?"

유현이 승상 명천을 돌아보니, 명천이 머리를 숙이고 얼굴빛을 태연히 한 채 그 글을 다 보고 일어나 절을 한 후 대답했다.

"제가 비록 사리에 밝지는 못하지만 이렇게 예가 아닌 불법을 몸소 행하지는 않을 것이라는 사실을 아버님께서 밝히 아실 것입니다. 이 여자를 신문하여 간사한 마음을 적발해 주십시오."

3 유현 또한 명천의 온갖 행실이 착하다는 것을 믿었기 때문에 진심으로 의혹이 있어서 운향에게 물었다.

"네가 맹랑한 말로 억지를 부리는데, 내 아들은 너희 집에 간 일이 없다고 하니 이것은 간사한 음녀의 짓이다. 바르게 말하지 않으면 죄를 면치 못할 것이다."

운향이 냉소한 후 품 안에서 부채 장식과 금비녀, 그리고 혼서지와 승상이 시가 적힌 여러 장의 종이를 꺼내 받들어 올리고 태연하게 하직인사를 하며 말했다.

"거두어 주시거나 내치시는 것은 귀댁의 처치에 달려 있습니다. 하지만 어디에 가 빙폐로 준 두 물건을 얻겠으며 게다가 승상의 친필을 누가 꾸며 혼서를 만들겠습니까? 남자는 풍류를 일삼으니 믿지 못할 존 4
재입니다. 우리 주인 아가씨의 얼음같이 맑은 아름다움을 보지 않는다면 모르겠지만 본 후 혹하는 것은 남자에게 있어 예삿일입니다. 한번은 우리 주인의 침소가 채봉루인데 지난 여름에 피서하기 위해 소저가 올라가셨다가 길을 지나가는 사람들을 간혹 보기도 했는데, 때마침 조승상 어르신과 연분이 있어서 누각 위에서 보시게 되었습니다. 승상께서 소저의 아름다움을 사모해 오셨으니 이 일은 진실로 저희 소저의 탓이 아닙니다. 그런데 승상 어르신께서 끝을 맺기 어렵게 여겨 떼어 버리신 것이니, 만일 우리 주인께서 답례의 예물로 보낸 옥 반지와 금패, 편지가 승상의 주머니 안에 없다면 이 천한 종이 형벌을 사양하지 않겠습니다."

승상 명천이 분함을 참지 못했지만, 부채 장식과 금비녀가 자신의 것 5
인데 저들의 손 안에 있는 것에 대해서도 의아함을 참지 못할 지경이었으므로 잠시 얼굴빛이 변했다. 평제왕 유현의 입장에서는, 그 부채고리 장식과 금비녀가 분명 자기 집안의 것이고, 승상의 글씨로 혼서를 쓴 것이 분명하며 수많은 장래에 대한 약속과 기괴한 편지 내용이 그 수를 헤아릴 수 없고 또 청산유수 같은 말로 언약을 하고 큰 바다가 뽕나무 밭이 되어도 잊지 않겠다고 하는 등 허랑방탕한 정도가 보지 못할 지경이었다. 이

지경이 되자 큰 화가 왈칵 일어났다. 비록 기세가 대단한 대장부라고 하
6 지만 요괴로운 간계를 꿈에나 생각할 수 있겠는가? 어린 호기에 미인을 보게 되자 부모와 어른들이 모두 엄히 책망한 적이 없었으므로 매사에 제멋대로 굴다가 이 지경에 미쳤다고 생각하게 되었다. 게다가 혼인을 하겠다고 적은 것은 의심할 것 없는 승상의 필적이니, 이상함을 참지 못하여 운향을 꾸짖으며 말했다.

"어리석은 아이가 제멋대로 규방에 들어갔다고 하지만, 만약 규방 아녀자가 행실이 높다면 어찌 서로 시를 주고받으며 서로 말을 하겠느냐?[478] 내가 비록 변변하지 못하다고 해도 정녕 이런 음란한 계집은 용납하지 않을 것이니, 내 아들의 죄는 바르게 처리하겠으나 네 주인에 대해서는 내가 알 바가 아니다. 아직 이성 간의 결합을 이루지 않았다
7 고 하니 뜻대로 하라."

말을 마치고 분한 기운이 크게 일어나 운향을 등 밀어 내친 후 비로소 승상을 잡아 내렸다.

이때 유현의 매우 엄한 노기는 마치 북쪽에서 바람이 부는 대한(大寒) 때 서리와 눈발이 날리는 것 같았다. 승상 명천이 비록 죄를 지은 것은 없지만 황공하여 몸이 떨리는 것을 참지 못했다. 관을 벗고 옷과 허리띠를 벗은 후 계단 아래 엎드리자 유현이 종들을 시켜 승상의 비단 주머니를 떼서 가져오라고 했다. 승상은 금낭 안에 감춘 것이 없었기 때문에 얼굴빛을 태연히 한 채 주머니를 끌러서 올렸다. 유현이 직접 열어 보니 한 통의 편지가 있었는데 무거웠다. 편지를 열어보니 옥 반지 한 쌍과 금패 한

478) 서로 ~ 하겠느냐 : {슈창[酬唱]ᄒᆞ여 서로 말ᄒᆞ고 시ᄉᆞ[詩詞]로 창화(唱和)ᄒᆞ리오}. 수창(酬唱)에 이미 시가(詩歌)를 서로 주고받으며 부른다는 의미가 있으므로 이와 같이 옮김.

줄이 있었으며, 그 글의 내용은 다음과 같았다. 8

경성환은 조승상께 글을 보냅니다. 부채 장식과 금비녀로 혼인을 정해 주셨는데 답례를 하지 않을 수 없습니다. 옥 반지 한 쌍과 금패 한 줄은 제가 평생에 사랑하는 보배이니, 이것으로 제 정을 표현합니다. 모름지기 잊어버리지 마시고 한 여자의 앞날을 저버리지 마십시오.

왕이 보고 어이가 없어서 오히려 한바탕 웃고 말했다.

"자식을 몰라보고 너를 믿은 내가 너보다 못났구나. 내가 무슨 면목으
로 남들을 대할 수 있겠느냐? 저것이 비록 변변치 않은 것이지만 아버
지와 임금님께서 주신 것인데, 너에게 준 것은 너를 믿는다는[479] 뜻을
보인 것이었다. 네가 예에 어긋나는 바르지 못한 행동을 하면서 미녀 9
와 서로 통하는데 어찌 사용할 다른 보배가 없어서 구태여 아버지가 주
고 임금님이 상으로 내려주신 것을 없앴느냐? 네가 젊은 나이에 외람
되게 한 나라의 정승이 되었으니 예의를 밝히며 남들을 권장해야 할 것
인데, 어찌 몸소 남의 집 규방에 들어가 음란한 행실을 짐승처럼 하며
도리에 어긋난 글을 주고받았느냐? 이는 사람이 차마 듣지 못할 바이
다. 게다가 저 경씨는 남과 달리 너와 친척 간의 관계에 있는데 이런 욕
심을 내다니 이는 오랑캐나 하는 행실이지 염치 있는 사람이 할 일이
아니다. 남자 가운데는 풍류나 여색을 탐하여 비록 소소한 예절을 생
각하지 않는 자가 있다고 하더라마는, 너같이 음란하고 패악한 자는 10
처음 본다. 내 앞에서만 거짓으로 단정하고 정중한 척하고 아비와 형

---

479) 믿는다는 : {의장(倚仗)ᄒᆞ는}. 의지하고 믿음을 의미함.

을 속이며 이런 법을 어지럽히는 행동을 하여 나라의 풍교를 몸소 어지
럽혔다. 또한 재상의 몸임에도 규방 여자의 몸치장하는 데 쓰는 패
물[480]을 주머니 안의 보배로 여겨 넣고 다니며 일이 발각된 후에도 오
히려 변명을 하고 나를 어리석은 사람으로 여기다니, 이 죄는 죽어도
아깝지 않다. 그러니 어찌 겨우 매로 끝나겠느냐? 임금님께 아뢰어서
내 스스로 자식 못 가르친 죄를 청하고 아울러 너의 버릇없는 행동을
11 처치하여 규중에서 간통한 죄와 아버지와 형을 속이고 법률을 어지럽
힌 죄를 아울러 다스릴 것이다. 비록 자식 한 명을 죽이게 된다고 해도
이 분함과 부끄러움을 씻을 것이다. 네가 사람의 얼굴을 하고 사람의
염치는 아주 없지만 그래도 약간이나마 인간의 마음이 있다면 무슨 말
을 하겠느냐?"

승상 명천이 조용히 대답했다.

"이 일은 진실로 그 경위를 알 수 없는 변고[481]입니다. 부채 장식과 금
비녀는 소자가 깊이 감추어 둔 것이므로 어찌 없앴겠으며 제 주머니에
있었던 옥 반지는 저도 알지 못하는 것이 들어 있으니, 이는 사람으로
하여금 놀라고 의심나게 하는 일입니다. 제가 비록 어리석지만 이 지
12 경까지 하지는 않을 것이라는 사실을 거의 아실 것입니다. 그러나 이
미 제 평소의 언행에 믿음이 가지 않으셨기 때문에 이렇게 의심을 하시
는 것이라고 생각됩니다. 혼서와 관련된 일도 제가 지은 것이 아니라
제 글씨처럼 써서 만든 것입니다. 이는 단지 액운이 비상하기 때문이

480) 규방 ~ 패물 : {장념픽식[粧奩佩飾]}. 장렴(粧奩)은 경대나 몸을 치장하는 데 쓰는 갖가지 물건을 의미하며, 패식(佩飾)은 드리개나 패물을 의미함.

481) 경위를 ~ 변고 : {문밍지변}. '맹문'은 일의 시비나 경위, 혹은 일의 시비나 경위를 모름이라는 의미임.

요 저는 진심으로 죄를 지은 것이 없습니다."

평제왕 유현이 아들이 변명하는 것에 매우 화가 나서 두 눈을 치켜뜨고
노비에게 명령하여 승상을 올려 매고 곤장을 치게 했다. 이때 유현의 호
령이 천둥 번개 같으니 명천이 비록 아득하고 억울한 면이 있지만 어찌
다시 입을 열어 변명을 할 수 있겠는가? 좌우에 가득한 장교와 종들이 경
황없이 떨며 이리저리 말을 하는 것을 보고 속으로, 비록 죄는 없지만 아
름답지 못한 일로 아버지께 매 맞게 된 것을 스스로 부끄럽게 여겼다. 또 13
한 다시 말을 하면 아버지의 노기만 한층 더하여 서리나 눈발이 뿌리게
될 것이라는 생각도 했다. 비록 억울하긴 하지만 맞는 수밖에 달리 계교
가 없다 싶었으며 이 변고가 매우 가소롭다는 생각이 들었다. 자신의 액
운이 평범하지 않다는 것을 깨닫고 머리를 숙이며 기운을 바르게 한 뒤
옷과 허리띠를 끌렀다. 매를 때리며 평제왕이 헤아리는 음성은 산과 바위
같았고 분노가 그치지 않아 매를 아끼지 않았다. 승상이 여러 대를 맞으
니 스스로 자신의 몸 상태를 짐작해 볼 때 더 많이 맞으면 견디지 못할 듯
했다. 이에 목소리를 온화하게 하여 말했다.

"제가 비록 어리석지만 어렸을 때부터 지금에 이르기까지 아버님의 가 14
르침을 어기고 예법을 손상시킨 일이 없었기 때문에 일찍이 매 맞는 것
의 아픔을 알지 못하다가 오늘 이런 이상한 요사스러운 변고를 만나 엄
한 형벌을 몸소 받게 되었습니다. 만일 저의 죄가 사실이라면 죽어도
한이 없겠지만 저지른 죄[482]가 하나도 없다면, 비록 아버님으로부터
혼나고 있는 이때에 감히 한 말씀을 아뢰는 것이 황공하기는 하지만 어
찌 입을 닫고서 부모님께서 낳고 길러주신 몸에 피가 흘러넘치는 죄를

482) 저지른 죄 : {쇼범[所犯]}. 저지른 죄의 의미임.

받을 수 있겠습니까? 악정(樂正) 자춘(子春)[483]은 발을 다치고 석 달을
15 근심했다고 하는데, 저는 오늘 이 매를 맞는 것이 매우 억울합니다. 부
디 엄한 노를 늦추시고 경사로 가셔서 부채고리 장식과 금비녀에 관련
된 일을 알아보고 또 제 곁에 있는 서동 무리들에게 물어 저의 비단 주
머니 안에 옥 반지와 편지 넣은 자를 조사해 주십시오. 끝내 이 일을 저
지른 자가 저이면 죽어도 억울해 하지 않을 터이니 아버님께서는 큰 덕
으로 천륜의 정을 생각하시어 심한 매를 잠깐 거두고 사실을 살펴 주시
기 바랍니다."

왕이 들은 척도 하지 않고 계속 죄를 다스려, 30대를 때리기에 이르렀
지만 그칠 생각이 없었으며 성난 기운이 활활 타오르는 불 같았다. 승상
16 의 종들이 줄지어 엎드려 머리를 조아리고 눈물을 흘렸으며, 젊은이 무리
들은 경황이 없어 했다. 그래서 얼른 안으로 들어가 초공에게 대강 말을
하면서, 왕의 엄한 노기로 인해 승상의 몸이 위태하다는 사실을 말했다.
초공이 놀라서 종을 시켜 말을 전했다.

"명천이가 비록 너의 아들이기는 하지만 내가 집안에 있고, 또 명천은
황제의 대신이다. 그 아이의 죄가 무엇인지는 모르겠지만 마치 어린아
이를 때리는 것처럼 나에게 의논도 하지 않으니 너의 도리가 매우 이상
하구나."

왕이 바야흐로 화가 점점 일어나 죄를 따져 30여 대를 매우 때렸음에
도 그칠 생각이 없었고, 승상 명천은 말을 입 밖으로 내면 더욱 아버지가
17 화를 내었기 때문에 아픔을 견디면서 얼굴빛을 변하게 하지 않고 기운을
나직이 하며 고요히 엎드려 맞을 따름이었다. 옥 같은 뼈와 눈 같은 피부

483) 악정(樂正) 자춘(子春) : 맹자의 제자로서 노나라에서 벼슬했고, 효행으로 이름이 높음.

가 헤어져 피비린내가 낭자하니 사람이라면 놀라지 않을 수 없었다. 좌우에서 보던 사람들이 놀라 두려워하지 않는 자가 없었으며 명천의 형제들도 경황없이 안팎으로 분주히 다녔다.

이때 초공이 전하는 말이 이르니 왕이 몸을 굽혀 아버지의 명령을 듣고 감히 매를 더하지 못하여 끌어 내치라 했다. 그런 후 초국공에게 들어가 아버지를 뵙고 기운을 나직이 하여 처음과 끝, 그리고 부채고리 장식과 금비녀에 관한 이상한 일과 옥 반지와 금패가 명천의 주머니에 있었음을 일일이 말한 후 탄식했다.

"제가 이 자식 알기를 온갖 행실이 정대하여 한조각 예가 아닌 것이나 18
불법은 행하지 않을 줄로 알았습니다. 그러니 어찌 이런 막돼먹고 음
탕한 일을 할 줄 꿈에나 생각했겠습니까? 이런 변을 사사로운 정에 얽
매여 묻어두는 것은 옳지 않으니, 어찌 단지 매만 때리겠습니까? 급한
화를 참지 못하여 미처 아뢰지 못하고 30여 대를 가볍게 때렸지만, 이
일을 황제께 아뢰어 죄를 바로잡으려 했습니다. 그런데 아버님의 명령
이 있었기 때문에 이에 여쭙는 것입니다."

초공이 말없이 오래 있다가 웃으며 말했다.

"아들을 아는 것은 그 아비만 한 사람이 없다고 했지만 너는 오히려 명 19
천이를 모르는구나. 이 일을 보니 분명 증자(曾子)의 어머니가 북을 던
졌다는 말[484)]이 이상하지 않구나. 명천이는 비록 서시(西施)[485)]나 왕소

484) 증자(曾子)의 ~ 말 : 공자(孔子)의 수제자인 증자가 어렸을 때, 그의 어머니가 베를 짜고 있었는데 옆집 아이가 뛰어와서 증자가 사람을 죽였다고 했음. 그러나 평소 아들의 품행을 알고 있던 어머니는 믿지 않고 오히려 태연하게 베를 짰음. 그런데 잠시 후 또 다른 아이가 달려와 똑 같은 말을 하자 증자의 어머니가 그 말이 정말인 줄 알고 북을 내던지고·부리나케 담을 넘어 달려갔음. 알고 보니 동명이인인 어린이가 한 짓이었음. 거짓말도 자꾸 듣게 되면 속을 수 있다는 사실을 의미함.

485) 서시(西施) : 중국 춘추시대 월(越)나라의 미인. 오(吳)나라에 패한 월나라 왕 구천(句踐)이 서

군(王昭君)[486]을 만난다 해도 색에 혹하여 예를 어길 아이가 아니요, 지금에 이르러는 충효 등 온갖 행동이 정숙하여 공자나 맹자께서 다시 살아나도 명천이의 허물을 책망할 것이 없다. 그런데 어찌 이런 음란하고 바르지 않은 행실을 하여 스스로 평생 닦은 수행에 손상을 입히겠느냐? 이는 분명 요악한 일이 있는 것이니, 명천이의 기상이 남보다 나으므로 음란한 여자가 잘못 생각해 시집을 오려는 의사인 것이다. 그런
20 데 어찌 자세히 따져 살펴보지도 않고 매 때리기만을 급히 하느냐? 한 나라의 정승이 되어 효와 절개를 권장하며 풍속을 가다듬고 몸을 닦으며 먼저 행하는 것이 진실로 해와 달 같을 것인데 괴상한 일로 심한 매를 입었구나."

하고 즉시 명천을 불렀다.

이때 명천은 매를 맞아 상한 몸이 매우 아프고 또 분한 마음을 참지 못해 겨우 서재로 와 있었다. 모든 형제들이 붙들고 위로하며 술을 가져와 놀란 마음을 위로하니 승상 명천이 여러 잔을 마신 후 잠시 괴로움을 가라앉힌 뒤 오히려 웃으며 말했다.

21 "성인도 오는 액운을 면하지 못한다 했지만 오늘 나의 액운은 참으로 의외이다. 천하에 이런 이상하고 허망한 음녀(淫女)가 어디에 있을까? 내 평생에 싫어하는 바는 형벌을 내리는 것이지만 어찌할 수 없으니 마지못하여 서동 무리들에게 따져 실제 사정을 자세히 조사하고야 말 것이다."

모든 공자들이 다 이상하게 여기며 탄식했다.

시(西施)를 부차(夫差)에게 보내어 부차가 그 용모에 빠져 있는 사이에 오나라를 멸망시킴.

486) 왕소군(王昭君) : 중국 전한 원제(元帝)의 후궁. 기원전 33년 흉노와의 화친 정책으로 흉노의 호한야선우(呼韓邪單于)와 정략결혼했으나 자살함.

"필체가 분명하니 작은 아버지께서 화내시는 것도 이상하지 않고, 또 형님께서 이런 일을 하실 리 없으니 사람으로 하여금 헤아리기 어렵게 하는 일이군요."

말을 마치는데 막 초공이 부른다는 명령이 전달되었다. 이에 승상이
의관을 바르게 하고 들어가니 아버지가 할아버지를 모시고 있었다. 더욱
황공하여 중계(中階)에 엎드려 명령을 기다릴 뿐 감히 당 위에 오르지 못 22
했다. 옥 같은 모습은 신기가 편하지 않았기 때문에, 마치 붉은 연꽃이 푸
른 물에 잠긴 듯했고, 가느다랗고 봉황 같은 눈의 황공한 빛과 온순한 거
동으로 인해 새삼 더러운 것이 말끔히 없어진 듯 더욱 빼어나 보였다. 초
공이 오르라고 명한 뒤 곁에 앉히고 탄식하며 말했다.

"사람의 처신이라는 것은 매우 어려운 것이다. 네가 당한 오늘의 액운은 사람이 생각지도 못할 일이다. 네 아비 또한 이해하지 못하는데, 남이 어찌 믿어 주겠느냐? 너는 한 번이라도 경씨 집에 가서 그 여자와 대면한 일이 있느냐?"

승상이 아버지의 엄한 얼굴빛 때문에 벌벌 떨며 두려운 마음이 무궁하
여 자리를 피해 엎드려 있을 뿐 감히 우러러 보지 못하고 있다가 할아버 23
지의 말씀을 따라 일어나 절하여 사죄드린 후 말했다.

"어찌 감히 할아버님 앞에서 속이는 것이 있겠습니까? 진실로 경씨 가문의 문이 어디에 있는지도 알지 못하니 어찌 그 여자를 보았겠습니까? 다만 여러 달 전에 길을 가는데 높은 누각 위에서 사람의 소리가 나기에 창기 여러 명이 있는 줄 알고 보니, 여러 명이 아니요 단지 한 명의 여자가 화려하게 꾸민 채 몸을 드러냈습니다. 이 사람은 단지 천한 사람이라고 여겨 유의하지 않았을 뿐 어찌 다른 여자를 본 일이 있

겠습니까? 게다가 시를 서로 주고받으며 혼인 예물을 준 일이 있겠습
24 니까? 이 일이 매우 괴상하며 원통하니 즉시 서동 무리들에게 따져 물
어 부채고리를 훔치고 제 비단 주머니에 옥 반지 넣은 사람을 찾으려
했습니다. 그런데 아버님의 화가 그치지 않고[487] 또 이곳과 서울 집의
사이가 가깝지 않기 때문에 물을 길이 없으니 어찌하면 좋겠습니까?"

초공이 애처롭고 가여워서 명천이 죄도 없이 30대나 맞은 것을 매우 안타까워하다가 다시 웃으며 말했다.

"네 아비가 매사에 급하지 않고 성품이 관대하더니 이 일과 관련해서는 매우 과격했구나. 일의 경위에 대해서는 알아내는 것이 쉬우니, 너는 너의 서동 무리들을 지금 불러라. 내 앞에서 물으면 매를 한 대도 때리지 않고 알아낼 수 있을 것이다."

명천이 두 번 절하여 감사드렸으며, 유현 또한 약간 후회되는 마음이
25 있어서 명천을 살펴 보았다. 명천의 기색이 태연자약하며 기세가 한결같
으니 이런 반응은 유현의 입장에서 의외였으므로 속으로 깊이 생각할 뿐
말이 없었다.

초공이 내당으로 들어가 이 일을 누가 저지른 것인지 알아볼 수 있도록
양부인을 시켜 경부인에게 편지를 적어 보내게 했으며 종들에게 명령하
여 경사에 있는 집에 가서 승상 명천을 모시는 서동들을 일일이 잡아오라
고 했다. 호랑이 같은 종들이 명령 소리에 답을 한 후 서울로 들어가 승상
의 서동들을 잡아 오는데, 계창이 많은 사람 중에서도 남달리 떨며 죽을
상이 되어 있었다. 천한 사람의 평범한 식견으로도 계창이 저지른 바가
26 있다는 것을 짐작할 수 있었다. 날이 반도 지나지 않아 운산에 이르니 초

487) 그치지 않고 : {진첩[震疊]ᄒᆞ시고}. 존귀한 사람이 몹시 성을 내어 그치지 않음.

공이 모든 종들을 가까이 꿇어앉히고 물었다.

"너희들이 바로 고하면 죽을죄라도 감하여 용서해 줄 것이다. 승상이 낮에 집에 있는 경우가 없으니 부채고리 장식과 금비녀는 너희 중 한 사람이 꺼내어 경씨 집안으로 보냈을 것이다. 그러니 일일이 고하고 승상의 주머니 안에 있던 옥 반지와 금패를 어디에 가서 얻었으며 누가 넣었는지 바로 말하라. 그렇지 않으면 무거운 형벌을 더할 것이다."

서동 무리들이 초공의 묻는 소리와 평제왕 유현의 엄한 기색을 보니 자신들 모두 무사하지 못할 것이 분명해 보였으므로 혼이 몸에서 빠져나가는 것 같아서 바로 고하고 싶었다. 그러나 지은 죄가 없었다. 계창은 지은
죄가 있지만 차마 자신의 입으로 죽을 것이 뻔한 말을 꺼내지 못해서 머 27
뭇머뭇하고 있었는데, 얼굴빛이 찬 재 같으니 승상 명천이 훤히 그 기색을 알아채고 종들을 명하여 계창을 매어 꿇어앉힌 후 할아버지와 아버지께 말했다.

"억울한 여러 종들을 신문할 것이 아닙니다. 계창의 얼굴빛이 분명 죄를 지은 것이 있어 보이니 약간 물어보십시오."

초공이 고개를 끄덕이니 승상이 종들을 시켜 계창을 끌어올려 맨 후 물었다.

"네가 요사이 밥 때만 되면 배가 아프다고 하면서 자고 먹는 것을 폐했으며, 낮에는 비록 너보고 책임지고 서헌을 지키라고 하지는 않았지만
내가 나갔다 올 때마다 너는 없었다. 그러나 내가 무심하여 살펴보지 28
않았었다. 부채고리 장식과 금비녀는 내가 궤 속에 넣어두었던 것인데, 어찌 경씨 집안에 가 있을 수 있느냐? 나는 일찍이 여자들이 쓰는 물건들[488]을 눈으로 본 일도 없으니 이유도 없이 내 비단 주머니 안에 들어

있을 수 있겠느냐? 이 일이 다 네가 꾀한 것인 줄 알고 있으니, 수고스럽게 맞지 말고 앞뒤 사정을 바로 고하여라. 내 글씨를 누가 달라고 했으며 언제 훔쳐 갔느냐? 일일이 말하라."

계창이 매를 한 대만 맞아도 넋이 날아가는 듯 정신이 없어질 듯하여
진심으로 그간의 사정을 속일 마음이 없었다. 그러므로 차라리 매를 맞지
29 말고 바르게 고하고 죽는 것이 낫다는 생각을 하고 눈물을 흘리며 머리를
조아리고 말했다.

"제가 죽을 때가 되어 죽을죄를 범했습니다만 어르신께서 천지 같은
큰 은혜를 내려 주시어 한 목숨 용서해 주십시오. 제가 어르신의 은덕
을 입어 충성을 다할 뿐 다른 마음이 없었는데, 경시랑 댁 시녀 운향이
공연히 와서 이리이리 하라 이르고 매일 저랑 사귀기 위해 다니니, 제
가 안면을 트게 되었고 또한 그녀의 고운 얼굴에 혹하여 사사로운 정을
두어 서로 친해졌습니다. 그 후로는 더욱 잘 대접해 주더니, 경소저가
글 구경하고 싶다는 것을 핑계로 어르신의 문집을 구했습니다. 그래서
30 제가 모르고 어르신의 문집 두어 권을 가져다 주었습니다. 그 이후에
는 또 어르신이 귀하게 여기시는 문방구들을 구해 달라 했으므로 제가
사랑하는 부부간의 정에 못 이겨 들어주지 않을 수 없어서 다른 것은
없고 옥으로 된 부채고리 장식과 금비녀가 상자 속에 있으므로 가져다
주었습니다. 그 후에 운향이 봉한 것을 갖다가 어르신이 차고 다니시
는 비단주머니에 넣으면 피차 유익할 것이라고 하기에 제가 사정도 모
르고 다만 어르신께서 깊이 잠드신 때에 주머니에 있던 다른 것을 빼고

488) 여자들이 ~ 물건들 : {ᄌᆞ장[資粧]부치}. 여자의 몸단장에 관한 준비, 또는 여자가 화장하는 데 쓰는 물건들.

그 봉한 것을 넣어 비단 주머니의 무게를 똑같게 해 두니 어르신께서
묻지 않으셨습니다. 그러므로 요행히도 무사할까 생각했을 뿐 누가 오 31
늘날 이 지경에 이를 줄 알았겠습니까?"

초공이 다 듣고 왕을 돌아보며 말했다.

"내 생각과 네가 짐작하는 것이 어떠하냐? 이는 요사하고 악한 여자가 명천이 길을 다닐 때 그 풍채를 흠모하여 이상한 일을 생각해 내고 염치나 사람으로서의 도리는 생각하지 않은 것이다. 그런데 어찌 일을 잘 조사해 보지도 않고 급히 벌을 주려고만 했느냐?"

평제왕 유현이 또한 뉘우치고 잠시 웃은 후 일어나 절하고 말했다.

"제가 자식을 잘 알지 못하여 이상한 일로 의심을 했으며 죄가 없는데
도 벌을 주었으니 만일 아버님의 밝은 가르침이 아니었다면 명천이는
죽고 사는 것이 염려스러울 뻔 했습니다. 아버님의 명령 때문에 그만 32
두기는 했지만 만약 일이 사실로 밝혀지면 매우 때린 후, 살아서는 부
자지간의 의를 끊으려고 했습니다. 그런데 이 일이 명천이의 죄는 아
니지 않나 싶으니 오히려 제 과격함이 허물이 되었습니다."

왕이 계창을 시켜 운향을 잡아오라고 했는데, 계창의 생각에 운향을 잡아오면 벌을 받아 맞는 것을 차마 보지 못할 것 같았다. 그래서 울며 말했다.

"운향은 소저를 모시고 내당에서 지내니 가도 잡아올 방법이 없습니다."

왕이 매우 화가 나서 중한 형벌을 여러 차례 내리니 붉은 피가 줄줄 흐
르고 흰 뼈가 보일 지경이 되었다. 승상 명천이 얼굴빛을 단정히 하고 말 33
했다.

"제가 사람을 알아보지 못하여 저런 어리석은 것을 가까이 두고 신임했으니 제가 현명하지 못하고 어리석은 것입니다. 천한 것의 식견을 또한 책망해도 소용 없으니, 형벌을 감해 주시고 내쳐 다시는 집안에 두지 않는 것으로 해 주십시오."

평제왕 유현이 머리를 흔들며 말했다.

"네 성품의 연약함이 끝내 이와 같으니 부인네와 유사하구나. 주인을 속이고 사이에서 농간한 죄는 당연히 목을 베야 마땅한데 어찌 이 정도만으로 놓아줄 수 있겠느냐?"

초공이 탄식하며 말했다.

"어찌하여 성품이 약하다고 말하느냐? 도량이 너르며 죽을 죄인을 살
려주려는 덕이 있는 것이니, 사람의 목숨을 아끼려는 마음이 있는 것이
다. 사람을 죽이는 것은 결국에는 불행한 일이니라. 그러니 내 말에 따
34 라 계창을 그쯤 하여 내치거라."

평제왕이 절을 하며 말했다.

"아버님의 말씀이 마땅하니 명령대로 하겠습니다."

하고 계창을 멀리 내쳐 다시는 승상의 집에 두지 말라고 했다.

초공이 승상과 왕을 데리고 내당으로 들어가 일의 처음과 끝을 고했다. 자리에 있던 사람들이 모두 놀랐으며 노공과 위부인은 안타까워하는 마음을 그칠 줄 몰랐다. 이에 말했다.

"천하에 어디 그런 음란한 여자가 있어 내 아이로 하여금 매 맞아 괴롭게 했는가? 또한 과격한 아비는 아들의 행실도 알지 못하고 어찌 그리 급히 서둘렀는가?"

양정렬이 웃으며 말했다.

"이것 또한 명천이에게 액운이 있기 때문입니다. 원래 경시랑 부인이
단정하고 정중하지는 못하지만 재주가 있고 아름다운 여자로서 단아 35
한 사람인데 그 딸이 이와 같이 괴이하다니 이상합니다."

이때 경씨 집안으로 갔던 종이 돌아와서 경시랑 부인이 소저를 한바탕 꾸짖던 사연과 경시랑 부인이 운향을 불러 물으니 운향이 소저가 시켜서 마지못하여 계교를 행한 일들을 다 말했다고 전하며 한 통의 편지를 올렸는데, 그 편지의 내용은 다음과 같았다.

오랫동안 편지를 주고받지 못하여 친족 간의 정으로 서운한 회포를 금할 길이 없
었는데, 운산으로 가셔서 더욱 사이가 멀어지게 되었습니다. 이 복 없는 인생이 아
침저녁으로 제 운명을 한탄하며 친척의 그림자조차 없는 것을 슬퍼하고 있었습니 36
다. 그런데 뜻밖에 편지를 받았으므로 반가운 정과 그리운 마음을 참지 못했습니다.
그런데 편지에 적힌 내용을 따라 읽다 보니 놀랍고 부끄러워 죽으려고 해도 죽을 만
한 곳이 없습니다.[489] 그러니 무슨 말로 형언할 수 있겠습니까? 외로운 어린 딸 하
나를 두었는데 바야흐로 나이 18세로 성장했지만 남편을 택하지 못하고 있었습니
다. 그런데 딸아이의 바라는 바가 이상하여 이 어미가 사윗감을 고르는 것이 매우
어려웠으므로 부부의 인연을 맺은 곳이 없었습니다. 승상의 명성은 온 세상을 덮고
있으며 또한 공주님의 짝이시니 감히 우러러 바라겠습니까? 친족 간의 정이 있긴 37
하지만 이런 생각은 꿈에도 없었습니다. 그런데 어리석은 딸이 어설픈 계교로 이루
지도 못할 일을 저질러 자신의 소원을 이루려고 했습니다. 그러나 딸아이는 이런 행
동이 규방 아녀자의 행실을 크게 어긴 것이고, 또 이런 예에 어긋나는 행동을 남들
이 천하게 여긴다는 것을 알지 못하는 것 같습니다. 제가 이 일을 듣고는 놀랍고 이

489) 죽으려고 ~ 없습니다 : {욕ᄉᆞ무디[欲死無地]}. 매우 분하고 원통함을 이르는 말임.

상하여 일의 실상을 딸아이에게 물었지만 자세히 말을 하지 않기에 대신 종아이의 말을 들으니, 대강 어린 여자가 승상의 풍류를 흠모하여 비롯된 일이었을 뿐 승상은 내 집의 문전에도 오지 않았다고 합니다. 저의 복 없음이 하나 있는 자식도 잘 가르
38 치지 못해서 이 지경에 이르렀으니 무슨 말씀을 드리겠습니까? 승상께서 보냈다는 장래를 약속한 편지는 딸아이가 지어낸 것일 뿐, 승상의 처신은 얼음과 옥 같으니 이 일에 간섭한 적이 없습니다. 그러니 부인께서는 평제왕께 이 뜻을 전하시어 제 딸아이가 멋대로 행동한 것과 승상께서 억울하시다는 사실을 알게 하십시오. 이 일로 인하여 친척 간의 두터운 정을 손상시킬 정도는 아니니, 부인께서는 제 딸아이가 제멋대로 군 것에 개의치 마시고 이 소문을 없었던 것으로 해 주시고 괜찮은[490] 남편감을 추천해 주신다면 친족 간의 정이 있다고 할 수 있을 것입니다.

양정렬이 편지를 다 본 후 오래 탄식하며 말했다.
39 "박명한 사람이 단지 딸아이 하나뿐인데 하는 바 그 행동이 이와 같으니 어찌 안타깝지 않은가? 내 손자는 도학을 닦아 덕이 높은 사람이요, 학문을 하는 사람이니 어찌 이런 추한 일을 했겠는가? 과격한 아비가 성급하게 화를 내어 천금 같은 몸에 중한 형벌을 내렸구나."

하면서 한스러워하고 안타까운 마음을 금할 수 없어 두 번 세 번 유현을 꾸짖으니 유현이 대답했다.

"제가 세상일을 많이 경험해 보았는데 이런 일은 처음 들었습니다. 우리 집에 있던 금옥(金玉)과 글씨가 저들의 손안에 가고 또 명천이의 주머니 안에 패물이 들어 있으니 의심할 바 없고 또 딴 생각할 것이 없었

490) 괜찮은 : {죵료로온}. '종요롭다'는 없어서는 안 될 정도로 매우 긴요하다는 의미이므로 문맥을 고려하여 이와 같이 옮김.

으니 제가 어찌 죽이고 싶은 마음이 안 일어났겠습니까? 만일 정말 자
식이 그렇게 했다면 몽둥이 아래에서 목숨을 마치게 할까 하는 생각이 40
들었습니다."

정숙렬이 웃으며 말했다.

"너는 길에서 여덟 명의 창기들을 데려오고 또 아버지의 명령도 없이 재췻감을 데려오는 제멋대로인 행동을 무수히 해 놓고 자식의 일에 이르러는 지나친 말을 하느냐? 명천이와 관련된 일이 헛일이긴 했지만 비록 실제 그렇다 한들 자식을 네 마음대로 죽일 수 있느냐?"

평제왕이 웃으며 대답했다.

"큰어머님의 말씀이 오히려 저를 잘 모르고 하시는 말씀입니다. 제가 예전에 한 일들이 외람된 일은 맞습니다만, 실로 예에 어긋난 것도 아니고 법이 아닌 것도 아니었습니다. 부모님께 여쭙지도 않고 아내를 취한 죄는 있지만 이번 명천이와 관련된 일과는 다릅니다. 규수와 사
사롭게 간통하러 다니며 임금과 아버지가 준 물건을 가져다 예물로 쓰 41
고 또 아녀자의 패물을 주머니에 넣고 다니다니요. 몸이 삼정승의 지위에 있으면서 주색에 빠져 거칠고 막돼먹은 것이 이 지경이라면 어찌 놀랍지 않겠습니까? 게다가 매우 가까운 친족 간에 변이 있는 것이라면 살려 둘 마음이 있겠습니까?"

연비[491]가 웃으며 말했다.

"우리는 네가 이처럼 엉큼하고 모진 줄 몰랐다. 비록 그 일이 잘못되었다 한들 차마 자식을 죽일 수 있겠느냐? 그래 너는 죄 없는 자식을 심하게 때리고 마음이 편하냐?"

---

491) 연비 : 평진왕 조무의 둘째 부인.

평제왕 유현이 흔쾌히 웃으며 대답했다.

“이제 뉘우치게 되고 안타까운 마음이 적지 않지만, 이것도 다 명천이의 액운 때문이 아닌가 생각합니다.”

석부인[492]이 웃으며 말했다.

42 “그러면 너도 네 아들을 때린 죄로 맞아라.”

좌우에 있던 사람들이 크게 웃고 평제왕도 웃으며 대답했다.

“자기가 맞은 것도 액운인데 또 아버지를 맞게 하면 그 마음이 어떻겠습니까? 고모님[493]의 말씀이 오히려 명천이의 마음을 놀랍게 하는 것입니다.”

좌우에 있던 조씨 형제들이 승상 명천을 희롱하며 풍채가 남보다 뛰어난 것도 해롭다고 말했으나 명천은 할아버지와 아버지 앞이었기 때문에 옷깃을 여미고 머리를 숙인 채 얼굴에 온화한 봄바람 같은 기운만 띠고 편안한 모습으로 있었다. 이에 평제공 운현[494]이 웃으며 말했다.

“형님께서 이유도 없이 때리셔서 명천이의 노기가 대단합니다.”[495]

승상 명천이 손을 모으고 말했다.

“숙부의 말씀이 비록 한 때의 농담이시겠지만 저희들에게 하실 말씀은

43 아닌 것 같습니다. 제가 비록 어리석지만 아버지께 맞은 것을 원망하겠습니까? 숙부께서 희롱을 하시면서 제 뜻을 떠 보시는데, 진실로 복종할 수 없습니다.”

---

492) 석부인 : 위부인의 장녀, 조숙혜를 가리킴.

493) 고모님 : {숙모}. 석부인은 석상서 부인으로 조노공의 딸이므로 유현과는 고모와 조카 사이임.

494) 평제공 운현 : {평졔왕}. 평제왕은 유현으로 명천의 아버지이기 때문에 문맥상 맞지 않음. 평제왕과 가장 유사한 명칭이 평제공이고, 이후에 이어지는 대화에서 ‘문의공’의 말이 이어지기 때문에 이와 같이 옮김.

495) 대단합니다 : {은은(殷殷) ᄒᆞ니라}. ‘은은(殷殷)’은 요란하고 힘차다는 의미가 있음.

문의공 운현이 손을 잡으며 웃고 말했다.

"내가 네 속마음을 밝히 알고 말한 것인데 너는 어찌 변명을 하느냐? 내게 하는 행동이 괘씸하니 또 30대를 맞고 싶은 것이냐?"

승상 명천이 웃으며 몸을 굽히고 말했다.

"죄가 있다면 30대는 말할 것도 없고 100대인들 거역하겠습니까?"

모두 웃으며 말했다.

"맞은 것이 부족하여 또 100대를 청하느냐?"

왕이 또한 웃으며 너무 성급히 때린 것을 뉘우쳤다.

이때 승상이 경사로 돌아가지 못하여 벽운산에서 밤을 보내게 되었다. 44
모든 조공들이 저물 때 즈음 돌아와서 내실로 들어가고 왕이 혼자 있었
다. 승상이 오랫동안 부친을 곁에서 모시고 자지 못했으므로 아픈 것을
참으면서 곁에서 모시고 있었다. 이때 왕이 일찍이 누우며 말했다.

"나는 이제 다른 여러 아이들이 올 것이니 너는 편히 서당에 가서 쉬어라."

승상 명천이 대답했다.

"그동안 낮에는 왕래했지만 밤에는 모시고 자지 못했는데, 마침 오늘 머물게 되었으니 모시고 자고 싶습니다."

왕이 다시 가라고 하지 않고 자는 척하며 누어 승상이 잘 수 있도록 배
려 하니, 승상이 아버지께서 잠이 드셨기 때문에 자신도 잠자리에 나아가 45
누웠다. 잠이 든 후 저절로 앓는 소리가 나니 왕이 듣고 마음이 편치 않아
경씨가 저지른 행동을 원통해 했다.

다음 날 아침 승상 명천이 어른들과 부모님께 하직인사를 하고 경사로 돌아가려 할 때, 왕이 다시 부채고리 장식과 금비녀를 주며 말했다.

"이 물건이 너와 관련된 일을 지어내긴 했지만, 이것은 선황제께서 내려주신 것이자 할아버님께서 주신 것이다. 그러니 다시는 잃어 버리는 폐단이 없도록 해라."

승상 명천이 두 손으로 받아 소매에 넣고 나직이 아뢰었다.

"지난날의 변은 모두 제가 사람을 몰라보았기 때문이며 또한 저의 액
운이 괴이하기 때문이었습니다. 경씨 그 여자는 끝내 자신의 마음을
46 억제하지 못할 것 같습니다. 제가 거느린 사람 중에 뛰어난 사람이 한
명 있는데, 나이 15살이고 몸가짐이 맑고 바르며 글재주 또한 넉넉하
니 이는 전임 시랑 소흠의 아들입니다. 일찍이 부모를 여의고 형제가
없기 때문에 의지할 곳이 없어서 제 서기(書記)가 되었습니다. 이 사람
을 아버님께서 경씨 집안에 추천하시어 사위 삼게 하시면 경씨도 저를
생각하는 마음을 끊을 것입니다."

평제왕 유현이 웃으며 말했다.

"경씨 때문에 원통하면서도 오히려 빼어난 인물을 추천할 마음이 있느
냐? 경씨의 일로 인해 원통하기도 하고, 또 음탕하고 비루한 여자는 상
대할 것이 못되지만 조씨의 사정이 가련하며 또한 조씨는 어머님과 사
47 촌형제 간이니 사위를 추천하여 도움을 주어야겠구나. 경씨 집안에 소
생을 천거는 해보겠지만 경씨의 하는 일을 보니 평범한 여자는 아니라
서 조용히 소생에게 시집을 가지 않을 것 같구나."

승상 명천이 매우 기뻐하지 않으며 대답했다.

"제가 소생에게 말하여 이 혼인이 이루어지도록 할 것입니다. 아버님께서 조부인께 권하시면 조부인 또한 응하고 따르시겠지만 경씨가 또 간계를 낼 것 같습니다."

왕이 웃으며 말했다.

"비록 그렇지만 아녀자가 한 번 꾀를 내었으니 또 무슨 간사한 계교를 내겠느냐?"

승상이 말했다.

"계집의 요괴로운 꾀는 측량할 길이 없으니 단지 그 여자 한 명을 두려 48
워하는 것은 아니지만 망측한 행동이 제 비위에는 맞지 않기 때문에 다
른 사람에게 맡겨 저에 대한 생각을 끊으려는 것입니다."

부자간에 의논을 마친 후 명천은 경사로 돌아왔다.

이때 경씨는 일이 순조롭게 되지 않아 양정렬로부터 글이 오고 평제왕
이 엄한 성을 내며 삼공의 지위에 있는 아들을 엄히 때렸다는 소식을 듣
고는 자신의 소원이 가망 없게 된 것을 알게 되었다. 어머니에게 한바탕
따지고 들면서 자신은 발뺌을 하기 위하여 아주 시치미를 떼니 조부인이
아주 심하게 책망한 후 운향을 엄히 문책하여 조씨 집안으로 답장을 보냈
다. 그러므로 조씨 집안으로 시집을 갈 염치는 없게 되었지만 또한 바라
는 바 변변치 않은 평범한 남자에게는 시집을 가기 싫었으므로 밤낮으로 49
울며 머리를 싸매고 있었다. 조부인이 꾸짖기도 하고 달래기도 하며 온갖
일을 했지만 경씨는 마음과 혼을 조승상에게 다 쏟았기 때문에 식음을 전
폐하고 스스로 죽겠다고 하고 있었다. 조부인이 하나 있는 딸이 이렇게
하는 것을 보게 되니 또한 식사를 물리친 채 초초한 마음으로 있었다.

이때 평제왕이 조부인을 보고 여자의 자질구레한 일을 개의치 않고 은근히 사위를 추천하며 소생의 빼어남을 칭찬하니 부인이 감사하게 여기고 딸아이로 하여금 고집부리는 것을 돌이켜 혼례를 이루도록 하겠다고 약속했다.

50 평제왕이 돌아간 후 조부인이 딸아이에게 평제왕 유현이 추천한 소생
의 빼어남을 전하니 경씨가 울며 말했다.

"비록 두목지가 다시 살아난다 해도 조명천이 아니라면 시집을 가지 않겠습니다."

조부인이 얼굴빛이 변하여 말했다.

"어느 규수가 스스로 남편감을 고르면서 어미의 말을 듣지 않는다더
냐? 네 맘대로 해라. 나는 차마 낯 두껍게 조씨 가문에는 네 말을 청하
지 못할 것이다. 그 집안은 본래 예의가 있는 가문일 뿐 아니라 친척 간
의 도리로 따져 볼 때도 혼인을 의논할 길이 없으니 네가 죽든지 살든
지 내 알 바 아니다. 이 박명한 인생이 딸 하나만 보고 살았는데, 그것
51 이 사람의 얼굴을 하고서 짐승 같은 행동을 하니 다시 또 무엇을 바라
겠느냐?"

하며 눈물을 비 오듯 흘렸다.

이때 조승상 명천이 경사의 집으로 돌아오고 혜선공주 또한 다음 날 경사로 돌아오니 화부인이 매우 반가워했다. 그러면서 승상이 경씨 때문에 액운을 만난 것을 서로 전하며 한편으론 웃고 한편으론 탄식하니 혜선공주가 눈썹을 찡그리며 말했다.

"남편에게 여전히 일월(日月)의 큰 액이 당면해 있으니 한때 매를 맞는 것으로 떼워질 바가 아닙니다. 내가 시부모님을 모시고 머물고 싶었지만 멀리 앉아서 마음놓고 있을 수 없었기 때문에 돌아왔습니다."

이에 화부인이 이 말을 듣고 더욱 놀라 말했다.

52 "공주의 밝으심으로 분명 장래에 있을 일을 미리 알고 계시는 것이군
요. 또 무슨 액이 있는 것입니까? 기도를 해도 능히 면치 못할 것입니

까?"

공주가 탄식하며 말했다.

"이상한 인연이 있지만 승상께서 뜻이 굳세서 경씨가 비록 죽는다고 해도 돌아볼 의사가 없으시니, 사람을 죽게 한다면 분명 생사와 관련된 중벌을 겪게 되지 않을까 합니다. 그러니 약간 기도하는 것만으로 어찌 오는 액을 면할 수 있겠습니까?"

화씨가 놀랍고 떨려 말했다.

"그렇다면 우리들이 시부모님께 힘을 다해 권하여, 경씨를 남편의 부인으로 삼아 액을 막게 하는 것이 어떻겠습니까?"

혜선공주는 생각에 잠겨 말이 없었다.

하루는 승상 명천이 몸이 안 좋아서 자리에 눕게 되었는데, 병세가 아 53
주 안 좋아졌으므로 궁중 안의 사람들이 무서워 떨며 밤낮 약으로 치료했
고 황제도 어의를 보내어 간병하게 했다. 그러나 병이 매우 깊으니 운산
에서 어른들과 부모들이 염려하여 문병하는 종들이 길을 이었고 평제왕
유현이 친히 와서 병을 살펴 보았다. 승상이 열흘 이상 병들어 있었지만
아버지가 친히 왔다는 말을 듣고 힘을 내서 일어나려 했으나 능히 일어나
지 못하여 부축을 받아 겨우 침상에서 내려왔다. 이에 왕이 얼굴빛을 온
화하게 하고 손을 잡으며 말했다.

"내 아이의 기운이 소나무와 잣나무처럼 굳세었는데 어찌 이렇게 약해
지고 평소의 장한 기운을 잃었느냐? 매를 맞아서 병이 난 것이냐? 병이 54
난 이유를 속이지 못할 것이니 숨기지 말거라."

승상 명천이 조용히 사죄하여 말했다.

"제가 아무리 그래도 혈기왕성한 나이인데 이 정도의 병으로 근심을

하십니까? 약을 힘써 먹고 있으니 속히 일어날 것입니다. 그러니 지나치게 염려하지 마십시오."

왕이 명천의 양 손을 진맥한 후 침묵하다가 말했다.

"분명 매 맞은 독이 일어난 것이다. 일찍 고치지 않으면 위태로워질 것이다."

승상이 민망해서 그렇지 않다고 말하면서 기꺼이 보이지 않으려 하니
왕이 후회가 되어서 이에 얼굴빛을 온화하게 한 후 승상을 힘으로 무릎
55 위에 눕히고 매 맞은 곳을 보았다. 독이 엉켜서 고름이 되었으니 푸르고
검어 보기에 놀라울 정도였다. 이 같은 병에도 능히 견디면서 다니는 것을 생각할 때 굳세고도 용맹스러움이 자신보다 못하지 않다는 생각이 들었다. 그러므로 더욱 애중해 했다. 승상은 황공하여 죽은 듯 있으니 왕이 침으로 고름이 생긴 곳을 풀었는데, 침술이 신기하여 어떤 심한 상처도 아프지 않게 했다. 승상이 침을 놓는 것을 알아채기도 전에 고름이 흐르니 승상이 놀라 말했다.

"의원이 많이 있는데 어찌 이런 일을 친히 하십니까?"

왕이 웃으며 말했다.

56 "의원이 가득해도 네 병에 대해서는 나만큼 알지 못할 것이다. 어찌 더
디게 기다리겠느냐?"

평제왕 조유현이 고름을 다 짠 후 약을 바르고 친히 죽을 권했다. 명천이 매우 황공하여 그릇이 비도록 죽을 다 마시고 베개에 기대어 눕지 않았다. 이에 평제왕이 친히 붙들어 눕히고 일렀다.

"병이 심하면 임금이나 아비의 앞이라도 몸을 억지로 일으켜서 몸조리에 해가 되면 안 된다. 내 아이는 마음을 편히 먹어 속히 병이 낫도록

하라. 네 병이 상처는 곧 낫겠지만 증세[496]가 오래 갈까 염려되는구나."

명천이 매사에 아버지의 명을 좇아 어기는 일이 없었으나, 말과 얼굴빛
이 공손하고 삼가는 예법이 엄숙했다. 왕이 그 효성을 사랑하여 이곳에 57
있으되 다른 침소를 정하여 병을 살피며 약을 지휘했다. 명천의 상처는
나았으나 때때로 정신이 혼미하고 열이 오르락내리락 하여 증세가 가볍
지 않았다.

평제왕이 혹 아들의 병을 잘못 다스려[497] 천금같이 소중한 아들이 그
릇될까 두려워 벽운산에 가 부모, 존당을 뵙고 밤이면 여기에 와서 약이
며 병세를 살폈다. 그러나 한 달이 넘도록 낫지 않고 온갖 약초가 효과가
없어 병세가 심해졌다. 황제가 놀라고 왕이 근심하여 침식(寢食)을 잊고
평생의 재주를 다하여 의약(醫藥)을 다스렸으나 명천의 병이 조금도 낫지 58
않았다.

어느 날 밤에는 명천의 기운이 흐릿하여 갑자기 정신을 잃으니[498] 왕은 다른 침소에 있어 알지 못하고 공주와 화부인이 급히 나와 구호했으나 손발이 얼음 같고 모양이 위급했다. 두 부인이 정신이 없고 조씨 집안 사람들이 매우 놀라 조생 등이 왕에게 고하려고 하자 혜선공주가 급히 말리며 말했다.

"밤이 깊어 주무시고 계실 것이니 놀라시게 하여 도움 될 것이 없습니다. 잠깐 막힌 것이므로 구태여 위급한 지경에 이르지는 않을 것입니

496) 증세 : {증졍[(症情)]}. 증정(症情)은 증세(症勢)와 의미가 유사함.
497) 병을 잘못 다스려 : {집증(執症)을 잘 못ᄒᆞ여}. 집증(執症)은 '병을 다스림'의 의미임.
498) 기운이 ~ 잃으니 : {긔운[氣運]이 혼혼엄미(昏昏奄迷)ᄒᆞ니}. 엄미(奄迷)는 엄홀(奄忽)과 의미가 비슷함.

다. 조용히 있으면서 정신 차리기를 기다리십시오."

59 이렇게 말하며 한편으로는 스스로 환약(丸藥)을 갈아 쓰며 화부인은 손
발을 주물렀다. 공주가 뭇사람이 보는 것을 꺼려하여 소리가 나지 않게
조용히 하늘에 축원하여 지아비의 목숨을 빌었다. 보통사람은 정성이 신
에게 이르지 못하나 하늘이 낸 성녀(聖女)의 지성과 재주는 족히 위로는
구름을 뚫고 아래로는 땅의 이슬에까지 이를 정도였다.[499)]

이때 승상이 혼미하여 정신이 없는 중에 한 도사가 운건도복(雲巾道服)
으로 앞에 나와 일렀다.

"조군은 본디 희한한 복록을 가져 인간 세상에 귀양 왔으므로 지금 죽
고 사는 것을 염려할 것은 없도다. 다만 전세(前世)의 연분[500)]이 경씨
60 집안에 매어 있는데 조군이 그 지극한 정성을 돌아보지 않아 오늘 밤
에 경씨 여자가 자결하여 원혼이 바로 명부(冥府)에 가 원통하다고 하소
연을 했다. 그래서 명부의 시왕(十王)이 조군을 청하여 보려고 하여 저
승사자가 승상부에 왕래했다. 그러나 조군의 정기(精氣)를 범하지 못하
여 병이 나게 했더니 혜선공주의 지성을 상제(上帝)와 성신(星辰)이 다
감동하셨도다. 그리하여 나를 시켜 명부의 사신을 거두어 돌아가게 하
셨으니 이후로는 그대의 병이 나을 것이다. 다만 저 경가의 원혼(冤魂)
이 끝내 그만 하여 없어지지는 않을 것이니 내가 조군을 위하여 한 꾀
를 내어 정혼(精魂)을 풀어 흩어지게 할 것이다."

61 이렇게 말하고 승상의 키를 재 하나의 긴 대를 세우고 무슨 진언(眞言)
을 읊자 그 대가 변하여 승상의 모습이 되니 완연히 같았다. 이에 손을 들

499) 위로는 ~ 정도였다 : {상철운쇼[上徹雲宵]하고 하달지로[下達地露] ᄒᆞ고}.
500) 전세(前世)의 연분 : {슉치[宿債]}. 숙채(宿債)는 오래된 빚이나 전세에 진 빚.

어 승상에게 청해 말했다.

"그대는 따라가 구경하라."

대로 된 자기의 형상을 도인이 붙들고 바로 경씨 집안으로 들어갔다. 이윽고 곡성이 나며 도인이 한 여자를 이끌어 와 그 죽신(竹身)과 함께 세우고 진언(眞言)을 외우니 공중으로 남자와 여인이 다 올라갔다. 도사가 손뼉을 치고 크게 웃으며 말했다.

"삼생(三生)의 업원(業冤)이 풀릴 것이로다. 그대는 다 보았으니 돌아가
라. 저 경씨가 그대의 풍채와 기상에 끌려 병이 들고 분하여 죽었다. 62
인명(人命)이 중요하거늘 그대가 마음을 같이 하지 않아 마침내 경씨를
돌아보지 않으니 그대 몸에 벌이 있어 병이 나게 한 것이다. 경씨의 원
혼이 급히 처치하려고 해 가장 위태했는데 성녀(聖女)가 하늘에 빌고 그
대가 정대하므로 이제 그대의 수명은 늘어나고 복을 누릴 것이다. 이
런 까닭에 내가 그대의 얼굴과 풍채를 빌려 경씨의 원혼을 달랜 것이
다. 이후 몇 년 안에 그대의 얼굴과 흡사한 아이가 경씨 집에서 나고 경
씨의 얼굴과 같은 자가 설씨 집에서 나 서로 부부가 될 것이니 징험(徵
驗)과 보응이 뚜렷할 것이다. 어찌 맑고 통달한 기운이 알아 주는 것이
없으며 신명(神明)한 영이 없다고 하겠는가? 그대의 복록이 남보다 많 63
아 이런 괴이한 액을 면하고 다만 모습을 빌려 화를 면하게 했도다."

승상이 몸을 뒤척이다가 놀라 깨니 하나의 꿈이었다. 아득한 정신이 맑아 상쾌해지고 혼곤(昏困)한 기운이 사라졌다. 속으로 기뻐하지 않으며 생각했다.

'군자가 있는 곳에는 요망하고 허탄한 일이 없는데 내 병이 오래 되니 기운이 허약해져 괴이한 꿈을 꾸게 되었구나. 그러나 마음에 둘 것은

아니다.'

이에 숨을 내쉬고 몸을 움직여 죽을 구했다. 뭇사람이 놀라고 기뻐하여 죽을 급히 내 오니 승상이 죽을 마시고 물었다.

64 "내가 조금 전에 기운이 혼미하여 깨어나지 못했으니 반드시 아버님이 놀라셨을 것이다. 지금 어디 계시느냐?"

사람들이 대답했다.

"숙부는 깊이 잠들어 계셔서 알지 못하십니다."

승상이 기뻐하며 말했다.

"그대 형제들이 고맙구나."

둘째 동생 명숙이 웃으며 말했다.

"우리 형제가 몇 사람입니까? 다 놀라서 고하려고 했는데 옥주(玉主)께서 말씀하셔서 고하지 않았습니다."

승상이 미소하고 말하지 않았으나 마음 속으로 혜선공주에 대해 더욱 탄복하고 공경했다.

이때 경씨 집안에서 부인이 사위를 택하니 경씨가 분하고 애달파 병이
심하던 중 이날 밤에 스스로 독약을 마시고 목숨을 끊었다. 부인이 슬프
65 고 애통함을 이기지 못하여 곡을 하며 기운을 소진하고 시체를 염하여 좋
은 산에 안장(安葬)했다.

부인이 먼 친척에게서 양자를 얻어 후사를 이었는데 그가 아내를 얻은 지 몇 년 만에 아들을 낳았다. 모습과 풍채가 기이하여 완연히 조승상의 외모였으니 부인이 기대 이상이라 옥같이 길렀다. 공부상서 설강의 손녀와 혼인시키니 얼굴과 생김새가 또한 죽은 딸의 모습과 다름이 없었다. 부인이 더욱 슬프고 기특하여 양자 부부의 효도를 받고 나이 80에 이르렀

으니 이 또한 기이한 일이었다.

한편 승상의 오락가락하던 병이 날로 나아져 기거를 할 수 있게 되자 66
온 집안 사람의 기뻐함은 비할 데가 없었다.

이때 공주가 낳은 장자 선광은 나이가 열두 살이었다. 늠름한 풍채와 크고 빛나는 체격은 완연히 아버지의 풍채요, 하늘을 찌를 듯한 기운과 호탕함을 아울러 넘나들고 신명하니 온 집안사람들이 칭찬하고 가문 사람들이 우러러 보았다. 그러나 그 부친인 승상 조명천은 선광을 보면 양 미간을 찡그리며 말했다.

"반드시 집안의 명성을 떨어뜨릴 경박한 탕자이니 욕이 부모에게까지 미칠 것이다."

이렇게 말하면 부왕(父王)이 꾸짖으며 아이를 다그쳐 기운을 펴지 못하게 말라고 했다.

이때 그 아버지에게 병이 있으니 선광의 천성적인 효성은 가문에 대대 67
로 있는 덕이었으므로 병소 옆에서 한때도 떠나지 않았다. 응대하고 주선(周旋)하는 것이 이목(耳目)과 손발과 같았으므로 승상이 기뻐했다. 또 자기에게 병이 있어 선광에게 혹 방탕한 일이 있을까 염려하여 일부러 잠시도 눈앞에서 떠나지 못하게 했다.

선광이 부친의 환후(患候)가 나아지자 조용히 있는 것을 답답해 하여 틈만 나면 내달아 여자들이 있는 곳에 가 미녀를 희롱했다. 죽선루는 평진왕 조무의 아홉 아들이 머무는 곳이었다. 모든 소년이 운산으로 나간 후
에는 창녀들이 임의로 다니게 했다. 공자의 일월(日月) 같은 풍광과 강하 68
(江河) 같은 언변에 모든 여자가 넋을 잃고 염치를 돌아보지 않고 다투어 모였다. 공자가 좌우로 미인을 껴 희롱함이 낭자하여 병소를 한결같이 지

키지 못했다. 승상이 엄히 찾아서 선광이 더디게 오면 혹 회초리로 때리고 말로 꾸짖었는데 엄한 기색이 서릿발 같았다.

이때 조사마 명윤의 장자 천광은 나이가 열다섯 살이었다. 아내를 얻고 과거에 급제했으며 온갖 행실이 정대했으므로 승상이 보면 칭찬하여 말했다.

"우리 집 어린아이 중 천광이 제일이다. 한씨 형수의 성덕(盛德)을 오로지 받았구나."

사마가 웃으며 말했다.

69 "나는 너의 선광을 낫게 여기니 하늘의 도가 괴이하여 부자의 성품이 다르니 괴이하지 않은가?"

승상이 탄식하고 말했다.

"저는 선광 같은 아이를 보면 비위가 거슬립니다. 십여 세 어린아이가 밤낮으로 꾸미는 것이 여자를 도모하며 자기 허물을 숨겨 아비를 속입니다. 이러고서야 사람이 되겠습니까?"

이에 사마가 크게 웃었다.

승상 명천이 병이 나아 벽운산 왕래를 하고 선광에게 명령하여 백화헌을 지켜 글을 읽으라고 했다. 공자는 총명하여 한 번 눈으로 보면 외웠다. 한 번 배우고 팽개치고 나가서 이웃집 아이 수십 명을 모아 돌을 주워 진
70 을 만들며 활과 화살로 장난치고 접전하고 행군하는 기틀을 익히며 여러 아이들과 약속하며 말했다.

"우리가 비록 어리나 놀이를 익히면 진짜가 된다. 군대 안에서는 희롱이 없다. 내가 대장이 될 테니 너희는 병사가 되어라. 대장부의 일이 있은 후에야 쓸 것이니 너희가 하나라도 군법을 어기면 반드시 벨 것이

다.”

모든 아이가 다 십여 세 어린아이였으나 다 함께 응하여 말했다.

“대장의 명령을 좇을 것입니다.”

공자가 큰 기를 만들어 군법을 정하여 기를 세우고 법령을 어기면 죽이겠다고 했다.

아이 중에 조씨 집안 여종의 자식이 있었는데 나이가 공자와 같았다. 71
매양 데리고 놀면서 사랑했으니 이 아이의 이름은 ‘의복’이었다. 하루는 공자가 승상이 벽운산에 간 때를 타서 동산에 올라 진을 벌여 놓고 아이들과 접전하여 칼을 주고받으며 승패를 보려 했다. 그러던 중 의복이 무심코 진 안에 돌입하여 법을 범했다. 공자가 크게 화를 내며 아이들을 호령하여 의복을 베라고 하니 의복이 울면서 달아났다. 공자가 환도(環刀)[501]를 끌고 나아가 의복을 베며 말했다.

“제갈공명(諸葛孔明)이 마속(馬謖)을 베며[502] 한신(韓信)이 은미를 참했으니[503] 어찌 노소(老少)가 있겠느냐?”

아이들이 놀라서 일시에 떨고 흩어지니 공자가 아이들을 호령하여 의 72
복의 시체를 붙들게 해 제 어미에게 보내고 천천히 내려와 의복의 어미를 불러 말했다.

“의복이 나의 사랑하는 시동이었으나 법을 범하였으므로 마지못하여

---

501) 환도(環刀) : 예전에 군복에 갖추어 차던 군도(軍刀).

502) 제갈공명(諸葛孔明)이 ~ 베며 : 중국 삼국시대 촉(蜀)나라의 제갈량이 군령을 어기고 가정(街亭) 싸움에서 패한 마속을 눈물을 머금고 참형에 처한 일.

503) 한신(韓信)이 ~ 참했으니 : 한신(韓信 : ?~BC 196)은 중국 한(漢)나라 때 고조 유방을 도운 개국공신. 은미는 미상이나 아마 종리매(鍾離昧)가 아닌가 함. 종리매는 원래 항우의 부했으나 항우가 패하자 한신에게 감. 한왕 유방은 종리매에게 숙원을 품고 있었는데 종리매가 한신에게 있음을 들음. 어떤 자가 마침 한신에게 종리매를 참수할 것을 권했고, 종리매는 한신에게 자신을 죽인다면 한신도 유방에게 손을 쓰지 못할 것이라 하고 자결했음.

베었다. 의복이 본디 흉하게 죽을 관상이었으니 차라리 내 손에 죽는 것이 옳다. 그러나 이 일을 아버님이 아시면 좋지 않을 것이다. 모름지기 빨리 염장(殮葬)[504]하고 절대로 내가 베었다고 누설하지 말라. 명령을 어기면 너를 마저 벨 것이다."

말을 마치고 입었던 청사포(青絲袍)와 자줏빛 겨울옷을 벗어 주고 창고
73 에 들어가 가만히 비단과 은자 오십 냥을 내어다 주었다. 의복의 어미가
망극하여 나와 통곡했으나 공자의 높은 위엄[505]을 두려워하여 감히 발악
하지 못하고 의복을 염장했다.

공주가 알고 크게 놀라 승상에게 이 일을 고하고 탄식하며 말했다.

"이 아이가 날로 방약무인(傍若無人)함이 이와 같으니 어찌 한심하지 않습니까?"

승상이 놀라 말했다.

"내가 비록 어질지 않으나 조금의 비례(非禮)도 행한 적이 없고, 공주의
성심(誠心)과 맑은 덕으로 이런 악한 자식이 있을 줄은 의외요. 십여 세
어린아이가 사람 죽이기를 풀을 베듯 하니 흉하고 놀라워 다시 보고 싶
74 지 않구려. 마침 집안의 노복이라 큰 환은 없겠지만 남을 베었으면 제
또한 죽음을 면치 못할 것이오."

공주가 탄식하고 말했다.

"이 아이를 잘 인도하여 기운을 꺾으면 큰 그릇이 되겠지만 이대로 자라면 장차 큰 화를 빚어 집안의 명성을 추락시키지 않을 줄 어찌 알겠습니까? 군자는 엄히 다스리시어 후일을 징계하소서."

---

504) 염장(殮葬) : 염하고 장사지냄.

505) 높은 위엄 : {하일지위(夏日之威)}. 여름 해와 같은 위엄.

승상이 말했다.

"이 아이가 맞기 시작하면 피가 나도 곧바로 돌아다니고 꾸짖으면 눈
앞에서는 두려워하고 조심하여 사람의 마음을 감동시키나 돌아서면
이와 같소. 혈기(血氣)기 아직 완전하지 않은 어린아이를 마음대로 치
지 못하니 사람의 도리를 할 수 있도록 돌아오게 할 방법이 없구려. 바 75
야흐로 사람의 아비가 되어 어려움을 깨닫소."

이와 같이 근심하며 부부가 잠을 자지 못했다.

다음 날 아침에 승상이 대청에서 문안을 마치고 공자를 잡아오라 했는
데 엄한 기색이 북풍(北風)의 찬 서리와 같았다. 계단 아래 꿇리고 죄를 꾸
짖으며 사람 목숨 죽인 일을 물으니 공자가 속으로 헤아렸다.

'내가 전날은 혹 아버님 앞에서 죄를 얻어 매를 맞았으나 대단하지는
않아 내가 아플 만큼 경계하고 꾸짖으셨다. 그러나 이번에는 반드시
사생(死生)을 생각하지 않으실 것이니 내 기운이 굳세나 십여 세 어린아
이가 심한 매를 견딜 길이 없고 존당께서 멀리 계시니 누가 구하겠는 76
가? 마땅히 달아나서 아버님의 노기가 조금 풀어지고 조부모 계신 곳
에 가서 맞게 되면 조부모님이 구하실 수 있을 것이다.'

이렇게 생각하고 고개를 조아리고 죄를 청해 말했다.

"불초자가 우연히 금법(禁法)을 시행하다가 저가 죽었습니다. 저 자는
종에 불과하니 제가 무슨 죄에 해당하겠습니까?"

승상이 어이가 없어 말을 않고 종들을 시켜 공자를 올려 매라 하니 공
자가 일어나 바로 달음질을 시작했다. 비록 백만의 추격병이 좇으나 조선
광의 걸음을 누가 따르겠는가? 승상이 분하게 여겨 좌우의 하리(下吏)를
한꺼번에 내어 공자를 따르라 하고 못 잡아 오면 모두 벌을 주겠다고 명 77

령했다. 그러나 공자가 이미 달아나 벽운산 사십 리를 날 듯이 가 제일 높은 봉우리의 우뚝한 장송(長松)에 올랐으니 그 나무의 길이는 천 척이나 되어 보통 사람은 발을 붙여 오를 길이 없었다. 모든 하리들이 발을 구르며 실성하여 어찌 할 바를 모를 뿐이었다. 공자가 말했다.

"내 스스로 나아가 아버님 앞에서 죄를 청할 것이니 너희는 돌아가라."

모든 하리가 할 수 없이 이대로 승상에게 고했다. 승상이 어이가 없어 선광이 반드시 은선항으로 간 줄 알고 수레를 몰아 운산으로 나왔다.

78 이때 선광이 나무에서 내려 바로 집안에 나아가 위부인과 양정렬을 뵙
고 꿇어 아뢰었다.

"제가 진법을 희롱하며 놀다가 장난으로 한 것이 진짜 한 것같이 되어[506] 시동 의복이 죽었습니다. 아버님이 들으시고 저를 죽이려고 하셔서 제가 목숨을 아껴서 죄 위에 죄를 얻어 이리로 왔습니다. 아버지께 보이면 죽을 것이니 장차 어찌해야 합니까?"

양정렬이 크게 놀라 정색을 하고 말했다.

"네가 열 살 어린아이로 어찌 사람을 죽였느냐? 내가 비록 약하나 이 말을 들으니 용서할 마음이 없구나. 그러니 네 아비가 어찌 놀라지 않았겠느냐?"

평제왕 유현이 절하고 말했다.

"어머님의 가르침이 밝으시어 마땅하오니 어찌 자손의 외람된 일을 집
79 안으로 깊이 들어오게 하겠습니까?"

이와 같이 말했으나 그 기운이 장하고 처사가 졸렬하지 않은 데 대해 기뻐하는 빛이 있었다. 초공이 선광을 나오게 하여 어린아이가 인명을 쉽

506) 장난으로 ~ 되어 : {농가셩진[弄假成眞]}. 장난으로 한 것이 진짜로 한 것같이 되는 일을 말함.

게 죽이며 아버지에게 순순히 꾸지람을 받지 않아 달아난 일은 참으로 도리에 어긋난 일임을 이르고 탄식하며 말했다.

"만일 이 버릇을 고쳐 가다듬고 거두지 않으면 무식한 남자가 될 것이다. 내 비록 노쇠했으나 용서할 일이 아니니다. 다만 내일 네 아비가 이르거든 이리이리 죄를 청하거라. 사람의 자식이 아비의 명령을 거역하고 어디로 돌아가겠느냐?"

평제왕이 말을 이어 준절히 꾸짖으니 공자가 자리를 옮겨 머리를 조아
려 황공해 하며 죽으려 해도 죽을 땅이 없는 듯이 했다. 공자는 총명하고 80
시원하여 범사에 참으로 성숙했으니 어찌 부자간의 인륜과 사리를 모르겠는가? 스스로 뉘우쳐 길이 황공함을 이기지 못했다.

다음 날 아침에 승상이 나아와 존당과 부모를 뵙고 외헌(外軒)에 나오니 선광이 스스로 몸을 묶고 매를 안고서 계단 아래에서 죄를 청해 머리를 두드리고 울며 말했다.

"불초자가 중죄(重罪)를 지었습니다. 아버님의 노기가 매우 심하시니[507] 참으로 두렵습니다. 제가 죽을죄를 지었으니 오늘 아버님께 감히 죄를 청하옵니다."

승상이 공자를 보고 속으로 매우 노하여 말을 하지 않으니 차가운 기운
이 겨울 하늘의 뜨거운 햇빛 같았다. 좌우의 사람들이 놀라 두려워하고 81
공자는 떨림을 이기지 못하여 감히 바라보지 못했다. 승상이 이윽고 하리(下吏)를 돌아보고 관을 대령하라고 하니 사람들은 이 말을 듣고 얼굴이 흙빛이 되었으나 공자는 안색을 바꾸지 않았다. 이에 아뢰었다.

"저의 죄는 비록 죽어도 갚을 길이 없습니다. 다만 십여 살 어린아이로

507) 매우 심하시니 : {진첩(震疊)}. 진첩은 존귀한 사람이 성을 내어 그치지 아니함을 말함.

서 대역(大逆)을 범하지 않았으니 아버님의 훌륭하신 덕으로 골육상잔(骨肉相殘)을 하여 자식을 풀같이 베어 버리시면 부자의 인륜이 어디에 있겠습니까?"

[낙장]

초공 조성이 이 말을 듣고 미소 짓고 말했다.

"이 아이를 안 치지는 못하겠지만 어린 것을 상하게 하면 안 된다. 나
82 는 일곱 아들을 가르칠 때 일찍이 수고롭게 태벌을 하지 않았다. 그런데 너희는 어찌 때리는 벌이 잦으냐?"

평제왕 유현이 절하고 말했다.

"아버님의 가르침을 좇는 것은 감히 우러러 보지 못할 정도입니다. 이제 아버님이 명령하시니 어찌 벌을 더하겠습니까?"

그러고서 모시던 사람을 시켜 말을 전했다.

"선광이 죄가 무거우나 그 나이가 어린 것을 생각하여 형벌을 그치겠다. 아버님께서 말라고 하시니 네가 도리상 감히 명령을 어기지 못할 것이다. 그만 그쳐라."

시동이 나와서 명령을 전하니 승상이 감히 거역하지 못해 공자를 풀어주고 형제들을 돌아보고 탄식하며 말했다.

83 "불초자를 죽지 않을 만큼 다스려 분을 풀려고 했더니 대인께서 불초아를 아끼시고 존당의 명령이 있으니 마지못해 용서하겠다. 그러나 패륜 자식이 이만 한 매는 이가 문 것처럼 여길 것이니[508] 어찌 애통하지 않은가?"

사람들이 박장대소하며 말했다.

508) 이가 ~ 것이니 : {니 문 것만치 알 거시니}. 이가 문 것처럼 대수롭지 않게 여긴다는 뜻.

“어느 벼룩이 피와 살이 드러나도록 물겠는가?”

승상이 미소 지었다.

공자가 의대(衣帶)를 거두어 일어나니 숙부들이 그 기운을 장하게 여겨 사마공이 공자를 올려 손을 잡고 말했다.

“어찌 부질없는 일로 아비의 노를 만났느냐?”

공자가 머리를 숙여 감히 응대하지 못했는데 그 거동이 태연하여 아파하는 기색이 없었다. 승상이 그윽이 난처하여 엄히 잡을 것을 생각했다.

이때 승상이 아들을 용서하고 정당(正堂)에 들어오니 초공이 선광의 말 84
을 묻고 말했다.

“이 아이가 이와 같이 모지니 너는 모름지기 몸가짐 경계시키기를 등한히 하지 말라.”

승상이 절하고 말했다.

“가르침이 마땅하십니다. 이 아이는 쳐도 아파하지 않고 꾸짖어도 두려워하지 않으니 장차 사람의 도리에 들어가게 할 길이 없습니다. 어찌해야 하겠습니까?”

공이 웃으며 말했다.

“아직 어려서 그런 것이다. 그러나 천성과 사람됨이 총명하고 신명하니 잘못될 자식은 아니다. 그래도 훗날 외람된 일이 셀 수 없어 여기에서 그치지는 않을 것 같구나.”

평제왕이 대답했다.

“아버님의 생각이 마땅하시니 이 아이가 나이가 들면 몸가짐과 행동이
자연히 정대한 군자처럼 미진한 곳이 없을 것입니다.” 85
승상에게 말했다.

"또 아이를 너무 누를 것은 아니다. 부모가 너무 자잘한 데까지 신경 쓰면 아이가 꺼릴 것이 없게 된다."

승상이 절하고 아버지와 할아버지의 선견지명을 믿어 잠깐 방심했으나 속으로는 근심을 놓지 못했다.

후에 광악산에서 호랑이를 주먹으로 여섯을 쳐 죽이고 초공을 업고 고
봉산 길을 평지같이 달려 수천 명의 도적을 대적했는데 열세 살 어린아이
중에서는 천고(千古)에 한 명뿐이었다. 아내를 취했는데 추물(醜物)에 악한
사람을 만나 열다섯 창녀를 껴 화락하며 거짓으로 미쳐 부형(父兄)도 두려
86 워하지 않고 주색(酒色)에 빠져 그 아내 난씨를 몰아 내쳤다. 설연정에서
난리를 피우고 소씨를 보고 규방에 돌입하여 핍박한 이야기가 기이하며
포복절도할 만한데 이미 『후세록』에 있으므로 여기에서는 뺐다.

세월이 흘러 진왕과 정숙렬의 회혼(回婚)일[509]이 다다랐다. 원명문에 등을 켜 잔치를 크게 베푸니 허다한 자손과 내외 친척이며 조정의 명공(名公)이 모였다. 은선항 십 리 길에 천막은 구름에 닿고 천상의 음악[510]은 하늘에 퍼졌으며, 황금을 띠로 한 무수한 자손은 좌우에 벌여 있었으니 그 성하고 화려함은 천고에 드물었다.

87 진왕 부부는 얼굴이 소년을 업신여길 정도였고, 허다한 자손이 좌우로 모시고 서 있으며 많은 사람들의 얼굴에 기쁜 빛이 가득했다. 이에 노공 부부가 아름다움을 이기지 못하여 말했다.

"우리가 세상이 너무 지루함을 한스러워 하더니 아들과 며느리의 회혼(回婚)을 보니 진실로 희귀한 일이로구나."

---

509) 회혼(回婚)일 : 부부가 혼인하여 함께 맞는 예순 돌 되는 날.
510) 천상의 음악 : {균텬광악[鈞天廣樂]}. 천상의 음악. '균천'이란 천제(天帝)가 산다는 하늘의 중앙을 가리킴.

왕이 양친을 웃기려고 정숙렬과 함께 예를 올릴 적에 즐거운 빛으로 웃으며 말했다.

"신부가 수습하는 예가 없어 눈을 크게 떠 신랑을 보니 좌우의 손님이 지나치게 여깁니다."

이에 뭇 자손이 다 마음껏 즐기니 정숙렬 또한 조용히 웃고 말했다.

"기괴한 행동을 하는 것이 우습거늘 어찌 평소 안 하시던 희언(戲言)을 하십니까"

왕이 박장대소하며 말했다. 88

"신부가 너무 활발하여 교배(交拜)를 마치고서 즉시 신랑과 말하자고 하니 어찌 지나치지 않은가?"

노공 부부가 크게 웃고 기쁨을 이기지 못하여 여러 자손에게 잔을 권하며 노래를 부르게 해 종일토록 즐겁게 노니 인간 세상의 즐거움이 이보다 좋은 것이 없었다.

진왕 조무가 열 명의 아들 사위와 서자 다섯 명에 육십여 명의 손자로부터 헌수(獻酬)를 받으니, 자손의 번성함이 초공 조성의 복록으로도 첫머리를 사양할[511] 정도였다. 뭇 손님이 입을 모아 하례했다.

해가 서산(西山)에 기울어 잔치를 마치고, 삼 일 밤낮을 즐거움을 다하
니 세상 사람이 정숙렬의 초년 고생과 물에 빠졌던 우환이며 금선공주에 89
게 보채이던 일을 일컬어 탄식했다. 노공이 위부인과 함께 머리털이 눈
같고 피부가 신선 같았으므로 보는 사람들이 다 귀하게 여겼다.

이러구러 초공과 양정렬의 회혼일이 되니 평제왕 등 일곱 형제가 잔치를 크게 베풀고 손님을 청해 예를 행했다. 수많은 자손이 일제히 관복을

---

511) 첫머리를 사양할 : {일두(一頭)를 ᄉᆞ양(辭讓)ᄒᆞᆯ}.

갖추어 초공을 모시고 대청에 이르렀다. 초공의, 해와 같은 풍채와 흰 눈
과 같은 얼굴이 기이했으니 좌우에 가득한 자손이 바라보고 기쁨이 절로
90 우러나고 뭇 손님이 서로서로 탄복했다.

초공 부부가 예를 마치고 부모에게 다시 절을 하고서 공이 만면에 온화한 기운으로 웃으며 아뢰었다.

"제가 오늘 가소로운 행동을 한 것은 부모님이 한 번 웃으시도록 도우려고 해서입니다. 옛날에 오늘과 같은 일을 볼 것이라고는 진실로 생각지 못했습니다."

노공과 위태부인이 기쁜 빛으로 웃으며 말했다.

"너와 며느리가 다 기품이 맑고 높아 속세에 물들지 않아서 우리 부부
는 매양 너희가 오래 살지 못할까 염려했다. 그런데 이제 자손이 넉넉
하고 온갖 복을 다 갖추어 만사에 흠이 없구나. 우리가 지금까지 살아
91 너희의 영달과 효성을 두루 보니 어찌 기쁘지 않겠느냐?"

초공이 절하고 잔을 받들어 부모에게 드리고 또 한 잔을 진왕에게 드려 말했다.

"우리 형제가 어려서 죽마(竹馬)를 다투며 존당의 가르침과 사랑을 입어 부모 슬하에서 색동옷을 입고 놀던 일이 어제 같습니다. 그런데 이제 머리가 희어 자손이 집에 가득하고 복록이 분에 넘치니 어찌 두렵지 않겠습니까? 인생이 오래 살고 죽지 않을 수 없음은 진시황(秦始皇), 한(漢) 무제(武帝)도 면하지 못했습니다. 그러나 오늘을 맞이하여 돌아가신 할머님이 이 광경을 보지 못하시고 두 서모의 자취가 묘연하니 어찌 슬픔을 참겠습니까?"

92 왕이 잔을 잡고서 손을 잡으며 말했다.

"이미 지난 일이다. 할머님은 춘추(春秋)가 많으시고 서모(庶母)는 복록이 충분했으니, 우리는 오늘 부모님을 기쁘시게 해야 한다. 노래자(老萊子)가 색동저고리를 입고 춤추고 일부러 넘어진 것[512]은 그가 나이가 어려서가 아니라 어버이를 기쁘시게 하기 위해서였다. 이제 우리 형제가 쌍친(雙親)을 모시며 허다한 자손을 거느려 해를 이어 회혼을 지낸 것은 고금에 드문 경사다. 어찌 슬픈 말을 하여 아이들의 흥을 깨뜨리게 하겠느냐?"

양부인이 또한 슬퍼하고 오왕을 돌아보아 말했다.

"나의 박덕으로 오늘을 맞이함이 참으로 의외로구나. 성문(聖門)의 시
부모님 음덕(蔭德)에 힘입어 슬하에 자손이 족하고 모든 일이 뜻과 같 93
으나 돌아보건대 양친이 보시지 못함을 생각하니 어찌 슬프지 않겠느
냐?"

왕이 서글퍼 슬픔을 머금고 대답했다.

"인가(人家)에서 자녀의 회혼을 사람마다 보기는 어려우니 차마 어떻게 하겠습니까? 소질(小姪)에게도 회포가 있으니 숙모의 회포는 많으실 것입니다. 길이 다 즐기소서."

이때는 양인광이 부모를 알고 양태사를 조부모인 줄 깨달아 숙질과 형
제의 의리를 다 찾아 인륜을 다 알게 된 때였다. 위로 천자와 아래로 백성
에 이르기까지 다 인광을 사랑했다. 양세의 대역이 물 풀어지듯 시비하 94
는 사람이 없고 두 부인이 또 모자(母子)의 윤리를 완전히 했다.

---

512) 노래자(老萊子)가 ~ 넘어진 것 : {노래ᄌᆞ[老萊子]의 반의질ᄎᆔ[斑衣跌墜]}. 노래자(老萊子)는 중국 춘추시대 노(魯)의 효자. 노래자는 부모 자신이 늙었다는 사실을 알지 못하게 하기 위해 늘 알록달록한 색동저고리를 입고 어린아이처럼 재롱을 피웠으며, 때로는 물을 들고 마루로 올라가다가 일부러 자빠져 마룻바닥에 뒹굴면서 앙앙 우는 모습을 보여 부모를 즐겁게 했다 함.

초공이 부모에게 즐길 것을 권하며 이에 웃고 말했다.

"부인이 옛일을 생각하고 느껴 즐기지 않는구려. 너희가 남녀로 나누어 노소 없이 부인의 좌우에서 모시어 앉고 아들과 사위는 다 내 좌우에 앉아 즐김을 도우라."

제왕의 일곱 형제가 엎드려 말했다.

"명대로 할 것이니 청컨대 먼저 한 잔을 헌수하여 즐거운 정을 펴게 해 주십시오."

초공이 웃고 허락하니 제왕 일곱 형제가 관복을 바르게 하고 차례로 잔
95 을 올렸다. 형제들의 늠름한 풍채와 빼어난 격조가 모두 남보다 뛰어났다. 그리하여 공이 기쁘게 잔을 받고 좌우로 어루만지며 사랑하여 기쁜 모습이 얼굴에 나타났다. 단정하고 진중한 모습으로도 이날은 기쁜 빛이 얼굴에 가득하여 기쁨을 이기지 못했다.

며느리와 딸들이 또한 쌍쌍이 존당과 부모에게 잔을 올리고 부인을 모시니 별 같은 눈동자와 꽃 같은 얼굴[513]은 구름 속의 흰 달과 물속의 연꽃 같았다. 남자는 뛰어난 풍채가 푸른 바다의 교룡(蛟龍)과 아침 들판의 기린 같고 여자는 희디 흰 밝은 빛이 네 벽에 비쳤다. 이때 초공과 양부인 복록이 만사에 견줄 데가 없고 오복(五福)이 완전하여 하나도 흠이 없었
96 다. 부모의 기뻐함과 자손의 즐거워함이 비길 데가 없었다.

사위와 소경수 등이 또 이어서 헌수하니 공이 기쁜 빛으로 즐거워하며 말했다.

"내 자식의 어질고 어질지 않음은 이미 알았지만 세 사위가 다 이와 같이 빼어남은 실로 다행한 일이구나. 하물며 외손이 기특하여 호걸(豪傑)

---

513) 별 같은 ~ 얼굴 : {셩모화안[星眸花顔]}.

이 아니면 군자로구나. 내 이제 죽어도 나쁘지 않겠다.”

모든 자손이 각각 절하여 사례하고 자리에서 물러나 노래를 부르며 춤
추는 소매는 가볍게 펄럭였다. 천상의 음악은 하늘하늘하고 악기 소리가
섞여 돌고 전아한 노래 소리는 지나는 구름을 멈추게 했으니 인간 세상에
보기 드문 지극한 즐거움이었다. 해가 반쯤 저물었을 때 천자가 보낸 중
사(中使)가 예단과 상방(上房)의 어주(御酒)를 수레에 싣고 이르렀다. 초공 97
이 실로 황공함을 이기지 못하여 외전(外殿)에 나와 뭇 자식을 거느려 임
금의 은혜에 숙사(肅謝)[514]했다. 예관이 천자의 명령을 받아 석 잔의 헌수
를 마치니 공이 북쪽을 향해 절하고 감격의 눈물을 흘리며 말했다.

“임금님의 은혜가 노신(老臣)에게 이와 같이 무거우시니 분골쇄신(粉骨碎身)하나 다 갚지 못할 것이다. 내가 어떤 사람이기에 성은(聖恩)을 이와 같이 입었는고?”

평제왕 등이 일시에 대궐을 향해 절하고 뭇 손님이 나란히 앉아 잔을 날리며 즐기기를 다해 삼 일을 계속하여 즐기고 제왕 등이 임금에게 표를 올려 은혜에 감사를 드렸다.

이후로 조상국 집안의 복록이 날로 더해져 여러 자손이 과거에 급제하 98
고 아들을 낳는 경사가 날로 이어졌다.

막힘이 다하면 즐거움이 오고 즐거움이 다하면 슬픔이 오는 것은 예로부터 항상 있어 온 일이다. 노공 부부가 자녀의 회혼을 다 보고 나이가 백 살에 이르니 진왕과 초공이 효성이 있으나 흘러가는 나이를 어찌 붙들겠

514) 숙사(肅謝) : 숙사(肅謝)는 은혜에 정숙하게 사례하는. ‘숙배(肅拜)’와 ‘사은(謝恩)’을 아울러 이르는 말. 원래 숙배는 새 벼슬에 임명되어 처음으로 출근할 때 먼저 대궐에 들어가서 임금에게 절하는 것이고 사은은 은혜에 사례함으로써 인사하는 일을 말하는데 여기에서는 임금의 은혜에 보답하기 위해 절한다는 의미로 쓰였음.

는가? 이 해 봄, 삼월에 노공의 환후가 불의에 심해지니 노공이 자손을 경계해 말했다.

"내 나이 구십에 부귀의 가득함이 분에 넘쳤구나. 너희의 봉양을 받아 긴 세월 즐기기를 다했으니 돌아감이 마땅하다. 너희는 너무 슬퍼하지 말고 제사를 받들고 집안을 다스리며 자손 경계하기를 내가 살아 있을 때와 같이 하라."

99 말을 마치고 자는 듯이 누워 홀연히 죽으니 진왕과 초공이 일찍이 병간호도 하루도 못하고 호천지통(呼天之痛)[515]을 만나니 오장(五臟)이 무너져 한 번 곡할 때마다 두 번 정신을 잃었다. 노년 기운에 부지하기 어려우니 아들들이 정신없이 어찌할 줄을 몰라 붙들어 구호했다. 이에 비로소 초혼(招魂)하고 발상(發喪)[516]했다.

이때 위부인이 며느리와 딸들을 불러 후사를 부탁하고 시체가 있는 곁에 나아가 두 아들을 붙들고 시신 위에서 한바탕을 통곡하고 말했다.

"제가 명공(明公)과 함께 돌아가는 것은 본뜻입니다. 이제 공이 돌아가셨으니 첩이 어찌 따르지 않겠습니까?"

두 아들을 돌아보아 말했다.

100 "너희가 또 소년이 아니니 이제 우리가 돌아가도 부모가 길러준 은혜와 남겨준 몸을 아껴 슬퍼하더라도 생명을 잃지 않도록 하라.[517] 예전에 내가 죽을병에 걸렸을 때 너희에게 유언을 다 했으니 오늘 다시 이

---

515) 호천지통(呼天之痛) : 하늘을 부르짖으며 슬피 울 만한 고통. 부모가 죽었을 때 이러한 표현을 주로 씀.

516) 발상(發喪) : 상례에서 죽은 사람의 혼을 부르고 나서 상제가 머리를 풀고 슬피 울어 초상난 것을 알리는 절차.

517) 슬퍼하더라도 ~ 하라 : {훼블멸셩[毁不滅性]}. 부모의 상을 당하여 슬퍼해도 생명을 잃지는 않도록 하는 것.

를 말이 없구나."

공 등이 피눈물을 드리워 모친을 붙들고 슬피 고하여 말했다.

"저희가 하늘이 무너지는 고통 가운데도 오직 어머님을 우러러 여생을 의탁했거늘 어찌 차마 이런 하교(下敎)를 하십니까?"

부인이 탄식하고 말했다.

"한 번 살고 한 번 죽는 것은 예전부터 면하기 어려운 것이다. 너희는 이치에 통달한 군자니 죽고 사는 것이 천명에 달려 있고 흥하고 쇠하는 것이 하늘에 달려 있음을 어찌 알지 못하느냐?"

말을 마치고 정신을 잃어 기운이 끊어질 듯하니 두 공이 어찌할 줄을
몰라 좌우의 사람을 시켜 보호하여 침소에 모시게 했다. 그러나 이미 정 101
신을 잃고 하늘로 돌아갔다. 보통 사람의 정으로도 망극할 것인데, 진왕,
초공과 같이 무한한 효성과 하늘이 낸 성품을 지닌 사람이 부모를 한꺼번
에 영결(永訣)했으니 그 망극함을 어찌 다 기록하겠는가? 지극한 고통 속
에서[518] 피눈물이 흐르고 기운이 끊어질 듯하니 조씨 자손의 슬픈 심사
와 정신없는 모습이 비할 데가 없었다. 번성하던 집안이 변하여 근심스러
운 구름이 어리고 슬픈 곡성이 동구(洞口)에 진동했다.

진왕과 초공이 망극한 가운데나 성인(聖人)의 가르침을 지켜 선왕(先王)
의 예를 행하고 법도로 초상을 치렀다. 월명과 문계[519] 등이 한결같이 어 102
버이 모시는 의리를 좇아 노년의 아버지와 숙부를 모실 적에 대의(大義)로
권간(勸諫)하여 과도한 곳을 간하는 정성이 돌이나 나무도 감동시킬 정도
였다. 두 공이 성복(成服)[520] 전에는 밤낮없이 곡을 하여 죽을 혹 권하면

518) 지극한 고통 속에서 : {지통(至痛)이 엄익[晻靄] ᄒᆞ여}. 엄애는 어두운 기운, 가려진 모양을 의미함.

519) 월명과 문계 : 월명은 조기현의 자이고 문계는 조유현의 자임.

고개를 흔들어 말했다.

"명이 질겨 따라 모시지 못하나 이때에 어찌 차마 음식을 권하느냐?"
하면서 한 잔의 물도 넣지 않았다. 제왕 등이 머리를 조아리고 울며 간했
으나 뜻을 돌이키지 못했다. 이미 입관(入棺)하고 염을 한[521] 후에 성복을
할 적에 천자가 노공이 세 임금을 모신 오랜 신하로서 나이가 많고 덕망
103 이 높음을 슬퍼하여 성복하는 날 어가(御駕)를 움직여 영궤(靈几)에 나아와
울고 진왕과 초공에게 조문(弔問)했다. 위로 천자와 아래로 만조(滿朝)의
관리이며 거리의 선비, 백성에 이르기까지 조문하는 사람은 그 수를 헤아
리지 못할 정도였다.

임금이 진왕과 초공이 피눈물까지 다 마른[522] 모습을 보고 슬픈 빛으로 얼굴빛을 고치고 위로했다.

"두 경의 효성으로 오늘날 이 상을 당했으니 그 지극한 슬픔이 어떠하겠는가? 그러나 슬퍼해도 생명을 버리지 않는 것이 예의 처음이니[523] 늙어서 이와 같이 슬퍼하는 것이 별세한 상국(相國)의 뜻이 아닌가 하노라."

두 공이 눈물을 흘리고 고개를 조아리며 말했다.

104 "불초(不肖)한 죄신(罪臣)이 부모를 한꺼번에 잃었사오니 자식 된 정리
(情理)에 참지 못하겠습니다. 그러나 질긴 목숨이 흙과 돌 같으니 어찌
살지 못하겠습니까? 오늘 어가(御駕)로 친히 왕림하신 임금님의 은혜가
이와 같으시니 한낱 죄신 등의 황송함은 말할 필요도 없고 구원(九

520) 성복(成服) : 초상이 났을 때 상복을 처음 입는 일.
521) 염을 한 : {셩빙}. 이는 '셩빈'의 오자로 보임. 성빈(成殯)은 염을 하는 것을 뜻함.
522) 피눈물까지 다 마른 : {혈읍슈진[血泣收殄]}. 수진(收殄)은 소멸됨을 의미함.
523) 슬퍼해도 ~ 처음이니 : {훼블멸셩[毁不滅性]이 례지시야[禮之始也]}.

原)[524]으로 돌아가신 아버님도 어둠 속에서 임금님의 은혜를 감축(感祝)할 것입니다."

이처럼 아뢸 때 흐르는 눈물이 상복(喪服)에 젖고 슬픈 모습이 임금의 마음을 감동시키니 임금이 또한 눈물을 흘려 말했다.

"짐이 선제(先帝)를 여의고서 그 슬픔[525]에 길이 그리워하여 매양 두 선
생이 나이 많도록 어버이를 섬기며 즐기는 것을 부러워했도다. 오늘
선생의 지극한 고통[526]을 보니 어찌 슬프지 않겠는가? 그러나 어버이 105
가 살아 계실 때 예로써 효도하고 돌아가신 뒤에는 예로써 장사지냄이
효자의 일이로다. 선생이 양친(兩親)을 효성으로 섬겼고 이제 그 초상
치를 적에 예를 다하니 무슨 남은 감정이 있겠는가? 허다한 자손이 걱
정하는 정을 돌아보아 중도(中道)로 상을 치르는 것이 옳도다."

드디어 친히 죽을 들어 권하니 두 공이 황공하여 느끼어 울며 받아서 마셨다. 그리고 눈물을 흘리며 절해 말했다.

"신 등이 성은(聖恩)을 입음이 다시 아비의 사랑을 입은 것 같으니 어찌 거역하겠나이까?"

임금이 재삼 위로하고 월명, 제왕 등을 하나하나 위문하고 궁으로 돌 106
아가니 온 집안 사람이 임금의 은혜에 감격했다.

어가(御駕)가 문에서 나간 후에 두 공이 상막(喪幕)에 엎드려 친척과 벗들의 조문을 받으니 슬픈 곡성이 주변 사람을 감동시켰다. 효자가 어느 시대에나 있지 않겠는가마는 일청과 이현[527] 같은 대효(大孝)는 고금에

---

524) 구원(九原) : 저승을 이름.

525) 그 슬픔 : {종텬[終天]}. 종천(終天)은 친상(親喪)을 당한 슬픔을 가리킴. '종천지통(終天之痛)'이라 함.

526) 지극한 고통 : {싀훼골립[柴毁骨入]}. 시훼골입(柴毁骨入)은 '상을 당하여 슬퍼하여 온 몸이 바짝 마르고 여위어 그 슬픔이 뼛속까지 사무칠 듯하다'는 뜻.

드물었다. 노공과 위부인이 나이가 넉넉하고 자손이 집에 가득하므로 유감이 없을 것이었으나 두 공이 심히 슬퍼하여 피눈물이 가득하니 사람들 중에 느끼어 슬퍼하지 않는 이가 없었다.

영궤(靈几)를 정침(正寢)에 모시고 여막(廬幕)을 이어 진왕과 초공이 빈청
107 (殯廳)[528]을 지켰다. 거적자리며 띠이불이며 풀베개가 칠십 노인이 견딜
수 있는 것이 아니었다. 저녁에 달이 뜨는 날이면 더욱 하늘을 보고 부르짖어 통곡했으니 곡소리가 크고 슬퍼 산천초목이 다 느끼는 듯했다. 그러니 그 자손이 슬퍼하고 두려워함은 말로 다 할 수가 없었다. 밤낮으로 좌우에서 보호하고 울며 간하니 두 공이 눈물을 흘리며 말했다.

"사람이 한 번 죽는 것은 면하지 못할 것이다. 그러나 우리가 큰 슬픔을 괴롭게 참는 것보다 차라리 죽어 저승[529]에서 모시며 즐기는 것만 같지 못할 것이다. 날이 지나고 밤이 다 가나 아버님의 화평하심과 어머님의 은혜로운 모습을 다시 볼 길이 없구나. 우리 마음이 쇠나 돌과
108 같지 않으니[530] 이 서러움을 능히 견딜 수 있겠느냐? 너희는 오히려
우리가 다 살아 있으니 우리의 망극한 슬픔을 모른다."

두 공이 날마다 먹는 것은 미음 몇 합이요 애통해 함은 날로 더했으니 석부인 등이 친히 여막에 나와 보고 눈물을 드리워 말했다.

"부모님이 돌아가셨으니 아우는 그 몸을 더 아껴서 선친(先親)이 남긴 뜻을 저버리지 말아야 할 것이네. 평소 부모님이 중요하게 여긴 것이 무엇인데 이처럼 몸을 상하게 하여 죽기를 생각하는가. 이는 평소 내

527) 일청과 이현 : 조무와 조성을 이름.
528) 빈청(殯廳) : 장사를 지내기 전에 영구(靈柩)를 두는 곳. 빈궁(殯宮)이라고도 함.
529) 저승 : {텬양(泉壤)}. 천양(泉壤)은 저승.
530) 우리 마음이 쇠나 돌과 같지 않으니 : {아심(我心)이 비여철셕[非如鐵石]}.

가 두 아우에게 바란 것이 아니네. 우리가 서러움을 참고 우리 다섯 남
매가 초상에 선친의 명령을 어길까 염려하더니 두 아우가 이제 죽으려 109
하니 우리가 먼저 죽어 역리지통(逆理之痛)[531]을 보지 않는 것이 소원이
네."

진왕이 길이 탄식하고 말했다.

"죽고 사는 것은 천명에 달려 있으니 슬퍼한다고 죽으면 세상에 어버이의 상을 만난 사람 중에 누가 죽지 않겠습니까?"

531) 역리지통(逆理之痛) : 이치가 어긋난 데서 오는 고통. 대개 가족 가운데 나이가 많은 사람이 나이 어린 사람의 죽음에 대해 느끼는 고통을 의미함.

조 씨 삼 대 록

39권

1 이때 진왕이 길이 탄식하고 말했다.

"죽고 사는 것은 천명에 달려 있으니 슬퍼한다고 죽으면 세상에 어버이의 상을 만난 사람 중에 누가 죽지 않겠습니까? 저는 스스로 정력을 헤아리므로 죽을 염려는 없으나 아우가 너무 과도하게 슬퍼하니 이후에는 슬픔을 억제하여 누님의 교훈을 저버리지 않겠습니다."

초공이 머리를 숙여 흐르는 눈물이 이어지니 한참을 오열(嗚咽)한 후에 대답했다.

"제가 세상에 난 뒤로 슬픔을 알지 못하다가 중도에 할머니를 여의었을
2 적에 슬픔이 간절했으나 훤당(萱堂)의 쌍친을 모셔 슬픔을 위로하며 지냈습니다. 세 서모가 돌아가셨을 적에는 그 사랑으로 기르시던 정을 생각고 지극히 슬펐으나 오히려 훤당의 장수를 바라며 만사에 슬픔을 누그러뜨리며 지냈습니다. 그랬는데 하루아침에 큰 슬픔을 만났으니 돌아가 의지할 분이 없게 되었습니다. 그러니 간담이 끊어지는 것을 어찌 참겠습니까? 아이들의 위로하는 말을 들으면 어지러운 마음이 일어나 슬픈 생각이 배나 더합니다. 혼정신성(昏定晨省)의 때를 맞으면 아버님과 어머님을 뵈올 듯하나 유명(幽明)[532]이 서로 떨어져 있어 목소리를 들을
3 길이 없습니다. 그러니 이 슬픔을 장차 어찌 견디겠습니까? 슬픔이 가득하여 참으려 해도 능히 하지 못하니 마음대로 못 하겠습니다. 그러나 낮에는 먹고 밤에는 자니 그 모짊을 알 것이요 천명이 다하지 않았으니 죽을 리가 없습니다. 바라건대 누님은 염려하지 마소서."[533]

세 부인이 슬픈 눈물을 드리워 말했다.

532) 유명(幽明) : 저승과 이승.
533) 염려하지 마소서 : {결념쇼녀[絶念掃慮]}.

"옛날 선제(先帝)께서 돌아가셨을 적에 아우가 초상 치르는 것을 보시고 부모님이 염려하시면서 '우리 부부가 죽은 뒤에는 반드시 살지 못하리라.'라고 하셨다. 그런데 이제 아우의 거동을 보니 삼년상은 이르지도 말고 장사 지내기 전까지도 보전하지 못할까 싶으니 어찌 견디어 볼 수 있겠느냐?"

공이 위로해 말했다. 4

"제가 마음이 약해 이러하나 범사(凡事)에 과도함이 없고 인명은 운수에 달려 있으니[534] 슬퍼한다 하여 죽겠습니까? 근공이 육 년 동안 상을 치렀어도[535] 죽지 않았습니다. 저 또한 아버님과 어머님의 가르침을 간과 폐에 새겼고 자식이 부모의 은혜를 갚음은 삼년상의 예를 다함에 있습니다. 소제가 불초하나 어찌 긴 목숨을 지레 끊어 명교(名敎)에 죄인이 되게 하겠습니까?"

이렇게 이르렀으나 눈에 피눈물이 그렁그렁하고 슬픔이 막혀 안색이 찬 재와 같으니 진왕이 손을 잡고 슬피 울며 말했다.

"아우가 이처럼 과도하게 슬퍼하여 생사를 돌아보지 않으니 아우가 만
일 보전하지 못하면 이 형은 어찌 견디라 하느냐?" 5

이처럼 이르니 평제왕 문계와 기주후 문청이 모셨다가 나아와 그 아비의 손을 붙들고 주무르며 흰 두건을 숙이니 눈물이 옷을 적셨다. 원래 상을 당한 후로 자식들이 각각 부형(父兄)을 근심하고 슬퍼하여 숙식(宿食)을 폐했으니 몸이 쇠약하고 살이 수척해졌다. 이에 진왕이 탄식하고 말했다.

"우리의 슬픔을 어찌 너희에게 견주겠느냐? 그래도 오히려 살았거늘

---

534) 운수에 ~ 있으니 : {관슈[關數]ᄒᆞ니}.

535) 근공이 ~ 치렀어도 : 근공은 미상. 아마 자공(子貢)이 아닌가 함. 자공은 공자(孔子)의 제자로서 공자가 죽은 후 육 년 동안을 묘를 지켰음.

너희가 어찌 이처럼 수척하여 어버이의 염려를 돌아보지 않는 것이냐?"

초공이 두 아들의 손을 잡고 슬픈 빛으로 말했다.

6 "초목이 앎이 없으나 뿌리가 없으면 살지 못한다. 하물며 사람에 있어
서랴. 나는 오히려 아버님의 가르침을 받들고 형과 누이를 우러러 보
며 아래로 너희를 돌아보아 삶을 구했다. 그런데 너희는 과도하게 고
집을 부려 살아 있는 아비를 두고 숙식을 폐하며 근심하여 이처럼 모습
이 바뀌어 병이 나게 만들었구나. 이를 보면 나의 목숨이 모질어 더욱
발붙일 데가 없구나."

평제왕이 절하고 울며 말했다.

"대인이 만일 몸을 돌아보시며 선친의 가르침을 생각하시면 저희가……"

[낙장]

"세상을 살 생각이 적으나 아우 등을 의지하여 남은 세월을 보낼까 했
더니 첩의 명이 그치게 되었습니다. 먼저 죽으나 칠십이 거의 되었으
7 니 나쁘지 않으나 남은 한은 시부모님의 삼년상을 아우 등과 함께 끝
까지 받들어 상례(喪禮)를 다하지 못한 것입니다."

양정렬과 윤부인이 손을 잡고 눈물을 흘리며 말했다.

"시부모님을 여읜 후에 오래지 않아 또 부인의 이러한 거동을 보니 간과 폐가 돌이나 나무가 아니라 어찌 슬픔을 참겠습니까?"

왕부인이 더욱 슬픈 빛으로 말했다.

"제가 지금 죽음을 맞이하나 가군(家君)의 얼굴을 보고 영결(永訣)하지 못하니 구차함이 또한 여자의 한이 아니겠습니까?"

아들들이 망극하여 이 말을 초공에게 고하니 공이 길이 탄식하고 말했

다.

“상례(喪禮)는 성인이 만드신 것이오. 내 몸이 초토(草土)[536] 중에 있는 데 어찌 부인과 서로 보겠소? 선후(先後)가 비록 다르나 부인이 죽으면 8
내가 죽는 것이 또 오래지 않을 것이니 그 이별이 얼마나 하겠소? 평시에 화락하여 자녀를 두루 갖추고 손자가 많아 남은 한이 없을 것이니 병든 몸의 회포를 평안히 하오. 불행하여 회복을 못 하나 이는 부인의 수명이 짧아서가 아니요, 박복(薄福)하다고 못 할 것이니 저승에서 다시 볼 것이오. 나의 행동을 거의 알 것이니 허물치 마오.”

이대로 전하게 하니 왕부인이 탄식하고 명이 끊기니 향년(享年)이 육십팔 세였다. 온 집안에 곡성이 진동하고 일곱 아들이 근심하여 슬픔을 과도하게 드러내었다. 양정렬과 윤부인은 동기(同氣)를 잃은 것같이 슬퍼했 9
고 공이 또한 슬퍼하며 아들들이 매우 슬퍼하는 것을 보면 눈물을 금치 못하여 위로하며 말했다.

“사람이 오십을 일찍 죽었다고 말하지 않는다. 너희의 마음이 슬프나 아직 집안에 두 어미가 있고 내가 살아 있으니 슬픔을 누그러뜨림이 옳다. 어찌 나처럼 한 일도 회포를 위로받을 것이 하나도 없는 데 비기겠느냐?”

평제왕 등이 눈물을 흘리며 사죄하고 감히 슬퍼하는 빛을 뵈지 않고 은은하고 정성스러운 효성으로 어버이의 뜻을 받들었다.

그러나 두 공의 슬퍼함은 날로 더하여 장사하는 날이 다다르자 밤낮으로 곡을 하다 기운이 끊어지며 피눈물이 줄줄 흘렀다. 문계 등이 정신이 없고 두려워하여 여막(廬幕)에서 보호할 적에 두 공의 기력이 끊길 듯한 10

536) 초토(草土) : 거적자리와 흙 베개라는 뜻으로, 상중에 있음을 이르는 말.

것을 볼 때는 간담이 마디마디 끊기는 것같이 죽도 마시지 못했다. 초공이 자상하게 잘 살펴 어버이를 섬기고 아랫사람을 다스릴 적에도 빠뜨리는 구석이 없었다. 아들들이 너무 슬퍼하는 중 수척하여 황망해 하는 것을 보고 매양 면전(面前)에 불러 위로하며 죽을 권했다.

평제왕은 사람됨이 충효를 다 갖추었고 온갖 행실이 남보다 뛰어났다.
진중하고 너그러우며 어질고 정대하여 작은 일에는 풀어지나 큰일에는
굳세고 현명하게 결단하는 것이 시원스러웠고 부모를 효성으로 섬기는
것이 순(舜) 임금과 증자(曾子)라도 이보다 더하지 못할 정도였다. 형제간
에 우애가 있고 친족과 화목하게 지내며 집안을 엄숙하게 다스렸으니 진
11 실로 군자의 큰 도를 지녔고 대장부의 기상을 지녔다. 홀아비, 과부, 고
아, 애 없는 사람을 사랑으로 어루만지고 사람이 급한 지경이나 잘못된
곳에 빠진 것을 보면 곰곰이 생각하여 반드시 어진 도리로 지휘하고 사리
(事理)로 도왔다. 전후에 구한 사람이 백을 넘었고 허다한 자손을 가르치
고 집안을 다스리는 일들에 법도가 있고 어질고 온화하면서도 정대하고
엄숙하여 만사에 흠잡을 것이 없었다.

조부모 상을 당하여 상례를 다스리고 슬퍼함이 중도(中道)에 합했고 숙
부와 어버이를 받들어 동촉(洞燭)[537]한 효성이 인심을 감동시켰다. 그런
데 의모(義母)의 상을 만나서는 여막에 거함이 소련(少連)과 대련(大連)[538]
12 보다 더했다. 그러나 부친 앞에서는 낯빛을 온화하게 하여 슬픈 빛을 감
추고 지극한 고통을 참아 효행이 한결같았다.

---

537) 동촉(洞燭) : 동동촉촉(洞洞燭燭). 공경하고 삼가며 매우 조심스러움.

538) 소련(少連)과 대련(大連) : 거상(居喪)을 잘했다고 공자가 칭찬했던 형제의 이름. 『예기(禮記)』에 등장함. "공자가 말했다. '소련과 대련은 상에 잘 거했다. 삼 일을 게을리 하지 않고 삼 개월을 나태하게 하지 않으며 일 년을 슬퍼하고 삼 년을 조상하지 않았으니 이는 동이(東夷)의 아들이다.' [孔子曰 少連大連 善居喪 三日不怠 三月不解 期悲哀 三年憂 東夷之子也]" 『예기(禮記)』 「잡기(雜記)」.

승상인 월명 조기현은 하늘이 낸 도학군자(道學君子)였다. 몸을 수양하
고 행실을 다스림이 어질고 후덕했으며 위아래 천여 명의 사람을 모시고
거느리되 하나도 그른 일이 없었다. 이때 숙부와 부친이 여막에 거하자,
숙식을 폐하고 밤낮으로 힘써 그들에게 죽을 권하며 슬픔이 과도함을 간
했고, 두 공이 죽을 다 먹은 후에야 비로소 음식을 먹었다. 이에 사마 명
윤 등 뭇 아들이 근심하여 권하면 승상 형제는 더욱 부모의 슬퍼함을 염
려하니 뭇 소년에 이르기까지 다 슬픔으로 날을 보냈다. 그러므로 집안의
온화한 기운이 변하여 근심이 어려 곡성이 산천을 진동시켰다. 13

평제왕 유현 등이 각각 부모가 너무 슬퍼하는 것을 민망히 여겨 슬픈 빛을 감추고 좌우에서 모셨는데 응대하고 일처리를 하는 것이 말이 채 나오지 않았는데도 귀신같이 그 뜻에 맞게 했다. 이에 초공이 그윽이 무리 중에서 사랑하여 평제왕이 눈앞에서 떠나면 곧 진왕에게 고했다.

"제가 평소에 형님의 기현을 부러워하고 유현을 낮게 여겼더니 이제
그 몸가짐과 일처리를 보니 허물이 없고 상례(喪禮)와 효행(孝行)이 성인
의 가르침에 어김이 없으니 자식을 두었다 할 만합니다. 그러니 소제
는 오늘 죽어도 눈 감은 귀신이 될 것 같습니다. 명천은 온중(穩重)하고
단엄(端嚴)함이 저의 평생 뜻에 맞는 손자입니다. 이로부터 자손의 근 14
심에 대한 근심을 놓을 수 있을 듯합니다."

진왕이 칭찬하며 말했다.

"유현은 우리 집안을 일으킬 자손이다. 나의 열 아들 또한 한 명도 용렬하지 않으나 마침내 유현만 같지 못할 것이다."

공이 대답했다.

"기현의 인자, 후덕함과 성현의 기품이 어찌 유현의 아래 되겠습니까?

명윤은 오히려 그 아비의 백행(百行)이 완전함에 미치지 못합니다."

두 공의 의논을 들으니, 월명과 문계의 기특함을 알 수 있었다.

장사지낼 곳을 선영(先塋) 아래에 정할 적에 진왕과 초공이 평제왕을 보
15 내 묏자리를 다시 살피게 하고 다른 사람의 의견을 취하지 않았다. 이는
문계의 지술(地術)이 신묘하여 풍수(風水)가 기이하므로 평소에 두 공이 친
히 보아 정해 둔 곳이 있어서였으니 다시 제왕을 보내어 묏자리를 확정한
것이다.

장사지내는 날이 다가오니 진왕과 초공이 더욱 슬픔이 심해져 곡을 시작했다. 먼저 기운이 올라와 피를 무수히 토하니 해, 달과 같은 풍채와 가을하늘 같은 기운이 쇠약하여 상복을 이기지 못하고 하나의 해골[539]이 되어 토혈(吐血)을 곧 시작하면 안색이 청옥(青玉) 같고 기색이 끊어질 듯 했다. 아들들이 붙들어 경황이 없는 가운데 슬퍼하고 진왕이 손을 잡고
통곡하며 말했다.

16 "이 형이 바라는 것은 현제(賢弟) 하나거늘 네가 이제 선친의 가르침을 생각지 않고 몸을 상하게 함이 이 지경에 미쳐 이 형의 심사를 돌아보지 않는구나. 전날 풍토(風土)에 상하고 주색(酒色)에 병든 일이 없다가 오늘날 무수히 토혈(吐血)하고 몸이 수척한 것은 모두 오장이 찢어지고 폐와 간이 상했기 때문이다. 이 형이 무상하여 선친의 유언을 들은 지 반년이 못해 아우를 보전하지 못한다면 무슨 면목으로 저승에서 선친을 뵙겠느냐?"

말을 마치자 정신을 잃고 기운이 끊어질 듯하니 초공이 두 번 절하고 사죄해 말했다.

539) 해골 : {촉뇌[髑髗]}. '촉로'는 해골의 머리를 의미함.

"불초한 아우가 도리를 잃어 위로 선친의 유언을 잊고 형님께 근심을
이처럼 끼쳤으니 불초한 죄는 죽어도 갚을 길이 없습니다. 그러나 오 17
래 살고 일찍 죽음이 운수에 달려 있고 질병이 아침저녁으로 있으니 구
태여 슬퍼하여 난 병이겠습니까? 이미 소제(小弟)의 정신의 어떻게든
살아나 삼년상을 함께 할 것이니 형님의 염려가 과도하십니다. 그리고
천금의 몸을 더욱 가볍게 여기시니 이는 소제의 뜻이 아닙니다."

말이 온화하고 기운이 나직하여 공경하고 염려하는 정성이 가득했다. 서로 근심하고 위로하여 더욱 공경하니, 보는 사람으로 하여금 감탄하게 했고 자손은 다행으로 여겨 감동의 눈물을 금치 못했다.

영구(靈柩)를 내는 날, 모인 적자와 서자 자손이 모두 삼십 명에 가까웠 18
고 증손자가 구십여 명이었으니 그 풍성한 복록과 자손의 번성함이 천고
에 드물었다. 모인 빈객이 백 리에 이었고 무수한 촛불과 횃불이 하늘을
가려 밝기가 대낮과 같았다. 그러는 가운데 두 공의 슬프고 처절한 곡성
은 길을 지나는 사람을 슬프게 하고 그 풍성한 복록과 위의를 감탄하게
했다.

장사 행렬이 선영에 이르러 장사를 마치고 진왕과 초공 두 공이 땅에
엎드려 하늘을 보고 부르짖으며 슬픔이 끝이 없으니 입으로부터 피를 몇
되나 토하고 혼절했다. 자식들이 정신없이 붙들어 구호하며 장지에 모인
빈객이 다 감동하여 눈물을 흘렸다. 평진후가 두 공의 손을 잡고 눈물을 19
흘리며 말했다.

"비록 망극한 가운데나 두 형이 천지의 도량을 지니고 대의(大義)을 알 것이니 어찌 이처럼 과도하게 하여 자손의 마음을 돌아보지 않습니까? 소제(小弟) 또한 양친을 여의고서 어찌 세상을 살 생각이 있었겠습니

까? 그러나 선친의 말씀을 생각하며 자녀의 낯을 보아 스스로 몸을 조심했으되 육 년 상중에 있으면서 질병으로 병든 사람이 되었습니다. 이제 형 등이 슬픔이 골수에 들어 하루도 부지하기 어려움을 보니 사람이 나무나 돌이 아니라 삼 년을 어찌 보전할 수 있겠습니까? 돌아가신
20 숙부의 유언을 저버려 도리어 불효에 가까운가 합니다."

두 공이 피눈물을 드리워 눈물을 흘리며 말을 못하고 오직 머리를 끄덕여 응할 뿐이었다.

자식들이 위로하고 구호하여 반나절 후에 진정했으나 피눈물이 어리고 슬픔을 이기지 못하니 사람들이 다 느껴 울었다. 목주(木主)를 받들어 반혼(返魂)[540]할 적에 나라에서 수묘군(守墓軍)[541]을 주고 시호를 충무라 하니 장지에 임금의 은혜가 더욱 융성했다. 두 공이 북쪽을 향해 고개를 조아려 눈물을 흘려 임금의 은혜에 감사를 드렸다.

두 공의 뜻은 시묘(侍墓)하여 삼년상을 마치는 것이었으나 아들과 조카
21 들이 힘써 간하여 영위(靈位)를 받들어 벽운산에 돌아와 제사[542]를 받들었다. 정숙렬과 양정렬이 며느리들을 거느려 깊은 정성과 슬퍼하는 예법이 주변 사람을 감동시켰고 노년의 노력이 조금도 태만함이 없었으니 월명 형제와 문계 등이 매양 과도함을 울며 간했다.

그럭저럭 왕부인 장사를 지내고 평제왕 등 칠 형제가 슬퍼하는 곡소리와 수척한 모습이 사람을 감동시켰으나 아버지 앞에 나아가면 낯빛을 온화하게 하고 슬픈 빛을 보이지 않았다. 밤낮으로 좌우에서 모시며 아버지

---

540) 반혼(返魂) : 죽은 사람의 혼을 다시 집안으로 불러들이는 일.
541) 수묘군(守墓軍) : 묘를 지키는 군사.
542) 제사 : {증상(蒸嘗)}. 증상(烝嘗)에서 '상(嘗)'은 추제(秋祭)이며 '증(烝)'은 동제(冬祭)로, 통칭하여 제사를 가리킴.

가 슬퍼함을 잊게 했으나 두 공은 아들들의 효성을 보면 더욱 슬퍼하며 말했다.

“너희는 이와 같이 유복(有福)하나 나는 이제 어느 곳에서 효성을 베풀 22
겠느냐? 취경전을 둘러보면 오장이 찢기고 가슴이 찢어지는구나. 만일 너희의 마음을 돌아보지 않는다면 어찌 세상에 남을 뜻이 있겠느냐?”

말을 마치자 눈물이 무수히 흘렀다.

우제(虞祭)[543]를 마치니 초공의 기력이 더욱 쇠약해져 일어나고 앉을 때 반드시 사람이 붙들어 준 후에야 움직였고 곡을 할 때 소리가 이어지지 못했다. 이에 평제왕 형제가 밤낮으로 근심하여 곡을 끊어 몸 보호하기를 청하니 공이 탄식하며 말했다.

“내 어찌 죽기 전에 곡에 참석하지 않고서 무엇에 마음을 붙이겠느냐?” 23

이러면서 하루 네 번 곡읍을 한 번도 폐하지 않았으며 상복을 벗고 느긋하게 노는 일이 없었으니 보는 사람이 감동하지 않는 이가 없었고 자손의 근심하는 모습은 한 붓으로 다 기록하기 어려울 정도였다.

공이 슬퍼하여 병세가 위중했으므로 모든 문생(門生)이 날마다 모여 벗들의 보고 들은 것이며 고금의 치란(治亂)을 논란하여 병든 마음을 위로하려고 했다. 그러나 공은 재미있고 익살스러운 이야기[544]를 청해 듣지 않고 미우(眉宇)[545]에 슬픈 빛을 보여 어떤 기이한 이야기가 있어도 이를 보여 웃지 않았으며[546] 탄식만 할 뿐이었다. 문생 등이 그 효행과 상례(喪

543) 우제(虞祭) : 초우(初虞), 재우(再虞), 삼우(三虞)를 통틀어 이르는 말. 초우(初虞)는 장사를 지낸 뒤 처음으로 지내는 제사. 혼령을 위안하기 위한 제사로, 장사 당일을 넘기지 않음. 재우(再虞)는 상례(喪禮)에서, 장사를 치른 뒤에 두 번째 지내는 우제로 초우제를 지낸 그 다음 날 아침에 지내는 제사임. 삼우(三虞)는 장사를 지낸 후 세 번째 지내는 제사로 흔히 가족들이 성묘를 함.

544) 재미있고 ~ 이야기 : {한만(閑漫)ᄒᆞᆫ 셜화[說話]}.

545) 미우(眉宇) : 이마의 눈썹 근처.

546) 이를 ~ 않았으며 : {블쳘계치[不綴啓齒]ᄒᆞ며}.

禮)에 감탄하지 않는 이가 없었다.

24 초공의 문생 범학사는 범질의 손자였다. 효성스럽고 우애가 있으며 충성스럽고 믿음이 있었으며 많이 배우고 예를 좋아하여 참으로 바른 군자였다. 그의 어머니 호부인과 그 형 범경수는 어질지 못하여 모자가 뜻을 같이하지 못하고 형제가 화목하지 않아 괴로운 마음이 있었다. 초공과는 스승과 제자의 의리와 아버지와 자식의 정을 아울러 가졌으니 모든 문생이 온화한 기운이 가득했으나 범생은 근심하여 온화한 기운을 여는 적이 없었다. 그래서 초공이 하루는 물어 보았다.

"너의 거동에 근심이 가득하구나. 알지 못하겠구나. 네 집안에 무슨 일이 있는 것이냐?"

범학사가 관을 숙이고 슬픈 빛으로 눈물을 흘리니 공이 다시 물었다.

"장부가 눈물을 가볍게 흘릴 것이 아니니다. 오늘 너의 거동이 반드시 연
25 유가 있을 것이니 나를 속이지 말라."

범학사가 눈물을 흘리며 절하고 말했다.

"제자 운명이 기박하여 일찍이 엄친을 여의고 사부님의 은혜로 입신하여 오늘에 이르렀습니다. 그러나 효성과 우애가 얕아서 편모께 불효하고 형을 잘 섬기지 못해 세상에 머리를 들 수가 없으니 장차 불효(不孝)하고 부제(不悌)한 죄를 면하기 어렵게 되었습니다. 그래서 마음이 부끄러워[547] 장이 찢어지는 듯하니 어찌 낯빛이 편하겠습니까?"

초공이 탄식하고 말했다.

"본디 네 마음이 이처럼 괴로웠구나. 남자의 충성과 효도, 우애와 공경은 모든 행실의 으뜸이 되느니라. 이제 네가 어머니, 형과 뜻이 맞지 않

547) 근심하고 부끄러워 : {뉵리[恧罹]}.

는다면 평생의 수행이 그림의 떡이 될 것이다. 천하에 옳지 않은 부모 26
는 없다[548]고 했다. 영자당(令慈堂)[549]이 비록 덕이 없으시나 네 마땅히 민자건(閔子騫)[550]의 효성을 다하여 미워하거나 원망하지 말 것이며 형이 혹 도리에 어긋난 일을 했으나 지성으로 공경하여 조금도 겉과 속을 다르게 하지 말아야 할 것이다. 예전에 순 임금이 사해(四海)를 다니시고 귀한 지위가 천자에 이르셨으나 부모께 뜻을 얻지 못하시자 하늘을 보고 울부짖으셨다. 네가 이제 어머니와 형의 마음을 잃는다면 장차 어디로 돌아가겠느냐?"

범학사가 울며 절하고 말했다.

"제자가 효우(孝友)를 안 하려고 함이 아니요 형님에게 공경을 덜 하려고 함이 아닙니다. 그런데 몸가짐이 민첩하지 못하고 효성이 얕아서
편모(偏母)와 형님을 감동시키지 못해 명교(名教)[551]의 죄인이 되고 집 27
안에 변란이 일어나니 진실로 만 번 죽어도 갚을 길이 없습니다."

초공이 놀라 말했다.

"이 무슨 말이냐? 너의 몸가짐이 여기에 이를 줄은 생각지도 못했구나. 네 마땅히 오늘부터 영자당이 노하시는 일이 있거든 피눈물로 사죄하여 비록 물이나 불길에 들라고 명령하셔도 감히 미워하거나 원망하지 말아야 한다. 효성을 닦아 종일토록 모셔 좌우에서 떠나지 말아 어버이를 사랑하고 어른을 공경함을 태만하게 말아야 할 것이다. 그리하면 영자당이 반드시 감동하여 마음을 돌리실 것이며 네 형이 또한 우애가

548) 천하에 ~ 없다 : {텬하[天下]의 무불시져부모[無不是底父母]}.

549) 영자당(令慈堂) : 남의 어머니를 높여 부르는 말.

550) 민자건(閔子騫) : 민자건(BC536~BC487)은 춘추시대 노(魯)나라 사람으로 공자의 제자 중 한 명이며, 계모에 대한 지극한 효성으로 이름났음.

551) 명교(名教) : 사람이 마땅히 지켜야 할 바른 가르침. 또는 유교(儒教)를 달리 이르는 말.

있게 될 것이다."

28 범학사가 명을 받아 고개를 조아리고 돌아갔다. 초공의 말대로 하여
자리에서 모셔 지성을 다해 비록 천한 일을 시켜도 달게 여겨 그 명령을
받들었다. 그 형에게 또한 온순한 안색과 나직한 말로 애걸하여 형이 화
를 풀면 평생의 지극한 경사로 삼고[552] 형을 전보다 더 귀하게[553] 여겼
다. 이에 범경수와 호부인이 자연스레 감동하여 이후로는 모자가 화평하
고 형제가 우애를 지녔으니 이 또한 초공의 교화를 힘입어서였다.

이와 같은 까닭에 문생 육십여 명이 다 충효와 온갖 행실이 남보다 뛰어나 당대 사람들이 치켜세웠다.

이때 조씨 집안에 슬픔이 더해 소상서 부인이 기세(棄世)하고 유부인에
29 게 병이 생겼다. 두 공의 슬픔이 더해 정신을 잃고 기운이 끊어지니 자손
들이 대의(大義)로 위로하고 마치 깊은 못을 디디는 것같이 밤낮으로 보호
했다. 이 덕에 두 공이 겨우 몸을 유지는 했으나 쇠약해져서 몸이 미풍(微
風)에도 날아갈 듯 위태했으니 자손이 허둥거리고 심란해 했다. 그리하여
행동을 경박히 하지 못하며[554] 근심하고 슬퍼했다.

석부인이 동생을 잃고, 한 동생은 사생(死生)이 조석(朝夕)에 있으므로
벽운산에 와 취경전에 거처했다. 모든 부인네가 모두 옛일을 말하며 두
남동생을 위로하여 삼년상을 마친 후 돌아가려 했다. 두 공이 석부인을
30 섬김이 어머니보다 덜하지 않아 의리로 봉양하고 위로하여 지냈다.

유부인이 마침내 세상을 떠나니[555] 석부인이 슬피 부르짖고 통곡하며

552) 평생의 ~ 삼고 : {종신극경(終身極慶)을 삼고}.
553) 귀하게 : {구히}. 맥락에 맞지 않아 이와 같이 번역함.
554) 행동을 ~ 못하며 : {힝블능경ᄒᆞ여}. 미상. 이를 '행불능경(行不能輕)'으로 보아 일단 이와 같이 옮김.
555) 세상을 떠나니 : {연셰[捐世]ᄒᆞ니}.

말했다.

“어찌 나이 많은 나는 살고 두 아우가 먼저 돌아가 나에게 역리지통(逆理之痛)[556]을 끼치는가?”

이처럼 슬픈 눈물을 흘리며 슬퍼하니 두 공이 이후에 더욱 세상을 살 생각이 없어 슬픔이 뼛속까지 스며들었다. 이에 석부인이 울면서 두 공을 돌보며 죽을 권하면서 아우를 사랑하는 정이 노년에 더욱 심해졌다. 두 공이 누나가 자신들을 돌보며 사랑하는 것을 보면서 어머니의 사랑을 생각하여 더욱 슬퍼했다. 그리고 석부인의 용모가 위부인과 많이 닮았으므로 두 공이 누나를 바라보며 슬피 눈물을 흘렸다. 어머니 생각이 간절히 31
날 때면 누나의 얼굴을 우러러보아 반기며 마음을 조금 위로했다. 석부인의 아들들은 어머니가 노년에 슬퍼해 몸을 상함을 우려하여 본부로 모시려고 했으나 부인이 두 공 때문에 차마 떠나지 못했다.

이때 추밀사 계양후 정태숙은 소경수의 매부니 연수의 일 때문에 그 장모 구부인에게 노하여 부인 연황을 내쳤다. 그 후에 연수가 잘못을 뉘우치고 구씨가 잘못을 고쳐 덕을 닦으니 부부가 또한 화락하여 여러 자녀를 두어 아들은 장가보내고 딸은 시집보냈다. 그 딸이 평제왕의 며느리가 되었으니 곧 이부인 소생 조명춘의 재실이었다. 혼인하기 전부터 진왕, 초 32
공의 큰 덕을 잘 알았고 다시 여아를 그들의 손녀며느리로 삼았으므로 조씨 집안의 일을 모를 것이 없었다. 평제왕 조유현과 함께 뜻이 서로 맞아 사생을 함께하는 벗으로서 인친(姻親)의 의를 아울러 정분이 각별히 두터웠다.

---

556) 역리지통(逆理之痛) : 사리에 어긋난 데서 오는 슬픔. 나이 어린 사람이 먼저 죽어 나이 많은 사람이 느끼는 슬픔.

초공이 상을 치르며 여막에 거처하는 것을 보고 탄복함을 마지않으며 감동했다. 그래서 스스로 벽운산에 집을 정하고 날이 맞도록 초공의 이와 같은 의리와 가르침을 받았으니 그 우러러보고 추모하는 정성이 칠십 제자가 공부자(孔夫子)를 우러러 보는 것과 같았다. 초공이 또한 자식과 조
33 카를 대해서는 문답(問答)이 자주 있지 않았으나 계양후의 걸출한 사람됨
을 사랑하여 모이면 고금의 치란(治亂)과 흥망(興亡)을 의논했다.

공이 말을 하면 말을 대단히 잘했고 논의에 주견이 있었다.[557] 계양후가 탄복하여 가르침을 늦게 받은 것을 애달파 스승으로 섬기려고 하여 제자 항렬에 처하니 초공이 사양하여 말했다.

"내 일찍이 현계에게 한 글자 글을 가르친 일이 없다가 늦게야 이웃에 거처하여 거친[558] 소견을 편 것이 어찌 사제(師弟)의 도리를 감당하려고 한 것이겠는가?"

계양후가 절하고 말했다.

34 "제자가 사부의 자리에 절함이 늦음을 한하니 문생 항렬에 드는 것이
저의 지극한 소원입니다. 바라건대 종신토록 우러러 가르침을 듣고자
하나이다. 서적 가운데 성인의 교훈이 자자하나 마침내 사부의 기이한
꾀와 가르침을 들음만 같지 못했습니다. 바라건대 문하에 있도록 용납
해 주소서."

공이 탄식하고 말했다.

"현계가 나의 어질지 못하고 덕이 얕음을 이와 같이 높게 보니 서로 버리지 않는다면 집안의 삼촌과 조카의 의리로 대접할 것이니 사제(師弟)

557) 말을~ 있었다 : {ᄆᆡᆼ변쥬론[猛辯主論]이라}.
558) 거친 : {모황(眊荒)ᄒᆞᆫ}. 모황은 '말이나 행동이 터무니없다'는 뜻.

의 의리는 끝내 불가하다."

이처럼 말했으나 정추밀은 끝까지 문생의 항렬에 처하여 사제의 도리
를 극진히 행했다. 조씨 집안 사람과 인친의 정이 더욱 두터웠고 친밀함
이 골육 동기와 같았다. 자연히 내외할 말이 없어 노공과 진왕, 초공의 일 35
기와 문서를 여러 기실(記室)[559]이 맡다가 여러 공에게 뵐 때는 계양후가
함께 참여하여 논했다. 그러므로 초공과 진왕이 어려서부터 세상에 나오
던 행적이 처음부터 분명해졌다. 진왕의 걸출한 영웅의 모습과 하늘이 낸
효성이 세상에 희한할 뿐만 아니라 초공의 칠십여 년 행적이 기이한 데
계양후가 속으로 감탄하고 칭친하여 마음에 새기고 훗날 반드시 그 행적
을 기록하여 후세에 전할 뜻이 있었다. 그래서 움직임 하나하나를 무심코
보지 않았다.

세월이 훌쩍 흘러 흰 망아지가 문틈을 지나는 것[560] 같았다. 노공의 36
삼년상을 마쳐 두 공이 결복(闋服)[561]을 하니 새로이 망극함이 초상(初喪)
과 다르지 않았다. 어버이를 잃은 슬픔으로 가슴이 미어지며 꺾어지는 듯
했다. 상을 마치고 해가 다하도록 내당(內堂)에 자취를 보이지 않았다. 왕
부인의 삼년상이 또한 지나니 평제왕 등의 애통함이 더욱 지극했다.

하루는 석부인이 취경전에서 진왕과 초공을 청했다. 두 공은 상을 마
치고서 더욱 슬퍼하여 형제가 마주 대해 눈물이 흰 옷을 적시고 있었다.
누님의 청함을 듣고 의관을 정돈하고 눈물을 거두어 내당에 이르니 정숙 37
렬과 양, 윤 등 여러 부인이 두 공이 오는 것을 보고 천천히 몸을 일으켜

---

559) 기실(記室) : 일기를 기록하던 사람.

560) 흰 ~ 지나는 것 : {빅구지과극[白駒之過極]}. 문틈으로 흰 망아지가 지남을 본다는 것으로 세월이 매우 빨리 흐르는 것을 비유한 말.

561) 결복(闋服) : 어버이의 삼년상을 마치는 것. 결복은 해상(解喪)과 같은 말.

안으로 들어갔다. 석부인이 탄식하고 이에 두 아우에게 자리를 주고 말했다.

"부모를 여의고서 내가 차마 이곳을 떠나지 못한 것은 두 아우를 위해
서였다. 이제 상을 마치니 지아비와 자식들의 재촉이 심하여 마지못하
여 돌아갈 것이다. 이제 두 아우가 외당(外堂)에 있으면서 밤낮 슬픔으
로 날을 보내니 칠십 노인이 삼년을 죽만 먹고 푸성귀만 먹으며[562] 아
직도 그치지 못하고 있구나. 염려하건대 이는 선친의 뜻이 아니다. 이
38 제 즙을 금하라 하신 말씀이 안 계시다 하여 몸을 어찌 돌아보지 않으
며 그러다가 병이 생기면 불효가 크지 않겠느냐? 여러 조카가 삼촌과
아비의 과도함을 걱정하여 다 숙식(宿食)을 폐하고 유현 등의 조카는 푸
성귀를 먹고 나물을 먹는 일[563]을 그치지 않고 있다. 이리하여 조카들
이 다 모습이 변하고 근심스러운 안색으로 수척하여 집안에 한 점의 화
기(和氣)도 없다. 정숙렬, 양정렬 등 [낙줄]"[564]

[565]"이 응당 그러하고 아직까지 여기에 거처하심이 예도에 어긋나니 마음을 놓으시고 댁에 돌아가셔서 틈을 보아 왕래하시는 것이 무방할 듯합니다."

부인이 눈물을 흘리고 길이 탄식하고 좌우를 시켜 정, 양 등 다섯 부인
39 을 청하니 두 공이 또한 말리지 않았다. 다섯 부인이 민망한 얼굴로 명을
받들어 이에 와 서로 대했다. 두 공의 가을하늘과 같은 기운[566]이 까칠하
게 변해 한 해골이 되었고 다섯 부인의 꽃과 달 같은 모습이 초췌해 져 뼈

---

562) 죽만 ~ 먹으며 : {철쥭쇼ᄉᆞ[啜粥蔬食]}.
563) 푸성귀를 ~ 먹는 일 : {쇼ᄉᆞ치미[蔬食採薇]}.
564) 낙줄 : {낙쥴}. 원문에 이처럼 표시되어 있음.
565) 낙줄이 되어 있는데 이 발언은 아마 석부인의 말에 대한 두 공의 대답으로 추정됨.
566) 가을하늘과 같은 기운 : {츄텬지긔[秋天之氣]}.

가 비칠 듯하니 바람에도 날릴 듯했다. 두 공이 또한 슬퍼하여 관을 숙여 슬픈 빛으로 탄식하고 수숙(嫂叔)[567]이 서로 삼년상이 훌쩍 지났음을 일컬으며 눈물만 줄줄 흘릴 뿐이었다. 석부인이 위로하여 진정시켰다. 그 중 양부인의 약한 기질이 더욱 위태하니 초공이 잠깐 눈으로 스쳐보고 놀
라고 염려함이 없지 않아 평제왕을 불렀다. 평제왕이 앞에 이르니 탄식 40
하고 말했다.

"너희가 나를 염려하여 한때도 마음을 놓지 않음을 내 실로 괴이하게 여겼다. 내가 삼년상을 마치도록 한 번 병들어 눕지 않았고 꾸준히 밥을 먹어 완연히 예전과 같으니 생사(生死)와 질병의 염려에서는 벗어났다. 그런데 부인의 약함은 남달라서 이제 삼년간 상함이 쌓여 저 얼굴이 되었구나. 너희가 홀로 나만 염려하고 어미에게는 근심이 미치지 않았느냐?"

평제왕이 눈물을 흘리며 아뢰었다.

"어머님을 보전하는 것은 다 대인께 달려 있습니다. 소자 등이 불초하
나 어찌 홀로 어머니를 염려하지 않았겠습니까? 다만 매사에 소자 등 41
의 간하는 말을 좋아하지 않으셔서 고치는 일이 없으셨습니다. 그러니 소자 등의 근심하는 마음을 어느 곳에 고하겠습니까? 큰 효도는 부모상에 슬퍼하더라도 목숨까지 잃도록 하지는 않는 것입니다. 이제 백부(伯父)와 대인이 상을 치르시면서 지나치게 몸을 훼손하시는 것을 따르시면서 백모와 어머니가 상례를 치르셨으니 소자 등이 장차 어찌하겠습니까?"

초공이 길이 탄식하고 진왕에게 고했다

567) 수숙(嫂叔) : 형제의 아내와 남편의 형제를 아울러 이르는 말.

“부인 여자가 상례를 치르는 것은 본디 남자와는 다릅니다. 하물며 형수님과 아내는 다 초년에 크고 작은 고생을 겪어 상함이 있고 게다가 자식을 많이 낳아 원기가 허약합니다. 스스로 몸을 조심하셔야 할 것
42 이니 어찌 고집을 할 일입니까?”

진왕이 또한 염려하고 놀라 재삼 위로했다.

금선공주는 삼 년을 진왕의 그림자도 보지 못했다. 비록 아침저녁 제사에는 참여했으나 안과 밖이 서로 떨어져 있어 곡성이 서로 들렸으나 얼굴을 볼 길이 없었으므로 사모하는 정이 간절하여 마음을 진정하지 못했다. 아득히 손가락을 꼽아 날을 세어 제사가 끝나기를 기다린 것은 부부가 서로 볼까 바라서였다. 그런데 생각지 않게도 두 공이 상례를 치름이 남달라 이 해가 다 가도록 내당에 종적이 끊겼으니 공주가 다급하고 슬퍼
43 함을 이기지 못했다. 음식이 목으로 내려가지 않고 잠이 자리에서 편하지 않았다. 그리하여 행동거지가 도리를 잃으니 석부인은 여자 가운데 영걸이라. 그 거동을 한심해 하여 한숨을 쉬고 탄식해 말했다.

“나이가 거의 환갑에 가깝고 세상에 나서 즐거움과 슬픔을 다 겪어 거의 마음을 고칠까 했더니 저렇듯 형상이 없구나. 내 아우와 같이 남다른 기상을 지닌 사람이 싫어하고 비루하게 여기는 것이 어찌 괴이하겠는가?”

정부인과 양부인이 탄식하고 대답했다.

“자기 또한 화를 겪고 마음이 상하여 천성을 잃은 것이니 형님은 다그치지[568] 마소서.”

석부인이 빙긋이 웃고 말했다.

568) 상관하지 : {족가치}. ‘족가치’는 ‘다그치지’, ‘따지지’의 의미임.

"내가 저 사람을 책망하는 것이 아니네. 여자가 단정하지 못한 것을 보 44
면 비위가 거슬려 참지 못하는 성격이라서 그런 것이네. 이런 까닭에
내 동생이 싫어하는 것이 그르지 않네."

정부인과 양부인이 또한 웃고 말을 하지 않았다.

이날 취경전에 두 공이 들어오고 부인들이 처음으로 모여 말하는 것을 들으니 공주가 마음에 미칠 듯 참지 못했다. 나아가 왕의 얼굴이나 보려고 하면서도 한편으로는 원망하며 말했다.

"시누이가 이미 부인네를 청하면서 나를 홀로 청하지 않으니 이는 그 정이 두텁고 두텁지 않은지를 보아 가며 대접한 것이다."

이렇게 말하여 취경전에 이르렀다. 초공이 바삐 일어나 맞이하여 멀리
서 예를 마치고 슬픈 빛으로 자리에 앉았다. 초공은 한갓 슬픔이 앞서 삼 45
년의 덧없음과 인사의 바뀜을 일컬어 몇 마디 말에 애통함이 나타났다.
공주가 또한 눈물을 뿌려 망극하다는 말을 하며 인사와 정을 다하여 슬픈
가운데 너무 훼손되었음을 말하고 무사히 상을 마친 것이 천우신조임을
일컬었다. 공이 한숨을 쉬고 대답했다.

"명이 질겨 죽지 않아 예전처럼 밥을 먹고 오늘 이 집안에서 여러 형수님을 뵈니 인생이 느꺼움[569]을 더욱 슬퍼하나이다."

공주가 이처럼 대화하며 한편으로는 눈을 들어 진왕을 보니 가을하늘
같은 풍채가 쇠약해지고 모습이 많이 바뀌어 가을하늘의 굳센 기운이 약 46
해져 완전히 다른 사람이 되어 있었다. 이를 대하니 끝없이 두 줄 눈물이
줄줄 흘러 두 눈이 진왕의 몸에서 떠나지 않았다. 이에 슬픈 빛으로 탄식

569) 느꺼움 : {늣거옴}. 기본형은 '늣겁다'. '늣겁다'는 '느껍다'의 옛말로서, '어떤 느낌이 마음에 북받쳐서 벅차다.'의 의미임.

하고 말했다.

"삼 년을 여막에 거처함에 슬퍼하며 상을 치르는 것은 천자로부터 서인(庶人)에 이르기까지 공통된 것입니다. 그렇지만 이처럼 슬픔이 뼛속까지 사무쳐서 몸을 보전하지 못할 정도에까지 이른 것은 아주버님과 왕에게서 처음 보았습니다. 이는 시부모님이 살아 계셨을 때 귀하게 여기시던 뜻을 저버리는 것이 아니겠습니까?"

초공은 조용히 답변하고 진왕이 정색하고 말했다.

"내가 비록 행실이 천박하나 칠십여 년을 세상에 있으면서 여막에 거
47 처해 상을 치르는 예를 부인에게 배울 바가 아니오. 여자를 돌아보건
대, 여자의 호령은 중문(中門)을 나오지 않으며 말은 바깥일에 간섭하지
않는 것이오. 어리석으나 어지나 남편이 살아 있으면 남편이 일을 할
것이요, 자식이 살아 있으면 자식이 이어서 그것을 알 것이오. 이제 어
버이가 돌아가시는 슬픔을 만나 서러움을 품고 망극한 삼년상을 마치
면서 자식 된 자의 끝없는 슬픔이 살아 있어도 마치 죽은 것 같아 만사
가 뜬 구름 같소. 그런데 어찌 어지러운 말로 내 심사를 요란하게 하는
고? 누님이 부르시니 들어왔는데 부인과 형수님이 모였으니 삼년상 후
처음으로 서로 본 것이오. 슬픔과 회포가 교차하던 중 이 말을 들으니
48 한층 북받치는 화가 더하오."

말이 엄숙하고 기운이 차가우니 공주가 크게 부끄러워하여 낯을 붉히고 한편으로는 진왕이 매몰차고 박정(薄情)하게 대함을 서러워하여 눈물이 얼굴에 가득했다. 이에 석부인이 웃으며 말했다.

"여자가 지아비를 우러러보는 것은 산과 같이 무거운 법이다. 아우가 슬픔이 쌓여 모습이 바뀐 것을 보고 자연히 염려하여 말을 한 것이요

당돌히 가르친 것이 아니다. 아우가 근래에 북받치는 화가 더했도다. 이제 부모님이 안 계시고 내가 외람되나 동기 중에서 가장 나이가 많으니 원컨대 아우는 관대하여 화평할 것을 바란다. 우리 부모의 깊은 인자함과 두터운 은택으로 집안에 위아랫사람의 온화한 기운이 가득하던 풍습을 고치지 말기를 원하네.” 49

두 공이 눈물을 흘리며 절하고서 말했다.

“삼가 누님의 교훈을 명심하여 뜻을 잇겠습니다. 그러나 이제 훤당(萱堂)을 돌아보면 마음이 슬프고 흥미가 없어져 예전 즐거움을 다시 이을 길이 없습니다. 그러니 누구를 위하여 즐거운 빛을 띠며 온화한 기운을 가지겠습니까? 저희가 나랏일 때문에 자주 어버이 앞을 떠나와 어버이께 염려를 끼쳤고, 어버이를 생각하는 회포가 지극했는데 이제서야 그것이 더욱 한이 됩니다. 관직에서 물러나 조정을 벗어난 후로는 며칠 곁을 떠나는 것도 어렵게 여겼더니 이제 영결(永訣)한 지 삼 년이나 참고 견디니 어찌 명이 질긴 것이 이에 미칠 줄 알았겠습니까?” 50

부인이 그 너무 슬퍼함을 민망히 여겨 위로하며 말했다.

“자식의 정이 무한하나 사람 가운데에는 어려서 부모를 잃고 천만 가지 한과 고통을 겸한 사람도 견디며 자손을 거느려 효도를 받으며 즐기는 사람이 있네. 그런데 우리는 부모님이 향년(享年) 구십을 지내시고 살아 계실 적에 두 아우의 무궁한 영화와 출천(出天)한 효성으로 봉양을 받으셨으니 우리에게 한 점 남은 한이 없네. 이제 집안에 가득한 자손을 거느려 두 아우가 훤당에 거처하여 부모가 남긴 집을 이은 것이 또한 사람에게 드문 경사라네. 매양 지극한 아픔을 과도하게 하여 부모님이 낳아 길러 주신 귀한 몸을 손상하고 허다한 자손을 근심하게 하 51

는 것이 중용의 도가 아니네. 삼년 내에 조카들이 한 번 밥을 받았다가 세 번 뱉으며 편히 밥을 먹지 못하고 능히 경망하게 행동하지 못하여 그 두려워하는 모습에 주변 사람이 다 감동했으니 부모의 마음이 어찌 태연하겠는가? 두 아우와 같이 어진 자애를 가진 이들이 혀다하게 빛나는 자손에게 우환을 끼침을 나는 실로 취하지 않네."

두 공이 문득 깨달아 길이 탄식하고 좌우를 돌아보았다. 부인은 수척
하고 평제왕 등은 더욱 왕부인 삼년상 후에 푸성귀와 죽만 먹는 생활을
52 아직도 그치지 않아서 그 아버지가 상례 치르는 것을 따라 그치는 것을
본 후에야 평상시의 식사를 하려고 했다. 일월 같은 풍채가 야위어서 누
렇게 되고 매우 수척했으니 부자 사이의 정에 어찌 놀라지 않겠는가? 근
심이 미우(眉宇)에 모여 그 고집을 꾸짖으려고 했으나 자기의 행동을 돌아
보니 말이 나오지 않았다. 그래서 슬픈 빛으로 탄식하고 말을 하지 않았
다.

석부인이 그 뜻을 알고 좌우를 시켜 한 그릇 육즙(肉汁)을 가져오라 하여 먼저 두 공에게 권하여 좌우를 시켜 온 집안이 보전할 도리를 생각하라고 전했다. 두 공이 마지못하여 그릇을 들어 두어 번 마시고 슬픈 빛으로 눈물을 흘려 말했다.

53 "누님의 교훈을 받들어 이미 권하는 것을 좇았으니 부인과 아들들은
또한 이로부터 고집을 부리지 말라."

초공이 일곱 아들, 세 딸과 모든 며느리를 다 불러서 앞에 앉히고 경계하여 말했다.

"너희는 내가 살아 있고 두 어미가 내당에 있으니 범사에 중도를 행해야 할 것이다. 그런데 어찌 상을 마치고서도 푸성귀만 먹으며 성인의

가르침 밖의 일을 하고 늙은 아비의 염려를 돌아보지 않는고?"

각각 권하여 먹이니 자녀들이 감히 명을 거역하지 못하여 모두 고기를 입에 대었으나 새로이 슬퍼했다. 정, 양, 윤, 연 등 부인들을 권하여 음식을 평상시대로 먹게 했다.

다음 해 봄에 두 공이 비로소 내당에 왕래하여 집안일과 자손에 관련 54
된 말을 서로 얘기하고 공주의 기괴한 행동을 어찌하지 못하여 이따금 돌
아보아 부부의 도리를 행했다. 이런 까닭에 공주가 진정하여 괴이한 행동
을 그쳤다.

석부인이 돌아가고 정숙렬이 취경전에 오르니 새로이 옛일을 느꼈다. 두 공은 부친이 거처하던 곳에 차마 있지 못하여 대서헌을 잠그고 열지 않았으니 그 지극한 효성을 온 세상이 다 탄복하고 감동했으며 자손이 이를 본받았다.

두 공이 우애가 더욱 두텁고 초공이 진왕 섬기는 것을 아버지와 같이
하여 춥고 더움에 관계없이 각각 자는 날이면 새벽에 창밖에 가 문안인사 55
를 했다. 왕이 그것을 민망히 여겨 밤낮으로 함께 거처하고 잠자리와 음
식을 서로 살펴 그 몸을 편하게 하려고 하며 지성으로 보호하여 부자간
같은 정과 효도하고 공경하는 도리를 서로 다했다. 월명 형제와 평제왕
등 형제가 아버지와 숙부의 우애에 감복하여 밤낮으로 모시며 즐거워하
기를 바랐다. 그러나 두 공이 상을 마친 후에는 일찍이 술을 입에 대는 일
이 없고 노랫소리를 듣지 않았으며 시원한 웃음과 호탕한 담론이 입에서
나지 않았다. 아들들이 민망하고 우울하여 자리에서 모실 때면 짐짓 학당
(學堂)의 어린아이를 시켜 놀게 하여 한 번 웃게 하기를 바라는 것이 7년 56
큰 가뭄에 무지개 나오기를 바라는 것같이 했다. 이로부터 두 공의 효행

을 알 만했다.

춘삼월 꽃 피는 때를 맞이하여 가까운 벗들이 모두 유람할 것을 청하니 두 공이 청을 들어줌이 있는지 다음 회를 보라.

이때 춘삼월 꽃 피는 때를 맞이하여 동산에 온갖 꽃이 다투어 향기를 토하고 버드나무가 푸른 실을 드리운 듯 가지마다 정을 실어 봄바람에 춤을 추니 답청일(踏青日)[570]의 풍광이 볼 만했다. 평진후 소공과 여남후 정
57 공과 연국공 정태사 형제가 함께 모여 벽운산 경치를 유람하며 진왕과 초공을 청하여 말했다.

"만일 두 형이 아니면 오늘 우리의 모꼬지에 흥이 없을 것입니다. 아들들을 거느려 한번 걸음을 아끼지 마십시오."

두 공이 길이 탄식하고 말했다.

"우리가 무슨 마음으로 꽃과 버들을 보겠는가? 경물(景物)이 사람의 마음을 따르니 옛날에 이 산의 경치가 즐거웠으나 오늘 우리의 마음에는 슬픔이 더할 것이니 안 보는 것이 상책이네."

아들과 조카들이 간하여 말했다.

"아버님과 백부께서 어찌 매양 근심을 드리워 슬퍼하셔서 소자 등의 마음을 살피지 않으시나이까? 소연숙과 정숙부께서도 내당에 어버이
58 가 안 계십니다. 만일 아버님과 같으시면 어버이를 모시지 않은 사람은 일생 동안 산천 경치를 눈으로 보지 못하겠습니다? 원컨대 산행을 하셔서 기운을 펴시고 근심을 더소서."

진왕이 근심하는 빛으로 탄식하고 말했다.

"자식과 조카들의 도리로 이렇게 하는 것이 또 괴이하지 않다. 마음이

---

570) 답청일(踏青日) : 음력 3월 3일로 교외에 나가 자연을 즐기던 날.

번화한 곳에 있지 않더니 너희가 이와 같이 경치를 보라고 하니 억지로 가서 보아야겠구나."

자식들이 매우 기뻐하여 평교(平轎)[571]를 대령하고 자손들이 다 모시고
가려 하니 앞뒤에 가득한 사람이 모두 자식과 조카, 손자, 증손자였다. 아
버지와 숙부가 처음으로 평상시의 의복으로 모임에 나오는 것을 보고서
즐거워함이 큰 경사를 만난 것 같았다. 자식, 조카, 손자, 증손자가 일생 59
처음으로 평안한 가마에 두 공을 모시고 월명과 문계 등은 뒤에 자손을
거느려 가니 화려하고 풍성한 거동이 당대의 장관이었다.

여러 공들이 청하고서 학수고대하더니 조씨 집안 행렬의 화려함을 보고 기쁜 빛으로 맞이하여 말했다.

"오늘날 이 봄 경치를 볼 만하니 우리가 모두 모였으나 두 형이 손자들을 거느려 오지 않아 흥미가 적었습니다. 그런데 이제 형의 행차가 이르고 한 무리의 신선이 뒤에 이었으니 속세의 때가 가득한 속객(俗客)은 자취를 감추고서 얼굴을 대함 직합니다."

두 공이 미소를 짓고 이에 바위 위에 앉으려 하니 조씨 자손들이 친히 60
방석을 가지고 자리를 만들어 앉기를 기다렸다. 정공 등이 또한 함께 앉
아 말했다.

"나는 여러 자손을 거느려 왔으되 이처럼 방석을 받드는 자가 없더니 두 형이 이르고서는 바위 위에 자리가 깨끗하니 이른바 효자가 어버이를 섬기는 도리가 보통사람과 다르다는 것을 알겠네"

초공은 말이 없고 진왕이 웃으며 말했다.

---

571) 평교(平轎) : 지붕과 벽체가 없는 가마로서 고위 관료가 타는 가마. 참고로 조선시대에는 종1품 이상의 관원과 기로소 당상관만이 탈 수 있었음.

"자손을 책망하지 마라. 너희 가문의 풍속이 본디 부형(父兄) 공경할 줄
을 모르니 보고 듣는 것이 익숙하게 되어 성품이 된 것이다. 효성스러
61 운 자식과 어진 손자라도 성인이 아닌 후는 가르치지 않고서 어질기가
쉽겠는가?"

정씨 집안 사람들이 손뼉 치고 웃으며 말했다.

"남을 폄하하는 인품이 아직도 쇠하지 않았구나."

그러고서 자리를 정하고 술을 마시니 진왕이 몇 잔을 마시고 봄 경치를 돌아보는데, 초공이 봄빛을 둘러보다가 눈에 물결이 어려 잔을 잡고서 차마 마시지 못하여 탄식하는 소리가 나니 진왕이 슬픈 빛으로 탄식하고 말했다.

"너의 이런 모습을 보면 내 마음이 더욱 슬프다. 오늘은 벗들이 모여
서로 회포를 나누고 자손의 재주를 시험하려 하니 모름지기 마음을 억
62 제하여 내가 마신 술이 도로 나오게 마라."

초공이 일어나 절하고 말했다.

"제가 요사이 마음이 매우 약하여 오늘 답청하며 봄 경치의 상쾌함을 보니 예전에 이미 이 산에 올라 아버님의 막대와 신을 받들어 즐거움을 다하고 형제가 시를 주고받으며 즐기던 일이 속절없는 옛일이 되었으므로 자연스레 느끼게 되었습니다. 그래서 기색이 달라지고 술을 마시려 해도 가슴이 막혀 삼키지 못했습니다. 형님 말씀을 듣으니 저의 심약(心弱)함이 부끄럽습니다."

소공이 탄식하고 말했다.

63 "사원과 우리가 다 지금 어버이를 봉양하는 사람이 없으니 형제가 어
찌 슬퍼만 하겠습니까? 부모님이 안 계시면 그 몸을 더욱 보중하여 스
스로 부모님이 남겨 주신 몸을 조심하는 것이 효도의 근본입니다. 초

공 형이 너무 심약하고 슬퍼하는가 합니다."

정공 등이 슬픈 빛으로 한숨을 쉬며 효자의 마음을 알아 한바탕을 느끼
고 초공이 한 잔 술을 억지로 마시고 조용히 말했다. 높은 봉우리에 큰 오
동나무가 있어 길이가 반공(半空)에 닿았고 나뭇잎이 무성했다. 나무 위에
기이한 신조(神鳥)가 쌍으로 있으면서 깃을 다듬고 있었는데 머리에 오색
빛이 영롱하고 몸에 삼색 빛이 기이하여 세상에서 보지 못하던 새였다. 64
형상이 봉황 같되 세상 사람이 아직 봉황의 색을 보지 못했으므로 다 의
아하여 모두 바라보았다. 새가 사람이 보는 것을 괴롭게 여겨 멀리 날아
갔다가 도로 앉아 초공을 향하여 날개를 치고 날아오며 가기를 이상하게
했다. 그러다가도 다른 사람을 보면 곧 멀리 날아갔다. 가까이 나아오면
광채가 찬란하여 기이한 형상을 보였으니 진실로 성인을 위하여 난 신조
(神鳥)였다. 초공이 말했다.

"저 새를 이전에는 보지 못했다. 내가 친히 가서 안아다가 보려고 하나 65
못 하니 너희 중에서 저 높은 나무의 새를 잡아와 나에게 자세히 보여
주거라."

이때 조선광은 벌써 벼슬하고 아내를 취했는데 관직이 금문직사 춘방
학사 병부좌시랑으로서 임금의 총애와 맑은 명망이 만조(滿朝)를 기울였
다. 이날 모임에 참여했다가 종형제가 머뭇거리며 잡는 이가 없는 것을
보고 천천히 몸을 일으켜 웃옷을 벗고 홑옷으로 가볍게 한 봉우리에 올라
나무에 올랐다. 천 길 고목(古木)을 내닫는데 조금도 겁을 내지 않고 재빨
리 올랐다. 나뭇잎이 흔들리지 않은 가운데 긴 팔을 빼어 두 손으로 신조
(神鳥)를 잡아 내려 와 초공 앞에 쌍 신조를 드렸다. 초공이 크게 기뻐하여 66
손으로 길들이며 좌우를 돌아보고 말했다.

"내 손자의 날램이 어떠한고?"

사람들이 칭찬하며 말했다.

"직사의 신기로운 재주는 속된 사람에 비할 바가 아니요, 신조의 기이함은 반드시 현형(賢兄)을 위하여 난 것입니다. 주(周)나라 때에 서백(西白)[572]을 위한 봉이 기산(岐山)에서 울었으니 예로부터 성인이 있으면 반드시 상서로운 신작(神雀)이 있었습니다. 이는 결단코 보통이 아니니 어찌 기특한 신작이 아니겠습니까?"

67 초공이 사례하고 봉황새인 줄 알고 기이하게 여겨 두 손으로 두어 번 길들이니 봉황새가 낭랑하게 울어 날개를 치며 깃을 다듬어 초공을 보고 반기며 좋아하는 거동이 있었다. 사람들이 모두 손으로 잡아 보려고 하면 멀리 날아가 간 곳이 없으니 사람들이 다 기특하게 여겼다. 벽운산에 봉황새가 내린 것이 대송(大宋)이 개국한 이후로 처음이었다. 초공의 제자 가운데 소후 사마광 등이 이를 보고 다 기특하게 여겨 모두 일렀다.

"사부(師父)의 신명하신 효도거 진실로 평범한 효성이 아니시므로 하늘이 신조를 보내어 상서로움을 알리는가 여기옵니다."

초공이 기뻐하지 않으며 말했다.

68 "군자는 헛된 말을 입밖에 내지 않으니 너희가 어찌 괴이한 말을 하여 사람들이 괴이한 소리를 듣게 하느냐?"

소후와 정후 등이 다 탄복하여 기이하게 여겼다.

종일토록 허다한 자손 소년들에게 글을 짓게 해 고하를 분별했다. 제공 자손의 문장이 정, 소 두 집안 자손보다 뛰어나니 평진후가 감탄하고 말했다.

---

572) 서백(西白) : 문왕(文王)을 가리킴.

“하늘이 조씨 집안을 위하여 이와 같이 재주 있는 인걸을 두루 내시니 우리는 오히려 치원과 사원을 우러러 보더니 나의 자손까지 미치지 못함이 어찌 애달프지 않으리오?”

진왕이 웃으며 말했다.

“어찌 우리가 형을 우러러보았으리오? 형의 자손은 아버지, 할아버지 69
보다 나으니 어찌 내 집 어린아이에게 미치지 못하겠는가?”

이날 평제왕이 선광의 힘과 날랜 재주가 모든 자손 중에서 뛰어난 것을 보고 크게 기뻐하고 신조(神鳥)의 기이한 상서로움을 기특하게 여겨 승상을 돌아보아 말했다.

“네가 매양 선광을 나무라며 꾸짖더니 오늘 날램이 우리 못 하는 일을 하여 대인의 뜻에 영합했으니 어찌 기쁘지 않느냐?”

승상이 빙긋이 웃고 또한 선광의 신명함이 보통 사람과 다른 것을 기뻐했다. 이후에는 두 공이 자손의 낯을 보고 벗들과 서로 노닐며 심사를 위로했다.

덕을 쌓은 집안에 경사가 무궁하여 해를 이어 과거에 급제하고 아들을 70
낳는 기쁨이 있으니 조씨 집안의 영화와 복록이 두루 하여 즐거움이 있었다. 문 앞의 버들에는 사철 봄이 이르고 숲의 맑은 바람에 소나무, 대나무가 우거져 흔들리고 꽃나무가 울창하여 빼어난 경치가 노년의 맑은 흥을 도왔다. 북당(北堂) 높은 누각에 지극히 한가하게 있으면서 허다한 자손 중에서 어리고 자라는 이들을 보며 기뻐하고 남은 세월 동안 즐거움을 다했다. 월명과 문계 등이 색동옷을 입고 춤추는 효도[573]와 황향(黃香)의 선

573) 색동옷을 ~ 효도 : 노래자(老萊子)의 고사. 노래자는 중국 춘추시대 노(魯)나라의 효자. 70세의 백발노인이 되었어도 늘 알록달록한 색동저고리를 입고 부모에게 어린아이처럼 재롱을 피워 부모를 즐겁게 했다 함.

침(扇枕)[574]을 다 본받아 매사에 뜻을 좇고 효를 닦았다. 그래서 조씨 집
71 안의 세 살 어린 소년도 어른의 일을 보아 효도하지 않으며 우애가 있지
않은 자가 없었다. 당시 사람들이 벽운산 이름을 고쳐 현효산이라 하고
은선항 이름을 고쳐 성효촌이라 하니 어질고 효도하며 우애롭고 공경함
이 당시에 나타났음을 알 만했다.

진왕과 초공이 현광, 선광 등이 아들을 얻음을 보고 자신들이 늙었음을
깨우치고 옛일을 느껴 매양 자손의 문안 때를 맞으면 훤당에서 쌍친이 즐
기던 일을 생각하여 슬픈 낯으로 탄식했다. 그러면 자제들이 온화한 안색
으로 위로하여 사람을 물리치고 기이한 이야기와 아름다운 말로 두 공이
즐겁도록 했다.

72 두 공이 근심을 드리우고 슬퍼할 때면 사마 명윤과 승상 명천이 선광
과 효광을 불러 기이한 이야기로 어버이를 위로하도록 했다. 효광은 사마
의 셋째아들이었다. 두 사람은 소진(蘇秦)[575]과 자공[576]의 말주변이 있었
다. 자리에서 단순호치(丹脣皓齒)를 찬연히 열어 우스운 소리를 하면 근심
하던 자는 즐거워하고 노하던 자는 웃었다. 비록 초상(初喪) 상을 당한 사
람이 마음을 견고하게 하여 상을 치를 때에도 선광과 효광 두 사람의 우
스갯소리를 들으면 웃음을 참지 못했다. 하물며 아버지와 할아버지의 명
을 받아 두 공이 웃도록 함에 신기로운 재주로 웃음과 희롱을 주고받으니
73 초공의 단엄함과 진왕의 진중함, 월명의 침중함과 문계의 위엄으로도 두

574) 황향(黃香)의 선침(扇枕) : 황향은 후한(後漢) 때의 효자이며 선침은 베개에 부채질한다는 뜻임. 황향은 효성이 지극했는데 9세 때에 어머니를 잃자, 아버지를 잘 받들어 여름이면 아버지의 베개에 부채질하여 시원하게 했다고 함.

575) 소진(蘇秦) : 중국 전국 시대의 세객(說客). 강국 진(秦)에 대해 상대적으로 열세에 있던 6국의 제후들이 연합해야 한다며 합종(合縱)을 주장했음.

576) 자공 : 공자의 제자.

사람이 앞에서 우스갯소리를 시작하면 자연히 웃음을 면하지 못했다. 그래서 진왕과 초공이 어루만져 사랑스러워하며 말했다.

"선광과 효광이 진짜 어진 손자로구나. 너희 여럿 중에 누가 노인의 회포를 풀겠느냐? 선광과 효광 두 아이만 한 자손이 없으니 이후로 명윤과 명천은 두 아이를 꾸짖지 말라."

사마와 승상이 사례하고 제왕 유현과 월명 기현이 두 아들을 돌아보아 말했다.

"두 아이 때문에 아버님이 울적하신 때 웃으시는 것을 보니 이 또한 작
은 효도가 아니구나. 색동저고리를 입은 효도와 베개에 부채질하는 수
고로움을 더하지 않아서 옛사람을 압도하는 효성이 있으니 너희는 모 74
름지기 이 아이들을 꾸짖지 말라."

사마와 승상이 명을 받들어 절했다.

승상 영국공 조명윤은 진왕의 종손이었다. 호탕하고 풍류를 좋아했으
나 나이가 차고 조씨 집안의 교훈이 정대하며 가문의 도학(道學)이 다른
집안보다 뛰어났으므로 자연스레 몸을 닦고 행동을 다스렸다. 천성이 총
명하고 정대하며 위엄이 있고 말수가 적으며 예절과 행실이 남보다 뛰어
났다. 집안을 위엄으로 다스리고 자식을 가르치고 아랫사람을 다스리는
법도가 엄숙했다. 20자 6녀의 희한한 행적이 더욱 빛남을 세상 사람들이
탄복했다. 조 부마와 공주가 집안을 다스리는 법도와 효성의 도리가 초 75
공의 뒤를 이으니 10자 1녀의 난초와 옥 같은 기질이 모두 일반 사람보다
뛰어났다. 그리하여 『조씨후세록』이 있어 명윤과 명천의 자녀 이야기를
없어지지 않게 했다.

세월이 물 흐르듯이 훌쩍 지나 여러 해가 갔다. 두 공이 또한 나이가 점

점 많아지고 안도후 부인[577]이 세상을 버리니 진왕과 초공이 슬픔이 지극하여 서로 대하면 소리내어 울고 말했다.

"내 남매 다섯 사람과 서매(庶妹) 세 명 가운데 이제 남은 사람은 다만 우매와 우리 형제 뿐이네. 어찌 슬프지 않으리오? 목숨이 질겨서 슬픔
76 과 즐거움이 한쪽만 있음을 탄식하노라."

이에 자식들이 위로했다.

이때 위선생이 나이가 팔십이었는데 정력이 쇠하지 않았다. 조씨 집안을 따라 벽운산에 나와 있으니 문계 등이 다 집을 지어 주어 선생의 거처를 편하게 해 주고 선생의 두 아들을 이곳에서 장가보내 다 한 집안에 머물게 했다. 문계 등이 위생 형제를 천거하여 임금에게 아뢰니 다 벼슬이 있었다. 장자는 금사낭중이요 차자는 형부시중이었다. 조씨 집안 사람들의 정성이 위선생을 부형(父兄)을 섬기는 것과 같게 하니 세상 사람들이 칭찬하지 않는 이가 없었다. 그러던 중 갑자기 병을 얻어 일어나지 못하
77 니 조씨 집안 사람들이 망극하여 정성으로 상례를 치르니 상례가 재상, 공후(公侯)와 같았다. 위선생이 박학하여 조씨 집안 사람을 지성으로 가르쳤으므로 그 살아 있을 때나 죽었을 때의 영화가 이처럼 심상치 않았던 것이다.

이때 양부인이 나이가 들었으나 힘이 굳세었다. 그런데 본디 기품이 맑으며 좋은 데다 전후 초상에 예도(禮度)를 차려 애통하여 슬퍼함이 많았으므로 홀연히 병을 얻어 위중(危重)했다. 아들과 며느리가 정신없어 하고 세 딸이 모두 모여 문병했다.

초공이 또한 길이 우려하여 벽취루에 들어가 부인의 증세를 문후(問候)

---

577) 안도후 부인 : 조무, 조성의 누나인 석부인을 이름.

하니 부인이 이불을 물리치고 일어나 앉으려 했다. 이에 공이 청하여 일 78
어나지 말라 하고 부인을 돌아보았다. 일월 같은 맑은 기운이 약해지고
가을물 같은 깨끗함이 미미해져 병세가 십분 위중했다. 공이 철석(鐵石)과
같은 마음을 지녔으나 이에 이르러는 안색을 고치고 나아가 앉아 그 맥을
보고 탄식하며 말했다.

"부인이 비록 약하나 기품이 맑고 높으니 좋은 것이 천천히 녹고 높은
봉우리는 비가 쉬지 않고 쏟아져도[578] 더디게 무너지므로 부인이 오래
삶[579]을 믿었소. 그런데 오늘 병세가 이와 같으니 자식들은 정신없어
하고 나의 심신(心身)은 어지럽구려. 부인은 마음을 놓아 조리하고 억 79
지로라도 죽을 마셔 자녀의 근심을 더시오."

양부인이 초공의 말을 듣고 슬픈 빛으로 얼굴을 가다듬고 대답했다.

"첩의 나이가 거의 팔십이요 복록이 분에 넘칩니다. 자손이 많고 만사
에 흠이 없으니 오늘 죽어도 한이 없습니다. 첩이 부모를 여의면서부
터 세상일이 슬픔을 깨달았습니다만 오히려 시부모님이 건강하신 것
을 우러러보아 백 년을 모실까 했습니다. 그런데 시부모님이 연달아
돌아가시는 슬픔을 겪고도 오히려 구차하게 목숨을 이어 여러 세월을
지내다가 이제 병으로 죽게 됩니다. 공께서는 모든 일을 미리 아시니
어찌 첩의 다한 목숨을 모르시겠습니까? 비루한 기질이 시부모님의 사 80
랑과 명공(明公)의 지심(知心)[580]에 힘입어 여러 해 영화와 복록을 누리
고 이제 무사히 돌아갑니다. 인생은 나그네가 지나감 같고 죽는 것은
돌아가는 것 같으니 무엇을 한하겠습니까? 자녀를 보호하시고 아주버

578) 비가 ~ 쏟아져도 : {우쥬[雨注]를 만나도}. 우주(雨注)는 비가 쉬지 않고 내림을 뜻함.
579) 오래 삶 : {하슈[遐壽]}.
580) 지심(知心) : 마음을 알아줌.

님을 모셔 인생을 누리소서."

공이 슬피 말했다.

"죽고 사는 것은 하늘에 달려 있고 흥하고 쇠하는 것은 운명에 달려 있소. 생이 양친을 여의고도 살아 있으니 일개 부인에 대해서랴? 그러나 지기지우(知己之友)는 다시 만나기 어렵소. 내가 남은 해가 얼마나 오래겠소마는 내가 죽기 전에는 당신이 죽는 것을 보기가 힘들겠소."

부인이 말했다.

81 "초년에 고생할 때 명공이 살펴 주셔서 오늘이 있게 하셨으니 어찌 부부의 의리뿐이겠습니까? 진실로 은혜가 산과 바다 같습니다. 명공의 온갖 행동은 다시 간할 것이 없을 뿐만 아니라 오직 춥고 더울 때 의복을 마련할 뿐이었습니다. 그래서 제가 매양 옛사람을 부끄러워하더니 이제 죽기에 임하여 명공의 말씀이 이와 같으시니 실로 감당하지 못하겠습니다. 첩이 무슨 덕행이 있기에 명공의 익우(益友)라 하심을 감당하겠습니까?"

그러고서 평제왕을 돌아보아 말했다.

"사람이 만족한 줄을 모르는 것은 탐욕이 무궁해서이다. 내가 이제 고
82 생을 겪으며 오 년 풍파(風波)에 남은 삶이 도리어 복록을 누려 국공의
부인이며 승상의 어미요 승상의 할미 자리를 갖게 되었다. 삼대가 태
정(台鼎)[581]의 지위를 가졌고 네가 또한 왕위를 모림(冒臨)[582]하고 외람
되게 금자어필(金字御筆)이 집안의 빛을 도왔다. 네 어미는 전전긍긍하
고 복이 덜리고 분수가 넘쳐 재앙이 있을까 염려했더니 이제 무사히 세

581) 태정(台鼎) : 정승.

582) 모림(冒臨) : 외람되게 그 자리를 차지한다는 뜻.

상을 지내고 팔십 해를 살았구나. 너희는 아버지를 모셔 효성을 다하
고 쓸데없는 슬픔을 과도하게 하여 몸을 상하게 하지 마라."

평제왕이 모친의 손을 잡고 눈물을 흘리며 대답했다.

"어머님의 가르침을 받들 것이니 어머님은 다른 염려를 마시고 병을
진정시키소서." 83

부인이 며느리들을 불러 정, 이 등의 손을 잡고 탄식하며 말했다.

"나의 며느리들은 여자 중에서 성인이라 허다한 세월에 하나의 허물도
없었으니 무엇을 근심하겠느냐? 수많은 환란을 심하게 겪고 온갖 고생
을 겪은 자는 우리 며느리 두 사람이구나. 어느 날 꽃 같은 모습을 대하
리오? 여러 아이를 거느려 남은 세월을 편히 지내고 각각 남편의 기운
을 돌아보아 보호하라."

부인이 또 세 딸의 손을 잡고 탄식하고 말했다.

"어미가 없으나 아직 윤부인이 있고 너희는 각각 남편과 자식이 있으
니 몸을 돌아보아 슬픔을 과도하게 말며 갈수록 덕을 드러내고 검소함 84
을 숭상하여 복이 있게 하거라."

소부인 등을 각각 위로하고 공주와 승상을 나아오라 하여 말했다.

"옥주(玉主)는 여자 중의 성인이요 내 손자는 어진 군자라 온갖 행실이
정숙하니 우리 사후에 종사(宗嗣)가 창성할 것이며 제사를 받들고 손님
을 맞이하는 것은 노모가 수고로이 이르지 않겠다. 저승에 가는 길이
바쁘니 무사히 길이 평안함을 누리라."

공주와 승상이 눈물을 흘리고 절하니 자손들의 눈물이 비 오듯 했다.

정, 연, 최 부인과 윤부인이 이르러 손을 잡고 눈물을 흘려 오열하고 진
왕이 아들들을 거느려 문밖에서 문후(問候)하니 부인이 사양했다. 월명 85

등 조카들을 불러 보고 정숙렬의 손을 잡고 말했다.

"동기의 우애는 사람마다 있는 일이지만 아주버님과 남편 같은 분이
있으며 동서지간에 형님과 저 같은 이가 있겠습니까? 머리털이 채 길
지 않아 동기의 의를 맺어 뜻이 합하고 마음이 맞아 서로 그림자가 좇
듯 했지요. 그러다 이상한 환란을 만나 오 년 풍상을 겪은 것이 피차 다
르지 않았지요. 겨우 해를 보아 한 방 한 집안에서 시부모님을 받들며
짝을 이루니 골육 동기보다도 넘치는 정이 있었지요. 어진 풍모가 저
86 의 옅은 덕을 바로잡아 육십여 년 즐거움을 함께 했습니다. 이제 먼저
돌아가니 무슨 말을 하겠습니까? 다만 여러 자식이 과도하게 몸을 손
상시킬 것입니다. 형님의 높은 복으로 아직 남은 세월이 많이 있으니
아이들을 타일러 몸을 보전하게 하소서."

정숙렬이 눈물을 드리워 말했다.

"하늘이 아우를 내실 적에 효성과 우애를 지닌 마음과 얌전하고 착한 행실이 세상에 짝이 없도록 했네. 수명과 복록을 갖추었으니 오늘 우연히 얻은 질병 때문에 뒷일을 이르는가?"

양부인이 탄식하고 말했다.

"제가 수명을 극진히 누렸으니 죽는 것이 실로 유감이 없습니다."

윤부인을 돌아보아 손을 잡고 말했다.

87 "부인이 아니면 저의 넋이 저승에 돌아간 지 오랠 것입니다. 부인이 아
니면 두 아이가 살아 오늘날이 있지 않았을 것입니다. 죽기에 이르러
어찌 부인의 덕을 잊겠습니까? 왕부인이 먼저 돌아가고 첩이 이제 부
인을 남기니 슬프거니와 부인은 아직 향년(享年)이 멀었으니 아이들을
거느리고 남편을 받들어 남은 영화를 누리소서."

이처럼 일일이 유언을 마쳤다.

이때 섬란 등이 문계가 길러 지휘사 장억수의 총희가 되어 부귀와 호화
로움을 극진히 누렸다. 문계 등이 부르지 않았더니 부인의 병후를 보려 88
고 이르니 부인이 탄식하고 말했다.

"내가 산 것이 다 소희의 덕이다. 너희는 내가 죽은 후라도 큰 은혜를 잊지 말라."

조씨 집안 사람들이 눈물을 흘려 명을 받들고 섬란이 부인을 붙들고 오열하며 눈물이 비 오듯 흘렀다.

양부인이 유언을 다 한 후에 초공을 향하여 말했다.

"첩이 이미 회포를 다 말했고 죽을 시각이 다다랐습니다. 정신이 아득하니 군자(君子)를 모시지 못할 듯합니다. 어서 나가소서."

초공이 손을 잡고 탄식하며 말했다.

"우리가 수십 년을 서로 손님과 같이 공경하여 두텁거나 얕게 함이 없
었는데 이제 영원히 이별하는 데 어찌 바삐 나가겠소? 내 비록 선하지
못하나 부인 죽은 후에 다른 염려 없고 아들이 다 어진 군자요 손자가 89
성하니 부인은 마음을 편히 하고 눈을 감으시오."

말을 하고서 두 줄기 눈물이 비 오듯 하니 그 모습이 참담했다.

소성렬이 모친을 붙들고 다시 말을 물으려고 하다가 부인이 눈을 감고
갑자기 별세하니 자녀들이 가슴이 막혀 정신을 잃었다. 곡소리가 진동하
고 초공이 신체를 어루만져 목 놓아 통곡하니 눈물이 옷에 젖었다. 진왕
과 월명 등이 초혼(招魂)하고 상을 치르니 향년이 칠십칠 세였다. 문득 벽
취루 정침에서 상서로운 기운이 빛을 품어 오색 상서로운 구름이 뭉게뭉 90
게 피어오르고 온갖 향기가 가득했다.

아! 양부인은 본디 명문가(名文家)에서 나서 자라 부모의 교훈이 밝을 뿐 아니라 하늘이 낸 품성이 세속에서 뛰어나 얼음 같은 기질에 맑은 물 같은 마음을 지니고 있었다. 꽃다운 절개는 규벽(奎璧)[583]의 푸른 빛을 띠었고 효성의 빼어남과 온순함은 조아(曹娥)[584]보다 나았다. 나이가 이칠[585]이 못 되어 조성과 같은 남편을 짝으로 하여 낮고 약하며 온순하게 몸을 수습함으로써 공에게 조금도 뽐내는 모습을 보이지 않았다. 천생 검소함은 순 임금이 토계삼등(土階三等)[586]으로 띠풀을 자르지 않던 성덕이
91 있었고, 시원스럽고[587] 맑아 군자의 뜻이 있었다. 맑은 행동은 해와 달이 비친 것 같았고 몸을 보호하는 명철한 계책이 있었다. 초공의 급한 때를 당해서는 소소한 부끄러움을 돌아보지 않고 자신의 피로 쓴 상소를 올려 조정에 가득한 군졸 가운데에서 서릿발 같은 열행(烈行)과 굳센 절개며 빛나는 문필이 임금의 마음을 감동시키고 초공을 구했다. 빛나게 시집에 돌아와 부부가 다시 만나니 금자어필(金字御筆)은 정렬(貞烈)을 높이고 향기로운 이름은 온 성에 드높았다. 양부인의 행동이 부드러워 옥과 난초 같
92 고 외모가 아리따워 일만 가지 고운 빛이 무르녹아 오히려 견고함이 단련되 금과 옥같은 광채를 가졌다. 천지의 너른 도량을 지니고 단엄하며 예를 중시하였다. 시부모를 효성으로 섬겨 영화롭게 받들고 복이 오도록 함이 노쇠하도록 태만하지 않았다. 남편에게 순종하고 형제간에 화목하여

583) 규벽(奎璧) : 제후가 천자를 만날 때 가지던 구슬.
584) 조아(曹娥) : 중국 후한(後漢) 때의 효녀. 회계(會稽) 상우(上虞) 사람으로 아버지 조우(曹盱)는 무당이었는데, 강가에서 물의 신령에게 제사를 드리던 중 물에 휘말려 강으로 빠져 죽어 시체를 찾자 못하니, 14세의 조아가 강둑으로 오르내리면서 아버지를 찾아 울부짖음으로 밤낮으로 그치지 않기를 17일이나 계속하다 강에 몸을 던져 하루 만에 아버지의 시체를 업고 나왔다고 함.
585) 이칠 : {아칠}. 문맥에 맞지 않아 이와 같이 고침.
586) 토계삼등(土階三等) : 3단의 흙계단. 궁궐의 검소함을 형용할 때 쓰임. 순(舜)임금이 3척(尺)밖에 안 되는 흙계단을 사용했다고 한 데서 유래함.
587) 시원스럽고 : {할연}. '활연'의 오기로 보임. 활연(豁然)은 시원스러운 모양.

날이 저물도록 있으나 이현 같은 군자의 눈에 한 가지 허물도 보이지 않았다. 그러므로 간악한 비의 흉악한 꾀와 양세의 사나움으로도 마침내 초공을 속이지 못했으니 이는 한갓 초공의 총명이 기특할 뿐만 아니라 부인의 성품과 사람됨 때문이었다.

아! 여자의 소임이 본디 얕아서 한 일이 남보다 나아도 반드시 자기를
낫게 여기고 교만한 마음이 생긴다. 그러나 양부인은 승상의 부인으로서 93
국공(國公)의 원위(元位)에 편안히 거하며 천 사람이 우러러보며 만 사람이
부러워했으나 매양 공손하고 검소하여 스스로를 높이는 일이 없었다. 안
색이 온유하여 겨울해의 따뜻함이 있었고 마음이 맑고 깨끗하여 가을물
을 더럽게 여겼다. 비천한 자를 불쌍히 여기고 병 있는 이를 감싸며 동렬
을 온화하게 대했으니 관저(關雎)의 풍모[588]를 따랐다. 며느리를 거느림
에 공정하게 대하고 인자하여 선한 마음과 착한 덕이 매사에 나타났다.
일찍이 호령이 중문(重門) 밖을 나가지 않았고 곧고 깨끗한 사덕(四德)[589]
이 당대의 여자 선비였다. 살림살이를 맡아 노비를 거느리고 집안을 다 94
스릴[590] 적에 봄바람처럼 따뜻하여 천한 서럼아너 어린아이에게도 갑자
기 낯빛을 바꾸어 꾸짖는 일이 없었다. 그렇게 해도 자연스러운 위엄과
덕이 꽃다웠으니 여자 종과 남자 종[591]이 머리를 두드려 부인의 큰 덕을
칭송함이 물이 동쪽으로 흐르는 것같이 했다. 그리하여 사람들이 마음으
로 다 복종하고 죽어서도 갚을 정성이 있었다.

초공이 기특한 위인이나 일마다 탄복하여 귀에 듣는 일을 새로이 칭찬

---

588) 관저(關雎)의 풍모 : 얌전하고 착한 부인의 모습. 『시경(詩經)』 〈관저(關雎)〉 장에서 유래함.

589) 사덕(四德) : 여자로서 갖추어야 할 네 가지 덕. 마음씨(婦德), 말씨(婦言), 맵시(婦容), 솜씨(婦功)를 이름.

590) 노비를 ~ 다스릴 : {통비치가(統婢治家)}.

591) 여자 종과 남자 종 : {녀로남복(女奴男僕)}.

했다. 부부의 마음이 서로 맞아 함께 거처한 지 육십여 년에 부인이 공의
노색(怒色)과 높은 소리를 듣지 못하고 초공은 양부인이 낯빛을 바꾸어 논
95 쟁하는 소리를 듣지 못했다. 서로 손님과 같이 공경하고 남편은 온화하
고 아내는 순종하여 관저(關雎)의 즐거움이 가득했다. 자녀를 두고 각 아
래에 손자와 증손자가 가득하도록 저 부부에게 더러운 거동이 없었으니
어찌 정렬이 여자 중의 성인이 아니겠는가? 이미 향년(享年)이 넉넉하고
오복(五福)을 구비했으나 오히려 부인의 무한한 어짊과 덕으로써 태어난
자녀의 숫자가 적으며 팔십을 다 못 누렸으니 그것이 흠이었다.

이때 평제왕 등 일곱 사람이 하늘을 향해 부르짖고 곡을 하며 피눈물이
다하고 세 사위가 모두 상을 치를 적에 진왕이 탄식하고 말했다.

96 "아우의 나이가 팔십이 다 되었고 제수씨의 향년이 부족하지 않다. 비
록 그 큰 덕을 생각하면 슬프나 또한 운명이니 이와 같이 슬퍼함이 너
무 과도하지 않느냐?"

초공이 울음을 그치고 슬픈 빛으로[592] 대답했다.

"제가 비록 약하나 팔 척의 장부입니다. 나이 팔십에 슬픔과 즐거움을
두루 겪으며 부모님이 돌아가시는 고통을 당했으나 오히려 죽지 못하
고 지금까지 살았습니다. 그러니 어찌 일개 부인을 위하여 힘을 허비
하겠습니까? 그러나 저의 행동을 보면 다시는 있지 못할 사람이요 저
의 덕은 다시 얻어 보지 못할 것입니다. 한갓 부부의 사사로운 정 때문
97 이 아니라 다시 지기(知己)의 사람이 없음을 생각하여 자연히 슬퍼한
것입니다. 허나 그 수명과 복록이 족하니 제가 어찌 과도하게 슬퍼하
겠습니까?"

---

592) 슬픈 빛으로 : {가연}. 이는 '개연(慨然)'으로 보아 이와 같이 번역함.

이에 평제왕의 손을 잡고 탄식하며 말했다.

"네 아비가 하루 사이에 하늘이 무너지는 슬픔을 연이어 만났으되 오히려 너희는 내가 살아 있고 당에 어머니가 있어 회포를 위로할 것이 많다. 부인이 나를 두고 먼저 돌아가니 내 지기(知己)를 잃고 슬퍼할지언정 부인에게는 남은 감정이 없다. 너희가 과도하게 슬퍼하여 내 마음을 어지럽게 하지 않는 것이 살아 있는 아비에게와 범사에 다 효도인 것이니라."

평제왕이 눈물을 흘려 말을 잇지 못하고 아버지가 보는 데에서는 과도 98
한 행동을 하지 않았으나 마음은 마디마디 끊어지고 가슴이 다 막혀 곡을 이루지 못하고 피눈물이 상복에 젖었다. 보는 사람이 느껴 슬퍼하지 않는 이가 없었다. 평제왕의 형제가 또한 나이가 많았으므로 초공이 이를 또 염려하여 굳게 슬픈 빛을 감추고 자식들에게 죽을 친히 권하며 사리로 꾸짖고 타일렀다. 일곱 아들이 한없는 슬픔이 있었으나 억지로 아버지의 명령을 좇고 남은 날이 많지 않음을 슬퍼하여 하나의 일도 어김이 없었다.

허다한 자손이 상을 치를 적에 법도가 정숙하고 매사에 삼엄하여 다 초
공의 명령대로 하며 문계 등의 뜻대로 했으니 상례(喪禮)의 정숙함과 초상 99
의 엄숙함이 보기 드물었다.

정숙렬과 윤부인이 더욱 슬퍼하며 며느리와 딸들의 슬픔도 비할 데가 없었다. 소승상 부인 자염이 모친을 여의고서 밤낮으로 곡하고 진미를 가까이 하지 않아 기력이 매우 쇠약해졌다. 이에 초공이 친히 들어와 꾸짖고 타일러 말했다.

"딸아이는 규방의 통달한 식견이 있더니 네 어찌 오늘날에는 이와 같이 조급하냐? 네 모친이 비록 남은 한을 품고 일찍 죽었어도 내가 있은

100 다음에는 너희가 살기를 구하고 죽지 않아야 할 것이다. 하물며 수명을 다 누리고 복 많음이 부인 같은 사람이 없거늘 어찌 이처럼 과도하게 슬퍼하여 나이 많은 아비를 돌아보지 않는 것이냐?"

자염이 눈물을 흘리며 대답했다.

"사정이 망극하오나 어찌 아버님께 불효를 끼치고 모친이 남겨 주신 가르침을 저버리겠습니까?"

초공이 탄식하고 말했다.

"인생 오십을 요절했다고 칭하겠느냐마는 너무 슬퍼한 나머지 신체를 훼손하여 목숨을 없애지 말라는 경계를 범하지 말라."

이렇게 말하고 모든 부녀자를 불러 눈앞에서 죽을 권했다. 그 인자하고 너른 덕화가 부인과 비슷했으니 자녀가 더욱 슬퍼했다.

이미 초상을 마치고 성복(成服)593)을 하니, 이때 설강이 문계를 따라 벽
101 운산에 왔다가 초상 때 문계를 보호하여 죽을 권하며 몸을 보호함이 동기와 같았다. 명천 등이 매양 감정이 풀리지 않더니 이때에 이르러 감격하고 다행히 여겼다. 문계의 어짊이 설강 같은 소인도 감화시켜 어짊이 이에 이르게 했으니 실로 기특한 일이었다.

성복을 마치니 모든 상구(喪具)의 정제됨과 자손의 번성함을 안 갖춘 것이 없었으니 세상 사람들이 양부인의 복록을 칭찬하지 않는 이가 없었다. 이미 영위(靈位)를 벽취루에 모시고 정씨 등이 아침저녁으로 제사를 받들었다.

102 이때 정부인이 또한 나이가 많고 슬픔과 염려 가운데서 매사를 차리는 것이 예전 같지 않았다. 그래서 공주가 집안의 대소사(大小事)를 총괄하여

593) 성복(成服) : 초상이 나서 처음으로 상복을 입음. 보통 초상난 지 나흘 되는 날부터 입음.

시부모와 존당을 받들며 제사를 맡아 매사에 기특하니 초공의 집안이 더욱 중흥했다. 한씨가 진왕의 집안일을 맡고 공주가 초공의 집안일을 맡으니 두 집안 규방(閨房)의 덕이 새로워 슬픈 가운데나 집안이 고요하고 일가(一家)가 화목했다. 층층 있는 자손을 서로 사랑하고 옷과 음식을 함께 하니 진가의 목족(睦族)[594]과 장가(張家)의 구세(九世)[595]를 부러워하지 않았다.

평제왕 유현이 망극한 가운데나 아우들과 함께 부친을 효성스럽게 받 103
들고 아들과 조카들을 잘 대했다. 상을 치르며 여막에 거처할 적에 예로 하여 매사에 성인의 남은 풍모를 가져 엄친을 위하여 과도한 행동을 끊고 대의를 지켰다. 초공이 이를 아름답게 여기고 기뻐했으나 양부인을 잃어 더욱 세상을 살 생각이 없었다.

윤부인이 양부인을 여읜 후 음식을 끊고 슬퍼하니 며느리가 근심하고 평제왕 형제가 들어가 울며 위로했다. 섬란이 부인을 잃으니 자녀에게 집안일을 맡기고 벽운산에 이르러 부인 영궤 앞에서 밤낮으로 곡을 했다.
이렇게 하기를 몇 십 일에 이르니 평제왕이 친히 타일렀으나 듣지 않고 104
말했다.

"천한 사람이 이미 산 나이가 족하고 부인과 전하의 은택으로 몸이 영화롭고 자녀가 족하니 구천에서 부인을 모시는 것이 저의 소원입니다."

이렇게 말하고 마침내 목숨이 다하니 평제왕이 슬퍼하여 초상을 극진히 차려 주고 그 유언을 좇아 부인 묘 아래에 매장하려 했다.

---

594) 진가의 목족(睦族) : 진씨 집안의 화목함. 진씨 집안은 미상임.

595) 장가(張家)의 구세(九世) : 당나라 때에 아홉 세대가 함께 살았다고 하는 장공예(張公藝)의 집안을 이름.

세월이 살 같아서 부인의 장사를 지내니 초공이 더욱 슬퍼하고 자녀와
며느리의 슬픔이 비할 곳이 없었다. 월명 등이 극진히 위로하고 온 집안
105 에 슬픈 기운이 가득했다. 양부인의 삼년상을 마치니 평제왕 등의 슬픔
이 갈수록 더하고 초공이 슬퍼했다.

진왕과 초공의 생일이 다가오니 조씨 집안 사람들이 큰 잔치를 열고 잔을 올렸다. 자식들의 효성은 끝이 없었으나 두 공은 부모를 여의면서부터 일찍이 음악소리를 듣지 않았고 잔치 자리를 금했으므로 자식들도 마음대로 못했다. 이날은 초공이 자식들을 돌아보아 말했다.

"오늘은 형님을 모셔 실컷 즐기려 하니 자손들은 다 모여라."

평제왕이 기쁨을 이기지 못했으나 한편으로는 의심하여 염려가 많았다. 다음 회를 보라.

조 씨 삼 대 록

40권

1 화설. 초공이 자식들을 돌아보아 말했다.

"오늘은 형님을 모시고 실컷 즐기고자 하니 자손들은 다 모여라."

평제왕이 기쁨을 이기지 못했으나 한편으로는 의심하여 염려가 많았다.

이날 모든 자손이 집에 가득하고 두 공이 윗자리에 앉아 잔을 날렸다. 손님은 가득하게 모여 만복(萬福)을 축하했다. 초공이 이날은 우스갯소리와 웃음이 자약하여 잔을 받으며 자손을 기쁘게 하여 엄숙한 기상이 달랐
2 다. 사람들이 나이가 많아진 까닭에 그런가 했다.

평제왕 유현이 노래를 시키고 스스로 금현(琴絃)을 들어 곡조를 맞추고 노래를 불러 아버지와 숙부의 웃음을 도왔다. 나이가 거의 칠십이었으나 온화한 기상과 시원한 얼굴이 쇠함이 없었다. 해와 같은 모습과 용과 봉황 같은 재주는 수려하여 세상에서 뛰어났으니 객들이 초공에게 하례하여 복이 많음을 치하했다. 평제왕이 거문고를 타고 노래를 부르니 초공이 승상을 대하여 말했다.

"네 아비가 거문고를 희롱하니 네 형제가 춤을 추어 나에게 보이라."

3 승상 명천형제가 즉시 일어나 절하고 함께 마주해 춤을 추니 가벼운 몸과 행동이 완전하니 진실로 할아버지, 아버지보다 뒤떨어진 것이 없었다. 자리에 가득한 사람들이 모두 놀라 칭찬하고 초공이 기쁜 빛을 띠니 자식들이 부친이 즐거워하는 것을 보고 기쁨을 이기지 못했다. 다만 평제왕과 기주후는 본디 신묘하고 총명함이 다른 사람보다 뛰어났으므로 아버지의 거동이 전과 다른 것을 의심하여 슬픈 마음이 무궁했다. 그리하여 웃을 만한 일과 놀이를 다하여 즐겁게 했다.

자손이 연이어 서로 춤추고 거문고를 희롱하여 넓은 청사에 무수한 노

랫소리가 종일토록 이었다. 오현팔음(五絃八音)[596]이 곡조가 넘치고 음률 4
이 딱 맞으니 초공이 스스로 한 잔을 잡아 진왕에게 주고 말했다.

"우리 형제가 세상에 한날에 나서 올해가 팔십입니다. 인간의 즐거움이 미진함이 없으니 오늘 잔을 보건대 바칠 곳이 없습니다. 감개무량한 정을 이기지 못하니 한 잔을 형님께 드려 슬픈 마음을 진정하겠습니다."

진왕이 잔을 받아 마시고 슬픈 빛으로 한숨을 쉬고 말했다.

"사람이 나서 한 번 죽는 것은 예로부터 항상 있어 온 일이다. 슬퍼한들 되돌릴 수 있겠느냐? 사람들이 우리 형제를 복이 많은 사람이라고
할 것이니 어버이가 백 세를 누리지 못함이 한되나 또한 천명이요 운 5
명이다. 우리 형제가 서로 사랑하고 공경하여 허다한 자손의 효성을 받고 높은 당, 화려한 누각에서 부귀를 누리니 인간사 중 즐거운 일이 이밖에는 없다. 쓸데없이 슬퍼하여 무엇하겠느냐? 오늘 아우가 한 잔 술이 귀함을 이루 다하지 못하니 원컨대 마음을 놓고 즐기라. 우리 남은 생에 얼마나 즐기겠느냐?"

초공이 절하고 평진후가 자리에 있었더니 서로 잔을 날리며 글을 지어 즐겼다. 초공이 붓을 들어 칠언절구 십여 수를 지으니 붓 아래에 풍운(風
雲)이 모이고 푸른 용이 춤을 추었다. 그러나 시어에 슬픔이 머물러 먼저 6
형을 저버림을 은은히 말했으니 조씨 집안 사람들이 슬픈 빛이 얼굴에 가득하고 평진후가 놀라 안색이 변했다.

종일토록 술 마시고 시 짓는 것을 주고받으며 즐거움을 다하고 손님이

---

596) 오현팔음(五絃八音) : 다섯 줄의 거문고 소리와 여덟 가지 재질로 이루어진 악기의 소리. 팔음(八音)은 금(金)·석(石)·사(絲)·죽(竹)·포(匏)·토(土)·혁(革)·목(木)에서 나는 소리.

흩어지니 초공이 평진후의 손을 잡고 탄식하며 말했다.

"이로부터 이별하니 길이 무양하시게. 형이 또한 얼마나 되어 저승에서 모일꼬?"

평진후가 슬피 눈물을 흘리며 말했다.

"사원 형의 마음이 이처럼 슬프니 나도 슬픔을 참지 못하겠도다."

초공이 말했다.

7 "사람이 나서 한 번 죽는 것은 천도(天道)에 떳떳하고 사람이 면하지 못하는 것이네. 오늘 즐기고 파하니 여한이 없네. 형이 오래지 않을 것이니 훗날 구천에서 서로 지기의 정을 이루세. 만일 죽은 사람이 앎이 있다면 소제(小弟)가 어찌 형을 좇지 않으리오?"

평진후가 크게 의심했으나 그 기색이 편안하고 병이 없으므로 염려를 심하게 하지는 않았다.

초공이 의관을 바르게 하고 서헌(書軒)에 돌아와 붓과 벼루를 내 와 유표(遺表)[597]를 써 놓고 북쪽 대궐을 향하여 네 번 절했다. 눈에 몇 줄 눈물을 금치 못했으니 그 마음은 주상을 뵙지 못해서였다. 다시 한 장의 유서

8 를 써서 평제왕을 주고 진왕을 청하여 고했다.

"저를 하늘이 이미 찾으시니 인력으로는 못하는 것입니다. 원컨대 과도하게 슬퍼 마시고 여러 자질(子姪)을 거느리시어 천금과 같은 몸을 보중하소서. 불초제는 이로부터 다시 모시지 못할 것입니다. 청하건대 형님은 만수무강하소서. 집안일과 제사 같은 모든 일은 훗날 형님이 처치하시고 아이들이 서로 화목하도록 권장하소서."

진왕이 다 듣지도 않고서 가슴이 막히고 오장이 찢어지는 듯하여 오직

---

597) 유표(遺表) : 신하가 죽을 즈음에 임금에게 올리는 글.

그 손을 어루만지며 크게 곡하고 말했다.

"하늘이 만일 아우를 찾으신다면 나를 함께 찾는 것이 옳으니 저 하늘 9
이 차마 이를 하시는고? 아우의 기운이 솔, 잣 나무 같고 안색이 백설
(白雪) 같아 쇠약한 거동이 없거늘 오늘밤에 뒷일을 이르고 이 형을 저
버리려 하느냐? 아우의 지극한 우애로 차마 이 말을 하느냐?"

초공이 진왕이 너무 슬퍼하는 것을 보고 안색을 고쳐 위로하며 말했다.

"제 나이가 팔십이요 누린 복록이 분에 넘칩니다. 어찌 하늘을 원망하
겠습니까? 사오 년 세월은 바로 가니 형제가 구천에서 모이는 것이 얼
마나 오랜 후이겠습니까? 이렇듯 슬퍼하시니 돌아가는 마음이 어지러 10
울 따름입니다. 제가 어찌 형님을 저버리려고 하겠습니까마는 천명(天
命)은 벗어나지 못할 것입니다."

재삼 위로하고 일곱 아들을 불러 말했다.

"형님을 나처럼 알라. 우리 형제가 외모와 목소리가 서로 흡사하니 어
찌 아버지와 백부를 분변하겠느냐? 다만 내 임금님의 얼굴을 다시 뵙
지 못하니 한이구나. 나의 급한 사정을 들으시면 어가(御駕)가 친히 임
하시는 일이 있을 것이니 나이 든 신하 때문에 용체(龍體)를 수고롭게
못 할 것이다. 내 이제 너희를 위하여 사사로운 정을 참지 못하여 말을
하겠다. 벽운산이 오래 있을 곳이 아니다. 천태산의 산수가 곱고 도로 11
가 멀어 세상을 피하기 좋다. 벼슬을 물리치고 집안 기물을 배에 실어
상류로 가 천태산에 가 시절을 피하여 많은 자손을 보전하고 성은을 끝
까지 저버리지 말고 나아가 함께 다시 송조(宋朝)를 중흥케 하라. 너희
가 나이가 많고 각각 어진 마음과 의리가 있어 군자의 마음이 있으니
다시 이를 말이 없다. 그러나 어린아이들은 따르기 어려우니 다 겸손

히 물러나고 남을 사랑하고 어질며 덕을 이루고 어짊을 행하라. 옛사
12 람이 황금을 쌓아 자손을 주지 말고 적선(積善)하여 자손에게 은공(恩
功)을 끼치라 했으니 너희는 내 말을 잊지 말고 적선하여 자손을 경계
하고 여러 자손 중 사사로이 재물을 두고 아비와 할아비의 가르침을 듣
지 않는 자가 있으면 내 사당에 세워 자손 항렬에 두지 못하게 하라."

스스로 그 명정(銘旌)[598]을 보는 데서 쓰되 여러 작위는 다 빼고 오직 '초국공지령(楚國公之靈)'이라 쓰며 말했다.

"내 비록 고관대작(高官大爵)을 지냈으나 죽음에 임해서 전할 것이 없구
나. 내 뜻이 세상의 영달을 구하지 않았으나 어버이를 모시며 벼슬길
13 에 오른 후에는 임금님의 은혜에 감격하여 이를 떨치지 못했다. 행적
이 본디 사기(史記)에 오름을 원하지 않아 우리의 사적이 또 송나라 사
기에 있지 않을 것이다. 후세 사람의 시비에 이르러는 내 입을 봉하고
참여하지 않았으니 본래의 뜻 때문이었다. 너희는 내 뜻을 저버리지
말라."

평제왕 형제가 유교(遺敎)를 들으니 눈물이 앞을 가리고 심장이 베이는 듯했다. 각각 낯을 돌려 흐르는 눈물을 겨우 가리고 두 번 절하고서 머리를 두드려 말했다.

"소자 등이 비록 불초하고 덕이 없으나 아버님의 교훈을 간폐(肝肺)에
새겨 받들어 행할 것이니 원컨대 다시 훗일을 이르지 마소서. 저희 마
14 음이 정신이 없나이다."

초공이 길이 탄식하고 말했다.

---

598) 명정(銘旌) : 죽은 사람의 관직과 성씨 따위를 적은 기. 일정한 크기의 긴 천에 보통 다홍 바탕에 흰 글씨로 쓰며, 장사 지낼 때 상여 앞에서 들고 간 뒤에 널 위에 펴 묻음.

“너희가 아직도 알지 못하는구나. 내가 비록 병들지 않았으나 주관하는 별이 이미 떨어지게 된 후에 무엇을 믿겠느냐?”

월명 등을 각각 타일러 말했다.

“기현은 평소에 내가 소중히 여기던 아이다. 내 이제 돌아가는 마당에 더욱 잊지 못하거니와 너희가 다 연로하니 그 이별이 얼마나 하겠느냐?”

조카들이 눈물을 비 오듯 흘리며 슬퍼했다.

초공이 며느리와 딸들에게 다 각각 몸 보중할 것을 이르고 공주를 각별히 어루만졌다. 윤부인이 나오니 초공이 기쁜 빛으로 자리를 밀고 말했다.

“부부가 한 날 돌아가는 것이 정당한 일이나 인력으로 못 하는 일이오. 15
부인은 아직 남은 해가 적지 않았소. 자식들을 거느려 길이 남은 생을 편안히 살고 구천에서 볼 것이니 쓸데없는 슬픔을 과도하게 하지 마시오.”

윤부인이 눈물을 흘려 말을 하지 못했다.

초공의 문생이 들어와 보기를 청했으므로 초공이 며느리와 딸들을 들어가라 하고 불러보고 탄식해 말했다.

“너희가 어찌 알고 심야에 이르렀느냐?”

문생들이 대답했다.

“제자 등은 잔치를 파한 후 객실에 돌아가지 않았습니다.”

초공이 좌우로 앉으라 하고 일렀다. 16

“내 성현의 덕을 본받지 못하고 재주가 비루하거늘 너희의 정성이 친아들과 같으니 내가 또한 내 자식들과 달리함이 없더니 이제 내 명이 다하니 설마 어찌하겠느냐? 각각 충효와 예절을 잡아 자손을 훈계하고 너희가 다 나이 들었으니 훗날 구천(九泉)에서 옛 정을 이음이 오래지 않을 것이다. 그 앎이 있다면 서로 저버리지 않을 것이다."

문생이 모두 절하고 명을 받드니 슬픔의 눈물이 천 줄이나 되었다. 이에 초공이 위로하며 말했다.

"이치를 아는 군자가 어찌 사생(死生)이 천명에 있음을 알지 못하고 슬퍼하겠느냐?"

17 초공이 승상의 손을 잡고 말했다.

"내 너에게 이를 말이 있으나 다 못 하니 명윤과 상의하여 나의 뜻을 저버리지 말라."

두 사람이 두 번 절하여 유교(遺敎)를 들으니 눈물이 비 오듯 했다.

초공이 진왕을 대하여 몸을 일으켜 절하고 말했다.

"오늘 이별하고 구천에서 만날 것입니다. 길이 목숨을 편히 누리시고 불초제가 먼저 돌아가는 것을 용서하소서."

진왕이 붙들고 우니 기운이 막힐 듯했다. 초공이 편안한 빛으로 위로하고 조카들을 돌아보아 말했다.

"형님을 모셔 이곳에서 떠나시게 하라."

18 조씨 집안 사람들이 진왕을 붙들어 내려고 했으나 진왕이 듣지 않고 두 줄기 눈물이 하수(河水)와 같이 흘렀다. 이에 초공이 길이 탄식하고 평제왕을 손으로 불러 의자를 바르게 하고 베개에 편히 누워 자식들을 대하고 말했다.

"내 기운이 아득하여 진정하려고 하니 너희는 요란하게 슬피 울지 말라."

평제왕 등이 슬픔을 참고 좌우에서 모시고 진왕이 같이 누워 손을 놓지
않았다. 사경(四更) 초에 붉은 기운이 침소로부터 하늘까지 뻗쳐 공중에서
노랫소리가 은은했다. 사람들이 놀라지 않는 이가 없더니 이때 초공이 죽
으니 향년(享年)이 팔십이었다. 모든 문생이 난간에서 하늘을 바라보고 19
슬피 울고 있었는데 말만 한 별이 광채가 휘황하여 남녘에 떨어졌다. 평
제왕이 가슴을 두드리고 정신을 잃으니 밤빛이 참담하며 슬픈 바람이 일
어났다. 진왕이 한바탕 통곡하고 초공의 낯을 대고서 기운이 막혀 인사를
몰랐다. 자식들이 정신이 없이 붙들어 인사를 차리게 했다.

초혼(招魂)하고 발상(發喪)하니 일곱 상주와 사십 명의 상복 입은 사람이
있고 상을 치르는 문생이 육십여 명이었다. 사위, 증손, 외손 등 대공(大
功)에서 시마(緦麻)[599]에 이르기까지 백여 명이었다. 상례의 장대하고 거
룩함이 천고에 드물었다. 20

일곱 아들이 임오년에 연이어 상을 당했다. 한 번 곡을 할 때 두 번 정신을 잃으니 보는 자가 차마 보지 못하고 상하 천여 명의 사람들이 마음에 다 함께 부모를 잃은 것같이 하니 곡소리가 하늘을 흔들었다.

아! 어느 때 현인과 군자가 없겠는가마는 초공과 같이 대성인(大聖人)의 풍채와 도덕에 비교할 자가 없다. 초공의 충효는 천고를 기울여도 한 사람이요 효성과 우애 같은 온갖 행실이 당대에 쌍이 없었다. 어려서부터 팔십 살에 이르기까지의 행적이 맑은 하늘의 태양 같아서 흰 옥이 티가

599) 대공(大功)에서 시마(緦麻) : 전통적 상례 복제인 오복(五服) 중의 일부. 오복(五服)은 곧 참최(斬衰), 재최(齊衰), 대공(大功), 소공(小功), 시마(緦麻)를 이름. 대상과 기간에 따라 이와 같이 나뉨. 참최는 3년복으로 아들이 아버지의 상에, 재최(齊衰)는 1년복으로 아들이 어머니의 상에, 대공(大功)은 9개월복으로 종형제와 종자매의 상에, 소공(小功)은 5개월복으로 종조부(從祖父)와 종조모(從祖母), 형제의 손자, 종형제의 아들, 재종형제(再從兄弟)의 상에, 시마(緦麻)는 3개월복으로 종증조부(從曾祖父), 종증조모(從曾祖母), 증조(曾祖)의 형제나 자매, 형제의 증손(曾孫)과 증조부 증조모의 상에 입음.

21 없었다. 황금같이 단련되어 임금에게 충성하며 부모를 효도로 봉양할 적
에는 증삼(曾參)과 순 임금이라도 미치지 못할 정도였다. 고난을 겪어도
굳세고 기질이 빛나 관직에 거처할 적의 맑음은 당나라 때의 위징(魏
徵)[600]과 한나라 때의 제갈량을 압도했다. 조심하고 공손하며 정직하여
평생의 충성과 재덕은 이윤(伊尹)[601]과 주공(周公)[602]을 압도했다. 음양에
맞게 하고 계절에 순종하여 나라를 다스리고 천하를 고르게 하기를 극진
히 꾀했다. 재상의 지략과 군자, 장부의 위엄 있는 풍모가 몸에 완전하여
온갖 행실이 그 몸을 두르고 일천 가지 위의가 얼굴에 나타났다. 천지를
품수하고 복이 가득하며 신명한 것이 고금의 현인과 군자에 비교될 만했
22 으니 나면서부터 알고 나면서부터 효성스러웠다. 임금에게 충성하고 어
버이에게 효도하며 형에게 공손하고 아랫사람을 다스릴 적에는 은혜가
두터웠고 말을 하면 거침이 없었다. 일찍이 용문(龍門)에 올라 벼슬이 정
승에 오르고 태자의 사부[603]가 되어 권세가 조야(朝野)에 떨쳐지고 덕망
이 선비들에게 진동했다. 그래도 조금도 거만함이 없어 겨울해의 위엄과
봄볕의 화기로 조정에 선 지 육십여 년에 의리와 도덕이 빛나고 맑아 예
의가 몸을 빛냈다. 규방의 세 숙녀와 함께 양친을 효성으로 받들고 육십
여 년을 즐기는 가운데 자손이 집에 가득하고 효자와 어진 손자가 대를
23 이어 제사를 받들었다. 종사가 대대로 창성한 것은 진실로 공의 어진 덕

600) 위징(魏徵) : 580~643. 당나라 태종 때의 명신(名臣). 학자로서 수(隋)나라 말기 혼란기에 이밀(李密)의 군대에 참가했으나 곧 당(唐) 고조(高祖)에게 귀순하여 고조 장자의 유력한 측근이 됨. 황태자 건성이 아우 세민(世民, 후의 太宗)과의 경쟁에서 패했으나 위징의 인격에 끌린 태종에게 발탁되어 간의대부 등의 요직을 역임한 후 재상으로 중용되었음. 굽힐 줄 모르는 직간으로 황제 태종을 보필한 것으로 유명함.

601) 이윤(伊尹) : 중국 은(殷)의 재상. 이름은 이(伊) 또는 지(摯)임. 윤(尹)은 벼슬 이름. 탕왕(湯王)을 도와 걸(桀)을 쳐서 탕왕이 천하를 통일하게 했음.

602) 주공(周公) : 중국 주(周) 때 조카인 성왕(成王)을 충성으로 보필했던 신하.

603) 태자의 사부 : {졔즈의 사우}. '졔즈'를 '태즈'의 오기로 보아 이와 같이 옮김.

이 흘러 미쳤기 때문이었다.

아! 큰 별이 남녘에 떨어지니 나라의 교화를 밝히고 예의를 지닌 성현이 자취를 감추었다. 세상 사람이 공이 죽은 것을 듣고 눈물을 흘리지 않는 이가 없었다. 하물며 그 자질과 형제의 마음이겠는가? 진왕이 이날 울기를 그치지 않아 밤새도록 애통해 하고 정신을 잃고 초공과 같이 누워 있으면서 일어나지 않고 말했다.

"내 양친(兩親)을 영결하고 위로하여 예전처럼 밥을 먹은 것은 내 아우
가 아직 있어서였더니 이제 아우를 잃으니 무엇을 위하여 괴롭게 살겠
는가? 너희는 나를 위해 내 아우와 함께 염을 하여 이 슬픔을 잊게 하 24
라."

자식들이 울며 간했다.

"대인께서 어찌 계부(季父) 대인의 말씀을 잊고 이처럼 하십니까?"

진왕이 크게 통곡하고 말했다.

"하늘이 내 아우를 죽이신 것이 나를 죽이신 것이다. 유비, 관우, 장비는 결의한 형제로되 한날에 죽기를 맹세했다. 내가 아우와 함께 동복형제로 같은 달, 같은 때에 나서 그림자가 응하듯 서로 떨어지지 않았다. 그런데 아우가 나를 버렸구나. 이제 내 나이가 족하고 자손이 많으니 오늘 죽는 것이 소원이다."

이렇게 말하고 음식을 먹지 않아 초공의 신체 곁에 누워 전혀 움직이지
않았다. 자식들이 망극함이 더하고 정숙렬이 슬픈 가운데 심란함을 이기 25
지 못했다.

날이 밝고 객들이 모이니 문득 문생(門生)과 친족들이 상을 예로 할 적에 평진후가 친히 이르러 진왕의 거동을 보고 신체를 어루만져 목 놓아

길게 통곡했다. 눈물이 비 오듯 한 가운데 길이 탄식하고 말했다.

"어제 즐기며 함께 술을 마시던 것이 오늘 변하여 울음이 되니 우리가
다 남은 날이 없으니 형이 어찌 과도한 행동을 하여 자손의 낯을 돌아
보지 않습니까? 하늘은 또한 어진 사람을 아낍니다. 이현의 기품으로
26 써 속세를 벗어나고 천당에 돌아감에 수명과 복록이 족하니 어찌 자손
에게 남은 한이 있으리오? 오직 슬픈 것은 금세에 다시 성인이 없는 것
이니 이를 한탄할 뿐입니다."

이렇게 말하고 손으로 진왕을 일으키려 했으나 진왕이 굳이 사양하고 울면서 초공을 어루만져 기운이 다할 듯했다. 조씨 집안 사람들이 울며 간하여 염을 하기를 재촉하고 평진왕이 피눈물을 흘리며 간했다.

"저희가 천지에 죄를 얻어 이제 하늘이 무너지는 변을 당하니 지향할
바가 없습니다. 오히려 백부를 우러러 대인의 유교(遺敎)를 받들려고
27 하거늘 이처럼 과도하셔서 도리어 저희에게 망극한 마음을 더하게 하
시니 누구를 바라고 견디겠습니까? 저희가 청컨대 백부 면전(面前)에서
죽어 서러움을 모르고자 하나이다."

진왕이 문계의 슬픈 얼굴에 일천 줄 피눈물이 이어지고 열렬한 소리가 슬퍼 자주 끊어짐을 보고 뼈마디가 녹는 듯했다. 이에 일어나 앉아 손을 잡고 크게 울어 말했다.

"아우가 없으나 네 얼굴이 있으니 아우가 죽었어도 죽지 않았구나. 내
어찌 생각이 없겠는가마는 우리는 앉고 눕기를 같이하고 모습을 서로
비추어 한시도 떠나지 않았다. 그런 정으로 이제 나는 살고 저는 죽으
28 니 세상 천지에 서러움이 끝이 없구나. 그래서 한 날에 같이 죽으려고
했더니 네 말을 들으니 불쌍하고 슬프구나. 마땅히 네 나를 아비같이

알아 내 말을 좇고 몸을 보전하면 내 또 네 말을 좇을 것이다."

일곱 아들이 절해 사례하고 자식들이 붙들어 애걸하니 비로소 일어나 목 놓아 크게 곡했다. 눈물이 하수(河水)와 같고 소리가 처절하여 차마 듣지 못할 정도였다.

초공의 유표(遺表)를 올리니 임금이 크게 통곡하고 즉시 난가(鸞駕)[604]를 움직여 조위하려고 하니 신하들이 간했다.

"이미 그 살아 있을 때 보지 못하셨으니 어찌 초상에 가마를 움직이십 29
니까? 초상 후에 한 번 물으소서."

임금이 용루(龍淚)가 가득하여 말했다.

"선제(先帝)께서 조이현[605] 아시기를 어찌하셨더냐? 이제 와서 이현을 잊으면 선제를 잊는 것이다. 그 모습과 어진 말을 다시 보지 못하니 한이 남도다. 그 신체를 관에 넣지 않았을 때 한 번 보는 것이 곧 짐의 마음이로다."

이에 난가를 움직여 남문 밖으로 나갔다.

이때 평제왕은 망극한 가운데나 일마다 유교(遺敎)를 지키고 상례와 관
련된 모든 일을 다 예로써 했다. 천자의 난가가 문에 도착하니 진왕 이하 30
사람들이 성은에 망극하여 문밖에 나와 맞이했다. 임금이 시체 옆에 나아가 초공의 신체를 어루만져 통곡하니 용루가 어의(御衣)를 적셨다. 손자들의 슬픔과 일곱 아들의 망극함은 더욱 비할 데가 없었다. 임금이 오래 울자 공의 감았던 눈이 두어 번 뜨이니 정신이 있는 듯했다. 진왕이 참지 못하여 말했다.

604) 난가(鸞駕) : 연(輦). 임금이 거둥할 때 타고 다니던 가마.
605) 조이현 : 조성을 이름.

"네 항상 충성과 절개가 보통 사람과 달라 오늘 성은이 이와 같으시니
저승에서도 앎이 있어 비록 반가움이 지극하나 어찌 이처럼 이상함이
31 있느냐? 이미 용안을 뵈었으니 구천에서 길이 눈을 감으라."

홀연 맑은 눈을 슬피 감으니 일곱 아들이 이를 보고 기운이 막혀 일시에 혼절했다. 임금이 참담하여 위로하고 상주가 인사를 차리자 임금이 조위(弔慰)했다. 평제왕 등이 피눈물이 옷깃에 젖고 곡소리가 애통하니 돌과 나무라도 감동시킬 정도였다. 임금이 슬픈 빛으로 낯빛을 고치고 말했다.

"돌아간 상국은 향년이 팔십이요 복록을 두루 갖추었으니 선생 형제가
지극한 고통 속에 있으나 유감이 없을 것이네. 대효(大孝)는 몸을 죽이
32 는 것이 아니네. 선생 등은 너무 슬퍼하여 목숨을 잃지 않는 일을 생각
하라. 유표(遺表)를 보니 짐의 마음에 어찌 슬픔을 참으리오?"

일곱 아들이 눈물을 흘리고 사례하여 말했다.

"성은이 이와 같으셔서 거친 산 가운데 어가(御駕)가 친히 임하셨으니 한갓 신 등이 황송할 뿐만 아니라 아비의 정령(精靈)이 앎이 있다면 임금님의 은혜에 감동하여 반드시 더욱 슬퍼할 것입니다. 신 등의 간담(肝膽)이 마디마디 끊어짐을 어찌 참겠나이까?"

임금이 재삼 위로하며 친히 죽을 들어 권하고 초상에 필요한 온갖 장비
와 옷, 관곽(棺槨)을 잘 택하여 주었다. 그리고 입고 있던 홍금포(紅錦
33 袍)[606]를 벗어 관에 넣게 하니 조씨 집안 사람들의 슬픔과 상주(喪主)의
애통함이 비할 데가 없었다. 어가(御駕)가 궁에 돌아가고 이에 조정에 가
득한 뭇 제후들이 차차 조상했다. 천자로부터 조정에 가득한 공경(公卿)에
이르기까지 다 슬퍼하며 아끼는 것이 뼈에 사무쳤으니 조씨 집안의 노복

606) 홍금포(紅錦袍) : 붉은 비단으로 된 도포.

과 공의 아랫사람들이 다 부르짖어 통곡하며 정신을 잃으며 공을 따르고자 했다.

이미 염습(殮襲)[607]하고 빈소를 차리니 자식과 조카들이 하늘을 향해 부르짖고 가슴을 치며 슬퍼하고 청산(靑山)도 슬퍼했다. 이에 보는 자들이 눈물 흘림을 깨닫지 못했다.

일곱 아들이 다 늙어 위중하여 자주 혼절하니 자손들이 정신이 없이 어찌할 바를 몰랐다. 윤부인의 모습이 더욱 참담하니 자식들이 피눈물로 애
결하므로 죽을 뜻을 고쳤다. 그러나 하늘이 무너지는 고통으로 오장이 34
찢어지고 피눈물이 다하여 맥이 실과 같았다. 며느리들이 좌우에서 모셔 위로하고 일곱 아들의 지극한 효성이 밝았다.

평제왕 유현의 사람됨이 천성이 지극한 효성을 가져 성현(聖賢)의 풍모가 있었다. 엄친과 자모(慈母)를 여의고 하늘을 부르짖는 고통이 찢어지는 듯했으나 흰 머리의 편친(偏親)을 효성으로 받드니 친어머니가 아님을 깨닫지 못했다. 슬픈 빛을 감추고 온화한 기운이 은은하고 정성스러워 모친의 마음을 편하게 했다. 윤부인이 본디 신실한 마음에 착한 덕을 지니고 고금에 통달하여 마음이 군자, 장부의 도량을 지니고 있었다. 평제왕이
친생(親生)이 아니었으나 사랑하고 믿기를 평제왕을 으뜸으로 했다. 왕이 35
근심하는 안색을 갖고 있으면 더욱 놀라 우려하니 왕이 크게 감동하고 슬퍼 더욱 모친에게 슬픈 기운을 보이지 않았다. 아침저녁 문안과 음식을 몸소 살폈으니 성의공이 친자식이었으나 오히려 문계에게 미치지 못했다. 이는 성의공이 범사에 무겁고 느슨했기 때문이었다.

세월이 흘러 공의 장사일이 다다랐다. 자녀의 지극한 슬픔과 진왕의

---

607) 염습(殮襲) : 죽은 사람의 몸을 씻긴 뒤에 옷을 입히고 염포로 묶는 일.

뼈에 사무치는 고통이 갈수록 더했다. 평생의 회포로 제문을 지어 제사를
36 베푸니 월명 등이 잔을 받들어 전하고 승상 명윤이 제문을 읽으니 그 글
은 다음과 같다.

유년 월일의 가형(家兄) 평진왕 무는 죽은 아우 초국공 황태부 좌승상 이현의 영에게 고하노라. 오호라! 저승에서 앎이 있다면 이 형의 끝없는 슬픔을 살피라. 억만 슬픔을 글로 형용하여 영궤(靈几)에 읽으니 맑은 술 한 잔으로 나의 정을 펼 수가 없도다.

슬프고 슬프도다. 사람이 누가 형제가 없으며 천륜(天倫)이 각별하지 않겠는가마
37 는 이 형과 아우의 정은 다른 사람과 다름이 많도다. 부모님이 늘그막에 우리 형제
를 얻으시니 아우와 형이 한날한시에 나서 앞뒤의 차례로 형제를 정하고 함께 자당(慈堂)의 젖을 어루만졌으니 서로 귀하게 여기는 뜻이 어려서부터 났도다. 네가 몇 살 뒤에 부모를 분변했으므로 문득 겸손하고 사양하는 뜻이 밝았으니 이는 천성이었다. 자모의 가슴에 엎드려 사랑을 다툴 때에 현제가 순순히 사양하고 덜 먹으니 부모가 이로써 도리어 항상 염려하시고 기이하게 여기셨다.

38 네다섯 살이 지나니 예를 갖춘 외모가 이미 생겼고 겸손한 덕을 나면서부터 알았
다. 어버이 앞에서 모실 적에 나아가고 물러가는 예절에 어린아이의 거동이 조금도 없으니 이 형은 진실로 미치지 못할 곳이 많았도다. 형제가 함께 수학할 때 너의 총명을 이 형이 바라보지 못했고 재주와 문장이 나보다 낫되 너는 매사에 겸양하여 자부하는 일이 없었지.

예닐곱 살이 된 후에는 예를 지키는 것이 매우 엄격하여 희롱하는 일이 거의 없
고 내가 출입할 때에는 당에서 내려와 맞고 보내며 예로써 공경함이 날로 더했도다.
39 내 실로 너를 사랑했으나 네가 예법을 공경하여 두려워하고 친애하는 도리가 도리

어 해로움을 일러 고치라고 했으나 너는 그 천성의 겸손한 태도를 고치지 못했구나.
열 살 이후로 몸을 행하는 도리가 대성인(大聖人)의 풍모가 있었도다. 내가 현제
와 함께 조모와 양친을 모셔 색동저고리를 입고 춤출 적에 우리 형제의 기운이 드높
고 진중하여 현제는 군자의 도를 이루었지. 선친께서 이를 칭찬하시며 말씀하시기
를, '성은 일대의 준걸이자 착한 행실을 하는 군자요 무는 호걸의 기운이 있다.'고 하
시면 자당이 매양 경계하시며, '아우를 배우라.'고 하셨다. 40
자라서 형제가 한 과거에서 급제하여 용문(龍門)에 오르니 함께 계화(桂花)와 청
삼(靑衫)으로 어버이를 영화롭게 했지. 우리 아우를 보는 사람들은 모두 칭찬하여
조씨 집안을 융성하게 할 기린이라고 했고 문중(門中)에서 추앙하는 것이 이 형보다
위였도다.
백 년 동안 어버이를 모셔 기러기의 항렬처럼 양친을 효성으로 받들기를 기약했
지. 형제가 한 이불, 같은 베개에서 떠나는 날이 있을까 두려워했다. 그러다가 나랏
일을 하게 되어 현제가 먼저 광동으로 떠나고 이어서 이 형이 거란으로 나아갔지.
이별할 적에 어버이의 얼굴과 아우의 모습을 생각하여 아침 구름과 저녁달에 애달 41
피 그리워하는 회포가 만 겹이나 되었다. 네가 먼저 나랏일을 잘 다스리고 돌아와
임금과 쌍친(雙親)을 모셔 효도를 다하고 간인(奸人)과 역적을 다 멸하여 성군(聖君)
을 보좌하고 큰 공을 이루었으니 이 형의 조그만 수고를 웃을 만했다. 내가 반사(班
師)[608]하는 날 함께 훤당에 절하고 손을 함께하여 구 년여 만에 어버이의 얼굴을 뵙
고 형제가 상봉하는 기쁨이 온 자리를 감동시키고 기쁘게 했었지. 천륜의 즐거움이
이날에 다했도다.
아! 고요히 생각하면 첩첩히 그리워함을 견딜 수 있겠느냐? 내 본디 천성이 털털 42
하고 어렸을 때 과격한 모습이 있었다. 크고 작은 일에 우리 아우가 바르게 간하는

608) 반사(班師) : 군사를 이끌고 돌아옴.

말이 내 마음을 감동시켰다. 내 현제의 말이면 듣지 않는 일이 없었고 현제는 내가 이르면 행하지 않는 일이 없었다. 우리 형제가 외람되게 벼슬이 가장 높은 데 이르렀고 자녀가 많아 사람들이 다 복된 사람이라 칭찬했다. 나도 오히려 근심하는 일이 없었으되 현제는 조심하고 공손함이 선비[609] 시절과 다름이 없게 했다. 임금을 사
43 랑하고 나라를 근심하여 주공(周公)의 한 번 머리 감을 때 세 번 머리를 움켜쥐고, 한 번 밥 먹을 때 세 번 내뱉는 덕[610]을 이었지. 지존(至尊)의 사부가 되어 가까이서 모시기 가득한 것을 받음 같이 했으니 조정에 있은 지 육십여 년에 반 점 허물을 보지 못했다.

이 형이 이제 복이 없어 아우를 잃었으니 누가 나의 허물을 바로잡겠는가? 이에 앞서 존당과 부모님을 여의어 하늘을 보고 부르짖는 고통이 육아(蓼莪)[611]에 맺혀 인생의 슬픔과 즐거움이 상반함을 깨달았도다. 오히려 상의 유명하는 바는 현제(賢弟) 들니오[612]

오호라. 하늘이 우리 아우를 앗아 갔으니 그림자가 처량하고 자리가 외롭구나.
44 비록 자손이 집에 가득하나 현제의 정을 잇기는 어렵도다. 쌍친을 여의면서 우리 아우의 미우(眉宇)에 기쁜 빛이 어린 것을 보지 못했다. 현제의 생일을 맞아 함께 자손의 잔을 받을 적에 현제가 종일토록 즐겨 즐거움이 단란했으니 어찌 도리어 구천(九泉)에 가기를 바삐 하며 나를 이별하려는 뜻인 줄을 알았겠는가? 아우가 족히 복을 누렸다고 할 만하니 무엇을 한하겠는가마는 흰 머리의 늙은 형을 두고 먼저 돌아감

609) 선비 : {포의(布衣)}. 포의(布衣)는 '베옷'으로서 벼슬하지 않은 선비를 비유하는 말.
610) 한 번 ~ 내뱉는 덕 : {일목(一沐)의 삼악발(三握髮)과 일반(一飯)의 삼토포(三吐哺) 호는 덕}. 인재를 구하는 태도를 가리킴. 이 구문은 성왕이 백금을 노나라에 봉하자, 주공이 노나라 사람에게 교만하게 굴지 말라며 훈계하기를 "나는 문왕의 아들이요 무왕의 아우이며 성왕의 숙부인데, 또한 천하에 재상 노릇을 하면서도 천하를 가볍게 여기지 않았다. 한 번 목욕하는 동안에 세 번 머리를 움켜쥐고 한 번 밥 먹는 동안에 세 번 내뱉으면서, 오히려 천하의 선비를 잃을까 우려했었다."고 한 데에서 유래한 것임. 『예기』「노주공세가(魯周公世家)」에 보임.
611) 육아(蓼莪) : 부모의 은공을 갚지 못함을 한탄하는 말. 『시경(詩經)』 〈육아(蓼莪)〉의 내용.
612) 상의 ~ 들니오 : 미상.

을 애통히 여기는도다. 아우를 잃으면서부터 당황하여 미친 듯, 얼이 빠진 듯하니 45
인생이 유한(有限)하고 세월이 살과 같으니 훗날 저승에서 다시 모여 천륜의 즐거움
을 다할 것이로다.
세월이 흘러 덧없이 장사지내는 날이 임하여 조카들의 애통함과 자손의 슬퍼함
을 보니 진실로 세상이 뜬구름 같구나. 다만 현제가 구천에 돌아가 선인(先人)을 모
셔 즐기는 것을 생각하니 함께 가서 한 당에 들고자 하나 미칠 수 있겠는가? 영구(靈
柩)를 내니 이 곧 영원한 이별이로다. 현제를 땅 속에 묻고 이 서러움을 능히 참을 46
수 있을 것인가? 아우의 임종 부탁이 훤하여 저버리지 못하겠도다. 오직 참고 살아
현제의 자손을 보호하여 유언을 저버리지 않으리라. 문생과 벗 들이 다 애통해 하는
것은 현제의 지극한 어짊과 지극한 덕으로부터 말미암은 것이로다. 초상을 지낼 때
어가(御駕)가 친히 임하셔서 조위(弔慰)하시고 모든 상구(喪具)를 왕공(王公)의 예
로 하라고 하셨으니 죽어서의 복록을 사람들이 부러워하는 바로다. 임금께서 친림
하셨을 때 현제의 두 눈빛이 옛날과 같이 밝아 앎이 있는 듯했으니 이 어떻게 된 일
인고?
통재라. 현제의 충성과 절개가 세상을 뒤덮고 임금을 사랑하는 마음이 귀신을 감 47
동시켰도다. 용안을 뵈어 반가운 뜻을 표했으니 이 모습을 내가 보았노라. 아우를 곡으로 이별함에 근력이 더욱 쇠모하니 죽음이 가까운 듯하도다. 회포를 만에 하나라도 베풀어 영원히 이별하니 흠향(歆饗)하라.[613]

다 읽으니 조씨 집안 사람들의 슬픈 곡성이 천지를 흔들었다. 진왕의 통곡에 해와 달이 무색(無色)하고 쓸쓸한 비가 부슬부슬 오는 것[614] 같으

613) 흠향(歆饗)하라 : {셔긔흠격[庶其歆格]ᄒᆞ라}. 직역하면 '거의 그 흠향함'이므로 이와 같이 번역함.
614) 쓸쓸한 ~ 오는 것 : {쳐위비비[凄雨霏霏]}.

48 니 보는 자가 부르짖고 슬퍼함을 깨닫지 못했다. 조카 중 월명공이 더욱
서로를 잘 아는 숙질간으로서 몸이 훼손될 듯이 슬퍼하고 사위 소경수 등
과 제자 양인광 등이 슬픔을 이기지 못해 제문을 지어 제사를 베풀었다.
임금이 예부상서 정태숙을 보내 제사를 지내게 하니 관리들이 천자의 명
을 받아 그 평생의 행적과 충성을 표하니 영광이 나라에 넘쳤다.

이미 장사를 마치고 돌아오니 일곱 아들의 망극함이 예에 넘고 진왕의
슬퍼함과 추도함이 뼈에 사무쳤으며 문생 소공 등의 슬퍼함이 비할 데가
49 없었다. 임금이 조서를 내려 초공의 묘 아래에 사당을 세워 제사를 지내
게 하고 왕의 예법으로 장사 지내고 시호를 충현왕이라 하고 명(銘)을 새
겨 '열위 선생'이라 하여 날이 오래도록 잊지 않다가 문집과 일기를 올리
라 하여 보고 새로이 칭찬했다.

진왕이 장차 자질을 거느려 경사로 반혼(返魂)[615]할 적에 묘 아래에서 통곡하니 눈물이 하수(河水) 같고 산천조차 근심 어린 빛을 띤 듯했다.

이때 평제왕 등 일곱 사람이 땅을 두드리고 하늘을 보고 부르짖으며 울
다가 정신을 잃으니 반은 살고 반은 죽은 것 같아 기운을 수습하지 못했
다. 진왕이 먼저 그치고 붙들어 타이르고 꾸짖으나 일곱 형제가 차마 묘
50 아래에서 일어나지 못하여 통곡을 그치지 않았다. 월명 등이 붙들어 온
갖 말로 위로하여 묘 앞에서 절했다. 땅을 두드려 목 놓아 크게 곡을 하니
눈물이 점점이 피가 되었다.

이미 운산에 돌아와 제사를 법대로 하며 선인(先人)의 유교(遺教)를 생각하고 편모(偏母)와 백부(伯父)를 지성으로 받들었다. 진왕이 더욱 슬퍼하여 문계 등을 어루만져 사랑함이 자식들보다 나았다. 허다한 자손을 거느려

615) 반혼(返魂) : 죽은 사람의 혼을 다시 집안으로 불러들이는 일.

집안을 다스리는 법도가 관대하여 자기의 자손과 초공의 자손을 한 가지
로 어루만지고 사랑하여 잘못된 일이 있으면 꾸짖고 옳은 일이 있으면 기 51
뻐했다.

평제왕 등이 상례를 다스려 여막에서 거처하며 슬픔이 뼈에 사무치니 진왕이 친히 음식을 권하고 보호하여 자식들보다 더하게 했다. 이는 그 부모의 자애가 없음을 불쌍히 여겨서이니 일곱 형제가 감동하여 진왕의 뜻을 어기지 못했다. 형제들이 위로를 삼고 안으로는 윤부인이 보호하고 대의(大義)로 꾸짖어 매양 공의 유교(遺敎)를 일컫고 위로했다. 일곱 형제는 대효(大孝)의 군자였으므로 모친의 뜻을 받들어 지극한 슬픔을 마음에 담고 자모를 효성으로 받들고 백부(伯父)를 아버지가 살아 있을 때보다도 더 잘 섬기니 진왕이 기뻐했다.

자손이 해마다 번성하여 혜선공주가 집안일을 하여 초공의 제사를 받 52
들었다. 집안이 엄숙하고 법도가 정제하여 여종과 남자 종에게 은혜와 위엄이 아울러 행해지고 많은 형제가 화목하여 조금도 사사로운 뜻이 없었다. 한씨의 집안 다스리는 법이 공주와 같았다.

명윤의 아내는 한씨, 원씨, 여씨, 화씨요, 명선의 아내는 호씨요, 명성
의 아내는 주씨요, 명숙의 아내는 양씨요, 명필의 아내는 유씨였다. 명의
선생 운현의 맏며느리는 화씨요, 문의 선생의 맏며느리는 두씨요, 문필
선생의 맏며느리는 장씨요, 그 나머지 각각의 맏며느리는 윤씨, 형씨, 상 53
씨니 자손이 많았다. 문계 유현의 열다섯 아들의 맏며느리는 혜선공주, 조씨, 화씨요, 둘째 며느리는 윤씨, 정씨, 설씨요, 셋째 며느리는 남씨요, 넷째 며느리는 경씨요, 다섯째 며느리는 곽씨, 영씨요, 여섯째 며느리는 교씨요, 일곱째 며느리는 철씨, 여씨요, 여덟째 며느리는 최씨요, 아홉째

며느리는 교씨요, 열째 며느리는 상씨요, 열한째 며느리는 조씨요, 열두째 며느리는 화씨, 민씨요, 열셋째 며느리는 석씨요, 열넷째 며느리는 정씨요, 열다섯째 며느리는 모씨[616]였다. 월명공 기현의 장녀는 혜주요, 차녀는 요주요, 삼녀는 미주요, 사녀는 비주요, 오녀는 명주요, 육녀는 애주였다. 다 명문거족의 사람과 혼인하여 자녀가 많았다.

문청 선생 광현의 맏며느리는 소씨요, 청의 선생의 맏며느리는 유씨요,
54 문백 선생의 맏며느리는 소씨요, 문첨 선생의 맏며느리는 윤씨요, 운암
선생의 맏며느리는 유씨니 자녀가 넉넉하고 손자가 슬하에 많았다. 조씨
의 여러 공이 소년 시절에 각각 단점과 장점이 있어 소소한 허물이 있으
나 나이가 차면서 위엄이 있고 정대하여 온갖 행실이 다 남보다 뛰어나
성인의 남은 풍모가 있었다.

세월이 흰 망아지가 틈을 지나는 것 같아 초공의 삼년상이 다하고 일곱
아들이 상복을 벗으니 지극한 슬픔이 새로우며 왕의 슬픔이 더욱 심해졌
다. 연비가 병이 없이 며칠이 안 되어 기세(棄世)하니 정숙렬과 진왕이 크
55 게 슬퍼하고 열 아들과 조씨 집안 사람들의 망극함이 비길 데가 없었다.
진왕이 자녀를 위로하고 탄식하며 말했다.

"인생을 사는 것이 나그네 같구나. 내가 부모를 영결하고 아우를 잃어 세상에 서러움이 이 같은 것이 없었어도 살았으니 어찌 일개 부인을 이르겠는가? 부인이 나이 팔십을 채우고 부귀가 족하니 슬퍼하여 무익(無益)하다. 내가 또 얼마나 지나면 돌아갈 것인가?"

정숙렬이 또한 탄식하고 말했다.

"연부인은 유복(有福)함이 매사에 이렇듯 합니다. 시집을 온 후에 태평

616) 모씨 : 원문에 빠져 있음.

하게 즐기며 한 번도 괴로운 일을 겪지 않고 이제 자손을 두루 두어 왕
이 반석(盤石) 같으신 때 돌아가니 사람이 부러워할 일입니다." 56

이처럼 자녀를 위로하나 동기를 잃은 것 같아 슬픔을 이기지 못했다.

장사를 지내고 청의 선생 영현이 갑자기 병이 중하여 자리에서 일어나지 못하니 진왕이 근심하여 탄식하고 말했다.

"내 오래 사는 것이 이처럼 해로움이 있으니 어찌 슬프지 않으며 아우의 일이 일마다 부럽지 않은가?"

원래 진왕은 영현이 약하여 마침내 자기 생전에 죽을 것을 염려하고 있었다. 그 병이 위중하니 그가 살지 못할 줄을 알았다. 마침내 일어나지 못하니 죽을 적에 부모에게 고했다.

"소자가 본디 오래 살 몸이 아니었는데 오히려 부모의 넓으신 덕으로 57
칠십을 살았으니 이제 자녀가 많고 복이 분에 넘칩니다. 오직 슬픈 것
은 양친께 슬하의 슬픔을 끼치는 것이니 부모님은 불초자의 죄를 사하
시고 또한 운명이니 너무 심려치 마소서."

진왕이 손을 잡고 눈물을 흘려 말했다.

"안자(顔子)가 지극한 현인(賢人)이셨으나 단명(短命)하고 공자께서는 큰
성인이셨으나 백 살을 누리지 못하셨다. 네 이제 약한 기품으로 칠십
을 살았고 자녀가 두루 있으니 무엇을 슬퍼하겠느냐? 오직 한하는 것
은 내가 질기게 살아 얼마를 울었으며 또 너를 두고 우는 것이니 어찌
한스럽지 않은가? 오직 마음을 편히 하여 늙은 아비와 어미를 염려하 58
지 말라. 얼마 지나지 않아 돌아가 너를 보리라."

영현이 베개에 엎드려 부모의 손을 쥐고 모든 형제를 돌아보아 말했다.

"나의 불초는 천고에 없다. 원컨대 부모님이 슬퍼하시는 것을 위로하

고 모든 형제가 남은 생을 같이 있으라."

월명 기현과 문의 운현 등이 그 손을 잡고 눈물을 비 오듯 흘렸다. 이때 모습이 참담하고 슬퍼 보는 자들이 눈물 흘림을 면하지 못했다. 정숙렬이 차마 보지 못하여 붙들고 슬피 울며 말했다.

59 "내 운명이 기구하여 오늘날 너를 영결하니 어찌 오래 삶을 한탄하지 않으리오?"

영현이 대답했다.

"설마 어찌하겠습니까? 형제가 번성하고 소자에게는 세 아들이 있사옵니다. 명취가 소자의 얼굴을 가졌으니 반기소서."

말에 이어 명취를 불러 유언을 마치고 죽으니 향년이 육십팔 세였다. 부모의 애통함과 형제의 슬퍼함이 비길 데가 없고 명취 등 삼 형제는 슬픔이 뼈에 사무칠 듯했다. 이에 진왕이 꾸짖고 초, 종 장사를 지내니 진왕이 스스로 오래 삶을 한하여 이후에는 세상에 살 생각이 더욱 없었다. 그

60 러나 오히려 월명 등의 깊은 효성은 아침저녁 문안에 색동저고리의 효도와 쌀을 이고[617] 베개를 부채로 부치는 효도가 있었다. 이처럼 효도를 다하여 슬픔을 잊게 하고 아이들을 놀게 하여 웃도록 도우니 노인의 마음이 자연스레 위로가 되어 남은 즐거움이 있었다.

청의공 영현의 삼년상이 지나지 않아 진왕이 갑자기 몸이 불편하여 자리에서 일어나지 못했다. 월명 등 자식들이 정신이 없이 밤낮으로 옆에서 간호하여 약을 드리며 병세가 나아지기를 바라는 정성이 귀신을 감동시킬 정도였다. 그러나 이미 운명이므로 어찌 회생을 바라겠는가? 점점 병

---

617) 쌀을 이고 : 공자의 제자인 자로의 고사. 자로부미(子路負米) 혹은 백리부미(百里負米)라 함. 자로는 백 리나 떨어진 먼 곳으로 쌀을 지고 갔는데 가난하게 살면서도 효성이 지극하여 갖은 고생을 하며 부모를 봉양했음.

세가 위중하니 진왕이 스스로 살지 못할 줄을 알고 아들과 조카들을 불러 61
앞에 앉히고 말했다.
"내가 아우를 잃고서 역리지통(逆理之痛)이 노인의 마음을 슬프게 했다.
돌아보건대 너희 열여섯 명이 의지하는 사람은 나뿐이다. 내 스스로
차마 죽지 못하고 아우 생각하는 눈물이 밤마다 베개를 적시고 죽은 아
우 때문에 흘리는 고통의 눈물로 가슴이 베일 듯했다. 이제 내 목숨이
다했으니 어찌 슬픔이 있지 않겠느냐? 너희는 우리 형제의 옛법을 고
치지 말고 여러 자손을 경계하여 집안의 명성을 추락시키지 말라. 내
가 일찍이 성은(聖恩)을 입어 적은 공으로 왕공의 자리를 차지했으니 62
이제 죽게 되어 성은을 갚지 못하는 것이 한이구나. 명윤의 차자 준광
과 명천의 장자 선광이 문무가 뛰어나다. 그 시절이 아니면 이윤(伊尹),
곽광(霍光)[618]과 제갈량(諸葛亮)이라도 할 일이 없는 것이다. 남방에서
우리의 종사를 회복할 명군이 날 것이니 선광과 준광은 밝으신 임금을
보필하면 뒤에 태어나는 자손이 다 남조(南朝)에 충성과 절개를 빛낼 것
이다. 이제 너희는 내 말을 헛되다고 여기지 말라.
또한 벼슬을 사양하여 노소(老少)가 다 나를 장사지내고 삼년상을 마
친 후 나의 자질(子姪) 대까지는 벽운산에 복거(卜居)[619]하고 난이 평 63
정되거든 자손을 이끌어 항주로 가서 살라. 제사를 받들고 집안을 다
스리는 일은 이 늙은 아비가 근심할 일이 아니니 삼가 내 뜻을 어기지

618) 곽광(霍光) : ?~BC 68. 전한(前漢)의 정치가로 자는 자맹(子孟). 곽광은 한무제(漢武帝)의 고명(顧命)을 받고, 소제(昭帝)를 보좌(輔佐)했음. 소제가 죽자, 창읍왕(昌邑王) 하(賀)를 영립(迎立)했는데, 창읍왕이 실덕(失德)하자 폐하고 다시 선제(宣帝)를 영립했음. 후에 황후 허씨(許氏)를 독살하고 자신의 딸을 황후로 만듦으로써 일족의 권세를 강화했으나, 선제는 그가 죽은 후 그의 일족을 반역죄로 몰아 모두 죽임.

619) 복거(卜居) : 살 만한 곳을 가려서 정함.

말라."

월명 등이 눈물을 오월의 홍수같이 흘리고 눈물을 흘리며 절하고 말했다.

"소자 등이 불초하오나 아버님의 가르침을 받들 것이니 원컨대 대인은 마음을 편안히 하셔서 병을 다스리소서."

평제왕 일곱 형제가 아버지를 여읜 후로는 오직 백부(伯父)의 얼굴이 아버지와 같으며 목소리가 아버지와 비슷한 것 때문에 아침저녁 문안 때 백
64 부의 온화한 얼굴을 우러러보며 반가워하고 슬퍼했다. 이에 백부가 사랑하는 은혜가 자식들에게 하는 것과 같았다. 그래서 정성스러운 효성이 아버지에게 하는 것 같다가 백부의 위중한 병세가 회복하지 못할 것 같았으므로 망극한 마음이 월명 등과 다름이 없었다. 평제왕이 백부의 손을 붙들어 눈물을 흘리고 말했다.

"이제 백부께서 이와 같은 망극한 유교(遺敎)를 하시고 병세가 이와 같으시니 소자의 간담이 찢어집니다. 다시 누구를 바라며 무엇을 우러러 유자(遺子) 등 형제들이 살라고 하시나이까?"

슬픈 말과 슬픈 안색이 그대로 초공의 모습이 있었다. 진왕이 반갑고
65 슬퍼 그 손을 잡고 탄식하며 말했다.

"너의 말을 듣고 얼굴을 보니 내 아우가 온 것 같구나. 어찌 반갑지 않은가? 너희가 나를 만 년을 살기를 바라나 진시황, 한 무제도 길이 살지 못했으니 내가 살기를 원치 않고 돌아가기를 바란다. 너희는 자녀를 거느려 길이 천명을 편히 살고 쓸데없는 슬픔을 과도하게 하지 말라. 나의 아들 중 운현이 가장 오래 살 것이요 네가 일곱 사람 중의 으뜸이다. 나중에 너와 운현이 남아 자식들의 초상 때 다 울 것이니 집안

일과 모든 일을 너희 두 사람에게 부탁하노라."

평제왕이 절하고 울며 말했다. 66

"만일 이와 같다면 저는 더욱이 살아서 혼자 슬픔과 즐거움을 당하기 를 원하지 않나이다."

진왕이 명윤과 명천을 불러 말했다.

"너희 두 사람의 행동은 이미 근심할 것이 없거니와 자손을 인도하여 각각 선조의 유풍(遺風)을 떨어뜨리지 말라."

두 아들이 슬피 울며 명을 들었다.

진왕이 두 비를 청하니 이에 밝은 데 나아와 서로 대했다. 진왕이 길이 탄식하고 말했다.

"내 이제 죽으니 부인은 얼마나 세상에 머물겠소? 우리 부부가 희한하
게 서로 만나 손으로 죽은 사람을 건져 내고 삼강오륜(三綱五倫)의 무거 67
운 것을 온전히 겸해 허다한 비환(悲歡)을 두루 겪었소. 내 이제 먼저 돌아가니 생각건대 부인도 오래지 않을 것이오. 오직 최비가 아직 남은 날이 있으니 남은 삶을 편히 지내소서."

최비가 흘리는 눈물이 비와 같았다.

이때 금선공주가 진왕의 위태함을 듣고 나오니 정, 최부인만 청한데 대해 슬퍼하는 중에도 질투하는 마음이 일어났다. 그래서 가슴을 두드리며 말했다.

"남편의 급한 때를 당하여 누가 마음이 다르겠습니까?"

진왕이 이 소리를 듣고 청하여 말했다.

"내 또한 공주를 청하려고 했소."

이렇게 말하고 또 일렀다.

68 "공주가 또한 어려서 혼인한 부부요 그 사이 고생은 지난 일이라 내가 푼 지 오래되었소. 내 이제 죽으나 아들들이 빛나니 무엇을 한하겠소?"

공주가 가슴을 두드리며 크게 곡하고 말했다.

"첩의 운명이 기박하여 한 일도 볼 만한 일이 없어 왕과 부부의 관계를 맺은 지 겨우 십 년입니다. 이제 왕을 영결하고 차마 어찌 견디겠습니까? 구천에 따르겠나이다."

말을 하면서 눈물이 비 오듯 하니 진왕이 그 사람됨을 취하지 아니했으나 영결을 당해 여자의 예삿일이라 하여 위로하며 들어가라 했다.

딸과 며느리를 불러 유언을 마치고 유표(遺表)를 쓰려고 하다가 기운이
69 미치지 못하여 붓을 던지고 베개에 누워 문득 죽으니 향년이 팔십오 세였
다. 오색의 상서로운 기운이 병침(病寢)을 둘렀고 홀연히 땅이 움직이며
집의 기둥이 흔들려 두어 번 천둥 우는 소리 같은 것이 들렸다. 아! 일청
선생이 그 보통 사람과 달라 굳센 기운과 정제한 모습이 하늘의 해와 같
았으므로 그 죽을 적에 신기롭고 비상함이 이와 같았다.

진왕의 팔십여 년 몸가짐이 어려서부터 쾌활하며 총명하고 느긋하여
온갖 복과 신기로움과 세상을 구제하는 큰 지략은 한나라 때의 제갈무후
70 (諸葛武后)보다 나으며 세상을 뒤엎은 영걸스러움은 이윤(伊尹), 곽광(霍光)
보다 나았다. 약관에도 못 미쳐서 용문(龍門)에 올라 임금의 은혜를 받
고[620] 소나무, 잣나무의 절개와 빛나는 문장이 세상을 기울일 정도였다.
도적을 멸하고 토벌하여 국가를 보좌하니 사방 오랑캐의 먼지를 소매로
쓸어버렸다. 금선공주가 그 풍채를 흠모하여 섬기기를 영구히 하나 진왕

---

620) 임금의 은혜를 받고 : {어향(御香)을 쏘히고}. '임금의 향취를 맡다'는 말로서 '임금의 은혜를 입다'는 뜻임.

이 구정(九鼎) 같은 매운 마음으로 부녀의 음란함을 배척하여 마침내 황녀
(皇女)의 존귀함을 초개같이 여겼다. 천성이 효성스러워 순 임금과 증삼
(曾參)을 이으니 동기를 사랑하고 서모(庶母)를 공경하며 규방에 세 부인과
희첩을 두었는데 집안을 다스리는 덕이 주나라의 유풍이 있었다. 집안에 71
성비(聖妃)가 있어 주나라 왕실의 세 어머니[621]를 이어 집안의 도가 봄날
같고 자손이 창성했다.

몸이 왕공에 거하고 권세와 덕망이 조정과 재야를 기울였으며 위엄이
나라 안에 진동했다. 그랬어도 사람을 대해서는 어질고 온화했으며 공변
된 것을 잡아 사사로움이 없음이 해와 달 같았다. 수하에 백만 군병을 거
느려 형벌이 엄정하고 마음 잡은 것이 공정한 저울 같고 눈 살핌이 거울
같고 서릿발 같은 호령에 봄볕 같은 덕화(德化)가 있었다. 그래서 일찍이
원망이 없고 집안에 거함에 그 큰 덕을 칭송하며 벼슬에 거함에 촉한(蜀
漢)의 제갈무후(諸葛武后)와 이름을 나란히 했으니 온갖 일이 보통 사람에
게 비길 바가 아니었다. 72

여름해의 위엄은 선생의 조심하는 거동이요, 가을하늘의 맑음은 선생의 쾌활한 기운이었다. 스스로 일만 장졸을 호령하는 위풍이 있어 봄바람과 같은 기상은 천고에 한 사람이요 당대에 대적할 자가 없었다. 천지의 빛은 선생의 깊이니 충성스럽고 믿음직스러우며 효성스러운 행실은 그 누가 선생을 따르겠는가?

선생이 한 아우를 사랑함이 자신의 몸보다 더함이 있었다. 이런 까닭에 만복이 다 갖추어져 집안에 가득한 열다섯 아들의 아름다움과 무궁한

621) 주나라 ~ 어머니 : {쥬실삼모[周室三母]}. 주(周)나라 왕실의 세 어머니. 왕계(王系)의 어머니인 태강(太姜), 왕계의 부인이자 문왕의 어머니인 태임(太任), 문왕의 부인이며 무왕의 어머니인 태사(太姒)를 가리킴.

복록이 오히려 이현 조성보다 나았다. 선생의 공명(公明), 현달(顯達)과 복
73 록(福祿)이 만사에 흠이 없었다. 다만 한으로 여기는 것은 초공이 수삼 년
을 더 살지 못하여 선생을 울게 한 것이었다. 세상 사람이 복을 부러워하
고 후대 사람이 이로 말미암아 칭찬했다.

월명 등 아홉 형제가 이때를 맞아 하늘이 무너지는 고통을 당했고 평제
왕 등의 애통해 함은 친자식과 간격이 없을 정도였다.

정숙렬이 진왕의 말을 듣고 한 소리도 울지 않고 들어가 소씨를 불러
집안일을 부탁하고 시신 옆에 나아와 두어 번 통곡하다가 정신을 거두어
열여섯 자질(子姪)을 불러 말했다.

"내 명이 다했도다. 오늘을 어기지 못하여 가군(家君)이 가는 길을 외롭
74 게 못할 것이다. 너희에게 함께 부모를 잃게 하니 슬프구나. 이 울음이
사람마다 있으니 어찌하겠느냐? 너희 자질도 쇠약하여 남은 해가 많지
않다. 오직 운현과 유현에게 왕이 임종에 후사를 맡긴 뜻은 그 오래 삶
을 아셨기 때문이다. 내 돌아가는 것이 조금도 여한(餘恨)이 없으니 너
희는 너무 슬퍼하지 마라. 네 어미가 반평생 기구한 운명으로 강물에
떨어졌을 때 어찌 오늘이 있을 줄 알았겠는가마는 네 부친이 자비롭고
어진 마음으로 물속에 떠 있는 주검을 건져 서로 결발(結髮)[622]하여 대
75 의(大義)를 맺은 것이 이제 칠십 여 년이구나. 죽어도 은혜를 저버리지
못할 것이다. 그러나 내가 칼로, 그리고 물에 떨어져 자결하는 수고가
없이 스스로 목숨이 다하는 것이 역시 천명이니 너희는 슬퍼하지 말고
돌아가는 넋이 어지럽게 하지 말라."

말을 마치고 날이 다하도록 울며 정신을 잃어 스러지고 꺾어지는 듯했

622) 결발(結髮) : '상투를 틀고 머리에 쪽을 쪄서 정식으로 혼인하는 것'을 말함.

다. 한 술의 물로도 목을 적시지 않고 자질이 붙들어 위로하면 더욱 울어
이날 밤을 지내니 스스로 명이 다하여 문득 별세했다. 진왕은 오시(午時)
에 별세하고 비는 사경(四更) 말에 죽으니 향년이 팔십오 세였다. 월명 등
의 끝없는 슬픔에 천지가 어두워지고 해와 달이 빛을 잃었다. 온 집안에 76
곡소리가 진동하여 많은 비복이 피눈물이 가득하여 지극한 슬픔이 천지
를 꿰뚫었다. 슬픈 곡성이 하늘을 울렸고 땅을 흔들었다. 정숙렬은 사덕
(四德)[623]을 지니고 정숙했을 뿐만 아니라 효성이 세상에서 뛰어났으며
맑고 곧은 위엄에 사군자(士君子)의 모습이 있었다. 어진 덕화와 인자함으
로 관저(關雎)의 시[624]를 노래했으니 세 비와 열 첩을 거느렸으되 남편이
보기에 온화한 기운이 인자했고 규방의 맑은 풍모가 깨끗한 물에 비할 만
했다. 한 덩이 온화한 기운은 만면(滿面)에 웃는 꽃이요 말하는 옥이었다.
흰 해가 가슴에 비치고 유순하고 겸손하여 바다의 도량과 가을하늘의 도 77
로 크고 큰 덕화가 비할 데가 없었다. 몸이 천승(千乘)의 왕후로 승상의 어
머니였으며 자손이 집에 가득하니 예로부터 보기 드문 복을 지녔다.

늙어도 쇠하지 않아 부부가 칠십여 년을 함께 살고 같은 날에 같이 돌
아가니 진실로 이상한 복이요 희귀한 일이었다. 숙렬이 운명할 즈음에 침
전에 향기로운 구름이 어리고 상서로운 기운이 집에 아롱져 붉은 구름이
방 안에 빛나서 눈을 뜨지 못할 지경이었다.

아홉 형제가 한꺼번에 흉한 변을 만나니 하늘을 향해 부르짖는 망극한
슬픔으로 오장이 찢어지는 듯했다. 슬픈 곡소리가 참담하니 차마 보지 78

623) 사덕(四德) : 여자가 갖추어야 할 네 가지의 덕. 마음씨(婦德), 말씨(婦言), 맵시(婦容), 솜씨(婦功)를 이름.

624) 관저(關雎)의 시 : 얌전하고 착한 여자, 즉 요조숙녀(窈窕淑女)라는 어구가 등장하는 『시경(詩經)』의 〈관저(關雎)〉 편을 이름.

못할 정도였다.

평제왕 등이 서로 붙들어 통곡하며 말했다.

"우리 부모가 안 계시나 백부모(伯父母)를 우러러 세월을 보냈는데 이 슬픔을 어찌할꼬?"

비록 슬픔이 지극했으나 아직 윤부인과 최비가 있어 자질을 보호했으므로 평제왕 등이 슬픔을 억눌러 월명 등을 보호하여 상을 치렀다.

임금이 진왕이 기세(棄世)했다는 말을 듣고 크게 슬퍼 용루(龍淚)로 어의를 적셨다. 성복(成服) 날 난가(鑾駕)를 움직여 진왕의 영연(靈筵)[625]에 곡
79 하고 월명 등에게 조문을 하며 서러워하니 초공 때와 같았다. 상을 치르
기 위한 모든 도구를 세밀하게 택하여 주고 진왕의 시호를 '장현'이라 하고 비문에는 '충의 선생'이라 했다.

이때 금선공주가 왕이 죽은 뒤로부터 밤낮으로 울고 장례를 지낼 적에 자식들을 대해 말했다.

"사람이 장차 죽을 적에 그 말이 착하고 새가 죽음에 임해서는 그 울음이 슬프다[626]고 했다. 나의 전날 행실을 지금 후회하나 미치지 못하고 또 하늘이 무너지는 슬픔을 만나 여러 세월을 산 것이 부끄럽구나."

80 철상서와 후염을 돌아보아 유언을 마치고 명이 다하니 향년이 84세였
다. 월명 등이 지극한 슬픔이 천지에 관통하여 노년의 기력으로 능히 부지하지 못하여 한 번 곡을 하면 세 번 정신을 잃었다. 평제왕 등이 위로하며 슬픔을 억눌렀다. 최씨가 윤부인과 함께 서로 의지하여 자손을 보호하며 그 오로지 살아서 비환(悲歡)의 괴로움 겪는 것을 슬퍼했다.

---

625) 영연(靈筵) : 죽은 이의 혼령을 위로하기 위하여 차려 놓은 자리.
626) 사람이 ~ 슬프다 : {인지장ᄉᆞ[人之將死]의 기언애[其言也 ㅣ] 션[善]ᄒᆞ고 됴지림ᄉᆞ[鳥之臨死]의 기명애[其鳴也 ㅣ] ᄋᆡ[哀]라}.

임금이 금선공주의 상사(喪事)를 듣고 비록 귀비의 죄가 있으나 선제(先帝)가 이미 용서했고 동기의 정을 베풀었으므로 친히 거가(車駕)를 움직여 상복을 입고 제문을 지어 제사지냈다.

정숙렬과 진왕이 죽은 뒤에 벽란 등 수십 명이 과도하게 슬퍼하여 다 81
죽으니 청의(靑衣)[627] 하류(下流)의 충성이 천고에 희한했다.

영종이 죽고 신종이 즉위하니 이때 명천 등이 벼슬을 사양하고 벽운산에 들어가 죽기를 각오하고 나오지 않았다. 임금이 재삼 청했으나 굳은 뜻을 돌이키지 못했다.

월명 등이 지극한 슬픔을 참아 최비를 받들며 제사를 맡아 슬픈 가운데
에도 형제 열여섯 사람이 서로 사랑하여 정이 더욱 두터웠다. 그리하여
누가 친동기며 사촌인지 세상 사람이 알지 못할 정도였다. 아침, 저녁으
로 밥을 한 방에서 먹고 날이 저물도록 서로 떨어지는 일이 없고 서로 돌 82
보는 정이 천륜을 다했다.

최부인과 윤부인이 홀로 사는 것을 슬퍼하니 며느리와 한씨 등이 좌우에서 모셔 존중함이 반석(盤石) 같았다. 고운 남자아이와 어여쁜 여자아이들이 좌우에서 노니 노인의 망령(妄靈)이 없지 않아서 도리어 천붕지통(天崩之痛)의 슬픔이 없었다.

세월이 흰 망아지가 틈을 지나는 것같이 훌쩍 지나 삼년이 다하니 조씨
형제들이 결복(闋服)을 했다. 월명 등이 타고난 효자로서 상을 지내고 칠
십이 다 되어 병이 잦으니 평제왕이 월명 섬기기를 아비나 삼촌과 같이
하고 정이 동기보다 더하니 보는 사람들이 탄복하지 않는 이가 없었다. 83

---

627) 청의(靑衣) : 푸른 옷이란 뜻이나 주로 천한 사람들이 입던 옷이 푸른색이었던 데 기인하여 천한 사람이나 보통 사람을 뜻함.

윤부인이 나이 구십에 죽으니 평제왕과 월명이 거의 팔십이었다. 노년
의 기력이 위태하여 삼년상을 마치지 못하고서 조씨 형제들이 해를 이어
기세했다. 아! 오직 삼년상에 몸을 부지한 자는 월명, 문계, 문의, 문청 등
이었으니 네 명의 조공이 슬픔을 이기지 못했다. 철상서 부인, 오왕비, 소
상국 부인, 정학사 부인, 윤태사 부인, 조상서 부인, 진학사 부인이 다 기
세하니 조공 등의 슬픔이 비길 데가 없었다. 각각 자질을 보면 죽은 아우
84 와 죽은 여동생을 생각하고 흐르는 눈물이 오월 장맛비와 같았다.

문청과 월명은 80세를 넘고 그 수명을 다하고 기세하니 평생의 일이 『후세록』에 있다. 문계와 문의는 90여 세를 누렸다. 허다한 자손을 거느려 법도를 세우며 경계했으니 보통사람이 따라오지 못했다. 평제왕의 거룩한 복록을 세상 사람이 탄복했다.

문계와 문의공의 삼년상을 다한 후 명윤과 명천 등이 천태산에 은거하
니 소부인과 정부인이 다 기세했다. 배를 타 천태산 세운대라는 곳에 은
85 거하니 이로부터 화려한 음식을 먹지 않고 청정한 도덕으로 매양 선인의
도를 느껴 아버지와 할아버지의 행적을 본받으며 재물과 생계를 경영하
지 않았다.

천광 등에 이르러는 더욱 돈독하더니 집안에 어질지 않은 여자 수십 명이 사사로이 재물을 모으며 각각 거처하려고 하는 자들이 있었다. 선광 등이 자질과 형제들을 모으고 진왕과 초공의 유서를 내어 놓고 눈물을 드리워 말했다.

"선인(先人)의 유교(遺敎)가 이와 같으시거늘 우리가 불초하여 우리 두
사람이 아랫사람을 화합하도록 다스리지 못한 죄가 있으니 선조의 유
86 서를 없애 불태우고 품은 마음이 없게 할 것이다."

말을 하고서 옛일을 느꼈다. 각각 부녀의 말을 듣고 마음이 움직였었으나 이에 모두 감동하여 이후에는 각각 거처할 생각을 못하고 사죄하며 뉘우쳤다.

진왕과 초공의 자손이 대대로 빼어나 계속 끊기지 않으니 진실로 기특했다. 신종으로부터 휘종, 흠종이 죽고 강왕이 금교에서 중흥하니 이 분이 곧 고종이다. 각각 뜻과 행동이 달라 영달을 구하지 않는 자는 천태산을 지키고 절개와 충성을 드러내어 임금을 모시고 나라를 보좌할 마음이 있는 자는 세상에 다시 나갔다. 87

조씨 사람들의 영화가 두루 아름답더니 철목이 진에게 망하고는 조씨 사람 가운데 절개를 지켜 죽은 사람이 여럿이니 충성과 절개 있는 이가 대대로 일어났다. 진왕과 초공의 선견지명이 만 리를 미리 헤아려 명쾌하고 신기했으니 어찌 천고의 대장부가 아니겠는가?

영종이 초공의 행적을 들여오게 해 보더니 신종을 주어 보라고 하고 탄복하고 칭찬하여 예부상서 정태숙과 부사 조기를 시켜 두 공의 평생의 충효를 글로 짓게 했다.

조시삼대록 권지삼십이

1면

화셜 이ᄯᆡ 명천이 공쥬를 악ᄉᆞ로 의심ᄒᆞ믄 업ᄉᆞ나 마ᄋᆞᆷ이 불평ᄒᆞᆫ대 다시 증대부의 명이 이셔 혜션궁 협노를 막앗ᄂᆞᆫ지라 그 죄명이 인ᄌᆞ의 도리의 대면이 가치 아니타 ᄒᆞ여 ᄯᅩᄒᆞᆫ 혜션궁의 졀젹ᄒᆞ니 궁녀 샹궁의 무리 다 슬프믈 이긔지 못ᄒᆞ여 곳곳지 모혀 눈물을 ᄲᅮ리며 공쥬의 유모 뉴샹궁과 보모 한샹궁이 더옥 슬허 ᄋᆡ다ᄅᆞ며 식음을 젼폐ᄒᆞ니 공쥐 궁인을 엄금ᄒᆞ여 고이ᄒᆞᆫ 경ᄉᆡᆨ을 말나 하고 고요히 이셔

2면

만권 시셔의 ᄯᅳᆺ을 붓치고 력대 셩현의 ᄒᆡᆼ실을 술펴 날노 식견을 널니니 ᄌᆡ조를 나타내지 아니나 그 아ᄂᆞᆫ 거시 텬디의 가 업기로 흡ᄉᆞᄒᆞᆫ지라 ᄌᆞ연이 흉금이 훤출ᄒᆞ여 셰샹 물욕을 ᄉᆞᆯ와 바리니 오히려 부부륜의를 아지 못ᄒᆞᄂᆞᆫ지라 조ᄉᆡᆼ이 니ᄅᆞ지 아닐ᄉᆞ록 마ᄋᆞᆷ이 편ᄒᆞ고 ᄯᅳᆺ이 한가ᄒᆞ여 질환을 ᄉᆞ졀하나 빙옥신샹의 죄루 덥혀시물 통셕ᄒᆞ나 이 ᄯᅩ 부운이라 지긔ᄒᆞᄂᆞᆫ 구괴 임의 원앙ᄒᆞ물 빗최니 조협히 셜워ᄒᆞ미 무익다 ᄒᆞ여 마ᄋᆞᆷ을 편히ᄒᆞ고 스ᄉᆞ로 몸을 보호ᄒᆞ나 옥 ᄀᆞᆺ튼

3면

긔뷔 ᄌᆞ연 슈쳑ᄒᆞ고 화긔 감ᄒᆞ믄 지극ᄒᆞᆫ 셩효의 부황과 모후의 슬하를 ᄯᅥ나 일월이 오래ᄆᆡ 심ᄉᆡᆨ 조치 아니ᄒᆞᆫ대 훤당의도 나아가지 못ᄒᆞ니 오직 궁인의 무리로 벗ᄒᆞ여 금옥심쟝이 ᄌᆞ연 불평ᄒᆞ나 뉘 이셔 위로ᄒᆞ리오마ᄂᆞᆫ 존고 졍부인이 몸쇼 니ᄅᆞ러 보고 보호하기를 만금지보 ᄀᆞᆺ치 ᄒᆞ여 참고 위회ᄒᆞ여 편히 이시물 당부ᄒᆞ고 남슉뎡이 날마다 니ᄅᆞ러 그 졍ᄉᆞ를 위로ᄒᆞ여 지극ᄒᆞᆫ 졍이 비샹ᄒᆞ니 공쥐 ᄉᆞ부 외의 외슉질의 졍을 겸ᄒᆞ여 바라기를 ᄯᅩᄒᆞᆫ 등한이 아니ᄒᆞ더라 어시의 쇼시

4면

와 범ᄉᆡᆼ이 공교ᄒᆞᆫ ᄭᅬ로 공쥬와 한시를 도모ᄒᆞᄆᆡ 조노공을 미인을 맛져 큰 일을 져즐어 시즉ᄒᆞᄆᆡ 능후의 지략이 ᄌᆞ최업시 ᄉᆞᆺ쳐바리고 노공이 다시 ᄎᆞᄌᆞ미 업ᄂᆞᆫ지라 이 일을 쇼시 엇지 ᄊᆡ다ᄅᆞ리오 후ᄅᆡ의 무릉션이 다ᄅᆞᄂᆞᆫ 쇼문을 듯고 경혹ᄒᆞᄃᆡ 무를 긋이 업셔 한ᄀᆞᆺ 심녀만 허비ᄒᆞ되 다시 한시 시녀 옥션을 쳐결ᄒᆞ여 흉셔를 ᄆᆡᆫᄃᆞ라 더지며 명윤의 한부의 간 ᄯᆡ를 당ᄒᆞ여 의심된 의건을 쥬며 고이ᄒᆞᆫ 거동을 다 뵈니 쇼활흉혹ᄒᆞᆫ 쟝뷔 엇지 쇽지 아니리오 일일은 명윤이 슐을 대취

5면

ᄒᆞ고 집으로 도라오기ᄂᆞᆫ 부친을 두려 못가고 한부로 가니 맛참 한공이 나가고 밧기 고요ᄒᆞ거ᄂᆞᆯ 바로 션향뎡의 드러가니 이ᄯᆡ 한시ᄂᆞᆫ 조혹ᄉᆞ의 니ᄅᆞ믄 젼연이 아지 못ᄒᆞ고 모친이 불평ᄒᆞ시므로 뫼셧고 옥션이 승시ᄒᆞ여 부인의 얼골이 되여 고이ᄒᆞᆫ 셔간을 친히 쓰다가 혹ᄉᆞ를 보고 당황이 벼루를 덥고 몸을 나ᄂᆞᆫ ᄃᆞ시 안흐로 드러가려 ᄒᆞ거ᄂᆞᆯ 조ᄉᆡᆼ이 그 힝지 경도ᄒᆞ물 쉬치 아냐 ᄉᆡᆼ각ᄒᆞ대 내 져를 침졍슉요ᄒᆞ여 만ᄉᆡ 가ᄌᆞ물 아더니 금일 거동이 경녜 ᄀᆞᆺ고 ᄯᅩ 곰초ᄂᆞᆫ 셔간이 무슴 일인고 짐짓 나

6면

아가 나샹을 잡고 위력으로 그 셔간을 아ᄉᆞ니 힘이 약ᄒᆞᆯ ᄲᅮᆫ 아니라 짐즛 못이긔여 아니ᄂᆞᆫ 형샹을 ᄒᆞ고 나ᄂᆞᆫ 다시 드러가니 조ᄉᆡᆼ이 그 셔간을 보니 ᄒᆞ여시대 쳡이 비록 조가의 사ᄅᆞᆷ이나 실노 낭군의 관옥지모와 화류풍신으로 ᄋᆡ즁ᄒᆞᆫ 거동과 온화ᄒᆞᆫ 셩품이 조명윤의 호탕방일ᄒᆞ며 모질고 ᄉᆡ험ᄒᆞ매 비기지 못ᄒᆞᆯ지라 쳡이 마음을 기우려 만년 길긔를 도모ᄒᆞ니 ᄒᆞ물며 아직 ᄯᅩᄒᆞᆫ 낭군의 골육이라 아희 ᄌᆞ라면 ᄌᆞ연이 부ᄌᆞ 텬뉸을 온젼이 ᄒᆞᆯ지라 쳡이 실노 조가의 졍이 업

7면

고 군을 위ᄒᆞ여 정셩이 물이 동으로 흐ᄅᆞ미라 져젹 무고ᄉᆞᄂᆞᆫ 몬져 조가의 ᄂᆞᆰ으니를 시험ᄒᆞᄆᆡ 조무의 신명ᄒᆞ게 나의 계교를 일우지 못ᄒᆞ여 혜션공쥬와 날을 의심ᄒᆞ니 이리 내치믄 고쇼원애라 혜션공쥐 날노 더브러 한가지라 천승의 부귀를 가져 필부 조명천의 박대를 감심ᄒᆞ리오 임의 범가의 언약이 금셕 ᄀᆞᆺ고 요ᄉᆞ이 고요히 쳐ᄒᆞ여 하

마 길일 냥신을 어더 임의 만년 인연을 일워실지라 나는 오히려 군을 만느지 못ᄒᆞ여 심식 이곳치 초젼ᄒᆞ니 진실노 공쥬를 불워 밋

8면

지 못ᄒᆞ리로다 나는 군을 만느지 못ᄒᆞ니 가연ᄒᆞ여 ᄒᆞ노라 이제 공쥐 조가를 반역으로 잡아 멸쥬ᄒᆞ고 날과 함긔 쇼원을 일우려 ᄒᆞᄂᆞ니 원컨대 군은 일 년만 기다리라 져젹의 한의 일건을 밧드럿더니 졍으로 보시닛가 ᄒᆞ엿고 그 아릭는 밋쳐 다 쓰지 못ᄒᆞ엿고 한 능 오술 ᄡᅡ노코 못미쳐 지은 형샹을 ᄒᆞ여시니 혹식 그 옷 밧 거술 헤쳐보니 쟝단품졔 ᄌᆞ가의 오시 아니라 이를 보믹 분ᄒᆞᆫ 가슴이 일쳥 진납의 쒸노니 몸을 안졉기 어려온지라 ᄉᆡᆼ각ᄒᆞ대 이곳이 내집이 아니오 한시 친졍

9면

이라 뉘 이러트시 한시를 잡으리오 번연이 내 눈으로 친히 보와시니 엇지 다른 의심이 이시리오 만일 ᄎᆞ인을 머므러 두면 반ᄃᆞ시 문호를 멸망ᄒᆞᄂᆞᆫ 디경의 니ᄅᆞ리니 찰하리 한 칼노 버혀 후환을 업시ᄒᆞ리라 쥬의를 뎡ᄒᆞ고 좌우로 하여금 부인을 쳥ᄒᆞ라 ᄒᆞ니 ᄎᆞ시 옥션이 본형을 드러내여 완연이 졍당의 드러가 혹ᄉᆞ의 왓시물 고ᄒᆞ고 계하의셔 혹ᄉᆞ의 명으로 부인을 쳥ᄒᆞ니 한시 모부인 환후 즁ᄒᆞ시므로 즉시 니러느지 못ᄒᆞ니 부인이 개유ᄒᆞ여 내여보내니 ᄎᆞ시 ᄉᆡᆼ이 찬 칼흘 ᄲᅢ

10면

혀 숀의 쥐고 기다리더니 좌우 시네 경구ᄒᆞ여 아모리 홀 쥴 모ᄅᆞ더라 쇼져는 본대 눈드러 술피기를 아니ᄒᆞᄂᆞᆫ지라 무심히 한 가의 단좌ᄒᆞ니 혹식 녀셩대믹 왈 음뷔 텬디간의 대죄를 짓고 하면목으로 날을 대ᄒᆞᄂᆞ뇨 슈히 ᄌᆞ른 거술 내여오라 음부 모ᄌᆞ를 한 칼의 맛ᄎᆞ 이 분ᄒᆞᆫ 거술 씨ᄉᆞ리라 쇼릭를 놉혀 슈히 유아를 내여오라 ᄒᆞ니 호령이 ᄉᆡᆼ풍ᄒᆞ고 거동이 무셔온지라 한시 얼굴을 변치 아니코 탄ᄒᆞ여 골오대 쳡의 ᄉᆞ오나오믄 감쉬나 음부 두ᄌᆞᄂᆞᆫ 실노 원민ᄒᆞ거니와 쥭이랴 ᄒᆞ시면 엇지

11면

ᄉᆞ양ᄒᆞ리오 그러나 유ᄌᆞᄂᆞᆫ 쳡의 쇼ᄉᆡᆼ이나 오히려 존문 골육이라 부지 무슴 연고로

샹잔을 타연이 힝코져 ᄒᆞ시나뇨 싱이 노를 이긔지 못ᄒᆞ여 발연이 다ᄅᆞ드러 지ᄅᆞ고져 홀 ᄎᆞ의 한시 유뫼 죽기를 가을ᄒᆞ여 두 ᄉᆞ이를 막고 울어 ᄀᆞᆯ오대 우리 쇼졔 무슨 죄 이셔 이런 거조를 ᄒᆞ시ᄂᆞ니잇가 노쳡이 대신ᄒᆞ여 죽고져 ᄒᆞᄂᆞ이다 이리홀 적 쇼졔 텬연이 금년을 움즉여 합내로 피ᄒᆞ니 싱이 대로ᄒᆞ여 유모를 죽이고져 너모 광픽ᄒᆞ다가 그 쥬인을 구ᄒᆞ미 고이치 아니타 ᄒᆞ여 샤ᄒᆞ고 한시 못 죽이물 불승

12면

통히ᄒᆞ여 분노를 씌여 안졋더니 이 일을 한공이 알고 대경ᄒᆞ여 친히 션향뎡의 니ᄅᆞ니 조혹식 노긔 엄익ᄒᆞ여 광슈로 ᄂᆞᆺ촐 ᄡᆞ고 죽침의 ᄡᅳ러졋거ᄂᆞᆯ 한공이 쇼래ᄒᆞ여 ᄀᆞᆯ오대 네 어내 ᄶᅴ 와셔 이곳의 드러 누엇ᄂᆞ뇨 싱이 드른 쳬 아니코 완연이 누엇ᄂᆞᆫ지라 한공이 다시 닐오대 내 비록 쳐뷔나 ᄯᅩᄒᆞᆫ 쇼쟝이 내도ᄒᆞ거ᄂᆞᆯ 엇지 완연이 누어 뭇ᄂᆞᆫ 바를 응치 안ᄂᆞ뇨 조혹식 비로쇼 기지게 ᄒᆞ고 니러나 관을 머리의 언고 슈미를 찡긔여 ᄀᆞᆯ오대 쇼싱이 본대 가졍지훈이 슉연ᄒᆞ샤 쟝유유경과 쇼쟝존비

13면

를 엄히 ᄒᆞ시니 엇지 홀노 존공긔 태만ᄒᆞ리잇고마는 인가의 희한ᄒᆞᆫ 참변을 보오니 심한골경ᄒᆞ여 긔운이 막힐 ᄃᆞᆺᄒᆞᆫ지라 누어 잠드러 맛ᄂᆞᆫ 례를 일토쇼이다 한공이 정식 왈 너의 참변일은 무ᄉᆞ 일을 니ᄅᆞ미뇨 싱이 미우의 노긔 엄열ᄒᆞ여 긔운이 막힐 ᄃᆞᆺᄒᆞᆫ지라 강잉 대왈 녕녀다려 무ᄅᆞ시면 가히 아시리이다 쇼싱이 문견이 고루ᄒᆞ여 령녀 ᄀᆞᆺᄐᆞᆫ 음악대간은 듯고 보지 못ᄒᆞ엿ᄉᆞ오니 결단ᄒᆞ여 고이 두어 풍교를 더러이며 냥가의 가셩을 욕지 못ᄒᆞ리로쇼이다 한공이 문파의 대로

14면

왈 너의 말이 가히 인면슈심이로다 아녀의 슉덕션힝이 쇼공지니 엇지 참아 음악으로 비기리오 죄를 반ᄃᆞ시 니ᄅᆞ고 베풀 거시니 네 한ᄀᆞᆺ 분노를 나ᄂᆞᆫ대로 말을 갈희지 아니미 사름의 힝식 아니라 네 앗가 공연이 아녀를 베히려 ᄒᆞ더라 ᄒᆞ니 네 몸이 오긔 아니오 무슴 연고로 살쳐홀 흉심을 내ᄂᆞᆫ다 네 타인을 어더 화락ᄒᆞ나 내 막지 아니려든 정실을 버히려 ᄒᆞ미 참아 션비 덕이냐 네 일셰 대현이어ᄂᆞᆯ 이 ᄀᆞᆺᄐᆞᆫ 불인을 힝ᄒᆞ니 실노 셰샹ᄉᆞ를 아지 못ᄒᆞ리로다 조싱이 한공지언을 일청

15면

ᄒᆞᄆᆡ 가연이 웃고 념슬위좌 왈 공이 한갓 ᄉᆞ졍을 젼쥬ᄒᆞ시고 ᄉᆞ폐를 아지 못ᄒᆞ시ᄂᆞ이다 쇼싱이 녕녀로 결발지후로 은졍이 관곡ᄒᆞ여 부부의 륜의 명명ᄒᆞ고 졍의이 가ᄇᆡ얍지 아니ᄒᆞ거놀 녀지 몬져 지아비를 반ᄒᆞ고 이런 셔간을 낭ᄌᆞ히 ᄇᆡᆨ쥬의 안ᄌᆞ 쇼싱이 보는 대 쓰다가 발각ᄒᆞ고 드러가셔 완연이 ᄂᆞᆺ출 들고 다시 나와 안ᄌᆞ니 엇지 한갓 머리를 버히리잇가 실노 슈족을 니ᄒᆞ여 텬하의 돌녀 만고 강샹의 대죄를 알게 ᄒᆞ고 다른 녀ᄌᆞ를 징계ᄒᆞᆯ 거시니 쇼싱이 년쇼경박ᄒᆞ오나 실

16면

노뻐 허언을 아니ᄒᆞ오며 남의 애매ᄒᆞᆫ 죄를 엇게 아니ᄒᆞᄂᆞ니 명공은 그 셔간을 보시고 쇼싱의 쳐식 과도ᄒᆞᆫ가 보쇼셔 글을 한공긔 말고 ᄉᆞᆫ으로 그 의복을 가ᄅᆞ쳐 ᄀᆞᆯ오대 ᄉᆞ족의 ᄇᆞᆰ은 힝실과 명부의 위로뻐 한 녀지 두 가부의 의복을 밧드니 그 힝식 엇더ᄒᆞ니잇가 언파의 분긔 대발ᄒᆞ여 학녀쳥음이 고샹쥰렬ᄒᆞ고 안식이 동텬렬일의 한샹이 ᄲᅧ리는 듯ᄒᆞ니 한공이 견파의 기리 탄왈 내 비록 불명ᄒᆞ나 ᄌᆞ식을 거의 아ᄂᆞ니 녀ᄋᆞ의 음악이 젹실ᄒᆞᆯ진대 뭇고 쥭이리오마는 져의 슉덕이며 현

17면

힝이 님강 마둥으로 샹우ᄒᆞ고 츄샹명졀이 렬녀의 족ᄒᆞ더니 더러온 죄명을 실으니 그 아비된 재 엇지 애답지 아니리오 조싱이 가연이 웃고 니러나며 ᄀᆞᆯ오대 임의 쇼싱의 눈의 현착ᄒᆞᄆᆡ 명공이 ᄌᆞ랑치 아니실지라 쇼싱이 비록 용우ᄒᆞ나 이 일을 당ᄒᆞ여는 그만ᄒᆞ여 두지 못ᄒᆞ리니 다른 사ᄅᆞᆷ의 젼ᄒᆞ는 말이 아니라 쇼싱의 눈이 어둡지 아냐 한시를 스ᄉᆞ로 보고 그 셔ᄉᆞ를 분명히 보고 놀나 다ᄅᆞᄂᆞ는 양을 보고 잡아시니 쇼싱이 감히 허언으로 녕녀를 몽죄ᄒᆞᄂᆞᆫ가 져 좌우의 시비를 다 불

18면

너 무러보쇼셔 한시 쟉셔ᄒᆞ다가 쇼싱의게 아인 거동을 보와시니 져의 비록 쥬모를 위ᄒᆞ나 노 허언은 못ᄒᆞ리라 한공이 역시 어리며 취ᄒᆞᆫ 듯ᄒᆞ여 말을 못ᄒᆞ고 시비 양낭을 대ᄒᆞ여 무ᄅᆞ니 유랑은 쇼져를 뫼셔 졍당의 잇던 배오 다른 시비는 실즁을 직희여 잇다가 옥션이 한부인 거동이 되여 셔간을 쓰니 다 쇼져로 아롯는지라 여츌일구히

과연 쇼졔 글을 쓰다가 아인 말을 다ᄒᆞᄃᆡ 유뫼 홀노 졍식 왈 금일 아춤븟터 쳔비 쇼져를 뫼셔 졍당의셔 부인 환후를 구호ᄒᆞ

19면

니 이 당즁의 나오지 아냣다가 혹식 쳥ᄒᆞ신 후야 뫼셔 나오니 혹ᄉᆞ의 노긔 여ᄎᆞᄒᆞ시ᄆᆡ 쇼졔 겨유 피ᄒᆞ여 내루의 드러가시니 엇지 그런 일이 이시리잇고 조혹ᄉᆡ 대즐 왈 쳔헌 흉비 허언을 ᄭᅮ며 쥬모를 덥흐려 ᄒᆞ나 내 임의 대면ᄒᆞ여 아ᄅᆞ시니 너의 말노 갈ᄇᆡ 아니라 명공은 감초고져 ᄒᆞ시나 이런 대음대간을 무ᄉᆞ히 두지 못ᄒᆞ리로쇼이다 노긔 등등ᄒᆞ여 ᄉᆞᄆᆡ를 ᄯᅥᆯ치고 본부로 도라가니 한공이 차악ᄒᆞ여 말을 못ᄒᆞ고 내당의 드러오니 부인이 이 말을 듯고 분한ᄒᆞᆫ 긔운이 돌돌ᄒᆞ여 가숨

20면

을 치며 분한ᄒᆞ물 마지 아니니 쇼졔 모친의 조급ᄒᆞ물 민망ᄒᆞ여 화평히 위로ᄒᆞ며 탄ᄒᆞ여 ᄀᆞᆯ오ᄃᆡ 조군이 비록 쇼탈ᄒᆞᆫ 돗ᄒᆞ나 쳔균의 무거오미 잇고 기량이 창파의 훤출ᄒᆞ미 이시니 ᄒᆞ물며 쇼녀로 결박의 졍이 박ᄒᆞ지 아니오니 엇지 무고히 쥬츌ᄒᆞ여시리잇가 기간의 연괴 이시미라 ᄆᆡ야미 허물을 벗는 날 쇼녀의 원앙ᄒᆞ물 신빅ᄒᆞ올지라 놀납지 아니ᄒᆞ니 텬지신지ᄒᆞ고 아지군지ᄒᆞ니 엇지 무어시 붓그러오며 ᄯᅩ 무어시 놀나오릿가 오직 하늘을 슌ᄒᆞ며 분을 직희여 원을 신

21면

셜ᄒᆞ면 만힝이오 그러치 못ᄒᆞ면 구원의 쟝강 반비의 ᄎᆡ를 잡아 심ᄉᆞ를 ᄇᆞᆰ히리니 부모는 우려치 마ᄅᆞ쇼셔 한공이 츄연 탄왈 녀ᄋᆞ는 진실노 치마 ᄆᆡᆫ ᄉᆞ군ᄌᆞ오 빈혀 ᄭᅩᆺ존렬쟝뷔라 원통ᄒᆞᆫ 바는 너의 셔리 ᄀᆞᆺ튼 명졀노 누명을 시러 조랑의 일쟝 대란을 일위혀고져 ᄒᆞ미 쟝ᄎᆞᆺ 엇지 ᄒᆞ리오 쇼졔 탄식 대왈 조군이 발분망식ᄒᆞ여도 인명이 ᄌᆡ텬ᄒᆞ며 구괴 겨시니 조군은 쇼녀를 아지 못ᄒᆞ나 구고의 명셩ᄒᆞ시미 쇼녀를 아ᄅᆞ실 거시니 법부의 요란ᄒᆞ믄 업ᄉᆞ려니와 쇼녀의 괴로옴과 조

22면

군의 분긔는 아직 머럿는지라 야야와 태태는 과려치 마ᄅᆞ쇼셔 셩인이 ᄀᆞᆯ오샤대 쇼불

잉즉 난대되라 ᄒᆞ시니 쇼네 이졔 원통ᄒᆞ물 참지 못ᄒᆞ여 초젼ᄒᆞ여 죽을진대 간인의 뜻을 맛ᄎᆞ미요 조금도 유익ᄒᆞ미 업ᄉᆞ올지니 복원 태태ᄂᆞᆫ 졍려ᄅᆞᆯ 거리ᄭᅵ지 마ᄅᆞ시고 나죵을 보쇼셔 ᄒᆞ고 타연 무려ᄒᆞ니 공이 희허탄식ᄒᆞ고 ᄀᆞᆯ오대 우리 ᄒᆞᆯ노 근심ᄒᆞᆯ ᄇᆡ 아니라 조태ᄉᆞᄂᆞᆫ 관ᄌᆞ인후ᄒᆞ니 ᄇᆡᆨ식 명셩ᄒᆞᆯ지라 반ᄃᆞ시 짐쟉ᄒᆞ미 이시리니 조ᄉᆡᆼ이 분을 발ᄒᆞ나 엇지 졔 쇼견으로 ᄒᆞ며 이 곳의 와

23면

쟉난ᄒᆞ니 너의 모녀ᄅᆞᆯ 뵈지 아닐 ᄲᅮᆫ이라 져 챵텬이 아녀ᄅᆞᆯ 누셜 즁 맛지 아니리라 이리 닐오니 부인은 톄루횡류ᄒᆞ여 분ᄒᆞ고 애다ᄅᆞ오물 이긔지 못ᄒᆞ여 맛ᄎᆞᆷ내 그 방즁 시비의 쟉희ᄒᆞ물 ᄭᆡ닷지 못ᄒᆞ니 이 도시 한쇼져의 ᄋᆡᆨ회 비샹ᄒᆞ미러라 ᄋᆡᆨ일의 조흑ᄉᆡ 분뇌 가ᄃᆞᆨᄒᆞ여 부즁의 도라오미 존당의 뵈ᄋᆞᆸ고 좌ᄅᆞᆯ ᄯᅥ나 야야와 조부긔 금일 본 바 히변을 일일히 고ᄒᆞ고 그 흉ᄒᆞᆫ 셔간을 드리니 진왕이 보기ᄅᆞᆯ 맛고 태ᄉᆞᄅᆞᆯ 도라보와 ᄀᆞᆯ오ᄃᆡ 네 ᄯᅳᆺ은 엇덧케 너기ᄂᆞ뇨 태ᄉᆡ 피셕

24면

대왈 불초ᄌᆞ 명윤이 ᄆᆡ식 광픽ᄒᆞ니 엇지 ᄒᆞᆯ노 그 안히ᄅᆞᆯ 잘 거ᄂᆞ리며 그 집을 어거ᄒᆞ리잇가 한시ᄂᆞᆫ 고문명가의 요조슉녀여ᄂᆞᆯ 명되 박ᄒᆞ여 명윤의 ᄇᆡ필이 되여 이 ᄀᆞᆺ튼 누명을 시르니 가련ᄒᆞ며 가셕도쇼이다 쇼ᄌᆡ ᄌᆞ식을 잘 가ᄅᆞ치지 못ᄒᆞ여 식견이 암ᄆᆡᄒᆞ고 지감이 불명ᄒᆞ여 져의 가실의 현우ᄅᆞᆯ 아지 못ᄒᆞ니 식쟈의 가연ᄒᆞᆯ 배라 한공을 대ᄒᆞᆯ ᄂᆞᆺ치 업도쇼이다 평릉휘 웃고 ᄀᆞᆯ오대 셰ᄉᆡ 난측ᄒᆞ니 이런 일 지내지 아닌 아ᄒᆡ들노 ᄒᆞ여금 고이튼 아니ᄒᆞ거니와 그 셔ᄉᆞ

25면

의 공쥬와 동심ᄒᆞ물 ᄡᅧ ᄒᆞ여시니 한시만 졀졔ᄒᆞ려 ᄒᆞ미 아니라 고이ᄒᆞᆫ 바ᄂᆞᆫ 한시와 공쥬ᄅᆞᆯ 히ᄒᆞᆫ 쟈ᄅᆞᆯ 진실노 알기 어려오미니 이 일이 그 시녀비ᄅᆞᆯ 쳐결ᄒᆞ여 되엿거니와 그 얼굴이 되여 명윤을 뵈던 쟈ᄂᆞᆫ 하등 인이런고 명윤이 쥬왈 쇼질이 눈이 어둡지 아니니 한시며 아니물 몰나 보며 일방의 잇던 시비 다 한시로 보와시니 이목젼의 참측지힝을 보미 아니면 엇지 사ᄅᆞᆷ을 의심ᄒᆞ미 군ᄌᆞ의 일이잇가 초공이 명천을 도라보고 ᄀᆞᆯ오대 명윤의 잡은 셔ᄉᆞ로 보와셔ᄂᆞᆫ 공쥐 역시 한가지

26면

라 너의 뜻은 엇더ᄒᆞ뇨 명쳔이 피셕 대왈 형이 임의 한슈의 얼굴을 분명이 보고 그 슈즁의셔 잡아내다 ᄒᆞ니 거즛 일이라 못ᄒᆞ려니와 쇼ᄌᆞ의 어린 쇼견의는 형이 한슈를 잡아실 젹의 노치 말고 잡고 오릭 두어 보더면 진즛 거시며 올흔 거시물 알거술 일키를 잘못 ᄒᆞ여시니 만일 세샹 ᄉᆞ룸의 얼굴 밧고는 약이 이실진대 한쉬 익민ᄒᆞ고 변용ᄒᆞ는 약이 업술진대 한쉬 원민ᄒᆞ물 면치 못ᄒᆞᆯ 거시오니 쇼ᄌᆞ 등은 나히 어리고 셰ᄉᆞ를 경력지 못ᄒᆞ여시니 엇지 이를 갈히여 잡으리잇가마는 오

27면

즉 존당과 부형의 쳐결ᄒᆞ시미 이시니 공쥬나 한슈나 아즉 힐ᄒᆞᆯ 젹인이 업고 뉘 ᄒᆞ다 ᄒᆞ리잇고마는 이는 곳 ᄉᆞ문의 히참ᄒᆞᆫ 대변이라 요란이 발셜 말고 아즉 고요히 두면 오릭지 아냐 발각ᄒᆞᆯ가 ᄒᆞᄂᆞ이다 초공이 듯기를 맛ᄎᆞ미 희긔 미우의 가득ᄒᆞ여 머리 조아 골오대 내 아희의 쇼견이 졍히 네 한아비 뜻이라 일이 급ᄒᆞ미 반ᄃᆞ시 급ᄒᆞ미 잇ᄂᆞ니 너희는 이 일을 사식지 말고 종내의 도라가물 보라 노공이 탄왈 사룸의 얼굴이 남의셔 긔특ᄒᆞ나 그 속이 현량ᄒᆞ고 슉요ᄒᆞᆫ 재 드므니 한

28면

시와 공쥐 이대도록 ᄒᆞ믄 나의 ᄉᆡᆼ각 밧기라 엇지 명부지렬의 하로나 용납ᄒᆞ리오 진초 이 공이 대왈 ᄉᆞ극히연이나 한시는 임의 츌뷔 되엿고 공쥬는 궁의 이셔 왕래를 못ᄒᆞ게 ᄒᆞ엿ᄉᆞ오니 변시 츌뷔라 이졔 인군의 ᄯᆞᆯ노 ᄒᆞ여금 이런 죄를 형언ᄒᆞ여 쟝ᄎᆞᆺ 어지ᄒᆞ리잇고 임의 마음의 며나리로 아지 아닐 ᄲᅮᆫ이라 일이 급ᄒᆞ미 반ᄃᆞ시 슈히 발각ᄒᆞ리니 졍젹이 낭ᄌᆞᄒᆞᆫ 후는 인군긔 고ᄒᆞ기도 말솜이 슌ᄒᆞᆯ지라 아즉 참아 둘 거시니이다 노공 왈 너의 믹ᄉᆞ를 ᄉᆡᆼ각ᄒᆞ여 일을 슌

29면

히 ᄒᆞᆯ 거시니 노부의는 근심ᄒᆞᆯ 배 아니로다 이 공이 배샤ᄒᆞ더라 어시의 공쥐 이 쇼식을 드ᄅᆞ미 탄왈 ᄌᆞ고로 렬ᄉᆞ츙신이 곤궁ᄒᆞ고 슉녀가인이 명이 박ᄒᆞ거니와 한시 대현렬졀이 이곳의 ᄲᅡᄌᆞ믄 의외라 조문의 슉쳥홈과 돈후ᄒᆞ기로도 가변이 층츌ᄒᆞ니 내 또이 가온대 참예ᄒᆞᆫ 죄인이라 엇지 고루화각의 쳐ᄒᆞ여 무ᄉᆞᄒᆞᆫ 사룸ᄀᆞᆺ치 ᄒᆞ리오 ᄒᆞ고

인ᄒᆞ여 정침을 바리고 쇼당의 나려 화식을 폐ᄒᆞ고 초셕을 잇그러 무식ᄒᆞᆫ 병쟝과 초초ᄒᆞᆫ 찬션이 됴셕의 겨유 긔아를 면ᄒᆞ고 날이

30면

맛도록 챵호를 다다 사ᄅᆞᆷ을 보지 아니ᄒᆞ니 한 유 이 샹궁이 톄누 왈 옥쥬의 원앙은 쳥텬의 빅일이라 하고로 쇼당의 존위를 굴ᄒᆞ시ᄂᆞ니잇고 노쳡이 당당이 셩샹긔 알외여 분을 풀니이다 공쥐 쳥파의 ᄉᆡ긔 츄샹 ᄀᆞᄐᆞ여 낫빗출 고쳐 왈 유모와 보모의 말이 엇진 말이뇨 내 비록 황야의 녀로 금지옥엽이나 ᄉᆡᆼ고락이 조군의게 달녓ᄂᆞᆫ지라 가부ᄂᆞᆫ 쇼텬이라 하늘을 원치 못ᄒᆞ리니 운익을 한ᄒᆞᆯ 거시 업ᄉᆞ대 구고의 ᄌᆞ익ᄒᆞ심과 존당의 긔렴ᄒᆞ시미 오히려 여텬ᄒᆞ시고 이

31면

런 흉ᄉᆡ 이셔도 언어의 니ᄅᆞ지 아냐 고요히 두시ᄂᆞᆫ 덕이 하늘 ᄀᆞᄌᆞ오니 내 엇지 직분을 직희여 죄를 기다리지 아니ᄒᆞ고 망녕되이 ᄌᆞ존ᄒᆞ여 구고와 가부의 일을 황야긔 참쇼ᄒᆞ고 셜분ᄒᆞᄌᆞ ᄒᆞ리오 그ᄃᆡ 날노 강샹의 죄로 용납지 못ᄒᆞᆯ 죄인을 삼고져 ᄒᆞᄂᆞᆫ도다 조군이 날을 의심치 아냐도 고루의 쳐ᄒᆞ여 안연코ᄌᆞ 아니ᄒᆞᄂᆞᆫ 쯧이 이셔 쳐쇼를 올마시니 내 스ᄉᆞ로 좃ᄎᆞ미라 가뷔 날을 핍박ᄒᆞ여 븨치미 업거ᄂᆞᆯ 그대 등이 원망ᄒᆞ미 그ᄅᆞ고 날을 대ᄒᆞ여 이 말을 니ᄅᆞ미 노쥬의 도리

32면

아니라 십 년 은양ᄒᆞᆫ 졍이 아니면 치죄ᄒᆞ리라 언파의 ᄉᆡ긔 츄샹렬일 가ᄐᆞ니 한 유 냥 샹궁이 숑연경구ᄒᆞ여 물너ᄂᆞ다 남슉졍이 니ᄅᆞ러 공쥬의 거쳐와 의식지졀을 보고 여ᄎᆞᄒᆞᆷ은 의외라 가내의 엇던 요인이 이셔 이런 흉ᄉᆞ를 지어 희짓ᄂᆞᆫ고 옥쥬의 션견을 예탁ᄒᆞᆯ지라 쳡 ᄀᆞᄐᆞᆫ 사ᄅᆞᆷ은 지식이 용우ᄒᆞ여 사ᄅᆞᆷ의 히를 입어 여러 번 쥭을 익으로 한궁의 잡혀가 슈욕보고 연궁에 갓치물 면치 못ᄒᆞ엿거니와 옥쥬ᄂᆞᆫ 황가의 나시고 명견만리ᄒᆞ샤 젼견을 예탁ᄒᆞ시니 스ᄉᆞ로 보신지

33면

칙을 ᄉᆡᆼ각ᄒᆞᆯ지라 엇지 쇼당의 괴로오믈 감심ᄒᆞ시고 옥셕을 히셕ᄒᆞ지 아니하ᄂᆞ니잇

고 공쥐 빅샤 왈 슉모의 념녀ᄒᆞ심과 은틱은 쇼쳡이 감골명심ᄒᆞᄋᆞᆸᄂᆞ니 쳡의 힝실이 신명을 져바려 효셩이 쳔박ᄒᆞ니 존당이 무고ᄉᆞ로 죄명이 막즁ᄒᆞ고 다시 대음대악의 누명을 어드니 엇지 실노뻐 분원치 아니ᄒᆞ리잇고마는 이 일노 거울을 삼아 혜아리니 쥬공이 츙현인의로 왕실을 붓드다가 누언을 면치 못ᄒᆞ니 만일 금등셔 곳 업던들 엇지 셩왕을 용납ᄒᆞ리오 쇼쳡이 애매

34면

ᄒᆞ물 스ᄉᆞ로 벗고져 ᄒᆞ나 벗지 못ᄒᆞᆯ지라 쳡의 ᄋᆡᆨ운이 진ᄒᆞᆯ 시졀이면 금등셰 절노 이셔 ᄌᆞ연 누덕을 신셜ᄒᆞ리니 이제 엇지 즈레 쇠ᄒᆞ여 버ᄉᆞ리오 남부인이 눈물을 흘녀 왈 왕녀 왕후의 존ᄒᆞ므로 이런 곡경을 당ᄒᆞ니 엇지 한홉지 아니ᄒᆞ리오 공쥐 ᄌᆞ약히 대왈 만승텬ᄌᆞ로 하쳔뉴리ᄒᆞ여 곤궁ᄒᆞ고 대셩인도 쳘환쳔니ᄒᆞ샤 ᄉᆞ방의 반싱슈고ᄒᆞ시니 쳡이 슈지황가의 네나 일녀지라 홍안명도를 궁케 ᄒᆞ시니 무어슬 한ᄒᆞ리잇고 일싱이 조군의 ᄆᆡ여시니 엇지 이의 당ᄒᆞ물 쳡

35면

싸려 면ᄒᆞ리잇고 남시 우탄 왈 슈연이나 임의 존당의 죄칙이 업고 질ᄋᆡ 옥쥬를 죄인이라 ᄒᆞ물 듯지 못ᄒᆞ여시니 하고로 쇼당의 대죄ᄒᆞ고 의식을 감ᄒᆞ여 뎨후의 싱휵ᄒᆞ신 쳔금지신의 괴로오물 감심ᄒᆞ리오 공쥐 쳔연 대왈 이 ᄀᆞᆺ튼 누명으로 몸을 덥허 뎨후의 싱휵ᄒᆞ신 바를 누욕ᄒᆞ여시니 쇼당의 머물기로 더 괴로오미 이시리잇가 비록 황샹의 ᄂᆞᆺ출 보와 슈죄ᄒᆞᄂᆞᆫ 말숨이 업ᄉᆞ나 쳡의 념치 잇디 연고 당ᄒᆞ오며 ᄒᆞ물며 가뷔 의심 즁 이셔 비록 존명을 응슌ᄒᆞ나 쳡의

36면

마음이냐 엇지 편ᄒᆞ리잇고 남시 탄왈 인의지덕과 례졀슈힝이 여ᄎᆞᄒᆞ니 엇지 텬의 보응치 아니시며 신기가 직방치 아니리오 복녹이 도라오리니 일시 직ᄋᆡᆨ을 부운의 ᄲᅳᆯ려 바리지 아니리오 ᄒᆞ고 옥슈를 잡고 년ᄋᆡ지정을 이긔지 못ᄒᆞ더니 홀연 옥비의 잉피 완연ᄒᆞᆫ지라 남시 대경ᄒᆞ여 안ᄉᆡᆨ을 곳치고 탄왈 쳡은 죽을 곳의 ᄉᆞ라나 오ᄂᆞᆯ을 당ᄒᆞ오미 낭낭의 산은히덕이라 텬디 ᄀᆞᆺ튼 대은을 슈심명골ᄒᆞ리니 여튼 츙셩이 오즉 옥쥬긔 다ᄒᆞ여 낭낭대덕을 갑고져 ᄒᆞ므로 옥쥐 조

37면

문의 하가ᄒᆞ시니 다힝ᄒᆞ미 일가지ᄂᆡ의 평싱을 뫼셔 마음을 극진이 ᄒᆞ고 질ᄋᆞ의 긔특ᄒᆞ미 군ᄌᆞ의 대도로 어더시며 셩ᄌᆞ의 덕이 가ᄌᆞᆨᄒᆞᆫ지라 옥쥬의 츈인ᄒᆞᆫ ᄌᆡ덕으로 일대가위 되물 깃거 기리 봉황 빵유ᄒᆞ고 ᄌᆞ손의 션션ᄒᆞ물 바랏더니 이졔 ᄋᆡᆨ회 의외지ᄉᆞ여니와 옥쥬의 비홍이 완연ᄒᆞ니 이ᄂᆞᆫ 별단 ᄉᆞ괴 이시미라 ᄋᆡᆨ운을 버ᄉᆞᆫ들 명쳔의 졍이 박ᄒᆞᆫ 후야 엇지 옥쥬의 쾌락을 어드리오 이거시 젹은 시름이 아니라 옥쥐 오히려 셰샹 물욕과 부부샹졍을 ᄭᆡᄃᆞᆺ지 못ᄒᆞ시나 녀

38면

ᄌᆞ의 박명이 이의 지ᄂᆞ지 아닌가 ᄒᆞᄂᆞ이다 공쥐 옥면이 취홍ᄒᆞ고 년협이 븕어져 슈무언이라 그 고은 거동이 뉴츌ᄒᆞ여 션월아질이 옥이 ᄆᆞᆰ고 명쥐 틋그ᄅᆞᆯ 씨슨 ᄃᆞᆺ 신원의 화신이 닷토와 향긔ᄅᆞᆯ 토ᄒᆞᄂᆞᆫ ᄃᆞᆺᄒᆞᆫ지라 팔자 츈산의 샹셔의 긔운이 즘겨시니 쳔ᄐᆡ만광이 실즁의 바ᄋᆡᄂᆞᆫ지라 남부인의 침즁ᄒᆞ므로도 그 ᄆᆡ몰ᄒᆞ물 ᄎᆞ셕ᄒᆞ여 다시 말을 못ᄒᆞ고 날이 ᄆᆞᆺ도록 불열ᄒᆞ다가 도라와 졍부인을 보고 ᄎᆞᄉᆞᄅᆞᆯ 젼ᄒᆞ여 탄왈 공쥬 ᄀᆞᆺᄐᆞᆫ 졀염이 가부의 쇼ᄒᆞ물 바드니 실노 셰샹ᄉᆞᄅᆞᆯ 모ᄅᆞᆯ

39면

지라 만일 이 말이 궐즁의 드러가 황샹과 낭낭이 아ᄅᆞ시면 엇지 놀나지 아니시며 질ᄋᆞ로 고이 너기지 아니시리오 슉슉 슉뉴의 현면으로도 ᄌᆞ손을 교훈치 아닌가 ᄒᆞ실 거시니 현져ᄂᆞᆫ 기리 ᄉᆡᆼ각ᄒᆞ여 질ᄋᆞᄅᆞᆯ 경계ᄒᆞ쇼셔 졍부인이 탄왈 남ᄌᆞ후박은 의외지ᄉᆞ 만커니와 옥쥬의 복디유덕으로 이러ᄐᆞᆺ ᄒᆞ니 업술 거시나 명쳔이 아즉 다른 쳐쳡이 업고 셜ᄉᆞ 유의ᄒᆞᆫ 곳이 이실지라도 식견이 잇고 대의ᄅᆞᆯ 아ᄂᆞᆫ 아희라 무고히 쥬샹의 녀로 결발항녀의 대의ᄅᆞᆯ 폐ᄒᆞ리오 근ᄅᆡ의ᄂᆞᆫ 존당 명이

40면

이셔 혜션궁 츌입이 ᄌᆞᆫ쳣거니와 우리ᄂᆞᆫ 의심치 아냣드니 부인의 말을 드ᄅᆞ니 무ᄉᆞᆷ 일노 냥졍이 ᄆᆡᆨᄆᆡᆨᄒᆞ고 져다려 무러보려니와 가내의 요인이 업술 ᄃᆞᆺᄒᆞᄃᆡ 한시와 공쥬ᄅᆞᆯ 함히ᄒᆞ니 실노 놀납지 아니ᄒᆞ리오 져의 고초하물 골돌ᄒᆞ여 샹렴ᄒᆞ미 업ᄉᆞ물 다힝이 너기더니 명윤의 잡은 셔ᄉᆡ 한시와 공쥬로 유히ᄒᆞ미오 만일 셔ᄉᆡ ᄀᆞᆺ틀진대 쳔고

의 두지 못홀 대악이 될지라 존당 쳐분이 함묵ᄒᆞ시고 나종을 보고져 유유ᄒᆞ시니 아등은 일즉 존의를 승슌홀지라 이미타 최우기를 우

41면

리 입으로 내지 못ᄒᆞ니 그 엇던 사름의 일인동 알니오 현데ᄂᆞᆫ 공쥬로 ᄉᆞ이 별친ᄒᆞ여 은익ᄒᆞ미 업ᄉᆞ니 내 뜻을 젼ᄒᆞ고 옥보방신을 샹ᄒᆞᄂᆞᆫ 념네 업게 ᄒᆞ라 남숙정이 쇼왈 공쥬의 일월지광이 여견만리ᄒᆞ고 스ᄉᆞ로 예탁ᄒᆞ니 엇지 쳡의 위면을 기다리리오마ᄂᆞᆫ 다른 일은 부운의 옹폐ᄒᆞᆫ 거ᄉᆞᆫ 업시ᄒᆞ려니와 부부지락은 실노 임의로 못ᄒᆞᄂᆞ니 만일 공쥐 지지ᄒᆞ면 위컨대 인ᄌᆞ졍힝과 쳔고무빵ᄒᆞᆫ ᄉᆡᆨ태로 가부의 박졍이 실노 ᄋᆡ달나 ᄒᆞᄂᆞ니 명ᄋᆡ 효힝이 관일ᄒᆞ여 평ᄉᆡᆼ 슉

42면

슉의 명을 거역지 아닌ᄂᆞᆫ지라 슉슉긔 고ᄒᆞ고 ᄒᆡ유ᄒᆞ여 경계ᄒᆞ쇼셔 부인이 아ᄌᆞ의 일을 의려ᄒᆞ여 이후 능후다려 이 일을 젼ᄒᆞ고 공쥬를 ᄎᆞ셕ᄒᆞᆫ대 능휘 쇼왈 부인 녀ᄌᆞ들은 아모리 명니ᄒᆞ나 잔 호의ᄂᆞᆫ 잇도다 명아ᄂᆞᆫ 남 즁 셩인이오 오쟉 즁 봉황이라 의ᄉᆡ 광대ᄒᆞ고 긔량이 화홍ᄒᆞ니 텬셩이 여ᄎᆞ 즉 ᄉᆞ군치졍의 치국평텬하지도의 슈신졔가가 족ᄒᆞ리니 하고로 공쥬 ᄀᆞᆺᄐᆞᆫ 슉녀를 륜니를 폐졀ᄒᆞ리오 비홍이 이시믄 아른 톄 ᄒᆞ미 쇼쇼ᄒᆞ니 의긔 샹합ᄒᆞᆫ 즉 샹경샹화의

43면

부부유별은 그 가온대 이실지라 동고지락의 ᄌᆞ숀이 챵셩ᄒᆞ리니 엇지 일시 비홍을 혐의ᄒᆞ리오 내 사름의 아비되여 쇼쇼ᄒᆞᆫ 일을 아른 쳬 ᄒᆞ미 고이ᄒᆞ니 ᄎᆞᄋᆡ 일작 내 쇼ᄅᆡ 큰 거술 듯지 아니ᄒᆞ여시되 날을 보면 과히 두려워 내 엶히 말을 다 못ᄒᆞᄂᆞ니 부인이 시험ᄒᆞ여 무러보쇼셔 ᄒᆞ더라 슈일 후 모지 조용히 ᄒᆞᆫ ᄯᅥᆨ의 부인이 부마를 대ᄒᆞ여 공쥬의 후박을 무ᄅᆞ며 만단 니히를 ᄀᆞᆺ초 닐너 공쥬의 운익으로 간인의 누셜이 혐의 이시나 현슉ᄒᆞ믄 인인의 쇼공지라 ᄒᆞ니 ᄉᆡᆼ이 말

44면

숨을 ᄒᆞ고져 홀 ᄎᆞ의 부친이 드러와 부인으로 대좌ᄒᆞᄂᆞᆫ지라 엄젼을 대ᄒᆞᄆᆡ ᄉᆡᆼ이 긴

셜화를 못하고 공슈 대왈 ᄌᆞ교의 렴녀를 쇼ᄌᆡ 긍구ᄒᆞ옵ᄂᆞ니 공쥐 아시 결발노 인군과 부뫼 맛지신 정실이라 쇼ᄌᆡ 불초ᄒᆞ나 대졉이 박지 아니믄 태태 아ᄅᆞ신 ᄇᆡ오 근ᄅᆡ ᄌᆞ최를 졀젹ᄒᆞ오믄 허실간 불평지심이 이ᄉᆞ오미니 나종 결말을 보와 부부후박을 무ᄅᆞ쇼셔 금ᄎᆞ의 ᄌᆞ뫼 과려ᄒᆞ시물 의아ᄒᆞᄂᆞ이다 부인 왈 요ᄉᆞ이 뭇지 아니믄 그러ᄒᆞ거니와 네 결발 쥬년의 지나 엇지 비홍이 그져 잇ᄂᆞ뇨 여뫼 오

45면

ᄂᆞᆯ이야 아ᄅᆞ시니 모ᄅᆞᄂᆞᆫ 쳬 ᄒᆞᄂᆞ뇨 ᄉᆡᆼ이 미쇼ᄒᆞ여 냥미화안의 옥치단슌으로 ᄭᅩᆺ치 피여 오ᄂᆞᆫ ᄃᆞᆺ 쇄락ᄒᆞᆫ 얼골과 보암즉 ᄒᆞᆫ 거동이 실노 공쥬의 일대 가위러라 고개를 슉여 다시 말을 아니ᄒᆞ니 부인이 졍ᄉᆡᆨ 왈 내 니ᄅᆞᄂᆞᆫ ᄇᆡ 모ᄌᆞ의 지극ᄒᆞᆫ 졍담이어ᄂᆞᆯ 네 엇지 웃고 답지 아니ᄒᆞᄂᆞᆫ다 ᄉᆡᆼ이 사왈 ᄌᆞ교의 렴녀를 엇지 우으리잇고 다만 마음의 업순 념녀 두시물 민울ᄒᆞᄂᆞ이다 홍졈은 금일이나 명일이나 업시ᄒᆞ기 쉬온 일이오 부부후박은 일노 의논ᄒᆞᆯ ᄇᆡ 아니니이다 쇼ᄌᆡ 박

46면

ᄒᆡᆼᄒᆞ오나 이런 일의 긔거지ᄉᆞ로 친의를 어ᄌᆞ러이지 아니ᄒᆞᆯ지라 조부의 명교를 엇지 거역ᄒᆞ리잇고 졔 신원이 ᄇᆞᆰ지 못ᄒᆞ면 모ᄅᆞ거니와 허탄ᄒᆞᆫ 대 도라가면 쇼ᄌᆡ 결박지의 가ᄇᆡ얍지 아니ᄒᆞ리니 ᄎᆞᄉᆞ로 셩려치 마ᄅᆞ쇼셔 능휘 안ᄉᆡᆨ의 지혀 모ᄌᆞ의 슈작을 듯고 미쇼 왈 아ᄒᆡ 말이 올흐니 너의 모친은 과렴ᄒᆞ나 공쥬ᄂᆞᆫ 거리ᄭᅵ지 아닐지라 대인 명대로 효측ᄒᆞ라 ᄉᆡᆼ이 돈슈ᄒᆞ고 동동ᄒᆞᆫ 효셩이 신기를 감동ᄒᆞᄂᆞᆫ지라 ᄒᆞ물며 부모지심이리오 ᄯᅩᄒᆞᆫ 능후와 부인이 공쥬를 ᄌᆞ로 ᄎᆞ

47면

ᄌᆞ 무ᄋᆡᄒᆞ고 공쥬의 효슌ᄒᆞ미 ᄉᆡᆼ의게 나리지 아니ᄒᆞ더라 어시의 조흑ᄉᆡ 한시를 다ᄉᆞ려 셜분ᄒᆞ려 집의 고ᄒᆞᄆᆡ 태ᄉᆡ 도로혀 ᄌᆞ가를 ᄭᅮ짓고 진 초 이 공이 물시ᄒᆞ니 분을 풀 곳이 업셔 ᄉᆡᆼ각ᄒᆞᄃᆡ 쥭일 죄인을 너모 인졍의 ᄒᆡ롭도록 ᄒᆞ시니 한부의 가셔 내 스ᄉᆞ로 쥭이고져 ᄒᆞ나 간흉한 음뷔 나지 아니니 홀일업셔 산지라 엇지ᄒᆞ면 이 분을 풀니오 ᄒᆞ고 명천을 대ᄒᆞ여 왈 져젹의 범ᄉᆡᆼ이 낭즁으로셔 셔ᄉᆞ를 ᄲᅢ져시니 난옥을 어든지라 다시 한녀의 음흉을 목견ᄒᆞ고 흉셔를

48면

눈으로 보와시니 ᄌ고로 졀식이 졀묘ᄒᆞᆫ 일을 져ᄌᆞᄅᆞ미 잇거니와 ᄉᆞ오나오미 무측쳔 녀황후도곤 더으니 집을 망ᄒᆞᆯ 뜻이라 내 두 눈으로 분명이 목도ᄒᆞ고 ᄊᆞᆺ쳐시믄 장부의 일이 아니라 공쥬ᄂᆞᆫ 그러ᄒᆞᆯ 일이 업ᄉᆞ려니와 한시 음악은 혹시 후려 동뉴ᄅᆞᆯ 삼으렷ᄂᆞᆫ가 너ᄂᆞᆫ 엇지코져 ᄒᆞᄂᆞᆫ다 명쳔이 쇼왈 ᄇᆡ필은 일일지간도 마음을 알거뇨 한슈의 힝ᄉᆞᄅᆞᆯ 모ᄅᆞ지 아니ᄒᆞᆯ ᄇᆡ라 이러ᄐᆞᆺ ᄒᆞᄂᆞ뇨 한쉬 우리집 종부로 만금 쇼즁을 ᄡᅵ고 형의 대졉이 태산이라 녀ᄌᆞ의 복녹이 무흠ᄒᆞ고

49면

만ᄉᆡ 여의ᄒᆞ거ᄂᆞᆯ 무ᄉᆞᆷ 일노 간부ᄅᆞᆯ ᄎᆞᄌᆞ며 간악을 슈챵ᄒᆞ여 젼졍을 스ᄉᆞ로 멸코져 ᄒᆞ리오 삼쳑동이라도 혜아리면 만무ᄒᆞ니 ᄯᅩᄒᆞᆫ 공쥬ᄂᆞᆫ 황녀의 존귀ᄒᆞ므로 녀즁군ᄌᆞ여ᄂᆞᆯ 엇지 동류되리오 나ᄂᆞᆫ 의심이 도라가지 아니ᄒᆞ나 허실간 불평ᄒᆞ여 ᄒᆞ거니와 질ᄋᆞᄅᆞᆯ 조가 골육이 아니고 간부 쇼츌노 ᄎᆔ우나 젼형이 완연이 슉부와 ᄀᆞᄐᆞ니 형이 한슈ᄂᆞᆫ 의심ᄒᆞ나 골육을 져바리믄 이심ᄒᆞᆫ지라 아등이 슈위지종이나 동긔 ᄀᆞᄐᆞᆫ 의긔로 심졍이 샹득ᄒᆞ니 엇지 ᄯᅳᆺ을 긔이리오 존당 념녀와 ᄀᆞᆺᄉᆞ와

50면

오ᄅᆡ지 아냐 무ᄉᆞᆷ 일이 발각ᄒᆞᆯ 거시니 아등 도리의 승명ᄒᆞ고 참을 ᄲᅮᆫ이오 조급히 굴면 장부의 일이 아니라 형은 쇼데 용우ᄒᆞ믈 웃지 말고 식노ᄒᆞ쇼셔 혹시 탄왈 어지다 현데 나의 식견과 내도ᄒᆞ니 형이 되여 붓그럽지 아니ᄒᆞ랴 내 함분ᄒᆞ여 쟝내ᄅᆞᆯ 보리라 ᄒᆞ고 ᄎᆞ후 죽일 ᄯᅳᆺ을 긋치나 ᄡᅥᄡᅥ 한공을 보와 슈히 한시ᄅᆞᆯ 죽여 나의 분을 풀나 ᄒᆞ고 보ᄎᆡ더라 한공이 문리ᄅᆞᆯ 당부ᄒᆞ여 조혹ᄉᆡ 니ᄅᆞ거든 드리지 말나 ᄒᆞ니 혹시 문리의 막으믈 대로ᄒᆞ여 칼ᄒᆞᆯ ᄲᅢ혀 시쟈ᄅᆞᆯ 쥬

51면

어 머리ᄒᆞᆯ 버히라 ᄒᆞ니 졔복이 실ᄉᆡᆨᄒᆞ여 일시의 다ᄅᆞᄂᆞ거ᄂᆞᆯ 외당의 안져 한공을 보고져 ᄒᆞᄃᆡ 공이 보지 아니ᄒᆞ고 시비로 젼ᄒᆞ여 변하의 나가 명일 오신다 ᄒᆞ거ᄂᆞᆯ ᄉᆡᆼ이 방ᄌᆞ히 거러 션월졍의 니ᄅᆞ니 이ᄯᅢ 한쇼졔 변을 당ᄒᆞᆫ 후 션월뎡을 ᄡᅧᄂᆞ며 그 문을 잠아 텬일을 보지 아니코 스ᄉᆞ로 ᄌᆞ탄불식ᄒᆞ니 부뫼 과ᄋᆡᄒᆞ여 슉식을 권ᄒᆞ나 듯지 아

니코 악명을 셜워 벼개의 머리를 더지고 누엇더니 쳔만몽외의 문 여는 쇼릭 이시대 문을 안흐로 잠간는지라 싱이 힘을 다ᄒᆞ여 문을 쎄

52면

히고 드러가니 모든 시비 유랑이 면여토ᄉᆡᆨ이라 싱이 노목으로 쇼져를 출시ᄒᆞ니 쇼져 안셔히 니러나 마ᄌᆞ니 구름 ᄀᆞᆺ튼 운발이 산산이 허트러 명월 ᄀᆞᆺ튼 옥모를 가리와 더욱 틋글의 ᄲᅡ혀시니 빅일이 치운 쇽의 든 ᄃᆞᆺ 긔이ᄒᆞ고 믜어 볼ᄉᆞ록 심시 영영ᄒᆞ고 다듬지 아닐ᄉᆞ록 아름다온 용홰 실즁의 찬란ᄒᆞ니 가는 허리의 초초ᄒᆞᆫ 의상이 무ᄉᆡᆨᄒᆞ여 의의ᄒᆞᆫ 태되 졀묘ᄒᆞ고 어엿븐 모양이 금불이 도라셔고 쟝부의 간장을 ᄉᆞ로는지라 조싱이 비여셕이오 비여쳘이라 엇지 ᄒᆡᆷ홀 마

53면

음이 나리오 분ᄒᆞᆫ 노긔 츙텬ᄒᆞ더니 눈이 어리고 마음이 녹는지라 엇지 쥭이고져 ᄒᆞ리오 도로혀 마음이 쳑연불낙ᄒᆞ니 광미를 �그리고 냥구슉시의 한시 연보를 움즉여 협실노 피코져 ᄒᆞ거ᄂᆞᆯ 혹ᄉᆡ 믄득 나상을 부여잡고 ᄀᆞᆯ오대 비록 유졍지인이 이시나 이 조싱도 대면홀 ᄉᆞ름이니 좀간 안ᄌᆞ 말을 드르라 한시 분노ᄒᆞ대 텬디하히지량이라 ᄉᆞᄉᆡᆨ을 타연히 ᄒᆞ고 먼리 금병을 의지ᄒᆞ여 안거ᄂᆞᆯ 싱이 탄왈 내 그대 알미 엇더ᄒᆞ관대 음흉불의로 여ᄌᆞ의 ᄎᆞᆷ아 못홀 흉ᄉᆞ를

54면

짓고 내 쥭이지 아냐 무ᄉᆞ히 두엇거ᄂᆞᆯ 감ᄉᆞᄒᆞᆫ 쥴 모ᄅᆞ고 도로혀 문리를 당부ᄒᆞ여 나의 ᄌᆞ최를 막고 영영이 간부로 화락고져 ᄒᆞ는다 텬하의 그대 갓튼 녀ᄌᆡ 이시리오 내 비록 용녈ᄒᆞ나 한 칼홀 날여 나의 분ᄒᆞᆫ 거ᄉᆞᆯ 풀고져 ᄒᆞ대 오히려 션빅 되여 졍실지위의 잇던 사름을 싱각ᄒᆞ여 ᄎᆞᆷ앗더니 금일 ᄯᅩ 날을 피코져 ᄒᆞ니 그대 ᄌᆡ죄 긔특ᄒᆞ나 이 조명윤을 바리고 간부로 무ᄉᆞ히 락은 못홀 거시니 다시 흉모로 쥭일가 시브냐 이졔는 날을 반ᄒᆞ려 ᄒᆞ는다 ᄌᆞ셔히 닐으라 한

55면

시 쳥파의 슈졍안ᄉᆡᆨ고 탄왈 쳡의 허다 죄악은 닐오지 말고 그윽이 혜아리니 군ᄌᆞ의

힝식 일월 굿트야 비례의 말을 숨갈지라 쳡의 다른 죄는 쳔 가지로 닐너 가커니와 음난흉셔는 군이 친견ᄒᆞ다 ᄒᆞᄃᆡ 불복ᄒᆞᄂᆞ니 쥭이지 아니믄 관유한 일이나 혹쟈 이ᄆᆡ홀진대 이런 모욕이 군ᄌᆞ힝신의 유히치 아니리오 군ᄌᆞ를 피ᄒᆞ믄 군이 본족 쥭이려 ᄒᆞ다 ᄒᆞ니 쳡이 무용ᄒᆞ나 부모의 싱휵지신으로 검하경혼은 부졀업술가 ᄒᆞ고 군ᄌᆞ의 박힝으로 면코져 ᄒᆞ미라 구츠히 투

56면

싱ᄒᆞ믄 원앙ᄒᆞᆫ 누명을 신셜ᄒᆞ고 쥭어 조ᄒᆞᆫ 귀신이 되려 ᄒᆞ미니 군은 노를 참고 쥭기기를 날호여 종내를 보와 만일 죄가 젹실ᄒᆞ거든 우음을 먹어 칼흘 바들 거시오 이ᄆᆡᄒᆞᆫ즉 심규의셔 늙어 구고의 산은히덕을 만년 츅원ᄒᆞ려 ᄒᆞᄂᆞ니 달니 무를 말이 업ᄂᆞ이다 싱이 언파의 탄왈 고이타 하늘이 날을 내시고 져런 미인을 내여 뜻이 갓트물 힝희ᄒᆞ더니 힝실이 글너 날을 져바릴 쥴 알니오 져의 명목안치 현인슉덕ᄒᆞ고 아모리 슬펴도 어진 긔운이 츌어외

57면

모ᄒᆞ거늘 츰아 엇지 그런 흉ᄉᆞ를 ᄒᆞᆯ 마음이 이시리오마는 내 친히 목견ᄒᆞ여시니 이ᄆᆡ타 못ᄒᆞᆯ 거시오 가쟝 고이한 일이로다 니ᄆᆡ망냥이 날을 희롱ᄒᆞ엿단 말도 아니오 의괴난측ᄒᆞ여 다시 싱각ᄒᆞᄃᆡ 난쳐ᄒᆞ고 인정밧긔 졍치 못ᄒᆞ니 엇지ᄒᆞ면 질졍ᄒᆞ리오 진실은 나의 불명ᄒᆞ미로다 이러틋 두로 싱각ᄒᆞ니 만ᄒᆞᆫ 분긔 태반이나 프러져 도로혀 잔잉ᄒᆞᆫ 마음이 나는지라 기리 탄왈 이ᄆᆡ타 ᄒᆞᆯ진대 귀신이 쟉희ᄒᆞ미니 싱이 경박ᄒᆞ나 부인을 몰나보지 아니ᄒᆞᆯ지라 내 쏘

58면

헤아리ᄆᆡ 칼흘 감초고 분을 참나니 그대는 날을 한치 말나 인ᄒᆞ여 츄연불낙ᄒᆞ여 ᄆᆡᆨᄆᆡᆨ히 셔로 보고 니러날 뜻이 업셔 대ᄒᆞ여 안ᄌᆞ시니 부인이 동졍을 탐지ᄒᆞ고 쥬반을 보내니 싱이 슐을 마시며 금져를 드러 호치단슌의 빗최니 쇄락ᄒᆞᆫ 옥면은 홍광이 졈졈ᄒᆞ여 년화홍ᄇᆡᆨ이 셧겨셔 핀 듯ᄒᆞ고 옥셩봉목은 영긔경쳥ᄒᆞ니 호샹ᄒᆞᆫ 골격과 쥰ᄆᆡᄒᆞᆫ 긔운이오 쳔고 군직러라 한공 부뷔 여어보고 흠이ᄒᆞ는 즁 녀아의 신루를 이달나 그 악을 지은 쟈를 몰나 ᄒᆞ더라

59면

조흑시 이의 셕양의 도라올식 부인이 명쾌ᄒᆞ므로 긔운이 나ᄌᆞ지고 어진 거동과 ᄆᆞᆰ은 힝식 음악ᄒᆞᆫ 간인이 아니물 씨다라 그 한시 되여 글 ᄡᅳ든 재 반ᄃᆞ시 요괴던가 ᄒᆞ고 반이나 뉘웃쳐 경셜ᄒᆞ물 탄ᄒᆞ고 이후ᄂᆞᆫ 욕ᄒᆞ기를 긋치나 일졀 의심으로 녀시와 화락지 아니ᄒᆞ고 외당의셔 군종으로 더브러 훈디의락을 다ᄒᆞ나 ᄆᆡ양 한시 이즐 마음이 업ᄉᆞᄃᆡ 셔로 ᄎᆞᆺ지 아니ᄒᆞ더라 이ᄯᅴ 황데후로 부마를 어드시ᄆᆡ ᄉᆞ랑ᄒᆞᄂᆞᆫ 졍이 데왕의 더으시고 그 부부화락은 염여홀 ᄇᆡ

60면

아니라 ᄒᆞ샤 반ᄃᆞ시 난봉이 깃드리ᄆᆡ 비취지락이 이시물 아ᄅᆞ시니 엇지 십삼 쳥츈의 쟝신궁 한이 이실 쥴 알니오 졔공쥬ᄂᆞᆫ 삭망으로 됴알이 빈빈ᄒᆞᄃᆡ 혜션공쥬ᄂᆞᆫ 하가ᄒᆞ므로 됴회치 아니ᄒᆞ고 글을 올녀 왈 녀ᄌᆞᄂᆞᆫ 원 부모형뎨라 신이 비록 황네나 외됴 가실이 되여 궁금의 왕ᄅᆡ 번거ᄒᆞ리잇고 신은 도리를 삼가지 아니ᄒᆞ물 취치 아니ᄒᆞ오니 ᄉᆞ괴 업ᄉᆞ오면 대내 츌입을 못ᄒᆞ옵ᄂᆞᆫ 쥴 알외나이다 ᄒᆞ고 슈월의 ᄒᆞᆫ 번식 드러와 됴알ᄒᆞᄃᆡ 그날을 뉴치 아냐 회환ᄒᆞ니 휘

61면

심히 결연ᄒᆞ시나 녀ᄌᆞ의 도리 올흔 거술 그ᄅᆞ다 못ᄒᆞ시고 휘 대의를 아ᄅᆞ시ᄂᆞᆫ 고로 ᄉᆞ졍을 말류치 아니ᄒᆞ샤 그 ᄯᅳᆺ을 조ᄎᆞ시므로 이변을 만나 궐즁 츌입을 아니ᄒᆞ오대 그런 쥴노만 무심ᄒᆞ시더니 공쥐 ᄯᅩ 념녀ᄒᆞ실가 가변을 구외불츌ᄒᆞ고 오직 부마의 왕ᄅᆡ ᄌᆞ로ᄒᆞ와 문안을 아옵ᄂᆞᆫ 고로 못 드러오ᄂᆞᆫ 쥴노 ᄒᆞ고 왕래ᄒᆞᄂᆞᆫ 궁녀를 엄금ᄒᆞ여 곡졀을 알외지 아니ᄒᆞᄂᆞᆫ지라 조부의 쇼식이 대내의 아득ᄒᆞ더니 공쥬의 현덕이 여ᄎᆞᄒᆞ여 ᄆᆞᆺ참내 쇼뷔 오린 후의야 아ᄅᆞ시니라 화셜 쇼연

62면

쉬 약으로 부형지심을 엇고 일일 간악을 힝ᄒᆞ여 형을 마ᄌᆞ 쥭이려 ᄒᆞᄃᆡ 모칙을 엇지 못ᄒᆞ여 불낙ᄒᆞ더니 츈취 얼프시 삼년을 지내니 강릉휘 독약이 쟝부를 어ᄅᆡ여시니 쇼샹셔의 대효를 잇고 연슈 부ᄌᆞ를 과익ᄒᆞ여 여러 념냥이 뒤이즈니 조시와 샹셰 젹거ᄒᆞᆫ 지 삼년이라 평진후와 쥬부인이 슬프물 이긔지 못ᄒᆞ고 도라올 도리를 ᄒᆞ고져 ᄒᆞ

나 조승상이 부녀의 졍으로도 구외의 내지 아니ᄒᆞ고 싱각는 거동을 뵈지 아니ᄒᆞ니 뉘 구ᄒᆞ리오 민민불낙ᄒᆞ더니 구부인이 셰 사회

63면

와 ᄌᆞ부를 거나려 만시 족ᄒᆞ니 경슈 부부를 싱각ᄒᆞ리오 삼셔 즁 졍싱이 의긔 쳥신ᄒᆞ고 품되 침묵ᄒᆞ여 샹히 쇼샹셔의 지긔후졍과 동긔의 의를 아오라 친친ᄒᆞᆫ 의 족히 고인을 비길너니 샹셰 원앙ᄒᆞᆫ 일노 젹거ᄒᆞ고 연쉬 가친을 달내여 쳐시 어ᄌᆞ러오믈 통히ᄒᆞ여 ᄒᆞ더니 연슈의 함히ᄒᆞᆫ 용심을 알고 일동일졍을 무심이 아니홀시 연쉬 지긔로 허ᄒᆞ고 문긱으로 대졉ᄒᆞᄂᆞᆫ 문긱이 이시니 셩명은 양원진이니 말이 날내고 지족이 다 모ᄒᆞᆫ지라 연쉬 과혹ᄒᆞ여 져의 평싱 심ᄉᆞ를 긔

64면

일 길이 업ᄉᆞᆫ지라 형을 업시홀 냥칙을 그 문인을 대ᄒᆞ여 밀밀이 계교ᄒᆞ여 니ᄅᆞ되 그대ᄂᆞᆫ 날을 위ᄒᆞ여 계교를 가ᄅᆞ치라 오직 그대와 나만 알고 타인긔 누셜치 말나 양싱이 나그어 안ᄌᆞ 왈 혹ᄉᆞ의 ᄯᅳᆺ을 보니 진실노 형뎨간이나 구젹이 되엿ᄂᆞᆫ지라 당태종으로 영군이나 건셩 원길을 화치 못ᄒᆞ고 버혀시니 ᄒᆞ물며 혹ᄉᆞᄂᆞᆫ 무슴 력냥으로 무ᄉᆞᄒᆞ리오 홀일업시 되여시니 쇼싱이 지긔지우로 니ᄅᆞ지 아니나 다 아ᄂᆞ니 이졔 만번 ᄌᆞ긱을 보ᄂᆡ여도 쇼샹셰 쥭지 아니ᄒᆞ고 졈졈 격분

65면

ᄒᆞᆫ즉 일이 발각ᄒᆞ여 샹셔ᄂᆞᆫ 빗ᄂᆡ여 환시ᄒᆞ고 혹ᄉᆞᄂᆞᆫ 큰죄를 당ᄒᆞ리니 쇼싱 쳔견은 교졍양 등 이인을 회뢰ᄒᆞ여 샹셰 조쥐셔 모든 션비를 결납ᄒᆞ고 불의를 두믜 조쥐 인심이 다 귀슌ᄒᆞ여 변이 불구의 나리라 ᄒᆞ고 혹ᄉᆞ의 부ᄌᆡ 황황젼뉼ᄒᆞ여 ᄌᆞ긱을 보내여 조쥐 가 경슈를 쥭이면 부ᄌᆞ의 졍니 난측ᄒᆞ되 멸족지환을 덜녀 ᄒᆞ엿더니 경쉬 지조 이셔 ᄌᆞ긱을 버히고 쟝ᄎᆞᆺ 긔병코져 ᄒᆞᆫ다 ᄒᆞ면 그 가온대 녕대인과 혹ᄉᆞᄂᆞᆫ ᄌᆞ연 신빅ᄒᆞ미 되고 언관의 쇼계 나거든 혹시 거젹을

66면

잇그러 금문의 대죄ᄒᆞ며 형의 ᄉᆞ오나오물 복초ᄒᆞ고 부의 명을 빌면 셩샹이 률을 보

와 뎨긔 쓰지 아닐 거시오 언관 쇼지의 부즈형뎨 구슈 ᄀᆞᆺ트물 알외여 령대인과 혹ᄉᆞ를 벗기며 경슈의게 만악이 도라가리니 계괴 이의 더ᄒᆞ미 업ᄉᆞ이다 연슈 칭찬 왈 ᄎᆞ계 묘ᄒᆞ니 이대로 ᄒᆞ리로다 ᄒᆞ고 냥인이 우으며 양양ᄌᆞ득ᄒᆞ여 현인군ᄌᆞ를 즉긱의 머리흘 버히고 졔 쥬쟝코져 욕심이 츙텬ᄒᆞ니 공연ᄒᆞᆫ 분긔 쳘골ᄒᆞ여 벽샹의 걸인 칼흘 ᄲᆡ혀 들고 쳘삭을 어더 ᄎᆞ고 이런 거ᄉᆞ로 잡

67면

아 ᄆᆡ고 이런 칼노 버히리라 ᄒᆞ더니 경싱이 ᄉᆞ긔를 보고 대로ᄒᆞ여 다ᄅᆞ드러 그 쳘삭 칼흘 들고 부지불각의 양싱을 잡아 ᄆᆡ여 바로 쟝형을 동심ᄒᆞ여 쥭이려 ᄒᆞᆫ다 ᄉᆞᄌᆞ즈니 연슈 일변 경겁ᄒᆞ여 그 뭇는 말을 희롱이라 ᄒᆞ고 ᄋᆡ걸ᄒᆞ니 경싱이 미쇼 왈 양원진을 나라히셔 잡아드리라 ᄒᆞ신 지 오ᄅᆡ더니 오늘날 공교히 예셔 만나시니 대간의 풍문을 션ᄇᆡ 아냐 공경인들 못 잡아 ᄆᆡ리오 너도 ᄎᆞ인을 징계ᄒᆞ여 악을 바리고 션을 힘쓰라 ᄒᆞ며 ᄌᆞ긔 하인을 분부ᄒᆞ여 양싱을

68면

단단이 동혀 도찰아문의 가도라 ᄒᆞ고 쟝모도 보지 아니ᄒᆞ고 바로 나가니 영슈 이 경식을 보고 혼비ᄇᆡᆨ산ᄒᆞ여 ᄉᆡᆼ각ᄒᆞᄃᆡ 우리 모의ᄒᆞᆫ 거ᄉᆞᆯ 드럿던가 현마 져져의 낫출 본들 이러치 아닐가 양싱을 종시 노흘가 ᄒᆞ고 다시 ᄉᆡᆼ각ᄒᆞᄃᆡ 양싱이 본대 모로는 지라 됴뎡의나 경가의나 혹시 져즌 일이 잇던가 이리 혀여 가ᄉᆞᆷ의 진납의 ᄢᅱ노니 아모리 ᄒᆞᆯ 쥴을 모ᄅᆞ더라 ᄎᆞ시의 경혹ᄉᆡ 양싱을 가도고 조부의 니ᄅᆞ러 조문계를 청ᄒᆞ고 좌우를 물인 후 쇼연슈의 무샹ᄒᆞᆫ 죄악 대음지ᄉᆞ를 드른

69면

ᄃᆡ로 고ᄒᆞ고 탄왈 ᄌᆞ고로 슌뎨와 건셩 원길이 잇거니와 ᄎᆞ인의 용심은 만고의 ᄒᆞᄂᆞ히라 쇼뎨 남ᄆᆡ지의 잇거니와 내 벼ᄉᆞᆯ이 경조윤으로 사ᄅᆞᆷ의 션악을 알미 올흔 벼ᄉᆞᆯ이라 졔우의 마ᄋᆞᆷ과 됴뎡공의로 닐너도 경슈를 살이고 연슈는 쥭여야 공ᄉᆞ의 유익ᄒᆞ고 ᄉᆞ리 당연ᄒᆞ니 양가 쥭싱을 잡아 탑젼의 알외ᄌᆞ ᄒᆞ엿더니 노형의 쳐분과 결단을 드ᄅᆞ면 반ᄃᆞ시 뉘웃치미 업ᄉᆞᆯ 거시ᄆᆡ 일을 결코져 ᄒᆞᄂᆞ이다 능휘 쳥필의 도로혀 웃고 ᄀᆞᆯ오대 연슈의 젼후 죄샹이 실노 가살이나 명명ᄒᆞᆫ

70면

국법으로 ᄒᆞ지 ᄉᆞᄉᆞ로이 쳐치는 못ᄒᆞᆯ 거시니 그대는 공의로 간인을 드러내고 현인을 건지라 내 엇지 막으리오 다만 공ᄉᆞ의 형을 살니고 아오를 쥭여 유익다 ᄒᆞ딕 오히려 쇼경슈를 아지 못ᄒᆞ는도다 경슈의 위인이 가쟝 효우ᄒᆞ니 이졔 그 양모의 간ᄉᆞ를 만승의 나타내고 그 아오를 사디의 걸인즉 경쉬 삼공의 집과 쳔승의 부귀를 쥬어 만승의 위로 삼고초려ᄒᆞ던 은권을 가져 나오나 셰상을 하직고 대인ᄒᆞ지 아닐 인품이니 연즉 연슈를 쥭이고 경슈를 바리미라 연이나 이ᄯᅢ의

71면

연슈의 죄를 ᄇᆞᆰ히지 아닌즉 경슈의 올 날이 쉽지 아니ᄒᆞ니 형이 탑젼의 이 사연을 알외려든 여ᄎᆞ여ᄎᆞ 알외여 텬노를 ᄂᆞ츄고 연슈의 ᄉᆞ죄를 건져 일명을 샤ᄒᆞ고 쇼경슈로 모ᄌᆞ형데 온젼ᄒᆞ도록 ᄒᆞᆯ 거시니 이거시 ᄉᆞ름으로 권쟝ᄒᆞ는 덕이라 혹시 개과쳔션ᄒᆞᆫ즉 조흔 경ᄉᆡ라 졍혹ᄉᆡ 올히 너겨 사죄ᄒᆞ고 ᄀᆞᆯ오대 내 부대 연슈를 쥭이고 경슈를 구ᄒᆞᆯᄉᆞ ᄒᆞ믄 이 일이 ᄌᆞ긱을 쳥ᄒᆞ고 조쥐 가 악을 도모ᄒᆞ기로 내 양가를 잡아 가두고 이 일을 발각ᄒᆞ고져 ᄒᆞ미라 이 일을 내

72면

면 반ᄃᆞ시 연슈를 셔로질 거시니 참아 못ᄒᆞ는 바는 쇼공 형뎨가 이졔 가친으로 지심지긔의 빙악지간의 실노 경슈를 앗기미라 형의 명달이 실노 쇼뎨의 무식을 통ᄒᆞ미니 내 이 일을 ᄒᆞ미 인정의 갓갑지 아니나 실은 공졍이라 만일 경슈를 앗기지 아니ᄒᆞᆫ즉 연슈를 쥭여 분ᄒᆞᆫ 거ᄉᆞᆯ 플지라 ᄒᆞ믈며 그 가온대 졀치ᄒᆞᆫ 거시 형슈를 도젹ᄒᆞ여 졍대홍을 보고 이 말을 ᄒᆞ여 맛지니 엇지 사ᄅᆞᆷ이리오 내 이졔 대홍을 보고 이 말을 닐오고 샹젼의 고ᄒᆞ리라 냥인이 의논ᄒᆞ고 졍혹ᄉᆡ 졍승샹

73면

부즁의 니ᄅᆞ니 졍가 졔쇼년이 졍혹ᄉᆞ를 보고 반겨 숀을 잇그러 가쇼 왈 우리 친쳑의 졍과 지심후의로 히연ᄒᆞᆫ 변이 여ᄎᆞᄒᆞ믈 엇지 알니오 ᄒᆞ고 셔로 곡졀을 일너 졍싱이 ᄀᆞᆯ오대 니시는 근본이 쇼경슈의 삼실이라 ᄒᆞ니 졍한림이 쳥파의 막불ᄎᆞ악ᄒᆞ여 면여토ᄉᆡᆨᄒᆞ니 오릐 말을 못ᄒᆞ다가 눈물을 흘녀 ᄀᆞᆯ오대 나의 식견이 쳔단ᄒᆞ고 지식이 불

명ᄒᆞ여 사ᄅᆞᆷ을 모ᄅᆞ고 ᄉᆞ괴여시니 하면목으로 쇼쳔유ᄅᆞᆯ 대ᄒᆞ리오 쇼데 지식이 굉원치 못ᄒᆞ여 니녀의 대간대음을 아지 못ᄒᆞ고 그ᄅᆞᆺ

74면

가실노 취ᄒᆞ여 이런 대변이 이셔 일이 풍교의 관계ᄒᆞ고 나의 말이 언관의 쇼의 올으게 되니 엇지 ᄎᆞ악지 아니리오 니녀의 죄ᄂᆞᆫ 곳 왕법의 당당이 쇽ᄒᆞ니 이ᄅᆞᆯ 엇지 쳐단ᄒᆞ리오 혹시 탄왈 그ᄃᆡ 사ᄅᆞᆷ ᄉᆞ괴기ᄅᆞᆯ 그ᄅᆞᆺᄒᆞ여 연슈의게 속은 쥴이 절통ᄒᆞ거니와 ᄎᆞᄂᆞᆫ 무정지ᄉᆡ니 쇽인 쟈의 허물이 극ᄒᆞ거니와 쇽은 재 무슴 죄 그리 대단ᄒᆞ리오 그ᄃᆡᄂᆞᆫ 뭇당이 도라가 니시의 좌우ᄅᆞᆯ 잡아 엄히 쳐 무ᄅᆞ면 반ᄃᆞ시 그 근본을 나타내기여반쟝이라 한림이 ᄎᆞ언을 드ᄅᆞᄆᆡ 취몽이 쳐음으로 ᄭᆡᆫ ᄃᆞᆺᄒᆞ

75면

여 밧비 하직ᄒᆞ고 본부의 도라와 흉히 분분ᄒᆞ고 노븐이 츙쟝ᄒᆞ니 부모긔 뵈지 못ᄒᆞ고 바로 셔당의 도라와 약간 형쟝긔구ᄅᆞᆯ 빅셜ᄒᆞ고 창두ᄅᆞᆯ 명ᄒᆞ여 가 니시의 심복시녀 등을 다 잡아오라 ᄒᆞ니 니시 불의의 한림이 시로ᄅᆞᆯ 보내여 시녀ᄅᆞᆯ 다 잡아가믈 보고 크게 고이히 너기나 져의 젼젼 죄악이 현누ᄒᆞ믄 쳔만몽외라 혹쟈 ᄎᆞ환의 무리 한림긔 쟉죄ᄒᆞ미 잇던가 의괴ᄒᆞ더라 시녀 등이 잡히여 외당의 나아가니 계하의 형쟝긔구ᄅᆞᆯ 버리고 한림이 광미대샹의 노긔 엄엄ᄒᆞ

76면

여 좌우ᄅᆞᆯ ᄭᅮ즈져 져 시녀ᄅᆞᆯ 형판의 올리라 ᄒᆞᄂᆞᆫ지라 졔네 그 아모 곡절인지 아지 못ᄒᆞ고 혼비빅산ᄒᆞ여 울며 고왈 쇼비 등이 일즉 노야긔 득죄ᄒᆞ미 업ᄉᆞ오니 알욀 말ᄉᆞᆷ이 업ᄂᆞ이다 한림이 려셩 왈 너의 작죄가 아니라 네 샹뎐의 대음픽악이 쇼가ᄅᆞᆯ 반ᄒᆞ고 날을 쇽여 도라온 쥴을 아ᄂᆞ니 너의 긔이지 말고 괴로온 형벌을 밧지 말고 직고ᄒᆞ라 불연즉 쟝하의 쥭으리라 언파의 노긔 등등ᄒᆞ니 졔네 당시ᄒᆞ여 ᄉᆞ긔 여ᄎᆞᄒᆞ니 엇지 괴로온 슈형만 ᄒᆞ리오 니시의 간음을 뮈

77면

워ᄒᆞᆫ 지 오ᄅᆡᆫ지라 이ᄯᆡᄅᆞᆯ 당ᄒᆞ여 니시 근본이 니시도 아니오 곽시로셔 초의 양샹셔

직실이 되여 조부인을 히ᄒᆞ고 유ᄋᆞ를 독살ᄒᆞ며 일이 현챡ᄒᆞ니 곽휘 노ᄒᆞ샤 양가의 영영 츌부로 곽공이 쥭이려 ᄒᆞ다가 부인이 ᄋᆡ걸ᄒᆞ여 가도와 ᄌᆞ진케 ᄒᆞ엿더니 곽시 월쟝 도쥬ᄒᆞ여 니시랑 부인은 곽공으로 종ᄆᆡ 간이니 쇽여 곽공을 긔이고 쇼샹셔 풍치를 흠모ᄒᆞ여 거즛 규슈라 ᄒᆞ여 여ᄎᆞ여ᄎᆞ 청촉으로 경슈의 삼실이 되엿더니 쇼샹셰 박대ᄒᆞ기로 원이 ᄲᅧ혀 조쇼져를 히ᄒᆞ고 샹셰를 셜

78면

치코져 치독ᄌᆞ긱ᄒᆞ고 동모요인ᄒᆞ며 소샹셔와 조시로 원젹게 ᄒᆞ고 ᄌᆞ긱을 두 곳으로 ᄯᅩ 보내여 조시를 샹강의 슈ᄉᆞ케 ᄒᆞ고 단약을 쥬어 쇼후를 변심케 ᄒᆞ미 다 곽녀의 슈단이오 졍한림 옥모를 보고 연슈를 달내며 구부인을 부촉ᄒᆞ여 쇽여 졍부의 드러온 슈말을 낫낫치 직초ᄒᆞ니 죄샹이 졀통ᄒᆞ여 듯는 쟈로 닙긱의 머리를 버히고 몸을 만단의 씻고져 마음이 나는지라 졍샤인이 드ᄅᆞᄆᆡ 셔안을 치고 고셩 왈 텬하의 엇지 이런 대음픠악ᄒᆞᆫ 흉녜 이시리오 내 ᄎᆞ녀의 머리를 버히리라

79면

ᄒᆞ고 승샹긔 품ᄒᆞ니 졔경이 히연ᄒᆞ여 도로혀 박쇼ᄒᆞ고 승샹이 탄왈 텬하싀 여ᄎᆞ 고이ᄒᆞ니 강샹대변이라 지아비를 쥭일 곳의 넛코 도망ᄒᆞ여 타인의 풍치를 ᄉᆞ모ᄒᆞ여 ᄒᆞ는 녀ᄌᆡ 셰샹의 곽시ᄲᅮᆫ이라 엇지 ᄉᆞᄉᆞ로이 쥭이리오 텬뎡의 쥬ᄒᆞ미 올흐니라 ᄒᆞᆫ대 졍태ᄉᆡ 궐하의 쳥대ᄒᆞ니 태혹ᄉᆞ 졍태슉이 쇼를 올녀시ᄃᆡ 기쇼의 왈

신은 드ᄅᆞ니 인군이 이시ᄆᆡ 신하 잇고 아비 이시ᄆᆡ ᄌᆞ식이 잇고 지아비 이시ᄆᆡ 계집이 이셔 막즁오샹의 형우례공 ᄒᆞ거늘 셩샹의 은영홍

80면

은으로 ᄉᆞ히 팔방이 인의례혹을 습ᄒᆞ거늘 이졔 한림혹ᄉᆞ 쇼연슊 불효부뎨ᄒᆞ고 간악요ᄉᆞᄒᆞ여 어미를 도도와 편협ᄒᆞᆫ 부인을 공동ᄒᆞ니 륜샹을 샹난ᄒᆞ와 형을 히ᄒᆞ고 형슈를 모함ᄒᆞ오ᄆᆡ 신이 군부의 알외미 난난ᄒᆞ오ᄃᆡ 국가 풍화를 도라보오며 간관을 븟그리는지라 강능후 쇼균이 삼녀를 두고 무ᄌᆞᄒᆞᄆᆡ 평진후 쇼쳔의 필ᄌᆞ 경슈를 시양ᄒᆞ오니 그 후 연슈를 싱ᄒᆞᆫ지라 형뎨간 젼쟝을 싀호ᄒᆞ와 여ᄎᆞᄒᆞ온 간악을 발ᄒᆞ오니 신이 이졔 양

81면

신으로 냥묘의 그ᄅᆞ슬 먼니 더져 두미 실노 탄ᄒᆞ옵는지라 신이 우흐로 군부를 위ᄒᆞ고 아ᄅᆡ로 쇼경슈 형뎨지간의 화친치 못ᄒᆞ믈 분히ᄒᆞ는 즁 금ᄎᆞ의 쟉변ᄒᆞᆫ 쟈를 ᄎᆞᆺᄉᆞ오니 경ᄉᆔ 삼쳐를 두어시니 나종 드러와 ᄌᆡ실 조시는 셩녀슉완으로 ᄌᆡ녀슉덕이 쳔고가인이오 삼실 니시는 무고지변을 힝ᄒᆞ고 싀어미 싀동싱으로 동심ᄒᆞ여 쇼균의 업슬 씌의 조시를 일일 모함ᄒᆞ여 이리이리 누옥의 가도고 보ᄎᆡ는 거시 츰아 사ᄅᆞᆷ으로 못ᄒᆞᆯ 거시로대 조시 능히 참고 더욱 효힝

82면

례졀을 슈힝ᄒᆞ옵더니 연ᄉᆔ 더옥 언노를 납뇌ᄒᆞ고 무쇼로 텬뎡의 현란ᄒᆞ고 형슈를 ᄉᆞ디의 너허 텬은으로 찬젹ᄒᆞ오ᄆᆡ 오히려 죽지 못ᄒᆞ여 ᄌᆞᄀᆡᆨ을 보ᄂᆡ려 그윽ᄒᆞᆫ 곳의 말ᄒᆞ다가 평능후 조유현의게 들니여 유현이 젹발ᄒᆞ여 누의를 신ᄇᆡᆨ고져 ᄒᆞᄃᆡ 소경슈의 긔특ᄒᆞ므로 그 아오를 ᄉᆞ죄의 너으면 조가로 구슈될가 유현이 년친붕우의 의로 ᄌᆞᄀᆡᆨ만 잡아 가두고 불츌구외 ᄒᆞ오니 연ᄉᆔ 오히려 그출 쥴을 모ᄅᆞ고 다시 ᄌᆞᄀᆡᆨ을 냥쳐 젹쇼로 보내엿더니 조시는 샹

83면

강의 ᄲᅡ져 죽고 경슈는 이리이리 젹을 잡으니 ᄎᆡ관 경원으로 본관의 쥭이믈 쳥ᄒᆞ엿더니 경원이 형을 쥭이려 ᄒᆞ는 거술 통히ᄒᆞ여 거즛 경슈다려 쥭이믈 니ᄅᆞ고 젹을 잡아 경ᄉᆞ의 와 조유현과 의논ᄒᆞ고 샹젼의 계달ᄒᆞ여 조시와 경슈를 신원코져 ᄒᆞ니 유현이 발각지 말나 ᄒᆞ고 ᄌᆞᄀᆡᆨ을 일쳐의 가도와 경슈의 오기를 기다려 쳐치코져 ᄒᆞ니 ᄎᆞ인의 심ᄉᆡ 여ᄎᆞᄒᆞ거놀 오히려 족지 못ᄒᆞ여 니시 연슈로 계교를 가ᄅᆞ쳐 여ᄎᆞ여ᄎᆞᄒᆞ고 반코져 의ᄉᆞ로

84면

한림혹ᄉᆞ 졍대홍의 풍치를 흠모ᄒᆞ여 연슈를 보ᄎᆡ여 졍가의 도라가고 졔 어미도 쇽여시니 텬하의 니런 ᄑᆡ악이 ᄯᅩ 어ᄃᆡ 잇ᄉᆞ오리잇고 밋 쇼균의 형뎨 져의 모ᄌᆞ를 ᄎᆡᆨᄒᆞ고 경슈 부부를 ᄉᆞ렴ᄒᆞ니 연ᄉᆔ ᄯᅩ 고이ᄒᆞᆫ 약을 아비를 먹여 인ᄉᆞ를 흐리워 쇼균의 ᄉᆞ랑이 졔 몸의 온젼ᄒᆞ고 가즁 대쇼ᄉᆞ를 ᄌᆞ단ᄒᆞ대 오히려 족지 못ᄒᆞ여 문ᄀᆡᆨ 양원진으로

싀형홀 묘칙을 여ᄎᆞ여ᄎᆞ ᄒᆞ올 젹의 신이 낫낫치 드른지라 사룸의 ᄌᆞ식이 되여 아비를 혼약을 먹이

85면

고 어미를 불의의 ᄲᅡ지게 ᄒᆞ고 사룸을 부동ᄒᆞ여 형을 싀ᄒᆞ고 형슈를 살ᄒᆞ니 인면슈심으로 금슈지극악이라 임의 삼강이 멸ᄒᆞ고 오륜이 망ᄒᆞᆫ지라 셩샹의 풍화혜덕의 셩은이 손상ᄒᆞ오니 폐하는 등한치 아니ᄒᆞ온 변괴를 명졍쳐결ᄒᆞ샤 니녀와 졍대홍과 기시의 ᄌᆞ긱과 연슈와 교졍양 등을 다 면질ᄒᆞ시고 낫낫치 흉계를 무ᄅᆞ시면 신의 쇼ᄉᆡ 일호 허실을 아ᄅᆞ실 ᄇᆡ오니 신이 법을 무릅ᄡᅥ 알외ᄂᆞ이다 ᄒᆞ엿더라

86면

샹이 보시기를 다ᄒᆞᄆᆡ 텬뢰 대발ᄒᆞ샤 십분이나 통히ᄒᆞ샤 젼지를 나리고져 ᄒᆞ더니 태ᄉᆞ 졍슉귀 쳥ᄃᆡᄒᆞ고 한림 졍대홍이 대죄ᄒᆞ고 쇼를 올니니 대개 연슈긔 속아 니녀 취ᄒᆞᆫ ᄉᆞ단으로 니녀의 본이 곽시로 양인광의 츌쳐로 여ᄎᆞ 픽악과 경슈의 박대를 혐의ᄒᆞ여 다시 졍가의 온 곡졀을 알외엿ᄂᆞᆫ지라 샹이 농안이 더옥 대로ᄒᆞ샤 졍태ᄉᆞ의 쳥대의 ᄉᆞ단을 알외여시니 샹이 다 쳐결ᄒᆞ샤 일변 연슈를 가도고 모도 참예ᄒᆞ고 동모ᄒᆞ던 죄인을 다 명조의 셜파ᄒᆞ게 ᄒᆞ시니 거개

87면

쇼동ᄒᆞ여 나아갈ᄉᆡ ᄎᆞ시 교쇼졔 가부의 그른 거술 츰아 결단을 보고 쳐치코져 ᄒᆞ더니 당ᄎᆞᄒᆞ여 탄식 왈 가뷔 픽악간흉ᄒᆞ여 흉모를 ᄒᆞ고 가지록 족지 못ᄒᆞ여 형을 마져 죽이려다가 앙화를 바다시니 쳡이 내조를 밧드지 못ᄒᆞ고 젼후 간언이 효험이 업셔 발셔 죽고져 ᄒᆞᄃᆡ 구고와 유치를 바리지 못ᄒᆞ엿다가 오늘 ᄎᆞ경을 당ᄒᆞ니 결단 업ᄉᆞ미 참괴ᄒᆞᆫ지라 비록 죽으미 느ᄌᆞ나 이ᄯᅴ의 한 목숨을 결ᄒᆞ여 참아 듯지 못홀 쇼식을 보지 말고져 원이나 셰샹의 븟그러오믈 씨ᄉᆞ

88면

리라 ᄒᆞ고 언파의 품 속으로 두어 ᄌᆞ 셔리 갓튼 칼홀 내여 옥슈를 드니 구시 경겁ᄒᆞ여 칼홀 급히 앗다가 밋지 못ᄒᆞ여 가슴이 샹ᄒᆞ니 뉴혈이 돌져 흘너 형식이 위급ᄒᆞᆫ지

라 강능휘 보고 연슈의 슈금을 도로혀 잇고 이 경샹을 참혹히 너겨 눈물을 흘녀 와 진즛 렬네로다 연쉬 죄악이 비샹ᄒᆞᄆᆡ 교시 쥭으려 ᄒᆞ니 엇지 ᄎᆞ악지 아니리오 ᄒᆞ고 교시를 븟드러 흐르ᄂᆞᆫ 피를 막고 신식이 찬 직 ᄀᆞᆺᄐᆞ나 명ᄆᆡᆨ은 긋치지 아니ᄒᆞ여 긔운 이 막히고 온긔 잇ᄂᆞᆫ지라 급히 회ᄉᆡᆼ약으로 구ᄒᆞ

89면

니 교시 쥭지 아니믈 개탄ᄒᆞ여 누쉬 비 ᄀᆞᆺᄐᆞ니 구시 븟들고 위로ᄒᆞ며 보호ᄒᆞ여 구시 쇼고 등으로 쥬야 시좌ᄒᆞ니 교시 다시 숀을 놀니지 못ᄒᆞ고 쥬야 호흡ᄒᆞ여 쥭기로 ᄌᆞ 분ᄒᆞ니 화용이 초체ᄒᆞ고 옥용이 쇠약ᄒᆞ여 참아 못 볼네라 ᄎᆞ시 니시를 잡아 갈 ᄧᅢ의 졍공이 탄왈 내 집이 불힝ᄒᆞ여 곽녀를 속고 어더 이런 히거를 보니 엇지 ᄋᆡ답지 아니 ᄒᆞ리오 연슈의 무샹ᄒᆞ믈 쥬달ᄒᆞ엿더니 졍태슉의 샹쇠 녁녁ᄒᆞ니 다시 알욀 거시 업셔 퇴ᄒᆞ니라 졔졍이 분노ᄒᆞ고 한림이 시비

90면

를 호령ᄒᆞ여 곽시를 ᄭᅳ드러 위ᄉᆞ를 내여 맛ᄌᆞ니 곽시 통곡ᄒᆞ고 발악ᄒᆞ나 뉘 구ᄒᆞ리 오 족불니디로 법ᄉᆞ의 가니 가히 슬프다 곽녜 공후의 녀ᄌᆞ로 양후 ᄀᆞᆺᄐᆞᆫ 군ᄌᆞ의 직실 이 되여 쳔방빅계로 간흉을 부려 젹인을 폐ᄒᆞ고 독총ᄒᆞ려 ᄒᆞ다가 금누화당의 금의옥 식을 바리고 이 지경의 당ᄒᆞ여 몸이 ᄉᆞ슬노 동혀ᄆᆡ여 흉악ᄒᆞᆫ 쳔인의게 흣브려 옥니 의 쳔만고초를 당ᄒᆞ니 엇지 ᄎᆞ악고 통셕지 아니리오 굿보ᄂᆞᆫ 재 도로의셔 혀를 내왓 더라 명일 샹이 금쳔문의 됴회를 여ᄅᆞ샤 문무종실을

91면

다 춤예케 ᄒᆞ시고 졍태ᄉᆞ 곽후 등 졍태홍 즁신을 다 모하 ᄀᆞᆯ오샤대 이 ᄀᆞᆺᄐᆞᆫ 간흉픽악 ᄒᆞᆫ 녀ᄌᆞᄂᆞᆫ 짐이 쳐음 듯ᄂᆞ니 졔신은 각진쇼회ᄒᆞ라 곽공이 뎐폐의 부복ᄒᆞ여 쥬왈 신 이 무샹불명ᄒᆞ여 ᄌᆞ식을 법도로 못 가ᄅᆞ쳐 역녀를 양닌광의 직실을 삼으믄 셩샹의 샤혼ᄒᆞ신 비오니 과연 신네 무샹ᄒᆞ와 간악지죄 대신의 쇼와 시녀 등 초ᄉᆞ와 ᄀᆞᆺᄉᆞ와 양가 골육을 히ᄒᆞ고 김가 골육을 어더 졔 쇼ᄉᆡᆼ으로 ᄒᆞ고 부ᄌᆞ 텬륜을 산난ᄒᆞ오니 가 살지죄라 닌광이 모의ᄒᆞᆫ ᄎᆞ환을 쥭이고 신

92면

녀ᄅᆞᆯ 죽여바리려 ᄒᆞᆫ즉 천쳬 ᄋᆡ걸ᄒᆞ여 가두워 스ᄉᆞ로 ᄌᆞ진케 청ᄒᆞ니 신이 인정이라 여러 번 청으로 지지ᄒᆞ옵더니 죄녜 망명도쥬ᄒᆞ고 궁극ᄒᆞᆫ 간모로 이 지경의 니ᄅᆞᆯ 쥴은 신이 쳔만몽ᄆᆡ로 아ᄅᆞ샤오며 죽여 죄ᄅᆞᆯ 쇽ᄒᆞ옵기 어려온지라 몬져 신을 죽여 업시ᄒᆞ고 조초 졍법ᄒᆞ시믈 바라ᄂᆞ이다 능휘 부복 쥬왈 신이 엇지 누의ᄅᆞᆯ 구ᄒᆞ오며 경슈ᄅᆞᆯ 급히 건지고져 아니ᄒᆞ오릿가마ᄂᆞᆫ 연슈의 악을 업시ᄒᆞᆫ 후 경슈의 ᄋᆡᆨ을 멸ᄒᆞᆯ 거시오 신이 사ᄅᆞᆷ의 가만ᄒᆞᆫ 거ᄉᆞᆯ 드러 사ᄅᆞᆷ

93면

의 ᄉᆞ죄ᄅᆞᆯ 당ᄒᆞ미 가치 아니코 ᄌᆞᄀᆡᆨ을 잡은 쥴 보고 연슈의 마음이 인심이면 악을 긋치련마ᄂᆞᆫ 셰월이 오ᄅᆡ도록 긋치지 못ᄒᆞ고 이 지경의 밋ᄉᆞ오니 신이 ᄉᆞᄅᆞᆷ을 그른 곳의 ᄉᆡᆼ지오미 몸의 당ᄒᆞᆫ 허물 ᄀᆞᆺᄉᆞ와 개연ᄒᆞ물 이긔지 못ᄒᆞᄂᆞᆫ지라 졔 스ᄉᆞ로 ᄊᆡᄃᆞᄅᆞ물 기다리미로쇼이다 샹이 탄왈 경이 ᄉᆞᄉᆞ업ᄉᆞ믄 짐의 아ᄂᆞᆫ ᄇᆡ라 셜강 ᄀᆞᆺ탄 쟈도 어진 사ᄅᆞᆷ을 ᄆᆡᆫᄃᆞ라거니와 연슈ᄂᆞᆫ 형을 ᄉᆡᄒᆞ고 형슈ᄅᆞᆯ 살ᄒᆞ고 남을 ᄒᆡᄒᆞᆫ 뉴의 열법 더으도다 샹부의 뜻이 엇더다 ᄒᆞᄂᆞ뇨 조승샹이 ᄇᆡ샤 왈 연

94면

슈의 일이 ᄎᆞ악ᄒᆞ오나 마음이 약ᄒᆞ고 지식이 업ᄉᆞᆫ 쟈ᄅᆞᆯ 도도ᄂᆞᆫ 재 어지지 못ᄒᆞ여 외입ᄒᆞ게 ᄒᆞ미니 그러므로 신은 한ᄀᆞᆺ 연슈ᄅᆞᆯ ᄎᆡᆨ망치 못ᄒᆞ여 웃듬인즉 위인이 유약ᄒᆞ미 허물이오 버거ᄂᆞᆫ 곽시의 ᄉᆞ오나오미 연슈ᄅᆞᆯ 도도와 이의 ᄉᆡᆼ지오미니 쥬샹의 인덕으로 참쟉ᄒᆞ시물 바라ᄂᆞ이다 샹이 즘쇼ᄒᆞ시고 모든 죄인을 올녀 금위관 법부ᄅᆞᆯ 명ᄒᆞ여 ᄒᆞᆫ가지로 지쳑 텬안의 뭇게 ᄒᆞ시니 법관과 금위관이 위의ᄅᆞᆯ 정히 베플고 모든 죄인을 올녀 무ᄅᆞᆯᄉᆡ 형률이 졔졔ᄒᆞ고 위의 삼엄ᄒᆞ여

95면

무고ᄒᆞᆫ 사ᄅᆞᆷ도 의식 산비ᄒᆞ니 ᄒᆞ물면 그 죄쟈ᄅᆞᆯ 니ᄅᆞ리오 ᄯᅩ 곽시의 시비ᄅᆞᆯ 올녀 극형츄문ᄒᆞ니 여츌일구ᄒᆞ여 쳐음 초ᄉᆞ ᄀᆞᆺ고 셰 ᄌᆞᄀᆡᆨ을 올녀 무ᄅᆞᆫ즉 과연 연슈의 금을 밧고 쟉죄ᄒᆞ물 알외더라 두 ᄌᆞᄀᆡᆨ은 능후긔 잡혀 ᄆᆡ이고 됴쥐 갓던 ᄌᆞᄀᆡᆨ은 쇼샹셔긔 잡혀 죽이지 아니ᄒᆞ고 경ᄉᆞ 와 갓치인 젼후ᄉᆞᄅᆞᆯ 쥬초ᄒᆞ고 경시랑이 ᄌᆞᄀᆡᆨ과 연슈의

말을 니르니 경숴 참안ᄒᆞ여 급히 ᄌᆞ긱을 쥭여 후일 연슈의 일을 미봉코져 ᄒᆞ거놀 신이 통히ᄒᆞ여 후일을 샹달코져 ᄒᆞ온즉 조

96면

유현이 말녀 못ᄒᆞ니이다 샹이 또 교졍냥을 올녀 그ᄯᅢ 연슈의 무고지ᄉᆞ를 무른대 교졍냥이 황공ᄒᆞ여 연슈의 달내고 비던 말과 져는 고지 듯고 통히ᄒᆞ여 샹쇼ᄒᆞ며 허언을 삼여 거즛 국가를 쇽이려 ᄒᆞ미 아닌 쥴을 알외니 통히치 아니리 업더라 샹이 연슈를 올녀 엄형국문ᄒᆞ랴 ᄒᆞ시니 이졔 쇼가 부ᄌᆞ슉질이 대죄ᄒᆞ고 허다 옥졸이 연슈를 잇그러 금문의 니ᄅᆞ러는 슈십 나졸이 쇼리지ᄅᆞ고 연슈를 ᄭᅳ어 뎐하의 니ᄅᆞ니 뎐샹의 텬지 구룡금샹의 단좌ᄒᆞ샤 옥식

97면

이 엄녀ᄒᆞ샤 몬져 시형시슈ᄒᆞᆫ 용심과 곽녀를 도젹ᄒᆞ여 모의ᄒᆞ고 졍가의 쇽인 젼후 죄상을 무ᄅᆞ실ᄉᆡ 좌우의셔 ᄆᆡ오 치라 ᄒᆞ는 쇼ᄅᆡ 텬디 진동ᄒᆞ는지라 연숴 후문 귀공ᄌᆞ로 교ᄋᆡ의 ᄉᆡᆼ장ᄒᆞ여 일즉 ᄐᆡ쟝의 괴로옴도 못보던 바로 이 ᄀᆞᆺ튼 형벌을 당ᄒᆞ니 혼이 날고 ᄇᆡᆨ이 흣터져 오즉 머리를 흔드러 원앙ᄒᆞ물 일ᄏᆞᆺ고 졍태슉이 져를 잡는다 ᄒᆞ더니 슈십 쟝의 니ᄅᆞ러 살이 ᄯᅥ러지고 ᄲᅧ ᄭᆡ여지는지라 슬피 울고 닐오ᄃᆡ 형벌을 날회쇼셔 신의 젼후 악ᄉᆞ를 직초ᄒᆞ리이

98면

다 ᄒᆞ고 드대여 지필을 가져 초ᄉᆞ를 ᄡᅥ 올니니 쳐음 대개 경숴 젹쟝되물 ᄉᆡ오ᄒᆞ고 지덕이 져도곤 여러 층 더ᄒᆞ물 ᄭᅳ리고 셋ᄌᆡ는 취쳐ᄒᆞᄆᆡ 됴시 ᄀᆞᆺ튼 슉녀를 ᄇᆡᆨᄒᆞ여 그 유인이 잇ᄉᆞ물 한ᄒᆞ여 부ᄃᆡ 젼졍을 마희ᄒᆞ고 조시로ᄡᅥ 화락지 아니ᄒᆞ게 가간의 쇼쇼지ᄉᆞ를 다 함히ᄒᆞ여 가변을 니ᄅᆞ혀 아비 잇슨 후는 ᄒᆞᆯ 슈가 업셔 국ᄉᆞ로 나간 ᄯᅢ의 가형과 가슈를 원젹게 ᄒᆞ여 ᄌᆞ긱을 다리고 은셕항 고요ᄒᆞᆫ ᄃᆡ 가 의논ᄒᆞ고져 ᄒᆞ다가 조유현을 만나 ᄌᆞ긱을 잡혀 보내나 창황 즁

99면

유현을 몰나보고 다시 ᄌᆞ긱을 불너 조시를 쥭이오니 조시 쥭인 ᄌᆞ긱은 도라와 닐오

대 조숴 간 ᄌᆞ긱은 종시 쇼식을 몰나ᄒᆞ던 말이며 니시를 졍싱을 맛져 보내고 니시 거줏 삭발위승ᄒᆞ므로 졔 어미긔 쇽인 말이며 쇼경싊 먼니 이시니 그 아비 ᄆᆡ양 낫지 못ᄒᆞ므로 단약을 어더 먹여 아비 마음을 밧고와 져만 홀노 ᄉᆞ랑ᄒᆞ게 ᄒᆞ고 아조 형을 쥭여 후환이 업시코져 ᄆᆡ양 양원진으로 더브러 의논ᄒᆞ니 원진이 여ᄎᆞ여ᄎᆞ ᄒᆞ여 경슈로 모역지죄를 시러 쥭이ᄌᆞ ᄒᆞ던 말을 낫낫

100면

치 알외니 샹이 ᄒᆞᆫ 번 어람ᄒᆞ시고 룡상을 막ᄎᆞ 대즐 왈 쳔ᄉᆞ무셕이오 만ᄉᆞ유경이라 짐이 본대 불효부뎨ᄒᆞᆫ 놈을 보면 통완ᄒᆞ여 ᄒᆞᄂᆞ니 ᄒᆞ물며 시형ᄒᆞᄂᆞᆫ 역지리오 다시 엄형ᄒᆞ라 ᄒᆞ시니 뎐안이 진로ᄒᆞ고 엄뢰 진텹ᄒᆞ시니 형쟝 오십의 ᄆᆡᆼ타ᄒᆞᄆᆡ 뉴혈이 낭ᄌᆞᄒᆞ고 쎼가 ᄭᆡ여져 혀를 싸지오고 반싱반ᄉᆞᄒᆞ여시ᄃᆡ 샹이 진로ᄒᆞ샤 쟝하의 맛고져 ᄒᆞ시더니 반부즁의 ᄌᆞ포금쟝의 옥홀을 든 ᄌᆡ샹 일인이 뎐졍의 츄이진쥬ᄒᆞ니 팔쳑경쵀니 대인 군

101면

ᄌᆞ지풍이라 위의 슉묵ᄒᆞ고 례뫼 빈빈ᄒᆞ며 슈슈과슬ᄒᆞ고 농힝호보의 쳔고 현인호걸 지되라 화평ᄒᆞᆫ 긔샹이 일대 ᄌᆡ샹으로 니음양 슌ᄉᆞ시 ᄒᆞ고 들면 졍승이오 나면 대쟝이라 츈양이 만물을 조화ᄒᆞᄂᆞᆫ 재니 이 다른 사ᄅᆞᆷ이 아니라 좌승상 황태부 조경이라 나아와 쥬왈 셩군의 치홰 사ᄅᆞᆷ을 경계ᄒᆞ여 션의 일위고 쥭이기만 슝샹홀 일이 아니라 금일 연슈의 죈즉 가슬이나 본심이 악도로 형을 쥭이려 ᄒᆞ미 아니오 어린 ᄯᅳᆺ의 사ᄅᆞᆷ의 달내물 드른지라 졔 형벌이 약골

102면

의 더ᄒᆞ미 슘ᄎᆞ오니 일명이 슈유의 잇ᄂᆞᆫ지라 사ᄅᆞᆷ을 목젼의 즉ᄉᆞᄒᆞ오미 불힝ᄒᆞ온지라 ᄒᆞ물며 쇼균의 평싱 졍심츙냥과 위국대졀지덕으로 ᄒᆞᆫ ᄌᆞ식의 목슘을 빌니지 아니시면 쥬샹의 호싱지덕이 아니오 인심의 측은ᄒᆞ오니 복원 셩샹은 셰 번 ᄉᆡᆼ각ᄒᆞ샤 샤ᄒᆞ쇼셔 언쥬파의 화ᄒᆞᆫ 긔운이 만물을 다 프러 일월의 츙효인덕을 펼칫ᄂᆞᆫ ᄃᆞᆺᄒᆞᆫ지라 샹이 개용칭샤 왈 샹부의 말 곳 드ᄅᆞ면 짐의 마음이 ᄌᆞ연 화평ᄒᆞ여 분ᄒᆞᆫ 거시 스러지고 마음이 슉연토다

103면

연이나 연슈의 죄상이 텬디의 관영ᄒᆞ니 만일 죽이지 아니ᄒᆞᆫ즉 후인을 징계ᄒᆞᆯ 도리 아니오 국법이 프러질가 ᄒᆞ노니 샹부는 다시 샹량ᄒᆞ라 ᄒᆞ시고 연슈로 하옥ᄒᆞ시고 곽시를 올녀 무르라 ᄒᆞ시니 위관이 엄지를 밧드러 곽녀를 올니고 승샹이 배샤이퇴의 우흐로 텬의와 아ᄅᆡ로 만됴ᄉᆞ셔인의 듯ᄂᆞ니 곽녀를 졀치ᄒᆞ고 음힝을 통히하던지라 관광코져 만목이 일시의 보건대 곽네 나졸의 ᄭᅳ들녀 뎐뎡의 ᄭᅮᆯ니ᄆᆡ 머리털이 좌우로 흣터지고 큰칼을 메워 운신을 못ᄒᆞ

104면

나 오즉 그 얼골이 홀난이 고와 어엿분 빗치 ᄉᆞᄅᆞᆷ의 정신을 놀내ᄂᆞᆫ지라 니ᄅᆞᆫ 바 옥이 ᄆᆞᆰ고 ᄭᅩᆺ치 웃ᄂᆞᆫ ᄉᆡᆨ이니 범뉴들니 엇지 그 음흉대악을 알니오 미간의 살긔 등등ᄒᆞ고 냥안의 독긔 ᄲᅩ이ᄂᆞᆫ지라 식쟈ᄂᆞᆫ 샹모를 아ᄅᆞ보리러라 법ᄉᆡ 죄명을 닑어 들니고 실샹을 알외라 ᄒᆞ니 곽네 발셔 부친의 입으로 실샹을 다 ᄒᆞ엿고 양 쇼 졍 셰 집의 져즌 죄 뫼ᄀᆞᆺ치 ᄡᅡ혀시며 모든 시비의 초ᄉᆞ가 명명ᄒᆞ니 엇지 버셔날 도리 이시리오 구리 혀와 아홉 입이 이셔도 발명ᄒᆞᆯ 길이 업ᄉᆞᆫ지라 ᄒᆞ물

105면

며 가ᄃᆞᆨᄒᆞᆫ 사ᄅᆞᆷ 가온대 일분 념치 잇ᄂᆞᆫ 녀ᄌᆞ ᄀᆞᆺᄐᆞ면 무ᄉᆞᆷ 말을 ᄒᆞ리오마ᄂᆞᆫ 흉ᄒᆞᆫ 심졍과 독ᄒᆞᆫ 마ᄋᆞᆷ이 쇼달긔 갓ᄐᆞ여 쇼ᄅᆡ를 ᄭᅬᆺ고리ᄀᆞᆺ치 질너 ᄀᆞᆯ오ᄃᆡ 신쳡이 불힝ᄒᆞ와 녀ᄌᆞ 되어시므로 이런 죄의 ᄲᆡ져ᄉᆞ오니 ᄒᆞᆫ갓 텬디를 칭원ᄒᆞ고 분앙ᄒᆞ올지라 계집의 사ᄅᆞᆷ 셤기ᄂᆞᆫ 도리 남ᄌᆞ의 인군 셤긴과 ᄀᆞᆺᄉᆞ오니 고어의 왈 현조ᄂᆞᆫ 남글 갈희고 현신은 ᄐᆡᆨ쥬ᄒᆞᆫ다 ᄒᆞ오니 신쳡이 ᄌᆞ쇼로 ᄆᆞᄋᆞᆷ이 널너 용부쇽ᄌᆞ로 몸을 굴ᄒᆞ기 원치 아니ᄒᆞ와 양닌광의 영웅풍치를 ᄉᆞ모ᄒᆞ고 폐히긔 샤

106면

혼을 어더 양가의 가오니 젹인 조녜 샹문긔셰와 안ᄉᆡᆨ의 졀셰ᄒᆞ므로 신을 용납지 아니ᄒᆞ고 졔 복이 업셔 유ᄌᆞ를 죽엿거ᄂᆞᆯ 좌우를 회뢰ᄒᆞ여 신의게 죽이다 도라보내오니 신쳡이 원구라 ᄒᆞ물 이긔지 못ᄒᆞ와 과연 아비 ᄌᆞ식의 ᄉᆞ졍을 ᄉᆞᆯ피지 아니ᄒᆞ고 과격ᄒᆞᆫ 노긔 ᄉᆞᄉᆡᆼ을 슈유의 셜코져 ᄒᆞ오니 닌광이 신의 유모를 혹형으로 거즛 무복을 바

다 쥭이오니 신쳡이 일신을 겨유 보젼ᄒᆞ와 도망ᄒᆞ여 니가의 가셔 아ᄌᆞ미로 여ᄉᆡᆼ을 맛고져 ᄒᆞ옵더니 쇼경쉬 신을 보고 고혹갈구ᄒᆞᄆᆡ 신이 계

107면

집의 졀을 직희지 못ᄒᆞ고 쇼가의 가시나 경슈 괴물이 후의 조녀의 참쇼를 듯고 신쳡을 구슈갓치 아옵ᄂᆞᆫ지라 ᄉᆡᆼ각ᄒᆞ오니 실졀ᄒᆞ기ᄂᆞᆫ ᄒᆞᆫ 번이나 지ᄎᆞ나 다르지 아닌가 ᄒᆞ여 졍가의 도라가오니 쳡이 규즁의셔 졍대홍을 엇지 알니잇고마ᄂᆞᆫ 연쉬 신을 쇽여 졍가를 맛겻ᄉᆞ오니 이ᄂᆞᆫ 연슈의 죄오 신쳡은 혼ᄌᆞ 허물이 아니로쇼이다 언쥬파의 가득ᄒᆞᆫ 사ᄅᆞᆷ이 셔로 도라보고 그 대간대음인 쥴을 더옥 흉악히 너기더라 샹이 ᄒᆡ연ᄒᆞ샤 져쥬어 무르라 ᄒᆞ시니 범 ᄀᆞᆺ튼 나졸과 영

108면

악ᄒᆞᆫ ᄉᆞ예 쇼ᄅᆡ를 응ᄒᆞ여 곽녀를 ᄭᅳ드러 형틀의 올니고 ᄆᆡ를 드러 형츄다짐을 직촉ᄒᆞ고 직초ᄒᆞ라 ᄒᆞᄂᆞᆫ 호령이 진텬ᄒᆞᄃᆡ 곽네 가지록 ᄋᆡᄆᆡᄒᆞ다 ᄒᆞ더니 일ᄎᆞ를 다ᄒᆞᄆᆡ 비로쇼 못견대여 직초ᄒᆞ니 구부인을 달내여 양문의 쟉변ᄒᆞ며 유ᄌᆞ를 독살ᄒᆞ던 젼후 악ᄉᆞ를 개개히 복초ᄒᆞ니 평진왕 조뮈 쥬왈 ᄎᆞ녀의 죄샹이 분명ᄒᆞ고 졔 복초가 쇼연ᄒᆞ오니 가살지죄라 슈고로이 져쥴 ᄇᆡ 아니옵고 졍형ᄒᆞ시미 맛당ᄒᆞ니이다 ᄉᆞ쳔후 양닌광이 분연 쥬왈 ᄎᆞ녀의 죄샹이 텬디의 가

109면

득ᄒᆞ오니 형벌의 머리를 버히고 슈족을 니이ᄒᆞ여지이다 샹이 옥ᄉᆡᆨ을 화히 ᄒᆞ샤 ᄀᆞᆯ오샤ᄃᆡ 좌우 근시 등은 짐의 ᄯᅳᆺ을 아ᄂᆞᆫ다 곽녀의 죄샹이 만분졀통ᄒᆞᄃᆡ 사ᄅᆞᆷ을 갈희여 셤기믄 그 지감이 ᄇᆞᆰ은지라 초부 양닌광은 호걸의 군ᄌᆞ오 후부 쇼경슈ᄂᆞᆫ 션풍옥골이 만인지상이오 삼부 졍대홍은 니두 반악지풍이니 ᄎᆞ 삼인은 곽녀의 택부ᄒᆞᆫ 바로 졔 몸이 영화코져 ᄒᆞ미니 ᄎᆞᆨ은ᄒᆞ기ᄂᆞᆫ 고인의 졍과 아시의 륜의를 ᄉᆞ모ᄒᆞ고 이졔 양닌광의 언ᄉᆡ 실졍이 아닌가 ᄒᆞ노라

110면

뎐샹뎐하의 가득ᄒᆞᆫ 사ᄅᆞᆷ이 샹의 말ᄉᆞᆷ을 조ᄎᆞ 다 우음을 두어시ᄃᆡ 양샹셔 졍한림이

부복황공ᄒᆞ여 ᄉᆞ모를 슉이고 말숨을 긋치니 평촉후 조운현이 홍포를 붓치고 옥홀을 들고 반렬의 나와 쥬왈 셩교로조ᄎᆞ 곽녀의 삼뷔 일셰호걸이오니 악녀의 ᄉᆞ죄를 샤ᄒᆞ셤즉 ᄒᆞ오이다 양닌광의 죽이ᄌᆞ 션발지논이 실졍이 아니오니 셩의를 예탁지 못ᄒᆞ고 ᄉᆞ싱을 죄오ᄂᆞᆫ 마음이 올ᄉᆞ오니 특은으로 감ᄉᆞᄒᆞ샤 양닌광의 초젼ᄒᆞᄂᆞᆫ 심ᄉᆞ를 어엿비 너기시미 호싱지덕이오니

111면

도로 ᄎᆞᄌᆞ 임쟈를 쥬시오미 공ᄉᆞ의 힝심홀가 ᄒᆞ노이다 텬안의 우음을 씌여 닌광을 보시니 냥안을 흘녀 평촉후를 보ᄂᆞᆫ지라 샹이 함쇼ᄒᆞ고 무ᄅᆞ샤ᄃᆡ 운현의 쥬ᄉᆡ 명졍ᄒᆞ니 경은 군부간 실졍을 긔이지 말나 만일 고졍을 녀측ᄒᆞ거든 짐이 특은으로 감ᄉᆞᄒᆞ여 경을 쥴 거시니 진평의 부인이 다세 번 개가ᄒᆞ나 바리지 아니물 효측ᄒᆞ라 ᄉᆞ쳔휘 분연졍ᄉᆡᆨ 왈 군신지간은 텬디부뫼시니 엇지 희롱이 잇ᄉᆞ오리잇고 평촉후 조운현이 셩은을 밋ᄉᆞᆸ고 군젼의

112면

겸숀ᄒᆞᆫ 례모를 잡지 아니ᄒᆞ와 방ᄌᆞ히 긔롱을 낭ᄌᆞ히 ᄒᆞ오니 이 엇지 인신의 도리리잇고 셩샹이 엄지로 운현의 셜만지죄를 쥬지 아니시면 도로혀 이 ᄀᆞᆺ튼 젼교로 죄인을 장하의 두시고 신하로 긔롱ᄒᆞ시미니 군신의 톄면이 샹ᄒᆞ옵고 샹히 어ᄌᆞ러웟ᄂᆞᆫ지라 신이 당돌ᄒᆞ오나 셩의 실톄를 간ᄒᆞ고 운현의 무례를 졍히 다ᄉᆞ리물 쥬ᄒᆞᄂᆞ이다 말숨이 격졀ᄒᆞ고 안ᄉᆡᆨ이 츄월 ᄀᆞᆺᄐᆞ니 평촉휘 쳥죄 왈 닌광이 군젼의 실례를 현루ᄒᆞ와 인신의 도리 업ᄉᆞ오니

113면

쥬ᄒᆞ건대 신과 닌광을 아올나 죄를 다ᄉᆞ리쇼셔 샹이 미미히 우으시고 ᄀᆞᆯ오샤대 ᄎᆞᄉᆡ다 군신이 일쟝을 농낙ᄒᆞᄂᆞᆫ 본이니 웃고 긋칠지라 엇지 농가셩진ᄒᆞ여 두 대신을 징힐ᄒᆞ미 올흐리오 태ᄉᆞ 조기현이 부복 쥬왈 운현이 ᄉᆞ우를 긔롱ᄒᆞ미 어대 가 못ᄒᆞ여 지존 앏히셔 긔롱이 낭ᄌᆞᄒᆞ고 닌광이 감히 군젼의셔 징변ᄒᆞ리잇고 운현 닌광이 다 불경지죄를 면치 못ᄒᆞ오리니 일 년 녹봉을 거두시고 곽녀의 죄샹은 일국이 가슬이라 ᄒᆞ오니 가히 머무를 거시 업

114면

ᄉᆞ외다 ᄎᆞ옥이 쾌결치 아니ᄒᆞ오니 ᄉᆞ쟈를 ᄉᆞᄒᆞ고 현쟈를 싱ᄒᆞ쇼셔 상이 칭샤 왈 경언이 졍언군ᄌᆡ로다 슈연이나 운현 닌광이 다 쇼년유희로 ᄒᆞ미오 군부를 긔롱ᄒᆞ여 셜만ᄒᆞ미 아니라 가히 허물을 물ᄉᆞᄒᆞ고 곽녀ᄂᆞᆫ 가히 그 죄와 힝실이 버히미 가ᄒᆞ니 쳐참ᄒᆞ고 ᄌᆞ긱 삼인도 ᄒᆞᆫ가지로 쳐참ᄒᆞ며 교졍냥은 벼ᄉᆞᆯ이 언관이 되여 공과 의를 폐ᄒᆞ고 ᄉᆞ혐을 인ᄒᆞ여 회뢰를 바다 ᄌᆡ물을 탐ᄒᆞ고 ᄋᆡ미ᄒᆞᆫ 사ᄅᆞᆷ을 모함ᄒᆞ여 ᄉᆞ디의 너허 쥭일 죄를 필지어셔ᄒᆞ여 만됴의

115면

반포ᄒᆞ고 군젼의 올니며 풍화의 오샹을 일ᄏᆞ라 인군을 긔망ᄒᆞ고 ᄉᆞ셔인의 발논ᄒᆞ여 텬하의 군덕을 숀샹ᄒᆞ니 국톄의 역류나 다ᄅᆞ미 업셔 긔군망샹이라 죠쥐로 찬츌ᄒᆞ고 조시의 시녀와 구시의 시비들은 다 쥬인을 함히ᄒᆞ여 요괴로온 일을 지으며 어진 쥬인을 히ᄒᆞ고 ᄉᆞ오나온 쥬인을 동모ᄒᆞ여 악ᄉᆞ를 힝ᄒᆞᄂᆞᆫ 쥴 난교ᄂᆞᆫ 더옥 나라히셔 쳐분을 결ᄒᆞ여 죄를 지으ᄃᆡ 감사뎡빅ᄒᆞ여 히도로 보내엿거ᄂᆞᆯ 조고만 쳔비ᄌᆞ로 인군을 긔망ᄒᆞ고 공연ᄒᆞᆫ 동류를 쇽여 달내

116면

여 ᄃᆡ신을 보내고 졔 도로혀 덕을 닥아 조심ᄒᆞ미 올흘 거시로ᄃᆡ 다시 그른 일을 힘뻐 음악핀도를 도와 쟝부를 위쥬ᄒᆞ니 죄 더옥 큰지라 맛당이 쳐참ᄒᆞ고 곽션싱 비록 골육이 치쇼를 당ᄒᆞ여시나 ᄌᆞ고로 요슌의 ᄌᆞ숀이 불초ᄒᆞ고 문무의 족친의 관ᄎᆡ 이시니 가히 죄를 년누ᄒᆞᆯ ᄇᆡ 아니오 비록 요란ᄒᆞᆫ 핀악이 이실지라도 그 녀ᄌᆞ의 져진 일을 부모로셔 아지 못ᄒᆞ미라 엇지 년좌를 쁜즉 원억ᄒᆞ지 아니ᄒᆞ리오 임의 악녀의 죄를 셕발ᄒᆞ고 ᄒᆞ물을 안 연후ᄂᆞᆫ 쥬쳥ᄒᆞ여시니 공의

117면

를 가히 볼지라 조금도 치의ᄒᆞᆯ ᄇᆡ 업ᄉᆞ니 공은 스ᄉᆞ로 안심ᄒᆞ고 물대죄ᄒᆞ라 ᄒᆞ시고 졍대홍은 남의게 쇽으며 사ᄅᆞᆷ을 아지 못ᄒᆞ며 스ᄉᆞ로 벗의 부인을 도뎍ᄒᆞ며 음욕을 발ᄒᆞ여 비례로 곡경을 ᄒᆞ거나 탈취취싀ᄒᆞ거나 ᄒᆞᆫ 일이 아니니 쳐ᄌᆞ로 알고 잇던 쥴이 도로혀 ᄋᆡ달나 ᄒᆞ미 불샹ᄒᆞᆫ 일이라 가히뻐 죄를 더ᄒᆞ리오 ᄯᅩᄒᆞᆫ 이도물시ᄒᆞ고 쇼

경슈는 어진 효우와 우인로 ᄒᆞ여금 고힝을 격겨 무슈ᄒᆞᆫ 가변을 지내니 만단고초를 격거실지라 도로혀 양모를 봉양ᄒᆞ다 익매를 죄

118면

싯고 먼리 찬젹ᄒᆞ여 여러 ᄒᆡ를 젹긱이 되어 ᄒᆡ도의 고힝ᄒᆞ미 실노 원민ᄒᆞᆫ지라 즉일 방ᄉᆞᄒᆞ고 특별이 젼젼 ᄐᆡᄒᆞᆨᄉᆞ 니부샹셔 태ᄉᆞ쇼부를 겸ᄒᆞ이여 절월을 갓초와 브르라 ᄒᆞ시고 쇼연슈는 죄샹이 즁여ᄐᆡ산이라 ᄒᆞᆫ 가지로 살아날 죄가 업ᄉᆞ며 일을 쥬ᄒᆞᆫ 거시 다 졔 죄니 지어 ᄌᆞ근 죄도 참ᄒᆞᆯ 젹의 엇지 졔 죄를 면ᄒᆞ리오 당연ᄒᆞᆫ ᄉᆞ죄를 면치 못ᄒᆞᆯ 거시로ᄃᆡ 졔의 도라오물 밋쳐 쥭일 거시니 아직은 즁옥의 가도와 짐의 쳐치를 기다리라 하시고 니현의 쳐 곽시는 ᄯᅩᄒᆞᆫ 죄 경치 아니ᄒᆞ되

119면

나히 늙으므로 죄를 덜고 감ᄉᆞᄒᆞ나 여ᄎᆞᄒᆞᆫ 흉인을 연곡지하의는 두지 못ᄒᆞᆯ 거시니 가히 던리로 내쳐 영졍 맛게 ᄒᆞ라 ᄒᆞ시고 양원진은 몸이 션ᄇᆡ의 츙슈ᄒᆞ여 남을 대악으로 모라너흘 계교를 ᄒᆞ니 이오지심으로 탁타인지심이라 ᄒᆞ니 너는 ᄉᆞ죄로대 남을 가ᄅᆞ쳐 흉모를 계교ᄒᆞ고 ᄉᆡᆨ욕과 물욕으로 사ᄅᆞᆷ을 그릇 민ᄃᆞ니 감ᄉᆞ치죄ᄒᆞ여 북ᄒᆡ의 안치ᄒᆞ라 ᄒᆞ시고 결ᄉᆞ를 다ᄒᆞ시고 좌우를 도라보와 짐의 결옥이 엇더ᄒᆞ뇨 ᄒᆞ시더라

조시삼대록 권지삼십삼

1면

ᄎᆞ셜 상이 결ᄉᆞ를 다ᄒᆞ시고 좌우를 도라보와 졔신다려 무ᄅᆞ샤ᄃᆡ 짐의 결옥이 엇던ᄒᆞ뇨 ᄒᆞ시거늘 모든 신뇌 배복ᄒᆞ여 쥬왈 가히 대셩인의 텬디 갓ᄐᆞ신 덕과 일월 갓튼 명광이 신 등의 규측ᄒᆞ올 ᄇᆡ 아니오라 대옥을 립각의 결단ᄒᆞ시믜 이러ᄐᆞ시 셩명ᄒᆞ샤 복분의 원이 업게 ᄒᆞ시니 졔신이 엇지 감히 다른 의논이 이시리잇가 상이 이의 초공을 인견ᄒᆞ샤 탄왈 부ᄌᆞ텬륜은 인지샹졍이라 간인이 무샹ᄒᆞ여 궁극ᄒᆞᆫ 계

2면

교로 현인을 함히ᄒᆞ니 쳘ᄒᆞᆫ 군ᄌᆞ와 명ᄒᆞᆫ 쟝부라도 오ᄂᆞᆫ 익은 능히 면치 못ᄒᆞᄂᆞᆫ지라 이졔 경네 일개 아녀ᄌᆞ로 이미ᄒᆞᆫ 죄명을 시러 령히의 원젹ᄒᆞ다가 맛ᄎᆞᆷᄂᆡ 원젹ᄒᆞ믈 신셜치 못ᄒᆞ고 샹강의 슈ᄉᆞᄒᆞ기의 니ᄅᆞ니 엇지 ᄎᆞ홉지 아니ᄒᆞ며 션싱의 텬륜ᄌᆞ익로 엇지 참을 ᄇᆡ리오 가히 텬하의 힝이ᄒᆞ여 조시 ᄶᅡᄅᆞ던 ᄌᆞᄀᆡᆨ을 규ᄉᆞᄒᆞ여 잡아 버히게 ᄒᆞ라 승샹이 황공감은ᄒᆞ여 부복배샤 왈 셩은이 미셰ᄒᆞᆫ 일녀ᄌᆞ를 위ᄒᆞ샤 이러ᄐᆞᆺ 측은이 너기시니 셩은의 관곡ᄒᆞ시믈 신의 부지

3면

비록 간뇌도지ᄒᆞ오나 능히 갑습지 못ᄒᆞᆯ가 ᄒᆞᄂᆞ이다 초의 신네 과연 ᄌᆞᄀᆡᆨ의 ᄶᅡ르믈 몬져 짐족ᄒᆞ미 이셔 졔 몸을 가마니 피ᄒᆞ엿습더니 기야의 도젹이 거즛 사ᄅᆞᆷ을 신녀로 아라 잡아가오니 신의 아들 웅현이 젹을 알고 좃ᄎᆞ ᄶᅡ르니 ᄌᆞᄀᆡᆨ이 거즛 신녀를 샹강의 더지고 가오니 신네 남복을 개착ᄒᆞ고 젹쇼로 가와 몸을 감초고 제 오ᄅᆡ비롤 가ᄅᆞ쳐 거즛 관을 ᄆᆡᆫᄃᆞ라 념장ᄒᆞ고 쇠롤 공교히 베프러 일을 ᄒᆞ와 셰샹을 쇽이오니 일이 경도ᄂᆞᆫ 아니오나 이런 계교를 ᄂᆡ지 아니ᄒᆞ엿다가ᄂᆞᆫ 옥이 바아지

4면

ᄂᆞᆫ 원을 당ᄒᆞ거나 도적의 욕을 면치 못ᄒᆞᆯ 터이 되오니 셰 부득이 ᄒᆞ온지라 몸을 구ᄎᆞ히 도망ᄒᆞ여 술아 왓시나 그 ᄶᅴ의 군부긔 이 ᄉᆞ연을 알외고져 ᄒᆞ오ᄃᆡ 일이 누셜ᄒᆞ오면 국가의 죄명이 잇고 옥ᄉᆞ롤 발각지 못ᄒᆞ와 간인이 득승ᄒᆞᆫ 시졀이라 그윽이 숩겨 잇ᄉᆞ오ᄃᆡ 군부를 긔망ᄒᆞᆫ 죄로 긍긍ᄒᆞ옵더니 당ᄎᆞ시ᄒᆞ와 더옥 붓그리믈 이긔지 못ᄒᆞ리로쇼이다 오ᄂᆞᆯ날 옥ᄉᆞ롤 결ᄒᆞ고 간인의 젼후 흉ᄉᆞ로 쳐결ᄒᆞ오ᄆᆡ 쇼유를 진달ᄒᆞᄂᆞ이다 샹이 쳥필의 이 말숨을 드ᄅᆞ시고 텬안이 깃부시

5면

믈 ᄭᅴ여 일ᄏᆞ라 감탄 왈 오국의 이 ᄀᆞᆺ튼 긔묘와 지혜 잇ᄂᆞᆫ 녀지 이실 쥴을 엇지 알며 경의 ᄌᆞ녀의 여ᄎᆞᄒᆞᆫ 긔이ᄒᆞᆫ 사ᄅᆞᆷ이 이셔 능히 모진 환을 면ᄒᆞ고 급ᄒᆞᆫ 계교로 익을 능히 버셔나 몸을 보젼ᄒᆞ고 ᄭᅩᆺ다온 명졀을 가져 나종이 이실 쥴을 알며 인군의 치졍이 간신의 쇽아 불명지탄이 업게 ᄒᆞᆯ 쥴을 엇지 알니오 인군으로 이미ᄒᆞᆫ 신녀를 죄의 너

허 죽이고 뉘웃는 탄이 업게 ᄒᆞ니 ᄯᅩᄒᆞᆫ 츙효를 겸젼ᄒᆞᆫ 슉녀오 부모의 양휵지은을 바리지 아니ᄒᆞᆫ 효녜라 엇지 아름답지 아니ᄒᆞ리오 ᄒᆞ시고 못

6면

ᄂᆡ 칭찬ᄒᆞ여 일ᄏᆞᄅᆞ시더라 곽휘 ᄯᅩᄒᆞᆫ 뎐젼의 부복ᄒᆞ여 대죄ᄒᆞ엿다가 결숑ᄒᆞ믈 보고 초ᄉᆞ를 드ᄅᆞ니 욕ᄉᆞ무디의 불승통히ᄒᆞ여 뎐폐의 복슈 쥬왈 신도 ᄉᆞ졍을 군젼의 쥬ᄒᆞ옵ᄂᆞ니 신이 본대 무샹불명ᄒᆞ와 ᄌᆞ식을 례법으로 잘 ᄀᆞᄅᆞ치지 못ᄒᆞ와 부득이 양닌광의 ᄌᆡ실을 삼으믄 본대 셩샹의 조흔 ᄯᅳᆺ이시라 과연 신녜 무샹간악ᄒᆞ와 양가의 골육을 쟉히ᄒᆞ고 김가의 ᄌᆞ식을 여ᄎᆞ 계교ᄒᆞ여 어더다가 졔 쇼ᄉᆡᆼ이라 ᄒᆞ고 부ᄌᆞ텬륜을 산란ᄒᆞ오니 죄 쥭고도 남지 못ᄒᆞᆯ지라 닌광이 신녀

7면

로 동심ᄒᆞᆫ ᄎᆞ환을 쥭이고 신이 죄녀를 쥭이려 ᄒᆞ오ᄆᆡ 쳔신의 쳬 ᄋᆡ걸구급ᄒᆞ와 ᄌᆞ진ᄒᆞ게 깁히 가도왓ᄉᆞᆸ더니 도망ᄒᆞ여 여러 ᄒᆡ를 어ᄃᆡ로 간 쥴을 모ᄅᆞ옵다가 가셩을 츄탁ᄒᆞ고 회졀ᄒᆞᆯ 쥴이야 엇지 알니잇고 이대도록 심악ᄒᆞ여 두 번 지아비를 반ᄒᆞ고 셰 번 사ᄅᆞᆷ의 도라갈 쥴이야 엇지 ᄯᅳᆺᄒᆞ여시리잇고 이졔 쳔고의 업ᄉᆞᆫ 대변을 져즈오니 마ᄋᆞᆷ이 차고 몸이 ᄯᅥᆯ여 신의 무샹지죄를 면치 못ᄒᆞ올대 이러ᄐᆞᆺ 셩덕을 드리오시니 황공숑률ᄒᆞ온지라 몬져 신의 죄를 다ᄉᆞ리고 버거 죄녀

8면

를 졍법ᄒᆞ샤 텬하 녀ᄌᆞ로 ᄒᆞ여금 후ᄉᆞ를 진뎡케 ᄒᆞ쇼셔 쥬파의 병부샹셔 사쳔후 양닌광이 츌반 쥬왈 지ᄂᆞᆫ 바와 쇼유를 다 고ᄒᆞ고 각각 다 ᄉᆞ졍을 가인 부ᄌᆞ 쳐로 곳쳐 알외니 군신의 샹득ᄒᆞ미 이러ᄐᆞᆺ ᄒᆞ미 실노 고금의 쳐음이라 알외더라 샹이 탄왈 복션화음이 업다 못ᄒᆞ리로다 황텬이 유묘ᄎᆞ원ᄒᆞ시나 살피시미 쇼쇼ᄒᆞ도다 경녀의 원앙ᄒᆞ믈 무릅ᄡᅥ 쳥년요ᄉᆞᄒᆞ믈 참연ᄋᆡ셕ᄒᆞ더니 이졔 그 ᄉᆡᆼ존ᄒᆞ믈 드ᄅᆞ니 엇지 ᄀᆡ특ᄒᆞ고 신긔롭지 아니ᄒᆞ리오 임의 누얼을 신셜ᄒᆞ여 ᄇᆡᆨ

9면

옥무하ᄒᆞ니 슉네 엇지 괴로오믈 한업시 밧게 ᄒᆞ리오 ᄒᆞ시고 즉일의 형부의 젼지를

나리와 경슈와 조시로 ᄒᆞ여금 뎨도의 도라와 파경이 부합ᄒᆞ고 용검이 ᄌᆡ합게 ᄒᆞ고 졍문뎡표ᄒᆞ라 ᄒᆞ시니 조승샹이 고두사은ᄒᆞ고 샤명이 은지를 밧드러 즉시 조쥐로 향ᄒᆞ여 가니라 화셜 션시의 쇼샹셔 경쉬 원앙ᄒᆞᆫ 죄루를 시러 령히 젹긱이 되여 뎨향을 하직ᄒᆞ고 남황 쟝녀지디를 향ᄒᆞ여 무ᄉᆞ득달ᄒᆞ여 조쥐 니ᄅᆞ니 얼픗 ᄉᆞ이 광음이 슉흘ᄒᆞ여 발셔 ᄉᆞ년 츈츄를 지내니 됴운모우와 화됴월셕의 가만

10면

ᄒᆞᆫ 눈물이 효ᄌᆞ의 ᄉᆞ친ᄒᆞᄂᆞᆫ 마ᄋᆞᆷ이 간졀ᄒᆞ고 형뎨 ᄎᆔ슈를 년ᄒᆞ여 슬하의 반의로 츔츄던 일이 다 ᄉᆡᆼ각이 나ᄂᆞᆫ지라 챵연ᄒᆞᆫ 즁 관일ᄒᆞᆫ 츙셩으로ᄡᅥ 뎨향을 ᄉᆡᆼ각ᄒᆞᄆᆡ ᄉᆞ군하ᄂᆞᆫ 눈물과 ᄉᆞ친ᄒᆞᄂᆞᆫ 눈물이 ᄌᆞ로 니ᄅᆞᄂᆞᆫ지라 스ᄉᆞ로 탄식 왈 내 반ᄉᆡᆼ 힝신이 츙졀례의로 본을 숨더니 엇지 운익이 이ᄃᆡ도록 ᄉᆞ오나와 이런 지경의 당ᄒᆞᆯ 쥴을 알니오 내 아의 스ᄉᆞ로 ᄉᆡᆼ셩ᄒᆞ믄 다른 사ᄅᆞᆷ도곤 나으며 총명녕오ᄒᆞ더니 종시의 ᄠᅳᆺ을 곳치지 못ᄒᆞ여 힝혀 날을 히ᄒᆞ믄 니ᄅᆞ지 말고 불의의 ᄉᆡᆨ지믄 그 ᄒᆡ가 젹

11면

지 아니ᄒᆞᆯ 거시오 이ᄢᅴ의나 져의 마ᄋᆞᆷ을 잡아 그른 거ᄉᆞᆯ 곳치고 올흔 거ᄉᆞᆯ 쥬ᄒᆞᄂᆞᆫ가 일이 엇지나 되엿ᄂᆞᆫ고 더욱 쟝ᄉᆞ의 쇼식이 묘연ᄒᆞ고 조시의 ᄉᆞᄉᆡᆼ존망은 엇지나 되엿ᄂᆞᆫ고 그 유무를 아지 못ᄒᆞ니 엇지 슬프지 아니ᄒᆞ리오 ᄒᆞ고 슬픈 마ᄋᆞᆷ과 젼젼ᄒᆞᆫ 심ᄉᆡ 아올나 침식을 능히 못ᄒᆞ고 마ᄋᆞᆷ이 심히 불안ᄒᆞ고 부모를 ᄉᆡᆼ각ᄒᆞ여ᄂᆞᆫ 능히 대쟝부의 눈물을 금치 못ᄒᆞ여 쥬쥬리 흘너 옷기ᄉᆡ ᄡᅥ러지믈 ᄭᆡ닷지 못ᄒᆞ니 챵연ᄒᆞ믈 이긔지 못ᄒᆞ여 ᄒᆞ더라 그러ᄒᆞᆫ 즁 마ᄋᆞᆷ을 구지 잡고 ᄠᅳᆺ을 활발이 ᄒᆞ여

12면

니웃 동니 쇼아드를 모화 ᄒᆞᆨ문을 권쟝ᄒᆞ여 일노 쇼일ᄒᆞ고 위로ᄒᆞ며 관편을 조ᄎᆞ 혹시 가셔를 으더보며 ᄉᆞ부 조승샹의 글을 으더 보나 그 양모의 슈셔를 으더 보지 못ᄒᆞ니 크게 의혹ᄒᆞ여 ᄉᆡᆼ각ᄒᆞᄆᆡ 모친은 비록 가ᄉᆞ의 공총ᄒᆞ시고 혹 나의 일을 미흡ᄒᆞ여 이ᄌᆞ미 되여시나 대인은 나의 이 곳의 와 ᄒᆞᆯ노 더진 ᄃᆞ시 잇ᄂᆞᆫ 쥴을 년측ᄒᆞ여 ᄉᆞ샹ᄒᆞ시ᄂᆞᆫ 졍이 심샹치 아니실지라 이러틋 ᄉᆞ샹ᄒᆞ고 내 올ᄂᆞ가ᄂᆞᆫ 관편의 년ᄒᆞ여 샹셔ᄒᆞ되 ᄒᆞᆫ 번도 회셔를 못 으더 보니 대인이 혹 무ᄉᆞᆷ 일노 먼니 ᄯᅥ나 집의 아니

13면

겨신가 만일 그러홀진대 엇지 태태와 야야의 셔스를 흔 번도 아니 나려오며 쏘흔 젼인은 못흐여도 일져이 관즁 왕릭편의 셔스를 붓칠 듯흐딕 쇼식이 업스며 연슈의 글은 혹 니르나 나의 이런 말을 아니흐여시니 엇진 곡졀인고 그 일을 몰나 먼니셔 스모흐는 회푀 더욱 난측흐고 심녀 빅츌흐여 효즈의 망운흐는 회푀 슉식을 편히 못흐고 쥬야로 불안흐더니 믄득 깃븐 쇼식이 문외의 들네며 황명으로 오는 위의 초샤를 드레고 지부 지현이 일시의 니르러 치하홀식 승치흐여 니부총지

14면

의 태혹스 태즈쇼부를 겸흐여시니 일국의 승권흐는 벼슬이오 위엄이 하이의 진동흐는 쟉위라 산두즁망이 만읍을 기우리는딕 황금졀월을 곳초와 스관이 봉칙을 밧드러 니르러시니 뉘 아니 친졀코져 흐며 쯧을 으더 아당코져 흐며 셔로 븟드러 알고져 아니흐리오 원근 군현이 져마다 니르러 슈히 텬샤를 으드믈 치하흐고 셩은의 호셩흐여 쟉직이 고등흐고 일셰의 져마다 못홀 명망을 환됴흐는 즁을 하례흐는 쇼릭 등텬흐여 텬은의 늉셩흐믈 일쿠라 복녹을 칭샤흐니

15면

쇼샹셰 일변 경지흐고 좌슈우응흐여 사스흐고 스관을 딕흐여 몬져 샹후를 뭇줍고 일가 친쳑의 친셔는 분요흐여 밋쳐 보지 못흐고 오직 평진후의 글월을 즘간 보믹 연슈의 스단이 드러는지라 샹셔의 지극흔 셩우로 이 쇼식을 드르믹 낙담샹혼흔지라 버들 곳튼 미우의 근심이 밋쳣고 일월 곳튼 면모의 시름을 띄여시니 젹탕흔 풍치 사름을 놀내는지라 스군즈의 풍용과 현인셩즈의 긔운이 더옥 긔특흔지라 오늘을 당흐니 스친흐는 비회와 사군흐는 회푀 간졀흐믹 샹연슈루

16면

흐여 눈물이 흐르믈 씌듯지 못흐니 요요흔 심스를 겨유 진정흐여 텬은을 감축흐고 텬스를 관딕흔 후 샤명이 급흔지라 감히 오릭 지류치 못흐여 드딕여 힝장을 출여 발힝홀식 닌리친붕과 원근의 션빅와 근읍 태슈 지현 등과 퇴스흔 공후들이 무양흐믈 지삼 당부흐며 니별을 넌넌흐고 샤명을 싸라 졔도로 향홀식 일로의 영광이 무비흐고

쇼과군현을 올나오는 길의 지영영졉ᄒᆞᄆᆡ 긔구의 화려ᄒᆞ미 측냥업ᄉᆞ니 인인이 다 알고 젼쟈의 갈 젹도곤 올 젹은 텬디 현격ᄒᆞ니

17면

아마도 하늘이 쇼쇼ᄒᆞ샤 어진 군ᄌᆞ를 각별이 도으시미로다 ᄒᆞ고 칭숑ᄒᆞ더라 일노의 무ᄉᆞ히 득달ᄒᆞ여 황도의 니ᄅᆞ니 쇼 조 냥가의셔 이 쇼식을 듯고 환셩이 여류ᄒᆞ더라 드ᄃᆡ여 궐하의 니ᄅᆞ러 샤은슉빅ᄒᆞ오니 샹이 됴회를 직촉ᄒᆞ시거늘 샹셰 입궐을 아니ᄒᆞ고 궐문 외의 ᄉᆞ쳐를 뎡ᄒᆞ고 일쟝 쇼를 지어 올니니 기쇼의 왈 죄신 쇼경슈는 셩황셩공ᄒᆞ옵고 돈슈직빅ᄒᆞ와 오직 우리 황샹폐하긔 진졍 쇼회를 알외옵ᄂᆞ니 신이 비박누질노 외람이 쇼년의 텬

18면

은을 입ᄉᆞ와 쟉위 고등ᄒᆞ오며 농문의 올나 경샹의 니ᄅᆞ옵고 후록이 쳔셕을 당ᄒᆞ오니 셩은이 막대ᄒᆞ옵거늘 ᄒᆞᆫ갓 공효를 어더 국가의 은덕을 만의 ᄒᆞᄂᆞ흘 갑습지 못ᄒᆞ옵고 금ᄌᆞ관을 쓰고 홍금포를 입습고 요하의 금인을 ᄎᆞ고 옥홀을 쥐고 ᄉᆞ린의 종횡ᄒᆞ와 복녹이 졔미ᄒᆞ오니 이거시 다 군친의 쥬신 덕이라 태산이 경ᄒᆞ고 하히 여텨 셩은을 일호나 갑ᄉᆞ올가 ᄒᆞ고 쥬야 여른 마음을 두어 숀복ᄒᆞᆯ 면ᄒᆞ자 ᄒᆞ옵더니 니른 바 사람이 용우ᄒᆞ옵고 인ᄉᆡ 미

19면

ᄒᆞ여 고이ᄒᆞᆫ 가변이 니러나 몸이 죄루의 ᄲᅡ지오니 엇지 사름을 탓ᄒᆞ고 누를 원ᄒᆞ리잇고 오히려 셩은이 망극ᄒᆞ샤 신의 ᄉᆞ죄를 감ᄉᆞᄒᆞ여 경별을 ᄡᅳ시고 조쥬로 찬츌ᄒᆞ시니 신이 일노ᄡᅥ 죄라 ᄒᆞ리잇고 기리 국은을 심곡의 삭여 젹쇼의 업대여 셩덕을 감츅ᄒᆞ고 황야의 만년을 츅원ᄒᆞ옵더니 쳔만 싱각지 아니ᄒᆞ온 은샤를 나리오시고 다시 은명이 미신의게 더ᄒᆞ샤 놉흔 벼술과 녹봉으로 부ᄅᆞ시는 교지를 나리와 황ᄉᆞ로 슈고케ᄒᆞ오니 황공송뉼

20면

ᄒᆞ오며 초야의 광치를 일우시니 신이 명을 듯ᄌᆞ오ᄆᆡ 황공경구ᄒᆞ와 아모리 ᄒᆞᆯ 쥴을

모로리로쇼이다 그러나 황명을 지류치 못ᄒᆞ여 붓그러오믈 무릅쓰고 쥬야로 빅도ᄒᆞ와 금문 밧긔 니ᄅᆞ러 죄롤 등대ᄒᆞ고 어린 쇼회로 우러러 알외오니 이러틋 탑하의 알외는 밧ᄌᆞ는 다른 일이 아니오라 신의 아오 연쉬 죄롤 ᄉᆞ린의 엇고 됴뎡의 낫타나 지어 형뉼의 도망치 못ᄒᆞ와 실 ᄀᆞᄐᆞᆫ 잔쳔이 됴모의 급ᄒᆞᆫ 빅오니 다른 죄명이 아니라 신의 집 힝변이라 나라히 관쇽ᄒᆞᆫ

21면

죄명이 아니오며 스ᄉᆞ로 졔 집의 은밀ᄒᆞᆫ 일을 셰셰히 알고 국가의 알외온 재 과도히 ᄒᆞ와 잔잉ᄒᆞ온 목숨을 급과ᄒᆞ게 ᄒᆞ오며 ᄒᆞᆫ 목숨을 슈유의 당케 ᄒᆞ오니 쥬상이 텬디일월 갓ᄉᆞ온 호싱지덕을 나리오샤 쥭을 명을 감ᄒᆞ게 ᄒᆞ시오니 신이 구구ᄒᆞᆫ ᄉᆞ졍을 통박ᄒᆞᆯ ᄲᅮᆫ 아니오라 실노 폐하의 지치롤 위ᄒᆞ와 혈루롤 드리와 신의 간담을 뽀다 우흐로 진달ᄒᆞ오니 복원 셩샹은 두 번 하람ᄒᆞ오사 신의 싱가의 슈쇼 형뎨 잇ᄉᆞ오나 졍ᄉᆞ를 춍독ᄒᆞ오

22면

샤 ᄒᆞᆫ 집의 쳐ᄒᆞ여 형영이 샹슈ᄒᆞ는 바는 연슈 일인이라 신은 져롤 ᄉᆞ랑ᄒᆞ고 져는 신을 미더 반졈도 남은 ᄯᅳᆺ이 다ᄅᆞ지 아니ᄒᆞ오니 이 엇지 형뎨간의 조고만 원인들 틈이 이시리잇고마는 불인ᄒᆞᆫ 대간의 녀ᄌᆞ 가간의 드러와 신의 형뎨지간의 고이ᄒᆞᆫ 말을 내여 어린 아희롤 공동ᄒᆞ오니 마음이 약ᄒᆞ고 굿지 못ᄒᆞᆫ 심지의 경동ᄒᆞ와 쇼쇼 허물이 잇ᄉᆞ오나 실샹은 신을 히ᄒᆞᆫ 일이 업삽고 곽녀의 ᄉᆞ오나오미 ᄌᆞ긔의 일단과 무고지ᄉᆞ롤 다 슈챵ᄒᆞ고 도로혀 그

23면

죄롤 연슈의게 미루오니 실노 연쉬 ᄉᆞ오나와 신을 히ᄒᆞ미 젹실ᄒᆞ올지라도 신이 위인 형ᄒᆞ와 졍의롤 둣거이 못ᄒᆞ고 힝실이 불명ᄒᆞ와 신명의 죄롤 어드미오니 그 웃듬이온즉 진실노 신의게 죄 즁ᄒᆞ거늘 일편도이 아오만 칙망ᄒᆞ여 즁ᄒᆞ온 형벌을 ᄒᆞ와 쟝ᄎᆞᆺ 쥭을 지경의 니ᄅᆞ오믈 면치 못ᄒᆞ고 신이 언연이 쟉녹을 씌엿ᄉᆞ오니 쥬야의 편치 못ᄒᆞ기는 니라도 마옵고 국가 졍치와 옥졍의 법률이 엇지 그러ᄒᆞᆯ 니 이시리잇고 희라 례의염치는 ᄉᆞ유의

24면

말이라 ᄉ위 업ᄉ오면 국개 망ᄒ옵는 법이오니 셜ᄉ 무샹ᄒ여 쟉녹을 탐ᄒ고 념치를 도라보지 아냐 아오를 쥭이고 홀노 셩은을 씌여 조항의 셔고져 ᄒ나 신명이 반ᄃ시 그 마옴을 올히 너겨 그져 두지 아니홀 거시오 텬되 앙화를 나리오리니 엇지 그 복을 안ᄒ며 슈를 향ᄒ리잇고 이졔 신의 쇼견과 ᄉ경인즉 아오를 구치 못홀진대 한가지로 칼 아릐 쥭으믈 감심ᄒ여 종시 동긔를 져바린 죄인이 되지 아니ᄒ고 혹쟈 셩은이 잇슬가 ᄒ오니 연슈의

25면

잔쳔을 빌니시면 ᄒᆞᆫ가지로 잇그러 뎐야의 도라가 우리 쥬샹의 쳔만셰를 츅ᄒ여 화봉인을 효측ᄒ오리니 신의 념치 경ᄉ를 츄이ᄒ건대 형과 ᄋ오를 일쳬지인으로 형은 직샹의 관쟉과 인슈를 씌여 영춍을 입ᄉᆸ고 아오ᄂᆞᆫ 뉭옥의 칼을 메여 쟝하여싱으로 쥭기를 바ᄃ미 싱각건ᄃᆡ 국가 경ᄉ의 일편되지 아니ᄒ리잇가 복원 셩샹은 신의 위인ᄌ ᄒ여 불의불효ᄒᆞᆫ 죄를 면케ᄒ쇼셔 불연즉 불효ᄒᆞᆫ 허물이 만셩의 드러나 이의

26면

밋출 죄를 샤ᄒ샤 공ᄉ의 경ᄒ게 ᄒ쇼셔 ᄒ엿더라 샹이 람파의 함쇼ᄒ시고 반가오믈 이긔지 못ᄒ샤 내시로 븟드러 드러오믈 직촉ᄒ시니 쇼경슈 부득이 드러와 직비슉샤ᄒ고 고두쳥죄ᄒ미 샹이 보시미 ᄉ년지내의 풍광이 더옥 식롭고 쳬격이 더옥 풍화ᄒ여 룡미봉안과 일월안뫼 초산의 빅옥이 틋글을 삐슨 ᄃᆺ 션풍도골이 젼쟈의셔 빅 승ᄒ며 슈향ᄒᆞᆫ 골격과 텩탕ᄒᆞᆫ 신치 두목지를 우으며 쳥년을 나모ᄅ니 샹이 좌우

27면

로 븟들나 ᄒ샤 평신ᄒ라 ᄒ시고 위로 왈 짐이 불명ᄒ여 그릇 언관의 무쇼를 실ᄉ로 듯고 경으로 ᄒ여금 찬젹ᄒ여 ᄉ년의 니ᄅ러시나 괴로오믈 격그미 짐의 불명ᄒᆞᆫ 허물이라 이졔 셔로 보미 반가오미 측냥업ᄂᆞᆫ 즁의 후회막급이라 경의 쇼ᄉ를 보고 경의 쇼회를 아ᄂᆞ니 군신은 부ᄌ일테라 엇지 그 경ᄉ를 도라보지 아니ᄒ리오 짐이 션쳐홀 도리가 이실 거시니 무솜 일이 불안ᄒ미 이시리오 경은 안심찰직ᄒ여 짐심을 져바리지 말나 쇼샹셰 텬은을 감츅ᄒ여 톄루배샤

28면

왈 신이 무슴 사름이완대 감히 셩은을 입ᄉᆞ오며 이대도록 ᄒᆞ리잇고 연슈의 죄상이 일국의 나타나 만인이 가살이라 ᄒᆞᄃᆡ 폐히 홀노 신의 죄샹을 살피샤 그 졍니를 측은이 너기시고 일명을 샤ᄒᆞ실진ᄃᆡ 고목이 ᄉᆡᆼ화ᄒᆞ고 ᄉᆞ골이 부육이라 신이 분골쇄신ᄒᆞ올지라도 셩은을 만의 ᄒᆞ나흘 갑지 못ᄒᆞ리로쇼이다 신이 본대 ᄌᆡ덕이 쇼루ᄒᆞ와 즁임을 감당치 못ᄒᆞ오며 더옥 니부총ᄌᆡ를 엇지 당ᄒᆞ여 더옥 몸의 허물이 만흔 ᄉᆞ름으로 이런 벼술을 바다 쳥현을 ᄌᆞ임ᄒᆞ

29면

여 국가 쳥작을 더러오리잇고 신의 벼술을 가ᄅᆞ쥬시면 신이 스ᄉᆞ로 개과슈졸ᄒᆞ와 슈신힝도를 닥근 후의 작임츌입을 ᄒᆞ기로 바라ᄂᆞ이다 샹이 탄왈 군신은 부자로 일반이라 경이 엇지 짐의 ᄯᅳᆺ을 모로나뇨 연슈의 죄악이 진실노 버히미 가ᄒᆞᄃᆡ 짐이 특은으로 일명을 요ᄃᆡᄒᆞ믄 경의 마음을 도라보미니 연슈의 일명은 경의 숀으로 쥬는 셰라 경이 짐의 마음을 아지 못ᄒᆞ고 벼술을 ᄉᆞ양ᄒᆞ고 인군을 바리려 ᄒᆞ진ᄃᆡ 짐이 ᄯᅩᄒᆞᆫ 연슈를 쥭여 쾌ᄒᆞᆫ 분을 플고 찰하리 법

30면

을 졍히 ᄒᆞ리라 ᄒᆞ시거늘 쇼샹셰 ᄌᆡᄇᆡ샤죄 왈 연슈 죄 당연ᄒᆞ오면 신의 ᄒᆞᆫ 말과 신의 몸을 위ᄒᆞ여 엇지 왕법을 늣츄며 률뎐을 굴ᄒᆞ리잇고 형뎨는 슈족을 겸ᄒᆞ와 동포골육이라 쥭기를 ᄒᆞᆫ가지로 ᄒᆞ와 마음의 불평ᄒᆞᆫ 거ᄉᆞᆯ 업시하과져 ᄒᆞ미오 츄호나 쳥촉을 ᄒᆞ여 쥭을 죄를 샤ᄒᆞ고 국법을 숀ᄒᆞ고 왕법을 굽히고 률뎐을 허쇼이 ᄒᆞ며 언관의 길흘 막아 후인을 징계코져 ᄒᆞ미 아니로쇼이다 ᄒᆞ니 샹이 잠쇼ᄒᆞ시고 가지록 위로 왈 경은 안심물녀ᄒᆞ고 짐심을 져바

31면

리지 말나 ᄒᆞ시니 쇼샹셰 다시 닷토와 고집히 알외미 황공불감ᄒᆞ여 돈슈사죄ᄒᆞ고 퇴거ᄒᆞ여 부즁의 도라오ᄆᆡ 냥형이 ᄒᆞᆫ가지로 니ᄅᆞ고 평진후와 강능휘 ᄒᆞᆫ가지로 니ᄅᆞ럿고 가즁 사름이 다 ᄒᆞᆫ가지로 일ᄐᆡᆨ의 모다시니 셔로 마ᄌᆞ 반가오믈 이긔지 못ᄒᆞ고 볼식 ᄎᆞ시의 부ᄌᆞ 샹별이 ᄉᆞ 년이라 샹셰 드러와 두 대인과 모친의게 례를 다ᄒᆞ여 뵈온

후의 머리를 두로혀 졔슈 졔미를 보와 례를 각각 맛춘 후 부모의게 격년 존후를 뭇ᄌᆞ오니 그 양모 구시의 ᄌᆞ쵀 묘연ᄒᆞ믈 경혹ᄒᆞ나 혹 본부

32면

의 겨시니라 ᄒᆞ여 오즉 오릭 샹회ᄒᆞ던 졍회를 알외고 말솜이 연슈의 밋쳐는 눈물이 비오듯 흘너 골오ᄃᆡ 쇼ᄌᆡ 불초무샹ᄒᆞ와 가변이 이러틋 니러ᄂᆞ고 사ᄅᆞᆷ의 형이 되여 우ᄋᆡ를 두터이 못ᄒᆞ고 ᄒᆞᆫ갓 동긔를 화우치 못ᄒᆞ여 어린 아ᄋᆞ를 그릇 인도ᄒᆞ여 올치 못ᄒᆞᆫ 허물을 ᄌᆞ임ᄒᆞ고 일신이 죄인의 ᄲᅥ러지오니 형벌의 괴로오믈 면치 못ᄒᆞ고 거셰의 인 개왈 가살이라 ᄒᆞᄂᆞᆫ ᄉᆞ지ᄅᆞ믈 드ᄅᆞ니 이 엇지 져의 홀노 듯ᄂᆞᆫ 허물이리잇고 쇼ᄌᆡ 싱각ᄒᆞ오니 형뎨 쳥운을 드ᄃᆡ여 입신ᄒᆞ미 힝셰ᄒᆞ기를

33면

ᄒᆞᆫ가지로 일신갓치 홀 거시니 이졔 쇼ᄌᆞ의 졍셩은 형이 찬츌젹거ᄒᆞ면 아오가 등양ᄒᆞ고 아오가 화망의 걸니면 그 형이 벼술을 ᄒᆞ고 은춍을 입으미 인졍과 텬륜이 임의 도샹ᄒᆞᆫ지라 아히 념치 쇼ᄌᆡ의 참아 엇지 됴항의 셔며 금ᄌᆞ를 ᄯᅴ고 ᄌᆡ샹의 인신을 가져 ᄉᆞ셔의 졍ᄉᆞ를 살펴 능불을 ᄉᆞ실ᄒᆞ며 빅료를 머리지어 엇개를 갈와 인군을 셤기리잇고 부득이 닷토와 알외고 믈너가고져 ᄒᆞᆫ즉 셩괴 지차ᄒᆞ옵시니 홀일업ᄉᆞ와 진퇴를 졍치 못ᄒᆞ고 황공ᄒᆞᆫ ᄆᆞ

34면

음과 젼젼긍긍ᄒᆞᆫ ᄯᅳᆺ을 뎡치 못ᄒᆞ리로쇼이다 말솜을 맛ᄎᆞ미 달 ᄀᆞᆺᄐᆞᆫ 니마의 쳑연ᄒᆞᆫ 시름을 ᄯᅴ여시니 슈려ᄒᆞᆫ 미우ᄂᆞᆫ 슈ᄉᆡᆨ이 가ᄃᆞᆨᄒᆞ고 효셩ᄡᅡᆼ안의 물결이 어ᄅᆡ여 쇄락ᄒᆞᆫ 풍광이 젼도곤 더옥 배승ᄒᆞ여 긔운이 ᄉᆡᆨᄉᆡᆨᄒᆞ고 엄즁ᄒᆞ며 옥인가랑이오 졀대군ᄌᆞ지 풍이 젼일과 배승이라 졀역풍샹의 만단고초와 쳔만시름으로 셰월을 히포 지내여시ᄃᆡ 일분 긔특ᄒᆞᆫ 얼굴이 감ᄒᆞ미 업ᄉᆞ니 부모의 한업ᄉᆞᆫ 반가오미 어ᄃᆡ 비ᄒᆞ리오 각각 붓들고 면면이 희연ᄒᆞᆫ 우음을 ᄯᅴ여 강능

35면

휘 밧비 ᄉᆞᆫ을 잡고 팔흘 어ᄅᆞ만져 누싊 여우ᄒᆞ여 위로 왈 이런 일이 엇지 너의 죄리

오 네 아비 연약ᄒᆞ여 악ᄌᆞ와 악쳐를 교졔치 못ᄒᆞ여 가변을 니ᄅᆞ혀시니 연슈의 죄악이 쳔ᄉᆞ무셕이라 부ᄌᆞ의 졍이 비록 즁ᄒᆞ나 강렬ᄒᆞ미 무드지 아니홀지니 만일 셩샹이 샤ᄒᆞ샤 ᄒᆞᆫ 목숨을 빌니나 내 스ᄉᆞ로 쥭여 그 죄를 졍히 ᄒᆞ고 셰샹의 붓그러오믈 ᄡᅵ슬지니 엇지 형벌의 괴로오믈 당ᄒᆞ나 앗갑다 ᄒᆞ리오 오문이 셰대로 도혹을 습ᄒᆞ고 례법의 개셰지문이어늘 져의게 다다ᄅᆞ는 이

36면

갓치 무샹ᄒᆞ여 가변을 지어내고 가셩을 츄탁ᄒᆞ여 ᄉᆞ셔의 치쇼를 일우니 졔 비록 사ᄅᆞ는들 무슨 면목을 들고 텬일을 볼 도리 이시리오 넙어셰 홀 ᄂᆞᆺ치 업슬지니 찰하리 쥭어 이ᄯᅵ를 지내미 올흘가 ᄒᆞᄂᆞ니 너는 고이ᄒᆞᆫ 념녀를 두지 말고 마ᄋᆞᆷ을 편토록 ᄒᆞ라 쥬공이 녁ᄃᆡ의 셩인이시ᄃᆡ 관치를 두어 버혀시니 ᄒᆞᆫ갓 ᄉᆞ졍만 젼쥬ᄒᆞ고 대의를 폐ᄒᆞ리오 너는 다시 일ᄏᆞᆺ지 말나 샹셰 그러치 아니ᄒᆞ믈 간ᄒᆞ고 말ᄉᆞᆷ을 졍ᄒᆞᄆᆡ 쇼ᄆᆡ를 도라보와 모친의 겨신 곳을 무ᄅᆞᆫ대 ᄋᆡ황이

37면

눈물을 먹음어 쇼당의 폐치ᄒᆞ믈 니ᄅᆞ니 샹셰 불승경공ᄒᆞ여 젼도히 쇼당의 니ᄅᆞ니 이ᄯᅵ 구부인이 강능후의 노를 만나 쇼당의 나리ᄆᆡ 흉즁의 일쳔 진납이 ᄡᅱ노는 ᄃᆞᆺᄒᆞ고 연슈의 일명이 누란의 급ᄒᆞ므로 이시믈 ᄉᆡᆼ각ᄒᆞ고 살이 ᄯᅥᆯ니고 일신이 안졉지 못ᄒᆞ는 즁 경슈의 졀ᄒᆞ고 문후ᄒᆞ믈 당ᄒᆞ니 져는 언연ᄒᆞᆫ 지샹의 톄위 일워시ᄆᆡ 션풍옥골의 윤틱ᄒᆞ여 풍치 닷근 겨울과 ᄆᆞᆰ은 옥 갓트믈 보고 연슈의 쟝하여ᄉᆡᆼ이 쳐참ᄒᆞ게 된 죄인으로 위위ᄒᆞᆫ 거동을 보ᄆᆡ

38면

그 일을 ᄉᆡᆼ각ᄒᆞᆫ즉 가슴이 막히고 한ᄒᆞ미 ᄋᆞᆲ흘 셔는지라 ᄒᆞ물며 쳔ᄋᆡᄒᆞ는 편징이 샹셰의 몸의 더ᄒᆞ여 쳔금 귀즁ᄒᆞ믈 ᄉᆞᆫ코 연슈의 죄악이 ᄎᆞ시의 한이 더옥 깁헛는지라 ᄌᆞ긔 몸이 쇼당 죄인이 되어 머리를 내왓지 못ᄒᆞ니 심녀를 ᄡᅳ고 슉식을 폐ᄒᆞ여시니 일조의 촉뉘되고 긔운이 미약ᄒᆞᆫ지라 기리 슈셩으로 늣기고 믄득 혼졀ᄒᆞ여 눈물을 흘니고 졍신을 찰히지 못ᄒᆞ는지라 샹셰 대경ᄒᆞ여 년망이 븟드러 슈족을 쥬무ᄅᆞ고 좌우 시녀로 약을 지촉ᄒᆞ여 온ᄂᆡᆼ을 맛초

39면

와 친히 드러 년ᄒᆞ여 써 너흘시 반향의 비로쇼 정신을 정ᄒᆞ여 샹셔의 거동과 황황ᄒᆞᆫ 형샹이 유동ᄒᆞ여 텬셩으로조ᄎᆞ 나는지라 인ᄒᆞ야 머므러 가지도 아니ᄒᆞ고 ᄒᆞᆫ가의 뫼셔 날이 맛도록 움즉이지 아니ᄒᆞ고 미쥭을 ᄌᆞ로 ᄎᆞ져 밧드러 지셩으로 구호ᄒᆞ여 권ᄒᆞ믹 효셩이 안ᄉᆡᆨ의 나타ᄂᆞ니 부인이 ᄲᅮᆺ즛고져 ᄒᆞᄃᆡ 인졍이 ᄎᆞᆷ아 못ᄒᆞᆯ 거시오 흔연이 말ᄒᆞ고져 ᄒᆞ믹 졍이 듯터이 나지 아니ᄒᆞ고 한ᄒᆞ미 만흔지라 입을 봉ᄒᆞ여 권ᄒᆞᄂᆞᆫ 쥭물을 마시지 아니ᄒᆞ니 샹셰 역시 셕반을 물

40면

니치고 촉불을 나오대 움즉일 의ᄉᆡ 업ᄉᆞ니 종야토록 ᄲᅮ러더니 부인이 탄왈 내 널노더브러 명위 모ᄌᆡ나 샹공이 날을 초개갓치 너기고 네 날을 원망ᄒᆞ연 지 오ᄅᆡ니 이졔 셔로 무슴 졍이 이셔 이 곳의 쥬야로 직희여 괴로오믈 감심ᄒᆞ리오 일즉이 물너 가라 ᄒᆞ거ᄂᆞᆯ 샹셰 이 말을 드ᄅᆞ니 원억ᄒᆞᆫ 셜운 말이나 돈슈톄읍 왈 ᄌᆞ괴 여ᄎᆞᄒᆞ시미 쇼경슈의 불초ᄒᆞᆫ 죄라 원컨대 모친은 히아의 그른 죄를 칙ᄒᆞ시고 이런 하교를 곳치샤 텬뉸이 온젼ᄒᆞ게 ᄒᆞ교셔 부인이 묵연부답이러니 이

41면

ᄡᅧ 능휘 본부의 도라와 샹셔를 ᄎᆞᄌᆞ믹 쇼당의 갓다 ᄒᆞᄂᆞᆫ지라 시아로 ᄌᆡ촉ᄒᆞ여 나오라 ᄒᆞ니 구부인이 대로ᄒᆞ여 샹셔를 등 미러 내쳐 왈 너의 직희므로 내 몸이 유광ᄒᆞ미 업고 네 부친이 내 너를 쥭일가 겁ᄒᆞ니 ᄲᆞᆯ니 가라 ᄒᆞ고 내 ᄌᆞ문필ᄉᆞᄒᆞ여 너의 부ᄌᆞ의 마음을 쾌ᄒᆞ게 ᄒᆞ리라 ᄒᆞ고 노긔 등등ᄒᆞ니 샹셰 모친의 말숨을 드ᄅᆞ믹 더옥 망극ᄒᆞ여 이의 의관을 그ᄅᆞ고 쇼당 뎡하의 거젹을 잇그러 죄를 대ᄒᆞ고 부친 쇼명이 겨시나 나가지 아니ᄒᆞ고 대답ᄒᆞᄃᆡ 쇼ᄌᆡ 죄를 당당

42면

이 쥭으믹 가ᄒᆞ옵거ᄂᆞᆯ 엇지 다시 텬일을 보오며 대인 면젼의 나아가리잇고 ᄌᆞ뫼 엄노를 만나 쇼당의 피곤ᄒᆞ시니 쇼ᄌᆡ ᄒᆞᆫ가지로 쇼당을 ᄡᅥ나시ᄂᆞᆫ ᄂᆞᆯ 슬하의 쳥죄ᄒᆞ려 ᄒᆞᄂᆞ이다 ᄒᆞ엿거ᄂᆞᆯ 공이 탄식 왈 간악ᄒᆞᆫ 어미를 인ᄒᆞ여 나의 쳔금 아ᄌᆞ를 엇지 이리 괴롭게 ᄒᆞᄂᆞ뇨 ᄒᆞ고 분노ᄒᆞ여 다시 칙왈 이졔 득죄ᄒᆞᆫ 어미를 위ᄒᆞ여 아비 명을 역ᄒᆞ

니 인ᄌᆞ지되 아니라 셜니 나아오고 더ᄃᆡ지 말나 ᄒᆞ니 샹셰 대왈 엄명을 거역ᄒᆞ오미 불효의 만ᄉᆞ무셕지죄오나 ᄌᆞ모의 화변은 근본 쇼

43면

ᄌᆞ의 죄라 홀노 ᄌᆞ당을 엄젼의 노롤 당ᄒᆞ여 원즁 젹뇨ᄒᆞᆫ 곳의 더져 두옵고 엄젼의 뫼시지 못ᄒᆞ올 거시오니 오즉 ᄉᆞ죄를 청ᄒᆞᄂᆞ이다 ᄒᆞᆫ대 쇼휘 기리 탄식ᄒᆞ고 홀일업셔 다시 부ᄅᆞ지 아니ᄒᆞ니 샹셰 시야의 졍하의셔 경야ᄒᆞᄃᆡ 조금도 념고ᄒᆞ미 업고 ᄌᆞ로 시비롤 불너 뭇ᄌᆞᆸ고 지효의 동동쵹쵹ᄒᆞ미 일호 미진ᄒᆞ미 업셔 읍읍히 근심ᄒᆞᄂᆞᆫ 거동이 인심을 감동ᄒᆞᄂᆞᆫ지라 이ᄯᅢ 츈한이 오히려 야긔의 심ᄒᆞᆫ지라 구부인이 야긔 습인ᄒᆞ믈 보고 날이 치우대 오히려 감동ᄒᆞ

44면

미 업고 쇼후의게 분ᄒᆞᆫ 거ᄉᆞᆯ 아오라 더옥 한이 샹셔긔 밋쳣ᄂᆞᆫ지라 시비 복쳡의 뉘 민망ᄒᆞ여 부인긔 권간ᄒᆞ여 ᄋᆡ황이 나와 닐오대 거거의 니러틋 ᄒᆞ미 실노 놀나온지라 원로힝역의 구치ᄒᆞ고 뎡하의 업대여 밤을 ᄉᆡ오니 그 몸이 엇지 무ᄉᆞᄒᆞ리오 야야긔 노ᄒᆞᆫ 마음을 가져 거거긔 그리 ᄒᆞ시미 도로혀 고이ᄒᆞ고 모친긔는 불효ᄒᆞ미 업ᄉᆞ오니 이러틋 ᄒᆞ여 모ᄌᆞ의 졍의를 샹히오지 마ᄅᆞ쇼셔 부인이 ᄭᅮ지져 왈 나와 졍낭이 무솜 원슈가 이셔 우리 모ᄌᆞ를 함히ᄒᆞ미 이 지경의 밋쳣ᄂᆞ뇨 내

45면

엇지 감히 지효ᄒᆞᆫ 사룸을 아ᄃᆞᆯ이라 칭ᄒᆞ고 ᄯᅩ 졍하의 대죄ᄒᆞ리오 짐즛 이리ᄒᆞ믄 샹공으로 ᄒᆞ여금 날을 츌거ᄒᆞᄂᆞᆫ 거동을 보고져 ᄒᆞ미니라 ᄒᆞ며 ᄋᆡ녀 냥황은 말을 아니ᄒᆞ고 녀황이 탄식 왈 모친과 연쉬 고이히 구르샤 변을 일위니 엇지 야야의 쳐치 과도ᄒᆞ시며 졍낭의 일이 다ᄉᆞᄒᆞ나 실은 공의를 잡으미라 원슈 치부ᄒᆞ실 일이 아니니 쇼네 임의 졍가로 남이 되어시니 다시 쇼녀다려 니ᄅᆞ셔도 무익ᄒᆞ오니 원컨대 쇼녀는 이런 일을 당치 말고져 ᄒᆞᄋᆞᆸᄂᆞ니 모친은 홀일업시

46면

된 연슈를 위ᄒᆞ여 부졀업ᄉᆞᆫ 고집을 마ᄅᆞ쇼셔 거거의 대효를 살피샤 목강의 셩덕을

드리옵쇼셔 부인이 기리 탄식호고 녀황이 친히 더운 물을 가져 샹셔를 권혼대 샹셰 먹지 아냐 왈 모친이 쇼뎨 아른시기를 즈식으로 아니 아른신다 호오니 소뎨 텬디간의 죄인이라 엇지 침식의 먹기를 바라리잇고 오즉 즈졍이 감동호샤 슬젼의 용납호시믈 엇지 못혼즉 스스로 쥭어 쇼뎨의 뜻을 셰우고 마음을 아른시게 홀 짜름이로쇼이다 언파의 감뉘 비오돗 호니 쇼시 쟝탄 왈 져 명텬이

47면

살피실지라 오가 아희 대효로뻐 맛츰내 즈의를 두로혀 감동케 못호며 연슈로 호여금 감화위현케 못호리오 이졔 아이 너모 초젼호여 병을 일위면 이 쏘혼 효셩의 힉로온 일이 아니리오 인호여 졍싱의 일과 즈가의 츌부된 말을 젼호니 샹셰 기리 탄왈 졍형이 엇지 일가지졍과 붕우지도로 이런 고이혼 노른술 홀 쥴을 뜻호여시리오 즉금 연슈의 형셰 실노 위급호여 약질이 즁형을 입고 비록 텬은을 씌여 옥문을 나오나 능히 싱도를 바라지 못호려든 비록 셩샹

48면

이 샤코져 호시나 만됴빅관이 결단코 극간호여 쥭이기를 죄온다 호고 소셔인이 다 가살이라 호니 엇지 싱츌호기를 바라리오 이러므로 쇼뎨 심신이 더옥 산비호여 혼가지로 목슘을 바려 아오를 구코져 호더니 모친이 노호여 이 지경의 밋츠니 누를 원호며 누를 한호리오 스스로 셩회 쳔박호고 우익 둣겁지 못호여 힝신이 신명을 져바려 이런 일을 만느미라 오직 지셩으로 원호여 바라는 바는 즈의를 도로혀고 엄노를 프러 부뫼 셔로 화호시는 거술 보와 즐거오믈 엇고 연슈

49면

의 목슘을 구호여 형뎨 혼가지로 냥친을 시봉호면 즐거오미 이밧게 더홀 거시 업술 거시로딕 내 일을 엇지 못호고 가식 이 곳의 밋치니 이 마음을 쟝춧 지향키 어렵도쇼이다 쇼시 위로호고 마음이 역시 불평호여 능히 잠을 자지 못호더라 명됴의 쇼공이 샹셰 경하의셔 경야호믈 드르믹 대경호여 급히 시동을 불너 샹셔를 브르니 샹셰 어제갓치 그딕로 고호믹 강능휘 셩이 급혼지라 발연대로호여 시로를 수즈져 잡아오라 호니 샹셰 비로쇼 잡히여 와 계하의셔

50면

청죄ᄒᆞ니 관영을 ᄒᆡ탈ᄒᆞ고 의복이 무식ᄒᆞ여 당당ᄒᆞᆫ 죄슈의 몸이라 그 풍신의 긔특ᄒᆞ며 용모의 아름다오미 근심ᄒᆞᄂᆞᆫ 형상이 더옥 보ᄂᆞᆫ 사ᄅᆞᆷ으로 긔특ᄒᆞ니 그 부모 되ᄂᆞᆫ 사ᄅᆞᆷ으로 니ᄅᆞᆯ ᄇᆡ리오 쇼휘 노ᄒᆞ여 잡아왓더니 그 얼굴을 보고 근심ᄒᆞᄂᆞᆫ 몰골을 대ᄒᆞ니 그 말숨을 듯지 아냐 아름다오믈 두굿겨 ᄒᆞ나 여러 번 역명을 노ᄒᆞ여 침음졍식ᄒᆞ고 오ᄅᆡ도록 말이 업더니 상셰 국츅ᄒᆞ여 명을 기다리니 강능휘 아ᄌᆞ의 오ᄅᆡ 졍젼의 ᄉᆞ러시믈 참아 보지 못ᄒᆞ여 탄왈 네 비록 ᄉᆞ

51면

졍의 졀박ᄒᆞ나 내 여러 번 부ᄅᆞᄃᆡ 엇지 젼연이 요동치 아니ᄒᆞ던다 이 엇지 인ᄌᆞ의 도리리오 상셰 ᄌᆡᄇᆡ청죄 왈 엄명이 나리시ᄆᆡ ᄉᆞ디라도 불감역명이라 엇지 감히 잠신들 지완ᄒᆞ리잇고마ᄂᆞᆫ 쇼ᄌᆞ의 졍시 황축ᄒᆞ미 바야흐로 용납ᄒᆞᆯ 싸히 업습ᄂᆞᆫ지라 ᄌᆞ모로 더브러 원즁의 쳐ᄒᆞ여 쇼ᄌᆞ의 죄를 쇽ᄒᆞ고져 ᄒᆞ므로 여러 번 엄명을 거역ᄒᆞ오니 죄만ᄉᆞ유경이로쇼이다 슈연이나 ᄌᆞ식이 효친은 못ᄒᆞ오나 인ᄌᆞ지심의 ᄌᆞ뫼 화당의 고위ᄒᆞ옵고 동긔 화목ᄒᆞ여야 셰샹의 인ᄌᆞ 도

52면

리옵거ᄂᆞᆯ 자뫼 벽쳐의 갓치시고 아ᄋᆡ ᄂᆡ옥의 고초ᄒᆞ오니 쥭을 죄쉬라 쇼ᄌᆡ 엇지 낫출 드러 셰샹의 셔리잇고 말숨으로조ᄎᆞ 눈물이 낫히 가득ᄒᆞ믈 참지 못ᄒᆞᄂᆞᆫ지라 쇼휘 졍식 왈 네 어미ᄅᆞᆯ 알고 아비ᄅᆞᆯ 모ᄅᆞ니 가히 오랑ᄏᆡ 힝실이로다 어뫼 임의 죄를 엇고 악을 ᄡᅡ하시니 가내의 머므ᄅᆞ지 못ᄒᆞᆯ 배로대 오히려 너의 마음을 ᄉᆡᆼ각ᄒᆞ고 삼녀의 낫출 보와 쇼당의 두어 개과ᄒᆞ믈 기다리미 내 ᄯᅳᆺ이 맛지 아니ᄒᆞ거든 네 엇지 어ᄌᆞ러이 구ᄂᆞ뇨 연슈의 죄ᄂᆞᆫ 맛당이 버히미 가ᄒᆞ니 다시 부ᄌᆞ형데의

53면

졍으로 유렴ᄒᆞᆯ ᄇᆡ 아니라 너ᄂᆞᆫ 부졀업ᄉᆞᆫ 마음을 ᄡᅳ지 말고 평샹히 구러 나의 심화를 도도지 말나 상셰 ᄇᆡ샤 왈 대인이 ᄉᆡᆼ각ᄒᆞ시미 원견이 겨시나 오히려 ᄌᆞ모의 원민ᄒᆞ믈 아지 못ᄒᆞ시니 쇼ᄌᆡ 엇지 엄노를 두려 품은 바를 다ᄒᆞ지 아니ᄒᆞ리잇고 연쉬 비록 ᄉᆞ오나올지라도 ᄌᆞ모의 죄 아니라 임의 대인의 엄교 힝치 못ᄒᆞ올 젹 ᄌᆞ모의 약ᄒᆞᆫ 호

령이 엇지 졍도의 도라가리잇고 곽녀의 흉완ᄒᆞ고 음악ᄒᆞ미 ᄌᆞ정의 총명을 옹폐ᄒᆞ나 ᄌᆞ뫼 쥬장ᄒᆞ여 악ᄉᆞ를 ᄒᆞ신 일이 업고 무샹ᄒᆞᆫ 시비와 곽녀

54면

의 ᄉᆞ오나온 초ᄉᆞ의 말을 신청ᄒᆞ샤 아시 졍실을 불의의 하당ᄒᆞ시니 셩교의 경계 아니신가 ᄒᆡ아 등의 졍ᄉᆞ를 도라보시고 불시의 위를 굴ᄒᆞ샤 경쳔이 대졉ᄒᆞ시니 례 아니시라 쇼직 대인의 쳐치를 개연통박ᄒᆞ여 두려오믈 잇고 말ᄉᆞᆷ이 번극ᄒᆞ기의 밋ᄎᆞ니 감쳥ᄉᆞ죄로쇼이다 강능휘 샹셔의 력징고간이 ᄌᆞ모를 위ᄒᆞ여 졍셩이 금셕 갓고 효의 동촉ᄒᆞ여 맛ᄎᆞᆷ내 구부인을 오ᄅᆡ 곤케 못ᄒᆞᆯ 거동이라 침음냥구의 평진휘 니ᄅᆞ니 강능휘 마ᄌᆞ 말ᄉᆞᆷᄒᆞᆯᄉᆡ 샹셰 졍하의 ᄭᅮ러시

55면

믈 보고 물어 왈 ᄎᆞ익 가즁의 드러온 지 슈일이 못ᄒᆞ여셔 무ᄉᆞᆷ 연고로 경샹이 이 지경의 밋쳣ᄂᆞ뇨 능휘 탄왈 샹셔의 말과 ᄯᅩᄒᆞᆫ 밤의 후졍 ᄯᅳᆯ 아릐셔 ᄉᆡ오고 부ᄅᆞᄃᆡ 오지 아니ᄒᆞ기로 잡아온즉 져 경샹을 ᄒᆞ고 ᄯᅳᆯ의 ᄭᅮ럿난 슈말을 다 고ᄒᆞ니 평진휘 잠간 웃고 왈 이ᄂᆞᆫ 아ᄃᆞᆯ이 ᄀᆞᆺ타여 그ᄅᆞ지 아니ᄒᆞ고 ᄉᆞ셰 ᄌᆞ연이 그러ᄒᆞ니 이ᄂᆞᆫ 고이ᄒᆞᆫ 노ᄅᆞᆯ 오ᄅᆡ 두지 말고 슈슈를 졍침으로 쳥ᄒᆞ여 가ᄉᆡ 온젼케 ᄒᆞ라 능휘 밋쳐 답지 못ᄒᆞ여셔 사ᄆᆡ 빵곡이 길흘 덥허 문이 가쟝 요란ᄒᆞ니 이 초국

56면

공 조승샹이 평능후 형뎨와 조태ᄉᆞ 형뎨로 일시의 니ᄅᆞᄂᆞᆫ지라 이날 쇼샹셔의 샹경ᄒᆞ믈 듯고 오ᄅᆡ 기다리대 쇼식이 업ᄉᆞ니 연슈의 일노 나지 안ᄂᆞᆫ가 ᄒᆞ여 일시의 니ᄅᆞ러시니 강능후 형뎨 마ᄌᆞ 례필의 한훤을 파치 못ᄒᆞ여셔 눈을 드러 샹셔의 면관쳥죄ᄒᆞ여시믈 보고 무러 ᄀᆞᆯ오대 어졔야 현유의 온 쥴을 알고 날을 ᄎᆞᄌᆞᆯ가 ᄒᆞ여 굴지계일ᄒᆞ여 날이 기우도록 기다리ᄃᆡ 쇼식이 돈졀ᄒᆞ기로 니ᄅᆞ럿더니 ᄎᆞ경을 보니 무ᄉᆞᆷ 연고로 져리ᄒᆞᄂᆞᆫ지 모ᄅᆞ거니와 형의 슈죄ᄂᆞᆫ 너모 급ᄒᆞ도다 평진

57면

후 형뎨 대쇼 왈 아등이 시긴 ᄇᆡ 아니라 괴로온 아ᄃᆞᆯ이 이 거동을 ᄒᆞ여 아비를 보채

니 졍히 난쳐ᄒᆞ여 ᄒᆞ노라 초공이 미쇼ᄒᆞ고 졔죄 일시의 함쇼ᄒᆞ여 셔로 눈쥬어 반가온 거동이 미우를 움즉이더라 강능휘 명ᄒᆞ여 그 대죄ᄒᆞᄂᆞᆫ 거동을 긋치라 ᄒᆞ니 샹셰 직ᄇᆡᆨ샤죄ᄒᆞ고 비로쇼 물너 안흐로 드러가려 ᄒᆞ거ᄂᆞᆯ 형부샹셔 운현이 내다라 ᄉᆞᆫ을 잡고 정ᄉᆡᆨ 왈 이 무샹ᄒᆞᆫ 놈아 네 비록 우리 보기를 슬희여 ᄒᆞ나 대인이 너를 보라 친히 와 겨시거ᄂᆞᆯ 네 엇지 피ᄒᆞᄂᆞᆫ다 졔죄 일시의 나리다라 븟드러 올

58면

니니 샹셰 마지 못ᄒᆞ여 승당ᄒᆞ여 초공을 향ᄒᆞ여 직ᄇᆡᆨᄒᆞ여 뵈고 ᄉᆔ러 봉안의 누쉬 어릐여 샤죄 왈 쇼ᄌᆡ 비록 무샹ᄒᆞ오나 인군이 귀케 ᄒᆞ시고 부뫼 나흐시며 ᄉᆞ뷔 가ᄅᆞ치니 은혜 일양이오 즁ᄒᆞ미 일테라 뎨지 오세지후로 교회를 듯ᄌᆞ와 대은을 각별 명심ᄒᆞ오니 ᄒᆞ물며 슬하의 동샹을 허ᄒᆞ여 엇지 우럿ᄂᆞᆫ 정셩이 엿다 ᄒᆞ리오 격년니졍이 ᄒᆞᆫ ᄶᅵᆨ 어려워 ᄇᆡᆨ견코져 ᄒᆞ오ᄃᆡ 집의 도라오오미 인ᄉᆡᆨ 변역ᄒᆞ여 가즁ᄉᆡᆨ 다 쇼셔의 심신이 황난ᄒᆞᆫ지라 심당의 머리를 박고 텬일을 ᄃᆡᄒᆞᆯ 날이 업

59면

ᄉᆞ온 고로 가친이 ᄎᆞᄌᆞ시ᄃᆡ 나지 못ᄒᆞ여 죄를 엇ᄌᆞ온지라 참아 ᄂᆞᆺ출 드러 뵈올 ᄯᅳᆺ이 업셔 물너가거ᄂᆞᆯ 모든 형은 호화ᄒᆞ여 사ᄅᆞᆷ의 졍ᄉᆞ를 아지 못ᄒᆞ고 칙망이 과도ᄒᆞ도쇼이다 초공이 반기ᄂᆞᆫ ᄉᆡᆨ이 면모의 가득ᄒᆞ여 그 ᄯᅳᆺ을 지긔ᄒᆞ고 일마다 이즁ᄒᆞ여 집슈 탄왈 니ᄅᆞ지 아니ᄒᆞ나 네 마음을 취탁ᄒᆞᄂᆞ니 힘ᄡᅥ 셩효를 본ᄒᆞ여 대슌의 풍을 이어 븟그러오믈 ᄢᅵᄉᆞ며 어ᄌᆞ러오믈 졍ᄒᆞ미 군ᄌᆞ의 효위라 ᄒᆞᆫ갓 마음을 ᄡᅳ며 조부야이 관렴ᄒᆞᆯ 일이 아니니라 쇼샹셰 ᄇᆡᆨ샤ᄒᆞ고 뫼셔 안ᄌᆞ 존당

60면

과 조노공의 존후를 뭇ᄌᆞ오며 격년니회를 펴ᄆᆡ 온즁ᄒᆞᆫ 말숨은 흡연이 대군ᄌᆞ의 풍이오 유화ᄒᆞᆫ 긔운은 츈일이 훈화ᄒᆞ여 ᄇᆡᆨ물이 싱긔를 ᄲᅮᆷᄂᆞᆫ지라 슈려ᄒᆞᆫ 용광과 아아ᄒᆞᆫ 톄격이 ᄉᆡ로이 특이ᄒᆞ니 초공이 긔이ᄒᆞ며 졔죄 ᄉᆞ랑이 골육형뎨의 나리지 아니ᄒᆞ더라 초공 왈 네 아의 일이 허실간 죄명이 즁대ᄒᆞ여 벗기기 어렵고 됴뎡 공논을 보니 셩샹이 샤코져 ᄒᆞ시나 잠잠코 잇지 아니ᄒᆞᆯ지라 너의 져근 근심이 아니로다 쇼샹셰 그 ᄉᆞ부의 빙쳥옥골 ᄀᆞᆺᄐᆞᆫ 슈힝과 졔조의 개셰 츌인ᄒᆞᆫ 효

61면

우로 졔 아오를 더러이 너길 쥴을 싱각ᄒᆞ니 비록 쳔균대량이나 븟그러오미 업ᄉᆞ리오 연슈의 말의 다다ᄅᆞᆫ 옥 ᄀᆞᆺᄐᆞᆫ 귀밋ᄒᆡ 훈싀을 ᄯᅴ엿고 빵셩봉목이 나즉ᄒᆞ여 쳐연이 봉미를 찡긔고 탄왈 근본이 다 쇼싱의 불인이라 하면목으로 립어셰ᄒᆞ며 더옥 됴항의 나리잇고 슈연이나 일이 드ᄅᆞ믹 죽엄즉ᄒᆞ나 쇼싱이 알고 타인이 알니니 실노뼈 본심이 아니오 ᄯᅩ 일운 일이 업ᄉᆞ니 굿ᄐᆞ여 죽일 죄리잇고마ᄂᆞᆫ 알외기를 과도히 ᄒᆞ고 됴뎡 모든 사ᄅᆞᆷ이 우리 형뎨를 굿ᄐᆞ여 죽

62면

이고 긋치련다 ᄒᆞ니 형뎨 ᄒᆞᆫ가지로 ᄒᆞᆫ 칼날의 버힐 ᄲᅮᆫ이라 누를 한ᄒᆞ리잇고 다만 인신의 ᄉᆞ군ᄒᆞᄂᆞᆫ 도리 맛당이 힘뼈 돕ᄉᆞ오며 살벌을 간ᄒᆞᄂᆞᆫ 거시 올흐ᄃᆡ 이졔 됴뎡 경ᄉᆞᄂᆞᆫ 치국ᄒᆞ기ᄂᆞᆫ 싱각 아니ᄒᆞ고 사ᄅᆞᆷ의 허물을 드ᄅᆞ면 용약ᄒᆞ여 죽이기를 ᄉᆈᄒᆞ니 엇지 인ᄌᆞ지심이리잇고 이ᄂᆞᆫ 군ᄌᆞ 도리 사ᄅᆞᆷ의 허물을 보면 놀나고 근심ᄒᆞ미 몸의 당ᄒᆞᆫ 일ᄀᆞᆺ치 ᄒᆞ라 ᄒᆞ엿거ᄂᆞᆯ 내 아이 비록 사ᄅᆞᆷ의 달내오믈 드러 가ᄉᆞ의 쇼쇼허물을 보나 됴뎡의 죄를 지은 일이 업ᄉᆞ니 엇지 ᄒᆞ므로 국군

63면

의 력징ᄒᆞ여 죽인 후의야 올흐리잇고 말솜을 둘너 죄가 젹도록 ᄒᆞ니 졔죄 우음을 머금고 왈 일국인이 가살이라 ᄒᆞ나 아등은 아즉 개구ᄒᆞ미 업거니와 공논을 홀진대 시형시슈ᄒᆞ여 버들 쇽이고 부모를 긔이고 ᄉᆞᄅᆞᆷ을 농간음악도록 ᄒᆞᆫ 죄 아니 버히고 엇지 ᄒᆞ리오 왕법이 삼엄ᄒᆞ거ᄂᆞᆯ 너ᄂᆞᆫ 한갓 ᄉᆞ졍을 쥬ᄒᆞ여 됴뎡 졔인을 ᄭᅮ즛고 군덕을 젹게 도으믈 니ᄅᆞ나 난법픽샹ᄒᆞᄂᆞᆫ 역적을 국가 법률을 졍히 ᄒᆞ미 올흐니 공ᄌᆞᄂᆞᆫ 졍태우 쇼졍묘를 버히시고 쥬공이 관

64면

치를 버히시니 이도 어지지 아니시미냐 우리 냥가 졍분이 비샹ᄒᆞ고 녕존당 대인이 통가슉질지의를 겸ᄒᆞ여 바라오미 등한치 아니ᄒᆞᄃᆡ 진실노 공의 공논으로ᄂᆞᆫ 연슈를 살와달ᄂᆞᆫ 말은 못ᄒᆞ리라 여언이 가히 불통ᄒᆞ도다 쇼상셰 믄득 닝쇼 왈 졔형의 말이 가쇠로다 내 아이 심약ᄒᆞ고 쥬견이 젹어 불의의 ᄲᅡ져시나 일즉 대역의 간셥ᄒᆞ미 업

└지라 관취의 비기미 가ᄒᆞ리오 공ᄌᆞᄂᆞᆫ 쇼졍묘를 버히시니 그 일관은 의논ᄒᆞᆯ 배 아니라 시형ᄒᆞ다 ᄒᆞ나 내 사라시니 아의게 다른

65면

형이 업ᄉᆞᆫ지라 셰샹 사ᄅᆞᆷ이 허탄ᄒᆞᆫ 남의 말노 사ᄅᆞᆷ을 협뉴ᄒᆞ여 ᄉᆞ죄의 모라 너키를 즐기니 이 엇지 심치 아니하며 형슈를 도적ᄒᆞ여 버술 쥬다 ᄒᆞ니 이ᄂᆞᆫ 본대 곽녀의 간음ᄒᆞᆫ 쇼힝이 그러ᄒᆞ니 양가를 도망ᄒᆞ고 내게로 올 적도 뉘 도적ᄒᆞ여 내게로 보내뇨 음녀의 ᄉᆡᆼ각이 못 밋출 곳이 업ᄉᆞ니 엇지 죄를 아의게 미로리오 군ᄌᆞ의 되 친히 본 일과 듯지 못ᄒᆞᆫ 일을 분간ᄒᆞᆯ지라 풍문으로 이러틋 분잡ᄒᆞ미 불가ᄒᆞᆫ지라 그대 등이 ᄒᆞᆫ갓 누의 혐원으로뻐 오뎨 쥭이기를 죄오니 내 아

66면

이 쥭은 후ᄂᆞᆫ 여등의게 무ᄉᆞᆷ 유익ᄒᆞ미 잇ᄂᆞ뇨 냥 쇼공과 초공이 함쇼ᄒᆞ고 졔조와 쇼싱의 징변을 듯고 평능휘 우으며 쇼싱의 ᄉᆞᆫ을 잡고 왈 쳔유ᄂᆞᆫ 식노ᄒᆞ고 내 말을 드ᄅᆞ라 아둥이 누의를 위ᄒᆞ여 ᄉᆞ정과 분의를 도라보고 냥 존대인 안면을 도라보지 아니ᄒᆞ며 너를 ᄉᆡᆼ각지 아니ᄒᆞ면 내 누의 쟝ᄉᆞ의 ᄉᆞ 년을 잇지 아냐 발셔 신원이 거울 ᄀᆞᆺ고 네 아오ᄂᆞᆫ 쥭은 지 오릴너니라 형을 시ᄒᆞ고 슈를 남을 맛지ᄂᆞᆫ 픠도ᄂᆞᆫ 닐오도 말고 운션항 그윽ᄒᆞᆫ 곳의 가 ᄌᆞ긱을 ᄉᆞ긔여 봉ᄒᆞᆫ 은금을 쥬고 형과 슈

67면

를 ᄡᆞᆯ와가 쥭이면 타일의 봉쟉을 구ᄒᆞ여 어더 쥬마 ᄒᆞ고 이러ᄒᆞᆯ 적의 친히 듯고 본 후 일을 내지 아냐 다만 ᄌᆞ긱만 잡아 가도고 네 아오의 허물을 불츌구외 ᄒᆞ여시니 ᄉᆞ 년을 ᄎᆞᆷ고 이셔 누의를 구치 아니ᄒᆞ엿거놀 날 갓튼 사ᄅᆞᆷ은 여등이 크게 치하ᄒᆞᆯ 쥴을 모ᄅᆞ고 도로혀 ᄭᅮ즛ᄂᆞᆫ 말을 드를 쥴을 알니오 쇼싱이 이 말의 다다ᄅᆞᄂᆞᆫ ᄂᆞᆺ치 븕으며 말을 못ᄒᆞ니 이의 그 마음을 감ᄉᆞᄒᆞ고 심회를 탄복ᄒᆞ미 년망이 돗글 ᄡᅥ나 졀ᄒᆞ여 왈 젼일의 깁히 지긔지우로 앙망ᄒᆞ더니 오늘

68면

은 쇼뎨의 은인이라 쇼뎨 원컨ᄃᆡ 몸이 맛도록 대은을 감골명심ᄒᆞ리로쇼니 폐부의 삭

이리라 사ᄅᆞᆷ의 마음이 허약ᄒᆞᆫ 쟈ᄂᆞᆫ 불의의 ᄲᆞ지미 쉬오니 이거시 다 오뎨의 본셩이 너모 인약ᄒᆞ고 허심ᄒᆞ여 그른 곳의 나아가시니 쇼뎨 어지지 못ᄒᆞ여 아오ᄅᆞᆯ 션도로 가ᄅᆞ치지 못ᄒᆞ고 잘못ᄒᆞ믈 뉘웃ᄂᆞ니 ᄌᆞ금 이후로 아오ᄅᆞᆯ 가ᄅᆞ쳐 개과쳔션ᄒᆞᆯ 도리ᄅᆞᆯ ᄒᆞᆯ 거시니 문계ᄂᆞᆫ 종시의 사ᄅᆞᆷ을 건지ᄂᆞᆫ 현심을 발ᄒᆞ여 아오ᄅᆞᆯ 구ᄒᆞ고 불인을 샤ᄒᆞ여 잔명을 살녀 날노 ᄒᆞ여금 슈족의 졍을 아오ᄅᆞ고 륜샹의 한

69면

이 업게 ᄒᆞ면 이ᄂᆞᆫ 진실노 난망대은이로다 능휘 븟드러 위로 왈 고인이 운ᄒᆞᄃᆡ 사ᄅᆞᆷ이 허물 곳치면 쳐음 어지니도곤 더 귀타 ᄒᆞ니 이 사ᄅᆞᆷ의 허물을 곳치고 션을 힝ᄒᆞ믄 나의 원이라 엇지 쳔유의 샤례ᄒᆞ믈 당ᄒᆞ리오 앗기ᄂᆞᆫ 바ᄂᆞᆫ 냥존대인의 어진 덕과 현심으로 녕뎨의게 당ᄒᆞ여 츄락ᄒᆞ믈 한탄ᄒᆞᄂᆞ니 여뎨로 개심슈덕ᄒᆞ여 너의 형뎨 안항의 락이 온젼ᄒᆞ믈 우리 ᄯᅩᄒᆞᆫ 보기ᄅᆞᆯ 원ᄒᆞ노라 냥 쇼휘 탄지칭션ᄒᆞ여 초공긔 하례 왈 사ᄅᆞᆷ의 어질고 너ᄅᆞ며 멀고 깁흐미 문계 ᄀᆞᆺ

70면

ᄐᆞ 니ᄂᆞᆫ 아등이 본 바 쳐음이라 한갓 내 ᄌᆞ질을 구ᄒᆞ다 ᄒᆞ여 이 말이 아니라 젼일 셜강의 일노븟터 문계의 텬디지심과 하히지량으로 아ᄅᆞᆺᄂᆞ니 강이 졔 부모 나키ᄂᆞᆫ 나하시나 두 번 곳쳐 피고 다시 살기ᄂᆞᆫ 젼혀 문계의 대은이라 이 ᄀᆞᄐᆞᆫ 의긔 현심은 고금의 듯지 못ᄒᆞᆫ ᄇᆡ라 이제 내 집 변란을 당ᄒᆞ여 도로혀 문계의 어질미 애다ᄅᆞᆫ 바ᄂᆞᆫ 불초ᄌᆞ 연슈의 죄ᄅᆞᆯ 즉시 젹발ᄒᆞ고 ᄋᆡᄆᆡᄒᆞᆫ ᄌᆞ부ᄅᆞᆯ ᄉᆞ 년 젹니의 괴로오미 업게 ᄒᆞ더면 ᄉᆞ셰 편당ᄒᆞ리ᄅᆞᆺ다 초공이 잠쇼 왈 ᄎᆞ아의 어린 혜아

71면

리미 엇지 이 형의 과쟝ᄒᆞ믈 승당ᄒᆞ리오 슈연이나 ᄎᆞᄉᆞᄅᆞᆯ 실노 쳔유ᄅᆞᆯ 앗겨 참아 못ᄒᆞ미니 이제 뎡대슉의 샹쇼와 됴뎡 물논이 결구ᄒᆞ여 죽이미 가타 ᄒᆞ나 셩샹이 쳔유ᄅᆞᆯ 도라보샤 구타여 죽이든 아니시려니와 원젹은 면치 못ᄒᆞᆯ지라 법률이 엇더ᄒᆞ여야 조흐리오 냥형은 기리 계측ᄒᆞ여 ᄎᆞ후ᄂᆞᆫ 개심슈힝ᄒᆞ여 인류의 츙슈케 ᄒᆞ라 엇지 내 ᄌᆞ식을 희ᄒᆞ여 이리 니ᄅᆞ미리오 실노 ᄉᆞ류의 용납지 못ᄒᆞᆯ 죄ᄅᆞᆯ 지어시니 져 셜강은 오히려 벗들 희ᄒᆞ엿거니와 이ᄂᆞᆫ

72면

형을 히ᄒᆞ여시니 엇지 이심치 아니ᄒᆞ리오 냥 쇼공이 탄식무언ᄒᆞ니 졔좌 다시 샹셔를 긔롱ᄒᆞ지 못ᄒᆞ믄 쇼공의 무안ᄒᆞ믈 도라보미라 날이 맛도록 말ᄒᆞ여 써ᄂᆞ믈 앗기더라 셕양의 초공이 도라갈ᄉᆡ 쇼샹셰 문외의 나와 배별ᄒᆞ며 봉안의 함누 왈 쇼셔의 정식 바야흐로 황난ᄒᆞ여 악부긔 다시 뵈오믈 긔필치 못ᄒᆞ올지라 존당의 봉배ᄒᆞ오믈 슈이 못ᄒᆞ올지니 하졍의 울울ᄒᆞ도쇼이다 초공이 졈두 왈 아직 네 마음이 그러홀지라 보고 시브면 내 올 거시니 마음을 널니ᄒᆞ여 맛촘내

73면

효우를 완젼ᄒᆞ여 텬륜지락을 다하게 ᄒᆞ라 내 또 너를 위ᄒᆞ여 여데의 위틱ᄒᆞ믈 진심ᄒᆞ여 건져 너의 셩우를 져바리지 아니ᄒᆞ리라 샹셰 감격ᄒᆞ고 배샤ᄒᆞ여 눈물이 옷 앏히 년락ᄒᆞ니 초공이 탄왈 너의 금셕 ᄀᆞᆺ튼 마음이 화란을 당ᄒᆞ여 격그니 이러틋 낙누ᄒᆞ나뇨 네 아오의 일이 참연ᄒᆞ나 맛참내 죽든 아니홀 거시니 엇지 초슈의 우름을 쳘업시 ᄒᆞ여 쟝부의 긔운을 최찰케 ᄒᆞ리오 만ᄉᆞ를 물녀ᄒᆞ고 오즉 구ᄒᆞ여 살녀닐 도리만ᄒᆞ리니 너의 츌ᄉᆞᄒᆞ기로 닛실 거시니

74면

너의 갓가이 뫼셔 구ᄒᆞᄂᆞᆫ 말솜은 내지 못ᄒᆞ나 그 ᄂᆞᆺ출 보시면 쥬샹이 자못 신셩ᄒᆞ시니 너의 ᄯᅳᆺ을 아니 볼 니 업고 연슈로 ᄒᆞ여금 뉘웃고 개심슈덕ᄒᆞᄂᆞᆫ 쇼문이 텬졍의 들니면 그 일명을 샤ᄒᆞ시믄 여반쟝이라 쇼샹셰 쳑연탄식ᄒᆞ여 배별홀 ᄲᅮᆫ이러라 샹셰 숀을 보내고 급히 후졍으로 드러올ᄉᆡ 시비 젼도히 마조나오며 ᄀᆞᆯ오대 부인이 단검을 ᄲᅢ혀 지ᄅᆞ랴 ᄒᆞ시다가 쇼비 등이 머무ᄅᆞᄆᆡ 통흉비읍ᄒᆞ여 반일을 ᄋᆡ읍ᄒᆞ시더니 긔운이 막혀 아관이 급ᄒᆞ니이다 ᄒᆞ거ᄂᆞᆯ 샹셰 이 말을

75면

드ᄅᆞᄆᆡ 혼빅이 비월ᄒᆞ여 밧비 드러가ᄆᆡ 침셕의 일신을 더져 혼혼긔ᄋᆡᆨᄒᆞ여 목숨이 슈유의 잇ᄂᆞᆫ지라 샹셰 혼비빅산ᄒᆞ여 급히 븟드러 구ᄒᆞ며 몸쇼 약뉴를 가져 년쇽히 ᄡᅳᄆᆡ 어두운 후의야 바야흐로 정신을 출히나 눈물이 가득ᄒᆞ니 샹셰 부인이 이러틋 슬허 긔운이 올흐면 막히고 긔운이 나리면 울며 토혈을 무슈히 ᄒᆞ니 만일 병의 당졔를

닐롤진딕 연쉬 무ᄉᆞᄒᆞ고 가뷔 화평ᄒᆞᆫ 후야 그 병이 나흘지라 일 되미 ᄌᆞ긔 힘과 졍셩으로ᄂᆞᆫ 되지 못ᄒᆞᆯ지라 ᄉᆞ식 초젼

76면

ᄒᆞ여 흉쟝이 ᄉᆞ라지ᄂᆞᆫ 돗ᄒᆞ니 이의 쥭기를 그음ᄒᆞ고 부인 슯히 나아가 ᄋᆡ걸 왈 불초ᄌᆞ 경쉬 셩효 쳔박ᄒᆞ여 이런 심위를 어더ᄉᆞ오니 ᄌᆞ위 셩명ᄒᆞ신 바로 만ᄉᆞ무셕지죄를 샤ᄒᆞ시고 슬젼의 용납ᄒᆞ고 마ᄋᆞᆷ을 플기를 바라오니 가운이 불힝ᄒᆞ고 연슈와 쇼ᄌᆞ의 익운이 다쳡ᄒᆞ므로 곽녀 ᄀᆞᄐᆞᆫ 음악히변이 집을 어자려 젼후 가변이 다 곽녀의 죄여ᄂᆞᆯ 아오게 막측ᄒᆞᆫ 죄명이 도라가와 옥즁의 고초ᄒᆞ고 국가 즁형을 바드며 의논이 분분ᄒᆞ여 쥭을 곳의 허다 론난 ᄒᆞ오니 쇼ᄌᆞ

77면

의 지원ᄒᆞ미 등문고를 울녀 구ᄒᆞ고져 ᄒᆞ옵거ᄂᆞᆯ 엇지 츄호나 형뎨지간의 나믄 원이 잇ᄉᆞ오리잇고 원컨대 부모ᄂᆞᆫ 셩녀를 편히 ᄒᆞ시고 환후를 조리ᄒᆞ쇼셔 불초ᄌᆡ 발분망식ᄒᆞ고 아오를 구ᄒᆞ여 만일 아오의 일명이 위틱ᄒᆞᆯ진대 쇼ᄌᆡ ᄒᆞᆫ가지로 일검하의 쥭어 밍셰코 구텬지하의 외로온 혼빅이 되지 아니케 ᄒᆞ려 구지 잡은 마ᄋᆞᆷ이오니 엇지 져를 져바리리잇고 ᄒᆞ고 안ᄉᆡᆨ이 화평ᄒᆞ고 말ᄉᆞᆷ이 흐ᄅᆞᄂᆞᆫ 돗 긔운이 나ᄌᆞᆨ 온유ᄒᆞ여 사롬으로 애걸ᄒᆞᄂᆞᆫ 거동이 셕목을 동ᄒᆞᄂᆞᆫ지라 인심을 감동ᄒᆞ니 놀ᄂᆞ고

78면

고이ᄒᆞ여 ᄉᆡᆼ각ᄒᆞᄃᆡ 내 실노 경슈를 박졀이 져바럿던고 졔 날을 불효ᄒᆞ미 업순지라 이졔 날을 대ᄒᆞ여 ᄒᆞᄂᆞᆫ 말이 이 지경의 니ᄅᆞ니 내 홀노 이심이 뮈워ᄒᆞ미 사롬의 마ᄋᆞᆷ이 아니로다 믄득 쳑연 타누 왈 ᄉᆞ이이의라 왕ᄉᆞᄂᆞᆫ 일너 무익ᄒᆞ거니와 이졔 참지 못ᄒᆞᄂᆞᆫ 바ᄂᆞᆫ 네 부친이 무단이 날을 쇼당의 폐치ᄒᆞ여 구슈로 마련ᄒᆞ고 연슈의 ᄉᆞᄉᆡᆼ이 됴셕의 급ᄒᆞᆫ대 약질이 즁형을 입고 뇡옥의셔 무거온 칼흘 쓰고 병신이 이긜 길이 업ᄂᆞᆫ 위위ᄒᆞᆫ 거동을 ᄉᆡᆼ각ᄒᆞ니 아심이 비여셕이오 비

79면

여쳘이라 엇지ᄒᆞ며 필경은 검하경혼이 되리라 ᄒᆞ니 내 엇지 구ᄎᆞ히 사라 ᄎᆞ마 엇지

져의 쥭는 거술 보리오 교시 쏘훈 명지경각ᄒᆞ여 유치를 바리고 침셕의 누어 ᄌᆞ문필ᄉᆞ를 죄오니 촉쳐의 나의 흉장이 ᄉᆞ회ᄂᆞᆫ지라 내 부득이 쥭으려 ᄒᆞ미 아니로대 샹공긔 한이 심두의 ᄆᆡ쳣ᄂᆞᆫ지라 ᄌᆞ연 말이 네게 불평홀지언졍 너를 한ᄒᆞ미 아니오 너를 내치믄 내 심화가 셩ᄒᆞ여 ᄌᆞ녀를 보고져 ᄯᅳᆺ이 업ᄉᆞ미니 너ᄂᆞᆫ 고이히 너기지 말나 샹셰 모친의 쳐음으로 슌화ᄒᆞᆫ 말숨으로 니ᄅᆞ시믈 드ᄅᆞ나 불승

80면

만힝ᄒᆞ여 ᄌᆡᄇᆡ 샤왈 쇼ᄌᆡ 불민ᄒᆞ오나 ᄌᆞ의를 모ᄅᆞ리잇고 아의 일을 ᄉᆡᆼ각ᄒᆞ오ᄆᆡ 쇼ᄌᆞ의 간쟝이 녹는 ᄃᆞᆺ 간담이 ᄎᆞ고 흉히 막히ᄂᆞᆫ지라 엇지 모친의 념녀ᄒᆞ시미 고이ᄒᆞ리잇고마ᄂᆞᆫ 일이 임의 이곳의 ᄆᆡ쳣ᄉᆞ오니 셩려를 과히 ᄡᅳ시미 유익ᄒᆞ미 업고 일층 불효만 더홀 ᄲᅮᆫ이오니 ᄒᆡᄋᆡ 효위 쳔박ᄒᆞ오나 쥭기를 한ᄒᆞ고 아를 구홀 거시오니 이ᄣᅥᆨ의 쾌히 벗지 못ᄒᆞ오나 타일 죄명을 한가지 버셔 훤당의 부모를 뫼셔 형뎨 안항을 가즉이 ᄒᆞ고 평ᄉᆡᆼ 유한을 업시ᄒᆞ려 ᄒᆞ오니 복망 ᄌᆞ

81면

위ᄂᆞᆫ 쇼ᄌᆞ의 불초ᄒᆞᆫ 죄를 샤하시고 어린 졍셩을 찰납ᄒᆞ쇼셔 ᄒᆞ고 죵야토록 자지 아니ᄒᆞ고 불탈의ᄃᆡᄒᆞ여 약을 밧들며 음식을 맛보와 권ᄒᆞ기를 지셩으로 ᄒᆞ며 동동ᄒᆞᆫ 효셩이 신기를 감동ᄒᆞ고 셕목이 움즉일 ᄃᆞᆺᄒᆞ며 조심과 공근ᄒᆞ며 유슌화평ᄒᆞ여 가득ᄒᆞᆫ 거술 바듬 ᄀᆞᆺᄐᆞ니 일시도 마음을 노치 아니ᄒᆞᄂᆞᆫ지라 니러ᄐᆞᆺ시 밤을 ᄉᆡ오고 낫을 이으나 종일종야ᄒᆞ여 일동일졍을 게으ᄅᆞ지 아니ᄒᆞ고 츄호도 마음을 변치 아니ᄒᆞ미 공ᄆᆡᆼ증ᄌᆞ의 효를 다ᄒᆞ니 구부인의 편ᄉᆡᆨᄒᆞᆫ 막힌 쇼

82면

견이 트이고 ᄆᆡ치엿던 한이 프러지며 원ᄒᆞ든 심쟝이 츈셜 스ᄃᆞᆺ ᄉᆡᆼ각ᄒᆞᄃᆡ 나의 ᄉᆡᆼ츌이라도 내 져를 박졀이 굴미 태심ᄒᆞᆫ즉 이러치 아니홀대 내 졔게 불근인졍이 가득ᄒᆞ거ᄂᆞᆯ 졔 도로혀 이대도록 긔특이 구니 실노 어려온 일이라 내 엇지 그 마음을 밧드지 아냐 하ᄂᆞᆯ의 죄를 어드리오 더옥 연슈 져의 부부를 흉악히 구러 ᄉᆞᄉᆞ이 쥭이려 ᄒᆞ니 당당이 원슈로 치부ᄒᆞ여 이런 시졀의 졀치부심홀 거시로대 이러ᄐᆞᆺ 구급ᄒᆞ고 사를 마음이 진졍 쇼발ᄒᆞ니 대슌증ᄌᆞ의 마음도 이의셔 더ᄒᆞ던 못ᄒᆞ리라

83면

내 몸이 가군의 외오 너기미 되고 연슈는 바린 즈식이라 삼녜 이시니 의지홀 즈식이 아니오 바라미 경슈의게 이시니 져의 이굿튼 쒸를 당ᄒᆞ여 내 악악히 즐믹ᄒᆞ고 원을 더ᄒᆞ미 유익ᄒᆞ미 업ᄉᆞ리로다 슈연이나 내 몸이 쇼당의 근ᄒᆞ고 연슈 옥즁죄슈로 일국인이 개왈 가살이라 ᄒᆞ니 원굴ᄒᆞ믈 눌다려 ᄒᆞ리오 셜운 분을 참고 아직 경슈의 효셩으로 용납ᄒᆞ여 일셩인이 날을 불근인졍ᄒᆞ기로 이런 변을 만낫단 말을 듯지 아니리라 이리 헤아려 샹셔를 평샹히 대졉ᄒᆞ나 쇼후긔

84면

분ᄒᆞᆫ 거술 이긔지 못ᄒᆞ여 심녀가 즁ᄒᆞ니 병이 일일 위즁ᄒᆞ여 ᄉᆞ싱이 미가지라 샹셔와 삼녀의 우황ᄒᆞ믈 다 긔록기 어려오니 강능휘 깁히 통한ᄒᆞ여 지이부지ᄒᆞ고 오히려 샤치 아니ᄒᆞ니 병이 졸연치 아니ᄒᆞ더라 이쒸 샤명이 쟝ᄉᆞ의 니ᄅᆞ러 본현의 젼ᄒᆞ니 태슈 조흑ᄉᆞ의 근본이 조부인인 쥴 아ᄂᆞᆫ지라 급히 황명을 젼ᄒᆞ고 힝도를 출히더라 이쒸 조시 젹쇼의셔 고요히 이셔 시셔를 보와 쇼일ᄒᆞ고 조부야이 샹렴ᄒᆞ미 업셔 머리를 두로혀 고국을 ᄉᆞ념ᄒᆞ여 부모 형뎨

85면

와 구고 가부 쇼식을 드를 길이 업ᄂᆞᆫ지라 태항산 구롬을 바라보와 심ᄉᆞ를 허비ᄒᆞ고 반포ᄒᆞᄂᆞᆫ 가마괴를 보미 유치를 ᄉᆞ렴ᄒᆞ나 남복을 챡ᄒᆞ엿고 셔칙으로 벗ᄒᆞ믹 사롬이 다 남아로 아ᄂᆞᆫ지라 동인의 한 명환이 젹거ᄒᆞ여 부뷔 나려 왓더니 그 명환은 쥭고 오직 과모와 일녀 이시니 이 직샹의 셩명은 위쳥낭이오 벼술은 샹셔 복야로 권간이 함ᄒᆞ여 쟝ᄉᆞ의 찬젹ᄒᆞ니 부인 호시와 일녀로 가업이 소조ᄒᆞ고 ᄌᆞ최 쳐량ᄒᆞ니 실어금 써날 형셰 아니라 부인과 녀아를 다려 젹쇼

86면

의 완 지 슈년이 못ᄒᆞ여 위공이 삼십 츈광의 낭묘의 지조를 펴지 못ᄒᆞ고 졸ᄒᆞ니 오직 슬하의 ᄒᆞᆫ낫 샹인이 업고 고고ᄒᆞᆫ 녀아와 과쳐 ᄲᅮᆫ이라 몸이 니향의 조ᄉᆞᄒᆞ니 도라볼 고구 친쳑이 업고 노복이 슈쇼ᄒᆞ여 젹니 고초의 다 도망ᄒᆞ고 오직 쇼져 유모 일인과 그 쇼싱 계셤 ᄒᆞᆫ낫 비ᄌᆞ ᄲᅮᆫ이라 모옥시비의 간괴 풍우를 가리오지 못ᄒᆞ고 몸이 망ᄒᆞ

니 뉘 이셔 시신을 념쟝ᄒᆞ리오 원내 위공이 강직ᄒᆞ여 사름을 만히 뮈이고 또 쳥념이 과인ᄒᆞ여 일즉 벼술을 ᄒᆞᆯ 적이라도 가식 삐슨 듯ᄒᆞ

87면

다가 임의 원지젹긱이 되ᄆᆡ 사름이 고견ᄒᆞᄂᆞᆫ 지물을 물니치니 어ᄃᆡ로조ᄎᆞ 요싱ᄒᆞ리오 오직 부인이 지당의 치쇼를 키여 밧들며 쇼졔 슈노화 시상의 화ᄆᆡᄒᆞ여 량미를 어더 겨유 요싱ᄒᆞ다가 이의 텬붕지통을 만나ᄆᆡ 쇽슈무칙ᄒᆞ여 이의 쇼져의 슬프믈 셔리담고 큰 계교를 발ᄒᆞ니 스스로 ᄌᆞ긔 졍ᄉᆞ와 년셰를 쓰고 시아 계셤의 일홈을 ᄒᆞᆫ가지 뼈 문권을 ᄆᆡᆫᄃᆞ라 유랑 ᄇᆡᆨ시를 맛져 두로 도라 지물 잇ᄂᆞᆫ 쟈여든 몸이 그 비지 되믈 언약ᄒᆞ고 우리 노쥬를 사계 ᄒᆞ쇼셔 ᄒᆞ라 갑술 바다

88면

부친을 념쟝ᄒᆞ여 유한을 업시ᄒᆞ고 어미ᄂᆞᆫ 모친을 뫼셔 지내고 나와 계셤은 갑시 빠도록 종이 되여 부모를 위ᄒᆞᄆᆡ 남은 한이 업ᄉᆞ리라 유뫼 테읍 왈 이리 ᄒᆞ여셔ᄂᆞᆫ 묘칙이 업ᄉᆞ니 ᄒᆞᆯ 일이 업ᄂᆞ이다 ᄒᆞ고 문셔를 가지고 두로 도라단니다가 사리 업ᄉᆞ니 뉘 즐겨 지샹가 규쉬 종 되여지라 ᄒᆞᄂᆞᆫ 말을 곳지 듯고 쳔금을 허비ᄒᆞ리 어ᄃᆡ 이시리오 날이 ᄆᆞᆺ도록 단니ᄃᆡ ᄒᆞᆫ 곳 은젼을 엇지 못ᄒᆞ여 조공ᄌᆞ 우쇼의 니ᄅᆞ니 ᄉᆞ오 간 쵸식 졍결ᄒᆞ고 문젼의 범 갓튼 관리로 직희엿거ᄂᆞᆯ 이의 나

89면

아가 졍ᄉᆞ를 고ᄒᆞ고 시비로 보와지라 ᄒᆞ니 관리 문권을 보고 쇼왈 이곳이 역시 젹거ᄒᆞ신 햐쳐시니 비록 본읍의셔 고견ᄒᆞ므로 량미식ᄉᆞᄂᆞᆫ 어렵지 아니ᄒᆞ나 무숨 금은이 이셔 마마의 쇼원을 일위리오 원내 마마ᄂᆞᆫ 녀인이오 조혹ᄉᆞᄂᆞᆫ 남ᄋᆡ시니 아모커나 졍ᄉᆞ나 고ᄒᆞ라 우리ᄂᆞᆫ 태슈의 령으로 쳬번ᄒᆞ여 문을 직희여 볼 ᄯᅢᆫ이니 조공ᄌᆞ의 얼굴도 보던 못ᄒᆞ여시대 힝식 신명 ᄀᆞᆺ고 인덕이 셩인 갓다 ᄒᆞ니 만일 샹협의 져츅ᄒᆞᆫ 지물을 흘녀 졍ᄉᆞ를 구ᄒᆞᆯ 듯ᄒᆞ니라 ᄒᆞ거ᄂᆞᆯ ᄇᆡᆨ유랑이

90면

드러가 비알ᄒᆞ고 문권을 올니며 젼후ᄉᆞ졍을 고ᄒᆞ니 조쇼졔 눈으로 문권을 보며 귀로

그 말을 드르믹 구졔홀 현심이 식얌 솟듯 ᄒᆞᄂᆞᆫ지라 ᄒᆞ물며 마올이 셔로 년ᄒᆞ여 위쇼져의 곡읍이 ᄋᆡ원졀졀ᄒᆞ믈 드러 그 효힝이 특이ᄒᆞ믈 아ᄂᆞᆫ지라 이졔 그 위친ᄒᆞ여 ᄆᆡ신지도를 보니 졍식 비샹ᄒᆞ여 귀신이 늣길지라 쇼졔 츄연ᄒᆞ여 그 문셔를 ᄌᆞ셔히 보니 년이 십이세라 ᄒᆞ여시니 그 나히 어린ᄃᆡ 이런 긔특ᄒᆞᆫ ᄯᅳᆺ을 감탄ᄒᆞ니 가연이 ᄒᆞᆫ 봉 은을 쥬고 ᄯᅩ 샹협의 너흔 은을 쥬고 셔너

91면

필 촉단을 쥬어 왈 유싱의게 불관ᄒᆞᆫ 거시 이시니 ᄒᆞᆫ 곳을 보용ᄒᆞ라 이 ᄒᆞᆫ 봉 은이 오ᄇᆡᆨ냥이니 거의 쇼져의 망극ᄒᆞᆫ 일을 감당홀지라 문권은 아직 이의 두고 가라 내 본대 가실이 업ᄉᆞᆫ지라 시비ᄂᆞᆫ 사셔 부졀업고 ᄉᆞ부의 규슈를 죵을 엇지 삼으리오마ᄂᆞᆫ 아직 쇼져의 졍ᄉᆞ를 감은ᄒᆞ여 나의 샹ᄌᆞ를 긔울어 일단 ᄌᆞ비로 쥬ᄂᆞᆫ ᄇᆡ니 도라가 고ᄒᆞ라 유랑이 쳔만 의외의 이런 과망ᄒᆞᆫ 금은을 으드니 대경ᄒᆞ여 머리를 두다리며 칭샤ᄒᆞ여 눈을 드러 조싱을 보니 유화ᄒᆞᆫ 얼굴이

92면

명월 갓고 풍치 됴일이 옥난의 바ᄋᆡ고 옥슈 풍젼의 림ᄒᆞᆫ 둣 년화냥협이 슈려쇄락ᄒᆞ여 본 바 쳐음이오 옥골션풍이라 ᄇᆡᆨ유랑이 본대 니향의 뉴락ᄒᆞ나 샹가 후문의 렬인이 젹지 아니ᄒᆞ고 져의 쇼져의 ᄇᆡᆨ태쳔염이 무비ᄒᆞ여 고산 ᄀᆞᆺᄐᆞ대 오날 쇼져를 보니 본 바 쳐음이라 힝혀 신션이 희롱인가 의심ᄒᆞ여 쥬ᄂᆞᆫ 거시 ᄭᅮᆷ 가온대 ᄌᆡ물을 어든 둣ᄒᆞ여 가부를 ᄭᆡ둣지 못ᄒᆞ더라 유랑이 좌우를 살피니 만 권 셔칙이 가득ᄒᆞ고 모든 시비 냥랑이 다 셔동의 복식으로 되셔시니 완연

93면

이 장부의 모양이라 뉘 그 쇼졔믈 알니오 오직 쥬군의 렴장을 지닐 은을 으더시니 깃브미 극ᄒᆞ여 ᄇᆡᆨ배 샤례ᄒᆞ고 밧비 도라와 발을 굴너 왈 쇼져야 문권을 가지고 종일토록 단니대 아모도 ᄉᆞᄂᆞ니 업더니 인간의 거록ᄒᆞᆫ 셩인이 이실 쥴을 엇지 알니잇고 대강 졍ᄉᆞ를 드ᄅᆞ시고 오ᄇᆡᆨ금과 필ᄇᆡᆨ을 쥬며 말ᄉᆞᆷ이 여ᄎᆞ여ᄎᆞᄒᆞ여 사ᄅᆞᆷ의 졍리를 신명갓치 살피시니 이 션노애 ᄌᆡ텬지령이 도으시미라 ᄒᆞ고 조싱의 햐쳐와 그 ᄒᆞ든 일을 낫낫치 젼ᄒᆞ니 부인이 만분대락ᄒᆞ여 은을 바드

94면

며 깃거ᄒᆞ나 쇼졔 도로혀 깃거아냐 왈 내 이졔 호텬지통을 만나 션인을 념장홀 긔구가 업ᄉᆞ니 ᄆᆡ신지계를 ᄂᆡ여 부모를 감장코져 ᄒᆞ더니 졔 부녀도 아니오 시녀 ᄎᆞ환 ᄲᅳᆫ대 업셔라 ᄒᆞ고 만흔 금을 쥬니 그 ᄯᅳᆺ이 엇더홀 쥴을 모ᄅᆞᄂᆞ니 날을 죵이라 ᄒᆞ면 감심ᄒᆞ려니와 다른 일노 욕되는 거죄 이시면 쟝ᄎᆞᆺ 엇지ᄒᆞ리오 부인이 통읍 왈 발셔 날이 오ᄅᆡ고 일이 급ᄒᆞ니 잔 념녀를 날회고 급히 빙렴ᄒᆞᆫ 후 달니 구쳐ᄒᆞ리라 ᄒᆞ고 금을 ᄂᆡ여 관곽을 ᄉᆞ고 필빅졔구를 어더 법물을 졍졔

95면

ᄒᆞ여 렴습입관ᄒᆞ니 부인과 쇼져의 일쳔 마ᄃᆡ 호곡은 넌리 원근을 감동ᄒᆞ더라 임의 셩복을 지ᄂᆡᆫ 후 부인이 빅유랑을 보내여 조ᄉᆡᆼ의게 텬디 갓튼 은혜를 샤례ᄒᆞ고 계셤을 몬져 보내여 ᄉᆞ환을 솜고 삼샹결복을 기다려 그 죵이 되라 가오믈 언약ᄒᆞᆫ대 조ᄉᆡᆼ이 츄연이 좌우를 치우고 일봉셔를 닥가 부인과 쇼져긔 드리라 ᄒᆞ고 닐오대 내 쇼회를 보면 알 거시니 내 엇지 지샹후문 규슈로 종을 삼으리오 빅시 더옥 감격ᄒᆞ고 도라와 봉셔를 드리니 부인과 쇼졔 놀나 왈 조

96면

ᄉᆡᆼ은 외간남ᄌᆞ라 엇지 과모의게 글을 보내던고 마지 못ᄒᆞ여 ᄯᅥ혀보니 기 셔의 왈
누인 조시는 ᄌᆡ빅ᄒᆞ고 글을 밧드러 위부인 안샹의 올니ᄂᆞ니 슬프다 호텬이 귀틱을 돕지 아냐 션샹공 쳥덕을 젹니의 맛ᄎᆞ시니 누인이 울을 격ᄒᆞ여 ᄋᆡ통ᄒᆞ시는 곡셩을 드ᄅᆞᄆᆡ 쇼쳡의 심ᄉᆡ 비챵ᄒᆞ니 인비셕목이니 엇지 슬프며 감동치 아니ᄒᆞ리오 ᄒᆞ물며 쇼져의 인간지통을 혜아리면 쳡심이 츄연ᄒᆞᆫ지라 쳡이 ᄯᅩᄒᆞᆫ 신샹의 남복이 이시나 녀ᄌᆞ의 몸

97면

이오 비샹ᄒᆞᆫ 변고를 만나 국가 죄슈 되여 쟝ᄉᆞ의 유찬ᄒᆞ니 회픠 비샹ᄒᆞᆫ지라 부모와 구고를 ᄯᅥ나 녀ᄌᆞ의 옥쟝금심이 능히 편홀 젹이 업ᄉᆞ니 엇지 금셰의 죄ᄲᅮᆫ이리오 쳡이 스ᄉᆞ로 ᄌᆞ칙ᄒᆞ여 션을 힘ᄡᅳ고 은공을 두터이 ᄒᆞ여 내세나 닥고져 ᄒᆞ더니 위쇼져의 ᄭᅩᆺ다온 셩회 진실노 일과지ᄉᆞ의 타루홀 배라 쳡이 비록 젹니의 남은 ᄌᆡ물이 업ᄉᆞ

나 부모와 구고의 ᄌᆞ뢰ᄒᆞᄂᆞᆫ 거시 ᄌᆞ싱지되 군쇽지 아닌지라 ᄌᆡ물을 앗겨 사ᄅᆞᆷ의 급ᄒᆞᆫ 거ᄉᆞᆯ 구치 아니리오 ᄉᆞ쇼ᄒᆞᆫ 금

98면

을 보내여 션샹공을 념습게 ᄒᆞ미오 감히 쇼져로 비ᄌᆞᄅᆞᆯ 삼고져 ᄒᆞ미 아니라 셔로 얼굴을 ᄒᆞᆫ번 보와 향규의 지심되여 평ᄉᆡᆼ을 ᄯᅥ나지 말고져 ᄒᆞᄂᆞᆫ지라 부인은 호의티 마ᄅᆞ쇼셔 울을 버히고 인ᄒᆞ여 ᄒᆞᆫ번 나아가 령쇼져의 슉ᄌᆞ아질을 보면 쳡의 지원이라 쳡도 회픠 만하 ᄆᆡ얌의 허물을 버셔 본형을 내지 못ᄒᆞᄂᆞ이다 ᄒᆞ엿더라

부인과 쇼졔 남필의 놀나고 오히려 의심ᄒᆞ믄 졔 호방ᄒᆞᆫ 남ᄌᆞ로셔 쇼져의 ᄉᆡᆨ모ᄅᆞᆯ ᄉᆞ모ᄒᆞ여 가칭

99면

ᄒᆞ미 잇ᄂᆞᆫ가 다시 셔찰을 본즉 ᄌᆞ톄 긔이ᄒᆞ고 문톄 녀ᄌᆞ의 쇼작이라 원내 위쇼져의 지감이 ᄇᆞᆰ은지라 위쇼졔 위연 탄왈 하ᄂᆞᆯ이 긔특ᄒᆞᆫ 사ᄅᆞᆷ을 내여 우리 집을 도으시미라 이는 벅벅이 녀ᄌᆞ의 쇼작이라 모친은 의심 말고 회셔ᄒᆞ여 보내시고 청ᄒᆞ쇼셔 쇼녜 친히 보와 대은을 샤례코져 ᄒᆞᄂᆞ이다 부인이 감탄경오ᄒᆞ고 즉시 회셔ᄒᆞ여 은덕을 칭샤ᄒᆞ고 ᄒᆞᆫ번 ᄂᆞᆺ추로 샤례코져 ᄒᆞᄂᆞᆫ ᄯᅳᆺ을 빗최미 조시 갈 날을 긔약ᄒᆞ고 ᄒᆞᆫ번 위쇼져ᄅᆞᆯ 친히 보와 졍코져 ᄒᆞᄂᆞᆫ 일이 이셔 쇼교ᄅᆞᆯ 타고 비밀

100면

이 울을 트고 위부의 니ᄅᆞ니 위부인과 쇼져긔 조샹ᄒᆞᄂᆞᆫ 례ᄅᆞᆯ 파ᄒᆞ고 호시 모녜 조쇼져ᄅᆞᆯ 바라보니 ᄇᆡᆨ의당건으로 셰초대ᄅᆞᆯ 두ᄅᆞ고 금션을 쥐어시니 쇄락ᄒᆞᆫ 용광이 동텬 양일이 셔광을 ᄡᅴ여 부샹의 쇼ᄉᆞᄂᆞᆫ ᄃᆞᆺ 년화냥ᄉᆡᆨ와 단ᄉᆞ잉슌의 향긔로온 긔질이 눈이 ᄉᆡ고 마음이 갈ᄒᆞᆫ지라 위부이 숨을 길게 쉬고 쇼져ᄅᆞᆯ 도라보니 쇼졔 ᄯᅩᄒᆞᆫ 번연역ᄉᆡᆨᄒᆞᄂᆞᆫ지라 쇼졔 눈을 드러 위쇼져ᄅᆞᆯ 보니 션연아질이 희샹의 명쥬오 곤산의 난옥이라 화안운빈이 션연ᄒᆞ여 금봉이 미개ᄒᆞ고 신

101면

월이 두렷지 못ᄒᆞ여시니 작틱모질이 빙쳥쇄락ᄒᆞ여 복녹이 완비ᄒᆞᆫ지라 조쇼졔 ᄒᆞᆫ번

보미 희동안식ᄒᆞ여 ᄌᆞ긔 쇼원을 일원는지라 의시 흔희ᄒᆞ니 널온바 ᄉᆞᆺ동산의 츈양이 바로 쏘혓시니 위쇼져와 호부인이 그 은덕을 칭샤ᄒᆞ여 죽어 갑기를 일ᄏᆞᄅᆞ며 이 ᄶᆞ히 뉴찬ᄒᆞᆫ 연고를 뭇고 남복ᄒᆞᆫ 곡졀을 무ᄅᆞ니 조시 젼후슈말을 잠간 젼ᄒᆞ고 남복으로 강포를 졔방ᄒᆞᄂᆞᆫ 뜻을 고ᄒᆞ고 비로쇼 ᄌᆞ긔 쇼회를 고ᄒᆞ여 왈 가부ᄂᆞᆫ 리부총직 쇼경쉬니 원민ᄒᆞᆫ 죄로 조쥐 찬젹ᄒᆞ

102면

여시나 반ᄃᆞ시 슈히 환쇄ᄒᆞ미 이실지라 쳡이 가부를 위ᄒᆞᆯ ᄲᅮᆫ 아니라 쇼져의 아름다오믈 보미 평싱 엇개를 갈와 써늘 뜻이 업ᄂᆞᆫ지라 황영의 고ᄉᆞ를 인증ᄒᆞ여 향규막역으로 ᄒᆞᆫ 돗글 발바 동렬의 졍을 펴면 쳔고미ᄉᆞ라 쇼군이 슈힝군자오 풍뉴영걸이라 령쇼져의 슉ᄌᆞ아질을 져바리지 아닐 거시니 이ᄶᅵ 최마 즁의 말이 급ᄒᆞ나 쳡이 ᄌᆞ못 이곳의 오미 어려오니 낫출 대ᄒᆞ여 샹약고져 ᄒᆞ미로쇼이다 부인이 인약ᄒᆞ고 결단이 업슨 고로 쇼져를 도라보니 쇼졔 ᄉᆡᆼ각ᄒᆞ미 모친이 즁

103면

무쇼쥬ᄒᆞ고 ᄌᆞ긔 종신대ᄉᆡ 클 ᄲᅮᆫ 아니라 조시 어진 덕량과 긔특ᄒᆞᆫ ᄒᆡᆼ실을 보니 평ᄉᆡᆼ ᄯᅥ나지 아니ᄒᆞ미 쇼원이라 안ᄉᆡᆨ을 쳐쳐히 ᄒᆞ고 말ᄉᆞᆷ을 나ᄌᆞᆨ이 ᄒᆞ여 ᄀᆞᆯ오대 은인의 덕이 텬디 갓ᄐᆞ시니 쇼녜 반ᄃᆞ시 경대하의 ᄇᆡᆨ 년을 노쥬의 분을 ᄒᆡᆼ코져 ᄒᆞ옵ᄂᆞᆫ지라 엇지 감히 명을 역ᄒᆞ리잇가 호부인이 ᄯᅩᄒᆞᆫ 샤례ᄒᆞ고 허락ᄒᆞ니 조시 언약을 ᄌᆡ삼 졍령이 ᄒᆞ고 도라오기를 림ᄒᆞ여 다시 ᄀᆞᆯ오대 귀틱이 내외 엄벽지 못ᄒᆞ여 불의지변이 두려오니 쇼져를 남장을 ᄒᆞ여 이의 두시고 삼샹을 지내시

104면

ᄂᆞᆫ 날 쳡의 곳의 도라보내시면 쳡의 곳의 두어 향규의 벗지 되고 슉녀의 평ᄉᆡᆼ이 쾌케 ᄒᆞ리이다 호부인이 흔연이 응낙ᄒᆞ더라 조시 도라와 ᄉᆞᄉᆞ로 희불ᄌᆞ승이어ᄂᆞᆯ 유랑이 탄왈 부인의 녁량으로 쳡이 탁량치 못ᄒᆞ거니와 위샹셔를 념습입관ᄒᆞ고 친히 쳥ᄒᆞ여 동녈되믈 구ᄒᆞ시니 위쇼져의 월풍화안이 부인긔 여러층 나리지 아니니 실노 비인졍일가 ᄒᆞᄂᆞ이다 조시 화ᄉᆡᆨ 쇼왈 내 어려셔 어미 품을 ᄯᅥ나지 아냐 모녀의 졍이 이시대 오히려 내 뜻을 모ᄅᆞᄂᆞᆫ도다 녀ᄌᆞ의 투악은 칠

105면

거의 경계라 내 엇지 셰쇽투졍을 ᄒᆞ리오 쇼군은 개셰군ᄌᆞ로 일대호걸이라 나의 용녈ᄒᆞᆫ 위인으로 오로지 동락ᄒᆞᆯ 사ᄅᆞᆷ이 아니라 ᄒᆞ물며 구시ᄂᆞᆫ 슈골이 아니오 니시ᄂᆞᆫ 흉포강망지샹이니 쇼군이 임의 부부륜긔를 폐졀ᄒᆞᆫ지라 쇼군이 여ᄎᆞᄒᆞᆫ즉 내 엇지 혼ᄌᆞ 즁제를 감당ᄒᆞ리오 범연ᄒᆞᆫ 녀ᄌᆞᄂᆞᆫ 나의 항렬이 아니라 ᄂᆡ 위시를 보니 용안옥골이 슈미ᄒᆞ고 ᄌᆡ덕의 초셰ᄒᆞ미 고왕금ᄂᆡ의 드믄 슉녀라 가군을 위ᄒᆞᆫ 경셩이 슉녀를 구ᄒᆞ미라 길시를 기다려 위시로 더브러 ᄒᆞᆫ가지

106면

로 구고를 밧들고 쇼군의 ᄂᆡᄉᆞ를 도와 ᄇᆡᆨ년안항의 황영의 고ᄉᆞ를 효측ᄒᆞᆫ즉 이ᄂᆞᆫ 사ᄅᆞᆷ의 엇기 어려온 영홰라 위쇼졔 쳔고가인이니 ᄒᆡ로오미 이시리오 어미ᄂᆞᆫ 나의 ᄒᆞᄂᆞᆫ 대로 두어 의심치 말지어다 유뫼 탄지 왈 우리 쇼져ᄂᆞᆫ 당시 태ᄉᆞ시라 젼도만리를 예탁ᄒᆞᄂᆞ니 쥬비의 셩덕이라 ᄒᆞᄂᆞ이다 조시 무언잠쇠러라 이후 조시 위시로 더브러 왕ᄅᆡ 빈빈ᄒᆞ여 그 삼샹을 기다리더니 훌훌ᄒᆞᆫ 광음이 ᄇᆡᆨ구의 틈지남 갓ᄐᆞ여 위쇼졔 길복ᄒᆞᄆᆡ ᄉᆡ로온 비통이 텬디의 ᄉᆞᄆᆞᆺ더라 조

107면

시 위쇼져를 쳥ᄒᆞ여 남복을 ᄒᆞ고 ᄒᆞᆫ가지로 집의셔 ᄉᆞ랑ᄒᆞ미 동포골육의 지지 아니니 호부인은 남은 비ᄌᆞ와 계셤을 가져 삼ᄉᆞ 개 비ᄌᆞ를 사셔 다리고 집을 직희고 쇼져 곳 보고시브면 협노로 와 보고 가ᄂᆞᆫ지라 조시 쟝ᄉᆞ의 완 지 ᄉᆞ 년이라 ᄉᆞ친지졍과 조싊를 넘녀ᄒᆞ미 ᄶᅥᆨᄶᅥᆨ 금옥심쟝을 살을 ᄲᅳᆫ일넌니 하늘이 길인을 도으샤 조시의 어진 덕을 신명이 감동ᄒᆞ니 임의 샤명을 젼ᄒᆞ고 황ᄉᆡ 됴지를 밧드러 니ᄅᆞ고 니부총ᄌᆡ의 원위 부인 직쳡을 드리니 부인이 비로쇼 남복을 벗

108면

고 녀복으로 경히 ᄒᆞ여 망궐샤은ᄒᆞ고 냥가 친셔를 보ᄆᆡ 반가오믈 이긔지 못ᄒᆞ고 쇼샹셔의 환쇄ᄒᆞ믈 더옥 깃거 위시로 더브러 치하ᄒᆞ믈 마지아니코 유랑 등의 환셩이 여류ᄒᆞ더라 슉녀의 원을 하늘이 돕고 경슈의 복이 졔텬ᄒᆞ니 조뎡의셔 태ᄌᆞ원숀을 탄싱ᄒᆞ시고 사희를 반샤ᄒᆞ시니 젼 복야 위쳥냥이 샤즁의 드러시ᄃᆡ 몸이 구텬의 가시니

남은 쳐ᄌᆡ 텬은을 입어 호부인이 조시의 ᄒᆡᆼ도를 ᄯᅡ라 경ᄉᆞ로 가니라 ᄎᆞ시 위공의 관을 붓드러 션산의 쟝ᄒᆞ고 쇼져와 부인은 고택

109면

경ᄉᆞ로 모혀 조시 덕을 입어 평ᄉᆡᆼ을 조시긔 부탁ᄒᆞᄆᆡ 엇지 먼니 ᄯᅥᄂᆞ리오 ᄒᆞᆫ가지로 ᄒᆡᆼ거를 출히니 조시 ᄒᆡᆼ되 비록 지방관이 호숑ᄒᆞ여 텬은이 늉셩ᄒᆞ시ᄃᆡ 졔죄 엇지 누의로 여러 쳔리의 례관만 호ᄒᆡᆼ케 ᄒᆞ리오 도어ᄉᆞ 츈방혹ᄉᆞ 필현이 쳔리마를 ᄎᆡ쳐 쟝ᄉᆞ의 니ᄅᆞ러 남ᄆᆡ 반기고 별ᄅᆡᆨ를 니ᄅᆞ며 발ᄒᆡᆼᄒᆞ니 영광이 혁혁ᄒᆞ미 올 젹과 내도ᄒᆞ여 ᄒᆡᆼ거옥륜은 일ᄉᆡᆨ의 조요ᄒᆞ고 시녀 양낭이 뇽호역마의 지방관이 대후ᄒᆞ고 ᄎᆡ거쥬륜이 ᄎᆞᄎᆞ 니어시니 일노의 무ᄉᆞ히

110면

ᄒᆡᆼᄒᆞ여 문ᄂᆡ의 니ᄅᆞ니 쇼 조 냥가 졔친이 길히 메혀 마ᄌᆞ니 조시 거거 등을 보고 반기고 슬프믈 참지 못ᄒᆞ고 졔죄 본부로 가기를 쳥ᄒᆞ니 조시 탄왈 ᄉᆞ졍이 급하나 부되 그러치 못ᄒᆞ니 구고긔 뵈옵고 죵ᄎᆞ ᄀᆞ리이다 졔죄 희롱 왈 쳔유를 밧비 보고져 ᄒᆞ미로다 조시 미쇼부답이러니 조시 거괴 강능후 부즁의 니ᄅᆞ니 쥬부인 평진후로 더브러 ᄒᆞᆫ가지로 볼ᄉᆡ 구부인이 잠간 회심ᄒᆞ미 이시나 강능후로 원ᄒᆞ고 연슈 부부를 념녀ᄒᆞᄆᆡ 비회 ᄇᆡᆨᄉᆞ를 돕고 병셰 즁ᄒᆞ여 식음을 폐ᄒᆞ고 토혈이 무샹

111면

ᄒᆞ니 샹셔와 삼녜 불탈의ᄃᆡᄒᆞ고 극진이 구ᄒᆞ미 평ᄉᆡᆼ 삼녀긔 비길 ᄇᆡ 아니라 부인이 졍신이 나는 ᄯᆡᄂᆞᆫ 젼일을 ᄉᆡᆼ각ᄒᆞ고 뉘웃ᄎᆞ믈 이긔지 못ᄒᆞ나 ᄎᆞ시를 당ᄒᆞ여 연슈부부의 사라날 길이 업ᄉᆞ니 샹연ᄒᆞᆫ 눈물이 옷기슬 젹셔 긔운이 오ᄅᆞ니 샹셔ᄂᆞᆫ 황황ᄒᆞ여 두 대인긔 신혼을 폐ᄒᆞ고 즉시로 샹쇼ᄒᆞ여 친병을 일ᄏᆞᆺ고 시병 일삭이 거의로대 촌효를 보지 못ᄒᆞ고 우황ᄒᆞ여 ᄉᆡᆼ각ᄒᆞᄃᆡ 셩회 극진ᄒᆞ여 냥친을 밧드러 화긔 융융ᄒᆞ믈 바라더니 모친의 환휘 이의 밋쳐시니 인ᄉᆞ로

112면

츄이ᄒᆞ면 위태ᄒᆞ실 거ᄉᆞᆫ 아니로대 긔운이 이갓치 위위ᄒᆞ시니 아오ᄂᆞᆫ 옥즁 죄인으로

이런 쥴을 모르고 내 홀노 즈후를 보지 못혼즉 유한이 젹으리오 흐고 샹연슈루흐나 부인이 보는 썩면 만면화긔로 츈풍안식의 미음을 권흐고 위로흐는 말숨이 셕목을 감동흐니 구부인이 감읍흐여 잇다감 샹셔를 긔렴흐여 슉식을 권흐니 샹셰 츳언의 다다르는 큰 경스로 아라 정셩이 시로 더흐고 히틔흐미 업스니 냥황의 악심도 졈졈 프러지더라 이러므로 조시의 오며 가미 념녀의 두지 아

113면

니흐고 쇼당의 쥬야 드러시니 냥쇼괴 쥬 윤 두 부인으로 조시를 볼식 조시 당하의셔 빅례흐니 강능후 형뎨 반갑고 깃브믈 이긔지 못흐여 잇그러 당샹의 안즈믈 명흐고 냥공이 탄왈 가운이 불힝흐여 현부의 빙옥 갓튼 슈힝으로 누얼을 무릅뻐 장스의 뉴찬흐니 우리 형뎨 나간 썩의 불초지 안으로 히흐고 밧그로 언관을 촉흐여 현부로뻐 스 년 고초를 격게흐니 그 가온대 즈긱의 변을 만나 현부의 슈스흔 쇼식을 드르미 심담이 최절흐믈 면흐리오 하놀이 길인을 돕고 신명

114면

이 감동흐여 불초의 악이 발각흐니이다 연슈와 곽녀의 대간대악이라 하놀 쳐분이 경슈와 현부의 신루를 벗기려 흐샤 빗내여 도라오니 일가의 경식라 흐물며 현부의 신긔흔 지혜로 명쳘보신흐여 셩효 렬졀이 쳔고의 드믄지라 텬직 금즈어필노 셩녀문을 놉히시고 만셩의 현명이 즈즈흐니 당금의 렬스셩뷔라 오놀날 보믹 션연아질이 더욱 완젼흐니 이는 현부의 슉덕이 츌인흐미라 현뷔 무숨 죄로 청죄흐리오 조시 부복흐여 직빅 샤례 왈 쇼쳡이 츙년의 슬하의 모

115면

쳠흐여 산은히덕이 일신의 져즈오니 우러러 빅년의 미흔 정셩을 펼가 흐더니 효위쳔박흐여 망측흔 죄명을 시러 쟝스 만 리의 구고와 부모를 써나 외로이 뉴락흐오니 정식 비원흐거놀 다시 도젹의 히를 만나 챵황 즁 겨유 몸을 쌔혀 셔의흔 의스로 이목을 가리왓더니 만 리 밧 일이 능히 존하의 스못지 못흐와 구고의 놀나시믈 일위오니 이 쏘흔 불효여놀 이졔 슬하의 권권흔 하교를 듯즈오니 렴녀흐건대 슉슉이 옥리의 근흐고 구고 셩녀와 일가의 근심이 집

116면

ᄉᆞ올지라 쇼쳡은 도라오나 깃분 쥴을 모르나이다 말솜을 맛고 슉미금쟝이 한훤을 뭇ᄎᆞᄆᆡ 즁인이 조시를 보건ᄃᆡ ᄉᆞ 년지간 풍광이 ᄉᆡ롭고 샹고젹 녀와시 진셰의 ᄂᆡ림ᄒᆞ심 ᄀᆞᆺ튼지라 냥존구와 쥬부인의 ᄉᆞ랑이 무비ᄒᆞ니 쥬부인이 옥슈를 년ᄒᆞ여 왈 ᄉᆞ라셔 맛ᄂᆞ지 못ᄒᆞ면 구원의 한이 ᄆᆡ칠너니 텬우신조ᄒᆞ여 셔로 만ᄂᆞ니 연슈의 일과 구뎨의 병셰 일가의 근심이 극ᄒᆞ고 아ᄌᆞ의 우황ᄒᆞ미 흠ᄉᆡ로다 조시 놀나 대왈 쳡이 갓 도라와 존고의 환후를 듯ᄌᆞ오니 경황ᄒᆞ미 극하

117면

와 물너가믈 고ᄒᆞᄂᆞ이다 ᄒᆞ고 구부인 침젼으로 향ᄒᆞ니 시비 구부인이 쇼당의 계시믈 젼ᄒᆞ여 길을 인도ᄒᆞ고 후정의 니ᄅᆞ러 왓시믈 고ᄒᆞ고 명을 기다릴ᄉᆡ 구부인이 이 ᄯᅴᄂᆞᆫ 잠간 긔운이 나하 정신을 찰히니 샹셰 환희ᄒᆞ여 미쥭을 권ᄒᆞ더니 조쇼져의 왓시믈 고ᄒᆞᄂᆞᆫ지라 샹셰 반가오믈 이긔지 못ᄒᆞᄃᆡ 빵안을 ᄂᆞᆺ초와시니 이ᄯᅴ 삼황이 다 뫼셧ᄂᆞᆫ지라 조시 와시믈 다시 고ᄒᆞ여 ᄃᆡ답을 쳥ᄒᆞ니 부인이 탄왈 내 하면목으로 조시를 대ᄒᆞ리오 연이나 이 곳의 왓시니 보미 가ᄒᆞ도

118면

다 ᄒᆞ고 시동이 조시를 쳥ᄒᆞ여 부인긔 뵐ᄉᆡ 례를 맛고 옥셩을 여러 환후를 뭇ᄌᆞ오며 죄를 쳥홀ᄉᆡ 경근ᄒᆞᄂᆞᆫ 거동의 가득ᄒᆞᆫ 효셩을 볼지라 연슈의 일을 치위ᄒᆞᄆᆡ 말솜이 간절ᄒᆞ고 교시 모ᄌᆞ를 위로ᄒᆞ며 념녀ᄒᆞ미 극진ᄒᆞ니 엇지 일분이나 불평지심을 두리오 화ᄒᆞᆫ 안ᄉᆡᆨ이 우훨 ᄃᆞᆺᄒᆞ니 구부인이 일변 놀납고 일변 반가온 ᄃᆞᆺ 븟그러 여광여치ᄒᆞ여 말을 ᄒᆞ고져 ᄒᆞ다가 긔운이 막히니 샹셰 붓드러 구호ᄒᆞ며 조시 ᄯᅩᄒᆞᆫ 경악ᄒᆞ여 몸쇼 약을 붓드러 ᄒᆞᆫ가지로 시병ᄒᆞᄆᆡ 조시 옥

119면

즁의 이실 ᄯᅴ의 신긔ᄒᆞᆫ 화엽을 먹고 감노슈를 마시ᄆᆡ 병히 나하지고 긔뷔 윤틱ᄒᆞ믈 보고 ᄡᅡᆷ을 내여 나온 후 화엽을 몸가의 ᄠᅥ나지 아니ᄒᆞ니 쥬야 향취 일신의 져져 사ᄅᆞᆷ이 신긔히 아더니 오날 부인이 막힌 즁 진ᄆᆡᆨᄒᆞ여 긔운을 보니 화열이 셩ᄒᆞ여 병셰 여ᄎᆞᄒᆞ믈 보고 화엽갈늘 삼다의 화ᄒᆞ여 ᄡᅳ니 부인의 가득ᄒᆞᆫ 긔운이 샹쾌ᄒᆞ고 혼미ᄒᆞᆫ

정신이 싀싀ᄒᆞ더라 하회 분셕ᄒᆞ라

조시삼대록 권지삼십ᄉᆞ

1면

어시의 구부인이 아득ᄒᆞᆫ 긔운이 샹쾌ᄒᆞ고 혼미ᄒᆞᆫ 정신이 싀싀ᄒᆞ니 샹셰 환열ᄒᆞ고 부인이 비로쇼 조시의 숀을 잡고 탄왈 내 이졔 현부를 보ᄆᆡ 무숨 ᄂᆞᆺ치 잇ᄉᆞ리오 곽녀의 쳔흉만악이 무비ᄒᆞ여 아ᄌᆞ의 찬젹ᄒᆞᆫ 거죄 잇고 날을 쇽이고 연슈를 도와 그ᄃᆡ 등으로 슈익ᄒᆞ니 금일 연슈의 몸의 사홰 당ᄒᆞ고 그 가온ᄃᆡ 나의 불명무식ᄒᆞᆫ 허물이 하히 갓튼지라 이졔 아ᄌᆞ의 대효로 셕ᄉᆞ를 츄회ᄒᆞ나 밋지 못ᄒᆞ고 ᄒᆞᆫ갓 나의 허물을

2면

ᄌᆞ츠ᄒᆞ여 일노ᄡᅧ 병이 되고 현부의 화용옥질이 의구ᄒᆞᆷ믈 대ᄒᆞ니 나의 일이 븟그럽지 아니ᄒᆞ랴 조시 ᄌᆡ빈 샤왈 쇼쳡의 당ᄒᆞᆫ 바는 운익이 불니ᄒᆞ미오 셕ᄉᆞ는 이의오니 쳡 등의 효위 쳔박ᄒᆞ미오 대인졉물의 관홍치 못ᄒᆞ온 타시오ᄆᆡ 변괴 층츌ᄒᆞ오니 엇지 존고의 허물이리잇고 이졔 다시 슬하의 봉시ᄒᆞ고 이 갓튼 하교를 듯ᄌᆞ오니 황공ᄒᆞᆷ믈 이긔지 못ᄒᆞ리로쇼이다 가운이 불힝ᄒᆞ와 슉슉이 ᄯᅩ 옥리의 괴로오믈 바드시니 필경이 무ᄉᆞᄒᆞ나 일가의 졀녀와 존고의 셩녜 엇

3면

지 편ᄒᆞ시리잇고 말숨이 간졀ᄒᆞ고 안ᄉᆡᆨ이 온화ᄒᆞ여 츈공의 화긔를 아오라시니 구부인이 평일 믜워ᄒᆞ든 눈이 이졔 ᄉᆞ랑ᄒᆞ옵고 탄복ᄒᆞ나 연슈의 ᄉᆞ싱을 렴녀ᄒᆞᄆᆡ 간담이 우는 ᄃᆞᆺ 누싊 연낙ᄒᆞ와 말을 못ᄒᆞ더라 이후는 샹셔와 조시 쥬야 시호ᄒᆞ여 미쥭을 맛보고 몸을 밧드러 동촉ᄒᆞᆫ 효셩이 인심을 감동ᄒᆞ니 종일 달야의 일시도 ᄒᆡᄐᆡᄒᆞ미 업셔 ᄉᆞ 년 샹리ᄒᆞ엿던 부뷔 일방의셔 시호ᄒᆞ나 ᄒᆞᆫ 번 왕ᄉᆞ를 졔긔ᄒᆞ며 별회를 니ᄅᆞ미 업고 긔운이 나죽ᄒᆞ고 례뫼 은은

4면

ᄒᆞ니 공경ᄒᆞᄂᆞᆫ 쥬ᄀᆡᆨ이 ᄃᆡ흠 갓고 병후를 조호ᄒᆞ미 여린 옥을 밧듬 갓고 날이 가고 밤이 맛도록 ᄐᆡ심이 업셔 ᄀᆡ이ᄒᆞ니 부인 질양이 본대 심려로 낫ᄂᆞᆫ지라 효ᄌᆞ 현뷔 좌우의 이시ᄆᆡ 위로ᄒᆞ미 되여 ᄆᆞᄋᆞᆷ을 편 후ᄂᆞᆫ 일마다 감격ᄒᆞ고 ᄀᆡ특ᄒᆞ니 잠간 회두지경이 이시나 연슈의 결말을 아지 못ᄒᆞ며 교시 금니의 ᄡᅥ여 쥭기를 ᄌᆞ분ᄒᆞ니 부인이 일노ᄡᅧ 슈이 ᄒᆞ리지 못ᄒᆞ고 쇼후를 노ᄒᆞᆫ 의ᄉᆡᆨ 마ᄋᆞᆷ을 프지 못ᄒᆞ여 병이 되여시나 상셰 부젼의 읍간ᄒᆞ여 모친의 병휘 즁ᄒᆞ시믈 알외ᄆᆡ 눈

5면

물이 오ᄉᆡᆨ 젓ᄂᆞᆫ지라 강능휘 지효의 셩읍ᄒᆞ미 텬진의 가ᄃᆞᆨᄒᆞ믈 보ᄆᆡ 시러금 홀일업셔 부인을 샤ᄒᆞ여 정침으로 도라오게 ᄒᆞ고 조시와 상셔의 불안ᄒᆞ믈 도라보고 평진후의 권ᄒᆞ믈 인ᄒᆞ여 부인 대졉을 평상히 ᄒᆞ니 구부인이 깁히 한ᄒᆞ더니 강능후의 단엄ᄒᆞ며 후ᄒᆞᆫ 가온대나 ᄉᆡᆨᄉᆡᆨᄒᆞ고 례도의 합당ᄒᆞ니 비로쇼 셕ᄉᆞ를 ᄭᆡ다라 문을 닷고 회과칙션ᄒᆞ여 현슉ᄒᆞᆫ 부인이 되니라 상셔와 조시 셩효ᄂᆞᆫ 진효부와 가즉ᄒᆞ고 부인이 ᄭᆡ다ᄅᆞᄆᆡ ᄌᆞ모의 도를 다ᄒᆞᄂᆞᆫ지라 상셰 환

6면

열ᄒᆞ여 모친 시병이 슈 삭이라 부인이 나ᄋᆞᆷ을 일ᄏᆞ라 물너 쉬기를 일오고 텬지 슈조를 나리와 ᄑᆡ명이 니어시니 상셰 비로쇼 됴회의 ᄎᆞᆷ예ᄒᆞ고 직임의 나아가니 연슈로 심위 되믈 스ᄉᆞ로 구외의 ᄂᆡ지 못ᄒᆞ더니 일일은 됴회의 승상 초공이 쥬ᄒᆞ여 ᄀᆞᆯ오ᄃᆡ 쇼연슈의 죄 쥭어 맛당ᄒᆞ오나 쇼쳔 쇼균의 공뇌와 그 츙셩의 관일ᄒᆞ므로 가히 ᄌᆞ질의 한 목슘을 허ᄒᆞ시미 당연ᄒᆞ옵고 기 형 경슈의 ᄉᆞ정이 참연ᄒᆞᆯ ᄲᅮᆫ 아니오라 져의 ᄉᆞ단으로 아오를 맛츤 후 홀노 사환의 나올 ᄯᅳᆺ이 업

7면

ᄉᆞ올 거시오니 경슈ᄂᆞᆫ 낭묘의 그ᄅᆞᆺ시고 치셰의 현샹이라 가히 바리지 못ᄒᆞ리니 발셔 다ᄅᆞᆫ 죄인을 결ᄉᆞᄒᆞ여ᄉᆞ오니 연슈도 마ᄌᆞ 쳐치ᄒᆞ시믈 바라나이다 만됴즁관이 반렬의 ᄐᆡ반이나 죄상이 버혐즉다 닷토니 평능후 조유현이 부복 쥬왈 연슈의 죄악이 쥭염즉ᄒᆞ오나 ᄒᆞᆫ 일을 일위시ᄆᆡ 셩상의 치화를 널니시미 살ᄉᆡᆼ을 쥬ᄒᆞ시지 아니ᄒᆞ실지

라 ᄒᆞ믈며 연슈를 버히시ᄆᆡ 경쉬 필연 셰상의 나지 아닐지라 쥬상은 호싱지덕을 드리오샤 연슈의 잔쳔을 샤ᄒᆞ쇼셔 ᄒᆞ고 쇼상

8면

셔는 부복ᄒᆞ엿거놀 상이 그윽이 함쇼ᄒᆞ시고 탄ᄒᆞ여 ᄀᆞᄅᆞ샤대 연슈의 죄 가히 버염즉ᄒᆞ나 냥쇼의 젹심단츙과 경슈의 효뎨슌우를 도라보와 츰아 법을 더으지 못ᄒᆞ고 감ᄉᆞ뎡빅로 셔촉의 찬빅ᄒᆞᄂᆞ니 이는 죄를 입는 즉시 아니라 ᄒᆞ시니 초공과 능휘 빅샤ᄒᆞ여 셩덕을 치하ᄒᆞ고 냥쇼와 경쉬 셩은을 감츅ᄒᆞ여 감누를 드리워 죽어 셩은을 갑흘 ᄯᅳᆺ이 잇고 초공 부ᄌᆞ의 구ᄒᆞᆫ 덕을 감ᄉᆞᄒᆞ더라 연쉬 텬에 나리ᄆᆡ 옥문을 날식 샹셔와 쇼한슈 등이 옥 밧긔 니ᄅᆞ러 연슈를 볼식 즁형 여

9면

싱이 반년을 옥니의 곤ᄒᆞ니 화풍이 쇼삭ᄒᆞ고 옥안이 쵹뇌 되여시니 쟝하의 상ᄒᆞᆫ 거시 ᄎᆡ ᄒᆞ리지 아니ᄒᆞ여 경상이 참담ᄒᆞ니 상셰 아오를 븟드러 실셩비읍 왈 너의 이러ᄒᆞ미 다 나의 죄라 내 마음이 셕목이 아니라 슬프믈 참으랴 셩은이 망극ᄒᆞ샤 우리 경ᄉᆞ를 살피시니 네 이제 사라나고 우형이 고토의 도라오니 현마 엇지리오 현데는 개심슈덕ᄒᆞ여 가셩을 츄탁지 말나 아오는 기리 보듕ᄒᆞ여 셔촉 한가의 병드러 부모의 념녀를 ᄭᅵ치지 말나 텬하의 부모 동긔 밧긔 ᄉᆞ랑ᄒᆞ온 거시

10면

업ᄉᆞ니 너와 내 일톄지인으로 엇개를 갈와 군샹을 돕습고 부모를 밧들 빅여놀 엇지 우리 형데는 형이 픽ᄒᆞᄆᆡ 아이 득의ᄒᆞ고 아이 픽ᄒᆞᄆᆡ 형이 은영을 띄여시니 ᄂᆡ 이제 붓그러온 낫출 드러 됴항의 나믄 우리 셩쥬의 지우대은을 감격ᄒᆞ여 언연이 ᄌᆡ렬의 셔니 이 어이 참괴치 아니리오 내 요악음녀를 일즉 업시치 아냐 이의 밋ᄎᆞ니 뉘웃치나 밋ᄎᆞ리오 연쉬 당당이 버히ᄆᆡ 나아갈 쥴노 아다가 도금ᄒᆞ여 형이 살녀내니 반기며 슬허ᄒᆞ니 인비셕목이라 반년을 옥리의 괴로옴

11면

과 형벌의 알프믈 바다 결결이 뉘웃친지라 샹셔의 어진 말이 슬프믈 도으니 톄읍 왈

불초뎨 죄 으드미 즁여산이니 비록 슈족 졍과 텬륜의 ᄉ랑이나 실노 안면이 업ᄉ니 샤ᄒ시믈 바라지 못ᄒ더니 이졔 텬은으로 명을 보젼ᄒ고 형쟝의 교의를 듯ᄌ오니 쇼뎨 토목이 아니라 감동치 아니ᄒ리잇고 원컨대 회과ᄌ칙ᄒ여 셔촉 ᄒ가의 가나 살기야 엇지 바라리오 국은과 형쟝 셩우를 감골슈신ᄒ여 물신토록 경계ᄒ리이다 샹셰 안식을 곳치고 탄왈 너의 이 한 말이 우형의 한

12면

을 플니라 금일 죽어도 남은 한이 업ᄉ리니 곳치미 귀타 ᄒ믄 셩교의 허ᄒ신 빈라 이졔 군부의 벌ᄒ시믈 바다 젼과를 바리니 본딕 허물이 업슨 쟈의셔 오히려 총명이 더ᄒ지라 지셩이 감텬이니 너의 슈심개덕ᄒᄂᆞᆫ 아름다오믈 져 쇼연ᄒ 하ᄂᆞᆯ이 슬피실지라 타일 당당이 은샤를 입어 훤당의 이친을 봉양ᄒᆯ지라 우리 형뎨 평싱 바라미라 ᄒ니 쇼가 친쳑이 샹셔의 말을 듯고 감츅쳑연치 아니리 업더라 모다 연슈를 칙ᄒ니 연쉬 감히 머리를 드지 못ᄒ더라 바로 문

13면

외로 나아가니 뭇ᄂᆞᆫ 재 다만 조 쇼 냥가 친쳑이오 졔조ᄂᆞᆫ 다 나와 보고 위로ᄒᆯ식 평능휘 츄연 위로 왈 그대 셩은을 입ᄉ와 옥문을 나미 비록 셔촉의 안치ᄒ나 마음을 졍히 ᄒ고 덕을 닥그미 도라올 긔약이 이실지라 북당의 렴녀와 령당의 셩우를 싱각ᄒ여 조급히 샹심치 말고 회심슈힝ᄒᄂᆞᆫ 쇼문이 쳔리의 ᄉ믓게 ᄒ라 그대 등 인직로 불의의 색지믄 실노 개연ᄒ여 이 말을 펴노라 연쉬 붓그럽고 황괴ᄒ여 머리를 슉이고 참연이 눈물을 흘니더니 쇼샹셰 탄왈 우리 형뎨를 ᄉ랑ᄒ여 ᄉ디의

14면

건져내믄 문계형의 대은이라 오뎨ᄂᆞᆫ 부유의 틱로써 붓그리믈 아닛ᄂᆞ니 날을 쑤짓ᄂᆞᆫ 이ᄂᆞᆫ 스승이오 날을 기리ᄂᆞᆫ 이ᄂᆞᆫ 원싊라 ᄒ시믄 셩인의 지극ᄒ 말숨이라 조형이 우리 형뎨 허물을 목견ᄒ딕 외인의 발셜치 아니ᄒ고 너와 날을 대ᄒ여 니ᄅᆞ니 실노 대군ᄌ의 뜻이라 엇지 ᄉ로이 붓그려 ᄒ리오 연쉬 피셕 빅왈 쇼싱이 가형의 어질믈 빅호지 못ᄒ여 외입실셩ᄒ여 만샹의 터럭을 쌔혀도 쇽지 못ᄒᆯ지라 더옥 옥션항의 가ᄒ던 일은 만ᄉ무셕지죄라 군후의 대덕으로 허물을 감초시고 초로잔쳔을

15면

력구ᄒᆞ셔 ᄉᆞᆯ오시니 이 은덕은 산희 갓ᄉᆞ오니 누ᄉᆡᆼ이 만리의 가나 ᄉᆡᆼᄉᆞ의 잇지 아니 ᄒᆞ리이다 능휘 탄식ᄒᆞ고 븟드러 ᄀᆞᆯ오대 ᄌᆞ윤ᄂᆞᆫ 이 엇진 거죄뇨 내 쳔유ᄅᆞᆯ 앗기고 ᄌᆞ유의 져믄 나희 총명인ᄌᆞᄒᆞ던 거ᄉᆞᆯ ᄉᆞ랑ᄒᆞ여 허물을 발셜치 못ᄒᆞ나 오날 졍배ᄂᆞᆫ 도시 텬은이오 셩덕이라 ᄉᆞᄉᆞ로이 샤은ᄒᆞ리오 그대 형의 셩우ᄅᆞᆯ 져바리지 말고 기리 보즁ᄒᆞ여 슈히 모ᄃᆞ믈 긔약ᄒᆞ라 졔죄 일시의 션언으로 관유ᄒᆞ고 위로ᄒᆞ니 이 엇지 연슈 쇼인을 보와 죽일 죄인 간악ᄒᆞᆫ 쟈로 말을 ᄒᆞ

16면

리오 젼혀 쳔유의 어질믈 감동ᄒᆞ고 위인을 ᄉᆞ랑ᄒᆞ니 불관ᄒᆞᆫ 연슈ᄅᆞᆯ 이러틋 위별ᄒᆞ니 쇼가의 효의 긔특ᄒᆞᆫ 쥴을 이러므로 알니러라 연슈의 셩질이 셔촉 만리 힝노ᄅᆞᆯ 능히 갈 길히 업ᄂᆞᆫ지라 셩외의 하쳐ᄒᆞ고 이곳의 쇼샹셰 병을 조셥시기며 인마ᄅᆞᆯ 졈검ᄒᆞ여 힝니ᄅᆞᆯ 찰힐ᄉᆡ 쇼샹셔ᄅᆞᆯ 보라 오ᄂᆞᆫ 숀이 니음다라 모ᄃᆞ니 하쳐의 거ᄆᆡ 구름 못ᄃᆞᆺ ᄒᆞ더라 연쉬 교시와 아ᄌᆞᄅᆞᆯ 다리고 가고져 ᄒᆞᄂᆞᆫ지라 샹셰 탄왈 너의 길이 긔약이 업고 잔도검각의 녀ᄌᆞ의 힝되 어

17면

렵고 유아ᄅᆞᆯ 다려가미 실노 어려오니 아직 근신ᄒᆞᆫ 복쳡과 령니ᄒᆞᆫ 노복을 거ᄂᆞ려 가셔 견대여시라 우형이 불초ᄒᆞ나 훤당을 뫼시ᄆᆡ 질ᄋᆞᄅᆞᆯ 무휼ᄒᆞ고 너ᄅᆞᆯ 도모ᄒᆞ여 이곳의 못기ᄅᆞᆯ 더대지 아니케 ᄒᆞ리라 연쉬 다시 청치 못ᄒᆞ더라 샹셰 침식을 폐ᄒᆞ고 연슈ᄅᆞᆯ 구호ᄒᆞ고 범ᄉᆞᄅᆞᆯ ᄎᆞ려 삼ᄉᆞ 일을 지류ᄒᆞᄆᆡ 시러곰 발힝ᄒᆞᆯᄉᆡ 구부인이 교시를 다리고 나와 보며 우ᄂᆞᆫ 눈물이 하슈 갓ᄐᆞ니 오직 어ᄅᆞ만져 탄왈 슈원슈귀리오 우리 모ᄌᆞ의 그ᄅᆞᆺᄒᆞ미오 너의 망녕되미 스ᄉᆞ로 망

18면

신ᄒᆞ여 찰녀의 말을 듯고 인륜대변을 일우니 엇지 무ᄉᆞᄒᆞ기ᄅᆞᆯ 바라리오 여형의 셩회 나의 마음이 감격ᄒᆞ고 참괴ᄒᆞᆫ지라 너ᄅᆞᆯ 기리 잇고 너의 형의 대효ᄅᆞᆯ 의지ᄒᆞ여 무ᄉᆞ히 이실 거시니 너ᄂᆞᆫ 슈심개과ᄒᆞ여 다시 모ᄌᆡ 산 ᄂᆞᆺᄎᆞ로 반기믈 바라노라 연쉬 눈물을 드리워 탄식 쥬왈 불초ᄌᆡ 죄역이 텬디의 ᄡᅡ혀시니 금일 안치ᄅᆞᆯ 엇지 한ᄒᆞ리잇고

형의 효우ᄒᆞ믄 초목이 다 감슈ᄒᆞ려든 쇼ᄌᆞ의 마음이 셕목이나 엇지 감동ᄒᆞᄂᆞᆫ ᄯᅳᆺ이 젹으리잇고 모ᄌᆡ 참아 분슈치 못ᄒᆞ니 교시 이

19면

ᄯᆡ 슬프믈 ᄲᅡ혀 병이 즁ᄒᆞ더니 조시 드러오ᄆᆡ 됴셕의 ᄒᆡ위ᄒᆞ며 지극 보호ᄒᆞ고 연슈의 사라나믈 잠간 관심ᄒᆞ여 병이 나으니 만 리 원별을 당ᄒᆞ여 존고ᄅᆞᆯ 뫼셔 이의 니ᄅᆞ럿ᄂᆞᆫ지라 ᄉᆡᆼ이 눈을 드러 보고 반갑고 슬허 비뤄 옥면의 가득ᄒᆞ여 ᄀᆞᆯ오ᄃᆡ ᄌᆞ의 어진 말을 듯지 아니ᄒᆞ고 이의 밋ᄎᆞ니 내 몸이 일만 쟝 굴헝의 ᄯᅥ러진들 감히 누ᄅᆞᆯ 원ᄒᆞ리오마ᄂᆞᆫ 오직 현쳐의 ᄭᅩᆺ다온 긔질과 졍슌ᄒᆞᆫ 덕이 필부ᄅᆞᆯ 만나 명이 박ᄒᆞ믈 슬허ᄒᆞ노라 슌연이나 ᄉᆞ곤의 셩위 지극히 대슌증ᄌᆞ로

20면

일반이라 결단코 한을 두지 아냐 현쳐와 치아ᄅᆞᆯ 무휼ᄒᆞ여 셩인ᄒᆞ리니 불ᄒᆡᆼᄒᆞ여 ᄉᆡᆼ이 ᄉᆡᆼ환치 못ᄒᆞ여도 그대ᄂᆞᆫ 아ᄌᆞᄅᆞᆯ 잘 길너 삼종지탁을 져바리지 말나 교시 안ᄉᆡᆨ을 졍히ᄒᆞ고 탄식ᄒᆞ여 ᄀᆞᆯ오대 왕ᄉᆞᄂᆞᆫ 이의라 다시 닐너 무익ᄒᆞ고 일이 이의 밋ᄎᆞ미 ᄯᅩᄒᆞᆫ 슉슉의 츌텬효우ᄅᆞᆯ 힘입으미니 군ᄌᆞᄂᆞᆫ 쳔금지구ᄅᆞᆯ 신듕ᄒᆞ시며 셕ᄉᆞᄅᆞᆯ 셰셰히 혀아리샤 회과슈덕ᄒᆞ시면 쳡이 비록 쳔리 밧긔 이시나 우흐로 구고 셩은을 우러르며 슉슉과 조형의 우ᄋᆡᄅᆞᆯ 힘입어 유치

21면

ᄅᆞᆯ 보호ᄒᆞ며 군ᄌᆞ로 ᄒᆞ여금 부ᄌᆞ유친을 완젼케 ᄒᆞ리니 이졔 구구히 초슈의 울음을 ᄒᆞ여 엇지 유익ᄒᆞ미 이시리오 연쉬 쟝읍칭샤 왈 가빈의 ᄉᆞ현쳐오 국난의 ᄉᆞ량상이라 ᄒᆞ여시니 연슈의 일신의 이곳의 밋ᄎᆞ니 바야흐로 현쳐의 말을 ᄭᆡ다ᄅᆞ니 오슈불인이나 비여쳘이오 비여셕이라 ᄉᆞ곤의 효우ᄅᆞᆯ 감격지 아니ᄒᆞ리오 내 일이 무샹ᄒᆞ믈 뉘웃지 아니면 텬지신지ᄒᆞ고 아지ᄌᆞ지ᄒᆞ니 내 당당이 여화ᄅᆞᆯ 바다 머리ᄅᆞᆯ 엇개의 보젼치 못ᄒᆞ리니 현쳐ᄂᆞᆫ 념녀말고 기리 보젼ᄒᆞ여

22면

다시 모ᄃᆞ믈 바라노라 교시 ᄉᆡᆼ의 츄회ᄒᆞ믈 보니 비록 만 리의 나아가나 가쟝 다ᄒᆡᆼᄒᆞ

여 개용칭샤 왈 어진 일을 ᄒᆞᄆᆡ 이만 질거오미 업다 ᄒᆞ니 부ᄌᆞ의 회심ᄒᆞᄂᆞᆫ 셩ᄉᆞ를 어드니 엇지 샹심ᄒᆞ여 몸을 도라보지 아니ᄒᆞ리오 군의 과쟝ᄒᆞ시믈 불감당이어니와 다만 구고 덕화를 무릅뼈 치아를 보젼ᄒᆞ고 군ᄌᆞ의 도라오시기를 기다려 명교를 져바리지 아니ᄒᆞ리니이다 연슈 기리 탄식ᄒᆞ고 ᄌᆞᄎᆞᄒᆞ더라 조시 유모로 ᄒᆞ여금 원ᄒᆡᆼ의 반젼과 보즁ᄒᆞ믈 일ᄏᆞ라 문운의 불ᄒᆡᆼ홈과 졍리의

23면

결연ᄒᆞ믈 젼ᄒᆞᄆᆡ 연슈 감복ᄒᆞ여 눈물을 흘니고 골오대 내 젼후의 조슈를 ᄒᆡᄒᆞ미 무궁ᄒᆞ여 터럭을 ᄲᆡ혀도 진치 아닐지라 스ᄉᆞ로 슈슈긔 다시 뵈올 안면이 업습더니 원을 바리고 이리 무ᄅᆞ시믈 당ᄒᆞ여 불승감은 ᄒᆞᄂᆞ니 능히 슈슈의 하ᄒᆡ지덕을 감복ᄒᆞ여 톄루종ᄒᆡᆼ ᄒᆞᄂᆞᆫ지라 유랑은 날을 위ᄒᆞ여 나의 황괴ᄒᆞᆫ 뜻을 ᄌᆞ셔히 알외라 구부인이 ᄯᅩᄒᆞᆫ 조시의 말을 드ᄅᆞᄆᆡ 은혜 다ᄅᆞᆯ지라 연슈의 무궁이 뉘웃치믈 비ᄒᆞᆯ 대 업더라 부부 모ᄌᆞ로 리별을 맛치ᄆᆡ 슬프믈 이긔지 못

24면

ᄒᆞ나 쇼샹셰 드러와 모친을 위로ᄒᆞ여 교시와 몬져 부즁으로 가게 ᄒᆞ고 연슈의 ᄒᆡᆼ거를 발ᄒᆞ니 쇼가 친쳑이 면강ᄒᆞ여 셩외ᄭᆞ지 가셔 니별ᄒᆞᄆᆡ 연슈와 샹셰 븟들고 비읍ᄒᆞ여 졍신을 졍치 못ᄒᆞ니 오직 ᄉᆞᆫ을 잡고 ᄂᆞᆺ출 대여 우는 눈물이 셔로 면목을 잠그더니 평진후 강능휘 쳐음은 보지 아니려 ᄒᆞ더니 오히려 부ᄌᆞ 슉질의 졍이 텬뉸으로 소ᄉᆞ나ᄂᆞᆫ지라 형뎨 ᄒᆞᆫ가지로 나오니 냥인의 경ᄉᆡᆨ이 여ᄎᆞᄒᆞᆫ지라 냥공의 위의 이 갓ᄐᆞ니 샹셰 놀나고 일변 다ᄒᆡᆼᄒᆞ믄 연슈를 보지 아니시믈 더

25면

옥 슬허ᄒᆞ다가 니ᄅᆞ시믈 희ᄒᆡᆼᄒᆞ여 개용화긔로 냥대인을 마즈니 냥휘 못본 적은 연슈를 ᄯᅮ즛더니 얼골을 보고 금일 원리 당ᄎᆞᄒᆞ니 눈물이 비오듯 ᄒᆞ믈 보와셔는 기리 탄식 왈 네 부슉이 어지지 못ᄒᆞ여 ᄌᆞ질이 이의 니름과 네 엇지 츰아 이런 죄인이 될 쥴을 뜻ᄒᆞ여시리오 ᄉᆞ이이의라 다시 너를 긴 리별의 셕ᄉᆞ를 개회치 못ᄒᆞ거니와 너는 져리 가 괴롭고 어버이 ᄉᆡᆼ각는 마음으로ᄡᅧ 고요히 젼과를 곳치고 ᄒᆡᆼ실을 슈렴ᄒᆞ여 붓그러오믈 씨시라 연슈 황공ᄒᆞ고 슬허

26면

돈슈체읍ᄒᆞ며 감뉘 여우ᄒᆞ여 ᄀᆞᆯ오대 불초ᄋᆡ 무샹ᄒᆞ미 쳔ᄉᆞ무셕이라 이졔 ᄉᆞ라나 셔촉의 가믈 엇지 한ᄒᆞ리오 오직 마음이 굿지 못ᄒᆞ고 사ᄅᆞᆷ의 그릇 지휘ᄒᆞ믈 드러 죄명이 시형시슈ᄒᆞ기의 밋ᄎᆞ니 일셰의 붓그리믈 혜아리면 살고져 ᄯᅳᆺ이 업ᄉᆞᄃᆡ 훤당의 불효와 형의 셩우를 감격ᄒᆞ여 부ᄃᆡ 사라 형으로 ᄒᆞ여금 텬륜의 한을 ᄭᅵ치지 아니ᄒᆞ려 ᄒᆞᄂᆞᆫ ᄯᅳᆺ이라 엄괴 쇼ᄌᆞ를 샤ᄒᆞ시니 쇼ᄌᆡ 경심경긔ᄒᆞ고 근신슈힝ᄒᆞ여 젼과를 ᄌᆞ칙ᄒᆞ고 불의를 먼니ᄒᆞ여 대인과 ᄇᆡᆨ부의 하교

27면

를 간폐의 삭이리이다 강능후ᄂᆞᆫ 기리 탄식ᄒᆞ고 평진휘 희동안식ᄒᆞ여 ᄀᆞᆯ오대 너ᄂᆞᆫ 이 말을 곳치지 말고 어진 힝실이 우리 귀의 들니면 뉘 허물이 업ᄉᆞ리오 곳치미 귀타 ᄒᆞ믄 셩교의 허ᄒᆞ신 배라 우리 홀노 샤치 아니랴 인ᄒᆞ여 촉디의 가셔 뇨싱홀 도리를 가ᄅᆞ치고 년측ᄒᆞ더니 졍흑시 비로쇼 나와 연슈를 보고 먼리 가ᄂᆞᆫ 치위를 홀ᄉᆡ 연쉬 고개를 숙이고 면홍이어ᄂᆞᆯ 쇼샹셰 탄왈 내 아이 셜ᄉᆞ 허물이 이시나 형이 엇지 사ᄅᆞᆷ을 깅참의 너키를 이심이 홀 쥴을 ᄯᅳᆺᄒᆞ

28면

리오 이졔 혈혈단신이 셔촉만리의 찬젹ᄒᆞ니 형이 일가지졍과 붕우의 의로 마음이 편ᄒᆞ랴 졍싱이 미쇼 왈 비록 내 아이라 ᄒᆞ고 ᄆᆡ양 무ᄉᆞᄒᆞ믈 바라리오 나의 샹쇄 악ᄉᆞ를 누셜ᄒᆞᆫ 듯ᄒᆞ나 기실은 션을 권쟝ᄒᆞ미라 만일 그리 아니ᄒᆞ면 ᄌᆞ유의 어질미 오날 져러ᄒᆞ며 너의 형뎨 화락ᄒᆞ미 져러틋 ᄒᆞ랴 도시 나의 덕을 모ᄅᆞ니 쇼쳔유를 슬겁다 ᄒᆞ미 도로혀 허언이로다 샹셰 탄식부답이오 냥공이 잠쇼ᄒᆞ더라 일ᄉᆡᆨ이 느ᄌᆞ니 연쉬 길히 오를ᄉᆡ 냥대인긔 ᄇᆡ별ᄒᆞ

29면

고 형을 니별ᄒᆞᄆᆡ 샹셰 구부인의 보시믈 인ᄒᆞ여 참아 스ᄉᆞ로 관억ᄒᆞ나 년년ᄒᆞᆫ 졍과 의의ᄒᆞᆫ 심회를 억졔치 못ᄒᆞ여 그 숀을 잡고 팔을 어ᄅᆞ만지며 봉안의 누쉬 만면ᄒᆞ여 ᄒᆞᆫ 봉 글을 쥬어 ᄀᆞᆯ오대 날을 ᄉᆡᆼ각ᄒᆞᄂᆞᆫ ᄯᅢ의 ᄯᅥ혀보라 연쉬 울며 졀ᄒᆞ여 명을 밧고 ᄯᅥ나니라 냥쇼공이 샹셔를 ᄌᆡ촉ᄒᆞ여 다리고 도라올ᄉᆡ 마지 못ᄒᆞ여 연슈를 분슈ᄒᆞ고

먼리 가도록 바라보믹 마음을 정치 못ᄒᆞ니 하리츄종이 그 셩우를 위ᄒᆞ여 감탄ᄒᆞ고 인심이 감동치 아니리 업더라 쇼샹셰

30면

집의 도라와 모친을 위로ᄒᆞ고 교시를 각별 위로ᄒᆞ여 믹ᄉᆞ를 편토록 ᄒᆞ고 질아를 사랑ᄒᆞ미 근근체체ᄒᆞ여 친ᄌᆞ로 간격이 업ᄉᆞ니 합개 감동ᄒᆞ고 교시 크게 탄복ᄒᆞ여 바라미 구고긔 감치 아니ᄒᆞ고 조시 ᄯᅩᄒᆞᆫ 이곳의 오므로븟터 숏다온 셩덕이 식로이 합ᄉᆞ를 흠동ᄒᆞ니 구부인 환휘 나으시며 일이 잠간 정ᄒᆞ믹 비로쇼 구고와 샹셔긔 품ᄒᆞ여 본부의 도라오니 조부 샹하의셔 물 쓸틋 반가와 홈과 제형데의 즐거워 ᄒᆞ미 비홀 곳이 업ᄉᆞ니 ᄒᆞ믈며 그 부모지심을 니ᄅᆞ리오 일개 모다

31면

볼식 태부인이 밧비 숀을 잡고 등을 두다려 한업ᄉᆞᆫ 마음과 무궁ᄒᆞᆫ 깃분 ᄯᅳᆺ을 측냥키 어려오니 츄감ᄒᆞ여 눈물이 옷 ᄋᆞᇁ히 져져 ᄀᆞᆯ오대 내 너를 보닐 젹의 오늘날 만ᄂᆞ믄 싱각 밧기라 텬우신조ᄒᆞ여 이졔 신루를 벗고 고토의 도라와 영요ᄒᆞᆫ 부귀 일신의 온젼ᄒᆞ니 금일 ᄉᆞ라 너를 보믹 쟝슈ᄒᆞ미 다힝치 아니리오 양뎡렬은 ᄒᆞᆫ갓 반가오미 흐뭇ᄒᆞ믹 말을 못ᄒᆞ고 안식의 희긔를 씌여시니 조시 이갓치 두로 반가온 ᄂᆞᆺ출 대ᄒᆞ여 깃븐 심ᄉᆡ 지향키 어려온지라 ᄉᆞ년지내의 친안을

32면

대ᄒᆞ믹 지극ᄒᆞᆫ 마음의 엇지 견대리오 미우의 츈풍이 온ᄌᆞᄒᆞ여 우음을 머금고 쥬ᄒᆞ여 ᄀᆞᆯ오대 쇼녜 ᄒᆞᆫ 번 슬하를 하직ᄒᆞ믹 영쥐 산쳔이 지음차니 쇽졀업시 쇼샹강의 슬픈 한을 븟치며 됴운모우의 영모ᄒᆞᄂᆞᆫ 회포를 동ᄒᆞ여 형데 치슈를 잇그러 슬하의 유희ᄒᆞ던 ᄭᅮᆷ이 ᄒᆞᆫ 시긱이 되엿ᄂᆞᆫ지라 심ᄉᆞ를 널니 ᄒᆞ나 ᄒᆞ로도 열두 시의 촌쟝의 녹지 아니ᄒᆞ리잇가 존당부모의 셩려를 힘입ᄉᆞ와 텬은을 씌여 고원의 도라와 구고친측의 절ᄒᆞ믈 엇ᄉᆞ오니 쥭으나 무한이어ᄂᆞᆯ 대모의 셩

33면

휘 안강ᄒᆞ시믈 보옵고 하교를 듯ᄌᆞ오니 이만 큰 경식 업도쇼이다 말숨을 이어 즁형

데 닷토와 치하ᄒᆞ고 졔쾨 쳔유 형뎨의 일을 니ᄅᆞ고 연슈를 통한ᄒᆞᄂᆞᆫ지라 조시 츄연왈 졔거거ᄂᆞᆫ 호화ᄒᆞᆫ 바로 사ᄅᆞᆷ의 졍ᄉᆞ를 모로시도다 드럼즉지 아니코 지ᄂᆞᆫ 일이니 니ᄅᆞ미 무익ᄒᆞ고 셩인이 ᄀᆞᆯᄋᆞ샤대 사ᄅᆞᆷ의 허물을 듯고 시비 아니미 부모의 일홈갓치 ᄒᆞ미 군ᄌᆞ의 덕이라 ᄒᆞ시니 졔형은 이심이 니ᄅᆞ시ᄂᆞ니잇고 초공이 쇼왈 녀아의 말이 올흐니 너의 여러 사ᄅᆞᆷ이 ᄒᆞᆫ ᄌᆞ염의 지

34면

식을 못밋ᄎᆞ니 ᄋᆡ답지 아니리오 졔쾨 미미히 웃고 연슈 ᄶᅮᄌᆞᆺ기를 긋치고 곽녀의 음흉을 니ᄅᆞ며 양닌광의 가변과 졍가의 셰 번 실힝ᄒᆞ며 그 지나던 일을 대강 일너 단난ᄒᆞ니 월염이 쇼왈 빅힝이 졍슉ᄒᆞᆫ 이도 잇고 식을 보고 질을 일운 니도 잇더니다 초공이 웃고 ᄀᆞᆯ오대 네 오히려 아쳐로온 ᄉᆡ심으로 경슈를 하례ᄒᆞ니 인졍이 이러ᄒᆞ여 ᄌᆞ연 면키를 못ᄒᆞ리로다 쇼싱이 녀아를 보고 ᄉᆞ모ᄒᆞ기를 면치 못ᄒᆞ나 문왕이 셩인이시로대 하쥐 슉녀를 오ᄆᆡᄉᆞ복ᄒᆞ시니 쇼년남ᄌᆞ의

35면

고이치 아닌 일이오 양싱이 이리 넘남은 업ᄂᆞᆫ이라 진왕이 쇼왈 내 아히 챡급ᄒᆞ여ᄒᆞ니 내 ᄯᅩᄒᆞᆫ 말을 ᄒᆞ리라 쇼경쉬 비록 군ᄌᆞ의 덕이 남과 다ᄅᆞ나 치셰의 현샹으로 니음양 슌ᄉᆞ시 ᄒᆞᆯ 직조ᄲᅮᆫ이라 엇지 닌광의 운쥬유악의 결승쳔리ᄒᆞ여 젼필승 공필취ᄒᆞ여 ᄉᆞ히를 ᄆᆞᆰ히고 벌젹치토ᄒᆞ여 츌쟝입샹ᄒᆞ고 경늪지직를 ᄯᆞᄅᆞ리오 혜컨대 양닌광이 쇼경슈의 아리 셔지 아니ᄒᆞ올 바여ᄂᆞᆯ 아이 일편된 말을 ᄒᆞ니 엇지 졀박히 너기미 괴이ᄒᆞ리오 조부인이 낭쇼 왈 각각

36면

졔 ᄉᆞ회를 낫게 너기고 냥 질녀ᄂᆞᆫ 각각 졔 가군을 낫게 너기니 인졍이 샹ᄉᆞ여니와 군ᄌᆞ의 관즁ᄒᆞᆫ 덕힝을 니ᄅᆞᆯ진대 쇼랑이 읏듬일가 ᄒᆞ노라 태부인이 쇼왈 양 쇼 냥랑이 다 대인걸ᄉᆞ오 고하층등이 업ᄉᆞ니 여등은 닷토지 말지어다 양부인과 월염이 쇼왈 닷토미 아니라 ᄒᆞᆫ갓 사ᄅᆞᆷ을 칙망이 일편되여 져의 힝ᄉᆞ를 너모 하례ᄒᆞ시니 쇼녀도 공논ᄒᆞ고져 ᄒᆞᆫ 일이옵지 가부의 흉을 덥고 쇼샹셔를 하폐ᄒᆞᆫ 일이 아니로쇼이다 쇼네 반다시 ᄋᆡ달나 ᄒᆞ나이다 ᄌᆞ염이 미쇼 왈 아모커나

37면

니ᄅᆞ쇼셔 쇼녀는 굿ᄐᆞ여 노ᄒᆞ여 아니ᄒᆞ나이다 가뷔 비록 존즁ᄒᆞ나 큰 ᄒᆞ믈인즉 알고 이시며 인군이 비록 놉흐시나 그 실덕ᄒᆞ믄 신ᄒᆡ 아옵는지라 져져는 양샹셔의 빅힝의 만ᄉᆞ를 허물을 모ᄅᆞ니 가쇼로쇼이다 냥인이 일쟝을 낭낭이 웃고 졔죄 대쇼ᄒᆞ더라 양쇼 이쇼져의 문답을 드ᄅᆞᄆᆡ 졔조의 우읍기를 이긔지 못ᄒᆞ여 낭낭ᄒᆞᆫ 우음이 구슬을 웬 듯ᄒᆞ더니 믄득 쇼샹셔와 양샹셰 드러오니 원내 쇼샹셰 환됴ᄒᆞᆫ 지 오ᄅᆡ되 연슈의 일노 쥬야 심녀를 감동ᄒᆞᆫ 후 일시 움즉이지 아니ᄒᆞ

38면

므로 악부모긔 뵈지 못ᄒᆞ엿더니 금일이야 이곳의셔 셔로 볼ᄉᆡ 월염이 협실노 피코져 ᄒᆞᆫᄃᆡ 진왕이 잡아 안쳐 셔로 보게 ᄒᆞ니 조시 마지 못ᄒᆞ여 한가지로 안ᄌᆞ 쇼샹셔를 볼ᄉᆡ 양 쇼 이 인이 편편ᄒᆞᆫ 광풍이 금포옥ᄃᆡ로 드러와 존당과 좌즁의 례를 맛ᄎᆞᄆᆡ 태부인이 쇼샹셔의 환됴ᄒᆞ믈 치하ᄒᆞ고 연슈의 원젹ᄒᆞ믈 위문ᄒᆞ고 구부인의 환후 평복ᄒᆞ믈 희힝ᄒᆞ니 쇼샹셰 칭샤 대왈 데우의 셩의와 셩은이 망극ᄒᆞ여 싱환ᄒᆞ오나 어린 동싱이 검각의 뉴찬ᄒᆞ오니 ᄉᆞ졍의 참연ᄒᆞ거놀 지

39면

ᄂᆡ온 변난이 불가ᄉᆞ문의탁국이오며 쇼싱이 됴항의 츌입을 붓그러 ᄒᆞ오니 도라온 지 오ᄅᆡ오ᄃᆡ ᄌᆞ모의 병환으로 니측지 못ᄒᆞ와 지금 ᄇᆡ현ᄒᆞ는 례를 우금까지 닐우지 못ᄒᆞ오니 울울ᄒᆞ믈 이긔지 못ᄒᆞ리로쇼이다 니러나셔 뭇 좌의 한훤을 맛ᄎᆞᄆᆡ 투목으로 양샹셔 부인을 보니 ᄇᆡᆨ태 천광이 쇄락ᄒᆞ여 ᄌᆞ긔 부인으로 일빵 구슬이라 심하의 탄복ᄒᆞ여 조가의 남ᄌᆞ 녀인이 이러틋 모혀 츌인ᄒᆞ믈 탄복ᄒᆞ더라 진 초 이 공이 흔연이 말솜을 여러 반기미 무궁ᄒᆞ고 졔죄 우음을 ᄯᅴ여 양 쇼 냥

40면

인을 대ᄒᆞ여 냥셔를 다 기리심과 냥ᄆᆡ 다 각각 가군을 기리던 말을 닐으니 쇼샹셰 함쇼ᄒᆞ고 양샹셰 대쇼 왈 너의 무리 날을 아지 못ᄒᆞ여 ᄆᆡ양 나모라 ᄒᆞ대 악장은 날을 아ᄅᆞ시고 부인을 아ᄅᆞ보미라 쇼쳔유 갓튼 쇼졸ᄒᆞ고 옹식ᄒᆞᆫ 남ᄌᆞ를 이 훤츨ᄒᆞᆫ 대장부 양인광의게 비기면 엇지 통분ᄒᆞ지 아니ᄒᆞ리오 쳔유 갓튼 쟈는 내게 치도 잡을 날이

머러시니 져의 조고만 슈힝이 군ᄌᆞ의 텬연ᄒᆞᆫ 덕과 훤대ᄒᆞᆫ 지량 갓ᄐᆞ리오 졔죄 대쇼왈 념치 도샹ᄒᆞ고 잔븟그러오미 업ᄉᆞ믄 쇼쳔위 양ᄌᆞ범을 밋

41면

지 못ᄒᆞ려니와 그 밧근 양형이 쳔유 싸올 날이 머럿ᄂᆞ니라 쇼샹셰 옥면화풍의 은은ᄒᆞᆫ 화긔를 씌여 웃고 닐오대 ᄌᆞ범이 스ᄉᆞ로 갈진ᄒᆞ여 남의셔 낫다ᄒᆞ니 가쇼롭지 아니ᄒᆞ랴 나으나 못ᄒᆞ나 ᄌᆞ구ᄌᆞ겸ᄒᆞ믄 인인샹ᄉᆞ여늘 ᄌᆞ범은 스ᄉᆞ로 남이 일ᄏᆞᆯ ᄉᆞ이업시 제가 졔 일을 데일이로라 ᄌᆞ긍ᄒᆞ니 우쟈의 웃듬이로다 초공이 쇼왈 네 말이 올타 ᄌᆞ범이로 ᄒᆞ여금 례의념치를 단정ᄒᆞ여 힝시 온즁ᄒᆞ면 혹 남도곤 낫다도 ᄒᆞ리라 조싱들이 쇼왈 ᄌᆞ범이 남도곤 승ᄒᆞ미 만흐니이다 렴치샹

42면

진ᄒᆞ미 데일이오 낫 둣거오미 데일이오 녀ᄉᆡᆨ관졍이 남도곤 데일이오 삼ᄉᆞ 조건이 타인의 빈승이라 쳔유로 나으라 ᄒᆞ미 고이치 아니리이다 일좌 대쇼ᄒᆞ고 두 샹셔와 양뇌 만단희학ᄒᆞ고 희담으로 즁인이 찬쥬ᄒᆞ니 츈풍화긔 무ᄅᆞ녹으ᄃᆡ 쇼샹셰 홀노 유유ᄒᆞᆫ 화긔 이시나 기간의 심회 울억ᄒᆞ고 븟그리믈 씌여 슈ᄉᆡᆨ이 만안ᄒᆞ니 초공이 탄왈 ᄆᆡᄉᆡ 텬쉬라 과도히 샹히치 말나 여데 타일의 ᄊᆡ다롬이 이신즉 기시의 텬샤를 입고 도라와 너의 형데 텬륜이 온젼ᄒᆞ리라 마음이란 거ᄉᆞᆫ 너모 쓰면

43면

심쇄 셩ᄒᆞ여 사롬이 그릇 되ᄂᆞ니 가히 삼갈 빈니라 샹셰 ᄇᆡ이슈명이라 두 사회 뫼셔 말숨ᄒᆞ니 금반옥디의 배반이 낭ᄌᆞᄒᆞ여 만 리 원별의 쳐음으로 못보던 정을 펴고 각도 쇼산지물의 아니 가즌 진찬이 업ᄉᆞ며 진 초 이 공의 ᄉᆞ랑이 ᄌᆞ질과 일반이라 오린 후 이 인이 하직고 도라가니 초공이 탄왈 쇼경슈는 어진 군ᄌᆞ로 효의 나타나고 기데의 ᄉᆞ오나믈 개회치 아니ᄒᆞ여 연슈를 위ᄒᆞ여 은위 여할ᄒᆞ니 가히 지현군ᄌᆡ라 너의 다 본바드라 졔죄 쇼이 대왈 쇼가 형데 모ᄌᆞ간이 구젹이 되여 텬뎡과 만셩

44면

의 나타ᄂᆞ니 무어ᄉᆞ로ᄡᅥ 본바듬즉 ᄒᆞ리잇고 초공이 번연역ᄉᆡᆨ 왈 여등이 도지 기 일

이오 미지 기 이로다 경슈의 효우는 대슌 후의 일 인이라 슌이 어지지 못ᄒᆞ여 부모긔 부득지ᄒᆞ샤 민텬의 호읍ᄒᆞ시니 엇지 쇼아 가내 불화ᄒᆞ기로야 시비ᄒᆞ리오 ᄌᆞ질이 웃고 물너ᄂᆞ다 ᄎᆞ야의 양부인이 녀ᄋᆞ를 다리고 자며 화란의 비샹홈과 운익의 긔구ᄒᆞ믈 일ᄏᆞᄅᆞ니 부인이 젼일을 니ᄅᆞ고 샹연이 타루ᄒᆞ믈 면치 못ᄒᆞᄃᆡ 조쇼졔 모친을 위로ᄒᆞ여 츈풍화일 갓ᄐᆞ니 진실노 녀ᄌᆞ의 심쟝이나 관홍환연

45면

ᄒᆞ여 총명이 여신ᄒᆞ니 ᄌᆞ염 갓ᄐᆞ니 업슬지라 부인이 더옥 두굿겨 ᄒᆞ더라 조시 ᄉᆞ오일을 머므러 존당부모을 뫼셔 형뎨 셔로 경회를 펴고 조시 졍시 등이 쇼당의 쇼쟉을 버려 쇼고의 도라오믈 치하ᄒᆞ니 ᄎᆞ시 제 부인와 졔 쇼졔 다 렬좌ᄒᆞ여 화안월광이 일싴의 조요ᄒᆞ고 졔 쇼져의 단쟝이 쏫 슈풀을 일윗ᄂᆞᆫ지라 혜션공쥬의 아룸다옴과 한시의 긔특ᄒᆞ미 특츌ᄒᆞ여 만고의 무비ᄒᆞ니 조시 탄왈 우리 집의 드러오나니마다 긔특ᄒᆞ믄 부모 존당의 여음이라 더옥 한시 종쟝의 즁홈과 옥

46면

쥬의 금지옥엽의 빗ᄂᆞ미 쇼 경 냥형의 뒤흘 니으니 하늘이 오문을 챵대ᄒᆞ시며 신명이 보조ᄒᆞ믈 알 빅로되 무고히 심당의 피폐ᄒᆞ니 엇지 가셕지 아니리오 졍시 츄연 탄왈 녀ᄌᆞ의 팔ᄌᆡ ᄉᆞᄉᆞ마다 가련ᄒᆞ니 쳡이 초년의 만샹 흉변을 다 지내고 이제 텬일을 보고 ᄌᆞ녀 졔뷔 쥰걸ᄒᆞ믈 인ᄒᆞ여 도로혀 두리오미 극ᄒᆞᆫ지라 깃브믈 능히 아지 못ᄒᆞ리로다 쇼샹셔 부인이 탄왈 현져의 초년 환란이 차악ᄒᆞ나 오히려 쇼뎨의 변란의 비기지 못ᄒᆞᆯ지라 이졔 텬은을 입ᄉᆞ와 누얼을 신빅ᄒᆞ고 외람ᄒᆞᆫ

47면

표쟝찬문과 금ᄌᆞ어필이 불평ᄒᆞ미 극ᄒᆞ고 가군이 기 뎨 연고로 은위 즁쳡ᄒᆞ니 쳡심이 일반이라 엇지 제 형뎨 시름업시 만싀 질거오믜 비기리오 화픠 쇼왈 허다ᄉᆞ를 념녀 마ᄅᆞ쇼셔 하늘이 군ᄌᆞ를 내시고 쇼져 갓ᄐᆞᆫ 셩녀를 내시미 ᄯᅳᆺ이 젹지 아니ᄒᆞ거ᄂᆞᆯ 현인을 모히ᄒᆞ여 불측ᄒᆞᆫ 힝실이 텬디신기의 득죄ᄒᆞ미 심ᄒᆞ여 몸이 화망의 ᄲᅡ지니 엇지 년셕ᄒᆞ며 쇼샹셔의 지셩지우를 근심ᄒᆞ나 부인은 무슴 일노 환우ᄒᆞ리오 조시 봉황미를 씽기고 탄왈 슈슉지간의 허물을 ᄉᆡᆼ각

48면

ᄒᆞ며 가군의 셩우를 져바리리오 모ᄃᆞ 감탄ᄒᆞ고 조부인이 탄왈 우리 ᄇᆡᆨ거거ᄂᆞᆫ 셜강 갓튼 간인도 샤ᄒᆞ여 구원을 치부치 아니니 군ᄌᆞ의 대도와 쇼ᄆᆡ 엇지 참아 동긔의 명호를 의지ᄒᆞ여 질원ᄒᆞ며 졔 ᄯᅩ 개과ᄒᆞᄆᆡ 감동ᄒᆞ고 넌측ᄒᆞ미 업ᄉᆞ리오 화픽 탄왈 우리 초공의 지인지감이며 양부인의 심인후덕이 ᄌᆞ녀의게 온젼ᄒᆞ미로다 현량통달ᄒᆞ미 이 갓튼 부인이 다시 잇ᄉᆞ리오 조시 탄왈 이러므로 셩문이 놉하시며 구고존당이 칭션ᄒᆞ미 일신의 온젼ᄒᆞ니 ᄎᆞ시를 당ᄒᆞ여 ᄉᆡᆼ각

49면

ᄒᆞ니 도로혀 연슈와 곽녀의 작변이 쇼졔와 조부인 덕을 나타내며 효ᄒᆡᆼ을 빗내ᄂᆞᆫ 시졀이라 무어술 한ᄒᆞ리오 조시 츄연 왈 엇지 부친 형뎨 간의 말ᄉᆞᆷ 너모 과도ᄒᆞ여 쳡으로 ᄒᆞ여금 마음이 편치 아니케 ᄒᆞᄂᆞ뇨 양 쇼 이 부인이 탄왈 곽녀ᄂᆞᆫ 우리 종형뎨를 무이 너겨 하늘이 내샤 각별ᄒᆞᆫ 환란을 지으미니 엇지 져를 ᄎᆡᆨ망ᄒᆞ리오 언두의 일ᄏᆞᄅᆞ미 측ᄒᆞ니 하늘을 가히 원치 못ᄒᆞ고 인도를 탄ᄒᆞ노라 양 쇼 냥가와 졍가 문즁의 환란이 밋ᄎᆞ니 엇지 골경신히치 아니리오 조시

50면

ᄯᅩᄒᆞᆫ 명도를 일ᄏᆞᄅᆞ 시셰를 탄ᄒᆞᆯ ᄲᆞᆫ이러라 쇼부의셔 쇼져 도라오기를 니ᄅᆞ니 부인이 부모 권당을 만나 결연이 하직이 덧업ᄉᆞ나 구고의 명을 거역지 못ᄒᆞ여 쇼부로 나아가니라 이ᄯᆡ의 구부인이 그 악을 회션ᄒᆞᄆᆡ 쟝ᄌᆞ 부부를 긔ᄋᆡᄒᆞ미 일신의 더ᄒᆞ여 병이 되며 삼황이 개심ᄒᆞᄆᆡ 좌우의 어진 말이 들니고 간ᄉᆞᄒᆞᆫ 참언이 업ᄂᆞᆫ 고로 구부인의 텬셩이 본대 보다랍고 량졍ᄒᆞᆫ 고로 알연 낭낭ᄒᆞ거ᄂᆞᆯ 품슈ᄒᆞᆫ 바ᄂᆞᆫ 연약ᄒᆞᆫ 고로 젼일을 츄회ᄒᆞ니 조시 ᄉᆞ랑이 삼녀의 우히라 귀즁ᄒᆞ미 연슈도곤

51면

십ᄇᆡ나 더ᄒᆞ니 샹셔와 조부인이 평ᄉᆡᆼ 밋친 한이 업셔 냥가 부모를 지효로 ᄒᆞ고 인덕을 더옥 솟다이 ᄃᆞᆨ가 교시로 화의ᄒᆞ고 구시로 화동ᄒᆞ여 됴셕의 위로ᄒᆞ미 골육동긔의 지나고 질아 보호ᄒᆞ믈 긔출갓치 ᄒᆞ니 현심인덕이 닌리척당의 들네고 쇼샹셰 감격ᄒᆞ믈 이긔지 못ᄒᆞ여 비로쇼 ᄉᆞ침의 대ᄒᆞ여 샹셰 츄연이 ᄉᆡᆨ을 곳치고 탄왈 우리 부부의

참변은 싱각ᄒᆞ미 심골이 경한ᄒᆞᆫ지라 이제 텬은을 입ᄉᆞ와 부뷔 고토의 싱환ᄒᆞ여 친젼의 시봉ᄒᆞ여 ᄌᆞ위의 가ᄎᆞᄒᆞ시믈 입ᄉᆞ오니 비로쇼

52면

무한이나 아오를 만 리 셔촉의 원별ᄒᆞ여 모됼 긔약이 묘연ᄒᆞ니 엇지 심회를 졍ᄒᆞ리오 이졔 부인이 허다 간익을 지내고 셔로 모드미 다시 니를 말이 업ᄉᆞ나 오직 우리 형졔 지극ᄒᆞᆫ 졍을 싱각ᄒᆞ고 오뎨의 허물을 관샤ᄒᆞ여 슈슈와 치아를 ᄉᆞ랑ᄒᆞ며 현덕으로 거ᄂᆞ려 친싱이나 다ᄅᆞ지 아니ᄒᆞ게 ᄒᆞ면 싱의 지극히 바라ᄂᆞᆫ 원이라 부인이 역시 탄식숀샤ᄒᆞ고 샹셔의 아ᄌᆞ를 쥭은가 ᄒᆞ고 거쳐를 몰나 슬허ᄒᆞᄂᆞᆫ지라 조시 이의 시녀를 옥분항의 보내여 츈계를 불너 공ᄌᆞ를 다려오라 ᄒᆞ니 츈

53면

계 임의 졔 집의 공ᄌᆞ를 그ᄯᅴ의 다려다가 기ᄅᆞ던지라 공지 졈졈 ᄌᆞ라미 싱이지지ᄒᆞᄂᆞᆫ 일이 만코 영풍옥골과 화모셩안이 진셰의 탈쇽ᄒᆞ여 히월이 ᄯᅥ러지며 명월이 붉앗ᄂᆞᆫ 둣 날마다 긔이ᄒᆞ니 츈계 형뷔 능히 글ᄌᆞ를 ᄒᆞ기로 셔칙을 어더 공ᄌᆞ를 글을 가ᄅᆞ치니 ᄒᆞᆫ ᄌᆞ를 드러 열 ᄌᆞ를 통ᄒᆞ고 열 ᄌᆞ를 드러 빅 ᄌᆞ를 ᄭᅵ치니 문쟝은 ᄌᆞ고로 사름이 텬싱이라 져마다 못ᄒᆞᄂᆞᆫ지라 공ᄌᆞ의 쳔고 녕명지지와 대현지풍이 아시로븟터 비쇽ᄒᆞ니 쳥텬빅일은 노예하쳔도 역

54면

지기명이라 공ᄌᆞ의 신명특츌ᄒᆞ믈 탄복지 아니ᄒᆞ리 업더라 공지 ᄆᆡ양 츈계를 대ᄒᆞ여 부모를 차ᄌᆞ미 집을 무러 도라가기를 바란대 츈계 빅 가지로 밀막아 셰월을 보내더니 ᄎᆞ시 부인이 무ᄉᆞ히 도라온 쇼식을 듯고 샹셔의 영화로 환경ᄒᆞ믈 드ᄅᆞ미 깃거 ᄎᆞᆺᄂᆞᆫ ᄯᅴ를 기다려 챡급ᄒᆞ더니 이ᄯᅴ를 당ᄒᆞ여 영광이 호셩홈과 연슈 죄 탄루ᄒᆞ여 감ᄉᆞ찬젹ᄒᆞ믈 드ᄅᆞ니 쾌ᄒᆞ고 깃분지라 환환희지ᄒᆞ여 ᄒᆞᆫ가지로 쇼부의 니ᄅᆞ러 부인긔 뵈오니 이ᄯᅴ 샹셰 부인 침쇼의 잇다가 츈

55면

계 믄득 ᄒᆞᆫ 아히를 업고 와 쳥샹의 노으며 고두톄읍ᄒᆞ고 빅례ᄒᆞ미 안슈를 금치 못ᄒᆞ

니 상셰 대경ᄒᆞ여 밧비 눈을 드러보니 그 아ᄋᆡ 농미봉안이 슈려ᄒᆞ여 증청의 묽으미 츄슈의 시별이오 쳔간의 옥엽이라 놉흔 텬뎡은 상월이 두렷ᄒᆞ고 흰 ᄂᆞᆺ촌 빅옥을 무엇는 ᄃᆞᆺ 쇄락ᄒᆞᆫ 긔운이 만리 장공의 ᄒᆞᆫ 졈 구름이 업는 ᄃᆞᆺ 쇼아의 유미ᄒᆞᆫ 거동이 업고 태되 형영셕대ᄒᆞ여 군ᄌᆞ호걸의 쟝ᄌᆞ지풍이 완젼ᄒᆞ니 뉘 치아의 나히 쳑등의 이시믈 알니오 츈계 아희다려 가ᄅᆞ쳐 니ᄅᆞᄃᆡ 안ᄌᆞ시

56면

니는 공ᄌᆞ의 부뫼시니 졀ᄒᆞ여 뵈옵쇼셔 공ᄌᆡ 년망이 나아가 졀ᄒᆞ고 물너 ᄭᅮ러 안ᄌᆞ니 상셰 마음이 여취여광ᄒᆞ여 어린 ᄃᆞᆺᄒᆞ고 조쇼져의 돌과 옥 갓튼 마음으로도 아ᄌᆞ를 보ᄆᆡ 반가온 마음이 혼빅을 흔득여 슬프고 반기미 구름 못ᄃᆞᆺ ᄒᆞ니 효셩빵안의 물결이 동ᄒᆞ여 얇히 나아가 집슈쳑연 왈 사름이 츔고 견대면 사는 일이 잇도다 금일 모ᄌᆡ 상봉ᄒᆞ여 텬륜이 완젼ᄒᆞ기야 몽즁의나 ᄯᅳᆺᄒᆞ여시리오 엇지 슬프지 아니ᄒᆞ리오 샹셰 ᄯᅩ 아희를 나호여 숀을 쥐고 취감ᄒᆞᆫ 눈물을 ᄲᅳ려 왈

57면

오늘날 아희를 보니 나의 골육이라 엇지 능히 ᄎᆞ아를 보젼ᄒᆞ여 금일 상봉ᄒᆞ게 ᄒᆞᆫ요 부인이 안식을 곳치고 옷기슬 념의여 왈 쳡의 힝시 부인녀ᄌᆞ의 단졍ᄒᆞᆫ 일이 업고 번다ᄒᆞᆫ 일이 여ᄎᆞ여ᄎᆞᄒᆞ니 실노 참괴ᄒᆞᆫ지라 샹공은 고이히 너기시지 마ᄅᆞ쇼셔 ᄒᆞ고 인ᄒᆞ여 아ᄌᆞ를 츈계를 맛져 졔 형의 집의 맛져 감초와 옥분항의 두엇던 말을 니ᄅᆞ니 샹셰 드ᄅᆞᄆᆡ 깃브고 즐거오믈 이긔지 못ᄒᆞ여 탄복ᄒᆞ고 아희를 슬상의 안아 니ᄅᆞᄃᆡ 부인은 가히 녀즁영웅이오 지혜와 총명이

58면

여신ᄒᆞ니 엇지 항복지 아니리오 복이 무숨 복으로 부인 갓튼 현인슉녀를 만나 평싱을 화락ᄒᆞ나뇨 실노 부인을 ᄉᆞ모ᄒᆞ고 아ᄌᆞ를 싱각는 한이 구곡의 잇지 못홀너니 오늘날 부부와 부ᄌᆡ 상봉ᄒᆞ고 텬륜이 완젼ᄒᆞ믄 부인의 공이라 엇지 이의 더ᄒᆞᆫ 경ᄉᆡ 잇ᄉᆞ리오 부인이 탄왈 이 다 마지못ᄒᆞᆫ 일이라 우흐로 구고의 명이 아니오 부ᄌᆞ의 지휘 아니니 엇지 졍되라 ᄒᆞ리잇고 샹셰 잠쇼 왈 원내 부인이 졍도만 ᄒᆞ던들 오늘날이 잇ᄉᆞ리오 왕일의 신긔ᄒᆞᆫ 계교와 긔특ᄒᆞᆫ 지혜로 몸

59면

을 보젼ᄒᆞ고 ᄌᆞ식을 구ᄒᆞ여 오늘날의 부뷔 부ᄌᆞ로 단원ᄒᆞ니 ᄎᆞᄂᆞᆫ 부인의 덕이오 부모의 영광을 ᄉᆡᆼ각ᄒᆞ니 더옥 만힝이라 ᄒᆞ고 인ᄒᆞ여 아히를 다리고 존당의 드러가 강능후와 구부인을 뵈니 쇼공이 대경ᄒᆞ여 급히 문왈 져 엇던 아히뇨 샹셰 젼두일을 대강 알외니 구부인은 ᄌᆞ긔 셕ᄉᆞ를 더옥 츄회ᄒᆞ여 참괴ᄒᆞ고 쇼공은 격졀감탄ᄒᆞ여 니ᄅᆞᄃᆡ 조현부의 만ᄉᆡ 긔특ᄒᆞ고 신긔ᄒᆞ믄 너와 날 갓ᄐᆞᆫ 쟝부로 예탁지 못ᄒᆞᆯ 일이 ᄉᆞᄉᆞ의 신긔ᄒᆞ니 엇지 오문의 복경이 아니리오 ᄒᆞ고 숀아를 나호여

60면

보니 명봉지안이오 미봉쳔향지ᄉᆡᆨ이라 완연이 초공의 모습이니 쇼공이 신연탄복ᄒᆞ고 만심힝열 왈 쇼문이 오히려 복경이 잇도다 아히 나흘 무ᄅᆞ며 비흔 거ᄉᆞᆯ 무ᄅᆞ니 응대ᄒᆞᄂᆞᆫ 말이 강하를 드리온 ᄃᆞᆺ 노셩군ᄌᆞ의 틀이 이시니 쇼공이 환열 왈 ᄒᆞᆫ 달 된 ᄆᆡ야지 태산을 넘쒸고 경촌의 구슬이 만리를 빗취다 ᄒᆞ니 이 아히 긔특ᄒᆞ믄 승어부죄라 얼골이 외조 초공 갓ᄐᆞ니 그 도혹과 셩현지풍을 습ᄒᆞᆫ즉 쇼가의 만힝이 아니리오 ᄒᆞ고 환희ᄒᆞ믈 이긔지 못ᄒᆞ여 그 숀을 어ᄅᆞ만져 일홈을

61면

무ᄅᆞ니 기ᄋᆡ 대왈 대부와 야야를 금일이야 뵈오니 엇지 일홈이 잇ᄉᆞ오리잇고 ᄒᆞ거ᄂᆞᆯ 공이 더옥 긔특이 너겨 일홈을 챵문이라 ᄒᆞ고 ᄌᆞ를 즁계라 ᄒᆞ고 ᄋᆡ즁ᄒᆞ미 여만금이라 쇼공의 부부와 조숀모ᄌᆡ 환열ᄒᆞ고 샹셔ᄂᆞᆫ 여한이 업ᄉᆞ대 오직 일념의 쥬야 슬허ᄒᆞᄂᆞᆫ 바ᄂᆞᆫ 연슈의 만 리 고초를 슬허ᄒᆞ고 긔약이 묘망ᄒᆞ믈 탄식ᄒᆞ니 태항산 구름을 바라고 눈물이 마를 젹이 업셔 슈우쳑쳑ᄒᆞ미 화미를 열 ᄊᆡ가 업ᄉᆞ니 부인은 ᄆᆡ양 교시를 잔잉이 너기고 질아를 어ᄅᆞ만져 지극히

62면

애휼ᄒᆞ미 챵문의 더ᄒᆞᆫ지라 일문이 그 효우를 탄복ᄒᆞ고 평진후ᄂᆞᆫ 챵문을 보고 더옥 깃거 조쇼져의 신츌귀몰ᄒᆞ믈 탄복ᄒᆞ고 ᄌᆞ부의 평안ᄒᆞᆫ 시졀을 당ᄒᆞ여 쥬부인의 두굿기미 비길ᄃᆡ 업ᄉᆞ나 윤부인은 오히려 쾌치 아냐 조시와 샹셔ᄂᆞᆫ 냥가 친젼의 셩회 동촉ᄒᆞ여 긔특지 아니미 업ᄉᆞ니 구부인의 악악ᄒᆞᆫ 심경으로도 규문이 ᄆᆞᆰ기 물 갓ᄐᆞ여

츈풍이 화지의 잠김 갓튼지라 구시 이찌를 당ᄒᆞ니 일신이 무양ᄒᆞ고 적인의 호셩ᄒᆞᆫ 복녹과 일홈이 만셩의 둘네며 금ᄌᆞ어필

63면

로 셩녀슉렬문이라 ᄒᆞ여 놉히 다라시니 호호ᄒᆞᆫ 셩은이 쥬람셩내의 뎨일을 쳔ᄌᆞᄒᆞ니 ᄌᆞ긔의 셔어ᄒᆞᆫ 형셰로 감히 항형ᄒᆞᆯ 형셰가 업고 이찌 구부인이 공의를 구지 잡아 슉질의 정을 조금도 편벽ᄒᆞ미 업ᄉᆞ니 일점 유치 업셔 젹막ᄒᆞᆫ 한이 쟝신궁 반쳡여로 흡ᄉᆞᄒᆞ니 쇼샹셰 도라온 후 현영ᄒᆞ여 일이 번다ᄒᆞ고 연슈의 일과 구부인 환후로 뭇ᄂᆞᆫ ᄌᆞ최 님치 아니ᄒᆞ니 두로 ᄋᆡ분ᄒᆞ여 원한이 ᄌᆞ연 조시긔 모도이고 병은 고황의 침노ᄒᆞ니 쥬야의 머리를 버개의 더져 가ᄉᆞ를 도라

64면

보지 아니ᄒᆞ며 식음을 물니쳐 침실의 드러시니 샹셔의 대긱슈응과 범ᄉᆞ 즁궤의 찰임을 젼혀 모ᄅᆞᄂᆞᆫ지라 조쇼졔 스ᄉᆞ로 불평ᄒᆞ여 몸을 ᄂᆞᆺ초와 구시를 지셩감화ᄒᆞ여 그 병을 념녀ᄒᆞ미 텬셩의 비로셔 쟉위ᄒᆞ미 아니라 만식 다 초월ᄌᆞ상ᄒᆞ고 어그러워 ᄌᆞ연 감복ᄒᆞ게 되ᄂᆞᆫ지라 구시 대간대악이 아니라 조시의 덕홰 날노 더옥 긔특ᄒᆞ니 인졍의 감동ᄒᆞ여 슬흔 음식이라도 져의 졍다이 권ᄒᆞ면 먹고 화ᄒᆞᆫ 말솜을 ᄒᆞ여 위로ᄒᆞ니 마옴이 편ᄒᆞ고 일이 감복ᄒᆞ여 ᄌᆞ긔 젼과를 뉘웃

65면

쳐 ᄒᆞ니 조시 그 개과ᄒᆞ믈 더옥 깃거 화우ᄒᆞ기를 일숨으니 이찌 구부인이 가ᄉᆞ를 젼당ᄒᆞ여 조시를 쥬어 왈 구아ᄂᆞᆫ 큰 그ᄅᆞ시 아니라 내 치가ᄒᆞ미 본대 덕이 업셔 인심을 진정치 못ᄒᆞᄂᆞᆫ지라 현뷔 가히 가ᄉᆞ를 맛타 어진 덕을 슈힝ᄒᆞ라 조시 비록 불평ᄒᆞ나 스ᄉᆞ로 부인 뜻이 구ᄃᆞ므로 감히 거역든 못ᄒᆞ나 감당치 아냐 구시로 의지ᄒᆞ여 셥경ᄒᆞ니 구시 오직 자교를 어긔오지 못ᄒᆞᄂᆞᆫ지라 만식 여의ᄒᆞ니 조시 샹셔를 권ᄒᆞ여 대졉이 후ᄒᆞ믈 간권ᄒᆞ니 샹셰 시러금 마지 못ᄒᆞ여 후대ᄒᆞ고

66면

조시 즁궤의 번다ᄒᆞ믈 스ᄉᆞ로 당ᄒᆞ니 우흐로 구고를 효봉ᄒᆞ고 졔ᄉᆞ를 밧들기와 군ᄌᆞ

를 승슌ᄒᆞ고 동긔를 화우ᄒᆞ고 닌리친쳑을 돈목ᄒᆞ고 시비복쳡을 은위로 ᄒᆞ여 일마다 신긔롭고 총명ᄒᆞ여 ᄒᆞᆫ 일도 지나ᄂᆞᆫ 바의 그ᄅᆞᆫ 거시 업셔 사ᄅᆞᆷ의 공을 샹ᄒᆞ고 죄를 벌ᄒᆞ고 발간젹복이 신명 갓ᄐᆞ니 예셩이 닌리의 진동ᄒᆞ여 쇼상셰 그 덕을 감복칭션ᄒᆞ여 산히지경이 일일 층가ᄒᆞ나 구시 아시 결발지경을 표렴ᄒᆞ여 그 병을 념녀ᄒᆞ고 오리지 아닐 쥴을 ᄎᆞ셕ᄒᆞ여 대졉이 젼일과 내도ᄒᆞ니

67면

라 이ᄣᅢ 조시 쟝ᄉᆞ 젹쇼의셔 만ᄂᆞᆫ 위쇼져의 효힝슉덕이 츌어범인ᄒᆞ와 평싱을 ᄒᆞᆫ가지로 ᄒᆞ고져 ᄒᆞᆫ 슈말을 구부인긔 ᄌᆞ시 고ᄒᆞ여 존당긔 품ᄒᆞ시믈 청ᄒᆞ니 구시 ᄯᅩᄒᆞᆫ 이ᄣᅢᄂᆞᆫ 어질고 부드러온 부인의 셩심슉덕이 고인의 우히 잇ᄂᆞᆫ지라 위시의 현미ᄒᆞ믄 현부의 놉흔 지감으로 알지라 엇지 오부의 쳥을 막으리오마ᄂᆞᆫ 아직 깃거 아닐가 ᄒᆞ노라 조시 사샤 왈 위시를 취ᄒᆞ미 쇼쳡이 ᄒᆞᆫ갓 동렬의 셩식 이실 ᄲᅮᆫ 아니라 그 아ᄅᆞᆷ다온 긔질과 츌즁ᄒᆞᆫ ᄌᆡ덕이 인셰의 보ᄇᆡ라 샹셰 굿ᄐᆞ여 슉녀를

68면

샤양ᄒᆞ리잇가 부인이 흔연이 허락ᄒᆞ고 혼인을 셩젼ᄒᆞ니 조시 ᄇᆡ샤ᄒᆞ더라 구 조 이부인이 이 말을 가군긔 젼ᄒᆞ고 조시 현덕을 칭찬ᄒᆞ니 강능후와 평진휘 칭하 왈 조시ᄂᆞᆫ 당시의 태ᄉᆡ로다 이갓ᄐᆞᆫ 덕셩으로 나의 집 규문을 화평히 빗ᄎᆞᆯ 도으니 엇지 아ᄅᆞᆷ답지 아니ᄒᆞ리오 이갓ᄐᆞᆫ 녀ᄌᆞ의 셩덕을 우리 막으면 이ᄂᆞᆫ 그 현심을 져바리미라 ᄒᆞ고 샹셔를 불너 이 말을 니ᄅᆞ고 셰 마지 못ᄒᆞ여 혼인을 믈니치지 못ᄒᆞᆯ 쥴을 니ᄅᆞ니 샹셰 미우를 ᄶᅵᆼ긔여 불락 왈 쇼ᄌᆡ 허다 가변을 니ᄅᆞ혀기ᄂᆞᆫ

69면

녀ᄌᆞ의 일노 그러ᄒᆞ온ᄃᆡ 이제 겨유 진졍ᄒᆞ고 어내 ᄉᆞ이의 ᄯᅩ 사ᄅᆞᆷ을 취ᄒᆞ여 가ᄉᆞ를 산란ᄒᆞ오며 타인이 안들 무슴 졍직ᄒᆞᆫ 일이라 ᄒᆞ리잇고 일이 아모리 그러ᄒᆞ여도 이일은 온당치 아니ᄒᆞ오니 엇지 녀ᄌᆡ 가부의 ᄯᅳᆺ을 모ᄅᆞ고 임의로 허혼ᄒᆞ여 구ᄒᆞ리잇고 그 너모 과도ᄒᆞ믈 통히하옵ᄂᆞ니 비록 엄명이 겨시나 밧드지 못ᄒᆞ리로쇼이다 강능휘 졍ᄉᆡᆨ 왈 엇지 조현부 덕을 모ᄅᆞ고 도로혀 칙망ᄒᆞ나뇨 녀ᄌᆞ의 ᄉᆡ투 아니미 ᄇᆡᆨ인의 드므나 조식뷔 홀노 태ᄉᆞ지덕을 가져 어진 녀ᄌᆞ를 보고 젹인을 솜

70면

고져 ᄒᆞ니 이 진즛 슉녜라 진실노 긔특ᄒᆞᆫ 일이니 환란을 격고 이졔 텬일을 보ᄆᆡ ᄉᆞᄉᆞ마다 뜻을 좃고 마음이 편히 ᄒᆞ미 올흐니 조고만 일의 엇지 ᄎᆡᆨ망ᄒᆞ리오 위시와 정친ᄒᆞ믈 모르지 아니ᄒᆞᄃᆡ 이ᄂᆞᆫ 부득이 ᄒᆞ미라 드ᄅᆞ니 오ᄇᆡᆨ금을 쥬어 ᄌᆞ뢰ᄒᆞ고 젹인을 삼고져 ᄒᆞ니 만일 집을 난ᄒᆞᆯ 녀ᄌᆡ면 결단코 쳔거치 아니ᄒᆞ리니 엇지 고집ᄒᆞ리오 네 미인슉녀를 빵빵이 두어 ᄌᆞ녀를 갓초미 아름답지 아니ᄒᆞ리오 샹셰 부친의 셩의 여ᄎᆞᄒᆞ시믈 보고 유유히 슈명ᄒᆞ고 물너나ᄆᆡ 부인 침쇼의 니ᄅᆞ러

71면

냥구무언이러니 정식 왈 ᄉᆡᆼ이 본대 번화ᄒᆞ믈 즐기지 아냐 다만 ᄒᆞᆫ 안ᄒᆡ를 두어 집을 직희고져 ᄒᆞ거늘 인연이 고이ᄒᆞ여 흉괴ᄒᆞᆫ 음녀를 어더 가즁의 대변을 일위고 모ᄌᆞ형뎨 가변의 악ᄉᆞ를 만나 몸이 원젹ᄒᆞ여 ᄉᆞ림의 죄를 어더 명셰의 용납ᄒᆞᆯ 뜻이 업셔ᄒᆞ더니 텬은이 망극ᄒᆞ여 고토의 도라오ᄆᆡ 아이 촉디의 뎡ᄇᆡᆨᄒᆞ여 도라올 지속이 업ᄉᆞ니 내 엇지 마음이 편ᄒᆞ리오 부인이 나의 심ᄉᆞ를 알며 엇지 번화히 사ᄅᆞᆷ을 구ᄒᆞ여 방ᄌᆞ히 부모긔 고ᄒᆞ리오 부인이 ᄯᅩᄒᆞᆫ 젹인

72면

으로 무슴 유익ᄒᆞ미 잇관대 대ᄉᆞ로이 다ᄉᆞᄒᆞ미 이대도록 심ᄒᆞ뇨 조시 샹셔의 깃거아니믈 보고 ᄉᆞ례 왈 쳡이 비록 불미ᄒᆞ나 명공의 뜻을 예탁ᄒᆞᄂᆞ니 엇지 부졀업ᄉᆞᆫ 사ᄅᆞᆷ을 어더 군ᄌᆞ의 가도를 산란ᄒᆞ리잇고마ᄂᆞᆫ 그윽이 혜아리건대 문왕이 셩인이샤대 슉녀를 구ᄒᆞ시니 위시의 현미ᄒᆞ믄 고인 슉녀의 우히요 복긔 가ᄃᆞᆨᄒᆞᆫ 녀ᄌᆡ라 엇지 범연ᄒᆞ면 쳡이 스ᄉᆞ로 슈화를 ᄒᆞ리오 위시ᄂᆞᆫ 효ᄒᆡᆼ렬졀이 긔특ᄒᆞ여 반쇼 ᄇᆡᆨ희의 뉘라 만고의 만ᄉᆡ 흠연ᄒᆞ고 ᄌᆡ죄 쳔고의 독보ᄒᆞ니 쳡이 실노 앗

73면

기며 ᄉᆞ랑ᄒᆞ믈 이긔지 못ᄒᆞ여 죄를 무릅쓰고 당돌ᄒᆞ믈 혜아리지 못ᄒᆞ여 스ᄉᆞ로 허락ᄒᆞ고 ᄇᆡᆨ년을 갓치 지내고져 ᄒᆞ미라 환경 후 즉시 발셜코져 ᄒᆞ나 가ᄉᆡ 분쥬ᄒᆞ여 유유ᄒᆞ다가 구고긔 고ᄒᆞ미러니 군ᄌᆞ의 뜻이 여ᄎᆞᄒᆞ여 쳡으로 ᄒᆞ여금 민울ᄌᆞ괴ᄒᆞ며 치신무지ᄒᆞ게 ᄒᆞ시나뇨 만일 위시를 취ᄒᆞ여 존문의 ᄒᆡᄒᆞ미 잇거든 쳡이 당당이 죄를 당

ᄒᆞ리이다 ᄒᆞ믈며 져의 아름다오믄 일셰의 긔이ᄒᆞ니 이 갓튼 셩녀슉완을 만나 엇지 녀ᄌᆞ의 ᄉᆞ긔ᄒᆞᄂᆞᆫ 마음을 두어 군ᄌᆞ긔 쇽현치 아니ᄒᆞ

74면

리오 고인의 셩덕을 ᄯᅡ르고져 ᄒᆞ미로쇼이다 이졔 군ᄌᆞ 위거뉵경ᄒᆞ고 가ᄉᆡ 호번ᄒᆞ여 대ᄀᆡᆨ슈응의 범어졀치며 봉샤치가의 냥가봉친으로 번요ᄒᆞ미 극ᄒᆞ거놀 환란여싱이 암미ᄒᆞᆫ 지식으로 당치 못ᄒᆞ고 구시ᄂᆞᆫ 슉환질고로 샹셕의 침면ᄒᆞ니 위시 드러온즉 족히 빅ᄉᆞ를 샹의ᄒᆞ여 군ᄌᆞ의 즐거오믈 도을가 ᄒᆞᄂᆞ이다 쳡의 둔질이 외람이 즁궤를 당ᄒᆞ여 슉야 우황ᄒᆞᆫ 근심을 덜고 승슌코져 ᄒᆞ미오 유익ᄒᆞ미 만히 잇거놀 군ᄌᆞ ᄒᆞᆫ갓 고집을 쥬ᄒᆞ시니 쳡이 군ᄌᆞ로 불쥐

75면

야 ᄒᆞᄂᆞ이다 말숨을 맛ᄎᆞᄆᆡ 유졍유일ᄒᆞ여 츈산의 만홰 징발ᄒᆞ고 동일이 무ᄅᆞ녹ᄂᆞᆫ 둧 쥬람황영의 셩덕이 의연ᄒᆞᆫ지라 샹셰 문파의 어히업셔 잠쇼 왈 뉘 부인을 쇼졸타 ᄒᆞ더뇨 쇼진의 구변을 가져시니 ᄉᆡᆼ의 밋출 ᄇᆡ 아니라 위시 현슉ᄒᆞ미 부인 뒤흘 조ᄎᆞ면 엇지 깃부지 아니ᄒᆞ리오 내 ᄌᆞ쇼로 조부 즁의셔 ᄌᆞ라 악쟝이 ᄌᆞ질갓치 ᄉᆞ랑ᄒᆞ시믈 입ᄉᆞ와 무샹츌입을 내외로 ᄒᆞ다가 우연이 부인의 긔특ᄒᆞ믈 보고 비례를 모라지 아니ᄒᆞᄃᆡ 곡경의 심ᄉᆞ를 널

76면

리지 못ᄒᆞ고 질을 일워 요힝 부인을 만나 우지의 즐거오믈 일우더니 조물이 다ᄉᆡᄒᆞ여 곽녀 갓튼 음흉간인을 만나고 우리 냥인의 ᄋᆡᆨ회 비경ᄒᆞ여 만경의 슬난ᄒᆞ고 ᄉᆞ익을 겪그니 엇지 ᄎᆞ악지 아니리오 션악간 다시 번ᄉᆞ의 뜻이 업ᄉᆞ니 부인이 슉녀 쳔거ᄒᆞᄂᆞᆫ 공이 업도다 연이나 엄괴 간졀ᄒᆞ시니 필경은 거역든 못ᄒᆞ려니와 만일 불합홀진대 부인이 감당ᄒᆞ리라 조시 ᄇᆡ샤 왈 슉녀를 만나 금동옥녀를 가초 두어 친젼의 효를 일우면 쳡의게 샤례ᄒᆞ리

77면

이다 샹셰 탄식 왈 장부의 호ᄉᆡ나 실노 내 뜻은 즐겁지 아니대 엄훈이 겨셔 마지 못

ᄒᆞ미니 이 뜻을 위부의 통ᄒᆞ고 혼긔를 일위쇼셔 ᄒᆞ고 ᄐᆡᆨ일ᄒᆞ니 길긔 슈십 일이라 쇼부의셔 ᄎᆡ례를 보내고 길긔를 당ᄒᆞ니 연셕을 갓초고 내외 쳑당이 셩렬ᄒᆞ여 신랑을 보내고 신부를 마ᄌᆞ니 쇼공 형뎨와 구 쥬 등 모든 부인이 다 녀부를 거ᄂᆞ려 좌를 일원ᄂᆞᆫ대 조쇼졔 례복을 졍히 ᄒᆞ고 운환을 쁘러 존고를 뫼셔시니 즁인의 찬란ᄒᆞᆫ 교염 졀ᄉᆡᆨ이 일ᄉᆡᆨ의 조요ᄒᆞ여 오ᄉᆡᆨ

78면

쏫슈풀이 일웟시나 조시의 츄월 갓튼 광ᄎᆡ 달 갓튼 명광이 ᄉᆞ좌의 빗최여 ᄆᆞᆰ고 ᄉᆡᆨᄉᆡᆨᄒᆞ미 만좌 즁 쇼ᄉᆞᄂᆞ니 좌위 ᄉᆡ로이 흠탄ᄒᆞ여 일오ᄃᆡ 조부인 갓튼 만고졀염 슉녀를 두고 다시 ᄌᆡ취를 구ᄒᆞ니 실노 사ᄅᆞᆷ의 욕심을 모ᄅᆞ리로다 ᄒᆞ더라 구부인이 낭낭 쇼왈 우리ᄂᆞᆫ 타렴이 업더니 ᄉᆡᆼ각 밧 현부의 쥬혼이 여ᄎᆞᄒᆞᆫ ᄇᆡ라 현덕을 참아 바리지 못ᄒᆞ여 쳔고 셩ᄉᆞ를 삼고져 ᄒᆞ미라 신인이 우연ᄒᆞᆫ 녀ᄌᆡ 아니라 졀효례졀과 셩덕ᄌᆡ홰 현부의 뒤흘 조ᄎᆞ리라 ᄒᆞ고 가부를

79면

위ᄒᆞ여 우리를 ᄉᆡᆼ각ᄒᆞᆫ ᄇᆡ라 나의 조현부 갓ᄐᆞ니ᄂᆞᆫ 쳔고의 업고 신인이 바라도 못ᄒᆞ리라 ᄒᆞ고 인ᄒᆞ여 젹쇼 쟝ᄉᆞ의셔 젹인을 여ᄎᆞ여ᄎᆞᄒᆞ여 오ᄇᆡᆨ금을 구급ᄒᆞ고 삼샹을 맛ᄎᆞᆫ 후 혼인을 허락ᄒᆞ여 ᄒᆞᆫ가지로 샹경ᄒᆞ며 가부를 간권ᄒᆞᆫ 일을 셜파ᄒᆞ니 좌즁이 졔셩갈치ᄒᆞ고 탄샹ᄒᆞ니 쥬부인이 셕ᄉᆞ를 ᄉᆡᆼ각ᄒᆞ고 뉸회ᄒᆞᄂᆞᆫ 인ᄉᆞ를 개탄ᄒᆞ더라 샹세 좌즁의 드니 평진후 왈 네 년쇼ᄒᆞ나 쟉위 뉵경으로 실즁의 부인을 갓초 두니 졔가를 법도이 ᄒᆞ라 샹세 슈명

80면

ᄒᆞᄆᆡ 강능휘 쇼왈 현뷔 길의를 입혀 부인의 도를 다ᄒᆞ라 조시 배이슈명ᄒᆞ고 구부인이 쇼왈 내 이ᄌᆞ미 되고 구ᄋᆡ 질병이 침ᄎᆡᆨᄒᆞ니 관복을 일우지 못ᄒᆞᆯ 거시니 이젼 오시나 입고 갈 밧긔 ᄒᆞᆯ일업도다 조시 대왈 구부인이 념녀ᄒᆞ므로ᄡᅥ 쳡이 다 일웟ᄂᆞ이다 ᄒᆞ고 일습 의복을 내여오라 ᄒᆞ니 부인이 대희 왈 다 현부의 부덕이로다 ᄒᆞ더라 시각이 다다ᄅᆞᄆᆡ 샹셰 길복을 입을ᄉᆡ 조시 년보를 움ᄌᆞᆨ여 셤셤옥슈로 의복을 밧드러 셤기니 한업ᄉᆞᆫ 력량과 하히지심으로 길

81면

복을 셤기미 엇지 츄호를 불평ᄒᆞ리오 좌위 쳠시ᄒᆞ니 조시 츄슈증파는 가ᄂᆞ려 담엄싁싁ᄒᆞ고 풍화ᄒᆞᆫ 긔운이 만물이 무ᄅᆞ녹아 팔ᄌᆞ츈산이오 가를 보지 못ᄒᆞ여 바다 깁히를 아지 못홈 갓고 셰샹의 무빵ᄒᆞᆫ 슉녀 쳘뷔라 구고ᄂᆞᆫ 입이 버러 희동안ᄉᆡᆨᄒᆞ고 좌우 즁빈은 흠탄경복ᄒᆞ니 조시 좌우의 칭예ᄒᆞᄂᆞᆫ 쇼ᄅᆡ ᄌᆞᄌᆞᄒᆞ니 빵미를 찡긔여 괴로이 너기ᄂᆞᆫ 거동이 더옥 승졀ᄒᆞ더라 평진휘 희열ᄒᆞᆫ 미우를 동ᄒᆞ니 좌위 ᄉᆡ로이 칭하ᄒᆞᄂᆞᆫ 쇼ᄅᆡ 여류ᄒᆞ더라 쇼샹셰 길복을

82면

갓초고 부모존당의 하직ᄒᆞ고 위부로 향홀ᄉᆡ 좌위 쇼왈 어린 신랑이 습례도 아니ᄒᆞ고 쳐가의 실례홀가 ᄒᆞ노라 ᄒᆞ니 샹셰 함쇼부답ᄒᆞ고 혼가의 니ᄅᆞ러 젼안을 파ᄒᆞ고 신부의 샹교를 지쵹ᄒᆞ여 도라올ᄉᆡ 이ᄂᆞᆯ 호부인이 신랑의 긔특ᄒᆞᆷ을 쟝ᄂᆡ의셔 여어보고 깃부며 다힝ᄒᆞᆫ 즁 셕ᄉᆞ를 ᄉᆡᆼ각ᄒᆞ고 슬프믈 이긔지 못ᄒᆞ여 쳥뉘 옷기슬 젹시고 쇼졔 ᄯᅩᄒᆞᆫ 션친을 ᄉᆞ모ᄒᆞ고 모친을 ᄡᅥᄂᆞᄆᆡ 비회 교집ᄒᆞ여 옥빈의 쥬뤼 년락ᄒᆞ니 제ᄀᆡᆨ이 감챵ᄒᆞ더라 쇼부의 니ᄅᆞ러 대례를 맛고 폐ᄇᆡᆨ

83면

을 밧드러 헌구고 ᄒᆞ니 즁목이 일시의 관광ᄒᆞ니 션풍옥골이 우화등션홀 ᄃᆞᆺ 옥을 무은 니마ᄂᆞᆫ 반월이 구름의 벗겻고 냥미아황은 쳔산을 ᄆᆞᆰ게 그려시며 일빵 안ᄎᆡᄂᆞᆫ ᄉᆡ별이 츄슈의 조요ᄒᆞ고 화협은 션도 일ᄆᆡ 이슬의 져져시며 삼츈셔일의 일쳑셰요의 둘너 봉조냥익과 ᄇᆡᆨ태쳔광이 ᄋᆡᆨᄋᆡᆨ졀륜ᄒᆞ여 옥경션ᄋᆡ라도 밋지 못홀 ᄇᆡ라 조부인의 찬란ᄒᆞᆫ 명광은 잠간 밋지 못ᄒᆞ니 쳔고 일인이오 ᄇᆡᆨ대 슉네라 좌위 칙칙 칭숑ᄒᆞ고 제빈이 치하ᄒᆞ니 구부인이

84면

낭쇼 왈 조식부의 명감으로 아름다오믄 짐작ᄒᆞ엿거니와 여ᄎᆞ 특이ᄒᆞ믄 몽외라 오아의 쳐궁이 유복ᄒᆞ도다 샹셰 우음을 머금고 좌즁이 대찬ᄒᆞ며 날이 맛도록 일ᄏᆞᄅᆞ니 강능휘 쇼왈 오늘날 신부를 보니 쳔거ᄒᆞᆫ 공이 엇지 등한ᄒᆞ리오 평진후 형뎨와 슉미 좌위 쾌쇼단난홀ᄉᆡ 쥬부인이 깃브믈 이긔지 못ᄒᆞ여 우음을 머금고 일오ᄃᆡ 조시 곳

아니면 취치 못ᄒᆞ리니 금일 ᄉᆡ 아부와 돈아의 아름다오미 근본을 ᄉᆡᆼ각ᄒᆞ면 젼혀 아들의 공이지 쳡은 근본을 몬져 ᄒᆞᄂᆞ이

85면

다 금일 경ᄉᆡ 아ᄌᆞ의 공이니 일편도이 조식부의 공이리오 강능휘 쇼왈 존슈의 말솜이 졍논이시니 ᄉᆡᆼ 등은 일졔히 조현부의 공이라 ᄒᆞ미 그릇ᄒᆞ여ᄉᆞ오니 가히 일배쥬로 샹ᄒᆞ샤이다 ᄒᆞ고 인ᄒᆞ여 옥비의 향온을 부어 샹셔를 쥬어 왈 우리 부ᄌᆡ 샹니ᄒᆞ엿다가 겨유 모다 이갓치 현쳐를 빵빵이 어더 우리 노셩을 위로ᄒᆞ니 진실노 효ᄌᆡ라 각별이 희비를 먹으라 샹셰 친안의 희긔를 당ᄒᆞ니 흔연이 바다 거우르고 ᄃᆡ왈 부모의 깃그심과 쇼ᄌᆞ의 번화

86면

ᄒᆞ미 여ᄎᆞᄒᆞ오나 셔촉 변희의 잇ᄂᆞᆫ 아오를 ᄉᆡᆼ각ᄒᆞ오면 효위 지극지 못ᄒᆞ미오니 ᄉᆡ로이 비환이 유츌ᄒᆞ여 즐거오믈 아지 못ᄒᆞ리로쇼이다 쇼공이 탄왈 ᄌᆞ작지죄니 슈원이리오 ᄉᆞ라시미 만ᄒᆡᆼ이니 엇지 셔촉 젹거를 한ᄒᆞ리오 오늘은 우리 형뎨 즐기고 부뷔 쾌락ᄒᆞᄂᆞᆫ 날이니 너는 홀노 슈우치 말나 샹셰 배샤이퇴의 냥 대인과 두 모친이 두긋겨 ᄒᆞ더라 종일 진환의 졔킥이 다 각산ᄒᆞ고 위시 인ᄒᆞ여 머물ᄉᆡ 이날 조시 위시를 만나 반기고 깃거 옥슈를 잡고 별내를 일

87면

너 ᄉᆡ로이 ᄋᆡ경ᄒᆞ니 위시 반가오미 유동ᄒᆞ더라 유랑 시비 면면이 반기미 무궁ᄒᆞ더니 샹셰 촉을 들고 드러오미 신부의 찬란ᄒᆞᆫ 월광이 조시의 가업슨 빗나므로 일대무젹ᄒᆞᆫ 슉녜라 샹셰 흔연이 웃는 화ᄉᆡᆨ으로 조시를 대ᄒᆞ여 닐오대 규방의 지긔 친붕우를 만나 흔연ᄒᆞ여 ᄒᆞ거니와 져 갓튼 졀염미쳐를 어더 경박ᄒᆞᆫ 쇼ᄉᆡᆼ의게 쳔거ᄒᆞ고 부인이 능히 빅문의 한을 면ᄒᆞ리오 조시 잠쇼 왈 비록 박대ᄒᆞ시나 엇지 문군을 법측ᄒᆞ여 빅두의 글을 지으리오 이는

88면

렴녀치 마ᄅᆞ시고 규합의 은덕을 드리와 후박을 고로 ᄒᆞ시고 구부인의 아시결발 조강

을 몬져 ᄉᆡᆼ각ᄒᆞ시면 쳡 갓ᄐᆞᆫ 뉴ᄂᆞᆫ 비록 박대ᄒᆞ시나 ᄌᆞ쟉지죄니 군ᄌᆞ를 원치 아니하리이다 샹셰 아연이 웃고 위시를 향ᄒᆞ여 ᄀᆞᆯ오ᄃᆡ 조부인이 젼일 쇼져의 놉흔 효ᄒᆡᆼ과 츌셰ᄒᆞᆫ ᄀᆡ질을 니ᄅᆞ거ᄂᆞᆯ 아ᄅᆞ거니와 조부인이 가부를 위ᄒᆞ여 쇼져의 ᄀᆡ질을 잇지 못ᄒᆞ여 박덕 경슈의 삼위 되게 ᄒᆞ니 반ᄃᆞ시 원망이 조시긔 만흐리로다 위시 취미를 낫초와 안식을 단엄이 ᄒᆞ고 슈용부답ᄒᆞ니 샹

89면

셰 웃고 조쇼져와 말ᄉᆞᆷᄒᆞ더니 야심ᄒᆞᄆᆡ 조시ᄂᆞᆫ 친쇼로 도라가고 샹셰 위시로 더브러 원앙금리의 나아가 냥셩의 친을 ᄆᆡᄌᆞ니 은졍이 진즁ᄒᆞ여 산히 갓ᄐᆞ나 구부인 유병을 념녀ᄒᆞ여 졍의 진즁ᄒᆞ미 젼ᄌᆞ로 내도ᄒᆞ더라 조시 ᄯᅩᄒᆞᆫ ᄆᆡᄉᆞ의 극진ᄒᆞ니 구시 각골감은ᄒᆞ니 ᄌᆞ긔 당년의 대졉ᄒᆞ미 일호 인졍이 업더니 도금ᄒᆞ여 져의 은의 둑거오며 ᄉᆞ랑ᄒᆞ미 흡연이 동긔 갓ᄐᆞ니 구시의 편협ᄒᆞ므로도 회션ᄒᆞ미 여ᄎᆞᄒᆞ더라 위시 인ᄒᆞ여 머므러 효봉구고ᄒᆞ고 승슌군ᄌᆞᄒᆞ여 조쇼져 뒤

90면

흘 ᄶᅡ로러라 화셜 조부의 ᄌᆞ염쇼져의 화변이 진ᄒᆞ고 가ᄉᆡ 화락ᄒᆞ니 부모의 희ᄒᆡᆼᄒᆞ미 극ᄒᆞ나 공쥬와 한시의 일이 오히려 미결ᄒᆞ여 한시ᄂᆞᆫ 친졍의 츌거ᄒᆞ여 도라올 지쇽이 업고 공쥬ᄂᆞᆫ 궁내의 폐문ᄒᆞ여 셩졍의도 나지 못ᄒᆞ고 죄인으로 ᄌᆞ쳐ᄒᆞ니 실노 잔잉ᄒᆞᄃᆡ 간인의 ᄒᆡᆼᄉᆡ 규규ᄒᆞ여 그 ᄋᆡᄆᆡᄒᆞ믈 이ᄯᆡ ᄉᆞᆺ출 ᄎᆞᆺ지 못ᄒᆞ니 초공과 진왕이 통히ᄒᆞ고 승샹과 능휘 각각 ᄌᆞ부를 대ᄒᆞ여 울울불락ᄒᆞ더니 일월이 여류ᄒᆞ여 츈츄를 뒤이치니 조부ᄆᆡ 공쥬의 원앙ᄒᆞ믈 아

91면

나 마ᄋᆞᆷ이 불평ᄒᆞ고 범빅을 간졍ᄒᆞ기 젼은 긔렴ᄒᆞ기 잇고 범빅문이 초방옥누의 ᄉᆡᆼ쟝ᄒᆞᆫ 공쥬를 뮈워ᄒᆞᆯ 일이 만무ᄒᆞᄆᆡ 그 ᄒᆡᆼᄉᆞ의 아름다오믈 모ᄅᆞ지 아니되 무ᄉᆞᆷ 일이 이셔 그러ᄒᆞᆫ가 호의 난측ᄒᆞ여 부마의 명견으로도 ᄭᆡ닷지 못ᄒᆞ여 의심ᄒᆞ니 실노 냥익이 비샹ᄒᆞᆫ 연괴라 이ᄯᆡ 쇼시 비록 공쥬를 ᄒᆡᄒᆞ나 궁즁의 편히 이셔 인인이 ᄋᆡᄆᆡᄒᆞ믈 아ᄂᆞᆫ지라 화외 분ᄒᆞ믈 이긔지 못ᄒᆞ여 쇼연을 약을 쥬어 여ᄎᆞ여ᄎᆞᄒᆞ라 ᄒᆞ고 옥션의게 약을 보내여 다시 한시를 잡아 조혹ᄉᆞ 간 ᄯᆡ

92면

를 타 이리ᄒᆞ라 ᄒᆞ니 냥인이 갑술 밧고 명을 드ᄅᆞ미 슈화를 피치 아니ᄒᆞᄂᆞᆫ지라 공교ᄒᆞᆫ ᄶᅢ를 타 계교를 ᄒᆡᆼᄒᆞ니 일일은 부ᄆᆡ 혜션궁의 ᄒᆞᆯ 일이 이셔 갓더니 ᄆᆞᆫ득 공쥬 단장을 잠간 일위고 나오니 션연아질이 ᄉᆡᆨ로와 의심 업ᄉᆞᆫ 공쥬라 ᄋᆞᆲ히 내다라 기리 탄식 왈 나ᄂᆞᆫ 초방 금뎐의 황뎨의 쳔금쇼아여ᄂᆞᆯ 너의 필부 명쳔의 가실이 되여 ᄒᆞᆫ 번도 화락을 보지 못ᄒᆞ고 신규의 드러 ᄇᆡᆨ두음을 읇게 되니 실노 통ᄒᆡᆨᄒᆞᆫ지라 무ᄉᆞᆷ 죄 잇관대 협문을 막고 츌부를 ᄆᆡᆼ세ᄒᆞ며

93면

면목불견ᄒᆞ니 한이 심두의 가득ᄒᆞᆫ지라 만일 샹휘 그대 죄를 아ᄅᆞ실진대 큰 죄를 면ᄒᆞ리오 아직 짐즉고 잠잠ᄒᆞ니 갈ᄉᆞ록 더ᄒᆞᆫ지라 내 분을 오ᄅᆡ 참지 못ᄒᆞ리라 ᄒᆞ니 부ᄆᆡ 얼골이 분명 공쥬나 져의 ᄒᆡᆼᄉᆡᆨ 만만 고이ᄒᆞ고 외궁의 나와 ᄑᆡ악ᄒᆞᆫ 언ᄉᆡᆨ 이갓지 아닐지라 ᄆᆞᆫ득 의심이 동ᄒᆞ여 봉목을 경히 ᄒᆞ고 냥구슉시의 말이 업ᄉᆞ니 공쥬 무샹ᄑᆡ음지언으로 부마를 욕ᄒᆞ여 음비ᄒᆞᆫ 거동이 심비ᄒᆞᆫ지라 부마의 명견으로 의심이 동ᄒᆞ니 일호 노ᄒᆞ미 업셔 흔연이 안ᄉᆡᆨ을 화히 ᄒᆞ고 옥

94면

슈를 잡아 ᄀᆞᆯ오ᄃᆡ 그대ᄂᆞᆫ 금지옥엽이라 내 엇지 박ᄃᆡᄒᆞ리오 가즁의 고이ᄒᆞᆫ 일이 만하 내뎐의 가지 못ᄒᆞ엿더니 이졔 ᄉᆡᆼ을 ᄎᆞᄌᆞ 외궁의 나오니 후졍이 다ᄉᆞᄒᆞᆫ지라 ᄉᆡᆼ이 셕목이나 엇지 감동치 아니ᄒᆞ리오 이곳이 번거ᄒᆞ니 내궁으로 가ᄉᆞ이다 공쥬 대경ᄒᆞ여 일이 발각ᄒᆞᆯ가 혼ᄇᆡᆨ이 비월ᄒᆞ여 년망이 ᄀᆞᆯ오대 비록 고념지졍이 감격ᄒᆞ나 시방은 내뎐의 못볼 내ᄀᆡᆨ이 만흐니 부ᄆᆡ 드러오시미 비편ᄒᆞᆫ지라 이러므로 부마를 보라 외뎐으로 나오니이다 만일 쳡을 ᄎᆞᆺ고져 ᄒᆞ면 ᄒᆞᆺ날이 이

95면

실 거시니 오ᄂᆞᆯ은 드러오지 마ᄅᆞ쇼셔 부ᄆᆡ 의심이 동ᄒᆞ여시니 엇지 그만 노흐리오 더옥 단단이 븟들고 ᄀᆞᆯ오대 내 드러가면 너ᄅᆞᆫ 궁뎐의 내ᄀᆡᆨ이 피ᄒᆞᆯ 거시니 엇지 박ᄃᆡᄒᆞᆫ다 원망ᄒᆞ고 드러갈 길흘 막ᄂᆞᆫ다 공쥬 착급ᄒᆞ여 ᄇᆡᆨ가지로 막으나 부ᄆᆡ 구지 놋치 아니코 ᄂᆡᆺ글여 내궁의 니ᄅᆞ니 가공쥬 ᄒᆞᆯ일업셔 잇글녀 드러오미 이ᄶᅴ 공쥬 비록 구

괴 원민ᄒᆞ믈 아ᄅᆞ시나 누명이 빅옥신샹을 둘너시니 분히ᄒᆞ믈 참기 어려오ᄃᆡ 익운이 이시믈 짐작ᄒᆞ고 일호 심ᄉᆞ를 허비치 아니ᄒᆞ여 대내의도

96면

쇼식을 못가게 ᄒᆞ고 스ᄉᆞ로 명도를 탄ᄒᆞ니 모든 궁녀의 무리 지극히 원통ᄒᆞ믈 품으나 공쥬의 렬슉ᄒᆞ믈 두려 감히 긔식을 못ᄒᆞ더라 잇ᄯᅢ 부ᄆᆡ가 공쥬를 잇그러 내젼의 드러오니 모든 궁녜 능히 말을 못ᄒᆞ고 공쥬는 변히ᄒᆞ여 신식이 변ᄒᆞ니 부ᄆᆡ 쇼왈 옥쥐 분신법을 ᄒᆞ니 혹싱이 경혹ᄒᆞ노라 공쥐 왈 쳡이 부지박덕으로 어하를 못ᄒᆞ여 요악ᄒᆞᆫ 변이 쳡신의 밋ᄎᆞ니 하면목으로 대인ᄒᆞ리오 부ᄆᆡ 잠쇼ᄒᆞ고 음아일셩의 궁아를 호령ᄒᆞ여 가공쥬를 계하의 ᄭᅮᆯ니고 대즐

97면

왈 네 감히 군ᄌᆞ의 안총을 업슈이 너겨 요괴로온 계교를 ᄒᆞ여 날을 쇽이는다 네 직초ᄒᆞᆫ즉 요ᄃᆡᄒᆞ려니와 불연즉 일명을 용셔치 아니ᄒᆞ리라 요녜 오히려 얼굴을 면ᄒᆞᆫ지라 발악ᄒᆞ거늘 부ᄆᆡ 대로ᄒᆞ여 엄형으로 져쥬니 쇼형이 비록 간악ᄒᆞ나 나히 어리고 형벌이 쳐음이라 즁형을 당ᄒᆞ니 견대지 못ᄒᆞ여 복초ᄒᆞᄃᆡ 궁아 쇼쇽으로 쇼화요의 즁보를 밧고 공쥬와 한시를 히코져 홈과 한시의 시녀 옥션을 약을 쥬어 변ᄒᆞ여 공쥬와 한시되여 작변ᄒᆞ고 한시와 공

98면

쥬를 쥭도록 ᄒᆞ미 쳔금을 혹ᄒᆞ여 힝ᄒᆞ믈 일일이 고ᄒᆞ니 부ᄆᆡ 불승통히ᄒᆞ여 탄왈 우리 부모의 셩덕교화로 ᄎᆞ변이 가내의 밋ᄎᆞ니 통셕지 아니리오 ᄒᆞ고 다시 즁형ᄒᆞ고 효시코져 ᄒᆞ더니 한시 옥션의 일을 함긔 알고져 단약을 ᄎᆞᄌᆞ 쇼영을 먹이니 경긱의 본싀이 나거늘 부ᄆᆡ 통히ᄒᆞ믈 이긔지 못ᄒᆞ여 ᄒᆞ더니 외헌의셔 혹ᄉᆞ를 부ᄅᆞ니 나오니라 혹시 비록 녀시로 화락ᄒᆞ나 일념의 한시를 잇지 못ᄒᆞ여 오ᄆᆡᄉᆞ복ᄒᆞ나 목젼의 간음ᄒᆞᆫ 경픽를 보고 한가의 ᄌᆞ최를 ᄉᆞᆺ쳣

99면

더니 일일은 ᄌᆞ연 마음이 닛글이여 한부의 니ᄅᆞ니 한공은 나가고 업거늘 내당의 가

악모를 보니 이씩 부인이 맛초와 미양이 이셔 쇼제 겻히셔 약을 다스리니 보건대 풍광이 시로이 긔특ᄒᆞ여 빗ᄂᆞ고 용슈ᄉᆞ져는 그리지 아닐ᄉᆞ록 쇄락ᄒᆞᆫ 풍치 당즁의 조요ᄒᆞ고 긔이ᄒᆞ더라 혹ᄉᆞ를 보고 몸을 니러 한 가의 안ᄌᆞ니 텬연엄슉ᄒᆞ여 츄월이 옥루의 붉아심 갓튼지라 싱이 경희ᄒᆞ여 능히 말을 일우지 못ᄒᆞ고 악모긔 문후ᄒᆞ기를 맛ᄎᆞᄆᆡ 이윽히 안잣더니 쇼져의 침쇼 션향뎡의 니ᄅᆞ니

100면

이씩 옥션이 조혹ᄉᆞ의 니ᄅᆞ믈 보고 씩를 타 밧비 쇼져의 침쇼의 니ᄅᆞ니 모든 동뉘 다 업고 방이 비엿거늘 옥션이 씩를 타 약을 삼켜 계교ᄒᆞᄆᆡ 혹시 침쇼의 니ᄅᆞ러 뉘 이곳의 잇는고 의심ᄒᆞ여 가마니 문 틈으로 보니 옥션이 약종을 들고 입 쇽의 무슴 말을 ᄒᆞ며 먹으니 즉시 변ᄒᆞ여 한시 되는지라 인ᄒᆞ여 쇼져의 오술 입으며 거울을 들고 완연이 문을 열고 나오더니 혹시 ᄎᆞ경를 목도ᄒᆞ고 비로쇼 한시 이ᄆᆡᄒᆞ믈 씨다라 불승통히ᄒᆞ니 친히 옥션을 결박ᄒᆞ여 좌우 시녀를 불너

101면

왈 너의 부인 시녀 옥션이 약을 먹고 여ᄎᆞ 변형ᄒᆞ니 너의 아는다 모든 시비 이 광경을 보고 실식ᄒᆞ여 고왈 옥션이 샹히 요악ᄒᆞ기로 근시치 아냐 ᄌᆞ로 슈칙ᄒᆞ더니 졔 이러ᄒᆞᆯ 쥴을 엇지 알니잇고 ᄒᆞ니 혹시 분통ᄒᆞ여 좌우로 형장긔구를 두려 옥션을 츄문ᄒᆞᆯ시 혹ᄉᆞ의 한일 곳튼 위엄의 셔리 갓튼 호령이 엄슉ᄒᆞ니 옥션이 비록 대간대악이나 능히 견대지 못ᄒᆞ여 즉고ᄒᆞ니 쇼화요와 범빅문이 한시와 공쥬를 히ᄒᆞ려ᄒᆞ여 간부셔를 민들고 쇼져의 얼골이 되여 혹ᄉᆞ를 공동홈과 오늘 쇼시 가

102면

ᄅᆞ쳐 약을 먹고 한시 되여 혹ᄉᆞ의 분을 도도와 쥭이도록 ᄒᆞ라 ᄒᆞ고 쇼영은 공쥬의 얼골이 되여 부마를 쇽여시니 만일 셩공ᄒᆞ면 쇼비 등을 ᄉᆞ태후의 별실을 삼고 ᄌᆡ물을 만히 쥬어 평싱을 부귀케 ᄒᆞ마 ᄒᆞ옵기로 달내는 말을 드러 대죄를 범ᄒᆞ여시니 노야는 잔명을 용셔ᄒᆞ쇼셔 싱이 쳥파의 대로ᄒᆞ여 범빅문이 공쥬와 한시 해ᄒᆞ기는 천만의 외라 옥션을 다시 져주어 쇼시 무슴 연고로 공쥬와 한쇼져를 쥭이려 ᄒᆞᆫ다 ᄒᆞ뇨 고왈 쇼비 근본은 모ᄅᆞ오나 부마샹공이 쇼쇼져와

103면

년치샹젹ᄒᆞ고 집이 갓가오므로 가위 되고져 ᄒᆞ다가 조부의셔 허치 아니시고 인ᄒᆞ여 부ᄆᆡ되니 일노 인ᄒᆞ여 쇼쇼제 분노ᄒᆞ여 공쥬와 부마의 ᄇᆡᆨ년금슬을 회지으려 ᄒᆞ고 범싱으로 부마 샹공긔 공쥬의 허물을 들니고 한쇼져의 긔특ᄒᆞ미 공쥬와 일반이라 이러므로 둘을 다 업시ᄒᆞ려 ᄒᆞ미로쇼이다 혹식 쳥파의 심졍을 요괴로이 너기고 ᄌᆞ긔 불명ᄒᆞᆷ믈 ᄭᆡ다라 한시를 쳥ᄒᆞ니 쇼졔 나와 좌ᄒᆞ고 옥션이 ᄌᆞ긔 얼굴 되믈 츄히 너겨 안식을 불변ᄒᆞ고 무ᄉᆞ무려ᄒᆞᆫ 듯ᄒᆞ니 혹식 탄왈

104면

셰식난측이라 부인이 젹인이 여러히 아니니 히ᄒᆞ리 업ᄉᆞ므로 간비의 작얼을 실노 ᄭᆡ닷지 못ᄒᆞ여 부인을 의심ᄒᆞ더니 요녀의 거동을 목도ᄒᆞ니 츄회막급이라 부인을 대ᄒᆞᆯ 안면이 엇지 잇시리오 아지못게라 옥션 간비 엇지 간모를 ᄡᅬᄒᆞᄂᆞ뇨 한시 쳥필의 츄연 왈 이 다 쳡의 불명ᄒᆞ미요 비ᄌᆞ 어하의 법이 업셔 옥션의 요악ᄒᆞ미 이시니 쥬민의 어질기와 은민의 포악ᄒᆞ미 인군긔 달니미오니 시녀의 ᄉᆞ오나오므로 쳡이 아연ᄒᆞ미 참괴ᄒᆞ이다 혹식 애분ᄒᆞ여 옥션을 즁타ᄒᆞ여

105면

옥의 가도고 부즁의 와 몬져 도위로 샹의코져 ᄎᆞ즈니 혜션궁의 갓다 ᄒᆞᄂᆞᆫ지라 즉시 궁의 니ᄅᆞᄆᆡ 안히셔 형장 쇼ᄅᆡ 들니거늘 놀나 안ᄌᆞ 드ᄅᆞᄆᆡ 즉시 부마를 쳥ᄒᆞ여 무ᄅᆞ니 부ᄆᆡ 쇼영의 초ᄉᆞ를 젼ᄒᆞ니 혹식 ᄯᅩᄒᆞᆫ 옥션의 말을 니ᄅᆞ고 탄왈 이 변이 쇼가로 낫ᄂᆞᆫ지라 이 다 너의 풍모로 나타ᄂᆞ미니라 부ᄆᆡ 역 탄왈 셰식 여ᄎᆞ 요악ᄒᆞ니 부녀의 공교ᄒᆞᆫ 일을 우리 개회ᄒᆞ리오 ᄒᆞ고 이윽히 말ᄒᆞ다가 ᄒᆞᆫ가지로 도라와 초공과 진왕을 보고 모다 의논ᄒᆞ여 즉시 쇼영을 내여 져ᄌᆞ의 효시ᄒᆞ

106면

고 공쥬를 쳥ᄒᆞ여 식로이 탄복이경ᄒᆞ여 위로ᄒᆞ고 한시를 쳥ᄒᆞ니 ᄎᆞ시 한공이 ᄎᆞᄉᆞ를 알고 대로ᄒᆞ여 옥션을 참ᄒᆞ고 조싱의 일이 도로혀 관인ᄒᆞᆷ믈 ᄭᆡ다라 니어의 신루를 버셧 도라가믈 불승희열ᄒᆞ여 이후노 무흠이 화락ᄒᆞ기를 바라더라 한시 구가의 도라가 존당의 샤죄ᄒᆞ니 식로온 용광이 슈려쇄락ᄒᆞ여 녹파의 향년이오 벽공쇼월 ᄀᆞᄐᆞ니

구고 존당이 반가오믈 이긔지 못ᄒᆞ여 젼일을 뉘웃쳐 위로ᄒᆞ기를 마지아니ᄒᆞ고 아ᄉᆞᆫ이 졈졈 ᄌᆞ라 옥골영쥰이 동인

107면

ᄒᆞ니 실노 긔린지뵈라 조노공이 어ᄅᆞ만져 ᄋᆡ즁ᄒᆞ미 비길 대 업ᄉᆞ니 공쥬와 한시 신루를 벗고 녜갓치 화락ᄒᆞ니 부뷔 비로쇼 삼ᄉᆞ 년 막혓던 금슬이 열녀 죵고락지ᄒᆞ고 필경필찰ᄒᆞ여 녜뫼 은은ᄒᆞ고 화시의 슈졀ᄒᆞ미 ᄌᆞ긔 신샹의 젹불션이 될가 ᄒᆞ여 심내의 밋친 한이 되엿더니 일일은 파됴 후 길의셔 화공을 만ᄂᆞ니 공이 보건대 쇼년 영풍이 빅일의 조요ᄒᆞ여 인즁 신션이오 슈즁 긔린이라 노샹의 풍치 더옥 승졀ᄒᆞᆫ대 홍금포를 가ᄒᆞ고 허리의 빅옥대를 ᄯᅴ고 ᄌᆞ금

108면

관을 뻐시니 동탕슈려ᄒᆞ미 일셰의 득보ᄒᆞᆫ지라 화공이 반가오믈 이긔지 못ᄒᆞ여 간쳥ᄒᆞ여 다리고 집의 오니 ᄉᆡᆼ이 마지 못ᄒᆞ여 화부의 니ᄅᆞ니 공이 좌졍ᄒᆞ고 츄연ᄒᆞ여 ᄉᆡᆼ의 ᄉᆞᆫ을 잡고 탄왈 내 택셔ᄒᆞ미 너모 과분ᄒᆞ여 널노 동상을 삼아 광치 이실가 ᄒᆞ더니 도로혀 일녀의 평ᄉᆡᆼ을 맛ᄎᆞ니 장부의 심장이나 엇지 참으리오 삼오 쳥츈의 몸 바리는 과뷔 되여시니 부모의 인졍은 인지샹졍이라 능히 마음이 편ᄒᆞ리오 조ᄉᆡᆼ이 쳥파의 안ᄉᆡᆨ을 곳치고 니러 졀ᄒᆞ여 왈 쇼ᄉᆡᆼ의 박누ᄒᆞᆫ 지

109면

모로 ᄉᆞ랑ᄒᆞ시는 지우를 입ᄉᆞ와 ᄉᆞᄉᆞ로 마음의 감골ᄒᆞ여 평ᄉᆡᆼ의 잇지 아닐 ᄯᅳᆺ이 이시니 엇지 ᄌᆞ로 와 배현치 아니ᄒᆞ리잇고마는 봉친시하의 관ᄉᆡᆨ 다쳡ᄒᆞ와 미졍을 펴지 못ᄒᆞ옵고 ᄉᆞᄉᆞ로 우민ᄒᆞ믈 이긔지 못ᄒᆞ리로쇼이다 임의 녕녀는 ᄉᆡᆼ의 집ᄉᆞ룸이니 아직 발셜치 못ᄒᆞ오나 맛ᄎᆞᆷ내 심규의 맛게 ᄒᆞ리잇고 공이 ᄀᆞᆯ오대 네 말은 드ᄅᆞ니 아심이 젹이 위로커니와 엇지 미드리오 모ᄅᆞ미 너는 신의를 바리지 말고 아녀의 하샹지원이 업게 ᄒᆞ라 ᄉᆡᆼ이 샤례ᄒᆞ고 이윽ᄒᆞ여 쥬찬을 나와 관

110면

대ᄒᆞ니 ᄉᆡᆼ이 공을 뫼셔 슈빅를 거훌너 날이 느ᄌᆞ니 하직고 도라와 존당의 문안ᄒᆞ고

ᄎᆞ야의 궁의 도라와 공쥬로 대ᄒᆞ니 은위 미우의 잠겨 화긔 ᄉᆞ라지니 공쥐 긔식을 살피고 념용 왈 쳡이 아ᄂᆞ니 군ᄌᆞ의 긔식을 좃ᄎᆞ 심우를 듯고져 ᄒᆞᄂᆞ이다 부매 묵연냥구의 공쥬의 춍명을 보고 공슈 왈 다른 일이 아니라 옥쥬 하가시의 ᄉᆡᆼ이 화가의 졍빙ᄒᆞ엿더니 황명으로 도로 퇴혼ᄒᆞ니 화시 뷘 언약으로 슈졀ᄒᆞᆫ다 ᄒᆞ니 비록 젹은 일이나 ᄉᆡᆼ의 집 불션젹악이 될가 ᄒᆞ더니 오ᄂᆞᆯ 길히셔 화

111면

공을 만나 심히 슬허 늣기거ᄂᆞᆯ 인졍이라 나종 거두믈 허락ᄒᆞ여시ᄃᆡ 난연ᄒᆞ여 ᄒᆞ미니이다 공쥐 신연변ᄉᆡᆨ 왈 쳡이 심궁의 ᄉᆡᆼ쟝ᄒᆞ여 셰ᄉᆞ를 모ᄅᆞ고 이런 일은 더욱 아지 못ᄒᆞ거니와 쟝ᄎᆞᆺ 화시 일은 쳡의 허물이라 구고긔 고ᄒᆞ고 밧비 취ᄒᆞ오미 맛당ᄒᆞ오니 엇지 못고ᄒᆞᆫ 녀ᄌᆞ를 규즁의 침몰케 ᄒᆞ리오 부믹 칭샤 왈 옥쥬의 셩덕이 여ᄎᆞᄒᆞ시나 이 일은 황샹의 명이시니 ᄌᆞ젼치 못ᄒᆞᆯ 거시오 화시 엇지 옥쥬와 동녈 되기를 안연ᄒᆞ리오 공쥐 침음 왈 뎨휘 쳡을 과ᄋᆡᄒᆞ

112면

샤 여ᄎᆞ 실덕ᄒᆞ시미오니 쳡이 텬뎡의 쥬ᄒᆞ고 녀ᄌᆞ의 평ᄉᆡᆼ을 져바리지 아니케 ᄒᆞ리이다 부매 말녀 왈 옥쥐 황샹긔 쳥촉ᄒᆞ시면 ᄉᆡᆼ이 지촉ᄒᆞᆫ가 ᄒᆞ시리이다 ᄒᆞ더라 이후 삭됴의 공쥐 됴회입궐ᄒᆞᆫ대 뎨휘 크게 반기샤 그 ᄉᆞ이 풍용이 더욱 쇄락ᄒᆞ고 부뷔 화락이 하히 갓트여 잉혈이 흔젹 업ᄉᆞ니 휘 숀을 잡아 ᄋᆡ즁ᄒᆞ시고 ᄌᆞ로 입궐 아니믈 췩ᄒᆞ시니 공쥐 쳑연 대왈 신이 텬안을 ᄉᆞ모지심이 범연ᄒᆞ오릿가마ᄂᆞᆫ 외됴의 가실이 되오니 궁금츌입을 즐겨 아니ᄒᆞ고 부마의

113면

가ᄉᆡ 한유치 못ᄒᆞ온 고로 조회치 못ᄒᆞ오미나 남ᄌᆞ 되엿던들 후빅이 되여 쳔 니 리별이 되올 터이온대 녀진 고로 지쳑의셔 우회ᄒᆞᄂᆞ이다 인ᄒᆞ여 믄득 봉관을 벗고 하당쳥죄ᄒᆞ거ᄂᆞᆯ 샹휘 놀나 무ᄅᆞ시니 공쥐 부복 쥬왈 신이 무용지인으로 폐하와 낭낭의 실덕이 녀ᄌᆞ의 하샹지원을 당ᄎᆞᄒᆞ오니 신의 죄라 망연이 부지ᄒᆞ엿삽더니 슈일 젼의 갓 듯ᄌᆞ오니 신이 모골이 숑연ᄒᆞ와 녀ᄌᆞ의 평ᄉᆡᆼ을 져바리오믹 화시 연괴오니 복원 황야 낭낭은 무고이 함언ᄒᆞᆫ 죄를 속고져 고ᄒᆞ

114면

ᄂᆞ이다 샹휘 쳥파의 긔특히 너겨 웃고 골ᄋᆞ샤대 화녀의 슈졀은 드러거니와 너는 짐의 쇼교ᄋᆡ라 엇지 젹인을 쥬어 남아의 풍뉴를 기ᄅᆞ리오 공쥐 쇼이직배 왈 조부마는 졍인군ᄌᆡ오니 호식경덕ᄒᆞ는 무리 아니옵고 녀ᄌᆞ의 투긔는 칠거의 죄오니 엇지 셩교를 져바려 슈졀지녀로 덕을 샹히오리잇가 황애 신을 편히 애즁ᄒᆞ실ᄉᆞ록 화시를 취케ᄒᆞ시면 신의 지원이로쇼이다 신은 뻐 동녈을 화우ᄒᆞ고 가부의 내조를 빗내미 일셰 희식온가 ᄒᆞᄂᆞ이다 휘 칭찬 왈 녀아는 당금 태

115면

ᄉᆡ라 부믜 문왕지덕이면 쥬실의 창셩을 보리로다 네 쇼원이 지ᄎᆞᄒᆞ니 화녀를 부실노 허ᄒᆞ여 네 덕음을 나타내라 샹이 탄왈 현후는 모녀간 져마다 못ᄒᆞ는 셩덕이로쇼이다ᄒᆞ고 젼지ᄒᆞ샤 화녀의 ᄎᆡ빙을 거두고 공쥬를 하가ᄒᆞ믄 국법의 당연ᄒᆞ미러니 그 슈졀ᄒᆞ미 아름다오며 공쥬의 진졍 간권ᄒᆞ기로 평싱을 참연ᄒᆞ여 ᄒᆞ니 권도로 허ᄒᆞ는지라 화시를 허ᄒᆞ여 명쳔의 둘ᄌᆡ 부인 위호를 쥬ᄂᆞ니 공쥬를 우대ᄒᆞ고 황은을 잇지 말나ᄒᆞ시니 화 조 냥가의셔 크게

116면

깃거ᄒᆞ나 화공이 불안황공ᄒᆞ여 샹쇼ᄒᆞ여 황공ᄒᆞ믈 쥬ᄒᆞ니 샹이 위로ᄒᆞ시고 셩혼을 ᄌᆡ촉ᄒᆞ시니 셩은을 감츅샤빅ᄒᆞ고 택일ᄒᆞ여 조부의셔 고ᄒᆞ니 십여 일이 격ᄒᆞ니라 냥가의셔 공쥬의 덕을 일ᄏᆞ라 대연을 개쟝ᄒᆞ고 신부 신랑으로 뉵례우귀ᄒᆞ여 샹교ᄒᆞ여 도라와 조뉼지례를 힝홀ᄉᆡ 만목이 일시의 쳠망ᄒᆞ니 빅태무비ᄒᆞ고 교슈무비ᄒᆞ여 빅월이 챵공의 붉앗는 듯 뉵쳑 향신와 일쳑 셰요의 요요ᄒᆞᆫ 광ᄎᆡ 쳔고졀염이라 셩덕효힝이 외모의 현츌

117면

ᄒᆞ니 구고와 존당이며 빈ᄀᆡᆨ이 희츌망외ᄒᆞ여 조노공의 단즁홈과 진 초 이 공과 능빅등의 졍직군ᄌᆞ로도 신부를 보고 희긔 가득ᄒᆞ니 초공이 능후를 보와 왈 명쳔이 원내 다복지샹이어니와 쳐궁이 이대도록 유복ᄒᆞ믄 희힝ᄒᆞ도다 이거시 다 셩은이오 공쥬의 너른 덕이라 능휘 대왈 금일 화시의 긔특ᄒᆞ믄 ᄒᆞᆫ갓 져의 복이 아니라 존당 부모의

여음이오 황은을 입으미라 ᄒᆞ믈며 공쥬의 덕이 임ᄉᆞ의 후를 니으니 명쳔의 가되 챵셩ᄒᆞ믄 일노조ᄎᆞ 아올지라 쇼ᄌᆞ의

118면

셩식 이밧긔 더홀 거시 업도쇼이다 ᄒᆞ니 평진왕과 조쇼져 등이 닷토와 치하ᄒᆞ고 만좌빈긱이 쇼릭를 니어 치하ᄒᆞ니 이로 응졉지 못ᄒᆞ리러라 능휘 이의 공쥬를 가ᄅᆞ쳐 왈 이 곳 혜션공쥐시니 신부의 모ᄃᆞ미 ᄯᅩᄒᆞᆫ 옥쥬의 덕이라 쇼부의 ᄉᆞᆺ다온 명힝은 알거니와 사ᄅᆞᆷ이 쳐음과 나종이 갓기 어려오니 금일 싀아븨 말 만흐믈 괴이히 너기지 말고 공쥬로 화우돈목ᄒᆞ여 이람의 풍치를 다시 보게 ᄒᆞ라 화쇼졔 비로쇼 공쥬긔 공경지빅ᄒᆞ니 공쥐 ᄯᅩᄒᆞᆫ 공경답빅ᄒᆞ고 피

119면

ᄎᆞ 평싱 아던 바 갓ᄐᆞ여 지극ᄒᆞᆫ ᄯᅳᆺ이 심곡으로조ᄎᆞ 나는지라 냥인의 현심슉덕을 가히 알니러라 종일 진환ᄒᆞ고 졔긱이 각산기가ᄒᆞ니라 ᄎᆞ야의 부미 신인을 대ᄒᆞ니 명촉하의 명광이 더욱 휘황ᄒᆞ여 낙포의 션네 나려와시며 쟉교의 직네 건이는 ᄃᆞᆺ 빅틱 조요ᄒᆞ니 부미 불승경복ᄒᆞ여 위좌 탄왈 싱이 부인으로 아시의 졍친ᄒᆞ여 피ᄎᆞ 셩명을 알고 오상의 즁한 의 굿거늘 의외 공쥐 하가ᄒᆞ니 맛참 조시의 사ᄅᆞᆷ이 못될가 ᄎᆞ셕ᄒᆞ나 오히려 셩례를 아냐시니 치

120면

례를 도로 보닐가 ᄒᆞ엿더니 쇼져의 여샹 명쳘이 명천을 위ᄒᆞ여 금셕 갓튼지라 싱이 사ᄅᆞᆷ 져바린 젹악이 즁ᄒᆞ여 신기의 죄를 면치 못홀가 은위 침좌 간 편홀 젹이 업더니 이졔 셩은으로 구약을 셩젼ᄒᆞ니 부인의 명쳘을 져바리지 아닐가 흔힝ᄒᆞᄂᆞ이다 쇼졔 슈용념임ᄒᆞ여 답지 아니니 싱이 웃고 촉을 멸ᄒᆞ고 ᄒᆞᆫ가지로 상상의 나아가니 은졍이 산히 갓ᄐᆞ여 평싱지원을 일워시나 동지안셔ᄒᆞ고 ᄉᆞ긔단즁ᄒᆞ여 년쇼부박ᄒᆞ미 업ᄉᆞ니 쇼졔 그윽이 경탄ᄒᆞ더

121면

라 화시 인ᄒᆞ여 머무러 효봉구고ᄒᆞ고 화우졔미ᄒᆞ며 승슌군ᄌᆞᄒᆞ여 ᄒᆞᆫ 일도 그ᄅᆞ미 업

더라 어시의 혜션공쥬 화시 셔로 만나믹 돈목ᄒᆞᆫ 졍이 츈풍이 화지를 졉홈 갓고 동황이 만물을 부휵ᄒᆞᆫ 덕이 잇ᄂᆞᆫ지라 화시 ᄯᅩᄒᆞᆫ 우러러 공경화우ᄒᆞ여 규문의 화긔 늉흡ᄒᆞ니 부믹 대졉이 공졍ᄒᆞ여 원위와 황녀의 존홈과 그 츌인ᄒᆞᆫ 명덕을 경동ᄒᆞ고 화시의 온유ᄒᆞ믈 흠익ᄒᆞ여 샹경샹화ᄒᆞ니 일개 칭찬ᄒᆞ고 부믹 아름다이 너기더라

조시삼대록 권지삼십오

1면

화셜 조혹ᄉᆞ 명윤은 한 녀 이 부인으로 죵고지락이 희연ᄒᆞᄃᆡ 오히려 졀셰미쳐를 구ᄒᆞ나 부공이 엄슉ᄒᆞ니 싱의를 못ᄒᆞ더라 염냥이 흐르ᄂᆞᆫ ᄃᆞᆺᄒᆞ여 일이 년이 지ᄂᆞ믹 화시와 공쥬 싱산ᄒᆞ니 초공이 쳐음으로 증숀의 ᄌᆞ미를 보믹 근근ᄒᆞᆫ 사랑이 인ᄉᆞ를 니ᄌᆞ니 합가의 보빅 되엿고 부믹 ᄯᅩᄒᆞᆫ 희위 늉흡ᄒᆞ니 존당이 더욱 두굿기고 초공의 단엄ᄒᆞ므로도 부마의 힝ᄉᆞ를 하ᄌᆞ홀 곳이 업셔 두굿기고 사랑ᄒᆞ더라 조문 젹덕여음

2면

이 면면부졀ᄒᆞ니 ᄌᆞ숀의 여경이 대를 니어 명윤 명쳔의 쳥념즁망이 날노 더어 아츰의 의망ᄒᆞ고 져역의 도도니 쟉위 슝고ᄒᆞ여 명윤은 례부상셔 태혹ᄉᆞ를 겸ᄒᆞ고 명쳔은 리부상셔 태혹ᄉᆞ를 겸ᄒᆞ고 명윤 등 졔싱이 다 ᄎᆞᄎᆞ 쟉위 쳥현ᄒᆞ여 홍포오식 아츰이면 문젼의 나렬ᄒᆞ고 금옥관면이 휘영ᄒᆞ여 화개쥬륜이 곡즁의 메엿고 옥보금인이 상ᄌᆞ의 가득ᄒᆞ니 혁혁셩만ᄒᆞ미 당시 졔일이라 태부인이 츈취 고심ᄒᆞᄃᆡ 졍력이 쇠치 아니나 다만 망녕이 날노 더으

3면

니 노공이 기리 근심ᄒᆞ여 빅ᄉᆞ의 위친지ᄉᆞ를 일숨아 반의의 열친과 션침의 회 가쥭ᄒᆞ니 진 초 이 공이 ᄯᅩᄒᆞᆫ 친의를 승슌ᄒᆞ여 열친을 위쥬ᄒᆞ더니 노공이 회과년이 다다ᄅᆞ니 진 초 이 공이 불승힝열ᄒᆞ여 쟝ᄎᆞᆺ 대연을 개쟝ᄒᆞ여 만됴공경과 년가결친이며 황친국쳑을 다 모흐니 ᄎᆞ일 셩만ᄒᆞ믄 쳔고의 희한ᄒᆞᆫ지라 황샹이 ᄯᅩᄒᆞᆫ 그 삼됴 구신이오 궁신의 아비며 초공을 ᄉᆞ부로 대졉ᄒᆞ시ᄂᆞᆫ지라 위친셩연을 드ᄅᆞ시고 희귀ᄒᆞᆫ 경

ᄉᆞ로 아ᄅᆞ샤 일등례악과 연

4면

슈긔구를 다 쥬시니 왕후샹공의 냥지며 후ᄇᆡᆨ공경의 숀지 경셩을 기우려 연셕을 개쟝홀ᄉᆡ 긔구의 쟝려홈과 물ᄉᆡᆨ의 번화ᄒᆞ미 일셰의 드믄 ᄇᆡ라 내외 ᄌᆞ숀이 다 례복을 경졔ᄒᆞ여 뫼시고 빈ᄀᆡᆨ을 슈응ᄒᆞ니 내외빈ᄀᆡᆨ이 슈풀 갓ᄐᆞ여 슈를 혜지 못ᄒᆞ니 광실이 조분지라 부교를 널니여 쥬ᄀᆡᆨ이 용슬ᄒᆞ니 외뎐은 금관ᄌᆞ포의 오ᄉᆞ홍ᄃᆡ 불가승쉬오 내당은 봉관화리의 명부와 쇼년홍장의 쇼졔 당의 메여시니 곳슈풀이 일워시니 당교셩홀 연셕이 쳔고의

5면

희한ᄒᆞ니 노공이 냥ᄌᆞ 졔셔로 거ᄂᆞ려 슈좌의 거ᄒᆞᄆᆡ 졔숀이 만당ᄒᆞ여시며 풍악이 진텬ᄒᆞ고 가관이 요요ᄒᆞ여 구름의 연ᄒᆞ여시니 만좌 졔빈이 희ᄉᆡᆨ이 은은ᄒᆞ고 희긔 의의ᄒᆞ여 날이 느ᄌᆞ니 분분ᄒᆞ더니 시ᄀᆡᆨ이 림ᄒᆞᄆᆡ 노공이 졔ᄌᆞ숀을 거ᄂᆞ려 내당의 니ᄅᆞ니 경 양 이 부인이 녀부를 거ᄂᆞ려 위태부인을 뫼셔 마ᄌᆞ 좌를 일위ᄆᆡ 노공이 연긔 구십이 거의로대 늠늠ᄒᆞᆫ 졍신과 ᄉᆡᆨᄉᆡᆨᄒᆞᆫ 긔운이 쇼년을 웃고 부인의 단일셩쟝ᄒᆞᆫ 덕도과 쇄락ᄒᆞᆫ 풍치 쇼년을 압두ᄒᆞᄂᆞᆫ지라 태부

6면

인의 두굿기미 비길 대 업더라 공의 부뷔 태부인긔 슈ᄇᆡ를 헌ᄒᆞ니 비환이 샹반ᄒᆞ여 누슈를 드리워 왈 노뫼 붕텬지통을 품고 지금 ᄉᆞ라 능히 ᄌᆞ식의 회혼회방을 보고 만당ᄒᆞᆫ ᄌᆞ숀을 보니 이졔 쥭어도 션군을 보올 ᄂᆞᆺ치 잇ᄂᆞᆫ지라 엇지 아름답지 아니리오 일노조ᄎᆞ 여모의 셰상이 지리ᄒᆞ믈 한ᄒᆞ든 ᄯᅳᆺ이 ᄉᆞ라지ᄂᆞᆫ지라 공과 부인이 ᄇᆡ샤ᄒᆞ고 공이 남산슈를 부ᄅᆞ니 가셩이 웅쟝ᄒᆞ여 쇠노ᄒᆞ미 업ᄉᆞᆫ지라 좌위 칭찬ᄒᆞ고 ᄌᆞ숀이 면면이 깃브믈 ᄯᅴ엿고 진 초 이 공의 칭희ᄒᆞ믄 지

7면

기 즁이러라 진 초 이 공이 다 각각 부인으로 더브러 ᄎᆞᄎᆞ 진쟉ᄒᆞ며 조시 등과 셕샹셔 등이 다 잔을 헌ᄒᆞᆫ 후 긔현 등 졔숀이 ᄎᆞ례로 잔을 니어 드리고 좌우 내외 모든 숀

증이 슈헌을 맛춘 후 노공이 쏘흔 위부인과 흔가지로 즈숀의 슈빅를 바들식 평진왕이 농포옥딕의 면류를 드리오고 통텬관 아릭 관옥지모와 일만풍치 동탕흐여 신긔로온 긔질은 농이 변화흐고 안안흔 톄격은 야학이 고운의 나니 츄텬지긔와 츄슈졍신이며 폐일지풍과 하일지위 쳔고영쥰이며 일셰

8면

군직라 슈빅를 드리고 물너 츅슈가를 부르니 쳥고흔 가셩이 댱공의 어릭여 학녀쳥음이 심곡니부로 움즉이고 궁학의 금슈를 츔츄이는지라 쇄락흔 광치와 엄즁흔 디위 식로오니 공의 부뷔 식로이 두굿기고 귀즁흐여 왈 오아는 복인이며 효직라 십직 개개히 영쥰군즈오 숀증이 각하의 메여시니 우리 스후의 흔 근심이 업도다 왕이 빅샤퇴좌흐믹 승샹 초국공이 즈포옥딕의 면류금관을 졍히 흐고 뉴리빅를 밧드러 슈헌흐고 남희의 깁기와 북두의 놉기를 츅

9면

흐니 쳥신흔 셩음은 단산의 봉이 울고 화평흔 긔운은 요슌시졀이 도라온 듯 텬디의 화긔를 씌여 일월이 명광을 아오라 빅옥안모는 츈양이 무르녹고 빈빈흔 덕도는 가숨의 쟝흐여시며 년년흔 문명은 미우의 어래여 쇄락흔 풍신과 편편흔 쟝신이 태을진인이 운리의 빅회흐며 긔린이 교야의 나린 듯 슉슉흔 례뫼 몸을 움즉이믹 셩현유풍이 은은흐니 공의 부뷔 두굿거오미 만심의 가득흐여 공이 밧비 잔을 밧고 집슈무익 왈 내 아히는 인즁

10면

션인이오 물즁긔린이라 샹셰지후 지우금일가지 쳥신의 흔 졈 허물이 업스니 진실노 노부의 교즈의 쾌흐미 구원의 눈을 감을지라 너의 현셩을 하늘이 감동흐여 칠직 일셰의 희한흔 영웅이오 현숀이 대를 니으니 엇지 긔특지 아니리오 초공이 직빅칭샤흐고 퇴코져흐나 노공이 숀을 잡아 이릭흐미 강보치아 갓더라 셕태샹 등이 츳츳 헌쟉홀식 다 관옥지모와 젹션지풍이라 공의 부뷔 아름다오믈 이긔지 못흐더라 쟝숀 승상 태스 긔현이 홍금포의 옥

11면

되를 도도와 슈헌ᄒᆞ니 츄월 갓튼 풍광은 빅옥을 관쓰인 ᄃᆞᆺ 편쳔ᄒᆞᆫ 풍신은 츄텬의 계슈 식식ᄒᆞᆫ ᄃᆞᆺ 언진 덕량은 인현대도를 너허시며 슉슉ᄒᆞᆫ 례모ᄂᆞᆫ 군ᄌᆞ의 풍이 완젼ᄒᆞ니 두목을 나모라며 반하를 더러히 너기ᄂᆞᆫ지라 노공이 크게 두굿겨 ᄀᆞᆯ오ᄃᆡ 나의 현숀이라 어진 덕이 아비게 승ᄒᆞ니 종샤의 즁ᄒᆞᆷ믈 네게 ᄭᅵ치나 근심이 업도다 승상이 황공배샤ᄒᆞ여 불감승당이러라 병부상셔 평능후 유현이 공후인신과 홍포오ᄉᆞ의 옥븨를 밧드러 헌ᄒᆞ니 옥안은 즁

12면

츄빅월이 탁운을 버ᄉᆞ며 효셩 갓튼 냥안은 츄슈 긴 강의 힛발이 빗쵠 ᄃᆞᆺ 찬란ᄒᆞᆫ 광치 ᄉᆞ좌의 뽀이며 쥬슌년엽과 운빈방쳔의 지샹의 관즘을 븟쳐 엄즁ᄒᆞᆫ 위의와 도도ᄒᆞᆫ 풍치 동탕ᄒᆞ여 태산졔월지풍과 쳥텬빅일지샹이 쳔고영쥰이오 개셰군지라 노공이 그 가셩의 청고홈과 풍광의 동탕ᄒᆞᆷ믈 ᄉᆡ로이 ᄋᆡ지즁지ᄒᆞ여 집슈무빅 왈 아븨 어짐과 아ᄌᆞ븨 위풍을 겸ᄒᆞ여 일셰의 더ᄒᆞᆫ 사ᄅᆞᆷ이라 여부의 공검인덕과 현부의 슉덕현힝이 네게 홀노 이갓치 긔특

13면

ᄒᆞ니 오문의 쳔리귀라 능휘 불감승당ᄒᆞ여 배샤이퇴ᄒᆞ니 태혹ᄉᆞ 영현이 ᄌᆞ포옥ᄃᆡ로 슈배를 헌ᄒᆞ니 옥면뉴풍은 부형의 풍이오 셩덕례모ᄂᆞᆫ 가졍지훈이라 공의 부뷔 보니마다 과ᄋᆡᄒᆞ더라 평능빅 운현이 금포옥ᄃᆡ로 슈븨를 나아오니 츄월면모ᄂᆞᆫ ᄉᆞ좌의 바ᄋᆡ고 늠연ᄒᆞᆫ 풍치ᄂᆞᆫ 계슈 츈풍의 휘듯ᄂᆞᆫ ᄃᆞᆺ 엄즁ᄒᆞᆫ 위의와 탁낙ᄒᆞᆫ 골격이 부형의 뒤흘 니을지라 축슈가곡을 읇흐니 셩음이 웅건활량ᄒᆞ여 사ᄅᆞᆷ의 긔운을 쾌창케 ᄒᆞᄂᆞᆫ지라 기리 읇흐

14면

ᄆᆡ 봉음이 쟝공의 어ᄅᆡ니 진왕의 쳔고영쥰 곳 아니면 이 아ᄃᆞᆯ 두기 어렵더라 공의 부뷔 아ᄅᆞᆷ다오믈 이긔지 못ᄒᆞ더라 능빅이 퇴ᄒᆞᄆᆡ 례부상셔 틱ᄌᆞ쇼ᄉᆞ 광현이 홍포오ᄉᆞ로 잉무빅를 밧드러 드리니 팔쳑 경눈의 가득ᄒᆞᆫ 풍치 양뉴를 우ᄉᆞ며 빅옥 ᄀᆞᆺ튼 얼골은 일만 화신이 웃ᄂᆞᆫ ᄃᆞᆺᄒᆞ니 명봉지안은 영긔효셩 갓고 미옥문질은 빈빈이 션현의

도덕을 감초와시니 쳔고 도혹 진위라 노공이 어ᄅᆞ만져 탄왈 부싱모흑ᄒᆞᆫ ᄇᆡ 헛되지 아냐 진실노 네 아비 도덕과 현부의 심인혜힝

15면

을 가졋도다 례뷔 배샤ᄒᆞ여 불감ᄒᆞ믈 일ᄏᆞᆺ고 퇴ᄒᆞ매 츄밀ᄉᆞ 문현이 자포오ᄉᆞ의 옥비를 진헌ᄒᆞ니 오ᄉᆞ 아릐 옥 갓튼 용모는 ᄇᆡᆨ년홰 남풍의 휘듯는 듯 부형의 아릐 아니라 공의 부뷔 긔ᄋᆡᆨᄒᆞ더라 태ᄌᆞ쇼ᄉᆞ 봉현이 ᄯᅩ 헌작ᄒᆞᄆᆡ ᄇᆡᆨ옥이 틋글을 씨ᄉᆞ며 츄월이 탁운을 버슨 듯 농호의 위풍과 농린의 쥰ᄆᆡᆨᄒᆞ믈 아오라 뇌락상활ᄒᆞ니 노공이 잔을 밧고 쇼왈 쇼시의 쇼쇼허물이 이시나 도금의 ᄇᆡᆨ힝이 진슉ᄒᆞ니 엇지 아름답지 아니리오 평쟝이 퇴ᄒᆞ니 태ᄌᆞ쇼부 아현이 ᄌᆡ

16면

샹관면으로 슈비를 헌ᄒᆞ니 화지양뉴지풍이 일대군ᄌᆡ라 존당이 두굿기더라 복야 몽현이 진작ᄒᆞᄆᆡ 옥안은 즁츄망월이오 풍치는 금당버들이라 노공이 보니마다 ᄉᆞ랑ᄒᆞ여 탄왈 졔숀이 ᄒᆞᄂᆞ토 용쇽ᄒᆞ니 업ᄉᆞ니 오문복경이라 ᄒᆞ더라 태혹ᄉᆞ 달현이 헌쟉ᄒᆞ니 풍광신치 동탕ᄒᆞ더라 화현 계현이 함긔 잔을 드리니 냥인이 작위 ᄌᆡ렬이오 풍치 반화와 두여를 나모라니 공이 ᄉᆡ로이 두굿기더라 칠현이 금포옥ᄃᆡ로 헌쟉ᄒᆞ니 쇄락ᄒᆞᆫ 풍신과 슈양ᄒᆞᆫ 용

17면

뫼 천틱의 옥을 닥가시며 츈원이 화신을 모하시니 어진 힝실과 ᄆᆞᆰ은 도덕이 안연 ᄌᆞ거지 뉘라 노공이 집슈과ᄋᆡᆨᄒᆞ더라 ᄎᆞᄎᆞ 졔부졔네 헌쟉ᄒᆞ고 외숀이 다 진헌ᄒᆞ니 노공이 ᄉᆞᆯ을 취ᄒᆞ고 흥이 놉흐ᄆᆡ 진 초 이 공으로 츔츄어 태부인긔 뵈라 ᄒᆞ니 이ᄯᅢ 냥공이 열친지심이 무궁ᄒᆞ니 엇지 노릐ᄌᆞ의 아롱옷 입기를 ᄉᆞ양ᄒᆞ리오 흔연 슈명ᄒᆞ여 형뎨 대무홀ᄉᆡ 진왕의 신긔로온 무슈는 본대 능ᄒᆞ거니와 초공은 일죽 가무의 ᄉᆡᆼ쇼홀 듯ᄒᆞᄃᆡ ᄌᆡ조의 긔특ᄒᆞ믄 만ᄉᆞ의 ᄌᆞ

18면

연이 남의셔 다른지라 편편ᄒᆞᆫ 광슈를 진진이 펴ᄆᆡ 야학이 고운의 날고 룡이 챵히의

쇼손지라 진퇴유희의 무쉬 편편ᄒᆞ니 만좌졔인이 눈을 뽀아 완경을 삼앗고 ᄌᆞ숀이 좌우로 둘너셔셔 우음을 씌엿시니 ᄒᆞ물며 태부인과 노공 부부의 두굿겨ᄒᆞ믈 엇지 긔록ᄒᆞ리오 희불ᄌᆞ승ᄒᆞ여 입이 버러시니 인간영화 진 초 이 공의 지나미 업슬너라 임의 무슈를 파ᄒᆞ니 냥공이 좌의 나아가ᄆᆡ 니어 승상 평능후 곤계 즉시 들녀 대무ᄒᆞᄆᆡ 능후의 긔특ᄒᆞᆫ 무슈와 능빅 평쟝

19면

의 졀인ᄒᆞᆫ 츔이 부슉의 아ᄅᆡ 아니라 명윤 등의 니ᄅᆞ혀 다 츔을 츄어 열친지의를 도으니라 이의 노공을 뫼셔 외뎐의 나오니 내외 낙극단란ᄒᆞ미 무비ᄒᆞᆫ지라 풍악이 졔진ᄒᆞ고 ᄇᆡ반이 낭ᄌᆞᄒᆞ여 산진히착이 갓지 아니미 업더라 ᄂᆡ당의셔 노공이 ᄌᆞ숀을 거나려 츌외ᄒᆞᄆᆡ 졔부인ᄂᆡ 쟝ᄂᆡ로셔 나와 냥티분긔 복경이 늉늉홈과 복녹이 졔미ᄒᆞ믈 하례ᄒᆞ고 졔쇼져의 특이ᄒᆞ믈 탄칭ᄒᆞ여 치하ᄒᆞ믈 마지 아니ᄒᆞ더라 날이 늣도록 ᄂᆡ외 진환ᄒᆞ여 어샤ᄒᆞ신 풍뉴를 안히

20면

드려 태부인이 보시게 ᄒᆞ니 균텬광악을 진쥬ᄒᆞ며 봉싱농관과 오음뉵률이 쟝공의 어리니 힝인이 길흘 머츄어 굿보ᄂᆞ니 뫼히 일며 개야미 뿌시 ᄃᆞᆺᄒᆞ여 인셩이 훤텬ᄒᆞ여 헤왓지 못ᄒᆞ리러라 일낙셔산ᄒᆞᄆᆡ 파연곡을 쥬ᄒᆞ니 졔긱이 각귀기가ᄒᆞ고 악공창녀를 샹ᄉᆞᄒᆞ여 도라 보내고 명일의 다시 후연을 시작ᄒᆞ여 슌일을 년ᄒᆞ여 즐기니 복녹이 당시의 희한ᄒᆞ더라 어시의 ᄉᆞ히 평안ᄒᆞ고 텬히 무ᄉᆞᄒᆞ여 오ᄅᆡ 병혁의 근심이 업더니 강셔와 ᄉᆞ쳔이 반경이 이

21면

시니 됴뎡이 문무지망이 합ᄒᆞᆫ 쟈를 틱홀ᄉᆡ 조명윤으로 대원슈를 ᄒᆞ이시고 조명균으로 부원슈를 삼아 강셔를 향ᄒᆞ여 츌ᄉᆞᄒᆞ니 부슉여풍과 문무의 지죄 일대영웅이라 림별의 존당부모긔 하직ᄒᆞᄆᆡ 일개 니별을 결연ᄒᆞ고 원로구치를 념녀ᄒᆞ여 진 초 냥공이 경계ᄒᆞ여 용병힝군과 승픽득실을 가ᄅᆞ치고 승상과 능빅이 ᄯᅩᄒᆞᆫ 즁임을 태만치 말며 몸을 조심ᄒᆞ라 경계ᄒᆞ니 냥인이 슈명ᄒᆞ고 졀월을 거ᄂᆞ려 셔흐로 향ᄒᆞ니 ᄉᆞ광의 위덕

22면

이 변형ᄒᆞ여 쇼년영무와 문무지망이 먼니 번국의 들니니 각도 군현이 황황지대ᄒᆞ며 빅셩부뢰 단ᄉᆞ호쟝으로 왕ᄉᆞ를 맛는지라 힝ᄒᆞ여 강셔를 평뎡ᄒᆞ고 ᄉᆞ쳔의 니ᄅᆞᄆᆡ 촉군 태슈 뎐병의 강셩홈과 원슈의 신츌귀몰ᄒᆞᄂᆞᆫ 지혜를 보ᄆᆡ 시러금 부졔지심을 내지 못ᄒᆞ여 ᄊᆞ호지 아냐 셩을 여러 대군을 마ᄌᆞ니 원슈 호언으로 위로ᄒᆞ여 왕화를 빗내고 뎐위를 베퍼 덕위 엄명ᄒᆞ고 호령이 정슉ᄒᆞ니 삼군 쟝ᄉᆞ와 부하 쟝관이 츄호를 은닉지 못ᄒᆞ여 쟝

23면

령을 조심ᄒᆞ니 빅셩이 안식ᄒᆞ여 져ᄌᆞ를 옴기지 아니ᄒᆞ고 덕화를 감열치 아니리 업ᄂᆞᆫ지라 원슈 국왕의 연향을 밧고 ᄀᆡᆨ관의 도라오ᄆᆡ 부원슈로 더브러 한화홀ᄉᆡ 요힝ᄒᆞᆫ 바의 슈고를 허비치 아녀셔 강셔와 ᄉᆞ천을 평정ᄒᆞ믈 치하ᄒᆞ고 임의 집을 ᄯᅥ는 지 오ᄅᆡᆫ지라 태힝산 구롬을 바라보와 ᄉᆞ친지심을 이긔지 못ᄒᆞ여 슈히 회군홀 일을 의논홀ᄉᆡ 부원슈 왈 비록 도라가미 밧브나 남이 이런 경쳐를 대ᄒᆞ여 ᄒᆞᆫ 번 산쳔을 아니보미 무미ᄒᆞᆫ지라 구치분정ᄒᆞ

24면

여 즁원의 지나미 업ᄉᆞᄃᆡ 오히려 산쳔의 명려ᄒᆞ믄 ᄉᆞ쳔의 지나미 업슨지라 우리 잠간 풍경의 절승ᄒᆞᆫ 거슬 보와 승유를 모든 군종의게 젼ᄒᆞ미 엇더ᄒᆞ뇨 원슈 왈 여언이 정합오의라 ᄒᆞ고 츄종을 ᄯᅥᆯ쳐 오직 ᄉᆞ오 인 동ᄌᆞ로 쥬호를 들니고 두로 산경을 유람홀ᄉᆡ 금쳔강의 니ᄅᆞ러 ᄇᆡ를 ᄯᅴ여 션유ᄒᆞ며 산식을 고면ᄒᆞ더니 홀연 거믄 긔운이 니러ᄂᆞ며 음풍이 슬슬ᄒᆞᆫ 가온대 고은 녀ᄌᆡ ᄒᆞᆫ 눈의 살흘 박아시며 온 몸의 피를 흘녀 울며 ᄇᆡ의 오ᄅᆞ고져 ᄒᆞ거놀 원슈

25면

요괴 쥴 알고 이후 싱령의 화를 두려 그 미인을 버혀 강슈의 너흐니 홀연 머리 ᄡᅡ로나 뛰노더니 다시 살거놀 명윤 왈 우리 이 요물을 업시치 못ᄒᆞ여셔는 싱령의 히를 측냥치 못ᄒᆞ리라 ᄒᆞ고 드대여 불의 술오니 ᄒᆞᆫ 쥴기 프른 거시 뭉쳐 공즁의 가거놀 명윤이 살을 다ᄅᆡ여 ᄡᅳ니 믄득 큰 거믄 ᄉᆡ 살의 ᄢᅦ여 나려지니 슬프다 사ᄅᆞᆷ이 원슈를 지

으믹 즈연이 곳곳이 와 보복이 되니 텬리 쇼연흔지라 가히 두렵지 아니랴 금일 요괴를 쥭이믹 촉인이 니르딕

26면

셕일 도원슈 문쳥이 뉵안걸의 왕후를 버혀 물의 너흐니 그 후 요긔 이 물의셔 힝인을 무슈히 쥭이더니 이졔 다시 쥭여시니 도시 싱령의 히를 더럿다 ᄒᆞ니 원슈 쇼왈 슉뷔 무슴 일노 뉵안걸의 쳐를 쥭이신고 명균이 답쇼 왈 유죄ᄒᆞ믹 쥭여겨시지 무죄ᄒᆞ면 살벌을 즐기시리오 ᄒᆞ더라 이의 두로 살피니 평촉후의 화상과 ᄉᆞ쳔후의 화상이 이셔 촉인이 츄모ᄒᆞ여 싱ᄉᆞ당을 지엇ᄂᆞᆫ지라 냥인이 흠탄ᄒᆞ여 묘즁의 드러가 ᄌᆡ빅ᄒᆞ고 다시 묘쇼를 즁슈ᄒᆞ고

27면

두로 노라 젹긱친우를 므롤시 쇼연슈의 곳의 니르러 은근후대ᄒᆞ여 범ᄉᆞ의 고견ᄒᆞ믈 졍셩으로뼈 ᄒᆞ믹 일가와 친우의 평안흔 쇼식을 ᄌᆞ시 젼ᄒᆞ고 범ᄉᆞ의 고호ᄒᆞ여 젹리 간초ᄒᆞ믈 도으니 연슈 그 인ᄌᆞ후덕을 감은ᄒᆞ여 탄상ᄒᆞ믈 마지 아니ᄒᆞ더라 ᄎᆞ야의 역려의셔 헐슉홀시 냥인이 각각 ᄌᆞ더니 홀연 일몽을 어드니 일쟝신몽이라 냥인이 경각ᄒᆞ여 몽ᄉᆞ를 힉득ᄒᆞ여 졈괘를 어드니 대길ᄒᆞ여 각각 미인을 어들 증조어ᄂᆞᆯ 이의 다시 산의 올나 두로 산경을

28면

보고 나려와 젹긱흔 친우를 다 ᄎᆞ즐시 청셩산 아릭 젼임 태우 화우ᄂᆞᆫ 태ᄌᆞ쇼ᄉᆞ 화공의 아이오 화공이 조태ᄉᆞ와 지긔심붕인 고로 냥인이 츌졍 시의 ᄎᆞᆺ기를 쳥ᄒᆞ엿ᄂᆞᆫ 고로 시동으로 ᄎᆞᄌᆞ려라 ᄎᆞ셜 화태위 촉디의 젹거ᄒᆞ연 지 츈취 여러 번 밧고이되 은샤를 만나지 못ᄒᆞ니 쟝브의 심ᄉᆡ ᄌᆞ못 블평ᄒᆞ여 고원의 친쳑을 싱각ᄒᆞ며 동셔의 ᄉᆞ고무친ᄒᆞ니 오직 동린의 흔ᄂᆞᆺ 은ᄉᆞ로 더브러 ᄉᆞ괴여 관포의 후졍이 이시니 쳐ᄉᆞ 셜공이니 명은 원이라 본대 경ᄉᆞ인으로 그 부

29면

죄 이곳의 복거ᄒᆞ여 슈딕를 촌인이 되나 오히려 경ᄉᆞ의 집이 잇고 셜공이 남지 업고

다만 부인 오시 일녀 명임을 나코 기셰ᄒᆞᄆᆡ 쳐ᄉᆡ 고고ᄒᆞᆫ ᄒᆡ녀ᄅᆞᆯ 친히 무양ᄒᆞ여 계실 단시와 빈희 가시ᄅᆞᆯ 두어시나 다 ᄉᆞ쇽의 ᄌᆞ미ᄅᆞᆯ 보지 못ᄒᆞ고 깁히 슬허ᄒᆞ나 위로ᄒᆞᄂᆞᆫ ᄇᆡ 녀아의 화옥 갓ᄐᆞᆫ ᄀᆡ질이니 범간슉네라 위로ᄒᆞ여 텬하대군ᄌᆞᄅᆞᆯ 어더 쇼교의 ᄌᆡ용을 져바리지 아니려 ᄒᆞ고 화공이 ᄯᅩᄒᆞᆫ 부인 원시와 녀아 단츄와 양녀 원쇼져ᄅᆞᆯ 길너 ᄉᆞ랑이 양녀와 친녀로 분간치 못ᄒᆞ니 원

30면

시ᄂᆞᆫ 원부인 뎨남 원혹ᄉᆞ의 녜라 부뫼 구몰ᄒᆞ고 혈혈무의ᄒᆞ니 원부인이 거두워 단쥬와 졋슐 난화 기ᄅᆞ니 인ᄎᆞ로 화공 부뷔 양녀로 칭ᄒᆞ여 졍의 친싱 갓고 원 화 냥쇼졔 아ᄅᆞᆷ다오미 화옥 갓고 친애ᄒᆞ미 동긔 갓ᄐᆞ며 그 원이 일싱을 ᄯᅥ나지 아니ᄒᆞ고 엇개ᄅᆞᆯ 갈와 ᄒᆞᆫ 사ᄅᆞᆷ을 셤길 의ᄉᆡ 잇ᄂᆞᆫ지라 공의 부뷔 녀아의 ᄯᅳᆺ을 지긔ᄒᆞ고 텬하옥인을 구ᄒᆞ여 요녀의 이인을 허ᄒᆞ여 슌의 이비 마ᄌᆞ시믈 의방ᄒᆞ여 효측고져 ᄒᆞ대 비록 ᄉᆞ쳔의 인ᄌᆡ 셩타ᄒᆞ나 맛ᄎᆞᆷ내 공의

31면

눈의 찬 사ᄅᆞᆷ을 보지 못ᄒᆞ고 ᄌᆞ긔 환향ᄒᆞᆯ 시졀이 머러시니 녀아의 친ᄉᆞᄅᆞᆯ 슈히 일우지 못ᄒᆞᆯ가 슉야의 근심이 ᄆᆡᆺ쳐시니 셜쳐ᄉᆞ로 ᄆᆡ양 더브러 졍회ᄅᆞᆯ 난호며 셔랑 ᄌᆡ목을 근심ᄒᆞ더니 냥공이 일방의 취몽을 어드ᄆᆡ 북으로조ᄎᆞ 큰 황룡과 옥룡이 여의쥬ᄅᆞᆯ 물고 초옥시비의 니ᄅᆞ러 인ᄒᆞ여 각각 녀아로 더브러 졀ᄒᆞ고 황룡은 화단쥬와 원옥계ᄅᆞᆯ 닛그러 나가고 옥룡은 셜명임을 무러내니 쳐ᄉᆞ와 화공이 대경ᄒᆞ여 밧비 앗고져 ᄒᆞ다가 ᄭᆡ친이 ᄒᆞᆫ ᄭᅮᆷ

32면

이오 셜공의 몸이 화ᄒᆞ여 화공의 당의 누엇ᄂᆞᆫ지라 셜공이 홀연 심동ᄒᆞ여 ᄒᆞᆫ 졈괘ᄅᆞᆯ 엇고 화공을 대ᄒᆞ여 몽ᄉᆞᄅᆞᆯ 니ᄅᆞ고 치하 왈 우리 냥인이 택셔로 오ᄆᆡ의 근심이 잇더니 금일 냥가 동상을 어들 증죄로대 반ᄃᆞ시 대귀인을 어들가 ᄒᆞ노라 화공이 역 쇼왈 내 역시 ᄭᅮᆷ이 여ᄎᆞᄒᆞ더니 이제 대귀인이 어ᄃᆡ로조ᄎᆞ 오문의 니ᄅᆞ리오 졍히 셔로 의려ᄒᆞ여 녀아의 화상을 내여 셔로 ᄌᆞ랑 왈 우리 졍의 형뎨지간 갓고 ᄌᆞ식을 내외치 아냐 ᄋᆡᆨ이 보왓ᄂᆞᆫ지라 금일 몽ᄉᆡ 긔이ᄒᆞ고

33면

형의 샹법이 신묘ᄒᆞ니 냥녀의 샹뫼 엇더ᄒᆞ뇨 셜공이 본대 샹법이 긔이ᄒᆞᆫ지라 이의 화샹을 보ᄆᆡ 화 원 냥쇼져의 빅태쳔광이 긔묘홀 ᄲᅮᆫ 아니라 복녹이 완젼지샹이니 셜공이 쇼왈 이제 녕녀의 화샹을 보니 결단ᄒᆞ여 왕공의 부인이 되어 귀ᄒᆞ믈 가히 니ᄅᆞ지 못ᄒᆞ리니 내 ᄯᅩ 쇼녀의 화샹을 가져와 녕녀와 ᄒᆞᆫ ᄃᆡ 두고 보리라 ᄒᆞ고 이의 가인으로 셜부 셔당의 가 족ᄌᆞ를 가져와 화 원 냥쇼져 화샹과 ᄒᆞᆫ ᄃᆡ 거러 두고 쟝ᄂᆡ를 보고져 ᄒᆞ더니 날이 져므지 아냐 냥

34면

위 군ᄌᆞ대인이 문의 림ᄒᆞ니 조명윤 명균이라 믄져 명쳡을 보ᄆᆡ 화공이 반겨 쳥ᄒᆞ여 볼ᄉᆡ 소년영풍이 빅일의 바ᄋᆡ고 쇄락ᄒᆞᆫ 안광이 이목을 놀내ᄂᆞᆫ지라 옥면년협과 호비쥬슌이며 쳔일지표와 룡봉의 ᄌᆞ질이 세샹의 둘 업ᄉᆞᆫ 풍치라 명윤의 호상ᄒᆞᆫ 골격과 명균의 발월ᄒᆞᆫ 긔상이 난형난데라 일빵 옥슈긔린이니 면젼의 나와 례를 맛고 한훤을 파ᄒᆞᄆᆡ 그 부형의 친위며 화쇼ᄉᆞ의 말을 일ᄏᆞ라 각별 은근ᄒᆞ니 광활ᄒᆞᆫ 말솜과 은근ᄒᆞᆫ 례뫼

35면

고관대작의 거오ᄒᆞᆫ 빗치 업셔 인ᄌᆞ유풍과 장부힝신이 바라ᄆᆡ 쳔고일인이라 화공이 탄복ᄒᆞ여 개용칭샤ᄒᆞ고 초모의 ᄎᆞᄌᆞ며 폐ᄉᆞ의 왕굴ᄒᆞ믈 칭샤ᄒᆞ고 겻히 셜쳐ᄉᆞ를 가ᄅᆞ쳐 셔로 셩명을 통ᄒᆞ니 냥인이 셜공의 쳥아슈련ᄒᆞᆫ 고절을 탄복ᄒᆞ니 냥공이 냥조를 만나 깃브고 환희ᄒᆞ나 오직 념컨대 져의 쟉위 대신이오 풍치 독보ᄒᆞ니 결관ᄒᆞ여 실즁의 여러 부인이 이실지라 약ᄒᆞᆫ 녀아를 젹인 총즁의 드려 보내고 쳔 리 원별의 늣길 바를 쥬져ᄒᆞ여 발

36면

언치 못ᄒᆞ더라 냥공이 냥조를 대ᄒᆞ여 경ᄉᆞ 쇼식을 무ᄅᆞ며 형쟝의 글월을 보고 반가오며 깃브믈 이긔지 못ᄒᆞ여 이의 관대ᄒᆞ니 냥죄 이곳의 머므러 밤을 지날ᄉᆡ 화공이 셜공으로 더브러 냥조로 야심토록 말ᄒᆞ다가 각각 니러나며 왈 공 등이 먼니 와 긔운이 잇불지라 일즉이 취침ᄒᆞ고 몸을 편히 ᄒᆞ여 박누ᄒᆞᆫ 쳐쇼를 더러이 너기지 말나 냥

인이 샤례ᄒᆞ고 냥공이 드러간 후 져무도록 몸이 곤ᄒᆞ여 각각 침셕의 비겨시니 믄득 벽상의 족ᄌᆞ 셰히 걸녓거ᄂᆞᆯ 냥인이 우연이

37면

눈을 드러보고 친히 니러나 그 족ᄌᆞ를 펴보니 이 곳 미인되라 그림 가온대 미인의 얼골이 긔긔묘묘ᄒᆞ여 완연이 정신을 머무러 말을 ᄒᆞᆯ 듯 옥면셩안과 뉴미화협이며 단슌호치 ᄋᆡ원절셰ᄒᆞ여 쳔고미ᄉᆡᆨ이라 냥인이 대경ᄒᆞ여 ᄌᆞ시 보ᄆᆡ 화상이 ᄉᆡ롭고 깁이 낡지 아냐 반ᄃᆞ시 요ᄉᆞ이 그린 거시오 녯 거시 아니라 냥쇠 셔동을 대ᄒᆞ여 그림의 츌쳐를 무른ᄃᆡ 셔동이 ᄃᆡ왈 이 다른 화상이 아니라 두 미인도ᄂᆞᆫ 우리 ᄐᆡᆨ 쇼졔시니 태우샹공 양녀 친녀시고 ᄒᆞᆫ 화상은

38면

셜상공 규ᄋᆡ시니 냥노애 각각 녀ᄋᆞ의 화샹을 ᄒᆞᆫ ᄃᆡ 두고 논폄ᄒᆞ시ᄃᆡ 반ᄃᆞ시 공후의 ᄇᆡ필이 되리라 ᄒᆞ시더이다 냥인이 ᄎᆞ언을 드ᄅᆞᄆᆡ 화월의 졀셰미려ᄒᆞᆷ을 흠모ᄒᆞ여 명균을 도라보와 쇼왈 아등이 고이ᄒᆞᆫ 몽ᄉᆡ 잇더니 이졔 미인을 보니 가망이 팔구분이나 잇도다 명균이 쇼왈 쇼뎨ᄂᆞᆫ 일쳐ᄲᅮᆫ이라 셜시의 화샹을 보니 실노 ᄯᅳᆺ이 기우러 취코져 의ᄉᆡ 잇거니와 형쟝은 한 녀 냥쉬 만고의 드믄 풍용셩덕이 이셔 임의 쥬아의 낙쟝 몃치시니잇가 화

39면

공이 탄왈 일즉 명되 박ᄒᆞ여 여러 ᄌᆞ녀를 쥭이고 말년의 한 녀아 ᄲᅮᆫ이라 엇지 좌우의 이실 ᄌᆞᄉᆡᆨ이 이시리오 대원쉬 츄연 왈 합하의 정ᄉᆡ 비샹ᄒᆞ시이다 녀셔를 택ᄒᆞ여 겨시니잇가 공이 답왈 현계 이갓치 은근이 ᄎᆞᆺ고 ᄌᆞ샹이 무ᄅᆞ니 후정을 다ᄉᆞᄒᆞ노라 엇지 경회를 다ᄒᆞ지 아니ᄒᆞ리오 이 ᄶᅡ히 인지 셩타ᄒᆞᄃᆡ 죄인의 곳의 왕ᄅᆡᄒᆞ리 업고 쇼녀의 나히 하마 계ᄎᆞ지년이 다 ᄌᆞ라시대 져의 ᄌᆡ용이 잠간 용쇽기를 면ᄒᆞ엿고 ᄯᅩ 난쳐ᄒᆞᆫ 일이 이셔 나의 양네 이시니 져의 외

40면

종형뎨라 유시로 일방의 동쳐ᄒᆞᄆᆡ 정의 관슉ᄒᆞ니 잠간 ᄯᅥ나기를 앗겨 황영의 고ᄉᆞ를

효측ᄒᆞ여 ᄒᆞᆫ가지로 ᄇᆡᆨ년을 동노코져ᄒᆞ니 이러므로 년쇼셔싱은 일시의 냥쳐를 거나릴 길이 업고 명ᄉᆞ 직상은 이 셔촉 죄인의 집과 결혼ᄒᆞ라 오리 업슨지라 이러므로 졍혼이 극난ᄒᆞ여 당시 결승의 호연을 졍치 못ᄒᆞ니 노부의 일야 번뇌ᄒᆞᄂᆞᆫ ᄇᆡ라 현계ᄂᆞᆫ 문견이 ᄌᆞ못 너른지라 이 누인의 졍ᄉᆞ를 살펴 혼인을 천거ᄒᆞ라 셜공의게 ᄯᅩᄒᆞᆫ 규쉬 이셔 쳔고의 독보

41면

ᄒᆞᆫ 슉녜니 냥위 현계ᄂᆞᆫ 사ᄅᆞᆷ의 졍ᄉᆞ를 살펴 우리 동샹의 맛당ᄒᆞᆫ 이를 쳔ᄒᆞ라 명윤이 명균을 보며 웃고 대왈 합하의 졍식 ᄌᆞ못 이갓ᄐᆞ시니 쇼싱이 엇지 범연이 드ᄅᆞ리오마ᄂᆞᆫ 다만 명ᄉᆞ 직샹의 나히 젹으니 쉽지 아니코 ᄯᅩ 취쳐 아닌 재 ᄇᆡᆨ의 ᄒᆞ나히라 존공의 ᄠᅳᆺ이 나히 만흐ᄆᆡ 졈고 인물고히 쇼싱 등의 용녈홈 ᄀᆞᆺᄐᆞ며 안히 이실지라도 직취 삼취를 혐의치 아니시면 쇼싱비 힘ᄡᅧ 쥬혼ᄒᆞ여 태명을 밧들니이다 화공이 침음냥구의 셕연이 ᄭᆡ다라 호호히 우ᄉᆞ며

42면

ᄀᆞᆯ오ᄃᆡ 만식 현계 갓ᄐᆞ니ᄂᆞᆫ 불감쳥이언졍 고쇼원애라 비록 여러 쳐쳡이 이시나 ᄒᆞ믈며 쟉위 직렬노 시금의 원슝의 위덕이 ᄒᆡ내의 기우리고 공업이 번국을 진동ᄒᆞ니 엇지 그 쳐쳡의 만키로 호의ᄒᆞ리오 만일 현계 구ᄒᆞᆯ 쟉시면 쳔 리라도 ᄉᆞ양치 아니코 가형이 경ᄉᆞ의 겨시니 ᄂᆡ 잇솜과 갓ᄐᆞᆫ지라 이 혼식 셩젼ᄒᆞ미 엇지 만힝치 아니리오 명윤이 흠신샤샤ᄒᆞ여 ᄀᆞᆯ오대 쇼싱은 년쇼지인이라 흑식이 쇼루ᄒᆞ고 ᄌᆡ덕이 쳔박ᄒᆞ니 엇지 존공의 과쟝ᄒᆞ시믈 당ᄒᆞ리잇고

43면

쇼싱의 가엄이 여러 쳔리의 겨시고 불고이취ᄒᆞ미 례 아니나 존공의 졍회를 듯ᄌᆞ오ᄆᆡ 대쟝뷔 인셰간의 쳐ᄒᆞ미 의긔를 크게 ᄒᆞ리니 도라가 고ᄒᆞ고 취ᄒᆞ려 ᄒᆞᄆᆡ 그 ᄉᆞ이 ᄉᆞ긔 측량키 어려온 고로 이곳의셔 취ᄒᆞ기ᄂᆞᆫ 쇼싱의 가ᄉᆞ를 ᄌᆞ량ᄒᆞ여 조강지쳬 현슉ᄒᆞ온지라 학발존당이 연노ᄒᆞ샤 싱의 여러 쳐쳡을 바라시니 취ᄒᆞ여 셩례ᄒᆞ고 함긔 힝ᄒᆞ여 녕빅합하로 샹의ᄒᆞ올 거시오 ᄯᅩ 합히 오리지 아냐 환쇄ᄒᆞ실 거시니 엇지 ᄆᆡ양 측디의 겨시리잇고 원쇼져ᄂᆞᆫ 녕녀의 쇼원과 갓치 ᄒᆞ

44면

시면 쇼싱이 비록 쇼졸ᄒᆞ나 남의 되여 미쳐를 ᄉᆞ양ᄒᆞ리잇가 당당이 명ᄃᆡ로 ᄒᆞ리이다 화공이 본ᄃᆡ 지인지감이 타인의 승흔지라 금일 조명윤의 긔특ᄒᆞᆫ 풍치 긔샹을 보니 불승과망ᄒᆞ여 일언의 냥녀를 쾌허ᄒᆞ고 셜쳐ᄉᆡ 명균을 과의ᄒᆞ여 임의 쇼녀의 가위믈 ᄭᅵ닷고 몽ᄉᆞ를 ᄉᆡᆼ각ᄒᆞ여 ᄌᆡ실되믈 혐의치 아니ᄒᆞ고 간졀이 구혼ᄒᆞ니 명균이 대희ᄒᆞ여 쾌허ᄒᆞ고 냥인이 각각 머리의 ᄭᅩᆺ즌 옥잠을 ᄲᅢ혀 납빙ᄒᆞ고 오ᄅᆡ 머무러 잇지 못ᄒᆞᆯ지라 돗 우히셔 길일을

45면

턱ᄒᆞ니 냥인의 혼긔 지격 슈일이라 이졔 총총이 혼례를 갓초와 조원쉬 화 원 냥쇼져를 취ᄒᆞ고 부원쉬 셜시를 취ᄒᆞ니 원슈의 풍치 긔샹은 니ᄅᆞ도 말고 삼 신부의 쳔고미려지샹이 교슈무비ᄒᆞ여 쟝강의 고음과 셔ᄌᆞ의 ᄌᆞ태로오미 이의 비기지 못ᄒᆞᆯ지라 냥좌 신졍이 흡연ᄒᆞ여 진즁견권ᄒᆞ미 태산하히 갓튼지라 이인이 삼야를 지ᄂᆡ고 ᄒᆡᆼ리를 ᄎᆞ려 도라가믈 쳥ᄒᆞ니 셜부와 화부의셔 비록 긔특ᄒᆞᆫ 셔랑을 어더시나 일녀를 만리의 보닐 바를 슬허 누

46면

쉬 방방ᄒᆞ대 오히려 쳐ᄉᆞ와 화공이 다 변경의 도라갈 긔약이 이시므로 위로ᄒᆞ여 녀ᄋᆞ의 ᄒᆡᆼ리를 출혀 삼인을 다 쇼ᄉᆞ부즁으로 보내고 화공이 ᄇᆡᆨ시긔 슈말을 고ᄒᆞ여 조태ᄉᆞ로 샹의ᄒᆞ고 셔랑의게 죄를 더으게 말나 ᄒᆞ엿고 셜쳐ᄉᆞ를 도라보와 닐오대 화공의 환경지시의 반ᄃᆞ시 ᄒᆞᆫ가지로 녀아를 ᄯᅡ라 션셰 고턱을 슈리ᄒᆞ여 변경 문외의 은ᄉᆡ 되여 일녀로 샹니치 아니려 ᄒᆞ더라 화시와 원시 부모를 니별ᄒᆞᄆᆡ 슬프미 극ᄒᆞ고 더옥 셜쇼져는 화 원만도 못ᄒᆞ미 경ᄉᆞ의 ᄉᆞ

47면

고무친ᄒᆞᆫ지라 셔어히 화쇼ᄉᆞ 집의 갈 일을 더옥 슬허 쥬뤼 화싀의 져ᄌᆞ니 오부인이며 셔모 가시 누슈를 금치 못ᄒᆞ여 쳔만당부ᄒᆞ여 보즁ᄒᆞ믈 일ᄏᆞᆺ고 위로ᄒᆞ여 ᄯᅥ나니 쳐ᄉᆞ와 화공이 셔랑을 대ᄒᆞ여 녀아의 졍ᄉᆞ를 년측ᄒᆞ여 평ᄉᆡᆼ을 안한케 ᄒᆞ믈 쳥ᄒᆞ여 말ᄉᆞᆷ이 간졀ᄒᆞ니 냥인이 안ᄉᆡᆨ을 곳치고 ᄉᆞ례ᄒᆞ여 ᄀᆞᆯ오대 비록 녀ᄌᆞ의 쇼쇼허물이 이

시나 쳔리의 니친ᄒᆞᆫ 심ᄉᆞ를 ᄉᆡᆼ각ᄒᆞ여 엇지 범ᄉᆞ의 두호ᄒᆞᄂᆞᆫ 일이 업ᄉᆞ리잇가 ᄒᆞ믈며 쇼ᄉᆡᆼ의 가품이 슌

48면

후ᄒᆞ여 져믄 녀ᄌᆞ를 가ᄅᆞ치ᄆᆡ 가찰ᄒᆞᆫ 졍식 업고 조강지쳬 ᄌᆞ못 유슌ᄒᆞ여 투악을 졀ᄎᆞᄒᆞ니 일분도 근심이 업ᄉᆞ리이다 쳐식 탄왈 내 엇지 일녀를 츔아 오ᄅᆡ 샹니ᄒᆞ리오 화형이 환쇄ᄒᆞᄂᆞᆫ 날이면 내 ᄯᅩᄒᆞᆫ 뒤흘 ᄯᆞ로리라 냥죄 기리 위로ᄒᆞ여 비별ᄒᆞ고 군즁의 녀ᄌᆞ의 힝게 비편ᄒᆞᆫ 고로 쳐ᄉᆞ의 셔데 규로 ᄒᆞ여금 호힝ᄒᆞ여 일일을 몬져 힝ᄒᆞ고 냥원슈ᄂᆞᆫ 츄후 대군을 발ᄒᆞ니 위의거동이 쳔고쟝관이라 도챵빅인이 샹셜 갓고 졍긔빅리의 년ᄒᆞ여시니

49면

화 셜 냥공이 먼리 가도록 바라보며 냥조의 풍치긔샹이 신션 갓ᄐᆞ여 광치 삼군의 바ᄋᆡ고 일광의 ᄌᆡᆼ휘ᄒᆞ니 쇼년쟝군이오 당셰 영걸이라 화형닌각ᄒᆞ며 명슈쥭빅홀 그릇시라 화공이 탄왈 비록 만니의 니별이 ᄎᆞ아ᄒᆞ나 아등이 가히 틱셔 잘ᄒᆞ믄 타인의 비홀 ᄇᆡ 아니로다 셜공이 쇼왈 만일 이갓지 아니ᄒᆞ면 엇지 쳔금일녀로 가연이 ᄒᆞᆫ 번 보고 맛지리오 이졔 아등이 ᄌᆞ연 샹경ᄒᆞ리로다 셔로 ᄎᆞ탄ᄒᆞ여 산의 나려오니라 냥원슈셜 화 냥공을 니별

50면

ᄒᆞ고 셩도의 도라와 촉후를 니별ᄒᆞ고 반샤홀ᄉᆡ 촉휘 십 리의 젼숑ᄒᆞ며 쇼과 ᄌᆞ사군현이 황황지영ᄒᆞ여 위엄이 쳔리의 밋쳣ᄂᆞᆫ지라 동십월 회간의 반샤ᄒᆞ여 도라오니 일년이 거의라 이ᄯᅵ 능후와 평촉휘 졔연 두 대쟝이 되여 츌샤ᄒᆞ연 지 팔구삭의 능후와 촉휘 졔국 칠십여 셩을 항복밧고 대쳡ᄒᆞ여 개가로 도라오니 샹이 친히 교외의 마ᄌᆞ샤 평능후로 졔왕을 봉ᄒᆞ시고 촉후로 동졔공을 봉ᄒᆞ샤 식읍과 노비 뎐졀을 쥬시며 영광과 은총이

51면

조요ᄒᆞ니 졔왕과 졔공이 대경고두ᄒᆞ여 외람ᄒᆞ믈 고사ᄒᆞ대 맛ᄎᆞᆷ내 불윤ᄒᆞ시니 졔왕

이 퇴ᄒᆞ여 샹쇼를 열 번의 니ᄅᆞ나 샹이 듯지 아니샤 왈 샹공벌죄는 인군의 큰 졀목이라 젼일의 평남ᄒᆞᆫ 공이 이시ᄃᆡ 경이 ᄉᆞ양ᄒᆞ미 간졀ᄒᆞ기로 쟉샹을 더으지 못ᄒᆞ엿더니 이졔 ᄯᅩ 대공을 셰워 공덕이 쳔고의 업거ᄂᆞᆯ 엇지 일면 왕쟉을 ᄉᆞ양ᄒᆞ미 과ᄒᆞᄂᆈ 드대여 조부 겻ᄒᆡ 왕궁을 쥬시며 잔치를 베퍼 슈헌을 ᄒᆞ여 아름다온 ᄌᆞ숀 두믈 치하ᄒᆞ노라 ᄒᆞ시니 졔왕이 다시 진졍

52면

표를 올녀 ᄉᆞ양ᄒᆞ나 득지 못ᄒᆞ고 마지 못ᄒᆞ여 샤은퇴됴ᄒᆞᄆᆡ 미우의 근심이 ᄆᆡᆺ쳣더라 이ᄯᆡ 냥원쉬 바로 궐하의 니ᄅᆞ러 슉샤ᄒᆞ온ᄃᆡ 샹이 크게 반기사 인견돈유ᄒᆞ시고 츌젼공 뇌치부를 올녀 각각 분공쟉샹ᄒᆞ신 후 냥원슈를 별노이 샤쥬ᄒᆞ시고 칭찬ᄒᆞ여 ᄀᆞᆯᄋᆞ샤대 냥경이 어린 나히 국가 즁임을 마타 흉역을 진압ᄒᆞ여 공이 조야의 나타나고 위엄이 ᄉᆞᄒᆡ의 진동ᄒᆞ엿는지라 짐이 엇지 그 공덕을 표쟝치 아니리오 ᄒᆞ시고 드대여 명윤으로 병부샹셔 강셔후를 봉ᄒᆞ

53면

시고 명균으로 동평쟝ᄉᆞ 강셔ᄇᆡᆨ을 봉ᄒᆞ시니 냥죄 ᄇᆡᆨᄇᆡ고두ᄒᆞ여 ᄉᆞ양 왈 신등이 힝혀 쥬샹홍복을 힘입ᄉᆞ와 젹은 도젹을 진졍ᄒᆞ오나 인신의 직분이라 무ᄉᆞᆫ 공뇌 이셔 감히 언연이 후ᄇᆡᆨ인신을 밧ᄌᆞ와 복을 숀ᄒᆞ오며 분을 삼가지 아니리잇고 복원 셩샹은 신등의 본직을 다시 쥬시고 강셔후ᄇᆡᆨ의 인슈를 환슈ᄒᆞ쇼셔 샹이 답왈 직조와 덕망으로 위ᄎᆞ를 분졍ᄒᆞ니 엇지 노쇼를 의논ᄒᆞ리오 경 등이 어린 나히믈 짐이 도라보와 즁쟉을 아직 더으지 아니ᄒᆞᄂᆞ니 타일

54면

의 짐의 졍승은 냥경의 나리미 업슬지라 엇지 군은을 경시ᄒᆞ미 이ᄃᆡ도록 ᄒᆞᄂᆈ 인ᄒᆞ여 젼지ᄒᆞ샤 조노공과 슌태부인과 진 초 이 공으로브터 월면 문쳥의게 각각 교ᄌᆞ휵숀ᄒᆞ믈 일ᄏᆞ라사 삼 일 대연을 ᄒᆞ여 위친슈셕ᄒᆞ여 ᄌᆞ식 잘 나으믈 표쟝ᄒᆞ시니 진실노 영광복녹이 만고의 희한ᄒᆞᆫ지라 냥인이 고두ᄒᆞ여 셩은을 슉샤ᄒᆞ고 이의 화시 등 일힝은 화쇼ᄉᆞ 부즁으로 보내여 범ᄉᆞ를 쥬밀이 ᄒᆞ고 곤계 퇴됴ᄒᆞ여 부즁의 도라와 존당부모긔 뵈올ᄉᆡ 형뎨의 반

55면

겨ᄒᆞ미 십 년 원별의 더으더라 존당부뫼 ᄉᆡ로이 두굿기고 진왕이 밧비 냥숀의 숀을 잡고 교ᄋᆡ 왈 너의 어린 나ᄒᆡ 젹을 쇼쳥ᄒᆞ여 공업을 일우고 가셩을 빗내니 국가의 신졀을 다ᄒᆞ고 집의 착ᄒᆞᆫ ᄌᆞ숀이라 명균은 네 아비 닙공ᄒᆞ여 갓 도라오며 ᄯᅩ 네 도라와 부ᄌᆡ ᄒᆞᆫ가지로 나라히 공업을 세오니 더옥 희한ᄒᆞ도다 냥인이 ᄇᆡ샤ᄒᆞ고 뫼셔 냥쳐물ᄉᆡᆨ과 결젼치졍을 고ᄒᆞ고 금쳔강슈의 요괴ᄅᆞᆯ 만나 쥭이고 긔이ᄒᆞ던 바ᄅᆞᆯ 쥬ᄒᆞ니 평졔공이 쥬ᄒᆞᄃᆡ 간음흉녀의 령

56면

혼이 요악을 힝ᄒᆞ여 ᄉᆡᆼ령을 히ᄒᆞ미로쇼이다 ᄒᆞ더라 외당의 숀이 메여 종일 브졀ᄒᆞ니 진 초 이 공이 ᄌᆞ숀을 거ᄂᆞ려 졔ᄀᆡᆨ을 슈응ᄒᆞᄆᆡ 흔연ᄒᆞᆫ 말숨이 양츈이 만물을 부휵ᄒᆞᄂᆞᆫ ᄃᆞᆺᄒᆞ니 인인이 ᄌᆞ숀을 두ᄆᆡ 져 갓기ᄅᆞᆯ 바라더라 ᄎᆞ야의 냥원ᄉᆔ 부조ᄅᆞᆯ 뫼셔 ᄌᆞ고 명효의 군종형데 환쇼달야ᄒᆞ여 훈지의락을 다ᄒᆞᄆᆡ 졔 삼야의 각각 부인을 ᄎᆞ줄ᄉᆡ 이 ᄊᆡᆨ 한시 발셔 ᄌᆞ네 션션ᄒᆞ고 녀시 ᄯᅩᄒᆞᆫ 일ᄌᆡ 잇ᄂᆞᆫ지라 강휘 한시ᄅᆞᆯ ᄃᆡᄒᆞ여 별내ᄅᆞᆯ ᄆᆞᆺ고 흔연 쇼왈

57면

대쟝뷔 규리의 ᄉᆞ졍을 군즁의셔 니ᄅᆞᆯ 거시 아니나 쳐음으로 친측을 ᄯᅥ나 회픠 번란ᄒᆞᆫ 가온ᄃᆡ 부인의 광휘와 아ᄌᆞ의 교연ᄒᆞ미 이목의 삼삼ᄒᆞ여 쟝즁 북쇼ᄅᆡ의 조ᄎᆞ 영웅의 탄식이 ᄌᆞ로 니러나ᄂᆞᆫ지라 녀ᄌᆞ옥쟝이야 닐너 알 거시 아니니 반ᄃᆞ시 화용이 감ᄒᆞ리라 ᄒᆞ엿더니 금일 만나ᄆᆡ 일호 슈슈ᄒᆞ미 업ᄉᆞ니 ᄉᆡᆼ을 위ᄒᆞ여 념녀 아니신 쥴 알니로다 한시 념임 대왈 쳡이 미완불민ᄒᆞ나 사ᄅᆞᆷ의 마음이니 군ᄌᆡ 만 리의 츌ᄉᆞᄒᆞ여 병가승ᄑᆡᄅᆞᆯ 미가지나

58면

인ᄉᆞ로 츄이ᄒᆞ니 부ᄌᆞ와 슉슉의 위무와 국가홍복이 여텬ᄒᆞ시니 승젼환됴ᄒᆞ시미 국가의 영화ᄅᆞᆯ 거의 알므로 근심을 덜고 존당구고의 덕을 입ᄉᆞ오며 슉ᄆᆡ금쟝으로 샹위ᄒᆞ고 범ᄉᆡᆨ 이완ᄒᆞ여 잔근심이 업ᄉᆞ미니이다 강휘 쇼왈 부인이 그ᄂᆞᆫ 방심ᄒᆞ미 올커니와 ᄉᆡᆼ의 풍뉴호신이 지ᄂᆡ볼 미인이 업ᄉᆞᆫ지라 셔촉 졀승ᄒᆞᆫ 산슈의 미ᄉᆡᆨ이 가ᄃᆞᆨᄒᆞ니

그 가온되 유정지인이 젹지 아닌지라 추힝의 부인의 젹인이 몃치 온동 알니오 부인이 근심되지 아니랴 한시 쳥파의

59면

반드시 연괴 이시믈 짐쟉호고 안식을 단정이 호여 골오되 쳡은 규문의 녈품이라 녀직 젹인을 깃거호리 업스나 그러나 투악은 칠거의 참예호고 스족의 붉은 힝실노 셩교의 득죄호믈 개연호느니 군직 이졔 셔촉만리의 친명을 밧지 아냐 겨시니 부녀를 취호실 니 업거니와 혹즈 귀쳔 간의 이실지라도 이 쏘호 텬연이라 비록 쳔빅인을 모흐실지라도 제가의 공평관대호기를 쥬호시면 쳡이 쏘호 희열호리로쇼이다 휘 져의 춍명을 탄복호여 골오대 집의 어진

60면

안히와 나라히 어진 직상은 호가지라 이졔 부인의 셩덕이 여추호니 엇지 나라히 량신을 불워호리오 복이 추힝의 범남호 일을 져즈려시니 엄젼의 득죄홀지라 여추여추호여 화원 냥인을 취호여 호가지로 다려와 화쇼스 집의 두어시나 나종 쳐치 어려온지라 부인의 놉흔 쇼견을 구호노라 한시 쳥파의 어히업셔 묵연냥구의 골오되 군즈의 말숨을 드르니 쳡이 경히호느니 군직 가정지훈이 슉연호샤 반졈 비례를 용납지 아니시니 군직 조심치 아니시고 불고

61면

이취호는 남스를 스스로 힝호시나 나종 쳐치를 싱각호여 겨시려니와 맛춤니 정되 아니라 일쟝 엄노를 면치 못홀 거시니 쳡이 엇지 놀납지 아니리잇고 그러나 져 화 원 냥인이 부모를 써나 쳔 리의 발셥호여 군즈를 ᄯ르나 구가로도 바로 오지 못호오니 정식 심히 츄연호도쇼이다 싱이 탄왈 내 쏘 듕죄 아니믈 모로지 아니나 취호 후 뉘웃쳐도 밋지 못홀지라 이졔 마지못호여 다려왓시되 바로 알욀 길이 업셔 즈져호노라 한시 렴용 대왈 이졔 다시 일을 숨이고져 호시면

62면

사식 더옥 맛당치 아니홀지라 바른 대로 쥬호여 혹즈 대인의 관샤호시믈 어드미 가

홀가 ᄒᆞ나이다 강휘 탄복샤례 왈 부인의 지췌 맛당ᄒᆞ나 직고ᄒᆞ미 두리워 유유ᄒᆞ나니 종뎨로 샹량ᄒᆞ여 ᄒᆞ리라 ᄒᆞ고 쇼졔로 더브러 ᄎᆞ야의 화락ᄒᆞ여 ᄉᆡ로이 은은ᄒᆞᆫ 졍이 여산약히ᄒᆞ여 비록 ᄇᆡᆨ인이 니ᄅᆞ나 아시결발의 즁졍은 옴길 ᄯᅳᆺ이 업더라 명일야의 녀시로조ᄎᆞ 위로ᄒᆞ고 명균이 ᄯᅩ 두시를 보와 별내를 니ᄅᆞ며 은의 관곡ᄒᆞ니 드듸여 셜시 취ᄒᆞᆫ 연유를 니ᄅᆞ고 쳐치를 난쳐히

63면

너기니 두시ᄂᆞᆫ 명쾌ᄒᆞ여 ᄉᆡᆨᄉᆡᆨᄒᆞ고 쇽틔 업셔 완연이 ᄉᆞ군ᄌᆡ라 텽파의 놀나며 가히업셔 ᄒᆞ나 ᄉᆡᆼ의 ᄯᅳᆺ을 바다 그 슌편ᄒᆞᆯ 도리를 ᄉᆡᆼ각ᄒᆞ여 일분 ᄉᆡ긔ᄒᆞᄂᆞᆫ ᄯᅳᆺ이 업ᄉᆞ니 진실노 일셰의 슉녀라 냥인이 도라오므로 연셕이 ᄯᅩᄒᆞᆫ 림박ᄒᆞ니 명윤 등이 가마니 화쇼ᄉᆞ를 쳥ᄒᆞ여 셜시ᄂᆞᆫ 거즛 화쇼ᄉᆞ의 친쳑의 녀ᄌᆡ라 ᄒᆞ여 명균의 ᄌᆡ취로 쳥ᄒᆞ고 화 원 냥인은 화공의 질녜라 ᄒᆞ여 아비 셔촉의 이셔 도라올 긔약이 업ᄉᆞ니 이곳의 두어 혼인을 구ᄒᆞᆫ다 ᄒᆞ여 냥질녀를 한가지로

64면

황영의 고ᄉᆞ를 효측ᄒᆞ여 강후의 삼취 ᄉᆞ취를 쳥혼ᄒᆞ니 강휘 가마니 태부인을 측ᄒᆞ엿ᄂᆞᆫ지라 부인이 태ᄉᆞ와 졔공을 불너 냥인의 취실ᄒᆞ기를 권ᄒᆞ니 태ᄉᆡ 개용 왈 엇지 대모 명령을 위월ᄒᆞ리잇고마ᄂᆞᆫ 이 혼인이 ᄉᆞ괴 이시미니 텬하 가ᄉᆡ 부지기쉬여ᄂᆞᆯ 화공이 질녀를 가져 구ᄒᆞᄆᆡ 어대 가 셔랑을 엇지 못ᄒᆞ여 두 사ᄅᆞᆷ을 명윤의 부실삼기를 간쳥ᄒᆞ리잇가 반ᄃᆞ시 곡졀이 이시미라 종용이 구쳐ᄒᆞ리이다 태부인 왈 이 다 명윤의 풍치 초츌ᄒᆞ믈 ᄉᆞ랑ᄒᆞ미니

65면

무ᄉᆞᆫ 다른 곡졀이 이시리오 너ᄂᆞᆫ 의심 말고 노모의 ᄉᆡᆼ젼의 아ᄅᆞᆷ다온 녀ᄌᆡ 뭇게 ᄒᆞ라 태ᄉᆞ와 졔공이 십분 즁난ᄒᆞ나 노공이 대허ᄒᆞ고 태부인이 권ᄒᆞ니 엇지 역명ᄒᆞ리오 응명ᄒᆞ고 물너나 냥공이 ᄌᆞ못 의심ᄒᆞ여 냥인의 다려갓던 심복의 셔동을 불너 촉의 가 냥인의 ᄒᆞ던 동지를 낫낫치 무러 ᄒᆞᆫ 말이나 숨이미 이시면 넙각의 버히리라 ᄒᆞ니 졔공이 본대 강엄렬슉ᄒᆞ니 셔동의 무리 감히 긔이지 못ᄒᆞ여 화 원 셜 삼 부인을 취ᄒᆞ여 이번 힝도의 다려와 화쇼ᄉᆞ 부즁의 두어시

66면

믈 알외니 태ᄉᆞ와 졔공이 드ᄅᆞᆫ 어히업ᄉᆞᆫ지라 태ᄉᆡ 기리 탄왈 불초ᄌᆞ를 훤당이 과ᄋᆡᄒᆞ시므로 졈졈 남ᄉᆡ 이 갓ᄐᆞ니 쟝ᄎᆞᆺ 무쇼불위ᄒᆞ리니 내 무ᄉᆞᆷ ᄂᆞᆺᄎᆞ로 사ᄅᆞᆷ을 대ᄒᆞ리오 졔공이 노긔 셩화 갓ᄐᆞ여 존당부모긔 고치도 못ᄒᆞ고 명균을 불너 계하의 ᄭᅮᆯ니고 슈죄 왈 네 군명을 밧ᄌᆞ와 부원슈 인신을 ᄎᆞ고 직죄 쇼루ᄒᆞ나 칙임이 즁대ᄒᆞᆫ지라 슉야의 국ᄉᆞ를 진심ᄒᆞ여 셩ᄉᆡᆨᄉᆞ치를 깁히 경계ᄒᆞ여 우흐로 군은을 갑ᄉᆞᆸ고 아ᄅᆡ로 어버의 바라믈 ᄉᆡᆼ각할지라 네 비록 녀ᄉᆡᆨ의

67면

욕심이 다다ᄒᆞ나 집의 와 아비 잇고 우ᄒᆡ 존당이 겨시니 엇지 범ᄉᆞ를 ᄌᆞ젼ᄒᆞ여 취쳐ᄒᆞ니 이 젹은 일이 아니라 부뫼 업ᄉᆞ면 모ᄅᆞ거니와 잇ᄂᆞᆫ 사ᄅᆞᆷ은 반ᄃᆞ시 고ᄒᆞ고 그 허락을 어든 후 취ᄒᆞ미 인ᄌᆞ의 되여ᄂᆞᆯ 네 조금도 날을 ᄉᆞ랏ᄂᆞᆫ가 너기ᄂᆞᆫ 마ᄋᆞᆷ이 업셔 만니의 가 녀ᄌᆞ를 ᄉᆞᄉᆞ로 취ᄒᆞ여 ᄃᆞ려오니 그 무샹ᄒᆞᆫ 죄 임의 즁커ᄂᆞᆯ 오히려 졈졈 속일 ᄭᅬ만 내여 화공을 촉ᄒᆞ여 거즌말노 다시 혼인을 쳥ᄒᆞ고 존당을 도도와 우리를 업눌너 임의로 ᄒᆞ니 이런 불초ᄌᆞᄂᆞᆫ 내 결단ᄒᆞ여 눈의 보지

68면

아니리니 너를 허물을 관샤ᄒᆞ여 졔아와 달니 ᄒᆞ믄 여러 ᄒᆡ 부ᄌᆡ 셔로 일허 텬륜이 망연ᄒᆞ던 일을 감회ᄒᆞ여 교ᄋᆡᄒᆞ니 네 인심이 잇고 아비로 알진대 여ᄎᆞ 무샹치 아니홀지라 너의 ᄒᆡᆼᄉᆞ를 드ᄅᆞ니 통완ᄒᆞ미 쟝ᄎᆞᆺ 쥭이고져 ᄯᅳᆺ이 나대 오히려 ᄎᆞᆷ고 경ᄒᆞᆫ 쟝칙으로 통히ᄒᆞ믈 잠간 프나니 개과셥ᄒᆡᆼᄒᆞ미 이시면 샤ᄒᆞ여 부ᄌᆡ 대ᄒᆞ고 불연즉 내 널노ᄡᅧ 젼일의 아조 일코 업더니로 알아 텬륜을 ᄭᅳ쳐 보지 아니리라 말을 맛ᄎᆞ며 시로 를 ᄭᅮᄌᆞ져 ᄆᆡ를 들나 ᄒᆞ여 산장을 잡고 결쟝

69면

홀ᄉᆡ 호령이 셜풍 갓고 미워 셔리 갓ᄐᆞ니 ᄉᆡᆼ이 본대 교ᄋᆡ의 ᄉᆡᆼ장ᄒᆞ고 평졔공이 그 실산ᄒᆞ엿던 바를 ᄉᆡᆼ각ᄒᆞ고 더옥 ᄉᆞ랑이 졔자의 더ᄒᆞ므로 공ᄌᆡ 일즉 방ᄌᆞ히타ᄒᆞ여 조심ᄒᆞ미 극ᄒᆞ고 총명령긔 부친의 ᄯᅳᆺ을 효슌이 밧드러 쇼ᄅᆡ 놉혀 ᄭᅮ지ᄌᆞ믈 듯지 못ᄒᆞ엿다가 이 갓ᄐᆞᆫ 즁쟝을 님ᄒᆞ니 알프며 놀나온지라 좌우의 가득ᄒᆞᆫ 하관빅리며 더옥 ᄌᆞ

긔의 하리 가득ᄒᆞ니 븟그럽기 심ᄒᆞ고 말을 ᄒᆞ고져 ᄒᆞᆫ들 무어시라 발명이 나리오 ᄒᆞᆫ갓 목인갓치 업대여 ᄆᆡ를 맛고 일셩을 부동

70면

ᄒᆞ니 둔육이 후란ᄒᆞ고 셩혈림니ᄒᆞ니 ᄉᆡᆼ이 옥면이 ᄎᆞᆫ ᄌᆡ 갓ᄐᆞ니 부ᄌᆞ지심이며 더옥 존당과 부모긔 알외지 아냐시므로 과도히 쳐 오ᄅᆡ 신고ᄒᆞ면 ᄎᆡᆨ이 비경ᄒᆞ실가 두려 긋치고 명ᄒᆞ여 문밧긔 ᄂᆡ치라 ᄒᆞ니 시뢰 븟드러 셔당의 ᄂᆔ이ᄆᆡ ᄉᆡᆼ이 홀노 나와 누어 ᄌᆞᄎᆞᆨᄒᆞ여 말이 업고 졔ᄉᆡᆼ이 다 내셔헌의 잇시므로 몰ᄂᆞᆺ다가 최후의 알고 대경ᄒᆞ여 일시의 모다 연고를 무ᄅᆞ며 그 즁히 마ᄌᆞᆷ믈 ᄎᆞ악ᄒᆞ여 셔로 도라보와 긔ᄉᆡᆨ이 변이ᄒᆞ니 ᄉᆡᆼ이 탄왈 나의 불초무샹ᄒᆞ미니 누를 한ᄒᆞ리오 이

71면

졔 당ᄒᆞ여 ᄂᆔ웃부미나 혼ᄌᆞ로셔ᄂᆞᆫ 이런 람ᄉᆞ를 ᄉᆡᆼ의치 못ᄒᆞ더니 형이 권ᄒᆞ여 이 지경의 니ᄅᆞ니 형은 ᄇᆡᆨ부의 인ᄌᆞᄒᆞ시믈 밋ᄉᆞ와 그런 일을 ᄒᆞ나 나ᄂᆞᆫ 말 거ᄉᆞᆯ ᄂᆔ웃쳐도 홀일이 업도다 명윤이 ᄯᅩᄒᆞᆫ 일이 발각ᄒᆞᆷ믈 알고 어린 ᄃᆞ시 말을 못ᄒᆞ다가 도로혀 우어 왈 쟝뷔 쥭을 일도 후회를 아닌ᄂᆞ니 부형의 경ᄎᆡᆨᄒᆞᄂᆞᆫ 쟝ᄎᆡᆨ을 밧고 이탓져탓 ᄒᆞ여 년약ᄒᆞ게 구ᄂᆞᆫᄃᆞ 너ᄂᆞᆫ 임의 조히 쎠엿거니와 우형은 네 죄의셔 두벌이라 이를 쟝ᄎᆞᆺ 엇지ᄒᆞ리오 좌즁이 일시의 웃고 그 념

72면

치 업ᄉᆞ며 긔신 조흐믈 긔롱ᄒᆞᆯᄉᆡ 부ᄆᆡ 탄식 왈 아등이 샹문ᄌᆞ데로 ᄇᆡᄒᆞᆫ 바 ᄌᆡᆨ흑이 남만ᄒᆞ고 졍훈이 엄슉ᄒᆞ시니 맛당이 슉야의 명심ᄒᆞ여 ᄒᆡᆼ실을 닥그며 효와 츙을 본ᄒᆞᆯ지라 ᄒᆞ믈며 졍실이 임의 봉샤봉친의 규모를 일치 아냐시니 엇지 셔촉도록 가셔 남ᄉᆞ를 ᄒᆡᆼᄒᆞ고 일이 발각ᄒᆞᄃᆡ 일분 황공ᄒᆞ미 업고 말ᄉᆞᆷ을 방약히 ᄒᆞ여 부형을 두려 아니미 엇지 인ᄌᆞ지되리잇가 셔휘 탄왈 내 진실노 현뎨를 밋지 못ᄒᆞ여 이 말을 드ᄅᆞ니 ᄌᆞ당 감슈라 대인 ᄯᅳᆺ을

73면

쟝ᄎᆞᆺ 아디 못ᄒᆞ여 우형이 득죄ᄒᆞᆫ 마ᄋᆞᆷ이 모로ᄆᆡ 밋쳐시니 어이 심샹타 ᄉᆞ짓ᄂᆞ뇨 ᄎᆞ

식 그르믈 모르지 아니나 마지못ᄒᆞ여 다려오미니 이 또ᄒᆞᆫ 텬연이 ᄆᆡ여시미라 이졔는 필경 내 집 사름이 되려니와 엄의를 량탁기 어려오니 숑황ᄒᆞ여 슉식이 불안ᄒᆞ도다 졔싱이 웃는 즁 부마의 쳥슉ᄒᆞ믈 ᄉᆡ로이 탄복ᄒᆞ더라 졔공이 명균을 쳐 내치고 드러와 존당긔 고ᄒᆞ고 쳥죄ᄒᆞ여 골오대 명균 앗기시는 쥴을 쇼지 ᄇᆞᆰ히 아오ᄃᆡ ᄎᆞᄉᆞ를 드르ᄆᆡ 시러금 분을 이긔지

74면

못ᄒᆞ와 밋쳐 품고치 못ᄒᆞ고 다ᄉᆞ려ᄉᆞ오니 존당부모의 ᄯᅳᆺ을 밧줍지 못ᄒᆞ온 죄를 쳥ᄒᆞᄂᆞ이다 인ᄒᆞ여 명균 등의 무샹ᄒᆞᆫ 말을 ᄂᆞᆺᄂᆞᆺ치 고ᄒᆞᄆᆡ 진 초 이 공이 대경ᄒᆞ며 도로혀 웃고 왈 비록 어린 아ᄒᆡ 형상업셔 일시 그릇ᄒᆞ미 이시나 그ᄃᆡ도록 즁치ᄒᆞ여 샹키를 도라보지 아니ᄒᆞᄂᆞ뇨 태부인이 혀ᄎᆞ고 미안ᄒᆞ여 말을 아니ᄒᆞ더라 태ᄉᆞ는 미위 단엄ᄒᆞ여 명윤다려 말을 아니ᄒᆞ고 초공이 골오대 져의 죄과는 임의로 다ᄉᆞ리려니와 화원 셜 삼인은 슈히 다려와야 올흐니

75면

라 태ᄉᆞ 형데 ᄇᆡ샤슈명ᄒᆞ고 화쇼ᄉᆞ를 보와 이 말을 니ᄅᆞ고 쇼ᄇᆡ로 동심ᄒᆞ믈 ᄭᅮ짓고 삼인을 신부지례로 보내라 ᄒᆞ니 화공이 쇼왈 명윤 등이 쇼뎨를 와 보고 졀박히 비니 마지못ᄒᆞ미라 쇼년남아의 예ᄉᆡ니 과칙지 말나 두려 죄를 면코져 ᄒᆞ미어늘 형이 엇지 아라ᄂᆞ뇨 태ᄉᆡ 왈 곳비 길ᄆᆡ 드ᄃᆡ이니 져의 계권들 잘 쇽이랴 나는 오히려 큰 쇼ᄅᆡ도 아녓거니와 ᄉᆞ데는 교지 엄졍ᄒᆞ여 명균이 즁쟝을 입고 ᄎᆞᄉᆞ를 허비치 아닐 거시로ᄃᆡ 오히려 화원셜 삼

76면

인의 졍ᄉᆡ 잔잉ᄒᆞᆫ 고로 다려가려 ᄒᆞ노라 화공이 쇼왈 문의는 가히 모지다 ᄒᆞ리로다 옥 ᄀᆞᆺᄐᆞᆫ 아ᄌᆞ를 그ᄃᆡ도록 쳐 누이고 마음이 능히 편ᄒᆞ리오 ᄎᆞᄉᆡ 풍뉴화ᄉᆞ의 녜ᄉᆞ일이라 너모 이러틋 ᄒᆞ미 도로혀 비인졍이라 태ᄉᆡ 왈 ᄌᆞ식을 ᄉᆞ랑흡다ᄒᆞ여 가히 만ᄉᆞ를 다 임의로 ᄒᆞ게 ᄒᆞ리오 다만 뭇ᄂᆞ니 나의 식부 되리는 엇더ᄒᆞ뇨 화공이 쇼왈 이 삼인을 내 보니 낙당 ᄃᆡ답이 여ᄎᆞᄒᆞ더라 ᄒᆞᆫ날 세 신부를 마즐ᄉᆡ 듕당의 연셕을 잠간 열고 신부 대례를 마ᄌᆞ니 친권의 부인 쇼

77면

졔 닷토와 모드니 이날 한 녀 두 삼인이 단장을 잠간 일워 각각 존고를 뫼셔 좌의 ᄂᆞ니 화안월광이 찬란슈려ᄒᆞ여 모든 가온대 셧기ᄆᆡ 모란이 됴림의 빗겨시며 모ᄅᆡ의 명쥬를 더졋는 돗 명월이 청공의 ᄒᆞᆫ가ᄒᆞ며 홍일이 부상의 쇼ᄉᆞ니 단일ᄒᆞᆫ 광휘 일식의 조요ᄒᆞ니 그 우히 업ᄉᆞᆫ 돗ᄒᆞᄃᆡ 오히려 혜션공쥐 이시ᄆᆡ 향염쇄락ᄒᆞ며 청월윤식ᄒᆞᆫ 광치와 신이긔려ᄒᆞᆫ 셩염묘질이 셰샹 미ᄉᆡᆨ뉴의 표연이 ᄲᅱ여ᄂᆞ니 비컨대 부운을 헤치고 일륜ᄇᆡᆨ일의 조요

78면

ᄒᆞᆫ 광치 바로 보지 못ᄒᆞ니 만좌 탄복ᄒᆞ여 그 혈육지신이 아닌가 의심ᄒᆞ더라 일식이 반오의 삼 신뷔 니ᄅᆞ러 막ᄎᆞ의 쉬여 일시의 힝례홀ᄉᆡ 삼인이 년보를 셔셔히 옴겨 빈현 존당구고ᄒᆞ니 졔좌 이목이 일시의 관광ᄒᆞᄆᆡ 부용화 셰 숑이 취우의 져져시며 모란홰 셰 숑이 금분의 빗겻는 돗 아리ᄯᆞ온 ᄌᆞ태는 벽돼 츈풍의 흔득이는 돗 셩안 영치는 츄슈의 무정ᄒᆞᆷ을 우ᄉᆞ며 아미의 어진 긔운과 관옥으로 무은 니마는 반월이 텬뎡의 빗겨시니 ᄭᅩᆺᄎᆞ로 ᄉᆞᆨ인 냥

79면

협과 모란 단슌이 일 쳔 ᄌᆞ태를 먹음어 곤강의 조흔 옥이오 어엿분 거동과 긔이ᄒᆞᆫ 품질이 ᄇᆡᆨ태 완젼ᄒᆞ니 화 원 냥인이 비록 한시긔 일이 층이 나리나 셜시는 두시로 샹우ᄒᆞ니 슉녀 명염이 개개히 안치의 현요ᄒᆞ니 구고존당이 불승희힝ᄒᆞ여 하언을 ᄉᆞ양치 아니니 평졔왕이 쇼왈 금일 삼 질부의 슉요현혜ᄒᆞᆷ을 보건대 명윤 등을 즁샹ᄒᆞ염즉ᄒᆞ니 엇지 명균의 오십 장이 원통치 아니리잇가 태부인이 졔을 ᄉᆡ로이 한ᄒᆞ여 왈 모질ᄉᆞ 운현이라 ᄎᆞᆷ아

80면

엇지 그대도록 ᄒᆞ리오 졔공이 함쇼부ᄃᆡ오 조시 등이 갈오대 조뫼 져의 부졀업ᄉᆞᆫ 일을 들츄샤 신부의 불안ᄒᆞᆷ을 도으시ᄂᆞ니잇가 태부인이 역쇼 왈 신뷔 무숨 연고로 불평ᄒᆞ리오 노모 ᄉᆡᆼ젼의 이런 효도를 보니 이후 명윤 등 칙ᄒᆞ리 이시면 내 ᄉᆞᆲ히 뵈지 못ᄒᆞ리라 졔인이 불승감동ᄒᆞ고 태ᄉᆞ와 졔공이 신부를 보고 크게 깃거 냥ᄌᆞ 미안지심

이 태반이나 프러지더라 종일 연락ᄒᆞ여 슉쇠투림ᄒᆞ며 월츌동녕이라 신부를 각각 슉쇼를 정ᄒᆞ여 보ᄂᆡ고 드러오ᄂᆞᆫ 녀

81면

ᄌᆞ마다 긔특ᄒᆞ믈 불승힝열ᄒᆞ더라 ᄎᆞ셜 셜강이 범ᄉᆞ의 지극조심ᄒᆞ여 문계의 지휘대로 쳐결ᄒᆞ니 문인ᄌᆡ식 본대 ᄌᆡ승덕ᄒᆞ여 몸이 그릇 되엇ᄂᆞᆫ지라 이졔 어진 거술 더으ᄆᆡ 인ᄌᆡ 미셰ᄒᆞᆫ지라 ᄉᆞ오 삭 내의 긔쥐를 안무ᄒᆞ고 도적이 변ᄒᆞ여 량민이 되고 토디를 진정ᄒᆞ여 치정이 경ᄉᆞ의 들니ᄆᆡ 문계 졔대신으로 의논ᄒᆞ고 샹젼의 쥬왈 긔쥐 안념ᄉᆞ 셜강이 당초 불인ᄒᆞᆫ 죄샹이 잇ᄉᆞ오나 여러 ᄒᆡ 운남의 슈적ᄒᆞ여 그 죄를 쇽ᄒᆞ엿고 ᄒᆞ믈며 남정의 공이 크오니 이

82면

의 그 죄를 뉘웃고 안무ᄒᆞᄆᆡ 공덕이 낫ᄐᆞᄂᆞ오니 이 갓ᄐᆞᆫ 인ᄌᆡ를 바리미 앗가온지라 초용ᄒᆞ시면 유익ᄒᆞᆯ가 ᄒᆞᄂᆞ이다 이ᄯᆡ 평진후 쇼공이 샹위를 바려 물너나므로 조태ᄉᆡ 태졍의 큰 위를 잡고 졔왕이 니부를 가음알므로 명텬이 그 대를 니어 슉질의 용인치졍이 진슈 ᄀᆞᆺᄐᆞᆫ지라 셜강 조용ᄒᆞ시믈 힘ᄡᅧ 쳔거ᄒᆞ니 셩의 허ᄒᆞ시ᄆᆡ 공부샹셔를 ᄒᆞ이샤 역마로 환됴케 ᄒᆞ시니 셜강의 모ᄌᆡ 문계의 대은을 입으미 하늘이 낫고 바다히 엿ᄐᆞᆫ지라 은영이 ᄉᆡ로와 소슬ᄒᆞᆫ 문

83면

졍이 여류ᄒᆞ고 문ᄉᆡᆼ 고리 닷토와 대후ᄒᆞ여 ᄇᆞ렷던 친쳑이 다시 ᄎᆞᄌᆞ니 강이 다시 긔운을 펴며 부귀를 누리미 다 문계의 지극ᄒᆞᆫ 어질미라 일노조ᄎᆞ 문계 우러미 비컨ᄃᆡ 유ᄌᆡ ᄌᆞ모 바라듯 일ᄉᆡᆼ의 의지로 아라 바라미 산두 갓ᄐᆞ니 인심이 변역ᄒᆞ여 사ᄅᆞᆷ을 감복ᄒᆞ미 대군ᄌᆞ의 덕이 비로ᄉᆞ미라 일셰인이 셜강의 일노 인ᄒᆞ여 조문계 알기를 진졍군ᄌᆡ라 ᄒᆞ더라 이ᄯᆡ 조부의셔 여러 쇼년이 층층이 ᄌᆞ라 션친 등과ᄒᆞᄂᆞᆫ 경ᄉᆞᄂᆞᆫ 츈츄로 니엇고 태부인이 북당의 부

84면

귀로 안락ᄒᆞ며 슈복이 가ᄌᆞᆨᄒᆞ여 무궁ᄒᆞᆫ 효양을 바드니 노공이 ᄇᆡᆨ슈를 드리워시나 어

린 아희 부드러온 희롱이 즈젼의 승안화긔와 열친지회 텬디의 스못츠 즈숀이 돈돈효측ᄒᆞ니 ᄉᆞ름마다 감동칭복ᄒᆞ여 효힝을 빅홀진대 반ᄃᆞ시 조부로 가라ᄒᆞ더라 졔죄 열친을 위듀ᄒᆞᄂᆞᆫ 가온대 늡셩ᄒᆞᆫ 텬은이 삼조의 공과 명윤 등의 공뇌로 존당부모의 슈셕을 쥬어 갑흐시ᄃᆡ 년ᄒᆞ여 나라와 조가의 연괴 이셔 잔치 못ᄒᆞ더니 추시 한가ᄒᆞ믹 셜연 헌슈홀식 텬직 어

85면

악을 쥬시고 례부로 샤연ᄒᆞ고 각뷔 지물을 기우리며 황명을 바드니 호부ᄂᆞᆫ 긔구를 출혀 은영과 샹총이 당시의 조가를 결우리 업슨지라 진 초 이 공이 벼술을 바려시나 즈숀의 영화부귀 이갓치 너믄 쥴 두려 겸퇴ᄒᆞ믈 더옥 둑거이 ᄒᆞᄃᆡ 평졔왕 등이 슈셕을 열ᄆᆡ 황친국쳑과 문무렬후 군공이 다 모ᄃᆞᄆᆡ 존빈귀긱이 가득ᄒᆞ여 당이 조부며 동구의 허다 인마거륜이 운집ᄒᆞ여 터질 듯ᄒᆞ더라 진부 졔부 샹부를 년ᄒᆞ여 통ᄒᆞ고 쟝원을 열고 제빈을 삼층의 모

86면

화 샹부ᄂᆞᆫ 노공과 진 초 이 공의 붕빈를 모흐고 진부ᄂᆞᆫ 월명 평제왕 등의 붕우를 모흐고 졔부ᄂᆞᆫ 강셔후 부마 등의 쇼년 붕빈 가득ᄒᆞ여 슈셕을 하례ᄒᆞ니 그 동안이 머ᄂᆞᆺ이를 통ᄒᆞ여시니 삼부(三府) 너른 쳥샹의 금옥관면이 휘황ᄒᆞ고 홍포오식 나렬ᄒᆞ여 금 ᄲᅮ린 옥대 쳥즁의 가득ᄒᆞ여 쟝ᄒᆞᆫ 위의 쳔고 쟝관이라 내연의 셩ᄒᆞ미 일반이라 졍 양 등 늑부인이 쇼 졍 등 졔부와 한시 등과 공쥬며 오왕비 쇼승샹 부인 등 제네 다 즈부를 거ᄂᆞ려 참예ᄒᆞ니 그 숀을 일오지 말고

87면

즈숀을 닐너도 그 슈를 아지 못홀지라 쥬취홍쟝이 츈원의 만홰 방챵ᄒᆞᆫ 듯 조부 졔쇼져의 월면화풍이 만좌의 독보ᄒᆞ니 구고존당이 ᄉᆡ로이 두굿겨 희긔 미우를 둘넛더라 풍악을 시작ᄒᆞ고 빅반을 나오니 금반의 팔진슈륙지찬이 압마다 가득ᄒᆞ니 교방의 어쥬와 각부의 슈샤ᄒᆞ신 쥬찬이 풍비찬란ᄒᆞ여 쥬지육님이 일 듯ᄒᆞ니 ᄒᆞᆫ갓 잔치의 숀ᄲᅮᆫ 아니라 지ᄂᆞᄂᆞᆫ 힝인과 굿보ᄂᆞᆫ 사ᄅᆞᆷ이 포복ᄒᆞ고 복덕을 칭숑ᄒᆞ더라 례부시랑 오익문이 황명을 밧ᄌᆞ

88면

와 태부인 위부인긔 현슈ᄒᆞ라 드러오니 내킥은 장내로 피ᄒᆞ고 위부인이 태부인을 뫼셔 례관을 마ᄌᆞ 삼빅쥬를 바드믹 북향샤은ᄒᆞ고 오시랑을 대ᄒᆞ여 불감ᄒᆞᆷ을 샤ᄉᆞᄒᆞ니 태부인이 츈취 구십이 지ᄂᆞ시딕 묽고 놉흔 골격이며 위부인의 슈연ᄒᆞᆫ 덕도와 쇄락ᄒᆞᆫ 명광이 일싀의 바ᄋᆡ니 오시랑이 탄복ᄒᆞᆷ을 이긔지 못ᄒᆞ여 일노조ᄎᆞ 냥부인의 현명이 만셩의 들네더라 례관이 물너ᄂᆞ고 노공이 빅발창안의 빅슈를 드리와 태부인긔 헌쟉ᄒᆞ니 부인이 어ᄅᆞ만져

89면

웃고 골오딕 너의 머리털이 풀려 눈 우히 덥혀던 ᄶᅦ 어제 ᄀᆞᆺᄐᆞᆫ대 이갓치 슈미호빅ᄒᆞ여시니 노모의 명이 지리ᄒᆞᆷ을 가히 알지라 노모의 분복이 과람ᄒᆞᆫ 일 무슈ᄒᆞ고 좌우의 졔숀을 도라보고 이제 쥭어도 여한이 업ᄉᆞ리로다 노공이 빅샤 쥬왈 쇼ᄌᆡ 비록 늙으나 이제 오히려 ᄌᆞ위의 젓 만지던 마음이 미양 이시니 얼골은 늙어도 마음은 가히 늙지 아닌 쥴 알니로쇼이다 부인이 역시 웃고 노공이 퇴ᄒᆞ믹 진왕이 면복을 갓초고 츄텬졔월 갓튼 십ᄌᆞ를 거ᄂᆞ려 태부인과 노공긔

90면

헌쟉ᄒᆞ니 쟝ᄌᆞ 승상태ᄉᆞ 긔현이 부인 쇼시 녀시 범시 구ᄌᆞ삼녀를 거나렷고 ᄎᆞᄌᆞ 참지졍ᄉᆞ 연현이 부인 쳘시 삼ᄌᆞ일녀를 거나렷고 삼ᄌᆞ 평졔공 병부샹셔 운현이 부인 남시 방시 셜시 민시 팔ᄌᆞ이녀를 거나렷고 ᄉᆞᄌᆞ 니부샹셔 위국공 몽현이 부인 단시 당시 한시 십ᄌᆞ오녀를 거ᄂᆞ렷고 오ᄌᆞ 경복빅 태ᄌᆞ쇼ᄉᆞ 슈현이 부인 부시 삼ᄌᆞ이녀를 거나렷고 뉵ᄌᆞ 례부샹셔 텬현이 부인 호시 ᄉᆞᄌᆞ일녀를 거나렷고 칠ᄌᆞ 태ᄌᆞ쇼부 아현이 부인 형시 셜시 뉵ᄌᆞ이녀를 거나렷고 팔ᄌᆞ 츄밀

91면

ᄉᆞ 봉현이 부인 교시 셕시 이ᄌᆞ이녀를 거나렷고 구ᄌᆞ 화현이 부인 뉴시 영시 칠ᄌᆞ일녀를 거나렷고 십ᄌᆞ 평강빅 계현이 부인 양시 삼녀를 두고 무ᄌᆞᄒᆞ니 봉현의 계비 셕시 쇼싱으로 계후ᄒᆞ니 진왕 부ᄌᆞ 졔숀과 헌쟉을 파ᄒᆞ니 초공이 국궁 인슈 관면을 갓초와 칠ᄌᆞ를 거ᄂᆞ려 헌쟉홀식 쟝ᄌᆞ 니부샹셔 평졔왕 참지졍ᄉᆞ 홍문관 태혹ᄉᆞ 유현이

부인 경시 낙장 공경ᄒᆞ며 셩현유풍이 은은ᄒᆞᆫ지라 인인이 경탄ᄒᆞ며 만쇄 다 습복ᄒᆞ여 스승으로 아더라 일모도원

92면

ᄒᆞ니 파ᄒᆞ고 뉵일대연을 지내니 일셰인이 진 초 이 공의 셩효와 복덕을 탄샹ᄒᆞ여 ᄌᆞ녀 둔 지 닷토와 결혼ᄒᆞᄂᆞᆫ 경식 문젼의 메엿더라 태식 명윤의 죄를 일언불개ᄒᆞ고 모ᄅᆞᄂᆞᆫ 듯ᄒᆞ니 강셔휘 민민초ᄉᆞᄒᆞ더니 가즁이 년ᄒᆞ여 쇼요ᄒᆞ여 잔치를 지내ᄆᆡ 십여 일이 되ᄆᆡ 잠간 고요ᄒᆞ니 일일은 승상이 외헌의 좌ᄒᆞ고 낙장 뫼셔 종일ᄒᆞ고 셕식 후 도라오ᄃᆡ 강휘 오히려 업대엿ᄂᆞᆫ지라 승샹이 본 톄 아니코 밤을 지내니 믄득 우셜이 대작ᄒᆞ고 한풍이 늠늠ᄒᆞ니 이ᄣᅴ 밍츈

93면

회간이라 날이 오히려 츼운대 급ᄒᆞᆫ 비 ᄡᅡ히 셕ᄌᆞ히 괴여 우히 눈이 ᄲᅮ리고 한풍이 늠늠ᄒᆞ여 빙ᄋᆡ를 ᄆᆡᄃᆞ니 졍히 물 가온대 업대여 만신의 어롬이 덥혀시대 오직 샤ᄒᆞ시믈 죄와 츼우며 괴로오믈 잇고 밤이 다ᄒᆞ도록 대풍의 눈이 날니며 어롬을 굿치노라 졈졈 니러ᄂᆞ니 온실 ᄀᆞ온대도 츼우믈 면키 어려온지라 졔군종이 니를 보고 대경ᄒᆞ여 물너가 다시 엄노를 두로혀 권ᄒᆞ나 휘 쳥이불문ᄒᆞ니 졔싱은 참아 견대지 못ᄒᆞ여 도라가고 밤이 쟝ᄎᆞᆺ ᄉᆞ경의 니ᄅᆞ니 목셕이라도

94면

참지 못ᄒᆞ려든 ᄒᆞ믈며 승샹의 관인지덕으로 부ᄌᆞ지의의 혹 샹ᄒᆞᆯ가 념녀비경ᄒᆞ니 잠이 능히 오지 아냐 니러 안ᄌᆞ 문을 열고 보고 오히려 셜즁의 ᄉᆞ럿ᄂᆞᆫ지라 쇼ᄅᆡᄒᆞ여 ᄀᆞᆯ오대 너의 죄 한심ᄒᆞ니 ᄂᆡ 실노 대쿄져 아니므로 내쳣거ᄂᆞᆯ 무슴 일 졍하의 웅거ᄒᆞ여 날을 보칙고 나가지 아닛나뇨 휘 년망이 니러 ᄌᆡ빅 대왈 쇼ᄌᆞ의 죄 즁여산 ᄒᆞ오나 엄히 쟝칙ᄒᆞ샤 개과칙션ᄒᆞ믈 경계치 아니시고 이갓치 나가기를 니ᄅᆞ시니 출하리 쇼ᄌᆞ의 무샹ᄒᆞᆫ 죄를 쇽ᄒᆞ여 젼하의셔 어러 쥭으믈 ᄇᆞ

95면

라나이다 승샹이 져 거동을 보니 ᄒᆞᆯ 일 업셔 다시 칙왈 너의 무상불초ᄒᆞ미 그만ᄒᆞ여

샤ᄒᆞ리오마ᄂᆞᆫ 오히려 부ᄌᆞ지심이라 이 ᄎᆡᆨ위를 이곳의셔 지내믈 가ᄋᆡᄒᆞ여 샤ᄒᆞ나니 아비 인약ᄒᆞ믈 업슈히 아라 더옥 방ᄌᆞᄒᆞ리라 언파의 좌우로 명ᄒᆞ여 ᄒᆞᆫ 벌 마른 옷슬 나와 입히고 오ᄅᆞ믈 명ᄒᆞ니 강휘 샤명을 드ᄅᆞᄆᆡ 환희 과망ᄒᆞ여 ᄇᆡᆨ비돈슈사례ᄒᆞ고 난간 기슬게 올나 오술 곳치ᄆᆡ 비로쇼 방즁의 드러와 뫼시니 츅쳑황공ᄒᆞ여 호흡여야ᄒᆞ니 승샹이 내심의 두굿기나 ᄉᆞ

96면

ᄉᆡᆨ지 아니코 셔동으로 금노의 불을 혜치고 일쥰쥬를 데여 어한케 ᄒᆞ니 ᄉᆡᆼ이 감동 츄회막급이니 부복ᄒᆞ여 슐을 마시고 스ᄉᆞ로 슬허 ᄉᆡᆼ각ᄒᆞᄃᆡ 부모의 ᄌᆞ식 ᄉᆞ랑ᄒᆞ시ᄂᆞᆫ 정과 념녀ᄒᆞ시미 이 갓고 진졍으로 어질고져 ᄒᆞ시ᄃᆡ 불초ᄒᆞ여 속이며 거역ᄒᆞ미 만흐니 내 ᄎᆞ후 당당이 개심슈덕ᄒᆞ여 야야의 지극ᄒᆞ신 교훈을 명심ᄒᆞ리라 샹쾌ᄒᆞᆫ 총명이 ᄒᆞᆫ번 ᄭᆡ다라 뉘웃ᄎᆞ미 무궁ᄒᆞ니 승샹의 총명ᄒᆞ미 아ᄌᆞ의 긔ᄉᆡᆨ을 ᄉᆞᆺ치고 십분 깃거 다시 ᄎᆡᆨ지 아니코 이날 부ᄌᆡ ᄒᆞᆫ가지로 잘ᄉᆡ

97면

더온 곳으로 후를 자라ᄒᆞ고 ᄌᆞ긔 니불을 둘너 누어 잠드ᄂᆞᆫ 듯ᄒᆞ니 휘 ᄒᆞᆫ가의 뫼셧다가 잠드ᄅᆞ시믈 보고 버개의 나아가 입은 ᄎᆡ 누어시ᄃᆡ 조심ᄒᆞ미 잠든 ᄯᆡ도 노이지 앗ᄂᆞᆫ지라 승샹이 ᄭᆡ여 안ᄌᆞ 그 몸을 만ᄌᆞ니 셜빙의 어은 몸이 오히려 녹지 아냐 ᄎᆞ기 어룸 갓ᄐᆞ여 ᄌᆞ긔 금구를 다ᄅᆡ여 덥고 모구를 더 덥혀 덥게 ᄒᆞ여 뉘이고 긔ᄋᆡᄒᆞ미 태산갓더라 명됴의 강휘 ᄭᆡ여보니 부공이 발셔 니러 안져 겨시고 ᄌᆞ긔 야야 금니 쇽의 누엇ᄂᆞᆫ지라 년망이 의ᄃᆡ를 슈렴ᄒᆞ고 침금을 거두어 ᄡᅡᄒᆞᆫ 후 난간 밧

98면

긔 가 쇼세ᄒᆞ고 의관을 정히 ᄒᆞ여 부군을 뫼셔 훤당의 신셩ᄒᆞᆯᄉᆡ 존당은 이 곡졀을 아지 못ᄒᆞᄃᆡ 졔쇼년은 쟉야ᄉᆞ를 아랏ᄂᆞᆫ지라 이ᄯᆡ 그 부ᄌᆞ의 긔ᄉᆡᆨ이 여젼ᄒᆞ믈 의아ᄒᆞ더라 ᄎᆞ후 강휘 침묵언희ᄒᆞ미 다른 사ᄅᆞᆷ이 되엿고 언필출 ᄒᆡᆼ필신ᄒᆞ여 효ᄒᆡᆼ과 츙의지졀이 일셰의 빗ᄂᆞᆫ지라 일개 태ᄉᆞ의 조용ᄒᆞᆫ 가온대 명윤 갓ᄐᆞᆫ 아ᄃᆞᆯ을 이갓치 훈교ᄒᆞ믈 칭찬ᄒᆞ고 쇼ᄆᆡ로조ᄎᆞ 명윤의 우셜의 종야 ᄯᆞᆯ어 부친 ᄯᅳᆺ을 감동ᄒᆞ믈 드ᄅᆞ매 이에 진초 이 공이 셔로 웃고 초공이

99면
치하ᄒᆞ여 ᄀᆞᆯ오ᄃᆡ 아ᄃᆞᆯ과 ᄉᆞᆫᄌᆞ의 이러ᄐᆞᆺ 긔특ᄒᆞ미 오문유경이오 형쟝홍복이라 엇지 아룸답지 아니리잇고 왕이 미쇼 왈 명윤은 졔셰ᄒᆞᆯ 영웅이라 내 졔ᄉᆞᆫ뉴의 ᄉᆞ랑ᄒᆞ거ᄂᆞᆯ 긔현이 심히 조ᄅᆞ고 보ᄎᆡ여 도금ᄒᆞ여ᄂᆞᆫ 괴물의 아비ᄅᆞᆯ 임내내여 남ᄌᆞ의 긔샹이 업셔 용졸ᄒᆞᆫ 아ᄒᆡᄅᆞᆯ 믿도니 통한하도다 초공이 함쇼 왈 엇지 용졸ᄒᆞ리잇가 명윤의 ᄡᅵᄃᆞᆺᄂᆞᆫ 총명과 샹활ᄒᆞᆫ 힝식 유현의 아ᄅᆡ 아니니 형쟝의 유현 불워ᄒᆞ시던 마ᄋᆞᆷ을 맛ᄎᆞᆺᄂᆞᆫ가 ᄒᆞᄂᆞ이다 승샹

100면
은 복슈ᄒᆞ여 함쇼묵연이오 존당이 크게 두굿겨 ᄒᆞ더라 평졔왕이 비로쇼 권ᄒᆞ여 ᄀᆞᆯ오대 명윤의 위인이 여러 사ᄅᆞᆷ 엇기로 난가ᄒᆞᆯ 아ᄒᆡ 아니라 십창이 명아ᄅᆞᆯ 위ᄒᆞ여 슈졀ᄒᆞ니 졀의ᄅᆞᆯ 표쟝치 아니미 군ᄌᆞ의 덕이 아니라 허ᄒᆞ여 졔가의 공졍ᄒᆞᆷ을 볼 거시니이다 승샹이 불열 왈 명윤이 져기 인도의 도라갓거ᄂᆞᆯ 챵물을 허ᄒᆞ여 외입게 ᄒᆞ리오 제왕이 쇼왈 명윤이 외입ᄒᆞ면 쇼데 당당이 형쟝긔 죄ᄅᆞᆯ 당ᄒᆞ리이다 승샹이 역 쇼왈 현데 명윤의 쳥을 드럿

101면
ᄂᆞᆫ가 이리 대ᄉᆞ로이 구ᄂᆞᆫ뇨 인ᄒᆞ여 십챵을 허ᄒᆞ니 강휘 비록 부명을 어드나 오히려 ᄎᆞᆺ지 아낫더니 진왕이 ᄉᆡᆼ의 쇼실의 허ᄒᆞ여 두게 ᄒᆞ고 한시 편히 거ᄂᆞ려 규문의 ᄭᆞᆺ다온 셩덕이 갈담 삼쟝을 법측ᄒᆞ여 명윤의 ᄌᆞ네 더옥 번셩ᄒᆞ여 군종의 읏듬이라 강휘 슈신셥힝ᄒᆞ여 날노 슉연정대ᄒᆞ니 인인이 탄복ᄒᆞ고 삼위 존당의 취즁긔ᄋᆡᄒᆞ미 비길대 업ᄉᆞᆫ지라 영화부귀 가온대 ᄉᆞ위 슉완과 십개 미희ᄅᆞᆯ 두어 문왕의 덕이 이시니 합개 칭찬 왈 일쳥의 ᄉᆞᆫ이며 월명

102면
지ᄌᆡ 아니면 그 쟝ᄌᆞ 증ᄉᆞᆫ이 여ᄎᆞ 번셩흥긔ᄒᆞᆷ을 어드리오 읏듬은 진왕과 졍비의 덕이며 버거ᄂᆞᆫ 월명과 쇼시 어질믈 인ᄒᆞ미라 ᄒᆞ더라 흐ᄅᆞᄂᆞᆫ 연낙이 나ᄌᆞ로ᄡᅧ 밤을 니어 슬하의 반의ᄅᆞᆯ 츔츄미 훤당의 치쉬 나븟기고 환셩이 여류ᄒᆞ여 가곡이 긋ᄎᆞ미 업ᄉᆞ니 진 초 이 공의 졍대ᄒᆞ므로도 이러ᄐᆞᆺ 화려ᄒᆞᆷ은 젼혀 열친을 위ᄒᆞ미라 명윤의

군종제죄 다 취실ᄒᆞ여 ᄌᆞ녀를 두며 닙신등양재 태반이라 태부인이 만흔 ᄌᆞ숀의 보니마다 두굿기ᄂᆞᆫ지라 화 원 셜 등이 만

103면

리의 니친ᄒᆞ여 구가의 오나 가부의 후대를 밧고 구고존당이 심익ᄒᆞ니 일신이 편ᄒᆞ더니 슈년 후 화태위 은샤를 입ᄉᆞ와 고원의 도라오ᄆᆡ 부녀의 반기임과 옹셔의 샹득ᄒᆞ미 비길 대 업고 셜쳐ᄉᆡ ᄯᅩᄒᆞᆫ 녀ᄋᆞ를 ᄯᆞ라 니ᄅᆞ러 그 고ᄐᆡᆨ이 슈리키 어려온 고로 조문계 옥션항을 비러 타일 휴퇴쎠가지 안둔ᄒᆞ니 원 화 셜 등이 만ᄉᆡ 여의ᄒᆞ여 냥가의 왕ᄅᆡᄒᆞ며 부귀를 누리니 셜 화 냥공의 지감이 별안간 냥인을 보고 쳔금녀ᄋᆞ로 가연이 허ᄒᆞ여 만리의 타연이 보내니 진즛 장부며 군

104면

ᄌᆞ러라 태부인과 노공 부뷔 쇠모ᄒᆞ여 ᄒᆡ로 더은지라 진 초 이 공이 그윽이 우구ᄒᆞ여 그 날을 앗겨ᄒᆞ믄 부모의 년긔 졈졈 쇠ᄒᆞ시믈 슬허 동동ᄒᆞᆫ 지회 잠시 리측을 즘난이 너기고 일호일ᄉᆞ의 친의를 어긔로ᄎᆞ미 업셔 증삼을 효측ᄒᆞ니 ᄌᆞ고 ᄉᆡ면 ᄌᆞ숀을 모화 자라이를 두굿기고 어린이를 가ᄎᆞᄒᆞ여 희히슈창ᄒᆞ며 ᄎᆡ의로 츔츄어 환환희희ᄒᆞ며 셰월이 오며 가믈 ᄭᆡ닷지 못ᄒᆞ니 태부인과 노공 부뷔 북당의 고와ᄒᆞ여 일싱안락이 무흠ᄒᆞ니 ᄌᆞ고로 비태상승지리 쇼연ᄒᆞᆯ

105면

지라 조부의 셩만ᄒᆞ며 즐거오미 셰월이 오ᄅᆡ고 ᄯᅩᄒᆞᆫ 쟝싱불ᄉᆞᄂᆞᆫ 진황 한무데의 위엄으로도 션약을 엇지 못ᄒᆞ니 조노공의 지극ᄒᆞᆫ 셩효와 진 초 이 공의 졍셩이나 태부인이 임의 구십이 너머시니 엇지 ᄆᆡ양 인셰 힝락을 ᄯᅴ여시리오 홀연 유병ᄒᆞ여 상요의 침면ᄒᆞ니 노공의 황황막극홈과 졔숀의 우황초젼ᄒᆞ믈 엇지 다 형샹ᄒᆞ리오 진 초 이 공이 부모의 쇠모ᄒᆞ시믈 더옥 황황우려ᄒᆞ여 힝뵈 년망ᄒᆞ고 의ᄉᆡ 초조ᄒᆞ여 쥬야로 병후를 시호ᄒᆞ여 약뉴를 젼

106면

졔ᄒᆞ니 동동ᄒᆞᆫ 효셩이 신명을 감동ᄒᆞᆯ 거시로ᄃᆡ 임의 텬명이 진ᄒᆞ여시니 이 공의 명

감이 회두치 못홀 쥴 엇지 모ᄅᆞ리오 날노 위즁ᄒᆞ여 일슌지내의 환탈ᄒᆞ여 정신을 거두지 못ᄒᆞ고 사ᄅᆞᆷ을 아ᄅᆞ보지 못ᄒᆞ니 노공이 불승망극ᄒᆞ여 믄득 칼흘 드러 단지홀 형상이 급ᄒᆞ니 진왕이 븟들고 초공이 칼을 아ᄉᆞ 뎨읍 왈 신톄발부ᄂᆞᆫ 슈지부뫼라 불초롤 싱각ᄒᆞ실 거시오 히아 등의 ᄯᅩᄒᆞᆫ 정ᄉᆞ롤 슬피쇼셔 공이 쳬읍 왈 여등이 ᄉᆞ정으로ᄡᅥ 막으나 내 참아 ᄉᆞ라셔

107면

이 망극ᄒᆞ믈 보리오 ᄒᆞ고 다시 칼흘 노치 아니니 초공이 야야의 숀을 븟들고 익걸 왈 태모의 환휘 비록 즁ᄒᆞ시나 ᄌᆞ연 회츈ᄒᆞ실 당약이 이시리니 엇지 단지ᄒᆞ시미 당약이리잇고 ᄌᆞ고 명인도 굿ᄐᆞ여 몸을 헐워 친병을 구완ᄒᆞ라 ᄒᆞ신 례 업ᄂᆞ니이다 노공이 빅슈의 밋치ᄂᆞᆫ 누쉬 쳔항이라 좌우 ᄌᆞ숀이 참아 보지 못ᄒᆞ여 면면이 누슈롤 거두지 못ᄒᆞ더라 이날 황혼의 태부인 공을 부ᄅᆞ고 화 원 셜 삼 파와 진 초 이 공과 졔ᄌᆞ숀을 불너 졍 양 등 졔부롤 낫낫치 ᄎᆞᄌᆞ 면

108면

면이 보고 기리 탄ᄒᆞ여 ᄀᆞᆯ오ᄃᆡ 사ᄅᆞᆷ이 셰상의 나미 한이 업ᄂᆞᆫ지라 내 미망여싱으로 빅셰롤 안향ᄒᆞ여 ᄌᆞ숀의 영복이 과의라 이졔 쥭으나 무슴 한이 이시리오 네 나히 팔십이 지ᄂᆞ시니 니별이 언마 오리리오 내 구원의 도라가 션군을 뵈옵고 ᄌᆞ숀의 셩효롤 젼ᄒᆞ리니 너ᄂᆞᆫ 과도히 훼샹ᄒᆞ여 병을 일워지 말고 ᄌᆞ숀을 보와 만ᄉᆞ롤 관억ᄒᆞ여 여년을 안향ᄒᆞ라 위부인을 나오라 ᄒᆞ여 숀을 잡고 탄식 왈 현뷔 아름다온 셩덕으로 복녹이 이의 밋ᄎᆞ니 노뫼 쥭어도 명목ᄒᆞᆫ 혼

109면

빅이 되리니 ᄌᆞ숀을 거나려 기리 여년을 지내라 조시 등이 이의 모다 부인을 븟들고 실셩뉴톄ᄒᆞ니 부인이 도라보고 다 각각 유언을 맛고 진 초 이 공을 불너 좌우로 안치고 숀을 내라 ᄒᆞ여 잡고 ᄀᆞᆯ오대 너의 형뎨롤 한날을 어드니 긔질이 젼혀 린봉뇽호의 톄격이라 바라기롤 깁히 ᄒᆞ나 영귀ᄒᆞ미 이의 밋출 쥴을 알니오 효ᄌᆞ현숀이 대대로 챵셩ᄒᆞ니 노뫼 쥭어 쾌ᄒᆞᆫ 넉시 되여 기리 우음을 ᄯᅴ여 도라가리니 너의도 날을 싱각ᄒᆞ거든 아비롤 보호ᄒᆞ여 삼상을 부지ᄒᆞ

110면

게 ᄒᆞ라 냥공이 부복ᄒᆞ여 톄뤼 횡류ᄒᆞ나 부뫼 ᄌᆡ좌ᄒᆞ고 태부인이 보실가 ᄒᆞ여 광슈로 빵톄를 금ᄒᆞ고 쇼ᄅᆡ를 화히 ᄒᆞ여 ᄌᆡ비 왈 쇼숀이 슈불초오나 삼가 금일 유교를 봉힝ᄒᆞ오리니 만ᄉᆞ를 물녀ᄒᆞ샤 병후를 조보ᄒᆞ쇼셔 부인이 탄왈 진황 한무도 능히 ᄇᆡᆨ년을 누리지 못ᄒᆞ엿거ᄂᆞᆯ 내 ᄇᆡᆨ셰를 안과ᄒᆞ여시니 엇지 여감이 이시리오 이ᄯᆡ 노공은 ᄇᆡᆨ슈의 누쉬 여우ᄒᆞ여 좌셕의 고이ᄂᆞᆫ지라 졔부졔숀이 감챵ᄒᆞ믈 이긔지 못ᄒᆞ더라 부인이 일기 미쥭을 가져오라 ᄒᆞ여 노공을

111면

권ᄒᆞ니 공이 가ᄉᆞᆷ이 막히나 모부인의 권ᄒᆞ시믈 다시 듯기 어려온지라 강잉ᄒᆞ여 마시고 졔숀이 써지니 업시 모다 황황ᄒᆞᆯ ᄉᆞ이의 부인이 엄연이 누어 다시 말 아니ᄒᆞ고 졸ᄒᆞ니 향년이 구십팔셰라 노공이 이ᄯᆡ의 다다라 통곡운절ᄒᆞ니 진 초 이 공이 망극ᄒᆞᆫ 가온대 부친의 거동을 보ᄆᆡ 더옥 비황ᄒᆞᆫ 심ᄉᆞ를 졍치 못ᄒᆞ여 노공을 븟드러 구호ᄒᆞ고 졍 양은 위부인을 븟드러 구호ᄒᆞ여 범ᄉᆞ의 졍졔ᄒᆞ고 시신을 밧드러 초혼발샹ᄒᆞ여 치샹범졀이 례의 어긔미 업더라

112면

ᄒᆞᆫ개 통곡ᄒᆞ니 곡셩이 텬디진동ᄒᆞ고 졔ᄌᆞ숀의 슬워ᄒᆞ미 례의 극진ᄒᆞ며 팔십 샹인의 ᄋᆡ회ᄒᆞᄂᆞᆫ 거동이 견재 막불칭지러라 텬ᄌᆡ 드ᄅᆞ시고 그 공후의 조모며 삼됴 노신의 ᄌᆞ뫼라 특별이 즁ᄉᆞ를 보내여 노공긔 조문ᄒᆞ시고 권쥭ᄒᆞ시니 거ᄆᆡ 동구의 미엿더라 노공의 ᄋᆡ훼ᄒᆞᆷ과 진 초 이 공의 훼쳑ᄒᆞᄂᆞᆫ 빗과 ᄋᆡ통ᄒᆞᄂᆞᆫ 곡용졀죄 인심을 감동ᄒᆞᄂᆞᆫ지라 승샹 졔왕 등이 ᄯᅩᄒᆞᆫ 부슉으로 슬허ᄒᆞ미 일반이라 조ᄀᆡᆨ이 졔조의 효의를 감동치 아니리 업더라 이의 습념

113면

입관ᄒᆞ여 셩빈ᄒᆞ고 셩복을 맛ᄎᆞ니 노공의 호텬지통과 ᄌᆞ숀의 슬프미 더옥 극ᄒᆞ여 태원뎐 졍침의 봉침ᄒᆞ고 됴셕 졔ᄉᆞ를 밧드니 졍비 이ᄯᆡ 존고를 뫼셔시나 나히 쇠년이라 쇼시 봉샤치가를 맛타 대쇼ᄉᆞ를 위 졍 냥부인긔 품ᄒᆞ여 졍힝ᄒᆞ니 한시 존고를 뫼셔 보호ᄒᆞᄂᆞᆫ 도리 만ᄒᆞᆫ지라 샹하 쳔여 인 부즁이 고요나ᄌᆞᆨᄒᆞ여 츈풍이 화지의 졍ᄒᆞᆷ

갓트니 규즁 묽으미 징슈 굿고 인심의 감복ᄒᆞ며 물이 동으로 흐름 갓흔지라 오직 태부인 한 몸이 북당의 거ᄒᆞ미

114면

슷츠므로 샹하의 비식이 밋쳐 퇵즁의 화긔 쇼연ᄒᆞ고 노공과 위부인이 쇠모지년의 익훼골입ᄒᆞ니 긔력이 위위ᄒᆞ여 오술 이긔지 못ᄒᆞ고 미쥭을 나리오지 못ᄒᆞ니 이 공이 모친은 졔미 졔부인으로 밋고 ᄉᆞ시 문안의 긔운을 술펴 약음의 온당ᄒᆞᆫ 거술 긔결ᄒᆞ여 드리게 ᄒᆞ고 노공은 냥인이 쥬야 려ᄎᆞ의 뫼셔 그 과도ᄒᆞ시믈 간ᄒᆞ여 진식ᄒᆞ믈 본후야 비로쇼 겻히셔 음식을 먹으니 됴셕 샹의 쇼치 슈긔의 넘지지 아니ᄒᆞ되 부공이 불평ᄒᆞ시면 그도 오히려 먹지 아니니 노공이 나

115면

히 쇠ᄒᆞ고 텬붕지통 가온대 냥ᄌᆞ 긔익ᄒᆞ미 더옥 즁ᄒᆞ니 힝혀 샹ᄒᆞ미 이실가 범ᄉᆞ를 즁도로 ᄒᆞ여 냥ᄌᆞ의 졍셩을 위로ᄒᆞ며 ᄯᅩᄒᆞᆫ 그 음식을 권ᄒᆞ여 념녀ᄒᆞ미 간졀ᄒᆞ니 냥공이 친의를 승슌ᄒᆞ여 ᄉᆞᆫ아로 면젼의 유희ᄒᆞ여 회포를 위로ᄒᆞ며 셰월을 보낼ᄉᆡ 훌훌이 슈삭이 지ᄂᆞ니 상구를 밧드러 션산의 쟝홀ᄉᆡ ᄌᆞᄉᆞᆫ의 쟝흠과 긔구의 셩ᄒᆞ미 진실노 쳔승국군의 조모의 쟝례라 령구를 발ᄒᆞᄂᆞᆫ ᄯᅢ의 화광은 낫 굿고 촉농은 별 갓트여 쇼건쇼대쟈를 이로 혜지 못홀

116면

지라 빅슈의 샹인이 종후ᄒᆞ니 슬픈 경식과 왕공후빅의 ᄉᆞᆫ증이 니음다라 호샹ᄒᆞ니 부려 셩만ᄒᆞ미 쳔고의 빵이 업슨지라 견재 칭지 왈 당금 일인이라 ᄒᆞ더라 쟝례를 필ᄒᆞ고 반곡환경ᄒᆞᄆᆡ 택샹의 화긔 감ᄒᆞ고 공이 모친 침젼을 둘너보면 감뉘 비 갓트여 ᄡᅡᆯ와 뫼시지 못ᄒᆞ믈 슬허ᄒᆞ니 진 초 이 공이 간ᄒᆞ여 관위ᄒᆞ고 허다 ᄌᆞᄉᆞᆫ이 샹셕의 뫼셔 효셩을 갈진ᄒᆞ니 노공이 관억ᄒᆞ미 되나 신셩지시를 당ᄒᆞ여 졔ᄌᆞ 졔ᄉᆞᆫ의 문안을 림ᄒᆞ여ᄂᆞᆫ 하루ᄒᆞ여 굴

117면

오되 너희ᄂᆞᆫ 유복ᄒᆞ미 이갓트대 나ᄂᆞᆫ 홀노 우러러 바랄 곳이 업도다 ᄌᆞᄉᆞᆫ이 감회ᄒᆞ

여 진 초 이 공이 위로 간왈 대인의 졍ᄉᆞ는 그음이 업ᄉᆞ오나 조뫼 향년이 빅셰를 지 닉시니 ᄌᆞ숀의 유한이 업ᄉᆞ올지라 긴 날의 이갓치 샹회ᄒᆞ시면 조모 유교의 어긔온가 ᄒᆞ옵ᄂᆞ니 대인은 셰 번 싱각ᄒᆞ샤 조모 탁ᄉᆞ를 잇지 아니ᄒᆞ옵시미 맛당ᄒᆞᆯ가 ᄒᆞᄂᆞ이다 공이 츄연타루 왈 내 엇지 아지 못ᄒᆞ리오 강잉코ᄌᆞ ᄒᆞ나 능히 못ᄒᆞᄃᆡ 너희를 도라보와 구연시식ᄒᆞ고 쥭지 못ᄒᆞ니 엇지 다시 렴

118면

려ᄒᆞ미 이시리오 냥공이 ᄯᅩᄒᆞᆫ 감읍ᄒᆞ여 효를 닥그며 정셩을 잡고 니측을 일시 즁난이 너기니 희라 뉘 ᄌᆞ숀이 업ᄉᆞ리오마는 조시의 긔특ᄒᆞᆫ 효셩은 셰간의 희한ᄒᆞ더라

조시삼대록 권지삼십뉵

1면

화셜 이씌의 쇼황휘 곤위를 누리온 지 십여 년의 붕ᄒᆞ시니 샹이 크게 비통ᄒᆞ시고 됴애 거의ᄒᆞ여 텬디 진동ᄒᆞ고 군현이 후의 셩덕을 츄모ᄒᆞ여 슬워 아니리 업더라 ᄎᆞ시 공줘 호텬규디ᄒᆞ며 쥬야호읍ᄒᆞ매 피눈물노 날을 보내는지라 구고와 부믜 보호ᄒᆞ기를 지극히 ᄒᆞ며 제왕이 친히 음식을 권ᄒᆞ여 과도ᄒᆞᆷ믈 개유ᄒᆞ니 공줘 대의를 도라보와 쥭을 ᄯᅳᆺ이 업ᄉᆞ나 궁텬지통이 오내분붕ᄒᆞ니 형용이

2면

슈쳑ᄒᆞ고 긔뷔 환탈ᄒᆞ니 부즁이 우려ᄒᆞ나 원내 조부 례법이 삼엄ᄒᆞ여 국휼 후로 내각의 ᄌᆞ최를 근쳐 내외 쥬긱 갓ᄐᆞ니 부믜 오히려 공쥬의 면목을 보는 일이 업고 밧그로 병을 뭇고 위로ᄒᆞ는 젼어와 구호ᄒᆞ는 ᄯᅳᆺ이 지극ᄒᆞ니 공줘 즁도로 칭샤ᄒᆞ야 효위 셩읍ᄒᆞ미 텬셩이라 능히 강잉치 못ᄒᆞ더라 나라히셔 황후를 칙봉ᄒᆞ시고 대샤텬하ᄒᆞ시니 시의 쇼경싊 쟉위 진국공 황태부를 겸ᄒᆞ여 쳥덕위망이 됴야의 가ᄃᆞᆨᄒᆞ고 샹춍이 늉늉ᄒᆞ니 규각

3면

의 조 위 두 부인이 황영의 풍이 이셔 규문이 화열ᄒᆞ고 가되 정슉ᄒᆞ여 슬ᄒᆡ 빵빵ᄒᆞ여 조부인이 년ᄒᆞ여 ᄉᆞᄌᆞ이녀를 ᄉᆡᆼᄒᆞ고 위부인이 이ᄌᆞ일녀를 ᄉᆡᆼᄒᆞ고 구시 일ᄌᆞ를 ᄉᆡᆼᄒᆞ니 칠ᄌᆞ 삼네 옥슈지란 갓트여 퇴상의 영복과 부려ᄒᆞ미 결우리 업고 빵친의 강건ᄒᆞ미 흠시 업ᄉᆞᄃᆡ 구시 산후 일병이 침면ᄒᆞ여 삼십 츈광의 셰상을 바리니 일졈 골육이 겨유 ᄉᆞ오 삭이라 진공이 깁히 비쳑ᄒᆞ여 샹쟝의 례를 극진히 ᄒᆞ고 조 위 두 부인이 동긔상을 만남 ᄀᆞᆺᄒᆞ

4면

여 슬허ᄒᆞ미 극ᄒᆞ고 ᄌᆞ녀의 ᄋᆡ통ᄒᆞ미 친모의 다ᄅᆞ미 업더라 쇼공의 밋친 한이 기뎨 연쉬 ᄒᆞᆫ 번 촉으로 가ᄆᆡ 십 년 풍상을 격그나 도라오지 못ᄒᆞ고 교시의 슬픈 졍ᄉᆞ와 아질의 나히 십삼의 의폐 비샹ᄒᆞ고 골격이 쇄락ᄒᆞ여 린봉 갓튼 긔질이 기 부의 셰 번 나으니 ᄌᆞ라ᄆᆡ 아븨 먼니 감과 그 죄명의 븟그러오믈 슬허 신셕의 우탄ᄒᆞ니 쇼공이 위로 왈 여뷔 촉지의 젹ᄒᆞ나 너의 어질며 효우ᄒᆞᆫ 덕이 족히 아비를 고토의 도라오게 ᄒᆞ리니 모ᄅᆞ미 너모 과려ᄒᆞ여 몸을 샹히

5면

오지 말고 힝실을 닥가 그ᄯᅢ를 기다려 신문고를 쳐 텬의를 도로혀시게 ᄒᆞ라 희문이 톄읍 왈 ᄇᆡᆨ부의 교훈이 여ᄎᆞᄒᆞ시나 가친이 무죄ᄒᆞᆫ 젹거와 달나 격고등문ᄒᆞ나 ᄉᆞ졍을 알 ᄲᅮᆫ이라 ᄒᆞᆫᄃᆡ 공이 탄왈 아질의 헤아리미 나의 밋출 ᄇᆡ 아니라 ᄒᆞ더니 대샤텬하ᄒᆞᄆᆡ 평졔왕 유현이 쥬왈 죄인 쇼연쉬 십 년 젼의 셔촉의 졍배ᄒᆞ엿더니 이졔 십 년 풍상을 격그니 역젹즁슈와 달나오며 경쉬 일노 인ᄒᆞ여 쟝ᄎᆞᆺ 목숨을 드려 아를 구코져 ᄒᆞᄂᆞᆫ지라 그 죄ᄂᆞᆫ 발셔 속

6면

ᄒᆞ여ᄉᆞ오니 이번 반샤의 ᄒᆞᆫ가지로 샤를 입게 ᄒᆞ여지이다 샹이 ᄭᆡ다라 의윤ᄒᆞ시니 엇지 연슈의 죄를 경히 너기시리오마ᄂᆞᆫ 쇼효문의 효의를 아름다이 너기샤 걸인 한이 업시 형뎨 화목게 ᄒᆞ미라 효문이 문계의 덕을 감은각골ᄒᆞ여 깃브미 하늘의 올흠 ᄃᆞᆺ ᄒᆞ더라 텬ᄉᆡᆨ ᄒᆞᆫ번 나리ᄆᆡ 사히의 닷기를 별흐ᄅᆞᄃᆞᆺ ᄒᆞᆫ지라 연쉬 촉디의 젹거ᄒᆞ연 지

얼프시 십 년 츈츄 뒤이ᄒᆞ니 니향의 고초와 ᄉᆞ친지회의 슬프므로 셕ᄉᆞ를 츄회ᄒᆞ고 촉쳐 심ᄉᆞ를 살와 잇다감 부

7면

형의 셔간을 보면 샹연이 하루ᄒᆞ여 졔 죄를 ᄌᆞ한홀 짜름이오 교시와 아ᄌᆞ의 셩쟝ᄒᆞ믈 ᄉᆡᆼ각ᄒᆞ면 마음이 착급ᄒᆞ여 몸이 나라 뎨도의 가고 섬이 ᄆᆡ양 친측의 니ᄅᆞᄂᆞᆫ지라 됴운셕월의 심ᄉᆞ를 허비ᄒᆞ여 쟝부의 누쉬 오ᄉᆡ 젹시며 낫 우ᄒᆡ 가득ᄒᆞ니 스ᄉᆞ로 탄ᄒᆞ여 글오대 내 몸이 후문의 귀ᄌᆞ로 일즉 쳥운의 올나 묘년 아망이 븟그럽지 아니ᄒᆞ거늘 뜻 가지믈 잘못ᄒᆞ고 ᄒᆡᆼ신을 무샹히 ᄒᆞ여 죄를 나라ᄒᆡ 엇고 몸이 텬ᄋᆡ지각의 내치여 부모형뎨를 만날 긔

8면

약이 업ᄂᆞᆫ지라 ᄉᆞ빅의 어질믈 힘입어 명을 보젼ᄒᆞ여시나 이 몸이 하시의 고향의 도라가 우흐로 친안의 반기고 아ᄅᆡ로 치ᄌᆞ 볼 긔약 이시리오 이러틋 심ᄉᆞ를 졍치 못ᄒᆞ여 노심초ᄉᆞᄒᆞ여 쥭으면 가형으로 ᄒᆞ여금 날 ᄉᆡᆼ각ᄒᆞᄂᆞᆫ 누쉬 반ᄃᆞ시 하슈를 보틸 거시오 교시의 참언이 하샹지원이 되리로다 이러틋 초젼ᄒᆞ여 쟝춧 심질이 일 듯ᄒᆞ더니 국휼의 슬프믈 젼ᄒᆞ여 들닌 칠팔 삭의 샤문이 니ᄅᆞ니 연쉬 황망이 향안을 ᄇᆡ셜ᄒᆞ여 샤명을 드른 후 북향

9면

샤은ᄒᆞ고 일가친셔를 보ᄆᆡ 반갑고 깃부믈 이긔지 못ᄒᆞᄂᆞᆫ 즁 아ᄌᆞ의 셔ᄉᆞ를 보니 문필이 긔이홈과 ᄉᆞ의 온즁ᄒᆞ미 져의 쳔불급 만부당이라 스ᄉᆞ로 다ᄒᆡᆼᄒᆞ믈 이긔지 못ᄒᆞ니 도로혀 어린 둣 취ᄒᆞᆫ 둣 누쉬 나리믈 금치 못ᄒᆞ더라 태슈와 ᄌᆞᄉᆞ 와 치하ᄒᆞ여 ᄒᆡᆼ리 반젼을 도으니 엇지 연슈를 도으미리오 그 부형의 셰를 두리미라 연쉬 임의 인ᄆᆡ실ᄒᆞ고 노복이 년쟝ᄒᆞ며 반젼이 풍족ᄒᆞ니 도라올 마음이 살 갓튼지라 ᄒᆡᆼ도를 발ᄒᆞᄆᆡ 풍우를 무론ᄒᆞ고 ᄒᆡᆼ

10면

ᄒᆞ여 슈삭의 황도의 도라와 부모와 형뎨 반길ᄉᆡ 냥쇼휘 ᄒᆞᆫ대 못고 일개 영희ᄒᆞ여 연

슈를 보고 치하ᄒᆞ니 ᄎᆞ시 효문의 만면츈풍이 견쟈로 ᄒᆞ여금 ᄆᆡ양 보고시분지라 집슈 년비ᄒᆞ여 ᄀᆞᆯ오ᄃᆡ 셩은이 망극ᄒᆞ샤 우리 형뎨 다시 모다 훤당의 냥친을 밧들게 ᄒᆞ시니 우형이 금셕슈ᄉᆡ나 무한이라 ᄉᆞ뎨 십 년 타향의 슈락ᄒᆞ대 텬품이 샹ᄒᆞ미 업고 훤당의 빵친이 강건ᄒᆞ시니 이는 우리의 경ᄉᆡ라 질아의 슈미홈과 쟝셩ᄒᆞ미 져갓치 긔이ᄒᆞ니 오문의

11면

쳔리귀라 다힝ᄒᆞ며 즐거오미 어ᄂᆡ 말을 몬져 ᄒᆞᆯ 쥴 모ᄅᆞ노라 연쉬 감동ᄒᆞᄂᆞᆫ 누쉬 낫치 가득ᄒᆞ여 탄식 왈 불초뎨 죄악이 텬디의 가득ᄒᆞ여 고토의 ᄉᆡᆼ환을 바라지 못ᄒᆞ거ᄂᆞᆯ 셩은이 망극ᄒᆞ시고 형쟝의 지극ᄒᆞᆫ 셩우로 몸이 뎨도의 도라와 친안의 졀ᄒᆞ고 형뎨골육이 ᄒᆞᆫᄃᆡ 모도니 오날 쥭어도 한이 업ᄂᆞᆫ지라 쇼뎨 개과ᄌᆞ칙ᄒᆞ연 지 십 년의 금일 더옥 뉘웃고 슬픈지라 ᄎᆞ후나 마음을 한가지로 ᄒᆞ여 기리 냥친을 봉양ᄒᆞ며 안항의 즐거오믈 다ᄒᆞ미 원이로쇼이다 진

12면

공이 츄연 왈 셕ᄉᆞᄂᆞᆫ 이의라 ᄆᆡ양 졔긔ᄒᆞ여 즐거온 흥을 감ᄒᆞ며 후ᄉᆡᆼ을 듯게 ᄒᆞ리오 내 마음이 너를 만ᄂᆞᄆᆡ 만ᄉᆡ 쾌락ᄒᆞ니 만일 국ᄋᆡ 아니면 연셕을 개쟝ᄒᆞ여 영ᄉᆞ를 표ᄒᆞ리니 지ᄂᆞᆫ 셜화를 의논ᄒᆞ리오 평진후와 강능휘 ᄒᆞᆫ가지로 집슈ᄒᆞ여 그 어질어시믈 깃거ᄒᆞ고 슉질부ᄌᆞ의 졍으로ᄡᅥ 십 년 니졍을 반가오미 흐뭇ᄒᆞ더라 ᄎᆞ시 연쉬 좌우를 고면ᄒᆞ여 졔ᄆᆡ와 질아 등을 보ᄆᆡ 다 신ᄉᆡᆼ옥동이 압압히 가득ᄒᆞ엿고 조부인의 ᄉᆞᄌᆞ이녀ᄂᆞᆫ 더옥 긔이ᄒᆞ여 옥슈경

13면

지 갓ᄐᆞ니 그윽이 효셩ᄒᆞ믈 탄복ᄒᆞ며 조부인을 대ᄒᆞᆯ 낫치 업더니 믄득 슈쟝이 움즉이ᄂᆞᆫ 곳의 합ᄂᆡ로조ᄎᆞ 조 위 두부인이 나와 례를 맛고 좌의 나아가니 연쉬 황망이 답례ᄒᆞ고 눈을 드러 보ᄆᆡ 조부인이 츈취 삼십이 거의로ᄃᆡ 찬란ᄒᆞᆫ 광염이 됴일이 옥난의 바ᄋᆡ고 명월이 쳔공의 한가ᄒᆞ니 두샹의 빵봉화관은 보당이 녕농ᄒᆞ고 냥미아황과 셩안츄파ᄂᆞᆫ ᄆᆞᆰ은 영ᄎᆡ와 어진 긔운이 발췌ᄒᆞ니 션연ᄒᆞᆫ 고은 ᄐᆡ되 영녕ᄒᆞ여 일빅 화신이 닷토와 웃ᄂᆞᆫ 듯

14면

션원의 훈긔를 마시며 감쳔의 년슈를 시험ᄒᆞ니 쇄락ᄒᆞᆫ 션풍이 진셰를 더러이 너기ᄂᆞᆫ지라 몸의 국공부인 례복이 가ᄃᆞᆨᄒᆞ고 위의 거동이 젼쟈의 비기지 못ᄒᆞᆯ지라 져의 반ᄉᆡᆼ을 근노ᄒᆞ여 ᄌᆞ긱을 모흐며 쳔금을 흣터 조시ᄂᆞᆫ 어진 향명을 더옥 엇고 빗ᄂᆞᆫ 복녹을 쳔ᄌᆞᄒᆞ고 져ᄂᆞᆫ 도로혀 만대 죄명을 취ᄒᆞ여 평ᄉᆡᆼ 젼졍을 맛쳣ᄂᆞᆫ지라 비록 고토의 ᄉᆡᆼ환ᄒᆞ나 고구친쳑이 다 기인으로 알고 셩대의 다시 쓰일 길이 업ᄉᆞ니 이를 ᄉᆡᆼ각ᄒᆞᄆᆡ 뉘웃브고 ᄋᆡ다로미 좌우로 병

15면

츌ᄒᆞ여 다시 악심은 나지 아니나 안ᄉᆡᆨ이 ᄎᆞᆫ ᄌᆡ ᄀᆞᆺᄐᆞ여 좌우로 묵연고면ᄒᆞᆯ ᄯᆞ름이라 조시 안ᄉᆡᆨ을 화슌히 ᄒᆞ고 몬져 국휼의 망극홈과 버거 몽은환쇄ᄒᆞ믈 치하ᄒᆞ며 쳔리관산의 흠도와 잔도의 무ᄉᆞ히 회환ᄒᆞ믈 ᄒᆡᆼ희ᄒᆞ니 온화ᄒᆞᆫ 말은 인심을 감동ᄒᆞ고 화ᄒᆞᆫ 긔운은 츈풍이 화림의 부러시니 연슈의 불평지심이 활연감복ᄒᆞ여 년망이 니러 ᄌᆡ비청죄 왈 쇼ᄉᆡᆼ의 허다 죄샹은 터럭을 ᄲᆡ혀 헤여도 무궁ᄒᆞᆯ 거시어ᄂᆞᆯ 존슈의 하ᄒᆡ지량과 셩덕으로써 죄를 샤ᄒᆞ

16면

시고 이제 두 번 은혜를 드리오샤 제조션ᄉᆡᆼ이 력간ᄒᆞ샤 당초의 일명을 구ᄒᆞ시고 은샤를 입ᄉᆞ오니 졔왕의 대덕이라 젹쇼의 간 ᄶᆡ 반젼으로써 보내고 이제 ᄯᅩ 위로ᄒᆞ시ᄂᆞᆫ 말ᄉᆞᆷ이 여ᄎᆞᄒᆞ시니 쇼ᄉᆡᆼ이 존슈의 대은을 슈심명골ᄒᆞ여 결초보은ᄒᆞ리로쇼이다 원ᄒᆞ옵ᄂᆞᆫ 바ᄂᆞᆫ 젼과를 바리고 형쟝과 슈슈의 셩덕을 의지ᄒᆞ여 여년을 맛고져 ᄒᆞᄂᆞ이다 모ᄃᆞᆫ 질아의 긔이ᄒᆞ믈 일ᄏᆞᆺ고 구시의 샹ᄉᆞ를 슬허ᄒᆞ니 그 말ᄉᆞᆷ이 츙곡으로써 발ᄒᆞ여 회션기악ᄒᆞ믈 알지라 조시 유화히 칭

17면

샤ᄒᆞ여 당치 못ᄒᆞ믈 일ᄏᆞᆺ고 구부인은 반겨 집슈ᄒᆞ고 하루ᄒᆞ여 ᄀᆞᆯ오대 내 일ᄌᆞᆨ 너를 어질이 가ᄅᆞ치지 못ᄒᆞ여 허다 풍샹을 격그니 이제 뉘웃ᄎᆞ나 밋ᄎᆞ리오 현부와 여형의 어진 덕과 셩회 지극ᄒᆞ여 란가를 진졍ᄒᆞ고 불목ᄒᆞᆫ 형데 화ᄒᆞ여 완젼이 모드니 내 이졔 죽어도 한이 업도다 너ᄂᆞᆫ 셕ᄉᆞ를 츄회ᄒᆞ여 젼과를 바리라 연쉬 ᄇᆡ샤ᄒᆞ더라 이후

가즁의 화긔 더옥 늉늉ᄒᆞ여 진공의 평싱 지원이 다ᄒᆞᆫ지라 ᄌᆞ녀를 셩취ᄒᆞ며 부모를 효봉ᄒᆞ여 형데 우이ᄒᆞ기를 더ᄒᆞ니

18면

허다 ᄉᆞ적이 효문공 본젼의 이시ᄆᆡ 조가 ᄉᆞ적이 번다ᄒᆞ여 오히려 다 못ᄒᆞ고 쇼셩렬의 긔록홈과 쇼효문의 츙신효뎨지힝이 조문 셜화의 이시나 ᄉᆞᄌᆞ이녀의 긔특홈과 공의 허다 관인지도며 ᄒᆡ비ᄒᆞᆫ 셜화 업슨 고로 조시삼대록을 보ᄂᆞᆫ ᄌᆡ 개연ᄒᆞ여 드ᄃᆡ여 쇼효문 션힝록을 일우고 쇼챵문 등 혼취를 옥뇨와 금젼으로ᄡᅥ 슈빙ᄒᆞ여 일우므로 옥뇨금젼빙이라 ᄒᆞ여 셰샹의 젼ᄒᆞ니 쇼효문 츙효록과 일시의 나니라 어시의 조부의셔 일월이 뉴ᄆᆡᄒᆞ여 태부인 삼

19면

샹을 맛ᄎᆞᄆᆡ 조노공의 지통이 초샹이나 다ᄅᆞ지 아니ᄒᆞ고 진 초 이 공과 졔숀의 슬허ᄒᆞ미 ᄉᆡ로오나 젹션지가의 여경이 무궁ᄒᆞᆫ지라 틱부인을 종샹ᄒᆞᄆᆡ ᄌᆞ숀이 쟝셩ᄒᆞ여 ᄒᆡ를 연ᄒᆞ여 등과ᄒᆞᄂᆞᆫ 경ᄉᆡ 이시니 비록 셕ᄉᆞ를 츄감ᄒᆞ나 오히려 진 초 이 공이 훤당의 빵친을 뫼셔 슬하의 반의로 츔츄ᄆᆡ 즐거온 경ᄉᆡ 이음ᄎᆞ고 늉늉ᄒᆞᆫ 텬은이 갈ᄉᆞ록 더은지라 샹이 ᄯᅩ 긔현을 옴겨 좌승샹을 ᄒᆞ이시고 유현으로 우승샹을 ᄒᆞ이시니 이ᄂᆞᆫ 평졔왕의 신이ᄒᆞᆫ ᄌᆡ덕을 샹ᄒᆡ 긔특

20면

히 너기시므로 밧비 초쳔ᄒᆞ시미라 냥인이 묘당의 즁권을 잡으ᄆᆡ 일야 우구ᄒᆞ여 일반의 삼토포ᄒᆞ고 일목의 삼악발ᄒᆞ여 현ᄉᆞ를 대졉ᄒᆞ니 됴얘 그 덕망을 앙모ᄒᆞ고 ᄉᆞᄒᆡ 안락ᄒᆞ니 이윤 쥬공과 하샹 쇼하의 츙졀이 이ᄂᆞᆫ지라 일셰인이 칭찬 왈 진즛 하늘 괴올 기동이라 ᄒᆞ더라 공쥐 년ᄒᆞ여 뉵ᄌᆞ이녀를 ᄉᆡᆼᄒᆞ고 화시 ᄉᆞᄌᆞ를 나흐니 부마의게 십ᄌᆞ일네 이시ᄃᆡ 개개히 긔이ᄒᆞ고 한시 칠ᄌᆞ삼녀와 기여 부인이 각각 ᄌᆞ녀를 두어 ᄯᅩᄒᆞᆫ 강후의게 이십ᄌᆞ와 뉵네 이시니 조시

21면

후대록이 니어 나믄 이인의 ᄌᆞ네 민멸ᄒᆞᆯ 앗기미라 이ᄯᅥᆨ 강휘 쟉위 병부샹셔 농두

각 태혹ᄉᆞ 대ᄉᆞ도ᄅᆞᆯ 겸ᄒᆞ여 청덕위망이 ᄒᆡ내의 가득ᄒᆞ니 강휘 쇼시의 발월호상ᄒᆞ여 풍뉴랑의 긔운이 이시나 나히 ᄎᆞ고 쟉위 고등ᄒᆞᄆᆡ 부조의 풍을 잇고 문호의 쳥덕을 니어 슈심공근ᄒᆞ며 츙신효뎨ᄒᆞ여 슈신졔가의 ᄇᆡᆨ힝이 쳥텬ᄇᆡᆨ일 갓ᄐᆞ여 뎨ᄌᆞᄅᆞᆯ 교훈 어하의 법되 슉연ᄒᆞ니 문호 창대ᄒᆞ미 진왕의 후ᄅᆞᆯ 니을지라 복녹이 삼대의 명윤이 웃듬이러라 어시의 양당휘 조부

22면

인으로 더 동쥬 십 년의 금슬우지 죵고락지ᄒᆞ여 슬하의 오ᄌᆞᄉᆞ녀ᄅᆞᆯ 두엇고 쟝ᄌᆞ ᄇᆡᆨ경이 갑과 장원으로 벼ᄉᆞᆯ이 쳥현ᄒᆞ여 셤셔 안찰ᄉᆞ로 나갓다가 공교히 ᄆᆡᆼ훈을 잡으니 양안ᄉᆡ 엇지 ᄆᆡᆼ훈의 얼골을 알니오마ᄂᆞᆫ 양왕이 통히ᄒᆞ여 잡지 못ᄒᆞᆷ을 한ᄒᆞ더니 얼골 모습을 그려 각도의 군현ᄌᆞᄉᆡ 하직ᄒᆞᄂᆞᆫ ᄲᅦ면 그 그림을 맛지고 잡아 보내믈 쳥ᄒᆞᆫᄃᆡ 간인이 ᄇᆡᆨ쥬의 흉ᄉᆞᄅᆞᆯ 지어 명부ᄅᆞᆯ 핍박ᄒᆞ고 ᄌᆞ최ᄅᆞᆯ 심산궁곡의 비밀이 ᄒᆞ므로 잡지 못ᄒᆞ엿더니 텬의 진노ᄒᆞ여

23면

그 ᄌᆞ식의 숀의 잡히니 양안ᄉᆡ 그 모친의 신루와 그 형의 쥭으믈 아시의 드러도 분이 통입골슈ᄒᆞ던 ᄇᆡ라 ᄆᆡᆼ훈을 잡아 머리ᄅᆞᆯ 버히고 념통을 내여 거리의 바리니 슬프다 ᄆᆡᆼ훈이 곽녀로 더브러 동심모의ᄒᆞᆯ 젹 엇지 업던 ᄌᆞ식이 나셔 원슈 갑흐믈 ᄯᅳᆺᄒᆞ여시리오 텬되 쇼쇼ᄒᆞ여 보복이 이러틋 ᄒᆞ더라 양태ᄉᆡ 기셰ᄒᆞᄆᆡ 양부인이 ᄉᆡ훼골입ᄒᆞ여 ᄋᆡ통집상이 례의 지ᄂᆞ니 졔왕 형뎨 쥬야의 시호ᄒᆞ고 노공과 위부인이 친히 와 보호ᄒᆞ니 초공이 위로ᄒᆞ여 ᄀᆞᆯ오대 부인의

24면

ᄉᆞ졍이 비록 간졀ᄒᆞ나 도라보건ᄃᆡ ᄂᆡ ᄉᆞ랏고 훤당이 우히 겨시니 범ᄉᆞᄅᆞᆯ 맛당이 관억ᄒᆞ고 대의ᄅᆞᆯ 고렴ᄒᆞ리니 부인의 너ᄅᆞ므로 이러틋 ᄒᆞ믄 실노 의외라 당년의 악쟝신셰 잔잉ᄒᆞ시나 이졔 당ᄒᆞ여ᄂᆞᆫ 왕공의 숀ᄌᆡ 잇고 명공의 증숀이 가득ᄒᆞ여 영양을 밧고 광호의 부ᄌᆡ 초셰ᄒᆞ여 일셰 영웅이오 츙효 군ᄌᆡ라 족히 양셰ᄅᆞᆯ 씻고 문호ᄅᆞᆯ 빗ᄂᆡ니 인ᄉᆡᆼ힝락을 다ᄒᆞ여 겨시고 오히려 악뫼 ᄌᆡ당ᄒᆞ여 겨시니 부인의 과도ᄒᆞ미 엇지 도로혀 불회 아니리오 부인이 쳥루ᄅᆞᆯ

25면

드리워 샤례ᄒᆞ니 옥용이 쳐렬ᄒᆞ여 말ᄉᆞᆷ을 일우지 못ᄒᆞ니 초공이 감오ᄒᆞ여 안식을 곳치고 도라 ᄌᆞ긔 이친을 뵈오미 년고ᄒᆞ시미 극ᄒᆞᆫ지라 일노븟터 만ᄉᆞ를 물외의 더지고 슉야의 친의를 위열ᄒᆞ여 진왕이 궁을 바리고 샹부의 와 부모를 뫼셔 쇼일ᄒᆞ니 경비 역시 종후ᄒᆞ고 쇼시 진궁의 이셔 궁즁 대쇼ᄉᆞ를 술피더라 양부인이 거려ᄒᆞ므로븟터 정부인이 초공의 가ᄉᆞ를 쥬관ᄒᆞ여 범ᄉᆞ의 존당의 고ᄒᆞ고 결단ᄒᆞ니 졔왕과 승샹이 진 초 냥공을 대ᄒᆞ여 찰임ᄒᆞ고

26면

ᄌᆞ숀 교훈이 엄정식식ᄒᆞ여 ᄒᆞᆫ 사ᄅᆞᆷ의 ᄌᆞ식 ᄀᆞᆺᄐᆞ니 가즁이 슉연ᄒᆞ고 위친경쟝지되 날노 식로와 퇴샹의 화긔츈풍이 무ᄅᆞ녹고 호호ᄒᆞᆫ 영광이 면면불졀ᄒᆞ니 노공이 위부인으로 고당의 언와ᄒᆞ여 복녹을 누리며 ᄌᆞ숀을 두굿겨 심ᄉᆞ를 잇고 진 초 이 공이 날노 유희를 슈창하니 당년의 엄슉ᄒᆞ던 긔운이 쇼삭ᄒᆞ고 브ᄃᆞ럽고 화열ᄒᆞ여 졔숀을 모화 가무풍뉴로 슬하의 우음을 돕고 즐기시믈 교구ᄒᆞ니 일노 인ᄒᆞ여 졔쇼빗 호탕ᄒᆞ미 날노 낭ᄌᆞᄒᆞ여 후셰록의

27면

졔조의 풍뉴발월ᄒᆞᆫ 쟈는 례악을 만히 슝샹ᄒᆞ여 조션의 단엄ᄒᆞᆫ 슈힝을 밋지 못ᄒᆞᄂᆞᆫ 거시 일노 말미암으니 인가의 부형이 불엄ᄒᆞ면 ᄌᆞ식이 외입ᄒᆞ미 이런 연괴러라 평졔왕이 모친이 미양 포덕슝심ᄒᆞ여 거쳐의복이 한ᄉᆞ의 쳐실 갓ᄐᆞ여 옥뫼 경히 협칙ᄒᆞ여 만흔 ᄌᆞ숀이 모ᄃᆞ 안ᄌᆞ면 능히 용슬을 못ᄒᆞᄃᆡ 초공이 곳치지 아니ᄒᆞ고 부인이 ᄯᅩᄒᆞᆫ 좁다 아니ᄒᆞ여 견ᄃᆡ니 졈졈 나히 만하 거쳐의 협칙ᄒᆞ미 한셔의 괴로온지라 졔왕이 뉵뎨를 대ᄒᆞ여 왈 아등이 현

28면

달ᄒᆞ여 왕공이 아니면 후빅이라 금옥관면이 부귀 극ᄒᆞᄃᆡ 일즉 ᄒᆞᆫ 일도 부모긔 영화를 여러 위친슈셕의 즐거오믈 베프지 못ᄒᆞ니 이졔 모친 거쳐ᄒᆞ시ᄂᆞᆫ 침젼이 두어 ᄌᆞᆺ 쇼아를 다리고 쇼년 녀ᄌᆞ의 거쳐ᄒᆞᆯ 곳이니 엇지 모비의 만흔 ᄌᆞ숀을 거ᄂᆞ려 용납ᄒᆞᆯ 곳이리오 야애 비록 금ᄒᆞ시ᄂᆞ 아등의 도리ᄂᆞᆫ 그러치 못ᄒᆞ리라 ᄒᆞ고 부친긔 품ᄒᆞ고

셰 모친 침뎐을 ᄉᆡ로 지을ᄉᆡ 동셔로 슈십 간식 셰워 좌우로 졍젼을 두고 가온대 큰 뎐을 두어 ᄀᆞᆯ온 홍운뎐 녹운뎐 녕운뎐이라 졔ᄋᆡᆨᄒᆞ여 가온대

29면

홍운뎐의 양부인이 잇고 동셔 두 누의 왕 윤 두 모친을 뫼시니 아로삭인 난간과 그림 그린 기동이 빗나고 고루치각이 반공의 림니ᄒᆞ여 쟝치 아니ᄒᆞᄃᆡ 안히 광활ᄒᆞ고 졀쇄ᄒᆞ여 샹탁병쟝이 태운뎐과 일반이라 양부인이 깁히 불안ᄒᆞ여 그 과도ᄒᆞᆫ 거술 거두워 앗고 경계ᄒᆞ여 ᄀᆞᆯ오대 당뇨 부유텬하ᄒᆞ샤ᄃᆡ 토계 삼등의 모ᄌᆞ를 부젼하시니 네 어미 당년의 고이ᄒᆞᆫ ᄋᆡᆨ을 맛나 풍상을 격고 이졔 몸이 평안ᄒᆞ여 외람ᄒᆞᆫ 복녹이 일신의 너머 샹국부인이며 샹국의 어미며 왕

30면

공의 ᄌᆞ뫼라 칭ᄒᆞ믈 드ᄅᆞ면 송연ᄒᆞ여 내 무슴 덕으로 이런 복녹을 당ᄒᆞᄂᆞᆫ고 두렵거든 이졔 ᄯᅩ 엇지 훤당의 번화ᄒᆞ믈 존당과 갓치ᄒᆞ여 마음이 평안치 아니케 ᄒᆞ리오 초공이 다ᄃᆞ라 부인의 말을 듯고 ᄉᆡ 당을 둘너 보ᄆᆡ 우연이 탄ᄒᆞ여 왈 탕이 칙ᄒᆞ샤대 궁실이 슝여아 녀알이 셩여아 ᄒᆞ시니 고ᄌᆞ셩인도 부귀를 두리시ᄂᆞᆫ지라 너의 비록 위친지졍이나 이졔 훤당이 ᄉᆞ려ᄒᆞ고 복ᄉᆞᄒᆞᄂᆞᆫ 시네 이의셔 넘지 아니ᄒᆞᆫ지라 범ᄉᆞ를 의연이 ᄌᆞ당 거쳐와 갓치 ᄒᆞ니 가쟝 그릇ᄒᆞ

31면

엿도다 졔왕이 부복 쥬왈 ᄌᆞ당이 비록 존당을 뫼시므로 범ᄉᆞ의 존ᄃᆡᄒᆞ시믈 힝치 아니ᄒᆞ시나 츈취 뉵순의 다다ᄅᆞ 겨시니 쇼ᄌᆞ 등의 톄면으로ᄂᆞᆫ ᄯᅩᄒᆞᆫ 고이ᄒᆞᆫ 일이 아니오니 ᄒᆡ아의 ᄌᆞ숀의 니ᄅᆞ러ᄂᆞᆫ 조뫼 지존ᄒᆞ시다 ᄒᆞ여 ᄌᆞ당은 ᄆᆡ양 존대ᄒᆞ신 톄위를 ᄎᆞ리지 못ᄒᆞ시리잇가 쇼ᄌᆡ 외람ᄒᆞ나 왕위를 당ᄒᆞ고 일국의 졍승이 되여 삼위 ᄌᆞ당이 쇼당의 굴하시믈 지금가지 ᄒᆞ시리잇가 대인의 효셩으로 췌탁ᄒᆞ샤 아ᄒᆡ 등의 위친ᄒᆞ믈 막지 마ᄅᆞ시믈 바라ᄂᆞ이다 존젼의셔 존즁치 못

32면

ᄒᆞ신들 침쇼의 도라오신 ᄊᆡ조ᄎᆞ 톄위를 숀상ᄒᆞ여 ᄆᆡ양 져믄 부녀의 거동을 면치 못

ᄒᆞ시니 엇지 쇼ᄌᆞ 등의 마음이 안안ᄒᆞ리잇가 ᄇᆡᆨ모의 봉션던이 오히려 이의 지는가 ᄒᆞᄂᆞ이다 초공이 이의 다다ᄅᆞᆫ ᄉᆞ리 기연ᄒᆞ여 다시 니를 말이 업는지라 이의 잠쇼 왈 너의 말이 도리의 당연ᄒᆞ니 내 ᄯᅩᄒᆞᆫ 너모 ᄉᆞ려ᄒᆞ믈 금ᄒᆞ나 여 등의 위친지졍을 막으리오마는 원내 ᄉᆞ치는 조물의 ᄶᅥ리는 ᄇᆡ라 네 모친이 ᄯᅩᄒᆞᆫ 쳥졍ᄒᆞ니 ᄌᆞ식이 ᄠᅳᆺ을 바드미 회니 내 엇지 냥친을 밧들미 무궁ᄒᆞᆫ 마음

33면

을 긋치기 어려온지라 너의 위친ᄒᆞ믈 굿ᄐᆞ여 막지 아니ᄒᆞ리라 졔ᄌᆡ ᄇᆡ샤ᄒᆞ니 공이 부인을 도라보고 탄왈 우리 부귀존즁이 이갓ᄐᆞ니 슉야의 두리온지라 부인은 슝검졀ᄎᆞᄒᆞ여 덕을 힘쓰고 복을 온젼이 ᄒᆞ게 ᄒᆞ쇼셔 고인이 황금을 ᄡᅡ하 ᄌᆞ숀을 쥬지 말고 젹션ᄒᆞ여 복을 기루라 ᄒᆞ니 오문이 셩만ᄒᆞ미 극ᄒᆞ여 나의 여른 덕으로 위지국공ᄒᆞ고 ᄌᆞ숀이 왕공의 니ᄅᆞ니 엇지 안심ᄒᆞ리오 명현의 다다ᄅᆞᆫ 찰심공근ᄒᆞ여 그 부뷔 다 덕이 이시니 ᄌᆞ숀의 니ᄅᆞ히 근심이

34면

업거니와 기녀 졔아는 쟝쳬 다 각각이니 념려ᄒᆞᄂᆞ이다 부인이 칭샤 왈 쳡의 부귀존즁ᄒᆞ미 다 명공의 덕을 힘입으미라 이졔 ᄌᆞ숀의 영복이 과망ᄒᆞ니 슉야의 두리오ᄃᆡ 명공의 셩덕과 명쳔의 어질미 가히 거의 향복다슈홀지라 다른 념녀는 업술가 ᄒᆞᄂᆞ이다 초공이 듯고 젹이 우ᄉᆞ며 답지 아니ᄒᆞ더라 셰월이 뉴슈 갓ᄐᆞ여 봄이 가고 가을이 오며 가을이 가고 겨울이 오믈 모ᄅᆞ고 환락으로 지내니 통만고 ᄒᆞ여도 대두ᄒᆞ리 업술지라 이러구러 진왕과 초공의 회갑이 다

35면

다ᄅᆞᄆᆡ 태ᄉᆞ와 졔왕 등이 서로 의논ᄒᆞ여 규구를 졍ᄒᆞ고 대연을 개쟝ᄒᆞ여 존당 부모의 깃그시믈 도으려 홀식 샹이 드ᄅᆞ시고 각부의 젼지ᄒᆞ샤 황봉어쥬와 니원풍악이며 슈륙진찬으로ᄡᅥ 거록히 조부의 보내여 셩연을 도으시니 샹춍이 늉늉ᄒᆞ여 뭇는 ᄉᆞ관과 치하ᄒᆞ시는 글이 도로의 니엇고 쥬시는 거시 그 슈를 헤지 못ᄒᆞ리러라 만됴 공경이 일졔히 거마를 년ᄒᆞ여 모히니 슈레박회 곡즁의 년ᄒᆞ여 쇼ᄅᆡ 닌닌ᄒᆞ고 하리 츄죵의 번화ᄒᆞ미 샹부 근쳐의 진

36면

진ᄒᆞ니 그 쟝녀ᄒᆞ고 거록ᄒᆞ미 젼쟈로 더브러 더은 ᄃᆞᆺᄒᆞ더라 명됴의 문리 보ᄒᆞᄃᆡ 황태ᄌᆡ 친림ᄒᆞ시ᄂᆞ이다 ᄒᆞ거ᄂᆞᆯ 진 초 이 공이며 졔왕 곤계 급히 례복을 정졔ᄒᆞ고 금포를 ᄭᅳ으러 마ᄌᆞ니 문외의 만됴 공후지샹이 태ᄌᆞ를 샹좌의 거ᄒᆞ시게 ᄒᆞ고 좌즁이 셩은을 일ᄏᆞ라 ᄀᆞᆯ오ᄃᆡ 신 등이 부슉의 회갑을 무미히 지내지 못ᄒᆞ와 돗글 베펴 친우를 모화 잔을 난호고져 ᄒᆞ미러니 ᄉᆡᆼ각 밧 텬은이 호셩ᄒᆞ샤 어젼례악을 사송ᄒᆞ시고 츈궁이 하림ᄒᆞ시니 황은이 망극ᄒᆞ온지

37면

라 불승황황ᄒᆞ여 부지쇼운이로쇼이다 태ᄌᆡ 념용 왈 금일 샹부 경연을 대개 친림코져 ᄒᆞ시대 맛초와 옥휘 불평ᄒᆞ샤 과인을 보내시니 엇지 션ᄉᆡᆼ의 불안ᄒᆞ미 이시리오 노공과 진 초 이 공이 텬은을 감격ᄒᆞ여 돈슈사은ᄒᆞ고 ᄎᆞ례로 좌를 분정ᄒᆞ니 졔됴의 셩만ᄒᆞ미 일셰의 쟝관이오 쳔고 승ᄉᆡ러라 년가결친의 정참정 양혹ᄉᆡ 다 기셰ᄒᆞ여시니 노공이 셕일 붕비를 ᄉᆡᆼ각ᄒᆞ여 쳑연하루 왈 셕쟈의 고구친붕이 날노셔 나히 젹더니 발셔 디하인이 되

38면

고 오직 이 늙고 완ᄒᆞᆫ 재 일편도이 ᄉᆞ라시니 엇지 텬도의 고ᄅᆞ지 못ᄒᆞ미 이갓ᄐᆞ뇨 동오왕 양광후와 태혹ᄉᆞ 정문양이 낫빗출 곳치고 광슈를 드러 츄연이 누슈를 쓰ᄉᆞ니 일좌 다 감오ᄒᆞ여 위로ᄒᆞ더라 샤송ᄒᆞ신 교방풍악을 가곡을 졔주ᄒᆞ니 홍샹치의 좌우의 슈플 갓ᄐᆞ여 쳥아ᄒᆞᆫ 가곡이 힝운을 머믈고 뇨량ᄒᆞᆫ 풍뉴ᄂᆞᆫ 구텬의 ᄉᆞ뭇출 ᄃᆞᆺᄒᆞ니 쇼년 명ᄉᆡ 호흥을 이긔지 못ᄒᆞ여 각각 취안을 흘녀 정을 보내더라 풍뉴를 갓초고 슐이 ᄉᆞ오 슌의 례관이 몬져 샹명

39면

으로 조노공과 진 초 이 공긔 슈헌ᄒᆞ고 믈너ᄂᆞ믹 노공 부ᄌᆡ 일시의 망궐샤ᄒᆞ고 비로쇼 다시 좌를 정ᄒᆞ고 ᄌᆞ숀의 헌쟉을 바들ᄉᆡ 좌승샹 태ᄌᆞ태ᄉᆞ 겸 구셕홍문관 태혹ᄉᆞ 월명션ᄉᆡᆼ이 ᄌᆞ포금쟝의 옥대를 도도와 명윤 등 졔ᄌᆞ를 거ᄂᆞ려 슈비를 밧드러 노공과 태부인긔 헌ᄒᆞ고 츅슈가를 부ᄅᆞ니 이ᄶᅴ의 내외숀이 슈십인이오 닙신ᄒᆞᆫ 재 여러히러

라 우승샹 텬하 병마대ᄉᆞ마 겸 홍문관 태혹ᄉᆞ 평졔왕 문계 션싱이 명쳔 등 졔ᄌᆞ를 거ᄂᆞ려 몸의 군왕 면복을 갓

40면

초고 슈비를 헌ᄒᆞ미 내외숀이 삼십이오 립신ᄒᆞ니 ᄯᅩᄒᆞᆫ 만터라 ᄎᆞ례로 참졍 영현 등 졔인이 관옥지모와 발호ᄒᆞᆫ 풍치 년긔 즁년을 지닐ᄉᆞ록 감ᄒᆞ미 업거ᄂᆞᆯ 졔쇼년의 늠늠ᄒᆞᆫ 신치와 쳥월ᄒᆞᆫ 긔상이 개개히 풍젼옥슈와 계슈명월 갓ᄐᆞ여 볼ᄉᆞ록 ᄉᆡ로오니 진실노 옥경션관이 텬궁의 모돗ᄂᆞᆫ 둧ᄒᆞ니 견재 흠션탄지ᄒᆞ고 셕태샹 뉴샹셔 등이 웃고 노공긔 고ᄒᆞ여 ᄀᆞᆯ오ᄃᆡ ᄉᆞ원은 뉵십여 년 힝젹이 진실노 공명이 부싱ᄒᆞ여도 다시 하ᄌᆞᄒᆞᆯ 곳이 업거니와 치원

41면

은 쇼싱 등이 싱각ᄒᆞᆯᄉᆞ록 우은지라 년미십셰의 비홍을 ᄢᅵ고 챵녀를 원월뎡의 ᄶᅵ고 이셔 쟝칙을 닙고 운남 츌ᄉᆞ의 불고이취ᄒᆞ여 부인을 다려오ᄂᆞᆫ 남식 졍대ᄒᆞ미 금일이 이시리잇가 이졔 다다ᄅᆞᄂᆞᆫ 늠연엄슉ᄒᆞ여 고담대언으로 ᄌᆞ숀을 경계ᄒᆞᆯ 젹 사ᄅᆞᆷ이 엇지 젼일을 알니잇가 우리ᄂᆞᆫ 다 아ᄂᆞᆫ 일이라 금일 풍악이 졔진ᄒᆞ고 무쉬 편폐ᄒᆞᄃᆡ 악쟝이 웃지 아니ᄒᆞ시니 쇼셔 등이 이 말ᄉᆞᆷ을 ᄒᆞ여 악쟝이 우으시믈 돕고져 ᄒᆞᄂᆞ이다 만좌 빈긱이 일

42면

시의 박쇼ᄒᆞ고 진왕이 미미히 함쇼ᄒᆞ더라 졔쇼년은 부조의 일이라 오직 웃ᄂᆞᆫ 입을 가리와 각각 긔운을 낫초와 단좌ᄒᆞ여시니 노공이 대쇼 왈 각곡이 믹양이오 무쉬 ᄉᆡ롭지 아니ᄒᆞ니 굿ᄐᆞ여 우엄ᄌᆞᄒᆞᆫ 일이 업더니 현셔 등의 녯 말을 드ᄅᆞ니 가이 우엄ᄌᆞᄒᆞ도다 빅의 챵녀를 유희ᄒᆞ믄 비홍을 업시ᄒᆞ려 ᄒᆞ미니 굿ᄐᆞ여 대단ᄒᆞᆫ 허물이 아니라 이졔 싱각ᄒᆞ니 쟝칙이 너모 과도ᄒᆞ던가 ᄒᆞ노라 초공이 쇼이 대왈 셕형이 ᄉᆞ빅을 긔롱ᄒᆞ니 셕형은 ᄌᆞ쇼로 외입ᄒᆞ여

43면

임의로 미녀를 모호미 업ᄉᆞ나 뉴 쇼 냥형의 호일방탕ᄒᆞ기ᄂᆞᆫ 남을 우술 나외 업ᄂᆞ니

쇼데로 ᄒᆞ여금 졔형의 쇼년지ᄉᆞ를 대강 아는 일만 ᄒᆞ여도 가쇼지ᄉᆡ 무슈하니 엇지 남을 칙망ᄒᆞ시기를 심히 ᄒᆞ여 후ᄉᆡᆼ쇼아로 ᄒᆞ여금 형의 모ᄅᆞ던 허물을 다 알게 ᄒᆞᄂᆞ니잇가 인ᄒᆞ여 뉴 쇼 냥공이 풍뉴창악의 침취ᄒᆞ여 각각 그 부형긔 슈쟝ᄒᆞ던 일과 쇼공의 ᄌᆡ취 가쇼지ᄉᆞ를 일쟝셜파ᄒᆞᄆᆡ 초공의 말숨이 도도히 쥬작ᄒᆞ미 업술지언졍 언변이 잇ᄉᆞᆫ지라 만좌

44면

빈ᄀᆡᆨ이 졔셩박쇼ᄒᆞ며 삼공을 긔롱ᄒᆞ니 노공이 대쇼 왈 오ᄅᆡ 술ᄆᆡ 희귀ᄒᆞᆫ 일도 보리로다 션아의 희언을 금일이야 드ᄅᆞ니 깃브지 아니랴 졔인이 대쇼ᄒᆞ고 일노조ᄎᆞ 초공의 단목ᄒᆞ믈 졔인이 아더라 평진후 형뎨 말을 니어 진 초 이 공을 긔롱ᄒᆞ니 냥공이 평진후 쟝 팔십 맛고 누엇던 형샹을 셜파ᄒᆞᄆᆡ 이ᄯᅢ 만좌렬좌ᄒᆞ고 태ᄌᆞ 졔왕이 샹좌의 계샤 우음을 참지 못ᄒᆞ시니 졔공이 긔담미어로 일시의 찬조ᄒᆞ니 일좌 다 환셩이 여류ᄒᆞ고 희쇠 단란ᄒᆞ여 빈ᄀᆡᆨ

45면

이 취안이 몽농ᄒᆞᄃᆡ 졔죄 풍ᄎᆡ 용광이 슈려ᄒᆞ여 옥산이 문허지고져 ᄒᆞᄂᆞᆫ지라 졔인이 칙칙 칭션 왈 반ᄃᆞ시 신션의 풍뉴오 쇽세지인이 아니라 ᄒᆞ더라 슐이 취ᄒᆞ고 흥이 놉흐ᄆᆡ 조샹국 형뎨 빵으로 돌녀 대무ᄒᆞ여 우으시믈 도으니 승샹의 온즁ᄒᆞᆫ 긔샹과 졔왕의 쇄락ᄒᆞᆫ 쳬뫼 늠늠ᄒᆞ고 엄위ᄒᆞᆫ 긔되 바라보ᄆᆡ 긔특ᄒᆞ고 신긔로온 무쉬 대ᄒᆞ리 업ᄉᆞ니 평진휘 칭찬 왈 아셔ᄂᆞᆫ 본대 도혹군ᄌᆡ여니와 문계ᄂᆞᆫ 니른 바 통고금ᄒᆞ여 비교ᄒᆞ리 업ᄉᆞ니 진왕과 ᄀᆞᆺ다 ᄒᆞ

46면

고 승샹의 온즁졍대ᄒᆞ믄 초공과 일반이나 발월호샹ᄒᆞ믄 더으다 ᄒᆞ니 좌샹이 그 말을 명논이라 ᄒᆞ더라 노공이 좌우로 고면ᄒᆞ여 두굿기며 진 초 이 공을 도라보아 쇼왈 너히 각〃 형뎨 ᄌᆞ숀을 거ᄂᆞ려 좌우의 둘너 안ᄌᆞ라 졔ᄉᆡᆼ이 일시의 빗샤 슈명ᄒᆞᄆᆡ 진 초 이 공이 각각 ᄌᆞ숀을 거ᄂᆞ려 좌우로 뫼실ᄉᆡ 좌승샹 태ᄌᆞ태ᄉᆞ 월명션ᄉᆡᆼ이 쟝ᄌᆞ 명윤 ᄎᆞᄌᆞ 명션과 삼ᄌᆞ 명쳠과 ᄉᆞᄌᆞ 명□과 오ᄌᆞ 명닌 뉵ᄌᆞ 명환 칠ᄌᆞ 명션 팔ᄌᆞ 명슉 구ᄌᆞ 명필을 거ᄂᆞ려 뫼시고 참

47면

졍 영현이 쟝ᄌ 명츄 등 삼ᄌ를 거ᄂ려 뫼시고 평졔공 문의션싱 운현이 명균 등 팔ᄌ를 거ᄂ려 시립ᄒ고 위국공 문현은 십이ᄌ를 거ᄂ려 시립ᄒ고 룡두각 태혹ᄉ 아현이 명휘 등 뉵ᄌ를 거ᄂ려 뫼시고 청쥐후 봉현이 명안 등 오ᄌ를 거ᄂ렷고 평산빅 계현은 무ᄌᄒ믹 양ᄌ 명현을 거ᄂ려 뫼시고 평졔왕이 십오ᄌ를 거ᄂ려 나아오니 쟝ᄌ 명현 명슌 명의 명훈 명옥 명슈 명연 명문 명미 명제 명군 명츈 명헌 등이 일시의 나와 뫼시고

48면

령능후 당현이 명풍 등 ᄉᄌ를 거ᄂ려 뫼시고 대ᄉ도 달쥐목 칠현이 명화 등 삼ᄌ를 거ᄂ려 뫼셔 ᄎᄎ 시립ᄒ니 진왕의 숀지 뉵십여 인이오 초공의 숀지 삼십여 인이라 외숀과 며ᄂ리ᄂ 말고 셩숀이 구십여 인이라 그 쟝ᄒ고 부려ᄒ며 셩만ᄒ미 비길 곳이 업ᄉ니 좌우 빈긱이 바라보고 탄복ᄒ며 졔셩치하ᄒ믈 마지아니ᄒ더라 어시의 노공이 만흔 ᄌ숀을 다 각각 어ᄅ만져 경계 왈 네 한아비 지리히 ᄉ라 너의 아름다오믈 보니 쥭어도 무한이라 여

49면

등은 다 각각 조심ᄒ고 근근ᄒ며 츙의효우ᄒ여 내 ᄉ후라도 조현츙덕을 츄락지 말나 졔인이 일시의 슈명ᄒ니 금옥면관의 룡포옥대로 풍신이 의연이 옥경션회의 모ᄃᆺᄂᄃᆺ흔지라 노공이 아름다오믈 이긔지 못ᄒ더라 진 초 이 공이 ᄌ질졔숀을 거ᄂ리고 내당의 드러가 모친긔 헌슈홀ᄉᆡ 위태부인이 잔을 잡고 눈믈을 드리워 왈 셕일 이 당 가온ᄃᆡ 이 잔을 몬져 존고긔 헌ᄒ더니 금일 인ᄉᆡ 변역ᄒ여 내 혼ᄌ 이 잔을 바ᄃ니 엇지 슬프지 아니리오

50면

냥공이 위로 쥬왈 태태 심ᄉᆡ 비록 그러ᄒ시나 왕뫼 빅셰를 안향ᄒ시니 ᄌ숀이 유한이 업ᄉ온지라 금일은 쇼ᄌ 등이 즐기ᄂ 날이라 관비ᄒ쇼셔 인ᄒ여 졍 양 등 졔부인과 쇼 졍 등이 다 ᄎᄎ 헌쟉ᄒ니 풍광이 일좌의 조요ᄒ여 좌위 흠션ᄒ더니 한시와 혜션공쥬긔 밋쳐ᄂ 부인 더옥 집슈무ᄋᆡ 왈 오문의 유경이 이갓ᄐ여 셩녀 쳘뷔 ᄃᆡ를 니

어 문호를 빗닉니 엇지 아름답지 아니리오 명아 등은 일셰 영웅군직니 한시와 공쥬 일대호귀라 엇지 쥬

51면

종의 영챵ᄒᆞ믈 긔필치 못ᄒᆞ리오 승샹이 웃고 쥬왈 한시와 공쥬는 남ᄌᆞ 가온대도 희한ᄒᆞᆫ 위인이오니 안ᄌᆞ셔 능히 쳔리를 예탁ᄒᆞᄂᆞ이다 오왕비 쇼왈 한시와 공쥬 비록 긔특ᄒᆞ니 안ᄌᆞ셔 능히 쳔 리를 예탁ᄒᆞ다 ᄒᆞ믄 도로혀 가쇼롭도쇼이다 우탕문무 셩인도 쳔 리 밧 일을 예탁지 못ᄒᆞ시니 녀직 비록 긔특다 ᄒᆞᆫ들 안ᄌᆞ 엇지 쳔리지ᄉᆞ를 알니오 졔왕이 쇼왈 ᄆᆡᄌᆞ 갓튼 녀ᄌᆞ는 몰ᄂᆞ도 한시와 공쥬 쇼ᄆᆡ 갓튼 삼일은 능히 아ᄂᆞ니라 좌위 다 올타 ᄒᆞ더라 종일 달난ᄒᆞ

52면

고 츈궁이 몬져 환궁ᄒᆞ시고 졔빈이 각산ᄒᆞ니 명됴의 승샹과 졔왕이 쇼를 올녀 샤은ᄒᆞ니라 초공의 허다 문싱이 쏘ᄒᆞᆫ 대연을 진셜ᄒᆞ고 슈헌ᄒᆞ니 양닌광 쇼경슈 등 뉵십인이라 각각 금포옥대로 헌쟉ᄒᆞ여 졍을 표ᄒᆞ니 쏘ᄒᆞᆫ 희ᄒᆞᆫᄒᆞᆫ 연셕이러라 이쯰 졔왕의 쟝ᄌᆞ 명현이 쟉위 리부샹셔 겸 태ᄌᆞᄉᆞ부를 ᄒᆞ여 승품ᄒᆞ니 황태부 효문이 질양이 ᄌᆞᄌᆞ니 명쳔의 도흑과 빅힝이 아름다오믈 ᄉᆞ랑ᄒᆞ샤 황태부를 ᄒᆞ이시니 즁망이 ᄉᆞ히의 들니고 청덕긔질이 일

53면

셰를 기우리더라 인종황뎨 붕ᄒᆞ시고 명종이 즉위ᄒᆞ시니 만민이 익통ᄒᆞ고 군신이 거익ᄒᆞᄆᆡ 조부의셔 샹춍이 범샹ᄒᆞᆫ 군신이 아니라 진 초 냥공으로붓터 졔쇼년의 니ᄅᆞ히다 포의쇼ᄃᆡ로 일즉 종젹이 내각의 니ᄅᆞ지 아니니 그 년쇼 풍졍이 잇는 재 이시나 가졍이 엄슉ᄒᆞ니 ᄌᆞ연 왕리치 못ᄒᆞ고 태ᄌᆞ쇼부 아현이 더옥 즁년이오 힝실이 돈후ᄒᆞ여 일즉 내각의 ᄌᆞ최 드므니 형시 ᄆᆡ양 졍을 참지 못ᄒᆞ여 나히 쇼년이 넘도록 쇼부를 싸라단니며 념치 톄면을 잇는지라

54면

이쯰의 국휼을 맛나 드러와 모친을 뫼올 젹도 각각 부인을 대치 아닌는지라 형시 일

월이 오릭되 그 풍뫼 이목의 쇼샹ᄒᆞ니 스ᄉᆞ로 참지 못ᄒᆞ여 존당의 쇼뷔 드ᄅᆞ온 쥴 알면 젼지도지ᄒᆞ여 와 만ᄂᆞ보고 말이나 븟쳐보고져 ᄒᆞ나 쇼뷔 본대 쇼시젹도 말슴이 드믈고 긔싀이 단엄ᄒᆞ니 이ᄭᅴ의 더옥 부녀를 졉화ᄒᆞ리오 형시 젼도히 다다ᄅᆞ면 긔싀이 못보ᄂᆞᆫ 듯 물너가니 형시 누슈를 금치 못ᄒᆞ여 쟝춧 질이 일워시니 명휘 등 뉵지 친쇼 업셔 효셩이 극진ᄒᆞᆫ지라 그 병

55면

후의 근본을 아지 못ᄒᆞ여 의약을 극진이 ᄒᆞ나 효험이 업ᄉᆞ니 울읍ᄒᆞᆫ 병이 잘 나으믈 어드리오 샹셕의 위돈ᄒᆞ니 졔지 우황ᄒᆞ여 아야긔 고ᄒᆞᆫᄃᆡ 공이 침음냥구의 왈 우연ᄒᆞᆫ 병이라 너의 각각 의약을 잘 ᄒᆞ리니 엇지 날을 번거롭게 ᄒᆞᄂᆞ뇨 국쟝을 지ᄂᆡ지 못ᄒᆞ엿ᄂᆞ니 인신의 도리 ᄂᆡ각의 왕릭치 못ᄒᆞᄆᆞᆯ 모로ᄂᆞ뇨 뉵지 홀일업셔 ᄒᆞᆫ갓 의약을 지셩으로 ᄒᆞ나 나으미 업고 형시 울며 왈 너의 부친이 날을 뮈어ᄒᆞ미 인졍이 아니로다 셔로 못보완 지 ᄉᆞ오 삭이

56면

되여시니 ᄒᆞᆫ 번 조용이 ᄃᆡᄒᆞ여 말ᄒᆞ면 마음이 나을 듯 시부ᄃᆡ 종시 ᄒᆞᆫ 번을 뭇지 아니ᄒᆞ고 이졔 ᄉᆞ경의 니ᄅᆞᄃᆡ 경동치 아니니 엇지 노흡지 아니리오 졔싱이 위로 왈 대인이 엇지 ᄒᆞᆫ갓 모친긔만 박ᄒᆞ시리잇가 국샹 후로 존당과 제슉이 다 내당의 ᄌᆞ최를 긋쳐시니 례도를 엄히 ᄒᆞ시미라 모친은 이런 념녀를 마ᄅᆞ시고 병후를 조셥ᄒᆞ쇼셔 대인이 반ᄃᆞ시 모친긔 박ᄒᆞ신 뜻이 아니니이다 형시 금방울 갓튼 눈의 누싊 쥴쥴ᄒᆞ여 우니 시시의 진 초 이 공이 졍당의 드러오ᄂᆞᆫ 길

57면

이 이 당즁을 지ᄂᆡᄂᆞᆫ지라 형시의 우레 갓튼 쇼릭와 명휘 등이 모ᄃᆞ 황황ᄒᆞᄂᆞᆫ지라 이공이 경아ᄒᆞ여 거름을 머츄고 듯고져 ᄒᆞᆯ 젹 형시 또 울고 부ᄅᆞ지져 왈 무심ᄒᆞ다 조쇼부야 박졍ᄒᆞ다 조쇼부야 ᄂᆡ 홀노 위ᄒᆞᆫ 졍셩이 금셕 갓ᄐᆞ여 이러틋 병이 일웟거ᄂᆞᆯ 한 번 드러와 보도 아니리오 집샹ᄒᆞᄂᆞᆫ 상인도 병드러 ᄒᆞᆫ 번 보ᄌᆞ ᄒᆞ면 와셔 보미 고이치 아니ᄒᆞ거ᄂᆞᆯ 국휼이 비록 망극ᄒᆞ나 부뷔 면목을 못 볼 일이 이시리오 너의ᄂᆞᆫ 쳔이라도 보고시부지 아니니 조쇼부의 옥이 광윤

58면

ᄒᆞ고 츈일이 온화ᄒᆞᆫ 긔샹을 보지 못ᄒᆞ면 내 ᄉᆞ싱이 오리지 아니리라 진 초 이 공이 셔로 도라보와 우음을 먹음고 존당으로 드러가 위부인긔 뵈옵고 진왕이 좌우로 쇼부를 명ᄒᆞ여 압히 니ᄅᆞᆷ이 닐너 왈 형시 질병이 가쟝 즁ᄒᆞ다 ᄒᆞ니 네 그 증졍을 아는다 쇼뷔 계슈 대왈 요ᄉᆞ이 국식 번다ᄒᆞ고 츈궁 근시를 일일도 폐치 못ᄒᆞ오니 엇지 부녀를 문병ᄒᆞᆯ 여가 이시리잇가 ᄒᆞ믈며 이졔 명휘 등이 진심 구병ᄒᆞ오니 념녀ᄒᆞᆯ ᄇᆡ 업습고 ᄯᅩ 대단치 아닌 병이온가 시브오ᄃᆡ 증졍

59면

은 아지 못ᄒᆞᄂᆞ이다 진왕이 경왈 이 엇진 말고 부부륜의 가ᄇᆡ압지 아니ᄒᆞ니 ᄯᅩᄒᆞᆫ 범연ᄒᆞ미 례 아니라 모ᄅᆞ미 가보고 심ᄉᆞ를 위로ᄒᆞ여 슈히 ᄒᆞ리케 ᄒᆞ라 쇼뷔 관을 슉이고 우음을 미미ᄒᆞ여 이윽이 말솜을 아니ᄒᆞ니 초공이 쇼왈 네 형쟝 말솜을 듯고 엇지 우으며 말을 아닌눈요 쇼뷔 대왈 져의 힝식 무일가취오나 오히려 ᄉᆞ름의 념치 잇는가 ᄒᆞ엿습더니 금일 대인 말솜을 듯ᄌᆞ오니 반ᄃᆞ시 고이ᄒᆞᆫ 병을 어덧는가 시부오니 불승히연ᄒᆞ와 도로혀 우음이 나ᄂᆞ이다

60면

초공이 우왈 너의 관홍ᄒᆞ므로 녀ᄌᆞ의 쇼쇼허물을 개회ᄒᆞᆯ ᄇᆡ 아니니 례의의 비록 내당 왕릭 불가ᄒᆞ나 병이 즁ᄒᆞ니 권도로 힝ᄒᆞ미 법도의 유히ᄒᆞ리오 쇼뷔 ᄇᆡ샤 왈 냥대인 명괴 지ᄎᆞᄒᆞ샤 직슌 니ᄅᆞ시니 엇지 거역ᄒᆞ리잇가 삼가 명교를 밧들니이다 진왕이 그 효슌관홍ᄒᆞᆷ을 두굿겨 미쇼무언이오 초공이 ᄯᅩᄒᆞᆫ 우ᄉᆞ며 지삼 권ᄒᆞ여 가셔 병을 보라 ᄒᆞ는지라 슈명ᄒᆞ고 마음의 괴로오나 부슉의 명을 마지 못ᄒᆞ여 비로쇼 나아와 형시를 문병ᄒᆞᆯ시 졔직 오히려 시약ᄒᆞ

61면

나 형시 울며 어ᄌᆞ러이 부ᄅᆞ지져 거동이 히연ᄒᆞ더니 쇼뷔 완완이 드러와 ᄒᆞᆫ가의 단졍이 안ᄌᆞ며 졔ᄌᆞ를 대ᄒᆞ여 무러 ᄀᆞᆯ오ᄃᆡ 부인의 병이 격년슈질이 아니라 엇지 너모 쇼요히 혼동ᄒᆞ여 훤당의 이우ᄒᆞᄂᆞ뇨 졔직 미급대의 형시 쇼부를 보미 반가온 마음이 절노 쇼ᄉᆞᄂᆞ니 ᄉᆞ지 경쾌ᄒᆞᆫ 둧 년망이 니러나 쇼부의 무릅히 업ᄃᆡ여 숀을 잡고 울어

ᄀᆞᆯ오ᄃᆡ 쳡이 군ᄌᆞ 위ᄒᆞᆫ 마ᄋᆞᆷ이 실노 고인의 망부셕을 효측ᄒᆞᄂᆞᆫ지라 근ᄅᆡ의 면목을 불견ᄒᆞ시니 ᄉᆞ졍을 능히 참지 못ᄒᆞ

62면

여 병이 일웟ᄂᆞᆫ지라 졔ᄋᆞ의 괴로온 문후와 비위를 ᄑᆡᄒᆞᄂᆞᆫ ᄡᅳᆫ 약이 나의 당졔 아니라 금일 부ᄌᆞ를 보니 마ᄋᆞᆷ의 품은 바를 엇지 은휘ᄒᆞ리오 언파의 흐ᄅᆞᄂᆞᆫ 누슈와 반기ᄂᆞᆫ ᄉᆡᆨ이며 즐겨ᄒᆞᄂᆞᆫ 거동이 사ᄅᆞᆷ으로 ᄒᆞ여금 혼ᄌᆞ 보기 앗가온지라 숀을 잡으며 무릅흘 년ᄒᆞ여 사ᄅᆞᆷ의 ᄒᆡ연이 너기믈 ᄭᆡ닷지 못ᄒᆞ니 쇼뷔 만ᄂᆞ면 ᄎᆞ 경샹이 ᄌᆞ괴ᄒᆞ니 ᄉᆡᆨ을 엄히 ᄒᆞ여 ᄃᆡᄒᆞ더니 이 경샹을 보ᄆᆡ 가르며 ᄒᆡ연ᄒᆞ믈 이긔지 못ᄒᆞ나 본ᄃᆡ 그 위인을 아ᄂᆞᆫ지라 ᄉᆡ로이 놀날 ᄇᆡ 아니라 안ᄉᆡᆨ

63면

을 졍히 ᄒᆞ고 경계ᄒᆞ여 ᄀᆞᆯ오ᄃᆡ 내 부인으로 더브러 나히 ᄒᆞ마 ᄉᆞ십이 너멋고 ᄌᆞ식이 ᄌᆞ라 숀이 션션ᄒᆞ니 면목을 ᄆᆡ양 대ᄒᆞ고 이실 ᄇᆡ 아니라 일노ᄡᅧ 더 후ᄒᆞᆫ 배 아니오 셔로 ᄠᅳᆺ이 화합ᄒᆞ여 샹경샹화ᄒᆞ면 부부의 도리라 이ᄡᅧ 우흐로 부형과 아ᄅᆡ로 ᄌᆞ질의 니ᄅᆞ히 다 내당의 졀젹ᄒᆞ여시ᄃᆡ 년ᄒᆞ여 ᄌᆞ조 사샹ᄒᆞ여 병나다 ᄒᆞᆷ은 듯지 못ᄒᆞᄃᆡ 부인이 홀노 날을 ᄉᆡᆼ각ᄒᆞ여 병이 ᄂᆞ니 그 졍인즉 감격ᄒᆞ거니와 부인의 쳥덕이 아니라 내 만일 셩졍이 남다ᄅᆞ지 아니ᄒᆞ면 반ᄃᆞ

64면

시 일쟝 분난ᄒᆞ미 이실 거시로ᄃᆡ 부인의 셩졍이 본ᄃᆡ 단졍치 못ᄒᆞᆷ믈 금일이야 쳐음 아ᄂᆞᆫ 일이 아니라 ᄯᅩᄒᆞᆫ 허물치 아니ᄒᆞᄂᆞ니 부인은 다시 고이ᄒᆞᆫ 거조를 말고 마ᄋᆞᆷ을 단졍이 ᄒᆞ여 병을 조셥ᄒᆞ라 말ᄉᆞᆷ이 화평ᄒᆞ나 긔ᄉᆡᆨ이 단엄ᄒᆞᆫ지라 형시 반가온 마ᄋᆞᆷ과 요힝ᄒᆞᆫ ᄠᅳᆺ이 만심의 가득ᄒᆞ니 ᄑᆞᆨ 위회ᄒᆞᄂᆞᆫ지라 이의 누슈를 거두고 ᄉᆞ례 왈 군지 쳡의 마ᄋᆞᆷ을 오히려 다 모ᄅᆞ시니 ᄎᆞᆷ괴ᄒᆞᆫ지라 굿ᄐᆞ여 ᄉᆞ졍의 그윽ᄒᆞᆫ ᄠᅳᆺ이 아니라 셔로 면목을 보고 말을 드ᄅᆞ면 져기 마ᄋᆞᆷ이 나을가 ᄒᆞ

65면

ᄂᆞ이다 공이 ᄎᆞ언을 드ᄅᆞᄆᆡ 그 병 되오미 밋친 졍이 이갓ᄐᆞᆷ믈 괴롭고 민망ᄒᆞ여 잠간

웃고 위로 왈 부인이 ᄒᆞ마 츈츄 늙기의 밋쳐 괴이ᄒᆞᆫ 마음 이ᄭᆞ지 아닐 쥴 알니오 졔죄 다 우음을 ᄯᅴ엿더라 이후 형시 병이 잠간 낫고 졔형이 쇼부를 보면 셔로 긔롱ᄒᆞ여 우ᄉᆞ니 쇼뷔 다만 미쇼부답이러라 임염ᄒᆞᆫ 셰월이 ᄲᆞᆯ나 국쟝이 지ᄂᆞ니 초공이 더옥 슬허 비록 구십 노친을 위ᄒᆞ여 참아 관면ᄒᆞ나 물너와 고요히 쳐ᄒᆞ면 혈뤼 ᄎᆞ침과 포금을 젹시ᄂᆞᆫ지라 나존 샹의 쇼치 슈긔를

66면

넘기지 아니ᄒᆞ고 담쇼를 화열이 ᄒᆞᆯ 젹이 업ᄉᆞ니 졔ᄌᆡ 민망ᄒᆞ여 ᄯᅴ로 화안이셩으로 간왈 텬붕지통의 슬프믄 신민이 다 ᄒᆞᆫ가지라 이제 대인은 우ᄒᆞ로 존당이 안여반셕ᄒᆞ시니 위로ᄒᆞ실 배 만흐신지라 엇지 대인의 너ᄅᆞ시므로 ᄉᆡᆼ각지 못ᄒᆞ리이시가 더옥 조부의 만금쇼즁이시어늘 셩교를 이ᄌᆞ시고 됴셕찬션이 능히 견대실 배 아니라 겸ᄒᆞ여 왕부 면젼을 ᄯᅥᄂᆞ시면 톄읍 아니실 젹이 업ᄉᆞ니 쇼ᄌᆞ 등이 뫼와 쳠망ᄒᆞ오ᄆᆡ 초민ᄒᆞ온 졍ᄉᆞ를 이긔지 못ᄒᆞ오니 만일 슷

67면

치실 배 업ᄉᆞ오면 ᄉᆞ죄를 무릅ᄡᅳ고 조부긔 고ᄒᆞ여 셩후를 안보ᄒᆞ시게 ᄒᆞ리로쇼이다 초공이 문파의 경동ᄒᆞ여 믄득 졍ᄉᆡᆨ 왈 여등이 이 엇진 말고 군신유의ᄂᆞᆫ 륜샹의 읏듬이라 범연ᄒᆞᆫ 군신지간이라도 ᄎᆞ시를 당ᄒᆞ여 인심이 잇는 쟈면 간폐붕졀ᄒᆞ려든 네 아비 황은을 입ᄉᆞ오미 쟝ᄎᆞᆺ 엇더ᄒᆞ뇨 여뷔 본대 일개 포의로 졍히 공명을 법ᄒᆞ여 군신의 샹득ᄒᆞ미 어슈의 비길지라 이졔 즁도의 국휼을 당ᄒᆞ니 내 엇지 살 ᄯᅳᆺ이 이시리오 구지 춤고 지보ᄒᆞᄂᆞᆫ 바ᄂᆞᆫ

68면

북당의 ᄲᆡᆼ친이 겨시미라 내 ᄎᆞ후로조ᄎᆞ 관억ᄒᆞ리니 여등은 념녀치 말나 졔ᄌᆡ 환희ᄒᆞ믈 마지 아니ᄒᆞ더라 ᄎᆞ시 진왕의 위국츙심이 초공으로 일반이라 쥬야 애통ᄒᆞ므로 병이 일워 샹셕의 위돈ᄒᆞ니 초공이 형쟝의 환휘 비경ᄒᆞ믈 놀나 더옥 초황ᄒᆞᄂᆞᆫ 바ᄂᆞᆫ 북당 ᄲᆡᆼ친의 념녀 간졀ᄒᆞ시미라 초공이 나지면 북당의 시측ᄒᆞ엿다가 침젼의 도라오면 졔왕으로 더브러 ᄌᆞ숀을 거ᄂᆞ려 노공을 뫼셔 유희를 찬조ᄒᆞ게 ᄒᆞ니 졔왕이 사름 이론지 츙직효슌ᄒᆞ여

69면

부친의 뜻을 밧즈와 노공을 뫼셔 부다르온 쇼릭와 화열흔 말숨이 비록 즐겁지 아닌 씩라도 졔왕이 믜오면 일만 시름이 스라지고 즐거온 마음이 가득흐니 슈미를 썰치고 환연희쇼흐믹 스스로 입이 열니니 초공이 또흔 드러와 형의 병이 대단치 아니믈 고흐고 물너오면 미우를 펴지 아니흐고 의약으로 치료흐여 일시도 써느지 아니흐고 머리를 맛초와 쇼릭를 드르며 병후를 술피니 비록 한즈와 경셩의 부인이라도 이의 넘씨 못흘지라 승샹 등이 쥬야 불탈의대 흐고 시

70면

약구병의 동동촉촉흐니 초공은 진왕의 겻흘 써느지 아냐 그 병을 대흐여 알코져 흐는지라 진왕이 나흔 씩는 눈을 써 보고 초공을 대흐여 탄왈 동긔 우익는 텬륜샹졍이나 뉘 우리 형뎨 갓트리오 우형이 젹셔아로 오십오직 내 병을 구호흐믹 의약이 씩의 밋출 거시오 병측을 직희믹 젹막지 아닌지라 엇지 즈기를 폐흐고 괴로이 직희여 몸을 닛부게 흐느뇨 모로미 편히 가 쉬여 병을 일위지 말고 존당의 념녀를 씨치지 말지어다 초공이 숀을 잡고 머리를 집허

71면

굴오대 마음의 큰 념녀와 근심이 이시면 비록 편히 누어시나 자지 못흐리니 이런 념녀를 마르시고 병후를 조셥흐여 슈히 긔거케 흐쇼셔 형쟝과 쇼뎨 흔 몸이니 엇지 써느리오 진왕이 탄왈 존당 시봉이 다만 너와 나뿐이라 네 만일 유병흘진대 우리의 불회 어대 밋첫느뇨 숀을 셔로 잡고 머리를 맛초와 간간흔 졍과 무궁흔 뜻이 여산약해흐니 졔직 져 거동을 보고 츌텬셩우를 셔로 도라보와 감동흐더니 홀연 통치 아니코 문을 녀느니 잇거놀 초공이 놀나 도

72면

라보니 이 평진후 쇼샹국이라 진왕을 문병흐라 오더니 벽졔 츄종을 먼리 두고 평신으로 바로 드러오니 시병흐는 졔싱이 난두의 버러므로 뎐문의 오는 숀을 아지 못흐더라 평진휘 초공형뎨 머리를 맛초고 놋출 대혀 간졀흔 거동을 보믹 긔특고 가쇼로오믈 이긔지 못흐여 쇼왈 쇼뎨 요스이 병이 이셔 문을 나지 못흐더니 치원의 유병흐

믈 듯고 니ᄅᆞ럿더니 병셰 엇더ᄒᆞ며 무숨 비밀ᄒᆞᆫ ᄉᆞ담이셔 ᄌᆞ질도 칙우고 밀밀히 ᄂᆞᆺ 촐 대여 쇼에 ᄉᆞᆺ지 아니ᄒᆞ니 졈지 아닌 나

73면

히 월녀 갓튼 미ᄋᆞ롤 셔로 맛초ᄂᆞ냐 진왕은 잠간 웃고 초공은 흠신ᄒᆞ여 안ᄌᆞ며 정식 왈 형이 년쟝 칠십지년의 삼공후직의 거ᄒᆞ며 언쇼롤 나는대로 ᄒᆞ여 실톄ᄒᆞ믈 씨닷지 못ᄒᆞᄂᆞ뇨 쇼데 ᄉᆞ형지례 셜만ᄒᆞ여 병니의 형데 셔로 악슈친닉ᄒᆞᄂᆞᆫ 뜻이 참지 못ᄒᆞ여 ᄋᆞ빈의 희롱을 면치 못ᄒᆞ니 츰괴ᄒᆞ거니와 이ᄯᅵ 미녀로ᄡᅥ 희롱ᄒᆞ기는 만만불가ᄒᆞ니 엇지 노직샹의 ᄒᆞᆯ ᄇᆡ리오 안식이 화평ᄒᆞ나 말숨이 단엄ᄒᆞ니 오공이 무심 즁 희롱이러니 초공의

74면

정직ᄒᆞᆫ 말을 듯고 이의 개용칭샤 왈 실언ᄒᆞ고 실언ᄒᆞ여시니 ᄉᆞ원은 다시 일킷지 말나 이의 나아 안ᄌᆞ 진왕의 병을 뭇고 초공의 가만가만ᄒᆞ던 ᄉᆞ어롤 무ᄅᆞ니 진왕이 쇼왈 우형데 ᄉᆞ담을 엇지 이리 뭇는다 내 잠간 니ᄅᆞ리라 신군이 즉위ᄒᆞ샤 됴뎡의 어질며 ᄉᆞ오나오믈 아지 못ᄒᆞ실지라 우리 형데 형 갓튼 ᄌᆞ 샹위의 이시믈 한심ᄒᆞ여 츌쳑ᄒᆞ믈 쥬ᄒᆞ고져 ᄒᆞ더니라 평진휘 쇼왈 그럴진ᄃᆡ ᄂᆡ 너의 ᄒᆞᆫ 무리롤 내치고 가리라 초공이 쇼왈 만일 형 ᄀᆞᆺ튼

75면

현샹이 아니러면 쇼형 ᄀᆞᆺ튼 악당을 씻지 못ᄒᆞ리니 금애 쥬샹이 녕명ᄒᆞ시나 형 ᄀᆞᆺ튼 태ᄉᆡ 이셔 반ᄃᆞ시 국치안민을 일오지 못ᄒᆞᆯ지라 우리 이롤 근심ᄒᆞ노라 쇼공이 가연 쇼왈 너의 그리 안여도 ᄂᆡ 이졔 환로의 뜻이 업ᄉᆞ니 금의 물너나고져 ᄒᆞᄂᆞ니 여등이 합력ᄒᆞ여 한 곳의 복거지디롤 어더주면 엇더ᄒᆞ뇨 초공이 탄왈 앗가 말은 일시 희언이어니와 아등이 반ᄃᆞ시 유벽ᄒᆞᆫ 곳을 어더 뎐야의 냥민이 되고져 ᄒᆞᄂᆞ니 쇼데 평싱의 몸이 한가ᄒᆞ여 두로 산슈의

76면

류람ᄒᆞ믈 힝치 아냐시니 동ᄂᆡ 남문 밧 옥션항이란 곳을 어더 스ᄉᆞ로 져의 복거지디

를 뎡ᄒᆞ연 지 오ᄅᆡ니 이 아ᄒᆡ 잠간 디리산쳔의 방슈를 아ᄂᆞᆫ지라 ᄂᆡ 또 태[일]의 져ᄒᆡ를 ᄯᅡᆯ와 가고져 ᄒᆞ노라 평진휘 탄왈 하ᄂᆞᆯ이 문계를 ᄂᆡ시ᄆᆡ 만ᄉᆡ 신능케 삼겨시니 아등이 ᄯᅩᄒᆞᆫ 문계와 니웃ᄒᆞ여 보신지칙을 문계의게 구ᄒᆞ리라 초공 왈 이 아ᄒᆡ 발셔 집을 일우고 노복의 무리를 두려더니 요ᄉᆞ이 셔촉 쳐ᄉᆞ 셜공이 녯집이 퇴락ᄒᆞ여 그 곳을 비러 드럿ᄂᆞ니라 원내 명

77면

윤 쳐 셜시 이의 온 지 삼ᄉᆞ 년의 화공이 샤를 ᄡᅵ여 도라와 벼ᄉᆞᆯ이 태혹ᄉᆞ의 니ᄅᆞ고 셜공이 ᄯᅡ라와 조문계의 산뎡을 비러 드러 셜 화 원 삼부인이 빈빈왕ᄅᆡᄒᆞ더라 진왕의 병이 십여 일 후 잠간 나으니 훤당의 념녀를 두려 관셰ᄒᆞ고 부모긔 문안ᄒᆞ니 슈이 하리믈 깃거ᄒᆞ고 ᄌᆞ질과 초공의 깃거ᄒᆞ믄 다 긔록지 못ᄒᆞ리러라 광음이 여류ᄒᆞ여 국샹 삼 년을 맛고 됴야 신민이 슬허ᄒᆞ믈 마지 아니ᄒᆞ더라 명윤이 동졍북벌ᄒᆞ여 여러 번 대공을 셰우ᄆᆡ 벼ᄉᆞᆯ

78면

이 졈졈 놉하 위망이 됴야의 가득ᄒᆞ고 샹총이 일셰를 기우리니 대ᄉᆞ마 졍국공을 더어 혁혁ᄒᆞᆫ 은영이 졔인의 더으고 명쳔이 ᄯᅩᄒᆞᆫ 부형의 도혹ᄲᅮᆫ 아니라 신이ᄒᆞᆫ ᄌᆡ덕이 제갈쥬유로 더브러 병구ᄒᆞᆫ지라 금국을 교유ᄒᆞ고 일국을 진뎡ᄒᆞ여 공덕이 해ᄂᆡ를 기우리니 신긔 위뮈 텬하의 진동ᄒᆞ니 니ᄆᆡ와 호표라도 무릅흘 ᄭᅮᆯ며 신션이 먼니 구경ᄒᆞ니 이런 희비ᄒᆞᆫ 셜화ᄂᆞᆫ 후셰록의 잇ᄂᆞ니라 샹이 네 ᄉᆞ부와 달나 국법의 당당ᄒᆞᆫ 쟉ᄎᆞ를 더으지 못ᄒᆞ시나 공

79면

뇌 이 갓ᄐᆞ니 엇지 특은이 업ᄉᆞ리오 리부춍ᄌᆡ 겸 홍문관 ᄐᆡ혹ᄉᆞ 본직의 다시 한국공을 더으시니 부ᄆᆡ 믄득 ᄉᆞ모와 인슈를 내여 봉쇼를 ᄒᆞᆫ디 써 올니고 표연이 몸을 슘겨 산림의 피ᄒᆞ여 ᄌᆞ최를 아지 못ᄒᆞᄂᆞᆫ지라 샹이 진경ᄒᆞ샤 두로 심방ᄒᆞ여 만일 조부마를 엇넌 니는 쳔금샹과 만호후를 봉ᄒᆞ리라 ᄒᆞ시ᄃᆡ 부ᄆᆡ 임의 쇼시의 못보와 ᄒᆞ던 명승지디를 갈히여 유람ᄒᆞ며 셰샹환로의 분쥬ᄒᆞ던 일을 우히 너기ᄂᆞᆫ지라 ᄉᆞ명이 동셔로 분쥬ᄒᆞ나 엇

80면

지 ᄎᆞᄌᆞ리오 조부의셔 부인ᄂᆡᄂᆞᆫ 다 경동ᄒᆞ대 초공과 졔왕은 단연이 요동치 아니ᄒᆞ여 ᄀᆞᆯ오ᄃᆡ 명쳔이 평ᄉᆡᆼ의 과도ᄒᆞᆫ 일이 업ᄉᆞ니 엇지 먼니 가리오 셩은이 과ᄒᆞ시니 잠간 피ᄒᆞ여 그 깁흔 ᄯᅳᆺ을 뵈미라 고요히 이셔 져의 도라오기를 기다리니 이후로 부즁이 고요ᄒᆞ여 진경ᄒᆞ나 졍부인은 오히려 념녀를 놋치 못ᄒᆞ고 위태부인이 깁히 념녀ᄒᆞ여 슉식이 불안ᄒᆞ니 초공이 사ᄅᆞᆷ으로 ᄒᆞ여금 셔찰을 븟쳐 ᄀᆞᆯ오ᄃᆡ 지셩을 뵈ᄆᆡ 텬심이 ᄊᆡ다ᄅᆞ 겨신지라

81면

엇지 산간의 오유ᄒᆞ여 오ᄅᆡ 존당의 과려ᄒᆞ시믈 도라보지 아니ᄒᆞ며 우흐로 셩은의 늉셩ᄒᆞ시믈 져바리리오 국공인슈를 ᄉᆞ양ᄒᆞ나 쌜니 도라와 너의 본직을 찰히미 인신의 직분이라 시뢰 봉명ᄒᆞ여 초공의 가ᄅᆞ치는 대로 ᄎᆞ자 가니 부ᄆᆡ 셔문 옥셕교 진쳐ᄉᆞ의 곳의 쥬인ᄒᆞ여 쳐ᄉᆞ로 더부러 종일토록 심산광야의 돌며 구경ᄒᆞ고 도라올 ᄊᆡ를 당ᄒᆞ여 부ᄆᆡ 초공의 셔간을 보고 탄왈 훤당이 이갓ᄐᆞ심 곳 아니면 ᄒᆡ를 긔약ᄒᆞ여 도라올 마음이 업더니 엇지 거역

82면

ᄒᆞ리오 명됴의 한가지로 도라오니 부즁이 진동ᄒᆞ여 반기ᄃᆡ 졔왕이 침음엄싁ᄒᆞ여 일언을 개구치 아니니 태뷔 깁히 황공ᄒᆞ여 날이 ᄆᆞᆺ도록 몸의 큰 죄를 지은 ᄃᆞᆺᄒᆞ여 언어랄 쾌히 못ᄒᆞ고 뫼셔시ᄃᆡ 초공은 반겨ᄒᆞ고 텬은을 일ᄏᆞ라 됴회ᄒᆞ고 찰직ᄒᆞ믈 니ᄅᆞ니 ᄐᆡ뷔 ᄌᆡᄇᆡ슈명ᄒᆞ고 조모와 위태부인이 깃거ᄒᆞ나 오직 부왕의 보는 낭안이 미안ᄒᆞ고 미우의 찬 긔운이 ᄆᆡᆺ쳐시니 마음의 져리 갈 젹 총총ᄒᆞ여 하직지 못ᄒᆞ고 간 죄괘믈 알고 믈너와 부왕을 뫼실ᄉᆡ 스ᄉᆞ로

83면

계하의 나려 면관청죄 왈 불초ᄌᆡ 외람ᄒᆞᆫ 쟉위를 듯ᄌᆞ오ᄆᆡ 이 쇼ᄌᆞ의 원이 아니라 몸을 슘겨 피ᄒᆞ고져 ᄒᆞᄆᆡ 부젼의 긔망ᄒᆞ온 죄 크온지라 청죄ᄒᆞᄂᆞ이다 왕이 못드ᄅᆞ며 못보는 ᄃᆞᆺᄒᆞ여 일언을 답지 아니니 즁계의 ᄭᅮᆯ어 명을 기다리니 ᄉᆞ긔 나족ᄒᆞ고 안ᄉᆡᆨ이 온화ᄒᆞ여 완슌ᄒᆞᆫ 거동과 츅쳑ᄒᆞᆫ 모양이 엄부의 뇌졍 ᄀᆞᆺ튼 위엄을 녹이는지라 제

왕이 일즉 보민 일스를 근유흐미 업셔 품달흐더니 이졔 나가민 고치 아니흐고 갓시믈 미온흐여 노식을 감초지 못흐니

84면

부민 황공송률흐여 종일토록 움즉이지 아니흐고 디죄흐여 쟝춧 날이 셔히 써러지고져 흐더니 홀연 벽졔 쇼릭 길흘 열며 평번후 화공이 드러오는지라 졔왕이 마즈 례필후 부마를 보니 늣출 드지 아니흐고 업대엿는지라 화공이 경왈 달문이 형의 즈데나 금뎔의 잉셔오 됴항 즁신이라 하고로 싸히 굴복흐여 노복의 경쳔흐믈 힝흐느뇨 졔왕이 답쇼 왈 하정대죄는 나의 명이 아니여니와 죄 이시면 즈식을 엇지 귀쳔을 헤리오 화공이 역 쇼왈 연

85면

이나 즈식이 쳑동 곳 면흐면 쟝칙이 어려오니 여추 존귀흔 즈식을 져러틋 굴복흐여 홀대흐니 비인졍이로다 청흐여 오르믈 권흐니 부민 부명을 기다리고 움즉이지 아니흐니 이러므로 졔왕과 승샹이 모드니 왕이 명흐여 니부를 오르라 흐고 비로쇼 우어 굴오대 비록 쟉위를 피흐는 뜻이나 엄뷔 잇거늘 방쇼를 니르지 아니코 가미 인즈의 도리 아니라 형이 하 착급흐여 흐니 이는 빙악의 뜻을 바다 샤흐노라 화공이 대쇼흐니 리뷔 샤죄흐고 말셕의 뫼셔 화흔

86면

긔운과 쇄락흔 안뫼 슈려흐여 골격이 남젼의 빅옥이 틋글을 씨셧는지라 화공이 집슈탄왈 텬하의 여추 셩현도덕의 군직 잇느뇨 이런 즈식으로 쇼부연즉 젼하의 샳여 조르니 포악이 형 굿트니 업도다 졔왕이 쇼왈 추아는 즈쇼로 득죄흐미 젹거니와 지어 졔아는 혈육이 님니홀 씩 즈즈니 계하의 흔 번 샳기는 심샹흔 일이로다 즈식이 흔갓 스랑홉다 흐여 가라치미 업스면 금슈와 일반이니라 승샹이 흔연이 웃고 부마의 숀을 잡고 니르되 내 셩품은 만일

87면

면쳔 갓튼 아즈 곳 이시면 볼 젹마다 긔특홀지라 여뷔 오히려 부족흐여 흐니 인욕이

불가측이라 운희야 네 쇼시 젹 일을 ᄉᆡᆼ각ᄒᆞ여 보라 명쳔이 무ᄉᆞ 일이 부족ᄒᆞ미 잇ᄂᆞ뇨 왕이 미쇼 왈 하 괴이ᄒᆞᆫ 넷 말ᄉᆞᆷ 마ᄅᆞ쇼셔 존젼의 득죄ᄒᆞ여 삼삭을 ᄂᆡ치시ᄆᆡ 과연 친젼을 써ᄂᆞ보지 아녓다가 그 ᄯᅴ 망극ᄒᆞ미 일ᄇᆡᆨ 쟝 마지니도곤 더은지라 고요히 누어 졀졀이 ᄉᆡᆼ각ᄒᆞ오니 일마다 뉘웃고 말ᄉᆞᆷ마다 맛당ᄒᆞ니 감동ᄒᆞ여 나의 무샹ᄒᆞ믈 근칙ᄒᆞ니 일노 츄이ᄒᆞ면 ᄌᆞ식을 방

88면

심치 못ᄒᆞᆯ지라 쇼데ᄅᆞᆯ 과도히 너기시ᄂᆞ니잇가 지어 명쳔을 ᄭᅮ즈ᄌᆞ미 금일 쳐음이니 ᄂᆡ 프러져 그런가 졔 어지러 그런가 아지 못ᄒᆞ거니와 여러 ᄌᆞ식을 ᄆᆡ양 ᄉᆞ랑만 ᄒᆞ여 ᄒᆡᆼ실을 가ᄅᆞ치지 아니리오 ᄌᆞ식이 엄부ᄅᆞᆯ 원망치 아니리니 우리 대인이 일즉 태쟝과 즐칙을 아니ᄒᆞ시ᄃᆡ 긔위 숑연ᄒᆞ샤 시측ᄒᆞ엿다가 퇴ᄒᆞ오면 한츌쳠ᄇᆡᄒᆞ여 조심ᄒᆞᄂᆞᆫ 마ᄋᆞᆷ이 ᄒᆡ태치 아닌지라 슈하ᄌᆞ의 ᄒᆡᆼ실을 닥그ᄆᆡ 이만 유익ᄒᆞ미 업더이다 화공이 역쇼ᄒᆞ고 챤양 왈 문계형의 츌인

89면

ᄒᆞ믄 됴항간의 나ᄐᆞ나 텬ᄌᆞ로ᄡᅧ 쇼인의 니ᄅᆞ히 탄복ᄒᆞ던 바여니와 실노 달문의 ᄇᆡᆨᄒᆡᆼ 도덕이 슉연ᄒᆞᄆᆡᄂᆞᆫ 못 밋ᄎᆞ리니 의논컨ᄃᆡ 초공대인의 놉흔 덕화 곳 아니면 달문 ᄀᆞᆺᄐᆞᆫ 숀ᄋᆡ 업ᄉᆞ리니 진실노 복션의 명응이 쇼연ᄒᆞ신지라 쇼데 외람이 불초녀로 달문 ᄀᆞᆺᄐᆞᆫ 군ᄌᆞᄅᆞᆯ 동샹의 빗ᄂᆞ믈 보고 ᄋᆞ녀의 평ᄉᆡᆼ이 쾌ᄒᆞ니 다ᄒᆡᆼᄒᆞ고 일변 두리온지라 본젹마다 긔특ᄒᆞ믈 니긔지 못ᄒᆞ노라 졔왕이 샤ᄉᆞ 왈 돈ᄋᆡ ᄒᆡᆼ혀 텬질이 경박ᄒᆞ믈 면ᄒᆞ여시나 형

90면

의 과장ᄒᆞ믈 엇지 당ᄒᆞ리오 현부의 지란옥슈 갓ᄐᆞᆫ 긔질과 슉덕명ᄒᆡᆼ이 ᄉᆞᆺ다이 만셩의 품동ᄒᆞ니 쇼데 이 갓ᄐᆞᆫ 슉녀로 며ᄂᆞ리 ᄉᆞᆷ으믈 두려ᄒᆞᄂᆞ니 ᄒᆞ믈며 공쥬로 동녈이 되여 화우ᄒᆞᄂᆞ니 쥬람의 풍이 이시니 실노 아ᄅᆞᆷ답고 긔ᄋᆡᄒᆞ노라 이러ᄐᆞᆺ 화답ᄒᆞ여 희긔 일실의 무로녹앗더라 화공이 도라가ᄆᆡ 왕이 비로쇼 일쟝을 대칙ᄒᆞ여 방쇼불고ᄒᆞ고 슈삭을 산림의 쇼유ᄒᆞ믈 엄칙ᄒᆞ고 명일노 찰직ᄒᆞ여 텬졍의 샤죄ᄒᆞ믈 니ᄅᆞ니 부ᄆᆡ 고두샤죄ᄒᆞ고 ᄌᆡ배슈

91면

명ᄒᆞ니 승샹이 쇼왈 여뷔 졔왕위를 거ᄒᆞ고 ᄌᆞ로ᄡᅧ 국궁이 되고져 ᄒᆞ다가 아들이 겸퇴ᄒᆞ여 큰 위를 바리믈 통한ᄒᆞ여 ᄒᆞᄂᆞ니라 제왕이 쇼왈 우리 지긔 형뎨러니 금일지언은 실노 의외로쇼이다 쇼데 엇지 ᄌᆞ식의 위 놉기를 바라리오마는 셩은이 너모 과도ᄒᆞ신ᄃᆡ 벼슬을 ᄉᆞ양ᄒᆞ여 군명을 역ᄒᆞ고 왕ᄉᆞ를 번거로이 ᄒᆞ리잇고 리부의 밀닌 공ᄉᆡ 뫼 ᄀᆞᆺᄐᆞ니 져 ᄒᆞᆫ 몸을 위ᄒᆞ여 국ᄉᆞ를 오ᄅᆡ 폐ᄒᆞ리잇고 승샹이 졈두 왈 졍합아심이라 임의 물너가지 못ᄒᆞᆫ 젼은 힘을

92면

다ᄒᆞ여 죽기를 도라보지 아니미 인신지되라 질ᄋᆞ는 부명을 슌ᄒᆞ여 비록 국공인슈를 드리나 녯 쇼임을 진심ᄒᆞ여 셩군을 돕ᄉᆞ오라 ᄉᆡᆼ이 ᄇᆡ샤ᄒᆞ고 명됴의 금문의 ᄃᆡ죄ᄒᆞ고 쇼를 올녀시니 기 쇼의 왈 신 본 포의로 외람이 셩쥬의 지우를 입ᄉᆞ와 벼슬이 쳥현화직을 ᄌᆞ임ᄒᆞ옵고 불ᄉᆞᄒᆞᆫ 위인과 비박지질을 도라보지 아니샤 산계비질노ᄡᅧ 금뎐동샹의 참녜ᄒᆞ오니 신의 묘복이 숀ᄒᆞ고 미문이 망홀가 혜션도위 인

93면

신을 신이 일즉 ᄉᆞ양ᄒᆞ오니 션데 ᄇᆞᆰ으샤미 필부의 원을 조ᄎᆞ샤 신의 부마위를 환슈ᄒᆞ시니 신이 황은을 감골ᄒᆞ와 오직 미츙을 다ᄒᆞ여 국은을 만분지일이나 갑ᄉᆞ올가 ᄒᆞ엿삽더니 션데 붕ᄒᆞ시고 폐히 만승위를 니으샤 조종의 업을 밧드ᄅᆞ시니 맛당이 션데 뜻을 슌종ᄒᆞ실지라 신이 무슨 공으로 언연이 국공위를 밧ᄌᆞ와 스ᄉᆞ로 복을 숀ᄒᆞ리잇가 명을 듯ᄌᆞ오ᄆᆡ 경공망조ᄒᆞ와 아모리 홀 쥴 아지 못ᄒᆞ오니 맛당이 산

94면

간의 승리의 무리 되고져 챵졸의 도망ᄒᆞ오나 그윽이 ᄉᆡᆼ각ᄒᆞ오니 신톄발부는 슈지부뫼라 몸이 셔역 요괴로온 ᄑᆡ도로ᄡᅧ ᄉᆡᆨ지믄 신의 참아 못홀 ᄇᆡ라 텬명을 위역ᄒᆞ와 슈무니 죄 더옥 깁고 무거온지라 ᄒᆞ물며 셩은이 늉셩ᄒᆞ샤 왕ᄉᆞ를 슈고롭게 ᄒᆞ오며 신의 본직 쇼임이 가쟝 즁ᄒᆞ옵거ᄂᆞᆯ 슈삭의 교대를 ᄂᆡ지 아니시니 나라흘 져바리옵고 은혜 모ᄅᆞ는 죄 만ᄉᆞ유경이라 먼니셔 듯ᄌᆞ오ᄆᆡ 황공불승ᄒᆞ와 ᄉᆞ죄를 무릅쓰고 샹쇼를

95면

봉ᄒᆞ오믹 눈물이 쇼쟝의 졋고 죄를 헤아리오믹 즁여산 ᄒᆞ온지라 구구ᄒᆞᆫ ᄉᆞ졍을 텬안의 번극ᄒᆞ오믈 면치 못ᄒᆞ와 금문의 셕고대죄ᄒᆞᄂᆞ이다 ᄒᆞ엿더라 샹이 쇼를 보시고 대희ᄒᆞ샤 밧비 청견ᄒᆞ시니 부믹 마지 못ᄒᆞ여 샹뎐의 됴회ᄒᆞ고 고두청죄ᄒᆞᆫ딕 샹이 쇼황문으로 븟드러 평신ᄒᆞ라 ᄒᆞ시고 옥음을 화히ᄒᆞ샤 돈유 왈 짐이 경으로 군신지의와 ᄉᆞ뎨지의 잇ᄂᆞᆫ지라 그 마음을 알며 벼슬을 구박ᄒᆞ니 진실노 그룻 ᄒᆞ여시나 션싱이 짐을

96면

바리고 슈 삭을 슘어 짐의 마음을 허비ᄒᆞ게 ᄒᆞᄂᆞ뇨 만일 션싱이 오늘 나미 업던들 짐이 필마단동으로 뉴션쥬의 삼고ᄒᆞ믈 효측ᄒᆞ려 ᄒᆞ더니 금일 회심ᄒᆞ여 나아오니 반갑고 다힝ᄒᆞ도다 짐이 다시 벼슬노 구박ᄒᆞ미 업ᄉᆞ리니 젼일 쇼임을 안심찰직ᄒᆞ여 놉흔 뜻을 직희게 ᄒᆞ라 리뷔 돈슈배ᄉᆞ 왈 신이 방ᄌᆞᄒᆞ여 역명지죄를 샤ᄒᆞ시고 셩교의 관유ᄒᆞ시미 이 갓ᄐᆞ시니 신이 셕목이 아니라 엇지 감은ᄒᆞ오믈 이긔리잇가 부지부덕이오나 셩의를 밧드러 녯 벼슬을 다

97면

ᄉᆞ리이다 샹이 크게 깃그ᄉᆞ 지삼 위로ᄒᆞ시고 옥배향온을 권ᄒᆞ시니 샹셰 부복ᄒᆞ여 삼ᄉᆞ빅를 마시믹 쥬량이 진ᄒᆞ니 ᄉᆞ양ᄒᆞ고 퇴홀ᄉᆡ 샹이 내시로 븟드러 보내시고 ᄎᆞ후 간딕로 샹샤쟉녹을 더으지 못ᄒᆞ시고 다만 례경ᄒᆞ시믈 각별이 ᄒᆞ시더라 승샹과 평졔왕의 십칠 군종이 다 쟉위슝고ᄒᆞ고 위권이 늉즁ᄒᆞ믈 깃거 아니코 명윤 명쳔 명균 등이 일대 현명군ᄌᆞ와 영웅대지로 산두의 즁망이 부형으로 일반이라 진 초 이 공이 셩만ᄒᆞᆫ 셰를 두려 ᄌᆞ숀을 경계ᄒᆞ여 검쇼

98면

졀ᄎᆞᄒᆞ며 공근ᄒᆞ기를 힘쓰게 ᄒᆞ고 졔지 조복밧근 포의초리로 한ᄉᆞ 갓고 샹의 찬션이 삼ᄉᆞ긔를 넘기지 아닌난지라 거쳐 음식이 시졀 지샹과 다ᄅᆞ더라 일야는 날이 붉으며 시졀이 구츄를 당ᄒᆞ여 쳥풍이 향국의 뽀이니 진 초 이 공이 빅화헌의 십칠 ᄌᆞ질을 거ᄂᆞ려 지당의 산보ᄒᆞ며 우러러 텬샹을 술피며 숀을 드러 ᄌᆞ질을 가ᄅᆞ쳐 왈 네 능히 건

슈길흉을 아는다 승샹과 평졔왕이 말숨을 응ᄒᆞ여 쇼견을 알외ᄆᆡ 달리ᄒᆞᆫ 총명이 쟝리를 예탁

99면

ᄒᆞ미 부슉으로 일반이라 진 초 이 공이 흔열ᄒᆞ여 기 ᄎᆞ데다려 무ᄅᆞ니 평졔공과 대ᄉᆞ마 광현과 샹셰 문현이 ᄯᅩᄒᆞᆫ 신통ᄒᆞ니 졔ᄌᆞ의 의논이 셔로 츄이ᄒᆞ여 혹 맛갓지 아니나 명달ᄒᆞᆫ 식견이 이시니 초공이 희동안ᄉᆡᆨᄒᆞ여 ᄀᆞᆯ오대 나의 ᄌᆞ질이 경박허랑ᄒᆞ여 군ᄌᆞ의 덕이 먼 재 만흔가 ᄒᆞ더니 금일 의논과 쇼견이 용샹ᄒᆞ미 업ᄉᆞ니 일노조ᄎᆞ 우리 형데 ᄌᆞ식 못나흔 칙은 면ᄒᆞᆯ지라 오문이 무순 젹덕으로 이갓ᄐᆞ며 졔숀이 쳥현의 영양ᄒᆞ여 위망이 늉즁ᄒᆞ니 그윽이 두

100면

려ᄒᆞ노라 졔지 일시의 불감배샤ᄒᆞ고 평졔왕이 좌를 써나 ᄀᆞᆯ오대 금일 대인의 말숨으로조ᄎᆞ 미견을 알외리이다 공셩불퇴면 후의 뉘웃ᄎᆞ며 공덕이 큰 쟈는 념녀를 마지 아니ᄒᆞ오리니 ᄌᆞ고로 공신이 무ᄉᆞᄒᆞᆫ 재 젹으니 이졔 우리 집은 션됴 졔람왕으로븟터 공업이 숑됴의 웃듬이 되고 지어 쇼ᄌᆞ 등과 졔아의 니ᄅᆞ히 촌공이 업시 태평왕공의 거ᄒᆞ미 십 년이 너무니 후셰의 논이 이실 거시오 보신지칙을 일흐미라 대인과 ᄇᆡᆨ부를 뫼셔 문외 유벽ᄒᆞᆫ 곳을 갈희여 조부의

101면

만년을 종효ᄒᆞ고 셩대의 한가ᄒᆞᆫ ᄇᆡᆨ셩이 되여 뉴후의 벽곡을 효측ᄒᆞ미 맛당ᄒᆞ오니 엇지 졔갈의 피 토ᄒᆞ고 군즁의셔 쥭음과 낫지 아니ᄒᆞ리잇가 시식 평안ᄒᆞ오나 오ᄅᆡ지 아니ᄒᆞ여 쇼인이 집권ᄒᆞ여 국식 어ᄌᆞ러오리니 쇼ᄌᆞ 등이 븟드러 신졀을 다ᄒᆞ고져 ᄒᆞ오나 져 망망ᄒᆞᆫ 텬슈를 엇지ᄒᆞ리잇가 만일 국무유익ᄒᆞ고 신무보신지칙이온즉 식쟈의 우음이 될지라 뜻을 결ᄒᆞ여 왕공의 인슈를 밧치고 림하의 도라가미 맛당ᄒᆞᆯ가 ᄒᆞᄋᆞᆸᄂᆞ니 대인과 ᄇᆡᆨ부 존

102면

의 엇더ᄒᆞ시니잇고 초공이 양경 왈 시하언야오 너의 겸퇴근신ᄒᆞ여 림하의 퇴ᄉᆞᄒᆞ믄

올커니와 시셰 태평ᄒᆞ고 국가역쉬 머러시니 엇지 난셰를 미리 근심ᄒᆞ미 망녕되지 아니리오 제왕이 경안식이 대왈 쇼ᄌᆞ도 불슈셰의 근심이 잇다 ᄒᆞ옵는 거시 아니라 우희 셩군이 겨시나 아릐로 쇼인이 당권ᄒᆞ면 ᄌᆞ연이 현인군ᄌᆡ 냥립지 못ᄒᆞᆯ지라 이ᄯᅢ의 물너가 림하의 오유ᄒᆞ미 명쳘보신지칙이 아니리잇가 대인 션견이 후ᄉᆞ를 미리 아ᄅᆞ시리니 엇지 잇ᄯᅢ의

103면

쇼ᄌᆞ의 치ᄉᆞᄒᆞ미 올흔 쥴을 모ᄅᆞ시리잇가 ᄒᆞ믈며 가득ᄒᆞ면 ᄡᅵ이고 두렷ᄒᆞ면 니ᄌᆞ러지믄 상ᄉᆡ라 오문의 셩만ᄒᆞ미 극ᄒᆞ여 긋칠 쥴 모ᄅᆞ미 허물이니 이ᄯᅢ의 쇼ᄌᆡ 유경으로 나아가 인ᄒᆞ여 쇼봉을 올녀 경ᄉᆞ를 고ᄒᆞ고 몸을 비러 슉친과 존당을 뫼셔 남은 셰월을 즐기고져 ᄒᆞᄂᆞ이다 초공이 쳥파의 희동안식ᄒᆞ여 진왕긔 고왈 형쟝 ᄯᅳᆺ은 아희 말이 엇더ᄒᆞ니잇가 왕이 쇼왈 임의 ᄋᆞ희 ᄯᅳᆺ을 가히 너기면 오지심도 역연이라 원내 션데 삼샹을 맛지 못ᄒᆞ고

104면

년곡지하를 ᄡᅥᄂᆞ지 못ᄒᆞ미러니 질ᄋᆞ의 아ᄅᆞ미 올흐니 ᄯᅳᆺ을 한가지로 ᄒᆞ고 의논을 츄이ᄒᆞ여 함긔 물너ᄂᆞ미 올흐니 명윤 등을 머므러 국은을 갑습게 ᄒᆞ고 ᄌᆞ질을 다려 물너늘 거시라 이러틋 의논을 뎡ᄒᆞ고 난두의 버러안ᄌᆞ 션데 냥됴의 은슈를 일ㅋ라 냥공이 톄뤼 니음ᄎᆞ ᄀᆞᆯ오대 우리 나히 삼외 못ᄒᆞ여셔 텬은을 입ᄉᆞ와 금달의 츌입ᄒᆞ며 지우ᄒᆞ시는 은혜 분골쇄신ᄒᆞ나 다 갑지 못ᄒᆞ올너니 이제 인ᄉᆡ 변ᄒᆞ여 ᄒᆡ골을 비러 림하의 들고져 ᄒᆞ니 가히 션데를 츄모ᄒᆞ

105면

미 업시랴 졔죄 슬허ᄒᆞ더라 명됴의 초공의 문싱이 나와 뫼니 초공이 탄왈 내 요ᄉᆞ이 질병이 이셔 침칙ᄒᆞ니 노친을 뫼셔 교외 유벽ᄒᆞᆫ 곳을 어더 나가고져 ᄒᆞ노니 너희를 보지 못ᄒᆞᆯ가 ᄒᆞ노라 초공의 읏듬 뎨ᄌᆞ 양닌광 쇼효문 경쉬 니러 대ᄒᆞ여 ᄀᆞᆯ오대 뎨ᄌᆞ 등이 ᄯᅩᄒᆞᆫ 림하를 ᄉᆡᆼ각ᄒᆞ연 지 오ᄅᆡ오니 부ᄌᆡ 니발ᄒᆞ시는 날 한가지로 ᄯᅡ로고져 ᄒᆞᄂᆞ니이다 기즁 닙신ᄒᆞ여 쟉위 슝고ᄒᆞᆫ 재 태반이나 초공을 ᄯᆞᄅᆞ고져 ᄒᆞ니 공이 ᄯᅳᆺ을 결ᄒᆞ여 ᄌᆞ질을 다려 의논을 완졍ᄒᆞ고 진 초 이 공

106면

이 혼가혼 몸이라 몬져 노공을 뫼셔 벽운산 옥션항으로 나아갈식 만됴거경이 밋쳐 아지 못호여 오직 평진후 졍텬홍 등만 아라 일시의 짜라 나가니 원내 문계의 지뫼 슨 슨의 츌인호여 임의 쟝릭슨를 헤아리믹 옥션항의 집을 일우히니 곳곳이 초슨를 일우고 혹 노복을 직희오고 더러는 촌인을 직희워시니 가온대 일좌 대가를 일워 부모 존당의 쳐쇼를 아라 유아호고 졍쇄호게 일워 샹아샹 호박침과 병쟝긔구를 갓초와 슨치혼 거술 피호딕 광활호고 졍묘호여

107면

효즈의 경친봉쟝이 극진호엿는지라 밧그로 유뎡 이십여 간을 지어 동셔로 병쟝을 민드라 동누는 즈긔 십칠 졔종이 쳐호고 셔루는 졔즈질의 거쳐를 졍호여 두엇더라 진 초 이 공이 노공을 가온대 츄션뎐의 뫼시고 동으로 화취루의 여러 방슨를 통호여 졍연 최 삼비와 진왕이 쳐호고 셔로 벽취루의 여러 간 방슨를 통호여 양 윤 왕 삼부인과 초공이 쳐호니 진왕이 궁을 닷그믈 깃거 아니호더니 이졔 궁을 바리고 형뎨 일실의 샹의호여 빵친을 밧드니 평싱지

108면

원이 족호엿는지라 이의 일봉쇼를 올녀 형뎨 렬명샹쇼호여 진왕식슈와 국공인슈를 올니고 림하의 쳔민이 되여 노부의 여년을 종효호믈 쳥호니 샹이 문외의 가믈 놀나시다가 대경호샤 슈됴 왈 평진왕 일쳥션싱과 초국공 이쳔션싱이 숨대 공신이오 호물며 션뎨 샹부로 은영이 일국의 읏듬이라 이제 짐을 바리고 일시 물너나 왕즉을 슨양호니 이는 짐으로 호여금 덕이 션고를 바라옵지 못호여 이의 밋츠미라 비록 벼술을 바리나 왕공작치를

109면

일시의 아슨리오 임의 즈숀이 승습게 호라 션싱은 녯 궁의 도라와 안심호여 왕공지위를 안거호라 진 초 이 공이 여러 번 샹쇼호여 맛츰내 불윤호시고 냥공의 복거지긔는 임의로 호나 왕공지위를 거두지 아니시니 냥공이 불안호나 홀일업셔 호더라 츳시 금션공쥐 구고와 진왕이 삼비로 더브러 운산을 나가믹 승샹이 품왈 대인이 나가시믹

모친이 짜르실지라 엇지려 ᄒᆞ시ᄂᆞ니잇가 공쥐 쟉쇡 왈 나는 텬가지엽이 산즁 것촌 곳을 구경도 아냐시니 필뷔 나갈

110면

졔 날다려 거취를 니ᄅᆞ지 아니코 여등이 범ᄉᆞ를 어미로 아지 아냐 미리 알뢰여 범ᄉᆞ를 조비ᄒᆞ미 업ᄉᆞ니 엇지 나가리오 여등이 이시니 나는 경ᄉᆞ를 써ᄂᆞ지 아니리라 승샹이 고왈 명괴 불가ᄒᆞ이다 태태 비록 산즁을 깃거 아니시나 대인이 나가신 후는 마지못ᄒᆞᆯ 거시오 쇼ᄌᆞ 등이 아직 벼술을 가져시나 불구의 한가지로 가올 거시니 태태 엇지 빈 집을 직희시리잇가 공쥐 대즐 왈 정시 원위로 안거ᄒᆞ여 너의 모ᄌᆡ 어린 진왕을 촉ᄒᆞ여 날노 ᄒᆞ여금 일싱을 괴롭게 ᄒᆞ고 필경은

111면

황셩을 써나 산즁의 나가며 날을 촉ᄒᆞ여 내여가려 ᄒᆞ믄 무슨 흉계를 동ᄒᆞ여 날을 쥭이려 ᄒᆞ미라 내 ᄉᆞ라시미 너의 모ᄌᆞ의게 무슴 ᄒᆡ로오미 이시리오 승샹이 미우를 화히ᄒᆞ고 샤죄 왈 ᄌᆞ정의 정ᄉᆡ 괴로오시므로 말솜이 여ᄎᆞᄒᆞ시니 다 쇼ᄌᆞ의 죄로쇼이다 쇼ᄌᆡ 셩회 박ᄒᆞ여 능히 엄의를 두로혀지 못ᄒᆞ와 ᄌᆞ정의 심즁의 외로오셔 부뫼 ᄒᆞᆫ 당의 화열ᄒᆞ시믈 보옵지 못ᄒᆞ오니 아ᄒᆡ 등의 평싱 한이라 금일 ᄌᆞ괴 이곳의 밋ᄎᆞ시니 더옥 황민ᄒᆞ와 알외올 말솜을 싱각지

112면

못ᄒᆞ오니 죄 만ᄉᆞ유경이로쇼이다 공쥐 맛츰내 견집ᄒᆞ여 집을 직희고 나갈 의ᄉᆡ 업ᄉᆞ니 ᄎᆞ는 쳘싱쳐 써ᄂᆞ믈 아연ᄒᆞᆯ 쑨 아냐 ᄒᆞᆫ 고이ᄒᆞᆫ 요인을 어더 사괴니 셩명은 진션대랑이라 칭ᄒᆞ고 빅혼 거시 만히 능히 사름의 슈복을 느리며 쥬리며 부귀 빈쳔을 임의로 ᄒᆞ노라 ᄒᆞ고 장안으로 단니며 부창된 부인내를 ᄉᆞ괴여 무식ᄒᆞᆫ 쳔인이 쳔금을 앗기지 아냐 각각 쇼원을 일우고 대강 요괴졉귀ᄒᆞ여 약간 녕신ᄒᆞ미 이시니 ᄉᆞ름이 과혹ᄒᆞ여 일홈이 일시의 나타ᄂᆞ니 공쥐

113면

ᄌᆞ로 청ᄒᆞ며 부부의 박ᄒᆞ미 청년으로써 이쎡의 ᄒᆞᆫ가지오 한낫 아들이 업셔 슬워ᄒᆞ는

뜻으 니르고 비록 싱즈는 바라지 못ᄒᆞ나 왕으로 ᄒᆞᆫ 쎄나 화락ᄒᆞ여 부부지락을 알게 ᄒᆞ고 쟝슈나 ᄒᆞ기를 청ᄒᆞ고 원비의 허다 복녹을 누리기를 어더 젼졔ᄒᆞ기를 비니 대랑이 니ᄅᆞ대 아조 쉬오나 진궁을 둘너보니 내외 엄격ᄒᆞᆯ 섄 아니라 진왕의 긔운이 셰ᄎᆞ고 졍대ᄒᆞ미 요얼이 발뵈지 못ᄒᆞᆯ지라 왕이 궁즁을 쪄ᄂᆞ시ᄂᆞᆫ 날이 이셔야 계교를 힝ᄒᆞ지 왕이 이신 후ᄂᆞᆫ 강태공의 도슐

114면

이 이셔도 ᄒᆞᆯ일업다 ᄒᆞᄂᆞᆫ지라 공쥐 나히 만토록 음욕을 이긔지 못ᄒᆞᄂᆞᆫ지라 착급히 도모ᄒᆞ여 왕으로 화락고져 ᄒᆞ나 왕을 치일 길이 업ᄉᆞ니 무가내히러니 요힝 진 초 이공이 함긔 나가니 쎄를 어덧ᄂᆞᆫ지라 승샹을 즐퇴ᄒᆞ고 진대랑을 청ᄒᆞ여 힝게 ᄒᆞᆯ식 ᄎᆞ시 쳘부인 후염이 개과쳔션ᄒᆞ므로 어질고 부다러워 직ᄒᆞ고 유슌ᄒᆞ여 비록 면뫼 흉괴ᄒᆞ나 가히 슉녀의 갓가왓ᄂᆞᆫ지라 모친긔 뵈려 온 쎄의 모친의 ᄉᆡ험ᄒᆞ고 모질미 날이 뭇도록 좌우 궁비의게도 어질미 업

115면

고 악악ᄒᆞᆫ 즐칙과 픠악ᄒᆞᆫ 셩이 일양이니 후염이 크게 읻다라 울며 간왈 녀ᄌᆞ의 승악이 맛ᄎᆞᆷ내 유히ᄒᆞ니 태태 이런 승악 곳 아니면 무ᄉᆞ일 신셰 이러ᄒᆞ리잇가 요힝 졍모비 슉덕인품이 모친을 편토록 대졉ᄒᆞ시고 졔거게 힝혀 효셩이 츌인ᄒᆞ니 모친의 존즁평안ᄒᆞ시미 졍모비 다ᄅᆞ미 업ᄉᆞ니 태태 뜻을 청졍히 ᄒᆞ시고 마음을 어질이 ᄒᆞ샤 셕ᄉᆞ를 츄회ᄒᆞ실 거시어ᄂᆞᆯ 민양 악악ᄒᆞᆫ 말슴을 ᄭᅳᆫ치지 아니시며 좌우 궁비도 죄 업시 슈칙이 긋칠 날이 업ᄉᆞ니 멋쳐

116면

로 와 인ᄂᆞᆫ 쇼녀도 견대지 못ᄒᆞ오니 민양 듯ᄂᆞᆫ 비ᄌᆡ 견대리잇가 공쥐 대로ᄒᆞ여 고셩즐왈 나의 셩품이 슈샹구고와 가부도 굴ᄒᆞ여 셤기지 못ᄒᆞ거든 슈하쳔비랴 졍네 져ᄂᆞᆫ 쳔쳡 갓고 나ᄂᆞᆫ 졍실이어ᄂᆞᆯ 일시의 승젹ᄒᆞ여 나의 통원이니 내 쥭ᄂᆞᆫ 날도 녕빅 곳 이시면 잇지 못ᄒᆞ리니 것ᄎᆞ로 흔연졍대ᄒᆞ고 어진 쳬 ᄒᆞ미 너ᄂᆞᆫ 진졍만 너기ᄂᆞ냐 내 마음의 져의를 어엿버 아닐 적 너의 ᄉᆞ오나온 용심의 나를 지셩으로 효도ᄒᆞᆯ 뜻이 이시리오 네 ᄯᅩᄒᆞᆫ 조가의 못쓸 삐라 어미 ᄉᆞ졍을 모ᄅᆞ고 어미

117면

룰 ᄉᆞ오ᄂᆞ니 아니 내 다시 누를 미드리오 이졔 진대랑이른 신인을 어드니 만식 신긔ᄒᆞ여 족히 여모의 평싱 박명을 말년의나 곳쳐 부부의 락을 알며 졍녀 모ᄌᆞ를 젼졔ᄒᆞ여 나의 통원을 씨고져 ᄒᆞ노니 이ᄯᅢ의 네 부친이 존당을 뫼셔 운산으로 갓시니 졍히 승시ᄒᆞ여시니 긔현 등이 나를 ᄭᅳ어다가 운산 심쳐의 가도고져 ᄒᆞ나 내 일ᄌᆞᄂᆞᆫ 너를 원니ᄒᆞ믈 앗기고 이ᄌᆞᄂᆞᆫ 진대랑으로 계교를 힝ᄒᆞ여 나의 만년 다복향슈를 빌고져 ᄒᆞᄂᆞ니 너는 모녀간이라 이 말노 니ᄅᆞ노니

118면

불츌구외ᄒᆞ라 쳘실이 대경ᄒᆞ여 눈물을 흘니고 골오대 모친이 이리 ᄒᆞ셔도 향슈다복은 바라지 못ᄒᆞ고 일쟝 대변을 니로혀 쇼녀를 마져 쥭이려 ᄒᆞ시ᄂᆞ니잇가 오개 엇던 집이며 쇼녀와 태태 ᄯᅩ 엇던 사ᄅᆞᆷ이니잇가 이런 요ᄉᆞᄂᆞᆫ 간악ᄒᆞᆫ 시쳡이 젹국을 쇼졔ᄒᆞᄂᆞᆫ 일이라 결ᄒᆞ여 왕공의 부인이며 공쥬의 체면으로 이런 일을 ᄒᆞᆯ 빅 아니오니 만일 ᄎᆞᄉᆞ를 힝코져 ᄒᆞ시면 쇼네 모친 압희셔 쥭어 참변을 보지 말니이다 공쥐 싱각 밧녀ᄋᆞ의 ᄆᆡᄆᆡ히 거졀ᄒᆞ여 쥭기로

119면

력징ᄒᆞ믈 보니 크게 불쾌ᄒᆞ여 아이의 니ᄅᆞ지 말거술 뉘웃치나 거두지 못ᄒᆞᆯ지라 도로혀 웃고 니ᄅᆞᄃᆡ 네 거동을 보려 ᄒᆞᆫ 말이지 내 엇지 이런 요괴로온 일을 ᄒᆞ여 네게 히롭게 ᄒᆞ리오 ᄂᆡ 실노 운산의 가기ᄂᆞᆫ 원치 아닛노라 ᄒᆞ더라 하회 분셕ᄒᆞ라

조시삼대록 권지삼십칠

1면

화셜 어시의 조시 모친의 ᄯᅳᆺ을 한심ᄒᆞ고 ᄉᆞᄉᆞ로 븟그려 가마니 승샹을 대ᄒᆞ여 ᄎᆞᄉᆞ를 니ᄅᆞ고 왈 태태 힝ᄒᆞ시ᄂᆞᆫ 빅 일마다 픽도와 비례라 ᄂᆡ 이제 구가로 도라가ᄆᆡ 반ᄃᆞ시 진대랑을 다려와 궁즁의 요ᄉᆞ를 힝ᄒᆞ여 부왕과 거거 등의 쳥덕을 샹히올 거시니 ᄂᆡ외 슈문군을 엄칙ᄒᆞ샤 외인을 궁문의 드리지 못ᄒᆞ게 ᄒᆞ쇼셔 승샹이 탄왈 우형이

셩회 쳔박ᄒᆞ여 ᄌᆞ졍의 화열ᄒᆞ시믈 능히 보

2면

옵지 못ᄒᆞ니 심회 샹ᄒᆞ시고 홰 셩ᄒᆞ셔 이런 고이ᄒᆞᆫ 일을 힝ᄒᆞ시니 이졔 아등이 다 운산으로 가고져 ᄒᆞᄃᆡ 태태 고집ᄒᆞ시니 ᄆᆡ제ᄂᆞᆫ 조용이 간ᄒᆞ여 힝거를 문외로 발ᄒᆞ시게 ᄒᆞ라 조시 타루 왈 태태 아니 가려 ᄒᆞ시미 진대랑과 힝계ᄒᆞ시려 ᄒᆞ시미니 엇지ᄒᆞ여 진대랑을 업시ᄒᆞ면 오문의 변고를 졔방ᄒᆞ리이다 승샹이 침음츄ᄉᆞ의 이 젹은 근심이 아니라 흉식 발ᄒᆞ여ᄂᆞᆫ 불힝ᄒᆞ미 측냥 업고 발각ᄒᆞ여ᄂᆞᆫ 부왕의 쳐치 쉿치 이실 거시오 좌ᄉᆞ우샹

3면

ᄒᆞ여 냥편ᄒᆞᆫ 도리 업ᄉᆞ니 쳘시노 ᄒᆞ여금 공쥬의 심복 시녀 초션을 달ᄂᆡ여 ᄉᆞ괴ᄂᆞᆫ 바 진대랑의 잇ᄂᆞᆫ 곳을 무ᄅᆞ니 초션이 공쥬의 샹샤ᄒᆞᄂᆞᆫ 금은을 바다 마지못ᄒᆞ여 진대랑을 청ᄒᆞ라 단니나 실노 공쥬 위ᄒᆞᆫ 졍셩이 젹은지라 쳘부인이 초년의 험악ᄒᆞ나 당시ᄒᆞ여ᄂᆞᆫ 어진 덕이 궁인이 다 감동ᄒᆞᄂᆞᆫ 고로 진졍으로 무ᄅᆞ믈 인ᄒᆞ여 품쇽으로셔 공쥬의 친필을 ᄂᆡ여 드리니 쳘부인이 바다 보니 ᄒᆞ여시ᄃᆡ 사부의 신긔로온 ᄌᆡ조를 힘입어 나의 지원

4면

을 일오고져 ᄒᆞᄂᆞ니 졍연최 삼 부인을 일시의 쥭게 ᄒᆞ면 셰 마지 못ᄒᆞ여 진왕의 원비 위 내게 도라올 거시오 왕의 ᄠᅳᆺ 밧고ᄂᆞᆫ 신법을 슈히 힝ᄒᆞ면 거츨 것 업시 화락ᄒᆞᆯ 거시오 긔현 등을 ᄎᆞᄎᆞ 쇼졔ᄒᆞ여 후환을 덜미 나의 지원이라 요힝 진 초 이 공이 존당을 뫼셔 문외로 나갓고 졍연 등이 다 나가시니 이ᄂᆞᆫ 하ᄂᆞᆯ이 날을 위ᄒᆞ여 대법을 일우게 ᄒᆞ시미라 ᄉᆞ부ᄂᆞᆫ 더ᄃᆡ지 말고 명일 야로 오라 금일은 녀ᄋᆡ 이셔 고집이 ᄉᆞ부의 신긔를 탄복지 아니코 힘써

5면

말니니 오ᄂᆞᆯ 졔 구가로 가니 ᄅᆡ일 ᄒᆞ려 ᄒᆞᄂᆞ니 긔약을 어긔오지 말나 ᄒᆞ엿더라 조시 일견의 모골이 숑연ᄒᆞ고 한한이 쳠의ᄒᆞ니 초션을 당부 왈 ᄎᆞᄉᆞ를 일우려 ᄒᆞ면 태태

그 히는 오히려 멀거니와 네 목숨이 슈유의 급ᄒᆞ미 이시리니 ᄂᆡ 일계로 너히게도 무ᄉᆞᄒᆞ고 궁즁도 평안케 ᄒᆞ리니 일졀 누셜치 말고 ᄂᆡ 말대로 ᄒᆞ라 이 글을 가져 진대랑을 쥬면 반ᄃᆞ시 명일 야로 올 거시니 네 다리고 오ᄂᆞᆫ 문을 낫낫치 가ᄅᆞ치라 초션이 흔연 슈명ᄒᆞ고 후원 문으

6면

로 왕ᄅᆡᄒᆞ믈 고ᄒᆞ거ᄂᆞᆯ 조시 일일히 맛초고 승샹을 대ᄒᆞ여 젼ᄒᆞ고 눈물을 흘녀 ᄀᆞᆯ오대 모친의 실덕ᄒᆞ시미 ᄎᆞ경의 밋ᄎᆞ시니 쇼ᄆᆡ 하 면목으로 사ᄅᆞᆷ을 대ᄒᆞ리오 승샹이 탄왈 부모의 허물을 ᄌᆞ식이 간ᄒᆞᄆᆞᆫ 셩교의 경계로대 태태 듯지 아니시고 한갓 텬륜의 샹홀지라 시러금 마지못ᄒᆞ여 모친을 쇽여 무ᄉᆞ홈만 갓지 못ᄒᆞ니 우형이 잡아 업시ᄒᆞᆫ 쥴 아ᄅᆞ시면 큰 변이 니러나 궁ᄂᆡ 쇼요홀 거시니 다만 너와 ᄂᆡ 알고 쳐변ᄒᆞ리니 너ᄂᆞᆫ 오ᄂᆞᆯ 구가로 도라가라 ᄂᆡ ᄌᆞ연

7면

모친의 일이 망단ᄒᆞ여 다시 이 ᄇᆞ치ᄅᆞᆯ 아니시게 ᄒᆞ리라 쳘실이 ᄯᅩᄒᆞᆫ 올히 너겨 ᄎᆞ일 하직고 쳘부로 도라가니 공쥬 대ᄉᆞᄅᆞᆯ 경영ᄒᆞᄆᆡ 머무ᄅᆞ지 아니ᄒᆞ고 도라보내니 승샹이 원문 직흰 군ᄉᆞ로 ᄒᆞ여금 초션의 왕ᄅᆡᄅᆞᆯ 알게 ᄒᆞ라 ᄒᆞ고 심복 노쟈 슈삼 인을 경ᄒᆞ여 누른 두건을 ᄡᅳ이고 홍의ᄅᆞᆯ 입히며 낫치 고이ᄒᆞᆫ 그림을 그리고 숀의 쇠ᄉᆞ슬을 들녀 후문의 숨엇다가 여ᄎᆞ여ᄎᆞᄒᆞ라 ᄒᆞ니 삼 인이 쳥령ᄒᆞ고 후원 문가의 셔셔 기다리다가 초션이 원문

8면

을 나ᄆᆡ 급히 승샹긔 고ᄒᆞ니 승샹이 명ᄒᆞ여 여ᄎᆞ여ᄎᆞᄒᆞᆫ 사ᄅᆞᆷ이 오거든 잡아 ᄂᆡ궁으로 가라 ᄒᆞ니 시뢰 슈명ᄒᆞ니 일등 녕니ᄒᆞᆫ 노복이라 쇼루ᄒᆞ미 이시리오 초션이 초경 말의 진대랑을 다리고 원문을 막 들며 황건녁ᄉᆡ 대호일셩의 쇠ᄉᆞ슬을 가져 션과 대랑을 얽으며 니ᄅᆞᄃᆡ 명부의 십왕과 텬샹의 샹뎨 겨시며 뎨셩과 렬셩이 다 버렷거ᄂᆞᆯ 이 요괴로온 계집이 사ᄅᆞᆷ을 만히 히ᄒᆞ고 인심을 어ᄌᆞ러이ᄂᆞᆫ지라 텬디신기 진로ᄒᆞ샤 우리 삼 인으로 ᄒᆞ여금

9면

요녀를 잡고 동ᄉᆞᄒᆞᄂᆞᆫ 궁인을 낫낫치 ᄆᆡ여오라 ᄒᆞ시ᄆᆡ ᄉᆞ슬을 가져 이 문의 기ᄃᆞ런지 오리다 ᄒᆞ고 이녀를 옭아 발이 ᄱᅡ히 븟지 아니케 휘모라 공쥬 침쳐의 니ᄅᆞ러 크게 외여 왈 념왕의 명을 바든 황건녁ᄉᆞᄂᆞᆫ 진대랑과 초션 요인을 잡아 가ᄂᆞ니 귀쥬는 다시 고이ᄒᆞᆫ 일을 긋치시고 인을 힝ᄒᆞ고 덕을 닥가 쳔년을 안향ᄒᆞ쇼셔 진왕의 덕음 곳 아니면 귀쥐 큰 욕을 보실 거ᄉᆞᆯ 귀졸이 감히 쟉변치 못ᄒᆞ여 다믓 초션과 진녀를 잡아 가ᄂᆞ니 하늘과 귀신이 보

10면

ᄂᆞᆫ 거시 쇼연ᄒᆞ여 션악을 ᄇᆞᆰ히 빗최ᄂᆞ니 엇지 두렵지 아니리오 공쥐 졍히 대랑을 기다리노라 난두의 흣거ᄅᆞ며 궁네 촉을 ᄇᆞᆰ히고 좌우의 가득ᄒᆞ엿더니 쳔만ᄀᆡ약지 아닌 황건녁ᄉᆡ ᄀᆡ형괴샹으로 낫치 오ᄉᆡᆨ 빗치오 킈 팔 쳑이 지ᄂᆞᆫᄃᆡ ᄉᆞ슬의 냥녀를 ᄆᆡ여 압세오고 쳠하의 와 흉녕ᄒᆞᆫ 쇼ᄅᆡ를 지ᄅᆞ니 엇지 인귀를 ᄉᆡᆨ다ᄅᆞ리오 진실노 념왕의 ᄉᆞᄌᆡ라 ᄒᆞ여 일시의 쇼ᄅᆡ 지ᄅᆞ고 업더지니 공쥬의 대악이나 무셔옴과 놀나오믈 이긔지 못ᄒᆞ여 냥안이 두렷ᄒᆞ

11면

여 어린 ᄃᆞ시 움ᄌᆞᆨ이지 못ᄒᆞ더니 녁ᄉᆡ 냥녀를 ᄭᅳ을고 창황이 다ᄅᆞ며 쇼ᄅᆡ 질너 왈 ᄐᆡ평현 ᄌᆡ샹과 셩현군ᄌᆡ 이의 오시니 급히 도라가기로 동참ᄒᆞᆫ 궁인을 다 ᄆᆡ여 가지 못ᄒᆞ니 이후나 조심ᄒᆞ쇼셔 ᄒᆞ고 표연이 다ᄅᆞ니 이ᄂᆞᆫ 삼뇌 승샹의 혼졍ᄒᆞ믈 지긔ᄒᆞ고 즘즛 이리 져히고 도라가니 공쥐 앙텬탄식 왈 항위 오강의 가 죽으니 힘이 약ᄒᆞ여 ᄊᆞ호믈 잘 못ᄒᆞ미 아니오 ᄂᆡ 심궁의 탈권쟉위ᄒᆞ여 고초ᄒᆞ미 ᄂᆡ ᄌᆡ죄 업고 지식이 암녈ᄒᆞ미 아니라 텬되 날을 ᄑᆡ

12면

케 ᄒᆞ시고 졍녀로 복을 우ᄒᆞ시니 막비텬애라 ᄒᆞ더니 불언종시의 승샹 형뎨 엇개를 년ᄒᆞ여 드러와 문후ᄒᆞ고 일시의 난간의 시립ᄒᆞ니 아름다온 풍광이며 화ᄒᆞᆫ 긔운이 일좌의 ᄲᅩ이니 승샹이 뭇ᄌᆞ와 골오대 일긔 불일ᄒᆞ여 져믄 사름도 샹ᄒᆞ거늘 ᄌᆞ위 엇지 지금 야긔를 ᄲᅩ이시ᄂᆞ니잇가 공쥐 기리 탄왈 박명인싱이 심궁 야우의 눈물노 벗ᄒᆞ노

니 어대로조ᄎᆞ 잠이 오리오 져 프른 하늘을 대ᄒᆞ여 뭇고져 ᄒᆞ나 피창이 말이 업ᄉᆞᆫ지라 회피 지향홀 곳이 업셔

13면

자리를 찻지 못ᄒᆞ엿더니 너의 형뎨 번셩ᄒᆞᆫ ᄌᆞ최를 보니 엇던 사ᄅᆞᆷ은 복덕이 여텬ᄒᆞ여 져 갓튼 ᄌᆞ식이 좌우의 몌엇시며 날 갓튼 사ᄅᆞᆷ은 ᄒᆞᆫ낫 병든 남아도 업ᄂᆞᆫ고 ᄉᆡ로이 슬픈 심ᄉᆡ 더ᄒᆞ도다 승샹이 이셩화긔ᄒᆞ여 위로 왈 아ᄒᆡ 등이 불초ᄒᆞ오나 명명ᄒᆞᆫ 모ᄌᆞ지륜이 두렷ᄒᆞᆫ지라 엇지 복즁의셔 나지 아냐시믈 ᄉᆡᆼ각ᄒᆞ시ᄂᆞ니잇가 태태 심궁의 외로오시믈 쇼ᄌᆞ 등이 화열ᄒᆞ시게 못ᄒᆞ옵고 쥬야 죄를 혜아려 불초ᄒᆞ믈 탄ᄒᆞ오나 밋지 못ᄒᆞ리로쇼이다 여러 형

14면

뎨 만일 직ᄉᆞ의 총총홈과 여러 곳 왕ᄅᆡ 아니면 모친긔 뫼셤 즉ᄒᆞ오나 나즌 다ᄉᆞᄒᆞ오니 좌측을 뫼시지 못ᄒᆞ고 심궁의 외로이 겨시게 ᄒᆞ오니 이 다 쇼ᄌᆞ의 죄로쇼이다 온화ᄒᆞᆫ 말솜과 간절ᄒᆞᆫ 졍셩이 심곡을 다ᄒᆞᄂᆞᆫ지라 공쥬의 대악이나 칙홀 말이 나지 아니코 앗가 녀ᄉᆞ의 말을 ᄉᆡᆼ각ᄒᆞ니 승샹 등이 진션군ᄌᆡ며 현명ᄌᆡ샹이라 ᄌᆞ개 벌의 독을 베프나 맛ᄎᆞᆷᄂᆡ 죽이지 못ᄒᆞ니 텬앙만 이실 ᄯᆞᄅᆞᆷ이라 악심이 태반이나 쥬러져 기리 쟝탄 왈 오명이 박ᄒᆞ여 이

15면

러니 누를 한ᄒᆞ리오 슈히 죽으믈 원ᄒᆞᄃᆡ 괴로온 명이 진홀 날이 머릿고 쳔쳡도 아니오 부인도 아니오 공쥐라 일홈만 가지고 남의게 굴ᄒᆞ여 쇼임 업시 무용지물노 ᄉᆡᆼᄉᆞ의 ᄎᆞ지리 업ᄉᆞᆫ 인ᄉᆡᆼ이 되니 원앙홈과 통셕ᄒᆞ믈 눌다려 니ᄅᆞ리오 너의 힝혀 어미라 칭ᄒᆞ나 지어 며ᄂᆞ리와 숀ᄋᆞ 등의 니ᄅᆞ러ᄂᆞᆫ 더옥 길가 걸인 보듯 ᄒᆞ니 내 나하 만흐믈 슬허ᄒᆞᄂᆞᆫ ᄯᅳᆺ이 더옥 무궁ᄒᆞ니 못 죽ᄂᆞᆫ 거시 한이라 말노조ᄎᆞ 누싊 쳠의ᄒᆞ니 승샹 등이 ᄌᆡ삼 관위ᄒᆞ여 실의

16면

드ᄅᆞ시믈 쳥ᄒᆞ고 ᄇᆡᆨ단ᄋᆡ걸ᄒᆞ여 문외로 나가시믈 쳥ᄒᆞ니 공쥐 악ᄉᆡ 임의 홀일업ᄉᆞ니

홀노 이곳의 잇지 못홀지라 허락 왈 빗 업슨 몸이 아모 딕 가도 진왕의 뮈워ᄒᆞ믄 ᄒᆞᆫ 가지라 내 신세 졈졈 괴로오믄 더ᄒᆞ니 너희 신명의 ᄒᆡ로오미 이시면 내 엇지 듯지 아니리오 아모 곳을 갈지라도 오직 너를 밋ᄂᆞ니 여러 ᄋᆞᄒᆡ들도 업슈이 너기ᄂᆞᆫ 일이나 업게 ᄒᆞ고 종신을 무ᄉᆞ히 ᄒᆞ게 ᄒᆞ라 승샹이 대희ᄒᆞ여 배샤슈명 왈 태태 ᄋᆞᄒᆡ 졍ᄉᆞ를 슬피시미 이릇ᄐᆞᆺ ᄒᆞ시니 쇼직 진심

17면

ᄒᆞ여 ᄌᆞ의를 밧줍지 아니리잇고 졔ᄋᆡ 불초ᄒᆞ오나 오히려 인심이오니 ᄌᆞ위를 감히 만홀ᄒᆞ오며 쇼직 용녈ᄒᆞ오나 이런 일곳 이시면 신칙ᄒᆞ미 업ᄉᆞ리잇가 공쥐 묵묵쟝탄ᄒᆞ며 회푀 만단이나 ᄒᆞᆫ지라 승샹이 깁히 감쳑ᄒᆞ여 셤기믈 매ᄉᆞ의 지셩으로 모비긔 감ᄒᆞ미 업더라 승샹이 초션을 샤ᄒᆞ여 쳘부의 보내여 편히 잇게 ᄒᆞ고 진대랑은 가마니 동혀 강슈의 너흐니 쟝안 ᄉᆞ셔의 쟉변ᄒᆞ여 사름 죽이미 무슈ᄒᆞ더니 조승샹의 신긔ᄒᆞᆫ 지혜로 ᄒᆞᆫᄂᆞᆺ ᄌᆞ긔 집 변

18면

란을 졔방홀 ᄲᅮᆫ 아냐 인간의 ᄒᆡ를 덜미 이 갓ᄐᆞ니 ᄒᆞ믈며 일언을 허비치 아니ᄒᆞ고 비밀히 ᄒᆞ여 공쥬의 실덕을 나ᄐᆞ내지 아니코 요인을 죽여 업시ᄒᆞ니 진실로 인군ᄌᆞ의 지뫼 샤룸을 쇽이지 아닐지언졍 신긔ᄒᆞ미 이러ᄐᆞᆺ ᄒᆞ더라 ᄎᆞ셜 평졔왕 조문계 부모와 존당을 운산으로 뫼시므로븟터 더옥 벼술의 ᄯᅳᆺ이 업셔 물너 산림의 누을 ᄯᅳᆺ이 불니 듯 ᄒᆞᄂᆞᆫ지라 승샹 등과 졔데로 샹의ᄒᆞ매 ᄒᆞᆫ 연셕을 열고 만됴졔우를 청ᄒᆞ여 즐기며 배쥬를 통음홀ᄉᆡ 졔관

19면

이 무러 왈 녕존대인이 교외의 거ᄒᆞ시ᄆᆡ 아등이 이곳의 니ᄅᆞ나 가곡을 듯지 못ᄒᆞ고 놉흔 화긔 감ᄒᆞ여시믈 탄셕ᄒᆞ더니 금일 연셕을 빅셜ᄒᆞ믄 하괴오 반ᄃᆞ시 일홈 업ᄉᆞᆫ 연셕은 베프지 아닐지라 그 ᄯᅳᆺ을 알고 배쥬를 먹으리라 승샹과 졔왕이 흔연 답왈 아등이 본대 셩만ᄒᆞ믈 ᄉᆞᆨ야의 두려ᄒᆞ고 외람ᄒᆞᆫ 쟉위를 당ᄒᆞ여 미복이 ᄉᆞᆫ홀가 긍긍업업ᄒᆞᆫ 근심이 엇지 무고ᄒᆞᆫ 잔치와 가곡의 번답ᄒᆞ믈 참남이 힝ᄒᆞ여 분을 삼가지 아니리오 ᄉᆞᆨ친이 문외

20면

의 나가시믈붓터 셰념이 업고 이의 국가 즁임이 몸의 믹여 스ᄉ로 임의치 못ᄒ여 이곳의 머무나 무슘 즐거오미 이셔 가곡의 번화를 힝ᄒ리오 금일 배쥬로 즐기고져 ᄒ믄 아둥이 렬위로 더브러 ᄒᆞᆫ가지로 ᄉ군ᄒ여 졍의 골육 갓튼지라 이졔 셔로 써ᄂ고져 ᄒ믹 훌훌의의ᄒᆞᆫ 졍을 금치 못ᄒ여 한듯긔 셔로 잔을 난화 오늘 니별ᄒ는 졍을 펴고 릭일 쇼를 올녀 결히ᄒ려 ᄒ니 녈위는 힘써 도모ᄒ여 아둥의 쇼원을 일우게 ᄒ믈 쳥ᄒ미라 원컨대 졔우는 셩

21면

군을 돕ᄉ와 이윤 직셜의 츙셩을 쥭빅의 드리오고 아둥의 일을 효측지 마ᄅ쇼셔 졔관이 놀나 골오대 이졔 션싱이 바야흐로 쟝년이 쇠치 아니시고 됴뎡 대신이라 셩상이 아ᄅ샤미 한고의 쇼하와 쇼렬의 공명 굿ᄐ시거늘 무슘 연고로 벼슬을 바리고 림하의 도라가믈 싱각ᄒ시ᄂ니잇가 승샹이 탄왈 물셩이쇠는 고기연애라 하늘이 셩쥬를 위ᄒ여 대숑의 인진 셩ᄒ미 거직두량이라 아둥이 노하ᄒᆞᆫ 직덕으로 임의 쟉녹을 도젹ᄒ미 극ᄒ고 이의 노친이

22면

림하의 도라가시믹 ᄒᆞᆫ 씌도 니측이 어려온지라 이러므로 아히드리 셩됴의 몽은ᄒ여 복분의 과의니 우리 무용지물은 림하의 도라가 강슈의 고기를 낫그며 뎐야의 홈의를 슈습ᄒ여 가친의 쇠모지년을 위로홀지라 고어의 왈 인군 셤길 날은 만코 부모 셤길 날은 젹다 ᄒ니 이졔 우리 치ᄉ를 렬위 ᄒᆞᆫ가지로 쥬션ᄒ여 지원을 일우게 ᄒ시면 진실노 향즈의 지극ᄒᆞᆫ 졍을 잇지 아니시미라 몬져 졔우긔 허락을 엇고 탑젼의 쇼봉을 올니고져 ᄒ미라 졔왕과 졔

23면

공이 말솜을 니어 왈 무릇 사름이 긋칠 쥴 모ᄅ고 족ᄒᆞᆫ 쥴 씨둣지 못ᄒᆞᆫ 즉 반ᄃ시 일을 만ᄂ고 마ᄂ니 우리 형뎨 미셰ᄒᆞᆫ 공노와 비박ᄒᆞᆫ 부직로 쟉위 일신의 극ᄒ고 셩의 늉셩ᄒ샤 위권이 텬하의 들니니 시인이 아둥의 지분 못ᄒ믈 웃지 아니리오 원컨디 렬위 우리 샹쇼를 텬뎡의 올니는 날 합녁ᄒ여 력간ᄒ라 공부샹셔 셜강이 하루 왈 쇼

뎨 일은 긔국이라 아니 이졔 감초려 ᄒᆞᆫ들 감초리오 문계의 ᄉᆡᆼ셩지덕으로 몸이 ᄉᆞ망의 건져 내고 셰의 바린 젼졍을

24면

거두워 ᄉᆞ림의 셔게 ᄒᆞ니 ᄎᆞᄂᆞᆫ 쇄신분골ᄒᆞ나 다 갑지 못ᄒᆞᆯ지라 다만 마음의 ᄆᆡᆼ셰ᄒᆞ여 일ᄉᆡᆼ을 한가지로 ᄒᆞ고 거취ᄅᆞᆯ 싸로고져 ᄒᆞ더니 이졔 문계 치ᄉᆞᄒᆞ매 쇼뎨 홀노 됴항의 츙슈ᄒᆞ리오 졔위 조형이 바리지 아니면 ᄒᆞᆫ가지로 ᄒᆡᆼᄒᆞ믈 쳥ᄒᆞ노라 평졔공이 봉안을 흘녀 보며 우어 왈 셜형이 본대 지족이 다모ᄒᆞᆫ지라 셕일 우리 문계 형이 이시매 유를 ᄂᆡ고 냥을 년탄이 인ᄒᆞ여 ᄌᆞ긔 신샹의 ᄒᆡ로오믈 씨쳣더니 ᄎᆞ시를 당하여 형이 물너나시ᄆᆡ 의ᄇᆡᆨ의 긔

25면

운을 펼 쎄라 고인이 운ᄒᆞᄃᆡ 녕위계구언졍 무위우후라 ᄒᆞ니 하고로 우리 뒤흘 싸로려 ᄒᆞ나뇨 문계 형은 용납ᄒᆞ나 아등은 실노 감격ᄒᆞ미 업ᄉᆞ니 굿ᄐᆞ여 거취ᄅᆞᆯ 한가지로 ᄒᆞᆯ 졍분이 업ᄉᆞ니 엇지ᄒᆞ리오 ᄉᆞ좌 졔ᄀᆡᆨ이 일시의 대쇼ᄒᆞ고 강이 ᄂᆞᆺ치 븕거 말을 못 ᄒᆞ니 제왕이 눈으로써 졔공을 보며 ᄎᆡᆨ왈 내 비록 의ᄇᆡᆨ으로 더부러 혹 셔로 불호ᄒᆞᆫ 일이 이시나 도금ᄒᆞ여 의ᄇᆡᆨ의 어질미 여ᄎᆞᄒᆞ니 곳치미 귀타 ᄒᆞ믄 셩교의 이시니 네 엇지 이런 담박ᄒᆞᆫ 말을 ᄒᆞ여 ᄉᆞᄅᆞᆷ의

26면

무안ᄒᆞ믈 도라보지 아닌나뇨 니부 명쳔과 혹ᄉᆞ 명슌이 졍안ᄉᆡᆨ이쥬 왈 금일 슉부와 대인 말숨을 듯ᄌᆞ오니 쇼ᄌᆞ 등이 감히 셜년슉을 원슈라 니ᄅᆞ지 못ᄒᆞ오나 ᄌᆞ모의 만샹간역과 야야 삼년 슈젹을 ᄉᆡᆼ각ᄒᆞ오니 만일 텬우신조ᄒᆞ여 필경이 무ᄉᆞᄒᆞ믈 엇지 못ᄒᆞ여시면 ᄒᆡᄋᆞ 등의 원슈 되지 아니리잇가 공ᄌᆡ ᄀᆞᆯᄋᆞ샤ᄃᆡ 되 갓지 아니커든 ᄉᆞ괴지 말나 ᄒᆞ시니 셜년슉의 ᄒᆞ신 배 다 ᄒᆡ아 등의게ᄂᆞᆫ 한이 되ᄂᆞᆫ지라 일즉 말숨이 구외의 발치 못ᄒᆞ미 실노 대인의 명교ᄅᆞᆯ 위월치 못

27면

ᄒᆞ오미나 금일 ᄉᆞ슉의 셕ᄉᆞ를 셜파ᄒᆞ시니 쇼ᄌᆞ 등도 원통ᄒᆞᆫ 유감이 밋쳐 당돌ᄒᆞ오나

말솜을 펴느이다 언에 셔리 갓고 안식이 동텬 갓트니 왕이 봉목을 놉혀 즐왈 셜형이 날로 더브러 동치고구여늘 네 감히 이런 방즈흔 말노 내 압흘 휘치 아닌나뇨 고어의 왈 은혜는 밋고 잇지 말며 원슈는 플고 니즈라 흐니 내 일시 익운으로 텬뎡의 득죄흐여 만리의 슈젹흐나 남을 원흘 거시 아니오 내 임의 니져 구교지졍이 완젼흘진대 인직 친의를 슌흐리

28면

니 엇지 즁회 즁의 불호지언으로 면박흐리오 내 눈의 뵈지 말나 시쟈로 냥즈를 등미러 닉치니 츳시 셜강이 더옥 낫치 븕으락 프르락흐고 스쾌 호호히 우스며 냥즈는 젼하의 수러시니 의람후 연휴는 연샹국 숀지라 우음을 먹음어 왈 금일 만조렬위의 두 직샹을 젼하의 수렷시니 좌긱이 불안흔지라 조흔 연셕이 도로혀 불평흐니 원컨대 문계는 제빈의 낫출 보와 냥즈를 샤흐라 진실노 즈긱이 잡히지 아냐던들 셜의빅이 쥭쳥 등의 원쉬 아

29면

니랴 거국이 개지흐니 냥인의 인식 그릇지 아닌지라 하고로 졍하의 죄슈를 삼으리오 문쳥이 화히 우스며 개유 왈 냥우 말이 인즈지심의 고이치 아니코 셜형인들 허물흘 거시랴 문의 형이 몬져 고이흔 말을 내여 쥬긱의 화긔를 감흔지라 엇지 냥아를 내칠되 이시리오 형쟝은 과도흔 말을 마르시고 냥아를 샤흐샤 셜의빅의게 샤죄흐게 흐쇼셔 일시의 프러 바리는 거시 올흐니 엇지 쥬차 간의 불평케 흐시리잇가 왕이 탄왈 현뎨의 말이 우형의 마음을 아

30면

는도다 내 실노 의빅으로 더브러 붕우지졍의 반호 먹음은 뜻이 업거늘 내 즈식이 내 뜻을 모르고 불호지언으로 셜형의 불안흐믈 도으니 엇지 통히치 아니리오 연이나 네 말이 올흐니 너희 냥인이 올나 셜형의게 샤죄흐고 다시 방즈흔 말을 말고 내심의도 일호 불평지심을 두지 말나 셜강이 쏘흔 샤흐믈 쳥흐니 냥죄 부명을 역지 못흐여 돈슈샤죄흐고 올나 강을 향흐여 지빅샤죄흐니 강이 기리 읍흐고 낫출 븕혀 집슈탄왈 닉 엇지 현질

31면

등의 직언정논을 노호와 ᄒᆞ리오 ᄌᆞ당감쉬니 현질 등의 위친지졍의 샹리라 엇지 참괴ᄒᆞ믈 아지 못ᄒᆞ고 도로혀 유감ᄒᆞ리오 연이나 형의 어진 덕이 나의 허물을 샤ᄒᆞ고 쥭을 곳의 술와 고토의 일위여시니 현질 등은 녕존의 조흔 뜻을 본바다 셕ᄉᆞ를 졔긔치 말믈 바라노라 냥죄 샤례ᄒᆞ고 좌의 나아가니 졔왕의 졔지 다 미우의 쾌치 아닌 긔식이 밋쳐시니 졔쇄 눈쥬어 웃더라 졔왕이 다시 쥬빅를 나와 통음홀ᄉᆡ 졔왕이 현금을 슬샹의 노코 한 가ᄉᆞ를 읇흐니

32면

쇼릭 쳥건ᄒᆞ여 가곡이 흔대 어우러 화흔 긔운이 남훈뎐 즐거오미 다시 니엇는지라 졔쇄 칙칙탄샹ᄒᆞ고 그 깁흔 뜻을 아지 못ᄒᆞᄃᆡ 양광효 쇼효문이 곡조를 아라듯고 일곡을 화답ᄒᆞ니 가셩이 요량ᄒᆞ여 구텬의 ᄉᆞ뭇고 뜻이 심원ᄒᆞ여 범인이 아지 못ᄒᆞᄃᆡ 월명 문의 문쳥이 아라 듯고 일시의 화답ᄒᆞ여 가곡을 희롱ᄒᆞ여 일쇄 다 즐겨ᄒᆞᄃᆡ 졔조의 치ᄉᆞ홀 뜻을 보고 감회 년셕ᄒᆞ여 다 앗겨 ᄒᆞ고 졔죄 샹총이 늉늉ᄒᆞ고 위망이 혁혁ᄒᆞᄃᆡ 일즉 집권교우

33면

ᄒᆞ미 업셔 공근겸퇴ᄒᆞ고 쳥념졀ᄎᆞᄒᆞ여 일목의 삼악발을 효측ᄒᆞ여 츙의인심을 감열ᄒᆞ는 고로 형뎨 숙질이 고관대쟉의 니ᄅᆞ혀 대화를 부ᄅᆞ지 아니니 그 위인의 근심겸퇴ᄒᆞ미러라 일모셔산의 낙극단란ᄒᆞ니 파연홀ᄉᆡ 승샹과 왕의 곤계 일시의 붓슬 드러 일슈 시를 지어 졔우를 향ᄒᆞ여 골오대 금일 ᄎᆞ연을 다시 니로미 어려오니 흔 번 년곡을 써나 산림야학과 벗ᄒᆞ미 우리 쥬샹의 만셰를 츅ᄒᆞ여 화봉인을 효측홀지라 렬위는 아등

34면

의 뜻을 일위게 텬뎡의 힘뻐 쥬션ᄒᆞ여 히골을 빌니시게 ᄒᆞ라 졔관이 진취ᄒᆞ여 쥬감의 의의ᄒᆞ믈 먹음어 그 시ᄉᆞ를 바다보니 뜻이 완곡ᄒᆞ여 문슈셜의상관을 지ᄂᆞ며 긔산영슈의 귀 씻던 고졀이 의연ᄒᆞ니 탄ᄒᆞ여 골오대 임의 졍심이 이갓치 견확ᄒᆞ시니 아등의 의의홈과 년년지회를 곳칠 ᄇᆡ 아니니 엇지 존의를 밧드러 샹젼의 엇지 흔 말숨

찬조치 아니리오 아지 못게라 승샹이 치ᄉᆞᄒᆞ시ᄆᆡ 졔ᄌᆞ질을 거ᄂᆞ려 힝ᄒᆞ시리잇가 승샹과 왕이 츄

35면

연 탄왈 복의 형데 셩듀의 후의를 입ᄉᆞ오미 여텬ᄒᆞ오니 이졔 부숙이 산림의 퇴ᄒᆞ시ᄆᆡ 물너 잇지 못ᄒᆞ여 몸이 쥭은 후 긋칠 뜻을 다ᄒᆞ지 못ᄒᆞ고 물너가니 국은을 져바리미라 엇지 ᄌᆞ질을 다 거ᄂᆞ리고 가리오 머므러 셕은 ᄌᆞ최를 대ᄒᆞ고 물너가 임의 여년을 뫼시고져 ᄒᆞ노니 졔우ᄂᆞᆫ 져믄 군샹을 돕ᄉᆞ와 츙렬을 가ᄌᆞᆨ이 ᄒᆞ여 아등을 본밧지 마ᄅᆞ쇼셔 우리 가ᄂᆞᆫ 곳이 불과 ᄉᆞ십여 리니 멀미 아니로ᄃᆡ 청운과 ᄇᆡᆨ운이 길히 달나시니 모ᄃᆞ믈 이 ᄶᅵᆨ와

36면

갓지 못ᄒᆞ리니 불초ᄒᆞᆫ ᄌᆞ질이 오히려 됴뎡의 버러시니 렬위ᄂᆞᆫ 그 허물이 잇거든 ᄇᆞᆰ히 규졍ᄒᆞ여 셩셰의 용납게 ᄒᆞ시면 졔우의 은덕이라 말ᄉᆞᆷ을 다ᄒᆞ고져 ᄒᆞᄆᆡ 날이 모ᄌᆞ라니 길이 신즁ᄒᆞ쇼셔 졔관이 다 개용츄연ᄒᆞ여 ᄉᆞ례ᄒᆞ고 니별을 앗기더라 잔치를 파ᄒᆞ고 명일 됴회를 파ᄒᆞᄆᆡ 승샹 긔현과 우승샹 졔왕 유현과 평졔공 운현과 례부샹셔 ᄐᆡ흑ᄉᆞ 문현과 참지졍ᄉᆞ 영현과 니부샹셔 긔쥐후 광현과 츄밀ᄉᆞ 양쥬목 창현과 위국공 태샹

37면

경 몽현과 북후 겸 쇼부 슈현과 호부샹셔 희현과 평국공 태흑ᄉᆞ 웅현과 ᄉᆞ도 달현과 대ᄉᆞ구 아현과 츄밀ᄉᆞ 쳥쥐후 봉현과 태흑ᄉᆞ 화현과 평산ᄇᆡᆨ 계현과 오쥐후 칠현과 십칠 인이 렬명쇼를 올니니 기쇼의 왈 복이 신 등은 본대 포의신ᄌᆞ로 무용필뷔라 외람이 셩은을 입ᄉᆞ와 셕은 글귀로 년ᄒᆞ여 금방의 일홈을 올녀 쳥현을 ᄌᆞ임ᄒᆞ고 불ᄎᆞ로 례ᄃᆡᄒᆞ시ᄂᆞᆫ 은권이 호탕ᄒᆞ샤 아ᄎᆞᆷ의 도도시고 져녁의 옴기샤 형

38면

데 쟉녹이 태과ᄒᆞ고 위치 삼공왕후와 뉵경후ᄇᆡᆨ의 버러시니 사ᄅᆞᆷ이 미ᄒᆞ고 위 극ᄒᆞ오ᄆᆡ 반ᄃᆞ시 ᄉᆞᆫᄒᆞ고 두리온 근심이 깁ᄉᆞ온지라 숙야의 젼긍ᄒᆞ와 능히 ᄒᆞᆫ 번 밥 먹으ᄆᆡ

셰 번 비얏고 흔 번 목욕흐미 셰 번 머리를 거두워 마음과 힘을 다흐여 목숨을 진흐여 나라흘 갑습고져 흐오대 박덕부지로 임의 졍승의 위를 당흐연 지 오릐오듸 음양을 니히 흐고 스시를 슌케 흐여 우슌풍조흐고 국태민안을 일위여 군샹을 돕습

39면

지 못흐고 쳑촌보국흔 공이 업시 신 등의 여러 즈질과 형뎨 됴항의 츙슈흔 재 여러히라 녯글의 위츳는 덕을 보고 벼슬은 그 직조를 본다 흐엿거늘 신 등 부즈 형뎨 숙질이 무숨 직덕 즁방과 공이 잇스와 언연이 삼공직을 대대로 가지고 왕공위를 년흐여 씌여 나라 녹을 허비흐리잇고 신 등의 부숙이 텬은을 입스와 몸을 허흐여 뎐야의 도라가게 흐시니 신 등의 여러 즈질이 셩됴의 버러 용녈흔 직조나 각각 부

40면

형을 닛스올지라 아둘을 드려 뼈 곰 몸을 비러 한가지로 뎐야의 도라가 노부모를 밧드러 츙효를 냥젼코져 흐옵느니 쥬샹이 쳐음으로 올흐샤 션뎨 치화를 본흐시며 요슌의 덕을 니으샤 이효로 치텬하흐시니 만민이 낙업흐여 격양가와 강구의 격양흐미 잇습는지라 신 등이 또흔 폐하의 익인흐시는 후덕과 싱셩지은을 목욕가마 아비를 년노의 써느지 아니흐와 즈식의 효를 온젼코져 흐옵느니 복

41면

망 폐하는 신 등의 무용흔 목숨을 허흐샤 지원의 한을 일우게 흐시면 텬디지덕과 하히지은이 분골쇄신흐오나 다 갑습지 못흐리로쇼이다 흐엿더라 쇠 오르미 텬직 졔조의 샹표를 보시고 즐겨 아니샤 이의 십칠 졔공을 면젼의 샤좌흐시고 기리 탄왈 짐이 박덕흐여 즁신 대졉이 그 례를 일흐미냐 초공 진공이 휴퇴흐여 먼니 교외의 나가고 션싱 형뎨 일시의 짐을 바리고져 흐니 짐은 션싱 대졉흐기를 실노

42면

박히 흐미 업셔 알기를 고종의 부열과 문왕의 여샹이며 쇼렬의 공명 갓트여 능히 흔 씩도 좌우의 업지 못흘가 흐거늘 엇지 일시의 바리고 가기를 타연이 흐느뇨 가히 밋던 배 아니로다 졔죄 돈슈 샤왈 셩괴 이러틋 아니시나 신 등이 엇지 텬의를 아지 못

ᄒᆞ오며 물너가기를 즐겨ᄒᆞ리잇고마는 부슉이 퇴됴ᄒᆞ오ᄆᆡ 신 등이 다 이곳의 머므온 즉 어버의 측의 직희리 업ᄉᆞᆫ지라 그러므로 불초ᄌᆞ질 등을 계칙ᄒᆞ와 각각 신 등의 몸이 이시므로ᄡᅥ 아

43면

라 셩은을 갑습기를 니ᄅᆞ고 신 등은 님년ᄒᆞᆫ 어버이를 ᄯᅡ로고져 ᄒᆞ오ᄆᆡ 군부의 쳥납ᄒᆞ시믈 바라옵ᄂᆞᆫ 바여ᄂᆞᆯ 이갓치 허치 아니ᄒᆞ시니 인ᄌᆞ지졍을 막으시미라 셩덕의 빗치 감ᄒᆞ미 오신의 바라던 ᄇᆡ 아니로쇼이다 샹이 옥쉭이 츄연ᄒᆞ샤 다시 말솜을 아니시고 됴회를 거두시니 졔죄 퇴ᄒᆞ여 다시 쇼를 올니고 궐문을 직희여 ᄋᆡ걸ᄒᆞᄆᆡ 쇼쟝이 권츅이 니럿ᄂᆞᆫ지라 제신이 ᄯᅩᄒᆞᆫ 쥬왈 인ᄌᆞ의 지원을 막지 못ᄒᆞ올지라 ᄒᆞᆫ고의 쟝냥을 도라보내믄 그 ᄃᆡ졉이 박ᄒᆞ미

44면

아니라 그 ᄠᅳᆺ을 셰우게 ᄒᆞ미니 이졔 졔죄 샹쇠 지셩의 격발ᄒᆞ미니 ᄉᆞᆺ치 누를 길이 업고 그 ᄌᆞ질이 셩은을 ᄡᅴ여시니 명윤 명쳔이 졔부슉을 니으리니 쇼홰 업ᄉᆞ나 조춤이 잇고 셔셰 가나 와룡이 오히려 닛ᄉᆞᆷ ᄀᆞᆺᄐᆞ야 각각 ᄌᆞ질이 승어부슉ᄒᆞ니 폐하ᄂᆞᆫ 그 ᄠᅳᆺ을 조ᄎᆞ 도라보ᄂᆡ시고 그 ᄌᆞ질을 탁용ᄒᆞ여 각각 대립게 ᄒᆞ시미 맛당ᄒᆞ이다 샹이 시러금 마지 못ᄒᆞ여 졔조의 벼술을 가ᄅᆞ 쥬시고 그 즁 왕공후ᄇᆡᆨ 위ᄂᆞᆫ 녜대로 두샤 편히 잇게 ᄒᆞ시고 크게 셜연ᄒᆞ샤 각각

45면

잔을 드러 먹이시고 친히 글을 지으샤 니별을 슬허 탄왈 냥션싱과 졔경이 도라가ᄆᆡ 짐으로 ᄒᆞ여금 여실좌우슈ᄒᆞ여 다시 대ᄉᆞ를 의논ᄒᆞ리 업ᄉᆞᆫ지라 원ᄒᆞ노니 일년의 삼ᄉᆞ 슌 짐의 얼골을 보와 우리 군신의 지극ᄒᆞᆫ 졍을 닛지 말나 ᄒᆞ시고 이의 각각 별시 어졔와 구오쟝과 황건도복을 쥬샤 도라보내시ᄃᆡ 직보와 뎐틱은 쥬시ᄂᆞᆫ 거시 업ᄉᆞ니 이ᄂᆞᆫ 졔조의 고졀쳥심을 아ᄅᆞ시ᄂᆞᆫ 고로 직리로 샹샤ᄒᆞ여 그 마음을 더러이지 아니려 ᄒᆞ시미라 승샹 등이 셩은을

46면

망극ᄒᆞ여 각각 감누를 드리워 돈슈 샤은 왈 금일 셩괴 여ᄎᆞᄒᆞ샤 어필노뻐 신 등을 쥬시고 난망지은을 드리오샤 아뷔 여년을 위로케 ᄒᆞ시니 산고히활지은을 다 갑습지 못홀지라 뎐야의 믈너가오나 셩은을 엇지 일시나 잇ᄉᆞ오리잇가 신 등의 물너가는 곳이 불과 황도의셔 ᄉᆞ십 니 졍도오니 만일 몸의 병이 업ᄉᆞ오면 일 년의 슈삼 ᄎᆞ 됴현ᄒᆞ와 룡안을 우러오미 ᄯᅩᄒᆞᆫ 신 등의 쇼원이로쇼이다 샹이 ᄌᆡ삼 위유ᄒᆞ시며 ᄎᆞ셕ᄒᆞ샤 면면이 은우ᄒᆞ시

47면

는 즁 동궁의 뫼신 조공 등은 더옥 의의ᄒᆞ샤 광녹시로 졔조를 잔치ᄒᆞ여 대졉ᄒᆞ시고 금션공쥐 림하의 나간다 ᄒᆞ샤 탄ᄒᆞ여 ᄀᆞᆯᄋᆞ샤ᄃᆡ 짐의게는 ᄯᅩᄒᆞᆫ 졀친이오 그 먼니 황셩을 ᄯᅥ나미 결연타 ᄒᆞ샤 금궐이 단녀가라 ᄒᆞ시니 승샹이 샤은ᄒᆞ고 물너 집의 도라오믹 이의 즁당의 돗글 여러 친쳑을 니별ᄒᆞ고 촉을 니어 졔ᄌᆞ숀이 좌우의 가득ᄒᆞ믹 승샹과 제왕이 모든 ᄌᆞ숀을 다 모도와 기즁의 넙신ᄒᆞᆫ 쟈로 본부와 진궁의 난화 쳐쇽을 거ᄂᆞ려 머물게 홀ᄉᆡ 졔

48면

조공이 다 각각 쟝ᄌᆞ를 불너 경계 왈 군신유의는 신ᄌᆞ의 졔일이오 츙신효뎨는 ᄇᆡᆨ힝의 근원이라 우리 이졔 존당부모를 뫼셔 초야의 휴퇴ᄒᆞ믹 여 등을 머므러 셩쥬의 셩은을 갑고져 ᄒᆞᄂᆞ니 우흐로 국은을 명심ᄒᆞ고 버거 아븨 부탁을 져바리지 말나 쥭쳔 등이 졔뎨로 더브러 부슉의 명교를 배샤슈명ᄒᆞ더라 승샹 등이 졔ᄌᆞ를 머무ᄅᆞ고 공쥬를 뫼셔 운산으로 나갈ᄉᆡ ᄂᆡ당의 드러와 졔부를 불너 니ᄅᆞᄃᆡ 우리 이졔 나가믹 제ᄋᆡ 오히려 군은을 ᄭᅴ여

49면

시니 현부 등이 각각 가부를 ᄯᆞᄅᆞ미 도리라 일시 니별이 아연ᄒᆞ나 도뢰 겨유 ᄉᆞ십 리라 만일 셔로 ᄉᆡᆼ각ᄒᆞ미 이시면 왕ᄅᆡᄒᆞ여 보미 이실 거시니 안심ᄒᆞ고 졔아의 ᄂᆡ도를 빗ᄂᆡ고 규문의 화긔를 감치 말나 공쥬를 각별 위로ᄒᆞ여 왈 션뎨와 낭낭을 여히옵고 우리 나가믹 귀쥬의 심회를 듯지 아냐 알지라 ᄉᆞ라 ᄯᅥᄂᆞ믹 모들 날이 갓가온지라 엇

지 조부야이 샹념ᄒᆞ리오 공쥬 화용이 쳑연ᄒᆞ고 슈미 참담ᄒᆞ여 직배샤례ᄒᆞ고 졔뷔 다 결연ᄒᆞᆫ

50면

졍이 아미의 밋쳣더라 누대 ᄉᆞ묘를 오히려 경ᄉᆞ 녯집의 뫼셔시ᄆᆡ 한시를 머므ᄅᆞ고 범ᄉᆞ를 지휘ᄒᆞᄆᆡ ᄉᆞ 부인이 함누ᄒᆞ여 년년ᄒᆞᆫ 졍을 금치 못ᄒᆞ더라 제ᄌᆞ 쇼년이 몬져 쇼졍 등 졔부인과 공쥬를 뫼셔 문외로 나가고 졔조공이 마혁을 년ᄒᆞ여 힝홀ᄉᆡ 보ᄂᆡ는 숀이 골이 메고 길이 좁아 슈레와 말이 다아ᄉᆞ니 쳔고쟝관이라 졔공이 후의를 샤례ᄒᆞ고 태ᄌᆞ와 졔왕이 문외의 젼별ᄒᆞ시니 은영이 쳔고의 하나히러라 임의 운산의 니ᄅᆞ러 부모 존당

51면

의 뵈옵고 각각 쳐쇼를 ᄎᆞ려 들ᄆᆡ 집이 터질 ᄃᆞᆺᄒᆞ고 진왕이 공쥬를 별ᄉᆞ의 두고져 ᄒᆞᆫ대 승샹이 지셩 간걸ᄒᆞ고 졔직 녁간ᄒᆞ여 운취루의 쳐케 ᄒᆞ니 화취루의는 졍비 들고 안취루의는 연비 들고 벽운루의는 최비 들고 운취루의는 공쥬 드니 공쥬 일틱지샹의 용납ᄒᆞ므로븟터 잠간 분긔 플니고 승샹 등의 동동ᄒᆞᆫ 효와 쵹쵹ᄒᆞᆫ 승슌이 토목셕호지심이나 감동ᄒᆞ여 잠간 어진 곳을 향ᄒᆞ고져 ᄒᆞ다가도 ᄢᅥᆨᄢᅥᆨ 셩악이 발ᄒᆞ면 졔어치 못ᄒᆞ니 초공이 그 신셰 잔

52면

잉홈과 션데의 ᄯᅳᆺ을 일ᄏᆞ라 권간ᄒᆞ고 승샹이 종용이 뫼시면 쳬읍ᄒᆞ여 애걸ᄒᆞ니 왕이 탄왈 인ᄉᆡᆼ이 초로와 일반이라 내 엇지 슬흔 거ᄉᆞᆯ 강잉ᄒᆞ여 괴로온 거ᄉᆞᆯ 힝ᄒᆞ리오 방심홀지어다 ᄎᆞ후는 즁인 즁 모드나 긔ᄉᆡᆨ이 예ᄉᆞ롭고 일이 ᄉᆞᆨ의 혹 삼ᄉᆞ슌 식 슉쇼를 한가지로 ᄒᆞ여 부부의 륜이 온젼ᄒᆞ니 공쥬 만념이 다 프러져 ᄎᆞ후는 그런 심화 셩악이 다 스러져 승샹을 감격ᄒᆞ여 효지라 칭ᄒᆞ고 힝혀 왕의 ᄯᅳᆺ을 일흘가 져어 조심ᄒᆞ기를

53면

지극히 ᄒᆞ니 ᄌᆞ연 유슌ᄒᆞᆫ 부인의 갓가오나 본셩의 ᄉᆡᆨ험ᄒᆞᆫ 거ᄉᆞᆯ 바리지 못ᄒᆞ여 슈하

인의게는 쇼쇼 괴로오미 잇더라 양광효 쇼효문이 미조ᄎᆞ 샤직ᄒᆞ고 운산의 복거ᄒᆞ니 ᄌᆞ질을 고퇴의 머므러 직ᄉᆞ를 출입ᄒᆞ더라 산즁의 거ᄒᆞ므로붓터 졔좌 노공을 뫼시고 진 초 냥공을 화됴월셕의 즐거온 흥이 만ᄉᆞ의 여의ᄒᆞᆫ지라 립신 아닌 남은 ᄌᆞ숀을 거ᄂᆞ려 풍뎐월하의 시ᄉᆞ를 창화ᄒᆞ여 유희를 찬조ᄒᆞ고 혹 낙시를 드러 강슈를 희롱ᄒᆞ며 혹 홈의를

54면

드러 당의 플을 ᄆᆡ고 일마다 신능ᄒᆞ여 ᄉᆞ름의게 지나미 잇는지라 쥭쟝망혜로 ᄌᆞ질을 다리고 운산고봉을 유람ᄒᆞ여 진환의 분쥬ᄒᆞ던 일을 도로혀 우ᄉᆞ며 양광효 쇼효문 영운거 일개 모다 비린의 샹종ᄒᆞ고 쳘슈문 윤션희 조션경 등이 동셔로 집을 년ᄒᆞ[1]니 쟝원이 십 리의 년하고 셕문이 곡즁의 둘너시니 압흔 슈천 쥬 슈양은 츈풍의 츔츄고 뒤흐로 쥴지은 오쥭은 챵고이 ᄉᆞ시의 프른 빗출 ᄯᅴ여 졀개를 자랑ᄒᆞ니 의연

55면

이 진쪅 도연명의 그림 갓고 진ᄉᆞ 명강의 동산 ᄀᆞᆺ튼지라 화계의 만화는 ᄉᆞ시의 봄이 니ᄅᆞ고 산샹의 폭포는 구슬ᄭᅳᆺ치 구으니 화계의 니슬이 되는지라 벽운산 쥬회 ᄉᆞ십여 리오 산형이 긔려ᄒᆞ여 룡이 셔리고 봉이 업된 ᄃᆞᆺ 빅호쳥룡이 완연이 젼후의 가ᄌᆞ며 산하광야 너ᄅᆞ고 평탄ᄒᆞ미 옥을 다ᄃᆞ마며 류리를 밀쳣는 ᄃᆞᆺᄒᆞᆫ 곳이 ᄯᅩ 삼십여 리라 곡즁의 션학동이 웃듬골이오 좌로 쟝현항이오 우로 독현촌이라 독현촌은 쇼효문이 복거ᄒᆞ고 쟝

56면

션항은 양광회 복거ᄒᆞ니 그 가온대 각각 쇼디명이 이셔 운슈동 션학동 쟝현동이 이시니 셜쳐ᄉᆞ 정승샹 정혹ᄉᆞ 윤션희 등이 다 각각 복거를 삼으니 조션경은 문계를 ᄯᅡ라 은셩항의 집을 년ᄒᆞ여시니 일만 광야의 명인 현샹이 버러시나 그 즁의 졔좌 셩만ᄒᆞ미 더은 고로 글을 곳쳐 조션동이라 촌민이 일ᄏᆞ더라 어시의 화연셜 삼픽 병이 업고 허다 젹ᄌᆞ숀 ᄉᆞ랑키를 갈ᄉᆞ록 지셩으로 ᄒᆞ더니 산즁의 오므로붓터 각각 쇼싱 ᄌᆞ

---

1) ᄒᆞ : 이 뒤에 ‘ᄒᆞ’가 중첩되어 있어 생략함.

숀이 비록 외

57면

싱이나 지효ᄒᆞ여 와 보고 치빙은 위싱을 짜라 ᄒᆞᆫ가지로 왓시므로 조모의 왕릭ᄒᆞ여 즐거오믈 다ᄒᆞ더니 홀연 화픽 유병ᄒᆞ여 샹셕의 위돈ᄒᆞ니 진 초 이 공이 불탈의대ᄒᆞ여 쥬야 구병ᄒᆞ미 효직 친병의 시약홈 ᄀᆞᆺ튼지라 화픽 함누ᄒᆞ고 감격ᄒᆞ믈 이긔지 못ᄒᆞ여 ᄀᆞᆯ오ᄃᆡ 쳔신이 엇지 몬져 죽어 부인의 셩덕을 져바리며 냥위 젹ᄌᆞ의 이 갓튼 슈고를 일위믈 뜻ᄒᆞ여시리오 조시 등이 부인 기셰 후ᄂᆞ 님년 부모를 샹리ᄒᆞ믈 슬허 비록 운산이 머나

58면

ᄌᆞ로 와 뫼셧ᄂᆞᆫ지라 화파의 유병ᄒᆞ믈 보고 각각 눈믈을 먹음고 말을 무ᄅᆞ니 화픽 일일히 유언을 맛고 위부인 보오믈 쳥ᄒᆞᄂᆞᆫ지라 부인이 친림ᄒᆞ여 병을 무ᄅᆞᄆᆡ 픽 븟들녀 니러 안ᄌᆞ 샤례 왈 쳔인이 부인의 히활지은을 입ᄉᆞ와 시측ᄒᆞ연 지 여러 십 년의 부인의 ᄒᆞᆫ 번 노ᄒᆞ심과 칙언을 듯즙지 못ᄒᆞ고 ᄆᆡ양 양츈화긔로 은혜를 드리오시니 감은골슈ᄒᆞ여 빅 년을 뫼오믈 바라더니 명이 박ᄒᆞ여 몬져 도라가니 유명의 한이 밋치옵ᄂᆞᆫ지라 더옥 진왕

59면

초공의 지극ᄒᆞ신 졍을 져바려 듕도의 영결ᄒᆞ니 슬프믈 엇지 이긔리잇가 부인이 쳐연 탄왈 ᄉᆞ싱이 유명이오 흥쇠직텬이라 네 이제 구원 길을 바야니 나의 늙으믈 ᄉᆡ다를지라 널노 더브러 셔로 쳐ᄒᆞ연 지 여러 십 년의 너의 마음이 나의 심곡을 빗최니 엇지 다시 셔로 니를 말이 이시리오 션휘 다ᄅᆞ나 구텬의 셔로 모다 다시 인셰 늣거오믈 니을 거시니 네 ᄯᅩᄒᆞᆫ 비록 녀ᄋᆡ나 ᄌᆞ식이 잇고 젹ᄌᆡ나 ᄌᆞ숀이 만당ᄒᆞ여 다 각각 너의 어질믈 잇지 못ᄒᆞ여

60면

졍의를 비쳑ᄒᆞ여 샹쟝의 례를 다ᄒᆞ리니 인싱이 이의 니ᄅᆞᄆᆡ 영화롭다 ᄒᆞ리니 더옥 샹공이 반셕 ᄀᆞᆺᄐᆞ실 ᄯᅴ 네 몬져 도라가니 녀ᄌᆞ의 복이 이만 크미 업순지라 남은 한이

업ᄉᆞ니 현마 엇지ᄒᆞ리오 픽 기리 샤례ᄒᆞ고 부인이 나가고 노공이 드러와 문병ᄒᆞ고 영셜 이픽 븟드러 휘루쳬읍ᄒᆞ여 류관쟝의 한날 아니 쥭으믈 낫게 너기는 졍이 이시니 희라 그 젹인으로뻐 이러틋 ᄒᆞ믄 실노 인심의 현슉ᄒᆞ미 관인홈곳 아니면 능히 니러치 못ᄒᆞᆯ지라 진 초 이

61면

공과 승샹 형뎨 다 모다 츰연ᄒᆞᆫ 심ᄉᆞ를 이긔지 못ᄒᆞ더니 이놀 초혼의 명이 진ᄒᆞ니 노공과 위부인이 비도ᄒᆞ기를 마지 아니ᄒᆞ고 진 초 이 공의 슬허ᄒᆞ미 ᄌᆞ못 과도ᄒᆞ고 치샹 습념의 례법이 졍슉ᄒᆞ여 초상을 맛ᄎᆞ미 영셜 냥인이 밥을 긋치고 쥬야로 우러 긔력이 위위ᄒᆞ니 취빙 등 삼녜 모다 관위ᄒᆞ나 텬명이 임의 다ᄒᆞᆫ 바의 심려를 허비ᄒᆞ므로뻐 긔식이 엄엄ᄒᆞ여 ᄉᆞ오 일 내의 망ᄒᆞ니 진 초 이 공이 각골이샹ᄒᆞ여 부즁의 놉흔 화긔와 희학이 삼파의 망ᄒᆞ므로뻐 ᄂᆡ도

62면

히 쥬러져 노공과 위부인이 비쳑슈우ᄒᆞ여 즐겨 아니ᄒᆞ는지라 졔죄 화셩유어로 열친을 요구ᄒᆞ나 공이 삼파 쥭으믈브터 댱탄희허ᄒᆞ여 능히 닛지 못ᄒᆞ고 진 초 냥공과 조시 등이 크게 슬허 삼파의 말의 다ᄃᆞ라 냥공이 누슈를 금치 못ᄒᆞ더니 일월이 님염ᄒᆞ여 쟝일이 다ᄃᆞᄅᆞ니 영구를 발홀ᄉᆡ 냥공이 ᄒᆞᆫ가지로 졔문 지어 셜졔ᄒᆞ니 허다 졔죄 졔복을 굿초고 좌우의 가득ᄒᆞ니 그 쟝ᄒᆞ미 쳔고의 드므더라 승샹이 쟉을 젼ᄒᆞ고 졔문을 닑으니 기문의 왈

63면

유셰ᄎᆞ 졍묘 삼월 일 젹ᄌᆞ 평진왕 조무와 초국공 조셩은 쳥쟉셔슈지젼으로 망셔모 화현희 영현희 셜현희 삼셔모 령하의 곡졔ᄒᆞ노라 오회라 일싱일ᄉᆞ는 텬리샹애라 이졔 셔뫼 츈츄 다 팔십이오 복녹이 부족지 아니시니 무어슬 ᄂᆞᆺ바 ᄒᆞ시리오마는 오히려 ᄌᆞ등은 유한이 만토다 희희통지라 ᄌᆞ 등 형뎨 ᄒᆞᆫ날의 나믹 셔뫼 슬샹의 바다 일시도 나리오지 아니ᄒᆞ고 근근ᄒᆞᆫ 졍과 인인ᄒᆞᆫ ᄉᆞ랑이 텬셩이 나타는 배라 ᄌᆞ당이 삼 모

64면

의게 슈고를 더져 ᄌᆞ의 몸을 맛지시니 ᄋᆡ휼ᄒᆞ며 쟝니의 희롱ᄒᆞ여 여린 옥과 가ᄃᆞᆨᄒᆞᆫ 거슬 밧드듯 ᄋᆡ휵ᄒᆞᄂᆞᆫ 졍이 ᄌᆞ졍으로 일반이라 ᄌᆞ 등이 나히 졈졈 인ᄉᆞ 알기의 밋쳐 ᄂᆞᆫ 조ᄂᆞᇁ을 닷토며 삼 모의 졋ᄉᆞᆯ 어ᄅᆞ만져 알기를 ᄌᆞ당으로 다ᄅᆞ미 업던지라 비록 존 즁ᄒᆞᆫ 체면이 잠간 다ᄅᆞ나 ᄋᆡᄋᆡᄒᆞᄂᆞᆫ 졍이 모ᄌᆞ의 졍이 일웟ᄂᆞᆫ지라 셜만ᄒᆞ믈 잇고 셔로 지셩의 격발ᄒᆞ니 슬프다 형뎨 조모를 뫼셔 태원뎐의셔 반의로 츔츄ᄆᆡ 셔

65면

뫼 찬조ᄒᆞ여 우음을 삼고 삼 모의 ᄉᆞ랑ᄒᆞ시던 졍을 심곡의 삭일지라 션휘 다ᄅᆞ나 구원 타일의 다시 삼 모를 뫼실지라 령이 아름이 이실진대 명명즁ᄌᆞ의 심곡을 살피쇼셔 니별ᄒᆞᄂᆞᆫ 글을 령제의 숑ᄒᆞᄆᆡ 흉금이 막히ᄂᆞᆫ지라 기리 흠격ᄒᆞ라 ᄒᆞ엿더라 닑기를 맛ᄎᆞᄆᆡ 냥공이 실셩쟝통ᄒᆞ여 톄뉘 빅의의 젹시니 허다ᄒᆞᆫ ᄌᆞ질제숀이 감동ᄒᆞ여 누슈를 금치 못ᄒᆞ고 ᄎᆡ빙의 슬허홈과

66면

졔부인 등의 애샹ᄒᆞ미 날이 ᄆᆞᆺ도록 애극ᄒᆞ여 지극ᄒᆞᆫ 졍을 것잡지 못ᄒᆞ고 각각 제문 지어 셜졔ᄒᆞ니 ᄌᆞ숀의 쟝ᄒᆞ미 비홀 ᄃᆡ 업ᄉᆞᆫ지라 샹구를 발ᄒᆞᄂᆞᆫ 날 금ᄉᆞ촉롱은 빅 리의 화광이 년텬ᄒᆞ고 슈십 인 졔조와 그 녀셔 등이 뒤히 조ᄎᆞ니 명ᄉᆞ렬휘 니음ᄎᆞ 위의 일노의 덥혀시니 인인이 탄복ᄒᆞ여 유복ᄒᆞ믈 일ᄏᆞᆺ더라 샹ᄉᆞ를 맛고 반우ᄒᆞ여 삼희당의 목쥬를 봉안ᄒᆞ고 졔ᄉᆞ를 극진히 ᄒᆞ여 삼 년을 맛ᄎᆞ니 냥공이 슬허ᄒᆞ미 더으고 졔죄 비창ᄒᆞ믈 이긔지 못ᄒᆞ더라

67면

승샹과 제왕이 비록 림하의 휴퇴ᄒᆞ나 일ᄌᆞᆨ 나라 은혜를 잇지 못ᄒᆞ여 십칠 졔죄 일삭의 두 번식 황도의 드러와 텬안의 조회ᄒᆞ며 나라히 대ᄉᆡ 이시면 츙셩을 다ᄒᆞ여 돕ᄉᆞ오니 샹이 ᄯᅩᄒᆞᆫ 먼니 가시나 례우ᄒᆞ시미 조금도 감ᄒᆞ미 업고 명윤으로 ᄒᆞ여금 병부총권을 맛지시고 명쳔으로 ᄒᆞ여금 승샹을 삼으샤 냥조의 은총이 일셰를 기우리니 냥공이 비록 림하의 쳐ᄒᆞ여시나 오히려 두리오믈 마지 아니ᄒᆞ더라 명윤 등이 슈일의 ᄒᆞᆫ 번식 나와 근친ᄒᆞ나 오히려 조셕

68면

으로조ᄎᆞ 혼졍신셩을 극진이 ᄒᆞ여 뫼시지 못ᄒᆞ믈 슬허ᄒᆞ고 노공이 병이 ᄌᆞᄌᆞ 샹셕의 ᄯᅥᄂᆞ지 못ᄒᆞᄂᆞᆫ지라 냥공이 황황ᄒᆞ믈 마지 아니ᄒᆞ여 쥬야 뫼셔 구호ᄒᆞ여 줌시도 니측지 아니ᄒᆞ니 승샹 형데 그 부모의 쇠모ᄒᆞ므로 이런 일이 이시ᄆᆡ 황황ᄒᆞ나 냥공이 슉식을 폐ᄒᆞ여 잠을 능히 자지 못ᄒᆞ고 밥을 달게 나리지 못ᄒᆞ니 의형이 환탈ᄒᆞᆫ지라 노공이 ᄌᆞ로 위로ᄒᆞ고 위부인이 경계ᄒᆞ여 골오대 부뫼 유질ᄒᆞᄆᆡ ᄌᆞ숀된 재 초황ᄒᆞ믄 ᄌᆞ연지리여니와 너희ᄂᆞᆫ 남의셔 과도ᄒᆞ

69면

기 침식을 폐ᄒᆞ니 몸이 시병의 져갓치 ᄉᆡ픡ᄒᆞ여시니 이 부모를 도라보지 아니며 ᄌᆞ숀을 념녀ᄒᆞ지 아니미라 네 어미 지리히 ᄉᆞ라 이런 경계를 당ᄒᆞ니 엇지 병심이 안졍ᄒᆞ리오 부뫼 위태ᄒᆞᄆᆡ 가히 부모의 ᄉᆡᆼ휵ᄒᆞᆫ 몸을 더옥 보즁ᄒᆞ리니 너의 범ᄉᆞ를 례의로 쳐신ᄒᆞ여 셩교로 본을 삼으나 근ᄅᆡ의 너의 거동은 도로혀 효ᄌᆞ의 되 아니라 말노조ᄎᆞ 하루ᄒᆞ니 냥공이 부모의 이 갓트시믈 보고 흉쟝이 막히고 누쉬 쇼ᄉᆞᄂᆞ나 강잉ᄒᆞ여 화셩유어로 위로 왈 부모의 질양이

70면

겨시ᄆᆡ 인ᄌᆞ의 황황ᄒᆞ믄 ᄌᆞ연ᄒᆞᆫ 샹졍이라 엇지 남과 다ᄅᆞ리잇고 쇼ᄌᆞ 등이 불초ᄒᆞ나 스ᄉᆞ로 몸을 죠심ᄒᆞ여 거의 부모의 념녀ᄒᆞ신 배 되지 아니리니 태태는 졀념소려ᄒᆞ샤 오직 병후를 조셥ᄒᆞ샤 슈히 쾌복ᄒᆞ시믈 바라ᄂᆞ이다 부인이 탄왈 안쉬 그음업셔 엇지 무한이 살기를 바라리오 내 아히ᄂᆞᆫ 달니ᄒᆞᆫ 군ᄌᆡ라 명운이 ᄌᆡ텬ᄒᆞ고 ᄉᆞ롬이 쟝ᄉᆡᆼ불ᄉᆞᄒᆞᄂᆞᆫ 도리 업ᄉᆞᆫ 쥴 ᄉᆡᆼ각ᄒᆞ여 과도히 심녀를 ᄡᅳ지 말나 한ᄒᆞ온 바ᄂᆞᆫ 지리히 살라 알치 아니ᄒᆞ고 쥭기를 못

71면

ᄒᆞ여 나의 쳔금 냥ᄌᆞ로 이러틋 마음을 ᄡᅥ 숀샹케 ᄒᆞᄂᆞᆫ고 인력으로 못 ᄒᆞᄂᆞᆫ 바ᄂᆞᆫ ᄉᆞᄉᆡᆼ이라 나히 구십의 림ᄒᆞ엿고 ᄌᆞ숀이 족의라 만ᄉᆡ ᄯᅳᆺ ᄀᆞᆺ트니 ᄒᆞᆫ 번 쥭기ᄂᆞᆫ 덧덧지 도라감 ᄀᆞᆺᄐᆞᆫ지라 엇지 셜셜히 슬허ᄒᆞ리오 오아ᄂᆞᆫ 모ᄅᆞ미 어미 심ᄉᆞ를 ᄉᆡᆼ각ᄒᆞ여 범ᄉᆞ를 즁도로 ᄒᆞ고 ᄌᆞ숀의 안면을 살피라 냥공과 허다 ᄌᆞ숀이 이 말ᄉᆞᆷ을 드ᄅᆞᄆᆡ 루쉬 ᄌᆞ리

의 년ᄒᆞ니 부인이 보실가 져어 관을 슉이고 안식을 정히 ᄒᆞ여 지배샤례ᄒᆞ고 병회를 요동치 아니나 부인이 스ᄉᆞ로 니지 못

72면

ᄒᆞᆯ 쥴을 알고 냥ᄌᆞ를 기리 념녀ᄒᆞ여 집슈ᄒᆞ고 니ᄅᆞᄂᆞᆫ 말솜이 몸 보젼키를 당부ᄒᆞ니 냥공은 지효군ᄌᆞ라 모친의 이 ᄀᆞᆺ트시믈 보오ᄆᆡ 더옥 슬프고 감동ᄒᆞ여 화흔 ᄉᆞ식으로 압히셔 아숀을 유희ᄒᆞ여 열친을 위로ᄒᆞ나 노인의 긔력이 달포 침즁ᄒᆞ니 셕후부인과 뉴쇼 냥 부인이 다 모드니 삼 셰 날마다 와 문후ᄒᆞ고 명윤 등이 파됴후ᄂᆞᆫ 일시의 나와 단녀 드러가기를 일일도 폐치 아니ᄒᆞ고 태의 약뉴를 대후ᄒᆞ며 ᄌᆞ숀이 지셩이 아닌 곳이 업ᄉᆞᄃᆡ 텬

73면

명이 다ᄒᆞᄆᆡ 엇지 능히 ᄉᆡᆼ도를 어드리오 이희 즁츄의 위부인 환휘 더옥 극즁ᄒᆞ여 이ᄌᆞ 삼셔와 졔숀졔부를 다 불너 경계 왈 우리 나히 임의 구십의 다다릇고 인셰 부귀영낙이 미진ᄒᆞ미 업ᄉᆞ니 이졔 도라가ᄆᆡ 무솜 낫부미 이시리오 북당의 존고모를 여희므로붓허 나의 마음이 셰샹의 잇지 아니ᄒᆞᄃᆡ 오히려 여 등의 셩효를 바다 졔숀의 현달ᄒᆞ믈 보고 만ᄉᆡ 과망ᄒᆞ니 위회ᄒᆞᄂᆞᆫ ᄇᆡ 만하 나믄 셰월이 거의 십 년이라 이제 쥭으ᄆᆡ 조금도 ᄂᆞᆺ부미 업고 며ᄂᆞ리

74면

슉네오 아들이 현효ᄒᆞ며 숀ᄌᆡ 어질고 숀뷔 긔특ᄒᆞ여 문호를 창셩ᄒᆞ며 종ᄉᆡ 션션ᄒᆞ니 락극비린 즉 오ᄂᆞᆯ 쥭으미 엇지 고이ᄒᆞ며 물지셩쇠ᄂᆞᆫ 고기변애라 사름의 집 즐거오미 엇지 ᄆᆡ양 완젼ᄒᆞ며 진황 한무의 위엄도 쟝ᄉᆡᆼ불ᄉᆞ를 못 ᄒᆞ니 엇지 ᄆᆡ양 살믈 구ᄒᆞ리오 오직 잇지 못ᄒᆞᄂᆞᆫ 바ᄂᆞᆫ 너의 형뎨라 여 등이 나히 노년의 부모를 여희ᄆᆡ 고집히 훼샹ᄒᆞ여 셩교를 ᄉᆡᆼ각지 못ᄒᆞ고 몸의 질을 일월가 ᄒᆞ노니 효셩의 지극ᄒᆞ믄 너희 다 ᄒᆞᆫ가지여니와 무아ᄂᆞᆫ 오히려

75면

긔품이 쟝ᄆᆡᆼᄒᆞ나 셩은 금옥의 품질이라 ᄋᆡ훼ᄒᆞ미 례도의 너무미 이시면 삼긔를 보지

못홀지라 엇지 도라가는 령빅이 명목ᄒᆞ리오 금일 어득ᄒᆞᆫ 정신을 거두워 말을 끼치ᄂᆞ니 가ᄉᆞ는 효ᄌᆞ 현뷔 대를 잇고 종ᄉᆞ는 긔린 ᄀᆞᆺᄐᆞᆫ 숀증이 각하의 션션ᄒᆞ니 무어슬 부탁ᄒᆞ리오 오직 너의 몸을 긔탁ᄒᆞᄂᆞ니 과도ᄒᆞᆫ 거조를 말나 삼 녀를 나아오라 ᄒᆞ여 집슈 탄왈 너희는 늙고 쇠ᄒᆞ여시니 언마ᄒᆞ여 모ᄃᆞ리오 모ᄅᆞ미 냥톄를 보호ᄒᆞ고 각각 가부와 ᄌᆞ숀을 보와 관억

76면

ᄒᆞ라 조시 등이 누쉬 여우ᄒᆞ여 오열비읍ᄒᆞ고 냥공은 톄읍 대왈 히ᄋᆞ 등이 원컨ᄃᆡ ᄌᆞ교를 봉승ᄒᆞ오리니 모친은 셩려를 편히 ᄒᆞ쇼셔 부인이 눈을 드러 냥공을 보니 형뫼 환탈ᄒᆞ미 일톄로ᄃᆡ 초공이 슈약ᄒᆞ기는 더ᄒᆞ여 한 졈 혈식이 업는지라 부인이 그 숀을 잡고 진왕을 도라보와 왈 셩이 형을 공경ᄒᆞ미 고인의 풍이 이시니 형뎨 상의ᄒᆞ여 셔로 몸을 보젼ᄒᆞ여 유명의 한을 끼치지 말나 냥공이 ᄌᆡ빅 왈 쇼ᄌᆞ 등이 불초ᄒᆞ오나 금일 유교를 져바리리잇

77면

가 부인이 제부를 도라보와 ᄀᆞᆯ오대 녀ᄌᆞ의 구고를 효봉ᄒᆞ고 지아비를 경대ᄒᆞ믄 왕왕이 잇거니와 나의 졔부 ᄀᆞᆺᄐᆞᆫ 이 이시리오 졍양 이 현부는 쇼년 간익과 만샹풍파를 지ᄂᆡᄃᆡ 빙샹고졀이 금슈 우히 ᄭᅩᆺ 갓고 효졀이 완젼ᄒᆞ여 슉덕이 만셩의 풍동ᄒᆞ고 금ᄌᆞ어필이 빗ᄂᆞ니 당금녀ᄉᆡ오 후셰쳘뷔라 오문을 흥긔ᄒᆞ믄 다 졍양 이 현부의 셩덕이라 냥ᄌᆞ 종숀이 긔특ᄒᆞ여 긔현 유현의 아름다오미 잇고 명윤 명쳔의 긔상이 난부난ᄌᆡ라 이졔 ᄂᆡ 죽어

78면

도 ᄉᆞ이불ᄉᆡ라 일분도 유한이 업ᄉᆞ니 현부 등은 과도히 슬허 말고 각각 가부의 몸을 념녀ᄒᆞ라 이ᄯᅢ 졍양 등 뉵 인이 간담이 촌졀ᄒᆞ는 쥴 이긔지 못ᄒᆞ는 즁 졍양 이 부인은 치발이 치기지 아냐 위부인 은양을 바다 년ᄌᆞᄒᆞ시는 은혜를 바다 만 년을 우러다가 금일 유교를 드ᄅᆞ미 셩안의 누쉬 종횡ᄒᆞ여 말을 일우지 못ᄒᆞ고 다만 회츈ᄒᆞ시믈 니를 ᄯᆞ름이라 부인이 졔ᄌᆞ졔숀과 숀부를 낫낫치 유언을 맛고 승샹과 졔왕다려 왈 내 금일 죽으나 여등의 셩번ᄒᆞ믈

79면

보니 구원의 즐거온 넉시 될지라 무슴 한이 이시리오 냥숀은 군ᄌ지덕과 영웅의 긔상이 온젼흔지라 문을 놉히며 ᄉ를 챵ᄒ미 다 너희 어질미라 모ᄅ미 다 각각 아비를 보호ᄒ여 삼샹을 맛게 ᄒ라 졔숀이 졀ᄒ여 명을 바드니 부인 왈 인쉐 팔십이라 내 임의 산 거시 너므니 무슨 슬프미 이시리오 이러틋 말ᄒ나 형식이 위위ᄒ니 냥공이 황황착급ᄒ여 급히 병후로 나가는지라 졔왕 형뎨 황황이 ᄯ라 나오미 냥공이 칼흘 드러 졍히 단지ᄒ여 피를 밧는

80면

지라 졔왕 형뎨 냥공을 븟드러 톄읍 힝뉴 왈 망극ᄒ시미 비록 지심ᄒ시나 엇지 츰아 셩인의 말숨을 싱각지 아니시고 조모의 지금 니ᄅ시는바 유교를 봉승치 아니시ᄂ니잇고 일변 샹흔 ᄃ를 밀식 졔싱의 우는 눈물이 비 오듯 ᄒ는지라 초공이 기리 늣겨 왈 너희는 우리 일시 숀이 샹ᄒ믈 이곳치 슬워ᄒ니 우리 형뎨지심을 일노ᄡ 츄이치 못ᄒᄂ뇨 급히 삼다의 화ᄒ여 부인긔 나오미 효ᄌ의 지셩이 감텬ᄒ여 일분 싱되 이셔 눈을 다시 ᄯ 보고 졍신을 슈습

81면

ᄒ는지라 냥공의 환열ᄒ믈 엇지 다 긔록ᄒ리오 합가의 니ᄅ바 ᄉ지 부싱ᄒ미라 져마다 셔로 치하ᄒ고 부인 긔운이 슈일 내로 내도히 낫고 노공의 환휘 ᄯ 이ᄡ는 퍽 나으미 이시니 졔조의 힝열홈과 냥공의 깃부믄 형샹ᄒ여 니를 ᄇ 업슨지라 슉야의 냥친을 뫼셔 쥭음과 약믈을 맛보와 효봉시측ᄒ기를 쳑동의 가배야오미 잇는지라 승샹과 졔왕의 민민졀녀를 일시도 놋치 못ᄒ여 ᄉ실의 물너 갈 젹이 업셔 쥬야 대후ᄒ여 시니 셩

82면

효의 긔특ᄒ미 졔조의 비ᄒ리 업더라 초공이 삼하를 우환의 심려를 허비ᄒ고 식반이 불일ᄒ여 칠십 노인이 비록 졍강ᄒ나 엇지 무ᄉᄒ믈 어드리오 진왕은 오히려 츙텬장긔 노년의 니ᄅ나 쇠ᄒ미 업는 고로 한가지로 심녀를 ᄡ시나 오히려 샹ᄒ미 업ᄉᄃ 초공은 슈년이 늙으며 태양이 조하 밧근 일월의 광치오 안은 츄슈의 늙으미라 ᄉ오

삭 심녀를 허비ᄒᆞ고 식음이 ᄡᅵ를 허비ᄒᆞ고 식음이 ᄡᅵ를 어긔올 ᄲᅮᆫ 아니라 ᄯᅩ 힝역이 비샹ᄒᆞ여 병세 날노 침즁ᄒᆞ니 쳐

83면

음은 부모의 념녀를 두려 강질ᄒᆞ여 견대더니 슈일지 더ᄒᆞᄆᆡ 부모긔 고ᄒᆞ대 쇼ᄌᆡ 샹한의 긔운이 이셔 대단치 아니나 조셥고져 ᄒᆞ니 과려치 마ᄅᆞ쇼셔 노공 부뷔 가[2]쟝 놀나 왈 삼하를 마음을 ᄲᅧ 실셥ᄒᆞ엿ᄂᆞᆫ지라 이제 병이 나ᄆᆡ 경치 아니리니 모ᄅᆞ미 조심조병ᄒᆞ고 노부모로 ᄒᆞ여금 심녀를 요동치 아니케 ᄒᆞ라 공이 ᄇᆡ샤ᄒᆞ고 나와 ᄆᆡ쥭헌의 누으ᄆᆡ 혼혼ᄒᆞ여 긔운을 슈습지 못ᄒᆞᄂᆞᆫ지라 칠ᄌᆡ 좌우의 뫼셔 황황착급ᄒᆞ고 졔질 졔셔 문싱이 다 놀나 일시

84면

의 문후ᄒᆞ니 진왕이 ᄯᅩᄒᆞᆫ 경녀ᄒᆞ여 나와 숀을 잡고 머리를 집허 문왈 아의 긔운이 범범쇽뤼 아니라 졍명지긔 어릐여 밧기 묽으나 안이 금셕의 견고ᄒᆞ미 잇ᄂᆞᆫ지라 엇지 우연ᄒᆞᆫ 병이 졍신을 졍치 못ᄒᆞ고 혼혼ᄒᆞ미 이러틋 ᄒᆞᄂᆈ 초공이 왕의 우려ᄒᆞ믈 우민ᄒᆞ여 강잉 대왈 쇼뎨 ᄯᅩᄒᆞᆫ 나히 칠십의 갓가온지라 병들ᄆᆡ 혼미ᄒᆞ미 고이ᄒᆞ리잇가 형쟝은 과려치 마ᄅᆞ쇼셔 ᄉᆞ오 일 약셕으로 치료ᄒᆞ면 아니 나으리잇가 언미필의 졔왕이 약 그ᄅᆞ술 밧들고 긔

85면

쥐휘 뒤흘 니어 드러와 좌하의 ᄭᅮ러 긔운을 뭇잡ᄂᆞᆫ지라 초공이 눈을 ᄯᅥ보고 졔ᄌᆞ의 우황ᄒᆞᆫ 거동을 살피ᄆᆡ 이의 니러 안ᄌᆞ 약을 마시고 왈 내 병이 비록 경치 아니나 ᄯᅩᄒᆞᆫ ᄉᆞ병이 아니라 너히 엇지 우황ᄒᆞ여 내 마음을 불안케 ᄒᆞᄂᆞᆈ 모ᄅᆞ미 훤당의 내 병이 나아가므로 고ᄒᆞ고 져런 우ᄉᆡᆨ을 뵈옵지 말나 졔ᄌᆡ 개용 화긔 왈 히ᄋᆞ 등이 일즉 친환을 근심ᄒᆞᆫ 젹이 업다가 금야 쳐음이라 ᄉᆞ졍의 초박ᄒᆞ믈 능히 춤지 못ᄒᆞ와 존젼의 긔ᄉᆡᆨ을 편히 못ᄒᆞ오니 불초ᄒᆞᆫ 죄 깁

---

2) 가 : 원문에 '강'으로 되어 있으나 오기로 보이므로 이와 같이 고침.

86면

도쇼이다 공이 탄왈 내 나히 칠십이 거의오 부귀 일신의 극ᄒᆞ고 너희 칠 인과 ᄌᆞ숀이 삼십여 인이니 무슨 거시 한이리오마는 훤당의 냥친이 구존ᄒᆞ시고 너희 졍ᄉᆡ 그음이 업슨지라 ᄂᆡ ᄉᆡᆼ각ᄒᆞ니 금년의 ᄂᆡ 익회 비샹ᄒᆞ니 그릇ᄒᆞ면 부모와 형장을 쇽이고 너의를 니별홀가 ᄒᆞ노니 쁜 약이 비위를 거ᄉᆞ리오 슈를 닛지 못ᄒᆞᄂᆞ니라 졔지 불승경공ᄒᆞ여 졔왕이 안식을 화히 ᄒᆞ고 쥬왈 대인이 건곤의 졍긔를 습ᄒᆞ시고 일월명광을 타 겨시니 엇지 일시 질환

87면

의 이런 념녀를 ᄒᆞ시리잇고 왕이 쇼왈 아이 엇지 이런 약ᄒᆞᆫ 말을 ᄒᆞ여 여러 아ᄌᆞ로 ᄒᆞ여금 마음을 경동케 ᄒᆞ나뇨 우리 형데 졍녁을 ᄉᆡᆼ각ᄒᆞ니 비록 슈화의 드나 팔십은 넘길 지라[3] 이졔 이 병을 근심홀 ᄇᆡ 아니라 방심ᄒᆞ여 조셥ᄒᆞ라 초공이 역쇼ᄒᆞ나 심히 우려ᄒᆞ여 빵친긔 불효를 끼칠가 두려 ᄎᆞ야의 졔지 시호ᄒᆞ고 졔왕이 븟드럿더니 이의 쇼ᄅᆡ를 나즉이 ᄒᆞ여 왈 ᄂᆡ 텬명이 다ᄒᆞᆫ 거시 아니라 사ᄅᆞᆷ이 횡익이 급ᄒᆞ면 반ᄃᆞ시 쥭ᄂᆞ니 인명이 ᄌᆡ텬ᄒᆞ

88면

나 쥭는 ᄃᆡ 또ᄒᆞᆫ 급히 쥭는 쟈는 비명이라 요ᄉᆞ이 ᄂᆡ 익회 즁ᄒᆞ여 병이 나시니 신긔의 샹ᄒᆞᆫ ᄇᆡ라 약셕이 무효ᄒᆞ니 엇지ᄒᆞ리오 왕이 ᄃᆡ왈 군ᄌᆞ의 신명으로 요믜 엇지 간범ᄒᆞ리잇고 연이나 불시 횡익은 양지ᄒᆞ여 면ᄒᆞ미 잇슬 듯ᄒᆞ오니 쥬공이 무왕의 병을 비ᄅᆞ시고 공명이 북두의 비러시니 만일 위태홀 지경이면 쇼ᄌᆞ 등이 이를 효측ᄒᆞ여 대인의 슈를 비러 ᄌᆡ화를 쇼멸코져 ᄒᆞᄂᆞ이다 공이 쇼왈 내 아히 지셩이 졀박ᄒᆞ미여니와 그러나 하늘의 뷺

89면

으미 쇼연ᄒᆞ여 사ᄅᆞᆷ의 졍ᄒᆞᆫ 긔운이 요ᄉᆞ를 진졍ᄒᆞ는 쟈는 ᄌᆞ연 ᄌᆡ익을 쇼멸ᄒᆞᄂᆞ니 내 병이 익운이 깁흐니 급히 쇼멸키 어려온지라 너를 대ᄒᆞ여 니ᄅᆞᄂᆞ니 ᄌᆞ졍 환휘 즁

---

3) 라 : 원문에는 '리'로 되어 있음.

ᄒᆞ신 ᄶᅥᆨ 반야 삼경을 당ᄒᆞ여 냥친의 십년 슈를 쳥ᄒᆞ미 잇더니 그 후 고이ᄒᆞᆫ 몽ᄉᆡ 잇고 내 병이 이러ᄒᆞ니 내 여긔 죽으미 무감이라 다만 훤당의 불효를 엇지ᄒᆞ리오 졔왕이 드ᄅᆞᄆᆡ 심경낙담ᄒᆞ여 졍혼이 비월ᄒᆞ나 화셩이ᄉᆡᆨ으로 대왈 텬되 쇼쇼ᄒᆞ니 대인 셩효를 감동ᄒᆞ

90면

ᄆᆡ 조모의 환휘 일시의 평복ᄒᆞ시니 이졔 달포 심려를 ᄡᅳ신 중 휘 즁ᄒᆞ시나 엇지 고이ᄒᆞᆫ 념녀를 ᄒᆞ샤 셩수를 히롭게 ᄒᆞ시ᄂᆞ니잇고 문창 등 졔직 ᄯᅩᄒᆞᆫ 경공ᄒᆞ며 례부 등 오인이 ᄯᅩᄒᆞᆫ 놀나거늘 졔왕이 긔쥐후의 오술 달이여 형뎨 밧긔 나와 셔로 의논ᄒᆞ여 ᄀᆞᆯ오대 금일 야야의 말숨을 듯즙고 환후를 보오ᄆᆡ 우리 마음이 버히는 ᄃᆺᄒᆞᆫ지라 엇지 안ᄌᆞ셔 초조ᄒᆞ여 유익ᄒᆞ미 이시리오 금야를 당ᄒᆞ여 냥인이 공의 잠간 잠드ᄅᆞ시믈 타오 뎨를 당부ᄒᆞ여

91면

잘 시호ᄒᆞ라 ᄒᆞ고 벽운산 샹봉의 오ᄅᆞ니 놉히 ᄇᆡᆨ 쳑이오 호표의 파름과 뭇 ᄌᆡ납의 쇼ᄅᆡ 어ᄌᆞ러오ᄃᆡ 냥인이 일분도 구겁ᄒᆞᄂᆞᆫ 의ᄉᆡ 업솔 ᄲᅮᆫ 아니라 가ᄌᆞᆨᄒᆞᆫ 셩회 오직 친병의 일분 ᄎᆞ감을 죄오는 ᄯᅳᆺ이 팅즁ᄒᆞ니 이의 등촉을 경히 ᄒᆞ고 혈셔를 ᄲᅧ 텬디긔와 북두칠셩의 비러 부친의 ᄇᆡᆨ 년 슈를 쳥ᄒᆞ고 ᄌᆞ긔 냥인의 십년 슈를 거두워 부모긔 더으믈 빌ᄉᆡ ᄉᆞ방의 칠등식ᄒᆞ고 이십팔슈를 응ᄒᆞ여 쥬등을 ᄇᆞᆰ히고 문계ᄂᆞᆫ 머리 플고 칼 집허 입 ᄉᆈᆨ

92면

의 그윽히 츅원ᄒᆞ여 신긔로온 ᄌᆡ죄 신기를 감동ᄒᆞᄂᆞᆫ지라 문쳥은 고요히 업대여 샹텬의 감동ᄒᆞ믈 비니 ᄉᆞ모의 인젹이 고요ᄒᆞ여 ᄒᆞ리ᄂᆞᆫ 날이 업ᄉᆞ니 냥인이 힝열ᄒᆞ믈 이긔지 못ᄒᆞ여 ᄉᆞ경으로븟허 ᄇᆞᆰ기의 니ᄅᆞ도록 빌기를 다ᄒᆞ대 쥬등이 ᄇᆞᆰ으니 비로쇼 산을 나려 도라올ᄉᆡ 긔구ᄒᆞᆫ 산로의 ᄉᆞ오 인 동ᄌᆞ로 등화를 들녀 왕ᄅᆡᄒᆞ나 냥공의 거름이 나ᄂᆞᆫ ᄃᆺᄒᆞ여 나려와 바로 드러가지 못ᄒᆞ여 잠간 문외의셔 졔뎨다려 긔후을 무ᄅᆞ니 오직 잠드러 겨시다

93면

ᄒᆞᄂᆞᆫ지라 이 공이 물너 셔지의셔 밤을 ᄉᆡ오며 벼개의 지엇더니 일쟝 긔몽이 이셔 일위 션인이 몸의 운상무의로 ᄉᆞᆫ의 ᄇᆡᆨ옥쥬밀을 드러시니 의관이 심위ᄒᆞ고 샹뫼 비상ᄒᆞ여 셰간의 보지 못ᄒᆞᆫ 사ᄅᆞᆷ이러라 나아와 쟝읍 왈 북두칠셩이 금일 위친ᄒᆞ여 하ᄂᆞᆯ긔 츅원ᄒᆞᄆᆡ 본대 조군의 긔품이 ᄆᆞᆰ아 진쇽의 일년 슈ᄅᆞᆯ 더으미 삼ᄉᆞ년 조군의 슈ᄅᆞᆯ 더럿ᄂᆞᆫ지라 샹뎨 본ᄃᆡ 조군을 ᄉᆞ랑ᄒᆞ샤 좌우의 두기ᄅᆞᆯ 밧바 ᄒᆞ시니 태허의 션관이 몃친 동 알니오마ᄂᆞᆫ 조군

94면

의 신긔ᄒᆞᆫ 덕을 밋ᄎᆞ리 업ᄉᆞᆫ지라 고로 ᄋᆡᆨ쥬ᄅᆞᆯ 인ᄒᆞ여 ᄎᆞᆺ고져 ᄒᆞ시더니 칠셩의 한가지로 빌믈 감동ᄒᆞ실 ᄲᅮᆫ 아냐 동원의 녀셩이 이셔 몸쇼 희ᄉᆡᆼ이 되여 비ᄂᆞᆫ지라 ᄒᆞᆫᄀᆞᆺ 조군의 이 병이 쾌쇼ᄒᆞᆯ ᄲᅮᆫ 아니라 그 텬년을 다 누리고 불구의 거려의 통ᄒᆞᄂᆞᆫ ᄯᆡᄅᆞᆯ 당ᄒᆞ여도 무강ᄒᆞ여 인셰 질양이 업ᄉᆞ리니 이ᄯᆡ 다른 ᄭᆞᆺ치 업ᄉᆞᆫ지라 운산 숑ᄇᆡᆨ목 아ᄅᆡ 업던 긔이ᄒᆞᆫ ᄭᆞᆺ치 국화도 아니로ᄃᆡ 향긔 습인ᄒᆞ고 빗치 흰 ᄭᆞᆺ출 두어 숑이ᄅᆞᆯ ᄡᅡ다가 탕약의 너

95면

허 ᄡᅳ면 질환이 쾌ᄎᆞᄒᆞ리라 나ᄂᆞᆫ 태허진군이오 사ᄅᆞᆷ의 ᄉᆡᆼᄉᆞᄅᆞᆯ 긔록ᄒᆞ더니 공 등으로 졍의 ᄌᆞ별ᄒᆞᆫ 붕위라 넷 졍이 의연ᄒᆞᆫ대 금야 운산 고봉의 혈셔 츅원과 통음이 지효ᄅᆞᆯ 감동ᄒᆞ여 옥뎨긔 진달ᄒᆞ고 ᄯᅩ 녀셩의 대효ᄅᆞᆯ 알게 와셔 니ᄅᆞᄂᆞ니 동원의 비ᄂᆞᆫ 쟈ᄂᆞᆫ 룡죵닌지의 옥엽이니 셩덕이 요슌의 가ᄒᆞᆫ지라 그 집을 흥ᄒᆞ고 종을 빗ᄂᆡ리ᄂᆞᆫ ᄎᆞ인이라 텬긔 비밀ᄒᆞ여 가ᄂᆞ니 타일 텬대의 만나리라 냥죄 대경ᄒᆞ여 다시 뭇고져 ᄒᆞ더니 션

96면

관이 ᄯᅩ ᄀᆞᆯ오ᄃᆡ 이곳이 공 등의 오ᄅᆡ 이실 ᄯᅢ 아니라 슈ᄌᆡᄅᆞᆯ 지ᄂᆞ거든 가히 ᄌᆞᄉᆞᆫ을 거ᄂᆞ리고 가권을 시러 깁히 피ᄒᆞ라 언파의 홀연이 간 곳을 모ᄅᆞᆫ지라 졔왕이 놀나 ᄭᆡ여 긔쥐후ᄅᆞᆯ 흔드러 왈 우리 잠을 탐ᄒᆞ여 ᄇᆞᆰ기ᄭᆞ지 ᄭᆡ지 못ᄒᆞ니 시호의 태만ᄒᆞ미 여ᄎᆞᄒᆞ도다 긔쥐 니러 안ᄌᆞ며 븟슬 잡아 두어 쥴 글을 ᄡᅧ 형을 뵈고 희긔 만면이어ᄂᆞᆯ

왕이 머리 조와 ᄃᆞᆯ오대 오몽이 역연ᄒᆞ거니와 동원 녀셩은 엇지 니ᄅᆞ민고 긔쥬휘 ᄃᆞᆯ오대 공쥐 요ᄉᆞ이 이곳의 왓

97면

고 ᄎᆞ인의 아ᄂᆞᆫ 거시 여신ᄒᆞ고 효셩이 츌인ᄒᆞ니 반ᄃᆞ시 야야의 병후를 남모ᄅᆞ게 빌미 잇ᄂᆞᆫ가 시부니 오문의 복경이 여ᄎᆞᄒᆞ여 이 갓튼 셩인이 형쟝 ᄌᆞ부 즁 이시니 엇지 긔특지 아니리오 인ᄒᆞ여 셔로 깃브믈 치하ᄒᆞ고 밧비 동원 산샹의 가보니 아모도 업고 공쥬의 젹은 궁녀 옥셤이 ᄒᆞᆫ 립 거젹을 잇그러 먼니 더지고 나려가거ᄂᆞᆯ 졔왕이 무러 왈 금야의 이곳의 뉘 왓시며 공쥬ᄂᆞᆫ 어대 계시오 옥셤이 공쥬의 당부를 드럿고 비밀이 ᄒᆞᄂᆞᆫ 뜻을 아ᄂᆞᆫ지

98면

라 즉시 대왈 이곳의 뉘 왓던 동 쇼비ᄂᆞᆫ 아지 못ᄒᆞ고 옥쥬ᄂᆞᆫ 침당의 ᄶᅧᄂᆞᆫ지 아냐 겨시니이다 긔쥬휘 웃고 왈 그러면 네 엇지 닐즉이 이곳의 왓ᄂᆞᆫ다 졔왕이 가마니 문왈 내 공쥬의 야간ᄉᆞ를 아나니 너ᄂᆞᆫ 긔이지 말나 옥셤이 아ᄅᆞᆺᄂᆞᆫ가 ᄒᆞ여 감히 긔망치 못ᄒᆞ여 고왈 옥쥐 초국공 노얘 환후 즁ᄒᆞ시믈 망극ᄒᆞ여 가마니 반야의 하ᄂᆞᆯ긔 졔ᄒᆞ고 비ᄅᆞ시ᄃᆡ 알니 잇실가 두려ᄒᆞ샤 쇼비 등을 엄금ᄒᆞ시므로 감히 발셜치 못ᄒᆞ엿ᄉᆞᆸ다가 임의 ᄇᆞᆰ히 아ᄅᆞ샤 무ᄅᆞ시

99면

니 알외나이다 졔왕 형뎨 ᄎᆞ언을 드ᄅᆞᄆᆡ 공쥬의 셩효를 감탄ᄒᆞ여 이의 솟출 ᄶᅡ 도라와 약의 타 부공긔 드리니 초공의 병셰 날노 안개 ᄉᆞ둣 군름 것둣 졈졈 ᄎᆞ경이 이시니 ᄌᆞ질 졔숀의 환힝ᄒᆞ믈 엇지 다 긔록ᄒᆞ리오 초공이 혼혼침침ᄒᆞᆫ 가온대 신인이 니ᄅᆞᄃᆡ 그대 쉬 금년의 옥뎨의 됴회ᄒᆞᆯ너니 그대 ᄌᆞ와 녀셩의 도츅ᄒᆞᄂᆞᆫ 효의 텬디를 감동ᄒᆞᄆᆡ 특별이 슈를 더어 텬년을 안과ᄒᆞ게 ᄒᆞ노라 ᄒᆞ고 가거ᄂᆞᆯ 공이 이의 ᄭᆡᄃᆞᄅᆞ니 혼혼 즁 몽ᄉᆡ 력력

100면

ᄒᆞ고 ᄌᆞ긔 병이 시일노 졍신이 샹쾌ᄒᆞᆫ지라 심즁의 졔왕 등과 혜션공쥬의 지셩츅텬ᄒᆞ

여 감동ᄒᆞ민 ᄌᆞᆯ 아더라 이후로 공의 병휘 날노 ᄎᆞ경ᄒᆞ여 졈졈 신관이 녜 갓ᄐᆞ니 노공 부부와 형ᄆᆡ 제ᄌᆞ숀 등의 긔힝만열ᄒᆞ미 합ᄉᆞ의 비복쟝확이라도 즐겨ᄒᆞ고 졔셔 문싱 친붕이 다 하례ᄒᆞᄂᆞᆫ 거ᄆᆡ 도로의 씃치지 아니ᄒᆞ더라 이ᄯᆡ 승샹 군종이 달포 초공 환후로 운산의 와 머무더니 환휘 져기 ᄎᆞ복ᄒᆞ니 국가 즁임을 오ᄅᆡ 폐치 못ᄒᆞᆯ지라 승샹과 졔

101면

왕이 ᄌᆞ질을 경계ᄒᆞ여 도라가라 ᄒᆞ니 ᄉᆞ정이 졀민ᄒᆞ나 국ᄉᆞ를 폐치 못ᄒᆞ여 존당 부모긔 하직고 도라오나 ᄎᆞᆨ일ᄒᆞ여 ᄯᆡ로 나아가 ᄇᆡ현ᄒᆞ더라 이ᄯᆡ 경시 고루의 올나 날이 맛도록 눈이 ᄯᅮ러지도록 대로의 지ᄂᆞᄂᆞᆫ 쟈를 술피나 그 즁 풍ᄎᆡ 용둔ᄒᆞᆫ 쟈도 잇고 혹 미목이 여인ᄒᆞ고 풍뉘 헌앙ᄒᆞ나 긔품이 한박ᄒᆞ여 삼십도 누리지 못ᄒᆞᆯ 샹도 이시며 혹 살이 비둔ᄒᆞ고 용녈ᄒᆞᆫ 쟈도 잇고 피골이 샹년ᄒᆞ니도 잇셔 네ᄉᆞ 풍화ᄒᆞᆫ 얼골이 가쟝 흔치 아니니 이벽의 젼졍 만

102면

리를 엇던 사ᄅᆞᆷ의게 의탁ᄒᆞᆯ고 망연ᄒᆞᆯ 지음의 홀연 느러진 벽졔와 츄종 하리 길ᄒᆞᆯ 열고 ᄉᆞᄆᆡ 닷기를 나ᄂᆞᆫ ᄃᆞ시 ᄒᆞᄂᆞᆫᄃᆡ 븕은 양산이 표등ᄒᆞ고 ᄉᆞ륜거를 미러 나아오니 젼후 츄종이 만치 아니ᄒᆞ대 위의 필연 일국 졍승이라 거샹의 일위 ᄌᆡ샹이 ᄌᆞ금관을 쓰고 면류를 드리오며 홍포옥대로 단졍히 안ᄌᆞ시니 풍광이 쇄락ᄒᆞ여 일륜명월이 쳥텬의 쇼ᄉᆞ시며 ᄇᆡᆨ일이 만방의 붉앗ᄂᆞᆫ지라 ᄇᆡᆨ년귀밋과 효셩냥안이며 와잠봉미와 쥬슌녕협

103면

의 완연히 옥쳥 진군이 진셰의 나렷ᄂᆞᆫ지라 경환이 이를 보ᄆᆡ 심혼이 비월ᄒᆞ고 구령이 산란ᄒᆞ니 년망이 발 굴너 착급히 시비를 불너 왈 가히 긔특ᄒᆞ며 아ᄅᆞᆷ답도다 양한님 두목지ᄂᆞᆫ 져만 못ᄒᆞ고 고력ᄉᆞ로 훼를 벗기던 니쳥년도 져러치 못ᄒᆞ리니 ᄇᆡᆨ쥬의 신션이 하강ᄒᆞ여 나 경환의 일ᄉᆡᆼ 바라ᄂᆞᆫ 눈이 쾌케 ᄒᆞᄂᆞᆫ고 너희 날을 위ᄒᆞ여 밧비 나아가 힝인다려나 하리 츄종다려 무러 보라 엇던 ᄉᆞᄅᆞᆷ의 힝ᄉᆡ 어ᄃᆡ로 가ᄂᆞᆫ고 아라 오라 시비 슈명

104면

ᄒᆞ여 발이 싸히 붓지 아냐 대로의 내다라 보니 발셔 먼니 지나ᄂᆞᆫ지라 졍히 초조ᄒᆞ더니 뒤히 ᄒᆞᆫ ᄂᆞᆺ 하리 거룸이 남만 못ᄒᆞ더니 쳐져 목이 갈ᄒᆞ여 길가 우물의 물을 마시거ᄂᆞᆯ 시비 내다라 무러 왈 앗가 지나시ᄂᆞᆫ ᄌᆡ샹이 엇더ᄒᆞ신 힝친고 우리 부인과 쇼뎨 알 일이 이셔 관인의게 뭇노라 그 하리 밧비 가며 니ᄅᆞ대 귀눈이 이시면 당됴 조승샹을 모로랴 존휘를 하리라셔 도즁의셔 니ᄅᆞ랴 혜션도위 ᄉᆞ양ᄒᆞ신 조부마시요 시임 우승샹이시니라 시비

105면

즉시 드러와 이ᄃᆡ로 고ᄒᆞ니 경환이 탄왈 이ᄂᆞᆫ 혜션공쥬의 가부 조명쳔이라 ᄎᆞ인의 니ᄅᆞ미 헛되지 아니ᄒᆞ도다 졔 우연ᄒᆞᆫ 사룸이라도 쟉위 삼태의 거ᄒᆞᄆᆡ 반ᄃᆞ시 여러 부인을 갓초와실 거시오 ᄒᆞ믈며 옥엽금지의 빵ᄒᆞ여 만ᄉᆡ 쓧과 ᄀᆞᆺᄐᆞ니 엇지 날 ᄀᆞᆺᄐᆞᆫ 쇠약ᄒᆞᆫ 문미의 무명ᄒᆞᆫ 녀ᄌᆡ 바라나 보리오 의ᄉᆡ 이의 밋쳐ᄂᆞᆫ 낙막ᄒᆞ고 심회를 이긔지 못ᄒᆞ여 좌ᄉᆞ우샹ᄒᆞᄆᆡ 황연이 ᄒᆞᆫ 쐬를 ᄊᆡ다라 시비 즁의 ᄌᆞᄉᆡᆨ이 졀승ᄒᆞᆫ 비ᄌᆞ 운향을 내여 노화 조부 근

106면

쳐의 가 쇼식을 낫ᄂᆞᆺ치 탐쳥ᄒᆞ고 조승샹의 웃듬 시임ᄒᆞᄂᆞᆫ 셔동 계창을 ᄉᆞ괴니 운향이 ᄐᆡ되 졀염인 고로 계창이 십분 흠ᄋᆡᄒᆞ여 믄득 졍을 ᄆᆡᄌᆞᄆᆡ 냥졍이 밀밀ᄒᆞ여 아니 못ᄂᆞᆫ 날이 업고 경시 대ᄉᆞ를 도모코져 ᄒᆞᄆᆡ 운향을 계창을 맛지고 아룸다온 쥬식과 긔이ᄒᆞᆫ 과품으로 계창을 먹여 대졉ᄒᆞ기를 셔랑갓치 ᄒᆞ고 금은을 쥬어 계창의 의복을 션명히 ᄒᆞ여 공후 귀가의 녀셔를 대졉홈 ᄀᆞᆺᄐᆞ니 쳔인이 금은을 아니 ᄉᆞ랑ᄒᆞ리 업고 미ᄉᆡᆨ은 귀

107면

쳔 업시 ᄉᆞ랑ᄒᆞᄂᆞᆫ지라 향의 졀ᄉᆡᆨ과 의식의 호화를 졈득ᄒᆞ니 창이 깃부고 감격ᄒᆞ믈 이긔지 못ᄒᆞ여 운향의 말을 언쳥계죵ᄒᆞᄂᆞᆫ지라 운향이 임의 계창과 졍의를 긋게 ᄆᆡᄌᆞᄆᆡ 말을 내여 니ᄅᆞᄃᆡ 우리 쇼져 본대 규슈의 몸이시나 문필이 텬하 대유를 업슈히 너기시ᄂᆞᆫ지라 드ᄅᆞ니 부마 조승샹의 문한과 필법이 셰샹무젹이라 ᄒᆞ니 그 아룸다온 문

집과 친필을 어더 구경코져 ᄒᆞ시니 낭군이 우리 쇼져의 후은을 입으미 녜ᄉᆞ 비부와 다른지라 능히 ᄎᆞᄉᆞ

108면

를 도을소냐 챵이 쇼왈 이는 아조 쉬온 쳥이니 내 임의 귀쇼져의 셩권을 입어 그대 갓튼 미식을 허급ᄒᆞ시고 의식을 호치케 ᄒᆞ시니 비록 쥬인이 삼공의 거ᄒᆞ시나 본대 졀검ᄒᆞ시므로 샹히 금슈를 입지 아니시고 샹의 여러 그릇 화미진친을 노치 아니시니 우리 무리 다 긔한을 면홀 ᄲᅮᆫ이라 셰가 복부의 호화ᄉᆞ치를 감히 발뵈지 못ᄒᆞ고 ᄉᆞᄉᆞ 금은이 업더니 그대의 덕으로 의식이 호치ᄒᆞ니 엇지 이만 쳥을 듯지 아니리오 즉시 승샹의 문집 두어 권을 어더 운향을 쥬

109면

니 원ᄂᆡ 조부ᄆᆡ 부뫼 운산으로 가시므로븟허 여러 쇼공ᄌᆡ 운산의셔 슈혹ᄒᆞ고 몸이 국ᄉᆞ의 공총ᄒᆞ고 ᄯᅩ 운산 왕ᄅᆡ로 빅화헌 문이 죵일 닷쳐 오직 셔동비 직희엿는지라 계챵이 약간 문ᄌᆞ나 아는 고로 쾌히 어더 내여 쥬니 경시 이 글시와 글을 보ᄆᆡ 대경ᄒᆞ여 숀으로 무릅흘 치며 칭찬 왈 당시의 태빅이 ᄉᆞ라도 밋지 못ᄒᆞ리로다 만일 ᄎᆞ인을 쇽여 도라가지 못ᄒᆞ면 내 ᄯᅩ 가인ᄌᆡ녜 아니라 ᄒᆞ고 쥬야 초조ᄒᆞ여 글시를 본ᄡᅳᄆᆡ 경시 하늘이 내신바 긔이ᄒᆞᆫ ᄌᆡ조와 문필과 총민지

110면

뫼 유여ᄒᆞᆫ지라 달 남즉이 공부ᄒᆞᄆᆡ 완연이 조승샹의 ᄌᆞ톄를 모습ᄒᆞ는지라 이의 쳥산 녹슈로 밍셰ᄒᆞ고 글을 짓고 그 아ᄅᆡ ᄡᅳᄃᆡ 승샹 조명쳔은 경쇼져 안샹의 븟치노라 ᄒᆞ고 ᄯᅩ 대ᄒᆞ여 셔로 슈쟉ᄒᆞ는 졀구를 지어 타문의 가지 못홀 말과 공쥬와 부모의 ᄯᅳᆺ을 어더 쾌히 다려오믈 언약ᄒᆞᆫ 글을 무슈히 민ᄃᆞ라 여러 쟝으로 ᄡᅧ 그 가온대 조승샹 션초 잠옥 갓튼 거슬 어더 쥬거나 문방지물의 거시나 두어 가지 어더 달나 ᄒᆞ니 원ᄂᆡ 조승샹이 검쇼ᄒᆞ여 몸의 보

111면

화의 거슬 가지지 아니ᄒᆞᄃᆡ ᄌᆞ금건잠과 옥션초 ᄒᆞ나히 이시니 이 심샹ᄒᆞᆫ 거시 아니

라 진종 황애 초국공의 청고ᄒᆞ믈 칭지ᄒᆞ샤 금잠을 샹시의 머리의 ᄭᅩᄌᆞ시다가 ᄲᅢ혀 쥬시고 션초는 인종이 문계의 공노로ᄡᅥ 쟉상을 ᄉᆞ양ᄒᆞ믈 보시고 ᄀᆞᆯ오샤대 가히 경의 조흐며 념결ᄒᆞ미 이 옥 갓트니 이거시 짐의 샹시 가지던 거시믹 쥬노라 ᄒᆞ시니 이 심샹ᄒᆞᆫ 금옥이 아니라 슈즁의 단련ᄒᆞᆫ 보ᄇᆡ로 밤의 들면 광ᄎᆡ 십 니의 ᄡᅩ이는지라 초공이 졔왕다려 왈 이는 인군

112면

이 은샤ᄒᆞ신 배라 깁히 간ᄉᆞᄒᆞ라 ᄒᆞ더니 명쳔이 관례 졔 ᄭᅩᄌᆞ며 명쳔이 립신ᄒᆞᄆᆡ 션초를 금션의 다라쥬며 붕배 간도 밧고지 말나 ᄒᆞ엿는 고로 승샹이 두 가지를 샹히 가지지 아냐 깁히 너허더니 계창이 옥션초와 금잠을 셔헌이 븨인 ᄯᅢ 도적ᄒᆞ여 운향을 쥬니 경시 보고 대희ᄒᆞ여 져의 옥지환 일 ᄡᅡᆼ과 황금보픽 일 쥴의 ᄒᆞᆫ 봉셔를 긴긴히 봉ᄒᆞ여 운향을 쥬니 운향이 계창을 쥬어 왈 낭군이 보배를 쥬믹 쇼졔 깃거 이거슬 쥬시며 가마니 조승샹 낭즁의 너

113면

허 쥬면 낭군이 타일 쇼져와 승샹이 샹을 쥬시리니 너허 달나 ᄒᆞ니 챵이 의려ᄒᆞ나 운향의 말을 아니 듯지 못ᄒᆞ여 승샹긔 직슉ᄒᆞ는 날 가마니 금낭의 너허 무긔를 갓치 ᄒᆞ니 엇지 ᄉᆞᆲ의나 알니오 초공의 환휘 갓 나은 ᄯᅢ라 년일 문후ᄒᆞ노라 단니니 경시 등의 힝계ᄒᆞ믈 어이 알니오 조부믹 운산의 단니는 날을 당ᄒᆞ여 바로 운향으로 ᄒᆞ여금 글을 쥬어 평졔왕긔 드리고 여ᄎᆞ여ᄎᆞᄒᆞ라 ᄒᆞ니 ᄎᆞᄉᆞ를 모친과도 의논치 아니ᄒᆞ엿는지라 뉘 알니오 ᄯᅢ의 평졔왕

114면

이 부친 환휘 나으시고 존당이 강건ᄒᆞ시며 ᄯᅢ 계츄 념간을 당ᄒᆞ여 단풍은 비단장을 드리고 화계의 오ᄉᆡᆨ 국화는 닷토와 암향을 토ᄒᆞ며 젼후의 듈 지은 숑ᄇᆡᆨ은 프른 빗치 창창ᄒᆞ여 만산 츄경이 셩히 보왐 즉ᄒᆞᆫ지라 동원의 돗글 베플고 양광효 쇼효문 등이며 셜쳐ᄉᆞ 경운긔 셔로 쥬ᄇᆡ를 날니며 졔인이 하쟝을 지어 와 노공 부부와 초공의 질환이 쾌복ᄒᆞ믈 치하ᄒᆞ여 날이 맛도록 즐기고 명일의 졔죄 나아와 단녀가ᄃᆡ 오직 조부마는 승샹부의 긴

115면

급훈 ᄉᆞ괴 이셔 니셔 두 날을 못 왓다가 일즉 파됴 후 직시 나오니 초공이 못 오던 연고를 므ᄅᆞ미 실노뻐 대ᄒᆞ고 뫼셧다가 물너 부져의 나오니 맛초아 졔슉이 다 셜쳐ᄉᆞ를 보라 가고 오직 졔왕이 고요히 쇼아들만 거ᄂᆞ려 ᄎᆞ일은 신긔 불평ᄒᆞ므로 쉬고져 ᄒᆞ여 안식의 지혓ᄂᆞᆫ지라 승샹이 부왕의 긔식이 편치 아니시믈 놀나 나ᄌᆞ이 ᄉᆔ러 긔운을 뭇ᄌᆞ오니 화열훈 ᄂᆞᆺ빗촌 양츈이 식롭고 효슌ᄒᆞ고 례뫼 빈빈ᄒᆞ여 셩인의 품질이 식로이 긔특훈지라 슈일을 못 보

116면

므로 금일 쇄락훈 옥면이 츄월이 탁운을 버ᄉᆞ며 쳥탕훈 풍신이 반하의 고으믈 능만ᄒᆞ니 졔왕이 만면의 화긔를 먹음고 물너 왈 다른 아희들은 년일 나오되 너ᄂᆞᆫ 이틀을 오지 아니ᄒᆞ니 샹부의 무ᄉᆞᆫ 일이 잇더냐 승샹이 공슈 대왈 묘당의 긴급훈 일이 잇고 쥬샹이 년ᄒᆞ여 파됴 후 머므러 국ᄉᆞ를 의논ᄒᆞ시미 감히 물너 오지 못ᄒᆞ엿ᄂᆞ이다 졔왕이 죵용이 됴뎡ᄉᆞ와 붕빅의 쇼문을 므러 부ᄌᆡ 말솜이 조용ᄒᆞ더니 믄득 훈 녀인이 숀의 봉셔를

117면

들고 와 평졔왕긔 드려지라 ᄒᆞ니 왕이 고이히 너겨 온 곳을 므ᄅᆞ며 일변 봉셔를 바다 보니 ᄒᆞ여시되 쳡은 경가의 어린 ᄯᆞᆯ이라 일즉 외가로 인ᄒᆞ여 대왕긔 결친지의 잇거ᄂᆞᆯ 몸이 규방의 침몰ᄒᆞ여 대명을 귀의 우레갓치 듯ᄌᆞ오대 미졍을 펼 길히 업습더니 녕낭 조쥭쳥은 일국 졍승이오 금뎐 녀셰라 위엄이 조뎡의 나타ᄂᆞ고 덕망이 일셰를 업누ᄅᆞ거ᄂᆞᆯ 엇지 힝실이 졔비ᄒᆞ여 남의 규방

118면

의 드러와 심규 아녀ᄌᆞ를 쇽여 인륜을 어ᄌᆞ러이고 례의를 숀샹ᄒᆞ니 쳡의 가벌문미ᄂᆞᆫ 대왕의 붉히 아ᄅᆞ실 빅라 죄역이 심즁ᄒᆞ여 일즉 강보의 엄친을 여희고 이의 혈혈편모로 더브러 그림지 고단ᄒᆞ고 문젼이 녕낙ᄒᆞ여 문의 개 짓지 아니ᄒᆞ고 친쳑이 샹문ᄒᆞ리 업ᄂᆞᆫ 고로 오직 편모로 세샹의 잇ᄂᆞᆫ 쥴을 슬허ᄒᆞ니 엇지 호화의 ᄯᅳᆺ과 인륜낙ᄉᆞ를 알니오 비록 ᄌᆞ라시나 과모의 문졍이 적막ᄒᆞ고 쳡의 쇼원이 용녈필부

119면

의게 허신ᄒᆞ여 몸을 욕ᄒᆞᄂᆞ니 출하리 혼ᄌᆞ 일싱을 도쟝의 맛치려 ᄒᆞ거ᄂᆞᆯ 녕낭이 운산 왕릐의 홀연 쳡의 집의 드러와 쳐음은 친쳑의 졍을 일캇고 ᄌᆞ모를 촉ᄒᆞ여 쳡 보기를 구ᄒᆞ고 쳡의 분면홍안을 보와 ᄌᆞ모를 보치니 쳑의를 일ᄏᆞᄅᆞ 막으나 못 견ᄃᆡᆯ 일을 일캇고 일야ᄂᆞᆫ 슐을 취ᄒᆞ고 바로 쳡의 방의 와 집슈희롱ᄒᆞ여 믄득 부부로 칭ᄒᆞ고 타문의 가지 못ᄒᆞᆯ 쥴노 져희니 쳡이 두려 평싱을 허락ᄒᆞ니 ᄎᆞ후

120면

왕릐 빈빈ᄒᆞ여 긔탄치 아니ᄒᆞ고 단니기를 무샹히 ᄒᆞᄃᆡ 쳡이 쥭기를 한ᄒᆞ여 지금 이 셩의 친은 일우지 못ᄒᆞ나 조문을 바라ᄂᆞᆫ 뜻이 산해 갓튼 고로 금일 쥭기로뻐 대왕긔 쇼회를 고ᄒᆞᄋᆞᆸᄂᆞ니 공쥬와 동녈치 못ᄒᆞ나 비쳡지항이라도 조군을 위ᄒᆞ여 직희ᄂᆞᆫ 뜻을 고ᄒᆞᄂᆞ이다 조군이 임의 두 가지 금옥으로 슈빙ᄒᆞ엿고 쳡의 옥환과 금픿로 답빙ᄒᆞ여 슈약이 뎡녕ᄒᆞ오니 긔로텬황ᄒᆞ나 두 마음 슷기 어려온지라 대왕

121면

은 슬파쇼셔 ᄒᆞ엿더라 왕이 견파의 대경ᄒᆞ여 봉안이 둥굴며 미위 참엄ᄒᆞ여 셔간을 승샹긔 더져 왈 가히 이젹지힝이오 인면슈심이로다 ᄒᆞ더라 이 일이 엇지 된고 하회 분셕ᄒᆞ라

조시삼대록 권지삼십팔

1면

어시의 졔왕이 운향을 갓가이 불너 ᄀᆞᆯ오ᄃᆡ 네 쇼져의 글을 보니 불승한심ᄒᆞ나 혼인은 풍화대관이오 인륜의 쳐음이라 엇지 이런 일이 셰샹의 이시리오 아지 못게라 슈빙ᄒᆞᆫ 금옥은 무어시며 너의 납빙은 쏘 무어시뇨 내 ᄌᆞ식이 비록 어지지 못ᄒᆞ나 여ᄎᆞ 비례픿덕은 힝치 아니ᄒᆞᆯ지라 여쥬의 글이 실치 아닌가 ᄒᆞ노라 향이 쇼릐를 가다듬아 쥬왈 엇지 이런 대ᄉᆞ를 허언을 ᄒᆞ며 승샹이 엇

2면

던 위즁ᄒᆞ신 몸이라 젹은 녀ᄌᆡ 허언을 ᄭᅮᆷ여 잡으리잇가 승샹의 슈빙ᄒᆞ신 옥션초 금잠이 쇼져긔 잇고 승샹의 ᄆᆡᆼ약과 시ᄉᆞ 창화ᄒᆞ신 슈젹이 가득ᄒᆞ여시니 엇지 감히 쇽일 니 이시리잇가 왕이 승샹을 도라보니 관을 숙이고 안ᄉᆡᆨ이 ᄌᆞ약ᄒᆞ여 그 글을 다 보고 니러 ᄇᆡᆨ이대왈 쇼ᄌᆡ 슈무샹이나 이대도록 비례불법의 ᄒᆡᆼ실을 몸쇼 ᄒᆡᆼ치 아닐 쥴은 대인의 ᄇᆞᆰ으시므로 아ᄅᆞ실지라 ᄎᆞ녀를 져 쥬샤 간정을 젹발ᄒᆞ쇼셔 왕이 ᄯᅩᄒᆞᆫ 승샹의 ᄇᆡᆨᄒᆡᆼ이 숙

3면

연ᄒᆞ믈 밋ᄂᆞᆫ지라 실노ᄡᅧ 의혹ᄒᆞ여 운향다려 왈 네 ᄆᆡᆨ낭ᄒᆞᆫ 말노 억유ᄒᆞ나 오ᄋᆡ 네 집의 간 일이 업노라 ᄒᆞ니 ᄎᆞᄂᆞᆫ 간ᄉᆞᄒᆞᆫ 음네라 직고치 아니면 죄를 면치 못ᄒᆞ리라 운향이 ᄂᆡᆼ쇼ᄒᆞ고 품 가온대로셔 옥션초 금잠과 혼셔와 승샹의 시ᄉᆞ 창화ᄒᆞᆫ 여러 쟝 시젼을 내여 밧드러 드리고 표연이 하직 왈 거두며 바리시기ᄂᆞᆫ 존문 쳐치의 이시니 어ᄃᆡ가 빙폐ᄒᆞᆫ 냥물을 어드며 더옥 승샹의 친필을 뉘라셔 쥬작ᄒᆞ여 혼셔를 ᄆᆡᆫ둘니잇가 남ᄌᆞ의 풍

4면

뉴호신은 밋지 못ᄒᆞᄂᆞ니 아쥬의 빙쳥혜질을 보지 아니면 모ᄅᆞ거니와 본 후 혹ᄒᆞ기ᄂᆞᆫ 남ᄌᆞ의 예ᄉᆞ요 일죽 아쥬의 침쇄 ᄎᆡ봉루라 작하븟허 피셔ᄒᆞ노라 쇼제 올나 길노 지ᄂᆞᄂᆞ니를 혹 보시더니 맛초아 조승샹 노야로 연분 이셔 루샹의셔 보시고 쇼져의 ᄉᆡᆨ광을 ᄉᆞ모ᄒᆞ여 와 겨시니 ᄎᆞᄉᆡᆨ 실노 쇼져의 타시 아니어ᄂᆞᆯ 승샹 노애 ᄉᆞᆺ감기를 어려워 쎄치시니 만일 아쥬의 답빙ᄒᆞᆫ 옥환 금ᄑᆡ와 봉셰 승샹 낭즁의 업거든 쳔비 형벌을 ᄉᆞ양치 아니리이다 승

5면

샹이 불승분ᄒᆡᄒᆞ나 옥션초와 금잠이 ᄌᆞ긔 거ᄉᆞ로 져의 슈즁의 도라가믈 불승의아ᄒᆞ매 잠ᄀᆞᆫ ᄂᆞᆺ빗치 변ᄒᆞ고 왕은 그 션초와 금잠이 완연ᄒᆞᆫ ᄌᆞ긔 집 거시며 승샹의 글시로 혼셔 ᄡᅳᆫ 거시 분명ᄒᆞ고 허다 ᄆᆡᆼ쟝과 긔괴ᄒᆞᆫ 셔식 부지기쉬라 혹 쳥산녹슈로 언약ᄒᆞ고 대ᄒᆡ 샹뎐이 되나 잇지 아니리라 ᄒᆞ여 허랑방탕ᄒᆞ믈 이로 보지 못ᄒᆞᆯ지라 왕이 이

의 다다르는 놉흔 셩이 발연이 니러나 휴휴흔 대쟝뷔 어닉 스이의 요괴로온 간계를 숨의나 싱각흐리오

6면

쇼년 풍졍의 미싀을 보고 부모 존당이 다 엄칙흐미 업슨 고로 범식 방약흐여 이의 밋쳣도다 혜아리믹 더옥 셔스 혼셔는 의스 업슨 승샹 필젹이라 통해흐믈 이긔지 못흐여 운항을 수즈져 왈 불초직 무샹흐여 규방의 드러가나 규녀의 힝실이 놉흐면 엇지 슈창흐여 셔로 말흐고 시스로 창화흐리오 내 비록 용널흐나 졍코 이런 음난흔 계집은 용납지 아니리니 돈ᄋᆞ의 죄룰 졍히 흐고 여쥬는 나의 알 배 아니라 임의 이셩의 친을 일우지 아냣다 흐니

7면

임의로 홀지어다 언파의 분긔 대발흐여 운항을 등 미러 닉치고 비로쇼 승샹을 잡아 나리오니 이쯰 왕의 엄엄흔 노긔 북풍대한의 샹셜이 비비흔지라 승샹이 지은 죄 업스나 황공젼률흐믈 이긔지 못흐여 면관 해의대흐고 계하의 부복흐니 왕이 좌우로 승샹의 금낭을 쎄혀 드리라 흔대 승샹이 금낭의 뼈 은익홀 거시 업스므로 안싀이 즈약흐여 글너 올니니 왕이 친히 여러 보믹 흔 봉 화젼이 무겁거늘 쎼혀 보니 옥지환 흔 빵과 금픽 흔 쥴

8면

이라 그 셔의 흐여시대 경셩환은 조승샹긔 붓치ᄂᆞ니 옥션초 금잠이 종신대스를 뎡흐믹 답례 업지 못흐여 옥환 흔 빵과 금픽 흔 쥴이 쳡의 평싱 스랑흐는 보배라 쳡의 졍을 표흐ᄂᆞ니 모르미 잇지 마르시고 녀즈의 젼졍을 져바리지 마르쇼셔 흐엿더라 왕이 견츠의 어히 업스니 도로혀 일장을 우어 왈 즈식을 몰나보고 너룰 밋는 내 너만 못흐니 하 면목으로 스룸을 대흐리오 져거시 미물이나 군부의 쥬신 거시니 너룰 쥬기는 의쟝흐는 뜻을 뵈미

9면

여늘 네 비례곡경의 미녀와 샹통흐믹 무슴 보픽 업셔 굿ᄐᆞ여 대인이 쥬시며 군상이

상사ᄒᆞ신 거술 업시ᄒᆞ며 네 나히 져므나 외람이 일국 졍승이 되여 례의를 ᄇᆞᆰ히며 사름을 권장ᄒᆞ리니 츰아 엇지 몸쇼 남의 규방의 드러가 음난ᄒᆞᆫ 힝실이 금슈와 ᄀᆞᆺᄐᆞ며 픽덕의 글이 ᄉᆞ름으로 ᄒᆞ여금 츰아 듯지 못ᄒᆞᆯ ᄇᆡ라 ᄒᆞ믈며 져 경시 네게 쏘 남과 달나 졀친의 의 잇거ᄂᆞᆯ 이런 욕심을 내니 이젹지힝이오 사름의 념치 아니라 남ᄌᆞ의 풍뉴호싀이 비록 쇼졀을 도

10면

라보지 아닌ᄂᆞᆫ 재 잇다 ᄒᆞ나 너 갓ᄐᆞᆫ 음픽지ᄌᆞᄂᆞᆫ 쳐음 보ᄂᆞᆫ ᄇᆡ라 내 ᄉᆞᆲ히 단즁졍대ᄒᆞᆫ 거동을 지어 부형을 쇽이고 이런 난법을 힝ᄒᆞ여 국치풍화를 네 몸쇼 어ᄌᆞ러이며 몸이 직샹이 되여 규녀 쟝념픽식의 거ᄉᆞ로 낭즁의 보배로 알라 너코 단니며 일이 발각ᄒᆞᆫ 후도 오히려 발명ᄒᆞ여 날을 어둡게 너기니 이 죄ᄂᆞᆫ 쥭여도 앗갑지 아닌지라 엇지 ᄒᆞᆫ갓 일시 쟝칙ᄲᅮᆫ이리오 셩샹긔 쥬ᄒᆞ여 내 스ᄉᆞ로 ᄌᆞ식 못 가ᄅᆞ친 죄를 쳥ᄒᆞ고 버거 너의 무샹ᄒᆞᆷ믈

11면

쳐치ᄒᆞ여 규즁 통간ᄒᆞᆫ 죄와 긔부형 난법률 죄를 아오로 다ᄉᆞ려 ᄒᆞᆫ ᄌᆞ식을 맛ᄎᆞ나 이 통완코 븟그러오믈 씨ᄉᆞ리니 네 ᄉᆞ름의 얼골이오 사름의 념치 아조 업ᄉᆞ나 오히려 일분 인심이니 무숨 말ᄒᆞᆯ다 승샹이 안셔히 대왈 쇼ᄌᆞ의 ᄎᆞᄉᆞᄂᆞᆫ 진실노 문밍지변이라 옥션초 금잠은 쇼ᄌᆞ의 깁히 감촌 거시니 엇지 업시ᄒᆞ여시며 쇼ᄌᆞ의 낭즁 옥환은 스ᄉᆞ로 아지 못ᄒᆞᄂᆞᆫ 거시 드러시니 이 사름의 경혹ᄒᆞᆯ 배라 불초ᄒᆞ오나 이대도록 아닐 쥴은 거의 아ᄅᆞ실 거

12면

시되 임의 평일의 언힝이 밋부지 아니므로 이러틋 의심ᄒᆞ시니 혼셔 일관도 쇼ᄌᆞ의 쇼쟉이 아니로대 글시를 ᄀᆞᆺ치 믿다ᄅᆞ시니 ᄒᆞᆫ갓 익회 비샹ᄒᆞᆫ 연괴오 실노뻐 져즌 죄샹은 업셔이나 왕이 그 발명ᄒᆞᆷ믈 대로ᄒᆞ여 낭안을 놉히 쓰고 ᄉᆞ예를 호령ᄒᆞ여 승샹을 올녀 ᄆᆡ고 결장ᄒᆞᆯ식 호령이 뇌뎡 ᄀᆞᆺᄐᆞ니 승샹이 아득히 원민ᄒᆞ미 이신들 다시 입을 여러 발명ᄒᆞ리오 좌우의 가득ᄒᆞᆫ 군관 하리 황황젼률ᄒᆞ여 분운ᄒᆞᆷ믈 보니 그윽이 무죄ᄒᆞᆫ 가온대 아름답

13면

지 아닌 일노 부형긔 슈쟝ᄒᆞ믈 ᄌᆞ참ᄒᆞ고 다시 말을 ᄒᆞ고져 ᄒᆞ면 야애 엄뇌 층가ᄒᆞ여 샹셜이 ᄲᅮ리ᄂᆞᆫ지라 원민ᄒᆞ나 마질 밧 달니 계피 업고 이 변괴 크게 가쇼로온지라 그 ᄋᆞ이 ᄋᆡᆨ운이 비샹ᄒᆞᆫ 쥴 ᄭᆡ다라 머리를 숙이고 긔운을 졍히 ᄒᆞ여 의대를 그ᄅᆞ고 슈쟝 홀ᄉᆡ 고찰ᄒᆞᄂᆞᆫ 셩음이 산악 ᄀᆞᆺ고 분뢰 진쳡ᄒᆞ여 앗길 쥴 모ᄅᆞᄂᆞᆫ지라 승샹이 슈쟝을 님ᄒᆞᄆᆡ 스ᄉᆞ로 긔운을 짐족ᄒᆞ여 만히 더은 즉 견ᄃᆡ지 못홀 ᄃᆞᆺᄒᆞᆫ지라 이의 쇼ᄅᆡ를 화 히 ᄒᆞ여 고왈 쇼

14면

ᄌᆞ 불초ᄒᆞ오나 아시로븟터 이졔 니ᄅᆞ히 엄교를 위월ᄒᆞ여 례법을 샹히온 일 업ᄉᆞᆸ고 일즉 틔쟝의 알프오믈 아지 못ᄒᆞᄋᆞᆸ더니 금일 고이ᄒᆞᆫ 요변을 만나 엄ᄒᆞᆫ 형벌이 몸의 림ᄒᆞ오니 만일 쇼ᄌᆞ의 죄 진실ᄒᆞ면 쥭어도 한이 업ᄉᆞᆸ거니와 쇼범이 ᄒᆞᆫ 일도 업ᄉᆞ올 진대 비록 엄노를 촉범ᄒᆞ와 말ᄉᆞᆷ을 알외오미 황공ᄒᆞ오나 엇지 입을 봉ᄒᆞ고 부모의 싱휵ᄒᆞ신 혈육이 림니ᄒᆞᆫ 죄를 밧ᄌᆞ오리오 악졍ᄌᆞ 츈은 발이 샹ᄒᆞᄆᆡ 삼 ᄉᆞᆨ을 근심ᄒᆞ 니 아ᄒᆡ 금일이

15면

슈쟝이 만분 원민ᄒᆞ오니 쳥컨대 엄노를 ᄂᆞᆺ츄샤 경ᄉᆞ부의 가 션초 금잠의 유무를 알 고 ᄒᆡ아의 좌우의 셔동비를 므러 쇼ᄌᆞ의 금낭 가온ᄃᆡ 옥환과 셔봉 너흔 쟈를 ᄉᆞ힉ᄒᆞ 여 죵시 일이 져준 재 ᄒᆡᄋᆡ면 쥭어도 한치 아니리니 대인 셩덕으로 텬륜의 졍을 유렴 ᄒᆞ샤 즁쟝을 잠간 날호여 실ᄉᆞ를 구힉ᄒᆞ여지이다 왕이 드른 쳬 아니코 년ᄒᆞ여 고찰 ᄒᆞ여 삼십 쟝의 니ᄅᆞᄃᆡ 긋칠 ᄯᅳᆺ이 업고 노긔 셩화 갓ᄐᆞ니 승샹의 하리ᄂᆞᆫ 줄지어 업대 여 고두톄읍ᄒᆞ고 쇼년

16면

배ᄂᆞᆫ 황황착급ᄒᆞ여 급히 드러가 초공긔 ᄎᆞᄉᆞ를 대강 고ᄒᆞ고 왕의 엄뇌 승샹의 몸이 위태ᄒᆞ믈 고ᄒᆞᄂᆞᆫ지라 초공이 놀나 사름으로 ᄒᆞ여금 젼어ᄒᆞ여 왈 명ᄋᆡ 비록 네 아들 이나 내 잇고 셩샹 탑하 대신이라 그 죄 무순 일인고 모ᄅᆞ거니와 너의 도리 미셰ᄒᆞᆫ 쳑동 치ᄃᆞᆺ 날다려 의논도 아니ᄆᆡ 가쟝 고이ᄒᆞ도다 왕이 바야흐로 노긔 졈졈 니러나

고찰ᄒᆞ여 삼십여 장을 즁타ᄒᆞ대 슷칠 의ᄉᆡ 업고 승샹은 말을 내면 더옥 노ᄒᆞᄂᆞᆫ 고로 알프믈 견대고 셩식을 부

17면

동ᄒᆞ여 긔운을 나즉이 ᄒᆞ고 고요히 업대여 마잘 ᄲᅮᆫ이로ᄃᆡ 옥골셜뷔 허여져 셩혈이 가득ᄒᆞ니 인심의 놀나온지라 좌우 견시재 경구치 아니리 업고 졔형데 황황착급ᄒᆞ여 ᄂᆡ외로 분쥬ᄒᆞ더니 초공의 젼에 나오ᄆᆡ 왕이 몸을 굽혀 부명을 듯고 감히 더으지 못ᄒᆞ여 ᄭᅳ어 내치라 ᄒᆞ고 드러와 부젼의 뵈ᄋᆞᆸ고 긔운을 나즉이 ᄒᆞ여 젼후슈말과 션초 금잠의 고이홈과 옥환 금픠 ᄉᆡᆼ의 낭즁의 이시믈 일일이 고ᄒᆞ고 탄ᄒᆞ여 왈 쇼ᄌᆡ 이 ᄌᆞ식 아옵기를 ᄇᆡᆨ

18면

ᄒᆡᆼ이 정대ᄒᆞ여 ᄒᆞᆫ 조각 비례와 불법을 ᄒᆡᆼ치 아니ᄒᆞ올 줄노 아ᄅᆞᄉᆞ오니 엇지 이런 무샹난음ᄒᆞᆫ ᄒᆡᆼᄉᆞ야 몽즁의들 념녀ᄒᆞ여시리잇가 이런 변을 ᄉᆞ졍의 구ᄋᆡᄒᆞ여 무더 두오미 가치 아니ᄒᆞ오니 엇지 일시 쟝칙ᄲᅮᆫ이리잇가 급ᄒᆞᆫ 분을 이긔지 못ᄒᆞ여 밋쳐 알외지 못ᄒᆞ고 삼십 장을 경칙ᄒᆞᆸ고 ᄎᆞᄉᆞ를 탑젼의 쥬ᄒᆞ여 죄를 졍히 ᄒᆞ려 ᄒᆞᆸ더니 대인 명괴 겨시ᄆᆡ 이의 품달ᄒᆞᄂᆞ이다 초공이 침음냥구러니 우어 ᄀᆞᆯ오ᄃᆡ 지ᄌᆞᄂᆞᆫ 막여뷔라 ᄒᆞᄃᆡ 네

19면

오히려 명쳔을 모ᄅᆞᄂᆞᆫ도다 일노 보니 증모의 투져ᄒᆞ미 괴이치 아니ᄒᆞ니 명쳔이 비록 셔시 왕장을 만ᄂᆞ나 ᄉᆡᆨ의 혹ᄒᆞ여 례를 폐치 아닐 아ᄒᆡ오 즉금 다다ᄅᆞᄂᆞᆫ 츙효ᄇᆡᆨᄒᆡᆼ이 슉경ᄒᆞ여 공ᄆᆡᆼ이 부ᄉᆡᆼᄒᆞ시나 그 허물을 칙ᄒᆞᆯ 거시 업ᄂᆞ니 엇지 이런 음비ᄒᆞᆫ ᄒᆡᆼ실을 져ᄌᆞ러 스ᄉᆞ로 평ᄉᆡᆼ 슈ᄒᆡᆼ을 샹히오리오 기즁의 반ᄃᆞ시 요악ᄒᆞᆫ 일이 이셔 명ᄋᆞ의 긔샹이 남의셔 나으므로 음난ᄒᆞᆫ 녀ᄌᆡ 억탁ᄒᆞ여 오려 ᄒᆞᄂᆞᆫ 의ᄉᆞ여ᄂᆞᆯ 엇지 ᄌᆞ시 구ᄒᆡᆨ지 아니ᄒᆞ고 슈쟝ᄒᆞ기

20면

를 급히 ᄒᆞ리오 일국의 졍승이 되여 효절을 권장ᄒᆞ여 풍화를 가다듬고 슈신션ᄒᆡᆼ이

진실노 일월 갓틀 거시여늘 고이흔 일노 즁쟝을 입도다 즉시 승샹을 부르니 이쯰 승샹이 쟝하의 샹흔 몸이 알프기 극ᄒ고 일이 히분ᄒ믈 이긔지 못ᄒ여 겨유 셔직의 나와 모든 형데 붓드러 위로ᄒ고 슐을 가져 놀난 거술 위로ᄒ니 승샹이 슈빅를 마셔 잠간 괴로오믈 정ᄒ고 도로혀 웃고 골오대 셩인도 오는 익을 면치 못ᄒ거니와 금일 나의 익운이

21면

실노 의외라 텬하의 이런 고이ᄒ고 허망흔 음녀 어대 이시리오 이는 시러금 마지 못ᄒ여 내 평싱 슬히 너기는 빅 형벌이나 셔동의 무리를 져쥬어 ᄉ획ᄒ고 긋치리라 졔공직 다 고이ᄒ여 탄왈 슈필이 완연ᄒ니 빅부의 로ᄒ심도 고이치 아니ᄒ고 형쟝이 이러ᄒ실 니 만무ᄒ니 녕인난측이로다 정언간의 초공의 명이 이셔 부르는지라 승샹이 의관을 고치고 드러오믹 부친이 뫼셔 겨시니 더옥 황공ᄒ여 즁계의 부복ᄒ여 명을 응대ᄒ고 불감승

22면

당ᄒ니 옥 굿튼 면모는 신긔블평ᄒ므로조ᄎ 홍년이 취슈의 잠기고 뉴션 굿튼 봉목의는 황공흔 ᄉ식과 완슌흔 거동이 식로이 쳑탕긔이흔지라 초공이 명ᄒ여 오르라 ᄒ여 것히 안치고 탄왈 ᄉ룸의 힝신이 극난ᄒ니 너의 금일 익은 ᄉ룸의 싱각지 못홀 일이라 네 아비 오히려 아지 못ᄒ니 남이야 어이 고지 듯지 아니리오 네 흔 번 경가의 가 대면흔 일이 잇는냐 승샹이 부왕의 엄식을 인ᄒ여 젼긍흔 뜻이 무궁ᄒ여 피셕부복의 불감앙시

23면

러니 왕부의 말숨을 조ᄎ 니러 빅샤 왈 엇지 감히 존젼의 긔망ᄒ리잇가 진실노 경가지문이 어대 이시믈 아지 못ᄒ고 더옥 녀ᄌ를 엇지 보와시리잇고 다만 슈삭 젼 노즁의셔 놉흔 루샹의 ᄉ룸의 쇼릭 나거늘 챵뉴가 눈을 드니 여러히 아니오 흔 녀직 응쟝셩식으로 몸을 드러닉여시니 불과 쳔인만 너겨 유의치 아냐ᄉ오니 엇지 다른 녀ᄌ를 본 일이 이시며 더옥 시ᄉ 챵화와 슈빙흔 일이 이시리잇가 일이 극히 히참졀통ᄒ니 립각의 시동의 무리

24면

ᄅᆞᆯ 져쥬어 션초 도적ᄒᆞ여 내고 금낭의 옥환 너흔 니ᄅᆞᆯ ᄎᆞᆺ고져 ᄒᆞ오대 엄뇌 진쳡ᄒᆞ시고 ᄉᆞ이 졀근치 아냐 아직 무ᄅᆞᆯ 길이 업ᄉᆞ오니 엇지ᄒᆞ리잇가 초공이 ᄋᆡ지년지ᄒᆞ여 그 무죄히 삼십여 장 마ᄌᆞ믈 크게 앗기ᄆᆡ 도로혀 우어 ᄀᆞᆯ오ᄃᆡ 네 아비 범ᄉᆡ 급지 아니코 셩이 관대ᄒᆞ더니 ᄎᆞᄉᆞ는 극히 과격ᄒᆞᆫ지라 일이 알기 쉬오니 너의 시동의 무리ᄅᆞᆯ 이제로 부ᄅᆞ라 내 앏히셔 무ᄅᆞ면 ᄒᆞᆫ ᄆᆡᄅᆞᆯ 더으지 아냐 알니라 승샹이 ᄌᆡ배샤례ᄒᆞ고 왕이 ᄯᅩᄒᆞᆫ 잠간 회심ᄒᆞ미 이

25면

셔 승샹을 ᄉᆞᆯ피니 긔ᄉᆡᆨ이 타연ᄌᆞ약ᄒᆞ여 ᄉᆞ긔유일ᄒᆞ니 실노 ᄎᆞᄉᆡ 의ᄉᆞ 밧기라 침음무언이러라 초공이 내당의 드러와 양부인을 대ᄒᆞ여 ᄎᆞᄉᆞᄅᆞᆯ 뉘 ᄒᆞᆫ고 경부인긔 셔간을 닥가 보내고 하리로 샹부의 나아가 승샹 복시 셔동을 낫ᄂᆞᆺ치 ᄆᆡ여 오라 ᄒᆞ니 범 ᄀᆞᆺ튼 ᄉᆞ예 쇼ᄅᆡᄅᆞᆯ 응ᄒᆞ여 도셩의 드러가 샹부의 시동을 ᄆᆡ여 올ᄉᆡ 계창이 즁즁의 ᄯᅧᆯ기ᄅᆞᆯ 남달이 ᄒᆞ여 죽을 샹이 되엿ᄂᆞᆫ지라 현인의 용샹ᄒᆞᆫ 식견으로 도창의 져ᄌᆞᆫ 배 이시믈 짐ᄌᆞᆨᄒᆞ더라 날이

26면

반이 못ᄒᆞ여 운산의 니ᄅᆞ니 초공이 제복을 갓가이 ᄭᅮᆯ니고 무러 왈 너의 바로 고ᄒᆞ면 ᄉᆞ죄라도 감ᄉᆞᄒᆞ여 샤ᄒᆞ리니 승샹이 나지 집의 이실 적이 젹으니 션초와 금잠을 너의 즁의 내여 경가의 보ᄂᆡ엿실 거시니 일일히 고ᄒᆞ고 승샹의 낭즁의 옥환 금ᄑᆡᄅᆞᆯ 어대 가 뉘 너으뇨 바로 알외지 아니면 즁형을 더으리라 시동배 초공의 무름과 왕의 엄ᄉᆡᆨ을 보니 져의 다 무ᄉᆞ치 못ᄒᆞ미 반ᄃᆞᆺᄒᆞᆫ지라 혼불니톄ᄒᆞ여 바로 고코져 ᄒᆞ나 지은 죄 업고 계창은 지은 죄 이

27면

시나 춤아 제 입으로 죽을 말을 내여 ᄒᆞ지 못ᄒᆞ고 머믓머믓ᄒᆞ고 ᄂᆞᆺ비치 ᄎᆞᆫ ᄌᆡ ᄀᆞᆺ거ᄂᆞᆯ 승샹이 셕연이 긔ᄉᆡᆨ을 아ᄅᆞ보고 이의 좌우로 ᄒᆞ여금 계창을 ᄆᆡ여 ᄭᅮᆯ니고 부조긔 고왈 원억ᄒᆞᆫ 여러 노복을 져줄 거시 아니라 계창의 긔ᄉᆡᆨ이 반ᄃᆞ시 쟉죄ᄒᆞᆫ지라 잠간 뭇ᄉᆞ이다 초공이 졈두ᄒᆞ니 승샹이 좌우로 ᄒᆞ여금 계창을 올녀 ᄆᆡᆫ 후 무러 ᄀᆞᆯ오대 네 근

릐 밥을 당ᄒᆞ면 복통 이셰라 칭ᄒᆞ고 슉식을 폐ᄒᆞ고 나졔 비록 너를 젼당ᄒᆞ여 셔헌을 직희오지 아냐시나 내 나

28면

갓다 온 즉 네 슌슌이 업ᄉᆞ나 내 무심ᄒᆞ여 슬피지 아니ᄒᆞ엿더니 션초 금잠을 내 궤즁의 너헛던 거시니 어이 경가의 가리오 내 일즉 녀ᄌᆞ의 ᄌᆞ쟝부치를 눈의 본 일도 업거ᄂᆞᆯ 공연이 내 금낭의 들니오 이는 다 네 슈단인 줄 아ᄂᆞ니 슈고로이 맛지 말고 젼후슈말을 바로 고ᄒᆞ고 내 글시를 뉘 달나며 어나 ᄯᅢ의 도젹ᄒᆞ여 가뇨 일일히 고ᄒᆞ라 계창이 ᄒᆞᆫ 매의 넉시 날고 의ᄉᆡ 산란ᄒᆞ여 실노 간샹을 긔일 ᄇᆡ 업ᄉᆞᆫ지라 ᄎᆞ라리 맛지 말고 직초ᄒᆞ여 쥭고져

29면

ᄒᆞ미 눈물을 흘니고 고두 쥬왈 쇼복이 쥭을 ᄯᅢ라 ᄉᆞ죄를 범ᄒᆞ엿ᄉᆞ오니 노야의 텬디 ᄀᆞᆺ튼 대은을 드리오샤 일명을 용샤ᄒᆞ쇼셔 쇼복이 노야 은덕을 입ᄉᆞ와 츙셩을 다ᄒᆞ여 다른 마음이 업습더니 경시랑 틱 시녀 운향이 공연이 와 여ᄎᆞ여ᄎᆞ 니ᄅᆞ고 년일 ᄉᆞ괴여 단니오니 쇼인이 안면이 친ᄒᆞ고 그 ᄌᆞ식을 혹ᄒᆞ와 ᄉᆞ졍을 두어 셔로 친ᄒᆞ엿습더니 그 후는 더옥 잘 대졉ᄒᆞ고 경쇼졔 글 구경ᄒᆞ기로 일홈ᄒᆞ고 노야의 문집을 구ᄒᆞ거ᄂᆞᆯ 쇼복이 모ᄅᆞ고 노야의 문집

30면

두어 권을 어더 쥬엇습더니 그 후 노야의 ᄉᆞ랑ᄒᆞ시는 문방지물을 구ᄒᆞ오니 쇼복이 ᄉᆞ랑ᄒᆞᄂᆞᆫ 부부 간 그 쳥을 아니 듯지 못ᄒᆞ와 다른 거ᄉᆞᆫ 업고 옥션초와 금잠이 궤즁의 잇ᄂᆞᆫ 고로 갓다가 쥬엇습더니 그 후의 운향이 봉ᄒᆞᆫ 거ᄉᆞᆯ 갓다가 노야의 차시ᄂᆞᆫ 금낭의 너흐면 피ᄎᆞ의 유익ᄒᆞ리라 ᄒᆞ옵거ᄂᆞᆯ 쇼인이 두미를 모ᄅᆞ고 다만 노야의 깁히 잠드ᄅᆞ신 ᄯᅴ를 인ᄒᆞ여 다른 거ᄉᆞᆯ 더러내고 그 봉ᄒᆞᆫ 거ᄉᆞᆯ 너허 금낭의 무긔를 갓치ᄒᆞ여 두니 노애 뭇지 아니시ᄂᆞᆫ지라 요힝

31면

무ᄉᆞ홀가 ᄒᆞ엿더니 뉘 오ᄂᆞᆯ날 이의 밋출 쥴 알니잇가 초공이 쳥파의 웃고 고위왕 왈

나의 아름과 너의 짐ᄌᆞᆨ이 엇더ᄒᆞ뇨 이ᄂᆞᆫ 요음ᄒᆞᆫ 녀ᄌᆡ 명쳔의 왕래 시의 풍신을 흠앙ᄒᆞ여 고이ᄒᆞᆫ 일을 ᄉᆡᆼ각ᄒᆞ여 념치 인ᄉᆞ를 도라보지 아니미라 엇지 ᄉᆞ획지 아니코 급히 치죄ᄒᆞ기를 시작ᄒᆞ리오 왕이 ᄯᅩᄒᆞᆫ 뉘웃쳐 잠간 웃고 니러 배쥬 왈 쇼ᄌᆡ ᄌᆞ식을 아지 못ᄒᆞ여 고이ᄒᆞᆫ 일을 의심ᄒᆞ여 무죄히 치죄ᄒᆞ오니 만일 대인의 ᄇᆞᆰ히 지교ᄒᆞ심곳 아니면 쳔ᄋᆞ로ᄡᅥ ᄉᆞᄉᆡᆼ이 념

32면

려롭ᄉᆞ올너니 엄교로조ᄎᆞ 그만ᄒᆞ여시나 일이 실ᄒᆞᆫ 즉 즁치ᄒᆞ고 ᄉᆡᆼᄂᆡ 부ᄌᆞ지의를 ᄭᅳᆫ코져 ᄒᆞ더니 일이 졔 죄ᄂᆞᆫ 아니런가 시브오니 도로혀 ᄒᆡᄋᆞ의 과격ᄒᆞᆫ 허물이로쇼이다 왕이 계챵으로 ᄒᆞ여금 운향을 잡아오라 ᄒᆞ니 챵이 운향을 잡아오ᄆᆡ 치죄ᄒᆞ면 마ᄌᆞ믈 ᄎᆞᆷ아 보지 못ᄒᆞᆯ지라 울며 ᄀᆞᆯ오대 운향은 쇼져를 뫼셔 내당의 이시니 가도 잡아올 길이 업ᄂᆞ이다 왕이 대로ᄒᆞ여 즁형슈ᄎᆞᄒᆞ니 ᄇᆞᆰ은 피 돌돌ᄒᆞ고 흰 ᄲᅧ 은영ᄒᆞ니 승샹이 안ᄉᆡᆨ을 졍히 ᄒᆞ

33면

고 쥬왈 쇼ᄌᆡ ᄉᆞ름을 아지 못ᄒᆞ여 져런 불민ᄒᆞᆫ 거ᄉᆞᆯ 갓가이 신임ᄒᆞ미 불명흠암ᄒᆞ온지라 쳔인의 식견을 ᄯᅩᄒᆞᆫ 칙망치 못ᄒᆞ올 거시니 감ᄉᆞᄒᆞ여 내쳐 다시 부즁의 두지 마ᄉᆞ이다 왕이 요두 왈 너의 연약ᄒᆞ미 종시 이 ᄀᆞᆺᄐᆞ니 근어부인이라 그 쥬인을 쇽이고 ᄉᆞ이의 농간ᄒᆞᆫ 죄 당연이 버혐 즉ᄒᆞ니 엇지 그만ᄒᆞ여 노흐리오 초공이 탄왈 어이 인약ᄒᆞ다 ᄒᆞᄂᆞ뇨 냥이 너ᄅᆞ며 호ᄉᆡᆼ지덕이 인명을 앗기ᄂᆞᆫ 뜻이라 사름을 죽이ᄂᆞᆫ 거시 마ᄎᆞᆷᄂᆡ 불ᄒᆡᆼᄒᆞᆫ 일이라 내 말노조

34면

ᄎᆞ 챵을 그만ᄒᆞ여 내치라 왕이 배샤 왈 엄훈이 맛당ᄒᆞ시니 명대로 ᄒᆞ리이다 챵을 먼니 내쳐 다시 승샹부의 두지 말나 ᄒᆞ고 초공이 승샹과 왕을 다리고 내당의 드러가 슈말을 고ᄒᆞ니 일좨 대경ᄒᆞ고 노공과 위부인은 앗기믈 마지 아냐 닐오대 텬하의 그런 음난ᄒᆞᆫ 녀ᄌᆡ 이셔 내 아ᄒᆡ를 슈쟝의 괴롭게 ᄒᆞ고 과격ᄒᆞᆫ 아비ᄂᆞᆫ ᄋᆞ들의 ᄒᆡᆼ실도 아지 못ᄒᆞ고 그대도록 급히 셔돌니오 양부인이 쇼왈 이 ᄯᅩᄒᆞᆫ 져의 유익ᄒᆞ미라 원내 경시랑 부인이 단즁튼 못ᄒᆞ나 ᄌᆡ

35면

녀가인으로 단아훈 亽룸이어늘 기녀는 여추 고이훈고 훗더니 믄득 경부의 갓던 추환 이 도라와 부인과 쇼져의 일쟝 힐난훗던 亽연이며 부인이 운향을 불너 무루니 운향 이 쇼져의 시기므로 마지 못훗여 힝계훈 셜화를 다 고훗더라 훗고 인훗여 봉셔를 올 니니 기셔 왈 오릭 슈찰을 샹통치 못훗니 지친의 정이 창연훈 회포를 금치 못훗나 운 산의 가시므로 더옥 졀원훈지라 박명 인싱이 신셕의 명도를 주탄훗며 친척의 그림주 묘연훗

36면

믈 슬허훗더니 쳔만의외의 셔봉을 밧드러 반가온 졍과 의의훈 마음을 금치 못훗리로 쇼이다 조초 셔즁 亽의를 보믹 경괴주참훗미 욕亽무디라 무순 말숨을 형언훗리오 혈 혈약녀 일 인을 두어 바야흐로 년긔 십팔 쟝년이로딕 가셔를 튁지 못훗고 져의 쇼원 이 고이훗여 어미 튁셔훗미 극난훈 고로 젹승의 가연을 믹준 곳이 업셔 승샹의 녕명 이 일셰의 덥혓고 더옥 옥쥬의 배위시니 감히 우러러 바라며 졀친지의

37면

이시니 이런 의亽는 몽믹지외여늘 어린 쏠이 셔의훈 계괴 일우지 못훌 일을 베퍼 져 의 쇼원을 일우고져 훗나 규녀의 힝실이 크게 어긔고 졔 비례훈 졍젹이 사룸의 낫게 너기믈 씻둣지 못훗고 쳡이 드루믹 놀납고 히연훗여 실샹을 져다려 무루딕 주셔히 니루지 아니나 쳔비의 말을 드루니 대개 쇼녜 풍뉴를 흠앙훗여 비로순 일이오 승샹 이 일죽 내 집 문견의 림치 아냣는지라 쳡의 박명훗미 훈 주식을 잘 가루치지 못훗여 이 지경의 니루니

38면

무순 말을 일오리오 승샹의 밍쟝셔亽는 쇼녀의 쟉용이라 승샹 힝시 빙옥 갓트여 이 의 간셥훗미 업는지라 부인은 졔왕긔 이 뜻을 젼훗여 쇼녀의 무샹홈과 승샹의 원민 훗믈 알게 훗쇼셔 일노뻐 친젼의 후졍을 샹히올 빅 아니니 부인은 쇼녀의 무샹훗믈 개회치 말고 이 쇼문을 믈시훗여 종료로온 부셔를 쳔거훗시면 졀친지졍이로쇼이다 훗엿더라 부인이 간필의 기리 탄왈 박명훈 사룸이 다

39면

만 일네라 바라ᄂᆞᆫᄇᆡ 그 ᄒᆡᆼᄉᆡ 이 갓ᄐᆞ니 엇지 잔잉치 아니리오 나의 숀ᄋᆞᆫ 도ᄒᆞᆨ군ᄌᆞ오 슈ᄒᆞᆨ지인이라 엇지 이런 누누ᄒᆞᆫ 일이 이시리라 과격ᄒᆞᆫ 아비 급ᄒᆞᆫ 셩을 발ᄒᆞ여 쳔금 갓ᄐᆞᆫ 몸의 즁형을 당ᄒᆞ리오 ᄒᆞ고 한ᄒᆞ며 앗기믈 마지 아냐 왕을 ᄌᆡ삼 ᄉᆞᄌᆞ즈니 왕이 대왈 쇼ᄌᆡ 셰샹ᄉᆞ를 만히 지ᄂᆡ여시ᄃᆡ 이ᄂᆞᆫ 초문이라 내 집 금옥과 글시 져 슈즁의 가고 졔 낭즁의 ᄑᆡ식이 드러시니 호의 업고 잔 념녀 업ᄂᆞᆫ니 쇼ᄌᆡ 엇지 쥭이고져 마ᄋᆞᆷ이 아니 나리잇가 진실노 ᄌᆞ식이 그러

40면

며 장하의 맛칠가 시브더이다 졍비 쇼왈 너ᄂᆞᆫ 엇지 길ᄒᆡ 팔창을 시러오고 부명 업시 ᄌᆡ취ᄒᆞ여 다려오ᄂᆞᆫ 남ᄉᆡ 무궁ᄒᆞ고 ᄌᆞ식의 다다라 과도ᄒᆞᆫ 말을 ᄒᆞᄂᆞᆫ도다 명쳔의 일은 허ᄉᆞ여니와 비록 실샹 그러ᄒᆞᆫ들 ᄌᆞ식을 간대로 쥭이ᄂᆞ냐 왕이 웃고 대왈 ᄇᆡᆨ모의 말ᄉᆞᆷ이 오히려 쇼ᄌᆞ를 모ᄅᆞ시ᄂᆞ니이다 쇼ᄌᆞ의 셕일신들 남ᄉᆡ 아니리잇가마ᄂᆞᆫ 실노 비례와 불법은 아니오 불고이취ᄒᆞᆫ 죄 이시나 이번 명ᄋᆞ의 일과 다ᄅᆞ니 규슈를 ᄉᆞᄉᆞ로이 통간ᄒᆞ려 단니며 군ᄉᆞ지물

41면

을 가져 슈빙ᄒᆞ고 녀ᄌᆞ의 ᄑᆡ식을 낭즁의 너코 단녀 몸이 태졍의 거ᄒᆞ여 음황무도ᄒᆞ기를 니러틋ᄒᆞ니 엇지 통ᄒᆡ치 아니리잇가 더옥 지친의 변이 이실 즉시면 ᄉᆞᆯ올가 시브니잇가 연비 쇼왈 우리 너를 져대도록 ᄉᆡ험코 모진 쥴 몰낫닷다 비록 그 일이 글은진들 ᄎᆞᆷ아 ᄌᆞ식을 쥭이리오 네 죄 업ᄉᆞᆫ ᄌᆞ식을 무고히 즁타ᄒᆞ고 능히 편ᄒᆞ냐 제왕이 흔연이 웃고 대왈 시방은 뉘웃고 앗가온 뜻이 젹지 아니ᄃᆡ 져의 ᄒᆡᆼ회런가 ᄒᆞᄂᆞ이다 셕부인이 쇼왈 그러면 네 아ᄃᆞᆯ

42면

친 죄로 마ᄌᆞ라 좌위 대쇼ᄒᆞ고 왕이 쇼이대왈 져 맛기도 ᄒᆡᆼ회온대 ᄯᅩ 아비를 맛치면 그 마ᄋᆞᆷ이 엇덜가 시브니잇가 슉모의 말ᄉᆞᆷ이 쳔아의 마ᄋᆞᆷ을 놀납게 ᄒᆞ미로쇼이다 좌우 졔죄 승샹을 긔롱ᄒᆞ여 풍ᄎᆡ 남의셔 나으미 ᄒᆡ롭다 일ᄏᆞᄅᆞ나 승샹은 부조의 면젼이라 졍금ᄒᆞ여 관을 슉이고 안ᄉᆡᆨ의 츈풍화긔 이연ᄒᆞ니 평제왕이 우어 왈 명쳔이 형

장이 무고히 친가 노고 은은ᄒᆞ니라 승상이 공슈 왈 슉뷔 하괴 일시 희언이시나 쇼질 등을 대ᄒᆞ여 아니셤 즉

43면

ᄒᆞ온지라 쇼질이 비록 불초ᄒᆞ오나 부형의 일시치죄를 원망ᄒᆞ리잇가 슉뷔 이런 희롱으로 쇼질의 뜻을 여으시니 기리 불복ᄒᆞᄂᆞ이다 문의공이 집슈 쇼왈 내 네 뜻을 붉히 알고 일넛거든 네 엇지 발명ᄒᆞᄂᆞ니 닉게 ᄒᆞᄂᆞᆫ 바ᄂᆞᆫ 쾌심ᄒᆞ니 또 삼십 쟝을 맛고져 ᄒᆞᄂᆞ냐 승상이 웃고 몸을 굽혀 왈 유죄 즉 삽십 쟝은 니ᄅᆞ지 말고 일빅 쟝인들 거역ᄒᆞ리잇가 모다 우어 왈 마즌 거시 부족ᄒᆞ여 또 일빅 쟝을 청ᄒᆞᄂᆞ냐 왕이 또 웃고 급히 친 줄 뉘웃더라 ᄎᆞ시 승샹

44면

이 도셩의 드러가지 못ᄒᆞ여 이의 밤을 지닐ᄉᆡ 졔조공이 져물게야 도라와 닉실노 드러가고 왕이 홀노 이시니 승샹이 오릭 시침치 못ᄒᆞ엿ᄂᆞᆫ지라 알픈 거ᄉᆞᆯ 강잉ᄒᆞ여 시좌ᄒᆞ엿더니 왕이 일즉이 누으며 왈 나ᄂᆞᆫ 이졔 여러 아히들이 올 거시니 너ᄂᆞᆫ 편히 셔당의 가 쉬라 승샹이 대왈 년일ᄒᆞ여 나즌 왕릭ᄒᆞ오나 밤의 뫼셔 ᄌᆞ지 못ᄒᆞ엿고 맛ᄎᆞᆷ 잇ᄂᆞᆫ 날이오니 뫼셔 ᄌᆞ고져 ᄒᆞᄂᆞ이다 왕이 다시 가라 아니코 잔ᄂᆞᆫ 체ᄒᆞ고 누어 승샹의 ᄌᆞ기를 위ᄒᆞ니 승샹이 야야 잠드ᄅᆞ시믈 인ᄒᆞ

45면

여 상요의 나아가 잠든 후ᄂᆞᆫ ᄌᆞ연 통셩이 니러나ᄂᆞᆫ지라 왕이 드ᄅᆞ믹 마음이 편치 아니코 경녀의 일을 통한ᄒᆞ더라 명됴의 승샹이 존당부모긔 하직ᄒᆞ고 황셩으로 드러갈ᄉᆡ 왕이 다시 션초와 금잠을 쥬어 왈 ᄎᆞ물이 네 몸의 일을 지닉엿거니와 이 션뎨의 ᄉᆞ송ᄒᆞ신 바오 대인의 쥬신 배라 다시 일ᄂᆞᆫ 폐 업게 ᄒᆞ라 승상이 빵슈로 바다 ᄉᆞ믹의 너코 나즉이 쥬왈 작일 변이 다 히아의 사름 몰나 본 연고요 실은 익회 고이ᄒᆞ온지라 져 녀지 슷치 누ᄅᆞ지 못ᄒᆞ

46면

올지라 쇼ᄌᆞ의 막하의 ᄒᆞᆫ 영쥰이 이시니 년이 십오요 의퓌 청쥰ᄒᆞ며 문ᄌᆡ 유여ᄒᆞ니

젼일 시랑 쇼흠의 ᄌᆡ라 조샹부모ᄒᆞ고 형뎨 업ᄉᆞᆫ 고로 의지ᄒᆞᆯ ᄃᆡ 업셔 쇼ᄌᆞ의 셔긔 되여시니 ᄎᆞ인을 대인이 경가의 쳔거ᄒᆞ샤 부셔를 삼게 ᄒᆞ시면 져 경시 쇼ᄌᆞ를 ᄉᆡᆼ각ᄂᆞᆫ 의ᄉᆡ ᄭᅳᆫ쳐지리이다 왕이 쇼왈 오ᄋᆡ 경녀를 통ᄒᆡᄒᆞ며 도로혀 영균을 쳔거ᄒᆞᆯ ᄯᅳᆺ이 잇ᄂᆞ뇨 슈연이나 경시의 일인즉 통ᄒᆡᄒᆞ나 음비ᄒᆞᆫ 녀ᄌᆞ를 족가ᄒᆞᆯ 거시 아니오 조시의 졍ᄉᆡ 가련ᄒᆞ고 ᄌᆞ위긔 종형

47면

뎨 간이니 그 가셔를 쳔거ᄒᆞ여 젹션이 될지라 경가의 쇼ᄉᆡᆼ을 쳔거ᄒᆞ려니와 경시의 작용을 보니 우연ᄒᆞᆫ 녀ᄌᆡ 아니라 고요히 쇼ᄉᆡᆼ의게 도라가지 아닐가 ᄒᆞ노라 승샹이 힘히 깃거 아냐 대왈 쇼ᄌᆡ 쇼ᄉᆡᆼ다려 닐너 ᄎᆞ혼이 셩젼케 ᄒᆞ리니 대인이 조부인을 권ᄒᆞ시면 조부인은 응종ᄒᆞ려니와 경시 ᄯᅩ 간계를 닐가 ᄒᆞᄂᆞ이다 왕이 쇼왈 말이 이러ᄒᆞ나 아녀ᄌᆡ ᄒᆞᆫ 번 ᄡᅬ를 내여시나 ᄯᅩ 무ᄉᆞᆷ 간계를 내리오 승샹이 쥬왈 계집의 요괴로온 ᄡᅬ 측냥 업

48면

ᄉᆞ니 져 일 녀ᄌᆞ를 두려ᄒᆞ미 아니로ᄃᆡ 측ᄒᆞᆫ 거시 비위의 ᄒᆡ로온지라 타인을 맛져 그 념녀를 ᄭᅳᆺ고져 ᄒᆞᄂᆞ이다 부ᄌᆡ 의논을 졍ᄒᆞ고 도라오니라 어시의 경시 일이 슌치 아냐 양부인의 글월이 오고 평졔왕의 엄ᄒᆞᆫ 셩이 삼공의 아ᄃᆞᆯ도 엄ᄒᆞᆫ 쟝칙ᄒᆞ믈 드ᄅᆞ니 바라미 ᄭᅳᆺ쳐지고 모친과 일쟝을 힐난ᄒᆞ여 졔 발을 ᄲᅡ히고져 ᄒᆞ여 아조 ᄲᅦ치니 조부인이 졀칙ᄒᆞ고 운항을 엄문ᄒᆞ여 조가의 회보ᄒᆞ니 실노 조가의 도라갈 ᄂᆞᆺ치 업고 쇼원이 용녈 필부의

49면

게ᄂᆞᆫ 가지 아니려 ᄒᆞ니 쥬야 울고 머리 ᄡᅥ졋ᄂᆞᆫ지라 조부인이 ᄭᅮ즛고 달내여 온가지로 ᄒᆞᄃᆡ 심혼을 다 조승샹긔 ᄶᅩ닷ᄂᆞᆫ지라 식음을 젼폐ᄒᆞ고 쥭기로 ᄌᆞ분ᄒᆞ니 조부인이 일 녀를 두엇다가 여ᄎᆞᄒᆞ믈 보니 ᄯᅩᄒᆞᆫ 식반을 물니치고 초조ᄒᆞ믈 마지 아니ᄒᆞ더니 졔왕이 조부인을 보고 은근이 녀ᄌᆞ의 쇼쇄ᄒᆞ믈 족가치 아니ᄒᆞ고 동샹을 쳔거ᄒᆞ여 쇼ᄉᆡᆼ의 츌뉴ᄒᆞ믈 일ᄏᆞᄅᆞ니 부인이 감사ᄒᆞ여 녀ᄋᆞ의 고집을 두로혀 셩친ᄒᆞ기를 긔약ᄒᆞ더라 졔왕이 도라간 후 조부

50면

인이 녀ᄋᆞ를 보고 졔왕의 쳔거ᄒᆞ던 쇼ᄉᆡᆼ의 츌뉴ᄒᆞ믈 젼ᄒᆞ니 경시 읍왈 비록 두목지 ᄉᆡᆼ환ᄒᆞ나 조명쳔이 아닌 후ᄂᆞᆫ 도라가지 아니리라 부인이 변ᄉᆡᆨ 왈 어나 규ᄉᆔ 스ᄉᆞ로 사ᄅᆞᆷ을 ᄀᆞᆯ히고 어믜 말을 듯지 아니ᄒᆞ리오 네 임의로 ᄒᆞ라 나ᄂᆞᆫ 츰아 ᄂᆞᆺ 둣거이 조가의 네 말노 쳥치 못ᄒᆞ리니 본대 례의지문이오 ᄯᅩᄒᆞᆫ 친쳑의 졍의로ᄡᅥ 친ᄉᆞ를 의논ᄒᆞᆯ 길 업ᄉᆞ니 임의로 네 ᄉᆞᄉᆡᆼ을 내 알 ᄇᆡ 아니라 명박ᄒᆞᆫ 인ᄉᆡᆼ이 일 녀를 바라다가 ᄉᆞᄅᆞᆷ의 면목이오 금슈지ᄒᆡᆼ이니 다

51면

시 무어슬 바라리오 눈물이 비 오듯 ᄒᆞ더라 어시의 조샹국이 부즁의 도라오고 공ᄌᆔ 명일 입셩ᄒᆞ니 화부인이 마ᄌᆞ 반기믈 이긔지 못ᄒᆞ고 샹국이 경시로 인ᄒᆞ여 봉ᄋᆡᆨᄒᆞ믈 셔로 젼ᄒᆞ여 일변 웃고 일변 탄식ᄒᆞ니 공ᄌᆔ 빈미ᄒᆞ고 ᄀᆞᆯ오ᄃᆡ 부ᄌᆡ 오히려 일월대ᄋᆡᆨ이 당젼ᄒᆞ니 일시 슈쟝 ᄊᆡᆯ ᄇᆡ 아니라 쳡이 구고를 뫼셔 머믈려 ᄒᆞ더니 먼니 안ᄌᆞ 더옥 방하치 못ᄒᆞᆫ 고로 드러왓ᄂᆞ이다 ᄒᆞᆫ대 화부인이 ᄎᆞ언을 듯고 더옥 놀나 ᄀᆞᆯ오대 옥쥬의 신명ᄒᆞ시미 반ᄃᆞ시 쟝ᄅᆡᄉᆞ를 예

52면

지ᄒᆞ시미라 ᄯᅩ 무ᄉᆞᆷ ᄋᆡᆨ이 이실고 긔도ᄒᆞ여 능히 면치 못ᄒᆞ리잇가 공ᄌᆔ 탄식 왈 고이ᄒᆞᆫ 인연이 잇ᄂᆞᆫ 거ᄉᆞᆯ 승샹의 ᄯᅳᆺ이 견고ᄒᆞ여 경시 비록 죽으나 고렴ᄒᆞᆯ 의ᄉᆡ 업ᄉᆞ니 ᄉᆞᄅᆞᆷ을 죽게 ᄒᆞᆫ 벌이 반다시 ᄉᆡᆼᄉᆞ의 관두ᄒᆞᆫ 즁벌을 지닐가 ᄒᆞᄂᆞ니 약간 긔도로 엇지 오ᄂᆞᆫ ᄋᆡᆨ을 면ᄒᆞ리잇가 화시 경구ᄒᆞ여 왈 연 즉 아등이 구고긔 극력ᄒᆞ여 경시로 가군의 부빈을 삼아 ᄋᆡᆨ을 졔방ᄒᆞ미 엇더ᄒᆞ리잇고 공ᄌᆔ 침ᄉᆞ묵연이러라 일일은 승샹이 몸이 불평ᄒᆞ여 ᄒᆞᆫ 번 샹셕의 누으매 병

53면

셰 위악ᄒᆞ니 궁즁 부즁이 진경ᄒᆞ여 쥬야 약으로 치료ᄒᆞ고 황애 태의로 간병ᄒᆞ나 침즁ᄒᆞ니 운산의셔 존당 부뫼 우려ᄒᆞ여 문병ᄒᆞᄂᆞᆫ 하리 이엿고 왕이 친히 니ᄅᆞ러 병을 볼ᄉᆡ 승샹이 침병 슌예라 부왕이 친림ᄒᆞ시믈 듯고 강질ᄒᆞ여 일고져 ᄒᆞ나 능히 못ᄒᆞ여 겨유 븟들녀 샹하의 나리ᄆᆡ 왕이 안ᄉᆡᆨ을 화히 ᄒᆞ고 집슈 왈 오ᄋᆡ 긔운이 숑ᄇᆡᆨ의

구드미 잇거놀 엇지 슈약ᄒᆞ미 이 ᄀᆞᆺ트여 평일 쟝긔를 일헛나뇨 아니 쟝하의 샹ᄒᆞ미 셩질키의 밋ᄎᆞ냐

54면

병이른 거시 긔이지 못ᄒᆞᄂᆞ니 은휘치 말나 승상이 안셔히 샤죄 왈 쇼지 바야 쟝년이라 이만 병의 셩녀를 더으시리잇고 의약을 힘뻐 슈히 니러ᄂᆞ오리니 원컨ᄃᆡ 과려치 마ᄅᆞ쇼셔 왕이 그 좌우슈를 간릭ᄒᆞ고 침음 왈 반ᄃᆞ시 쟝독이 셩ᄒᆞ미니 만일 진시 곳치지 아니ᄒᆞ면 위태ᄒᆞ리라 승샹이 민망ᄒᆞ여 그러치 아니믈 고ᄒᆞ고 즐겨 뵈지 아니니 왕이 뉘웃ᄎᆞ믈 금치 못ᄒᆞ여 이의 화ᄒᆞᆫ 안식으로 승샹을 위력으로 무릅히 누이고 쟝쳐를 보ᄆᆡ 독이 뭉키여 농ᄒᆞ여시니

55면

프ᄅᆞ고 거머 보기의 놀나온지라 이 ᄀᆞᆺ튼 병의 능히 견대여 단니ᄂᆞᆫ 줄 ᄉᆡᆼ각ᄒᆞ니 견확쟝ᄆᆡᆼᄒᆞ미 ᄌᆞ긔 아릐 아니라 더옥 ᄋᆡ즁ᄒᆞ고 승샹은 황공ᄒᆞ여 쥭은 ᄃᆞ시 이시니 왕이 침으로 그 셩농ᄒᆞᆫ 곳을 플ᄉᆡ 왕의 침법이 신긔ᄒᆞ여 아모 즁ᄒᆞᆫ 창쳐도 알프지 아니케 ᄒᆞᄂᆞᆫ지라 승샹이 그 하침ᄒᆞ믈 아지 못ᄒᆞ여셔 농즙이 흐ᄅᆞ니 승샹이 놀나 간 왈 의원이 가득ᄒᆞ엿거ᄂᆞᆯ 엇지 이런 일을 친히 ᄒᆞ시리잇고 왕이 쇼왈 의지 가득ᄒᆞ나 네 병 알미 날 ᄀᆞᆺ지 못ᄒᆞ리니

56면

엇지 지완ᄒᆞ리오 농즙 ᄈᆞ기를 다ᄒᆞᆫ 후 약을 바ᄅᆞ고 친히 미쥭을 권ᄒᆞ니 승샹이 크게 황공ᄒᆞ여 그ᄅᆞ시 비도록 진음ᄒᆞ고 벼개의 업ᄃᆡ여 눕지 아니니 왕이 친히 븟드러 뉘히고 니ᄅᆞᄃᆡ 병이 즁ᄒᆞ면 군부의 압히라도 강질ᄒᆞ여 실셥ᄒᆞ미 불가ᄒᆞ니 오아ᄂᆞᆫ 뜻을 슌ᄒᆞ여 슈히 ᄎᆞ병ᄒᆞ라 네 병이 창쳐ᄂᆞᆫ 슈히 나으려니와 증졍이 오릴가 념녀ᄒᆞ노라 승샹이 ᄉᆞᄉᆞ의 명을 슌ᄒᆞ여 어긔미 업ᄉᆞᄃᆡ ᄉᆞ식의 황공홈과 경근ᄒᆞᄂᆞᆫ 례되 슴엄ᄒᆞ니 왕이 그 셩

57면

효를 ᄋᆡ즁ᄒᆞ여 이의 머믈미 싼 침쇼를 졍ᄒᆞ여 병을 술피며 의약을 지휘ᄒᆞ니 승샹의

쟝쳐는 나으나 써써 정신이 혼모ᄒᆞ고 한열이 왕ᄅᆡᄒᆞ여 증휘 비경ᄒᆞᆫ지라 왕이 혹 ᄌᆞ데의 집증을 잘못ᄒᆞ여 쳔금쇼즁이 그ᄅᆞ미 이실가 두려 운산의 가 부모 존당의 뵈옵고 밤이면 이의 와 약이며 병셰를 술피되 월여의 니ᄅᆞ도록 나으미 업고 빅쵀 무효ᄒᆞ여 병셰 침즁ᄒᆞ니 황샹이 진경ᄒᆞ시고 왕이 근심ᄒᆞ여 침식을 폐ᄒᆞ고 평싱 지조를 다ᄒᆞ

58면

여 의약을 힘쓰나 일분이 나으며 업고 일야ᄂᆞᆫ 긔운이 혼혼엄미ᄒᆞ니 왕은 싼 침쳐의 이셔 아지 못ᄒᆞ고 공쥬와 화부인이 급히 나와 구호홀식 슈족이 어름 ᄀᆞᆺ고 형식이 위급ᄒᆞ니 냥부인의 황황홈과 졔조의 창황ᄒᆞ미 측냥 업셔 조싱 등이 왕의게 고코져 ᄒᆞ거늘 공쥐 급히 말녀 왈 야심 후 취침ᄒᆞ여 겨시거늘 경동ᄒᆞ시게 ᄒᆞ미 무익ᄒᆞ고 일시 막힌 거시 굿ᄐᆞ여 위경의 니를 거시 아니니 고요히 이셔 정신 ᄎᆞ리믈 기다리쇼셔 일변 스ᄉᆞ로 환약을 가ᄅᆞ

59면

스ᄉᆞ로 쁘며 화부인은 슈족을 쥬무ᄅᆞ니 공쥐 즁인의 보믈 혐의ᄒᆞ여 쇼ᄅᆡ를 먹음고 그윽이 츅텬ᄒᆞ여 그 명을 빌식 범인은 능히 정셩이 신기를 달치 못ᄒᆞ나 텬싱 셩녀의 지셩과 지죄 족히 샹쳘운쇼ᄒᆞ고 하달디로ᄒᆞ니 이ᄯᅢ 승샹이 혼혼망망 즁 일위 도ᄉᆡ 운건도복으로 압히 와 니ᄅᆞ되 조군이 본ᄃᆡ 희귀ᄒᆞᆫ 복녹을 가져 인셰의 젹강ᄒᆞ미 이ᄯᅢ의 ᄉᆞ싱을 념녀홀 빈 아니로ᄃᆡ 젼셰 슉치 경가의 ᄆᆡ엿거ᄂᆞᆯ 조군이 그 지경을 도라보지 아니

60면

ᄆᆡ 금야의 경시 네 ᄌᆞ진ᄒᆞ여 원혼이 바로 명부의 가 원샹을 ᄒᆞᄂᆞᆫ 고로 명부 십왕이 조군을 쳥ᄒᆞ여 보고져 홀식 ᄉᆞ지 승샹부의 왕ᄅᆡᄒᆞ나 조군의 정긔를 능히 범치 못ᄒᆞᄂᆞᆫ 고로 질을 일위엿더니 혜션공쥬 지셩이 샹데와 셩신이 다 감동ᄒᆞ시니 명부 ᄉᆞ신을 날노 ᄒᆞ여금 거두워 도라가게 ᄒᆞ시니 ᄎᆞ후ᄂᆞᆫ 군의 질양이 나으려니와 져 경가 원혼이 맛츰ᄂᆡ 그만ᄒᆞ여 스러지지 아니리니 ᄂᆡ 조군을 위ᄒᆞ여 ᄒᆞᆫ 계교로 정흔을 프러 흣터지게 ᄒᆞ리라 ᄒᆞ고 승샹의 킈롤

61면

ᄌᆞ혀 ᄒᆞᆫ 긴 대롤 셰우고 무ᄉᆞᆫ 진언을 ᄒᆞ더니 그 대 화하여 ᄌᆞ긔의 형이 완연ᄒᆞ니 숀을 드러 청ᄒᆞ여 ᄀᆞᆯ오ᄃᆡ 군은 싸ᄅᆞ가 구경ᄒᆞ라 ᄒᆞ고 대로 된 ᄌᆞ긔 샹을 도인이 븟들고 바로 경가 부문으로 드러 닷더니 이윽고 곡셩이 니러ᄂᆞ며 도인이 ᄒᆞᆫ 녀ᄌᆞ롤 잇그러와 그 죽신과 ᄒᆞᆫ ᄃᆡ 셰우고 진언을 념ᄒᆞᄆᆡ 공즁으로 남ᄌᆞ 녀인이 다 올나가거ᄂᆞᆯ 도ᄉᆡ 박장ᄃᆡ쇼 왈 가히 삼ᄉᆡᆼ 업원이 플니리로다 군은 보기롤 다ᄒᆞ여시니 도라가라 져 경시 군의 풍ᄎᆡ 긔샹의 밋쳐 병이 들고 분

62면

하여 죽으니 인명이 지즁커ᄂᆞᆯ 군이 동심ᄒᆞ미 업셔 맛ᄎᆞᆷᄂᆡ 도라보지 아니니 군의 몸의 벌이 이셔 질병이 일웟거ᄂᆞᆯ 경시 원혼이 급히 하라 가쟝 위ᄐᆡᄒᆞᆯ너니 경녀의 축텬홈과 군의 정ᄃᆡᄒᆞ미 가히 슈롤 더으며 복을 누릴지라 이런 고로 ᄂᆡ 군의 면목풍ᄎᆡ롤 빌녀 경시 원혼을 다ᄅᆡ엿시니 ᄎᆞ후 블슈년의 군의 얼골노 흡ᄉᆞᄒᆞᆫ 아ᄒᆡ 경가의 나고 경시 얼골 ᄀᆞᆺ튼 재 셜가의 나 셔로 부뷔 되리니 증험과 보복이 쇼연ᄒᆞᆫ지라 엇지 청명이 아ᄅᆞ미 업

63면

ᄉᆞ며 신명이 업다 ᄒᆞ리오 군의 복녹이 츌어범뉴ᄒᆞ여 이 고이ᄒᆞᆫ ᄋᆡᆨ을 면ᄒᆞ고 다만 면목을 빌녀 화롤 면ᄒᆞ엿ᄂᆞ이다 승샹이 흠신경각ᄒᆞ니 ᄒᆞᆫ ᄭᅮᆷ이라 아득ᄒᆞᆫ 정신이 청샹ᄒᆞ고 혼곤ᄒᆞᆫ 긔운이 나은지라 심하의 깃거 아냐 ᄉᆡᆼ각ᄒᆞ되 군ᄌᆞ의 곳의ᄂᆞᆫ 요탄ᄒᆞᆫ 일이 업거ᄂᆞᆯ ᄂᆡ 병이 오ᄅᆡᄆᆡ 긔 허ᄒᆞ여 고이ᄒᆞᆫ 몽ᄉᆡ 이시나 개념ᄒᆞᆯ 배 아니라 슘을 ᄂᆡ쉬고 이의 몸을 동ᄒᆞ여 죽을 구ᄒᆞ니 즁인이 경희ᄒᆞ여 죽을 급히 나오ᄆᆡ 마시고 문왈 ᄂᆡ 아쟈의 긔운이 혼혼블

64면

셩ᄒᆞᄆᆡ 반ᄃᆞ시 야애 놀나 겨시리니 이졔 어ᄃᆡ 겨시뇨 즁인이 ᄃᆡ왈 슉부ᄂᆞᆫ 슉침ᄒᆞ샤 아지 못ᄒᆞ여 겨시니이다 승샹이 희왈 군종형데 감샤ᄒᆞ도다 ᄎᆞ데 명슉이 쇼왈 우리 형데 몃 ᄉᆞ름이리잇가마ᄂᆞᆫ 다 창황이 고코져 ᄒᆞ더니 옥쥐 여ᄎᆞ여ᄎᆞᄒᆞ시니 ᄉᆞᆺ쳐과이다 승샹이 미쇼무언이나 심즁의 탄복ᄋᆡ경ᄒᆞ미 더으더라 ᄎᆞ시 경부의셔 부인이 동샹

을 퇴ᄒᆞ믹 경시 분ᄒᆞ고 이달나 병이 즁ᄒᆞ더니 ᄎᆞ야의 스ᄉᆞ로 독약을 마셔 명이 진ᄒᆞ니 부인이 블승

65면

참통ᄒᆞ여 호곡운절ᄒᆞ고 시슈를 념빙ᄒᆞ여 조흔 ᄯᆡ히 안쟝ᄒᆞ니라 부인 원족의 명녕을 어더 계후ᄒᆞ엿더니 취쳐 슈년의 싱ᄌᆞᄒᆞ니 의표와 풍신이 긔이ᄒᆞ여 완연이 조상국 풍용이니 부인이 블승과망ᄒᆞ여 장옥갓치 기ᄅᆞ더니 공부상셔 셜강의 숀녀를 취ᄒᆞ니 의형 미목이 ᄯᅩᄒᆞᆫ 죽은 녀아의 샹모와 다ᄅᆞ미 업ᄉᆞ니 부인이 더옥 슬프고 긔특ᄒᆞ여 양ᄌᆞ 부부의 영효를 밧고 쉬 팔십의 니ᄅᆞ니 이 ᄯᅩᄒᆞᆫ 긔이ᄒᆞᆫ 일이러라 차시 승샹의 진퇴ᄒᆞ

66면

던 병이 날노 감ᄒᆞ여 긔거ᄒᆞ니 합가의 힝열ᄒᆞ미 어듸 비ᄒᆞ리오 이ᄯᅵ의 공쥬의 싱ᄒᆞᆫ 바 쟝ᄌᆞ 션광이 십이 셰라 늠연ᄒᆞᆫ 풍골과 셕듸 녕형ᄒᆞᆫ 톄격이 완연이 부조여풍이오 츙텬쟝긔 호일풍융ᄒᆞ믈 아오ᄅᆞ 넘나고 신릉ᄒᆞ니 합개 칭찬ᄒᆞ고 문즁이 츄앙ᄒᆞ듸 그 부친 샹국은 보면 미우를 ᄶᅵᆼ긔여 왈 반ᄃᆞ시 가셩을 츄락홀 경박탕ᄌᆞ로 욕급부모ᄒᆞ리라 ᄒᆞᆫ 즉 부왕이 ᄭᅮᄌᆞ져 아히를 졸나 긔운을 펴지 못ᄒᆞ게 말나 ᄒᆞ더니 이ᄯᅵ 그 부공이

67면

유병ᄒᆞ므로 텬셩효우ᄂᆞᆫ 가문셰덕이라 병측의 ᄒᆞᆫ ᄯᅥᆨ도 ᄯᅥ나지 아냐 응듸쥬션이 이목과 슈족을 듸ᄒᆞ니 샹국이 두굿기고 ᄯᅩ ᄌᆞ긔 유병키로 혹 방일ᄒᆞᆫ 남ᄉᆡ 이실가 념녀ᄒᆞ여 짐줏 일시도 안젼의 ᄯᅥ나지 못ᄒᆞ게 ᄒᆞ니 공ᄌᆡ 부친 환휘 ᄎᆞ경의 니ᄅᆞ믹 고요히 잇기를 촘아 답답ᄒᆞ여 ᄶᅵ곳 타면 ᄂᆡ다라 졔녀당의 가 미아를 희롱ᄒᆞ며 쥭션루ᄂᆞᆫ 진왕의 구ᄌᆞ를 머므ᄅᆞᄂᆞᆫ 곳이라 졔쇼년이 운산으로 나간 후ᄂᆞᆫ 졔창을 임의로 단니게 ᄒᆞᄂᆞᆫ지라 공ᄌᆞ의 일

68면

월 갓튼 풍광과 강하 ᄀᆞᆺ튼 말솜의 졔네 넉술 일코 념치를 도라보지 못ᄒᆞ여 닷토와 모

드니 좌우로 쎠 희확이 낭즈ᄒᆞ여 병침을 직희미 젼일치 아닌지라 승상이 ᄎᆞᆺ기를 엄히 ᄒᆞ여 더ᄃᆡ면 혹 달초ᄒᆞ고 말노 칙ᄒᆞ여 엄싀이 한샹 갓ᄐᆞ니 이ᄯᅢ 조ᄉᆞ마 쟝ᄌᆞ 쳔광은 년이 십오요 취쳐 등과ᄒᆞ여 빅힝이 졍ᄃᆡᄒᆞᆫ지라 승상이 보면 칭지ᄒᆞ여 왈 오가 쇼빅 즁 쳔광이 뎨일이라 한슈의 셩덕을 오로지 픔슈ᄒᆞ엿도다 ᄉᆞ믹 쇼왈 나는 너의 션광

69면

을 낫게 너기ᄂᆞ니 텬되 고이ᄒᆞ여 부ᄌᆞ의 셩졍이 다ᄅᆞ미 괴이치 아니리오 승상이 탄왈 쇼뎨 션광 갓튼 쟈를 보면 비위 ᄒᆡ로온지라 십여 셰 동치 쇼지 쥬야 계교ᄒᆞ는 빅녀ᄌᆞ를 도모ᄒᆞ며 졔 ᄒᆞᆫ믈을 슘겨 아비를 쇽이니 이러코 ᄉᆞ롬 되ᄂᆞ니잇가 ᄉᆞ믹 ᄃᆡ쇼ᄒᆞ더라 승상이 병이 나하 운산 왕ᄅᆡ를 ᄒᆞ고 공ᄌᆞ를 명ᄒᆞ여 빅화헌을 직희여 독셔ᄒᆞ라 ᄒᆞᆫ 즉 총명이 ᄒᆞᆫ 번 눈의 지ᄂᆞ면 외오는 고로 ᄒᆞᆫ 번 배화 후리치고 나가 닌가 ᄋᆞᄒᆡ 슈십을 모화 돌흘 쥬어 진계를 일

70면

우며 궁시를 희롱ᄒᆞ고 졉젼힝군ᄒᆞ는 그륟을 익힐ᄉᆡ 졔쇼ᄋᆞ로 약쇽 왈 우리 비록 유미ᄒᆞ나 노롬을 닉여 실이 되ᄂᆞ니 군즁은 희롱이 업슨지라 ᄂᆡ ᄃᆡ쟝이 되고 여빅 졸히 되여 ᄃᆡ댱부의 일이 이신 후야 ᄡᅳᄂᆞ니 여등이 ᄒᆞ나히나 군령을 범ᄒᆞ면 반ᄃᆞ시 버히리라 제ᄋᆡ 다 십여 셰 쳑동이로ᄃᆡ 일시의 응ᄒᆞ여 ᄀᆞᆯ오ᄃᆡ 쟝령을 조ᄎᆞ리이다 공지 큰 긔를 믹ᄃᆞ라 군법을 졍ᄒᆞ여 령긔를 계오고 법령을 범ᄒᆞ면 쥭이리라 ᄒᆞ엿더라 졔ᄋᆞ 즁 조부 ᄎᆞ환의 ᄌᆞ식이

71면

이셔 나히 공ᄌᆞ와 동년이라 ᄆᆡ양 다리고 놀며 ᄉᆞ랑ᄒᆞ니 ᄎᆞ아의 명은 의복이라 일일은 공지 승상이 운산의 간 ᄯᅢ를 타 동산의 올나 진계를 버리며 졔ᄋᆞ로 졉젼교봉ᄒᆞ여 승픽를 보더니 의복이 무심코 진즁의 돌입ᄒᆞ여 법을 범ᄒᆞ니 공지 ᄃᆡ로ᄒᆞ여 졔ᄋᆞ를 호령ᄒᆞ여 의복을 버히라 ᄒᆞᆫᄃᆡ 복이 울며 다ᄅᆞᄂᆞ거ᄂᆞᆯ 공지 환도를 ᄲᅡ으고 나아가 복을 버히며 왈 공명이 마쇽을 버히며 한신이 은미를 참ᄒᆞ니 엇지 노쇠 이시리오 제ᄋᆡ 샹심ᄒᆞ여 일시의 ᄯᅥᆯ고 ᄒᆞᆺ

72면

터지거늘 공지 졔ᄋᆞ를 호령ᄒᆞ여 의복의 시슈를 붓드러 졔 어믜게로 보ᄂᆡ고 완완이 나려와 복의 어미를 블너 왈 의복이 나의 ᄉᆞ랑ᄒᆞᄂᆞᆫ 시동이러니 법을 범ᄒᆞ니 마지 못ᄒᆞ여 버힌지라 복이 본ᄃᆡ 흉종홀 샹이니 출하리 ᄂᆡ 숀의 죽으미 올흐나 노애 아ᄅᆞ시면 조치 아닐지라 모ᄅᆞ미 급히 념쟝ᄒᆞ고 일졀 나희 버힌 쥴을 누셜치 말나 위령ᄒᆞ면 너를 마ᄌᆞ 버히리라 언파의 입엇던 쳥ᄉᆞ포와 ᄌᆞ젹동의를 버셔 쥬고 고즁의 드러가 가마니 필빅과 은

73면

ᄌᆞ 오십 냥을 ᄂᆡ여다가 쥬니 복의 어미 망극ᄒᆞ여 나와 호통ᄒᆞ나 공ᄌᆞ의 하일지위를 두려 감히 발악지 못ᄒᆞ고 복을 념쟝ᄒᆞ엿더니 공쥐 알고 ᄃᆡ경ᄒᆞ여 승샹긔 ᄎᆞᄉᆞ를 고ᄒᆞ고 탄왈 ᄎᆞ의 날노 방약ᄒᆞᆫ 힝ᄉᆡ 여ᄎᆞᄒᆞ니 엇지 한심치 아니리오 승샹이 경히ᄒᆞ여 ᄀᆞᆯ오ᄃᆡ 오슈불현이나 일호 비례를 힝ᄒᆞ미 업고 공쥬의 셩심슉덕으로 이런 악ᄌᆞ 잇슬 쥴은 의외라 십여 셰 쇼동이 ᄉᆞ름 쥭이믈 플 베둣 ᄒᆞ니 흉ᄒᆞ고 놀나와 다시 보고져 시브지 아닌지라

74면

맛촘 가즁 노복일ᄉᆡ ᄃᆡ환이 업거니와 남을 버혓시면 졔 ᄯᅩ 쥭기를 면치 못ᄒᆞ리라 공쥐 탄식 왈 ᄎᆞ아를 잘 인도ᄒᆞ여 긔운을 썩그면 큰 그ᄅᆞ시 되려니와 이ᄃᆡ로 ᄌᆞ라면 쟝ᄎᆞᆺ 화망의 걸니며 가셩을 츄락지 아닐 쥴 엇지 알니잇고 군ᄌᆞᄂᆞᆫ 엄치ᄒᆞ샤 후일을 증계ᄒᆞ쇼셔 승샹 왈 ᄎᆞ의 맛기를 시작ᄒᆞ면 뉴혈이 돌지ᄒᆞᄃᆡ 즉시 단니고 칙ᄒᆞ면 면젼의 두리고 조심ᄒᆞ미 인심을 감동ᄒᆞᄃᆡ 도라셔면 여ᄎᆞᄒᆞ니 혈긔 미뎡ᄒᆞᆫ 유ᄋᆞ를 간ᄃᆡ로 치지 못ᄒᆞ니 인

75면

도의 귀순케 홀 도리 업ᄂᆞᆫ지라 바야흐로 ᄉᆞ름의 아비 되여 어려오믈 ᄭᆡ둣ᄂᆞ이다 이러틋 근심ᄒᆞ여 부뷔 ᄌᆞ지 못ᄒᆞ고 명됴의 승샹이 즁쳥의 파ᄒᆞ고 공ᄌᆞ를 잡아 오라 ᄒᆞ여 엄ᄒᆞᆫ ᄉᆞ긔 북풍한샹이라 계하의 ᄭᅮᆯ여 슈죄ᄒᆞ여 인명 쳐살ᄒᆞ믈 므ᄅᆞ니 공지 심즁의 혜오ᄃᆡ ᄂᆡ 젼일 혹 엄젼의 득죄슈쟝ᄒᆞ나 ᄃᆡ단치 아닌지라 알플 만치 경칙ᄒᆞ여 겨

시거니와 이번은 반ᄃᆞ시 ᄉᆞ싱을 고렴치 아니시리니 ᄂᆡ 긔운이 강장ᄒᆞ나 십슈 셰 츙유로 즁장을 견딜 길이 업고

76면

존당이 먼니 겨시니 뉘 이셔 구ᄒᆞ리오 맛당이 다ᄅᆞ나 엄뢰 져기 프러지고 조부모 겨신 곳의 가 맛게 되면 구ᄒᆞ실 도리 이시리라 ᄒᆞ여 이의 돈슈청죄 왈 블초ᄋᆡ 우연이 금법을 ᄒᆞ옵더니 졔 죽ᄉᆞ오니 블과 복뷔라 무슨 죄의 나아가리잇가 승샹이 어히업셔 말을 아니코 졔로로 공ᄌᆞ를 올녀 ᄆᆡ라 ᄒᆞ니 공지 니러나 바로 다름을 시쟉ᄒᆞ니 비록 빅만 츄병이 ᄯᆞᄅᆞ나 조션광의 거름을 뉘 밋ᄎᆞ리오 승샹이 분히 ᄒᆞ여 좌우 하리를 일시의 발ᄒᆞ여 공ᄌᆞ를 ᄯᆞ라 못 잡아

77면

오면 일죄로 하령ᄒᆞ나 공지 아아이 달아 벽운산 ᄉᆞ십 리를 편시의 가ᄆᆡ 뎨일고봉 낙낙쟝숑의 오ᄅᆞ니 그 남기 기리 쳔 쳑이라 범인은 발을 븟쳐 올흘 길이 업ᄉᆞ니 졔리 돈슈실셩ᄒᆞ여 망조홀 ᄲᅮᆫ이라 공ᄌᆞ 왈 ᄂᆡ 스ᄉᆞ로 나아가 엄젼의 청죄ᄒᆞ리니 여 등은 도라가라 졔뢰 홀일업셔 이ᄃᆡ로 복명ᄒᆞ니 승샹이 어히업셔 반ᄃᆞ시 은션항으로 간 쥴 지긔ᄒᆞ고 슈레를 모라 운산으로 나오니 이ᄯᅢ 션광이 남긔 나려 바로 부즁의 나아가 위부인과 양부인긔 현

78면

알ᄒᆞ고 ᄭᅮᆯ여 쥬왈 쇼숀이 진법을 희롱ᄒᆞ여 노다가 농가셩진ᄒᆞ여 셔동 의복이 죽ᄉᆞ오니 엄위 드ᄅᆞ시고 쇼숀으로 대살코져 ᄒᆞ실ᄉᆡ 쇼숀이 명을 앗겨 죄 우히 죄를 어더 이리 왓삽ᄂᆞ니 엄부긔 뵈오ᄆᆡ 죽을지라 쟝ᄎᆞᆺ 엇지ᄒᆞ리잇가 양부인이 대경ᄒᆞ여 정ᄉᆡᆨ 왈 네 십 셰 치동으로 엇지 인명을 쳐살ᄒᆞ리오 내 비록 약ᄒᆞ나 ᄎᆞ언을 드ᄅᆞᄆᆡ 용셔홀 마음이 업ᄉᆞ니 여뷔 엇지 통히치 아니리오 졔왕이 배샤 왈 ᄌᆞ교의 명셩ᄒᆞ시미 맛당ᄒᆞ오니 엇지 ᄌᆞ숀의 남ᄉᆞ를 깁히 의

79면

입게 ᄒᆞ리잇가 이리 니ᄅᆞ나 그 긔운의 장홈과 쳐ᄉᆡ 졸치 아니믈 두굿기ᄂᆞᆫ 빗치 이시

니 초공이 션광을 나오여 유년 쇼ᄋᆡ 인명을 용이히 살ᄒᆞ며 엄부의게 슌히 칙을 밧지 아냐 다ᄅᆞ나미 극히 광픽ᄒᆞ믈 니ᄅᆞ고 탄왈 만일 이 버ᄅᆞ슬 곳쳐 가ᄃᆞ듬고 슈렴치 아니면 무식 용뷔 될지라 내 비록 노쇠ᄒᆞ나 용셔홀 배 아니로대 명일의 여뷔 니ᄅᆞ거든 여ᄎᆞ여ᄎᆞ 청죄ᄒᆞ라 인지 친명을 역ᄒᆞ고 어대로 도라셔려 ᄒᆞᄂᆞ뇨 졔왕이 말슴을 니어 졀칙ᄒᆞ니 공지 피셕복슈ᄒᆞ

80면

여 황공ᄒᆞ며 욕ᄉᆞ무디라 공지 총명샹쾌ᄒᆞ여 범ᄉᆡ 극히 슉셩ᄒᆞ니 엇지 부ᄌᆞ륜의와 ᄉᆞ톄를 모ᄅᆞ리오 ᄉᆞᄉᆞ로 뉘웃쳐 기리 황공ᄒᆞ믈 이긔지 못ᄒᆞ더라 명됴의 승샹이 나아와 존당 부모긔 뵈옵고 외헌의 나오미 션광이 ᄉᆞᄉᆞ로 몸을 ᄆᆡ이여 ᄆᆡ를 안고 계하의 청죄홀ᄉᆡ 돈슈쳬읍 왈 블초직 즁죄를 짓고 엄뇌 진쳡ᄒᆞ시니 두리오미 극ᄒᆞ여 더욱 사죄를 범ᄒᆞ오니 금일 엄하의 감청ᄉᆞ죄로쇼이다 승샹이 공ᄌᆞ를 보ᄆᆡ 심즁의 대로ᄒᆞ여 말을 아니니 찬 긔운이 동

81면

텬렬일 갓ᄐᆞ니 좌위 경구ᄒᆞ고 공지 불승젼률ᄒᆞ여 불감앙시러니 승샹이 이윽고 하리를 도라보와 관곽을 대령ᄒᆞ라 ᄒᆞ니 즁인이 ᄎᆞ언을 드ᄅᆞᄆᆡ 면여토ᄉᆡᆨ하ᄃᆡ 공자는 불변안ᄉᆡᆨᄒᆞ고 쥬왈 쇼ᄌᆞ의 죄 슈ᄉᆞ난쇽이오나 십여 셰 쳑동으로 대역을 범치 아냐사오니 대인셩덕으로 골육샹잔을 풀ᄂᆞᆺ갓치 ᄒᆞ시면 부ᄌᆞ륜샹이 어ᄃᆡ 이시리잇가 낙쟝 초공이 ᄎᆞ언을 듯고 미쇼 왈 ᄎᆞᄋᆡ 아니 치던 못ᄒᆞ려니와 유츙ᄒᆞᆫ 거슬 샹케 ᄒᆞ미 블가ᄒᆞ니 나는 칠 ᄌᆞ를 가ᄅᆞ치대 일

82면

즉 슈고로이 ᄐᆡ벌을 아냣더니 여 등은 엇지 쟝벌이 ᄌᆞ즈뇨 졔왕이 ᄇᆡ왈 대인 셩훈을 조ᄎᆞ 감히 우러옵지 못ᄒᆞ미라 이졔 대인이 명ᄒᆞ시면 엇지 더으리잇고 이졔 시쟈로 젼어 왈 션광이 죄 즁ᄒᆞ나 그 나히 어리믈 ᄉᆡᆼ각하여 형쟝을 긋치라 대인이 말과져 ᄒᆞ시니 네 도리 감불위명이라 그만ᄒᆞ여 긋칠지어다 시동이 나와 명을 젼ᄒᆞ니 승샹이 감히 거역지 못ᄒᆞ여 공ᄌᆞ를 샤ᄒᆞ고 군종형뎨를 도라보와 탄왈 블초ᄌᆞ를 쥭지 아닐 맛치 다ᄉᆞ려 분을 풀고져 ᄒᆞ더니

83면

대인이 불초아를 앗기시고 존당 명이 겨시니 마지 못ᄒᆞ여 샤ᄒᆞ나 ᄑᆡᄌᆡ 이만 ᄆᆡᄂᆞᆫ 니문 것만치 알 거시니 엇지 통히치 아니리오 졔인이 박쇼 왈 어ᄂᆞ 긔슬이 피육이 넘니토록 물니오 승샹이 미쇼ᄒᆞ더라 공ᄌᆡ 의대를 거두어 니러ᄂᆞ니 졔숙이 그 긔운을 쟝히 너겨 ᄉᆞ마공이 올여 집슈 왈 엇지 부졀업ᄉᆞᆫ 일노 아븨게 노ᄅᆞᆯ 만나뇨 공ᄌᆡ 머리를 숙여 블감응대ᄒᆞ니 그 거동이 타연ᄒᆞ여 알파 ᄒᆞᄂᆞᆫ 긔ᄉᆡᆨ이 업ᄉᆞ니 승샹이 그윽이 난쳐ᄒᆞ여 엄히 잡되믈 ᄉᆡᆼ각ᄒᆞ더라 어시의 승샹

84면

이 ᄋᆞᄌᆞᄅᆞᆯ 사ᄒᆞ고 졍당의 드러오니 초공이 션광의 말을 믓고 ᄀᆞᆯ오대 ᄎᆞᄋᆡ 모질미 여ᄎᆞᄒᆞ니 네 모ᄅᆞ미 신칙기를 등한히 말나 승샹이 배사 왈 명괴 맛당ᄒᆞ시니 ᄎᆞᄋᆡ 쳐도 알파 아니코 ᄊᆞ즈져도 두려 아니니 쟝ᄎᆞᆺ 인도의 둘 길니 업ᄉᆞᆫ지라 엇지리잇고 공이 쇼왈 아직 어려 그러ᄒᆞ나 텬셩 쟉인이 총명신긔ᄒᆞ니 못될 ᄌᆞ식은 아니여니와 타일 남ᄉᆡᆨ 무비ᄒᆞ여 이의 긋칠 ᄇᆡ 아닐가 ᄒᆞ노라 졔왕이 대왈 야야 셩의 맛당ᄒᆞ시니 ᄎᆞᄋᆡ 나히 ᄎᆞ면 힝신쳐ᄉᆡ ᄌᆞ연 졍대군ᄌᆞ의 미진ᄒᆞ미 업ᄉᆞ

85면

리이다 도라 승샹다려 왈 우아를 너모 조를 거시 아니라 부뫼 너모 셰쇄ᄒᆞ면 긔탄이 업ᄂᆞ니라 승샹이 ᄇᆡ샤ᄒᆞ고 부조의 션견을 미더 잠간 방심ᄒᆞ나 심두의 근심을 노치 못ᄒᆞ더라 후ᄅᆡ의 광악산의 악호를 쥬머괴로 여섯슬 쳐 죽이고 초공을 업고 고봉산로의 평디갓치 나리다라 슈쳔 젹도를 대젹ᄒᆞ미 십삼 쇼ᄋᆞ의 쳔고 일 인이라 ᄆᆡᆺ 취쳐ᄒᆞᄆᆡ 츄물대악을 만나 십오 창을 써 화락ᄒᆞ며 양광하여 부형도 두려 아니며 쥬ᄉᆡᆨ의 잠겨 기쳐 난시를 휘모라 내

86면

치고 셜연졍 쟉난과 쇼시를 보고 규방의 돌입ᄒᆞ여 핍박ᄒᆞᆫ 셜홰 긔이ᄒᆞ며 졀도ᄒᆞ대 임의 후셰록의 이시므로 이의 쌔히다 일월이 흘너 진왕과 졍비의 회혼이 다다ᄅᆞ니 원명 문의 등이 대연을 진셜ᄒᆞ고 허다 ᄌᆞ숀과 내외 친쳑이며 됴뎡 명공이 모드니 은션항 십리졍의 취막이 구름을 년ᄒᆞ고 균텬광악이 구쇼의 ᄉᆞᄆᆞᆺ쳐 황금을 횡대ᄒᆞᆫ 무슈

ᄌᆞ숀은 좌우로 셩렬ᄒᆞ니 쟝려ᄒᆞ미 쳔고의 희한ᄒᆞ더라 진왕 부뷔 면뫼 쇼년을 묘시ᄒᆞ니 허다 ᄌᆞ숀

87면

이 좌우로 시립ᄒᆞ여 허다 즁인의 희긔 만면ᄒᆞ니 노공 부뷔 아름다오믈 이긔지 못ᄒᆞ여 왈 우리 셰상이 너모 지리ᄒᆞ믈 한ᄒᆞ더니 ᄌᆞ부의 회혼을 보니 진실노 희귀ᄒᆞᆫ 일이라 ᄒᆞ니 왕이 냥친의 우으시믈 위ᄒᆞ여 비로 더브러 례를 ᄒᆞᄆᆡ 희연 쇼왈 신뷔 슈습ᄒᆞᄂᆞᆫ 례뫼 업셔 눈을 크게 ᄡᅥ 신랑을 보니 좌우 빈ᄀᆡᆨ이 다 넘게 너기ᄂᆞᆫ도다 ᄒᆞ고 졔 ᄌᆞ숀이 다 즐기믈 이긔지 못ᄒᆞ니 졍비 ᄯᅩᄒᆞᆫ 잠쇼 왈 긔괴ᄒᆞᆫ 거조를 ᄒᆞ미 우읍거ᄂᆞᆯ 엇지 샹시 아니시던 희담을 ᄒᆞ시나

88면

뇨 왕이 호호박쇼 왈 신뷔 대져 너모 활발ᄒᆞ여 교ᄇᆡ를 맛고 즉시 신랑과 말ᄒᆞᄌᆞ ᄒᆞ니 엇지 넘나지 아니리오 노공 부뷔 대쇼ᄒᆞ고 희블ᄌᆞ승ᄒᆞ여 여러 ᄌᆞ숀으로 잔을 부이며 풍뉴를 나와 종일 진환ᄒᆞ니 인간낙ᄉᆡ 이의 지나미 업더라 진왕의 십ᄌᆞ ᄉᆞ 셔와 셔ᄌᆞ오 인의 뉵십여 인 숀지 헌슈ᄒᆞ니 ᄌᆞ숀의 셩번ᄒᆞ미 초공의 복녹으로도 일두를 ᄉᆞ양홀지라 졔ᄀᆡᆨ이 만구ᄒᆞ례ᄒᆞ더라 일모셔산ᄒᆞᄆᆡ 파연ᄒᆞ고 년일 삼 쥬야를 진환ᄒᆞ미 셰인이 졍비의 초년

89면

간익과 닉슈지환이며 금션의게 보치이던 일을 일ᄏᆞ라 ᄎᆞ탄ᄒᆞ더라 조노공이 위부인으로 더브러 슈발이 샹셜 갓고 긔뷔 신션 ᄀᆞᄐᆞ니 견재 다 귀히 너기더라 이러구로 초공과 양부인 회혼이 되니 졔왕 등 칠 곤계 대연을 베플고 빈ᄀᆡᆨ을 쳥ᄒᆞ여 대례를 힝홀ᄉᆡ 허다 ᄌᆞ숀이 일졔히 관복을 갓초와 초공을 뫼셔 즁쳥의 니ᄅᆞ니 초공의 텬일지표와 빅셜 ᄀᆞᄐᆞᆫ 면광이 긔이ᄒᆞ니 좌우의 가ᄃᆞᆨᄒᆞᆫ ᄌᆞ숀이 바라보고 희츌망외ᄒᆞ고 졔ᄀᆡᆨ이 칙칙

90면

탄복ᄒᆞ더라 초공 부뷔 례를 맛고 부모긔 다시 배례ᄒᆞ고 공이 만면 화긔로 쇼이쥬왈

쇼직 금일 가쇼의 거조를 힝ᄒᆞᆫ 부뫼 ᄒᆞᆫ 번 우으시믈 돕ᄉᆞᆸ고져 ᄒᆞ오미오 셕일 금일과 금쟈 이 거조를 보미 진실노 의외로쇼이다 노공과 위틱부인이 희연 쇼왈 너와 현뷔 다 긔품이 쳥고ᄒᆞ여 홍진의 무드지 아니ᄒᆞ니 우리 부뷔 ᄆᆡ양 슈골이 아닌가 념녀ᄒᆞ더니 이졔 ᄌᆞ숀이 유여ᄒᆞ고 빅복이 구젼ᄒᆞ여 만ᄉᆡ 무흠ᄒᆞ니 우리 지금 ᄉᆞ라 여 등의 영효를 갓초 보니 엇지

91면

두굿겁지 아니리오 초공이 ᄇᆡ샤ᄒᆞ고 슈ᄇᆡ를 밧드러 부모긔 드리고 ᄯᅩ 일배를 진왕긔 드려 왈 우리 형뎨 치년의 쥭마를 닷토며 존당 교ᄋᆡ를 ᄡᅴ여 부모 슬하의 반의로 유희ᄒᆞ던 일이 어졔 갓더니 이졔 쳥슈 희긔의 니ᄅᆞ러 ᄌᆞ숀이 만당ᄒᆞ며 복녹이 과의니 엇지 두렵지 아니리잇고 인ᄉᆡᆼ이 쟝ᄉᆡᆼ블ᄉᆞ치 못ᄒᆞ믈 진황 한무도 면치 못ᄒᆞ여시나 금일을 당ᄒᆞ여 션왕모의 보지 못ᄒᆞ심과 냥셔모의 ᄌᆞ최 묘연ᄒᆞ니 엇지 비회를 춤으리잇가 왕이 잔을

92면

잡고 집슈 왈 ᄉᆞ이이의라 왕모 츈쉬 고심ᄒᆞ시며 셔모의 복녹이 족ᄒᆞ니 아등이 금일 훤당의 열의를 요구ᄒᆞᄂᆞᆫ지라 노래ᄌᆞ의 반의질츄가 그 젹으미 아니라 친의를 위열ᄒᆞ미니 이졔 우리 형뎨 훤당의 쌍친을 뫼시며 허다 ᄌᆞ숀을 거ᄂᆞ려 ᄒᆡ를 니어 회혼을 지내ᄆᆡ 금고의 희한ᄒᆞᆫ 경ᄉᆡ라 엇지 쳑비ᄒᆞᆫ 말을 ᄂᆡ여 졔아를 픠흥케 ᄒᆞ리오 양부인이 ᄯᅩᄒᆞᆫ 츄연ᄒᆞ고 오왕을 도라보와 왈 나의 박덕으로 금일의 밋ᄎᆞ미 실시려외라 셩문 구고덕음을

93면

힘입어 슬하의 ᄌᆞ숀이 족ᄒᆞ고 만ᄉᆡ 여의ᄒᆞ나 도라 냥친의 보시지 못ᄒᆞ믈 ᄉᆡᆼ각하니 엇지 슬프지 아니리오 왕이 츄연함쳑 대왈 인가의 ᄌᆞ녀의 회혼을 ᄉᆞ름마다 보기 어려온지라 현마 엇지ᄒᆞ리잇고 쇼질의 심ᄉᆞ도 이시니 슉모는 위회ᄒᆞ실 ᄇᆡ 만흔지라 기리 즐기믈 다ᄒᆞ쇼셔 이ᄶᅵ의ᄂᆞᆫ 광회 부모를 알고 양태ᄉᆞ를 조부민 줄 ᄭᆡ치ᄆᆡ 슉질 형뎨지의를 다 ᄎᆞᄌᆞ 륜의를 ᄇᆞᆰ혓ᄂᆞᆫ지라 우흐로 텬ᄌᆞ와 아ᄅᆡ로 ᄉᆞ셰 다 광효를 앗기ᄆᆡ 양셰의 대역이

94면

믈 프러지돗 시비홀 재 업고 두부인이 쏘 모즈 늒샹을 완젼ᄒᆞ엿더라 초공이 부모의 즐기시믈 요구ᄒᆞ여 이의 웃고 왈 부인이 셕사를 츄감ᄒᆞ여 즐기지 아닌ᄂᆞᆫ지라 여 등이 남녀를 분ᄒᆞ여 노쇼업시 부인 노쇼로 시좌ᄒᆞ고 졔ᄌᆞ 졔셔ᄂᆞᆫ 다 내좌의 안ᄌᆞ 즐기믈 도으라 졔왕 칠 곤계 부복 왈 명대로 ᄒᆞ오리니 청컨대 몬져 일비를 헌ᄒᆞ여 하졍을 펴지이다 공이 웃고 허ᄒᆞ니 졔왕 칠 형데 관복을 졍졔ᄒᆞ고 ᄎᆞ례로 헌쟉ᄒᆞ니 졔인의 늠연ᄒᆞᆫ 풍광과 슈

95면

앙ᄒᆞᆫ 격죄 개개히 츌인ᄒᆞᆫ지라 공이 흔연이 잔을 밧고 좌우로 무이ᄒᆞ여 희긔 면모의 둘넛시니 단즁침목ᄒᆞᆫ 위의로도 이 날은 희긔 만안ᄒᆞ여 두굿기믈 이긔지 못ᄒᆞ더라 졔부녀의 쏘ᄒᆞᆫ 빵빵이 존당 부모긔 헌작ᄒᆞ고 부인을 뫼시니 셩모화안이 운즁쇼월과 슈즁연화 갓트여 남ᄌᆞᄂᆞᆫ 발월ᄒᆞᆫ 풍치 챵히의 교룡이며 조야의 긔린 갓고 녀ᄌᆞᄂᆞᆫ 교연ᄒᆞᆫ 명광이 ᄉᆞ벽의 조요ᄒᆞ니 당ᄎᆞ시ᄒᆞ여 초공과 양부인 복녹이 만ᄉᆡ 무비ᄒᆞ고 오복이 완젼ᄒᆞ여 일무쇼흠이라 부모의 두굿김과

96면

ᄌᆞ숀의 즐겨ᄒᆞ미 비길 ᄃᆡ 업더라 녀셔와 효문 등이 쏘 니어 헌슈ᄒᆞ니 공이 희연이 두굿겨 ᄀᆞᆯ오대 내 ᄌᆞ식의 현우ᄂᆞᆫ 임의 안 일이어니와 삼 셰 다 여ᄎᆞ 츌인ᄒᆞ믄 실노 다힝ᄒᆞᆫ지라 ᄒᆞ믈며 외숀이 긔특ᄒᆞ여 영쥰호걸이 아니면 졍인군ᄌᆡ라 내 이졔 쥭어도 낫브미 업ᄉᆞ리로다 졔ᄌᆞ숀들이 각각 절ᄒᆞ여 샤례ᄒᆞ고 퇴좌ᄒᆞ여 풍뉴를 피오며 무쉬 편편ᄒᆞ여 균텬광악이 뇨량ᄒᆞ고 봉싱뇽관이 셧도라 아아ᄒᆞᆫ 가셩이 힝운을 머무ᄅᆞ니 인셰 극낙이 희한ᄒᆞ더라 일ᄉᆡ이 반오의 텬ᄌᆡ 보내신 즁ᄉᆡ

97면

례단과 상방어쥬를 녕거ᄒᆞ여 니ᄅᆞ니 초공이 실노뼈 블감황공ᄒᆞ여 외뎐의 나와 졔ᄌᆞ를 거ᄂᆞ려 텬은을 슉샤홀ᄉᆡ 례관이 텬ᄌᆞ 명됴로 삼비 헌슈를 맛ᄎᆞ미 공이 북향샤비ᄒᆞ고 감누를 드리워 ᄀᆞᆯ오대 텬은이 노신의게 이굿치 과즁하시니 분골쇄신ᄒᆞ나 다 갑지 못홀지라 내 무ᄉᆞᆷ ᄉᆞ름이완대 셩은 입ᄉᆞ오미 이의 밋쳣ᄂᆞ뇨 졔왕 등이 일시의 망

궐ᄉᆞ배ᄒᆞ고 졔긱이 열좌ᄒᆞ여 슌빅를 날니며 즐기믈 다ᄒᆞ여 삼 일을 년ᄒᆞ여 연낙ᄒᆞ고 졔왕 등이 샹표샤은ᄒᆞ니라 ᄎᆞ후 조샹부 복녹이

98면

날노 더어 여러 ᄌᆞ숀이 등과싱ᄌᆞᄒᆞᄂᆞᆫ 경ᄉᆡ 날노 니엇시니 비극태릐와 낙극비래ᄂᆞᆫ ᄌᆞ고 샹ᄉᆡ라 조노공 부뷔 ᄌᆞ녀의 회혼을 다 보고 쉬 빅 셰의 니ᄅᆞ니 진 초 이 공이 셩회나 엄ᄌᆞ의 나흘 엇지 븟들니오 ᄎᆞ년 츈삼월의 노공 환휘 블의의 위약ᄒᆞ여 ᄌᆞ숀을 경계 왈 내 나히 구십의 부귀 셩만ᄒᆞ미 과의라 여등의 효양을 바다 긴 셰월 즐기믈 다ᄒᆞ여시니 도라가미 덧덧ᄒᆞᆫ지라 여 등은 과히 샹훼치 말고 봉샤치가와 ᄌᆞ숀 계칙을 나의 싱시와 갓치 ᄒᆞ라 언종의 ᄌᆞᄂᆞᆫ ᄃᆞ시 누어 홀연 쟝셔

99면

ᄒᆞ니 진 초 이 공이 일즉 시병도 날포 못ᄒᆞ고 호텬지통을 만ᄂᆞ믹 오내 분붕ᄒᆞ여 ᄒᆞᆫ 번 곡읍의 두 번 엄홀ᄒᆞ니 노년 긔운이 부지키 어려오니 졔지 황황망조ᄒᆞ여 븟드러 구호ᄒᆞ믹 비로쇼 초혼발샹홀ᄉᆡ 이ᄯᅢ 위부인이 졔부녀ᄋᆞ를 블너 후ᄉᆞ를 부탁ᄒᆞ고 샹측의 나아가 냥ᄌᆞ를 븟들고 시샹의 일장을 통곡 왈 쳡이 명공으로 더브러 홈긔 도라가믄 본 뜻이라 이졔 공이 도라가시니 쳡이 엇지 ᄯᆞᆯ오지 아니리오 도라 냥ᄌᆞ다려 왈 여 등이 ᄯᅩ 쇼년이 아니라 이제 우리 도라가믹 부모의

100면

싱휵지은과 옥쳬를 앗겨 훼블멸셩을 싱각ᄒᆞ라 거년의 내 ᄉᆞ병지졔의 여 등의게 유언을 다ᄒᆞ여시니 금일 다시 니를 말이 업도다 공 등이 혈누를 드리워 모친을 븟들고 익고 왈 쇼ᄌᆞ 등이 텬붕지통 가온대나 오직 우러러 여싱을 의탁ᄒᆞ옵거늘 엇지 참아 이런 하교를 ᄒᆞ시ᄂᆞ니잇가 부인이 탄왈 일싱일ᄉᆞᄂᆞᆫ ᄌᆞ고난면이라 여 등은 달니 군직니 싱ᄉᆡ유명ᄒᆞ고 홍쇠유텬ᄒᆞ믈 엇지 아지 못ᄒᆞ리오 언파의 엄홀ᄒᆞ여 긔믹이 위위하니 냥공이 젼도황황ᄒᆞ여

101면

좌우로 보호ᄒᆞ여 침젼의 뫼시믹 임의 엄연귀텬ᄒᆞ여 겨시니 범인 속ᄌᆞ의 졍니라도 망

극ᄒᆞ려든 진 초 이공의 무한ᄒᆞᆫ 셩효와 츌텬지셩으로 부모를 일시의 영결ᄒᆞ니 그 망극ᄒᆞ믈 엇지 다 긔록ᄒᆞ리오 지통이 엄ᄋᆡᄒᆞ여 혈뉘 왕왕ᄒᆞ고 긔믹이 위위ᄒᆞ니 졔조의 비도ᄒᆞᆫ 심ᄉᆞ와 황황ᄒᆞᆫ 경샹이 비ᄒᆞᆯ ᄃᆡ 업ᄂᆞᆫ지라 열열ᄒᆞ던 가즁이 변ᄒᆞ여 슈운이 어릐고 ᄋᆡ셩이 동구의 진동ᄒᆞᄂᆞᆫ지라 진 초 이 공이 망극 즁이나 셩인의 유교를 직희여 션왕의 례졔를 힝ᄒᆞ

102면

고 법도로 치샹ᄒᆞᆯ싀 월명 문계 등이 일졍 친의를 슌ᄒᆞ여 노년 부슉를 뫼올싀 대의로 권간ᄒᆞ여 과도ᄒᆞ신 곳을 간ᄒᆞᄂᆞᆫ 경셩이 셕목을 감동ᄒᆞᄂᆞᆫ지라 냥공이 셩복 젼은 쥬야 블쳘 호곡ᄒᆞ여 쥭음을 혹 권ᄒᆞᆫ 즉 요슈 왈 명완ᄒᆞ여 ᄲᆞᆯ아 뫼시지 못ᄒᆞ나 이ᄶᅴ의 엇지 츰아 음식을 권ᄒᆞ리오 ᄒᆞ여 작슈를 블입ᄒᆞ니 졔왕 등이 돈슈 읍간ᄒᆞ나 도로혀지 못ᄒᆞ고 임의 입관셩빙ᄒᆞ여 셩복ᄒᆞᆯ싀 텬지ᄂᆞᆫ 노공의 삼됴 구신으로 나히 만코 덕망이 놉흐믈 슬허

103면

ᄒᆞ샤 셩복날 셩가를 동ᄒᆞ샤 령궤의 우ᄅᆞ시고 진 초 이 공긔 조샹ᄒᆞ시니 우흐로 텬ᄌᆞ와 아릐로 만됴 거경이며 녀항 ᄉᆞ셔인의 조위 그 슈ᄒᆞᆯ 혜지 못ᄒᆞ리러라 샹이 진 초 이 공의 혈읍 슈진ᄒᆞᄂᆞᆫ 경샹을 보시고 츄연이 옥싀을 곳치샤 위로 왈 냥경 셩효로 금ᄎᆞ지경을 당ᄒᆞ여 그 지통이 엇지 이러치 아니리오마ᄂᆞᆫ 훼블멸셩이 례지시애니 치경의 여ᄎᆞ 훼쳑ᄒᆞ미 션샹국 ᄯᅳᆺ이 아닌가 ᄒᆞ노라 냥공이 톄읍돈슈 왈 블초 죄신이 부모를 일시의 ᄲᅡᆼ망ᄒᆞ오니 인ᄌᆞ 경

104면

니 츰지 못ᄒᆞ오나 완명이 토셕 ᄀᆞᆺᄉᆞ오니 엇지 ᄉᆞ지 못ᄒᆞ리잇가 금일 경개 친림ᄒᆞ샤 텬은이 지ᄎᆞᄒᆞ시니 ᄒᆞᆫᄀᆞᆺ 죄신 등의 황감츅쳑ᄒᆞ오믄 의논치 마옵고 구원망뷔 명명지 즁의 황은을 감츅ᄒᆞ리로쇼이다 언쥬의 흐ᄅᆞᄂᆞᆫ 누쉬 샹복의 젓고 훼쳑ᄒᆞᆫ 형뫼 텬심을 감동ᄒᆞ니 샹이 ᄯᅩᄒᆞᆫ 뇽누를 나리와 ᄀᆞᆯ오샤ᄃᆡ 짐이 션뎨를 여희오므로 죵텬영모ᄒᆞ와 미양 냥션싱이 나히 놉도록 봉친낙ᄉᆞ를 블워ᄒᆞ더니 금일 션싱의 ᄉᆡ훼 골립ᄒᆞ믈 보건대 엇지 슬프지 아

105면

니ᄒᆞ리오 그러나 인인이 친을 ᄉᆡᆼ시의 례이효ᄉᆞᄒᆞ고 ᄉᆞ후의 례이쟝ᄀᆡ는 효ᄌᆞ의 일이라 션ᄉᆡᆼ이 냥친을 셩효로 셤겻고 이졔 그 샹쟝의 례졔를 다ᄒᆞᆯ지라 무어ᄉᆡ 여감이 이시리오 허다 ᄌᆞ숀의 민박ᄒᆞᆫ 졍니를 도라보와 즁도로 집샹ᄒᆞ미 올흐니라 드ᄃᆡ여 친히 쥭을 드러 권ᄒᆞ시니 냥공이 황공감읍ᄒᆞ여 밧ᄌᆞ와 마시고 톄읍배샤 왈 신 등이 셩은을 입ᄉᆞ오미 다시 아비 권의를 입사옴 ᄀᆞᆺᄌᆞ온지라 엇지 거역ᄒᆞ리잇고 샹이 ᄌᆡ삼 위로ᄒᆞ시고 월명 졔왕 등

106면

을 면면이 위문ᄒᆞ시고 환궁ᄒᆞ시니 합개 황은을 감츅ᄒᆞ더라 어개 문을 나신 후 샹막의 업대여 친붕고구의 슈조ᄒᆞ미 쳐창ᄒᆞᆫ ᄋᆡ셩이 방인을 감동ᄒᆞ니 효ᄌᆡ 하ᄃᆡ무지리오마는 일쳥과 이현 갓튼 대효는 금고의 희한ᄒᆞᆫ지라 노공과 위부인이 쉬 유여ᄒᆞ고 ᄌᆞ숀이 만당ᄒᆞ니 여감이 업ᄉᆞᆯ 배로대 냥공의 훼쳑홈이 혈뉘 왕왕ᄒᆞ니 인심이 감창치 아니리 업더라 령궤를 졍침의 뫼옵고 녀막을 니어 냥공이 빈쳥을 ᄌᆡᆨ힐ᄉᆡ 거젹 ᄌᆞ리며 ᄡᅱ 니블이

107면

며 플 버ᄀᆡ 칠십 노인의 견딜 ᄇᆡ 아니오 황혼 월야곳 당ᄒᆞ면 더옥 호텬통곡ᄒᆞᄆᆡ 셩음이 앙댱쳐초ᄒᆞ여 산쳔초목이 다 늣기는 닷ᄒᆞ야 좌우로 보호읍간ᄒᆞ니 냥공이 타루 왈 사ᄅᆞᆷ이 ᄒᆞᆫ 번 쥭으믄 면치 못ᄒᆞᆯ ᄇᆡ어니와 아 등이 호텬지통을 괴로이 ᄎᆞᆷ으미 ᄎᆞ라히 쥭어 텬양ᄒᆞ의 뫼셔 즐김만 갓지 못ᄒᆞ리니 날이 맛고 밤이 다 가대 엄안의 화평ᄒᆞ심과 ᄌᆞ졍 은양을 다시 보올 길이 업ᄉᆞ니 아심이 비여쳘셕이라 이

108면

셜우믈 능히 견딜 것가 여 등은 오히려 우리 다 ᄉᆞ라시니 아 등의 망극ᄒᆞᆫ 지통을 모ᄅᆞ는도다 냥공이 일일 쇼식이 미음 슈합이오 ᄋᆡ통ᄒᆞ믄 날노 더으니 셕부인 등이 친히 려ᄎᆞ의 나와 보고 누슈를 드리워 ᄀᆞᆯ오대 부뫼 귀텬ᄒᆞ시니 현뎨 그 몸을 더 앗겨 션친의 유의를 져바리지 말지니 샹시 부모의 쇼즁이 엇더ᄒᆞ시관대 이갓치 훼샹ᄒᆞ여 쥭기를 ᄌᆞ분ᄒᆞ니 이난 평일 냥뎨를 바란 ᄇᆡ 아니라 아등이 셜우믈 참고 다ᄉᆞᆺ 남ᄆᆡ 샹

의 위명홀가 ᄒᆞ더니 냥데 이

109면

졔 쥭고져 ᄒᆞ니 우리 몬져 쥭어 년니지통을 보지 아니미 원이라 진왕이 기리 탄왈 ᄉᆞ싱이 유명ᄒᆞ니 슬허ᄒᆞ여 쥭을진대 셰간의 친샹을 만나 뉘 쥭지 아니리잇가 ᄒᆞ더라.

조시삼대록 권지삼십구

1면

어시의 진왕이 기리 탄왈 ᄉᆞ싱이 유명ᄒᆞ니 슬허ᄒᆞ여 쥭을진대 셰간의 친샹을 만나 뉘 쥭지 아니ᄒᆞ리잇가 쇼졔는 ᄉᆞᄉᆞ로 졍력을 혜아리니 쥭을 념녀 업ᄉᆞᄃᆡ 아이 너모 과도히 샹회ᄒᆞ니 ᄎᆞ후 지통을 졀억ᄒᆞ여 져져의 교훈을 져바리지 아니리이다 초공이 머리를 숙여 흐르는 누쉬 니음ᄎᆞ니 오열 냥구의 대왈 쇼데 싱셰지후로 슬우믈 아지 못ᄒᆞ엿다가 즁도의 왕모를 여회오ᄆᆡ 슬프미 간졀ᄒᆞ나 훤

2면

당 빵친을 뫼셔 비회를 위로ᄒᆞ여 지내다가 삼 셔뫼 망ᄒᆞ시ᄆᆡ 그 ᄋᆡ휵ᄒᆞ시던 졍의를 ᄉᆡᆼ각고 지극히 슬프나 오히려 훤당의 ᄇᆡᆨ 셰를 바라ᄆᆡ 만ᄉᆞ를 관비ᄒᆞ여 지내더니 일됴의 호텬지통을 만나니 도라 의지ᄒᆞ올 ᄇᆡ 업ᄉᆞᆫ지라 간담이 삭졀ᄒᆞ믈 엇지 ᄎᆞᆷ으리잇가 졔ᄋᆞ의 위로ᄒᆞ는 말곳 드ᄅᆞ면 분요ᄒᆞᆫ 심ᄉᆡ 니러나 슬픈 졍ᄉᆡ ᄇᆡ흔지라 신혼 셩졍 지시를 당ᄒᆞ면 엄위와 ᄌᆞ안을 뵈올 ᄃᆞᆺᄒᆞ대 유명이 샹격ᄒᆞ여 셩음을 듯ᄌᆞ올 길이 업ᄉᆞ온지라 이 슬우오믈 쟝

3면

ᄎᆞᆺ 엇지 견ᄃᆡ리잇가 먹지 아니ᄃᆡ 쟝뷔 포만고 ᄎᆞᆷ고져 ᄒᆞ나 능히 못 ᄒᆞ니 마음으로 못ᄒᆞ는지라 슈연이나 나ᄌᆡ 먹고 밤의 ᄌᆞ니 그 무들믈 알 거시오 텬명이 진치 아냐신 즉 쥭을 ᄂᆡ 업ᄉᆞᆫ지라 복망 져져는 졀념쇼여ᄒᆞ쇼셔 삼 부인이 비루를 드리워 골오대 셕일 션데 붕ᄒᆞ시ᄆᆡ 오의 집상을 보시고 부ᄆᆡ 념녀ᄒᆞ샤 왈 우리 부뷔 ᄉᆞ후의 반ᄃᆞ시 ᄉᆞ

지 못하리라 ᄒᆞ시더니 이졔 현졔 거동이 삼긔는 니ᄅᆞ도 말고 쟝젼도 보젼치 못ᄒᆞᆯ가 시브니 엇지 겨대여 볼 ᄇᆡ리오 공

4면

이 위로 왈 쇼뎨 심약ᄒᆞ여 이러ᄒᆞ나 범ᄉᆞ의 과도ᄒᆞ미 업고 인명이 관슈ᄒᆞ니 ᄋᆡ쳑ᄒᆞ여 쥭으리잇가 근공이 뉵 년 거상의도 쥭지 아냐시니 쇼뎨 ᄯᅩᄒᆞᆫ 엄훈과 ᄌᆞ교를 간폐의 삭엿고 인ᄌᆡ 부모의 은혜 갑흐미 삼 년 샹졔의 례를 다ᄒᆞᆷᄋᆡ 이시니 쇼뎨 블초ᄒᆞ나 엇지 긴 명을 즐에 ᄭᅳᆫ쳐 명교의 죄인이 되리잇고 이리 니ᄅᆞ나 봉안의 혈뉘 삼삼ᄒᆞ고 슬프미 막혀 안싀이 찬 직 ᄀᆞᄐᆞ니 왕이 집슈비읍 왈 아이 이ᄀᆞᆺ치 과훼ᄒᆞ여 싱ᄉᆞ를 도라보지 아니니 현뎨 만일

5면

보젼치 못ᄒᆞ면 우형으로 엇지 견ᄃᆡ라 ᄒᆞᄂᆞᆫ다 이리 니ᄅᆞ며 평졔왕 문계와 긔쥐후 문쳥이 뫼셧다가 나아와 그 야야의 숀을 붓들고 쥬무ᄅᆞ며 쇼건을 쇽여 누쉬 쳠의ᄒᆞ니 원ᄂᆡ 샹변 후로 졔ᄌᆡ 각각 부형을 근심ᄒᆞ고 슬허 슉식을 폐ᄒᆞ니 풍광이 쇼삭ᄒᆞ여 긔뷔 슈쳑ᄒᆞᆫ지라 왕이 탄왈 아등의 슬프미 엇지 여 등의게 비기리오마는 오히려 ᄉᆞ랏거늘 여 등이 엇지 이대도록 슈쳑ᄒᆞ여 어버의 념녀를 도라보지 아닌ᄂᆞ뇨 초공이 냥ᄌᆞ의 숀을 잡고 쳑연 왈 초목이 무지ᄒᆞ나 쌜희 업ᄉᆞ면

6면

ᄉᆞ지 못ᄒᆞᄂᆞ니 ᄒᆞ믈며 ᄉᆞ름이야 내 오히려 유교를 봉승ᄒᆞ고 형ᄆᆡ를 우러ᄅᆞ며 아ᄅᆡ로 여 등을 도라보와 술믈 구ᄒᆞ거늘 너희 과도히 고집ᄒᆞ여 ᄉᆞ랏는 아비를 두고 슉식을 폐ᄒᆞ며 초우ᄒᆞ여 여ᄎᆞ 환형셩질ᄒᆞ게 되여시니 일노 볼쟉시면 나의 명완무지ᄒᆞ미 더으도다 졔왕이 ᄇᆡ읍 왈 대인이 만일 셩톄를 도라보시며 유교를 싱각ᄒᆞ시면 ᄒᆡ아 등이 낙쟝 셰렴이 젹으나 현뎨 등의 덕틱을 의지ᄒᆞ여 남은 셰월을 보닐가 ᄒᆞ엿더니 쳡의 명이 그만이라 몬져 쥭으나 칠십이 거

7면

의라 낫부지 아니ᄃᆡ 아직 유한이 구고 삼상을 현져 등과 ᄒᆞᆫ가지로 종샹을 밧드와 샹

례를 다 못 ᄒᆞ미 한이로쇼이다 양 윤 두 부인이 집슈타루 왈 구고를 여히온 후 미구의 ᄯᅩ 부인의 여ᄎᆞᄒᆞᆫ 거동을 보니 간폐 셕목이 아니라 엇지 슬프믈 ᄎᆞᆷ으리오 왕부인이 더옥 쳑연 왈 쳡의 쥭으미 이ᄯᆡ를 당ᄒᆞ나 가군의 면목을 보와 영결치 못ᄒᆞ니 구구ᄒᆞ미 ᄯᅩᄒᆞᆫ 녀ᄌᆞ의 유한이 아니랴 졔ᄌᆡ 망극ᄒᆞ여 ᄎᆞ언으로 초공긔 고ᄒᆞᆫᄃᆡ 공이 쟝탄 왈 샹례ᄂᆞᆫ 셩인의 지으신 ᄇᆡ라 내 몸이 초토 듕 엇지 부인

8면

으로 셔로 보리오 션휘 비록 다ᄅᆞ나 부인이 망ᄒᆞᄆᆡ 내 쥭으미 ᄯᅩ 오ᄅᆡ지 아닐지라 그 니별이 언마리오 샹시의 화락ᄒᆞ여 ᄌᆞ네 갓고 숀ᄋᆡ 션션ᄒᆞ여 여감이 업ᄉᆞ니 병심을 평안이 ᄒᆞ고 블힝ᄒᆞ여 회츈을 못ᄒᆞ나 부인의 쉬 단명ᄒᆞ미 아니오 박복다 아니ᄒᆞ리니 구원 텬ᄃᆡ의 다시 볼지라 나의 힝ᄉᆞ를 거의 아ᄅᆞ실지라 허믈치 마ᄅᆞ쇼셔 이대로 젼ᄒᆞ니 부인이 탄식고 명이 진ᄒᆞ니 향년이 뉵십팔이라 흔ᄉᆞ의 곡셩이 진동ᄒᆞ고 칠 ᄌᆡ 슈샹ᄒᆞ여 ᄋᆡ훼 과도ᄒᆞ며 양 윤 두 부인의 슬허

9면

ᄒᆞ미 동긔지샹 갓고 공이 ᄯᅩᄒᆞᆫ 비창ᄒᆞ며 졔ᄌᆞ의 훼쳑ᄒᆞ믈 보면 누슈를 금치 못ᄒᆞ여 위로 왈 인이 오십의 블칭외니 여 등의 졍ᄉᆡ 슬프나 오히려 당의 두 어미 잇고 내 ᄉᆞ라시니 관비ᄒᆞ미 가ᄒᆞ거늘 엇지 나의 한 일 위회ᄒᆞᆯ ᄇᆡ 업기의 비기리오 졔왕 등이 쳬루사죄ᄒᆞ고 감히 훼쳑ᄒᆞᆫ 빗출 뵈ᄋᆞᆸ지 아냐 은은간간ᄒᆞᆫ 셩회 친의를 의논ᄒᆞ나 냥공의 훼쳑ᄒᆞ미 날노 더어 쟝일이 다다ᄅᆞᄆᆡ 쥬야 호곡운졀ᄒᆞ여 혈뉘 종횡ᄒᆞ니 문계 등이 황황초젼ᄒᆞ여 녀ᄎᆞ의셔 보호ᄒᆞᆯ

10면

ᄉᆡ 냥공의 긔력이 위위ᄒᆞ믈 볼 ᄯᆡᄂᆞᆫ 간담이 ᄎᆞᆫ졀ᄒᆞ여 능히 쥭음도 마시지 못ᄒᆞ니 초공이 명찰자샹홈과 ᄉᆞ친어하의 쇼탈ᄒᆞ미 업ᄉᆞᆫ지라 졔ᄌᆞ의 과훼 즁 초황ᄒᆞ믈 보ᄆᆡ ᄆᆡ양 면젼의 불너 ᄒᆡ위ᄒᆞ여 쥭음을 권ᄒᆞ니 졔왕이 사ᄅᆞᆷ 일은지 츄회 ᄲᅡᆼ젼ᄒᆞ고 ᄇᆡ힝이 과인ᄒᆞᆫ지라 침즁관홍ᄒᆞ며 인후졍대ᄒᆞ여 쇼ᄉᆞ의 프러지나 대ᄉᆞ의 강명지단이 샹쾌ᄒᆞ고 부모를 효ᄉᆞᄒᆞ미 데슌증ᄌᆞ라도 이의 더으지 못ᄒᆞ며 형뎨 우ᄋᆡ와 돈목족친ᄒᆞ고 가졔 슉연ᄒᆞ미 진실노 군ᄌᆞ대

11면

되오 대쟝부 긔상이라 환과고독을 무휼ᄒᆞ고 사ᄅᆞᆷ의 급ᄒᆞᆫ 것과 그ᄅᆞᆫ 곳의 ᄡᅢ지믈 보면 가연 골돌ᄒᆞ여 반ᄃᆞ시 인도로 지휘ᄒᆞ고 사리로 돕ᄂᆞᆫ지라 젼후 활인이 ᄇᆡᆨ의 넘고 허다 훈ᄌᆞ와 가졔 ᄉᆞᄉᆞ의 법되 잇고 어질고 유화ᄒᆞ대 엄졍슉목ᄒᆞ여 ᄇᆡᆨ사의 무블하ᄌᆡ라도 부모 상환을 당ᄒᆞ여 집례비쳑ᄒᆞ미 즁도의 합ᄒᆞ고 슉친을 ᄇᆞᆺ드러 동촉ᄒᆞᆫ 셩회 인심을 감동커ᄂᆞᆯ 의모 샹을 만나 거려ᄒᆞ미 쇼련 대련의 더으미 이시나 부젼을 림ᄒᆞᄆᆡ 싀위 온화ᄒᆞ여 쳑용을 감

12면

초고 지통을 ᄎᆞᆷ아 효ᄒᆡᆼ이 관일ᄒᆞ며 월명은 텬연ᄒᆞᆫ 도학군ᄌᆡ라 슈신셥ᄒᆡᆼ의 관ᄌᆞ인후ᄒᆞ며 샹하 쳔여 인을 시솔ᄒᆞ대 ᄒᆞᆫ 일 그ᄅᆞ미 업ᄉᆞ니 이ᄣᅢ 슉친이 거려ᄒᆞ믈 당ᄒᆞ여 슉식을 폐ᄒᆞ고 쥬야 근로ᄒᆞ여 쥭음을 권ᄒᆞ며 과도ᄒᆞ믈 권간ᄒᆞ여 냥공이 쳘음ᄒᆞᆫ 후 반ᄃᆞ시 음식을 나오니 ᄉᆞ마 등 제ᄌᆡ 우황ᄒᆞ여 권ᄒᆞᄆᆡ 더옥 승샹 형뎨ᄂᆞᆫ 부모의 샹회ᄒᆞ믈 념녀ᄒᆞ여 졔쇼년의 니ᄅᆞ히 다 슬프므로 날을 보ᄂᆡ니 부즁 화긔 변ᄒᆞ여 슈운이 어ᄅᆡ고 곡셩이 산쳔

13면

을 동ᄒᆞ더라 졔왕 등이 각각 과훼ᄒᆞ시믈 민망ᄒᆞ여 비ᄉᆡᆨ을 감초고 좌우로 뫼셔 응대쥬션이 말이 발치 아냐셔 그 ᄠᅳᆺ을 맛ᄎᆞ미 여신ᄒᆞ니 초공이 그윽이 취즁긔이ᄒᆞ여 졔왕이 면젼을 ᄡᅧᄂᆞᆫ 즉 진왕긔 고ᄒᆞ여 왈 쇼데 평일 형쟝의 긔현을 블워ᄒᆞ고 유현을 ᄂᆞᆺ바 ᄒᆞ더니 이졔 그 ᄒᆡᆼ신쳐ᄉᆞ를 보건대 ᄒᆞ믈 된 곳이 업고 샹례와 효ᄒᆡᆼ이 셩교의 어긔지 아니니 가히 ᄌᆞ식을 두엇ᄂᆞᆫ지라 쇼데 금일 쥭어도 눈 감은 귀신이 될 ᄇᆡ오 지어 명쳔의 다다ᄅᆞᄂᆞᆫ 온즁단엄ᄒᆞ미 쇼

14면

데 평ᄉᆡᆼ ᄠᅳᆺ의 마ᄌᆞᆫ 숀ᄌᆡ라 일노조ᄎᆞ ᄌᆞ숀의 근심을 노흐리로쇼이다 왕이 칭션 왈 유ᄋᆞᄂᆞᆫ 오문의 흥긔ᄒᆞᆯ ᄌᆞ숀이라 나의 십 ᄌᆡ ᄯᅩᄒᆞᆫ 일 인도 용녈치 아니대 맛ᄎᆞᆷ내 유ᄋᆞ만 ᄀᆞᆺ지 못ᄒᆞ리라 공이 대왈 긔현의 심인후덕과 셩현품되 엇지 유현의 아ᄅᆡ 되리잇고 명윤은 오히려 기부의 ᄇᆡᆨ힝이 완젼ᄒᆞ믈 밋지 못ᄒᆞ리이다 ᄒᆞ니 냥공의 의논을 드ᄅᆞᄆᆡ

월명 문계의 긔특ᄒᆞᆷ믈 알니러라 상디를 션영 하의 졍ᄒᆞᆯ식 진 초 냥공이 졔왕을 보내여 능쇼지찰ᄒᆞ고 타인의 쇼견

15면

을 쉬치 아니니 문계의 디슐이 신묘ᄒᆞ여 풍쉬 긔이ᄒᆞᆫ 고로 평일의 냥공이 친히 보와 졍ᄒᆞᆫ 곳이 잇더니 다시 졔왕을 보내여 튁졍ᄒᆞ고 쟝일이 림ᄒᆞ니 냥공이 더옥 ᄋᆡ훼골입ᄒᆞ여 곡읍을 시쟉ᄒᆞᄆᆡ 몬져 긔운이 올나 토혈이 무쟝ᄒᆞ니 일월 갓ᄐᆞᆫ 풍광과 츄텬 갓ᄐᆞᆫ 쟝긔 쇠약ᄒᆞ여 상복을 니긔지 못ᄒᆞ고 ᄒᆞᆫ 촉뇌 되여 통혈곳 시작하면 안ᄉᆡᆨ이 쳥옥 ᄀᆞᆺ고 긔ᄉᆡᆨ이 엄엄ᄒᆞᆫ지라 졔직 븟드러 황황졀민ᄒᆞ고 진왕이 집슈 통곡 왈 우형의 바라는 바는 현

16면

뎨 ᄒᆞᄂᆞ히여늘 네 이졔 션친 유교를 ᄉᆡᆼ각지 아니코 훼샹ᄒᆞ미 이 지경의 밋쳐 우형의 심ᄉᆞ를 도라보지 아니니 젼일 풍토의 샹흠과 쥬ᄉᆡᆨ의 병들미 업던 바의 도금ᄒᆞ여 무샹ᄒᆞᆫ 토혈과 긔뷔 이쳑ᄒᆞ믄 젼혀 오내분붕ᄒᆞ여 폐간의 샹ᄒᆞᆫ 빌미라 우형이 무샹ᄒᆞ여 유교를 듯ᄌᆞ온 지 반년이 못ᄒᆞ여 아를 보젼치 못ᄒᆞᆫ 즉 하 면목으로 구원 션친긔 뵈오리오 언파의 실셩운졀ᄒᆞ니 초공이 지빅사죄 왈 블초뎨 무샹ᄒᆞ미 우ᄒᆞ로 션친 유교를 잇ᄌᆞᆸ고 형쟝긔 이우ᄒᆞ미 여

17면

ᄎᆞᄒᆞ니 불초지죄 슈ᄉᆞ난쇽이로쇼이다 슈연이나 슈요쟝단이 관슈ᄒᆞ고 질병이 됴셕의 이시니 굿타여 ᄋᆡ훼ᄒᆞ여 난 병이리잇가 임의 쇼뎨 졍신이 아모려나 ᄉᆞ라 삼년 샹졔를 ᄒᆞᆫ가지로 ᄒᆞ리니 형쟝의 념녀ᄒᆞ시미 과도ᄒᆞ시고 지어 쳔금지구를 더옥 가바야이 너기시니 쇼뎨의 ᄯᅳᆺ이 아니로쇼이다 말ᄉᆞᆷ이 온화ᄒᆞ고 긔운이 나즉ᄒᆞ여 공경ᄒᆞ고 념녀ᄒᆞᄂᆞᆫ 졍셩이 가득ᄒᆞ여 셔로 근심ᄒᆞ고 보호위로ᄒᆞ여 우긍ᄒᆞ미 견자로 ᄒᆞ여금 감탄ᄒᆞ며 ᄌᆞ숀이 희힝ᄒᆞ여 감누를 금치 못ᄒᆞ더라 령구

18면

를 발ᄒᆞᄂᆞᆫ 날 젹셔셩숀이 삼십의 갓갑고 증숀이 구십여 인이라 그 호셩ᄒᆞᆫ 복녹과 ᄌᆞ

숀의 셩번ᄒᆞ미 쳔고의 드믄지라 회장 빈ᄀᆡᆨ이 ᄇᆡᆨ 니의 니엇고 무슈 츅농과 홰블이 병텬ᄒᆞ여 븕으미 여쥬ᄒᆞᆫ 즁 냥공의 앙쟝쳐졀ᄒᆞᆫ 곡셩이 힝뇌 동비ᄒᆞ고 쟝ᄒᆞᆫ 복녹과 위의를 탄샹ᄒᆞ더라 샹힝이 션영의 밋쳐 쟝ᄉᆞ를 필ᄒᆞ고 진 초 이 공이 고디규텬ᄒᆞ여 쳘통망망ᄒᆞ니 입으로조ᄎᆞ 토혈 슈승의 혼졀ᄒᆞ니 졔ᄌᆡ 황황이 붓드러 구호ᄒᆞ며 회장 빈ᄀᆡᆨ이 다 감누 종횡ᄒᆞ여

19면

평진휘 냥공의 숀을 잡고 타루 왈 비록 망극지즁이나 냥형이 텬디의 규량으로 대의를 알니니 엇지 이대도록 과도ᄒᆞ여 ᄌᆞ숀의 졍리를 도라보지 아니ᄒᆞ나뇨 쇼뎨 ᄯᅩᄒᆞᆫ 냥친을 여희므로 엇지 셰렴이 이시리오마ᄂᆞᆫ 션인의 말ᄉᆞᆷ을 ᄉᆡᆼ각ᄒᆞ며 ᄌᆞ녀의 ᄂᆞᆺ출 보와 스ᄉᆞ로 몸을 조심ᄒᆞ되 뉵 년 초토를 지내므로븟터 질병이 병폐지인이 되엿ᄂᆞ니 이졔 형 등이 ᄋᆡ훼골입ᄒᆞ여 일일 부지키 어려오믈 보건대 인비목셕이라 삼긔를 엇지 능히 보젼ᄒᆞ리오 션년슉 유교

20면

를 져바려 도로혀 불효의 갓가온가 ᄒᆞ노라 냥공이 혈누를 드리워 읍읍유톄ᄒᆞ여 말을 못ᄒᆞ고 오직 머리 조아 응홀 ᄲᅮᆫ이러라 졔ᄌᆡ 겨유 구호ᄒᆞ여 반향 후 진졍ᄒᆞ나 혈뉘 촘촘ᄒᆞ고 ᄋᆡ도블승하니 졔위 다 감읍ᄒᆞ고 목쥬를 밧드러 반혼홀ᄉᆡ 나라히셔 슈묘군을 쥬시고 시호를 츙뮈라 ᄒᆞ시니 샹쟝의 텬은이 더욱 융셩ᄒᆞ신지라 냥공이 븍향돈슈 읍혈ᄒᆞ여 셩은을 감골ᄒᆞ고 냥공의 ᄯᅳᆺ은 시묘ᄒᆞ여 삼샹을 필ᄒᆞ고져 ᄒᆞ되 졔ᄌᆞ질이 력간ᄒᆞ여 령위를 밧드러

21면

운산의 도라와 증샹을 밧들며 졍양 이 부인이 졔ᄌᆞ부를 거ᄂᆞ려 동츅ᄒᆞᆫ 졍셩과 ᄋᆡ훼ᄒᆞᄂᆞᆫ 례되 방인을 감동ᄒᆞ고 쇠경 노력이 일호 태만ᄒᆞ미 업ᄉᆞ니 월명 곤계와 문계 등이 ᄆᆡ양 과도ᄒᆞ시믈 읍간ᄒᆞ더라 이러구로 왕부인 쟝ᄉᆞ를 지내고 졔왕 등 칠 곤계 ᄉᆡ훼ᄒᆞᄂᆞᆫ 곡읍과 슈쳑ᄒᆞᆫ 형용이 인심을 감동ᄒᆞ나 부젼의 나아간 즉 ᄉᆡᆨ위온화ᄒᆞ여 비ᄉᆡᆨ을 뵈지 아니코 쥬야 좌우로 시호ᄒᆞ여 그 훼쳑ᄒᆞ시믈 이ᄌᆞ시게 ᄒᆞ나 냥공이 졔ᄌᆞ의 셩효를 보면 더옥 슬허 왈 여 등

22면

은 유복ᄒᆞ미 여ᄎᆞᄒᆞ나 나는 이졔 어나 곳의 베플니오 취경젼을 둘너보와 오내붕결ᄒᆞ고 흉쟝이 뻐 흘니는지라 만일 여 등의 졍니를 도라보지 아니면 엇지 셰샹을 유련홀 의ᄉᆡ 이시리오 언파의 누쉬 쳔항이라 우졔를 필ᄒᆞᄆᆡ 초공의 긔력이 더옥 위위ᄒᆞ여 긔거를 반ᄃᆞ시 사름이 븟든 후 움즉이고 곡읍의 셩음이 닛다히지 못ᄒᆞ니 졔왕 곤계 쥬야 초황ᄒᆞ여 곡읍을 존절ᄒᆞ여 조호ᄒᆞ시믈 쳥ᄒᆞ니 공이 탄왈 내 엇지 미ᄉᆞ지젼의 블참ᄒᆞ여 무어ᄉᆡ 마음을 븟

23면

치리오 ᄒᆞ여 ᄉᆞ시 곡읍의 ᄒᆞᆫ ᄢᅵ도 폐치 아니며 샹복을 벗고 완유ᄒᆞ미 업ᄉᆞ니 견재 감동치 아니리 업고 ᄌᆞ숀의 황황ᄒᆞᆫ 경샹이 일필난긔라 공의 ᄋᆡ쳑홈과 병휘 비경ᄒᆞ니 모든 문싱이 날마다 모다 붕비의 문견이며 고금치란을 론난ᄒᆞ여 병회를 위로코져 ᄒᆞᄃᆡ 공이 한만ᄒᆞᆫ 셜화를 불유쳥어ᄒᆞ고 미위 쳑쳑ᄒᆞ여 아모 긔관이 이셔도 블쳘계치ᄒᆞ며 희허 탄식ᄲᅮᆫ이니 문싱 등이 그 효힝과 샹례를 감탄치 아니리 업더라 초공의 문싱 범혹ᄉᆞ는 범질

24면

의 숀이라 효뎨츙신ᄒᆞ고 박혹호례ᄒᆞ여 지졍군ᄌᆞ로대 그의 모 호부인과 기형 범경쉬 블인ᄒᆞ여 모ᄌᆞ 샹득지 못ᄒᆞ고 형뎨 블목ᄒᆞ여 괴로온 회픠 잇고 초공으로 ᄉᆞ졔지의와 부ᄌᆞ지졍을 아오ᄅᆞ시니 모든 문싱이 화긔 융흡ᄒᆞ대 범싱은 슈루쳑쳑ᄒᆞ여 화긔를 녈젹이 업ᄉᆞ니 공이 일일은 문지왈 너의 거동이 슈회만단이니 아지 못게라 너의 가즁의 무순 ᄉᆞ괴 이ᄂᆞ냐 범혹ᄉᆡ 관을 숙이고 쳑연ᄒᆞ루ᄒᆞ니 공이 우문 왈 쟝부의 눈믈이 경히 나릴 거시 아니라 금일 너의 거동이 필유

25면

묘믹ᄒᆞ니 날을 대ᄒᆞ여 긔이지 말나 범혹ᄉᆡ 슈루빈샤 왈 뎨ᄌᆞ 명되 박ᄒᆞ여 조샹엄군ᄒᆞ고 ᄉᆞ부의 은혜로 셩닙ᄒᆞ여 금일의 밋ᄌᆞ오나 효위 쳔박ᄒᆞ와 편모긔 블효ᄒᆞ고 가형을 잘 셤기지 못ᄒᆞ와 계샹의 거두홀 ᄂᆞ치 업ᄉᆞ오니 쟝ᄎᆞᆺ 블효부뎨ᄒᆞᆫ 죄를 면키 어렵ᄉᆞ온지라 즁심이 ᄂᆞᆨ니ᄒᆞ여 쟝위 ᄢᅵ는 ᄃᆞᆺᄒᆞ오니 엇지 싀위 편ᄒᆞ리잇가 공이 ᄎᆞ탄왈

원ᄂᆡ 너의 심ᄉᆡ 이러틋 괴롭듯다 남ᄌᆞ의 츙효 우공은 ᄇᆡᆨ힝지종이라 이졔 네 모형으로 부득지ᄒᆞᆫᄃᆡ 만ᄉᆡᆼ 슈힝이 그런 ᄯᅧᆨ이 되리니

26면

텬하의 무불시져부뫼라 ᄒᆞ니 령ᄌᆞ당이 비록 실덕ᄒᆞ시나 네 맛당이 민ᄌᆞ의 효셩을 다ᄒᆞ여 질원치 말며 여 형이 혹쟈 실쳬ᄒᆞ미 이시나 우공ᄒᆞ기를 지셩으로 ᄒᆞ여 일즉 표리를 다ᄅᆞ게 말지니 셕자의 대슌이 부유ᄉᆞ히ᄒᆞ시고 귀위텬ᄌᆞᄒᆞ사 대부모긔 부득지하시며 민텬의 호읍ᄒᆞ시니 네 이졔 모형의 ᄯᅳᆺ을 일흔ᄃᆡ 쟝ᄎᆞᆺ 어ᄃᆡ로 도라셔리오 범혹ᄉᆡ 읍읍ᄇᆡ샤 왈 뎨지 효위 말고져 ᄒᆞ미 아니오 가형의게 우공ᄒᆞ기를 덜ᄒᆞ고져 ᄒᆞ미 아니로ᄃᆡ 힝ᄉᆡ 불민ᄒᆞ고 효위 쳔박ᄒᆞ

27면

여 능히 편모와 기형을 감동치 못ᄒᆞ여 명교의 죄인이 되고 가변이 샹ᄉᆡᆼᄒᆞ니 진실노 만ᄉᆞ무쇽이로쇼이다 공이 경왈 이 엇진 말고 너의 힝ᄉᆡ 이의 니ᄅᆞᆫ ᄯᅳᆺᄒᆞ지 아닌 ᄇᆡ라 네 맛당이 ᄎᆞ일노븟터 영ᄌᆞ당이 노ᄒᆞ시미 잇거든 혈읍ᄉᆞ죄ᄒᆞ여 비록 슈화의 들믈 명ᄒᆞ셔도 블감질원ᄒᆞ며 셩효를 닥가 종일 시호ᄒᆞ여 좌우의 ᄲᅥ나지 말아 ᄲᅧ 애친경쟝을 태만치 말면 결단코 녕ᄌᆞ당이 감동회심ᄒᆞ시며 여형이 ᄯᅩᄒᆞᆫ 화우ᄒᆞ리라 범혹ᄉᆡ 슈명돈슈하고 도라가 초공의 말

28면

ᄉᆞᆷ대로 ᄒᆞ여 좌하의 뫼셔 지셩을 다ᄒᆞ여 비록 이모쳔역을 시겨도 감심ᄒᆞ여 그 명을 봉승ᄒᆞ며 기형의게 ᄯᅩᄒᆞᆫ 온슌ᄒᆞᆫ 안ᄉᆡᆨ과 나즉ᄒᆞᆫ 말ᄉᆞᆷ으로 ᄋᆡ걸ᄒᆞ여 그 ᄒᆡ로ᄒᆞ미 이시면 종신 곡경을 삼고 구히 너기믈 젼자의 더으니 범경슈와 호부인이 ᄌᆞ연 감동ᄒᆞ여 이후ᄂᆞᆫ 모ᄌᆡ 화평ᄒᆞ고 형뎨 우공ᄒᆞ니 이 ᄯᅩᄒᆞᆫ 초공의 교화를 힘입으미라 여ᄎᆞ 고로 문생 뉵십여 인이 다 츙효ᄇᆡᆨ힝이 츌인ᄒᆞ여 일셰의 밀위ᄂᆞᆫ ᄇᆡ러라 이ᄯᆡ 조부의 슬프미 더어 쇼샹셔 부인이 기셰ᄒᆞ고 뉴부인이

29면

유질ᄒᆞ니 냥공의 각골ᄋᆡ상ᄒᆞ미 더어 실셩운절ᄒᆞ니 졔ᄌᆞ숀이 ᄃᆡ의로 관위하고 쥬야

보호ᄒᆞ믈 여림심연ᄒᆞ여 겨유 지보ᄒᆞ나 슈약ᄒᆞ여 쟝신이 미풍의도 ᄲᅳᆯ니일 ᄃᆺ 위름ᄒᆞ니 ᄌᆞ숀의 황황솔난ᄒᆞ미 힝불능경ᄒᆞ여 우구초황ᄒᆞ고 셕부인이 아롤 샹ᄒᆞ고 일 데 ᄉᆞ싱이 됴셕의 이시믈 인ᄒᆞ여 운산의 와 취경젼의 쳐ᄒᆞ고 졔부인닉 모ᄃᆞ 셕ᄉᆞ롤 니으며 냥거거롤 위로ᄒᆞ여 삼샹을 필ᄒᆞᆫ 후 도라가려 ᄒᆞ니 냥공이 셕부인을 셤기미 ᄌᆞ모긔 감치 아냐 의양ᄒᆞ고

30면

위로ᄒᆞ여 지내더니 뉴부인이 맛ᄎᆞᆷ내 연셰ᄒᆞ니 셕부인이 ᄋᆡ호통곡 왈 엇지 나히 더은 나는 살고 냥데 몬져 도라가 역니지통을 ᄭᅵ치나뇨 통읍비샹ᄒᆞ고 냥공이 ᄎᆞ후 더옥 셰렴이 업셔 날노 ᄉᆡ훼골입ᄒᆞ니 셕부인이 울며 권ᄋᆡᄒᆞ여 죽음을 권ᄒᆞ며 우애ᄒᆞᄂᆞᆫ 경이 노년의 더[4]옥 최심ᄒᆞ니 냥공이 져져의 권ᄋᆡᄒᆞᄂᆞᆫ 졍을 보면 모부인 ᄌᆞᄋᆡ롤 ᄉᆡᆼ각ᄒᆞ여 더옥 슬허ᄒᆞ고 셕부인의 풍용이 만히 위부인과 갓ᄐᆞᆫ 고로 냥공이 ᄆᆡ져롤 ᄇᆞ라보와 샹연이 타루ᄒᆞ며 션ᄌᆞ위 츄모지졍

31면

이 바로 날 ᄯᅢᄂᆞᆫ 져져의 용안을 우러러 반기며 져기 위로하니 셕부인의 졔지 모부인의 노년 샹비ᄒᆞ믈 우려ᄒᆞ여 본부의 뫼시고져 ᄒᆞ나 부인이 냥공을 위ᄒᆞ여 ᄎᆞᆷ아 ᄯᅥᄂᆞ지 못ᄒᆞ더라 어시의 츄밀ᄉᆞ 계양후 졍ᄐᆡ슉은 쇼경슈의 ᄆᆡ뷔니 연슈의 일노 그 악모 구시롤 노ᄒᆞ여 부인 연황을 내첫더니 그 후 연쉬 회과ᄒᆞ고 구시 개과슈덕ᄒᆞᄆᆡ 부뷔 ᄯᅩᄒᆞᆫ 화동ᄒᆞ여 여러 ᄌᆞ녀롤 두어 남취녀혼ᄒᆞᆯᄉᆡ 그 녀ᄋᆡ 평졔왕 ᄌᆞ뷔 되니 곳 니부인의 쇼ᄉᆡᆼ 명츈의 ᄌᆡ실이라

32면

년닌ᄒᆞ기 젼븟터 진 초 냥공의 웅냥대덕의 아롬이 븕고 다시 녀ᄋᆞ로ᄡᅧ 그 숀부롤 삼으ᄆᆡ 가즁지ᄉᆞ롤 모롤 배 업ᄂᆞᆫ지라 졔왕으로 더브러 지긔 샹합ᄒᆞ여 ᄉᆞ싱지교로 닌친의 의롤 아로라 졍분이 각별 후ᄒᆞ더니 초공이 집샹거려ᄒᆞ믈 보ᄆᆡ 탄복ᄒᆞ믈 마지 아니ᄒᆞ며 감동ᄒᆞ고 스ᄉᆞ로 운산의 집을 졍ᄒᆞᄆᆡ 날이 ᄆᆞᆺ도록 초공의 이 갓ᄐᆞᆫ 의와 교회

4) 더 : 원문에는 '덕'으로 되어 있음.

ᄒᆞ기로 둘식 그 우럴고 바라 츄모ᄒᆞᄂᆞᆫ 정셩이 칠십 ᄌᆞ의 공부ᄌᆞ를 우럼과 갓튼지라 초공이 ᄯᅩᄒᆞᆫ ᄌᆞ질을

33면

대ᄒᆞ여ᄂᆞᆫ 문답이 잣지 아니나 계양후의 걸츌ᄒᆞᆫ 위인을 ᄉᆞ랑ᄒᆞ여 모드면 고금 치란흥망을 의논ᄒᆞ여 공의 말숨이 발ᄒᆞᄆᆡ 밍변쥬론이라 스ᄉᆞ로 탄샹ᄒᆞ여 교회를 바드미 느ᄌᆞ믈 익다라 셤기믈 스승으로 ᄒᆞ고져 ᄒᆞ므로 뎨ᄌᆞ 항의 쳐ᄒᆞ니 초공이 ᄉᆞ양 왈 내 일즉 현계로 더브러 ᄒᆞᆫ ᄌᆞ 글을 가ᄅᆞ치미 업ᄉᆞ니 늣게야 동닌의 거ᄒᆞ여 모황ᄒᆞᆫ 쇼견을 펴미 엇지 ᄉᆞ데지도를 감당ᄒᆞ리오 양휘 ᄇᆡ샤 왈 뎨지 ᄉᆞ부 안탑의 봉배ᄒᆞ미 느ᄌᆞ믈 한ᄒᆞ옵ᄂᆞ니 문싱 렬의

34면

참예ᄒᆞ미 지원이라 바라건대 종신토록 우러러 교회를 듯ᄌᆞᆸ고져 ᄒᆞᄂᆞ이다 셔젹 가온대 셩괴 ᄌᆞᄌᆞᄒᆞ시나 맛춤내 ᄉᆞ부긔 뫼와 교회를 듯ᄌᆞ옴만 ᄀᆞᆺ지 못ᄒᆞ온지라 바라건대 문하의 용납ᄒᆞ쇼셔 공이 탄왈 현계 나의 불인박덕으로ᄡᅥ 이갓치 과ᄒᆞ니 셔로 바리지 아닐진대 통가슉질지의로 대졉ᄒᆞ리니 ᄉᆞ데지의ᄂᆞᆫ 맛춤내 블가ᄒᆞ여라 ᄒᆞᆫ대 졍츄밀이 맛춤내 문싱 렬의 쳐ᄒᆞ여 ᄉᆞ데지도를 극진이 힝ᄒᆞ며 졔조로 친친지졍이 더옥 둣겁고 교밀ᄒᆞ미 골육동긔

35면

갓타니 ᄌᆞ연 내외홀 말이 업셔 조노공과 진 초 이 공 일긔 문셔를 여러 긔실 맛다가 졔공의게 뵐 ᄶᅥᆨᄂᆞᆫ 졍휘 ᄒᆞᆫ가지로 츰논ᄒᆞ니 초공과 진왕의 아시로븟터 츌셰ᄒᆞ던 힝젹이 ᄌᆞ초로븟터 쇼연ᄒᆞᆫ지라 진왕의 걸츌ᄒᆞᆫ 영무와 츌텬대회 셰샹의 희한홀 ᄲᅮᆫ 아니라 초공의 칠십여 년 힝젹이 긔이ᄒᆞᆫ지라 졍휘 암암칭긔ᄒᆞ여 마음의 삭이고 반ᄃᆞ시 타일의 그 힝젹을 긔록ᄒᆞ여 후셰의 젼홀 ᄯᅳᆺ이 잇ᄂᆞᆫ 고로 일동일졍의 무심이 보지 아니터라 셰월이

36면

훌훌ᄒᆞ여 ᄇᆡᆨ구지과극이라 노공의 삼샹을 필ᄒᆞ여 냥공이 결복홀식 ᄉᆡ로이 망극ᄒᆞ미

초샹으로 다른지 아냐 종텬지통이 믜여지며 썩거지는 듯흔지라 종상하여 히 진토록 내당의 자최 님치 아니며 왕부인 삼긔 쏘 지느니 졔왕 등의 이통ᄒᆞ미 더옥 극ᄒᆞ더니 일일은 셕부인이 취경뎐의셔 진 초 이 공을 쳥ᄒᆞ니 냥공이 종샹결복ᄒᆞᄆᆡ 더옥 비도ᄒᆞ여 형뎨 샹대ᄒᆞ여 누쉬 빅의를 젹시더니 ᄆᆡ져의 쳥ᄒᆞᆷ을 드르ᄆᆡ 의관을 정돈ᄒᆞ며 누슈를 거두어 내당의

37면

니르니 졍비와 양 윤 등 졔부인이 냥공의 림ᄒᆞᆷ을 보고 셔연이 몸을 니러 장내로 드러 가거늘 셕부인이 탄식고 이의 냥뎨의 좌를 밀고 부모를 여희므로븟터 우뎨 참아 이 곳을 써느지 못ᄒᆞᆫ 냥뎨를 위ᄒᆞ미라 이졔 종샹결복ᄒᆞ며 가군과 졔아의 지촉이 심ᄒᆞ니 마지못ᄒᆞ여 도라갈지라 이졔 냥뎨 외당의 쳐ᄒᆞ여 쥬야 비회로 날을 보내니 칠십 노인이 삼년 쳘쥭쇼ᄉᆞ를 오히려 곳치지 못ᄒᆞ니 져허ᄒᆞ건대 이 션친의 쯧이 아니시라 이졔 그 금즙ᄒᆞ시는

38면

말숨이 아니 겨시다 ᄒᆞ여 몸을 엇지 도라보지 아니며 그 질이 일ᄆᆡ 불회 크지 아니랴 여러 질이 부슉의 과도ᄒᆞᆷ을 졀민ᄒᆞ여 다 슉식을 폐ᄒᆞ고 유현 등 졔질은 쇼ᄉᆞ치미를 곳치미 업ᄉᆞ니 졔질이 다 풍골이 환형ᄒᆞ고 슈안이 쳑쳑ᄒᆞ여 부즁의 ᄒᆞᆫ 졈 화긔 의 며 경 양 등 낙즐 이 웅당 그러ᄒᆞ고 이졔 유쳐ᄒᆞ샤미 례도의 휴손ᄒᆞ니 방심귀가ᄒᆞ샤 승간 왕릭ᄒᆞ시미 무방ᄒᆞᆯ 듯ᄒᆞ이다 부인이 톄희 장탄ᄒᆞ고 좌우로 졍 양 등 오 부인을 쳥ᄒᆞ니 냥공이 쏘ᄒᆞᆫ

39면

말이지 아니터라 오 부인이 민면이 슈명ᄒᆞ여 이의 와 셔로 대ᄒᆞᄆᆡ 냥공의 츄텬지긔 쇼삭ᄒᆞ여 ᄒᆞᆫ 촉뇌 되엿고 오 부인의 화월 ᄀᆞᄐᆞᆫ 풍쇄 쇼삭ᄒᆞ여 옥골이 빗최니 바름의 븟치일 듯ᄒᆞᆫ지라 냥공이 쏘ᄒᆞᆫ 비창하여 관을 숙여 츄연탄식고 슈슉이 셔로 삼상의 홀홀ᄒᆞᆷ을 일ᄏᆞ라 감뉘 종횡ᄒᆞᆯ ᄲᅮᆫ이러라 셕부인이 히위ᄒᆞ여 진정ᄒᆞ고 그 즁 양부인의 약ᄒᆞᆫ 긔질이 더옥 엄엄ᄒᆞ니 초공의 안광이 잠간 지내치ᄆᆡ 경려ᄒᆞ미 업지 아냐 졔왕을 블너 면

40면

젼의 니ᄅᆞᄆᆡ 탄식 왈 여 등이 날을 념녀ᄒᆞ미 일시도 방하치 못ᄒᆞ믈 내 실노 괴이히 너겻노니 내 삼샹을 맛도록 ᄒᆞᆫ 번 병드러 눕지 아냣고 구연시식ᄒᆞ여 완연여구ᄒᆞ니 싱ᄉᆞ와 질병의 렴녀를 버셔ᄂᆞᆺ거니와 부인의 쳥약ᄒᆞ믄 남다ᄅᆞᆫ지라 이졔 삼 년 ᄂᆡ 젹샹ᄒᆞ미 져 얼골이 되엿시니 여 등이 홀노 날만 념녀ᄒᆞ고 어미게 우례 밋지 아니ᄒᆞ랴 졔왕이 테읍 쥬왈 ᄌᆞ모를 보젼ᄒᆞᆯ 배 다 대인긔 잇ᄉᆞᆸᄂᆞᆫ지라 쇼ᄌᆞ 등이 불초ᄒᆞ오나 엇지 홀노 ᄌᆞ모를 념녀치 아니리잇고

41면

마ᄂᆞᆫ 범ᄉᆞ의 쇼ᄌᆞ 등의 간언을 블희ᄒᆞ샤 곳치시미 업ᄉᆞ시니 쇼ᄌᆞ 등의 우황ᄒᆞᆫ 졍ᄉᆞ를 어ᄂᆞ 곳의 고ᄒᆞ리잇가 대효ᄂᆞᆫ 훼불멸셩을 삼가옵ᄂᆞ니 이졔 ᄇᆡᆨ부와 대인의 집샹과 훼ᄒᆞ시믈 ᄯᆞᆯ오며 ᄇᆡᆨ모와 ᄌᆞ뫼 집례ᄒᆞ시니 쇼ᄌᆞ 등이 쟝ᄎᆞᆺ 엇지ᄒᆞ리잇고 공이 기리 탄식고 진왕긔 고왈 부인 녀ᄌᆞ의 집샹은 ᄌᆞ연 남ᄌᆞ와 다ᄅᆞ거ᄂᆞᆯ ᄒᆞ믈며 존슈와 실인이 다 초년의 다쇼 풍샹간ᄋᆡᆨ의 젹샹ᄒᆞ고 다시 다산ᄒᆞ여 원긔 허약ᄒᆞᆫ지라 스ᄉᆞ로 몸을 조심ᄒᆞ셤 ᄌᆞᆨᄒᆞ니

42면

엇지 고집ᄒᆞᆯ 배리잇가 왕이 ᄯᅩᄒᆞᆫ 우례 비경ᄒᆞ여 ᄌᆡ삼 ᄒᆡ위ᄒᆞᆯᄉᆡ 금션공쥐 삼 년을 왕의 그림ᄌᆞ도 보지 못ᄒᆞ니 비록 됴셕 증샹을 참ᄉᆞᄒᆞ나 내외 격졀ᄒᆞ여 곡셩이 셔로 들니나 면목을 어더 볼 길이 업ᄉᆞ니 ᄉᆞ샹ᄒᆞᄂᆞᆫ 졍이 간졀ᄒᆞ여 능히 마ᄋᆞᆷ을 졍치 못ᄒᆞ고 아득히 굴지계일ᄒᆞ여 종졔를 기다리믄 부뷔 샹대ᄒᆞᆯ가 바랏더니 ᄉᆡᆼ각지 아닌 냥공의 집례 타인과 달나 이 ᄒᆡ 마ᄌᆞ 가되 ᄂᆡ당의 종젹이 림치 아니ᄒᆞ니 공쥐 착급ᄒᆞ고 슬프믈 이긔지 못ᄒᆞ니 식음이

43면

목의 나리지 아니코 잠이 돗긔 편치 아닌지라 거지 실조ᄒᆞ니 셕부인은 녀즁영걸이라 그 거동을 한심ᄒᆞ여 위연 탄왈 나히 하마 희년이오 셰샹의 나 비환고락을 경력ᄒᆞ니 거의 마ᄋᆞᆷ을 곳칠가 ᄒᆞ엿더니 져러ᄐᆞᆺ 형샹이 업ᄉᆞ니 내 아의 츌인ᄒᆞᆫ 긔샹으로 념박ᄒᆞ고 누역이 너기미 어이 괴이하리오 졍양 이 부인이 탄식 대왈 제 ᄯᅩ 화란을 경력ᄒᆞ

고 심ᄉᆡ 샹ᄒᆞ여 텬셩을 샹망ᄒᆞ미니 져져ᄂᆞᆫ 족가치 마ᄅᆞ쇼셔 셕부인이 잠쇼 왈 내 져ᄅᆞᆯ 칙망ᄒᆞ미 아니라

44면

녀ᄌᆞ의 단일치 못ᄒᆞᆫ 거ᄉᆞᆯ 보면 비위 거ᄉᆞ려 ᄎᆞᆷ지 못ᄒᆞᄂᆞᆫ 셩졍이라 여ᄎᆞ 고로 내 아의 념박ᄒᆞ미 그ᄅᆞ지 아니니라 졍 양 이 부인이 역쇼무언이러니 이 날 취경뎐의 냥공이 드러오고 졔부인이 쳐음으로 모다 말ᄉᆞᆷᄒᆞ믈 드ᄅᆞᄆᆡ 공쥐 마ᄋᆞᆷ의 밋칠 ᄃᆞᆺ ᄎᆞᆷ지 못ᄒᆞ여 나아가 왕의 면목이나 보고져 ᄒᆞᆯᄉᆡ 일변 원망 왈 쇼괴 임의 졔부인을 청ᄒᆞᆯ진ᄃᆡ 날을 ᄒᆞᆯ노 청치 아니니 ᄎᆞᄂᆞᆫ 그 후박을 보와 가며 대졉ᄒᆞ미라 이의 취경뎐의 니ᄅᆞ니 초공이 년망이 긔영ᄒᆞ여 먼니셔 례

45면

ᄅᆞᆯ ᄆᆞᆺᄎᆞᄆᆡ 슈연 위좌ᄒᆞ여 ᄒᆞᆫᄀᆞᆺ 슬프미 압셔니 삼긔의 덧업ᄉᆞᆷ과 인ᄉᆞ의 변역ᄒᆞ믈 일ᄏᆞ라 슈됴 말ᄉᆞᆷ의 ᄋᆡ통ᄒᆞ미 ᄂᆞᆺ타ᄂᆞ니 공쥐 ᄯᅩ 눈믈을 ᄲᅮ려 망극ᄒᆞᆫ 셜화ᄅᆞᆯ 펴ᄆᆡ 능히 인ᄉᆞ와 졍니ᄅᆞᆯ 다ᄒᆞ여 ᄋᆡ령지즁의 과훼ᄒᆞ므로ᄡᅥ 무ᄉᆞ히 결복ᄒᆞ미 텬우신조ᄒᆞ믈 일ᄏᆞᄅᆞ니 공이 희허 대왈 명완불ᄉᆞᄒᆞ여 구연시식ᄒᆞ고 금일이 당즁의셔 졔존슈긔 뵈오니 인ᄉᆡᆼ이 ᄂᆞᆺ거오믈 더옥 슬허ᄒᆞᄂᆞ이다 이리 니ᄅᆞ며 일변 눈을 드러 진왕을 보건대 츄월 갓튼 풍신이

46면

쇠ᄒᆞ고 형ᄒᆡ 환탈ᄒᆞ여 츄텬쟝긔 쇼삭ᄒᆞ고 완연ᄒᆞᆫ 다른 사ᄅᆞᆷ이 되엿ᄂᆞᆫ지라 이ᄅᆞᆯ 대ᄒᆞᄆᆡ 희음업시 냥항뉘 년낙ᄒᆞ여 냥안이 왕의 신샹의 ᄠᅥᄂᆞ지 아니터니 츄연이 탄식 왈 삼 년 거려의 ᄋᆡ훼 집상은 ᄌᆞ텬ᄌᆞ 셔인의 니ᄅᆞ히 통ᄒᆞᆫ 배여니와 이러틋 ᄉᆡ훼골닙ᄒᆞ며 몸을 보젼치 못ᄒᆞ기의 니ᄅᆞ믄 슉슉과 왕의게 쳐음 보오미라 구고 ᄉᆡᆼ시의 귀즁ᄒᆞ시던 ᄠᅳᆺ을 져바리오미 아니리잇가 초공은 묵묵유유ᄒᆞ고 왕이 정ᄉᆡᆨ 왈 오슈박힝이나 칠십여 년 힝셰ᄒᆞᄆᆡ 긔려집

47면

샹ᄒᆞᄂᆞᆫ 례문을 부인긔 ᄇᆡᄒᆞᆯ 배 아니라 녀ᄌᆞ의 도라 호령이 불츌즁문ᄒᆞ며 말ᄉᆞᆷ이 외

ᄉᆞ의 간예치 못ᄒᆞᄂᆞ니 어리나 어지나 가뷔 ᄉᆞ라시면 출힐 ᄇᆡ오 ᄌᆞ식이 사ᄅᆞ시면 니어 알 거시니 이졔 종텬지통을 만나 셜우믈 품고 망극ᄒᆞᆫ 종졔를 필ᄒᆞ여 인ᄌᆞ의 무ᄋᆡ 지통이 ᄉᆡᆼ불여ᄉᆞᄒᆞ여 만ᄉᆡ 부운 갓거ᄂᆞᆯ 엇지 어ᄌᆞ러온 말노 ᄂᆡ 심ᄉᆡ 요란케 ᄒᆞᄂᆞ뇨 져졔 부ᄅᆞ시니 드러와 부인과 슈쉬 모드시니 삼샹 후 쳐음으로 셔로 보ᄆᆡ 비회 교집ᄒᆞᆫ 즁 ᄎᆞᆨ언을 드ᄅᆞᄆᆡ 일층 심쇄

48면

더으난도다 말숨이 엄졀ᄒᆞ고 ᄉᆞ긔 한슉ᄒᆞ니 공쥐 대참ᄒᆞ여 ᄂᆞᆺ출 븕히고 일변 ᄆᆡ몰박졍ᄒᆞ믈 셜워 누쉬 만면이어ᄂᆞᆯ 셕부인이 쇼왈 녀ᄌᆞ의 지아비 앙망ᄒᆞ믄 즁여산이라 현뎨의 젹상환탈ᄒᆞ여시믈 보ᄆᆡ ᄌᆞ연 념녀ᄒᆞ여 말이 발ᄒᆞ미오 당돌이 가ᄅᆞ치미 아니라 현뎨 근ᄅᆡ 쇄 더ᄒᆞ엿도다 이졔 부뫼 아니 겨시고 우뎨 외람ᄒᆞ나 동긔 즁 머리 지어시니 원컨ᄃᆡ 현뎨ᄂᆞᆫ 관인화평키를 바라ᄂᆞ니 우리 부모의 심인후ᄐᆡᆨ으로 부즁상하의 화긔 융융ᄒᆞ던 풍습을 곳치

49면

지 말믈 원ᄒᆞ노라 냥공이 슈루ᄇᆡ이샤 왈 삼가 져져의 교훈을 명심계지ᄒᆞ리이다 연이나 이졔 훤당을 도라보와 심ᄉᆡ 슬프고 홍황이 돈무ᄒᆞ여 셕일 즐거오믈 다시 니을 길이 업ᄉᆞ니 누를 위ᄒᆞ여 열위를 ᄒᆞ며 화긔를 일위리잇가 쇼뎨 등이 국ᄉᆞ를 인ᄒᆞ여 ᄌᆞ로 친젼을 써ᄂᆞ와 념녀를 씨치옵고 ᄉᆞ친지회 극ᄒᆞ던 쥴 이졔 더옥 한 되ᄂᆞᆫ지라 치ᄉᆞ 퇴됴 후로ᄂᆞᆫ 슈일 니측도 어려이 너기더니 이졔 영결ᄒᆞ오미 삼 년이 지ᄂᆡᄃᆡ 능히 춤고 견대니 엇지 완인ᄒᆞ미 이의 밋출

50면

쥴 알니잇고 부인이 그 과샹ᄒᆞ믈 민박ᄒᆞ여 위로 왈 인ᄌᆞ 졍니 무한ᄒᆞ나 인가의 조샹 부모ᄒᆞ고 쳔만 가지 유한과 지통을 겸ᄒᆞᆫ 사ᄅᆞᆷ도 견대여 ᄌᆞ숀을 거ᄂᆞ려 영효를 바드며 즐기미 잇ᄂᆞ니 아 등은 부모 향년이 구십을 지내시고 ᄉᆡᆼ시 냥뎨의 무궁ᄒᆞᆫ 영화와 출텬ᄒᆞᆫ 셩효로 봉양지되 일호 유한이 업ᄉᆞ니 이졔 만당ᄒᆞᆫ ᄌᆞ숀을 거ᄂᆞ려 냥뎨 훤당의 거ᄒᆞ여 부모 유ᄐᆡᆨ을 니으미 ᄯᅩᄒᆞᆫ 인가의 드믄 경ᄉᆡ라 ᄆᆡ양 지통을 과히 ᄒᆞ여 부모의 ᄉᆡᆼ휵하신 즁신을 숀상ᄒᆞ

51면

고 허다 ᄌᆞ숀의 우황ᄒᆞᆷ믈 도으미 즁용지되 아니라 삼 년지내의 졔질이 ᄒᆞᆫ 번 밥을 바드ᄆᆡ 셰 번 비왓타 편히 나리오지 못ᄒᆞ고 힝불능경ᄒᆞ여 그 황황ᄒᆞ미 방인이 다 감동ᄒᆞ니 부모지심이 엇지 타연ᄒᆞᆯ 배리오 냥뎨의 관인ᄒᆞᆫ ᄌᆞ이로ᄡᅥ 허다 일월의 ᄌᆞ숀의 우환을 ᄭᅵ치믈 우데 실노 불쾌ᄒᆞ노라 냥공이 셕연감오ᄒᆞ여 기리 탄식고 좌우로 도라보아 부인의 최쳑ᄒᆞᆷ과 더옥 졔왕 등은 왕부인 삼샹 후 쇼ᄉᆞ쳘쥭이 오히려 ᄉᆞᆺ치지 아냐 그 부공의 집례를 ᄯᆞᆯ와 ᄉᆞᆺ

52면

치시믈 본 후야 평상ᄒᆞᆫ 시식을 ᄒᆞᆯ지라 일월 갓튼 풍광이 쇼삭ᄒᆞ여 누ᄅᆞ고 니쳑ᄒᆞ미 심ᄒᆞ여시니 부ᄌᆞ지졍이 엇지 경동치 아니리오 근심이 미위 슈집ᄒᆞ여 그 고집을 ᄭᅮᄌᆞᆺ고져 ᄒᆞ나 ᄌᆞ긔 힝ᄉᆞ를 츄이ᄒᆞ여 말이 돕지 아냐 쳑연 탄식ᄒᆞ여 말이 업ᄉᆞ니 셕부인이 ᄯᅳᆺ을 지긔ᄒᆞ여 좌우로 일긔 육즙을 가져오라 ᄒᆞ여 몬져 냥공을 권ᄒᆞ여 좌우로 합개 보젼ᄒᆞᆯ 도리를 ᄉᆡᆼ각ᄒᆞ라 ᄒᆞ니 냥공이 마지못ᄒᆞ여 그ᄅᆞᄉᆞᆯ 드러 두어 번 마시고 쳑연하누 왈 져져 교훈을 밧ᄌᆞ와 임의

53면

죵권ᄒᆞᄂᆞ니 부인과 졔아는 ᄯᅩᄒᆞᆫ 일노조ᄎᆞ 고집지 말지어다 초공이 칠ᄌᆞ 삼녀와 졔ᄌᆞ부를 다 불너 압히 안치고 경계 왈 여 등은 내 ᄉᆞ랏고 두엄의 당의 이시니 범식 즁도를 힝ᄒᆞ리니 엇지 종샹결복ᄒᆞ미 밋쳐 쇼ᄉᆞ유슈ᄒᆞ여 셩교 밧긔 일을 ᄒᆞ고 노부의 심녀를 도라보지 아니리오 각각 권ᄒᆞ여 먹이니 졔ᄌᆞ네 감불위명ᄒᆞ여 일시의 육미를 졉구ᄒᆞ나 ᄉᆡᆨ로이 슬허ᄒᆞ더라 경양윤연 등 졔부인을 권ᄒᆞ여 시식을 평샹히 ᄒᆞ고 명년 츈의 냥공이 비로쇼 내당의 왕ᄅᆡ

54면

ᄒᆞ여 가ᄉᆞ와 ᄌᆞ숀의 말을 셔로 문답ᄒᆞ고 공쥐의 긔괴ᄒᆞᆷ믈 쥬슈치 못ᄒᆞ여 잇다감 고문ᄒᆞ여 부부지되 힝ᄒᆞ니 차고로 공쥐 진졍ᄒᆞ여 고이ᄒᆞᆫ 거조를 긋치니라 셕부인이 도라가고 졍비 취경뎐의 오ᄅᆞᄆᆡ ᄉᆡᆨ로이 셕ᄉᆞ를 감회ᄒᆞ고 냥공은 부친의 거쳐ᄒᆞ시던 곳을 ᄎᆞᆷ아 거쳐ᄒᆞ지 못ᄒᆞ여 대셔헌을 잠가 여지 아니니 지극ᄒᆞᆫ 셩효를 거셰 다 탄복ᄒᆞ

고 감동ᄒᆞ며 ᄌᆞ숀이 효측ᄒᆞ더라 냥공이 우익 더으고 초공이 진왕 셤기미 엄부와 갓치ᄒᆞ여 한셔 믈논ᄒᆞ고 각각 슉침ᄒᆞᆫ 날

55면

이면 미명의 창외의 가 문후ᄒᆞ니 왕이 그를 민망이 너겨 쥬야 동쳐ᄒᆞ고 침슈와 식치를 셔로 살펴 그 몸을 편콰져 ᄒᆞ며 지셩으로 보호ᄒᆞ여 부ᄌᆞ지정과 효뎨지도를 다ᄒᆞ니 월명 곤계와 졔왕 등 형뎨 부슉의 셩우를 감복ᄒᆞ여 쥬야 시측ᄒᆞ여 열위를 요구ᄒᆞᄃᆡ 냥공이 죵샹 ᄒᆞᆫ는 일족 쥬빅를 졉구ᄒᆞ미 업고 가셩을 듯지 아니며 쾌ᄒᆞᆫ 우음과 호활ᄒᆞᆫ 담논이 입의 나지 아니니 졔직 민울ᄒᆞ여 좌하의 뫼시면 진ᄌᆞᆺ 혹당 쇼ᄋᆞ로 유희를 찬조ᄒᆞ여 그 ᄒᆞᆫ번

56면

우으시믈 요구ᄒᆞ미 칠 년 대한의 운예갓치 ᄒᆞ니 냥공의 효힝을 가히 알니러라 삼츈화시를 당ᄒᆞ여 지심친위 모다 유람ᄒᆞ기를 쳥ᄒᆞ니 냥공이 ᄎᆡ쳥ᄒᆞ미 잇ᄂᆞᆫ가 하회를 분간ᄒᆞ라 ᄎᆞ시 삼츈 화시를 당ᄒᆞ여 원즁의 만홰 닷토와 향긔를 토ᄒᆞ고 양뉴 쳥ᄉᆞ를 드리온 ᄃᆞᆺ 가지마다 유졍ᄒᆞ여 츈풍의 츔츄니 답쳥 경물이 졍히 보얌즉 ᄒᆞ더라 평진후 쇼공과 려남후 졍공과 연국공 졍태ᄉᆞ 형뎨 일시의 모다 벽운산 경치를 유람ᄒᆞ며 진

57면

초 이공을 쳥ᄒᆞ여 왈 만일 냥형이 아니면 오ᄂᆞᆯ 아등의 ᄆᆞᆺ고지 흥이 업슬지라 졔ᄌᆞ를 거ᄂᆞ려 ᄒᆞᆫ 번 거름을 앗기지 마ᄅᆞ쇼셔 냥공이 기리 탄왈 우리 무숨 마음으로 화류를 보리오 경물이 사ᄅᆞᆷ의 마음을 ᄯᆞ르니 셕일의 ᄎᆞ산 경개 즐거오나 금일 우리 심회ᄂᆞᆫ 슬프미 더으리니 아니 보미 읏듬이라 졔ᄌᆞ질이 간ᄒᆞ여 왈 대인과 빅뷔 엇지 ᄆᆡ양 슈우쳑연ᄒᆞ샤 쇼ᄌᆞ 등의 심ᄉᆞ를 술피지 아니시ᄂᆞ니잇고 쇼연 슉졍 슉뷔 내당의 이친이 아니 겨시니 만일 대인 ᄀᆞᆺ트시

58면

면 친을 뫼시지 아닌 사ᄅᆞᆷ은 일싱 산쳔 경개를 눈의 보지 못ᄒᆞᄂᆞ니잇가 원컨대 산힝ᄒᆞ샤 긔운을 쇼창ᄒᆞ시고 심우를 더ᄅᆞ쇼셔 진왕이 우연 탄왈 ᄌᆞ질의 도리ᄂᆞᆫ 이러ᄒᆞ미

쏘 괴이치 아니커니와 마음이 변화의 잇지 아니미러니 여빈 이곳치 보과져 ᄒᆞ니 강잉ᄒᆞ여 힝ᄒᆞ리라 졔지 대희ᄒᆞ여 평교를 대후ᄒᆞ고 졔ᄌᆞ숀이 일시의 뫼시고 가려 ᄒᆞ니 젼후의 가득ᄒᆞᆫ 거시 다 ᄌᆞ질 숀증이라 부슉이 쳐음으로 평샹ᄒᆞᆫ 의복과 즁회 즁 나시믈 보니 영힝ᄒᆞ미 ᄒᆞᆫ 경ᄉᆞ

59면

를 맛남 갓더라 ᄌᆞ질 숀증이 일싱 쳐음이라 평안ᄒᆞᆫ 교ᄌᆞ의 뫼시고 월명 문계 등은 뒤히 ᄌᆞ숀 등을 거ᄂᆞ려 힝ᄒᆞ니 쟝려 셩만ᄒᆞᆫ 거동이 일시 쟝관이라 졔공이 쳥ᄒᆞ고 고대ᄒᆞ더니 졔조의 쟝려ᄒᆞ믈 보고 흔연이 마ᄌᆞ 왈 오늘날 이 츈경을 보암즉 ᄒᆞ니 우리 졔희ᄒᆞ나 냥형이 졔숀을 거ᄂᆞ려 님치 아니니 흥미 쇼연ᄒᆞ더니 이졔 형의 힝ᄎᆡ 니ᄅᆞ며 렬위 군셔이 뒤히 니어시니 진토 아득ᄒᆞᆫ 쇽긱은 ᄌᆞ최를 감초고 얼골을 대ᄒᆞ염즉 ᄒᆞ도다 냥공이 미쇼ᄒᆞ고

60면

이의 셕암 우희 안즈려 홀ᄉᆡ 졔죄 친히 방셕을 가지고 포진을 베퍼 안ᄌᆞ시기를 영대ᄒᆞ니 평공 등이 쏘ᄒᆞᆫ 한가지로 안ᄌᆞ 골오대 나는 여러 ᄌᆞ숀을 거ᄂᆞ려 왓시대 이곳치 방셕을 밧드는 재 업더니 냥형이 니ᄅᆞ믹 암샹의 포진이 졍졔ᄒᆞ니 니른바 효ᄌᆞ의 ᄉᆞ친지되 범인과 다ᄅᆞ믈 알니로다 초공은 무언이오 진왕이 쇼왈 ᄌᆞ숀을 칙망치 말나 너희 문풍이 본대 부형 공경홀 쥴을 모ᄅᆞ니 보고 듯는 거시 습여셩셩이라 효ᄌᆞ 현숀이라도 셩인이 아닌

61면

후는 가ᄅᆞ치지 아냐셔 어질기 쉬오랴 졔졍이 박쇼 왈 형이 남을 논폄ᄒᆞ는 인품이라 본대 쇄치 아냐도다 인ᄒᆞ여 좌를 뎡ᄒᆞ믹 쥬배를 날니ᄉᆡ 진왕이 슈배를 음ᄒᆞ고 츈경을 도라보더니 초공이 츈식을 둘너보믹 봉안의 물결이 어릐고 잔을 잡으믹 ᄎᆞᆷ아 마시지 못ᄒᆞ여 탄셩이 니는지라 왕이 츄연 탄왈 너의 니러틋 ᄒᆞ믈 보면 닉 마음이 더옥 슬픈지라 오늘은 친위 모다 셔로 회포를 난호고 ᄌᆞ숀의 직조를 시험ᄒᆞ려 ᄒᆞᄂᆞ니 모ᄅᆞ미 심회를 관인ᄒᆞ여

62면

우형으로 ᄒᆞ여금 마신 즉이 도로 나게 말나 초공이 긔이비왈 쇼데 요ᄉᆞ이 마음이 심히 약ᄒᆞ여 금일 답청 츈경의 쾌ᄒᆞ믈 보ᄆᆡ 셕년의 임의 이 뫼희 올나 엄친의 막대와 신을 밧드와 즐거오믈 다ᄒᆞ고 형데 시ᄉᆞ를 창화ᄒᆞ여 즐기던 일이 쇽졀업슨 셕시 되엿는지라 ᄌᆞ연 감회ᄒᆞ여 긔ᄉᆡᆨ이 다ᄅᆞ고 슐을 마시려 ᄒᆞᄆᆡ 흉쟝이 막혀 숨키지 못ᄒᆞ미러니 형쟝 말숨을 듯ᄌᆞ오니 쇼데의 심약ᄒᆞ믈 붓그려 ᄒᆞᄂᆞ이다 쇼공이 탄왈 ᄉᆞ원과 아 등이 다 이

63면

ᄯᅵ의 봉친ᄒᆞ니 업ᄉᆞ니 형데 엇지 슬픔만 너기ᄂᆞ뇨 부뫼 아니 겨시ᄆᆡ 그 몸을 더옥 보즁ᄒᆞ여 스ᄉᆞ로 부모의 유톄를 조심ᄒᆞ미 효도의 본이라 초공 형이 너모 심약쳑비ᄒᆞ믈 과도홀가 ᄒᆞ노라 졍공 등이 츄연 희허ᄒᆞ여 효ᄌᆞ의 심ᄉᆞ로 빗최여 일쟝을 감회ᄒᆞ고 초공이 일비를 강잉ᄒᆞ여 마시고 죵용이 말숨홀ᄉᆡ 샹봉의 큰 오동남기 이셔 기릭 반공의 다핫고 지엽이 셩흔ᄃᆡ 남우 우희 긔이흔 신죄 빵으로 잇셔 기술 다듬으니 머리의 오ᄉᆡᆨ 빗치 녕농ᄒᆞ고

64면

몸의 삼ᄉᆡᆨ 빗치 긔이ᄒᆞ여 셰샹의 보지 못ᄒᆞ던 ᄉᆡ라 형샹이 ᄎᆡ봉 ᄀᆞᆺ트되 셰샹인이 오히려 봉됴의 ᄉᆡᆨ을 보지 못ᄒᆞ엿는지라 다 의아ᄒᆞ여 일시의 바라보니 사ᄅᆞᆷ의 보는 거술 괴로이 너겨 먼니 나라 닷다가 도로 안자 초공을 향ᄒᆞ여 날개를 치고 나라오며 가기를 이샹이 ᄒᆞ고 다른 사ᄅᆞᆷ곳 보면 먼니 나는지라 갓가이 나아오면 광ᄎᆡ 찬난ᄒᆞ여 긔이흔 형샹이 진실노 셩인을 위ᄒᆞ여 난바 신죄러라 초공 왈 져 ᄉᆡ 이젼은 보지 못ᄒᆞ던 ᄉᆡ라 내 친히 가 안아다가 보고

65면

져 ᄒᆞ나 못ᄒᆞ니 너희 즁의 져 놉흔 남긔 ᄉᆡ를 잡아 와 날을 ᄌᆞ셔히 뵈게 ᄒᆞ라 이ᄯᅵ 조션광이 발셔 립신취쳐ᄒᆞ여 쟉위 금문직ᄉᆞ 츈방혹ᄉᆞ 병부좌시랑으로 영춍과 쳥망이 만됴를 기우리니 이 날의 춤녜ᄒᆞ엿다가 종형데 머뭇겨 잡으리 업ᄉᆞ믈 보고 개연이 몸을 니러 웃오술 벗고 단의로 표연이 한봉의 올나 남긔 오ᄅᆞ대 쳔쟝 고목의 치닷기

를 조금도 구겁ᄒᆞ미 업셔 신쇽히 오ᄅᆞ며 목엽이 요동치 아니ᄒᆞ며 원비를 느리혀 빵슈로 신됴를 잡고 나려

66면

와 초공 면젼의 빵 신됴를 드리니 초공이 대희ᄒᆞ여 숀으로 길드리ᄆᆡ 좌우를 도라보와 왈 나의 숀의 날내기 엇더ᄒᆞ뇨 졔인이 칭하 왈 ᄌᆞᄉᆞ의 신긔로온 ᄌᆡ품은 쇽인의 비홀 ᄇᆡ 아니오 신됴의 긔이ᄒᆞ미 반ᄃᆞ시 현형을 위ᄒᆞ여 낫는지라 쥬 시졀의 셔빅을 위ᄒᆞᆫ 봉이 기산의 우니 ᄌᆞ고로 셩인이 이시ᄆᆡ 반ᄃᆞ시 샹셔의 신작이 이시니 이는 결단ᄒᆞ여 심샹ᄒᆞᆫ 일이 아니라 엇지 긔특ᄒᆞᆫ 신작이 아니리오 초공이 샤례ᄒᆞ고 봉뒨 쥴 알고 긔이히 너겨 빵슈로 두어

67면

번 길드리니 봉죄 낭낭이 우러 날개를 치며 기술 다듬아 초공을 보고 반기며 조화ᄒᆞ는 거동이 이시니 졔인이 일시의 숀으로 잡아 보려 ᄒᆞᆫ 즉 먼니 나라 간 곳이 업는지라 졔쇄 다 긔특이 너기고 운산의 봉죄 나리ᄆᆡ 대숑이 창개ᄒᆞ므로븟터 쳐음이라 초공의 졔ᄌᆞ 즁 쇼후 ᄉᆞ마광 등이 이를 보고 다 긔특이 넉여 일시의 니ᄅᆞ대 ᄉᆞ부의 신셩ᄒᆞ시미 진실노 범연ᄒᆞᆫ 효셩 아니시ᄆᆡ 하놀이 신됴를 보내여 샹셔를 보ᄒᆞ는가 너기ᄂᆞ이다 초공이 불열 왈 군ᄌᆞ

68면

는 허언을 불츌구외ᄒᆞᄂᆞ니 너희 엇지 괴이ᄒᆞᆫ 말을 ᄒᆞ여 사름의 괴이ᄒᆞ믈 듯게 ᄒᆞᄂᆞ뇨 쇼후와 졍후 등이 다 탄복ᄒᆞ여 긔이히 넉이더라 죵일토록 슈다 ᄌᆞ숀 쇼년배로 글을 지이여 고하를 분별ᄒᆞᆯᄉᆡ 졔공의 문질이 졍쇼 냥가 졔ᄉᆡᆼ뉴의 쒸여ᄂᆞ니 평진휘 탄왈 하놀이 조가를 위ᄒᆞ여 이 갓튼 ᄌᆡ쟈 인걸을 ᄀᆞ쵸 내시니 우리는 오히려 치원과 ᄉᆞ원을 앙망ᄒᆞ더니 나의 ᄌᆞ손은 밋지 못ᄒᆞ미 엇지 ᄋᆡ답지 아니리오 진왕이 쇼왈 엇지 우리 형을 앙망ᄒᆞ여

69면

시리오 형의 ᄌᆞ숀은 승어부조ᄒᆞ니 엇지 내 집 쇼ᄇᆡ의 밋지 못ᄒᆞ리오 이 놀 졔왕이 션

광의 효용과 날낸 직죄 모든 주숀 즁의 쒸여느믈 보고 대열ᄒᆞ고 신됴의 긔이ᄒᆞᆫ 샹셔를 긔특히 너겨 고위승샹 왈 네 믹양 션광을 나모라 ᄭᅮ즛더니 금일 날내미 우리 못ᄒᆞ는 일을 ᄒᆞ여 대인긔 ᄯᅳᆺ을 영합ᄒᆞ니 엇지 깃브지 아니리오 승샹이 잠쇼ᄒᆞ고 ᄯᅩᄒᆞᆫ 신능ᄒᆞ미 범뉴와 다ᄅᆞ믈 깃거ᄒᆞ더라 ᄎᆞ후는 냥공이 ᄌᆞ숀의 낫출 보고 졔우로 샹화ᄒᆞ여 심회를 위로ᄒᆞ고 ᄒᆞ믈며 젹덕

70면

지가의 여경이 무궁ᄒᆞ여 히를 년ᄒᆞ여 등과싱ᄌᆞᄒᆞ는 깃브미 이시니 조문 영복이 졔미ᄒᆞ여 즐거오미 잇는지라 문젼 오류는 ᄉᆞ시 봄이 닐고 림하 쳥풍의 숑쥭이 쳐쳐ᄒᆞ고 화싊 의의ᄒᆞ여 졀승ᄒᆞᆫ 경치는 노년의 쳥홍을 도으니 북당 고루의 한가ᄒᆞ미 극ᄒᆞ여 허다 ᄌᆞ숀의 어리며 ᄌᆞ라니를 두굿겨 남은 셰월의 환락을 다ᄒᆞ니 월명과 문계 등이 반의의 효와 황향의 션침을 다 효측ᄒᆞ여 범ᄉᆞ의 ᄯᅳᆺ을 슌ᄒᆞ고 효를 닥그니 조가의 삼셰쳑동쇼년도 어른의 힝ᄉᆞ를

71면

보와 효치 아니며 우치 아닌 재 업ᄉᆞ니 시인이 벽운산 일홈을 곳쳐 현효산이라 ᄒᆞ고 은션항 일홈을 곳쳐 셩효촌이라 ᄒᆞ니 인효우공이 시졀의 나ᄐᆞ느믈 가히 알지라 진초 이 공이 현광 션광 등이 아들을 어드믹 그 늙으믈 ᄳᅵ치고 셕ᄉᆞ를 츄감ᄒᆞ믹 믹양 졔ᄌᆞ숀의 신혼셩졍지시를 광ᄒᆞ면 훤당의 ᄲᅡᆼ친이 즐겨ᄒᆞ시든 일을 싱각ᄒᆞ여 쳑연 탄식ᄒᆞ니 ᄌᆞ데 화ᄒᆞᆫ 안식으로 위로ᄒᆞ여 ᄉᆞ룸을 믈니치고 긔담미어로 즐기시믈 도읍싀 이 공이 슈우쳑연ᄒᆞᆫ ᄶᅵ면

72면

ᄉᆞ마와 승샹이 션광과 효광을 블너 긔담이 열친을 위로ᄒᆞ고 효광은 ᄉᆞ마의 데 삼ᄌᆡ라 냥인이 쇼진 ᄌᆞ공의 구변이 잇는지라 좌젼의 이셔 단슌호치를 찬연이 비최여 희쇼를 찬조ᄒᆞᆫ 즉 근심ᄒᆞ던 재 락ᄒᆞ고 노ᄒᆞ던 재 쇼ᄒᆞ는지라 비록 쇼샹의 견고ᄒᆞᆫ 샹인의 집샹ᄒᆞᆫ 쟈로 당ᄒᆞ여도 션효 냥조의 언쇼의 다ᄃᆞᄅᆞ는 웃기를 면치 못ᄒᆞᆯ너라 ᄒᆞ믈며 부조의 명을 바다 냥공의 쇼안을 위ᄒᆞ여 신긔로온 ᄌᆡ조로 우음과 희롱을 슈창ᄒᆞ믹 초공의 단목홈과 진왕

73면

의 무거오며 월명의 침즁홈과 문계의 엄위ᄒᆞ므로도 ᄌᆞ연이 냥인이 쉽히셔 희쇼를 시작ᄒᆞ면 우음을 면치 못ᄒᆞ여 진 초 이 공이 어ᄅᆞ만져 긔이ᄒᆞ여 왈 션광과 효광이 진즛 현숀이라 너희 여러히 뉘 노인의 위회를 쇼견ᄒᆞ리오 션효 냥ᄋᆞ만 ᄒᆞ리 업ᄉᆞ니 일노조ᄎᆞ 명윤과 명천은 냥ᄋᆞ를 칙지 말나 ᄉᆞ마와 승샹이 ᄉᆞ례ᄒᆞ고 졔왕과 월명이 냥ᄌᆞ를 도라보와 왈 이ᄋᆞ로 인ᄒᆞ여 울젹ᄒᆞ신 ᄯᅴ 우으시믈 보니 이 ᄯᅩᄒᆞᆫ 젹은 회 아니라 반의의 효와 션침의 슈

74면

고로오믈 더으지 아냐 고인을 압훌 셩회 이시니 너희 모ᄅᆞ미 ᄎᆞᄋᆞ를 칙지 말나 ᄉᆞ마와 승샹이 슈명배샤ᄒᆞ더라 승샹 녕국공 조명윤이 진왕의 증숀이오 호탕풍융ᄒᆞ나 나히 ᄎᆞ고 조부의 교훈이 졍슉ᄒᆞ며 가문도혹이 타문의 지ᄂᆞ므로 ᄌᆞ연 슈신셥힝ᄒᆞ고 텬셩이 총명광대ᄒᆞ여 침위목목ᄒᆞ며 례힝이 과인ᄒᆞ니 졔가의 위덕과 교ᄌᆞ어하의 법되 슉연ᄒᆞ니 이십ᄌᆞ 뉵녀의 희한ᄒᆞᆫ 힝젹이 더옥 빗ᄂᆞ믈 일셰인이 탄복ᄒᆞ고 조부마와 공쥬의 치가지졍과 셩효

75면

지법이 초공의 후를 니으니 십ᄌᆞ 일녀의 난옥 갓튼 긔질이 개개히 츌어범뉴ᄒᆞ여 이러므로 조시후셰녹이 이셔 명윤 명천의 ᄌᆞ녀를 민멸치 아니미라 훌훌ᄒᆞᆫ 념냥이 뉴슈 ᄀᆞᆺ트여 여러 츈츄를 뉘이ᄌᆞ니 냥공이 ᄯᅩᄒᆞᆫ 나히 졈졈 놉고 안도후 부인이 셰상을 바리니 진 초 냥공이 ᄋᆡ훼ᄒᆞ미 극ᄒᆞ여 샹대ᄒᆞ면 통읍ᄒᆞ고 닐너 왈 내 남ᄆᆡ 오인과 셔ᄆᆡ 삼 인의 이졔 남은 재 다만 우ᄆᆡ와 우리 형뎨ᄲᅮᆫ이라 엇지 슬프지 아니리오 인명이 지리ᄒᆞ여 비환이 일편되믈

76면

탄ᄒᆞ노라 졔지 위로ᄒᆞ더라 이ᄯᅴ 위션ᄉᆡᆼ이 나히 팔십이로ᄃᆡ 졍녁이 쇠치 아니ᄒᆞ고 졔조를 ᄯᆞ라 운산의 나와 이시니 문계 등이 다 가ᄉᆞ를 일우혀 션ᄉᆡᆼ 거쳐를 편히 ᄒᆞ고 션ᄉᆡᆼ의 이 ᄌᆞ를 이곳의 홍취ᄒᆞᄆᆡ 다일퇵지간의 머므러시니 문계 등이 위ᄉᆡᆼ 형뎨를 천거ᄒᆞ여 황샹긔 쥬ᄒᆞ고 다 쟉직이 이시니 쟝은 금ᄉᆞ낭즁이오 ᄎᆞᄂᆞᆫ 형부시즁이라 졔

조의 정셩이 부형 셤김과 일반이라 일셰인이 칭찬치 아니리 업더니 홀연 득질ᄒᆞ여 니지 못ᄒᆞ니 졔죄 망극ᄒᆞ여 정셩

77면

이 례도로 ᄒᆞ고 샹쟝이 ᄌᆡ상 공후와 일반이라 위션ᄉᆡᆼ이 ᄒᆞᆨ문이 광박ᄒᆞ여 졔조를 지셩으로 교훈ᄒᆞᄆᆡ 그 ᄉᆡᆼᄉᆞ의 영화로오미 심샹치 아니ᄒᆞ더라 ᄎᆞ시 양부인이 쇠년 노ᄅᆡ의 니ᄅᆞ러시나 정녁이 견강ᄒᆞᄃᆡ 본대 긔품이 ᄆᆞᆰ으며 조흔지라 ᄒᆞ믈며 젼후샹의 례도를 잡아 ᄋᆡ통ᄉᆡ훼ᄒᆞ미 만흔지라 홀연 유병ᄒᆞ여 침면ᄒᆞ니 졔ᄌᆞ 졔뷔 불승황황ᄒᆞ고 삼네 일시의 모다 문병ᄒᆞᆫᄃᆡ 초공이 쏘ᄒᆞᆫ 기리 우려ᄒᆞ여 벽취루의 드러가 부인의 증셰를 문후ᄒᆞ니 부인이 금

78면

니를 믈니치고 니러 안줄ᄉᆡ 공이 쳥ᄒᆞ여 긔거치 말나 ᄒᆞ고 도라보니 일월의 ᄆᆞᆰ은 긔운이 감ᄒᆞ고 츄슈의 쳥결ᄒᆞ미 쇼삭ᄒᆞ여 병셰 십분 위약ᄒᆞᆫ지라 공이 쳑셕지심이나 이의 다다ᄅᆞᄂᆞᆫ 안ᄉᆡᆨ을 곳치고 나아 안ᄌᆞ 그 ᄆᆡᆨ을 보고 탄왈 부인이 비록 쳠약ᄒᆞ나 긔품이 ᄆᆞᆰ고 놉흐니 조흔 거시 어대 녹고 놉흔 봉이 우쥬를 만ᄂᆞ도 문흐지기를 더대ᄒᆞ므로 부인의 하슈를 밋더니 금일 병셰 여ᄎᆞᄒᆞ니 ᄌᆞ녀의 황황홈과 나의 심신이 산란ᄒᆞᆫ지라 부인은 안심조호ᄒᆞ고

79면

강인ᄒᆞ여 마셔 ᄌᆞ녀의 근심을 더ᄅᆞ쇼셔 양부인이 쇼공의 말ᄉᆞᆷ을 듯고 츄연 개용 ᄃᆡ왈 쳡의 나히 거의 팔십이오 복녹이 과분의라 ᄌᆞ숀이 층층ᄒᆞ고 만ᄉᆡ 무흠ᄒᆞ니 오늘날 쥭어도 한이 업술지라 쳡이 부모를 여희므로브터 셰샹ᄉᆡ 슬프믈 ᄊᆡ닷ᄉᆞ오나 오히려 구고의 안강ᄒᆞ시믈 우러와 ᄇᆡᆨ 년을 뫼올가 ᄒᆞ엿더니 호텬지통을 년당ᄒᆞ여 오히려 구연 시식ᄒᆞ여 여러 셰월을 지내더니 이졔 병이 쥭을지라 명공은 만ᄉᆞ를 예탁ᄒᆞ시니 엇지 쳡의 다ᄒᆞᆫ 명을

80면

모ᄅᆞ시리잇가 비박긔질이 구고의 가ᄎᆞᄒᆞ심과 명공의 지심을 힘입어 여러 ᄒᆡ 영복을

누리고 이졔 무ᄉᆞ히 도라가니 인ᄉᆡᆼ이 숀 지남 ᄀᆞᆺ고 쥭기는 도라감 ᄀᆞᆺᄐᆞ니 무어슬 한ᄒᆞ리오 ᄌᆞ녀를 보호ᄒᆞ시고 슉슉을 뫼셔 누리쇼셔 공이 쳑연 왈 ᄉᆞᄉᆡᆼ이 직텬이오 흥쇠 유명이라 ᄉᆡᆼ이 냥친을 여희고 오히려 ᄉᆞ라시니 일개 부인을 니ᄅᆞ리오마는 지긔지우는 다시 만ᄂᆞ기 어려온지라 복이 여년이 언마 오ᄅᆡ리오마는 미ᄉᆞ지젼의 어렵도쇼이다 부인 왈 초년 간익의 명공이

81면

슬피샤 오늘이 잇게 ᄒᆞ시니 엇지 부부지의ᄲᅮᆫ이리오 진실노 은혜 산히 ᄀᆞᆺᄐᆞᄃᆡ 명공의 ᄇᆡᆨ힝이 다시 규간ᄒᆞᆯ 거시 업슬 ᄲᅮᆫ 아니라 오직 한셔의 의복을 가음알 ᄯᆞ롬이니 ᄆᆡ양 고인을 붓그러 ᄒᆞ더니 이졔 쥭기를 님ᄒᆞ여 명공의 말숨이 이 갓ᄐᆞ시니 실노 감당치 못ᄒᆞᆯ지라 쳡이 무ᄉᆞᆫ 덕힝이 이셔 명공의 닉우라 ᄒᆞ시믈 감당ᄒᆞ리오 인ᄒᆞ여 평졔왕을 도라보와 왈 ᄉᆞ름이 족ᄒᆞᆫ 쥴을 모ᄅᆞ는 거시 탐욕이 무궁ᄒᆞᆫ지라 내 이졔 간익을 지내여 오 년 풍파의 여ᄉᆡᆼ

82면

이 도로혀 복녹을 누려 위치 국공부인이며 승샹지모요 승샹지조뫼라 삼대 태정지위와 네 ᄯᅩ 왕위를 모림ᄒᆞ고 외람이 금ᄌᆞ어필이 문졍의 빗츨 도으니 여뫼 젼긍ᄒᆞ여 복이 숀ᄒᆞ고 분의 과ᄒᆞ여 직앙이 이실가 ᄒᆞ더니 이졔 무ᄉᆞ히 셰샹을 안과ᄒᆞ고 팔십지 년이니 너희는 엄부를 뫼셔 효를 다ᄒᆞ고 무익지통을 과히 ᄒᆞ여 몸을 샹히오지 말나 졔왕이 모친을 집슈ᄒᆞ고 톄읍 ᄃᆡ왈 ᄌᆞ교를 봉승ᄒᆞ오리니 태태는 다른 념녀를 마ᄅᆞ시고 병후를 진졍ᄒᆞ쇼

83면

셔 부인이 졔부를 불너 졍니 등의 숀을 잡고 탄왈 나의 졔부는 녀즁셩인이라 허다ᄒᆞᆫ 셰월의 ᄒᆞᆫ 허물이 업ᄉᆞ니 무어슬 근심ᄒᆞ리오 허다 환란을 ᄌᆞ심이 격력ᄒᆞ고 만샹고힝을 격근 쟈는 현부 냥인이라 어ᄂᆞ 늘 화용방ᄌᆞ를 대ᄒᆞ리오 여러 아히를 거ᄂᆞ려 남은 셰월을 편히 지내고 각각 가부의 긔운을 도라보와 보호ᄒᆞ라 부인이 ᄯᅩ 삼 녀를 집슈 탄왈 네 어미 업ᄉᆞ나 오히려 윤부인이 잇고 너희는 각각 가부와 ᄌᆞ식이 이시니 몸을 도라보와 슬프믈 과

84면

히 말며 가지록 포덕슝검ᄒᆞ여 복을 기울지어다 쇼부인 등을 각각 면유ᄒᆞ고 공쥬와 승샹을 나아오라 ᄒᆞ여 왈 옥쥬ᄂᆞᆫ 녀즁셩인이오 아손은 인현군ᄌᆞ라 ᄇᆡᆨ힝이 졍슉ᄒᆞ니 우리 ᄉᆞ후 종ᄉᆡ 창셩ᄒᆞ며 봉샤대ᄀᆡᆨ은 노모의 슈고로이 니ᄅᆞ지 아닐 배라 황양의 길이 바야니 무ᄉᆞ히 쳔년을 안향ᄒᆞ라 공쥬와 승샹이 톄읍배샤ᄒᆞ여 졔ᄌᆞ손의 눈믈이 비오ᄃᆞᆺ ᄒᆞ더라 졍연최와 윤부인이 니ᄅᆞ러 집슈 타루ᄒᆞ여 오열비읍이오 진왕이 졔ᄌᆞ를 거ᄂᆞ려 문외의

85면

셔 문후ᄒᆞ니 부인이 손샤ᄒᆞ고 월명 등 졔질을 불너 보고 졍비의 손을 잡고 왈 동긔 우ᄋᆡᄂᆞᆫ 인인의 예ᄉᆡ라 슉슉과 가군 ᄀᆞᆺᄐᆞ니 이시며 금쟝 졔ᄉᆞ지간 현져와 쇼ᄆᆡ ᄀᆞᆺᄐᆞ니 이시리오 슈발이 ᄎᆡ 기지 못ᄒᆞ여셔 동긔의 의를 ᄆᆡᄌᆞᄆᆡ 의합슈젹ᄒᆞ여 셔로 그림ᄌᆡ 좃ᄃᆞᆺ ᄒᆞ다가 비샹 환난을 만나 오 년 풍샹이 피ᄎᆞ 다ᄅᆞ지 아니ᄒᆞ다가 겨유 텬일을 보ᄆᆡ 일실 거내의 구고를 밧드러 안항을 일우ᄆᆡ 골육 동긔의 너믄 졍이 이셔 슉ᄌᆞ인 풍이 쇼뎨의 박덕을 규졍ᄒᆞ여 뉵십

86면

여 년 환락이 ᄒᆞᆫ가지라 이졔 몬져 도라가ᄆᆡ 무ᄉᆞᆫ 말을 ᄒᆞ리오 다만 여러 ᄌᆞ식이 과훼ᄒᆞᆯ지라 현져의 놉흔 복은 오히려 남은 일월이 만히 이시니 아ᄒᆡ들을 개유ᄒᆞ여 보젼케 ᄒᆞ쇼셔 졍비 옥누를 드리워 ᄀᆞᆯ오대 하ᄂᆞᆯ이 현뎨를 내시ᄆᆡ 효우ᄒᆞᆫ 셩심과 요조슉ᄒᆡᆼ이 셰샹의 빵이 업ᄂᆞᆫ지라 슈복이 가ᄌᆞ니 오ᄂᆞᆯ 우연ᄒᆞᆫ 질병의 후ᄉᆞ를 니ᄅᆞ리오 부인이 탄왈 쳡이 슈를 극진이 누렷시니 죽음이 실노 무감ᄒᆞ여이다 윤부인을 도라보와 집슈 왈 부인곳 아니면

87면

쳡의 넉시 구원의 도라간 지 오ᄅᆡᆯ 거시오 부인곳 아니면 두 아ᄒᆡ ᄉᆞ라 금일이 잇지 아닐지라 죽으ᄆᆡ 다다라 엇지 부인의 덕을 니ᄌᆞ리오 왕부인이 몬져 도라가고 쳡이 이졔 부인을 속이니 슬프거니와 부인은 오히려 향년이 머러시니 졔아를 거ᄂᆞ리고 군ᄌᆞ를 밧드러 남은 영화를 누리쇼셔 일일이 유언을 맛ᄎᆞᄆᆡ 이ᄯᆡ 셤난 등이 문계 슉양

ᄒᆞ여 지휘ᄉᆞ 댱억슈의 춍희 되여 부귀호치를 극진히 누리고 문계 등이 호명치 아니ᄒᆞ더니 부인 병후를 보오

88면

려 니ᄅᆞ러시니 부인이 탄왈 나의 ᄉᆞᄅᆞᄂᆞ미 다 쇼희의 덕이라 너희ᄂᆞᆫ 나 쥭은 후ᄅᆞ도 대은을 잇지 말나 졔죄 톄루슈명ᄒᆞ고 셤난이 부인을 븟들고 오오비읍ᄒᆞ여 누싊 쳔항이러라 부인이 유언을 다ᄒᆞᆫ 후 초공을 향 왈 쳡이 임의 회포를 다ᄒᆞ엿고 쥭을 시각이 다다랏ᄂᆞᆫ 고로 졍신이 아득ᄒᆞ니 군ᄌᆞ를 뫼시지 못ᄒᆞᆯ지라 밧비 나가쇼셔 공이 집슈 탄왈 우리 여러 십 년을 샹경여빈ᄒᆞ여 후박ᄒᆞ미 업더니 이졔 쳔고영결의 엇지 밧비 ᄂᆞ가리오 ᄂᆡ 비록 션치

89면

못ᄒᆞ나 부인 신후의 다른 념녀 업고 아들이 다 현인군ᄌᆞ오 쇼직 셩ᄒᆞ니 부인은 마음을 편히 ᄒᆞ고 기리 명목ᄒᆞᆯ지어다 말노조ᄎᆞ 냥항뤼 여우ᄒᆞ니 경샹이 참담ᄒᆞ더라 조셩렬이 모친을 븟들고 다시 말슴을 뭇고져 ᄒᆞ다가 부인이 눈을 감고 엄연 별셰ᄒᆞ니 ᄌᆞ네 통흉운졀ᄒᆞ여 곡읍이 진동ᄒᆞ고 공이 신톄를 어ᄅᆞ만져 실셩통곡ᄒᆞᄆᆡ 누싊 오ᄉᆡ 져ᄌᆞ니 진왕 월명 등이 초혼 발샹ᄒᆞᆯᄉᆡ 향년이 칠십칠셰라 믄득 벽취루 경침의 셔긔 방광

90면

ᄒᆞ여 오치 샹운이 ᄋᆡᄋᆡᄒᆞ고 쳔향이 옹비ᄒᆞ니 희라 부인이 본대 고문명가의 싱장ᄒᆞ여 부모의 교훈이 명명ᄒᆞᆯ ᄲᅮᆫ 아니라 텬싱 품질이 셰쇽의 ᄲᅱ여나 빙옥 ᄀᆞᆺ탄 긔질이오 쳥슈 ᄀᆞᆺᄐᆞᆫ 마음이라 ᄉᆞᆺ다온 졀조ᄂᆞᆫ 규벽의 프른 빗출 ᄡᅴ엿고 셩효의 ᄲᅢ여남과 온슌ᄒᆞ믄 조아의 지ᄂᆞᆫ지라 나히 아칠이 못ᄒᆞ여 이현 ᄀᆞᆺᄐᆞᆫ 군ᄌᆞ를 빙ᄒᆞ여 비약온슌ᄒᆞ여 몸이 이 갓ᄐᆞ므로ᄡᅥ 공의게 일호도 ᄌᆞ득지 아니ᄒᆞ여 쳔년이 검쇼ᄒᆞ믄 토계삼등의 모ᄌᆞ를 보젼ᄒᆞ던 셩덕이 잇고

91면

할연쳥고ᄒᆞ여 군ᄌᆞ의 ᄯᅳᆺ이 잇ᄂᆞᆫ지라 결쳥ᄒᆞᆫ 힝ᄉᆡ 일월이 비쵬 ᄀᆞᆺᄐᆞ니 명쳘보신지계

와 공의 급훈 쯰를 당ᄒᆞ여 쇼쇼훈 붓그러오믈 도라보지 아니ᄒᆞ고 혈쇼롤 올녀 만됴 군졸 즁 셔리 ᄀᆞᄐᆞᆫ 열힝과 쟝훈 렬졀이며 빗논 문필이 텬심을 감동ᄒᆞ고 공을 구ᄒᆞ여 빗내 구가의 도라오미 부뷔 지봉ᄒᆞ며 금ᄌᆞ 어필은 뎡렬을 놉히고 향명은 만셩을 둘네니 부인의 셩힝이 보ᄃᆞᄅᆞ와 옥란 ᄀᆞᆺ고 외뫼 염염ᄒᆞ여 일만 가지 고은 빗치 무ᄅᆞ녹아 오히

92면

려 견고ᄒᆞ미 금옥의 단련훈 광휘롤 가져시며 텬디의 너른 냥과 단엄례즁ᄒᆞ고 효봉구고의 봉영지복이 노쇠ᄒᆞ도록 태만치 아니ᄒᆞ여 군ᄌᆞ롤 승슌ᄒᆞ며 돈목형뎨ᄒᆞ여 날이 ᄆᆞᆺ도록 이시나 이현 ᄀᆞᄐᆞᆫ 군ᄌᆞ의 눈의 훈 가지 허물을 잡지 못ᄒᆞ니 고로 간비의 흉모와 냥셰의 ᄉᆞ오나오미 ᄆᆞᆺ춤내 조공을 쇽이지 못ᄒᆞ니 훈ᄀᆞᆺ 공의 춍명이 긔특홀 ᄲᅮᆫ 아니라 부인의 싱셩쟉인의 비로ᄉᆞ미라 희라 녀ᄌᆞ의 쇼임이 본대 협쳔ᄒᆞ여 훈일이 남의셔 나아도 반ᄃᆞ시 ᄌᆞ즁

93면

ᄒᆞ고 교우ᄒᆞᄂᆞᆫ ᄯᅳᆺ이 잇거놀 양부인은 승샹의 부인으로 국궁의 원위롤 안거ᄒᆞ여 쳔인이 흠앙ᄒᆞ고 만인 불워홀 빅로대 부인이 일양 공검ᄒᆞ여 ᄌᆞ존ᄒᆞ미 업고 안싀의 온유ᄒᆞ미 동일지익오 내심의 쳥졍ᄒᆞ믄 츄슈롤 더러이 너기니 비쳔쟈롤 어엿비 너기고 양훈 이롤 두호ᄒᆞ며 젹인을 화우ᄒᆞ미 관져지풍을 ᄯᆞᄅᆞ고 ᄌᆞ부롤 거ᄂᆞ리매 공졍ᄒᆞ고 인ᄌᆞᄒᆞ여 션심슉덕이 흔ᄉᆞ의 덥혓시니 일즉 호령이 즁문 밧글 나지 아니코 졍뎡훈 ᄉᆞ덕이

94면

당금의 녀ᄉᆞ라 즁궤롤 잡으미 통비치가의 츈풍이 화란ᄒᆞ여 하천 삼 쳑 동의도 발연변싀ᄒᆞ여 ᄡᅮᄌᆞᄌᆞ미 업ᄉᆞ대 자연훈 위의와 덕이 ᄉᆞ다온이 녀로남복이 머리롤 두다려 부인의 대덕을 칭숑ᄒᆞ미 물이 동류홈ᄀᆞᆺ치 인심이 진복ᄒᆞ고 쥭어 갑흘 졍셩이 잇ᄂᆞᆫ지라 초공이 긔특훈 위인이나 일마다 탄복ᄒᆞ여 귀의 듯ᄂᆞᆫ 일을 싀로이 칭찬ᄒᆞ고 부부지심이 샹득ᄒᆞ여 동쥬 뉵십여 년의 부인이 공의 노싀과 고셩ᄒᆞ믈 듯지 못ᄒᆞ고 공이 부인의 변싀 징

95면

변ᄒᆞᄂᆞᆫ 말솜을 듯지 못ᄒᆞ여 샹경여빈ᄒᆞ고 부화쳐슌ᄒᆞ여 관져지락이 흡연ᄒᆞ니 ᄌᆞ녀를 두고 각하의 숀증이 션션토록 져 부부의 셜만ᄒᆞᆫ 거동이 업ᄉᆞ니 엇지 뎡렬이 녀즁셩인이 아니리오 임의 향년이 유여ᄒᆞ고 오복이 구비ᄒᆞ대 오히려 부인의 무한ᄒᆞᆫ 지인지덕으로 난 ᄌᆞ녀의 쉬 낫브며 일즉 팔십을 다 못 누리니 흠ᄉᆡ로다 이ᄶᅴ 졔왕 등 칠인이 호텬호곡ᄒᆞ여 혈뉘 쇼진ᄒᆞ고 삼 셰모 다 치샹홀ᄉᆡ 진왕이 탄왈 현데 나히 팔십이 다

96면

ᄒᆞ엿고 슈쉬 향년이 부족지 아니시니 비록 그 셩덕을 ᄉᆡᆼ각ᄒᆞ면 슬프나 ᄯᅩᄒᆞᆫ 하늘이라 이ᄀᆞᆺ치 슬허ᄒᆞ미 너모 과도치 아니리오 초공이 우롬을 긋치고 가연 대왈 쇼뎨 비록 인약ᄒᆞ나 팔 쳑 쟝뷔라 힝년 팔십의 비환을 경녁ᄒᆞ여 호텬지통을 만ᄂᆞ대 오히려 쥭지 못ᄒᆞ고 지금의 ᄉᆞ라시니 엇지 일개 부인을 위ᄒᆞ여 노력을 허비ᄒᆞ오리잇고마ᄂᆞᆫ 져의 힝ᄉᆡ 다시 잇지 못홀 위인이오 져의 덕이 다시 어더 보지 못홀지라 ᄒᆞᆫᄀᆞᆺ 부부의 ᄉᆞ졍이 아니라 다시 지긔의 사롬이

97면

업ᄉᆞ믈 ᄉᆡᆼ각ᄒᆞ니 ᄌᆞ연 비샹ᄒᆞ나 그 슈복이 족ᄒᆞ니 쇼뎨 엇지 과도히 비쳑ᄒᆞ리잇가 이의 졔왕의 숀을 잡고 탄왈 여뷔 일일지닋의 호텬지통을 년ᄒᆞ여 만ᄂᆞ대 오히려 너희ᄂᆞᆫ 내 ᄉᆞᄅᆞᆺ고 당의 ᄌᆞ뫼 이셔 위회홀 배 만흔지라 부인이 날을 두고 몬져 도라가니 내 지긔를 일코 슬허홀지언졍 부인긔ᄂᆞᆫ 여감이 업ᄂᆞᆫ지라 너희 과훼ᄒᆞ여 내 마음을 난치 아니미 ᄉᆞᄅᆞᆺᄂᆞᆫ 아비와 범ᄉᆞ의 다 회니라 졔왕이 쳬읍ᄒᆞ여 능히 말솜을 일우지 못ᄒᆞ고 야야 보시ᄂᆞᆫ 대ᄂᆞᆫ 과

98면

도ᄒᆞᆫ 거조를 아니ᄒᆞ대 심내 촌졀ᄒᆞ며 흉금이 젼ᄉᆡᆨᄒᆞ여 곡읍을 일우지 못ᄒᆞ고 혈뉘 최마의 져ᄌᆞ니 견재 감창치 아니리 업고 왕의 형뎨 ᄯᅩᄒᆞᆫ 나히 만흔지라 초공이 ᄯᅩᄒᆞᆫ 념녀ᄒᆞ여 단연이 비ᄉᆡᆨ을 곰초고 졔ᄌᆞ의 쥭음을 친히 권ᄒᆞ며 ᄉᆞ리로 졀칙ᄒᆞ고 개유ᄒᆞ니 칠 ᄌᆞ 한 업ᄉᆞᆫ 지통이 이시나 강잉ᄒᆞ여 부명을 좃ᄎᆞ고 여일이 무다ᄒᆞ시믈 슬허 ᄒᆞᆫ

일도 위월ᄒᆞ미 업고 허다 자숀이 치상홀식 법되 정숙ᄒᆞ고 ᄆᆡ시 삼엄ᄒᆞ여 다 초공의 명대로 ᄒᆞ며 문

99면

계 등의 뜻대로 ᄒᆞ니 샹례의 정숙홈과 초샹의 쟝ᄒᆞ미 희한ᄒᆞ더라 정비와 윤부인이 더옥 슬허ᄒᆞ며 ᄌᆞ부 녀ᄋᆞ의 종텬지통이 비홀 대 업순지라 쇼승샹 부인 ᄌᆞ염이 모친을 여히므로 쥬야호곡ᄒᆞ고 진미를 갓가이 아니ᄒᆞ니 긔력이 위위ᄒᆞᆫ지라 초공이 친히 드러와 칙ᄒᆞ고 위회ᄒᆞ여 왈 녀ᄋᆞᄂᆞᆫ 규즁의 통달ᄒᆞᆫ 식견이러니 네 엇지 금일의 다다라 이ᄀᆞᆺ치 조바야오뇨 네 모친이 비록 유한을 품고 조요ᄒᆞ여시나 내 이신 후ᄂᆞᆫ 너히 살기를 구ᄒᆞ고 쥭지 아니려든 ᄒᆞ

100면

믈며 항슈다복ᄒᆞ미 부인 ᄀᆞᆺᄐᆞ니 업거ᄂᆞᆯ 엇지 이러틋 과훼ᄒᆞ여 노부를 도라보지 아닌ᄂᆞ뇨 부인이 톄읍 대왈 ᄉᆞ정이 망극ᄒᆞ오나 엇지 야야긔 불효를 씨치고 모친 유교를 져바리잇고 공이 탄식 왈 인싱 오십이 불칭외라 오아ᄂᆞᆫ 과샹ᄒᆞ여 훼불멸셩의 경계를 범치 말나 ᄒᆞ고 이의 모든 부녀를 불너 면젼의셔 쥭을 권ᄒᆞᄆᆡ 그 인ᄌᆞᄒᆞ고 너른 덕홰 부인과 의연ᄒᆞ니 ᄌᆞ네 더옥 슬허ᄒᆞ더라 임의 초샹을 뭇고 셩복을 지내매 이ᄯᅵ 셜강이 문계를 ᄯᆞ라 벽

101면

운산의 왓더니 초상시의 문계를 보호ᄒᆞ여 쥭을 권ᄒᆞ며 몸을 권ᄒᆞ미 동긔 ᄀᆞᆺᄐᆞᆫ지라 명천 등이 ᄆᆡ양 유감ᄒᆞ미 플니지 아니ᄒᆞ더니 이ᄯᅴ의 다다ᄅᆞᄂᆞᆫ 감격ᄒᆞ고 다힝ᄒᆞ여 ᄒᆞ니 문계의 어질미 셜강 ᄀᆞᆺᄐᆞᆫ 쇼인도 감화ᄒᆞ여 어질미 이의 니ᄅᆞ게 ᄒᆞ니 실노 긔특ᄒᆞᆫ지라 셩복을 맛ᄎᆞᄆᆡ 범구의 정졔홈과 ᄌᆞ숀의 번셩ᄒᆞ미 아니 ᄀᆞ자미 업ᄉᆞ니 일셰인이 양부인 복녹을 막불칭지러라 임의 령위를 벽취루의 뫼시고 정시 등이 됴셕 졔젼을 밧드니 잇

102면

ᄯᅴ 경부인이 ᄯᅩᄒᆞᆫ 나히 만코 ᄋᆡ려지즁의 범ᄉᆞ를 찰이미 젼일치 아닌지라 공쥐 대쇼

ᄉᆞ를 총찰ᄒᆞ여 구고 존당을 밧들며 졔ᄉᆞ를 쇼임ᄒᆞ여 ᄉᆞᄉᆞ의 긔특ᄒᆞ니 초공의 가되 더옥 늡흉ᄒᆞ니 한시 진왕의 가ᄉᆞ를 맛고 공쥐 초공의 부닋ᄉᆞ를 찰임ᄒᆞ믹 냥부 규문의 인덕이 ᄉᆡ로와 슬픈 즁이나 부즁이 고요ᄒᆞ고 일개 화목ᄒᆞ여 층층ᄒᆞᆫ ᄌᆞ숀을 셔로 ᄉᆞ랑ᄒᆞ고 의식을 일톄로 ᄒᆞ고 진가의 목족과 댱가의 구셰를 불워 아닐네라 졔왕이 망극지즁이나 졔

103면

뎨로 더브러 부친을 효봉ᄒᆞ고 ᄌᆞ질을 션케 ᄒᆞ며 집샹거려를 례로 ᄒᆞ여 ᄉᆞᄉᆞ의 셩인의 유풍이라 엄친을 위ᄒᆞ믹 과도ᄒᆞᆫ 거조를 존졀ᄒᆞ고 대의를 직희니 쵸공이 아름다이 너기고 깃거ᄒᆞ나 양부인을 샹ᄒᆞ므로 더욱 셰렴이 업고 윤부인이 양부인 여흰 후 폐식샹도ᄒᆞ니 녀뷔 우황ᄒᆞ고 졔왕 형뎨 드러가 울며 히위ᄒᆞ더라 셤난이 부인을 샹ᄒᆞ믹 ᄌᆞ녀를 대ᄒᆞ여 가ᄉᆞ를 쳐치ᄒᆞ고 운산의 니ᄅᆞ러 부인 녕젼의 쥬야호곡ᄒᆞ기를 슈슌의 니ᄅᆞ니 졔왕이

104면

친히 개유ᄒᆞᄃᆡ 듯지 아냐 ᄀᆞᆯ오대 쳔인이 임의 산 나히 족ᄒᆞ고 부인과 뎐하 은퇵으로 몸이 영귀ᄒᆞ고 ᄌᆞ네 죡ᄒᆞ니 구원의 부인을 뫼시미 쳔인의 원이라 ᄒᆞ고 맛ᄎᆞᆷ내 명이 진ᄒᆞ니 졔왕이 비챵ᄒᆞ여 치샹을 극진히 ᄎᆞᆯ혀 쥬고 그 유언을 좃ᄎᆞ 부인 묘하의 쟝ᄒᆞ려 ᄒᆞ더라 셰월이 살 ᄀᆞᆺᄐᆞ여 부인 쟝ᄉᆞ를 지내니 초공이 더옥 슬허ᄒᆞ고 ᄌᆞ녀부의 호텬지통이 비ᄒᆞᆯ 곳이 업더라 월명 등이 극진 위로ᄒᆞ고 합가의 비풍이 가득ᄒᆞ더라 양부인 삼 년을 죵ᄒᆞ믹 졔왕 등

105면

의 가지록 슬우미 더ᄒᆞ고 초공이 심회 비쳑ᄒᆞ더니 진 초 이공의 탄일이 림ᄒᆞ믹 졔죄 대연을 배셜ᄒᆞ고 슈헌ᄒᆞᆯᄉᆡ 졔ᄌᆞ의 셩회 무한ᄒᆞ나 냥공이 부모를 여히므로브터 일즉 풍뉴를 듯지 아니며 연셕을 금ᄒᆞᄂᆞᆫ 고로 임의로 못ᄒᆞ더니 이늘은 초공이 졔ᄌᆞ를 도라보와 왈 오늘은 형쟝을 뫼셔 즐기믈 다ᄒᆞ고져 ᄒᆞ니 졔ᄌᆞ숀이 다 모드라 졔왕이 깃부믈 니긔지 못ᄒᆞ나 일변 의심ᄒᆞ여 념녀 만터라 ᄎᆞ청하회ᄒᆞ라

조시삼대록 권지ᄉᆞ십 종

1면

화셜 초공이 졔ᄌᆞᄅᆞᆯ 도라보와 왈 오늘은 형쟝을 뫼셔 즐기믈 다ᄒᆞ고져 ᄒᆞ니 졔ᄌᆞ숀이 다 모드라 졔왕이 깃브믈 이긔지 못ᄒᆞ나 일변 의심ᄒᆞ여 념녀 만터라 이 날 졔ᄌᆞ숀이 만당ᄒᆞ고 냥공이 쥬벽의 좌ᄒᆞ여 잔을 날니며 졔ᄀᆡᆨ이 가ᄃᆞᆨ이 모다 만복을 칭하ᄒᆞ니 초공이 이 날은 희ᄒᆡ와 언쇠 ᄌᆞ약ᄒᆞ여 잔을 밧으며 ᄌᆞ숀을 두굿겨 슉목ᄒᆞᆫ 긔샹이 달낫ᄂᆞᆫ지라 졔인이 그 나히 쇠ᄒᆞᆫ 고로 그런

2면

가 ᄒᆞ더라 졔왕이 풍뉴ᄅᆞᆯ 시기고 스ᄉᆞ로 금현을 드러 곡됴ᄅᆞᆯ 화ᄒᆞ고 노ᄅᆡᄅᆞᆯ 창ᄒᆞ여 부슉의 우으시믈 도으니 나히 칠십이 거의로대 풍화ᄒᆞᆫ 긔샹과 쇄락ᄒᆞᆫ 면뫼 감ᄒᆞ미 업ᄂᆞᆫ지라 텬일지표와 룡봉지ᄌᆡ 슈연이 셰샹의 쒸여나니 졔ᄀᆡᆨ이 초공긔 하례ᄒᆞ여 원복을 치하ᄒᆞ고 졔왕이 금가ᄅᆞᆯ 농ᄒᆞ매 초공이 승샹을 대ᄒᆞ여 왈 여뷔 금현을 농ᄒᆞ니 너의 형뎨 츔츄어 날을 뵈라 승샹 곤계 즉시 니러 배샤ᄒᆞ고 한가지로 대무ᄒᆞ매 편편ᄒᆞᆫ

3면

풍신과 거죄 완젼ᄒᆞ니 진실노 부조의 미급ᄒᆞ미 업ᄉᆞᆫ지라 만좌 훌훌경찬ᄒᆞ고 초공이 두굿겨오믈 씌여시니 졔ᄌᆡ 부친의 낙낙ᄒᆞ시믈 보고 흔열ᄒᆞ믈 이긔지 못ᄒᆞ대 졔왕과 긔주휘 본대 신긔 총명이 타류의 지ᄂᆞᆫ 고로 아야의 거지 젼과 다ᄅᆞ믈 의혹ᄒᆞ여 비쳑ᄒᆞᆫ 심ᄉᆡ 무궁ᄒᆞ여 가쇼지ᄉᆞ와 아희ᄅᆞᆯ 다ᄒᆞ여 즐기시믈 도으니 ᄌᆞ숀이 년ᄒᆞ여 셔로 니어 츔츄고 금가ᄅᆞᆯ 희롱ᄒᆞ여 너른 청ᄉᆞ의 무슈ᄒᆞᆫ 가곡이 죵일토록 니엇고 오현 팔

4면

음이 곡죄 가양ᄒᆞ고 음률이 맛가ᄌᆞ니 초공이 스ᄉᆞ로 일배ᄅᆞᆯ 잡아 진왕긔 드리고 ᄀᆞᆯ오대 우리 형뎨 셰샹의 한날 나 금년이 팔십이라 인간 락ᄉᆡ 미진ᄒᆞ미 업ᄉᆞ니 금일 잔을 보건ᄃᆡ 헌ᄒᆞᆯ 곳이 업ᄉᆞᆫ지라 감회ᄒᆞᆫ 졍을 이긔지 못ᄒᆞ오니 일배ᄅᆞᆯ 형쟝긔 드려 슬픈 심회ᄅᆞᆯ 진뎡ᄒᆞ샤이다 왕이 잔을 바다 음ᄒᆞ고 츄연 희허 왈 인ᄉᆡᆼ 일ᄉᆞᄂᆞᆫ ᄌᆞ고샹ᄉᆡ

라 감회흔들 밋츠랴 졔인이 우리 형뎨로 복인이라 ᄒ리니 훤쵸의 빅 셰를 누리지 못ᄒ미 한

5면

되니 쏘흔 텬이오 명애라 아등 형뎨 셔로 우공ᄒ여 슈다 ᄌ숀의 영효를 밧고 당금루의 부귀를 누리니 인간 낙시 이밧긔 업ᄂ지라 무익히 슬허ᄒ여 므솜ᄒ리오 금일 현뎨 한 잔 슐이 귀ᄒ믈 이긔지 못ᄒᄂ니 원컨대 현뎨ᄂ 관심쾌락ᄒ라 우리 여싱이 언마 힝낙이리오 초공이 배샤하고 평진휘 좌샹의 참녜를 ᄒ엿더니 셔로 잔을 날니며 글을 지어 즐길식 초공이 치필을 드러 칠언졀구 십여 슈를 일우니 필하의 풍운이 쉬지ᄒ고 창룡이 비

6면

무ᄒ나 시ᄉ의 쳑쳑ᄒ미 머므러 몬져 형을 져바리믈 은은이 칭ᄒ여시니 졔죄 비식이 만안ᄒ고 평진휘 경아ᄒ여 안식을 변ᄒ더라 죵일토록 쥬배시ᄉ로 창화ᄒ여 극낙진환ᄒ매 졔긱이 각산홀식 초공이 평진후를 집슈 탄왈 일노조ᄎ 니별ᄒᄂ니 기리 무양ᄒ라 형이 쏘흔 언마ᄒ여 쳔양의 모드리오 평진휘 쳐연타루 왈 ᄉ원 형의 뜻이 여ᄎ 비졀ᄒ니 오심이 감회ᄒ믈 춤지 못ᄒ리로다 초공 왈 인싱 일ᄉᄂ 텬도의 덧덧ᄒ고 사룸의 면

7면

치 못홀니라 금일 즐기고 파ᄒ미 여한이 업순지라 형이 오릭지 아니리니 구텬 타일의 셔로 지긔지졍을 일우리니 만일 ᄉ재 아룸이 이실진대 쇼뎨 엇지 오릭 형을 좃지 아니리오 평진휘 크게 의심ᄒ나 그 긔식이 타연ᄒ여 병이 업ᄉ므로 급히 념녀치 아니ᄒ더라 공이 의관을 졍히 ᄒ고 셔헌의 도라오미 필연을 나와 유표를 뻐 노코 북궐을 향ᄒ여 ᄉ배ᄒ고 봉안의 슈항 감루를 금치 못ᄒ니 그 뜻은 쥬샹을 뵈옵지 못ᄒ미라 다시 흔 장 유셔를

8면

뻐 졔왕을 쥬고 진왕을 쳥ᄒ여 고 왈 쇼뎨를 하늘이 임의 ᄎᄌ시니 그 인력으로 못홀

배라 원컨대 과도히 슬허 말으시고 여러 ᄌᆞ질을 거ᄂᆞ리샤 쳔금지구를 보즁ᄒᆞ쇼셔 불초뎨 일노조ᄎᆞ 다시 뫼시지 못ᄒᆞᆯ지라 쳥컨대 형쟝은 만슈무강ᄒᆞ쇼셔 가ᄉᆞ와 봉샤의 범ᄇᆡᆨ규례ᄂᆞᆫ 타일 형쟝이 쳐치ᄒᆞ시고 졔아의 목족ᄒᆞ기를 권쟝ᄒᆞ쇼셔 왕이 쳥미파의 흉금이 견요ᄒᆞ고 오내 여할ᄒᆞ니 오직 그 숀을 어ᄅᆞ만져 대곡 왈 하늘이 만일 현뎨를 ᄎᆞᄌᆞ실

9면

진ᄃᆡ 날을 함긔 ᄎᆞᄌᆞ미 올커ᄂᆞᆯ 져 노텬이 ᄎᆞᆷ아 이를 ᄒᆞ시ᄂᆞ뇨 아이 긔운이 숑ᄇᆡᆨ ᄀᆞᆺ고 안ᄉᆡᆨ이 ᄇᆡᆨ셜 갓ᄐᆞ여 쇠로ᄒᆞᆫ 거동이 업거ᄂᆞᆯ 금야의 후ᄉᆞ를 니ᄅᆞ고 우형을 져바리려 ᄒᆞ니 아의 지극ᄒᆞᆫ 셩우로 ᄎᆞᆷ아 이 말을 ᄒᆞᄂᆞ뇨 초공이 왕의 과샹ᄒᆞ믈 보고 안ᄉᆡᆨ을 곳쳐 위로 왈 쇼뎨 나히 팔십이오 누린바 복녹이 과의라 엇지 하늘을 원하리잇가 ᄉᆞ오년 념냥이 홀홀ᄒᆞ니 엇지 형뎨 쳔양 하의 모드미 언마 오ᄅᆡ리잇가 이러틋 과샹ᄒᆞ시ᄆᆡ 도라가ᄂᆞᆫ 마음이 어ᄌᆞ

10면

러올 ᄯᅡ름이라 쇼뎨 엇지 형쟝을 져바리고져 ᄒᆞ리잇가마ᄂᆞᆫ 텬명을 도망치 못ᄒᆞ미라 ᄌᆡ삼 관위ᄒᆞ고 칠 ᄌᆞ를 불너 왈 형쟝을 날노ᄡᅧ 알나 우리 형뎨 면모 셩음이 셔로 흡ᄉᆞᄒᆞ니 엇지 부슉을 분변ᄒᆞ리오 다만 내 텬안을 다시 뫼옵지 못ᄒᆞ니 한이나 나의 급ᄒᆞ믈 드ᄅᆞ시면 어개 친림ᄒᆞ실 거죄 이실 거시오 노신을 인ᄒᆞ여 룡톄를 슈고롭게 못ᄒᆞᆯ 거오 내 이졔 너희를 위ᄒᆞ여 ᄉᆞ졍을 ᄎᆞᆷ지 못ᄒᆞ여 말을 깃치ᄂᆞ니 벽운산이 오ᄅᆡ 이실 곳이 아니

11면

라 텬태산 산쉬 명려ᄒᆞ고 도뢰 머러 가히 셰샹을 폐ᄒᆞᆯ지라 가히 치ᄉᆞᄒᆞ고 가권을 ᄇᆡ의 시러 샹류로 ᄒᆡᆼᄒᆞ여 텬태산의 가 시졀을 피ᄒᆞ여 만ᄒᆞᆫ ᄌᆞ숀을 보젼ᄒᆞ고 셩은을 맛ᄎᆞᆷᄂᆡ 져바리지 말고 나아가 ᄒᆞᆫ가지로 다시 숑됴를 즁흥케 ᄒᆞ라 여 등이 나히 만코 각각 현심의 긔군ᄌᆞ의 뜻이 이시니 다시 니를 말이 업ᄉᆞ나 졔쇼ᄇᆡᄂᆞᆫ ᄯᅡᄅᆞ기 어려오니 다 겸퇴ᄒᆞ고 ᄋᆡ인관후ᄒᆞ여 덕을 일우고 인을 ᄒᆡᆼ하라 고인이 황금을 ᄡᅡ하 ᄌᆞ숀을 쥬지 말고 젹

12면

션ᄒᆞ여 ᄌᆞ숀의 은공을 끼치라 ᄒᆞ니 너희ᄂᆞᆫ 내 말을 잇지 말고 젹션ᄒᆞ여 ᄌᆞ숀을 계칙ᄒᆞ고 여러 ᄌᆞ숀 즁 ᄉᆞᄉᆞ 지물을 두고 부조의 명훈을 불청자여든 가히 내 샤당의 셰워 ᄌᆞ숀 슈의 두지 못ᄒᆞ게 ᄒᆞ라 스ᄉᆞ로 그 명뎡을 보ᄂᆞᆫ ᄃᆡ 쓰이ᄃᆡ 여러 쟉위를 다 들고 오직 초국공지령이라 ᄒᆞ여 골오ᄃᆡ 내 비록 고관대쟉을 지내나 림ᄉᆞ지졔 젼홀 거시 업고 내 ᄯᅳᆺ이 셰샹 문달을 구치 아니ᄒᆞᄃᆡ 봉친지시의 룡방의 오른 후ᄂᆞᆫ 셩은을 감격ᄒᆞ여 쎨치 못ᄒᆞ여시

13면

니 힝젹이 본대 ᄉᆞ긔의 오ᄅᆞᆷ을 원치 아니ᄒᆞ여 아 등의 ᄉᆞ젹이 ᄯᅩ 숑 ᄉᆞ긔의 잇지 아니리라 후셰 시비의 다다ᄅᆞᄂᆞᆫ 내 입을 봉ᄒᆞ고 참녜치 아냐시니 임의 본 ᄯᅳᆺ이라 너희 가히 져ᄇᆞ리지 말나 졔왕 곤계 유교를 드ᄅᆞᄆᆡ 누싊 압흘 가리오고 심쟝이 ᄲᅧ흔ᄂᆞᆫ ᄃᆞᆺ ᄒᆞᆫ지라 각각 ᄂᆞᆺ출 두로혀 흐ᄅᆞᄂᆞᆫ 안슈를 겨유 가리오고 ᄌᆡᄇᆡ 돈슈 왈 쇼ᄌᆞ 등이 비불초박덕이나 엄교를 간폐의 삭여 봉힝ᄒᆞ오리니 원컨대 다시 후ᄉᆞ를 니ᄅᆞ지 말으쇼셔 아희 등이 졍

14면

ᄉᆡᆨ 황황ᄒᆞ니이다 공이 기리 탄왈 너희 오히려 아지 못ᄒᆞᄂᆞᆫ도다 내 비록 병드지 아냐시나 댱셩이 임의 ᄡᅥ러지게 된 후 무어ᄉᆞᆯ 미드리오 월명 등을 각각 면유 왈 긔현은 평ᄉᆡᆼ 나의 쇼즁ᄒᆞ던 ᄇᆡ라 내 이졔 도라가ᄆᆡ 더옥 닛지 못ᄒᆞ거니와 너희 다 년노ᄒᆞ니 그 언마 니별이리오 졔질이 누싊 비 오ᄃᆞᆺ 슬허ᄒᆞ더라 공이 식부와 녀ᄋᆞ를 다 각각 보즁ᄒᆞᆷ을 니ᄅᆞ고 공쥬를 각별 무휼ᄒᆞ고 윤부인이 ᄂᆞ오ᄆᆡ 공이 흔연이 좌를 밀고 왈 부뷔 ᄒᆞᆫ날

15면

도라가ᄂᆞᆫ 거시 졍당ᄒᆞᆫ 일이로ᄃᆡ 인녁으로 못ᄒᆞᄂᆞᆫ지라 부인은 오히려 여년이 젹지 아닌지라 졔ᄋᆞ를 거ᄂᆞ려 기리 쳔년을 안향ᄒᆞ고 구쳔지하의 모들지라 무익지비를 과히 말나 부인이 쳬읍힝뉴ᄒᆞ여 말을 일우지 못ᄒᆞ더라 공의 문ᄉᆡᆼ이 드러와 보기를 쳥ᄒᆞᄂᆞᆫ지라 공이 ᄌᆞ부 녀ᄋᆞ를 드러가라 ᄒᆞ고 불너 보고 탄왈 너희 엇지 알고 심야의 니ᄅᆞᆫ다

졔싱이 대왈 졔ᄌᆞ 등이 파연 후 ᄀᆡᆨ실의 도라가지 아녓더니이다 초공이 좌우로 안ᄌᆞ 라 ᄒᆞ고 니

16면

ᄅᆞᄃᆡ 내 셩현의 덕을 효측지 못ᄒᆞ고 ᄌᆡ죄 쇼루ᄒᆞ거늘 너희 졍셩이 친ᄌᆞ 갓타니 내 또 ᄒᆞᆫ 졔ᄋᆞ와 달니 ᄒᆞ미 업더니 이졔 내 명이 진ᄒᆞ니 현마 엇지ᄒᆞ리오 각각 츙효례졀을 잡아 ᄌᆞ숀을 계칙ᄒᆞ고 너희 다 쇠모ᄒᆞ여시니 구쳔 타일의 녯 졍을 니ᄌᆞ미 오ᄅᆡ지 아니리니 그 아름이 이실진ᄃᆡ 셔로 져바리지 아니리라 문싱이 모다 졀ᄒᆞ고 명을 바드ᄆᆡ 비뤄 쳔항이라 공이 위로 왈 식니군ᄌᆡ 엇지 ᄉᆞ싱유명을 아지 못ᄒᆞ고 슬허ᄒᆞ리오 공이 승샹의

17면

숀을 잡고 왈 내 너다려 니ᄅᆞᆯ 말이 이시나 다 못ᄒᆞᄂᆞ니 명윤과 샹의ᄒᆞ여 나의 뜻을 져바리지 말나 냥인이 ᄌᆡ빅ᄒᆞ여 유교ᄅᆞᆯ 드ᄅᆞᄆᆡ 누싊 여우ᄒᆞ더라 공이 진왕을 대ᄒᆞ여 몸을 니러 졀ᄒᆞ여 왈 금일 니별이 쳔양 하로 모들지라 기리 쳔년을 안향ᄒᆞ시고 불초 뎨의 션귀ᄒᆞ믈 샤ᄒᆞ쇼셔 진왕이 븟들고 울ᄆᆡ 긔운이 억식홀 듯ᄒᆞ니 공이 안셔히 위안ᄒᆞ고 졔질을 도라보와 왈 형쟝을 뫼셔 이 곳을 ᄯᅥᄂᆞ시게 ᄒᆞ라 졔죄 왕을 븟드러

18면

내려 ᄒᆞ대 왕이 듯지 아니ᄒᆞ고 냥항 뉘 하슈 ᄀᆞᆺᄐᆞ니 공이 기리 탄식ᄒᆞ고 졔왕을 숀으로ᄡᅥ 불너 샹탑을 졍히 ᄒᆞ고 벼개의 언와ᄒᆞ여 졔ᄌᆞᄅᆞᆯ ᄃᆡᄒᆞ여 왈 내 긔운이 아득ᄒᆞ여 진졍코져 ᄒᆞ니 너희 요란이 비읍지 말나 졔왕 등이 슬프믈 참고 좌우로 뫼셧고 진왕이 갓치 누어 숀을 노치 아니ᄒᆞ더니 ᄉᆞ경 초의 븕은 긔운이 병침으로조ᄎᆞ 하늘가지 뻣쳐 공즁의 풍악셩이 은은ᄒᆞᄆᆡ 졔인이 막불경악ᄒᆞ더니 시의 공이 졸ᄒᆞ니 향년이 팔십이라 모든 문

19면

싱이 난간의셔 앙텬비읍ᄒᆞ더니 말만 ᄒᆞᆫ 별이 광치 황황ᄒᆞ여 남역히 ᄯᅥ러지니 졔왕이 가숨을 두다려 실셩운졀ᄒᆞ니 야식이 참담ᄒᆞ며 비풍이 니ᄂᆞᆫ지라 진왕이 일셩쟝통의

초공의 낫출 대히고 긔운이 엄식ᄒᆞ여 인ᄉᆞ를 모ᄅᆞ니 졔지 황황이 븟드러 인ᄉᆞ를 출히ᄆᆡ 초혼 발상ᄒᆞ여 일곱 샹인과 ᄉᆞ십 개 복인이오 집상문싱이 뉵십여 인이오 녀셔 증숀 외숀 아오로 대공싀마의 니ᄅᆞ히 ᄇᆡᆨ여 인이라 그 쟝ᄒᆞ고 거록ᄒᆞ미 쳔고의 희한

20면

ᄒᆞ더라 칠 ᄌᆡ 임오지년의 년ᄒᆞ여 초토의 샹ᄒᆞ엿는지라 ᄒᆞᆫ 번 곡읍의 두 번 엄홀ᄒᆞ니 견재 촘아 보지 못ᄒᆞ고 샹하 쳔여 인 인심이 다 ᄒᆞᆫ가지로 부모를 일흠 갓ᄐᆞ여 곡셩이 하늘을 흔드니 희희라 어느 ᄶᅴ 현인군ᄌᆡ 업ᄉᆞ리마는 공의 대셩인의 풍치와 도덕이 비우홀 재 업ᄉᆞ니 공의 츙회 쳔고를 기우려 ᄒᆞᆫ 사ᄅᆞᆷ이오 셩우 ᄇᆡᆨ힝이 일셰 무빵ᄒᆞ니 ᄌᆞᄋᆞ시로 지우팔십 년 힝젹이 청텬ᄇᆡᆨ일 ᄀᆞᆺᄐᆞ여 ᄇᆡᆨ옥이 ᄐᆡ 업ᄉᆞ며 황금이 단련ᄒᆞ여 인군긔 츙

21면

셩ᄒᆞ며 부모를 효양ᄒᆞᄆᆡ 증삼과 뎨슌이라도 밋지 못홀 거시오 풍녁의 강개ᄒᆞ며 긔질이 빗나 긔관의 쳥개ᄒᆞ미 당시 위증과 한시 졔갈을 압두ᄒᆞ며 조심경직ᄒᆞ여 평싱 츙냥지덕은 이윤 쥬공을 압두ᄒᆞ니 리음양슌ᄉᆞ시ᄒᆞ여 치국평텬해 극진 기도ᄒᆞ여 직샹의 지냑과 군ᄌᆞ 장부의 위풍이 신샹의 완젼ᄒᆞ여 ᄇᆡᆨ힝이 그 몸을 두ᄅᆞ고 일쳔 위의 면모의 나ᄐᆞ나 텬디의 ᄌᆞ품과 만복 신긔 고금의 현인군ᄌᆞ로 비우ᄒᆞ니 싱이지지ᄒᆞ고 싱이지셩ᄒᆞ여

22면

츙어군 효어친ᄒᆞ고 형을 우공ᄒᆞ고 어하의 은혜 후ᄒᆞ여 말솜을 발ᄒᆞᄆᆡ 쥬론밍변이오 일즉 룡문의 올나 위거삼태ᄒᆞ고 졔ᄌᆞ의 ᄉᆞ위 되여 총권이 됴야를 기우리고 덕망이 ᄉᆞ셔의 진동ᄒᆞ되 일호 거오ᄒᆞ미 업셔 동일지위와 양츈지화긔로 립됴 뉵십여 년의 힝의도덕이 빈빈슉슉하여 례의 몸을 빗내나 규각의 삼위 슉녀로 이친을 죵효ᄒᆞ고 뉵십여 년 힝낙의 ᄌᆞ숀이 만당ᄒᆞ고 효ᄌᆞ현숀이 대를 니어 졔샤를 밧드니 죵샤 ᄃᆡ대로 창셩

23면

ᄒᆞ미 진실노 공의 어진 덕이 흘너 이의 밋ᄎᆞ미라 희라 쟝셩이 남역희 써러지ᄆᆡ 국즁의 풍교를 붉히며 례의의 셩현이 ᄌᆞ최를 감촌지라 일셰인이 공이 망ᄒᆞ믈 드ᄅᆞᄆᆡ 타루치 아니리 업ᄉᆞ니 ᄒᆞ믈며 그 ᄌᆞ질 형데의 마음이리오 진왕이 이 날 울기를 긋치지 아냐 밤ᄉᆡ도록 ᄋᆡ통운졀ᄒᆞ고 공을 일침ᄒᆞ여 니지 아냐 왈 내 냥친을 영결ᄒᆞ고 위로ᄒᆞ여 구연시식ᄒᆞ믄 내 아이 오히려 이시미러니 이졔 아를 샹ᄒᆞᄆᆡ 무어슬 위ᄒᆞ여 괴로이 살이오 너희

24면

ᄂᆞᆫ 날을 위ᄒᆞ여 ᄒᆞᆫ가지로 빙념ᄒᆞ여 이 슬우믈 잇게 ᄒᆞ라 졔ᄌᆡ 울며 간왈 대인이 엇지 계부 대인의 말ᄉᆞᆷ을 잇고 이러ᄐᆞᆺ ᄒᆞ시ᄂᆞ니잇고 왕이 대곡왈 하늘이 내 아를 쥭이시미 날을 쥭이시미라 류관쟝은 결의형데로대 한놀 쥭기를 ᄆᆡᆼ셰ᄒᆞ여시니 내 아오로 더브러 동복형데로 동월동시의 나 그림ᄌᆡ 응ᄐᆞᆺ ᄒᆞ여 샹니치 못ᄒᆞ더니 졔 날을 바리니 이졔 내 나히 족ᄒᆞ고 ᄌᆞ숀이 과의니 금일 쥭으미 원이라 ᄒᆞ고 폐식ᄒᆞ여 신톄 곗히 누어 젼연부동ᄒᆞ니

25면

졔ᄌᆡ 망극ᄒᆞ미 더으고 졍비 슬픈 즁 불승솔난ᄒᆞ니 날이 붉고 졔ᄀᆡᆨ이 모드ᄆᆡ 믄득 문싱 졔족이 치샹을 례로 ᄒᆞᆯ시 평진휘 친히 니ᄅᆞ러 진왕의 거동을 보고 신체를 어ᄅᆞ만져 실셩쟝통의 누쉬여우ᄒᆞ여 기리 탄왈 어졔 단난ᄒᆞ고 년음ᄒᆞ던 일이 오늘 변ᄒᆞ여 우룸이 되니 우리 다 남은 날이 업ᄉᆞᆫ지라 형이 엇지 과도ᄒᆞᆫ 거조를 ᄒᆞ여 ᄌᆞ숀의 낫출 도라보지 앗나뇨 하늘이 ᄯᅩᄒᆞᆫ 현인을 앗기ᄂᆞᆫ지라 이현의 긔품으로ᄡᅥ 홍진을 탈셰하고 텬당

26면

의 도라가ᄆᆡ 슈복이 족ᄒᆞ니 엇지 ᄌᆞ숀의 유한이 이시리오 오즉 슬픈 바ᄂᆞᆫ 금셰의 다시 셩인이 업ᄉᆞ믈 탄ᄒᆞᆯ ᄲᅮᆫ이라 ᄒᆞ고 숀으로 왕을 니ᄅᆞ혀ᄃᆡ 구지 ᄉᆞ양ᄒᆞ고 울며 어ᄅᆞ만져 긔운이 진ᄒᆞᆯ ᄃᆞᆺᄒᆞ니 졔ᄌᆡ 읍간ᄒᆞ여 습념ᄒᆞ기를 ᄌᆡ촉ᄒᆞ고 평진왕이 혈읍 간왈 유ᄌᆞ 등이 텬디의 득죄ᄒᆞ와 이졔 하놀 문허지ᄂᆞᆫ 변을 당ᄒᆞ오니 지향ᄒᆞᆯ 곳이 업ᄉᆞ오

나 오히려 빅부를 우러와 대인 유교를 봉승코져 ᄒᆞᄋᆞᆸ거ᄂᆞᆯ 이갓치 과도ᄒᆞ샤 도로혀 유ᄌᆞ 등의 망

27면

극ᄒᆞᆫ 경ᄉᆞ를 더으게 ᄒᆞ시니 누를 바라고 견대리잇가 유직 쳥컨ᄃᆡ 빅부 면젼의셔 죽어 셜우믈 모ᄅᆞ고져 ᄒᆞᄂᆞ이다 왕이 문계의 쳑감ᄒᆞᆫ 면모의 일쳔 즁 혈뉘 니음ᄎᆞ고 열열ᄒᆞᆫ 셩음이 비졀ᄒᆞ여 ᄌᆞ로 ᄭᅳᆫ쳐지믈 보ᄆᆡ 골졀이 녹는 ᄃᆞᆺᄒᆞᆫ지라 이의 니러 안ᄌᆞ 손을 잡고 크게 울어 왈 아이 업ᄉᆞ나 네 얼골이 이시니 ᄉᆞ이불식라 내 엇지 싱각이 업ᄉᆞ리오마는 좌와를 ᄀᆞᆺ치 ᄒᆞ고 형영이 샹조ᄒᆞ여 일시도 ᄯᅥᄂᆞ지 못할 졍으로 이졔 내 살고 졔 죽으

28면

니 유명텬디의 셜우미 가업ᄂᆞᆫ지라 일일 동ᄉᆞᄒᆞ고져 ᄒᆞ엿더니 여언을 드ᄅᆞ니 가히 잔잉ᄒᆞ고 슬픈지라 맛당이 네 날을 아비ᄀᆞᆺ치 아라 내 말을 승슌하고 몸을 보젼ᄒᆞ면 내 ᄯᅩ 여언을 조ᄎᆞ리라 칠 직 빅읍ᄉᆞ례ᄒᆞ고 졔직 붓드러 ᄋᆡ걸ᄒᆞ니 비로쇼 니러날식 방셩대곡ᄒᆞ니 누싊 하슈 갓고 셩음이 쳐챵ᄒᆞ여 촘아 듯지 못ᄒᆞ리러라 공의 유표를 올니ᄆᆡ 샹이 크게 통곡하시고 즉시 난가를 동ᄒᆞ샤 조위ᄒᆞ려 ᄒᆞ신ᄃᆡ 졔신이 간왈 임의 그 싱시의 보

29면

지 못ᄒᆞ여 겨시니 엇지 초샹의 거개 힝ᄒᆞ시리잇가 초샹 후 ᄒᆞᆫ 번 무ᄅᆞ쇼셔 샹이 룡뉘 가득하여 ᄀᆞᆯᄋᆞ샤ᄃᆡ 션데 조이현 아ᄅᆞ시기를 엇지ᄒᆞ시더뇨 이졔 임이 이현을 니ᄌᆞ면 션뎨를 니ᄌᆞ미라 그 풍신과 현언을 다시 보지 못ᄒᆞ니 유한이라 그 신톄를 관의 너치 아냐 ᄒᆞᆫ 번 보미 이 곳 짐의 졍이라 이의 난가를 동ᄒᆞ여 남문 밧그로 나가시니 어시의 졔왕이 망극 즁이나 일마다 유교를 직희고 치샹 범ᄉᆞ를 다 례로ᄡᅧ ᄒᆞᆯ식 텬ᄌᆞ의 난개 문의 림ᄒᆞ

30면

시ᄆᆡ 진왕 이히 셩은을 망극ᄒᆞ여 문외의 지영ᄒᆞᆯ식 샹이 샹측의 나아가 공의 신톄를

어ᄅᆞ만져 통곡ᄒᆞ샤 룡뮈 어의를 젹시니 졔숀의 슬픔과 칠 ᄌᆞ의 망극ᄒᆞ믈 더옥 비홀 대 업더라 샹이 오릭 우ᄅᆞ시니 공의 가맛던 눈이 두어 번 써 보니 정신이 잇는 둧ᄒᆞᆫ 지라 진왕이 ᄎᆞᆷ지 못ᄒᆞ여 ᄀᆞᆯ오ᄃᆡ 네 샹히 츙렬이 범인과 다ᄅᆞᆫ지라 금일 셩은이 여ᄎᆞ ᄒᆞ시니 유명지간의 아름이 이실진ᄃᆡ 비록 반가오미 극ᄒᆞ나 엇지 이러틋 이샹ᄒᆞ미 잇

31면

나뇨 임의 룡안을 뵈왓시니 구원의 기리 명목ᄒᆞ라 홀연 ᄆᆞᆰ은 눈을 슈련이 가무니 칠 ᄌᆡ 이를 보ᄆᆡ 긔운이 막혀 일시의 혼졀ᄒᆞ니 샹이 참담ᄒᆞ샤 위로ᄒᆞ시고 샹인이 인ᄉᆞ 를 차리ᄆᆡ 됴위ᄒᆞ실ᄉᆡ 졔왕 등이 혈뉘 옷기ᄉᆡ 젹시고 곡읍의 ᄋᆡ통ᄒᆞ미 셕목을 감동 ᄒᆞ니 샹이 츄연 개용ᄒᆞ시고 왈 션샹뷔 향년이 팔십이오 복녹이 구견ᄒᆞ여 션싱 형데 지통 즁이나 여감이 업슬지라 대효ᄂᆞᆫ 몸을 쥭을 거시 아니라 션싱 등은 훼불

32면

멸셩을 ᄉᆡᆼ각ᄒᆞ라 유표를 보ᄆᆡ 짐심이 엇지 슬프믈 ᄎᆞᆷ으리오 칠 죄 톄읍배샤 왈 셩은 이 여ᄎᆞᄒᆞ샤 거촌 산 즁의 어개 친림ᄒᆞ시니 ᄒᆞᆫᄀᆞᆺ 신 등의 황감홀 ᄲᅮᆫ 아니라 아븨 졍 령이 아름이 이실진ᄃᆡ 텬은을 감츅ᄒᆞ여 반ᄃᆞ시 더옥 슬허ᄒᆞ올지라 신 등의 간담이 촌졀ᄒᆞ믈 엇지 ᄎᆞᆷ으리잇가 샹이 ᄌᆡ삼 관위ᄒᆞ시고 친히 쥭을 드러 권ᄒᆞ시고 초샹졔구 와 의금관곽을 극틱ᄒᆞ여 쥬시며 입으시던 홍금포를 버셔 관의 너케 ᄒᆞ시니 졔조의 슬픔과 샹

33면

인의 ᄋᆡ통ᄒᆞ미 비홀 곳이 업더라 어개 환궁하시고 이의 만됴 녈후군공이 ᄎᆞᄎᆞ로 조 샹홀ᄉᆡ 텬ᄌᆞ로븟터 만됴 공경의 니ᄅᆞ히 다 슬허ᄒᆞ며 앗기미 각골ᄒᆞ니 조부 노쇽과 공의 하리 다 호통운졀ᄒᆞ여 ᄶᅡᄅᆞ고져 ᄒᆞ더라 임의 습념셩빙ᄒᆞ니 ᄌᆞ질의 호텬벽용지 통이 쳥산이 위비ᄒᆞ니 견재 불각류톄러라 칠 ᄌᆡ 노녁이 위위ᄒᆞ여 ᄌᆞ로 혼졀ᄒᆞ니 졔 ᄌᆞ숀이 황황망조ᄒᆞ고 윤부인 경식이 더옥 참담ᄒᆞ니 졔ᄌᆡ 혈읍ᄋᆡ걸ᄒᆞ여 쥭을

34면

ᄯᅳᆺ을 긋치나 궁텬지통이 오내 분붕ᄒᆞ고 혈뉘 쇼진ᄒᆞ여 일ᄆᆡᆨ이 여루ᄒᆞ니 졔뷔 좌우로

뫼셔 관위ᄒᆞ고 칠 ᄌᆞ의 지회 동촉ᄒᆞ니 졔왕의 사ᄅᆞᆷ 일은 지 텬셩지회 셩현유풍이라 엄친과 ᄌᆞ모ᄅᆞᆯ 여히고 호통지통이 여할ᄒᆞ나 학발편친을 효봉ᄒᆞ미 친싱 ᄌᆞ모 아니믈 씌듯지 못ᄒᆞ여 비식을 곰초고 온화ᄒᆞᆫ 긔운이 은은간간ᄒᆞ여 모친의 마ᄋᆞᆷ을 편케 ᄒᆞ니 윤부인이 본대 셩심슉덕이오 박고통금ᄒᆞ여 심녁이 군ᄌᆞ 쟝부의 량이라 친싱이 아니나 ᄉᆞ

35면

랑ᄒᆞ고 밋기ᄅᆞᆯ 졔왕을 웃듬ᄒᆞ여 왕의 안식이 우슈ᄒᆞ면 더옥 경려ᄒᆞ니 왕이 크게 감창하여 더옥 모친의게 비쳑ᄒᆞᆫ 긔운을 뵈지 아니ᄒᆞ고 신혼셩졍과 됴셕식음의 몸쇼 간검ᄒᆞ니 셩의공이 긔출지ᄌᆡ나 오히려 문계의 밋지 못ᄒᆞ믄 셩의공이 범ᄉᆡ 무겁고 이완ᄒᆞᆫ 연괴라 일월이 유믹ᄒᆞ여 공의 쟝일이 다다ᄅᆞ니 ᄌᆞ녀의 지통과 진왕의 각골통상ᄒᆞ미 갈ᄉᆞ록 더은지라 평싱 회포로 졔문 지어 셜졔홀식 월명 등이 잔을 밧드러 젼ᄒᆞ

36면

고 승샹 명윤이 졔문을 닑으니 기문의 골와시ᄃᆡ 유년 월일의 가형 평진왕 무는 망뎨 초국공 황태부 좌승샹 이현지령의 고ᄒᆞᄂᆞ니 오희라 유명이 아름이 이실진ᄃᆡ 우형의 무ᄋᆡ지통을 술피라 억만비회로뻐 글의 형언ᄒᆞ여 령궤의 닑으믹 쳥쟉일빅 나의 졍을 펼 빅 아니로다 통의통의라 사ᄅᆞᆷ이 뉘 형뎨 업ᄉᆞ며 텬륜이 ᄌᆞ별치 아니리오마는 우형과 현데의 졍은

37면

타인으로 다ᄅᆞ미 만흔지라 부뫼 만릐의 우리 형뎨ᄅᆞᆯ 어드시니 뎨와 형이 싱어동일동시ᄒᆞ여 션후 ᄎᆞ례로 형뎨ᄅᆞᆯ 졍ᄒᆞ고 ᄒᆞᆫ가지로 ᄌᆞ당의 졋술 어ᄅᆞ만져시니 셔로 귀즁ᄒᆞ는 뜻이 아시로븟터 난지라 네 슈셰 후의 부모ᄅᆞᆯ 분변ᄒᆞ므로 믄득 겸숀ᄒᆞ고 ᄉᆞ양ᄒᆞ는 뜻이 붉아 그 텬셩이라 ᄌᆞ모의 가숨의 업대여 ᄉᆞ랑을 닷톨 ᄊᆡ의 현뎨 슌슌히 ᄉᆞ양ᄒᆞ고 덜 먹으니 부뫼 일노뻐 샹히 도로혀 념녀ᄒᆞ시고 긔이히 너기시더니

38면

ᄉᆞ오 셰 지ᄂᆞ믹 례뫼 임의 일고 겸숀ᄒᆞ는 덕이 싱이지지ᄒᆞ는지라 친젼의 뫼시믹 진

퇴례졀이 아쇼쳑동의 거동이 조금도 업ᄉᆞ니 우형은 실노 밋지 못ᄒᆞᆯ 곳이 만흔지라 형뎨 한가지로 슈흑ᄒᆞᄆᆡ 군의 총명을 우형이 바라지 못ᄒᆞᆯ 거시오 ᄌᆡ문이 나의게 지ᄂᆞ대 네 ᄆᆡᄉᆞᄅᆞᆯ 겸양ᄒᆞ여 ᄌᆞ부ᄒᆞ미 업ᄉᆞ며 뉵칠 셰 후로ᄂᆞᆫ 집례삼엄ᄒᆞ여 희롱이 거의 업고 나의 츌입지시의 하당영숑ᄒᆞ여 례경ᄒᆞ미 날노 더으거ᄂᆞᆯ 내 실

39면

노 군을 사랑ᄒᆞ나 례법을 공경ᄒᆞ여 ᄀᆡ탄ᄒᆞ고 친ᄋᆡᄒᆞᄂᆞᆫ 도리 도로혀 ᄒᆡ로오믈 일너 긋치라 ᄒᆞᄃᆡ 그 텬셩의 겸숀례모ᄅᆞᆯ 긋치지 못ᄒᆞ니 십셰 후로 ᄒᆡᆼ신톄되 대셩인의 풍이 잇ᄂᆞᆫ지라 내 현뎨로 더브러 ᄒᆞᆫ가지로 조모와 냥친을 뫼셔 반의로 츔츌 졔ᄂᆞᆫ 우리 형뎨 ᄀᆡ운이 발양침정ᄒᆞ여 현뎨 군ᄌᆞ의 되 이러시니 션친이 칭지ᄒᆞ샤 왈 셩은 일대 쥰걸 션ᄒᆡᆼ의 군ᄌᆞ오 무ᄂᆞᆫ 호걸의 ᄀᆡ운이라 ᄒᆞ신 즉 ᄌᆞ당이 ᄆᆡ양

40면

경계ᄒᆞ샤 아ᄅᆞᆯ ᄇᆡ호라 ᄒᆞ시더니 밋 ᄌᆞ라 형뎨 일방의 등양ᄒᆞ여 룡문의 오ᄅᆞᄆᆡ ᄒᆞᆫ가지로 계지청슴으로 영친ᄒᆞᄆᆡ 오뎨ᄅᆞᆯ 보ᄂᆞᆫ 재 개연 칭경ᄒᆞ여 조시ᄅᆞᆯ 융흥ᄒᆞᆯ ᄀᆡ린이라 문즁의 츄앙ᄒᆞ미 우형의 우희로다 ᄇᆡᆨ 년 훤초ᄅᆞᆯ 뫼셔 안항을 비겨 냥친을 효봉ᄒᆞ믈 ᄀᆡ약ᄒᆞ고 형뎨 광금쟝침의 ᄡᅥᄂᆞᄂᆞᆫ 날이 이실가 두려ᄒᆞ더니 국ᄉᆞᄅᆞᆯ 림ᄒᆞᄆᆡ 현뎨 몬져 광동의 봉ᄉᆞᄒᆞ고 버거 우형이 거란으로 나아가니 ᄂᆡ별의 친

41면

안과 현뎨의 외용을 ᄉᆞ려ᄒᆞ여 됴운모월의 창망ᄒᆞᄂᆞᆫ 회푀 만쳡이라 네 몬져 국ᄉᆞᄅᆞᆯ 션치ᄒᆞ고 도라와 인군과 빵친을 뫼셔 죵효ᄒᆞ고 간인역젹을 쥬멸ᄒᆞ여 셩군을 보좌ᄒᆞ고 대공을 일우미 우형의 한마의 슈고ᄅᆞᆯ 우술지라 내 반샤ᄒᆞᄂᆞᆫ ᄂᆞᆯ 한가지로 훤당의 봉ᄇᆡᄒᆞ고 숀을 년ᄒᆞ여 구모지여의 친안을 득승ᄒᆞ고 형뎨 샹봉ᄒᆞᄂᆞᆫ 깃브미 만좌ᄅᆞᆯ 감열ᄒᆞᄂᆞᆫ지라 텬륜지락이 이날의 다ᄒᆞ엿도다 희락 고요히 ᄉᆡᆼ각

42면

ᄒᆞ면 쳡쳡히 ᄉᆞ샹ᄒᆞ믈 견대랴 내 본대 텬셩이 쇼활ᄒᆞ고 년쇼지시의 과격ᄒᆞ미 잇ᄂᆞᆫ지라 대쇼지ᄉᆞ의 오뎨의 규졍ᄒᆞᄂᆞᆫ 정간이 내 마음을 감동ᄒᆞ니 내 현뎨의 말인 즉 듯지

아니미 업고 현데 내 니ᄅᆞ민 즉 힝치 아니미 업던지라 우리 곤계 외람이 위국인신ᄒᆞ고 ᄌᆞ네 유여ᄒᆞ여 인인이 다 복인이라 칭ᄒᆞ니 나도 오히려 환우ᄒᆞ미 업ᄉᆞᄃᆡ 현데ᄂᆞᆫ 조심공검ᄒᆞ미 포의지시로 다ᄅᆞ미 업고 ᄋᆡ군우국ᄒᆞ여 쥬공의 일

43면

목의 삼악발과 일반의 삼토포ᄒᆞᄂᆞᆫ 덕을 이어 지존의 ᄉᆞ뷔 되여 근시ᄒᆞ시기 가득ᄒᆞᆫ 거슬 바담 ᄀᆞᆺᄐᆞ니 립됴 뉵십여 년의 반졈 ᄒᆞ믈을 잡지 못ᄒᆞᄂᆞᆫ지라 우형이 이졔 박복ᄒᆞ여 아ᄒᆞᆯ 일으ᄆᆡ 뉘 허물을 규간ᄒᆞ리오 션시의 존당 부모를 여희여 호텬지통이 뉵아의 밋쳐 인싱비환이 샹반ᄒᆞ믈 ᄭᆡ다ᄅᆞᄃᆡ 오히려 샹의 유명ᄒᆞᄂᆞᆫ ᄇᆡ 현데들니오 희라 하ᄂᆞᆯ이 오데를 아ᄉᆞ시니 그림ᄌᆡ 쳐량ᄒᆞ고 좌왜 외로오니 비

44면

록 ᄌᆞ숀이 만당ᄒᆞ여시나 현데의 졍을 잇기 어렵도다 빵친을 여희므로븟허 오데의 미위 흔열ᄒᆞ믈 보지 못ᄒᆞ엿더니 현데 싱일을 당ᄒᆞ여 ᄒᆞᆫ가지로 ᄌᆞ숀의 슈ᄇᆡ를 바들ᄉᆡ 현데 죵일토록 즐겨 환우단란ᄒᆞ니 엇지 도로혀 구천을 바야며 날을 니별ᄒᆞᄂᆞᆫ 뜻인 쥴 엇지 알니오 아 이 족히 복을 누렴 즉ᄒᆞ니 무어슬 한하리오마ᄂᆞᆫ ᄇᆡ슈의 노형을 두고 몬져 도라가믈 통박ᄒᆞᄂᆞᆫ ᄇᆡ라 ᄋᆞ을 울므로븟허

45면

당황ᄒᆞ여 밋친 듯 어린 듯ᄒᆞ니 인싱이 유한ᄒᆞ고 광음이 살 갓ᄐᆞ니 구원 타일의 다시 모다 텬륜지락을 다ᄒᆞ리로다 일월이 여류ᄒᆞ여 덧업시 장일이 림ᄒᆞ니 졔질의 ᄋᆡ통과 ᄌᆞ숀의 슬허ᄒᆞ믈 보니 진실노 셰샹이 부운 ᄀᆞᆺ도다 다만 현데 구천의 도라가 션인을 뫼셔 즐기믈 혜아리니 일시의 화ᄒᆞ여 한 광의 들고져 ᄒᆞ나 밋ᄎᆞ랴 령구를 발ᄒᆞᄆᆡ 이곳 쳔고 영결이라 현데를 디즁의 장ᄒᆞ고 이 셜우믈 능히

46면

참을 것가 아의 림죵부탁이 쇼연ᄒᆞ여 져바리지 못할지라 오직 촘고 ᄉᆞ라 현데 ᄌᆞ숀을 보호ᄒᆞ여 유언을 져바리지 아니리리라 문싱 고귀 다 ᄋᆡ통ᄒᆞ기ᄂᆞᆫ 현데의 지인지덕으로 비로ᄉᆞ미라 초샹지시의 어개 친림ᄒᆞ샤 됴위ᄒᆞ시고 범구를 왕공지례로 ᄒᆞ라 ᄒᆞ

시니 ᄉᆞᄉᆡᆼ의 복녹을 인인이 흠앙ᄒᆞᄂᆞᆫ ᄇᆡ로다 셩샹이 하림ᄒᆞ신 쎡 현데 ᄲᅡᆼ안 신광이 네갓치 명명ᄒᆞ여 아름이 잇ᄂᆞᆫ 둣ᄒᆞ니 이 엇진 일이뇨 통직라

47면

현데의 츙녈이 개세ᄒᆞ고 ᄋᆡ군지심이 신기를 감동ᄒᆞᆯ지라 룡안을 뵈와 반기온 ᄯᅳᆺ을 표ᄒᆞ미니 이 경샹을 내 능히 보고 ᄉᆞᄂᆞᆫ 야데를 곡별ᄒᆞᄆᆡ 근녁이 더옥 쇠모ᄒᆞ니 ᄉᆞᄉᆡᆼ이 무일ᄒᆞᆫ지라 회포를 만의 ᄒᆞ나흐로ᄡᅧ 쳔고 영결ᄒᆞ니 셔긔흠격ᄒᆞ라 닒기를 다ᄒᆞᄆᆡ 졔조의 ᄋᆡ셩이 텬디를 흔들고 진왕의 통극이 일월이 무ᄉᆡᆨᄒᆞ고 쳐워 비비ᄒᆞ니 견재 불각호통이러라 졔질 즁

48면

월명 공이 더옥 지긔슉질노 슬허ᄒᆞ미 여훼ᄒᆞ고 녀셔 쇼경슈 등과 데ᄌᆞ 양닌광 등이 슬프믈 이긔지 못ᄒᆞ여 졔문 지어 셜졔ᄒᆞ고 텬ᄌᆞ 례부샹셔 졍태슉을 보내여 치졔ᄒᆞ시니 졔관이 텬자 됴명을 밧ᄌᆞ와 그 평ᄉᆡᆼ 힝젹과 츙냥을 표ᄒᆞᄆᆡ 영광이 ᄒᆡ내의 들네더라 임의 귀쟝ᄒᆞᄆᆡ 칠 ᄌᆞ의 망극ᄒᆞ미 례의 넘고 진왕의 ᄋᆡ샹통도ᄒᆞ미 각골ᄒᆞ며 졔문ᄉᆡᆼ 쇼공 등의 슬허ᄒᆞ미 비ᄒᆞᆯ 곳이 업ᄂᆞᆫ지라 텬ᄌᆞ 됴셔ᄒᆞ샤 공의 묘하의 ᄉᆞ당

49면

셰워 졔ᄒᆞ게 ᄒᆞ시고 왕례로 쟝ᄒᆞ고 시호를 츙현왕이라 ᄒᆞ고 비명 왈 렬위션ᄉᆡᆼ이라 ᄒᆞ여 날이 오래도록 잇지 아니ᄒᆞ샤 문집 일긔를 올니라 ᄒᆞ야 보샤 ᄉᆡ로이 칭찬ᄒᆞ시더라 진왕이 쟝ᄎᆞᆺ 제ᄌᆞ질노 경ᄉᆞ로 반혼ᄒᆞᆯᄉᆡ 묘하의 통곡ᄒᆞᄆᆡ 톄뉘 하슈 ᄀᆞᆺ고 산쳔이 슈ᄉᆡᆨᄒᆞ니 ᄎᆞ시 평졔왕 등 칠 인이 고디규텬ᄒᆞ여 엄읍운졀ᄒᆞ니 반ᄉᆡᆼ반ᄉᆞᄒᆞ여 긔운을 슈습지 못ᄒᆞ니 진왕이 몬져 긋치고 븟들어 개유졀칙ᄒᆞ나 칠 죄 ᄎᆞᆷ아 묘하

50면

의 니러ᄂᆞ지 못ᄒᆞ여 통곡기를 긋치지 아니니 월명 등이 븟드러 쳔만 관위ᄒᆞ여 묘젼의 ᄇᆡ샤ᄒᆞᄆᆡ ᄶᅡ흘 두다려 방셩대곡ᄒᆞ니 눈물이 졈졈이 피되ᄂᆞᆫ지라 임의 운산의 도라와 졔ᄉᆞ를 법으로 ᄒᆞ며 션인의 유교를 ᄉᆡᆼ각고 편모와 ᄇᆡᆨ부를 지셩으로 효봉ᄒᆞ니 진왕이 더옥 슬허 문계 등을 어ᄅᆞ만져 긔렴ᄒᆞ고 ᄋᆡ즁ᄒᆞ미 졔ᄌᆞ의 더으며 허다 ᄌᆞ손을

거ᄂᆞ려 치가법되 관대ᄒᆞ여 ᄌᆞ긔 ᄌᆞᄉᆞᆫ과 공의 ᄌᆞᄉᆞᆫ을 일톄로 무ᄋᆡᄒᆞ여 그른 일이 이시미 칙

51면

ᄒᆞ고 올흔 일이 이시미 깃거ᄒᆞ더라 졔왕 등이 집샹거려ᄒᆞ미 훼쳑골립ᄒᆞ니 왕이 친히 음식을 권ᄒᆞ고 보호ᄒᆞ여 졔ᄌᆞ의 더은 ᄌᆞᄋᆡ 그 부모의 업ᄉᆞ믈 늣기미니 칠 죄 감동ᄒᆞ여 그 뜻을 위월치 못ᄒᆞ여 만히 위회ᄒᆞ미 되고 안흐로 윤부인이 보호ᄒᆞ고 대의로 졀칙ᄒᆞ여 ᄆᆡ양 공의 유교를 일ᄏᆞᆺ고 위로ᄒᆞ니 칠 죄 대효의 군ᄌᆡ 모친 뜻을 밧드러 지통을 셔리 담고 효봉ᄌᆞ모와 ᄇᆡᆨ부 셤기믈 부공 ᄉᆡᆼ시의셔 더ᄒᆞ니 왕이 희열ᄒᆞ더라 ᄌᆞᄉᆞᆫ

52면

은 해마다 번셩ᄒᆞ여 혜션공쥬 가ᄉᆞ를 잡아 공의 졔ᄉᆞ를 밧들매 규내 슉연ᄒᆞ고 법되 정졔ᄒᆞ여 녀로남복의 은위 병힝ᄒᆞ고 슈다 형데 화우ᄒᆞ여 반졈 ᄉᆞᄉᆞ 뜻이 업ᄉᆞ니 한시의 치가지경이 공쥬와 일반이라 명윤의 부인은 한시 원시 녀시 화시오 명션의 부인은 호시오 명셩의 부인은 쥬시오 명슉의 부인은 양시오 명필의 부인은 뉴시오 명의 션ᄉᆡᆼ 총부는 화시오 문의 션ᄉᆡᆼ 총부는 두시오 문필 션ᄉᆡᆼ 총부는 댱시오 기여 각각 총

53면

부 윤시 형시 샹시니 다 ᄌᆞᄉᆞᆫ이 션션ᄒᆞ고 문계 십오ᄌᆞ 총부는 혜션공쥬 조시 화시 ᄎᆞ부 윤시 정시 셜시 삼부 남시 ᄉᆞ부 경시 오부 곽시 영시 뉵부 교시 칠부 쳘시 녀시 팔부 최시 구부 교시 십부 샹시 십일부 조시 십이부 화시 민시 십삼부 셕시 십ᄉᆞ부 정시 십오부 시오 월명공 쟝녀 혜쥐오 ᄎᆞ녀 요쥬 삼녀 미쥬 ᄉᆞ녀 비쥬 오녀 명쥬 뉵녀 ᄋᆡ쥐니라 고문거족의 혼취ᄒᆞ여 ᄌᆞ네 션션ᄒᆞ더라 문청 션ᄉᆡᆼ 총부 쇼시오 청의션ᄉᆡᆼ 총부 뉴시 문ᄇᆡᆨ

54면

션ᄉᆡᆼ 총부 쇼시 문쳠 션ᄉᆡᆼ 총부 윤시 운암 션ᄉᆡᆼ 총부 뉴시니 ᄌᆞ네 유여ᄒᆞ고 ᄉᆞᆫᄋᆡ 슬하의 션션ᄒᆞ니 조시 졔공이 쇼년의 각각 단쳐 쟝쳬 잇셔 쇼쇼 허물이 이시나 나히 ᄎᆞ

미 침위 졍대ᄒᆞ여 빅힝이 과인ᄒᆞ여 셩인 유풍이 잇더라 일월이 빅구과극ᄒᆞ여 초공의 삼 년이 진ᄒᆞ고 칠 ᄌᆡ 복결ᄒᆞ미 호텬지통이 ᄉᆡ로오며 왕의 슬허ᄒᆞ미 익심ᄒᆞ더니 연비 병 업시 슈일지ᄂᆡ의 기셰ᄒᆞ니 졍비와 진왕이 크게 슬허ᄒᆞ고 십ᄌᆞ와 졔죄 망극ᄒᆞ미 비

55면

길 곳이 업더라 왕이 ᄌᆞ녀를 위로ᄒᆞ고 탄왈 인싱 셰간이 숀 ᄀᆞᄐᆞᆫ지라 내 부모를 영결ᄒᆞ고 아을 일흐ᄆᆡ 셰샹의 셜우미 이 밧긔 업ᄉᆞ대 능히 ᄉᆞ라시니 엇지 일개 부인을 니ᄅᆞ리오 부인이 년만팔십의 부귀 족ᄒᆞ니 슬허ᄒᆞ여 무익ᄒᆞ고 내 ᄯᅩ 언마ᄒᆞ여 도라가리오 졍비 역탄 왈 연부인은 유복ᄒᆞ미 ᄆᆡᄉᆞ의 이러ᄐᆞᆺ ᄒᆞ도다 츌가지후의 ᄐᆡ평으로 안락ᄒᆞ여 ᄒᆞᆫ 번 괴로온 경계를 지ᄂᆡ지 아니ᄒᆞ고 이졔 ᄌᆞ숀을 갓초 두어 왕이 반셕 ᄀᆞᄐᆞ신 ᄶᅵ 도라

56면

가니 ᄉᆞ롬의 흠앙홀 배라 ᄒᆞ여 ᄌᆞ녀를 위로ᄒᆞ나 동긔를 일홈 ᄀᆞᄐᆞ여 슬프믈 이긔지 못ᄒᆞ더라 쟝사를 맛고 쳥의 션싱이 홀연 병이 즁ᄒᆞ여 샹셕의 침면ᄒᆞ니 진왕이 우려ᄒᆞ여 탄왈 내 오ᄅᆡ 살미 이러ᄐᆞᆺ 유히ᄒᆞ니 엇지 ᄎᆞ홉지 아니며 아의 일이 ᄉᆞᄉᆞ의 불업지 아니ᄒᆞ리오 ᄒᆞ니 원내 왕 념녀는 쳥의 션싱이 쳥약ᄒᆞ미 맛춤내 ᄌᆞ긔 ᄉᆡᆼ젼을 념녀ᄒᆞ더니 그 병이 위위ᄒᆞ미 그 ᄉᆞ지 못홀 쥴 알미라 맛춤내 니지 못ᄒᆞ니 림망의 부모긔 고왈 쇼ᄌᆡ

57면

본ᄃᆡ 슈골이 아니러니 오히려 부모의 셩덕으로 칠십을 ᄉᆞ라시니 이졔 ᄌᆞ네 갓고 복이 과ᄒᆞᆫ지라 오직 슬픈 바는 냥친긔 슬하 참쳑을 ᄭᅵ치오니 부모는 불초죄를 샤ᄒᆞ고 ᄯᅩᄒᆞᆫ 명이라 과려치 마ᄅᆞ쇼셔 왕이 집슈 타누 왈 안ᄌᆡ 지현 이ᄉᆞ 대단명ᄒᆞ고 공ᄌᆡ 대셩이샤대 빅 셰를 누리지 못ᄒᆞ시니 네 이졔 쳠약ᄒᆞᆫ 긔품으로 칠십을 사ᄅᆞᆺ고 ᄌᆞ네 가ᄌᆞ니 무어슬 슬허ᄒᆞ리오 오ᄌᆞᆨ 한ᄒᆞᄂᆞᆫ 바는 내 지리히 ᄉᆞ라 언마를 울고 ᄯᅩ 너를 우니 엇지 한홉

58면

지 아니리오 오즉 마음을 편히 ᄒᆞ여 늙은 아비와 어미로써 념녀를 말나 언마ᄒᆞ여 도라가 너를 보리오 참졍이 벼개의 업대여 부모의 숀을 쥐고 졔형뎨를 도라보와 왈 나의 불쵸 쳔고의 업ᄉᆞᆫ지라 원컨대 부모의 샹회ᄒᆞ시믈 위로ᄒᆞ고 모든 형뎨 쳔년을 종ᄒᆞ라 월명과 문의 등이 그 숀을 잡고 누싊 여우ᄒᆞ더라 ᄎᆞ시 경샹이 참담비졀ᄒᆞ여 견재 타누ᄒᆞ믈 면치 못ᄒᆞ더라 졍비 ᄎᆞᆷ아 보지 못ᄒᆞ여 븟들고 비읍 왈 내 명되 긔구ᄒᆞ여 오

59면

ᄂᆞᆯ날 너를 영결ᄒᆞ니 엇지 쟝슈ᄒᆞ믈 탄치 아니리오 참졍이 대왈 현마 엇지ᄒᆞ리잇고 형뎨 번셩ᄒᆞ고 쇼지 삼 직 잇ᄉᆞ오나 명쉬 쇼ᄌᆞ의 얼골을 가져시니 반기쇼셔 말노조ᄎᆞ 명쉬를 불너 유언을 맛고 졸ᄒᆞ니 향년이 뉵십팔 셰러라 부모의 각골의통과 형뎨의 슬허ᄒᆞ미 비길 대 업고 명쉬 등 삼 형뎨 싀훼골립ᄒᆞ니 왕이 칙ᄒᆞ고 초죵쟝ᄉᆞ를 지내니 진왕이 스ᄉᆞ로 오릐 살믈 한ᄒᆞ여 ᄎᆞ후ᄂᆞᆫ 셰렴이 더옥 업셔 ᄒᆞ나 오히려 월명 등의 동

60면

동촉촉ᄒᆞᆫ 효셩이 됴셕신혼의 반의의 효와 부미션침을 효도로 다ᄒᆞ여 슬프믈 니치고 아쇼를 유희ᄒᆞ여 우으시믈 도으니 노인의 마음이 ᄌᆞ연 위로ᄒᆞ여 남은 즐거오미 잇더니 쳥의공 삼 년이 못지나 진왕이 홀연 신긔불평ᄒᆞ여 샹셕의 니지 못ᄒᆞ니 월명 등 졔직 불승황황ᄒᆞ여 쥬야 시호ᄒᆞ여 약뉴를 대후ᄒᆞ며 병셰의 ᄎᆞ감 바라ᄂᆞᆫ 졍셩이 신기를 질홀 빅로대 임의 텬명이라 엇지 회두를 바라리오 졈졈 병셰 위즁ᄒᆞ미 왕이 스

61면

ᄉᆞ로 사지 못홀 쥴 알고 ᄌᆞ질을 불너 압히 안치고 왈 내 아을 일흐로미 년이지통이 노인의 회포를 슬프게 ᄒᆞᄂᆞᆫ지라 도라보건대 너의 십뉵 인의 의지ᄒᆞᄂᆞᆫ 빅 나ᄲᅮᆫ이라 내 스ᄉᆞ로 ᄎᆞᆷ아 쥭지 못ᄒᆞ고 아오 싱각ᄂᆞᆫ 누싊 밤마다 버개를 젹시고 망ᄋᆞ를 우ᄂᆞᆫ 통이 흉쟝이 여할ᄒᆞ더니 이졔 내 명이 다ᄒᆞ여시니 엇지 슬프미 잇지 아니리오 너히ᄂᆞᆫ 우리 형뎨의 넷법을 곳치지 말고 여러 ᄌᆞ숀을 계칙ᄒᆞ여 가셩을 츄탁지 말나 내 일즉

셩은을 입

62면

ᄉᆞ와 미셰ᄒᆞᆫ 공으로 위거왕공ᄒᆞ니 이졔 죽으ᄆᆡ 셩은을 갑습지 못ᄒᆞ미 한이라 명윤의 ᄎᆞᄌᆞ 쥰광과 면쳔의 쟝ᄌᆞ 션광이 문무지족ᄒᆞᆫ지라 그 시졀이 아니면 이윤 곽광과 졔갈량이라도 ᄒᆞᆯ일업살지라 남방의셔 우리 죵샤ᄅᆞᆯ 회복ᄒᆞᆯ 명군이 션광 쥰광은 명쥬ᄅᆞᆯ 보필ᄒᆞ고 후싱 ᄌᆞ숀이 다 남됴의 츙렬을 빗ᄂᆡ리니 이제 너희 내 말을 헛도히 너기지 말나 ᄯᅩᄒᆞᆫ 벼술을 ᄉᆞ양ᄒᆞ여 노쇠 다 날을 쟝ᄒᆞ고 삼 년을 맛츤 후 나의 ᄌᆞ질

63면

의 ᄃᆡ가지 운산의 복거ᄒᆞ고 인ᄒᆞ여 난을 뎡커든 ᄌᆞ숀을 잇그러 항쥐로 가 살나 봉샤치가ᄂᆞᆫ 노부의 근심ᄒᆞᆯ ᄇᆡ 아니니 삼가 내 ᄯᅳᆺ을 어그릇지 말나 월명 등이 누싊 오월쟝슈 ᄀᆞᆺᄐᆞ여 톄읍배샤 왈 쇼ᄌᆞ 등이 불쵸ᄒᆞ오나 엄교ᄅᆞᆯ 봉힝ᄒᆞ리니 원컨대 대인은 셩녀ᄅᆞᆯ 평안이 ᄒᆞ샤 병후ᄅᆞᆯ 조보ᄒᆞ쇼셔 졔왕 칠 곤계 야야ᄅᆞᆯ 여희므로 오직 ᄇᆡᆨ부의 면뫼 ᄀᆞᆺᄐᆞ며 어음이 흡ᄉᆞᄒᆞ믈 인ᄒᆞ여 신셩혼정의 ᄇᆡᆨ부의 안화ᄅᆞᆯ 오러러 반가오며 슬픔과

64면

무휼ᄒᆞ시ᄂᆞᆫ 은혜 졔ᄌᆞ로 일반이라 동촉ᄒᆞᆫ 정셩이 야야ᄅᆞᆯ 바람 갓다가 그 위위ᄒᆞᆫ 병셰 회츈을 바라지 못ᄒᆞᆯ지라 망극ᄒᆞᆫ 정ᄉᆡ 월명 등으로 다ᄅᆞ미 업고 왕이 ᄇᆡᆨ부의 숀을 븟드러 쳬읍 왈 이졔 ᄇᆡᆨ뷔 여ᄎᆞ 망극ᄒᆞᆫ 유교ᄅᆞᆯ ᄒᆞ시고 병휘 여ᄎᆞᄒᆞ시니 쇼질 간담이 최졀ᄒᆞ온지라 다시 누ᄅᆞᆯ 바라며 무어ᄉᆞᆯ 우러러 유ᄌᆞ 등 군죵형뎨 ᄉᆞᆯ나 ᄒᆞ시ᄂᆞ니잇가 슬픈 말솜과 감쳑ᄒᆞᆫ 안ᄉᆡᆨ이 의연이 초공의 여풍이 잇ᄂᆞᆫ지라 반갑고 슬허 그 숀을

65면

잡고 탄왈 너의 말을 듯고 얼골을 보니 내 아 이음 ᄀᆞᆺᄐᆞᆫ지라 엇지 반갑지 아니리오 너희 날을 만 년을 살고져 ᄒᆞ나 진황 한무도 쟝싱ᄒᆞ기ᄅᆞᆯ 엇지 못ᄒᆞ고 내 살기ᄅᆞᆯ 원치 아니코 도라가기ᄅᆞᆯ 바라ᄂᆞᆫ지라 너희 ᄌᆞ녀ᄅᆞᆯ 거ᄂᆞ려 기리 텬년을 안향ᄒᆞ고 무익지비ᄅᆞᆯ 과히 말지어다 나의 졔ᄋᆞ 즁 운현이 읏듬으로 슈골이오 너희 칠 인 즁의 읏듬이라

나죵은 너와 운현이 남아 졔ᄋᆞ를 다 울 거시니 가ᄉᆞ와 범ᄉᆞ를 너희 냥인의게 부탁ᄒᆞ노라 졔

66면

왕이 배읍 왈 만일 여ᄎᆞ홀진대 유직 더욱 ᄉᆞ라 혼ᄌᆞ 비환을 당ᄒᆞ믈 원치 아니ᄒᆞᄂᆞ이다 진왕이 명윤 명쳔을 불너 왈 너의 냥인의 쳐ᄉᆡ 임의 근심홀 배 업거니와 자숀을 인도ᄒᆞ여 각각 부조의 유풍을 츄락지 말나 냥직 비읍슈명ᄒᆞ고 왕이 냥비를 청ᄒᆞ니 이의 명촉의 나아와 셔로 대ᄒᆞ니 왕이 기리 탄왈 내 이졔 쥭으ᄆᆡ 부인이 언마 셰샹의 머믈니오 우리 부뷔 희한이 샹봉ᄒᆞ여 숀으로 쥭은 사ᄅᆞᆷ을 건져 내ᄆᆡ 삼강오륜의 즁

67면

ᄒᆞᆫ 거ᄉᆞᆯ 겸젼ᄒᆞ여 허다 비환을 갓초 지내고 내 이졔 몬져 도라가니 혜컨대 부인이 오ᄅᆡ지 아닐지라 오직 최비 오히려 남은 날이 이시니 여셰를 편히 지ᄂᆡ쇼셔 최비 쳬뉘 여우ᄒᆞ더라 이ᄯᅢ 금션이 왕의 위ᄐᆡᄒᆞ믈 듯고 나오더니 졍최만 청ᄒᆞ믈 ᄋᆡ즁 투심이 이러ᄂᆞ니 가슴을 두다려 왈 가부의 급ᄒᆞᆫ ᄯᅢ를 당ᄒᆞ여 뉘 졍이 다ᄅᆞ리오 왕이 이 쇼ᄅᆡ를 듯고 쳥왈 내 ᄯᅩᄒᆞᆫ 공쥬를 쳥코져 ᄒᆞ더니라 ᄒᆞ고 니ᄅᆞᄃᆡ 공쥐 ᄯᅩᄒᆞᆫ 아시 부뷔오 ᄉᆞ이 풍샹은

68면

이의라 내 프런 지 오ᄅᆡ더니 내 이졔 쥭으나 졔직 현요ᄒᆞ니 무어ᄉᆞᆯ 한ᄒᆞ리오 공쥐 퇴흉대곡 왈 쳡의 명되 긔박ᄒᆞ여 한 일도 보암 즉ᄒᆞᆫ 일이 업셔 왕으로 부부 륜의를 아ᄅᆞᆫ 지 겨유 십 년의 이졔 왕을 영결ᄒᆞ고 ᄎᆞ마 엇지 견대리오 쳔하의 ᄡᅡ로이라 말노조ᄎᆞ 누쉬 여우ᄒᆞ니 왕이 그 위인을 취치 아니ᄒᆞ나 ᄉᆞᄉᆡᆼ 영결을 당ᄒᆞ여 녀ᄌᆞ의 예ᄉᆡ라 ᄒᆞ여 위로ᄒᆞ여 드러가라 ᄒᆞ고 졔녀 졔부를 불너 유언을 맛ᄎᆞᄆᆡ 유표를 ᄡᅳ랴 ᄒᆞ다가 긔운이 밋지 못

69면

ᄒᆞ여 붓ᄉᆞᆯ 더지고 버개의 누어 엄연이 홍ᄒᆞ니 향년이 팔십오 셰라 오치 샹셔의 긔운이 병침의 둘닛고 홀연 ᄡᅡ히 움즉이며 집기동이 흔드러 두어 번 뇌우 쇼ᄅᆡ ᄀᆞᆺ튼이 희

라 일쳥 션싱이 그 범인과 다르미 쟝흔 긔운과 졍졔흔 힝식이 샹텬녈일 궃트여 그 스싱의 신긔롭고 비샹흐미 이러틋 흐더라 왕의 팔십여 년 힝신이 쇼시로붓터 쾌활흐며 춍명완화흐여 만복신긔와 졔셰대략이 한시 무후의 지느며 개셰영걸은 이윤 곽

70면

광의 너믄지라 년미약관의 룡문의 어향을 뽀히고 송빅지졀과 빗는 문한이 셰샹을 기우리니 멸젹능토흐여 우쥬를 광보흐매 스이 풍진을 스미로 쁘리치고 금달공쥐 그 풍광을 흠앙흐여 셤기믈 영구흐미 왕의 구뎡단심이 부녀의 음일흐믈 배쳑흐미 맛춤내 황녀 존즁흐믈 초개궃치 너기는지라 텬셩 대회 뎨슌 증삼을 니으니 동긔를 우애흐고 셔모를 공경흐며 규각의 삼위 부인과 희쳡을 두미 치가지덕이 쥬문의 풍이 잇

71면

고 스즁의 셩비 이셔 쥬실삼모를 잇는지라 가되 봄날 궃고 즈숀이 창셩흐니 신위 왕공흐고 병권덕망이 됴야를 기우리고 위엄이 해내의 진동흐대 졉물인화 지공무스흐미 일월 궃튼지라 슈하의 빅만 군을 통녕흐여 형벌이 엄졍흐고 마음 잡으미 졍흔 져울 궃고 눈 술피미 거울 궃고 샹셜 궃튼 호령이오 양츈 궃튼 덕홰니 일즉 원망이 업고 거가의 대덕을 칭송흐며 긔관의 촉한 무후로 병칭흐고 만식 범인의 비길 배 아니

72면

라 하일지위는 션싱의 두리온 거동이오 츄텬지명은 션싱의 샹활흔 긔운이라 스스로 일만 쟝졸이 호위흔 위풍이 이셔 츈풍긔샹이 텬고 일인이오 셰대무젹이라 텬디지광은 션싱의 깁희라 츙신효즈지힝이 그 뉘 션싱을 짜르리오 션싱이 일데를 스랑흐미 그 몸의셔 더으미 잇는지라 이런 고로 빅복이 구젼흐여 십오 즈의 만당흔 즈숀의 아룸다옴과 무궁흔 영복이 오히려 이현의 지는지라 션싱의 공명현달홈과 복경이 만식 무

73면

흠흐되 한흐온 바는 초공의 슈삼 년을 더으지 못흐여 션싱을 울울게 흐미라 시인이 흠복흐고 후인이 유시로 찬흐미 되니라 월명 등 구 죄 이씌를 당흐여 호텬지통과 졔

왕 등의 익통호미 친조의 간격이 업더라 경비 왕의 말숨을 드르미 흔 쇼릭 우지 아니코 드러가 쇼시를 불너 가스를 부탁호고 상측의 ᄂ아와 두어 번 통곡호다가 정신을 거두워 십뉵 조질을 불너 내 셰년이 진호엿도다 오늘을 어긔오지 못호여 가군의 가ᄂ 길을 외롭

74면

게 못호올지라 너희로 호여금 함긔 부모를 일케 호니 슬프다 이 우름이 스룸마다 잇ᄂ지라 엇지호리오 여 등 조질도 쇠호여 여년이 부과혼지라 오직 운아와 유아를 왕이 림종의 후스를 맛지ᄂ 뜻이 그 슈복을 아릭시미라 가ᄂ 거시 조금도 여한이 업ᄂ지라 여등은 과샹치 말나 네 어미 반싱 긔구한 명도로 강슈의 써러질 쩍 엇지 오늘이 이시리오마ᄂ 네 부친의 즈비현심이 슈즁의 쪗ᄂ 죽엄을 건져 셔로 결발대의를 마즈믹 이졔 칠

75면

십여 년이라 스싱의 져바리지 못홀 거시니 그러나 내 칼과 물의 즈결호ᄂ 슈괴 업시 스스로 진호ᄂ 거시 역시 명이라 여등은 슬허 말고 도라가ᄂ 넉시 어즈럽게 말나 언파의 날이 진토록 호읍운절호여 싀여지고 썩거지ᄂ 둣호여 흔 슐 쳥슈도 목을 젹시지 아니호고 즈질이 븟드러 권위훈 즉 더옥 울어 이 날 밤을 지닉믹 스스로 시진호여 엄연 별셰호니 왕은 오시의 별셰호고 비ᄂ 스경 말의 졸호니 향년이 팔십오 셰라 월명 등의

76면

무익지통이 텬디 망망호고 일월이 회식호니 합스의 곡셩이 진동호여 대쇼비복이 혈뉘 진진호여 지통이 텬디를 스뭇ᄂ지라 애셩이 하늘을 드레고 짜흘 흔드니 경비의 스덕이 경슉홀 섄 아니라 셩회 셰간의 쒸여ᄂ고 쳥졍훈 위의 스군즈의 풍이라 어진 덕화와 인즈훈 관져의 시를 노릭호니 삼비 십희를 거ᄂ리대 군즈의 눈의 화긔온즈호고 각즁의 묽으미 즁슈의 비홀지라 흔 덩이 화긔ᄂ 만면의 웃ᄂ 쏫치오 말호ᄂ 옥이라 빅

77면

일이 가숨의 빗최고 유슌ᄒᆞ고 겸공ᄒᆞ여 챵히지량과 츄텬긔도로 호호ᄒᆞᆫ 덕홰 무비ᄒᆞ니 몸이 쳔승왕후로 승샹지뫼며 ᄌᆞ숀이 만당ᄒᆞ여 고래의 희한ᄒᆞᆫ 복셩이라 늙으며 쇠치 아냐 부뷔 칠십여 년을 동쥬ᄒᆞ고 일일동귀ᄒᆞ니 진실노 이샹ᄒᆞᆫ 복이오 희귀ᄒᆞᆫ 일이라 비 운명지졔의 침뎐의 향운이 어리고 셔긔 반광ᄒᆞ여 홍운이 실즁의 현황ᄒᆞ여 눈을 쓰지 못ᄒᆞ리러라 구쾨 일시의 흉변을 만나ᄆᆡ 호텬망극지통이오

78면

내 촌단ᄒᆞᄂᆞᆫ지라 ᄋᆡ셩이 참참ᄒᆞ니 츰아 보지 못ᄒᆞᆯ너라 졔왕 등이 셔로 븟드러 통곡 왈 우리 부뫼 아니 겨시나 빅부모를 우러러 셰월을 보내더니 이 슬프믈 엇지ᄒᆞ리오 비록 슬프미 극ᄒᆞ나 오히려 윤부인과 최비 이셔 ᄌᆞ질을 보호ᄒᆞᄂᆞᆫ 고로 졔왕 등이 관억ᄒᆞ여 월명 등을 보호ᄒᆞ여 치상ᄒᆞᆯᄉᆡ 샹이 진왕의 기셰ᄒᆞ믈 드ᄅᆞ시고 크게 슬허 룡뉴 어의를 젹시니 셩복날 난개 휘동ᄒᆞ샤 왕의 령연의 곡ᄒᆞ시고 월명 등의게 조샹ᄒᆞ실

79면

ᄉᆡ 셜워ᄒᆞ시미 초공과 일반이라 치샹범구를 극틱ᄒᆞ여 쥬시고 시호를 쟝현이라 ᄒᆞ시고 비문의 츙의션싱이라 ᄒᆞ시다 이ᄯᅢ 금션이 왕의 망ᄒᆞ므로븟허 쥬야 호읍ᄒᆞ고 쟝례를 지내ᄆᆡ 졔ᄌᆞ를 대ᄒᆞ여 왈 인지쟝ᄉᆞ의 기언애션ᄒᆞ고 됴지림ᄉᆞ의 기명애ᄋᆡ라 ᄒᆞ니 나의 젼일을 이졔 츄회ᄒᆞ나 밋지 못ᄒᆞ고 ᄯᅩ 텬붕지통을 만나 여러 셰월을 사롯ᄂᆞ니 븟그러온지라 쳘샹셔와 부인을 도라보아 유언을 맛고 명이 진ᄒᆞ니 향년이 팔십ᄉᆞ

80면

셰라 월명 등이 지통이 텬디의 ᄉᆞ뭇ᄎᆞ 노년 긔력이 능히 부지치 못ᄒᆞ여 ᄒᆞᆫ 번 곡읍의 셰 번 엄홀ᄒᆞ니 졔왕 등이 위로관비ᄒᆞ고 최시 윤부인으로 더브러 셔로 의지ᄒᆞ여 ᄌᆞ숀을 보호ᄒᆞ며 그 일편되이 ᄉᆞ라 비환의 괴로오믈 슬허ᄒᆞ더라 샹이 금션의 샹ᄉᆞ를 드ᄅᆞ시고 비록 귀비 죄 이시나 션데 임의 샤ᄒᆞ시고 동긔의 졍을 베프시던 고로 친히 거가를 동ᄒᆞ샤 셩복ᄒᆞ시고 졔문셜졔ᄒᆞ시다 졍비와 진왕이 망ᄒᆞᄆᆡ 벽난 등 슈십 인이 과도히

81면

샹훼ᄒᆞ여 다 쥭으니 쳥의 하류의 츙셩이 쳔고의 희한ᄒᆞ더라 영종이 붕ᄒᆞ시고 신죵이 즉위ᄒᆞ시ᄆᆡ 이ᄣᆡ 명쳔 등이 벼슬을 ᄉᆞ양ᄒᆞ고 운산의 드러 쥭기로ᄡᅥ 나지 아니 샹이 ᄌᆡ삼 쳥ᄒᆞ시니 구든 ᄯᅳᆺ을 두로혀지 못ᄒᆞ더라 월명 등이 지통을 ᄎᆞᆷ아 최비ᄅᆞᆯ 밧들며 졔샤ᄅᆞᆯ 쇼임ᄒᆞ여 슬픈 즁 군죵형뎨 십뉵 인이 샹우ᄒᆞ여 졍의 더옥 관곡ᄒᆞ니 친동긔며 ᄉᆞ촌이믈 시인이 아지 못ᄒᆞ더라 됴셕식반을 일실의셔 ᄒᆞ고 날이 맛

82면

도록 샹리ᄒᆞᄂᆞᆫ 일이 업고 권권ᄒᆞᆫ 졍이 텬륜을 다ᄒᆞ니 최윤 냥 부인이 홀노 살믈 슬허ᄒᆞ니 ᄌᆞ부와 한시 등이 좌우로 뫼셔 존즁ᄒᆞ미 반셕 ᄀᆞᆺᄐᆞ니 금동화녜 좌우의 넘노니 노인의 망녕이 업지 아냐 도로혀 텬붕지통의 슬프미 업고 훌훌ᄒᆞᆫ 념광이 ᄇᆡᆨ구의 틈 지남 ᄀᆞᆺᄐᆞ여 삼 년이 진ᄒᆞ니 졔죄 결복ᄒᆞᄆᆡ 월명 등이 텬셩지효로 초토ᄅᆞᆯ 지내고 칠십이 당ᄒᆞ여 질양이 ᄌᆞ준지라 졔왕이 월명 셤기믈 부슉갓치 ᄒᆞ고 냥졍이 동

83면

포의 더으니 견재 탄복지 아니리 업더라 윤부인이 쉬 구십의 망ᄒᆞ니 졔왕과 월명이 거의 팔십이라 노년 긔력이 위위ᄒᆞ여 숨샹을 맛지 못ᄒᆞ여 졔죄 히ᄅᆞᆯ 니어 기셰ᄒᆞ니 희라 오직 삼샹의 부지ᄒᆞᄂᆞᆫ 쟈ᄂᆞᆫ 월명 문계 문의 문쳥 등이라 ᄉᆞ 조공이 슬프믈 이긔지 못ᄒᆞ더라 쳘샹셔 부인 오왕비 쇼샹국 부인 졍혹ᄉᆞ 부인 윤태ᄉᆞ 부인 조샹셔 부인 진혹ᄉᆞ 부인이 다 기셰ᄒᆞ니 조공 등의 ᄋᆡ샹ᄒᆞ미 비길 곳 업고 각각 ᄌᆞ질을 보면 망뎨와 망

84면

ᄆᆡᄅᆞᆯ ᄉᆡᆼ각고 누쉬 오월장슈 ᄀᆞᆺ더라 문쳥 월명은 팔십을 넘고 그 쳔년으로 기셰ᄒᆞ니 죵신ᄉᆡ 후셰록의 잇고 문계 문의ᄂᆞᆫ 구십여 셰ᄅᆞᆯ 누리니 허다 ᄌᆞ숀을 거ᄂᆞ려 법도ᄅᆞᆯ 셰우며 계칙ᄒᆞ미 범인이 불급이라 졔왕의 거록ᄒᆞᆫ 복녹을 일셰인이 탄복ᄒᆞ더라 문계와 문의공의 삼 년을 다ᄒᆞᆫ 후 명윤 명쳔 등이 텬태의 은거홀ᄉᆡ 쇼졍 졔부인이 다 기셰ᄒᆞ고 ᄇᆡᄅᆞᆯ 타 텬태산 셰운대란 곳의 은거ᄒᆞ니 일노조ᄎᆞ 화미ᄅᆞᆯ 햐져치 아니ᄒᆞ고 쳥졍

85면

ᄒᆞᆫ 도덕으로 ᄆᆡ양 션도를 늣겨 부조 힝젹을 효측ᄒᆞ며 ᄌᆡ물과 ᄉᆡᆼ계를 경영ᄒᆞ미 업ᄉᆞ니 쳔광 등의 다다ᄅᆞᄂᆞᆫ 더옥 돈목ᄒᆞ더니 가즁의 불인ᄒᆞᆫ 녀ᄌᆞ 슈십 인이 ᄉᆞᄌᆡ를 모ᄒᆞ며 각거ᄒᆞ기를 경영ᄒᆞᄂᆞᆫ 재 잇ᄂᆞᆫ지라 션광 등이 ᄌᆞ질과 졔형데를 모ᄒᆞ고 진 초 냥공의 유셔를 내여 노코 눈물을 드리워 왈 션인의 유ᄀᆈ 여ᄎᆞᄒᆞ시거ᄂᆞᆯ 아등이 불쵸ᄒᆞ여 우리 냥인이 어하ᄒᆞᄆᆞᆯ 화히 못ᄒᆞᆫ 죄를 당ᄒᆞ고 션됴 유셔를 업시ᄒᆞ여 쇼화ᄒᆞ고 픔

86면

은 마음이 업게 ᄒᆞ리라 말노조ᄎᆞ 셕ᄉᆞ를 늣기ᄂᆞᆫ지라 각각 부녀의 말을 듯고 마음을 동ᄒᆞ더니 다 감동ᄒᆞ여 ᄎᆞ후 각거ᄒᆞᆯ 의ᄉᆞ를 못ᄒᆞ고 샤죄ᄒᆞ여 뉘웃ᄎᆞ니 진 초 냥공의 ᄌᆞ숀이 대대로 ᄡᅢ혀나 면면부졀ᄒᆞ니 진실노 긔특ᄒᆞᆫ지라 신종으로브터 휘종 흠종의 망ᄒᆞ고 강왕이 금교의셔 즁흥ᄒᆞ시ᄆᆡ 이 곳 고종이시니 졔 각각 지취힝ᄉᆡ 달나 문달을 구치 아닌ᄂᆞᆫ 쟈ᄂᆞᆫ 오히려 텬태를 직희고 직졀츙냥을 겸발ᄒᆞ여 ᄉᆞ군보국지심이 잇ᄂᆞᆫ

87면

쟈ᄂᆞᆫ 셰샹의 다시 ᄂᆞ니 조시 졔인이 영홰 졔미ᄒᆞ더니 쳘목이 진의게 망ᄒᆞ고 조시 졔인이 졀샤ᄒᆞ니 여러히오 츙렬이 대대로 니러ᄂᆞᆫ지라 진 초 냥공의 션견이 만 리를 예탁ᄒᆞ여 명쾌 신긔ᄒᆞ니 엇지 쳔고대쟝뷔 아니리오 영종이 초공의 힝젹을 드려보시더니 신종을 쥬어 보라 ᄒᆞ시고 탄복칭션ᄒᆞ샤 례부샹셔 졍태슉과 부ᄉᆞ 조긔로ᄡᅧ 냥공의 평ᄉᆡᆼ 츙효를 쟉셔ᄒᆞ시니라

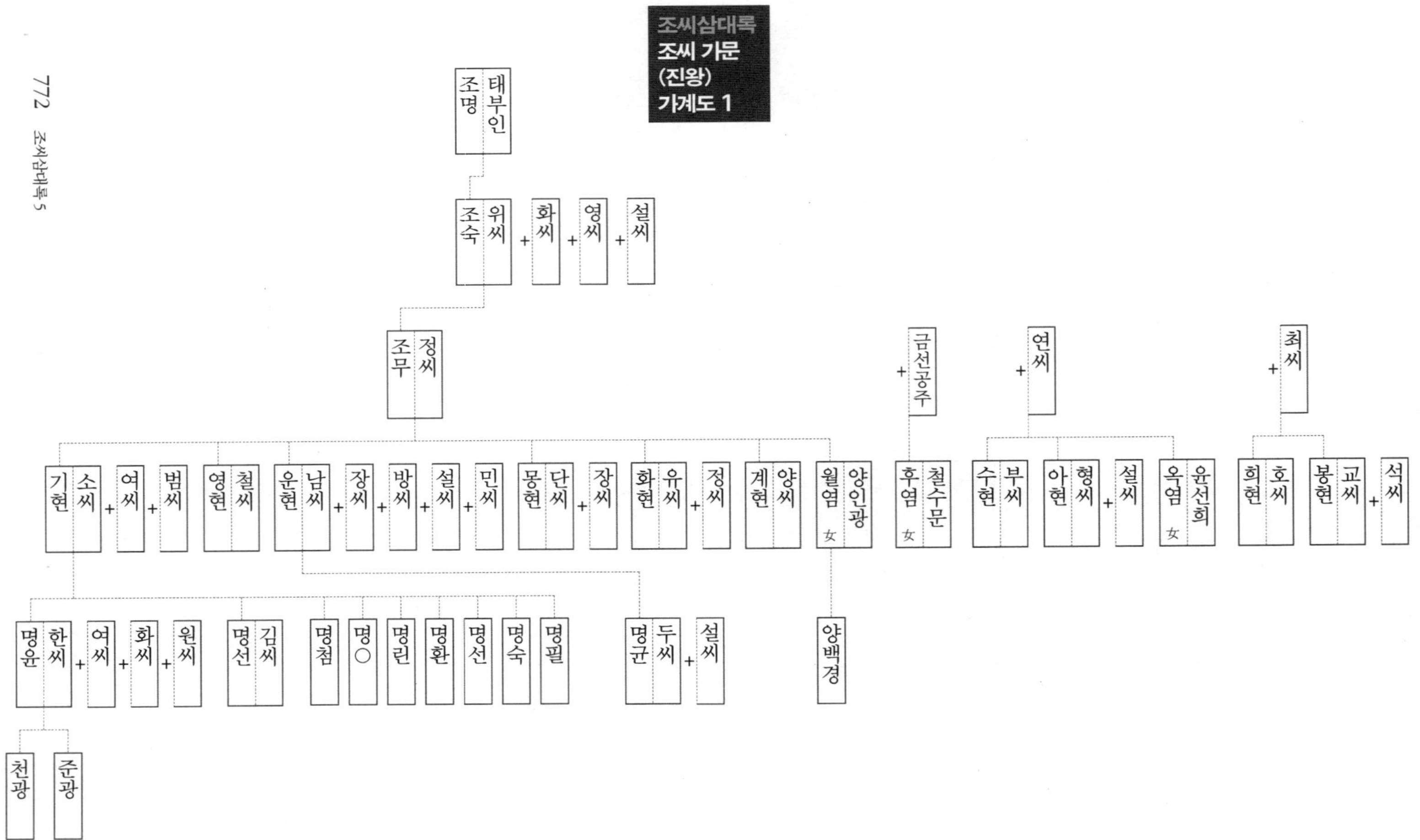
조씨삼대록
조씨 가문
(진왕)
가계도 1
조명 태부인
조숙 위씨 + 화씨 + 영씨 + 설씨
조무 정씨
기현 소씨 + 여씨 + 범씨
영현 철씨
운현 남씨 + 장씨 + 방씨 + 설씨 + 민씨
몽현 단씨 + 장씨
화현 유씨 + 정씨
계현 양씨
월염 女 양인광
+ 금선공주
후염 女 철수문
+ 연씨
수현 부씨
아현 형씨 + 설씨
옥염 女 윤선희
+ 최씨
희현 호씨
봉현 교씨 + 석씨
명윤 한씨 + 여씨 + 화씨 + 원씨
명선 김씨
명첨
명○
명린
명환
명선
명숙
명필
명균 두씨 + 설씨
양백경
천광
준광

조씨삼대록
조씨 가문 (초공) 가계도 2

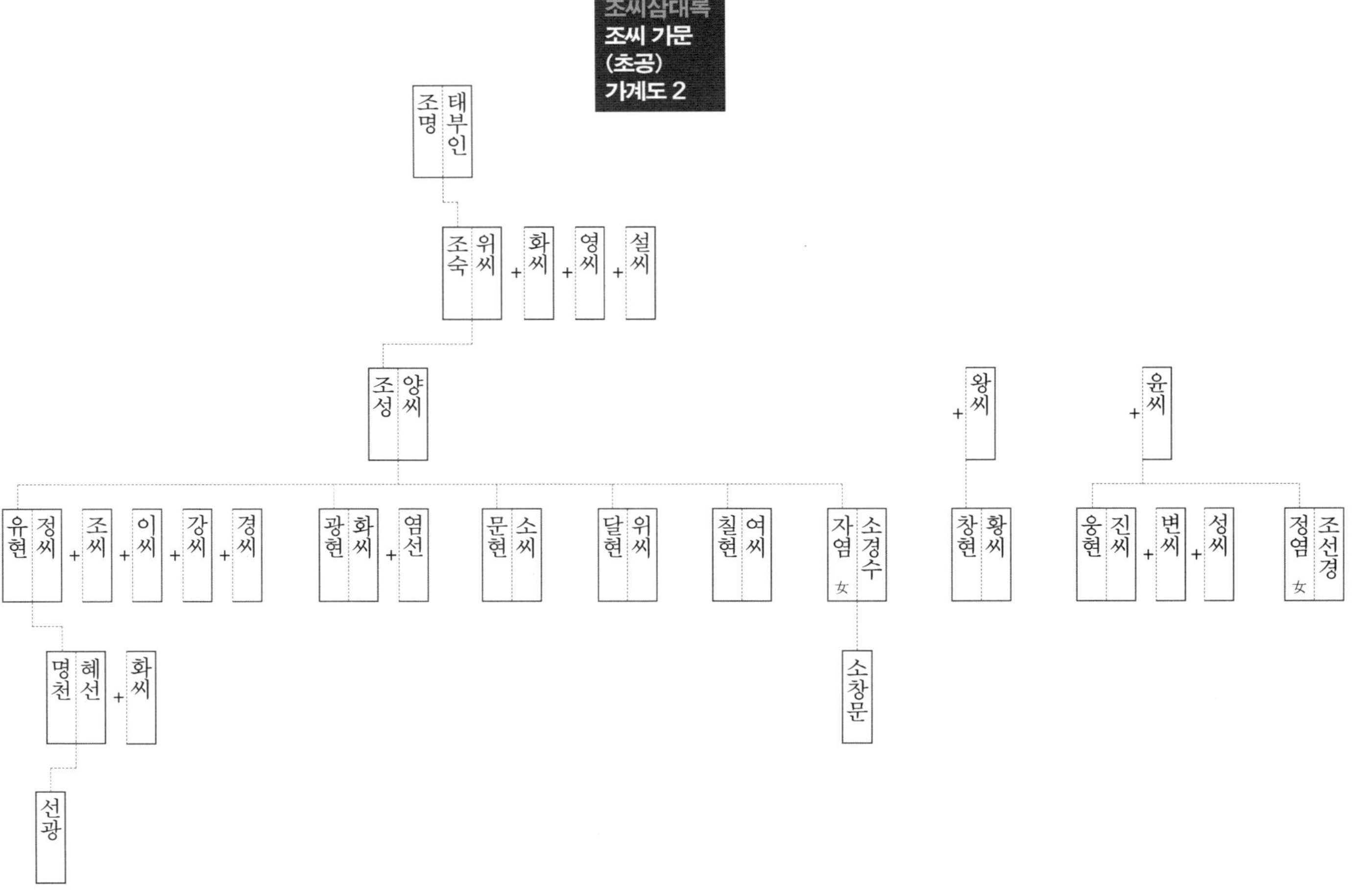